民歌五台山

朱生和 罗舰国 编著

（上集）

山西出版传媒集团
山西人民出版社

图书在版编目（CIP）数据

民歌五台山 / 朱生和, 罗舰国编. —太原: 山西人民出版社, 2015.12

ISBN 978-7-203-09413-5

Ⅰ. ①民… Ⅱ. ①朱… ②罗… Ⅲ. ①民歌—作品集—中国 Ⅳ. ①I277.2

中国版本图书馆 CIP 数据核字（2015）第 298539 号

民歌五台山

编　　者：朱生和　罗舰国
责任编辑：魏　红
装帧设计：李文堂
出　版　者：山西出版传媒集团·山西人民出版社
地　　址：太原市建设南路 21 号
邮　　编：030012
发行营销：0351-4922220　4955996　4956039　4922127（传真）
天猫官网：http://sxnmcbs.tmall.com　电话：0351-4922159
E-mall：　sxskcb@163.com　发行部
　　　　　sxskcb@126.com　总编室
网　　址：www.sxskcb.com

出　版　者：山西出版传媒集团·山西人民出版社
承　印　厂：山西省煤炭地质制图印务中心

开　　本：787mm×1092mm　1/16
印　　张：68.5
字　　数：700 千字
印　　数：1—5000 套
版　　次：2015 年 12 月　第 1 版
印　　次：2015 年 12 月　第 1 次印刷
书　　号：ISBN 978-7-203-09413-5
定　　价：386.00 元（上、下）

如有印装质量问题请与本社联系调换

《民歌五台山》编委会

顾　　问　郭士星　韩　军

主　　编　朱生和　罗舰国
副 主 编　李文堂　罗建国
编　　委　（以姓名笔画为序）
　　　　　史爱明　朱卫华　闫建宏
　　　　　戎建生　李利民　李宏图
　　　　　陈爱军　张荣章　孟鹏飞
　　　　　罗晓燕　郎中兴　赵振华
　　　　　夏双秀

五臺聖境

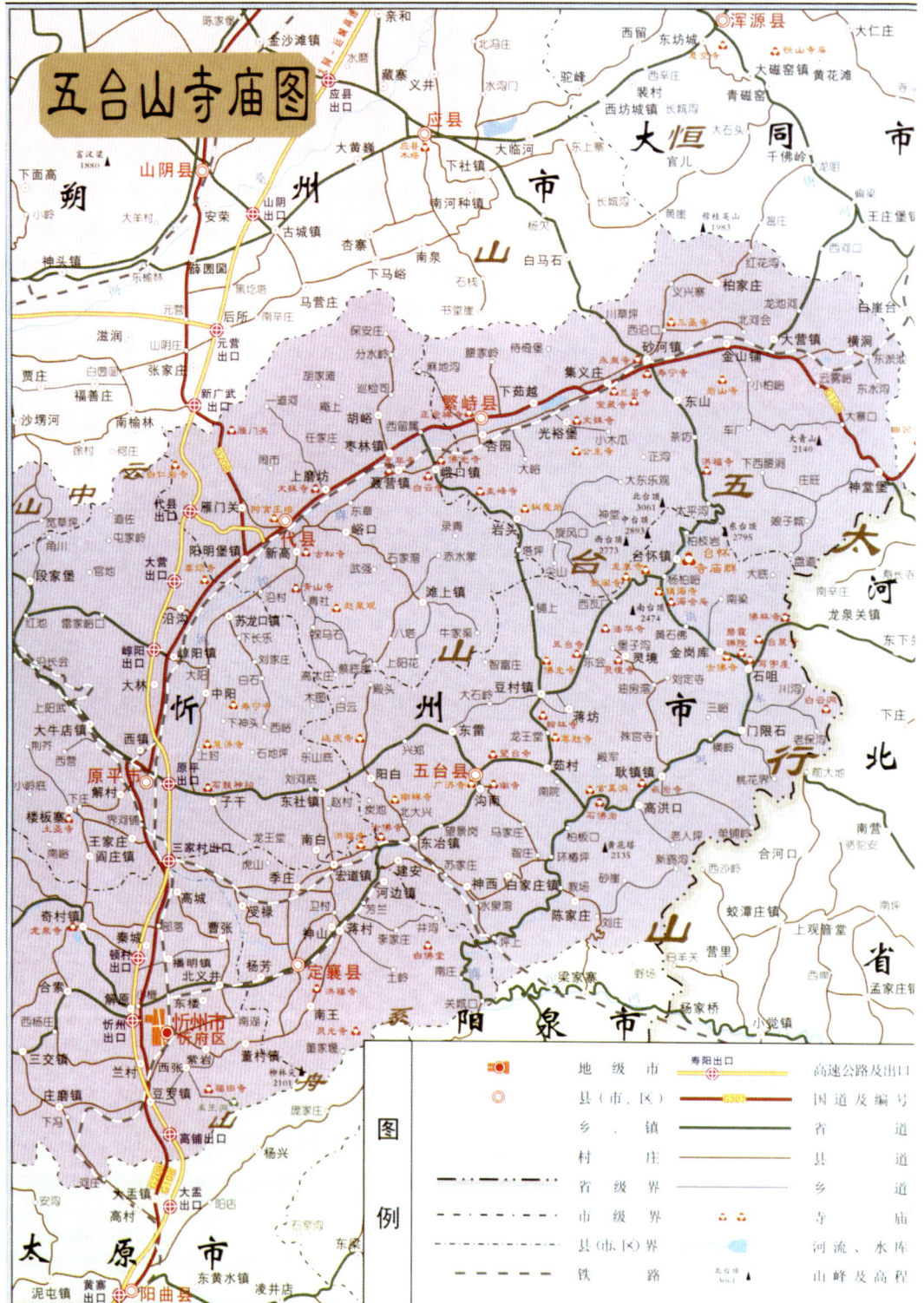

西班牙时间2009年6月26日中午12时36分，北京时间6月26日下午6时36分

12:36pm on June 26, 2009 Spain time and 6:36 pm on June 26, 2009 Beijing time,

五台山成功列入 《世界遗产名录》

Wutai Mountain was written into World Heritage List successfully.

摄影：王建新

敦煌莫高窟61窟五台山图（局部）

五台山佛教文化节节目——吉祥满人间

高山放羊　摄影：朱健全　　　节日高跷秧歌　摄影：卢俊华

庙堂歌曲演唱

佛教音乐演奏

国家级非物质文化遗产《五台山佛乐》　　摄影：卢俊华

五台山普寿寺五百僧尼合唱《吉祥颂》　　摄影：吴杰强

五台山僧众组织抗日自卫队

五台山大白塔下,群众进行文艺表演,欢庆党的"十一大"胜利召开

五台山每年举行传统的骡马大会　　摄影：朱健全

摄影：朱健全

登台秧歌《五女观灯》　　摄影：朱卫华

舞台表演《王婆骂鸡》　　摄影：朱卫华

著名民间演奏家牛为贵第五、六代传世《五台县大玉堂八音会》　　摄影：王秉义

二〇〇九年七月六日

槐荫民歌演唱队部分演员　　摄影：张书平

文艺演唱队队长：郭俊华

社火表演　　　　　　　　繁峙县梁家庄村《夯歌》　　　　　　南塔登台秧歌

元宵秧歌

大型社火　　摄影：卢俊华

五台山秧歌

老秧歌《野太医》　　　　　老秧歌《疯公子》　　　　　老秧歌《打叉》　摄影：罗晓燕

摘花椒　摄影：朱健全

序 一

郭士星

几年前，我担任山西诗词学会顾问，在一次学术研讨会上，相遇了时任该会副会长的朱生和老同志、老朋友。他向我热情地讲述了他正在与青年文化企业家罗舰国等同仁们搜集资料，准备编辑一本属于民间音乐的新书《民歌五台山》。并当面邀请我担任此书的顾问。我简要询问了他们的意图和做法后，认为这是一件大好事。编辑出版以五台山民歌为内容的音乐艺术书籍，这在我省过去还没有见过，此书的出版可促进省内风景名胜开发与民间音乐文化相融共进。

时值2013年盛夏，《民歌五台山》编撰工作基本结束。此书编委会又请我和民间音乐专家韩军先生审稿，嗣后又出席了评审座谈会。面对厚厚的《民歌五台山》上、下集稿本，总体感觉甚好。整体印象是，独辟蹊径，特色鲜明，创意新颖，篇幅宏大，资料翔实，调研深入，结构合理，内容丰富，可以说是一部很有价值的地域性文化宝典。为弘扬中华优秀文化，打造山西文化强省做出了有益的贡献。

下面，简要谈几点看法和感受：

其一，五台山申遗成功后，这座美丽而神奇的清凉胜境，已成为世界性的文化景观。《民歌五台山》从民间音乐文化领域给力，为建设更加美好的风景名胜区提供了从未有过的新鲜文化内容，进一步体现了佛教圣地的民间文化形象。人们都说，五台山文化博大精深，理所当然，民族音乐文化是重要内容之一，也是各种文化产业建设的基础。当大家在欣赏五台山的山美、水美、环境美、寺庙美的同时，《民歌五台山》为广大人民群众和络绎不绝的游客又奉献了它的"歌"美，即五台山的民歌之美。无论是在腹地台怀，还是登上五个台顶，若能放开喉咙唱上一首至几首优雅、欢乐的民歌、小调，那才是心旷神怡的高级审美感受。

其二，五台山地区历史悠久，文化古老，是华夏民族发祥地之一，同时也是西北方汉族与少数民族相互交融的地带，历史上形成了多种风格和形式多样的民间文化。据地下考古资料和文献记载，早在遥远的旧石器时代，这块土地上就有我们的祖先繁衍生息。1987年秋，忻州地区文化工作者在五台县阳白村龙山文化遗址发现了一件特磬，距今约有4000多年，属国内最早的同类礼品之一。在漫长的历史进化中，五台山地区收藏和传延了大量的民族民间音乐文化瑰宝。据考证，历史上唐、宋、金、元、明、清各个时期，均发现和整理出了数量不等的民间乐曲和歌曲。《民歌五台山》为进一步发掘和传播这里古老的物质文明和精神文明做出了历史性贡献。

其三，五台山地区是佛国圣境，位居中国佛教四大名山之首，名列国家重点风景名胜区和中国十大避暑胜地。自东汉永平十一年，佛教传入中国之后，就开始了佛教文化与民间文化相互吸引、相融发展的历史。从已经搜集整编的五台山民间歌曲成果来看，充分说明僧寺庙堂音乐吸收珍藏和传延了历史悠久的民间音乐文化，而民间音乐文化也吸纳应用和流传了古老的佛乐文化。两者相融互补、相得益彰的历史和现实，进一步体现了五台山地区音乐文化的特殊性，彰显了我国民族文化久盛不衰的典范性。

其四，五台山地区是公认的"民歌海洋"。五台、繁峙、代县、原平、定襄、忻州等市县区，土地肥沃，特产丰富，文化发达，人文荟萃，是历史上音乐文化发达的区域。民歌是千百年来人民群众智慧的结晶，是劳苦大众生活的真实写照。勤劳、朴实、勇敢的五台山地区劳动人民用自己的智慧创作了成千上万的民间歌曲，真实、形象、生动地反映了当地人民群众的生活和思想感情。这也正是《民歌五台山》一书的主旋律和精髓。

其五，在五台山地区的民歌体系中，反映人民革命斗争的民歌占有特殊的地位。在旧民主主义革命时期，五台山地区就传唱有《歌唱义和团》、《闹盐粮》、《打倒土豪劣绅》等具有反帝反封建意义和歌颂革命斗争的新民歌。进入新民主主义革命时期，毛泽东和周恩来同志亲自率领中国工农红军由陕北出发渡过黄河，在山西撒下了革命火种。抗日战争爆发后，五台山地区成为抗日革命根据地，八路军党部曾进驻五台县南茹村。紧接着五台山又成为晋察冀革命根据地。历史上闻名的平型关战役，阳明堡炸敌飞机场，以及国共联合的忻口战役等均发生在这里。解放战争期间，毛主席、周恩来等党和国家领导人路经代县、繁峙，登上五台山。解放太原的决战中，五台山地区人民群众做出了可歌可泣的重大贡献。中华人民共和国成立后，随着社会主义革命和建设的不断深入和发展，五台山地区又有大量的新民歌涌现出来。

总之，古往今来，纵观五台山的民歌，像是一幅壮丽的历史画卷，展现在我们的面前。这是艺术作品，也是历史记录。

据我所知，搜集整理、编辑出版《民歌五台山》，已经历了几年时间。在此书出版后，编委会还将继续编辑出版几本此类弘扬五台山文化的书籍，最终形成一套"追寻灵魂，文化闪光"的历史文化丛书。我认为这种设想非常好，是宏伟的计划，其中既有物质文化遗产，又有非物质文化遗产，这是具有文化自觉、文化自信和文化水平的企业家才能作为的文化工程。希望能够早日完成，预祝此项工程圆满成功。

在《民歌五台山》一书付梓之际，我以热情支持者的情感，写了如上一些话，是为序。

2014年12月1日

作者简介：

郭士星，山西孝义人，戏剧史论家。曾任山西省文化厅副厅长、山西省文化局长。多年从事山西戏剧和民间艺术研究，主持编纂全国十大文艺集成志书山西卷，主编出版了《中国戏曲志·山西卷》、《中国戏曲音乐集成·山西卷》、《山西文化艺术志》、《山西剧种概说》等著作，并在省内外报刊发表《源远流长的山西戏曲》、《王爱爱流派艺术论》、《论晋商对山西戏曲的贡献》、《感受晋商会馆》等论文近百篇。2000年出版《孔尚任咏晋诗评注》一书，并主持编纂出版了《蒲州梆子志》。曾荣获文化部、全国艺术科学规划领导组颁发的全国文艺集成志书编纂成果奖、编纂成果一等奖、特殊贡献个人奖、山西省社科研究优秀成果一等奖。

序 二

罗舰国

翻阅五台山史志《三传》等典籍载述，五台山原为紫气山人所居，故在东晋以前称为紫府。其山五峦巍然，廻出群峰之上，所以元魏正光元年（520）前后，名曰五峰山。又因五峰耸云，顶无林木，如垒似台，因此在北齐河清三年（564），又谓五台山。复以岁积坚冰，夏仍飞雪，曾无炎暑，故在唐龙朔三年（663），又名清凉山。从上述五台山称谓的确立和演变，可以想见古时候人们尊山、爱山、识山和鉴山的风流雅致和审美享受。

五台山历史悠久、巍峨绵延、雄奇磅礴、美丽壮观。自东汉永平十一年（68）佛教传入五台山之后，至今已历经了近两千多年的沧桑岁月。尽管经受了多次灭佛毁寺的严重劫难，然而她越来越威严雄壮，越来越宏图招展。特别是中华人民共和国成立后，五台山演绎了飞速发展的惊人裂变。其从新中国成立初期的县属景点，逐步成为地（市）隶辖的风景区，又跃升为省级重点文物保护圣境，进而位居中国旅游名山之首。最珍贵的是五台山于2009年6月26日实现申遗成功，荣列世界文化景观遗产名录。

五台山号称"华北屋脊"，坐落于以五台县为中心的广大地域。从孩提时起，本人就以一名五台籍人氏而深感自豪；尤以身处五台山佛地圣境而倍觉荣耀。细想起来，自己与五台山的"佛缘"，与生俱来，根深蒂固。可以说是听着"经声佛号"长大，伴着"笙箫歌舞"成人，踏着"佛乐节拍"出山闯荡，这是其一。其二，是"乡缘"。我的故乡位居清水河畔的松岩口村，距离五台山腹地台怀仅数十里之遥。乃是喝着清水河的水、吃着河滩地的山药蛋成长起来的，遵循着"仁义礼智信"理念而走上工作岗位。其三是"情缘"。在抗日战争时期，五台山是晋察冀边区根据地，白求恩医院就设立在老家庭院之隔壁，可以说我是看着大街口红色标语、念着《纪念白求恩》名篇成长的，踏着革命先辈的步伐而奔向远方创新立业。

我还有一个与五台山难以割舍的缘分，即"文化之缘"。人类在世上有两个根本的传承，首先是生命基因的传承；其次是文化灵魂的传递。源于小时候演唱五台民歌和红色歌曲的文化积淀，从2010年冬季起，由我和省里老干部朱生和先生发起，开始了五台山民歌的搜集、整理、研究。历经5年时间，业已基本完成了《民歌五台山》一书的搜集和编撰。此书是与2012年由山西人民出版社出版的武正国吟长主编的《诗咏五台山》的姊妹篇。因我和朱老先生均为此书的副主编，旨在扩大研究成果，深化五台山文化探索，所以整整搏击了5年功夫，冠以《民歌五台山》书名，以留传后人，并为五台山增厚点文化底蕴。

五台山民歌体系，可谓博大精深。过去从来没有任何单位和个人做过此类文化的探讨、整理和研究，因而，《民歌五台山》一书属于探索性的崭新工程，具有重要的历史意义和现实价值。

（一）五台山民歌之"博"。查阅《现代汉语词典》有关"博"字的注释为"多，丰富，渊博之意"《民歌五台山》一书（上下集）搜集到最古老的民歌，系敦煌莫高窟遗存的《大唐五台山曲子》。据敦煌藏经洞文物目录统计，有关五台山的遗存文献资料约有70多个编号，《大唐五台山曲子》文献亦有5个编号。又据《中国通史简编》一书《民间俗乐》载"曲子是隋唐时期一种新兴的民间歌曲"。自唐以降，历代均有五台山民歌的遗存。以唐宋金元明清编序，约计30余首。真可谓之"博"，这是日常所见各地民歌类书籍中最闪亮的精华。

（二）五台山民歌之"大"。五台山环基500里，跨越2000多年，广大城乡尤其在农村积存的民歌数量，可称之为"民歌的海洋"。各县、市、区的民歌各具特色，尤以五（五台）、定（定襄）、原（原平）为最。现已搜集到的民歌选集，如《五台民歌》、《原平民歌集成》、《定襄民歌演唱集》等，均载有300首以上。定襄县素称"河曲二人台之第二故乡"，不仅县里出版有民歌选集，而且个人也编印民歌集子。如农民歌手张松林，就是典型的民间老艺人代表。

（三）五台山民歌之"精"。坐落于五台山大本营的五台县，曾在山西民歌史上创造过辉煌成就。如东冶地区老艺人王玉池一班人，曾走出家门，广收吸纳外地民歌的优长，又结合本地农民群众的欣赏审美特点，编创了民间秧歌节目《五女观灯》。此秧歌在县、地、省级演出中连连获奖。于1957年被选送至北京全国第一届专业团体音乐舞蹈会赛"演出。在2500余人参演的激烈争夺评比中，《五女观灯》获奖，进而又被选送到怀仁堂大礼堂为中央首长演出。毛泽东、周恩来、朱德、任弼时、董必武、彭德怀、陈毅等党和国家领导人观看了演出，给予很高评价和热烈喝彩。尤以五台大杆子唢呐郭二等名家的绝技伴奏，博得怀仁堂里掌声如雷。周总理当即指令中央人民广播电台，从第二天开始向全国联播。近些年来，由我出资排练的《五女观灯》在五台人民广场首次举行的五台民歌联唱中成功演出。报幕的台词中首先介绍《五女观灯》的历史盛况。

（四）五台山民歌之"深"。著名音乐家韩军先生曾编著出版一本《五台山佛教音乐》。此书搜集刊载有"五台山佛教曲谱三种"，按抄写的不同时间，称之为"宣统本"、"民国本"、"解放本"。在这三个版本中，以古老的五台独有的工尺谱形式，传承了五台山大量的民间音乐曲谱，其中有100余首属于从庙堂深宫挖掘面世的古老民歌曲谱。这份从清末至当代一个世纪以来的民间歌曲资料能够传承下来，是我们研究民族音乐文化传统的瑰宝。

五台山民歌文化博大精深，是民族民间音乐文化的活化石。以上仅是作了画龙点睛的简述，还有许多极其丰富而深厚的历史资料也已收集在手，正在研究整理。例如五台山的秧歌戏和老秧歌等等。5年的心血付出换来了一部精品书，心里有一份抢救和传承地方民歌文化的宽慰和喜悦。在此书付梓之时，我写了如上一些话，权以为序。

2015年3月21日
农历龙抬头吉日作

目 录

概　述 .... 朱生和　罗舰国/1

第一篇：古代民歌

大唐五台曲子 3
　　苏幕遮 五台山/6
望江南 8
　　望江南（一） 五台山/9
　　望江南（二） 五台山/10
浪淘沙 11
　　浪淘沙 五台山/12
菩萨蛮 13
　　菩萨蛮 五台山/14
八拍子 17
　　八拍子 五台山/18
跌断桥 19
　　跌断桥 五台山/20
豆叶黄 21
　　豆芽黄 五台山/21
金字经 22
　　金字经 五台山/23
醉太平 24
　　醉太平 五台山/25

采茶歌	26
采茶歌	五台山/27
下山虎	27
下山虎	五台山/28
骂玉郎	30
骂玉郎	五台山/31
柳青娘	32
柳金娘	五台山/32
四时歌	34
到春来	五台山/36
到夏来	五台山/37
到秋来	五台山/39
到冬来	五台山/40
八板儿	40
八板儿	五台山/41
茉莉花	42
茉莉花	五台山/47
王大娘	48
大钉缸（一）	五台山/49
大钉缸（二）	五台山/51
大钉缸（三）	五台山/53
推碌碡	56
推碌碡	五台山/56
掉棒槌	59
掉棒槌	五台山/60
银纽丝	61
骂亲家	五台山/62

两亲家顶嘴	…………………………	五台山/63
扑地蜂		**64**
扑地蜂（一）	…………………………	五台山/64
扑地蜂（二）	…………………………	五台山/66
霸王鞭		**67**
霸王鞭（一）	…………………………	五台山/68
尼姑思凡		**70**
尼姑思凡	…………………………	五台山/70
小尼姑下山	…………………………	五台山/74
王婆骂鸡		**75**
王婆骂鸡（一）	…………………………	五台山/76
王婆骂鸡（二）	…………………………	五台山/79
绣荷包		**80**
绣荷包（一）	…………………………	原平/81
绣荷包（二）	…………………………	五台山/82
绣荷包（三）	…………………………	原平/84
绣荷包（四）	…………………………	五台/85
剪靛花		**86**
剪靛花	…………………………	阜平/87
太平年		**87**
太平年（一）	…………………………	代县/88
跌落金钱		**88**
跌落金钱（一）	…………………………	五台山/89
跌落金钱（二）	…………………………	五台山/90
刮地风		**91**
刮地风	…………………………	五台/92

第二篇：庙堂民歌（曲）

虞美人...95
 虞美人...................................五台山/95
齐天乐...96
 齐天乐...................................五台山/97
皂罗袍...98
 皂罗袍...................................五台山/99
抱琵琶..100
 抱琵琶.................................五台山/100
感皇恩..101
 感皇恩.................................五台山/101
吊金莲..102
 吊金莲.................................五台山/103
叨叨令..103
 叨叨令.................................五台山/104
驻马听..105
 驻马听.................................五台山/105
净瓶儿..106
 净瓶儿.................................五台山/107
霸王鞭..108
 霸王鞭（二）.......................五台山/108
打窑牌..109
 打窑牌.................................五台山/110
小拜门..111
 小拜门.................................五台山/112
山丹花..113

山丹花······················五台山/113
小桃红··························114
　　小桃红······················五台山/115
柳含烟··························116
　　柳含烟······················五台山/116
五台山古典民乐组歌··················118
　　上五台······················五台山/120
　　下五台······················五台山/121
　　过五台······················五台山/122
三国题··························123
　　三国调······················五台山/123
十报恩··························127
　　十报恩······················五台山/128
粉红莲··························129
　　粉红莲（一）··················五台山/129
　　粉红莲（二）··················五台山/130
进兰房··························130
　　进兰房（一）··················五台山/131
梳妆台··························132
　　梳妆台······················五台山/133
对花···························134
　　对花·························定襄/135
苏武牧羊·························136
　　苏武牧羊····················五台山/137
五哥上工·························138
　　五哥上工····················五台山/138
走西口··························139

走西口……………………………………………五台山/140

开荒……………………………………………………141
　　开荒（一）………………………………………五台山/141
　　开荒（二）………………………………………五台山/142

桃园结义………………………………………………143
　　桃园结义…………………………………………五台山/143

八仙庆寿………………………………………………144
　　八仙庆寿…………………………………………五台山/144

山坡羊…………………………………………………146
　　山坡羊……………………………………………五台山/146

四小景…………………………………………………148
　　四小景……………………………………………五台山/149

上小楼…………………………………………………150
　　上小楼……………………………………………五台山/150

苦伶仃…………………………………………………153
　　苦伶仃（一）……………………………………五台山/153
　　苦伶仃（二）……………………………………五台山/154

思故乡…………………………………………………155
　　思故乡……………………………………………五台山/156

四大景…………………………………………………157
　　四大景……………………………………………五台山/157

打连成…………………………………………………159
　　打连成（一）……………………………………五台山/159

第三篇：山歌（卷席片）

毛毛匠…………………………………………………163
　　毛毛匠………………………………………………五台/164

摘花椒 164
 摘花椒（一） 五台/166
 摘花椒（二） 五台/167
 摘花椒（三） 平山/169
 摘花椒（四） 五台/169
剪花椒 170
打酸枣 171
 打酸枣（一） 五台/173
 打酸枣（二） 五台/174
 打酸枣（三） 忻州/176
 打酸枣（四） 代县/177
 打酸枣（五） 原平/177
上寿 五台/179
高粱秆 181
 高粱秆 五台/182
回关南（一） 五台/184
回关南（二） 原平/187
回关南（三） 定襄/187
放羊（一） 五台/188
放羊（二） 定襄/190
放羊（三） 定襄/191
牧羊歌 五台/191
扳蘑菇 192
 扳蘑菇 五台/193
背兰炭 194
 背兰炭 五台/195
赶骡子 定襄/196

泥瓦工	定襄/198
上工地	五台/199
赶集	原平/200
赶会（一）	平山/201
赶会（二）	原平/202
背河	203
背河歌	五台/205
撇白菜（一）	定襄/206
撇白菜（二）	定襄/207
撇白菜（三）	忻州/208
撇白菜（四）	五台/209
割青菜（一）	定襄/209
割青菜（二）	五台/211
卷起烂席片解心宽	定襄/211
撂不下妹子哭上走	定襄/212
为一回朋友伤一回心	定襄/213
把咱的不好活要扔开	定襄/213
哪儿想起你哪儿哭	定襄/214
长把把辫子风里摆	定襄/214
人家都说们想哥哥	定襄/215
人家都在你不在	定襄/215
你才是我的麻缠鬼	定襄/216
走着站着把你顾	定襄/216
黄猫黑猫锅头上卧	定襄/217
想妈妈	代县/217
嘴上不说谁知道	定襄/218
娘老子主婚害死个人	忻州/218

爸爸妈妈真狠心	忻州/219
撼席片组歌（1—14）	定襄/220
山歌组歌	230
为朋友（一）	五台/230
为朋友（二）	五台/231
山歌（一）	五台/232
山歌（二）	五台/232
山歌（三）	五台/233
山歌（四）	五台/233
农民兄弟心连心	五台/234
刨山药	五台/234
手提篮篮撼白菜	五台/235
九月秋风凉	五台/236
二月春光好	五台/236
起来穷人们	五台/237
人里头就数咱俩好	五台/237
闹春耕	五台/238
提起那行军过兵	五台/238
一群羊儿山上跑	五台/239
核桃树开花	五台/239
烂席片	五台/240
苦相思	五台/240
打核桃	盂县/241
卖扁食（一）	原平/242
卖扁食（二）	五台/243
卖扁食（三）	五台/243
卖扁食（四）	原平/245

卖扁食（五）	原平/246
卖萝卜	定襄/247
卖烧饼	原平/248
卖老婆	原平/248
摘棉花（一）	忻州/249
摘棉花（二）	平山/249
碾糕面	五台/250
推碾歌（一）	原平/251
推碾歌（二）	五台/252
刮大风（一）	繁峙/253
刮大风（二）	原平/254
忽然在院里刮了一股风	盂县/254
三套黄牛一套马	五台/256
忙乱不过庄户汉	原平/257
夸土产	五台/258
好风光	五台/259
好庄稼	原平/259
耕田忙	忻州/260
割柴	五台/260
下雨天气	原平/261
推窝窝	五台/261
半斤莜面推窝窝	平山/262
担水	定襄/263
姑娘挑水	忻州/264
打马茹茹	原平/265
挑菜（一）	原平/266
挑菜（二）	阜平/267

挑菜（三）	五台	/267
割洋烟	五台	/268
挑苦菜	定襄	/269
老少换	代县	/270
割韭菜	原平	/270
捡兰炭	五台	/271
割莜麦	原平	/272
大生产	五台	/272
到丈人家	原平	/273
走口外	原平	/274
布谷歌	五台	/275
围磨	五台	/275
栽柳树	五台	/276
小毛驴犁地	原平	/277
老汉老	平山	/278
你走山梁我走沟（一）	平山	/279
你走山梁我走沟（二）	平山	/280
山头上盖房也嫌低	盂县	/280
哪何想起哪何哭	原平	/281
你走圪塄我走道	原平	/282
淹没天	平山	/282
瞭见旁人瞭不见你	原平	/283
大杨树开花须须长	平山	/284
前房檐下雨后房檐流	原平	/284
槐树开花碎纷纷	忻州	/285
肚里疙瘩解不开	平山	/286
穷人受苦地主好活	五台	/286

高高山上一群羊	原平/287
大榆树枝枝多	盂县/287
驴打滚饥荒愁煞人	五台/288
穷苦的日月难过的年	五台/289
从前晌瞭至后半晌	原平/290
摆一摆手	忻州/290
贤良女劝夫	平山/291
我给妹妹捎个话	定襄/292
手扳芦河桥	定襄/293
掐蒜薹（一）	代县/293
掐蒜薹（二）	五台/294
掐蒜薹（三）	原平/296
掐蒜薹（四）	原平/297
点瓜	原平/297
拔萝卜（一）	五台/298
拔萝卜（二）	五台/299
老汉放牛	定襄/299
偷南瓜	原平/300
讨吃子要山药	盂县/301
偷黄瓜调	忻州/301
偷山药	五台/302
拉骆驼（一）	定襄/303
拉骆驼（二）	原平/304
拉骆驼（三）	阜平/304
采花	代县/305
三月桃花发	平山/306
莲花开	平山/307

腊梅花	代县/308
数六月	定襄/309
借笊篱	原平/310
喜庆歌	原平/311
姐妹小唱	原平/312
扁担歌	阜平/313
偏坡玉	五台/314
扑蝴蝶	原平/316
火烧大建安	五台/317
九九歌	五台/318
剪剪花	阜平/318
高山牧歌	/319
高山牧歌	五台/321
挖猪草	五台/322

第四篇：秧歌

原平凤秧歌

游花园（一）	原平/326
过大年	原平/328
巧打扮	原平/341
拜月（一）	原平/342
送情郎（一）	原平/342
送情郎（二）	原平/344
探情郎（一）	原平/345
情歌对唱	原平/346
顶嘴（一）	原平/347
游铁道	原平/348

四拗八景 原平/349

荡秋千（一）...................................... 原平/351

毛女观灯（一）................................... 原平/353

荡秋千（二）...................................... 原平/354

祝英台下山 原平/355

放风筝（一）...................................... 原平/356

白茂林卖画 原平/359

五台登台秧歌

五女观灯（一）................................... 五台/361

五女观灯（二）................................... 五台/363

卖菜（一）... 五台/366

顶嘴（二）... 五台/367

拜月（二）... 五台/368

游花园（二）...................................... 五台/371

游花园（三）...................................... 五台/374

顶嘴（三）... 五台/375

八人对唱 五台/376

送情郎（三）...................................... 五台/379

探情郎（二）...................................... 五台/380

采茶（一）... 五台/382

小对花 五台/384

放风筝（二）...................................... 五台/386

拉姐夫 五台/387

大闺女算卦 五台/389

怀胎（一）... 五台/389

珍珠倒卷帘 五台/391

伍子胥过江 五台/392

送寒衣 五台/396

大钉缸（四）..................................... 五台/397

圪缭缭儿 五台/401

水刮五级村 五台/402

五月花 五台/403

转旺火 五台/404

刘三推车 五台/408

打秋千 五台/409

大红公鸡毛腿腿 五台/410

跑船（一）....................................... 五台/411

跑船（二）....................................... 五台/411

大卖菜（一）................................... 五台/412

游五台山 五台/414

定襄高跷秧歌

游花园（四）................................... 定襄/416

顶嘴（四）....................................... 定襄/417

邋遢（一）....................................... 定襄/418

大卖菜（二）................................... 定襄/420

采茶（二）....................................... 定襄/423

游太原 定襄/423

毛女观灯（二）............................... 定襄/424

怀胎（二）....................................... 定襄/425

二女争夫（一）............................... 定襄/426

恨汉子 定襄/428

繁峙小调秧歌

牧牛调 繁峙/432

借冠调 繁峙/438

下山调 繁峙/441

扎扎嘴 繁峙/444

夸女婿 繁峙/449

安瓜调 繁峙/450

鱼船调 繁峙/456

其他地方秧歌

放牛调 忻州/462

卖菜（二） 忻州/462

十里墩 忻州/464

拜月（三） 忻州/465

观灯 代县/467

挂红灯 代县/468

十对花 代县/469

割黄蒿 盂县/470

送情郎（四） 阜平/472

顶嘴（四） 阜平/473

送情郎（五） 阜平/473

梆牛子 阜平/474

卖钢针儿 阜平/475

四景 平山/477

五花太平年 平山/478

打悠千 平山/479

怀胎（三） 平山/481

小女花出聘 平山/481

售草帽 平山/483

六月里三伏天 平山/484

大哥你慢慢着听 平山/486

概 述

朱生和　罗舰国

一、五台山地区民歌的地位和影响

2009年6月26日，在西班牙塞维利亚召开的第三十三届世界遗产委员会大会上，审议通过了中国申报的五台山项目。此次申报的内容包括从公元4世纪到19世纪（中国北魏、唐、宋、元、明、清）的佛教建筑及独特的环境景观，反映了各个时期建筑艺术和技术的杰出成就和特点，悠久的佛教文化传统，以及人与自然的和谐统一。世界遗产委员会一致认为，五台山符合世界遗产第(Ⅱ)(Ⅲ)(Ⅳ)(Ⅵ)等四条标准，遗产保存和保护管理状况良好，具有高度的真实性和完整性，决定将其作为文化景观列入《世界遗产名录》。

中外驰名的五台山，位居中国佛教四大名山之首，名列国家级重点风景名胜区，国家级森林公园和国家级首批5A级旅游景区和中国十大避暑名山胜地。五台山缘何能承载起名山、圣地的一顶顶桂冠之誉，从根本上一言以概之，那就是博大精深的文化底蕴，犹如一幅悠久的历史画卷，闪烁着五台山的灿烂和辉煌。

五台山的文化特色尤其鲜明，佛经、古建、雕塑、绘画、碑刻、牌匾等，构成绚丽多彩的文化体系。但这里需要着重提到的是，人们在陶醉于五台山景区山美、水美、寺庙美、环境美之时，还应注重领略和欣赏五台山之"歌"美。"歌"也，即五台山地域流传几千年、纵横500余里的民族民间音乐，具体说就是"五台山民歌"。民族音乐民间歌曲是构成"五台山文化景观"的重要组成部分，并从声乐侧面体现着五台山博大精深的文化底蕴。

将收集、研究和编纂《五台山民歌》的工作提到重要位置，并筹集相应的人力、物力，尤其是资金等付诸实践，是在五台山申遗成功的第二年冬天，一次五台乡友聚会的偶然机遇，由太原的几位老干部、艺术家和企业家"侏罗妙骊"（代名）发起而展开的。进而，又恭请五台山境内文化专家和骨干人才，历尽重重困难，坎坷悲怆，用5年多时间，尽心尽力、诚挚顽强地拼搏，终于取得了可喜的成果。《五台山民歌》的收集、编纂工作，如今业已进入尾声。

五台山民歌的采集、整编工作，先从何处入手，怎样走遍"两省九地"？又如何梳理、抢救、搜集、筛选和完善？此次搜集工作首先从五台山的"大本营"五台县着手采风。从县城到乡镇，从工矿到农村，从专家到群众，从庙堂到鼓吹班，从搜集到排演，经过努力首先采集到五台县（包括五台山景区）各种民歌300余首，可以说是打了一个比预想还妙的漂亮仗。进而，依据《五台山志》等专著有关地域范围的界定，列出并选定五台山民歌分布和流传的两省9县（市、区），逐步对定襄、原平、代县、繁峙、忻府、盂县、阜平、平山等地疏通关系，登门联络，专题采集，重点攻关，还到书市地摊以及图书部门购买借阅，终于将主要地域的新旧民歌资料基本做到了"收全""过筛",精审细选。并在此基础上提炼和列举较能表明五台山地区民歌地位和影响的几个要点通览如下:

第一,五台民歌《五女观灯》晋京中南海怀仁堂演出

据《中国音乐通史简编》一书登载:"1957年1月3—23日全国第一届专业团体音乐舞蹈会赛在北京举行。2500余人参加演出。节目以小型、单项居多,具有浓郁的民族风格,涌现出一批年轻优秀的专业人才。"又据《五台县志》一书《群众文艺》登载:"1957年我县东冶地区排演的舞台秧歌剧目《五女观灯》获得省和专区文艺锦旗奖并赴京演出。"尤为精彩荣耀的是在汇演期间,五台县节目《五女观灯》和鼓吹乐《大得胜》被选送至首都中南海怀仁堂演出,受到党和国家领导人毛泽东、朱德、周恩来、任弼时、彭德怀等的热烈喝彩和嘉奖。周恩来总理亲自指示于第二天由中央人民广播电台向全国播出。演出完毕,毛泽东主席等党和国家领导人与五台县东冶镇西街演员赵嫦娥等合影留念,并获得五个精制宫灯奖品。迄今近60年来,五台人民对此"顶级"演出一直深感自豪。

第二,五台山佛教音乐源远流长,走向世界

自佛教传入五台山后,就开始吸收"佛化"地方民间歌曲。随着历史的推移,五台山青黄两庙佛乐,珍藏了大量民间歌曲。例如历史源远的《望江南》、《八段锦》等。进入20世纪,又乘着祖国改革开放的东风,佛教乐团不断发展壮大,陆续组团赴国内和国外演出。1987年中国佛教乐团曾赴香港演出;1994年又赴英国、荷兰等地演出;2000年五台山研究会组建的"佛乐班",赴中国泉州参加国

际南音大会唱暨中国古乐大会唱；2002年4月、2004年10月和11月，五台山文殊祖庭殊像寺组建的佛乐队伍，在圣忠大和尚带领下，赴北京人民大会堂、中山音乐堂、韩国五台山、韩国仁川等地演出。2004年6月，五台山佛教音乐被山西省公布为首批民族民间文化保护工程试点项目，2006年1月，五台山佛教音乐入选"首批国家非物质文化遗产"。五台山佛乐的兴旺、昌盛，吸纳、带动了民间音乐歌曲的腾飞发展，从五台山传播到全国，进而推向欧亚等国家。

第三，敦煌莫高窟遗存《大唐五台山曲子》

敦煌石窟，又名敦煌石室。敦者，大也；煌者，盛也。敦煌谓盛大之义。据敦煌藏经洞文物目录统计，遗存有关五台山的文献资料约有70多个编号。《大唐五台山曲子》文献共有5个编号。其中唐代民歌《大唐五台曲子五首，寄在苏幕遮》，书25行，首尾完整，还有《大唐五台曲子六首》、《五台山圣境赞》等。又据《中国音乐通史简编》一书《民间俗乐》载："曲子是隋唐时期一种新兴的民间歌曲"。《敦煌歌辞总编》共收入唐、五代曲子词1300余首，多为民间歌曲。

《大唐五台曲子·寄在<苏幕遮>》是一组大型的民族民间音乐套曲。全文分为6段，第一段总起，相当于现在的序曲。后五段歌辞都由两大组字数不等的三三四五七四五的长短句组成，若要演唱，至少需长短不等的14个乐句，才能唱完一段。据日本学者那波利贞的《苏幕遮考》可知，五台山的这一曲子和唐代宫廷盛传的歌舞大曲相差无几。

第四，南宋俗字谱《五台山僧寺流传宋时乐谱》源远流长，清朝宣统二年至民国元年《音乐正宗——八大套》真迹首现从2010年至2015年，在搜集整理五台山民歌历程中，有幸发现和珍藏了一大批古志《五台八大套》重要资料。其中全国著名音乐家杨荫浏亲笔抄录的《五台山僧寺流传宋时乐谱》俗字谱最为珍贵。其在他的名著《中国古代音乐史稿（上下集）》一书中，专列篇目作了阐述："曲调所用的记谱符号，是与南宋晚期张炎（生1248）在他《词源》一书中所用的相同。"又在近两年中，在五台县陈家庄乡搜集民歌过程中，由李庄村民间老艺人李福堂提供了其珍藏的清末宣统二年至民国元年的《音乐正宗——八大套》真迹孤本。此本系由五台县槐荫村民间音乐家赵成贵搜集"八大套"曲调基础上，由他的徒弟李逢源（字资深），亲笔整理完成套书并流传至今。

《八大套》源于四种音乐，其中《万年花》、《驻马厅》、《挂针儿》等为古乐曲；《茉莉花》、《扑地蜂》、《王大娘》、《采茶歌》是民歌，《朝天子》、《急毛猴》来自戏曲；曲牌《普庵咒》、《西方赞》等是明显的寺庙音乐。《八大套》音乐旋律明快，结构完整，主题突出，是晋北一带广为流传、群众喜爱的套曲，时至当今，城乡演奏仍很红火。《八大套》乐曲将古代遗传的《茉莉花》、《王大娘》、《推碌碡》、《大钉缸》、《掉棒槌》等丰富的民间歌曲传播到大江南北，以至国外众多国家和地区。

第五，"宣统、民国、解放"三种（本）佛乐曲谱，大量记录了民间音乐歌曲

据上海音乐出版社出版的韩军著《五台山佛教音乐》一书刊载，"经过努力，现收集五台山佛教曲谱三种，按

这三本抄写的不同时间，可称它们是'宣统本'、'民国本'、'解放本'。"宣统本实录曲调173首，既有唐、宋至金、元以来流传下来的词、曲牌名，又有明、清以来流行的民歌、小调，而且还有清末戏曲所用的曲牌。民国本全本实录曲谱70首之中，近代地方小调以及与戏曲有关的曲调明显增多。如《钉缸》、《走西口》、《打秋千》之类曲调也已进入佛门，这为我们研究近代音乐与民间音乐关系提供了客观材料。"解放本"因抄于新中国成立后的1978年，故称为"解放本"，全本四部分实录曲调78首。小调部分中又多了一些乡间歌曲，以及新民歌的曲调。如《卖菜》、《割韭菜》、《儿童下学》等，也成为佛地令人喜爱的民间歌曲。

"宣统本"、"民国本"、"解放本"一脉相承，从曲调方面完全呈现了五台山佛教音乐从清末至现在一个世纪以来的全貌及发展概况，其中大量的民族民间歌曲资料记载传承下来，同样可以看作是从清末至现在五台山民间音乐和民歌曲谱的"大全"，为我们研究民族音乐文化传统提供了宝贵的材料。

第六，中央首长观看忻州新编民歌节目《叔嫂情》进京演出，赞扬"《叔嫂情》是继《走西口》后的第二个里程碑"

《叔嫂情》是由忻州市舞台表演艺术家詹丽华和周永新联袂演出的优秀节目。于2004年参加由中宣部倡导，山西、内蒙古自治区、河北、陕西四省区举办的二人台艺术大赛并进京汇报演出，受到刘云山等党和国家领导人的亲切接见。

《叔嫂情》民歌演唱节目，题材新颖，情节动人，台词风趣，演技精彩，特别是该节目结尾奇异，男女主人公叔嫂二人坚持正确的爱情观、人生观和时代观，敢于冲破封建婚姻制度的藩篱，藐视来自农村各方面的世俗偏见和阻隔，终于唱出"今晚走出门，咱也走西口"，新婚夫妻携手出走口外，寻求美满幸福的新生活。时任中共中央政治局委员、宣传部部长刘云山同志在接见演员时，亲切地对获得"最佳演员奖"的詹丽华女士说："《叔嫂情》是继《走西口》之后的第二个里程碑。"

二、五台山民歌发展史

五台山位于山西省东北部，号称"华北屋脊"，被誉为"清凉胜境"。五台山脉属太行山系，以北台顶叶斗峰为起点，五台山脉可分为三大支脉，分别延伸到河北阜平县、平山县、山西五台县、繁峙县、代县、原平市、定襄县、忻州府和盂县。整座山脉四向延伸跨越之地，峰峦叠翠，风景秀丽，五座山峰，巍然矗立，傲视苍穹，犹如擎天大柱。

五台山地域内分布有名山大川、丘陵平原，土地肥沃，森林茂密。城镇星罗棋布，人口繁盛。在这片广袤的地域，因地形复杂，气候多变，再加受地域历史的局限，形成了不同的生活习惯和生产方式，孕育出了多姿多彩的民间音乐文化。

据地下考古资料和文献记载，地处晋北的五台山地区，历史悠久，文化古老，早在遥远的旧石器时代，这块土地上就有我们的祖先在生息繁衍，唐尧时期在滹沱河流域和清水河两岸人口繁盛。春雩秋祀，婚丧迁居，狩猎出征，均举歌舞。1987年秋，忻州地区文物工作者在五台县阳白村龙山文化遗址发现了一件特磬，距今约4000多年，属国内最早的同类礼乐器之一。

启夏以降，在漫长的历史进化中，五台山地区既是中原华夏民族较早开发的地区之一，又是中华民族文化发祥地之一。同时也是西北方少数民族暂居之地或侵掠贸易前沿。戎汉杂处，华蛮交融，形成了多种风格和形式多样的民间文化。

据历代有关资料记载，在佛教传入早期，僧人们就创造丰富的群众喜闻乐见的音乐文化，这些佛教音乐随着佛教的流布而传入我国乃至五台山。建于北魏孝文帝时期的五台县佛光寺内，现仍保存有一座唐代石刻经幢，经幢底座周围便雕有手持笙、笛、古琴、琵琶等8个伎乐的演奏场景。另在忻州地区的代县、定襄等县境内发现过唐宋时期的陶质戏楼，其中代县博物馆的陶楼较为典型，乐队由手持曲项琵琶、大鼓、仗鼓等伎乐组成，具有明显的北方民族音乐的风格。

据杨荫浏先生著的《中国古代音乐史稿》一书中刊载，"唐、五代许多文人加入了填写曲子词的行列。白居易、李煜等都有依声填词的《望江南》名篇传世。山西五台山寺庙音乐中至今仍保存着《望江南》的曲调。有的学者认为，这是真正的唐代歌曲，乃是古老音乐在封闭式的寺院中世世代代保存下来的一个罕见的谱例。"

地方流传的民歌是北曲的基础，在宋代文人郭茂倩所编的《乐府诗集》中，有不少流传在山西的民歌和童谣。五台山地区广泛流传着的如《混江龙》、《傍妆台》、《偏坡扭》、《拜月儿》、《劈破玉》等，是宋元以来的民歌和曲牌。最典型的是民歌《山门六喜》。本曲歌词系据《水浒传》中描写宋代鲁智深出家五台山醉打山门的一段故事编写而成。其内容是市民听众熟悉的故事情节，用6首民歌的组合形式，引起人们的回忆，以投合市民的趣味，是为市民服务的。

宋元时期音乐发展的一个重要特点是由民歌、说唱逐步向更为综合的音乐方向发展。随着宋元杂剧的兴起与发展，山西的许多地方剧种也在孕育和发展，如五台山的"赛戏"历史悠久，演艺精湛，亟需抢救。这份优秀的历史文化遗产叫"唱诗戏"（也叫道诗戏）。

明代中叶以后，随着工商业的兴盛，市民阶层逐渐扩大，民间歌曲、民间舞蹈、曲艺和戏曲也空前繁荣。这时的民歌被称为"小曲"。这种小曲在城乡人民中间广泛传唱，形成了民间歌曲异常兴盛的局面。民歌小曲新鲜多样，生动活泼，比较深刻地反映了当时的社会生活和人民的思想感情。直至现在，明清小曲仍在五台山地区城乡群众中流传。见于明代著录的小曲，有《傍妆台》、《山坡羊》、《耍孩儿》、《醉太平》、《闹五更》、《寄生草》、《粉红莲》、《罗江怨》、《哭皇天》、《银纽丝》、《劈破玉》……见于清代著录的小曲，有《西江月》、《叠断桥》、《叠落金线》、《抱琵琶》、《采茶儿》、《刮地风》、《玉娥郎》、《浪淘沙》、《太平年》、《剪靛花》、《剪剪花》、《爬山调》、《绣荷包》、《四大景》……

明清以来的民歌、曲艺和戏曲的发展，直接影响和推进着民间器乐的发展。随着民间婚丧、节日、庙会民俗活动的日益增多，五台山地区的吹打乐普遍兴起。每逢节日，尤其是春节、元宵节，更是集中活动的时刻。各地村民用大块煤炭在街头和厂院垒起高高的"旺火"，挂起五彩"灯楼"，人们除白天进行踩高跷、跑旱船、打花鼓等各种秧歌活动外，到夜晚，便都围在"旺火"周围唱民歌、观灯山、看表演。大家兴高采烈地唱至深夜，甚至通宵达旦不肯离去。这种"闹红火"（也叫"闹社火"）的传统习惯，至今仍然保持着。更由于乡村领导重视、科技器材应用、制作技术进步，节日活动的内容增多，规模逐步扩大，水平进一步提高。五台县等地还一直流传着"送红火"的习惯，走乡串村，登门入院，整个正月沉浸在红火热闹的氛围之中。有些地方的民间艺人每年都要以当地发生的各种新闻、事件和先进人物事迹作为素材，编成新的民歌，随编随唱，很受人们的喜爱，于是很快流传开来。

五台山地区有着光荣的革命传统。"五四"新文化运动促进了新音乐运动的蓬勃兴起，《救国军歌》、《打倒列强》等歌声遍及城乡。九一八事变之后，抗日救亡歌曲迅速发展。《抗敌歌》、《义勇军进行曲》、《五月的鲜花》、《流亡三部曲》等抗日救亡歌曲，对于宣传教育民众起了积极作用。七七事变以后，五台山地区成为抗日革命根据地。朱德总司令率领八路军总部挺进山西，进驻五台，曾指挥了著名的平型关歼灭战等若干重大军事战役，随后又建立了晋察冀革命根据地，党和国家许多领导人都在这里进行过伟大的革命斗争。

抗日战争和解放战争时期，中国共产党领导的根据地和解放区先后进驻了一批又一批优秀的革命干部和出色的指战员，并建立了许多文艺表演团体，也进驻了大批的革命文艺领导者和艺术人才。他们是革命新音乐的开拓者和传播者。在他们的组织、带领和传播下，《黄河大合唱》、《大刀进行曲》、《到敌人后方去》、《生产大合唱》等壮丽歌声到处传唱。

根据地人民新的革命斗争生活，给民歌增添了新的内容，开拓了新的题材，使民歌获得了新的生命。因而这一时期五台山革命根据地涌现了大量的新民歌，起到了"团结人民、教育人民、打击敌人、消灭敌人"的战斗作用。因而，这一时期的民歌，从内容到形式发生了深刻变化，是历史上最辉煌的时期。

新中国成立后，五台山地区民歌又进入了新的历史发展时期。人民用自己编创的大量新民歌，歌唱新中国，歌唱中国共产党，歌唱社会主义，歌唱自己新的生活和新的斗争。这些新民歌，随着社会主义革命和社会主义建设的不断发展，起到了"帮助群众，推动历史前进"的作用。从这次搜集五台山民歌的调查研究过程中，鲜明地看到新中国成立以后，尤其是改革开放以来各级党政部门和文艺工作者对五台山地区的民歌事业极为重视，陆续收集印制发行了不少民歌资料和书籍。最为可观的是《中国民间歌曲集成·山西卷》、《中国民间器乐集成·山西卷》和《中国民间歌曲集成·河北卷》的出版，使五台山地区的民歌参与了伟大的"中国文化长城"工程建设。据统计，仅在《中国民间歌曲集成·山西卷》中就选载了定襄53首、原平20首、忻县21首、五台19首等，计有140余首。《中国民间歌曲集成·河北卷》中,选载阜平县12首、平山32首,计有44首。各县、市、区历年来刻印和印刷出版的民歌选集情况是,原平市印刷刊出《原平民间音乐舞蹈集成》全卷巨作;定襄县出版了《定襄秧歌演唱精选》和《张松林秧歌演唱集》等。忻州地区文化局印刷出版了《忻州地区民歌集成》,是从收集的4000余首民歌中精选500首成书的。繁峙县正式出版上下集《繁峙秧歌戏》书中,存载有地方小调和劳动号子珍贵资料。五台县文化馆曾刻印《五台民歌选集》一、二集,第三集已失传。此次深入农村搜集民歌300余首。

省文化厅有关部门曾刻印发行《五台山庙堂音乐》珍贵资料,继而又由上海音乐出版社正式出版发行了韩军先生著的《五台山佛教音乐》上、下集;后由孟奋臻先生编著并由中国文联出版社出版了《五台民间吹打乐》。代县、盂县文化工作部门的新、老艺术家深入农村、厂矿搜集整理和提供了珍贵的民歌资料。从此次民间歌曲收集研究成果,可以进一步见证五台山地区是名副其实、博大精深的民歌海洋,又是我国历史悠久、文化古老的民间音乐宝库,更是中国佛教与地方民间艺术相融的神圣宝地。

三、五台山民歌的内容

民歌是千百年来人民集体智慧的结晶,是劳动人民(主要是农民)生活的真实写照。勤劳、朴实、勇敢的五台山地区劳动人民,为了反映和表达对旧社会的不满和对统治阶级的反抗,在长期的阶级斗争和生产劳动实践中,用自己的智慧创造了成千上万的民歌,这些民歌真实地、形象地、生动地反映了群众的生活和思想感情。从入选本集的800余首民歌中，我们可以看到这些民歌所涉及的题材十分广泛，所反映的社会内容十分深刻，每一首民歌，却从不同侧面形象地再现了农民的真实生活，反映了他们的思想、感情、意志和愿望，具有强烈的人民性和现实性。把这些民歌所涉及的题材归纳起来，主要可分为以下几个方面：

（一）反映佛地名山、圣境的民歌

五台山系指五座山峰耸立绵延的区域。五台山风景名胜区素有"台内"、"台外"之称。"台内"系指以台怀为中心的五座主峰环抱的区域。"台外"系指五台山整座山脉四向延伸跨越之地。五台山地区以雄浑壮阔的北国高山自然风貌、绚丽多彩的人文景观，博大精深的文化内涵和优质高效的旅游服务，吸引着国内外络绎不绝的旅游者。五台山境内群峰叠翠，寺庙林立，景点密布，人文荟萃。千百年来，涌现出大量歌颂祖国佛地名山圣境的民间歌曲。近年来搜集到的此类民歌，尤以唐宋、明清和当代改革开放三个时期的作品较多。如敦煌遗存文献中有28件敦煌遗书中留存《大唐五台山曲子》。曲谱寄调《苏幕遮》，歌词是咏唱五台山的东、北、中、西、南五个台，加之赞大圣真容之首曲，共六首曲子，故称之为《大唐五台山曲子六首》。其实，据敦煌藏经洞文物目录统计，有关五台山的文献资料，主要内容有诗、赞、曲子、词、行记，地理文书及经书题记三个方面，其中大量与民歌有关的珍贵资料有待进一步发掘研究。如《辞娘赞文》共25句，其内容通俗，其形式每句前附"好住娘"三字，亦25次吟咏，民歌色彩甚浓。

（二）咏唱有关佛事和僧尼生活的民歌

在北魏时，五台山就兴建了大孚灵鹫寺（今显通寺），后经隋、唐、元、明、清各代续修扩建，遂使五台山成为寺庙林立、佛塔高耸的寺庙集群区。历史上，寺庙最多达360多所，僧人达万人之众。1988年，《五台山志》出版刊载："现在保存完好的寺庙尚有47座。"改革开放以来，国家投资修建寺庙，使五台山旧貌换新颜，更加雄伟壮观，现有庙宇增至62座。千百年来，历代僧人编写了难以计数的咏唱佛事歌曲，并大量吸收"佛化"地方民间音乐曲调，使佛乐和民乐共生并存，相互融化，流传致远。据《五台山佛教音乐》刊载，佛乐历经了"初始、成形、恢复、完善和式微"五个时期。总体上看，虽然佛教音乐同佛教本身一样，从形式上没有能超过唐代，但在恢复中还是有一定的发展的。发展的主要表现随着五台山佛教与民间的交往而逐渐增多，随着全国佛教之间的频繁交流和相互影响，音乐在曲调上的不断丰富并逐渐被世俗化。同时，已流传于民间的唐代大曲、法曲和宋代大曲、民间乐曲以及文人词曲不断地被五台山吸收，并为僧人所用。在五台山现存之佛教曲谱及记载中，仍保留有一些唐、宋时大曲（片断）以及唐、宋在民间流传的词（曲）牌。如《能改斋漫录》的四首乐曲，现在可见的有《梁州》、《柳含烟》、《三皈依》三首。其中《三皈依》一曲直至现在还为五台山僧人所唱。

（三）反映广大劳动人民解放以前苦难生活与悲惨命运的民歌

过去由于自然条件和劳动条件所限，生产力水平低，尤其是广大农民深受三座大山的压榨，过着牛马不如的生活，所以，反映农民苦难生活和悲惨命运的民歌遍及各地。此外，还有反映妇女不幸遭遇的民歌，以及长工歌、孤儿歌、流浪汉歌。如《长工苦》、《回关南》、《打土豪劣绅》、《旧社会太压迫》、《羊倌歌》、《光棍苦》、《驴打滚饥荒愁煞人》、《苦伶仃》、《讨吃子要山药》、《无人区大逃难》……

（四）反映民间从事劳动生产的民歌

劳动号子是一种由体力劳动直接激发出来的歌。它随着劳动的节奏歌唱，与劳动行为相结合，具有协调劳动、指挥劳动、鼓舞情绪等特殊功能。五台山地区流传的劳动民歌，形式多样，内容丰富，有激越雄浑的《硪歌》、《硪调》、《打夯歌》、《打硪歌》、《紧硪歌》、《铁路硪歌》；也有委婉细腻的《卖菜》、《安瓜》、《摘花椒》、《挖苦菜》、《刨山药》、《拔萝卜》；还有地方色彩浓厚的《打酸枣》、《扳蘑菇》、《泥瓦工》、《拉骆驼》等。

（五）反映爱情和婚姻的民歌

这类民歌占有很大的比重，所涉及的方面很广。从这些民歌可以看到劳动人民真挚情感和高尚的情操。表现了劳动人民追求自由、追求幸福生活的美好愿望，也表现了他们对封建礼教，以及不合理婚姻制度愤懑和反抗。这类民歌大部分是从妇女角度唱出来的，几乎将爱情与婚姻的问题的各方面都涉及了。在封建、半封建社会里，旧礼教和旧婚姻制度像无形的锁链，紧紧地束缚着人们，青年男女要想通过自由恋爱达到婚姻的目的是不可能的。因而他们那种纯洁而热烈的恋爱，常常以悲剧结局而告终，而妇女的命运尤为悲惨。诸如：她们控诉买卖婚姻，反对父母包办：《父母主婚害死人》、《爹娘爱钱把奴送在鬼门关》、《童养媳活不成》；她们痛恨被媒婆子欺骗而坠入火坑：《骂媒人》、《恨媒婆》、《黑良心媒人害死人》；她们不服从强迫婚姻而追求自由：《旧社会压迫咱》、《离婚》、《老少换妻》、《奴与不称心的人活离散》；她们还有的以死表示对旧婚姻制度的反抗：《投井》、《跳山崖》、《二老爹娘要气坏》、《活不成阴朝里见》等。这些民歌正是她们对吃人封建礼教和不合理的婚姻制度的血泪控诉。

（六）歌唱历史人物和传记故事的民歌

这些民歌的内容多是赞颂历史上的英雄人物，或那些在劳动人民的思想感情中引起共鸣的历史传记故事。如《三国调》、《四大景》、《韩湘子度妻》、《祝英台下山》、《珍珠倒卷帘》、《张生戏莺莺》、《苏三起解》等。此类民歌长期以来在人民中间流传，受到广大人民的喜爱。不仅从中可以学到寓有教育意义的历史知识，而且借古抒怀，以此寄托自己的爱憎情感。

（七）反映人民革命斗争的民歌，并在五台山地区民歌中占有特殊的地位

在旧民主革命时期，五台山地区就传唱着《歌唱义和团》、《闹盐粮》、《打土豪劣绅》等具有反帝反封建意义和歌颂革命斗争的新民歌。进入新民主主义革命阶段以后，1921年中国共产党诞生，1922年山西就有了党的活动，1936年毛泽东同志和周恩来同志曾亲自率领中国工农红军，

由陕北出发渡黄河在山西播下了革命火种。抗日战争爆发后，五台山地区成为抗日根据地。我党领导的伟大革命运动，推动五台山地区的民歌发生了根本性变化。新的革命斗争生活，赋予民歌以新的生命，各地都曾涌现出大量的革命的新民歌。如《送郎打日本》、《拥护八路军》、《反扫荡》、《日本鬼子真可恨》、《打飞机》、《边区小唱》、《朱彭老总在南茹》、《毛主席来到咱代县城》等，这类民歌的风格特色主要是热情、清新、健美，其内容非常丰富，反映的生活面十分广泛，从政治到经济，从军事到生产，从对敌斗争到根据地建设，从国家大事到农民日常生活等，几乎无所不包，我们从中看到了一幅壮丽的革命历史画卷。

四、五台山民歌的种类

五台山地区的民歌种类繁多，而各歌种的形式更是多种多样。按照我国现行的民间音乐体系，对于民间歌曲的分类做法，并结合五台山地区古今民歌的传延流变情况，把千姿百态的民歌从体裁方面分类，大体可分为七大类：

（一）古代民歌类

（二）庙堂民歌乐曲类

（三）山歌（卷席片）类

（四）小调类

（五）劳动号子类

（六）秧歌类

（七）套曲类

（八）新民歌

这八大类体裁所包括的不同歌种和大体分布情况如下：

（一）古代民歌类

为梳理和考证五台山地区的古代民歌，曾经参阅和研究了大量的古今民歌经典书籍。比较典型的是于1978年上海古籍出版社出版的由商礼群选注的《中国古典文学作品选读——中国古代民歌一百首》。此书不仅书名冠以"古代民歌"，而且在"前言"中第一句话，即是"我国民歌具有悠久的历史"。"周代的《诗经》是我国历史上第一部记录民歌的总集。到了汉朝设立了一个专门掌握音乐名叫'乐府'的机关，由乐府机关收集的民歌，就称为乐府民歌。"又如，上海音乐学院出版社于2004年初版，2012年第8次印刷的由程天健编著的《中国民族音乐概论》一书，在《民间歌曲的词源》中载述：我国历史上曾沿用如下的称谓：歌，如《弹歌》相传是黄帝时代的民歌；辞，如《楚辞》中亦收入当时楚国的民歌；诗，如《诗经》、《乐府诗》均称民歌为诗；风，古代采集民歌为采风，十五"国风"全是民歌；曲，如《乐府诗集》所录汉代至南北朝时期的民歌称"西曲"；曲子词，唐五代时期敦煌卷中有《慢曲子》、《急曲子》等的曲谱以及大量无谱的曲子词；山歌，因唐朝诗中李益、白居易的"山歌"诗句，统称民歌为山歌；曲子，宋代民间曲子更加深入人心；元、明、清时期逐渐有了小令、小曲、俗曲、俚曲以及小调、时调等。特别是明清时期城乡广为流传的许多民歌小调至今仍在民间流传，距今已有三四百年的历史。依据上述历代民歌传承流变，列出五台山地区民歌体裁中的"古代民歌"其立意是确切无疑的。

几年来，搜集研究五台山民歌，已经收集到大量的古典民间歌曲和民间器乐曲牌，包括唐宋元明清等各个朝代均有。很值得庆幸和珍视的是，有许多古典民歌的歌词和曲谱双全，具有深远的珍藏价值和广泛的实用价值。

（二）庙堂民歌乐曲类

搜集和整理五台山地区的民歌，重要的是关注研究庙堂音乐和民间音乐的关系。于1978年8月，中国音乐家协会山西分会、山西省文化局音乐工作组编印了《五台山庙堂音乐》一本资料，并载有《五台山庙堂音乐调查报告》文章。文中指出："庙堂音乐同我国民族民间音乐一样是祖国宝贵的音乐文化遗产。它在一定的范围内反映了各个历史时期背景和社会生活。佛曲虽源于印度，但来华后，一开始它就吸引了大量的中国民族民间音乐，而纯粹的佛曲（梵曲）现在几乎无法找到。因而它不仅有着特殊的浓厚的民族色彩，而且还有着相当的独立性。"

纵观五台山庙堂音乐，由于它悠久的历史，为我们珍藏和传承了大量的古典乐曲和民间歌曲。通过几年的采风研究，庙堂音乐是以乐曲的形式吸收和传播民间歌曲的，至于寺院僧尼如何对待和赏析民歌的唱词，本书没有涉及并加以研究。但对于从庙堂采集的民间歌曲的曲调，尽力配附原有民歌词段，以便全方位地欣赏和传承每首民歌的曲与词。长久以来，庙堂音乐为了广传教义，利用节日和庙会等活动形式，给广大群众提供游乐和玩赏艺术的条件，这就使寺庙自然地形成了群众性的艺术活动中心，既给民间音乐创造了吸收消化庙堂音乐的机遇，又使庙堂音乐深深地扎根于群众之中。

五台山地区寺庙林立,历史悠久。高雅风趣的庙会长年不断。轰轰烈烈的歌舞演奏层出不穷,曾有一幅寺庙楹联写道:"两千年文殊道场岁岁笙箫歌舞贺盛事,五百里清凉胜境处处经声佛号庆太平。"这生动地描绘了五台山庙堂与民间音乐兴盛的局面。

(三)山歌(卷席片)类

山歌是五台山地区的主要歌种,蕴藏量丰富,分布广泛,流传深远。具体来说,就是那些适于劳动人民在山里、水边、林海、田间、崖畔以及场院随时可唱的短歌。据《中国民间歌曲集成·山西卷》载述:山西的山歌有"山曲"、"开花调"、"卷席片"等因地而异的各种不同的名称。"卷席片"(也叫烂席片,撅席片、揪席片)是五台、定襄、原平、忻府以及雁北一些地方对山歌的叫法。如陕北称山歌为"信天游",内蒙古称"爬山调",甘肃称"花儿"一样。五台山地区的卷席片与河曲一带的"山曲儿"基本相似。一般的特征是(1)形式短小、单纯,多数仅分为上下两句乐段结构;(2)词曲语言较为自由,便于歌唱者抒发自己的感情;(3)歌词一般是歌唱者根据自己的劳动和思想感情即兴编创的,看甚唱甚、想甚唱甚、作甚唱甚,因而感情真挚朴实;(4)随时随地张口便唱,唱多唱少,调高调低,全由性情所致,伴奏和场地均无讲究;(5)歌者声调一般高亢、嘹亮、悠扬、舒展。目的是为了:"吼几声嗓子图快乐","卷几张席片解心宽"。诸如五台县《柳叶柳》、《睡不醒》、《摘果子》、《摘花椒》、《打酸枣》、《洪秀英》、《庙门开》、《等哥哥》、《捡兰炭》、《卢狗亲上寿》、《小尼姑思凡》、《上工地》、《开荒支前》；原平市《想哥哥》、《我给妹妹捎个话》、《瞭见旁人瞭不见你》、《前屋檐下雨后屋檐流》《哥哥吃了八路军的粮》、《从前响瞭至后半晌》；定襄县《卷起席片解心宽》、《咱把那不好活全扔开》《走着站着把你顾》、《嘴上不说谁知道》、《麻秸盖不起房》、《送哥哥去走工》、《愁》、《人家都在你不在》、《尽是想你的调》、《人家都说们想哥哥》、《红公鸡叫鸣》、《吃醋》、《那可怎样》；繁峙县《不见你的面》；盂县《讨吃子要山药》、《来不来在你的心》、《扛长工》；忻府区《姑娘挑水》、《耕田忙》、《摘棉花》、《摘黄瓜》、《弯调》、《放牛调》、《摆一摆手》……

（四）小调类

何谓"小调"？经查阅1979年上海辞书出版社出版的《辞海》，释其"小调"又叫"小曲"。多产生于民间日常生活和风俗性活动中。曲调流丽抒情，结构比较整齐，以咏唱历史传说故事，描写自然，抒写离情者较多。"小调"相对于"大曲"而言，中国历史曾有汉魏大曲，其演唱情况已难考证。唐宋大曲则由同一宫调的若干"遍"组成的大型乐舞，每遍各有专名。大曲体制宏大，歌舞结合。又据《民族民间音乐概论》一书阐述，小调是抒情歌曲。在劳动群众，特别是妇女中，经常在一般性的劳动中吟歌自赏。人们常说山歌是"喊"的，男女都唱而常常是男性高唱；小调是"哼"的、唱的、吟的，男女都唱而常常又是女性轻吟。所以小调在农村（户内和房前屋后）、城市里的里巷、青楼酒肆发展开来，这是小调与山歌和号子等的重要区别。

小调在五台山地区的民歌中数量最多，分布最广，遍及各县市区。不论在农村，还是在城镇均广泛流行。小调富有相当的表现力，题材形式亦是丰富多彩的。有优美动听的抒情歌，如《绣荷包》、《绣花灯》、《茉莉花》、《送情郎》、《十样景》等；有感人至深的叙事歌，如《洪秀英》、《粉红莲》、《苦伶仃》等；有轻松欢快的游玩歌，如《观灯》、《闹元宵》、《对花》、《打秋千》、《拜大年》等；有幽默风趣的诙谐歌，如《古里怪》、《要女婿》、《扑蝴蝶》、《拍蚂蚱》等；有针砭丑恶现象的讽刺歌，如《骂媒人》、《抽洋烟》、《楼牌》、《刮野鬼》、《拍浮油》等。更多的是催人泪下的悲伤歌。这类小调占的比重大、类型多。反映妇女悲惨难活的尤其多，诸如：有反映对妇女无辜被迫害监禁的，如《二妮子坐监》、《起解苏三》、《囚女》；有反映不幸妇女被污蔑欺压的，如《妓女叹十声》、《妓女告状》；有反映公婆虐待媳妇的，如《婆婆鞭打媳妇》、《媳妇哭绣房》、《夸女骂媳》；有反映少女不幸婚姻的，如《小女花出聘》、《小女自述》、《小女婿尿炕》、《小女婿》、《东云休妻》、《妇女诉苦》；有反映寡妇悲惨生活的，如《小寡妇上坟》、《小寡妇寻人家》、《苦伶仃》、《苦相思》、《秋莲吊孝》、《雪梅上坟》；有反映妇女离愁别苦的，如《哭五更》、《思五更》、《五更苦》、《打五更》、《代县五更》；有反映妇女玩耍休闲的，如《二女争夫》、《上小楼》、《大闺女算卦》、

《小姑听房》、《毛女观灯》、《小观灯》、《巧打扮》；有反映妇女劳动生活的，如《正在绣房里坐》、《进绣房》、《姑娘挑水》等；有颂扬妇女参加革命斗争的，如《贤良女劝夫》、《劝郎参军》、《劝君参加八路军》、《纺线歌》、《你爹穿上好打日本鬼》……小调在表现社会生活的其他方面也是丰富多彩的，它从相当原始的条件下，行万里路，行数百年，越唱越兴旺，越唱人越爱，始终保持固有的基因，这正是它最具有价值的精髓。

（五）劳动号子类

劳动号子，简称"号子"，乃是人们从事繁重劳动时，为了统一指挥者的号令和劳动者的动作而唱的歌。号子一般是由一人领唱，众人唱和，类似呼喊似的歌曲，所以民间也叫"喊号"和"唱夯"。

五台山地区的劳动号子既具有山西一般性号子的共性，如工程号子、搬运号子、农事号子等基本类型和功能。但也表现出本地区鲜明的特性。主要有以下几个方面：一是数字号子。繁峙和代县的劳动者，在打夯时按照不同的人数和工程要求，编唱流传着七字夯歌、八字夯歌、九字夯歌和十字夯歌。并含有精炼的文化语言和适宜的歌唱节奏，使用时因地制宜，施工变成趣味劳动。二是变速号子。长期在铁路地段施工的原平市劳动者，他们专门有一套铁路碛歌，其中又按劳动时间的实际需要分为紧碛歌和慢碛歌。要求指挥者精明能干，众和者有力配合。三是趣味号子。五台县的号子种类多、水平高、趣味浓，其代表作品刊登在著名音乐艺术家刘德增著的《漫话山西民歌》一书中。现摘录供赏：

夯一日喊一天，更多的则是见甚唱甚的即兴演唱，而领号者往往是行家里手，出口成章，很是有听头。正巧此时远处有了动静，是穿红戴绿的小媳妇骑着毛驴由小丈夫相陪回娘家，人们顿时亢奋起来，领号者也提高了嗓门，我则捉笔急书，今日翻出加以改编供您品味。

（领）大伙擦擦眼/（众）哪嘿嘿嗬咳呀咳呀哈咳呀/（领）抬头往前看/（众应声略）/（领）说远在天际/说近在眼前/看那小媳妇/叫人看花了眼/是鸟天上飞/是树雨中站/有人说是月/可比月儿圆/有人说是花/可比花儿鲜/有人说是水/可比水儿甜/有人说是棉/可比棉儿软/有人说是炕/可比炕儿暖/有人说是电/可比电儿麻/有人说是神/可比神儿仙/要说有多美/咱可说不全/丈夫最知情/福气可不浅/看他美滋滋/乐得眯上了眼……

号子未落，直唱得小两口羞红了脸，扬鞭赶驴，一溜烟似得跑得不见了，人们笑得前仰后合，可领号者不紧不慢地又唱起来：

后生们你别笑/（众应声略）/别忘把活干/再加一把劲/快点把工完/等咱收了工/再来续新篇/有荤又有素/叫你听不完。

总之，劳动号子的基本功能表现在两方面：其一是实用性。通过唱号子，能让众人在劳动中行动协调，节奏统一，众志成城，乐而忘疲；其二表现性。用音乐艺术形式反映劳动者的意愿、力量和审美的情趣。

（六）秧歌类

据中国社会出版社出版的薛萌著的《秧歌》一书论述，从秧歌的发展历史来看，已经历几个朝代，汉代百戏、唐代参军戏、宋代舞队、元代社火，到了明清时代的秧歌，已经有了几千年的历史。这么久远的发展历史，使秧歌体现了伟大中华民族的文化，凝聚了劳动人民的智慧。《中国民间歌曲集成·山西卷》又将秧歌分为两大类：一是戏曲类秧歌；二是民歌体秧歌。五台山地区的秧歌，显然两大类齐全，戏曲类秧歌有繁峙秧歌和代县秧歌；民歌体秧歌主要分布在五台、定襄、原平、忻府、盂县和河北省的阜平、平山等地。

五台山地区的秧歌，历史悠久，种类繁多，分布很广。综合其主要特征：一是旋律明快，节奏感强，轻松欢悦，具有可舞性节律；二是经常有鼓吹和打击乐器伴奏并富于民族风味和地方色彩；三是结构多样，有两句、四句以及他们的变化形式，大多有各种重句、衬词、衬句。秧歌的主要功能：①传统民俗节日的娱乐性演唱，最红火热闹当数正月里闹元宵。②庆祝重大节日和有意义的活动的集会。③乡村婚嫁喜事娱乐以及鼓吹乐班的配合演奏。④习俗庙会、祭奠等活动表演等。

据王宾主编《忻州地区民歌集成》介绍，忻州地区的秧歌种类繁多，缤彩纷呈，具有浓厚的乡土气息。如五台老秧歌、五台登台秧歌、原平凤秧歌、原平踩圈秧歌，最突出的是定襄高跷秧歌和遍布各地的化装表演式民歌二人台。现将主要秧歌类型简述如下：

（1）**五台老秧歌**：据《五台县志》载述："五台民歌以秧歌为主"而且以"老秧歌"著称。五台秧歌所以之"老"，主要兴盛于四个历史时期：一是唐宋时期的庙堂民间音乐的兴起。敦煌莫高窟珍藏五台山曲子数量之大，歌词之美，编藏之精，为世人叹为观止，唐宋大曲敦煌曲子等为五台秧歌传延提供了古老文化源泉。二是杂剧的兴起和城乡戏楼的建筑，致使五台山地区的杂剧演唱达到空前繁盛时期。这里着重指出散曲和套曲的题材大多是民间歌曲和曲牌，并源源不断地流传至今。三是明清时期五台民间文艺活动相当兴盛，明清俗曲也广泛传延。据有确切记载之有关秧歌题材的遗存有：《霸王鞭》于清康熙年间从洛阳传入五台西庄村；《旱船》于清乾隆年间即流传于台城、豆村之地；《龙灯》明洪武年间为五台东岗村首创，用于春节秧歌表演；《烟火》于明朝天启年间，五台峡口村为驱赶牛瘟疫而表演烟火，后用于元宵节秧歌观灯节。四是抗日战争时期，五台曾为八路军总部和晋察冀边区军政驻地，《五台县志》载述"抗日战争时期，根据地大唱抗战歌曲，五台县的歌咏活动出现了历史上的鼎盛时期"。此次下乡采集民歌时，在五台槐荫村发现一本当时抗日干部留下的《中国民间歌曲选集》一书，系革命家庭赵文生老艺人收藏。

（2）五台登台秧歌：《五台县志》载"五台有高跷、扑地蜂、登台秧歌，霸王鞭、风搅雪等秧歌种类，俱演唱秧歌曲调。"登台秧歌，流行于陈家庄乡南塔村、东峪口乡明查湾村以及城关、东冶地区。演唱时有道白、对唱、独唱、伴有笙管牧笛、锣鼓铙钹，形同小戏曲，节目很多，后流行于全县。1957年东冶排演的舞台秧歌节目，获得省区的文艺锦旗。

（3）原平凤秧歌：属于一种集体歌舞表演，男、女各半，有独唱、齐唱，由一人主唱，大家帮唱。薛孤村、北贾村以一部分演员头戴附有竹圈的小帽，帽顶系有凤头，身背特制花鼓；另一部分演员手打特制小锣，与花鼓配合协调进行表演。该市踩圈秧歌、辘轳秧歌与凤秧歌紧密配合，十分精彩。代表性节目有《过大年》、《祝英台下山》、《白茂林卖画》等。

（4）定襄高跷秧歌： 秧歌演唱在定襄县具有悠久的历史，是一种带有浓郁地方特色的民间表演艺术，她不仅以舞姿优美、飘然欲仙的走场表演令人赏心悦目，而且又以生动活泼、独具韵味的民族演唱使人们喜闻乐见。高跷秧歌是定襄的一大特色，是全县群众最喜爱、最普及的艺术，它不但扭得好，还要唱得好，传承者数以百计的演唱节目，多是明末清初流传下来的优秀遗产。同时，新创作作品大量涌现，定襄县不愧为"河曲民歌二人台的第二故乡"。

（七）套曲类

何谓"套曲"？据上海辞书出版社于1979年出版的《辞海》载述："包含若干乐曲或乐章的成套器乐曲和声乐曲。奏鸣曲、交响曲、组曲、康塔塔等均属之。"据此音乐理论衡量，五台山地区民间音乐体系，不仅传延有民歌套曲种类，而且有些套曲流传年代久远，堪称艺术经典。据2013年12月凤凰出版社出版的全国著名学者任中敏著的《敦煌曲研究》一书，任先生（又名二北、半塘）还将套曲《大唐五台曲子·寄苏幕遮》旧属为唐代大曲类，认定写作时间于武则天"大周"年间。此书载述："尚有一调，应认为大曲者，并于此详之。《苏幕遮》——此调六首，除第一首外，辞前各有'第一'、'第二'……显然为大曲形式，舍认为大曲外，实无其它更适当的解释。"又如：《中国民族民间器乐曲集成·山西卷》巨著中，由主编刘建昌撰写的《五台山汉传（青庙）音乐》一文载述："五台八大套，每部套曲都由十余首乐曲而组成，所组合的曲目中既有五台山佛曲，又有山西省流行的古典乐曲和民间乐曲，因此，这八部套曲，既为寺庙所用，又在民间广为流行。"可以看出，从其层次结构和节奏变化的递增来对照，它和唐、宋法曲十分相似，显然是继承和仿照唐宋法曲的结果。在采集五台山民歌实践中，曾多次仔细研究分析"五台八大套"每一组套曲和结构，其中显见有些套曲从形式到内容均由民间歌曲组成，而且词与曲两全，广为流传演唱。如著名音乐学家杨荫浏于1951年在山西太原抄录的《五台山僧寺流传宋时乐谱》——国民师范雅乐团油印的《国乐八大套》中的第一套《推辘轴》，此套内之10首民歌均由古调俗字谱和民间演唱的歌词构成。

五、五台山民歌的艺术风格和地方色彩

五台山地区民歌由于所属各县、市、区的地理环境、经济状况、文化传统、生活条件、风土人情、语言特点、音乐习惯等均不相同。故而影响到各地区民歌有不同的风格和明显的地方色彩。此外，在地理位置上，五台山东依河北大平原，西接晋北黄土高原，南邻山西晋中腹地，北靠雁北边塞地带，因而相互交流、传播影响，逐步形成了各自的地方风格，孕育了多彩的音乐文化特色。

根据《中国民间歌曲集成·山西卷》书中，对全省民歌四大色彩区的划分，五台山地区民歌属于晋西北色彩区。具体分布又划归太原地区以北"三大片"的"五台山

地区"之片，其余为西北地区和雁门关外两大片。这三大片地区的民歌蕴藏量是全省最多的，歌种也是最全的。在各歌种中，最具特色的是山歌（包括山曲和卷席片），山野风味浓厚，歌声高亢、嘹亮、悠长、舒展。堪称黄土高原的黄钟大吕，中华音乐的文化瑰宝。在音乐上还有以下几个明显的特点：

（一）曲式结构

五台山地区民歌的曲式结构，一般由上、下两个乐句和四个乐句组成的乐段结构，体现了山西民歌的基本形式特征。这种结构的句式，又可分为模仿式和对比式两种。模仿式的例子较多，特点是上下两句句式基本相同，只有在结尾处有所变化，甚至只有一音之差。这种两句式结构，上句的终止音大都是调式的支持音，即上下四、五度，偶尔也有八度、六度。四句式结构一般都体现着"起承转合"的规律，如《绣荷包》。但是二句、四句式的结构并不都是这种整齐的形式，大量的还是在此基础上加以扩充而发展变化为比较自由的形式。如五台县的《打酸枣》。

（二）语言技巧

形象、生动、洗练的地方语言和优美、流畅、朴实，且富有乡土风味的曲调，是构成当地民歌地方特色的主要因素。民歌的演唱者们都是用当地的方言土语演唱。在语言艺术上想象丰富，比喻恰当，表达生动，尤其在情歌中更为突出。在语言的运用上采用了多种多样的技巧手法，最为多见的有：

①比兴："半山山点灯半山山明，瞭见旁人瞭不见

你。""火车车拉笛铁轨轨响,前半晌瞭你至后半晌。""百灵灵鸟儿绕天飞,你才是哥哥的麻缠鬼。"

②排句:"大个个那个身子,细飒飒的腰,长把把的辫子,苗条条的身,哥哥看见你哪达达也好。"

③排比:"天阴下雨石头上站,瞭见哥哥放羊真伤心;风吹雨打浑身打战,妹妹瞭见哥哥实可怜。""山在水在石头那个在,人家都在就是你不在。"

④对比:"红红的阳婆,蓝蓝的那天,想见哥哥晒黑了脸;""前房檐下雨后房檐流,交朋友好来难到头。"

⑤重叠:"想你想你真想你,变成蝶蝶跟上你;""二绳绳草帽白带带飘,哥哥的针线线,是心儿上的爱。"

⑥叠字:"想哥哥容易见哥哥难,黑黝黝头发全脱光;""十一月里来什么花花开呀?十一月里来水仙花花、花花、花花花花儿开。"

⑦缀句:"杨柳那四季常青,一溜果果,一溜果果;吆咿吆呀,咿吆咿呀;七呤呤,八呤呤;咳得儿忽拉拉、卜拉拉杨柳青那呀咳。"

(三)旋律特点

旋律结构是以"四音音列"为骨干构成的"双四度框架"为基础的,"3(mi音)"和"6(la音)"在曲调中往往属经过音的性质。旋律线基本以"扬抑型"和"抑扬型"为特征。"扬抑型"是曲调从中音开始,上行至最高音然后下行结束;"抑扬型"即以从高音开始,下行至最低音然后上至中音(或高音)结束。另外,还有少量的"曲折型"旋律,即由上述"扬抑型"和"抑扬型"结合而成。旋律进行的跳进以及跳进后的反向级进是明显的特点。最多的四度跳进，八度、九度、十度，甚至十二度的大跳也较为常见。节奏和节拍是比较自由的。从歌谱上看比较整齐、均匀，而在实际演唱时，却不是呆板的，而是自由、舒展的。一些长音，甚至句中的某些音的长度也是即兴的。

（四）演唱特点

由于各地民歌具有不同风格特点，也就在演唱时产生和形成了各自的特色。五台山地区的民歌演唱时类似山西省的演唱特点，即采用真假声混合运用。平素所见印刷出版的民歌曲谱，民间艺人演唱时所用的调比一般演唱时的调要高，否则唱出来的味道就大为减色，因此民歌演唱者大都是真假声混合运用。另外，深居五台山大山中的羊倌、农夫、采药者和游客们，他们会情不自禁地拉长嗓、放高调"吼喊"自己喜爱的民歌，从不受什么曲谱调式的限制，其旋律超十二度，以致二十度者也为常见。

总之，五台山民歌有着多内容、多形式、多风格的特点，它们是山西民间艺术宝库的珍贵文化遗产，是华夏文明的重要组成部分，是中华民族光彩夺目的文化符号，让我们在新的历史条件下，保护和传承光彩夺目的民歌文化，为五台山世界文化遗产的振兴和发展做出新的有益贡献。

民歌五台山

第 1 篇

古代民歌

正如革命导师马克思的论述："民歌是唯一的历史传说和编年史。"综观五台山地区民歌漫长发展的历史和现实，深刻地表明民歌是人民群众在生活实践中经过广泛的口头传唱而产生和发展起来的歌曲艺术，是社会生活和人民思想情感最直接、最真实的反映。

历经几年来的采风实践，深切地感到五台山地区民间歌曲具有一个最显明的特色，就是古代民歌体系。五台山地区的古代民歌承载和传递了长达两千余年来民间音乐歌曲的辉煌成就和人民心声。

由西南师范大学出版社出版的刘正维编著的《民族民间音乐概论》刊载："关于民族民间音乐中传统音乐的分类，从20世纪中期起一直分为民间歌曲、歌舞音乐、说唱音乐、戏曲音乐、民族器乐等五大类。民间歌曲的体裁则分为号子、山歌、小调三类和古代歌曲。或者还包括兄弟民族的民歌等。"在此书的编辑过程中，着意将五台山地区的"古代民歌"列为首篇。其宗旨是为客观地反映和体现本地区"古代民歌"的历史地位和深远价值。五台山地区"古代民歌"具有历史悠久、数量丰硕、内容厚重以及实用性强和科研价值深远等特点，乃是中华民族民间音乐的千古洪钟和珍奇璀璨的宝库，是中国民间歌曲艺术五彩缤纷、年久盛开的奇葩，更是探索和研究我国佛俗不同领域声乐艺术相融并茂的神圣源地。

大唐五台曲子

据张沛主编的《中国民间歌曲集成·山西卷》、刘建昌主编的《中国民族民间器乐曲集成·山西卷》和杨荫浏著的《中国古代音乐史稿》等书著载述，敦煌历史资料存有《大唐五台曲子六首》。又据赵林恩编著的《五台山诗歌总集》一书"敦煌资料"载有《五台曲子五首·寄在苏幕遮六首》，系录自王梓盾《五台山与唐代佛教音乐·附录》。文中说《大唐五台曲子寄在苏幕遮》演唱于无遮大会，共六段，有总述、有分演，配合一支规模宏伟的大曲曲调……表明当时五台山拥有规模宏大的佛教音乐团体，拥有数量可观的佛曲曲目。《山西民族民间器乐曲综述》作者刘建昌认为：这首佛乐套曲是"禅宗"所采用的"俗曲音乐"。"考《苏幕遮》原出高昌康国泼水乞寒之戏，因舞蹈者著'苏幕遮'帽得名，北周宣帝时传入，盛于初唐。"四川人民出版社出版，陕西省艺术研究所李健正著的《最新发掘唐宋歌曲》著述中有关《苏幕遮》说明："敦煌歌词《大唐五台曲子六首》也可以用这首短小的曲调来演唱。"

特别是由中国艺术研究院研究员、政府特殊津贴专家傅雪漪编著，1996年8月中国戏剧出版社出版的《中国古典诗词曲谱选释》一书，在"碎金词谱（选译）"中载有《苏幕遮》曲谱并配有歌词。经傅先生将此首《苏幕遮》的曲谱与歌词"敦煌资料遗存"的《大唐五台曲子六首》详细对照，优雅完整的曲谱与每首两段的14个词句适配切合，词曲俱佳，完美地体现了《大唐五台曲子》的歌曲形式和内容。"注释"中云:"苏幕遮,词牌名,本唐教坊曲名。幕亦作莫、摩。《古今词话》:(摩遮)胡服,一云高昌女子所戴油帽。"

5年来,采编组十分注重搜集研究和录制整理五台山珍藏的古代民歌。有关《大唐五台山曲子》民歌的论说和资料,曾搜集、购买和借阅了三十余种学术著作。现将全国著名学者、教授和民间歌曲研究专家撰著的有关唐代民歌——曲子的论述载列于后,以供鉴赏。

据山东教育出版社于1993年第1版,2009年第23版,由孙继南、周柱铨主编的《中国音乐通史简编》一书第四章"隋、唐、五代时期"第三节"民间俗乐"中载述:"隋唐音乐在社会生活中的覆盖面相当广泛,各种不同层次的音乐在不同社会阶层中发挥着各自的作用。民间俗乐则是在社会底层广为流传,受到广大百姓喜爱的音乐形式。曲子是隋唐时期一种新兴的民间歌曲。它的产生是因为自北魏、北周以来,西域音乐大量传入中原,加上长期积累下来的汉族传统音乐,在社会上遗留下无数极为流行的曲调。所谓'胡夷里巷'之曲,民间歌手或乐工利用这些现成曲调填词歌唱。于是,产生了曲子这种新颖的长短句歌曲。'盖隋以来,今之所谓曲子者渐兴,至唐稍盛'。(注:王灼《碧鸡漫志》)。《杨柳枝》是隋代著名的曲子,流行于隋炀帝时期。唐代的白居易用它填词八首,其一词云:'古歌旧曲君休听,听取新翻《杨柳枝》。'可知曲子是一种可以填入各种新词、百唱不厌的新颖的民间歌曲形式。《敦煌歌辞总编》共收入唐、五代曲子词1300余首,多为民间歌曲,如《望江南》表现了一个被抛弃女子的怨恨,歌词具有口语化的特点。山西五台山寺庙中至今仍保存着《望江南》的曲调,有的学者认为,这时真正的唐代歌曲，乃是古老的音乐文化在封闭式的寺院中世世代代保存下来的一个罕见谱例。"

又据上海音乐出版社于2004年第1版、2012年第8次印刷的由程天健编著的《中国民族音乐概论》（文字部分）第一章"民间歌曲"第一节"概述"中有关民间歌曲的词源载述："唐代的民歌被广泛流传和应用，唐代曲子是人们最喜欢的曲调，而且进行了更多的加工和改编，填入多种唱词、精心处理。宋代民间曲子更加深入人心，成为多种民间艺术形式的构成基础。"

又据吉林大学出版社出版的由孙会玲编著的《中国古代歌曲与名作鉴赏》一书，第四章"隋、唐、五代歌曲"第四节"唐代民间歌曲和文人歌曲"载述："随着社会经济的快速发展和城市的兴起，唐代的民间歌曲非常发达。唐代民歌又称为"曲子"、"小曲"，它和汉乐府的相和歌一脉相承，也是产生于民间街头巷陌的俗曲。敦煌留存的资料显示，唐代曲子存歌词约有五百九十首，曲调约八十首。他们直接源于百姓的田间地头和城镇居民的日常生活，作品既有民间集体创作，也有文人、乐工仿效民间形式而创作，或对其进行艺术加工后成为具有一定格式的艺术歌曲。唐代曲子在当时非常流行、反映现实生活的内容也非常丰富多样。不仅寻常的百姓唱曲子，王孙公子也唱曲子，歌楼舞榭更是曲子盛行。"

又据西南师范大学出版社于2005年出版、2008年第9次印刷的由刘正维编著的21世纪新音乐理论丛书——《民族民间音乐概论》一书，第二章"民间歌曲"第一节"民间歌曲概述"载述："从敦煌发掘出的曲子资料和有关燕乐、变文的记载可以看出，唐代民歌的创作和传播相当繁盛的。"

还有众多学者、专家论述有关唐代大曲、法曲与小曲的关系。"唐代是大曲发展的鼎盛时期。作为燕乐的一部分，唐大曲不仅数量多，来源广泛，艺术水平很高。唐大曲也称燕乐大曲，是一种集歌唱、舞蹈、器乐演奏于一体的结构庞大的大型歌舞音乐，歌唱是其中的重要部分。白居易等人将《霓裳羽衣曲》称为法曲，是指乐曲的风格而言的。法曲'音清而近雅'，源于道教音乐。"唐代民歌又称曲子、小曲，是相对大曲而言的，是来源流传于民间街头巷陌的俗乐小调。

苏 幕 遮

（大唐五台曲子六首）

1 = F 4/4

敦煌遗存《大唐五台曲子》词
傅雪漪选释《碎金词谱》曲

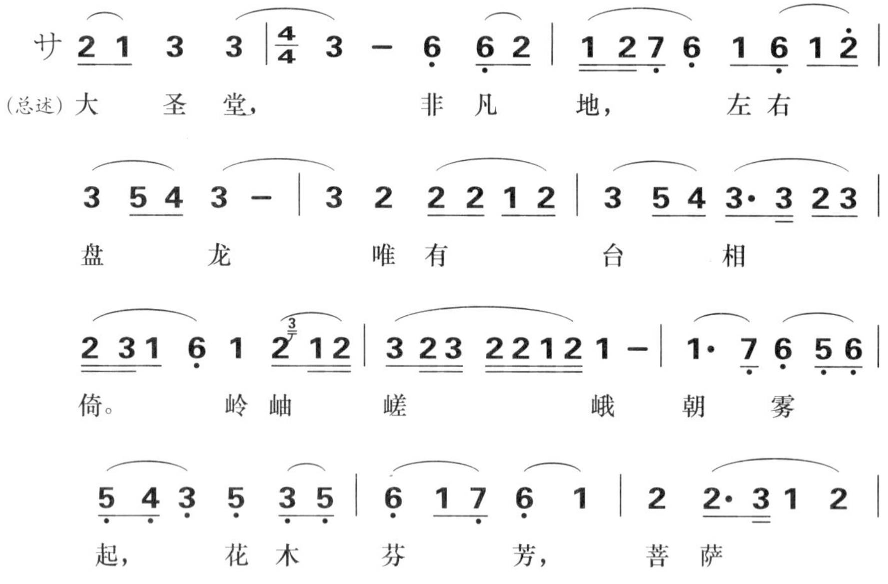

廿 2 1 3 3 | 4/4 3 — 6 6 2 | 1 2 7 6 1 6 1 2 |
（总述）大　　圣　　堂，　　非　凡　地，　　左　　右

3 5 4 3 — | 3 2 2 2 1 2 | 3 5 4 3·3 2 3 |
盘　龙　　　　唯　有　台　相

2 3 1 6 1 2̲1̲2 | 3 2 3 2 2 1 2 1 — | 1·7 6 5 6 |
倚。　岭　岫　嵯　　峨　朝　雾

5 4 3 5 3 5 | 6 1 7 6 1 | 2 2·3 1 2 |
起，　花　木　芬　　芳，　菩　萨

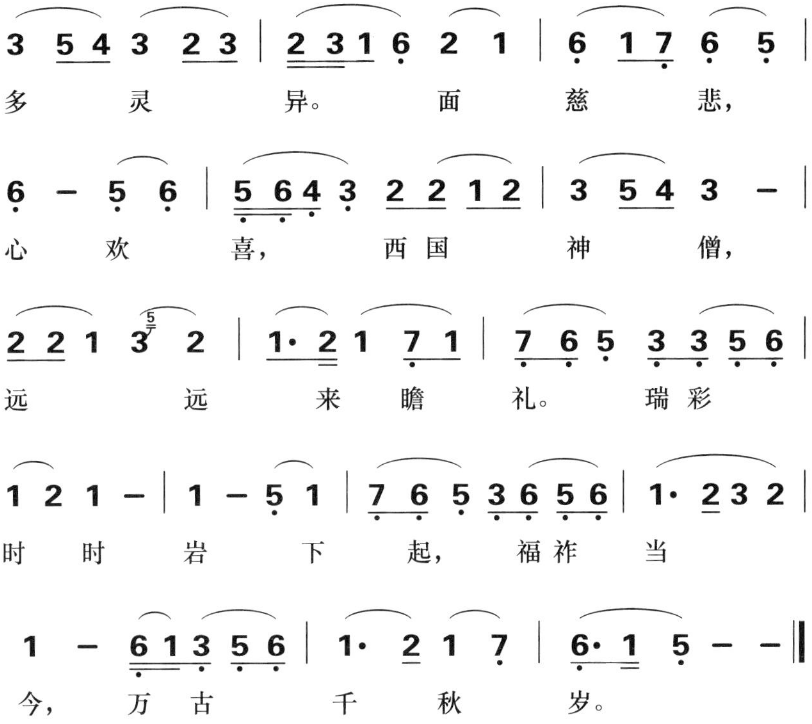

（乐谱略）

（分演）

第一

上东台，过北斗，望见扶桑，海畔龙神斗。
雨雹相和惊林薮，雾卷云收，现化千般有。
吉祥鸣，狮子吼，闻者狐疑，怕往罗延走。
才念文殊三两口，大圣慈悲，方便潜身救。

第二

上北台，登险道，石径崚嶒，缓步行多少。
遍地莓苔异软草，定水潜流，一日三回到。
骆驼焉，风袅袅，来往巡游，须是身心好。
罗汉岩顶观漆河，不得久停，唯有龙神操。

第三

　　上中台，盘道远，万仞迢迢，仿佛回天半。
　　宝石巉岩光灿烂，异草名花，似锦堪游玩。
　　玉华池，金沙畔，冰窟千年，到者身心颤。
　　礼拜虔诚重发愿，五色祥云，一日三回现。

第四

　　上西台，真圣境，阿耨池边，好是金桥影。
　　两道圆光明似镜，一朵香山，崒屼堪吟咏。
　　师子踪，深印定，八德池边，甘露常清净。
　　菩萨行时龙众请，居士谈扬，唯有天人听。

第五

　　上南台，林岭别，净境孤高，岩下观星月。
　　远眺遐方思情悦，或听神钟，感愧捻香爇。
　　蜀锦花，银丝结，供养诸天，菡萏无人折。
　　往日尘劳今消灭，福寿延年，为见真菩萨。

（五台山）

望　江　南

唐代民间歌曲《望江南》传承至今，搜集到三个版本著述与五台山有关：其一，据山东教育出版社出版的由孙继南、周柱铨主编的《中国音乐通史简编》，在"民间俗乐"一节中云：《敦煌歌辞总编》共收入唐、五代曲子词1300余首，多为民间歌曲。山西五台山寺庙音乐中至今保存着《望江南》的曲调。有的学者认为，这是真正的唐代歌曲，乃是古老的音乐文化在封闭的寺院中世世代代保存下来的一个罕见谱例。这首民间歌曲由白居易填词，陈家滨译配（附：五线谱影印图）。其二，又搜集录制到由人民音乐出版社出版的《中国民族民间器乐曲集成·山西卷》书中《五台山汉传（青庙）音乐》，由作者刘建昌采录、记谱的《望江南》（"三昼夜本"选曲）。其三，由上海音乐出版社出版的韩军著《五台山佛教音乐》书中所述：《望江南》是《吉祥会解》用曲之一。其名见于唐代，为赞体，词格三、五、七、七、五，与唐代同。简谱是依据亚欣1948年采集整理而成。

望 江 南
（一）

五台山寺庙音乐词谱
唐代遗存 韩军 译著

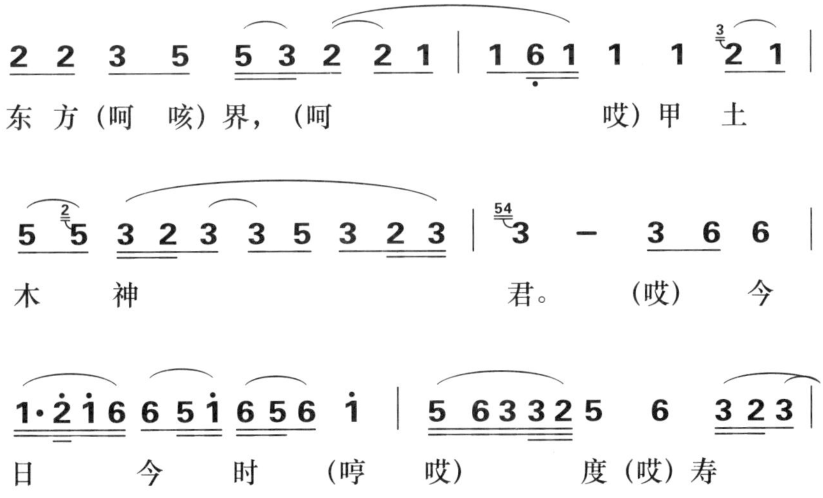

1 = C 4/4

慢板

2 2 3 5 | 5 3 2 2 1 | 1 6 1 1 1 $\overset{3}{2}$ 1 |
东 方（呵 咳）界，（呵　　　哎）甲 土

$\overset{2}{5}$ 5 3 2 3 3 5 3 2 3 | $\overset{54}{3}$ — 3 6 6 |
木 神　　　君。（哎） 今

1·2 1 6 6 5 1 6 5 6 1 | 5 6 3 3 2 5 6 3 2 3 |
日　今 时（哼 哎） 度（哎）寿

—9—

附：五线谱《望江南》

望 江 南
（二）

五台山青庙音乐
陈家滨 译配

[青庙乐词] 东方（呵 咳）界，（呵 哎）甲土
[白居易词] 江南（呵 咳）好，（呵 哎）风景

木 神 君。（哎）今
旧 曾 谙。（哎）日

日 今 时（哼 咳） 度（哎）寿
出 江 花（哼 咳） 红（哎）胜

浪 淘 沙

《浪淘沙》名见于唐代。但唐时为七言诗体，与此不同。从宋词起为长短句，与此词格同，《全金元词》亦同。《九宫大成南北词宫谱》所载也相同。

袁静芳著《中国汉传佛教音乐文化》记载：据唐代崔令钦《教坊记》载，《浪淘沙》该曲为玄宗（李隆基）开元年间（713—741）作，创始于唐教坊曲。刘禹锡（772—842）《浪淘沙》单调的词格为"七，七。七，七。"（4句28字）；皇甫松《浪淘沙》的词格亦同；李煜《浪淘沙》词格多为双调（两段），词格为"五，四。七。七，四。五，四；七。七，四。"（10句54字）；欧阳修、张炎等人词格亦同。

据2012年4月由南开大学出版社出版的龙建国著的《唐宋音乐管理与唐宋词发展研究》一书载述，"唐《教坊记》杂曲转为词者130个，其中《浪淘沙》列为第20曲。"

见韩军著《五台山佛教音乐曲谱》之"令调"第十八曲为《浪淘沙》，而且词谱齐全。《吉祥会解》中存载，词为六句，其词格为五，四，七，四，三，四。曲在《宣统本》中有记（调号R=1）。另有《中国古代歌曲七十首》书载由"王迪定谱，欧阳修词"之《浪淘沙》附录供参照。

浪 淘 沙

1 = C 4/4

五台山庙堂音乐词谱
唐·刘禹锡《竹枝》诗

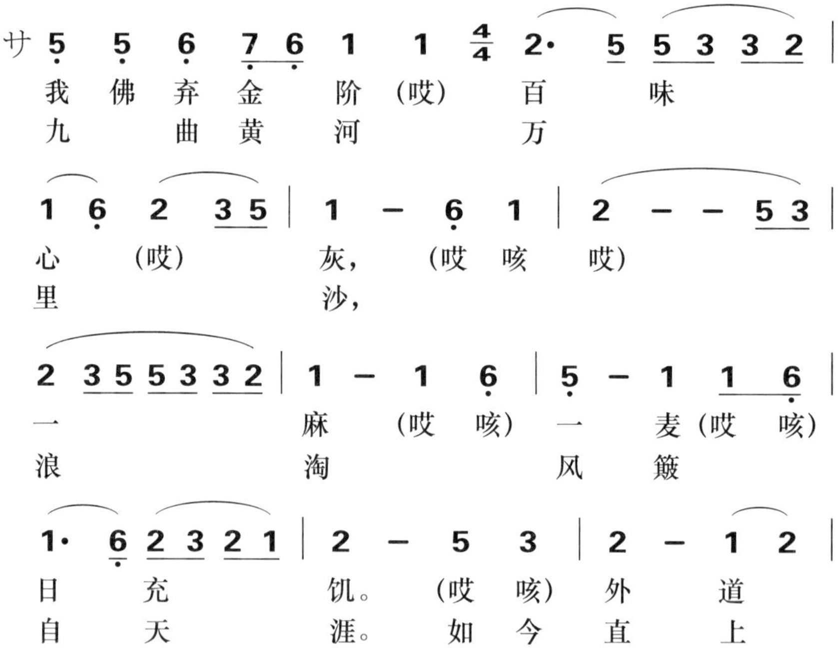

卅 5 5 6 7 6 | 1 1 4/4 2· 5 | 5 3 3 2 |
我 佛 弃 金 阶（哎） 百　　味
九 曲 黄 河 万

1 6 2 3 5 | 1 — 6 1 | 2 — — 5 3 |
心（哎）　　灰，（哎 咳 哎）
里　　　沙，

2 3 5 5 3 3 2 | 1 — 1 6 | 5 — 1 1 6 |
一　　麻（哎咳）一　　麦（哎咳）
浪　　淘　　　风　簸

1· 6 2 3 2 1 | 2 — 5 3 | 2 — 1 2 |
日　充　饥。（哎咳）外　道
自　天　涯。 如今 直 上

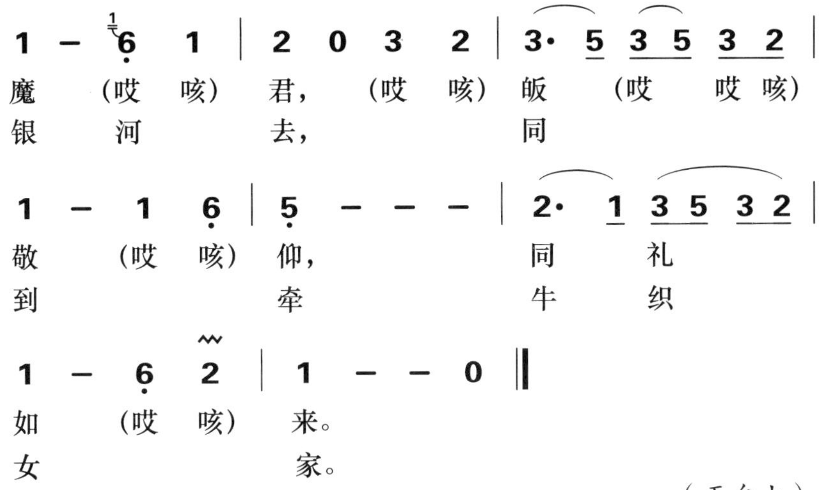

```
1 - 1̇ 6̇ 1 | 2 0 3 2 | 3· 5 3 5 3 2 |
魔 （哎 咳） 君， （哎 咳） 皈 （哎  哎 咳）
银  河    去，      同

1 - 1 6̇ | 5 - - - | 2· 1 3 5 3 2 |
敬 （哎 咳） 仰，    同    礼
到       牵    牛   织

1 - 6̇ 2 | 1 - - 0 ‖
如 （哎 咳） 来。
女       家。
```

（五台山）

菩　萨　蛮

　　据中央民族学院出版社出版的袁静芳著的《中国汉传佛教音乐文化》一书载述：《菩萨蛮》系唐教坊曲，又名《子夜歌》、《重叠金》。该乐曲早于唐代已在社会僧俗领域中广泛流传。关于《菩萨蛮》的来历，据宋王灼《碧鸡漫志》载：《南部新书》及《杜阳篇》云："大中初，女蛮国入贡，危髻金冠，璎珞被体，号'菩萨蛮队'，遂制此曲。当时倡优李可及作《菩萨蛮队舞》，文士亦往往声其词。"据此，可知此调是外来舞曲。在此之前开元间崔令钦所著《教坊记》，已有此曲名可证，这种舞队不止一次输入中国。

　　又据中国文联出版社出版的廖奔主编、刁艳编著《中国民歌》一书"敦煌民间曲辞"载述：20世纪初，大量五代写本被发现于甘肃敦煌莫高窟（又名千佛洞），随之而重新问世的唐五代民间词曲，或称敦煌曲子，或称敦煌歌辞。它们是千年词史的椎轮大辂。

敦煌民间曲辞抒写男女爱情的《菩萨蛮》乐曲，早已由佛教庙堂音乐和民间歌曲流传于五台山地区。其内容表述了一对青年男女，对爱情坚贞不渝、矢志不移的递相盟誓。其抒情方式大胆、泼辣，遣词造句不假雕饰，充分表现出民间歌辞的质朴自然本色，使得这首古老民歌成为唐朝诗苑中的一颗璀璨明珠，与汉代民歌中的《上邪》媲美辉映。

菩 萨 蛮

自禅 传谱 肖学俊 记谱
敦煌遗存民间曲辞

1 = C

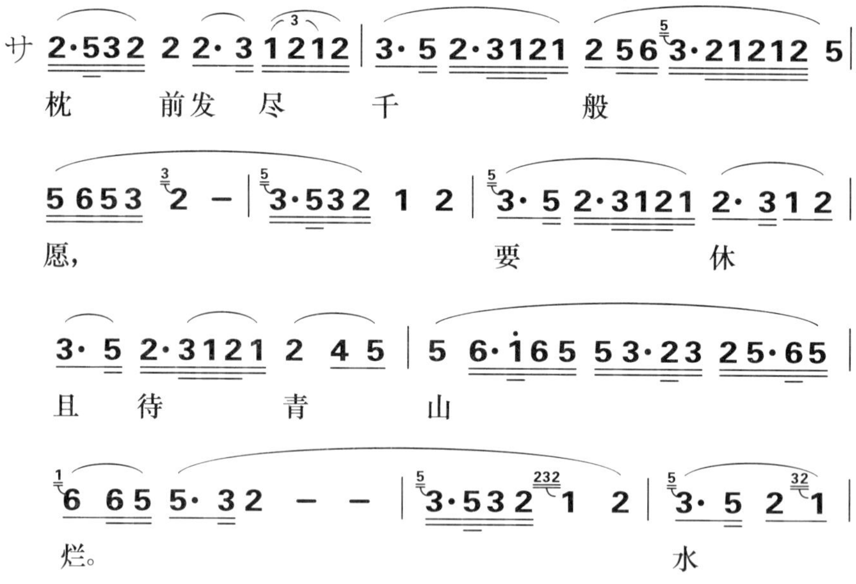

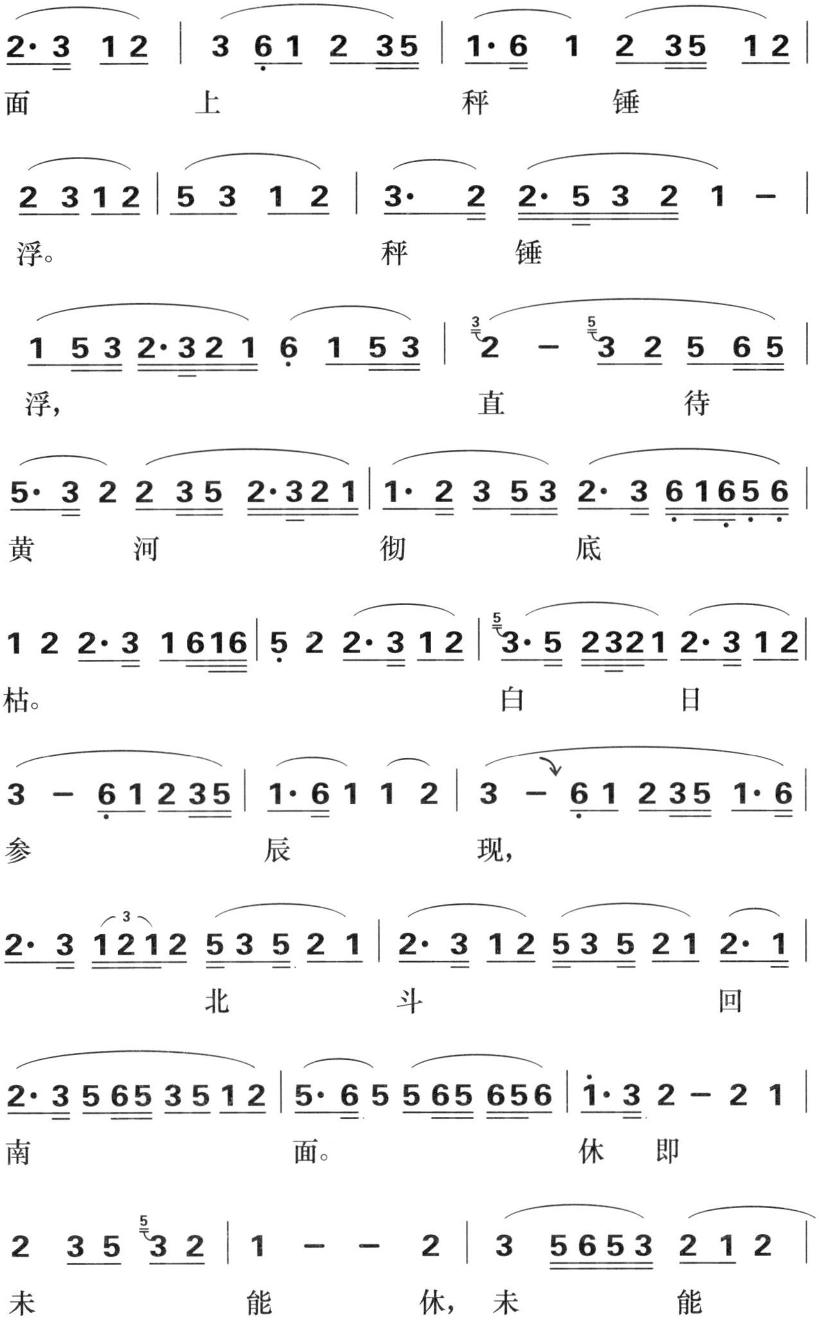

$\underline{2\cdot 3}\ \underline{1\ 2}\ |\ \underline{3\ \dot 6\ 1}\ \underline{2\ 3\ 5}\ |\ \underline{1\cdot \dot 6}\ \underline{1\ 2}\ \underline{3\ 5}\ \underline{1\ 2}\ |$
面　　上　　秤　　　　锤

$\underline{2\ 3\ 1\ 2}\ |\ \underline{5\ 3\ 1\ 2}\ |\ \underline{3\cdot\ 2}\ \underline{2\cdot 5}\ \underline{3\ 2\ 1}\ -\ |$
浮。　　　　秤　　锤

$\underline{1\ 5\ 3}\ \underline{2\cdot\ 3\ 2\ 1}\ \underline{\dot 6}\ \underline{1\ 5\ 3}\ |\ \overset{3}{2}\ -\ \overset{5}{3}\ \underline{2\ 5\ 6\ 5}\ |$
浮，　　　　　直　　待

$\underline{5\cdot\ 3}\ \underline{2\ 2\ 3\ 5}\ \underline{2\cdot 3\ 2\ 1}\ |\ \underline{1\cdot 2}\ \underline{3\ 5\ 3}\ \underline{2\cdot 3}\ \underline{6\ 1\ 6\ 5\ 6}\ |$
黄　河　　彻　　底

$\underline{1\ 2}\ \underline{2\cdot\ 3}\ \underline{1\ 6\ 1\ 6}\ |\ \underline{\dot 5}\ \underline{2\ 2\cdot 3\ 1\ 2}\ |\ \overset{5}{3\cdot}\ \underline{5}\ \underline{2\ 3\ 2\ 1}\ \underline{2\cdot 3}\ \underline{1\ 2}\ |$
枯。　　　　　白　　日

$3\ -\ \underline{6\ 1\ 2\ 3\ 5}\ |\ \underline{1\cdot \dot 6}\ \underline{1\ 1\ 2}\ |\ 3\ -\ \underline{6\ 1\ 2\ 3\ 5}\ \underline{1\cdot \dot 6}\ |$
参　　　　辰　　现，

$\underline{2\cdot 3}\ \underline{\overset{3}{1\ 2\ 1\ 2}}\ \underline{5\ 3\ 5\ 2\ 1}\ |\ \underline{2\cdot 3}\ \underline{1\ 2}\ \underline{5\ 3\ 5}\ \underline{2\ 1}\ \underline{2\cdot 1}\ |$
北　　斗　　　　回

$\underline{2\cdot 3}\ \underline{5\ 6\ 5\ 3\ 5\ 1\ 2}\ |\ \underline{5\cdot 6}\ \underline{5\ 5\ 6}\ \underline{5\ 6\ 5\ 6}\ |\ \underline{\dot 1\cdot 3}\ 2\ -\ \underline{2\ 1}\ |$
南　　面。　　　　休即

$2\ \underline{3\ 5}\ \overset{5}{\underline{3\ 2}}\ |\ 1\ -\ -\ 2\ |\ 3\ \underline{5\ 6\ 5\ 3}\ \underline{2\ 1\ 2}\ |$
未　　能　　休，未　　能

古代民歌

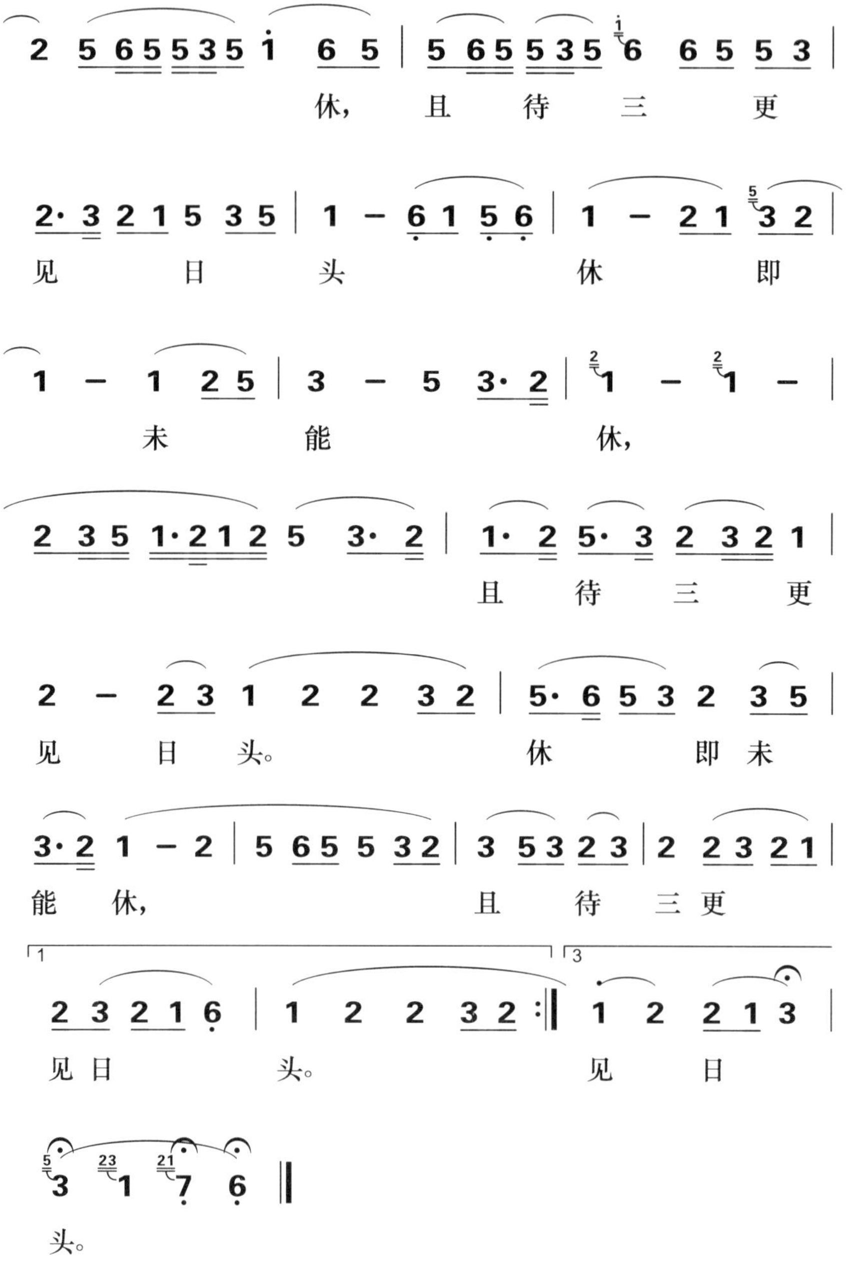

民歌五台山

$2\ \underline{5\ 6}\ \underline{5\ 5\ 3\ 5}\ \dot{1}\ |\ 6\ 5\ |\ 5\ \underline{6\ 5}\ \underline{5\ 3\ 5}\ \overset{\dot{1}}{6}\ |\ 6\ \underline{5\ 5\ 3}\ |$
休， 且 待 三 更

$\underline{2\cdot\ 3}\ \underline{2\ 1}\ \underline{5\ 3\ 5}\ |\ 1\ -\ \dot{6}\ \dot{1}\ \dot{5}\ \dot{6}\ |\ 1\ -\ \underline{2\ 1}\ \overset{5}{3\ 2}\ |$
见 日 头 休 即

$1\ -\ 1\ \underline{2\ 5}\ |\ 3\ -\ 5\ \underline{3\cdot\ 2}\ |\ \overset{2}{1}\ -\ \overset{2}{1}\ -\ |$
未 能 休，

$\underline{2\ 3\ 5}\ \underline{1\cdot\ 2}\ \underline{1\ 2\ 5}\ \underline{3\cdot\ 2}\ |\ \underline{1\cdot\ 2}\ \underline{5\cdot\ 3}\ \underline{2\ 3\ 2\ 1}\ |$
且 待 三 更

$2\ -\ \underline{2\ 3}\ 1\ \underline{2\ 2}\ \underline{3\ 2}\ |\ \underline{5\cdot\ 6}\ \underline{5\ 3\ 2}\ \underline{3\ 5}\ |$
见 日 头。 休 即 未

$\underline{3\cdot\ 2}\ 1\ -\ 2\ |\ 5\ \underline{6\ 5\ 5}\ \underline{3\ 2}\ |\ 3\ \underline{5\ 3\ 2\ 3}\ |\ 2\ \underline{2\ 3\ 2\ 1}\ |$
能 休， 且 待 三 更

|1.———————————|2.—————|
$\underline{2\ 3\ 2\ 1\ \dot{6}}\ |\ 1\ 2\ \underline{2\ 3\ 2}\ :\|\ \overset{\frown}{1}\ 2\ \ 2\ 1\ 3\ |$
见 日 头。 见 日

$\overset{5}{3}\ \overset{23}{1}\ \overset{21}{7}\ \overset{\cdot}{6}\ \|$
头。

（五台山）

八 拍 子

据《五台县志》载："《八大套》曲牌箴言套令中的《八拍子》系由八个曲子组成。"又据中国文联出版社出版，由孟奋臻先生编著的《五台民间吹打乐——〈八大套〉与〈大得胜〉》一书著述，《箴言套》第九曲《八拍子》详载其一至八的曲谱（简谱）。另在《鹅郎套》第七、九、十一曲中，分三次连载其《八大套》之中的《八拍子》简谱。

又据北方妇女儿童出版社出版的由张福有先生著的《诗词曲律说解》一书载述：《八拍蛮》词调，系唐教坊曲名，始于唐代八拍之"蛮"歌，后用为词谱。"蛮"指我国古代称南方的民族。再据上海音乐学院出版社出版、由程天健先生著的《中国民族音乐概论》载述："古曲以'拍'为名，始于唐代，长安古乐中这种曲名也很多，如《平调双八拍大乐》、《双九拍大乐垂杨柳》等。乐曲分前后两大部分，前部开场锣鼓、散起、头匝、二匝、三匝在其插有耍曲组成，后由迭鼓、退鼓组成；后部由帽子头、引令、套词、退鼓等五部分组成。山西五台《八大套》之中的《八拍子》与长安古乐中的"八拍大乐"类似，均由八首乐曲组成，前后分部联奏，起头和收尾均有锣鼓吹奏。山西《八大套》中共应用了曲牌与民间乐曲45首。从曲名与曲牌名来看，其中少量乐曲源自唐、宋、金、元时期，如唐乐《八拍子》。

据查由南开大学出版社出版的龙建国著《唐宋音乐管

理与唐宋词发展研究》书中载述"唐《教坊记》杂曲转为词者130个，其中《八拍蛮》名列第42位。还见唐代《教坊记》中有《十拍子》。"

另据吉林人民出版社出版的由潘慎、秋枫先生合著的《中华词律辞曲》之中载述：《八拍蛮》词调系唐教坊曲名。《八拍蛮》词调"按孙光宪词所咏俱越中或即八拍之蛮歌，此调与《阳光曲》、《欸乃曲》、《采莲子》、《浪淘沙》、《杨柳枝》皆唐人七言绝句。"孙光宪例词《八拍蛮》属唐声诗仄起平韵七言绝句拗体。出于保存历史资料之目的，现将搜集到的曲谱与例词齐全的历史资料录编于后。

八 拍 子

1 = C 2/4

五台山古乐八拍子曲谱
孙光宪《八拍蛮》例词

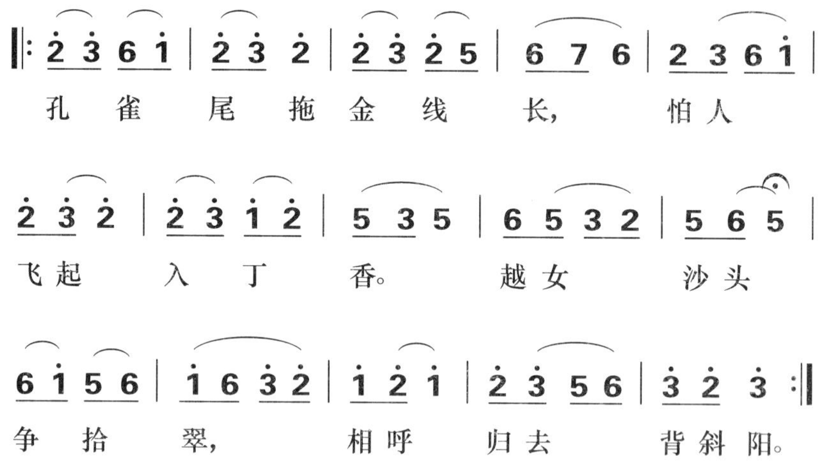

孔雀尾拖金线长，怕人飞起入丁香。越女沙头争拾翠，相呼归去背斜阳。

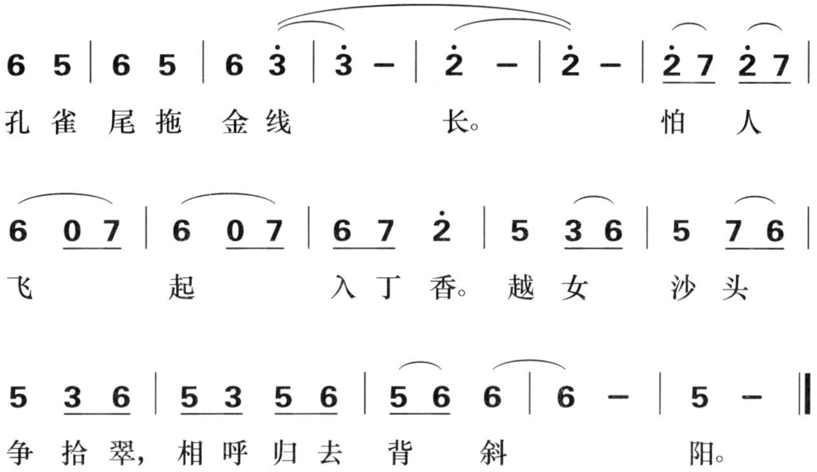

```
6 5 | 6 5 | 6 3̇ | 3̇ - | 2̇ - | 2̇ - | 2̇7 2̇7 |
```
孔雀 尾拖 金线　　　长。　　　　怕 人

```
6 0 7 | 6 0 7 | 6 7 2̇ | 5 3 6 | 5 7 6 |
```
飞　起　　入 丁 香。越 女 沙头

```
5 3 6 | 5 3 5 6 | 5 6 6 | 6 - | 5 - ‖
```
争 拾翠，相呼 归去 背 斜　　阳。

（五台山）

跌　断　桥

据人民音乐出版社出版的周青青著的《中国民间音乐概论》和《中国民歌》两书刊载："叠断桥调，又名《跌断桥》，或《接断桥》，据考源于宋元时期的北曲，盛行于明末清初。目前在华北、东北、西江、江淮地区流行。""安徽六安的《穿心调》是'跌断桥调'在北方流行的典型曲调。它的旋律细腻、委婉，情调哀怨动人。"

又据江苏文艺出版社出版的《杨荫浏全集》（全13卷）载述，杨荫浏于1951年在太原国民师范抄录的《五台山僧寺流传宋时乐器》——《国乐八大套》中珍藏、传延有《跌断桥》古工尺谱曲调。

山西人民出版社出版的《五台县志》和中国文联出版

社出版的孟奋臻编著《五台民间鼓吹乐》等书籍中均载有《八大套》第三套"推碌碡"之中的《跌断桥》乐曲。还搜集到中国音乐家协会山西分会、山西省文化局音乐工作组于1978年8月油印的《五台山庙堂音乐》采编资料中，黄庙吹腔之部保存流传有《跌断桥》，而青庙吹腔之部缺此曲调。"跌断桥调"在音乐上最突出的特点，是在同一曲调中抒情性与叙事性共存，整个曲调在边叙述边感叹中显得娓娓动听，亲切感人。

跌 断 桥

1 = A 4/4

周青青书著考录
五台山音乐词谱

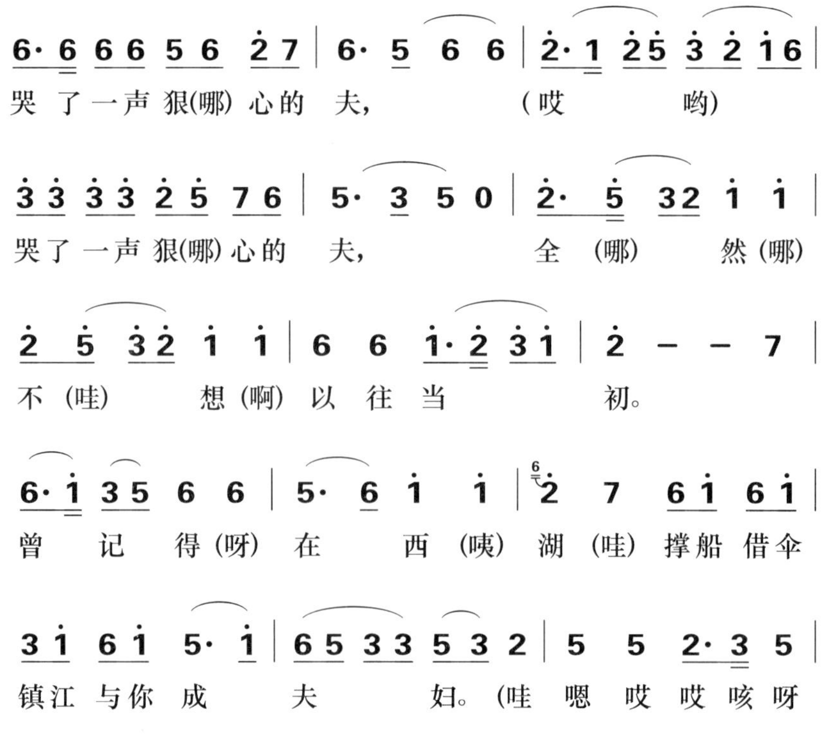

6· 6 6 6 5 6 2 7 | 6· 5 6 6 | 2· 1 2 5 3 2 1 6 |
哭 了 一 声 狠(哪)心 的 夫， （哎 哟）

3 3 3 3 2 5 7 6 | 5· 3 5 0 | 2· 5 3 2 1 1 |
哭 了 一 声 狠(哪)心 的 夫， 全（哪） 然（哪）

2 5 3 2 1 1 | 6 6 1· 2 3 1 | 2 - - 7 |
不（哇） 想（啊）以 往 当 初。

6· 1 3 5 6 6 | 5· 6 1 1 | 2 7 6 1 6 1 |
曾 记 得（呀） 在 西（咦）湖（哇）撑 船 借 伞

3 1 6 1 5· 1 | 6 5 3 3 5 3 2 | 5 5 2· 3 5 |
镇 江 与 你 成 夫 妇。（哇 嗯 哎 哎 咳 呀

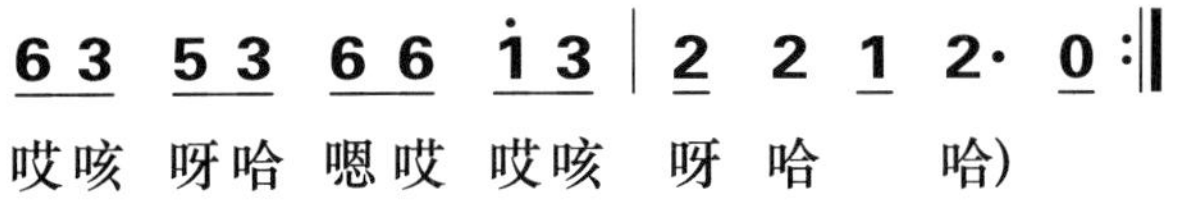

```
| 6 3  5 3  6 6  i 3 | 2  2 1  2· 0 ‖
  哎咳 呀哈 嗯哎 哎咳 呀 哈     哈）
```

（五台山）

豆 叶 黄

《豆芽黄》疑为《豆叶黄》。《豆叶黄》在《全宋词》中解为"唐腔也"。《全宋词》、《全元散曲》、《九宫大成南北词宫谱》均有载。从音乐上讲《豆叶黄》为歌舞演唱乐曲，此曲谱为亚欣1948年记谱。原名《焚化赞》，又标《豆芽黄》。

据中央民族大学出版社出版的《中国汉传佛教音乐文化》一书指出：宋代出现的词牌有《豆叶黄》和《金字经》两首。又据凤凰出版社出版的《元曲大辞典》载述："商政叔的散套中《豆叶黄》，其词格是："四，四，十。七，四，九。"（6句38字）。而自禅所传《豆叶黄》词格是"四，四，七。四，四，六。"（6句29字），与传承格律式一致，内部结构略有变化。

豆 芽 黄

1 = C 4/4

慢板（速度自由地）

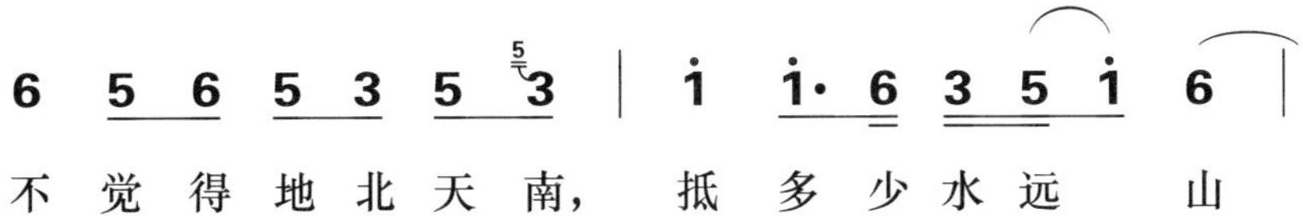

五台山庙堂音乐曲目
亚欣 记谱 韩军 译著
商政叔散套曲词

```
 6 5 6 5  3 5 ⁵3 | i  i·6 3 5 i 6 |
 不 觉 得 地 北 天 南，  抵 多 少 水 远  山
```

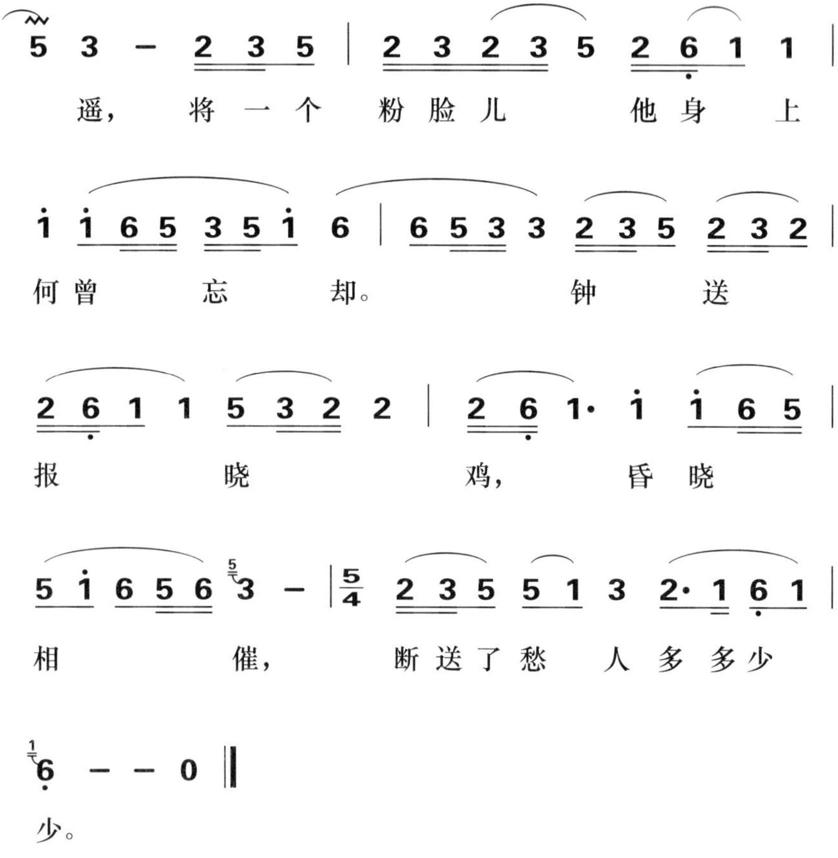

(谱略)

（五台山）

金 字 经

据《中国汉传佛教音乐文化》一书载述，《金字经》系宋代出现的词牌。鲜于必仁小令《阅金经》（即《金字经》），其词格是："五，五，七，一。五，三，五。"（7句31字）。自禅所传《金字经》，其词格为："七，七。五，五。一。八。七，七，七，七。"（10句61字）。

又据吉林大学出版社出版的孙会玲编著的《中国古代歌曲与名作欣赏》载述："刊行于1595年以前的朱载育的《乐律全书·灵星小舞谱》，这本著作中记载了千首明代民歌小曲。都是根据明代民歌曲调填上不同的诗词加工而成，它们是《豆叶黄》、《金字经》、《鼓孤桐》、《青天歌》。"

2011年作者在采集民歌过程中，有一个坐落于高山崇岭之间，清泉庙廊相伴的古老村庄名叫避事垴，这个村是闻名的历史文化村，乡民中诵经者众。老艺人郎改凤给我们提供了当地珍稀的20余首唱经歌曲和古老民歌，其中有《进经堂》、《十二月花》和《金字经》等，均系祖上口传下来的。

金 字 经
（又名《阅金经》）

黄翔鹏 谱例
鲜于必仁 词
孙玄龄 译谱

$1 = {}^\flat E$ $\frac{4}{4}$

2 3 5 — | 2· 3 2 — | 3 2 1 6 5 3 2 |
飞　絮　　　粘　蜂　蜜，　　落　花

6 6 3·4 3 1 | 1 ♭7 6 1 5 4 3 | 2· 3 2 — |
香　燕　　　泥，　腻　叶　蟠　云

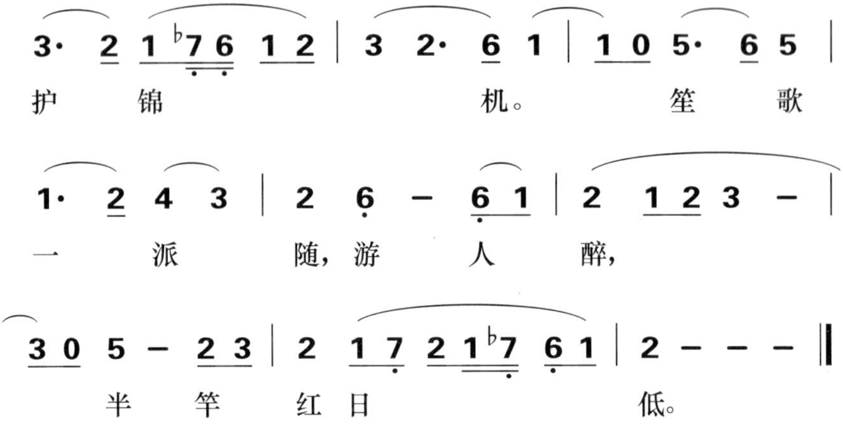

```
3· 21♭76 12 | 3 2· 61 | 10 5· 65 |
护  锦           机。     笙 歌

1· 2 4 3 | 2 6 - 6 1 | 2 1 2 3 - |
一  派 随, 游  人  醉,

3 0 5 - 2 3 | 2 1 7 2 1 ♭7 6 1 | 2 - - - ‖
半  竿  红 日              低。
```

（五台山）

醉 太 平

  据上海音乐出版社出版、程天健编著的《中国民族音乐概论》载述，山西《八大套》（亦称晋北笙管乐）八首套曲中共应用了曲牌与民间乐曲45首。从曲名和曲牌名来看，其中少量乐曲源自唐、宋、金、元时期。如唐乐《八拍子》；宋词词版《醉太平》、《渔父》；金元散曲《寄生草》、《采茶》、《骂玉郎》、《雁过南楼》等。又据人民音乐出版社出版、杨荫浏著的《中国古代音乐史稿》第二十五章《南戏》刊载："《南戏》产生于北宋时期。"南戏在元代是在相当困难的环境中间坚持其发展的趋向的。据查，从元《南戏》现存乐谱一览表中，珍藏有《醉太平》乐曲，又名《凌波曲》双调小令。这里选录的此乐曲属于杨荫浏著关于"民歌、小曲、艺术歌曲"章节之中《马践杨妃》曲例《醉太平》。

醉 太 平

程天健 著录
杨荫浏 译记

1 = C 2/4

| 6 7 6 | 1 2 1 | 1 6 5 4 3 5 | 6 6 6 2 |
则听得 冬 冬 鼓 敲，忽忽的

| 2· 3 5 4 3 | 2 6 7 6 | 2 2 3 | 6 5 4 3 |
旗 摇。哪里取 江梅 丰韵

| 2 6 1 7 | 6 6 5 6 | 5 6 7 6 | 6· 1 5 1 6 |
海棠 娇？把娘娘 软兀刺 谎 倒。①

| 6 6 6 5 | 3 5 3 | 2 6 2 | 3 5 3 2 | 1 7 6 |
见 娘 娘圣主行忙哀 告，

| 6 5 6 5 | 2 5 3 | 5 4 3 5 | 6 5 | 6· 5 |
见陛下摩 拳 擦 掌 心 焦 躁。见

| 3 5 6 5 | 3 5 3 | 6 2 | 2 6 1 7 | 6 2· 1 3 6 |
踏雾 腾云马儿越咆 哮。可惜将

| 5 4 3' 5 3 | 3 6 2 | 3 3' 1· 2 | 6· 5 4 3 | 5 6 ‖
一 个娇滴滴的 杨妃马 践 了。

注：① 软兀刺谎倒——方言，意为唐代"马践杨妃"时，杨被谎（xià 同"吓"）倒的情景。

（五台山）

古代民歌

采 茶 歌

中国是茶的故乡，茶文化起源于中国。汉族人饮茶，据说始于神农时代，少说也有4700多年了。中国茶文化反映出中华民族的悠久文明和礼仪。全世界有100多个国家和地区喜欢品茶和种植茶叶，都是直接和间接地从中国传过去的。

茶文化，是茶与文化的有机融合，这包含和体现了一定时期的物质文明和精神文明。采茶与民歌结合是古老的茶文化和民间音乐文化发展的重要体现，《采茶歌》不仅有汉族的民歌，亦有少数民族的民间歌曲。从现有的茶史资料考略，茶叶成为歌咏的内容最早见于《诗经》的记载。历史上茶歌的主要来源是茶农和茶工自己创作的小调和山歌，逐步发展成为传统的民歌形式。

五台山地区的采茶民歌，传播和演唱与古老的民族民间音乐传承有着密切关系。特别是五台《八大套》乐曲吸纳和传延了采茶民歌。最早的记载见于著名音乐家杨荫浏收藏的《五台山僧寺流传宋时乐谱》中的《国乐八大套》，其中第二套"劝金杯"中传录有古工尺谱《采茶歌》。历代民歌均记载传延着《采茶歌》，从未间断，可谓奇迹。又据上海音乐学院出版社出版的程天健编著的《中国民族音乐概论》一书载述：山西《八大套》中应用了曲牌与民间乐曲45首，从曲名与曲牌名来看，其中有的乐曲源自金元散曲《采茶》等……尤其从孙玄龄编著的由文化艺术出版社出版的《元散曲的音乐》一书中"现存全部元散曲乐谱中,竟然传载了三首《采茶歌》,而且均属词曲两全的古代民歌"来看,实为珍贵。

采 茶 歌

1 = ♭E 4/4

五台山古代民歌留存
曾瑞词 孙玄龄 译谱

（乐谱略）

秋千外 月儿 斜,西楼畔鸟声歌。海棠丝穿透 露珠儿,折宿酒禁持人团也,东风寒似 夜来 些。

（五台山）

下 山 虎

在搜集五台山地区民歌的过程中,遇到了一些相类似的民歌。其名称由于流传年代久远,传抄者文化差异,给民歌"身份"的识别带来了一些困难。例如带"虎"字的曲调,再加"上"、"下"等缀字,必须下一番功夫才能做到审慎无误。平素所见到的如《巴山虎》、《爬山虎》、《下山虎》、《过山虎》等,眼花缭乱,需要理顺查清。

由五台山黄庙罗睺寺保存,金明喇嘛提供,曾写于清代宣统二年的"五台山佛教音乐曲谱",简称其为"宣统本"。此本实录曲谱173首,且全本谱字为"工尺谱"。著名音乐家韩军采集、写作《五台山佛教音乐》一书时,附印了古老的《"宣统本"(原版)工尺谱全套影印本》,(注:此全套影印本亦包括"民国本"、"解放本")。

在将"宣统本"的"全本曲目抄录"时,第一首乐曲名称就是《下山虎》。然而,查阅所翻译的简谱和五线谱乐曲时得知未将《下山虎》进行翻译。此后又因影印《下山虎》工尺谱处"黑墨"遮盖一半而无法对其翻译而搁置。两年之后,有幸购得孙玄龄编著的《元散曲的音乐》上、下集,书中在[越调](南曲)·小桃红"题情"套曲中,载传《下山虎》民歌,词曲两全。其原载于《金元散曲》和《九宫城》两书之中。

下 山 虎

五台山古谱民歌留存
王元和 词 孙玄龄 译谱

$1 = D \quad \frac{4}{4}$

丗3 1 2 — | 3 2 1 — | 1 — 2 — | 1 — 6̣ — |
向 芙　　　　蓉 锦　　帐

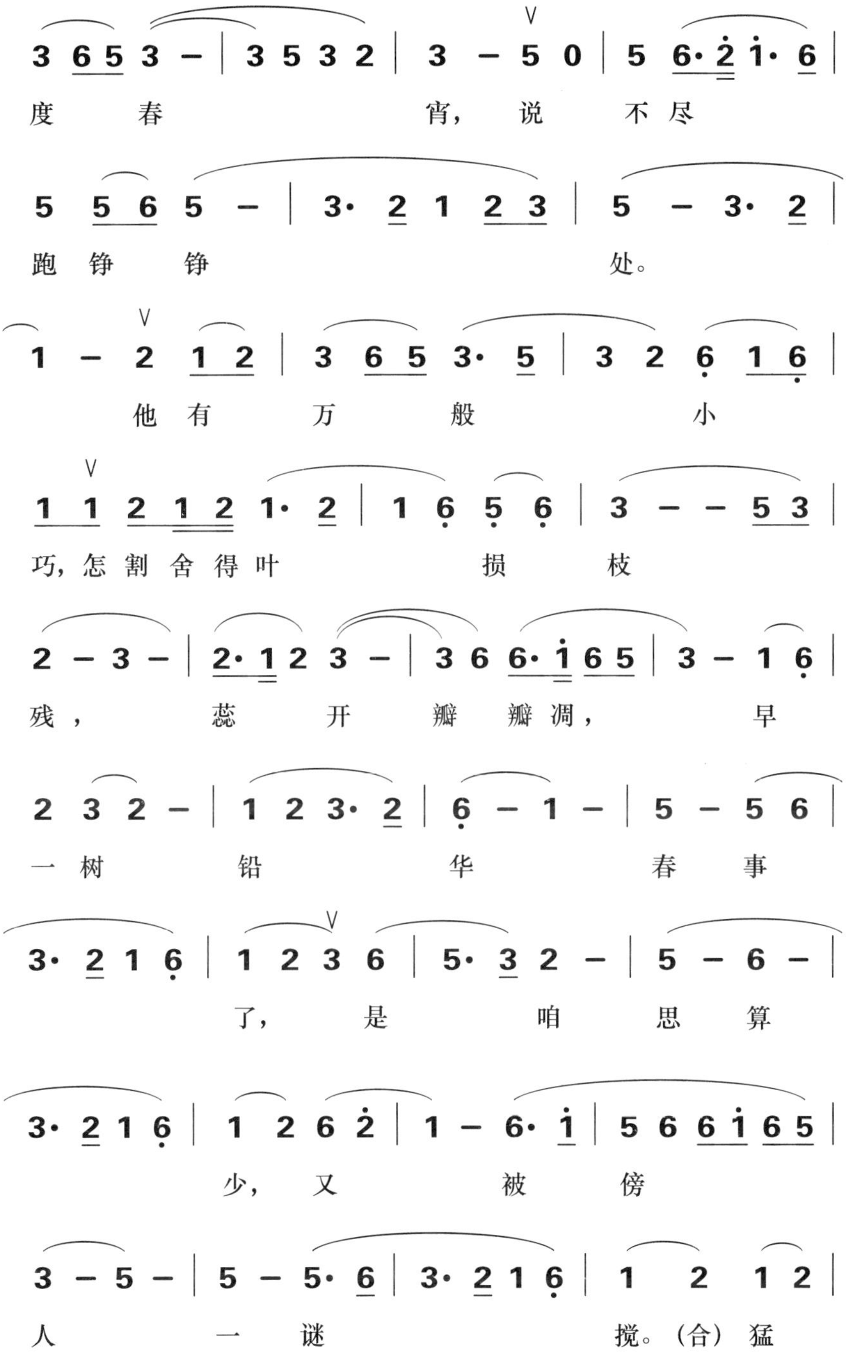

```
3 6 5 3 - | 3 5 3 2 | 3 - 5 0 | 5 6·2 1·6 |
度 春      宵， 说 不 尽

5 5 6 5 - | 3·2 1 2 3 | 5 - 3·2 |
跑 铮 铮        处。

1 - 2 1 2 | 3 6 5 3·5 | 3 2 6 1 6 |
他 有 万 般        小

1 1 2 1 2 1·2 | 1 6 5 6 | 3 - - 5 3 |
巧，怎 割 舍 得 叶    损 枝

2 - 3 - | 2·1 2 3 - | 3 6 6·1 6 5 | 3 - 1 6 |
残，    蕊 开 瓣 瓣 凋，    早

2 3 2 - | 1 2 3·2 | 6 - 1 - | 5 - 5 6 |
一 树   铅 华   春 事

3·2 1 6 | 1 2 3 6 | 5·3 2 - | 5 - 6 - |
了，  是 咱 思 算

3·2 1 6 | 1 2 6 2 | 1 - 6·1 | 5 6 6 1 6 5 |
少，  又 被 傍

3 - 5 - | 5 - 5·6 | 3·2 1 6 | 1 2 1 2 |
人   一 谜    搅。(合) 猛
```

古代民歌

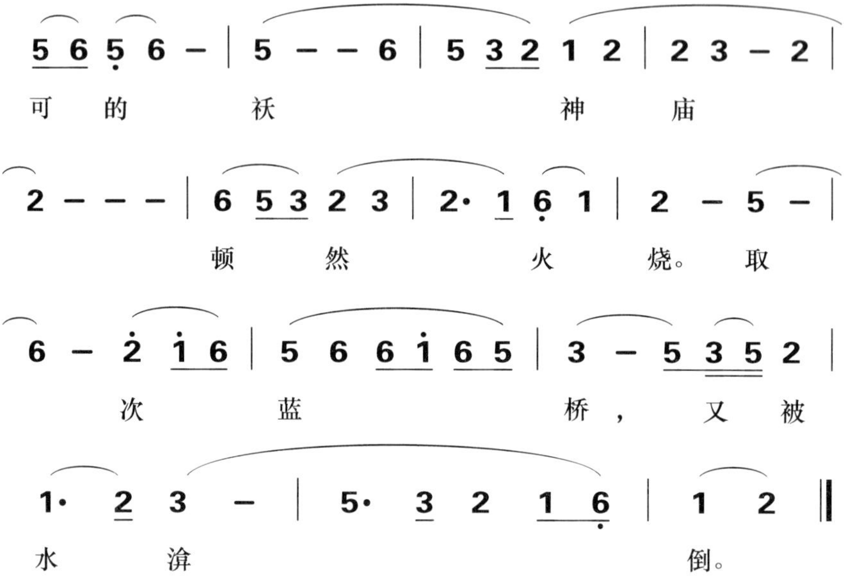

```
5 6̣ 5 6 — | 5 — — 6 | 5 3̲2̲ 1̲2̲ | 2̲3̲ — 2 |
可 的   袄       神 庙

2 — — — | 6 5̲3̲2̲3̲ | 2· 1̣ 1 | 2 — 5 — |
顿 然     火 烧。      取

6 — 2̇ 1̲6̲ | 5̲ 6̲6̲ 1̇6̲5̲ | 3 — 5̲3̲ 5̲2̲ |
次 蓝    桥,          又 被

1· 2̲ 3 — | 5· 3̲ 2 1̣6̲ | 1 2 ‖
水 浒        倒。
```

（五台山）

骂 玉 郎

在五台山地区的民间音乐体系中，《骂玉郎》民间曲调多处可见。然而，各种版本的名称略有差异，曲谱内容也不尽相同。据《中国民间器乐曲集成·山西卷》书中介绍五台《八大套》乐曲中有七个套曲属于"笙管套曲"，另有一个套曲属于"唢呐套曲"。《骂玉郎》既为套曲名称，又为套曲首曲名称，并在曲牌名前缀了一个"大"字，唤作《大骂玉郎》，隶属于吹打乐类型。再看曲谱内容较长，开始有"散拍"[帽子]吹奏，其后分别由（一）（二）（三）段落组成。再后才是《霸王鞭》、《醉太平》、《采茶》等曲牌。另由五台老艺术家田象贤、王效

贤提供流传的民间音乐古乐谱中,该曲牌名称写为《骂孟郎》,实为《骂玉郎》,系由民间口授误记。再由著名音乐家杨荫浏著作中珍藏的《五台山僧寺流传宋时乐谱》——《国乐八大套》,其中第八套即为《大骂玉郎》,还将"玉"写为"渔"。据此为最早古谱,也可能《大骂渔郎》为正传。韩军著《五台山佛教音乐》一书的曲谱三种之"宣统本"中,载存《骂玉郎》曲名,但将名称写为《马雨朗》系口传误记。最可贵的资料是孙玄龄编著的《元散曲的音乐》一书中,载有四首《骂玉郎》古代民歌,而且是词曲两全。

骂 玉 郎

五台山古谱民歌留存
张可文 词 孙玄龄 译谱

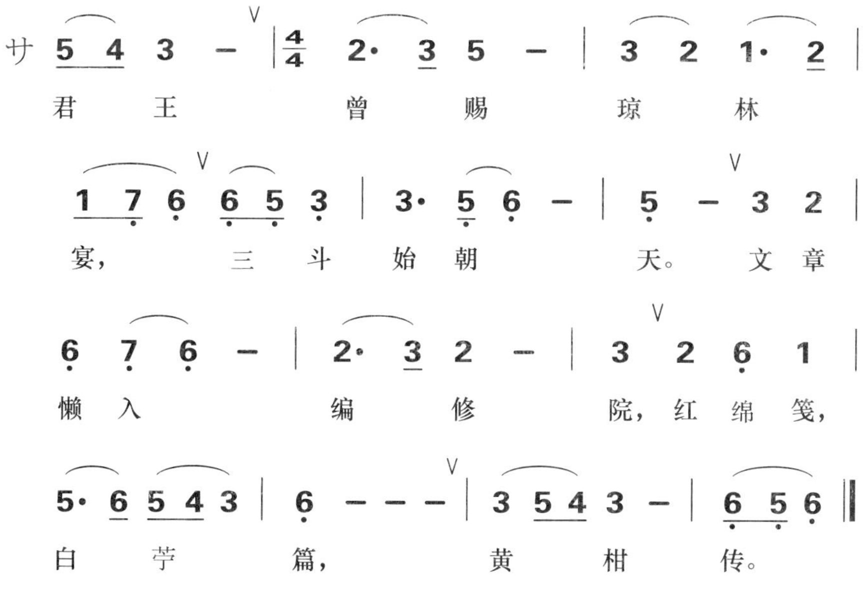

（五台山）

古代民歌

柳 青 娘

五台籍名人田象贤，早年从太原国民师范毕业后，回乡从事革命工作。他将在校时所学到的"雅乐团"音乐成果，尽传给五台众多学子，为革命根据地文化建设做出了重要贡献。由此当代政府部门编纂的《五台县志》专门为田象贤先生立传。在其传文中特地提到田象贤编写的抗日民歌名句："来来来，来团结；去去去，去抗日！"在当时当地极大地鼓舞了抗日志士的勇气。特别是他亲手传给其好学生王效贤的五台山古代工尺谱《乐谱》流传到了当今，殊为珍贵。在此，由衷地缅怀老一辈革命家对民间音乐文化做出的贡献。

五台山古代工尺谱《乐谱》传载了近百余首民间音乐歌曲，其中就有一首《柳青娘》曲调。追溯此首民歌渊源，原载于由季子安编撰的《全元散曲》一书，属[中吕宫]·粉蝶儿"题情"套曲之一。此曲又载于清代编辑的《九宫大成南北词宫谱》。韩军编著的《五台山佛教音乐》一书，亦载有《柳青娘》乐曲。孙玄龄编著的《元散曲的音乐》一书"下集"中，载有词曲两全的《柳青娘》歌曲。

柳 金 娘
（又名《柳青娘》）

1 = D 4/4

五台山古谱民歌留存
季子安 词　孙玄龄 译谱

| 廿 1 7̂6̂5 - 1 1̂5̂6̂ | 1 - - 2 | 1 - 5̣ 6̣ |

这些　时　稀疏了　诗　　　　宾　和这

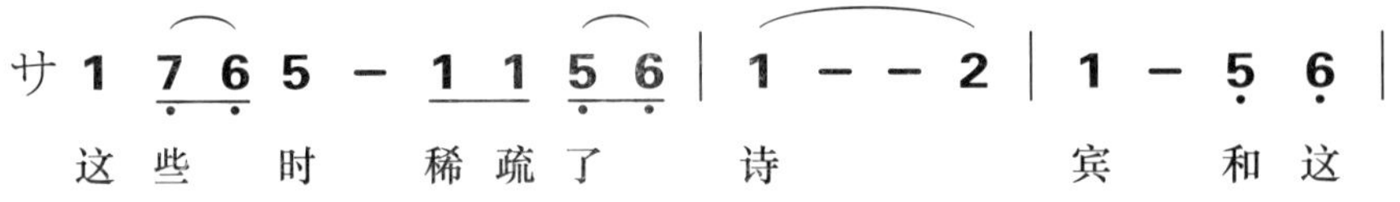

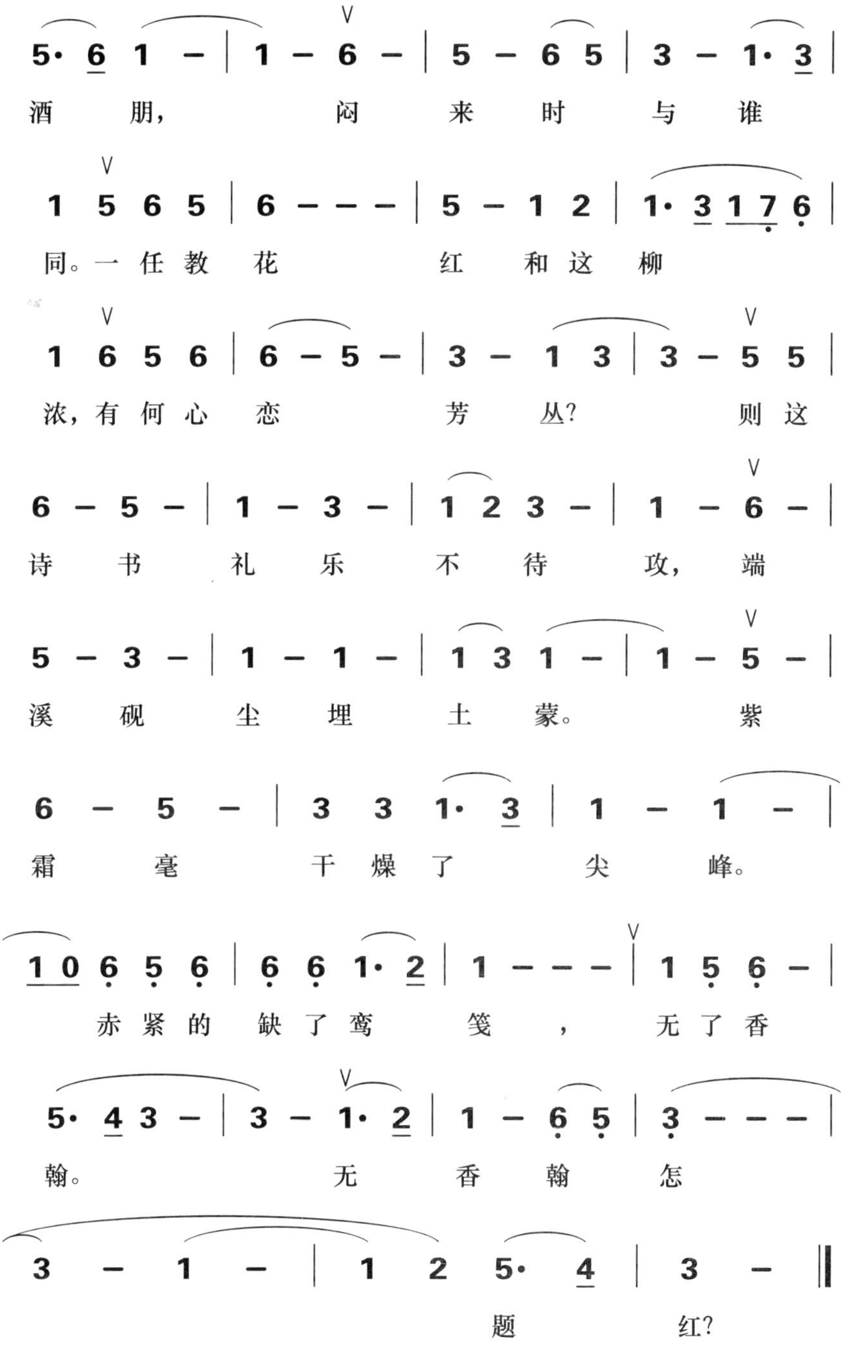

| 5·6 1 - | 1 - 6 - | 5 - 65 | 3 - 1·3 |
酒　朋，　　闷　来　时　与　谁

| 1 5 6 5 | 6 - - - | 5 - 1 2 | 1·3 1 7̣ 6̣ |
同。一任教花　　　红　和这柳

| 1 6 5 6 | 6 - 5 - | 3 - 1 3 | 3 - 5 5 |
浓，有何心恋　芳　　丛？　则这

| 6 - 5 - | 1 - 3 - | 1 2 3 - | 1 - 6 - |
诗　书　礼　乐　不　待　攻，端

| 5 - 3 - | 1 - 1 - | 1 3 1 - | 1 - 5 - |
溪　砚　尘　埋　土　蒙。　　紫

| 6 - 5 - | 3 3 1·3 | 1 - 1 - |
霜　毫　干　燥　了　尖　峰。

| 1 0 6̣ 5̣ 6̣ | 6̣ 6̣ 1·2 | 1 - - - | 1 5̣ 6̣ - |
赤紧的缺了鸾　笺　，　　无了香

| 5·4 3 - | 3 - 1·2 | 1 - 6̣ 5̣ | 3 - - - |
翰。　　　无　香　翰　怎

| 3 - 1 - | 1 2 5·4 | 3 - ‖
　　　　　题　红？

（五台山）

古代民歌

四 时 歌

据2009年3月由中国文联出版社出版的孟奋臻编著的《五台民间吹打乐》一书载述："《五台八大套》第二套中的《到春来》、《到夏来》、《到秋来》、《到冬来》四个曲子，传说是唐宋宫廷中宫女们边歌边舞的歌曲。"现已从五台山古代民间音乐书籍中查录到宋时、清代上述四个曲子的古式工尺谱乐曲全套资料。又据刘晓伟导师指导其学生撰写的《山西八大套音乐的曲牌构成分析毕业论文定稿》文中有关"曲牌的构成"写道："从山西《八大套》个套乐曲的曲名和旋律特色上来看，《八大套》中的许多曲牌是从五台山上的寺庙音乐中摘引过来的。"唐朝是我国音乐文化发展的鼎盛时期，"燕乐"在唐宋空前繁荣。燕乐的范围不仅局限于多部乐于歌舞，而且包括鼓吹和散乐。这两类音乐，都是在宫廷宴会中间，在多部伎之后接着表演的。当时，诗人们以自己的诗能入乐为荣，所以不少著名诗人也参加了"曲子"的创作。由于他们和当时一些有着高深技巧的专业音乐家乐工、舞伎的共同劳动，使唐代"曲子"的艺术性得到很大的提高。唐代诗人李白不但精于写诗，而且通晓音乐。在他的一些歌词中，唱出了普通百姓的喜怒哀乐。比如他写的《子夜四时歌》四首，那质朴、情深意切的歌词，令人读之心动，闻之断肠。从唐以来，该诗在我国各地广泛流传，几乎家喻户晓，代代咏唱。山西《八大套》第二套中恰好也有《到春来》《到夏来》《到秋来》《到冬来》四首《四时歌》，其曲调古朴典雅，娓娓动听，且有吴歌的痕迹。与明清以降流传的市井小调截然不同。故该四首乐曲疑为唐代乐曲《子夜四时歌》的遗音。据民间艺人相传，这四首歌也是来自唐代宫廷的歌舞大曲。

此次在搜集《四时歌》的历史资料中，更有成效的是在著名音乐家杨荫浏著作中，寻找到了他在早年搜集珍藏的"四时歌"资料，包括曲谱和解释。书中写道：

《到春来》，又称《满庭芳》，用于配合剧中的舞蹈情节，如《长生殿·舞盘》、《牡丹亭·惊梦》，均用此曲。

《到夏来》，又称《锦庭乐》，用法与《到春来》同。

《到秋来》，又称《后庭花》、《望吾乡》，用法与《到春来》同。

《到冬来》，又称《节节高》，可复奏，亦可不复奏，用于配合剧中较快的舞蹈情节。

还有《续冬来》，又称《皂角儿》，与前四曲同。以上五曲各曲可以单奏，也可以联奏……

在此基础上，又反复查阅、检索唐宋大曲名录、宋词词谱和元散曲曲谱。有幸于李修生主编，由凤凰出版社出版的《元曲大辞典》和孙玄龄编著的由文化艺术出版社出版的《元散曲的音乐》两书中查找了词、曲两全的《四时歌》之三首。后又在宋爱龙主编的由山西科学技术出版社出版的《上党落子音乐》一书中检索到了另一首。现将《四时歌》的原曲谱并歌词列后，此类资料多数源于历史音乐巨典《九宫大成南北词宫谱》。

到 春 来

(又名《满庭芳》)

五台山古谱民歌留存
李致远 词 孙玄龄 译谱

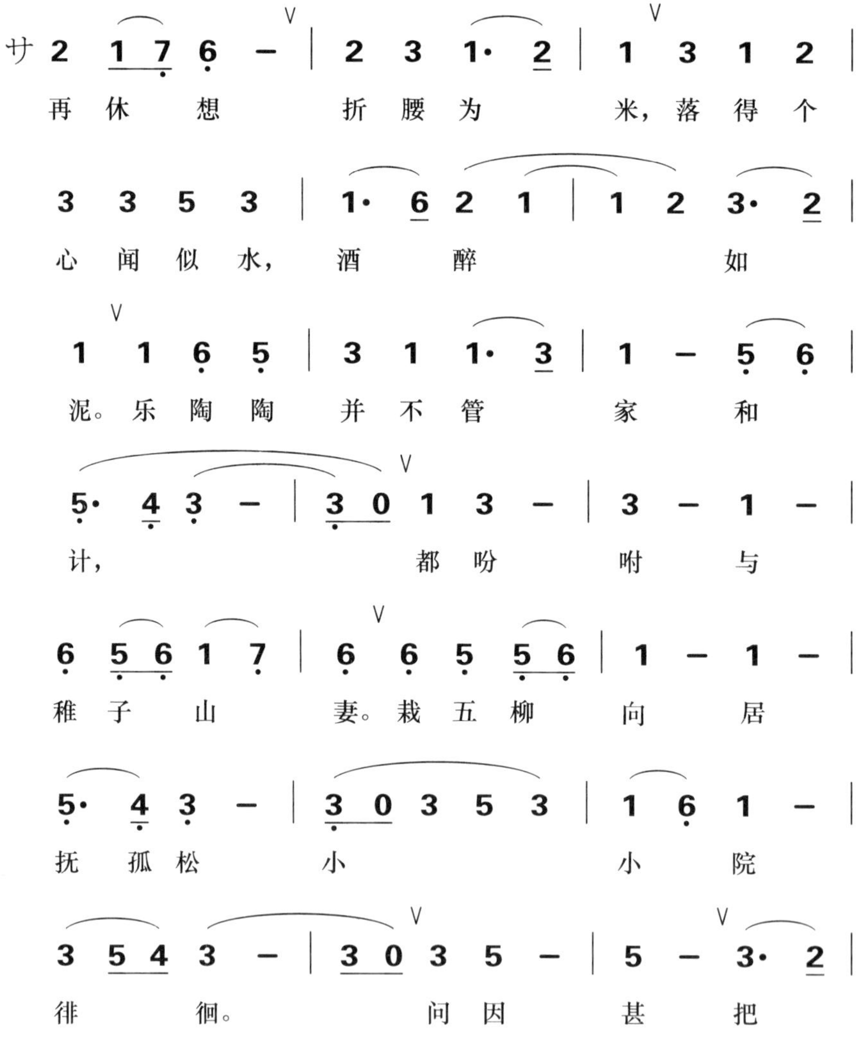

1 = D 4/4

民歌五台山

卅 2 1̇ 7̣ 6̣ - | 2 3 1̇·2̇ | 1 3 1 2 |
　再 休 想　　折 腰 为　　米，落 得 个

3 3 5 3 | 1·6̇ 2 1 | 1 2 3̇·2̇ |
心 闻 似 水，酒 醉　　　　如

1 1 6̣ 5̣ | 3 1 1̇·3̇ | 1 - 5̇ 6̇ |
泥。乐 陶 陶 并 不 管　家 和

5̇·4̇ 3̇ - | 3̣ 0 1 3 - | 3 - 1 - |
计，　　　　都 盼　咐　　与

6̣ 5̣ 6̣ 1 7̣ | 6̣ 6̣ 5̣ 5̣ 6̣ | 1 - 1 - |
稚 子 山　妻。栽 五 柳　向 居

5̇·4̇ 3̇ - | 3̣ 0 3 5 3 | 1 6̇ 1 - |
抚 孤 松　小　　　　 小 院

3 5̣ 4̣ 3̣ - | 3̣ 0 3 5 - | 5 - 3̇·2̇ |
徘　 徊。　　　 问 因　甚 把

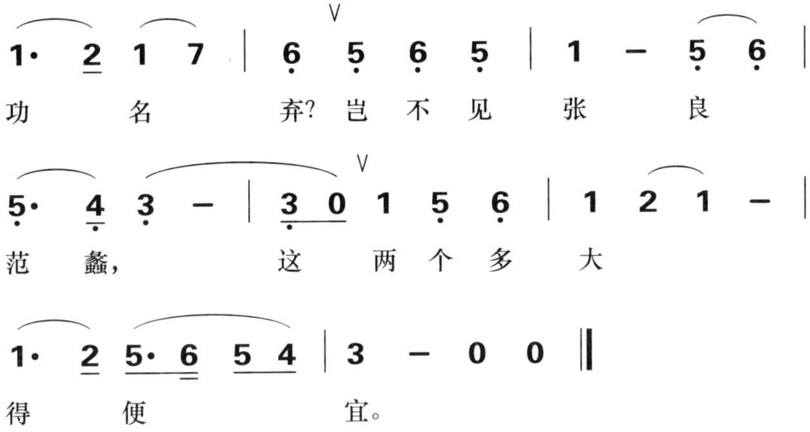

```
  V
1· 2 1 7 | 6 5 6 5 | 1 - 5 6
功  名  弃? 岂不见张 良

5· 4 3 - | 3 0 1 5 6 | 1 2 1 -
范  蠡,   这 两个多 大

1· 2 5· 6 5 4 | 3 - 0 0 ‖
得  便  宜。
```

（五台山）

到 夏 来

（又名《锦庭乐》）

$1 = C$ $\frac{4}{4}$

五台山古谱民歌留存
杨荫浏 词 宋爱龙 记

```
廿 5 - 3 2 1 3 2 - | 4/4 5 2 1 6 2 1 6 |
   到   夏   来         牡 丹 花 儿

5 - 6 5 3 5 | 6 - 3 5 5 1 3 | 2 - 2 3 2 1 |
开， 万花争 艳  百鸟争  喧。 推窗帘

2 1 6 1 2 5 3 2 | 1 6 1 2 3 7 6 | 5 - 5 1 3 |
只 把 景  来 望，  并头

2 - 5 2 1 | 6 6 0 6 1 2 - | 3 5 6 3 2 1 2 |
莲 对对齐开    放，   齐 开  放。
```

古代民歌

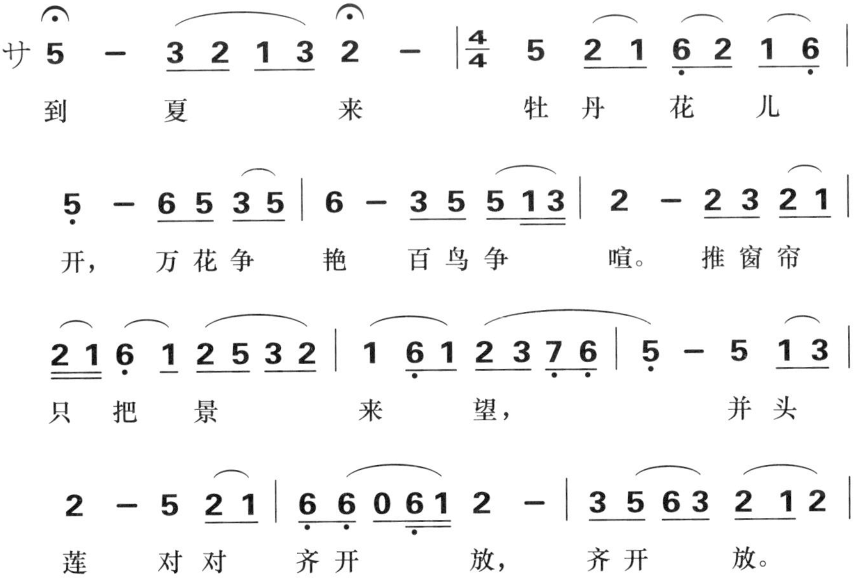

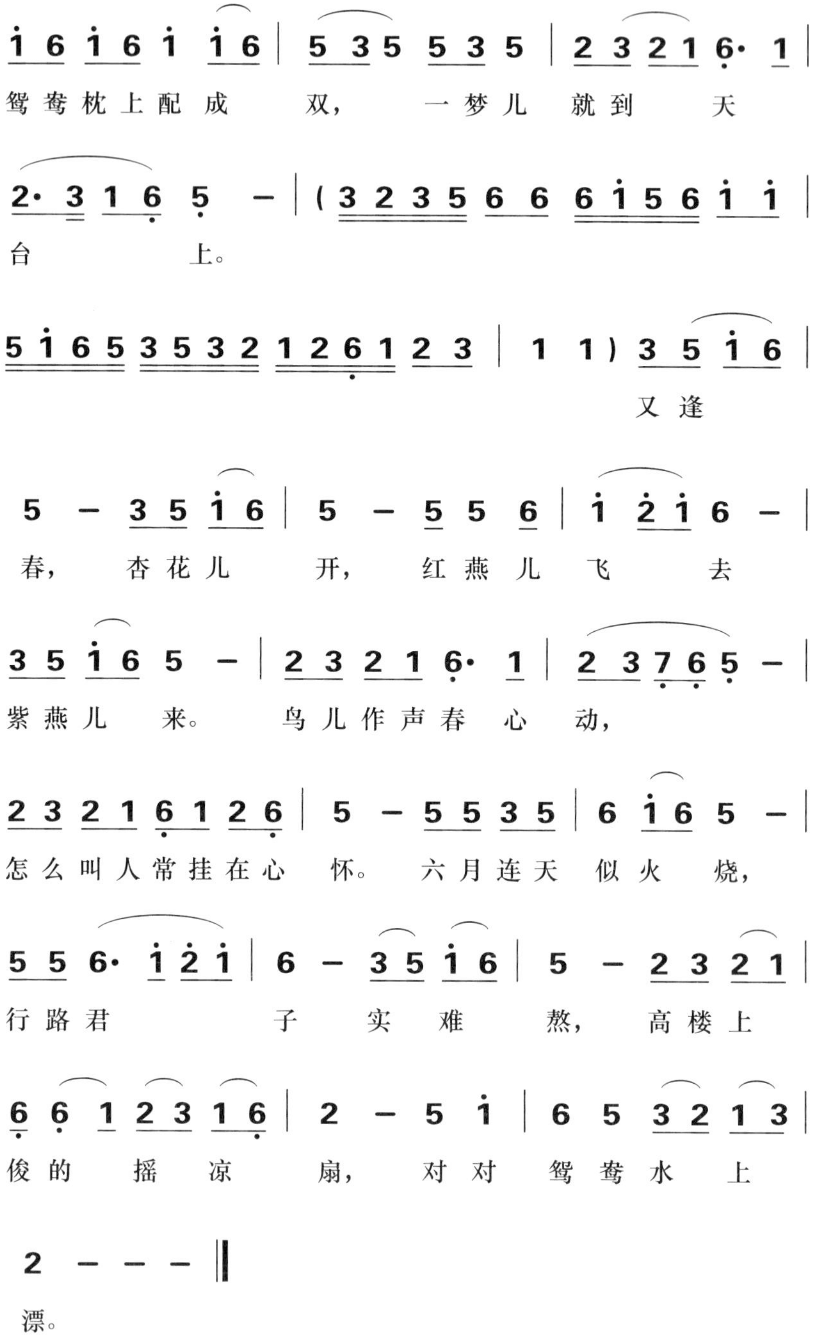

民歌五台山

$\underline{\dot{1}6\dot{1}6}\ \underline{\dot{1}\ \dot{1}6}\ |\ \underline{5\ 3\ 5}\ \underline{5\ 3\ 5}\ |\ \underline{2\ 3}\ \underline{2\ 1}\ \underline{6\cdot 1}\ |$
鸳鸯枕上配成　双，　一梦儿就到　　天

$\underline{2\cdot 3}\ \underline{1\ \underline{6}}\ \underline{\underline{5}}\ -\ |\ (\underline{3\ 2\ 3}\ \underline{5\ 6\ 6}\ \underline{6\ \dot{1}}\ \underline{5\ 6}\ \underline{\dot{1}\ \dot{1}}\ |$
台　　上。

$\underline{5\ \dot{1}\ 6}\ \underline{5\ 3\ 5}\ \underline{3\ 2}\ \underline{1\ 2\ 6}\ \underline{1\ 2\ 3}\ |\ \underline{1\ 1})\ \underline{3\ 5}\ \underline{\dot{1}\ 6}\ |$
　　　　　　　　　　　　　　　　又逢

$5\ -\ \underline{3\ 5}\ \underline{\dot{1}\ 6}\ |\ 5\ -\ \underline{5\ 5\ 6}\ |\ \underline{\dot{1}\ \dot{2}}\ \underline{\dot{1}\ 6}\ -\ |$
春，　杏花儿　开，　红燕儿飞去

$\underline{3\ 5}\ \underline{\dot{1}\ 6}\ 5\ -\ |\ \underline{2\ 3}\ \underline{2\ 1}\ \underline{6\cdot 1}\ |\ \underline{2\ 3}\ \underline{7\ \underline{6}}\ \underline{\underline{5}}\ -\ |$
紫燕儿　来。　鸟儿作声春心动，

$\underline{2\ 3}\ \underline{2\ 1}\ \underline{6\ 1}\ \underline{2\ 6}\ |\ 5\ -\ \underline{5\ 5\ 3\ 5}\ |\ \underline{6\ \dot{1}\ 6}\ 5\ -\ |$
怎么叫人常挂在心　怀。六月连天似火　烧，

$\underline{5\ 5\ 6\cdot}\ \underline{\dot{1}\ \dot{2}\ \dot{1}}\ |\ 6\ -\ \underline{3\ 5}\ \underline{\dot{1}\ 6}\ |\ 5\ -\ \underline{2\ 3}\ \underline{2\ 1}\ |$
行路君　子　实难　熬，高楼上

$\underline{6\ 6}\ \underline{1\ 2}\ \underline{3\ 1\ 6}\ |\ 2\ -\ 5\ \dot{1}\ |\ 6\ 5\ \underline{3\ 2}\ \underline{1\ 3}\ |$
俊的　摇凉　扇，对对鸳鸯水上

$2\ -\ -\ -\ \|$
漂。

（五台山）

—38—

到 秋 来

（又名《后庭芳》）

1 = F 4/4

五台山古谱民歌留存
吕止庵 词 傅雪漪 释谱

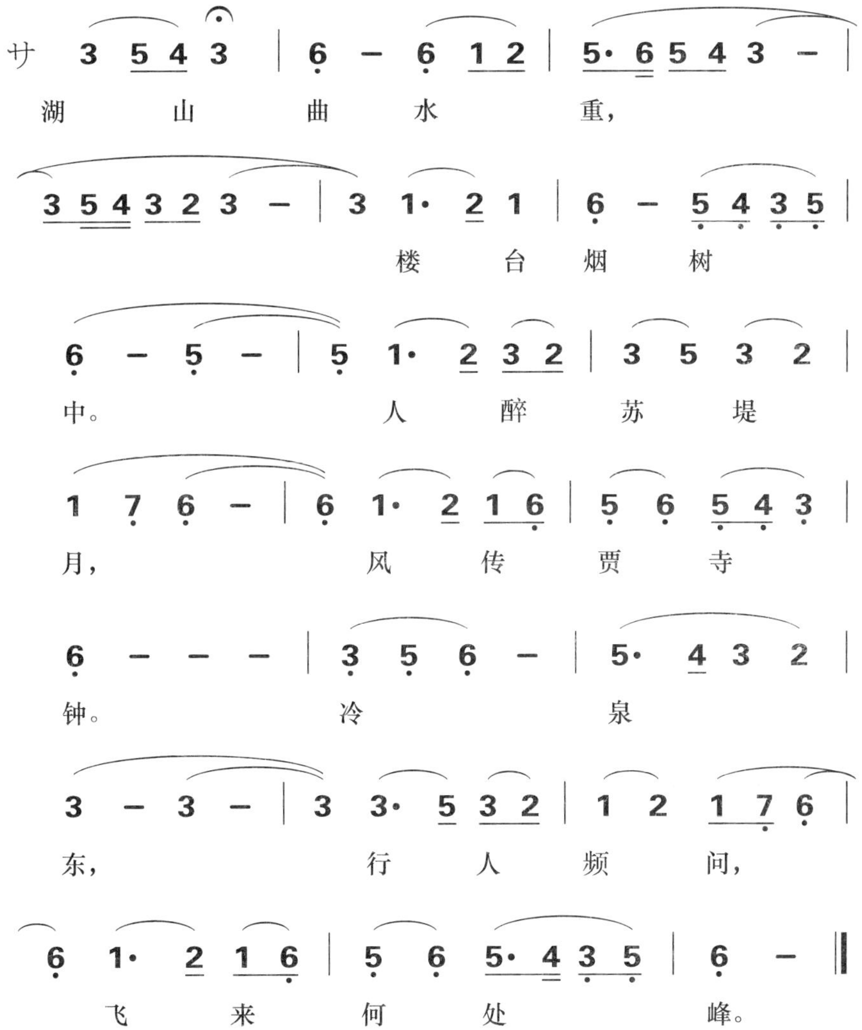

廿 3 5 4 3 | 6̣ - 6̣ 1 2 | 5·6̣ 5 4 3 - |
湖　山　曲　水　　　　　　重，

3 5 4 3 2 3 - | 3 1·2 1 | 6̣ - 5 4 3 5 |
　　　　　　　　　楼　台　烟　树

6̣ - 5 - | 5̣ 1·2 3 2 | 3 5 3 2 |
中。　　　　人　醉　苏　堤

1 7̣ 6̣ - | 6̣ 1·2 1 6̣ | 5̣ 6̣ 5 4 3 |
月，　　风　传　贾　寺

6̣ - - - | 3̣ 5̣ 6̣ - | 5·4 3 2 |
钟。　　　冷　　泉

3 - 3 - | 3 3·5 3 2 | 1 2 1 7̣ 6̣ |
东，　　行　人　频　问，

6̣ 1·2 1 6̣ | 5̣ 6̣ 5·4 3 5 | 6̣ - ‖
飞　来　何　处　　峰。

（五台山）

古代民歌

到 冬 来
（又名《节节高》）

1 = G 4/4

五台山古谱民歌留存
卢挚词 杨荫浏 传记

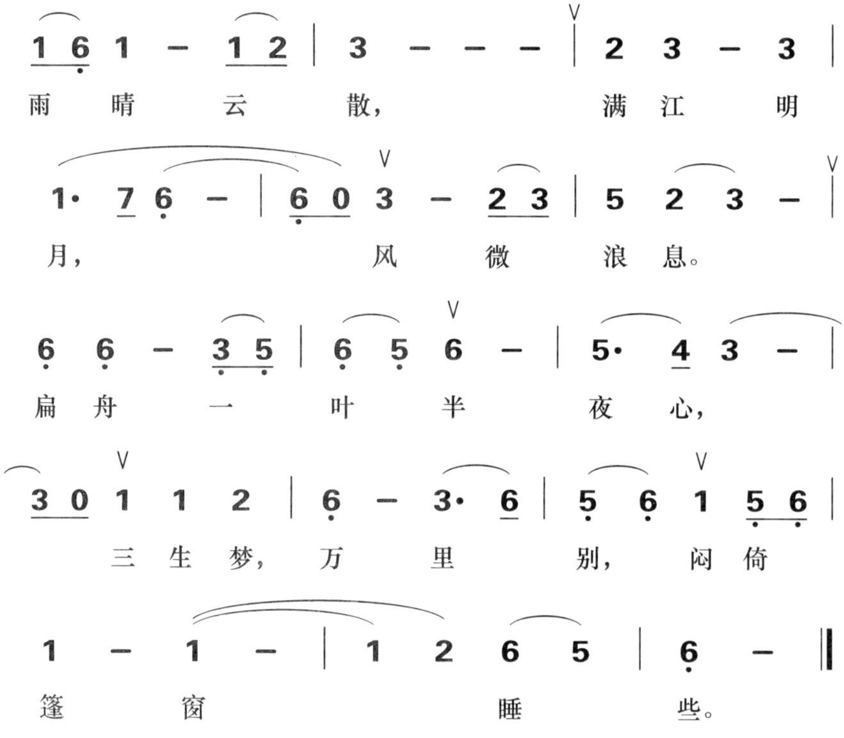

| 1̣ 6̣ 1 — 1 2 | 3 — — — | 2 3 — 3 |
| 雨 晴 云 散， | 满 江 明 |

| 1· 7̣ 6 — | 6̣ 0 3 — 2 3 | 5 2 3 — |
| 月， | 风 微 浪 息。 |

| 6̣ 6̣ — 3 5 | 6̣ 5̣ 6 — | 5· 4 3 — |
| 扁 舟 一 叶 | 半 夜 心， |

| 3 0 1 1 2 | 6̣ — 3· 6 | 5̣ 6̣ 1 5̣ 6 |
| 三 生 梦， 万 里 别， | 闷 倚 |

| 1 — 1 — | 1 2 6 5 | 6̣ — ‖
| 篷 窗 睡 | 些。 |

（五台山）

八 板 儿

　　民间歌曲《八板儿》在五台境内流传具有如下特点：
一、既是佛教音乐的常用曲调，又是地方鼓吹乐的主要曲调。二、因为其曲调优美，又配有"光头小和尚上庙来烧香"的歌词，于是在五台境内老少喜欢，妇孺能咏。三、调式甚多，应用广泛。据韩军著《五台山佛教音乐》阐述，《八板儿》青、黄庙常用演奏。"宣统本"有曲谱三种，名为《大八宝》、《小八宝》、《贵八宝》，大、小《八板》，曲调基本相同，而调子不同；"民国本"四种曲谱，曲同调不同，名为《工字八宝》、《一字八宝》、《凡字八宝》、《乙字八宝》；另有一首《儿子急》，系《八板》一体。四、流传久远，广传四方。据杨荫浏著的《中国古代音乐史稿》所述，山西《八大套》每套由二三个以至八九个曲牌组成不等，曲牌中如《山坡羊》、《朝天子》、《棉达絮》等可能出于南北曲；《王大娘》、《掉棒槌》、《采茶》可能出于民间歌舞或民间戏曲；《到春来》、《鹅郎》、《八板儿》可能出于民间器乐曲。演奏时所用乐器，有大管、小管、唢呐、笛、云锣、小钹、板和鼓等。抄写曲调所用的记谱和符号，是与南宋晚期张炎在他《词源》一书中所用的相同。"五台鼓吹乐家以善吹《倒八板儿》为能事，荣耀晋北地区——中国鼓吹乐的发源地。

八　板　儿

$1 = F$　$\frac{2}{4}$

深沉、虔诚地

孟奋臻 词曲
朱生和 整理

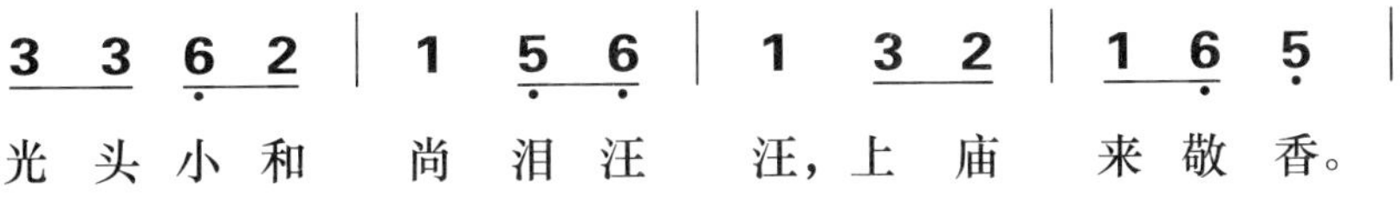

| $\underline{3\ 3}\ \underline{6\ 2}$ | $1\ \underline{5\ 6}$ | $1\ \underline{3\ 2}$ | $1\ \underline{6\ 5}$ |

光头 小和　尚泪 汪　汪，上庙　来敬　香。

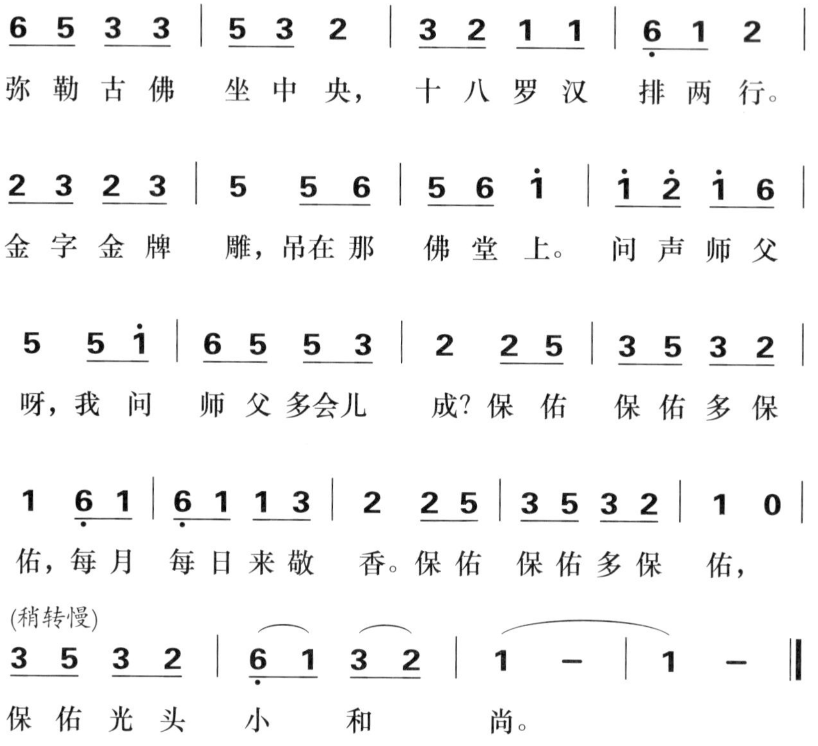

| 6 5 3 3 | 5 3 2 | 3 2 1 1 | 6̣ 1 2 |

弥勒古佛　坐中央，十八罗汉　排两行。

| 2 3 2 3 | 5 5 6 | 5 6 1̇ | 1̇ 2̇ 1 6 |

金字金牌　雕，吊在那　佛堂上。问声师父

| 5 5̇ 1̇ | 6 5 5 3 | 2 2 5 | 3 5 3 2 |

呀，我问　师父多会儿　成？保佑　保佑多保

| 1 6̣ 1 | 6̣ 1 1 3 | 2 2 5 | 3 5 3 2 | 1 0 |

佑，每月　每日来敬　香。保佑　保佑多保佑，

(稍转慢)
| 3 5 3 2 | 6̣ 1 3 2 | 1 — | 1 — ‖

保佑光头　小和　尚。

(五台山)

茉　莉　花

　　《茉莉花》是一首渊源悠久、风靡全国乃至世界许多国家的优美民歌。从2010年至2015年历经5年时间，在搜集整理五台山民歌过程中，亦对《茉莉花》民歌的历史传延情况，进行了深入采风和研究整理。现将有确切记载《茉莉花》古代出处等相关资料，选载于此，以供赏鉴。

　　五台籍民间老艺人李福堂先生，搜集珍藏有一本工尺谱《八大套》线装套书，此书是五台籍清朝民间艺术家李逢原（字资深），于宣统二年至民国初年（1912年）亲手编集成书，并冠名为《音乐正宗》。其内容详细记录了《八大套》的自序、曲名、工尺谱以及翻调、说明等。《茉莉花》民歌曲谱，列载于此《八大套》第三套《推陆舟》第六曲。这是截至目前所见的一本古籍实物珍藏。

1988年6月山西人民出版社出版的《五台县志》登载，清朝光绪初年由本县槐荫村赵尔湖，字成贵（1848—1900年）搜集整理《八大套》乐曲。《茉莉花》民歌名列第三套《推辘轴》第七曲。

于2009年3月中国文联出版社出版的由孟奋臻先生编著的《五台民间吹打乐》一书，系1978年由省、地、县三级组成的对"庙堂音乐"、五台《八大套》、《大得胜》的采集小组，在先后两次请本县著名民间吹奏名家和五台山佛乐演奏人员，在不同场合吹奏、录制完整资料的基础上由孟奋臻与合作者翻译成简谱印书的。《茉莉花》民歌登载于第三套《推辘轴》第七曲。此版《八大套》曲谱来源于清光绪年间牛为贵、赵成贵的传承人之吹奏翻录资料。

经查阅《中国音乐词典》之器乐、乐种和演奏形式栏目注释：山西《八大套》是民间器乐乐种，简称《八大套》，流行于五台、定襄等县。据老艺人相传，载有民歌《茉莉花》的《八大套》大约在清朝乾、嘉年间已在民间流传。

又据2003年山西人民出版社出版的《五台山志》书载：到了明代，五台山佛教音乐又有了新的发展，进一步吸收了唐宋曲牌、元明剧曲牌以及民歌、民间器乐曲等的营养成分。五台山佛教音乐在内容上分为青庙音乐曲牌和黄庙音乐曲牌两种。青庙音乐留下来的共有47首，由五部分组成。其中佛事散曲是由中国古典、民间器乐曲和民歌组成的曲牌，主要曲牌有《茉莉花》等十余首。

又据山西人民出版社出版的由山西群众艺术馆编的于1958年10月第一版，1959年1月第一次印刷的《山西民间器乐曲选〈八大套〉》一书"概述"中载：关于《八大套》的音乐曲牌的来源，它是以三种性质的曲子合编而成的；另一种是民间歌曲，如《茉莉花》，这个曲子是明、清两代在民间流行最普遍的民歌，至今仍非常流行。

由著名音乐家李凌、朱亚荣主编，于2006年1月北岳文艺出版社出版的《中国民歌精选》一书，将《茉莉花》民歌首列全书之"汉族·山西"第二曲，成为精选我国民歌248首之一。又由中国社会出版社出版的路华编著《五台山文化宝典》书载："拥有佛教界的音乐绝响——梵乐，寺庙音乐在国内分南北两派系统，北方又分为东西两路流派。五台山佛教属北方系统，独立于东西两路之外，自成体系，曲调古雅。目前，共存有佛乐曲牌8部87首（青庙5部47首，黄庙曲牌3部40首）。其中藏传佛乐《八段锦》被专家认为是中国名曲《茉莉花》的母体，与丽江的纳西古乐类同。"

全国著名音乐家杨荫浏于1951年在太原抄录了一本《五台山僧寺流传宋时乐谱》，由"国民师范雅乐团"油印的山西省五台县东冶镇的俗字谱，记录了《国乐八大套》的曲谱。此谱中第一套曲牌由八首乐曲组成，其中第六首即为《茉莉花》。

又查有关中国古代"俗字谱"的诠释，于1984年10月由人民音乐出版社出版的《中国音乐词典》一书载述："从敦煌千佛洞发现的后唐明宗长兴四年（公元933年）写本"唐人大曲谱"起，经过宋代的俗字谱，一直发展为明、清以来通行的工尺谱。"说明了"俗字谱"是历史悠久的宋代记谱法。

1981年2月杨荫浏著的《中国古代音乐史稿》由人民音乐出版社出版发行。此书中关于山西《八大套》的文章载述：

"山西民间的吹鼓手集团和所用的记谱符号，是与南宋晚期张炎在他《词源》一书中所用的相同。"2011年1月由江苏人民出版社出版的《杨荫浏全集》书中将南宋俗字谱《五台山僧寺流传宋时乐谱》之《国乐八大套》全部曲谱登载。《茉莉花》民歌列在第一套《推辘轴》第六曲。这是一首用南宋俗字谱符号记谱的民歌，而且是一首曲调十分优美和曲谱渊源悠久的民歌。

《茉莉花》民歌，从古代至今一直受到众多专家、学者的注视，并发表了许多论著。这里仅举其中几位学者的论述。其一，著名学者孔繁洲先生于1989年发表于山西大学学报第二期的《山西〈八大套〉考略》的论文，着重提到"尤其是从现存的山西《八大套》的古谱中所使用的谱字【乙マ丶⊥∧丿ㄧㄥ】和宋代《白石道人歌曲》所使用的俗字谱基本相仿，进而充分说明山西《八大套》在宋代已有了很大的发展。"其二，著名音乐家景蔚岗先生撰写的论文《晋北笙管乐字谱考略》载述：晋北笙管乐是诸重要谱系之一。据以研究的字谱抄本主要有俗字谱《五台山僧寺流传宋时乐谱》（杨荫浏抄藏）；俗字谱《音乐》（五台县五级村赵文田传谱，民国三十五年成本）；工尺谱山西《八大套》（五台县渠子明传谱，民国十年成本）等7种。"俗字谱溯源"中指出：笙管乐俗字谱就谱字字形与律名的对应和《辽史·乐志》大乐谱字、南宋《白石道人歌曲》谱字、宋张炎《词源》管色应指字、西安鼓乐谱字有诸多契合之处。晋北笙管乐俗字谱谱字最少、字形简单。民歌《茉莉花》均载列于上述俗字谱、工尺谱之中。其三，又据音乐领域专家卢志雄在其撰写的《鼓吹乐与吹打乐有什么区别》一文中载："山西《八大套》这一个乐种可说是中国吹打音乐中的一枝奇葩。

它最晚产生的年代不会迟于南宋。"《茉莉花》民歌载于《八大套》第一套第六曲。

据2003年8月4日由新闻作者张恩、高峰毅发表于《扬子晚报》的报道文章：《茉莉花》曲调起源于山西五台山佛教音乐。现予转载：题目是《茉莉花改编自五台山佛乐》。全文如下：

"经中国音乐界多位专家论证认定：风靡大江南北的著名江南民歌《茉莉花》曲调起源于山西五台山的佛教音乐。

刻意挖掘民歌艺术宝库、致力追踪民歌发展溯源的中央电视台社教中心西部频道《魅力十二》的编导在偶然欣赏五台山佛教音乐时，发现五台山藏传佛教音乐中的《八段锦》曲调酷似江南民歌《茉莉花》曲调。

一支江南民歌究竟与五台山的佛教音乐有何内在联系？中国音乐界知名编导木日根、资深主编曹建标、著名民歌研究专家何小兵等和其他有关专家围绕这一课题开始追寻。历经多时研究探讨和实地观摩演奏，专家们认为：《茉莉花》曲调的主题是颂扬茉莉花的。茉莉花原产于印度、伊朗、阿拉伯等地。佛教是公元前六世纪至公元前五世纪时，古印度迦毗罗卫国王子悉达多·乔答摩释迦牟尼创立的。两者之间有着不可分割的密切关联。

史料记载：中国五台山的佛教为东汉永平十一年由印度高僧摄摩腾、竺法兰传入。从此域外的茉莉花也传入了五台山。由于茉莉花为白色代表圣洁，且香味浓厚，许多佛香即是用此花作为制香香料，于是十分受僧人们的偏爱，故谱写佛乐的僧人便谱写了以茉莉花为原型的《八段锦》佛乐，以示对茉莉花的赞颂。僧人们四处云游，此曲调便传至江南，并很快以曲调清逸、流畅动听，脍炙人口而得到江南民众的喜欢。之后又经人加工，渐渐便成为风靡中国大江南北的江南民歌。

近日，在中央电视台西部频道《魅力十二》五台山研讨会上，来自中央电视台和北京广播学院的三十多名专家、教授、编导在进行认真研讨后，又亲临菩萨顶、殊像寺等寺院观听僧人演奏《八段锦》等佛教音乐后认为，著名江南民歌《茉莉花》就是在《八段锦》的基础上改编而成。"

类似上述内容更多的报道还有新闻工作者张恩先生等发表于有关报刊和网络的文章。

茉 莉 花

1 = F 2/4
稍慢、悠扬

五台山佛教古乐曲
古代《八大套》词谱

古代民歌

| 1̇ 6 5 | 4 5 6 1̇ | 5̇·6̇ 5 | 1̇ 6 5 | 4 5 3 | 2·1 2 |

好一朵 茉莉 花， 好一朵 茉莉 花，
好一朵 茉莉 花， 好一朵 茉莉 花，
好一朵 茉莉 花， 好一朵 茉莉 花，

| 1̇ 4 5 | 1̇ 6 5 4 | 5 2 5 3 2 | 1·2 1 |

长成了 一 日 放在奴的 家，
茉莉 花 香 爱煞小奴 家，
茉莉 花 甜 小蜜蜂绕着 它，

| 2 3 1 2 | 5 1̇ 4 | 2 5 2 1 | 2 1 ♭7 1 |

她的若是 要出 门， 就 把了
摘一 朵 送给我的 情 郎 哥，
情郎 哥 是蜜蜂 奴家是朵 花，

| 2 5 | 2 1 ♭7 | 5 1 | 6 4 | 5 - ‖

鲜（呀） 花儿 插（呀）。
心里 单 想 他。
愿情哥 来 采 花。

（五台山）

王 大 娘

  民歌《王大娘》又名《大钉缸》，在五台山地区流行久远，传唱甚广。缘由有三：第一，据《五台县志》第五章"文学艺术"之第八节"音乐"之中记载，鼓班音乐流传的《八大套》曲牌中，第三套《推碌碡》之第四曲和第四套《十二层楼》之第四曲，即是《王大娘》民歌曲牌，即是《大钉缸》的原名。这支历史悠久的曲调与前述《茉莉花》同等珍贵，早已载入《八大套》中并在南宋已经开始流传，永远地珍藏在庙堂音乐和民间音乐系列之中。第二，这首《大钉缸》乐曲，系叙事、抒情曲调，有情节、有人物，演唱有独唱和对唱，颇受群众喜爱，所以能长久地流传于民间。第三，随着时代的发展，《大钉缸》不断创新表演形式和内容，五台县境已发展成为"登台秧歌"。据《五台县志》第四章《群众文艺》介绍，流传于陈家庄乡的南塔林、东峪口乡明查湾村的"登台秧歌"《大钉缸》形同小戏曲，表演内容丰富，情节生动，风格活泼。

  《大钉缸》民歌曲调，是五台山地区的独称，上海音乐出版社出版韩军著的《五台山佛教音乐》书中就载有民歌《大钉缸》。据查有关资料，《大钉缸》曲调和内容属于"变体流传"类型，其他地方不叫《大钉缸》，有的叫《补锅》，亦有的叫《钉缸》，还有的叫《王大妈》和

《王大妈钉缸》等。其均与五台《八大套》之中《王大娘》类同。五台《大钉缸》的歌词属传统内容，并融入了神话结局和时令情节，此处共录编《大钉缸》三首。

大 钉 缸
（又名《王大娘》）
（一）

赵永杰 杜俊英 唱
赵二柱 郭俊华 传记

$1 = {}^{\flat}B \quad \frac{2}{4}$

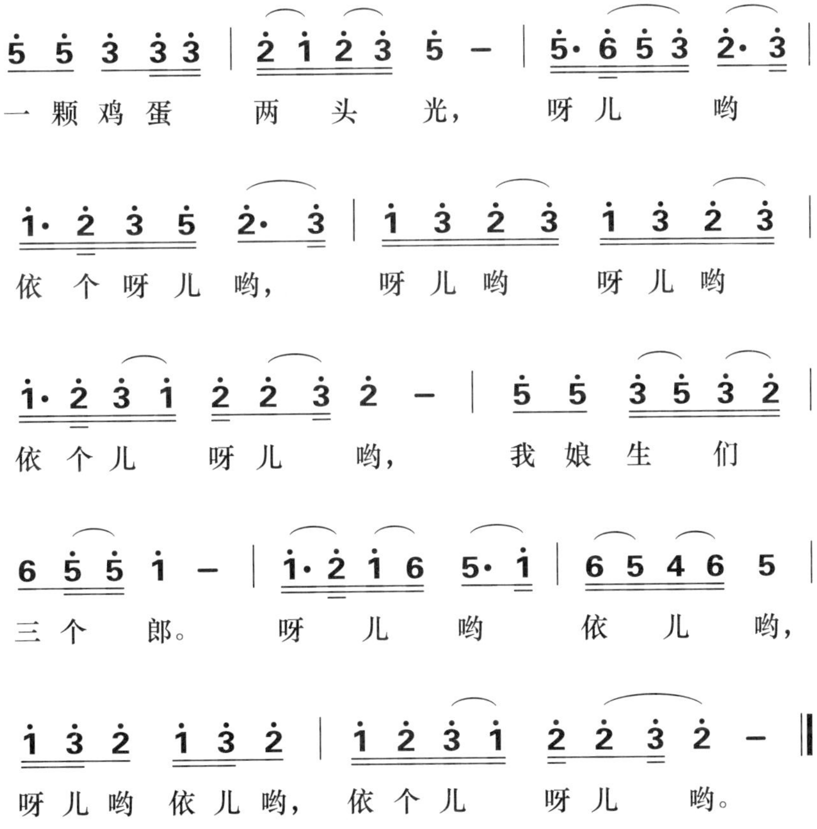

5 5 3 3 3	2 1 2 3 5 —	5·6 5 3 2·3
一颗鸡蛋 两头 光，	呀儿 哟	

1·2 3 5 2·3	1 3 2 1 3 2 3
依个呀儿哟，	呀儿哟 呀儿哟

1·2 3 1 2 2 3 2 —	5 5 3 5 3 2
依个儿 呀儿 哟，	我娘生 们

6 5 5 1 —	1·2 1 6 5·1	6 5 4 6 5
三 个 郎。	呀儿 哟 依儿 哟，	

1 3 2 1 3 2	1 2 3 1 2 2 3 2 —
呀儿哟 依儿哟，	依个儿 呀儿 哟。

古代民歌

李（唱）：
　　一颗鸡蛋两头光，
　　我娘生们三个郎。
　　大哥北京做买卖，
　　二哥种地是庄稼汉，
　　留下三弟无营生干，
　　学下个钉盘钉碗又钉缸。
　　今天不到别处去，
　　一心要到王家庄。
　　王家庄有个王员外，
　　有一个女儿叫王大娘。
　　一根扁担两头拴，
　　担上担担我走四方。
　　走东街来过西街，
　　将担子放在十字街。
　　心儿里想会王大娘，
　　吆喝了一声钉盘钉碗又钉缸。
王（唱）：
　　王大娘正在绣房坐，
　　忽听见门外来钉缸。
　　出的门来用目观，
　　钉缸巧匠在面前。
　　王大娘我把巧匠问，
　　一道圪疤①多少钱。
李（唱）：
　　我这里讲话忙开言，
　　一道圪疤三个钱。
王（唱）：
　　不给你多来不给你少，
　　给你个铜钱水上漂。
李（唱）：
　　王大娘讲话讲得好，
　　你的心事我知道。
王（唱）：
　　扭过身来我回绣房，
　　搬出大娘的腌菜缸。
李（唱）：
　　钉缸的就把活儿来领，
　　十字八道捆个紧。
　　左手拿的金刚钻儿，
　　右手又拉开长弓弓儿。
王（唱）：
　　王大娘回在绣房中，
　　梳洗打扮擦官粉。
　　柳叶眉来杏子眼，
　　樱桃小口一点香。
　　身上穿的一段缎，
　　八幅子罗裙系腰中。
　　三寸金莲露八分，
　　缀的一对银铃铃。
　　走起步来响叮当，
　　站下好比一炷香。
李（唱）：
　　看见王大娘真好看，
　　好比嫦娥来下凡。
　　不顾钉来只顾看，
　　溜脱锤子打了缸。
王（唱）：

贼眼六窟你看老娘，
为何打了我的缸。

李（唱）：打了旧缸赔新缸。

王（唱）：新缸不如旧缸腌菜香

李（唱）：
我看王大娘把脸变，
担起担担走他娘。

王（唱）：
王大娘后边忙追赶，
心想逃走你难上难。
头上拔下金钗环，
一手定到你乱坟滩。

李（唱）：
心生一计放下担，
霎时出了王家庄。

王（唱）：
王大娘我要将贼赶，
设下一个天罗又地网。

李（唱）：
我手指天空发金光，
来了天兵和二郎。

王（唱）：
王大娘我把手掐算，
举来山水鸟兽一起战。

李（唱）：
今日大战王家庄，
杀你个天昏又地翻。

王（唱）：我来举火烧天将。

李（唱）：我来降雨灭火亡。

王（唱）：我是古怪的王大娘。

李（唱）：我是太白李金星。

合：观音菩萨来平战，
李靖收服了王大娘。

注：①圪疤——民间艺人补锅漏洞时的金属"补丁"。

大 钉 缸
（二）

树万 润红 唱
玉堂 书平 整理

1 = G 2/4

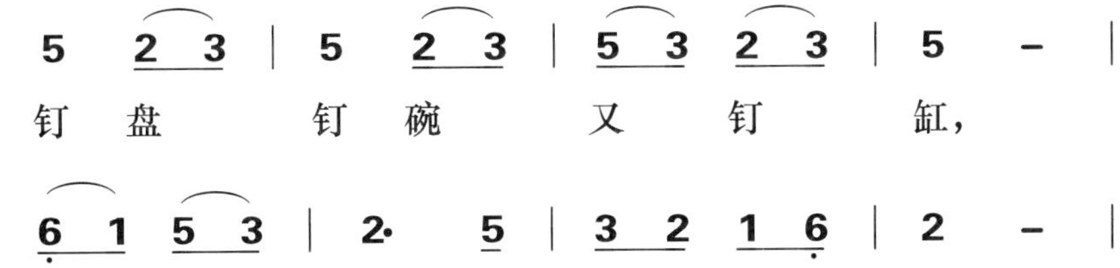

5 23 | 5 23 | 5 3 23 | 5 — |
钉 盘　钉 碗　又　钉　缸，

6 1 5 3 | 2· 5 | 3 2 1 6 | 2 — |

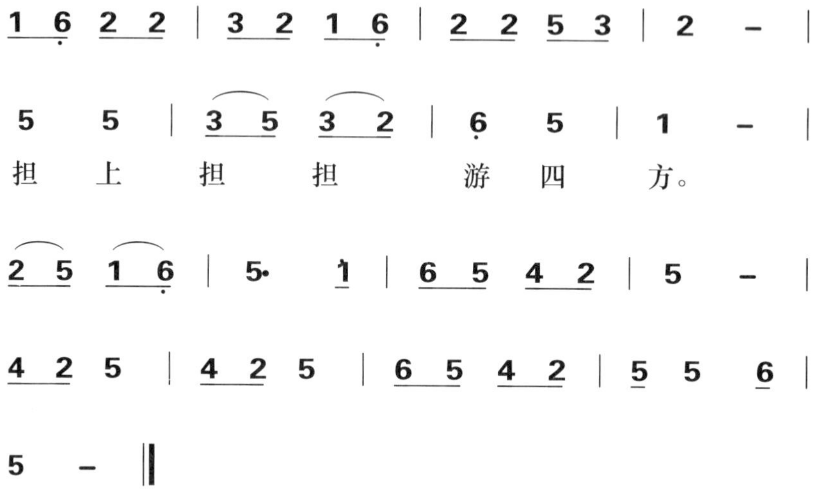

$$1\dot{6}\ 2\ 2\ |\ 3\ 2\ 1\dot{6}\ |\ 2\ 2\ 5\ 3\ |\ 2\ -\ |$$

$$5\ 5\ |\ \widehat{3\ 5}\ \widehat{3\ 2}\ |\ \dot{6}\ 5\ |\ 1\ -\ |$$
担　上　担　担　　游　四　　方。

$$\widehat{2\ 5}\ \widehat{1\ \dot{6}}\ |\ 5\cdot\ \dot{1}\ |\ 6\ 5\ 4\ 2\ |\ 5\ -\ |$$

$$4\ 2\ 5\ |\ 4\ 2\ 5\ |\ 6\ 5\ 4\ 2\ |\ 5\ 5\ 6\ |$$

$$5\ -\ \|$$

李：（开场白）一二三四五，金木水火土，大经有三十，小经二十九，如若不信，你一日一日地数，今日天气真好，担上担担，我钉缸一回。

李：别的村子们不去。一心要到王家庄，王家庄有个王大娘，一心要坏她的缸。紧走几步我来得快，一霎时来到王家庄村，东街游到西街上，南街又到北街前，四条大街都游遍。并无男女问一声，担担放在当街心，吆喝了几声来钉缸。

王：王大娘正在绣房里坐，忽听门外有钉缸人，双手开开门两扇，迈动金莲我出大门。抬起头来四下里看，钉缸人就在不远前。没走几步就到跟前，问问钉缸的多少钱？

白：钉缸的，奴家有个大瓷盔，还有个腌菜缸，问一下一道圪疤多少钱，要的多了我不钉，钉盘钉缸的又不是你一人。

李：不要你多来不要你少，一道圪疤三吊半，要的多了还能少，少赚几个够盘缠。

王：瓷盔菜缸不好拿，你到我家做营生，王大娘前边把路引。

李：钉缸的后边紧紧跟。

王：紧走几步来得快。

李：一霎时来到你院当中，担担放在地溜平，扁担立在你西墙根。

王：（白）这是瓷盔，这是菜缸。唱：钉的慢些你好好钉，我回绣房找零钱。

李：米线麻绳我往起拿，三八两下捆了个紧，金刚钻钻杆拿在手。磁酒盅盅钻杆上安，今日揽下好买卖，就唱小曲我就钉缸。

王：回到绣房我好好打扮，左梳右拢盘起头，梳个凤凰展双翅，左插金花后抿光，当有中间一点空，梳个刘海拜观音，十里香粉擦满面，桃花胭脂点嘴边。上身穿的大红袄，下身罗裙细腰上缠。营生做得就是快，抽袋旱烟你再钉缸。

李：双手接过旱烟袋，抬头细瞅王大娘，柳叶眉来杏子眼，樱桃小嘴一点点，摆来摆去杨柳腰，打扮得天仙一样样。顾了看来我顾不得钉，顾得钉来顾不得看，一时把我的心捣乱，甩脱锤子打了个缸。

王：你不保考成①赖手艺，你出门的真是胆大得很。

李：钉缸的看见事不巧，担上担担儿准备跑。

王：一把手拉住钉缸的人，插翅难逃你走不了。

李：打了旧缸赔新缸。

王：新缸不如我旧缸好。

李：人人都说你王大娘好，我看你也扯球蛋②，一脚踏倒王大娘，担上担担走他娘。

注：①考成——方言，指把握和准确之意。
②扯球蛋——方言，是不好之意。

大 钉 缸
（三）

1 = F 4/4

欢快、悠扬地

胡爱英 刘黄籽 唱
郎根槐 郎改凤 搜集
朱生和 整词 记谱

5 5 5 3 5	2 3 2 1 1 6	5 6 1 6 3 5 —
1.担起 （那个）担	担儿 走（呀么）走	四 方，

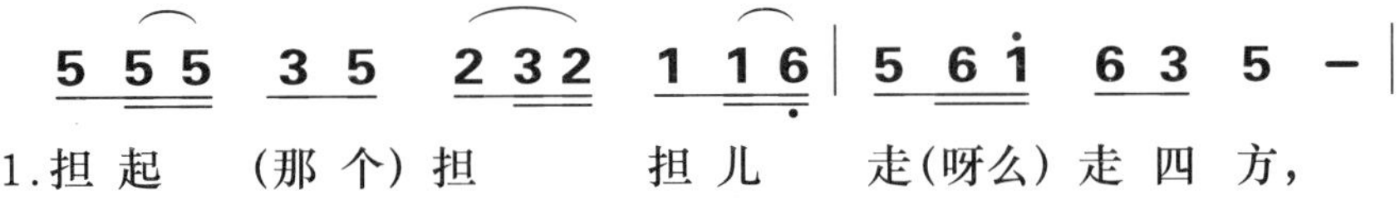

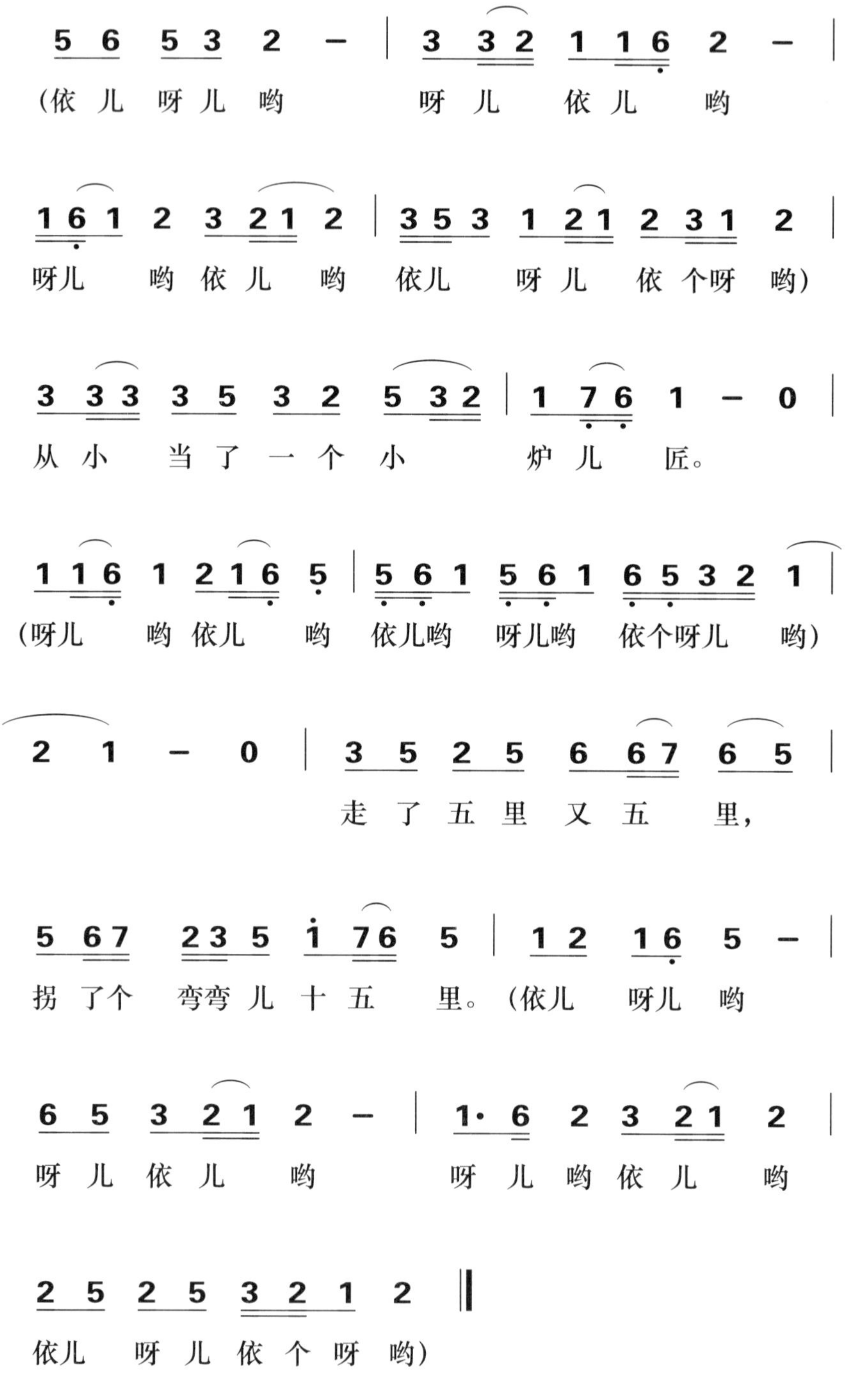

民歌 五台山

$\underline{5\ 6}\ \underline{5\ 3}\ 2\ -\ |\ \underline{3\ \underline{3\ 2}}\ \underline{1\ \underline{1\ \dot{6}}}\ 2\ -\ |$
(依儿 呀儿哟　　呀儿 依儿 哟

$\underline{1\ \dot{6}\ 1}\ \underline{2\ 3}\ \underline{2\ 1}\ 2\ |\ \underline{3\ 5\ 3}\ \underline{1\ 2}\ \underline{1\ 2}\ \underline{3\ 1}\ 2\ |$
呀儿　哟依儿　哟　依儿　呀儿　依个呀　哟)

$\underline{3\ \underline{3\ 3}}\ \underline{3\ 5}\ \underline{3\ 2}\ \underline{5\ 3\ 2}\ |\ \underline{1\ \underline{7\ 6}}\ 1\ -\ 0\ |$
从小　当了一个小　　炉儿　匠。

$\underline{1\ \underline{1\ 6}}\ \underline{1\ 2}\ \underline{1\ \dot{6}}\ \dot{5}\ |\ \underline{5\ 6\ 1}\ \underline{5\ 6\ 1}\ \underline{6\ 5}\ \underline{3\ 2\ 1}\ 1\ |$
(呀儿　哟依儿　哟　依儿哟　呀儿哟　依个呀儿　哟)

$2\ 1\ -\ 0\ |\ \underline{3\ 5}\ \underline{2\ 5}\ \underline{6\ \underline{6\ 7}}\ \underline{6\ 5}\ |$
　　　　　　走了五里又五　里，

$\underline{5\ \underline{6\ 7}}\ \underline{2\ 3\ 5}\ \underline{\dot{1}\ \underline{7\ 6}}\ 5\ |\ \underline{1\ 2}\ \underline{1\ \dot{6}}\ 5\ -\ |$
拐了个　弯弯儿 十五　里。(依儿　呀儿　哟

$\underline{6\ 5}\ \underline{3\ 2\ 1}\ 2\ -\ |\ \underline{\dot{1}\ \cdot\ 6}\ \underline{2\ 3}\ \underline{2\ 1}\ 2\ |$
呀儿依儿 哟　　　呀儿哟依儿　哟

$\underline{2\ 5}\ \underline{2\ 5}\ \underline{3\ 2\ 1}\ 2\ \|$
依儿　呀儿依个 呀 哟)

2. （领）一走（那个）走到清水河陈家庄，
　　　　吆喝了几声钉盘务儿①。
　　　　黑漆大门金字牌，
　　　　门里出来个大姑娘。

3. （女）钉一个圪疤多少钱？
　　（男）钉一个圪疤三吊三。
　　（女）买一个新锅多少钱？
　　（男）许我要来许你还。

4. （女）打了旧锅怎么办？
　　（男）打了旧锅挨上用新锅。
　　（女）新锅不如旧锅好，
　　（男）旧锅坏了还得花钱补。

5. （女）一边说话一边补，
　　（男）看来姑娘心上有话要说。
　　（女）你知道八路军甚会儿到？
　　（男）姑娘你睁开眼睛使劲儿眊。

6. （女）原来鸡毛信是你捎，
　　（男）人多眼杂快躲开这儿。
　　（男）担起担担儿去钉盘务儿。
　　（女）一把手拉住你小炉匠儿，
　　（女）钉了锅，钉了碗，还要钉盘盘儿。

注：每句领句后的众唱需接上唱，末句是重复结束句。
　　①钉盘务儿——方言，指钉瓷货、铁艺的手艺。

（五台山）

古代民歌

推 碌 碡

据 1984 年 10 月由人民音乐出版社出版的《中国音乐词典》第 119 页载述:"工尺谱是我国传统记谱法……它的历史悠久。从敦煌千佛洞发现的后唐明宗长兴四年(公元 933 年)写本'唐人大曲谱'(所用谱式即唐以来的燕乐半字谱)起,经过宋代的俗字谱……一直发展为明、清以来通行的工尺谱。"南宋俗字谱《五台山僧寺流传宋时乐谱》之中的《推碌碡》,仅见《国乐八大套》演奏曲中载其曲谱。何为《推碌碡》?歌词又唱些什么?长久以来未得其解。本书作者有幸从农村老艺人口传中了解到"推碌碡"是历史上农村的一种娱乐活动。利用秋后碾场闲置的石滚子(村里人叫做"碌碡"),让木、铁匠人制装一个架子,把碌碡立起,推动使其能够快速旋转。人们又将木、铁杆子插到旋转的架子上,从而人随碌碡的旋转而转圈圈娱乐。《推碌碡》的歌词是从当地民歌手们传唱的资料中搜集到的。

推 碌 碡

$1 = {}^{\flat}B$ $\frac{4}{4}$

慢速

郎双秀 传唱
张金龙 词记

廿 **6** …… **1** **0 6** **1· 2 3** …… **5** ……
一   更   (哇) 鼓 儿   多

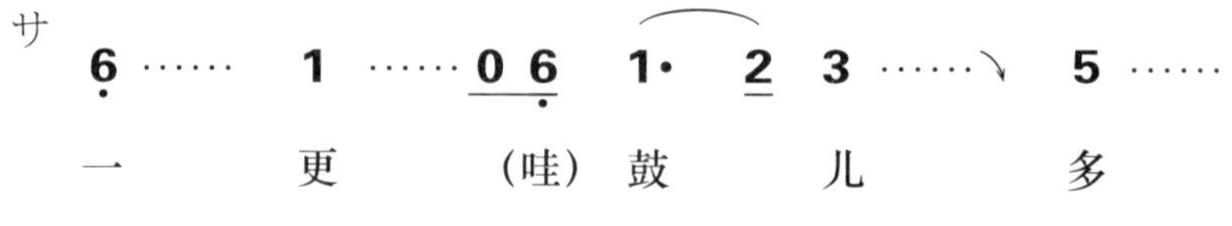

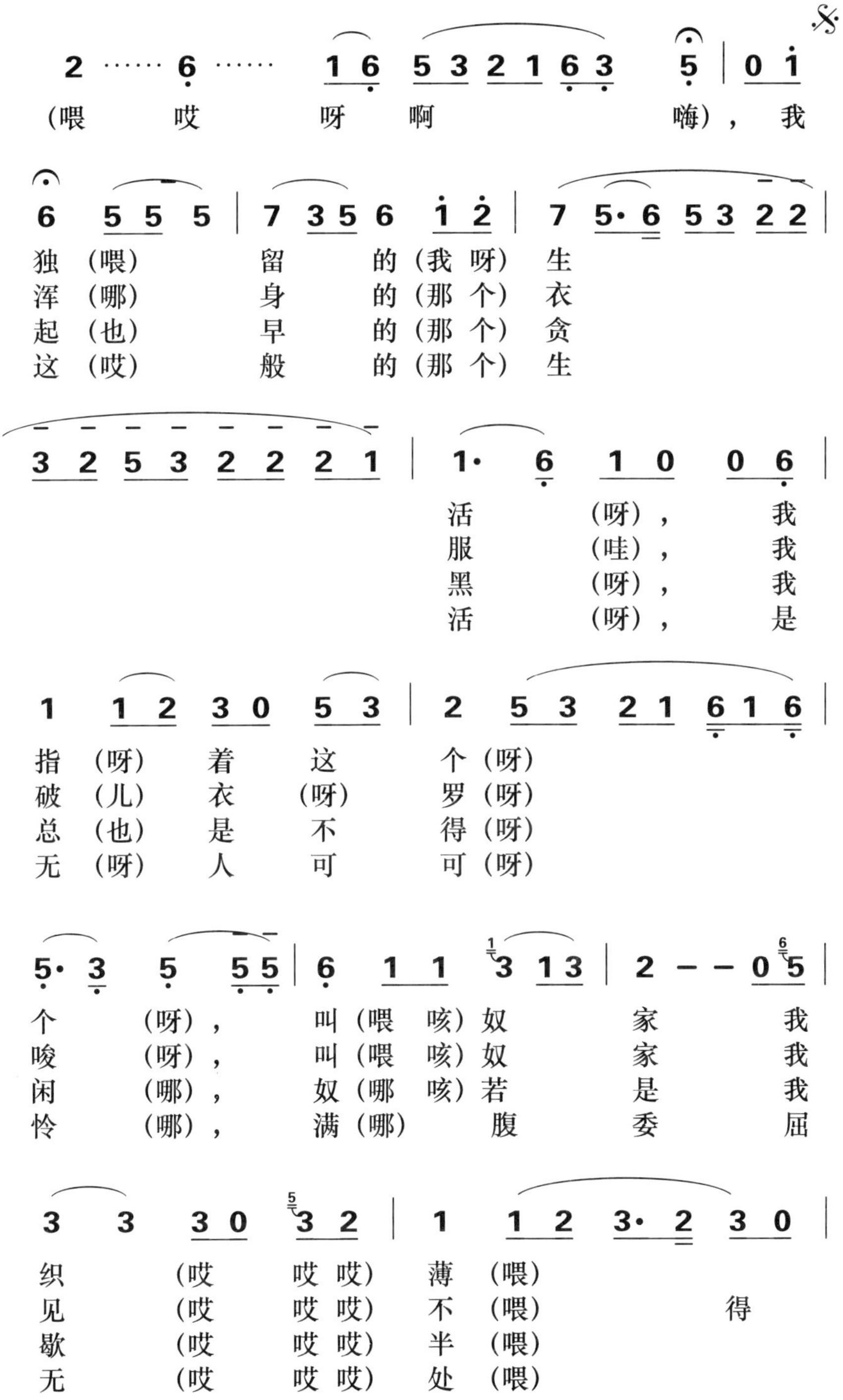

```
 2……6…… 1 6 5 3 2 1 6 3  5 | 0 i
(喂   哎   呀 啊            嗨)， 我

 6 5 5 5 | 7 3 5 6  1 2 | 7 5·6 5 3 2 2 |
独(喂)  留 的(我 呀)生
浑(哪)  身 的(那个)衣
起(也)  早 的(那个)贪
这(哎)  般 的(那个)生

 3 2 5 3 2 2 2 1 | 1· 6 1 0 0 6 |
活      (呀)， 我
服      (哇)， 我我
黑      (呀)， 我
活      (呀)， 是

 1 1 2 3 0 5 3 | 2 5 3 2 1 6 1 6 |
指(呀)着 这  个(呀)
破(儿)衣  (呀)罗(呀)
总(也)是 不  得(呀)
无(呀)人 可  可(呀)

 5· 3 5 5 5 | 6 1 1 3 1 3 | 2 — — 0 5 |
个 (呀)，  叫(喂 咳)奴   家    我
唆 (呀)，  叫(喂 咳)奴   家    我
闲 (哪)，  奴(哪 咳)若   是    我
怜 (哪)，  满(哪)腹  委   屈

 3 3 3 0 3 2 | 1 1 2 3· 2 3 0 |
织 (哎 哎 哎)薄 (喂)
见 (哎 哎 哎)不 (喂)
歇 (哎 哎 哎)半 (喂)       得
无 (哎 哎 哎)处 (喂)
```

古代民歌

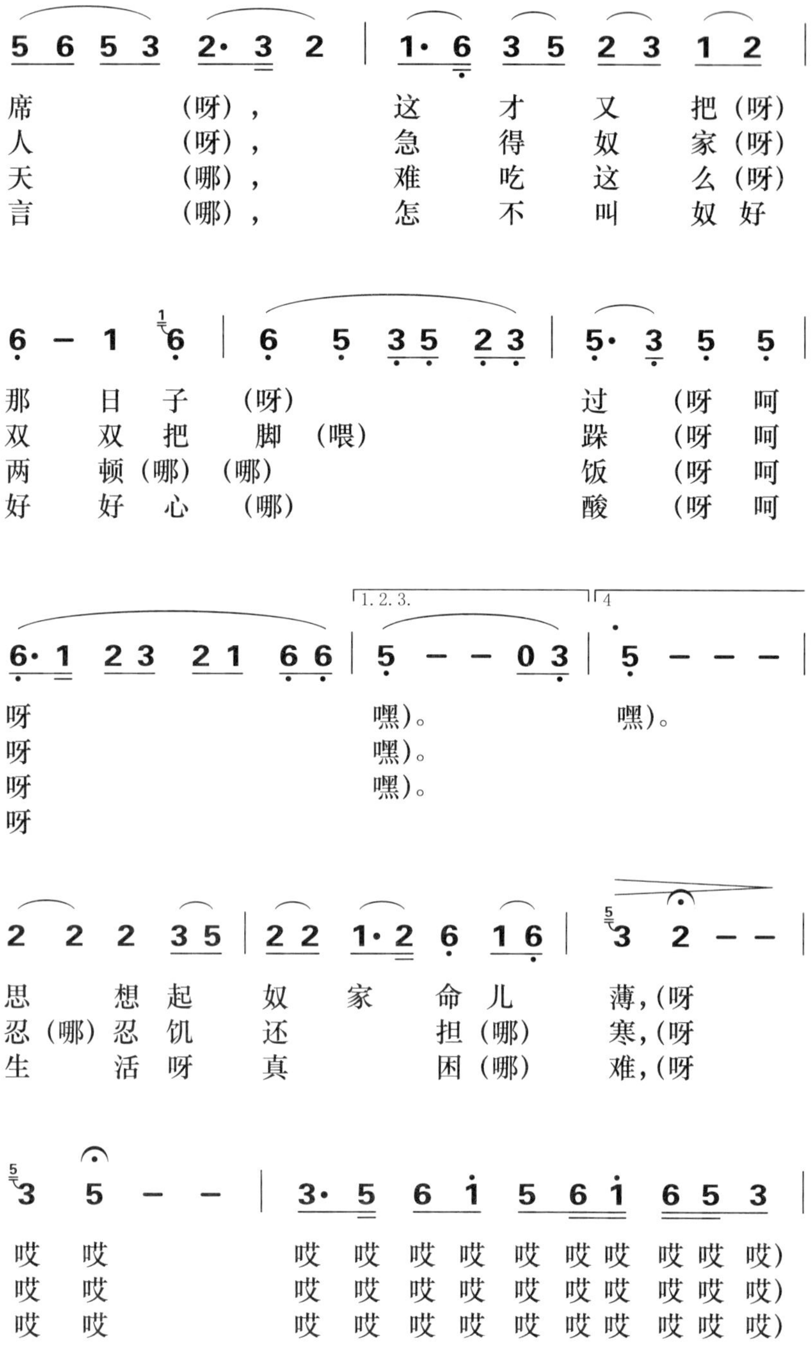

| 5 6 5 3 | 2· 3 2 | 1· 6 3 5 | 2 3 1 2 |

席　　（呀），　这才又把（呀）
人　　（呀），　急得奴家（呀）
天　　（哪），　难吃这么（呀）
言　　（哪），　怎不叫奴好

| 6 — 1 6 | 6 5 3 5 2 3 | 5· 3 5 5 |

那　日子（呀）　　　　　过跺（呀呵
双双把脚（喂）　　　　　两顿（哪）（哪）　饭（呀呵
好好心（哪）　　　　　　酸（呀呵

| 6· 1 2 3 2 1 6 6 | 5 — — 0 3 | 5 — — — |

呀　　　　　　　嘿）。　嘿）。
呀呀　　　　　　嘿）。
呀呀　　　　　　嘿）。
呀呀

| 2 2 2 3 5 | 2 2 1· 2 6 1 6 | 3 2 — — |

思　想起奴家命儿　薄，（呀
忍（哪）忍饥奴还担（哪）寒，（呀
生　活呀真困（哪）难，（呀

| 3 5 — — | 3· 5 6 1 5 6 1 6 5 3 |

哎哎　　　哎哎哎哎哎哎哎哎哎）
哎哎　　　哎哎哎哎哎哎哎哎哎）
哎哎　　　哎哎哎哎哎哎哎哎哎）

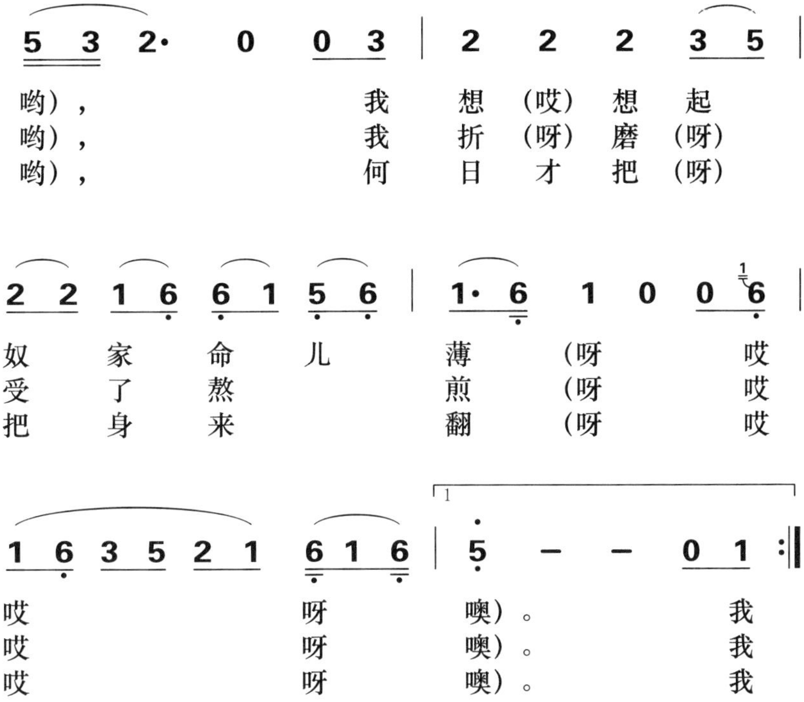

```
5  3  2·  0   0 3 | 2  2  2  3 5 |
哟),         我  想(哎)想   起
哟),         我  折(呀)磨(呀)
哟),         何  日  才 把(呀)

2 2 1 6  6 1 5 6 | 1· 6  1  0 0 6 |
奴 家 命 儿  薄 (呀)       哎
受 了 身 熬  煎 (呀)       哎
把 身 来 翻 (呀)          哎

1 6 3 5 2 1  6 1 6 | 5 - - 0 1 ‖
哎      呀   噢)。    我
哎      呀   噢)。    我
哎      呀   噢)。    我
```

(五台山)

掉 棒 槌

　　最早见于俗字谱流传至今的《掉棒槌》，此首民歌亦为曲牌，流传于五台山佛教音乐和城乡鼓吹乐演奏曲目之中。还散见于晋北有些县市民间乐曲资料篇目。然而，《掉棒槌》这首歌名三个字，历来叫法和书写较乱。有的写作《吊棒槌》；有的写作《磨棒锤》；还有的写作《吊棒锤》。阅读人民音乐出版社出版的《中国古代音乐史

稿》（杨荫浏著），录写为《掉棒捶》。经查《现代汉语词典》的"槌"字，同音同意的字有"椎"、"捶"、"锤"。但"锤"指"铁锤"。编者在编辑这首民间歌曲时写为《掉棒槌》。"槌"是古今农村妇女在河边用木棒槌洗衣服之工具。"掉"是描写河边青年男女相互爱恋观望，致使槌衣木棒没击中衣服而打在石头上，遂掉在河水之中的趣事。此是在五台县清水河两岸农村采集洗衣民歌过程中明确起来的。

掉 棒 槌

1 = G 2/4

自由、深情、欢快地

郎美英 演唱
朱生和 整理

6536 351 | 3235 6552 | 2 256 | 25 323 |
哥哥 在 地里 （那） 锄禾苗

3164 5 | 5 56 | 6156 532 | 6 12 |
苗， （那）（哎） 妹妹 在（那） 小 河边

3561 5 | 6135 561 | 1255 653 | 2 235 |
捶衣 裳，哥哥 锄 三下 （那）

25 323 | 616 5 | 5 56 | 6123 532 |
望望 妹妹，（那） （哎） 妹妹 捶三

```
 6  3 2 | 3 5 1 6 | 5 | 1. 6  5 3 | 5 0 |
```
下（那）　望望　哥儿，（哎嗨哟　　呀）

```
 6 1 2 3  5 3 2 | 6  1 2 | 5 6  5 | 3 6  1 1 2 |
```
棒槌打在　了（那）　石头　上。（哎嗨哟

```
 2 — | 3 2  2 1 6 | 3 6  1 1 2 | 6. 5 |
```
哟）　震得　妹妹　嫩手手（那）　麻呀。

```
 3 5 6  2 3 2 | 1 6 | 2 6 | 1 2 3 0 | 2 1 6  5 |
```
棒槌槌掉在　了（那）河　呀　河里边！

```
 3 6  6 1 2 | 5. 6  5 | 5 — ‖
```
（哎来哎嗨　哎嗨哟）

（五台山）

银　纽　丝

五台鼓吹乐《八大套》曲目中，第四套《十二层楼》中有一曲调，名为《二亲相骂》。据人民音乐出版社出版的周青青著的《中国民间音乐概论》一书所述：《银纽丝》又名《银绞丝》，是全国民间歌曲流传广、影响大的时调之一。大约兴盛于明代嘉靖、隆庆年间。歌词内容属于亲家嬉笑相骂一类。因此，又叫"二亲相骂"、"亲家顶嘴"、"探亲家"、"骂亲家"等。其曲调亲切、流畅，具有口语化的特点，易于表现叙事及表现风趣的内容。

此书录编两首：即《骂亲家》和《两亲家顶嘴》。

骂 亲 家

1 = A 2/4

方元 唱
中林 记

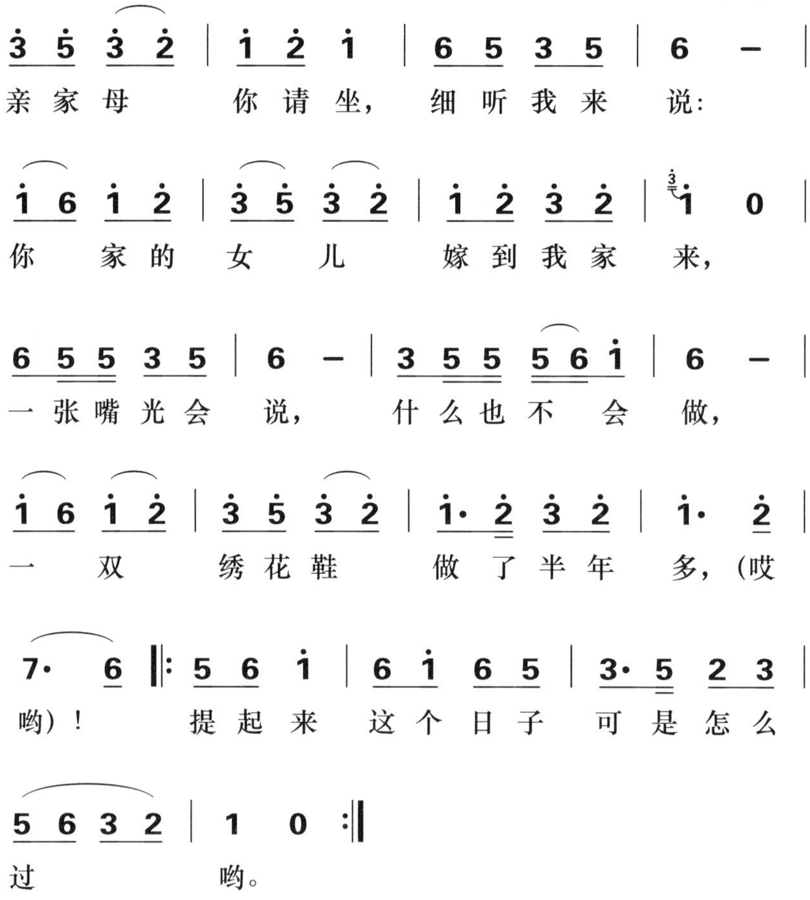

| 3 5 3 2 | 1 2 1 | 6 5 3 5 | 6 — |
亲家母　　你请坐，细听我来　说：

| 1 6 1 2 | 3 5 3 2 | 1 2 3 2 | 1 0 |
你　家的女儿　嫁到我家　来，

| 6 5 5 3 5 | 6 — | 3 5 5 5 6 1 | 6 — |
一张嘴光会　说，　什么也不会　做，

| 1 6 1 2 | 3 5 3 2 | 1· 2 3 2 | 1· 2 |
一　双　绣花鞋　做了半年　多，（哎

| 7· 6 ‖: 5 6 1 | 6 1 6 5 | 3· 5 2 3 |
哟）！　提起来　这个日子　可是怎么

| 5 6 3 2 | 1 0 :‖
过　　　哟。

两亲家顶嘴

方元 唱
中林 记

1 = A 2/4

‖: 3·2 32 | 1 0 6 | 1·6 1 1 |

（男）叫（嘞）亲（呦）家，（哎）你（嘞）是（呦）
（男）叫（嘞）亲（呦）家，（哎）你（嘞）是（呦）
（男）叫（嘞）亲（呦）家，你以富欺俺

5 — | 5·6 1 1 | 7 6 5 | 1 4 4 3 2 |

听，为甚你待我女不（这个）当（呦）
听，亲生女怎说是相（这个）干（呦）
穷，咱们到公堂上把理辩（呦）

1 — | 1 1 6 | 3 2 6 | 1·6 1 1 | 5 — |

人？（女）你女儿本是我出钱买（呦）定，
甚？（女）死是我家鬼活是我家人
明？（女）走就走来俺怕的你个甚

5·6 1 1 | 2 7 6 5 | 6 4 4 3 2 | 1 — :‖

俺家事与你家相（这个）干（呦）甚？
你给俺快快滚（这个）出（呦）门。
穷骨头还能成（这个）了（呦）精。

5 3 | 5 1 6 5 | 3·5 3 2 | 3 1 1 |

（合）咱（呀）去到（那）公堂（的）以上把

1 7 6 | #5 6 5 6 | 1 7 6 | #5 6 5 1 |

（哟哇哎哇哎）理（哟哇哎哇哎）

古代民歌

3· 2 1 | 1 - ||
明。(哼　哼)

（五台山）

扑　地　蜂

　　据《五台县志》"群众文艺"章节载述：《扑地蜂》，即扭秧歌，盛行于城乡各地，演员选十几岁的儿童，头戴花冠，腰系彩色绸带，翩翩起舞，如蜂扑地，故名。表演步法有自由步、单腿弯、双腿弯等，走场有八字、四角、过街、水渍、簸箕形、水磨形、风火轮、蛇盘九颗蛋等。俗字谱《五台山僧寺流传宋时乐谱》中《国乐八大套》乐谱中，第一套组曲之二即《扑地蜂》曲牌。可惜明清时期的演唱资料失传已久。《扑地蜂》秧歌演唱在五台境内采集记录到两种流行的民间歌曲，这充分体现了"乐失而藏于民"的真谛。

　　此书编录两首《扑地蜂》。

扑　地　蜂
（一）

1 = C 2/4

避寺堖秧歌队唱
朱生和 搜集 整理

5 3 5 6 | 1 2 1 6 | 5 1 6 5 | 3 2 3
正　月　里来(哎咳)　新(呀)新春　到，

| 5 ì í | 6 5 3 5 | 2 1· 3 2 3 | 2 — |

家家　户户(来呀)闹(呀)闹元　　宵。

| 5 3 5 6 | í 2̇ í 6 | 5 í 6 5 | 3 2 3 |

点　着　旺火(哎咳)啪啪响鞭　炮，

| 5 2 | 3 5 3 2 | 2 1 2 3 2 | 1 — |

大门　楼楼上(呀)红　灯　　照。

| 5· 6 5 3 | 2 1 2 :‖ 5· 6 | 5 3 2 |

打起锣鼓 秧歌扭，儿 童 背棍
场上院里 旱船跑，

| 1 2 3 5 | 2 3 2 1 | 6̣ 5̣ 1 | 2 3 1 6̣ |

踩　高　　跷，　妇　女　登　台

| 5· 6 | 5 — | 5 3 5 6 | í 2̇ í 6 |

唱　小　调。　　五　谷　丰　登(哎咳)

| 5· í 6 5 | 3 2 3 | 5 í í | 6 5 3 5 |

好呀好年　景，　国泰　民安(那呀)

| 2· 3 | 2 — | í í | 6 5 3 5 |

享　太　平，　　歌唱　咱的(呀那)

古代民歌

民歌五台山

好生活。那咳呀得儿依儿哟，

瓜儿呀离不开秧，跟着太
孩儿呀离不了娘，

阳走，一路光明照。

（五台山）

扑 地 蜂
（二）

郎五妮 演唱
朱生和 整词 记谱

1 = D 2/4

欢快、中速

正月里来打新春，

庄户人家动手闹春耕。

犁铧镢头肩上扛，

$\underline{5\cdot\ 6}\ \underline{\dot{1}}\ |\ \underline{\dot{2}\ \dot{1}}\ 7\ |\ \underline{6\cdot\ 5}\ 6\ |\ 5\ -\ |$

手　　里　牵　的　是　　黑　犍　牛，

$\underline{3\cdot\ 5}\ \underline{3\ \underline{23}}\ |\ 5\ -\ |\ \underline{5\cdot\ 6}\ \underline{\dot{1}}\ |\ \underline{\dot{2}\ \dot{1}}\ 7\ |$

(哎　咳　哎咳　　　哟)　　牛　背　上　还　驮　着

$\underline{6\cdot\ 5}\ 6\ |\ 5\ -\ \|$

粪　　篓　篓。

（五台山）

霸　王　鞭

《五台县志》载述，《霸王鞭》又称《打莲湘》、《金钱棍》、《花棍舞》。用一米长的木棍制成，两端挖空，嵌入铜钱，系扎红穗。从清康熙年间从洛阳传入本县西庄，随旱船、灯火表演，仅五六人。同治年间，增加了演唱内容，配合笙管梅笛、莲花板伴奏，表演者增至20多人。动作有单打、双打、绕头，过腿、翻身等。抗日战争时期，陕甘宁边区的《霸王鞭》传入五台，长度不及三尺，人称小《霸王鞭》，村里组织秧歌队和学生们表演，唱抗战歌曲。若追溯历史，《霸王鞭》作为五台《八大套》的乐曲，在五台古乐俗字谱中有确切的文字记载，是五台山地区流传久远的民歌。可惜历史上流传珍贵的歌词久已失传。当今所能听见看到的《霸王鞭》配套歌词，唯有"四大对"久唱不衰。

据山西人民出版社出版的王占文著《流转千年的歌舞》一书载述："《榆社县志》中记载，《霸王鞭》，源于十六国时期，距今已有1700多年，后赵皇帝争霸天下，每逢胜仗，士卒手舞足蹈，举茅捷鞭，兴舞庆贺。后来传入民间。"这是榆社《霸王鞭》的历史源头。在左权、和顺，叫《打花棍》。

霸 王 鞭
（一）

朱生文唱
朱生和记

1 = F 2/4
中速

| 5 4 2 | 5 2 3 1 | 5·3 5 6 | 4 3 2 1 |

1.天 上的 梭罗罗树 什么 人（儿） 栽？

| 2 6 5 | 2 3 2 1 1 | 2 5 1 | ♭7 6 |

地 上的 黄河（呀哈） 什么 人（儿）

| 5 5 | 1 ♭7 1 | 2 5 2 5 | 2 5 2 1 |

开（呀）？ 什么人 把守着 三 关

| ♭7 7 | 1 2 5 | 1 1 6 5 | 1 2 1 4 |

口（呀）？ 什么人 出家（呀哈） 永不回

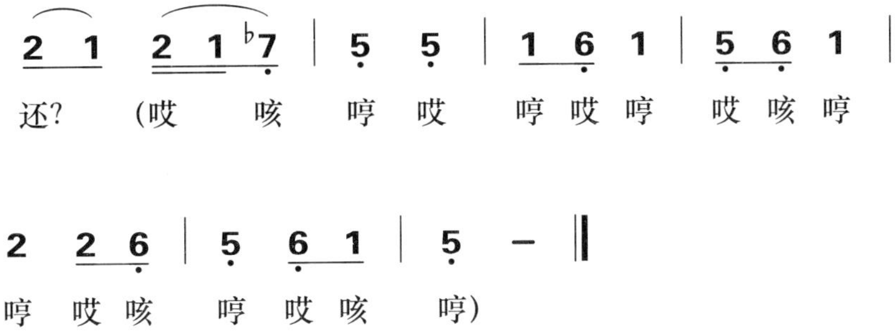

还？（哎 咳 哼哎 哼哎哼 哎咳哼

哼哎咳 哼哎咳 哼）

2. 天上的梭罗罗树王母娘娘裁，
　　地上的黄河老龙王开，
　　杨六郎把守着三关口，
　　韩湘子出家永不回还。

3. 什么鸟穿青又穿白？
　　什么鸟穿的绿豆色？
　　什么鸟穿的十样景？
　　什么鸟穿的一身黑？

4. 喜鹊穿的青又白，
　　鹦哥穿的绿豆色，
　　凤凰穿的十样景，
　　黑老鸹穿的一身黑。

5. 赵州桥什么人修？
　　玉石栏干什么人留？
　　什么人骑驴桥上过？
　　什么人推车碾下沟？

6. 赵州桥是鲁班修，
　　玉石栏干古人留，
　　张果老骑驴桥上过，
　　柴世宗推车碾下沟。

7. 什么鸟垒窝节节高？
　　什么鸟垒窝就地飘？
　　什么鸟住的高瓦房？
　　什么鸟住的墙旮旯儿？

8. 喜鹊垒窝节节高，
　　山燕子垒窝就地飘，
　　白鸽垒的高瓦房，
　　麻雀住的墙旮旯儿。

古代民歌

（五台山）

尼姑思凡

　　《尼姑思凡》又名《小尼姑下山》、《思凡》等。据《中国古代音乐史稿》杨荫浏著述，《思凡》出于《目莲戏》。曲谱见于《太古传宗》，作者不详，但有1722年自序，可见至迟在1722年康熙末年之前已有流传。该曲是描写小尼姑向往民间的情怀，是一个比较优秀的作品。此曲开始埋怨宗教的束缚，音乐上微有怨恨的意味；中段羡慕恋爱、自由，音乐上比较活泼婉丽；后段蔑视地狱威胁，音乐上有比较坚强的表现。《尼姑思凡》在五台地区流行的民歌有两种曲调。

尼姑思凡

1 = D 4/4

释圆意 传唱
净空居士 记

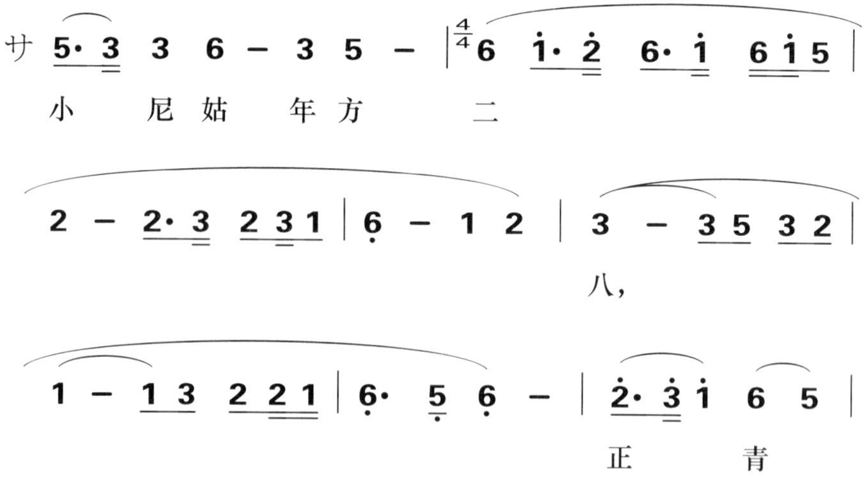

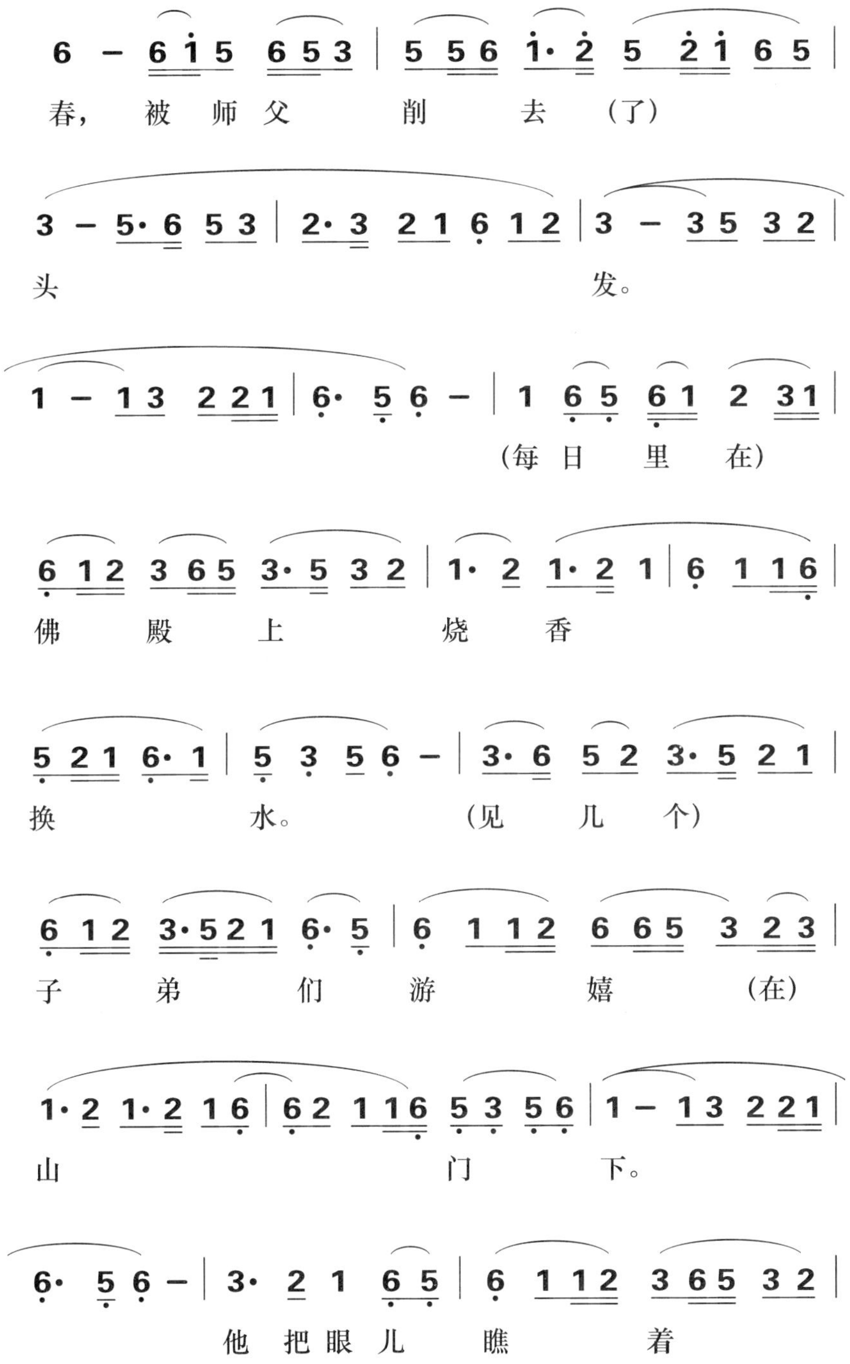

$6 - 6\dot{1}5\ 653\ |\ 556\ \dot{1}\cdot\dot{2}\ 5\ \dot{2}\dot{1}\ 65\ |$

春，被师父　削　去（了）

$3 - 5\cdot 6\ 53\ |\ 2\cdot 3\ 21\ 6\ 12\ |\ 3 - 35\ 32\ |$

头　　　　发。

$1 - 13\ 221\ |\ 6\cdot\ 5\ 6 - |\ 1\ 65\ 61\ 2\ 31\ |$

（每日里在）

$612\ 365\ 3\cdot 5\ 32\ |\ \dot{1}\cdot\dot{2}\ \dot{1}\cdot\dot{2}1\ |\ 6\ 11\ 6\ |$

佛殿上　烧　香

$521\ 6\cdot 1\ |\ 5\ 3\ 56 - |\ 3\cdot 6\ 52\ 3\cdot 5\ 21\ |$

换　水。　（见几个）

$612\ 3\cdot 5\ 21\ 6\cdot 5\ |\ 6\ 112\ 665\ 323\ |$

子弟们　游嬉　（在）

$1\cdot 2\ 1\cdot 2\ 16\ |\ 62\ 116\ 536\ |\ 1 - 13\ 221\ |$

山　　门　　下。

$6\cdot\ 5\ 6 - |\ 3\cdot\ 21\ 65\ |\ 6\ 112\ 365\ 32\ |$

他把眼儿　瞧　着

古代民歌

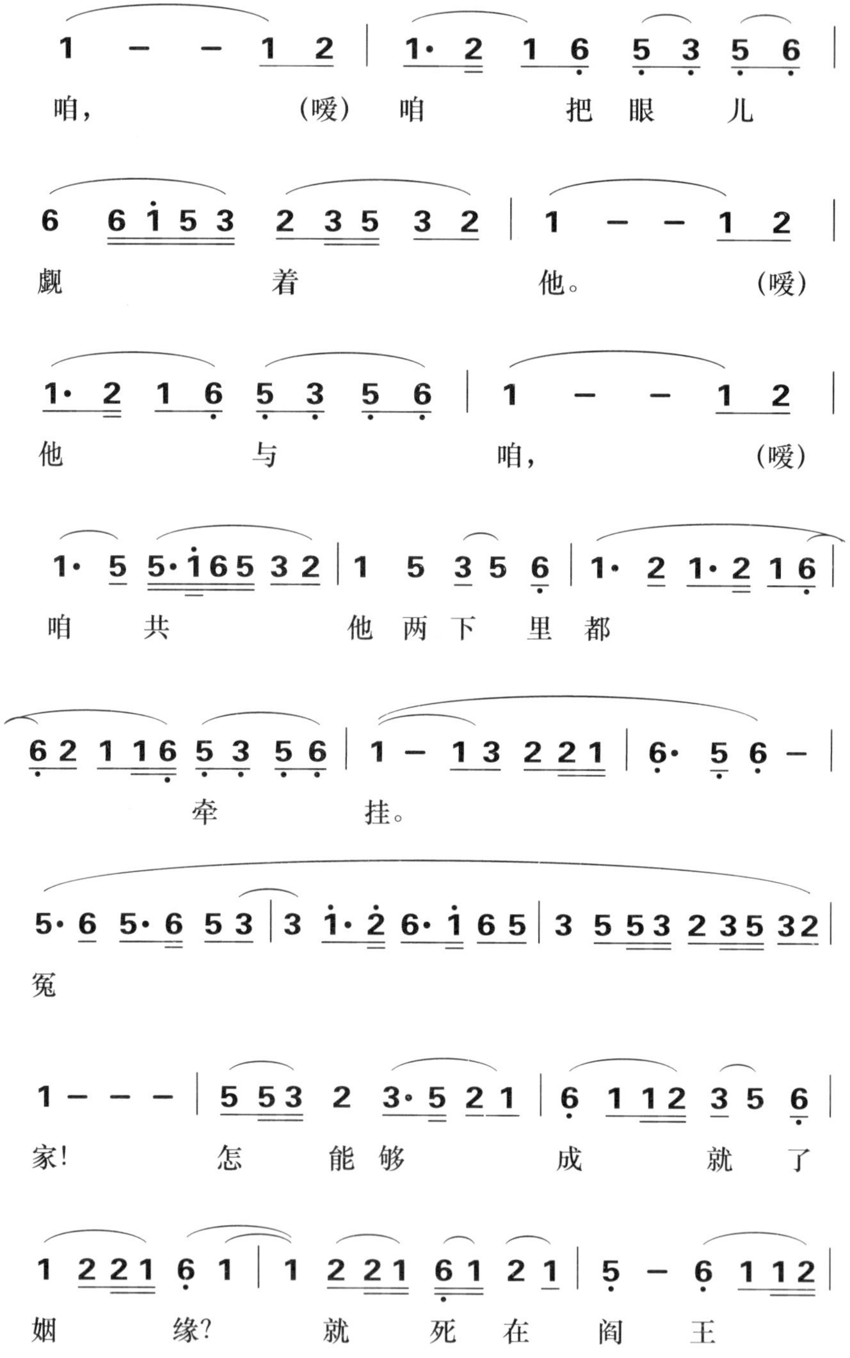

民歌五台山

| 1 - - 1 2 | 1·2 1̣ 5̣3 5̣6 |
咱，（嗳）咱　把　眼儿

| 6̣ 6̣1̣5̣3̣ 2̣3̣5̣3̣2̣ | 1 - - 1 2 |
觑　　着　　他。　　（嗳）

| 1·2 1̣ 5̣3 5̣6 | 1 - - 1 2 |
他　　与　　咱，　　（嗳）

| 1·5 5·1̣6̣5̣3̣2̣ | 1 5̣3 5̣6 | 1·2 1·2 1̣6̣ |
咱共　他两下里都

| 6̣2̣1̣1̣6̣ 5̣3̣ 5̣6̣ | 1 - 1̣3̣2̣2̣1̣ | 6̣·5̣ 6̣ - |
牵　　挂。

| 5·6 5·6 5̣3 3 1̣·2̣ 6̣·1̣6̣5̣ | 3 5̣5̣3̣ 2̣3̣5̣3̣2̣ |
冤

| 1 - - - | 5̣5̣3̣ 2̣ 3̣·5̣ 2̣1̣ | 6̣ 1̣1̣2̣ 3̣5̣6̣ |
家！　怎　能够　成就了

| 1 2̣2̣1̣ 6̣1̣ | 1 2̣2̣1̣ 6̣1̣2̣1̣ | 5̣ - 6̣ 1̣1̣2̣ |
姻　缘？　就　死在阎王

古代民歌

```
3·5 21 6̣ 1 | 1 6̣ 1 6̣ 1 | 5·6 6̣ 1·2 |
殿    前，   由他把那白  来舂，

3·5 2·3 2 1 6̣ 5 6 | 1 1 6 5 6 1 2 2 3 1 |
锯 来 解， 把磨来 挨，放  在

5·6 1 6·1 6 5 | 3 - 5 - | 3 - 5 - |
油    锅  里去炸！      由

5 6 6 5 3·5 3 2 | 1 - - - | 3 5·6 2·3 2 1 1 |
         他！        只见那

6̣·5 6̣ 1 1 2 | 3 5 5 3 2·3 1 | 1 1 1 6 6̣ 1 2 1 |
活 人  受 罪，  哪  曾 见

5̣ - 6̣·5 1 | 1 5 6 6 5 3 2 | 1 - - - |
死 鬼  带   枷？

6 - 1̇ - | 1̇ 6 6 5 3·5 3 2 | 1·2 1 - ‖
由         他（嗳）他！

6̣ 1 | 6̣ 2 1 6̣ | 5 6 1 1 6 5 6 | 1 5 3 5 |
火烧眉 毛， 且 顾 眼  下，火  烧
```

$\overset{\frown}{3\ 5}\ \overset{\frown}{6\ \underline{5\ 3}}\ |\ \overset{\frown}{2\ 3}\ \underline{2\ 1}\ |\ \overset{\frown}{\underline{5\ 6}\ 1}\ \overset{\frown}{1\ \underline{6\ 5\ 6}}\ |\ 2\cdot\underline{3}\ 1\ \|$

眉　　毛，　且　顾　眼　下！

（五台山）

小尼姑下山

$1=^\flat B \quad \frac{2}{4}$

文堂 生和 整理

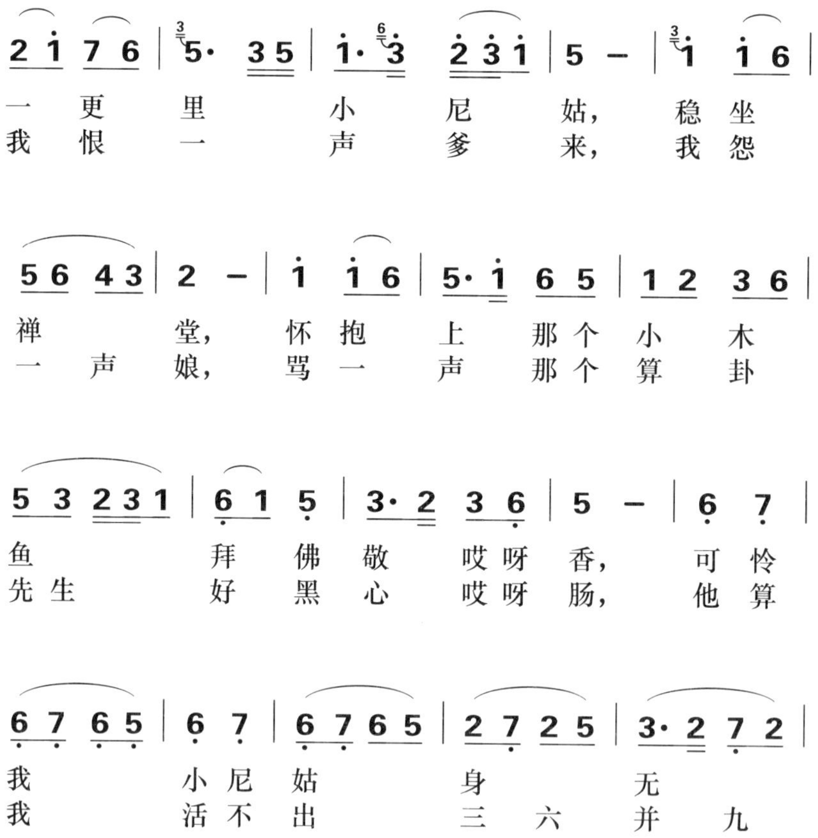

民歌 五台山

$\overset{\frown}{\underline{2\ 1}\ \underline{7\ 6}}\ |\ \overset{3}{5}\cdot\underline{3\ 5}\ |\ \underline{1\cdot\overset{6}{3}}\ \overset{\frown}{\underline{2\ 3\ 1}}\ |\ 5\ -\ |\ \overset{3}{\overset{\frown}{1}}\ \underline{1\ 6}\ |$

一　更　里　　小　尼　　姑，　　稳　坐
我　恨　一　　声　爹　　来，　　我　怨

$\overset{\frown}{\underline{5\ 6}\ \underline{4\ 3}}\ |\ 2\ -\ |\ \overset{\frown}{1\ \underline{1\ 6}}\ |\ \underline{5\cdot\underline{1}}\ \underline{6\ 5}\ |\ \underline{1\ 2}\ \underline{3\ 6}\ |$

禅　　　堂，　怀抱　上　那个　小　木
一　　声　娘，　骂一　声　那个　算　卦

$\overset{\frown}{\underline{5\ 3}\ \underline{2\ 3\ 1}}\ |\ \underline{\overset{\frown}{6\ 1}}\ \underline{\overset{\cdot}{5}}\ |\ \underline{3\cdot\underline{2}}\ \underline{3\ 6}\ |\ 5\ -\ |\ \underline{\overset{\cdot}{6}\ \overset{\cdot}{7}}\ |$

鱼　　拜佛　敬　哎呀　香，　可怜
先生　好　黑心　哎呀　肠，　他算

$\overset{\frown}{\underline{\overset{\cdot}{6}\ \overset{\cdot}{7}}\ \underline{\overset{\cdot}{6}\ \overset{\cdot}{5}}}\ |\ \underline{\overset{\cdot}{6}\ \overset{\cdot}{7}}\ |\ \underline{\overset{\cdot}{6}\ \overset{\cdot}{7}}\ \underline{\overset{\cdot}{6}\ \overset{\cdot}{5}}\ |\ \underline{2\ \overset{\cdot}{7}}\ \underline{2\ 5}\ |\ \underline{3\cdot\underline{2}}\ \underline{\overset{\cdot}{7}\ 2}\ |$

我　　　小尼　姑　　身　　无
我　活不　出　　三　六　并　九

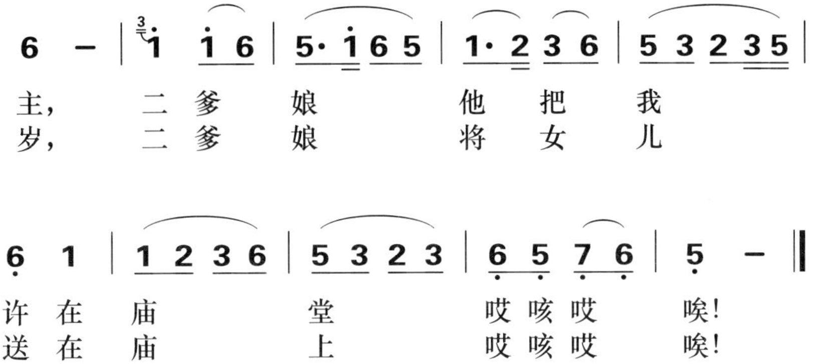

```
6 -  | 3̇ 1̇ 1̇ 6 | 5̇·1̇ 6̇ 5̇ | 1̇·2̇ 3̇ 6 | 5̇ 3̇ 2̇ 3̇ 5̇ |
主,      二 爹  娘      他 把 我       
岁,      二 爹  娘      将 女  儿       

6̣ 1 | 1̇ 2̇ 3̇ 6 | 5̇ 3̇ 2̇ 3̇ | 6̣ 5̣ 7̣ 6̣ | 5̣ - ‖
许 在 庙    堂       哎 咳 哎   唉!
送 在 庙    上       哎 咳 哎   唉!
```

（五台山）

王婆骂鸡

　　《王婆骂鸡》是五台境内流传久远的民歌经典，亦是有名的登台秧歌节目。城乡民歌手们能咏会唱者甚多，均说自己是清水河畔长家塘村人、著名北路梆子戏剧名家王玉山的传人。当今最数五台县艺术名家高贵林先生的演唱水平至上，他是"水上漂"的门徒。"水上漂"是王玉山的艺名，名声传遍大江以北，《五台县志》和《五台山志》曾专为其立传。抗日战争爆发后，王玉山为宣传抗日救国，亲自编演抗日文艺节目，如《抗日女子》等。还编唱新内容《王婆骂鸡》暗指明骂日本鬼子的侵华罪行。因为他的戏剧和民歌演唱水平，深受人民群众的爱戴和赞扬，于是五台民间盛传顺口溜："五台出了两种宝，阎锡山和水上漂；宁叫阎锡山不坐了，不要叫水上漂不唱了。""宁叫跑得掉了鞋（孩音），也不能误了水上漂的咳咳咳。"

  然而，翻阅五台境内的文艺资料，均未记载《王婆骂鸡》的翔实词曲资料。就连《中国民间歌曲集成·山西卷》也未收入其曲调和唱词。编者在采风过程中，寻找到民间老艺人和民歌手，将《王婆骂鸡》进行录词记谱，并化妆表演录音。大家认为真是一首艺术性相当高的文艺节目。进而追踪溯源，确切地记载《王婆骂鸡》出于我国传统目连戏。《目连救母》剧目源于佛教故事，最早见于东汉初由印度传入我国的《佛法盂兰盆经》，故事叙述佛陀弟子目连拯救亡母出地狱的事。从西晋流传以降，历代都演目连戏，清朝更盛，全剧240出，10天演完。在民间搬演目连戏的过程中，伴有大量的各色文艺节目表演，《王婆骂鸡》就是伴演节目之一。具有文字确切记载的出处在清道光年间。

  此书编录两首《王婆骂鸡》。

王婆骂鸡

（一）

高贵林 演唱
高海燕 传词

1 = F 2/4

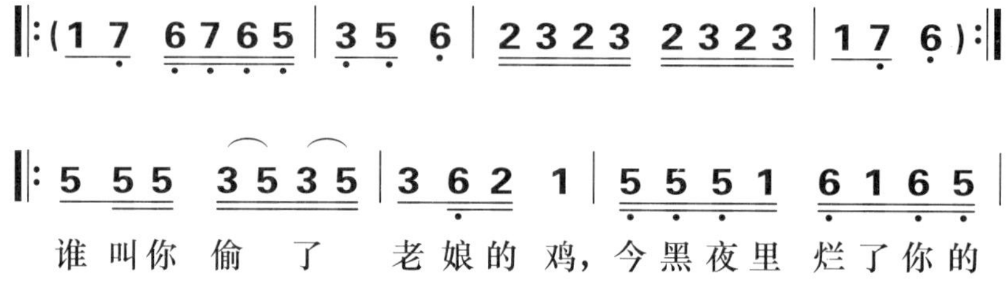

‖: (1̣ 7̣ 6̣7̣6̣5̣ | 3̣5̣ 6̣ | 2̣3̣2̣3̣ 2̣3̣2̣3̣ | 1̣7̣ 6̣) :‖

‖: 5 5 5 3̂5̂3̂5̂ | 3 6̣ 2̣ 1 | 5 5 5 1 | 6 1 6 5 |

谁叫你偷了 老娘的鸡，今黑夜里 烂了你的

谁叫你偷了老娘的鸡，今黑夜烂了你们的嗯膝其①，我的鸡不往别处去，就在东邻就在西舍里。谁要偷吃我的鸡，在家嘞好好听骂鸡，开言不把别人骂，先把四邻骂一气。东邻偷吃了我的鸡，得了疾病害煞你；南邻偷吃了我的鸡，成年让你们遭凶事；西邻偷吃了我的鸡，脊背手脚常害疗；北邻偷吃了我的鸡，老老小小常病的。俺把四邻骂了个遍，和尚道人骂一气。和尚偷吃了我的鸡，转成个秃毛驴儿万人骑；道人偷吃了我的鸡，转成个狗儿常吃屎；教员偷吃了我的鸡，糊里糊涂不精明；学生偷吃了我的鸡，先生的板子打死你；聋子偷吃了我的鸡，遇上强盗偷盗你；哑子偷吃了我的鸡，遇上坏人害煞你；背锅子偷吃了我的鸡，下炕一定要跌死你；拐子偷吃了我的鸡，走道儿不平闪煞你；屎擦子②偷吃了我的鸡，祖祖辈辈是屎擦子；赶车的偷吃了我的鸡，车儿惊了碾死你；受苦的偷吃了我的鸡，打水必定掉在井里；耍钱的偷吃了我的鸡，一场一场输煞你；剃头的偷吃了我的鸡，剃头刀划破虎口里；针工偷吃了我的

鸡，十指害上烧头疗；药铺偷吃了我的鸡，上山采药老虎吃了你；醋匠偷吃了我的鸡，毛鬼神尿到醋缸里；老汉们偷吃了我的鸡，咳嗽气短憋死你；老婆们偷吃了我的鸡，下地就要跌死你；后生们偷吃了我的鸡，打架斗殴打死你……

注：①唿膝其——地方土语：指咽喉。
　　②屎擦子——亦为地方土语：指不能站着走路的人。

尾　曲

1 = F 2/4

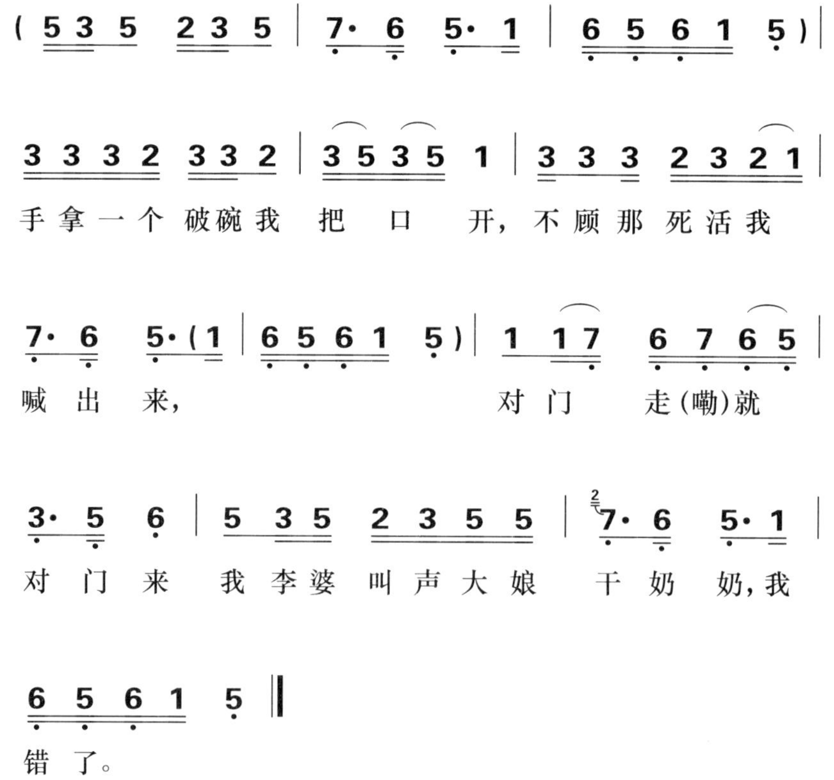

(5 3 5　2 3 5 | 7·6 5·1 | 6 5 6 1 5̣)|

3 3 3 2　3 3 2 | 3 5 3 5　1 | 3 3 3　2 3 2 1 |
手拿一个破碗我　把　口　开，不顾那　死活我

7·6 5·(1 | 6 5 6 1 5̣) | 1 1 7　6 7 6 5 |
喊 出 来，　　　　　　对 门　走(嘞)就

3·5 6 | 5 3 5　2 3 5 5 | 7·6 5·1 |
对 门 来 我 李 婆 叫 声 大 娘　干 奶 奶，我

6 5 6 1 5̣ ‖
错 了。

（五台山）

王婆骂鸡

（二）

王玉山 撰演
罗命才 传授
郎改凤 供稿
朱生和 记谱

1 = G 4/4
快速带煞气

‖: 5 6 5 3 2 | 1 6 1 2 | 5 6 5 3 2 | 1 6 1 2 |
一双 一对 两个 鸡，两双 两对 四个 鸡。
一双 一对 两个 鸡，两双 两对 四个 鸡。

5 4 6 | 5 6 1 | 2 1 2 3 4 6 | 5 — |
偷抓了 老娘 三斤半的 芦花 鸡。
谁偷了 老娘 喂下的 芦花 鸡。

2 5 6 1 | 2 2 2 3 | 5 6 6 5 3 3 |
恨煞我呀，气坏们啊！偷抓了 老娘的
恨煞我呀，气坏们啊！就剩下 了几个

1 6 1 2 | 5 4 6 | 5 6 1 | 2 2 4 6 |
芦花 鸡，只剩下 几个 老草
老草 鸡，天打 雷劈 不饶

5 — :‖ 0 5 6 | 5 3 2 5 6 1 | 1 6 1 2 |
鸡。 木匠 偷了老娘的 芦花 鸡，
你。 铁匠 偷了老娘的 芦花 鸡，
娃娃 偷了老娘的 芦花 鸡，
大闺女偷了老娘的 芦花 鸡，

古代民歌

```
5  3̂ 6 | 5  6̂ 1 | 2 2  3 6 | 5 - :||
锛  子    锛 断    你的 一条    腿。
火  星    嘣 瞎    你的 一只    眼。
灰  狼    叼 走    你这个屈死   鬼。
坐月子    生 怪    像你的没头   鬼。

||: 5 2 2 | 3 1 1 | 5 3 2 | 4· 6 | 5 - |
   咕咕咕   咕咕咕   命大的   芦花   鸡，

5  6 1 | 2 2  3 3 | 5 6  1 6 1 | 2 - :||
快 回家   给老 娘     吃 泔   来。
```

（五台山）

绣 荷 包

五台山地区流行的民歌《绣荷包》，与我省乃至华北、西北地区传延的《绣荷包》，均属于传统的典型节目。"绣荷包调"指的是流传于华北、西北地区的一首基本曲调。荷包是女子为心上人制作的感情信物，绣荷包时她们始终沉浸在对情人的思念之中。把自己的美丽憧憬与深切的情意都寄托其中，并低声吟唱，以倾吐自己的爱情，年长日久开成了民歌《绣荷包》，山西的绣荷包在歌词与旋律上明朗柔媚，音色动人。如第一小节的第二拍是上行四度的跳进（Re-SOI），显得开朗、明亮。第三小节第二拍 $\underline{2\dot{1}6}$ 和第六小节 $\underline{23\dot{1}6}$ 5，两处因旋律优美流畅而显得明媚、俏丽、带有喜悦之情。绣荷包在流传的过程中，产生了不少变体的小调，它们对山歌的形成也有影响。如河北省平山县的山歌《半斤莜面推窝窝》，就是"绣荷包调"家庭中的一员。在山西的《走西口》也是"绣荷包调"的变体，但调式有所改变。据资深的专家指出，《绣金匾》民歌也属于这一类型。现在知道最早记载《绣荷包》民歌的是在清代乾隆年间。

此书编录四首《绣荷包》（一）、（二）、（三）、（四）。

绣 荷 包
（一）

聂粉蝉 唱
邢和贵 赵美琴 记

$1 = F \quad \frac{2}{4}$

| 5 5 | 3 5 6 1̇ | 5· 6 3 2 | 1̇ 1̇ 6 5 6 3 2 | 1·̇ 6 1̇ |

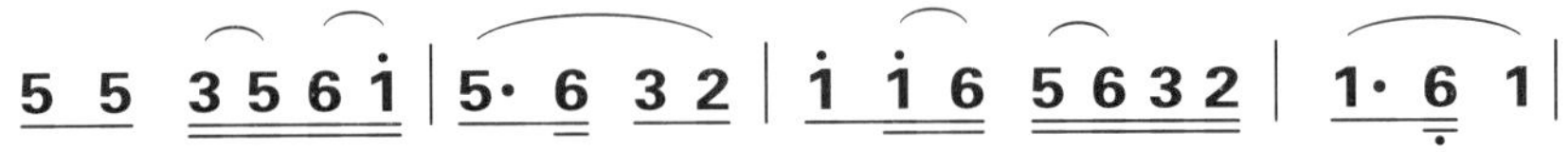

年年在外边，月月见不上面，
年一到十花五开，五月十人儿书高，
初月桃针线包，亲心上上海来，
三开绣只，郎用上山东太描，
打绣一二老绣山赶阳，
一杨果曹操，担驴走岸，
二张郎，骑备把桥，
三奸五，刘当南招，
四杨郎，台二死尚，
五小秀，十岁得走，
六杨郎，死呀海惨，
七小仙，生活的边，
八洞红，绣上念情，
九菊花家，实想他，
十小奴，实

民歌五台山

| 2 3 | 5 | 1̂ 6 | 5̇·6 3 2 | 1 | 3̂ 3 5 | 6̇̂ 1̇ 2̇ | 5̇ — ‖

家那捎奴有他四猛众王狠过走眼
留春书家一本大张弟莽心海的泪
下风书的对是那飞兄他的那
结摆要人夫仙名叫死黑潘显站滴
发   三得了仁身 上
妻动个儿妻山声惨心美手的去
盼杨荷说他本驴喝无药把留想变
得呀呀法俩事脊断心死他下起成
眼杨荷可船真背长保亲乱美心一
也柳包不里高上坂边女箭名上朵
干梢袋小站强捎桥防婿穿传人花。

（原平市）

绣 荷 包
（二）

胡贵隆 唱
奋臻 玉堂 书平记

1 = C 2/4

| 2̇ 2̇ 2̇ 5̇ | 5̇ 3 2 1 | 5̇ 2 3 | 2̇ 1̇ 6 | 5 — |

年年走口外， 月月 不回来，

| 2 5 5̇ | 2̇ 3 1̇ 6 5 | 1̇ 1̇ 6 | 5 6 3 | 2 — ‖

家留下贤   妻盼呀盼回来。

—82—

姐妹：年年走口外，月月不回来，家留下贤妻盼回来。
　　　山丹梅花开，才五月儿高，那春风摆动杨柳梢。
　　　山丹梅花开，行人捎书来，捎书带信要一个荷包袋。
　　　想要荷包袋，绸线往回捎，捎回来奴给你绣荷包。
　　　打开冷封箱，红纸取一张，手拿上小剪剜个荷包样。
　　　打开纸封箱，白纸取一张，满天的飞鸟全剜遍。
　　　打开棉线包，棉线无一条，打发梅些东街里去买。
　　　东街到西街，无有个货郎公仔，南街里返回来碰见个张会计。
男女：货郎公卖针线，梅些把手招，不用你招手我也知道了。
　　　梅些把头低，货郎公就施礼，不用你施礼我也买。
姐妹：一买上红头绳，二买上搽脸粉，三买上胭脂们还要定嘴边。
　　　手拿三千银，棉线称半斤，到后你再捎来两包绣花针。
　　　货郎公担担走，梅些回绣楼，各般的货物都照顾点。
一绣：一绣一只船，绣在江海岸，那二位艄公船头上站，
　　　艄公船头站，手拿撑船杆，姜太公钓鱼坐河湾。
二绣：二绣张果老，骑驴过州桥，四大名山驴后捎。
　　　名山驴后捎，压塌赵州桥，鲁班下来才把州桥搞。
三绣：三绣一座庙，王母摆蟠桃，再绣上黄呀黄哈二仙桃。
　　　黄哈二仙桃，睡在九龙桥，再绣上七仙女拜寿桃。
四绣：四绣月正南，洞宾戏牡丹，再绣上刘海戏金蟾。
　　　刘海戏金蟾，过河实实难，再绣上吕布戏貂蝉。
五绣：五绣杨五郎，绣在五台山，贪生怕死为和尚。
　　　贪生为和尚，孟良把兵搬，七郎八虎才把幽州出。
六绣：六绣金鸡叫，大明展翅膀，再绣上凤凰梧桐树上落。
　　　梧桐树上落，青庄把鱼钓，再绣上一对英英并蒂莲。
七绣：七绣织女星，牛郎来配婚，那天河隔在两岸上。
　　　隔在两岸上，实实地好伤心，当等七月七来相逢。
八绣：八绣八洞神，绣在南天门，再绣上白鹤驮寿星。
　　　白鹤驮寿星，韩湘渡连言，再绣上大雪山冻死韩老公。

九绣：九绣树叶落，猛虎把头摆，再绣上梅花鹿含灵芝草。

　　　鹿含灵芝草，野鸡背坡落，再绣上寒号鸟来吵闹。

十绣：十绣松柏青，唐僧来取经，再绣上无呀无底洞。

　　　无也无底洞，妖精实在多，再绣上一对对白毛老鼠精。

（五台山）

绣 荷 包
（三）

1 = F 2/4　　　　　　　　　　　　　　　　杜眉锁 唱
中速　　　　　　　　　　　　　　　　　　王一民 记

三月里 桃花 开， 亲人（么）捎（了）书 来，捎书 （那个）带（咳咳咳）信 （呀）要要一个 荷包 袋。

你（呀了）带荷 包， 绸绸（了）往（了）回 捎， 捎回 （那个）绸（咳咳咳）绸 （呀）奴与你（这）绣荷 包。

一绣（了）一只 船， 绣在（了）小（了）河 南， 平贵 （那个）拉（咳咳咳）马 （呀）回（呀了）回长 安。

（原平市）

绣 荷 包
（四）

王玉堂唱
奋臻 玉堂 书平记

$1 = {}^{\flat}E \quad \frac{2}{4}$

| 5 5 | 3 5 3 2 | 1·2 6 5 | 6 5 6 | 5 3 2 5 | 5 1 6 |

1. 干枝梅花开，　情人捎书来。
2. 初一盼十五，　十五月儿高，
3. 一绣一只船，　绣在江河边，
4. 二绣张果老，　骑驴过州桥，
5. 三绣王三姐，　提篮把菜挑，

| 2 3 5 | 6 6 | 5 3 5 3 | 1 6 1 2 | 4 4 5 | 2 1 6 | 5 — ‖

捎回那个书书来，　想要荷包袋。
二月里来刮春风，　摆动杨柳梢。
姜太公钓鱼名山，　在呀在水边。
四大只鸿雁，　驴呀驴上捎。
再绣只鸿雁，　来呀来捎书。

古代民歌

6. 四绣吕洞宾，　　　7. 五绣杨五郎，
　 洞宾戏牡丹，　　　　 绣在五台山，
　 再把那众神仙，　　　 手持八卦棍，
　 绣在荷包上。　　　　 棒打辽韩昌。

8. 六绣杨六郎，　　　9. 七绣曹孟德，
　 绣在雁门关，　　　　 人马齐备了，
　 手搭凉棚朝北望，　　 火烧那战船，
　 吓破敌人胆。　　　　 命呀命难逃。

—85—

10. 八绣八贤王，
　　绣在金殿上，
　　怀抱金铜宝，
　　保呀保江山。

11. 九绣九仙女，
　　绣在王母山，
　　七仙女下了凡，
　　配呀配凡人。

12. 十绣十样锦，
　　绣在十三省，
　　十三省的美女，
　　配呀配英雄。

13. 十一绣秦琼，
　　拉马到临潼，
　　临潼在三天，
　　九呀九条龙。

14. 十二绣唐僧，
　　唐僧去取经，
　　取回经的是唐僧，
　　闯下祸的是孙悟空。

（五台县）

剪 靛 花

　　《剪靛花》民歌，又叫《剪剪花》、《剪甸花》、《靛花开》等，属于"剪靛花调"。是五台山地区明末清初流传的民歌。清乾隆、道光年间，其词曾先后被收入《霓裳续谱》和《白雪遗音》等民歌集中。用剪靛花曲调填写的民歌内容相当广泛，大多表达出欢快、喜悦的情绪。孟奋臻编著的《五台民间吹打乐》书中，《八大套》第七套《鹅郎套》第三曲即是《剪靛花》，但在流传中变名为《剪灯花》。

剪 靛 花

张竹波 唱
张　勉 记

1 = F 2/4

中速

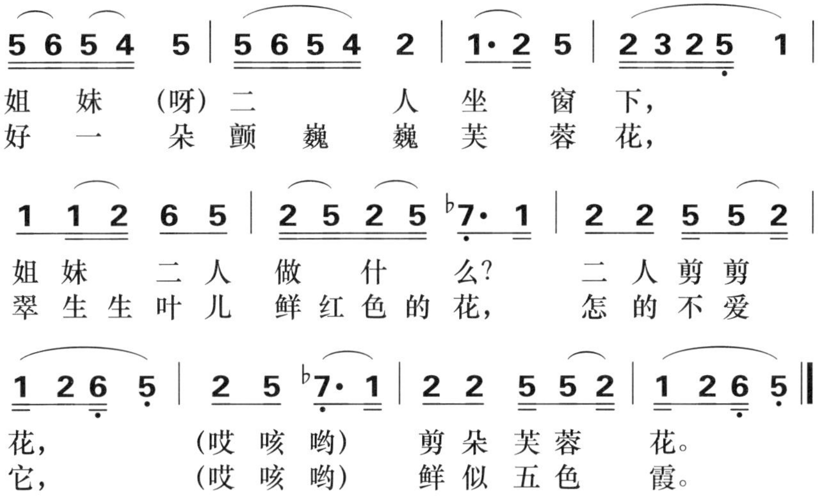

5654 5 | 5654 2 | 1·2 5 | 2325 1 |

姐　妹（呀）二　　人　坐　窗　下，
好一　朵颤巍巍芙　蓉　花，

1 1 2 6 5 | 2 5 2 5 | ♭7·1 | 22 5 5 2 |

姐妹　二人　做什　么？　　　二人剪剪
翠生生叶儿　鲜红色的花，　怎的不爱

1 2 6 5 | 2 5 ♭7·1 | 22 5 5 2 | 1 2 6 5 ||

花，　（哎咳哟）　剪朵芙蓉　花。
它，　（哎咳哟）　鲜似五色　霞。

（阜平县）

古代民歌

太 平 年

　　著名音乐家杨荫浏著的《中国古代音乐史稿》第二十九章《民间歌曲》有关"明清民歌、小曲部分存目"载述，根据明清刊行的民歌、小曲集中所列曲名，出于明人记载的小曲 31 曲；出于清人记载的小曲 208 曲。并从清人记载的小曲中除去重复明代的 20 曲外，明清共存民歌小曲 219 首。其中就有《太平年》此首民歌。近年来，在搜集五台山地区的民歌过程中，查阅了《中国民间歌曲集成·山西卷、忻州地区民歌集成》，此书是由王滨主编，山西省忻州地区文化局印发，书中就刊载了代县民歌《年太平》，歌词中所演唱的为《太平年》。

太平年
（一）

张国义 词曲
王　滨 整理

$1 = F$ $\frac{4}{4}$

2 2 3 5 — | 6 5 3 3 5 6 1 | 2·（3 2 —）‖

正月里　初　一　五　更　寒，
想起我　贤　妻　心　痛　酸，

2 3 5 3 5 3 3 | 2· 1 2 3 2 1 | 6 1· 6 5 —

贤　妻　她　在世巧打扮，　　　太　平　年，

6 5 6 1 2 — | 2 3 2 1 6 1 2 | 5· 1 6 5 3 2

打扮起来　赛　　天　　仙，年　太

5·（6 5 —）‖

平。

（代　县）

跌落金钱

　　由人民音乐出版社出版的《中国民间歌曲集成·山西卷》一书《山西民歌概述》刊载："明清两代进入民歌盛行的时期。从本卷传统民歌的曲目可以看出，不少是明清两代流传下来的作品，如《进兰房》、《粉红莲》、《抱

琵琶》、《跌落金钱》等。"又据人民音乐出版社出版的《中国古代音乐史稿》一书，关于明、清民间歌曲存目所述，《跌落金钱》系清代传延民歌，又名"黎调"。五台山地区广泛流传《跌落金钱》曲调见著于《五台民间吹打乐》书中《八大套》第六套第五曲。由此可知《跌落金钱》在五台山地域各市、县、区，甚至在晋北地区广大县镇和乡村中长久流传吹奏和演唱。

跌落金钱

（一）

$1 = G \dfrac{2}{4}$

方金 唱
中林 记

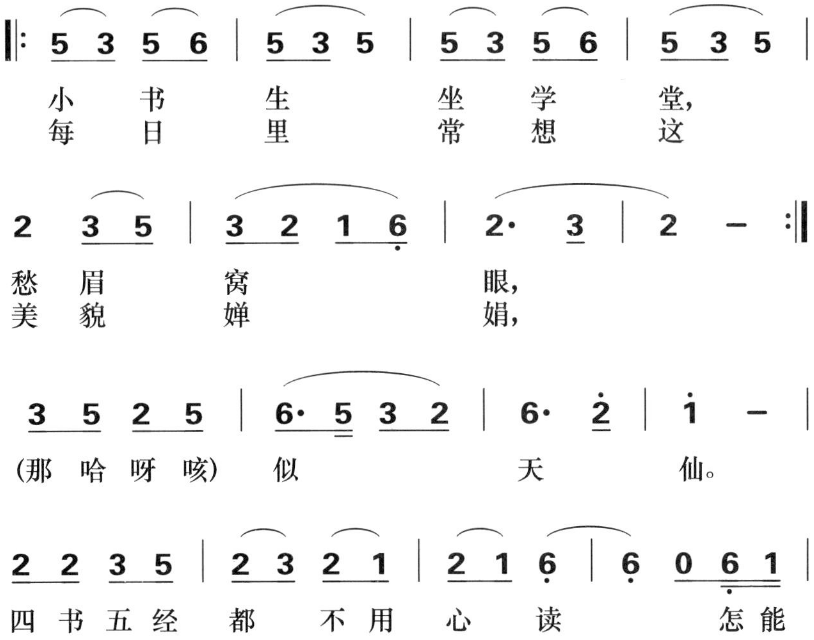

| 5 3 5 6 | 5 3 5 | 5 3 5 6 | 5 3 5 |
小　书　　　生　　坐　学　　堂，
每　日　里　　常　想　　这

| 2 3 5 | 3 2 1 6 | 2· 3 | 2 — ‖
愁　眉　窝　　　　眼，
美　貌　婵　　　　娟，

| 3 5 2 5 | 6· 5 3 2 | 6· 2 | 1 — |
（那哈呀咳）似　　　　天　　　仙。

| 2 2 3 5 | 2 3 2 1 | 2 1 6 | 6 0 6 1 |
四 书 五 经 都　不 用 心 读　　怎 能

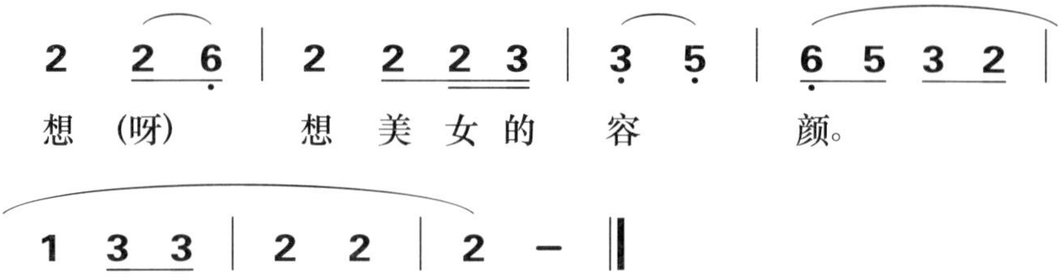

$2 \quad \widehat{2 \quad 6} \mid 2 \quad 2 \quad 2 \quad 3 \mid 3 \quad 5 \mid \widehat{6} \quad 5 \quad 3 \quad 2 \mid$

想（呀）　想美女的　容　　颜。

$1 \quad 3 \quad 3 \mid 2 \quad 2 \mid 2 \quad - \parallel$

（五台山）

跌落金钱

（二）

方金 唱
中林 记

1 = A 2/4

中速

$5 \quad 6 \quad \dot{6} \mid \dot{6} \cdot 2 \quad 2 \mid 1 \quad 2 \mid 6 \quad 5 \quad 4 \quad 2 \mid 5 \quad 1 \quad 6 \mid$

与　你　　面貌虽不　合　　　（哎）

$5 \quad - \mid (5 \quad 6 \quad 6 \quad 5 \quad 1 \mid 5 \quad 6 \quad 1 \quad 5 \quad 3 \mid 5 \quad 0 \quad 5 \quad 0) \parallel: 2 \quad 1 \quad 2 \mid$

与　你
与　你
黑　旋

$2 \cdot 6 \quad 6 \mid 5 \quad 6 \mid 3 \quad 2 \quad 1 \quad 6 \mid 2 \quad 5 \cdot 3 \mid 2 \quad - \mid$

面貌　虽　不　合　　　　（哎），
面貌　虽　不　合　　　　（哎），
风本　是　咱　名　号　　　（哎）

$2 \quad 5 \quad 3 \mid 2 \quad 5 \mid 2 \quad 1 \mid 2 \quad 6 \mid \dot{6} \cdot 2 \quad 2 \mid 1 \quad 2 \mid 6 \quad 5 \quad 4 \quad 2 \mid$

姓　名　　也　就　先　知
姓　名　　也　就　先　知
李　三　　你　也　可　知

民歌五台山

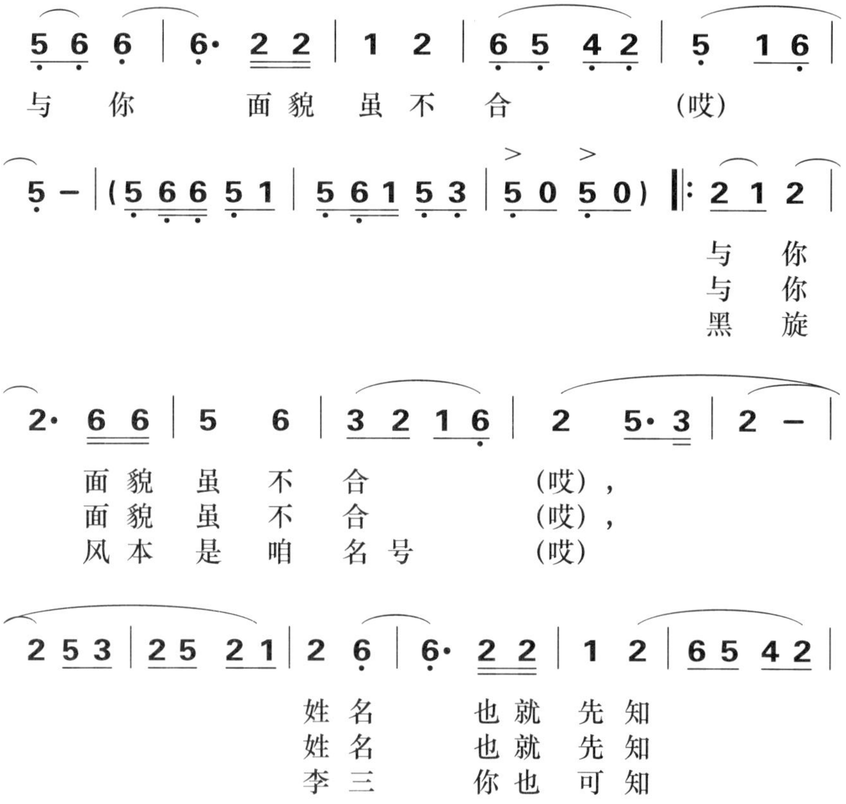

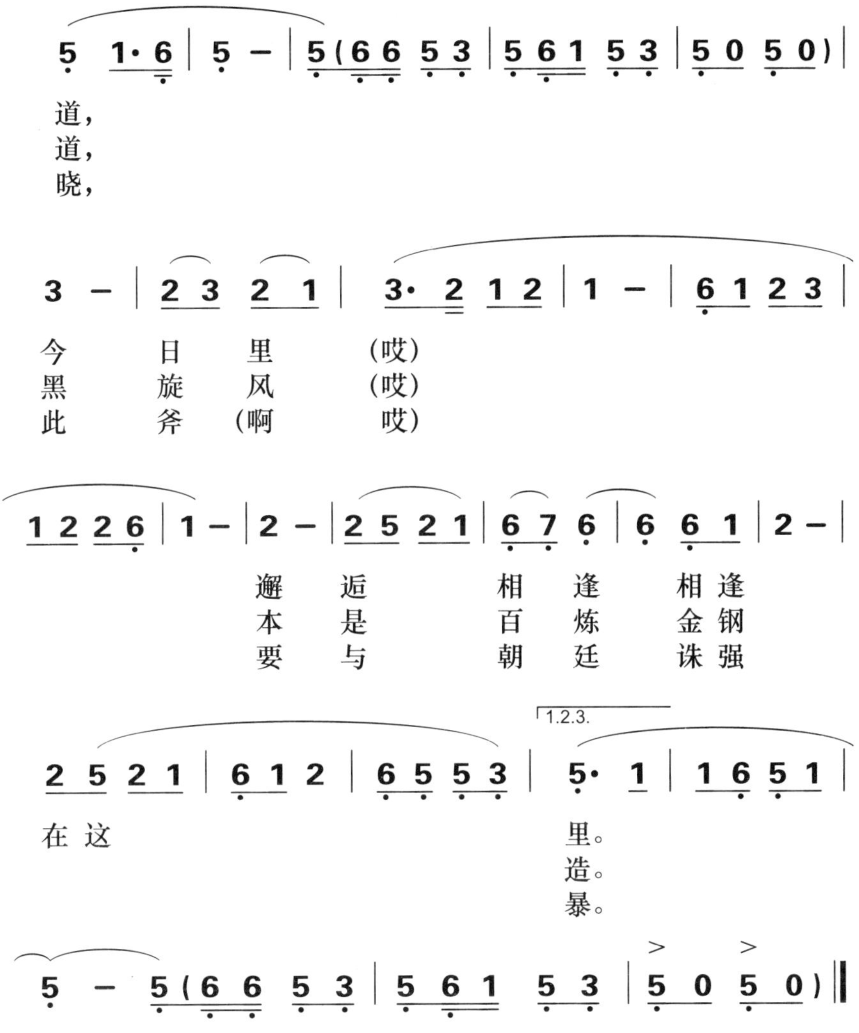

道，
道，
晓，

今　日　里　（哎）
黑　旋　风　（哎）
此　斧（啊　哎）

邂　逅　相　逢　相　逢
本　是　百　炼　金　钢
要　与　朝　廷　诛　强

在　这　　　里。
　　　　　　造。
　　　　　　暴。

古代民歌

（五台山）

刮　地　风

明清时期还没有"民歌"的名称。相当于今天的"民歌"称谓有"山歌"等。唐朝李益有"山歌闻《竹枝》"之

—91—

句，白居易诗有"岂无山歌与村笛"之句。可见"山歌"这一名称，唐朝以来久已流传。山歌一般比较短小，山歌有了进一步发展，有时用乐器伴奏，加了过门就成为小曲。小曲又有杂曲、时曲等名称。《五台县志》刊载当地流传的古老民歌《刮地风》，见于人民音乐出版社出版的杨荫浏著的《中国古代音乐史稿》一书，清代时期《刮地风》还称为小曲，亦称俗曲，但已在僧俗领域广泛流传。

刮 地 风

1 = F 2/4

罗骤驹 传唱
朱生和 整理

5 1 65 | 1·6 5 | 1 16 5653 | 2· 321 2 |
太阳（那个）出　来一点一点　红（么呀呼 咳）

5 1 65 | 1·6 5 | 1 16 5653 | 2· 321 2 |
清早（那个）起　来碰上个小后　生（么呀呼 咳）

5 53 2 | 3 53 2 | 1 53 2 | 5·3 2 |
小生（呐）你爱　奴，奴爱　你，哥　（呐）

1·3 2 | 1 33 3 55 | 36 5 | 3 17 6765 |
妹　（呐）（依得儿 呀得儿 呀呼 咳）想死　哥的（个）

5·6 5 ‖
妹子（呐）。

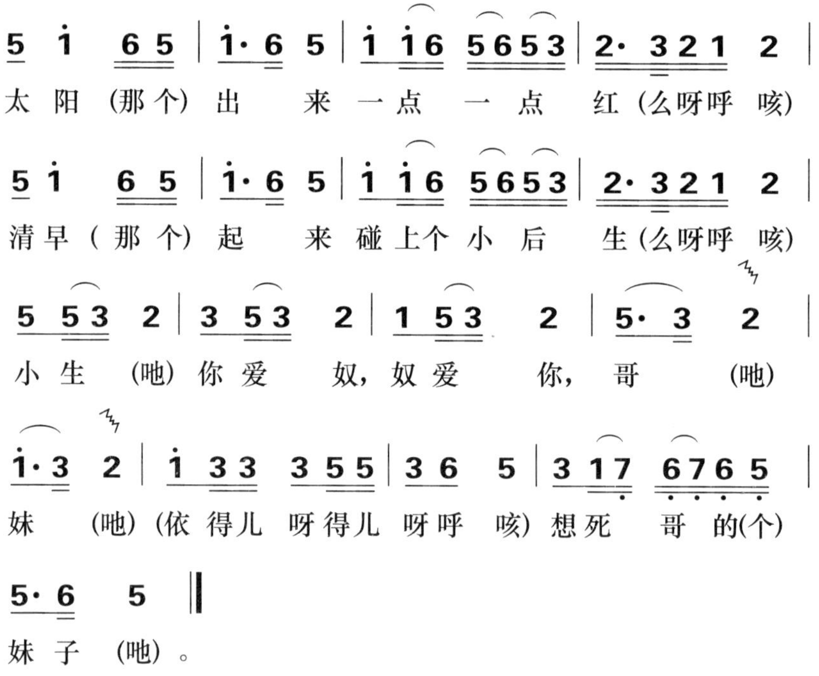

（五台县）

民歌五台山

第 2 篇

庙堂民歌（曲）

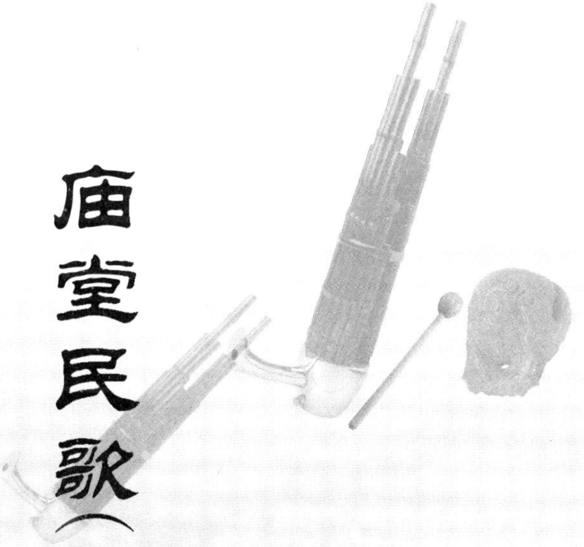

据《五台县志》文化艺术章节刊载，庙堂音乐由印度梵乐佛曲传入中国后，吸收中国唐宋曲牌、元代散曲及各类戏曲、民歌，逐步演变、发展成为具有中国民族特色的庙堂音乐。庙堂音乐历史悠久，在国内分南北两个系统。北方又分东西两路流派。五台山庙堂音乐属北方系统，但独立于东西两路之外，自成体系，特点是曲调古老而幽雅。

五台山音乐分四种：寺庙音乐、戏剧音乐、鼓班音乐、民歌。音乐中的"佛化"民歌是以乐曲形式演奏流传，庙堂民曲是五台山音乐的重要组成部分。据西南师范大学出版社出版的《民族民间音乐概论》一书指出，"民间歌曲是民族民间音乐的基础。不论是传统音乐还是现代音乐，不论是传统音乐中的专业性创作，还是民间音乐中的其他各类音乐，就其发展的基础而言，都是民间歌曲。"显然，五台山民间歌曲是五台山寺庙音乐、戏剧音乐和鼓班音乐的基础。

40年代末，四川音乐工作者亚欣曾来五台山寺庙采集乐曲，并整理出版了专著。1978年省、地、县文化部门组织专人进行采集，整理刻印出一本《五台山庙堂音乐》资料。其中载有长篇文字《五台山庙堂音乐调查报告》和青、黄两庙所用曲牌，并将大量的庙堂民间音乐的歌词与曲谱记录发布于世，这是民间所能见到的有关庙堂民间歌曲的珍贵历史资料。此篇"庙堂民曲"的歌词系由各地原演唱流传的民歌选配。

虞 美 人

《虞美人》是盛唐教坊曲。唐·崔令钦《教坊曲》载有《虞美人》曲名。传说楚霸王项羽垓下兵败之后，与美人虞姬诀别，虞姬自刎于军帐中，碧血化成了虞美人草。人们为了怀念这位"力拔山兮气盖世"的英雄和他所喜爱的美人虞姬而创作的歌曲，所以充满着幽恨悲苦的情调。人民音乐出版社出版的杨荫浏著的《中国古代音乐史稿》书中，《元〈南戏〉现存乐谱一览表》中记载有《虞美人》乐曲。上海音乐出版社出版的韩军著的《五台山佛教音乐》一书《小曲》部分，载有《虞美人》曲谱。《五台县志》第五章"文学艺术"第八节"音乐"，有关青庙音乐曲牌"散曲"部分，亦载存《虞美人》曲牌。采编五台山民歌过程中，从民间鼓吹班老艺人乐曲中搜集到词曲齐全的民歌《虞美人》，但与唐·李煜所作《虞美人》词谱均异。

虞 美 人

1 = D 2/4

五台山庙堂曲谱
中林 唱 生和 记

自古（那）美女慕英雄（哟哼咳），虞姬许配楚霸
英雄（那）从来惜美人（哟哼咳），垓下兵败虞姬

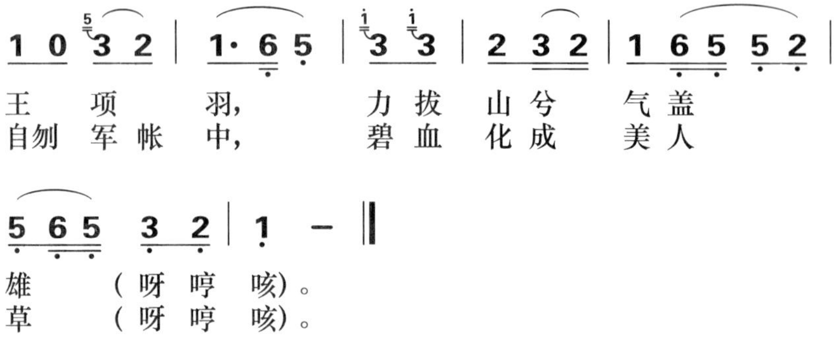

```
1 0 3 2 | 1· 6 5 | 3 3 | 2 3 2 | 1 6 5 5 2 |
```
王 项　　羽，　　力 拔　山 兮　气 盖
自 刎　军 帐　中，　　碧 血　化 成　美 人

```
5 6 5  3 2 | 1 - ||
```
雄　（呀 哼 咳）。
草　（呀 哼 咳）。

（五台山）

齐 天 乐

　　五台山庙堂音乐体系中，有一首流传古老的乐曲，名叫《齐天乐》，系宋词牌。在上海音乐出版社出版的韩军著的《五台山佛教音乐》一书中，记载了《齐天乐》属于《吉祥会解》佛事中的一首乐曲。《吉祥会解》是记载专门追荐亡人的法事仪规的本子。此本中有三处出现"大清光绪 年 月 日……进上"的字样，可以认定为清末光绪年间（1875~1908）抄本并为当时所用。

　　在《吉祥会解》中提到的乐曲共40首左右，其中可供演唱的有17首，但还有3首没有曲谱却传有词，《齐天乐》就是其中之一首。采编此书过程中，注视到搜集此首乐曲，经查张福有著的《诗词曲律解说》词谱中，载有《齐天乐》曲牌。上海音乐学院出版社出版的漆明镜著的《魏氏乐谱解析》一书中，载有《全宋词》之五线谱《齐天乐》，权且译存，以供进一步研究和演奏欣赏。

齐 天 乐

五台山庙堂曲谱
宋·杨无咎 词
漆明镜 译五线谱
朱生和 译简谱

1 = C 4/4

庙堂民歌（曲）

疏疏数点 黄梅 雨。佳时又 逢重午。角
黍包金香,菖蒲 泛 玉,风物依 然荆 楚。
形裁 艾 虎。更钗 袅朱符,臂缠 红
缕。扑粉香 锦,唤 风缓扇小窗 午, 沈湘
人去 已远,劝 君 休对 景,感时 怀

```
5  32  321 | 1 3 - 65 | 65· 5 53 |
古。慢  啭   莺喉， 轻 敲   象 板，

5 5·32 12 | 13 22 11 | 65 61 12 |
胜 读离   骚 章 句。 荷香 暗度。渐引入

1 23 21 61 65 | 3·2 3 - 3 56 |
陶陶， 醉 乡深 处。  卧听

1 6 5 3 5 6 3 2 | 1 1 2 2 1 1 :‖
江头， 画  船  喧 叠 鼓。
```

（五台山）

皂 罗 袍

　　民间歌曲《皂罗袍》是一首流传久远的曲调，最早见著于人民音乐出版社出版的杨荫浏著的《中国古代音乐史稿》一书。第二十九章"民间歌曲"载述：《皂罗袍》属于"明、清民歌，小曲部分存目"曲调。尤其此书第二十三章《杂剧的音乐》之中，译载有"明朝著录的小曲"——《皂罗袍》，而且词谱两全。又见载于韩军著的《五台山佛教音乐》一书中，《五台山佛教音乐曲谱三种》之第一本"宣统本"曲目中，著录有《皂罗袍》民歌曲名。从明朝至清末，五台山地域传唱演奏的《皂罗袍》较为完整地保存流传了这首民歌，为我们研究历史上佛教与民歌的关系提供了十分珍贵的资料。

皂 罗 袍

1 = D 4/4

五台山庙堂曲谱
天韵社 存曲 杨荫浏 著译

卄 $\underline{5}$ $\underline{6}$ 1 - ‖ 4/4 5·6 2 2 1 | $\underline{6}$· $\underline{5}$ 1 - | 2 1 2 3 2 1 2 3 |
原来　　姹　　　紫　嫣　红色　开

5·6 2 2 1 $\underline{6}$ - | $\underline{6}$· $\underline{1}$·5 3 2 1 1 | 2·3 2 1 $\underline{6}$·$\underline{5}$ 1 2 |
遍，　　　　似这　般付　　　与

1·5 3 2 1·2 3 | 3 3 6 6 1 6 6 6 5 | 3 5 2 2 |
断　井颓　　　垣。　　良辰

3 6 5 3 3 3 2 1 6 1 2 | $\underline{6}$·$\underline{1}$ 3 5 5 6 5 | 3·2 1 6 1 2 |
美　景　奈　何　　天！　赏心

3 0 5 0 6 5·1 6 5 3 3 3 2 | $\underline{6}$ 2 1 2 2 1 $\underline{6}$·$\underline{5}$ | $\underline{5}$·$\underline{6}$ 1 $\underline{6}$ - |
乐　事　谁家　　院？

$\underline{5}$ $\underline{5}$ 6 1 $\underline{6}$·1 6 5 | 3·$\underline{5}$ 6 - | $\underline{6}$ 2 1·2 3 5 $\underline{6}$·5 3 2 |
朝飞　暮　卷，　　云霞翠

1 2 2 1 $\underline{6}$ - | $\underline{5}$ 3 $\underline{5}$ 6 - 5 6 5 6 | 1·2 6 6 5 3 - |
轩，　　雨丝　风　片，

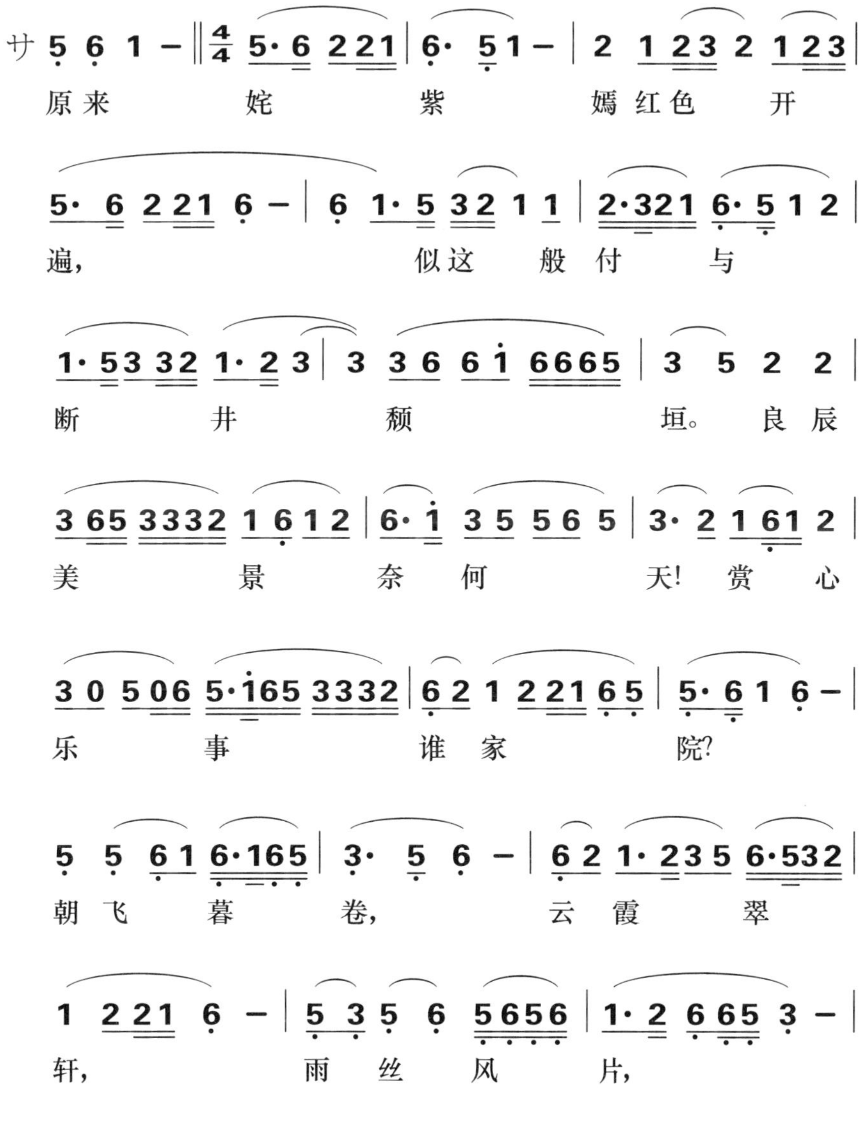

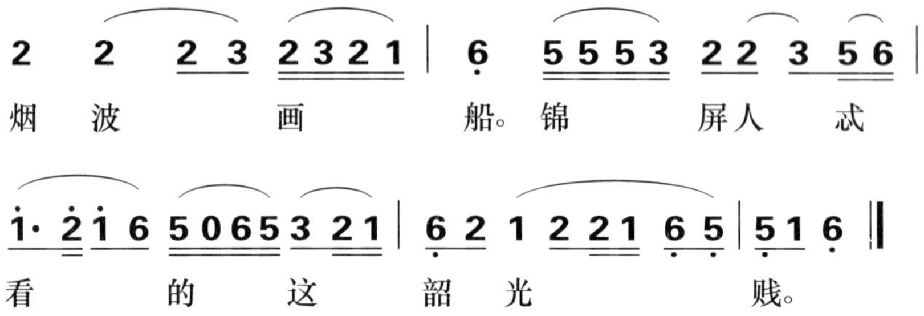

```
 2   2   2 3  2 3 2 1 | 6  5 5 5 3  2 2  3 5 6 |
 烟  波   画    船。 锦  屏   人   忒

 1·2 1 6 5 0 6 5 3 2 1 | 6 2 1 2 2 1 6 5 | 5 1 6 ||
 看    的 这    韶 光       贱。
```

（五台山）

抱 琵 琶

　　由人民音乐出版社出版的张沛主编的《中国民间歌曲集成·山西卷》书中，在《山西民歌概述》一文指出：明清两代进入民歌盛行的时期。从本卷传统民歌的曲目可以看出，不少是明清两代流传下来的作品，如《叠断桥》、《粉红莲》、《抱琵琶》……五台县东部山区农村秧歌队中传唱有《抱琵琶》曲调，其结构简单，乐句精炼，属于情歌小调类。在民歌采集过程中，由民间老艺人回忆整理。

抱 琵 琶

五台山庙堂曲谱
盲人罗骡驹 传唱
朱生和 记录整理

1 = C 2/4

```
 1 1 3 | 2 3 6 5 | 1 6 5 3 | 5 - | 5 6 1 | 2 7 6 5 |
 一 更  里     抱 琵   琶，  冷  冷 清  清
 在 谁  家     去 玩   耍，  等  他 来  了
```

```
3 5 1̇ 6 | 5 -  | 1̇· 6 1̇ | 6· 7 6̂5 | 5· 5 |
```
撇奴独自　家，　他许上　今夜晚　来　相
奴要问　他，　既不来　不要说上　来　的

```
6·5 3 2 | 1· 2 5 5 | 6 5 3 2 | 5 1 2 1 - ‖
```
会，　　这（个）会儿　不　来他在谁　家。
话，　　耽搁得　奴　家俺　泪蛋蛋　洒。

（五台山）

感 皇 恩

据上海音乐出版社出版的韩军著的《五台山佛教音乐》书中，《五台山佛教音乐曲谱三种》之第一本"宣统本"曲目，著录有《感皇恩》曲调。又见上海音乐学院出版社出版的《魏氏乐谱解析》漆明镜著的《凌云阁六卷本全译谱》，此书载有《感皇恩》民歌，而且词谱齐全。从此次采集民歌得知，记载《感皇恩》的年代是清朝宣统年间。长久以来，五台山庙堂音乐中珍藏传唱这一曲调，实属可贵。

感 皇 恩

五台山庙堂曲谱
漆明镜 著解
陆蕴 词 生和 译谱

$1 = D$ $\frac{4}{4}$

```
6 5 6 5 3 3 2 | 1 1 6 6 5 3 2 | 3 6 2 2 1 6 |
```
残角　两三声　催登古　道。　　远水长　山

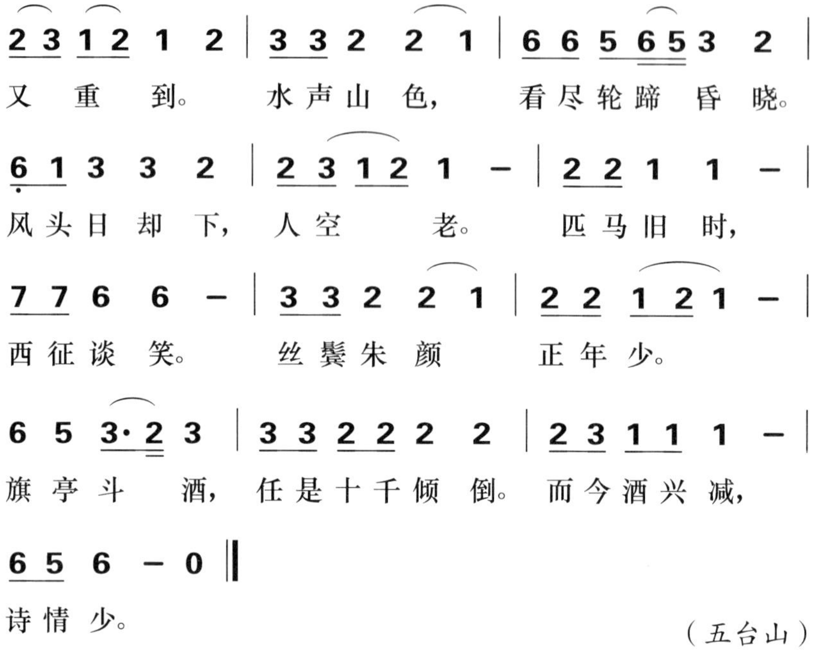

```
2 3 1 2 1 2 | 3 3 2 2 1 | 6 6 5 6 5 3  2 |
又  重  到。    水 声 山 色，   看 尽 轮 蹄 昏 晓。

6· 1 3 3 2 | 2 3 1 2 1 - | 2 2 1 1 - |
风 头 日 却 下， 人 空   老。    匹 马 旧 时，

7 7 6 6 - | 3 3 2 2 1 | 2 2 1 2 1 - |
西 征 谈 笑。    丝 鬓 朱 颜   正 年 少。

6 5 3·2 3 | 3 3 2 2 2 2 | 2 3 1 1 1 - |
旗 亭 斗  酒， 任 是 十 千 倾 倒。 而 今 酒 兴 减，

6 5 6 - 0 ‖
诗 情 少。
```

（五台山）

吊 金 莲

（又名《到春来》）

《五台山佛教音乐曲谱三种》第一本《宣统本》之中，载存有《到春来》曲调。在《吉祥会解》中提到珍藏的四十首乐曲，《到春来》是其中之一。但因没有曲谱，故未列入此书可唱的曲牌。又查阅杨荫浏著的《中国古代音乐史稿》一书中"明、清民歌、小曲部分存目"栏内，载有《到春来》曲名。但最出色的是西南师范大学出版社出版的刘正维著的《民族民间音乐概论》一书，第六节"民族民间音乐的调式体系与调式分布"之中，登载有《到春来》民歌，系西北板块型的下行商调式。此为难得一见的词曲双全的五线谱传唱，故将其译成简谱式民歌，作为珍贵的资料应用和留存。

（注：此首《到春来》与本篇"四时歌"之《到春来》名称相同而词曲各异。）

吊 金 莲

五台山庙堂曲谱
刘正维 著录
朱生和 译谱

1 = E 2/4

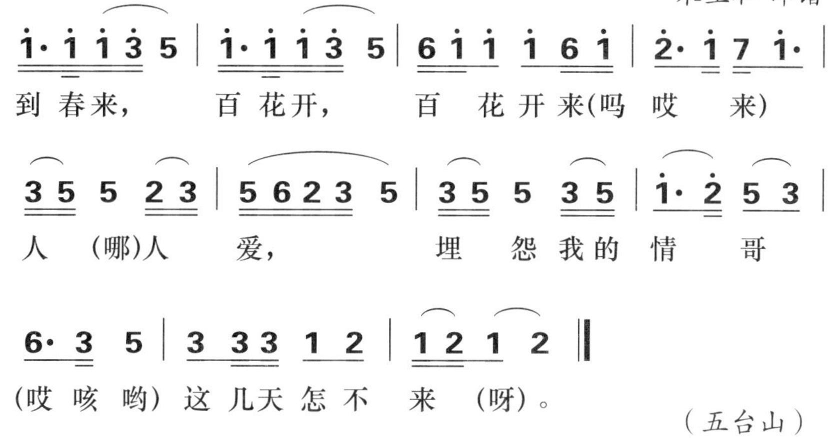

```
i· i i 3 5 | i· i i 3 5 | 6 i i i 6 i | 2· i 7 i |
到 春来，  百花开，  百 花 开来(吗 哎 来)

3 5 5 2 3 | 5 6 2 3 5 | 3 5 3 5 | i· 2 5 3 |
人 (哪)人 爱，    埋 怨 我 的 情 哥

6· 3 5 | 3 3 3 1 2 | 1 2 1 2 ‖
(哎 咳 哟) 这 几 天 怎 不 来 (呀)。
```

（五台山）

叨 叨 令

今人隋树森编的《金元散曲》，共集有元人小令3853首，套数457套。其在"正宫"17体中有《叨叨令》曲牌。定格为七句，其五、六句用"也么哥"或"也波哥"为叠句，用于小令和套曲。上海音乐出版社出版的韩军著的《五台山佛教音乐》一书中，《叨叨令》见著于《五台山佛教音乐曲谱三种》各本之中。"宣统本"的《叨叨令》分别有《大叨叨令》和《小叨叨令》两种曲调；"民国本"、"解放本"仅载有《叨叨令》一种调式。

又见文化艺术出版社出版的孙玄龄编著的《元散曲的音乐》一书中的《现存全部元散曲乐谱》之中载有曾瑞的正宫《叨叨令》。此首词曲双全的民歌是从《全元散曲》和《九宫大成南北词宫谱》第三十三卷搜录。

叨 叨 令

1 = D 4/4

五台山庙堂曲谱
元·曾瑞词 孙玄龄谱

廿 5 2 3 - 5 4 3·2 3 5 - | 4/4 6·1 6 5 3·2 1 2 |
听 樵 歌 牧 唱　　依　腔

1 7 6 6 1·7 6 | 1·2 3 5 3·5 | 6·1 6 5 3·2 |
和，　　整 丝 纶　独 钓 垂 钩

1 7 6 5 2 3 2 3 2 3 | 6·1 6 5 3·2 |
坐，铺 苔 茵 展 绿　张　云 幕，

1 7 6 2 6 1 2 1 | 6 2 3 5 | 6·1 6 5 3·2 |
披　渔 蓑 带 雨　和　烟

1 7 6 - | 2·1 7 6 5 6 3 5 | 6 6 5 4 3·2 1 2 |
卧。　快　活 也 么　哥，快 活 也 么

1 7 6 6 1·2 3 | 6 5 4 3·5 | 6·1 6 5 3·2 |
哥，且 潜 居 抱 道　随　缘

1 7 6 0 0 ‖
过。

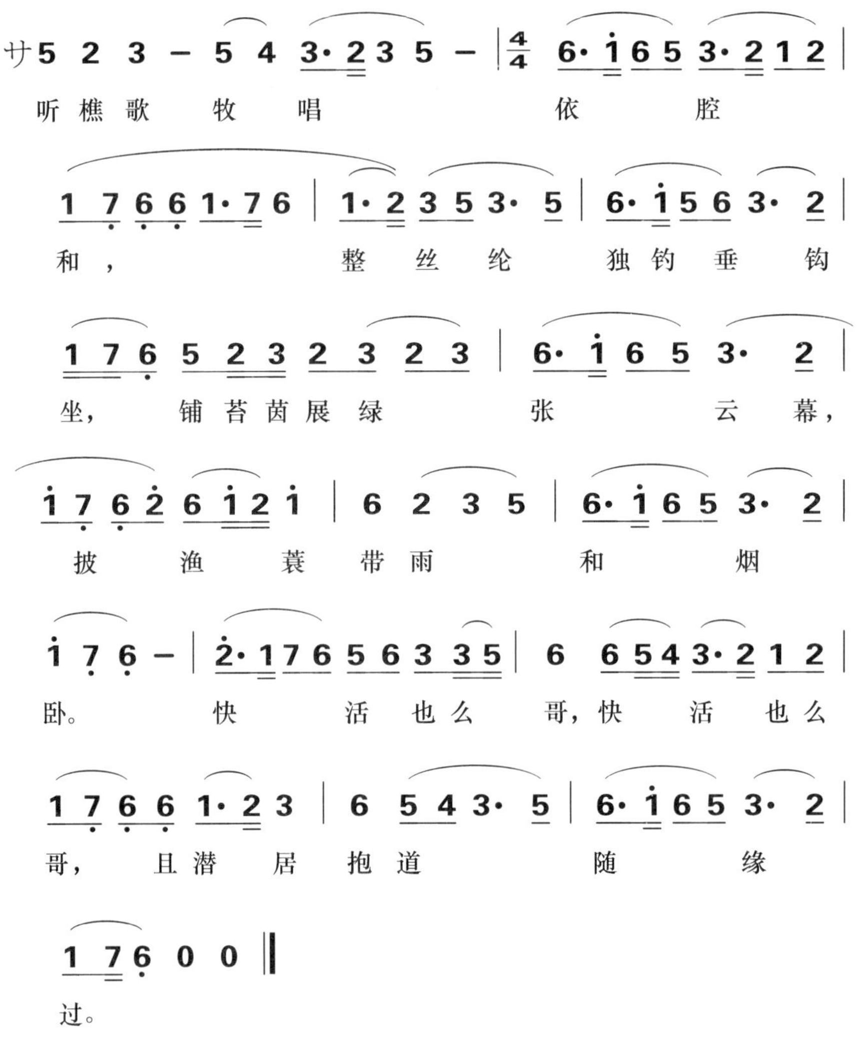

（五台山）

驻 马 听

《驻马听》，又名《驻马厅》。此首民歌是五台山地区民间音乐的主要乐曲之一。据查五台山古代流传的重要乐谱典籍，均存目《驻马听》，可谓历史久远，源远流长。于1988年6月山西人民出版社出版的《五台县志》的《八大套》曲牌中，首套《青天套》之第三曲为即为《驻马厅》；孟奋臻编著的《五台民间吹打乐》书中，《八大套》第一套《青天套》第三曲为《驻马听》；杨荫浏珍藏传谱《五台山僧寺流传宋时乐谱》中五台《八大套》第三套《青天套》第二曲为《驻马厅》。尤为珍贵的是，孙玄龄编著的《元散曲的音乐》一书中载有四首词曲两全的《驻马听》歌曲。还载于清代编辑的《九宫大成南北词宫谱》。

驻 马 听

庙堂音乐民间曲谱
元·郑光祖 词 孙玄龄 译谱

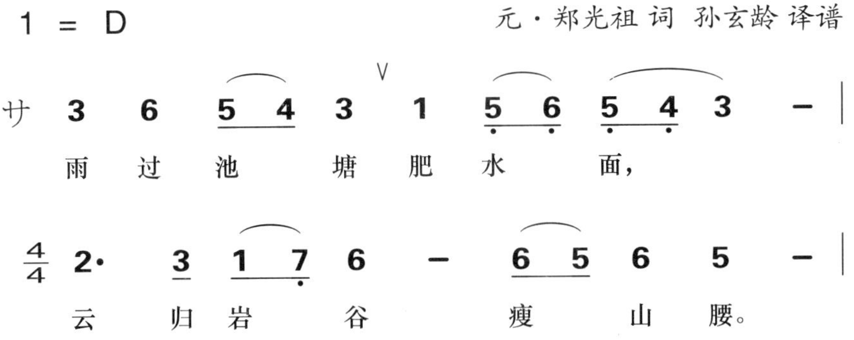

1 = D

廿 3 6 5̲ 4̲ 3 1 5̲ 6̲ 5̲ 4̲ 3 —
  雨 过 池 塘 肥 水 面，

4/4 2· 3̲ 1̲ 7̲ 6 — 6̲ 5̲ 6̲ 5 —
    云 归 岩 谷   瘦 山 腰。

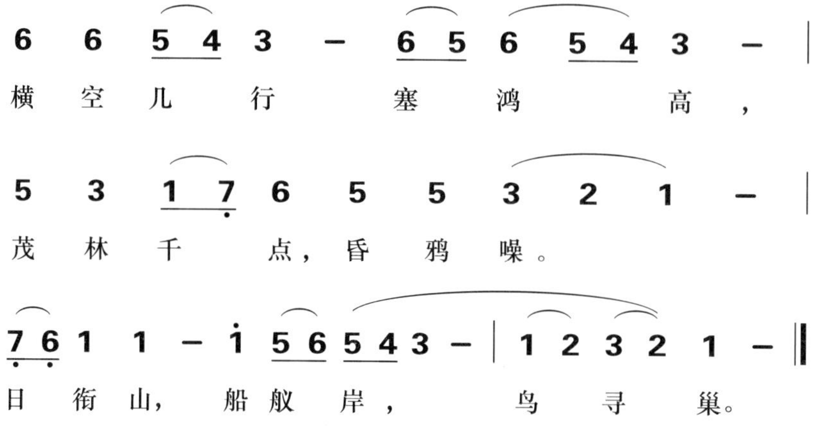

```
6  6  5 4 3  -  6 5  6  5 4 3  -  |
横  空  几 行    塞 鸿  高,
```

```
5  3  1·7  6  5  5  3 2 1  -  |
茂  林  千 点, 昏  鸦  噪。
```

```
7 6 1  1  -  1  5 6 5 4 3  -  | 1  2 3 2 1  -  ‖
日 衔 山, 船  舣 岸,     鸟  寻 巢。
```

（五台山）

净 瓶 儿

  现存五台山民间歌曲类古代乐谱中，有四处可见《净瓶儿》曲调。首先是著名音乐家杨荫浏珍藏传延的《五台山僧寺流传宋时乐谱》中《国乐八大套》之第四套《劝金杯》套曲第三曲是《净瓶儿》；其次是孟奋臻编著的《五台民间吹打乐》书中第一编《八大套》之第八套《劝金杯》套曲第三曲是《净瓶儿》，并采录有简谱可供演奏。第三是韩军著的《五台山佛教音乐》书载五台山庙堂音乐曲谱"宣统本"中传存有《净瓶儿》乐曲。第四是孙玄龄编著的《元散曲的音乐》下集中载有《净瓶儿》民歌，而且词曲两全，可作演唱。此首古代民歌属于《金元散曲》中朱庭玉作[大石调]·青杏子《归愿》套曲之一，后于清代编辑的《九宫大成南北词宫谱》第二十卷存传至今。

净 瓶 儿

庙堂音乐民间曲谱
元·朱庭玉 词 孙玄龄 译谱

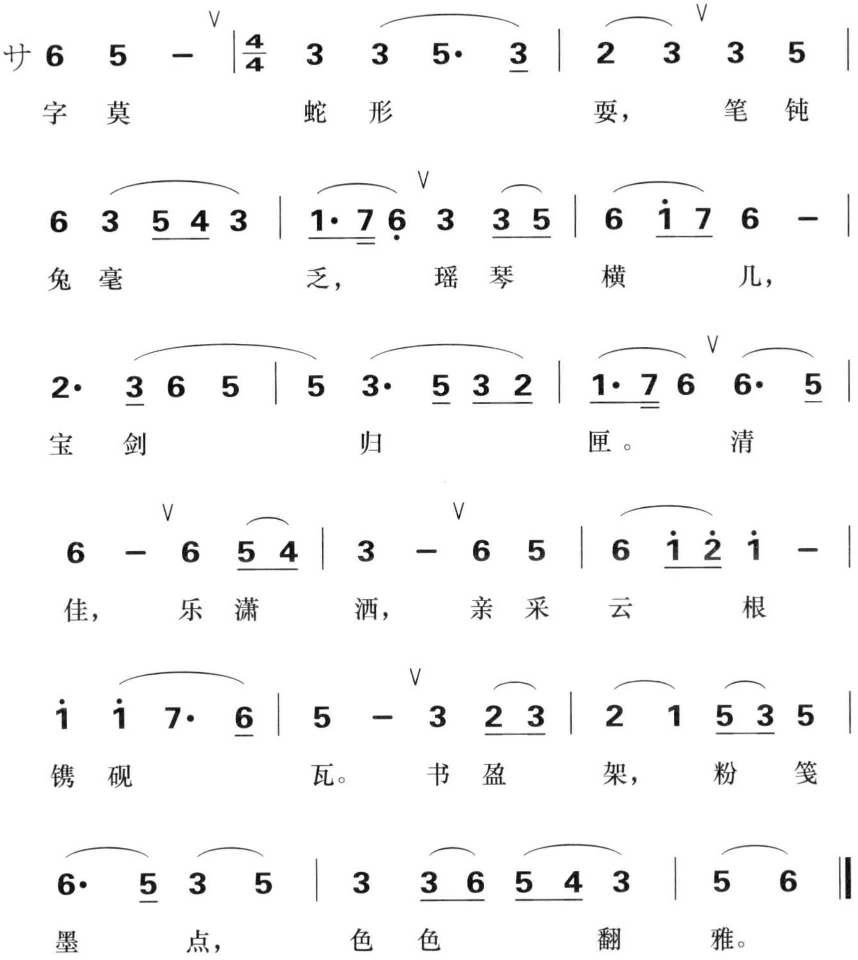

1 = D 4/4

卄 6 5 - | 4/4 3 3 5· 3 | 2 3 3 5 |
字莫　　蛇　形　　耍，　笔钝

6 3 5 4 3 | 1· 7 3 3 5 | 6 1 7 6 - |
兔毫　　乏，　瑶琴　横　儿，

2· 3 6 5 | 5 3· 5 3 2 | 1· 7 6 6· 5 |
宝剑　　归　　匣。　　清

6 - 6 5 4 | 3 - 6 5 | 6 1 2 1 - |
佳，乐潇　洒，亲采云　根

1 1 7· 6 | 5 - 3 2 3 | 2 1 5 3 5 |
镌砚　　瓦。　书盈　架，粉笺

6· 5 3 5 | 3 3 6 5 4 3 | 5 6 ‖
墨　点，　色色　翻　雅。

庙堂民歌（曲）

（五台山）

霸 王 鞭

据1996年8月由中国戏剧出版社出版的傅雪漪编著的《中国古典诗词曲选释》一书中，选录"明清杂曲"之民间小调《燕子绕画梁》。并注释"此乐谱为清代时剧《连厢》中的一段。《连厢》是叙述民间女艺人姑嫂在街头打连厢，即舞弄霸王鞭，又称金钱棍、打花棍的木棍镶铜钱作声和道具之民间小曲歌舞，进行以卖唱为生的短剧，无甚情节，全剧由"四纹锦"、"福寿赋"、"燕子绕画梁"、"划辘轳"等曲联缀而成，本曲为核心唱段，以十双红绣鞋配十个月花名为内容，曲词较庸劣，现只选一部分用以介绍民间小唱的某些面貌。"

霸王鞭是五台山地区广大群众喜欢的民间文艺演唱形式，参加表演霸王鞭的村民有男有女，载歌载舞，队伍变化图案甚多，演出场地适应性强，演出内容古今节目均可。其主要特色是由单手和双手挥动、击打的花棍，随着队伍行进的统一节奏，现场发出铜钱碰撞的响声，这是很受观众爱戴的传统遗产。

霸 王 鞭
（二）

庙堂音乐民间曲谱
曹心泉 传谱 傅雪漪 释

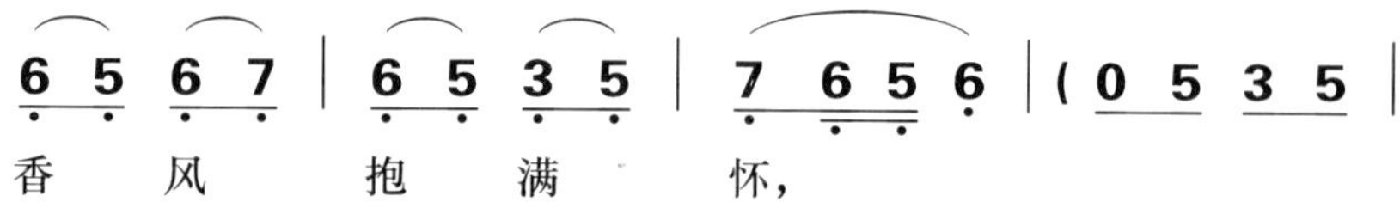

1 = G $\frac{2}{4}$

| 6 5 6 7 | 6 5 3 5 | 7 6 5 6 | (0 5 3 5 |
香　风　　　抱　满　　　怀，

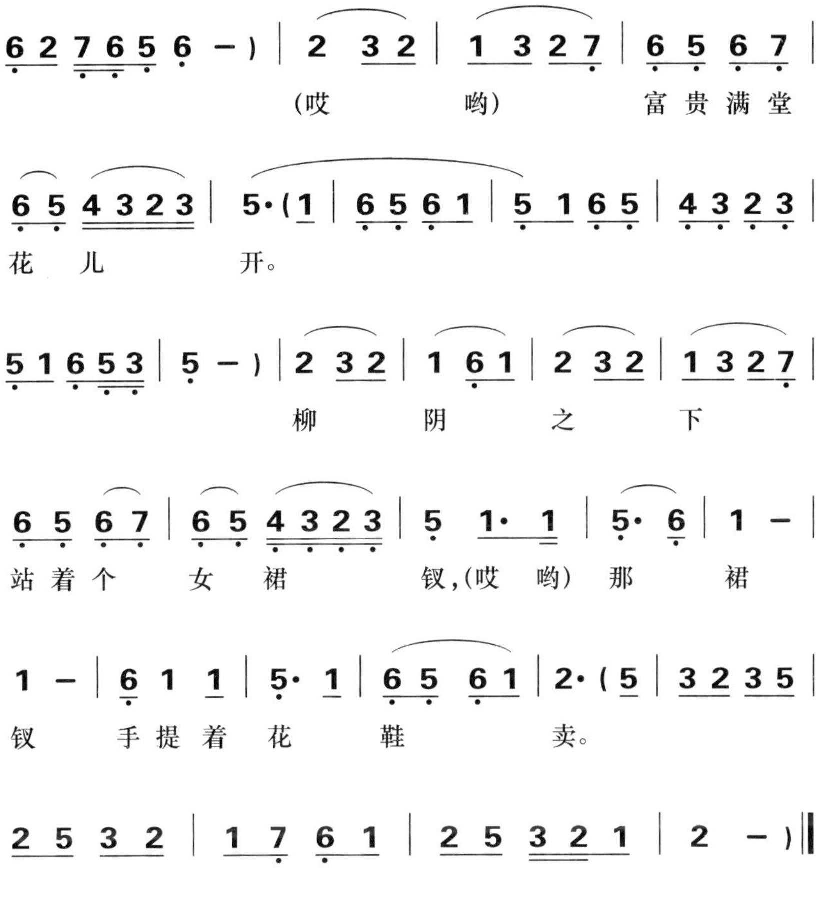

$\underline{6}\ \underline{2}\ \underline{7}\ \underline{6}\ \underline{5}\ \dot{6}\ -)\ |\ 2\ \underline{3\ 2}\ |\ 1\ \underline{3\ 2\ 7}\ |\ 6\ 5\ \underline{6\ 7}\ |$
(哎　　 哟)　　　　　　　　　　　富 贵 满 堂

$\underline{6\cdot\ 5}\ \underline{4\ 3\ 2\ 3}\ |\ 5\cdot(1\ \underline{6\ 5\ 6\ 1}\ |\ 5\ 1\ \underline{6\ 5}\ |\ \underline{4\ 3\ 2\ 3}\ |$
花　儿　　　开。

$\underline{5\ 1\ 6\ 5\ 3}\ |\ 5\ -)\ |\ 2\ \underline{3\ 2}\ |\ 1\ \underline{6\ 1}\ |\ 2\ \underline{3\ 2}\ |\ 1\ \underline{3\ 2\ 7}\ |$
柳　阴　之　下

$6\ 5\ \underline{6\ 7}\ |\ \underline{6\ 5}\ \underline{4\ 3\ 2\ 3}\ |\ \underline{5\cdot\ 1}\ 1\ |\ \underline{5\cdot\ 6}\ |\ 1\ -\ |$
站 着 个　 女 裙　　　　　钗,(哎 哟) 那 裙

$1\ -\ |\ \underline{6\ 1}\ 1\ |\ \underline{5\cdot\ 1}\ |\ \underline{6\ 5}\ \underline{6\ 1}\ |\ 2\cdot(5\ |\ \underline{3\ 2\ 3\ 5}\ |$
钗　 手 提 着 花　 鞋　　　卖。

$\underline{2\ 5\ 3\ 2}\ |\ 1\ \underline{7\ 6\ 1}\ |\ \underline{2\ 5}\ \underline{3\ 2\ 1}\ |\ 2\ -)\ \|$

（五台山）

打 窑 牌

《打窑牌》属于民间歌曲中的小调类。别名有《打妖牌》、《打银牌》等。此次搜集整理五台山地区的民间歌曲过程中，出乎意料地收集到许多古代的民间音乐曲谱资料。其中珍贵的五台古传俗字谱《乐谱》，抄录所用的谱

字符号与《五台山僧寺流传宋时乐谱》相同，是中国古代乐谱传抄符号中五台山特有的记录符号。

五台山《乐谱》中，有许多珍贵的民间曲谱记传至今。如《长流水》、《南瓜绺》、《绣女胎》等，《打窑牌》亦是其中的一个民歌曲牌。此次收集过程中，又将该曲所唱原词双全编列，以供参考。

打 窑 牌

庙堂音乐民间曲谱
田象贤 传谱 王效贤 整理

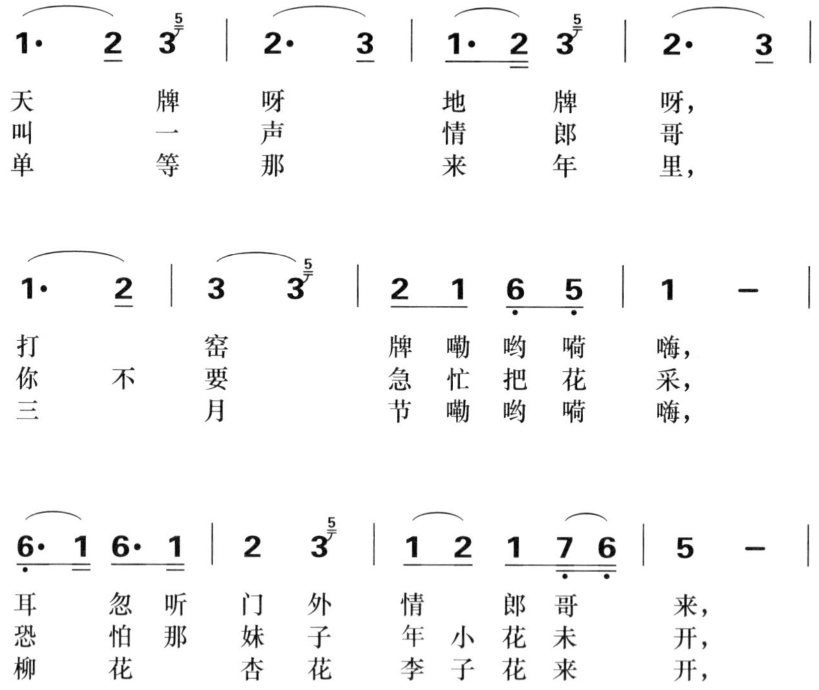

1 = G 2/4

（歌谱略）

天牌呀　地牌呀，
叫一声那　情郎哥里，
单等那　来年

打窑牌嘞哟嗨嗨，
你不要急忙把花采，
三月节嘞哟嗨嗨，

耳忽听门外情郎哥来，
恐怕那妹子年小花未开，
柳花杏花李子花来开，

```
1  1 2 | 3 5 | 6 6 7 7 6 | 5 — |
双  手    把 门   开 嘞 哟 嗬   嗨，
许  采  不 许   采 嘞 哟 嗬   嗨，
小 妹 妹  挂 招  牌 嘞 哟 嗬   嗨，

6· 1 6· 1 | 2· 3 | 1  1 2 | 3 5 |
哎 嗨 哎 嗨   哟，   双  手    把 门
哎 嗨 哎 嗨   哟，   许  采  不 许
哎 嗨 哎 嗨   哟，   小 妹 妹  挂 招

6 6 7 7 5 | 6 — ‖
开 嘞 哟 嗬   嗨。
采 嘞 哟 嗬   嗨。
牌 嘞 哟 嗬   嗨。
```

（五台山）

庙堂民歌（曲）

小 拜 门

  中国民族民间音乐奠基者杨荫浏著作中珍藏有乐曲《八段锦》，其"第一段"即是《小拜门》曲谱。又查五台籍老前辈音乐家田象贤所传古代俗字谱记录的《乐谱》之中，载有《小拜门》曲调。另有著名民间音乐工作者马政川所著民间吹打乐曲谱中，存传《小拜门》乐曲。较有特色的是，孙玄龄编著的《元散曲的音乐》一书，不仅载有《小拜门》曲谱，并配附完备的唱词，供民间群众演唱。此书中还见到与《小拜门》类似的《大拜门》、《不

拜门》等乐曲。此首歌曲最早载于《金元散曲》由周德清作《斗鹌鹑》套曲全套第八曲，另还传载于清代编辑的《九宫大成南北词宫谱》。

小 拜 门

庙堂音乐民间曲谱
周德清 词 孙玄龄 译谱

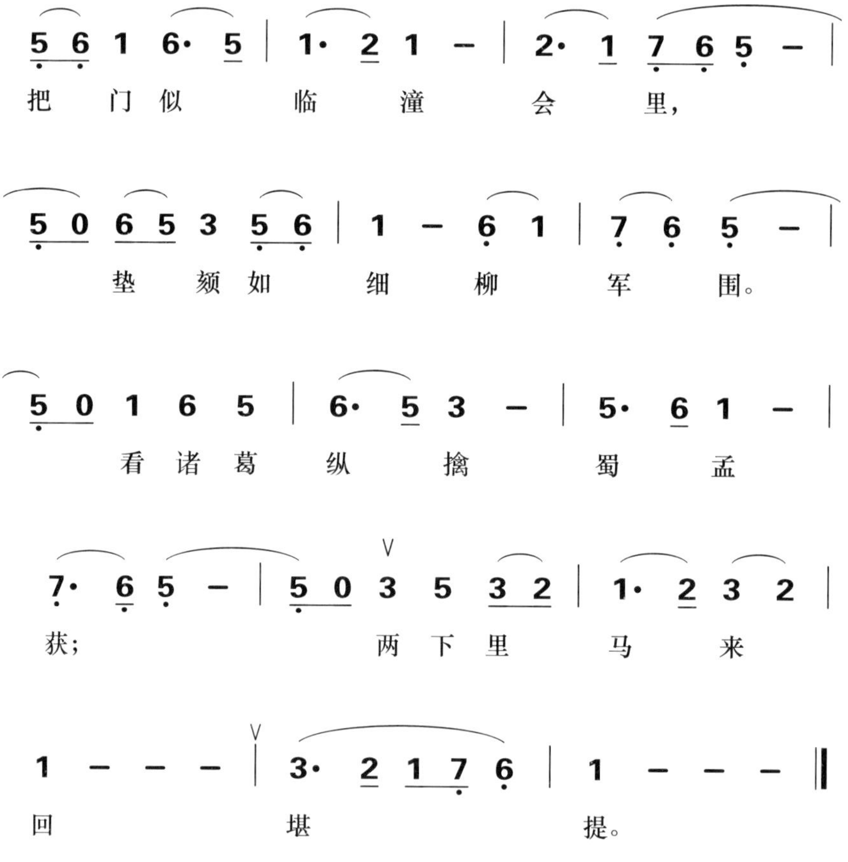

1 = F 4/4

5 6 1 6· 5 | 1· 2 1 — | 2· 1 7 6 5 — |
把 门 似 临 潼 会 里，

5 0 6 5 3 5 6 | 1 — 6 1 | 7 6 5 — |
垫 颏 如 细 柳 军 围。

5 0 1 6 5 | 6· 5 3 — | 5· 6 1 — |
看 诸 葛 纵 擒 蜀 孟

7· 6 5 — | 5 0 3 5 3 2 | 1· 2 3 2 |
获； 两 下 里 马 来

1 — — — | 3· 2 1 7 6 | 1 — — — ‖
回 堪 提。

（五台山）

山 丹 花

　　民歌《山丹花》见载于四种正式出版书籍，一是1996年8月由中国戏剧出版社出版的傅雪漪编著的《中国古典诗词曲谱选释》一书中，《太古传宗》选译有《山丹花》。并注释此首民歌《山丹花》（蝴蝶）是一首民间小调，曲词于明代张禄所辑《词林摘艳》，词意是借蝴蝶对花开花落的飞集与舍弃，来讽刺世间趋炎附势的卑鄙行径。二是由杨荫浏著的于1981年2月由人民音乐出版社出版的《中国古代音乐史稿》一书中载有元代古曲《山丹花》；三是由韩军著的于2004年8月由上海音乐出版社出版的《五台山佛教音乐》一书"曲谱三种"之"宣统本"之中传载有《山丹花》曲名。四是由孙玄龄编著的于1988年3月由文化艺术出版社出版的《元散曲的音乐》一书中载传《山丹花》曲谱与歌词。

　　《山丹花》系无名氏小令。最早见载于金元散曲第1768页和清代《九宫大成卷》六十六第56页。

山 丹 花

庙堂音乐民间曲谱
元散曲无名氏小令
[明]《词林摘艳》词

$1 = D$ $\frac{2}{4}$

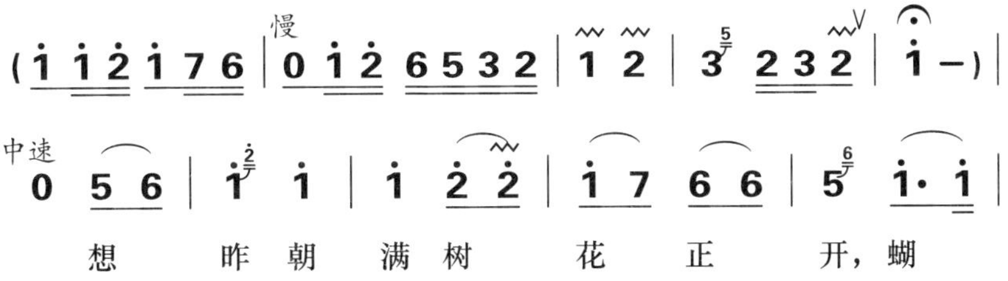

(想　昨朝　满树　花正　开，蝴

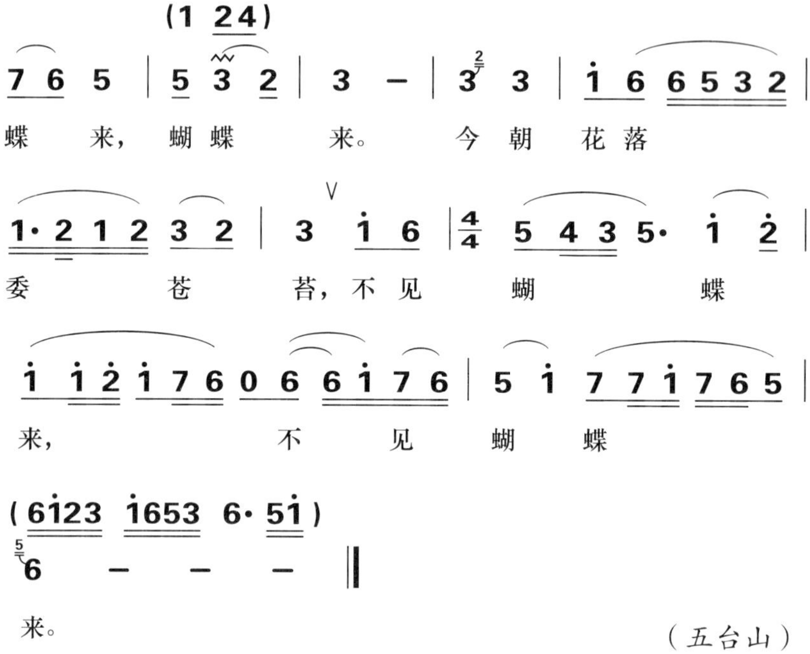

```
            (1 24)
 7 6 5 | 5 3 2 | 3 - | 3 3 | 1 6 6 5 3 2 |
 蝶  来，蝴 蝶  来。 今 朝  花 落

 1·2 1 2 3 2 | 3 1 6 | 4/4 5 4 3 5· 1 2 |
 委   苍  苔，不 见   蝴    蝶

 1 1 2 1 7 6 0 6 6 1 7 6 | 5 1 7 7 1 7 6 5 |
 来,            不 见  蝴  蝶

   (6 1 2 3  1 6 5 3  6· 5 1)
 6  -  -  - ‖
 来。
                            （五台山）
```

小 桃 红

据查《元曲鉴赏辞典》等书，有关《小桃红》的解释是：《小桃红》，又名《武陵春》、《采莲曲》、《绛桃春》、《平湖乐》，定格为八句，每句字数为：七、五、七、三、七、四、四、五。五台山地区历史上传延《小桃红》的曲调，仅见载于田象贤前辈亲手传给王效贤先生的《乐谱》之中。此谱抄写用俗字谱符号，与《五台山僧寺流传宋时乐谱》相同，可见其在五台山一带流行久远。又据文化艺术出版社出版的孙玄龄编著的《元散曲的音乐》中"现存全部元散曲乐谱"一文，共载存《小桃红》曲调六首，而且词曲两全，传唱久远。《小桃红》系吴弘道作

《越调·斗鹌鹑》无名套曲第三曲。历史上曾有人称之为词曲较佳的民间歌曲。再查清代编辑的《九宫大成南北词宫谱》第二十七卷。

小 桃 红

$1 = F$ $\frac{4}{4}$

庙堂音乐民间曲谱
田象贤 谱 吴弘道 词

1 1 2 - | 5 6 5 3 2 5· 2 | 1 6 1 2 3· 2 |
官 清　　法 正　　古 今

1 - 3 6 5 6 | 1· 2 1 - | 7 6 5 6 3 5 |
稀，百 姓　无 差　役。 户 口

6 1 7 6 5 - | 6 1 5 4 3 | 5 6 1 3 1 7 6 |
添 增　盗 贼　息， 路 不

5· 6 5 3 6 5 | 5 1 7 6 5· 6 | 1· 2 1 2 1 |
拾　遗。托顿着 万 岁　当 今

7 6 5 1 2 1 | 5 4 3 5 6 1 | 1 0 1 1 2 1 2 |
帝。 狼 烟 不 起，　干　戈 永

3· 6 5 3 2 | 1 0 6· 1 2 | 1· 2 3 - |
退，　　齐 唱 凯 歌

3· 2 1 7 6 | 1 - ‖
回。

（五台山）

柳 含 烟

韩军著的《五台山佛教音乐》在《三皈依》前述中已论及《柳含烟》系唐代之源流。并录载其歌词，惜无曲谱。此次编书选载了由四川人民出版社出版的李健正著的《最新发掘唐宋歌曲》一书中的《柳含烟》，并论及是盛唐教坊曲，唐崔令钦《教坊记》中有这个曲名，是一首词曲优美的古代遗传作品。

柳 含 烟

1 = F 2/4

唐·毛文锡 词
李健正 译谱词

(5 6 5 3 | 3 2 1 | 2 0 2 3 | 5· 3 2 | 1 1 |

1 0) 3 5 | 6 1 6 | 6 0 5 6 | 1 6 5 3 | 3 |
　　　河　桥　柳，　　占　芳　春，

0 3 5 | 6 1 6 5 | 3 0 3 | 3 0 3 5 | 6 6 0 |
映　水　含　烟　　　　拂　　露。

1 6 1 6 5 | 3 3 5 0 | 5 6 5 3 | 2 2 | 2 0 (3 5 |
几回 攀折 赠行 人，　暗 伤　神。

6 6 0 | 5 3 | 3 0 2 1 | 2 0 2 3 | 5· 3 2 |

—116—

庙堂民歌（曲）

| 1 1 | 1 0 1 2 | 3 3 0 | 5 5 0 | 2 1 |
| 2 3 | 2 0 2 3 | 2· 1 2 | 1 1 | 1 0 3 5 |
乐府

6 1 6 | 6 0 5 1 | 1 6 5 | 3 0 3 5 | 6 1 6 5 |
吹　为　横笛　曲，　能使　离肠断

3 3 | 3 0 3 5 | 6 6 | 1 6 5 | 3 2 3 5 0 |
续。　不如　移植　在　金　门，

5 3 5 3 | 2 2 | 2 0 3 5 | 6 6 0 | 5 3 |
近　天　恩。

3 0 2 1 | 2 0 2 3 | 5 5 | 5 0 3 2 | 1 1 |

1 0 5 6 | 1 6 | 5 3 | 3 0 2 1 | 2 0 2 3 |

5· 3 2 | 1 1 | 1 0 1 3 | 1 5 6 | 5 5 3 2 |
河桥　柳，占芳　春，映
乐府　吹为横笛　曲，能

1 2 2 5 | 7 6 5 0 | 5 0 5 3 2 | 6 2 1 2 | 3 2 0 |
水含　烟拂　露。几回　攀折赠　行人，
使离　肠断　续。不如　移植在　金门，

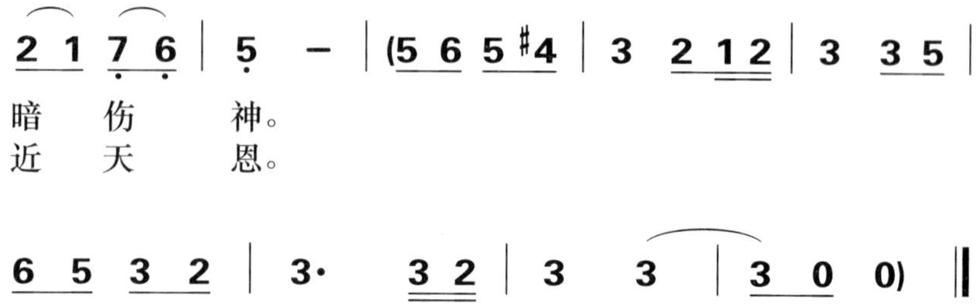

```
2̇ 1 7 6 | 5 - | (5 6 5 #4 | 3 2̇ 1 2 | 3 3 5 |
```
暗　伤　　神。
近　天　　恩。

```
6 5 3 2 | 3· 3 2 | 3 3 | 3 0 0) ‖
```

（五台山）

五台山古典民乐组歌

  几年来，考查民间歌曲的时代研究学术，古今不乏具有突出贡献的大家。具体到五台山地区的民间歌曲体系中，对于部分民歌的时代追溯，业已取得了一定的进步。这里，精心编辑的《五台山古典民乐组歌（三首）》，是涉及五台山民歌重要的时代研究课题。新中国成立以来，中国著名民族民间音乐奠基者杨荫浏先生曾在其《中国古代音乐史稿》等专著中载述了涉及五台山民间音乐的两篇文章及解释。其一是《五台山僧寺流传宋时乐谱》；其二是源自《水浒传》中鲁智深出家《醉打山门》的情节而编演的民歌套曲《山门六喜》。两篇文章论述均是有关五台山乐曲和民歌的内容。

  需要着重阐明的是，上述"其一"与"其二"之间，有一"座"桥梁承担着内在联系，可以充分说明两者均源于宋代是确切无疑的。杨荫浏在《中国古代音乐史稿》书中，关于山西《八大套》（注：《五台山僧寺流传宋时乐谱》的内容，即是抄录流传山西《八大套》）论述的关键语句："抄写曲调所用的记谱符号，是与南宋晚期张炎（生1248后）在他《词源》一书中所用的相同。"再看杨荫浏在同一本书中，对于《山门六喜》套曲民歌的论述："本曲歌词系据《水浒传》描写鲁智深醉打山门的一段故事编成……"本曲称为"牌子小曲"，传授者吴畹卿（1847—1926）是市民出身，原抄本的标题为《寄生草》，但口头相传，亦称为"山门六喜"。另看1996年8月中国戏剧出版社出版的由中国艺术研究院研究员、政府特殊津贴专家傅雪漪编著的《中国古典诗词曲谱选释》一书中，对于《山门六喜》的论述："这种乐曲，叫做'牌子小曲'，本曲是杨荫浏从无锡天韵昆曲社吴畹卿（1847—1926）的学生乐述先（约1946年逝世）那里听写来的。""因为曲词内容是叙述鲁智深醉打山门的故事，所以叫做《山门》。"再看傅雪漪先生对《山门》的论述："本曲是昆剧《醉打山门》中卖酒人上场时所唱。此歌产生于南宋建炎年间（1127—1130），当时称为吴歌（见宋人话本《冯玉梅团圆》）。"

对于上述套曲和组成套曲的民歌曲调，早已在五台山地区民间流传吟唱。此次采风过程中，有些地方的老艺人和民歌爱好者已将原传民歌的名称依据歌词内容赋予了新的名称，以表达他们的情感和探索。如嫌《寄生草》这一名称不搭调，又杂乱，便选用歌词里的词句，改成了《上五台》，但附上了原歌名《寄生草》。对于其他的歌名也略加修饰，但须注明歌曲原名称。另因《五台山佛教音乐》和五台山古代《乐谱》书籍资料中亦有《下五台》等曲谱，均选配了民歌原词。

上 五 台

(原名《寄生草》)

庙堂音乐民间曲谱
杨荫浏 传 傅雪漪 释

1 = D 2/4

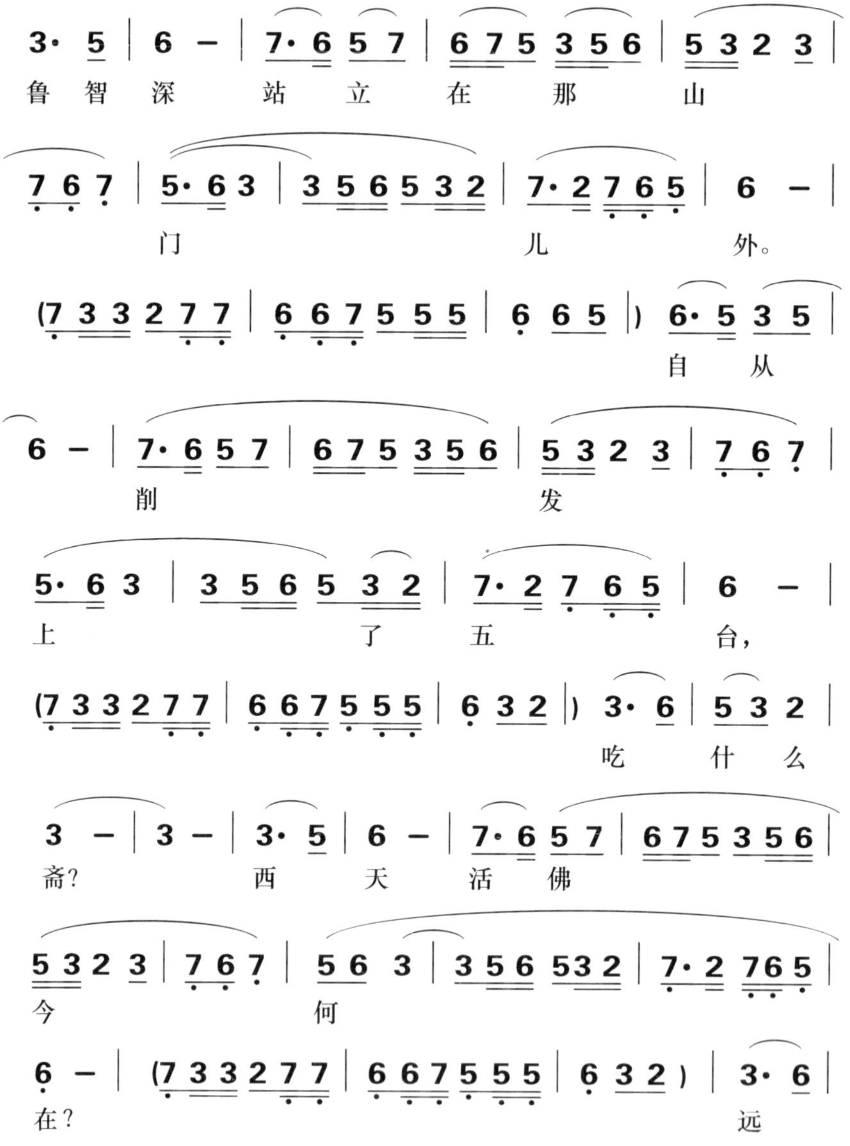

3· 5 | 6 — | 7· 6 5 7 | 6 7 5 3 5 6 | 5 3 2 3 |
鲁 智 深　　站　立　　在　　那　　　　　山

7 6 7 | 5· 6 3 | 3 5 6 5 3 2 | 7· 2 7 6 5 | 6 — |
门　　　　儿　　　　　　　　　　　外。

(7 3 3 2 7 7 | 6 6 7 5 5 5 | 6 6 5) | 6· 5 3 5 |
　　　　　　　　　　　　　　　　　　　自　从

6 — | 7· 6 5 7 | 6 7 5 3 5 6 | 5 3 2 3 | 7 6 7 |
削　　　发

5· 6 3 | 3 5 6 5 3 2 | 7· 2 7 6 5 | 6 — |
上　　　了　五　　　　台,

(7 3 3 2 7 7 | 6 6 7 5 5 5 | 6 3 2) | 3· 6 | 5 3 2 |
　　　　　　　　　　　　　　　　　吃　什　么

3 — | 3 — | 3· 5 | 6 — | 7· 6 5 7 | 6 7 5 3 5 6 |
斋?　　西　　天　　活　佛

5 3 2 3 | 7 6 7 | 5 6 3 | 3 5 6 5 3 2 | 7· 2 7 6 5 |
今　　　　何

6 — | (7 3 3 2 7 7 | 6 6 7 5 5 5 | 6 3 2) | 3· 6 |
在?　　　　　　　　　　　　　　　　　　　　远

民歌五台山

—120—

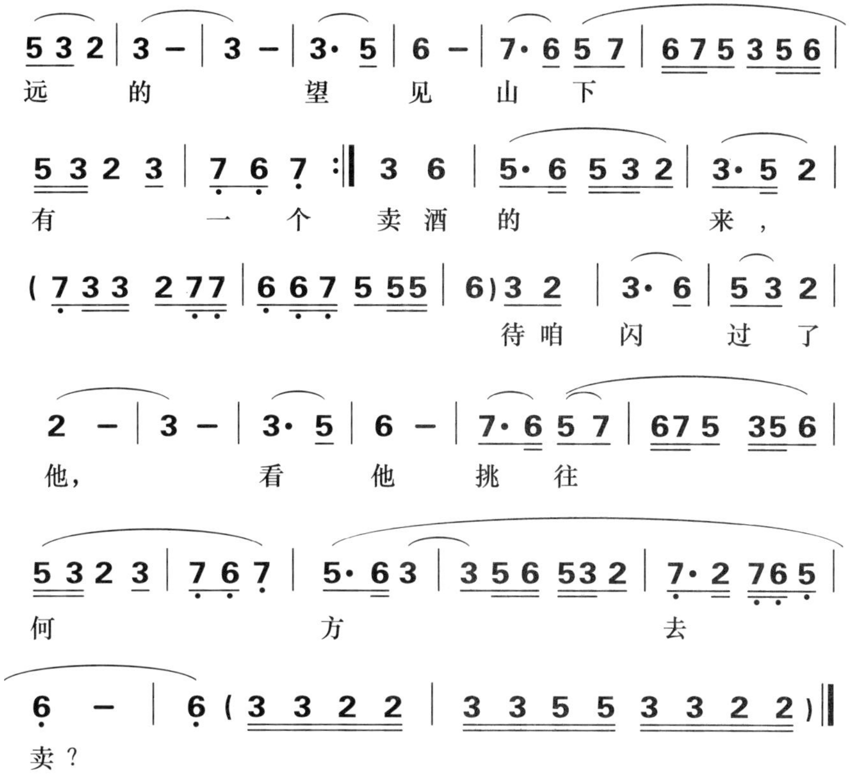

(五台山)

下 五 台
（原名《小尼姑思凡》）

庙堂音乐民间曲谱
田象贤 传谱 王孝贤 整理

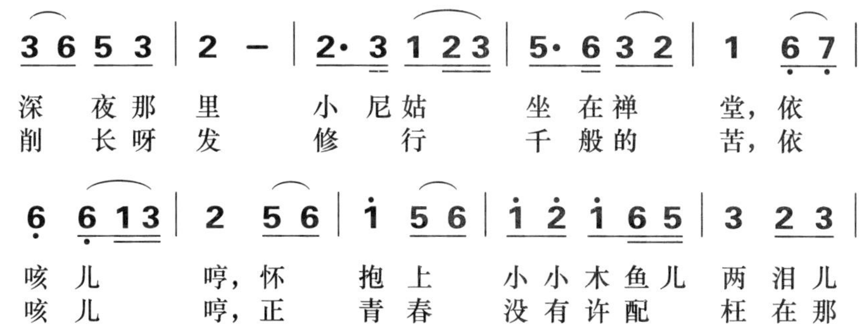

1 = D 2/4

深夜那里　小尼姑　坐在禅　堂，依
削长呀发　修行　千般的　苦，依

咳儿　哼，怀抱上　小小木鱼儿　两泪儿
咳儿　哼，正青春　没有许配　柱在那

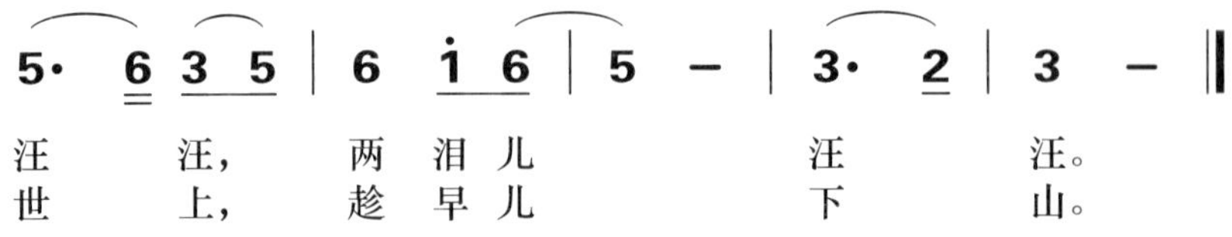

| 5· 6 3 5 | 6 i 6 | 5 - | 3· 2 | 3 - ‖

汪　　汪，　两泪儿　　汪　　汪。
世　　上，　趁早儿　　下　　山。

（五台山）

过　五　台
（原名《山门》）

庙堂音乐民间曲谱
杨荫浏 传谱 傅雪漪 释

1 = C 2/4

3 3 5 | 6 5 6 | 5 6 i 6 5 | 3 - |

九里　　山前　　作战（子个）场，

5 5 6 | 5 3 2 1 | 2 3 2 1 | 6· 5 6 |

牧童　　拾得　　旧刀　枪。　你看

1 6 1 | 5 5 3 | 5 3 2 1 | 6 5 6 1 |

顺风（吓）吹动（子）乌江（里个）水（吓）

5 5 6 | 5 3 2 1 | 2 3 2 1 | 6 1 6 |

好似　　虞姬　　别霸（子个）王。　卖酒

1 1 6 | 1 6 ‖

（吓），卖酒（吓）！

（五台山）

三 国 题

　　历史知识类民歌是我国民间音乐内容的重要组成部分。在五台山地区民歌收集过程中，此类题材的曲调种类较多、内容丰富。诸如：《孔子哭颜回》、《张果老过桥》、《薛府抛绣球》、《张生戏莺莺》等，《三国题》亦是其中之经典曲调。人们在传唱时，从中能够学到历史知识，感受到德智教育，享受到审美娱乐。由此，一代接一代，传唱从未间断。《三国题》民歌，又叫《三国曲》，还有的称之为《三国调》。《五台山佛教音乐曲谱三种》第二本《民国本》载有《三国曲》。

三 国 调

1 = F 4/4

庙堂音乐民间曲谱
武平 词 四柱 记

廾　1 1 5　3 5　1 1 3　2 1 7 6　1· 5　5
　　一更　　　鼓里　　　　天（咳 咳）

2 2 6　1 —　6 6 5　3 5 2 6　5· 1　1 ‖
三国　　　战中　　　　原（咳 咳）。

4/4　5 6　6 4 3 2　1· 3　2 3 6
那　　曹　　　操（咳咳咳咳）

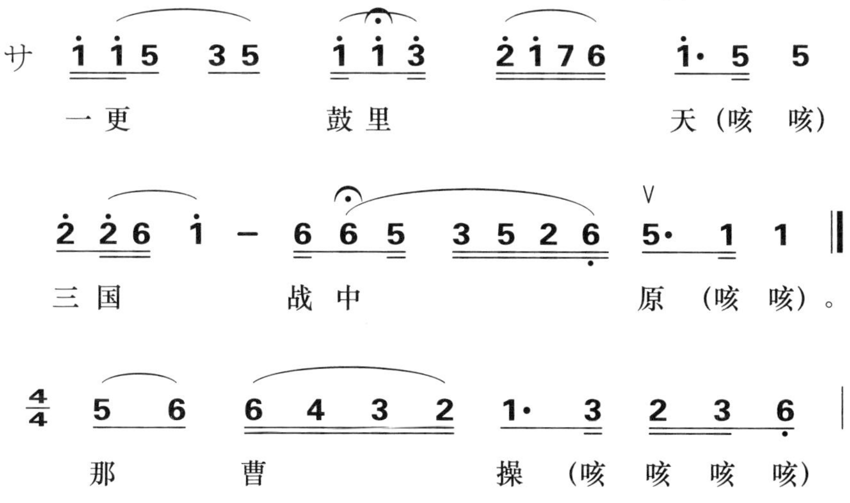

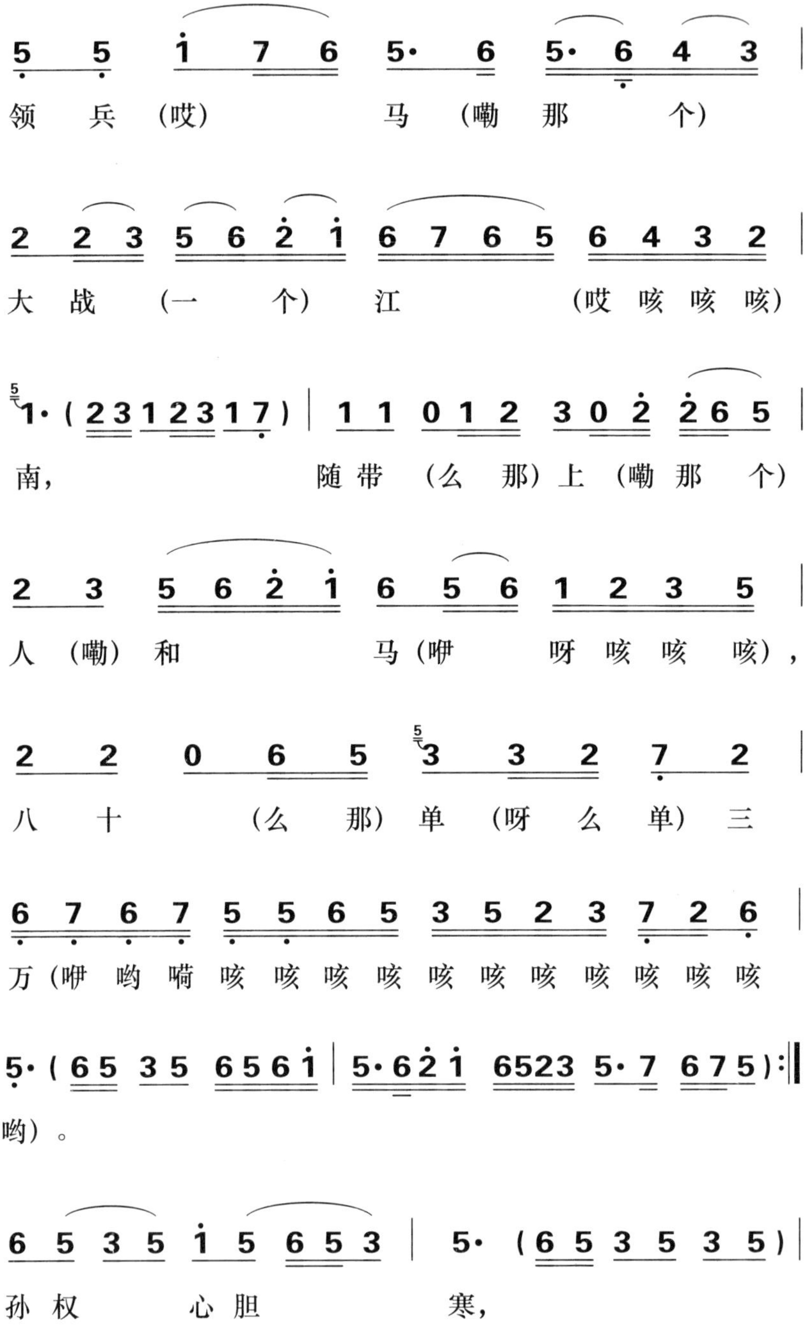

民歌五台山

$\underline{5}\cdot\ 5\ |\ \widehat{\dot{1}\ 7\ 6}\ \underline{5\cdot\ 6}\ |\ \underline{5\cdot\ 6}\ \underline{4\ 3}\ |$
领 兵（哎） 马（嘞那 个）

$2\ \underline{2\ 3}\ \underline{5\ 6\ \dot{2}\ \dot{1}}\ |\ \underline{6\ 7\ 6\ 5}\ \underline{6\ 4\ 3\ 2}\ |$
大 战 （一 个） 江 （哎咳咳咳）

$\underline{1\cdot\ (2\ 3\ 1\ 2\ 3\ 1\ 7)}\ |\ \underline{1\ 1}\ \underline{0\ 1\ 2}\ \underline{3\ 0\ \dot{2}}\ \underline{\dot{2}\ 6\ 5}\ |$
南， 随带（么那）上（嘞那个）

$\underline{2\ 3}\ \underline{5\ 6\ \dot{2}\ \dot{1}}\ \underline{6\ 5\ 6}\ \underline{1\ 2\ 3\ 5}\ |$
人（嘞）和 马（咿 呀咳咳咳），

$\underline{2\ 2}\ \underline{0\ 6\ 5}\ \underline{3\ 3\ 2}\ \underline{7\ 2}\ |$
八 十 （么 那）单（呀么单）三

$\underline{6\ 7\ 6\ 7}\ \underline{5\ 5\ 6\ 5}\ \underline{3\ 5\ 2}\ \underline{3\ 7\ 2\ 6}\ |$
万（咿哟嗬咳咳咳咳咳咳咳咳咳咳咳咳

$\underline{5\cdot\ (6\ 5\ 3\ 5\ 6\ 5\ 6\ \dot{1}}\ |\ \underline{5\cdot\ 6\ \dot{2}\ \dot{1}}\ \underline{6\ 5\ 2\ 3}\ \underline{5\cdot\ 7}\ \underline{6\ 7\ 5}):\|$
哟）。

$\underline{6\ 5\ 3\ 5}\ \underline{\dot{1}\ 5}\ \underline{6\ 5\ 3}\ |\ \underline{5\cdot\ (6\ 5\ 3\ 5\ 3\ 5})\ |$
孙权 心胆 寒，

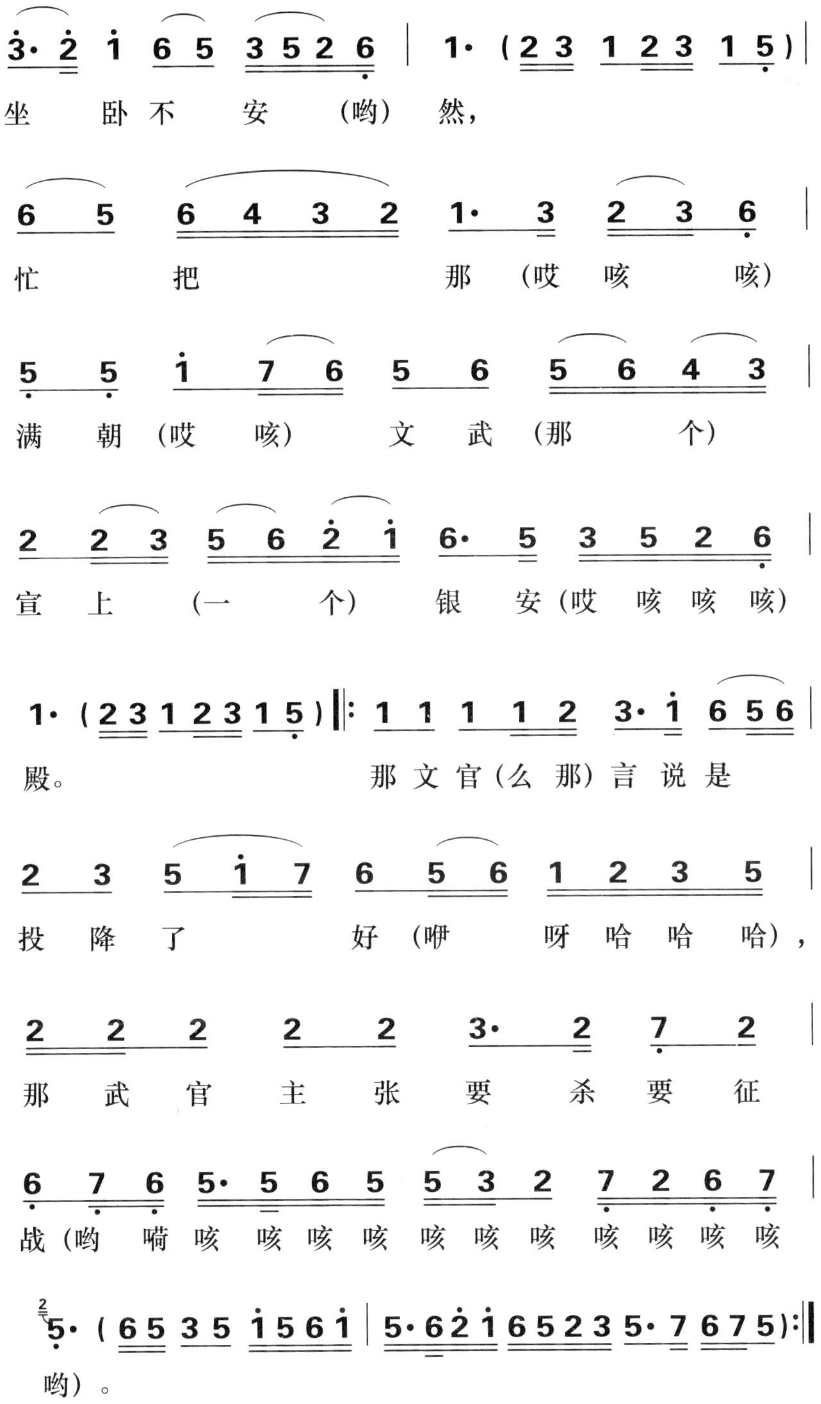

庙堂民歌（一曲）

| 3· 2 1 6 5 3 5 2 6 | 1· (2 3 1 2 3 1 5) |

坐　卧　不　安（哟）然，

| 6 5　6 4 3 2　1· 3　2 3 6 |

忙　把　　那（哎咳　咳）

| 5 5　1 7 6　5 6　5 6 4 3 |

满朝（哎咳）文 武（那　个）

| 2 2 3　5 6 2 1　6· 5　3 5 2 6 |

宣上（一个）银　安（哎咳咳咳）

| 1· (2 3 1 2 3 1 5) ‖: 1 1 1 1 2 3· 1 6 5 6 |

殿。　　　　　那文官（么那）言说是

| 2 3　5 1 7　6 5 6　1 2 3 5 |

投　降　了　好（咿呀哈哈哈），

| 2 2 2　2 2　3· 2　7· 2 |

那 武 官 主 张 要 杀 要 征

| 6 7 6　5· 5　6 5　5 3 2　7 2 6 7 |

战（哟嗬咳咳咳咳咳咳咳咳咳咳咳

| 5· (6 5 3 5 1 5 6 1 | 5· 6 2 1 6 5 2 3 5· 7 6 7 5) :‖

哟）。

$\frac{2}{4}$ 6 5 3 5 | 1 5 3 | 5 (6 5 3 5 3 5) | 3 2 1 6 5 3 2 |

四 更 鼓 里 发， 大 雾 满 江

1 (2 3 1 2 1 6) | 3 5 2 6 1 | 3· 6 5 |

下， 那 草 船 借 箭，

2 3 5 6 5 3 2 | 1 (2 3 1 2 1 6) ‖ 1 1 2 3 |

十 万 支 狼 牙， 鲁 子 敬

2 3 5 5 3 2 1 | 2 2 2 3 2 7 2 |

坐 船 中， 心 中（他）也 害

6 7 5 3 2 7 6 | 5·（7 6 | 5· 6 5 6 5）‖ $\frac{1}{4}$ 6 5 |

怕（呀 嗯 哎 咳 咳 哟）。 五 更
　　　　　　　　　　　　　　　　　曹 操

6 3 | 5 | 5 6 5 | 3 2 | 1 1 | 3 6 | 1 |

鼓 里 明， 江 岸 起 烟 尘， 大 火
心 里 惊， 死 里 要 逃 生， 华 容

5 6 5 | 2 5 | 3 2 | 1 1 | 1· 2 | 3 3 | 2 3 |

连 天 满 江 红， 八 十 三 万 人 和
道 上 遇 关

2 1 | 2 2 | 3 5 | 6 6 | 7 6 | 5 | 5 (6 | 5 6 |

马 烧 了 一 个 净 打 净（哎 哟）。

民歌五台山

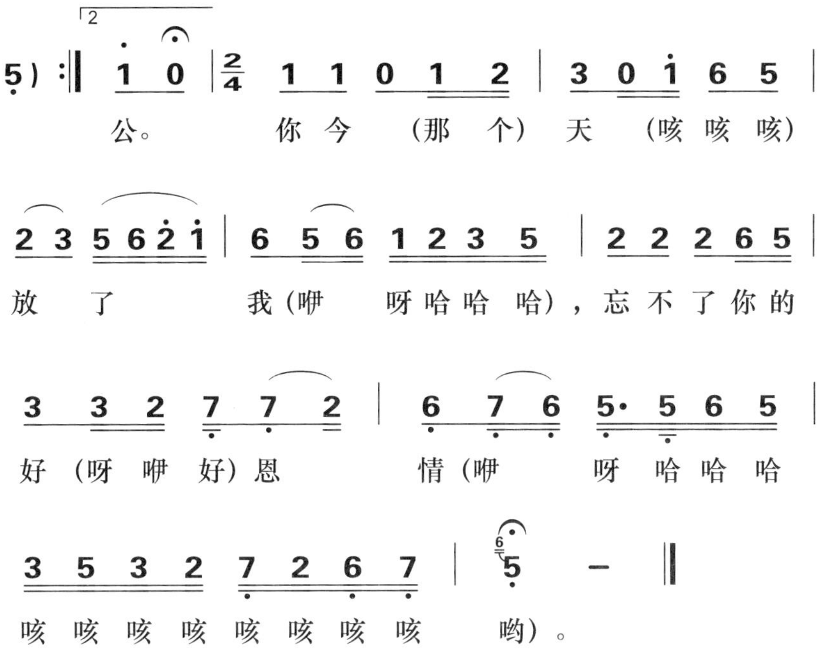

(五台山)

十 报 恩

　　《十报恩》系词牌，调见《全金元曲》，采自《洞玄金玉集》卷之七。词调为双调，分上、下片。韩军著《五台山佛教音乐》一书，在《五台山佛事及其音乐》文中，论及《十报恩》系五台山"放焰口"仪式专用曲调之一。不仅为僧人圆寂后所做，俗民百姓过世之后也常请僧人们以这种形式超度亡灵。从它的形式看，集文学、音乐、舞蹈等艺术形式于一身，具有一定的艺术性和审美价值。此"令调"为"焰口"最后一段，七言十句诗，从一报恩到十报恩，每句一段，共四段。

另见中央民族大学出版社出版的袁静芳著的《中国汉传佛教音乐》一书中，亦载有《十报恩》乐曲，系五线谱，曲与词均比五台山的《十报恩》复杂得多。

十　报　恩

庙堂音乐民间曲谱
玉和唱　万生词

1 = C 2/4

(5 5 2 5 | 3 — | 5 5 1 5 | 3 —)

3· 2 1 2 | 3· 5 | 3· 2 1 2 | 3 — |
一　报　天　　地　　盖　养　载　育　恩，
四　报　爹　　娘　　都　　　承　　　恩，
七　报　檀　　那　　早　　　超　　　供，
十　报　孤　　魂　　　　　　　　　升，

3 3 5 | 6 1 5 3 | 2 3 2 1 | 2 3 2 1 |
二　报　日　月　照　临　恩，（哎）
五　报　祖　师　传　法　恩，（哎）
八　报　八　方　施　主　恩，（哎）
报　恩　的　菩　萨　摩　诃　萨，（来）

2 3 2 1 | 2 3 2 1 | 1 3 2 7 | 6 — ‖
三　报　皇　王　水　土　恩。
六　报　护　法　护　持　恩。
九　报　九　祖　生　净　土。
摩　诃　般　若　婆　罗　蜜。

（五台山）

粉 红 莲

　　《粉红莲》是一首古老而优雅的民间歌曲。《中国古代音乐史稿》著述，据有确切文字记载《粉红莲》属于明代歌曲。《中国民间歌曲集成·山西卷》一书明确刊载其为五台县民歌小调，并由著名民间鼓吹乐艺人杜万重山演唱，文化工作者晓敏、子贞录记。《五台县民歌选集》"第一集"资料，载有此首古老民歌。其内容表达了一位年轻女子对不幸婚姻的抗争与无奈。

粉 红 莲
（一）

庙堂音乐民间曲谱
杜万重山 唱
晓敏 子贞 记

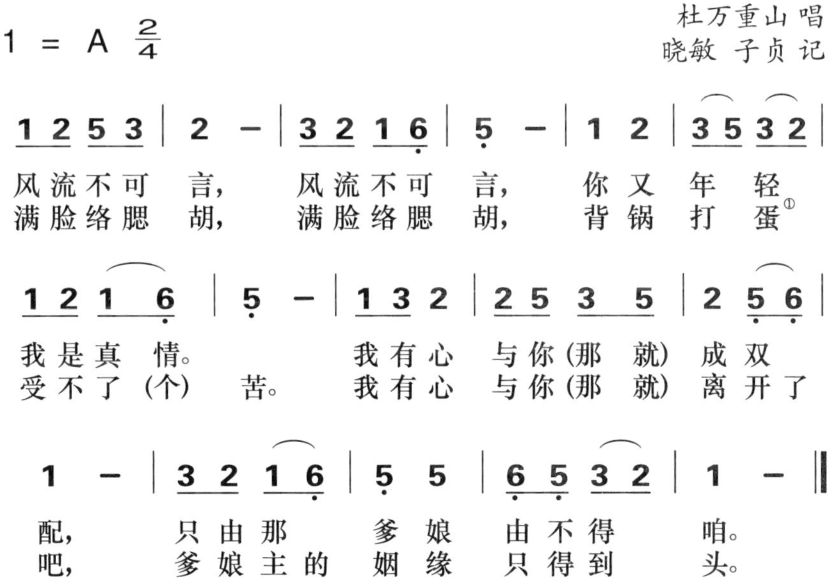

1 = A 2/4

| 1 2 5 3 | 2 — | 3 2 1 6̣ | 5̣ — | 1 2 | 3 5 3 2 |

风流不可　言，　风流不可　言，　你又　年　轻
满脸络腮　胡，　满脸络腮　胡，　背锅　打　蛋①

| 1 2 1 6̣ | 5̣ — | 1 3 2 | 2 5 3 5 | 2 5̣ 6̣ |

我是真　情。　我有心　与你（那就）　成双
受不了（个）苦。　我有心　与你（那就）　离开了

| 1 — | 3 2 1 6̣ | 5̣ 5 | 6̣ 5̣ 3 2 | 1 — ‖

配，　只由那　爹娘　由不得　咱。
吧，　爹娘主的　姻缘　只得到　头。

注：①背锅打蛋——五台方言，指脊柱骨弯曲之人。

（五台山）

粉 红 莲
(二)

庙堂音乐民间曲谱
国真 词 五平 记

1=♭B 2/4
中速

```
3· 5 7 6 | 5 — | 6· 5 3 2 | 1 — |
```
铺开毡　子　　放上盖　窝，
出了家　门　　大路上　　行，

```
3  5 | 6  5 | 3· 2 7 6 | 5 — |
```
里头　又卷　花花枕　头，
一会儿　来了　大黄　　风，

```
3· 2  3 | 2· 5 3 5 | 2· 3 7 6 | 1 — |
```
两头（起）又拿一条　绳子　　捆，
黄风里的　沙子足有　大豆　　大，

```
2· 5 3 2 | 1· 2 | 6 5 6 1 | 5 — ‖
```
背上我的　行李　出呀出家　门。
好出门　　不如　赖呀赖在　家。

(五台山)

进 兰 房

《进兰房》民歌属于佛、俗不同领域广泛流传的曲调。所见版式有多种，歌词亦各异。1978年8月，中国音乐家协会山西分会、山西省文化局音乐工作组采编、刻印的《五台山庙堂音乐》内部资料，留有《进兰房》曲调。《五台山佛教音乐曲谱》第二本"民国本"载有《进兰房》曲目。《五台县志》有关寺庙音乐曲牌，刊载有"吹腔之部"乐曲《进兰房》。《五台民间吹打乐》一书中，《八大套》第三套《推碌碡》套中第二曲为《进兰房》。《中国民间音乐集成·山西卷》由张沛主编的《山西民歌概述》一文，阐述明清两代流传下来的民间歌曲，文中第一曲就是《进兰房》。总之，无论庙堂音乐，还是民间音乐，均流传演奏《进兰房》曲调。

进 兰 房
（一）

庙堂音乐民间曲谱
书英词 黄芝记

$1=F$ $\frac{2}{4}$ $\frac{3}{4}$

中速

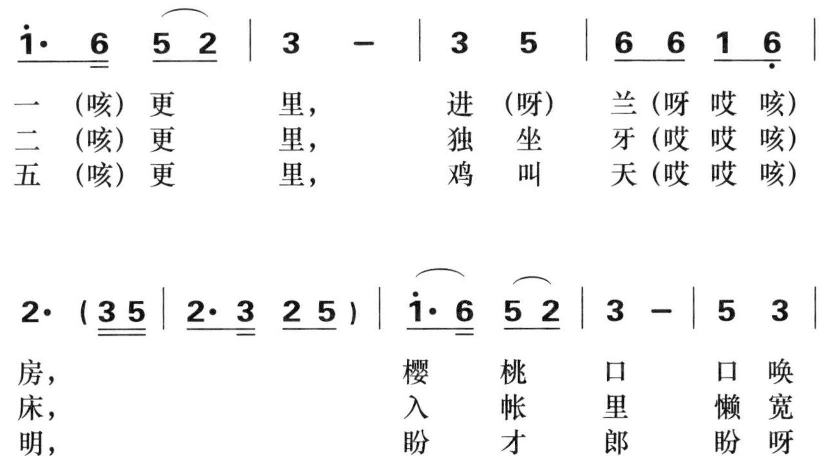

一（咳）更　里，　　进（呀）　兰（呀 哎 咳）
二（咳）更　里，　　独　坐　牙（哎 哎 咳）
五（咳）更　里，　　鸡　叫　天（哎 哎 咳）

房，　　樱　桃　口　口　唤
床，　　入　帐　里　懒　宽
明，　　盼　才　郎　盼　呀

庙堂民歌（曲）

```
6 6 1 6 | 2·3 5·6 | 1·2 3 2 | 1 —
```
梅(呀哎咳)香， 银灯照亮了，
衣(呀哎咳)裳， 思念才郎哥，
盼不(哎咳)来，你叫奴家，

```
2 2 3 3 | 2·3 2 3 | 5 6 —
```
呼唤（那个） 一 声 梅 香，
贪花（那个） 作 乐 （呀），
等了（那个）一个一个 空 （呀），

```
6·1 6 1 | 2 — 5 1 6 | 5 — | 5 3 5 7
```
你把(一个) 门 关(哎咳)上， (哎 哎嗨
你在(一个) 何 方(哎咳)呀？ (哎 哎嗨
我把你个 没 良 心 的 人， (哎 哎嗨

```
6 5 3 2 | 1 6 5 3 | 2 2 1 3 | 2 0 ‖
```
哟呀哎) 鼓打一更忙(呀哎嗨哟)。
哟呀哎) 鼓打二更忙(呀哎嗨哟)。
哟呀哎) 鼓打五更忙(呀哎嗨哟)。

（五台山）

梳 妆 台

  据人民音乐出版社出版的周青青著的《中国民间音乐概论》一书，将民歌《梳妆台》列为流行广、影响大的时调之一。《梳妆台》本名《孟姜女调》，又叫《春调》、《扮装台》、《傍妆台》、《十杯酒》、《思凡》等。这

首民歌叙述孟姜女丈夫长年在边疆修长城，而将她孤苦留在家中的悲愁和凄凉。该首民歌是我国流行最广、影响最大的一个民间小曲的基本曲调。用这个曲调填词的民歌很多，内容也非常广泛。这个曲调对戏曲和说唱音乐也有很大的影响。《孟姜女调》的基本形式为起、承、转、合式四句结构，句与句之间为连锁关系。这首民歌刊载于五台山地区各类民歌选集之中。尤其在佛教音乐消化吸收地方民歌过程中，亦已成为曲调美、流传广的曲调之一。五台县鼓吹乐《八大套》中，被列为第二套《梳妆台》的套名和首曲。这首民歌长久以来在城镇和农村流传，广大群众耳熟能详，咏唱者甚多。

梳 妆 台

1 = E 4/4

庙堂音乐民间曲谱
方敏词 刘忠记

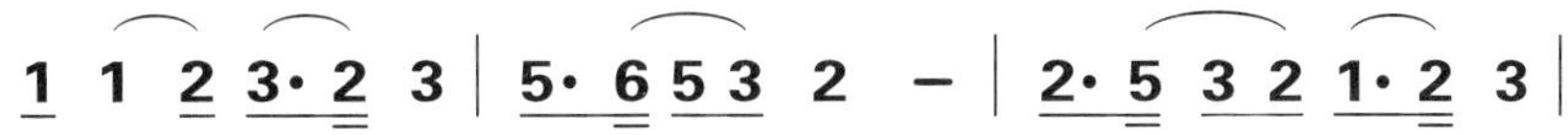

1 1 2 3·2 3	5·6 5 3 2 —	2·5 3 2 1·2 3
正月 里 来 是新 春，	家家 燕 子	户 户 双 绿
二月 里 来 暖洋 明，	家子 燕 桃	户 双 柳
三月 里 来 是清 忙，	桃 姑 娘	柳 双 双
四月 里 来 养蚕 梅，	姑 黄 梅	双 水
五月 里 来 是黄 当，	黄 蚊 子	发 飞 来 寒
六月 里 来 热难 凉，	蚊 家 家	飞 防 凉
七月 里 来 七秋 开，	家 北 家	防 先 酒
八月 里 来 雁门 阳，	北 家 地	先 饮 米
九月 里 来 是重 场，	家 日 夜	饮 打 里
十月 里 来 稻上 飞，	日 孟 姜女	打 千 户
冬月 里 来 雪花 忙，	孟 姜女 家	千 户
腊月 里 来 过年，	家	户

民歌五台山

（五台山）

对 花

《对花》是流传在五台山地区历史悠久的一首民间小调，其特点是热烈、欢快、活泼、趣味，充分体现了民歌

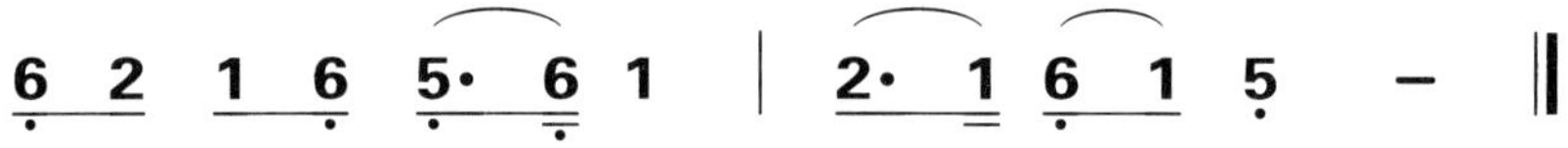

艺术生命最根本的地方性。通过领与合的问答，男女声的对唱，歌与舞的相伴，使《对花》民歌既有知识性，又有趣味性，还有欢悦性，深受广大城乡民众的喜爱。《对花》又是民歌常用题材，小调、山歌，甚至劳动号子都有，所以曲调多种多样，遍及各地，成为流传华北、西北地区的基本曲调。五台山地域的《对花》久远地传唱于佛教庙堂音乐和地方秧歌演唱之中。

对　花

1 = G 4/4

庙堂音乐民间曲谱
王有保 唱　激波 记

5　i　6 5　4 | 5·　6　5 3　5 1　2 |
正 月 里　来　什 么　花 (得儿) 开 (呀　咳)？

5·　6　5 3　5 1　2 | 5·　6　5 3　5 1　2 |
哥 (呀) 哥你　唱(呀 哈)，妹(呀) 妹你　听(呀 咳)，

2 3　5　5 1　i 6 5 | 5　1 6　3·　2　1 |
正 月 里 开的　一 个　什 么　花 (格 登)

3·　2　1　2 3　2 3 | 5　5 6　1　— |
花 (格 登)？一 朵　一 朵　莲 花　落，

3 5　i 6　5　— | 5 i　6 5　i 6　5 |
(那 么 日 儿　哟)，　正 月 开 花 不 算 花，

2 2 3　2 1　2 6　5 | 5·　i　6 5　i 6　5·　3 |
女 人们　爱穿个　茄子　花；茄 子　开 花 紫 微 微，

庙堂民歌（曲）

—135—

```
2 23  21 26 5 | 2 23  21 26 5 |
女人们 就爱好后生。你说 甚么我说甚,

2· 3 2321 5 6 5 | 5· 5 3 5 5 1 32 |
你 看咱们两个兴不 兴,(梅 嘞花花 开)

1 1 6 61 3 2 1 2 | 3 6 5 3 5 — ‖
情郎 哥哥你爱呀不  爱我(哎咳 哟)。
```

（定襄县）

苏武牧羊

  长久以来，流传于五台山地区城乡的历史故事"苏武牧羊"，可算是家喻户晓。其原因与传唱、演奏民间音乐民歌《苏武牧羊》有关。据查，现知确切记载《苏武牧羊》曲调，是在五台山地区流行传唱的文献，见于《五台山佛教音乐曲谱三种》第二本"民国本"。又见于蓝天出版社出版的徐荣坤主编《中国民歌500首》，将《苏武牧羊》列为"民歌精粹"16首之一。尤其是人民音乐出版社出版的贺锡德编著《365首中国古今名曲欣赏》一书中，在中胡协奏曲《苏武》作品简介之中，简述了《苏武牧羊》历史故事梗概：于汉武帝天汉元年（前100年）北方匈奴主且鞮侯单于即位，为了向中原表示友善，提出把以前扣留的汉朝使臣归还。汉武帝为了回报，也决定把以前扣留的匈奴使者送还。于是派中郎将苏武，拿着使臣的凭证——用牦牛尾连缀在竹仗上做成的"使节"，率领属员前往匈奴谈判。没想到节外生枝，副使张胜参与了虞常的谋反事件，惹恼了且鞮侯单于，张胜贪生怕死投降了匈奴，单于还想让苏武投降，进行种种威逼、利诱，都被严词拒绝了。

后来，苏武被流放到北海（今贝加尔湖一带），在冰天雪地里牧羊。过了十几年汉朝才打听到苏武的真实情况，便派使臣依托北方飞来一只鸿雁，捎来苏武的书信，匈奴无可奈何才放苏武回国。这时已经过了19年了。苏武坚贞不屈的故事，为后人称颂。在民间，人们编了《苏武牧羊》歌曲一代接一代地传唱。

苏武牧羊

1 = F 2/4

庙堂音乐民间曲谱
振华 词 仲月 记

| 5 1 | 2 5 4 2 | 1 — | 1 2 1 6 | 5 — |

苏　武　留胡节不　辱，　　雪地又冰　天，
苏　武　留胡节不　辱，　　转眼北风　吹，

| 4 2 4 6 | 5 — | 1 6 5 | 4 6 5 | 2 5 4 2 |

苦忍十九　年，　渴饮雪，饥吞毡，牧羊北海
雁群汉关　飞，　白发娘，望儿归，红妆守空

| 1 — | 2 2 2 6 | 5· 4 | 2 3 2 1 | 6 5 6 | 1 — |

边。　心存汉社　稷，　旌落犹未　还，
帏。　三更同入　梦，　两地谁梦谁？

| 5 5 6 1 | 3 — | 5 3 2 3 5 | 1 — | 1· 2 4 4 |

历尽难中　难，　心如铁石　坚。　夜在塞上
任海枯石　烂，　大节不稍　亏。　终教匈奴

庙堂民歌（曲）

| 2 4 2 1 | 6̣ 1 2 4 | 1 - :‖

时听筲声　入耳心痛　酸。
心惊胆丧　共服汉德　威。

（五台山）

五哥上工

　　这是陕北、晋西北和内蒙古西部民间"打坐腔"的代表节目。"打坐腔"是当地农民、手工业者在喜庆节日中自娱性的歌唱体裁，三五人围坐一起，不化妆、不表演，清唱某些有一定故事情节的节目，伴奏乐器有笛子、二胡、板胡和打击乐器四块瓦等。"打坐腔"除了自娱演唱外，有人把它当作走乡串村、沿路乞讨的手段。随着社会的进步和民间音乐的发展，民歌演唱发生了变化。一是歌舞性质的表演唱，二是舞台化的表演形式，三是一些纯器乐曲牌演奏。《五哥上工》是《五台山佛教音乐》流存演唱之曲目，是传统民歌《五哥放羊》的流变名称，其音乐和歌词基本雷同。此首民歌在五台山庙堂音乐和民间音乐不同体系中经久流传，遍及各地。

五哥上工

1 = F　2/4

庙堂音乐民间曲谱
李正伟　唱记

中速稍慢

| 5　5　4　1̇　6 | 5　2　1　♭7̣ | 5̇　- |

正　月　里　来　（哟）是　新　年，
二　月　里　来　（哟）龙　抬　头，
三　月　里　来　（哟）是　清　明，

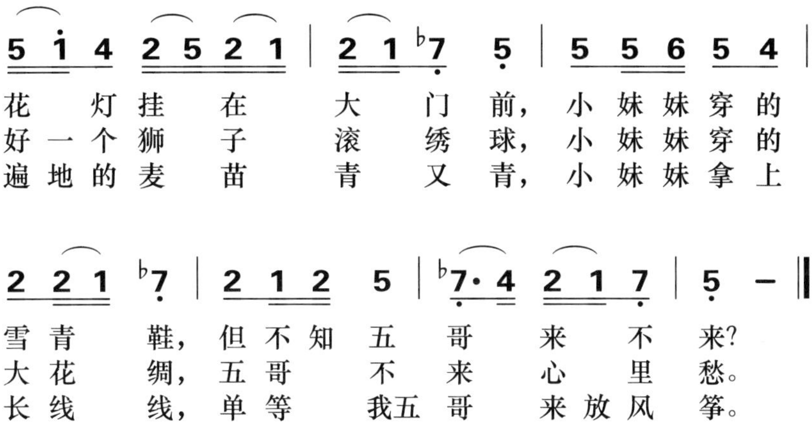

```
5̂ 1 4  | 2̂ 5 2 1 | 2 1 ♭7̂  5̣̂  | 5 5 6 5 4 |
花  灯 挂  在    大  门  前，小 妹 妹 穿 的
好  一 个 狮  子   滚  绣  球，小 妹 妹 穿 的
遍  地 的 麦  苗   青  又  青，小 妹 妹 拿 上

2 2 1 ♭7̣  | 2 1 2  5 | ♭7·4 2 1 7̣ | 5̣ — ‖
雪  青  鞋，但 不 知 五  哥   来 不 来？
大  花  绸，五 哥 不 来  心   里 愁。
长  线  线，单 等 我 五  哥   来 放 风 筝。
```

（五台山）

走 西 口

晋西北人提起"走口外"，有一种受难和苦楚的痛觉。有的人"走西口"，也有的人"走东口"。历史上五台山地区的难民还有"逃口外"的叫法。总之"走口外"是旧社会劳苦民众，因遭年限和受剥削而到内外蒙古地带，度饥荒、寻活法的血泪史。

当地人们普遍传唱《走西口》民歌与河曲民歌的传承有关。五台山佛教音乐长久以来吸收和消化地方民歌，逐步"佛化"为庙堂音乐，于是《走西口》曲调，载存于《五台山佛教音乐曲谱》之中。据查"民国本"和"解放本"中均载有《走西口》曲调。

《走西口》民间小调，与同题材"山曲"的不同之处在于：（1）有较为完整的故事情节；（2）歌词为七言四句体；(3) 以反复叮咛嘱咐来表达描写离愁别苦。再加之"二人台"艺术的音乐演奏、舞台表演风格，深受广大民众喜爱，就使得《走西口》民歌在五台山地区安"家"落"户"，久传不衰。

走 西 口

庙堂音乐民间曲谱
罗正芳 朱变香 唱
朱生和 采录 记谱

1 = F 2/4
中慢

| 5 5 3 | 1 2 2 6 | 5·6 3 2 | 1 2 1 6 | 5 6 3 2 |

哥 哥 你 走 西 口，　　小 妹 妹 也 难
哥 哥 你 走 西 口，　　小 小 妹 妹 也 难
左 梳 龙 盘 凤，　　右 梳 上 水 卧 小
走 路 你 走 大 路，　　万 不 要 走 小
哥 哥 你 走 西 口，　　万 不 要 为 朋

| 1 2 3 6 5 | 2 3 5 1 6 | 5 6 3 2 | 1 6 1 2 |

留，　　手 拉 上（那）哥 哥 的 手，
留，　　手 怀 抱 上（那）梳 头 匣，
云，　　当 中 拿 上 红 头 绳，
路，　　大 路 上（那）人 儿 多，
友，　　为 下（那 个）朋

| 3 2 3 5 | 2 3 1 6 | 5·6 5 ‖ |

送 在 哥 哥 大 门 口。
我 给 哥 哥 梳 一 梳 头。
扎 上 一 个 刮 地 风。
能 给 哥 哥 解 忧 愁。
恐 怕 哥 哥 忘 记 了 奴。

（五台山）

开　荒

　　抗日战争时期，由于日本帝国主义和国民党顽固派的封锁和破坏，使抗日根据地人民的物质生活遭受了极大困难。在中国共产党的正确领导下，根据地实行了民主政治和减租减息，走"组织起来，发展生产"的道路，开展大生产运动。因而根据地人民不但政治上享受着民主自由的权利，而且生产不断发展，生活也得到改善。

　　《开荒》这首抗日民歌，于1940年作于延安。作曲者吕骥，是著名的作曲家、音乐活动家和音乐评论家。1937年赴延安，在抗日军政大学和陕北公学负责歌咏活动。1939年后任华北联大文艺部副主任音乐系主任等职，1949年后任中国音乐家协会主席等职。吕骥创作有大量群众歌曲，《开荒》就是这个时期的名作。五台山是抗日战争时期的革命根据地，八路军总部曾设在五台县南茹村。五台山庙堂音乐曾吸取、应用和留存了大量的抗日民歌。《开荒》亦珍藏于《五台山佛教音乐曲谱三种》第三本"解放本"之中。

开　荒
（一）

$1=\flat B$　$\frac{2}{4}$　　　庙堂音乐民间曲谱
　　　　　　　　　　　世民　唱　铁锁　记

| 1 1 1 5 | 5 6 5 5 | 1 2 5 3 | 2 — |

塔 儿 山 上　闹 嚷 　嚷，　军 民 生 产　忙，
山 上 镢 头　响 叮 　当，　土 地 变 了　样，
东 山 玉 茭　长 得 　好，　西 山 谷 穗　大，

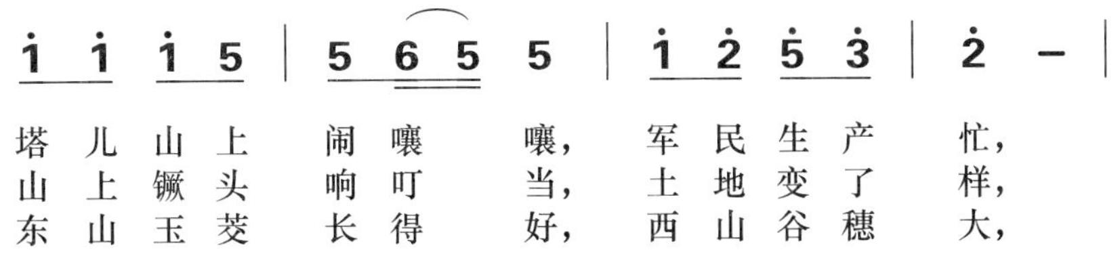

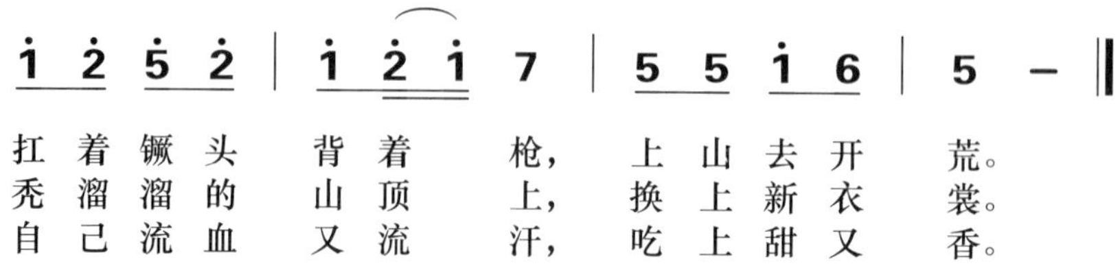

| 1 2 5 2 | 1 2 1 7 | 5 5 1 6 | 5 — ‖

扛着镢头 背着　枪，上山去开　　荒。
秃溜溜的 山顶　上，换上新衣　　裳。
自己流血 又流　汗，吃上甜又　　香。

开　荒
（二）

庙堂音乐民间曲谱
天兰 词　吕骥 曲

1 = C　2/4

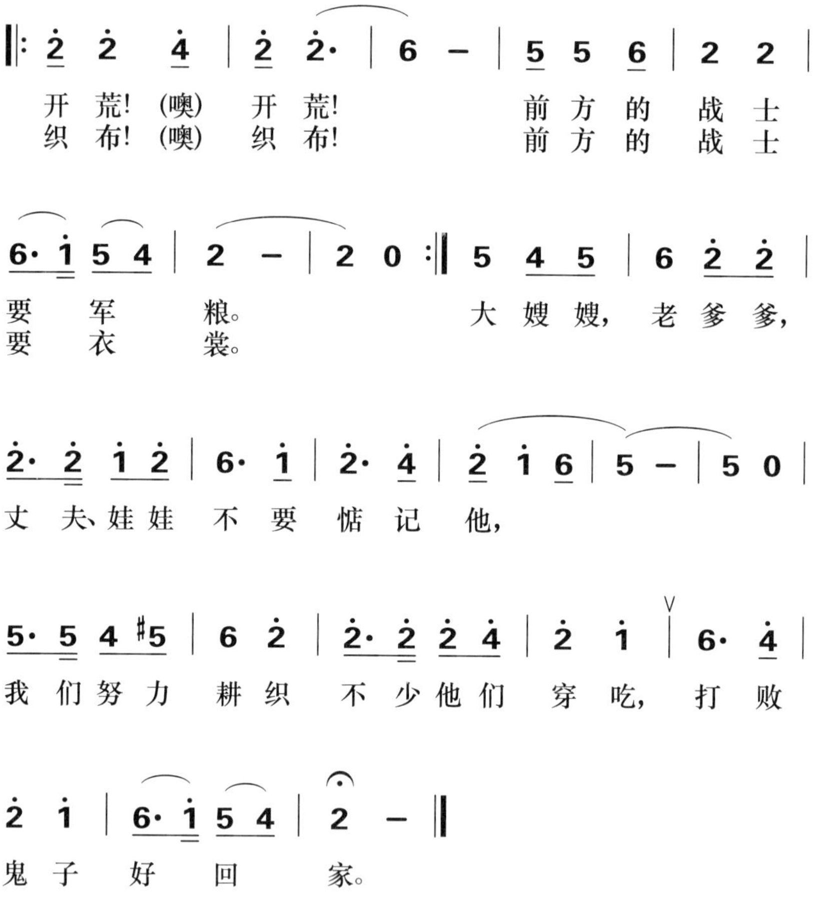

‖: 2 2 4 | 2 2· | 6 — | 5 5 6 | 2 2 |

开荒！（噢）开荒！　　前方的　战士
织布！（噢）织布！　　前方的　战士

6· 1 5 4 | 2 — | 2 0 :‖ 5 4 5 | 6 2 2 |

要军粮。　　　　大嫂嫂，老爹爹，
要衣裳。

2· 2 1 2 | 6· 1 2· 4 | 2 1 6 | 5 — | 5 0 |

丈夫、娃娃 不要惦记他，

5· 5 4 #5 | 6 2 | 2· 2 2 4 | 2 1 | 6· 4 |

我们努力 耕织 不少他们 穿吃，打败

2 1 | 6· 1 5 4 | 2 — ‖

鬼子好回　家。

（五台山）

桃园结义

历史上三国之蜀国，又称蜀汉，刘备所建（221—263），在今四川东部和云南、贵州北部以及陕西汉中一带。蜀国君臣中的刘备、关羽、张飞结义三兄弟，史称"刘关张"。此三人肝胆相照，舍生忘死，驰骋疆场，建国立业，与魏、吴两国形成三国鼎立的局面。后经《三国志》、《三国演义》等文学艺术的描写和颂扬，刘、关、张"桃园三结义"的历史故事家喻户晓。"桃园兄弟"风雨共济、生死与共的精神为后代人们敬仰。古人曰："民歌是历史与社会伦理的教科书"。随着历史的发展和文化的进步，人们逐步将"桃园三结义"的历史故事编写成民歌吟唱，而且源远流长，经久不衰。各地此类民歌均有，诸如：《桃园结义》、《桃园兄弟》、《桃园三结义》等。

桃园结义

庙堂音乐民间曲谱
张三姑 唱 还民 记

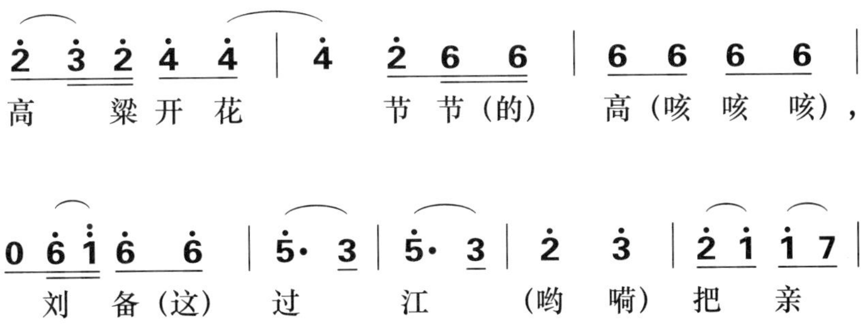

1=♭B 2/4

2̇ 3̇ 2̇ 4̇ 4̇	4̇ 2̇ 6 6	6 6 6 6
高 粱 开 花	节 节（的） 高（咳 咳 咳），

0 6̇ 1̇ 6̇	5·̇ 3̇ 5·̇ 3̇	2̇ 3̇	2̇ 1̇ 1̇ 7
刘 备（这） 过	江 （哟 嗬） 把	亲

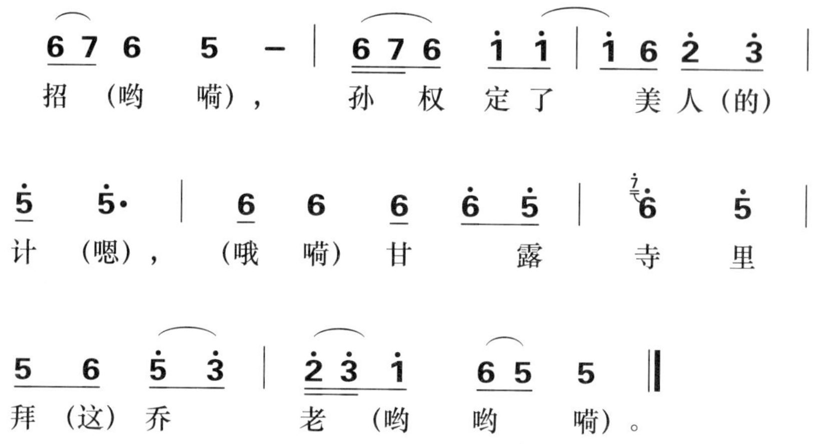

$\widehat{6\ 7}\ 6\ 5\ -\ |\ \widehat{6\ 7\ 6}\ \widehat{1\ 1}\ |\ \widehat{1\ 6}\ \widehat{2}\ \dot{3}\ |$
招（哟嗬），　孙权 定了　美人（的）

$\dot{5}\ \dot{5}\cdot\ |\ \dot{6}\ \dot{6}\ \dot{6}\ \widehat{\dot{6}\ \dot{5}}\ |\ \widehat{\dot{6}}\ \dot{5}\ |$
计（嗯），（哦嗬）甘　露　寺 里

$5\ 6\ \widehat{\dot{5}\ \dot{3}}\ |\ \widehat{\dot{2}\ 3}\ 1\ |\ \widehat{6\ 5}\ 5\ \|$
拜（这）乔　老（哟　哟 嗬）。

（五台山）

八仙庆寿

　　《八仙庆寿》是广泛流传在民间的音乐曲调。五台山地区各县、市、区民歌选集和资料中，多数载有《八仙庆寿》歌曲。考究其原因，即人们在举办喜庆寿宴之时，要恭请"八洞神仙"降临贺寿祝福，以达到人神共庆、载歌载舞、欢乐开怀之目的。《五台山佛教音乐曲谱三种》见载于"宣统本"、"民国本"、"解放本"，三本皆载存《八仙庆寿》，并附译工尺谱而变成简谱的乐曲。

八仙庆寿

$1=\flat B\ \dfrac{2}{4}$　　　　　　　庙堂音乐民间曲谱
　　　　　　　　　　　高三民 词　李兵 记

中速

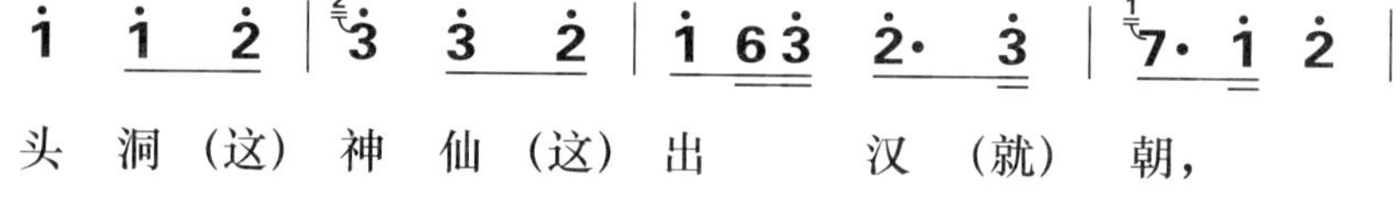

$\dot{1}\ \widehat{\dot{1}\ \dot{2}}\ |\ \widehat{\dot{3}\ \dot{3}\ \dot{2}}\ |\ \widehat{\dot{1}\ 6\ \dot{3}}\ \dot{2}\cdot\ \dot{3}\ |\ \widehat{\dot{1}\ 7\cdot\ \dot{1}}\ \dot{2}\ |$
头 洞（这）神 仙（这）出　汉（就） 朝，

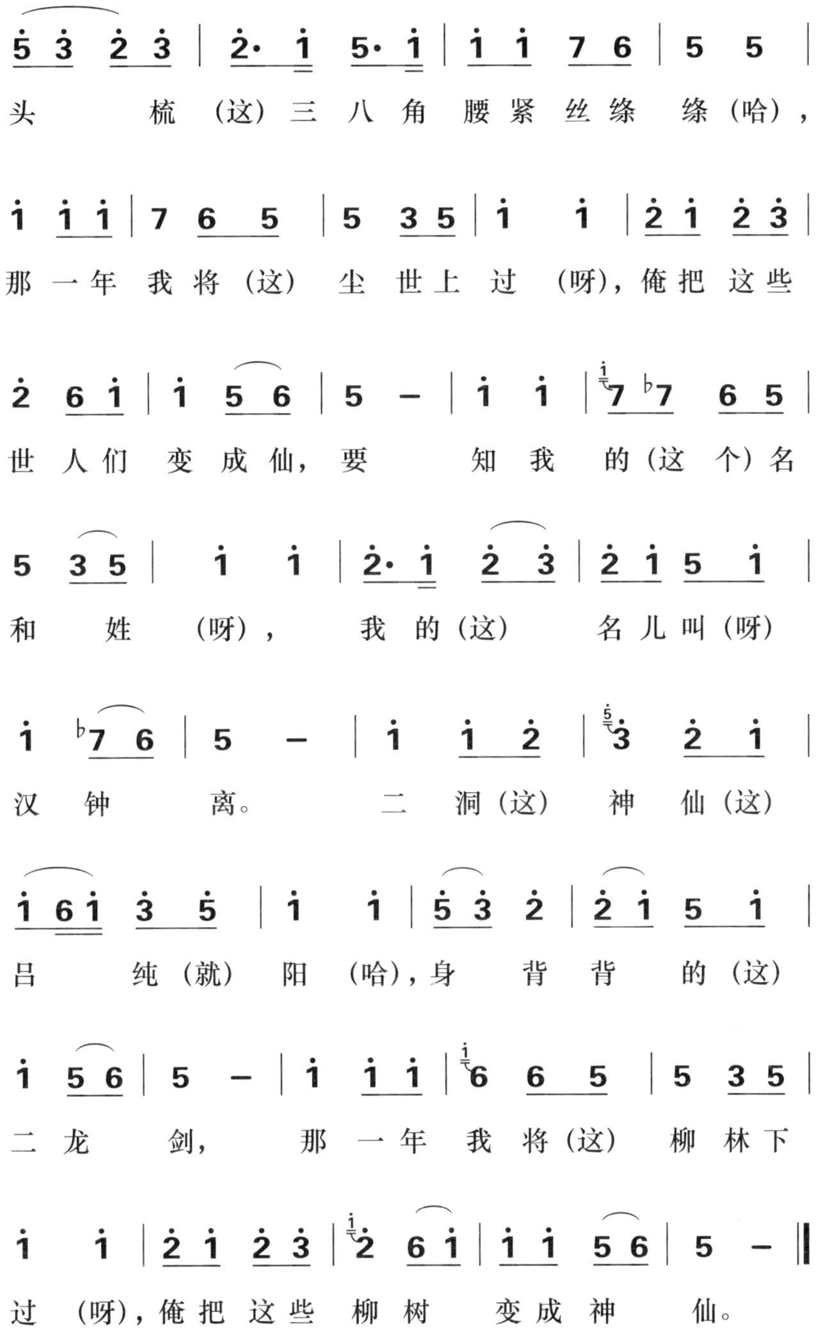

$\widehat{5\ 3}\ \underline{2\ 3}\ |\ \underline{\dot{2}\cdot\ \dot{1}}\ \underline{5\cdot\ \dot{1}}\ |\ \underline{\dot{1}\ \dot{1}}\ \underline{7\ 6}\ |\ 5\ 5\ |$

头　梳（这）三　八　角　腰　紧　丝　绦　绦（哈），

$\underline{\dot{1}\ \dot{1}\ \dot{1}}\ \underline{7\ 6\ 5}\ |\ 5\ \underline{3\ 5}\ |\ \dot{1}\ \dot{1}\ |\ \underline{\dot{2}\ \dot{1}}\ \underline{\dot{2}\ \dot{3}}\ |$

那一年 我 将（这）尘 世　上 过（呀），俺 把 这 些

$\underline{\dot{2}\ 6\ \dot{1}}\ |\ \dot{1}\ \underline{5\ 6}\ |\ 5\ -\ |\ \dot{1}\ \dot{1}\ |\ {}^{\dot{1}}\!\!\underline{7\ \flat7}\ \underline{6\ 5}\ |$

世 人 们　变 成 仙，要　知 我 的（这 个）名

$5\ \widehat{3\ 5}\ |\ \dot{1}\ \dot{1}\ |\ \underline{\dot{2}\cdot\ \dot{1}}\ \widehat{\dot{2}\ \dot{3}}\ |\ \underline{\dot{2}\ \dot{1}\ 5}\ \dot{1}\ |$

和　姓　（呀），　我 的（这）　名 儿 叫（呀）

$\dot{1}\ \flat\widehat{7\ 6}\ |\ 5\ -\ |\ \dot{1}\ \underline{\dot{1}\ \dot{2}}\ |\ {}^{\dot{5}}\!\!\underline{\dot{3}\ \dot{2}\ \dot{1}}\ |$

汉　钟　离。　二　洞（这）神　仙（这）

$\widehat{\dot{1}\ 6\ \dot{1}}\ \widehat{\dot{3}\ \dot{5}}\ |\ \dot{1}\ \dot{1}\ |\ \underline{\dot{5}\ \dot{3}\ \dot{2}}\ \underline{\dot{2}\ \dot{1}\ 5}\ \dot{1}\ |$

吕　纯（就）阳（哈），身 背 背 的（这）

$\dot{1}\ \underline{5\ 6}\ |\ 5\ -\ |\ \dot{1}\ \underline{\dot{1}\ \dot{1}}\ |\ {}^{\dot{1}}\!\!\underline{6\ 6\ 5}\ |\ 5\ \underline{3\ 5}\ |$

二　龙　剑，　那一 年 我 将（这）柳 林 下

$\dot{1}\ \dot{1}\ |\ \underline{\dot{2}\ \dot{1}}\ \underline{\dot{2}\ \dot{3}}\ |\ \underline{\dot{2}\ 6\ \dot{1}}\ |\ \underline{\dot{1}\ \dot{1}}\ \widehat{\underline{5\ 6}}\ |\ 5\ -\ \|$

过（呀），俺 把 这 些　柳 树　变 成 神　仙。

(五台山)

庙堂民歌（曲）

山 坡 羊

《山坡羊》系元曲牌，又名《苏武持节》、《昭君和番》，属中吕宫，亦入黄钟和商调。作小令，可与《青歌儿》组成带过曲。《五台山佛教音乐》载存《山坡羊》曲谱，并称其"黄庙现在常用小曲之一"。据杨荫浏著的《中国古代音乐史稿》书中，《山坡羊》属于明朝民歌存目，并在所附"曲例"部分均有可供演唱曲谱和歌词。尤其在第三十二章《明清戏曲发展——南北曲》论述中，载有《山坡羊》的四个曲牌比较举例，实为难得的珍贵资料。

山 坡 羊

庙堂音乐民间曲谱
李大柱 词 张民 记

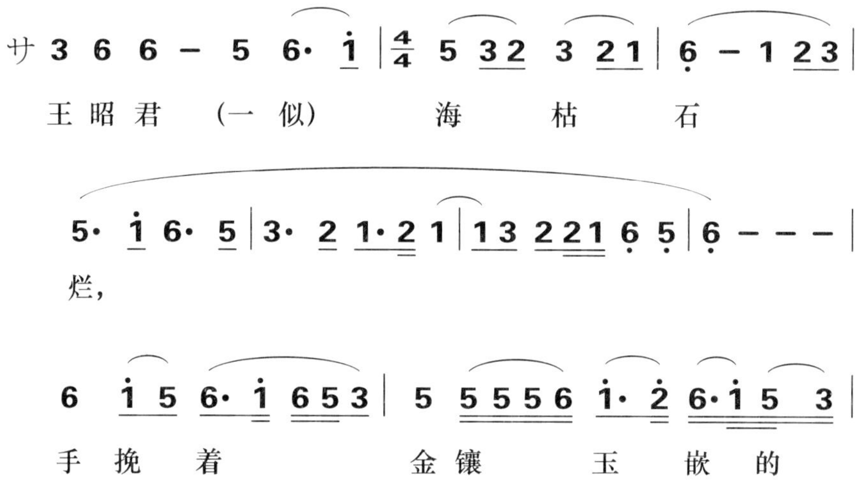

1 = D 4/4

廿 3 6 6 - 5 6·1 | 4/4 5 32 3 21 | 6̣ - 1 2 3 |
王 昭 君　（一 似）　海　枯　石

5·1 6·5 | 3· 2 1· 2 1 | 1 3 2 2 1 6̣ 5̣ | 6̣ - - - |
烂，

6 1 5 6·1 6 5 3 | 5 5 5 5 6 1·2 6·1 5 3 |
手 挽 着　　　金 镶　玉 嵌 的

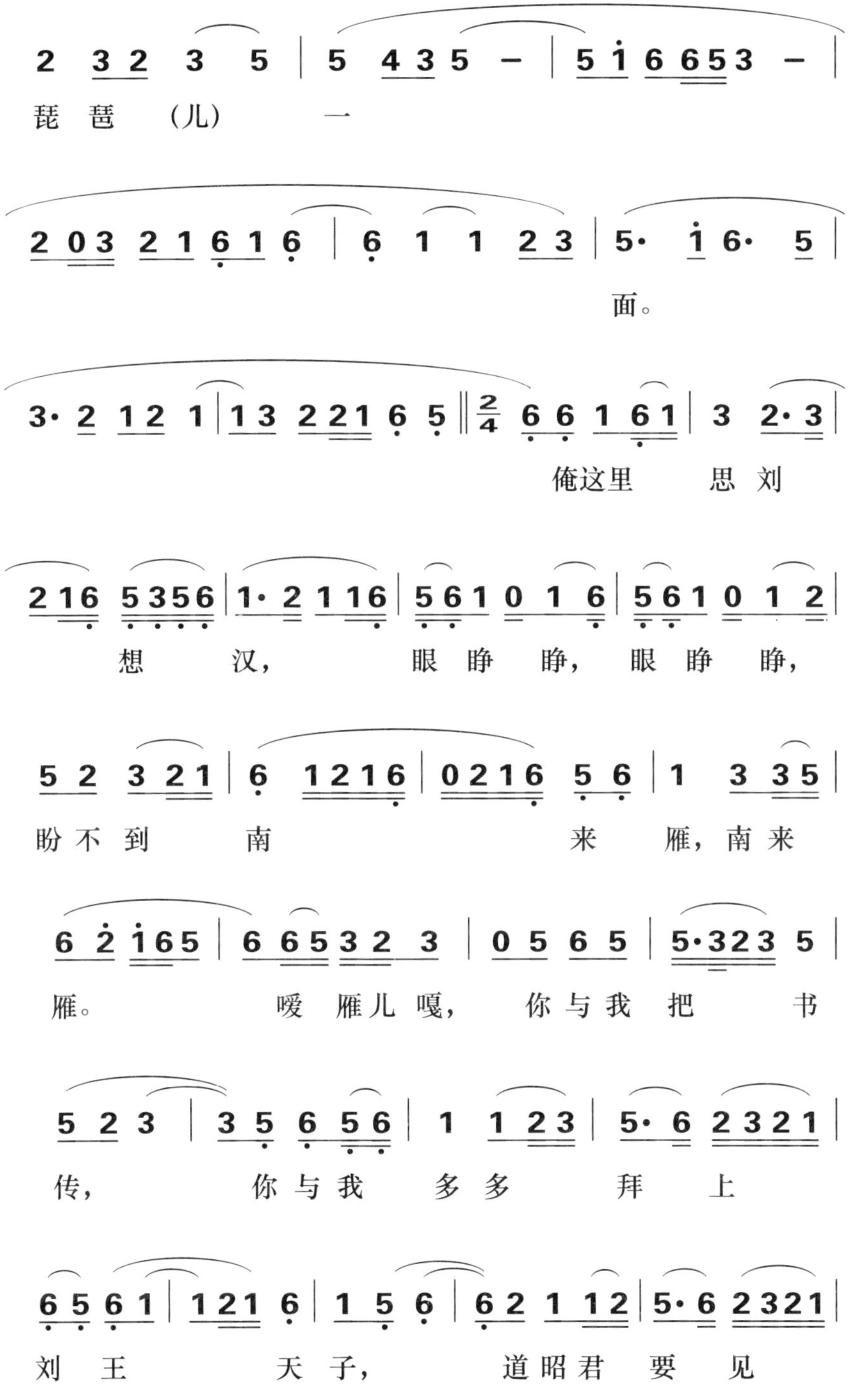

```
2  32 3 5 | 5 435 - | 5 1̇ 6 6 5 3 - |
琵 琶  (儿)   一
```

```
2 03 21 6 1 6 | 6 1 1 2 3 | 5· 1̇ 6· 5 |
                              面。
```

```
3· 2 1 2 1 | 1 3 2 2 1 6 5 | 2/4 6 6 1 6 1 | 3 2· 3 |
                            俺这里   思 刘
```

```
2 1 6 5 3 5 6 | 1· 2 1 1 6 | 5 6 1 0 1 6 | 5 6 1 0 1 2 |
想  汉,        眼 睁 睁,    眼 睁 睁,
```

```
5 2 3 2 1 | 6 1 2 1 6 | 0 2 1 6 | 5 6 1 | 3 3 5 |
盼 不 到  南              来  雁,  南 来
```

```
6 2̇ 1̇ 6 5 | 6 6 5 3 2 3 | 0 5 6 5 | 5·3 2 3 5 |
雁。      嗳 雁 儿 嘎,    你 与 我   把   书
```

```
5 2 3 | 3 5 6 5 6 | 1 1 2 3 | 5· 6 2 3 2 1 |
传,    你 与 我    多 多     拜   上
```

```
6 5 6 1 | 1 2 1 6 | 1 5 6 | 6 2 1 1 2 | 5· 6 2 3 2 1 |
刘 王   天 子,     道 昭   君 要    见
```

庙堂民歌(曲)

—147—

$\widehat{6}$ 1216 | 02 1 $\dot{6}$ $\underline{5}$ $\widehat{\underline{6}}$ | 1 6 5365 | 3 3 5 |

无　　　由　见，恨只恨　毛延寿，

6· 1 6 5 3 | 3 5 6 | 6 6 | 6 5 2 3 | 2 2 3 |

误写　　丹　青，　教奴　家　红粉

5 5· 1 | 6 6 5 3 | 2 1 | 1 6 5 6 ‖ $\frac{1}{4}$ 1 | 2 2 | 2 5 3 2 |

亲自　　去　和　番，　伤

1 | 1 6 | 5 5 | 5 6 | 5 1 6 | 6 5 3 5 | 6 | 2 2 |

惨！放声 哭出　了 雁　门　关 心

2 5 3 2 | 1 | 1 1 | 6 6 | 1 1 5 6 | 1 ‖

酸！ 心在 南朝 身在 北　番。

(五台山)

四 小 景

《四小景》民间乐曲见于《五台山佛教音乐》一书。并在《五台山佛教音乐曲谱三种》之"民国本"中，载存《四小景》曲目。在采集五台山民歌过程中，多见《四小景》与《四大景》民间乐曲长久联袂流传。其原因尽管此类曲调属于古典类，但乐曲短小，旋律优美，比兴含蓄，情深意浓。例如"蝴蝶双双飞呀，飞来飞去，成双成对"等歌词。缘此，青年男女尤为喜爱，在城镇和农村中扎根流传下来。此民间曲调还见于1992年北岳文艺出版社出版的巨著《永不消逝的歌》，长达958页码，印数1万册，《四小景》、《四大景》两民歌均载其书中。

四　小　景

1 = G 2/4　　　　　　　　　　　庙堂音乐民间曲谱
中速　　　　　　　　　　　　　张粉娥 唱　韩三 记

| 0 5 | 5 3 2 3 1 | 2 3 2 3 | 5 3 2 3 1 |
（啊）春到（哟）　　来，　　春　到

| 2 6 5 6 1 | 5 - | 5 6 5 4 5 | 5 6 5 4 6 5 6 |
来（哟）　　牡　丹　芍　药

| 2 2 3 2 1 6 5 | 1 1 | 2 5 3 2 1 | 6 5 1 6 5 |
四季　花儿　开（呀 哎　唷，哎　唷

| (5 3 2 3 6 1 | 2) 5 - | 5 3 2 3 1 | 2 3 2 3 |
　　　　　　　　　（啊）蝴 蝶儿双　双 飞（吔），

| 5 3 2 3 1 | 2 6 5 6 1 | 5 - | 6 1 6 5 6 1 6 5 |
蝴　蝶儿双　双 飞（吔）　　飞去飞来 成双又成

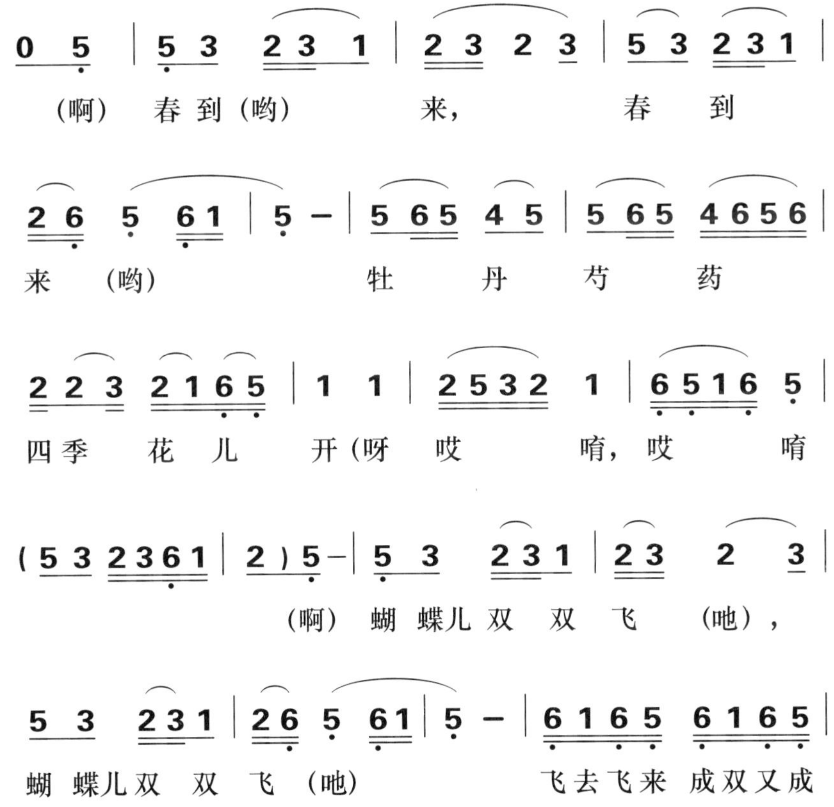

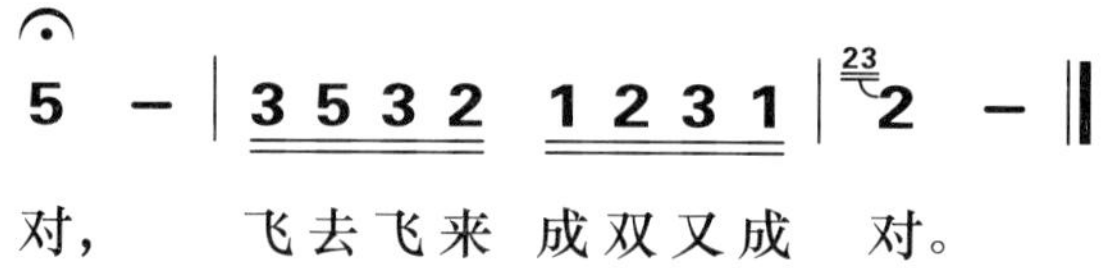

| 5 - | 3532 1231 | 2 - ||

对， 飞去飞来 成双又成 对。

（五台山）

上 小 楼

据中华历代诗词精品译析《诗词曲律说解》一书注译：《上小楼》系元散曲曲牌，属中吕宫调。定格为九句，每句字数为：四、四、四、四、四、三、三、四、六。第一句也可押平上韵，第二句及最后两句叶去声韵，第三句不用韵，第四句也可不用韵，第六句、第七句也可用韵。若接《么篇》，换头两句为三、三，其余相同。第三、四、五句，或两两相对，或作鼎足对。小令、套数兼用。《五台山佛教音乐曲谱三种》第三本"解放本"之中载有《上小楼》民歌曲谱。

上 小 楼

1 = F 2/4

庙堂音乐民间曲谱
文修苗 词 刘云 记

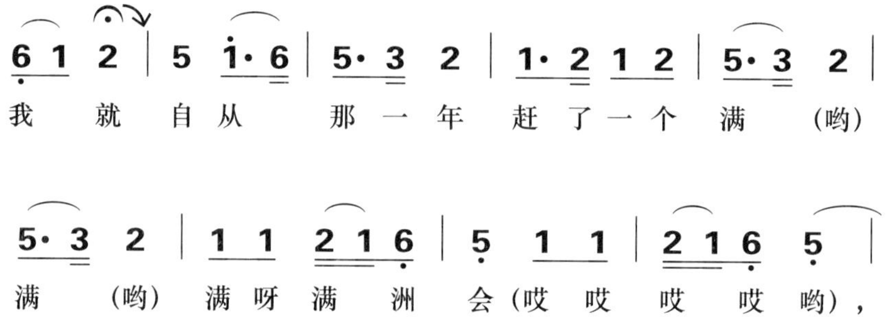

中速

6 1 2 | 5 1·6 | 5·3 2 | 1·2 1 2 | 5·3 2 |
我 就自从 那一 年 赶了一个 满（哟）

5·3 2 | 1 1 2 1 6 | 5 1 1 | 2 1 6 5 |
满（哟） 满呀满洲会（哎哎哎哎哟），

庙堂民歌（曲）

多亏那一日（呀）我在家中间住着（哎哎哎哎哟），闻听大爷爷们说，京城起了一个全会，它就多哟多哟多呀多热闹（哎咳哎哎哟）。有心前去瞧（呀），手中缺少钱和

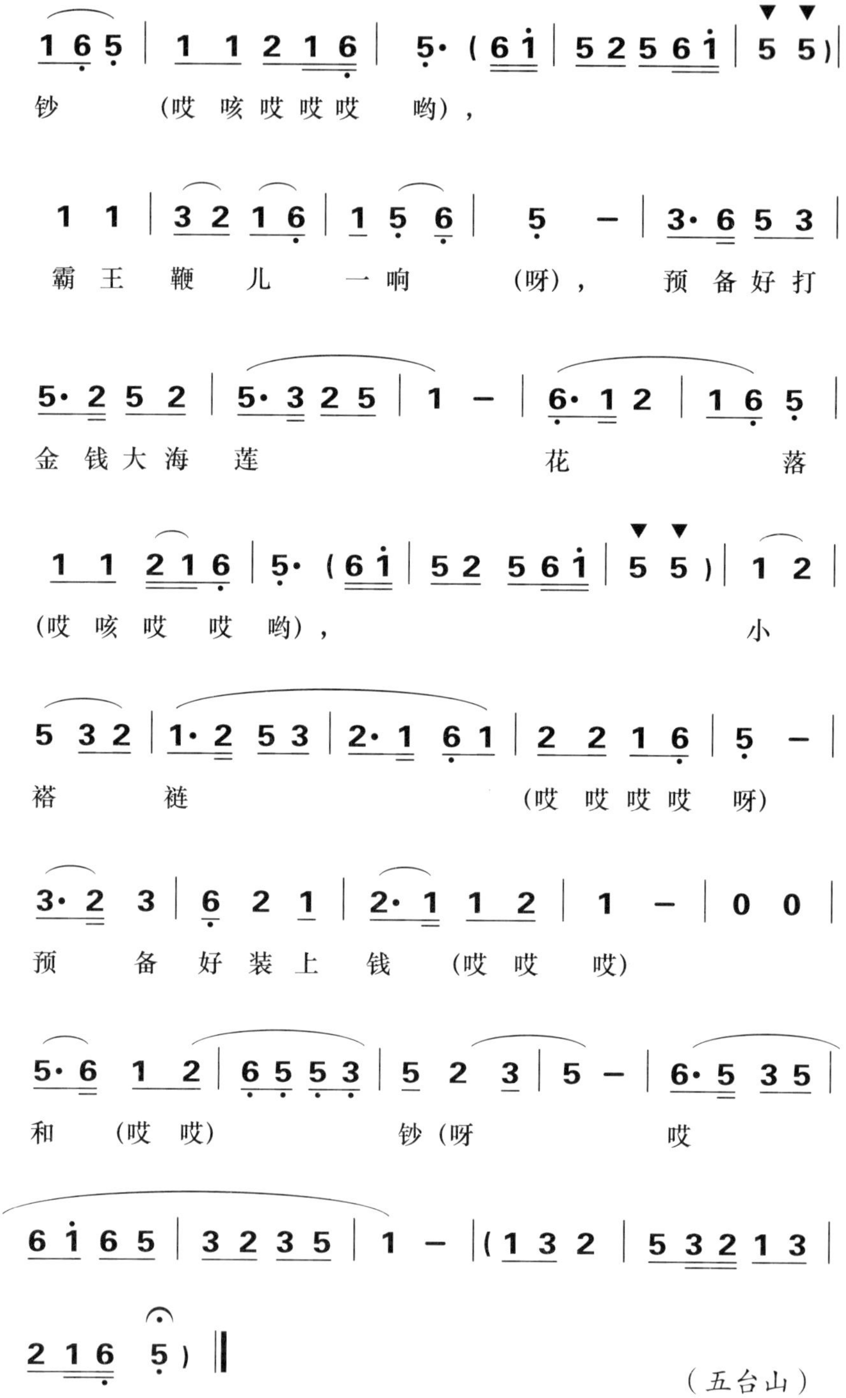

| 1 6̣ 5̣ | 1 1 2 1 6̣ | 5̣·(6̣ 1̣ | 5̣ 2̣ 5̣ 6̣ 1̣ | 5̣ 5̣) |

钞　（哎　咳　哎　哎　哎　　哟），

| 1 1 | 3 2 1 6̣ | 1 5̣ 6̣ | 5̣ - | 3·6 5 3 |

霸　王　鞭　儿　　一　响　　（呀），　预　备　好　打

| 5·2 5 2 | 5·3 2 5 | 1 - | 6̣·1 2 | 1 6̣ 5̣ |

金　钱　大　海　莲　　　　花　　　　　　落

| 1 1 2 1 6̣ | 5̣·(6̣ 1̣ | 5̣ 2̣ 5̣ 6̣ 1̣ | 5̣ 5̣) | 1 2 |

（哎　咳　哎　哎　哟），　　　　　　　　　　小

| 5 3 2 | 1·2 5 3 | 2·1 6̣ 1 | 2 2 1 6̣ | 5̣ - |

褡　　　裢　　　　　　　　　（哎　哎　哎　哎　呀）

| 3·2 3 | 6̣ 2 1 | 2·1 1 2 | 1 - | 0 0 |

预　备　好　装　上　钱　（哎　哎　哎）

| 5·6 1 2 | 6 5 5 3 | 5 2 3 5 | - | 6·5 3 5 |

和　（哎　哎）　　钞（呀　　　　　　　哎

| 6 1 6 5 | 3 2 3 5 | 1 - |（1 3 2 | 5 3 2 1 3 |

| 2 1 6̣ 5̣）‖

（五台山）

民歌五台山

苦 伶 仃

　　《苦伶仃》民歌，见载于《五台山佛教音乐曲谱三种》第一本"宣统本"之中。原名《苦令定》，实为《苦伶仃》，因在僧、俗不同领域口头相传抄录、吸纳有误。在五台山地区许多地方流行传唱《苦伶仃》小调，仅在原平市就有两种调式的《苦伶仃》，而且吹奏伴唱乐器用唢呐低吟，如泣如咽、痛苦悲怆。《苦伶仃》民歌还见传于抗战歌曲《妇女自由歌》之中。此歌运用了四首山西民歌填词连缀而成，其中第一首就是《苦伶仃》，由著名诗人阮章竞填词，著名歌唱家郭兰英演唱。由于作者选歌得当，精心安排，使词曲情绪的变化紧密相连，结合成一首具有生动音乐形象的新民歌。这首歌在晋察冀抗日根据地广泛流传，家喻户晓，特别是在广大妇女中产生了巨大影响，激发出了如火如潮的抗日热情和斗志。

苦 伶 仃
（一）

$1 = G$ $\frac{2}{4}$

庙堂音乐民间曲谱
韩兵秀 词　李民贵 唱

中速

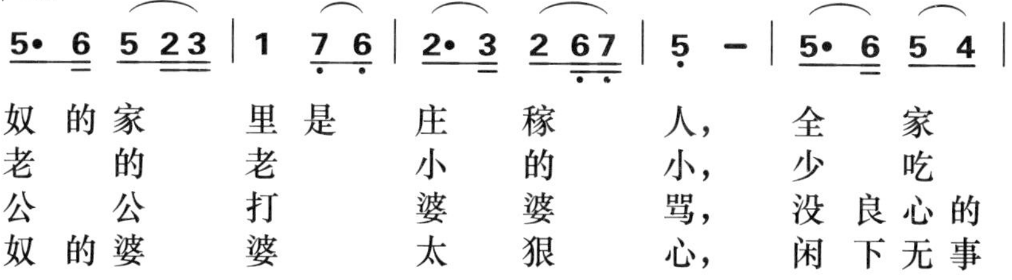

| 5·6 | 5 2 3 | 1 7 6 | 2·3 | 2 6 7 | 5 — | 5·6 | 5 4 |

奴　的　家　　里　是　　庄　稼　　人，　　　　全　　家
老　的　　老　　小　的　　小，　　少　吃　　没良心的
公　的　公　打　老的　打　婆　太　狠　　心，　　闲下无事
奴　的　奴　　婆　的　婆

```
3 2̂3 2 5̣ | 2·3 2 6̂7̣ | 5̇ - | 7̇ 3 2 | 5̇·6̇ 5 4 |
```
大　小　五　口　人，　奴男人出了门
没　穿　活不了，　二十亩土　地
小姑子磕打①咱，　奴有心寻死上吊
不叫奴家出大门，　奴好比百灵鸟鸟

```
3 2̂3 2 5̣ | 7̣ 3 2 1 | 7̣ 6̣ | 5̣ 6̣1 | 5̇ - ‖
```
不　知　去　干　甚？　八年无音　讯。
无　人　耕　种，　全家受可　怜。
死　了　吧！　撂不下小娃　娃。
入　了　笼　笼，　动也不能　动。

注：①磕打——方言，对待不好之意。

（五台山）

苦　伶　仃
（二）

庙堂音乐民间曲谱
窑工罗四生前唱　朱生和 记录

1 = G　4/4

```
3·6 5 3 2·3 | 5·6 5 2 1 7̣6̣ |
```
旧　社　会　好　比　是

```
3·6 5 5 7̣2̣ 1 7̣6̣ | 2·3 2 6̣ 5 - |
```
黑卜洞洞①的煤　窑井万　丈深，

```
7̣ 2̣ 3 2 3·6̣ 5 3 | 5 2 3 2 5̣ 7̣·3 2 1 |
```
井底下压着咱们窑　黑　子

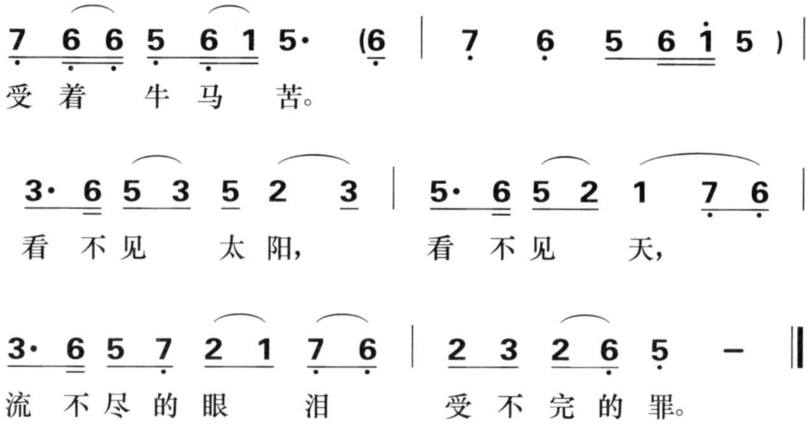

```
7̣ 6̣ 6̣ 5̣ 6̣ 1 5·  (6̣ | 7̣ 6̣ 5̣ 6̣ 1 5̣)‖
受 着  牛 马  苦。

3·6̣ 5̣ 3 5̣ 2 3 | 5·6̣ 5̣ 2 1 7̣ 6̣ |
看 不见  太 阳,  看 不见  天,

3·6̣ 5̣ 7̣ 2 1 7̣ 6̣ | 2 3 2 6̣ 5̣ — ‖
流 不尽 的 眼  泪   受 不完 的 罪。
```

注：①黑卜洞洞——方言，形容黑暗无光。

（五台山）

思 故 乡

上海音乐出版社出版的《五台山佛教音乐》下卷，《五台山佛教音乐曲谱三种》中，第二本"民国本"中载有《思故乡》乐曲。并指出"宣统本"、"民国本""两本"中现已不常用的部分曲谱中列出《思故乡》曲名，且译录其曲谱。据查《中华词律辞典》和《元曲鉴赏辞典》等典籍，词牌和曲牌中均无《思故乡》的牌名。但在《中华词律辞典》中载有《思帝乡》曲牌。在收集五台山地区民歌过程中，陈家乡农村老艺人中，过去有人在逃荒走口外过程中，带回家乡《思故乡》曲调，曾在闹元宵、扭秧歌活动中演唱流传。据查，《思故乡》与《思帝乡》词格基本一致。另在抗战时期，五台山革命根据地进驻军政干部曾在农村教地方民众和学生唱过《思乡曲》，但与《思故乡》词谱均异。

思 故 乡

庙堂音乐民间曲谱
郎根槐 唱 朱生和 记

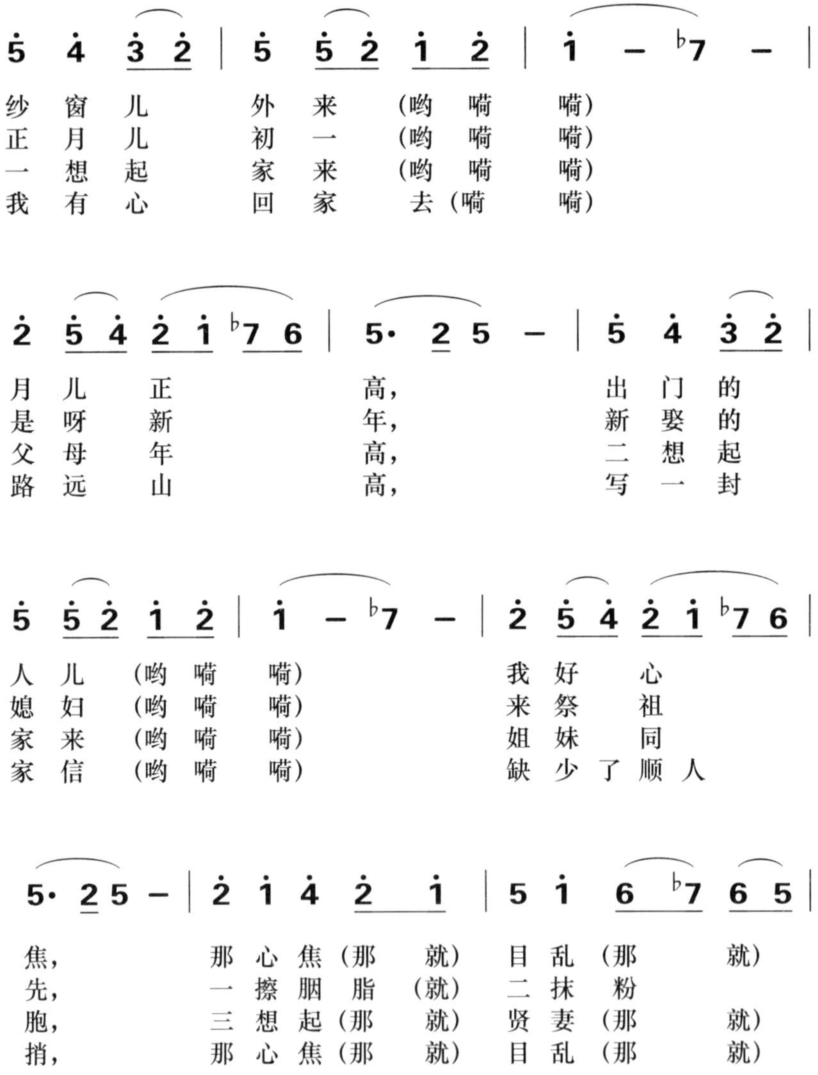

$1= {}^\flat B$ $\frac{3}{4}$ $\frac{4}{4}$

中速

民歌 五台山

| 5 4 3 2 | 5 5 5 2 1 2 | 1 — ♭7 — |

纱 窗 儿　外 来（哟 嗨 嗨）
正 月 儿　初 一（哟 嗨 嗨）
一 想 起　家 来（哟 嗨 嗨）
我 有 心　回 家 去（嗨 嗨）

| 2 5 4 2 1 ♭7 6 | 5· 2 5 — | 5 4 3 2 |

月 儿 正　　　高，　出 门 的
是 呀 新　　　年，　新 娶 的
父 母 年　　　高，　二 想 起
路 远 山　　　高，　写 一 封

| 5 5 2 1 2 | 1 — ♭7 — | 2 5 4 2 1 ♭7 6 |

人 儿（哟 嗨 嗨）　　我 好 心
媳 妇（哟 嗨 嗨）　　来 祭 祖
家 来（哟 嗨 嗨）　　姐 妹 同
家 信（哟 嗨 嗨）　　缺 少 了 顺 人

| 5· 2 5 — | 2 1 4 2 1 | 5 1 6 ♭7 6 5 |

焦，　那 心 焦（那 就）目 乱（那 就）
先，　一 擦 胭 脂（就）二 抹 粉
胞，　三 想 起（那 就）贤 妻（那 就）
捎，　那 心 焦（那 就）目 乱（那 就）

```
4 6 5 2 5 | 6 1 5·1 4 2 2 | 1· 2 1 - ‖
```

(呀 依儿 呀)　　谁 知 道　(呀 依儿 呀)。
(呀 依儿 呀)　　站 向 前　(呀 依儿 呀)。
(呀 依儿 呀)　　孩 儿 小　(呀 依儿 呀)。
(呀 依儿 呀)　　金 鸡 叫　(呀 依儿 呀)。

（五台山）

四 大 景

　　《四大景》属于古典类民间曲调。《五台山佛教音乐曲谱三种》第二本"民国本"仅载有《四小景》。但一般情况下此首乐曲联袂流传的还有《四大景》。《四大景》在五台山一些地方长久以来珍藏和应用。于1992年北岳文艺出版社出版的《永不消逝的歌》一书，刊载于第九部分"古典"之中。此书由周巍峙作《歌声来自心声》的序言。周巍峙是著名作曲家，1936年编辑出版救亡歌曲集，1937年从事左翼文艺活动，1944年后任华北联大文工团团长。新中国成立后任人民音乐出版社社长、中国音协副主席、中国文联主席等职。又据1985年中国文联出版社出版的《中国古代歌曲七十首》，此书由王迪、张淑珍、修良著，书中载有《四大景》民间乐曲，系"抄本"，并由王迪译谱。

四 大 景

1 = C　2/4

庙堂音乐民间曲谱
王迪　淑珍　修良　词谱

```
5 6 1 6 | 5·6 5 | 5 2 3532 | 1·2 1 | 1·2 3 53 |
```

春　色　娇　　丽　　融　和，　　艳　阳

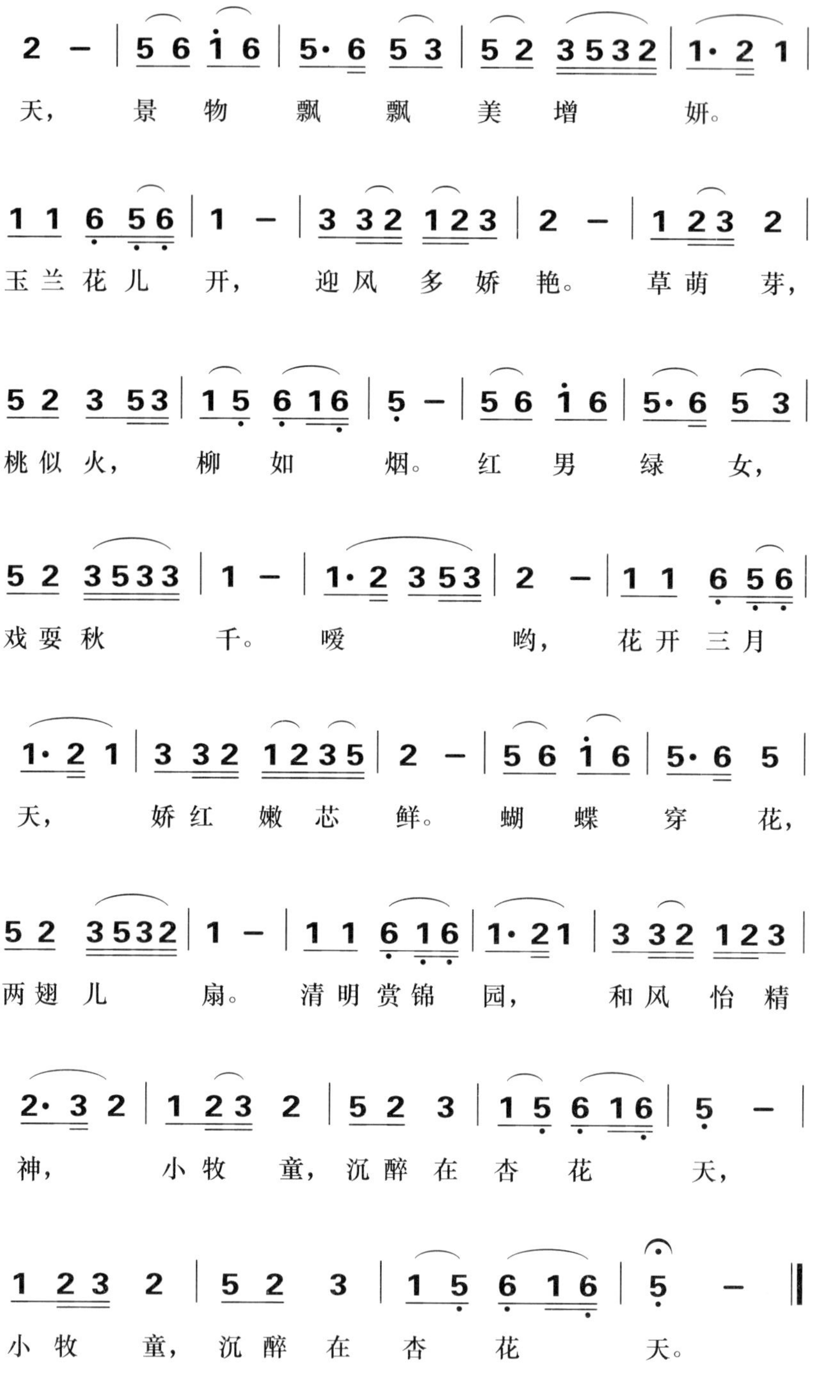

民歌五台山

$2 - | 5\ 6\ \dot{1}\ 6 | \underline{5\cdot 6}\ 5\ 3 | 5\ 2\ \underline{3\ 5\ 3\ 2} | \underline{1\cdot 2}\ 1 |$
天，　景　物　飘　飘　美　增　妍。

$\underline{1\ 1}\ \underline{6\ 5\ 6} | 1 - | \underline{3\ 3\ 2}\ \underline{1\ 2\ 3} | 2 - | \underline{1\ 2\ 3}\ 2 |$
玉兰花儿　开，　迎风　多娇　艳。　草萌　芽，

$5\ 2\ \underline{3\ 5\ 3} | 1\ \underline{5\ 6\ 1\ 6} | 5 - | 5\ 6\ \dot{1}\ 6 | \underline{5\cdot 6}\ 5\ 3 |$
桃似火，　柳如　烟。　红男　绿女，

$5\ 2\ \underline{3\ 5\ 3\ 3} | 1 - | \underline{1\cdot 2}\ \underline{3\ 5\ 3} | 2 - | \underline{1\ 1}\ \underline{6\ 5\ 6} |$
戏耍秋　千。　嗳　哟，　花开三月

$\underline{1\cdot 2}\ 1 | \underline{3\ 3\ 2}\ \underline{1\ 2\ 3\ 5} | 2 - | 5\ 6\ \dot{1}\ 6 | \underline{5\cdot 6}\ 5 |$
天，　娇红嫩芯　鲜。　蝴蝶　穿花，

$5\ 2\ \underline{3\ 5\ 3\ 2} | 1 - | \underline{1\ 1}\ \underline{6\ 1\ 6} | \underline{1\cdot 2}\ 1 | \underline{3\ 3\ 2}\ \underline{1\ 2\ 3} |$
两翅儿　扇。　清明赏锦　园，　和风　怡精

$\underline{2\cdot 3}\ 2 | \underline{1\ 2\ 3}\ 2 | 5\ 2\ 3 | 1\ \underline{5\ 6\ 1\ 6} | 5 - |$
神，　小牧　童，沉醉　在杏　花　天，

$\underline{1\ 2\ 3}\ 2 | 5\ 2\ 3 | 1\ \underline{5\ 6\ 1\ 6} | 5 - \|$
小牧　童，沉醉　在杏　花　天。

（五台山）

打 连 成

　　《五台山佛教音乐曲谱三种》第三本"解放本"中，载有《打连成》民歌，各县、市、区民歌选集和资料多数留存此首民歌。大众文艺出版社出版的马政川编著《真想你呀哥哥》一书载述：《连成拜年》又叫《拜大年》或《打连成》。这里的《打连成》是《买连成》的意思。其历史典故是：在二人台《闹元宵》中，苏家闺女小凤非常思念情人连成，她借着给母亲买醋、酱出门来，四处观望，希望能看到连成。这时卖醋、酱的张老九便上前问小凤买酱油？还是打醋？小凤思念情急随口说：要"打连成"（即买连成）。民歌《打连成》之名源于此。

打 连 成
（一）

1 = ♭B 2/4

五台山庙堂曲谱
马政川 词曲整理

中速

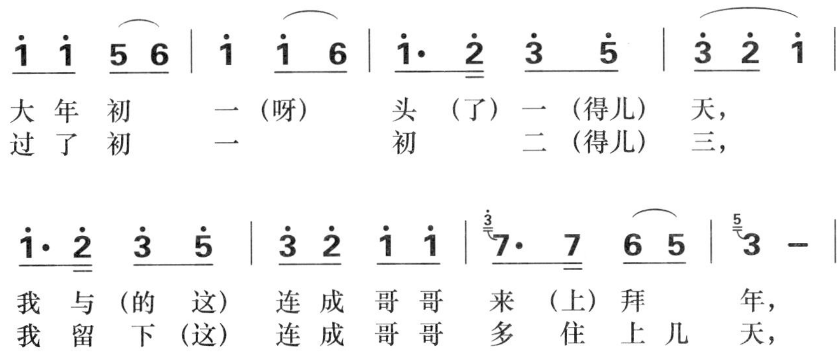

| 1 1 5 6 | 1 1 6 | 1· 2 3 5 | 3 2 1 |

大年初　　一（呀）　　头（了）一（得儿）天，
过了初　　一　　　　初　　二（得儿）三，

| 1· 2 3 5 | 3 2 1 1 | 7· 7 6 5 | 3 — |

我与（的这）连成哥哥来（上）拜　年，
我留下（这）连成哥哥多住上几　天，

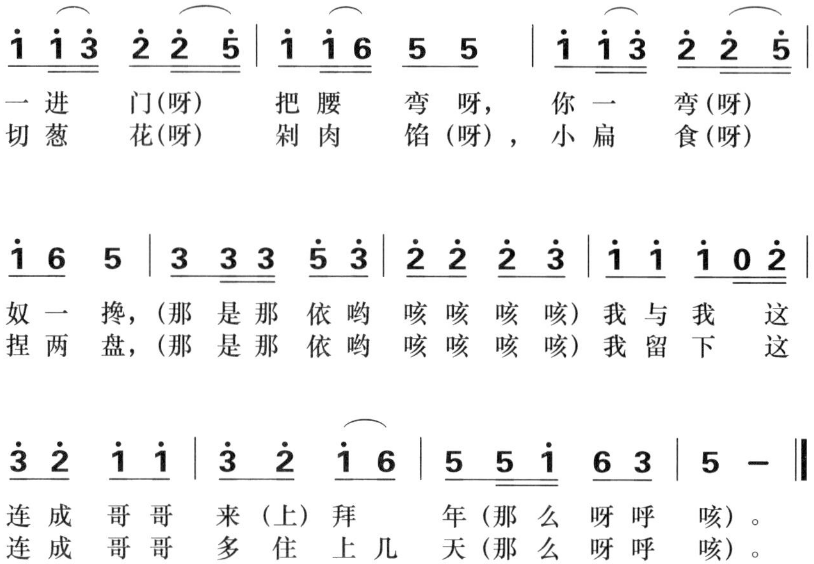

$\widehat{1\ 1}\ \widehat{3}\ \widehat{2\ 2}\ 5\ |\ \widehat{1\ 1}\ 6\ 5\ 5\ |\ \widehat{1\ 1}\ \widehat{3}\ \widehat{2\ 2}\ 5\ |$

一 进　门(呀)　把 腰　弯 呀，你 一　弯(呀)
切 葱　花(呀)　剁 肉　馅(呀)，小 扁　食(呀)

$\dot{1}\ 6\ 5\ |\ 3\ 3\ 3\ \dot{5}\ 3\ |\ \dot{2}\ 2\ 2\ \dot{2}\ 3\ |\ \dot{1}\ \dot{1}\ \dot{1}\ 0\ \dot{2}\ |$

奴 一　搀，(那 是 那　依 哟 咳 咳 咳 咳) 我 与 我　这
捏 两　盘，(那 是 那　依 哟 咳 咳 咳 咳) 我 留 下　这

$\dot{3}\ \dot{2}\ \dot{1}\ \dot{1}\ |\ \dot{3}\ \dot{2}\ \widehat{\dot{1}\ 6}\ |\ 5\ 5\ \dot{1}\ 6\ 3\ |\ 5\ -\ \|$

连 成 哥 哥　来(上)拜　年(那 么 呀 呼　咳)。
连 成 哥 哥　多 住 上 几　天(那 么 呀 呼　咳)。

(五台山)

民歌 五台山

民歌五台山

第 3 篇

山歌（卷席片）

《卷席片》也叫《烂席片》、《撼席片》、《揪席片》。是五台、原平、定襄、忻府以及阳高、张家口等地流行的一种对于山歌的称谓。它是在地头、场院、室内等随处皆可哼唱的抒情民歌，可长可短，既可一人哼唱，又可二人哼唱、众人联唱的一种山歌。

席片，也叫蓆片。即用芦苇竹篾等编成的铺垫用具。晋北广大农村一般是将苇蓆铺在土炕上遮挡灰尘和承载铺盖等用品，亦叫炕席。历史上陶潜《移居诗》："弊庐何必广，取足蔽床席。""蓆"是席的异体字，《烂席片》是炕席铺用年多后，席篾松散烂碎，一片、一块地撼弃，人们形象地叫撼席片。此词延伸至民间歌曲乃是随意即兴哼唱。于是卷席片就变成了山歌的一种地方性名词。

《卷席片》一般均为上下两句式结构，四小节为一乐句，八小节构成一首乐曲，既有下句重复上句，结尾稍加变化的平行结构，但更多的则是对比式的结构。它的结构较为规整，有的则变化较大。它的音调平和、婉转，风格直率，即兴性很强。常用比喻或影射手法，表现内容比较含蓄，易于感人。山歌的歌词以七字居多。偶然也出现其他句式。另一特点是歌词中使用"叠字"较多，而且是每段一韵。

五台山地区定襄县的文化工作者和民间艺人，搜集整理和演唱《卷席片》成效显著。仅在《中国民间歌曲集成·山西卷》之中，就选载定襄《卷席片》20余首，难能可贵。

毛 毛 匠

　　"毛毛匠"是一个光荣而尊严的农村职业名称。何为"毛毛匠"？是指历史上从事羊毛、羊绒加工制作生活用品的艺术匠人。追溯历史缘由，因为五台山地区广大山区和丘陵地带，畜牧业发达，盛产羊毛、羊绒、羊皮以及驼绒等家畜产品。为适应城乡广大民众生活用品需求，于是有些农民就在农闲季节或全年时间从事毛绒产品加工制作。随着时间推移，毛制品业务扩大，人们就将从事羊毛加工制作的工匠群体和从业个人称之为"毛毛匠"。至于"毛毛"二字，是晋北广大地区人们的语言"叠"字习惯，叫起来含有亲切感。

　　羊毛产品的加工制作并非易事。工序较多，诸如洗净、晾晒、弹毛、铺样、擀压、加花、整形等。毛绒制品从人的头部到脚底所用，应有尽有。诸如毛帽、毡帽、毛围巾、毛衣、毛袄、背心、毛裤、毛袜、毛鞋、毛鞋垫等，还有的制作成毛被、褥、毛毡等，更常见的有毛布袋、毛料兜、毛钱袄……

　　《毛毛匠》这首民歌，是槐荫村农民老艺人赵文生依据历史真实题材创作加工演唱的一首民间歌曲。歌词反映了毛毛匠长年累月"走口外"谋生，而从内蒙古风尘仆仆回到故乡，站在高处激情高歌的情形。歌谱旋律高亢、洪亮、悠扬、抒情，乃是一首出自五台县民间老艺人之手的优秀民歌作品，难能可贵，故列在《卷席片》之首。

毛 毛 匠

1 = A 2/4

自由地

赵文生 演唱
奋臻 玉堂 书平 整理

（谱略）

歌词：
哎　　　哎　哎　哎嗨嗨哎　哎嗨嗨嗨
大青山　哎　那个高来　乌拉河低，
走西口　哎哎千里那个归毛匠　要大回家，
水流　外的哎　那个毛毛匠回来　走口海，
　　　　　　　　　　　哎！了。

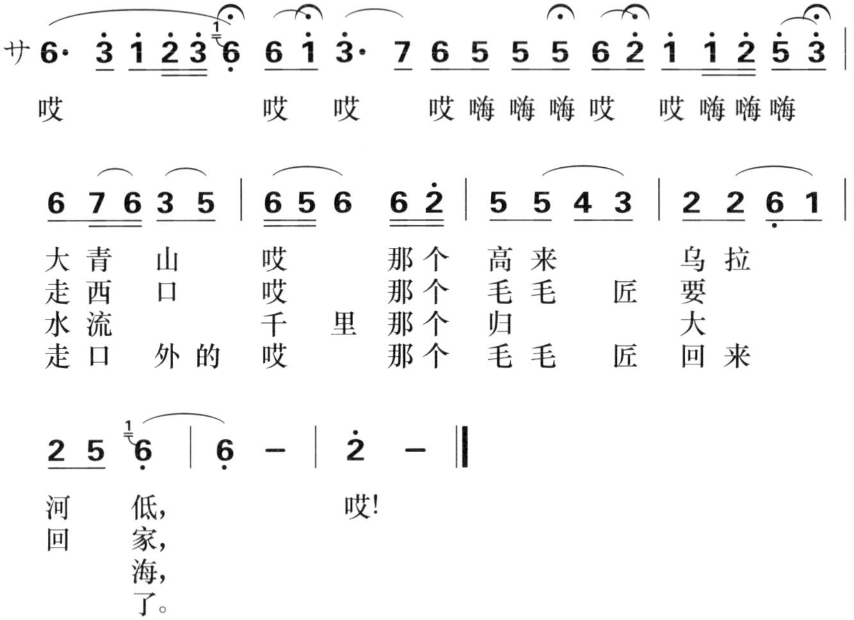

（五台县）

摘 花 椒

民歌是指人民群众在劳动生活实践中产生和发展起来的歌曲艺术。五台境内有台山采蘑菇、灵境割莜麦、峪里摘花椒、东冶撇白菜、避事垴编山货等等，均已由劳动群众编入民歌进行演唱。

花椒是五台山特产。主产区在"下五台",集中在滹沱河与清水河交汇地域,种植广、产量高、收益大。千百年来,五台县经常有内蒙古等地的骆驼队成群结队、常年不断地来收运花椒,运销西北各地乃至国外。

　　摘花椒这项农村活计,反映在民歌演唱文艺之中,这与其特殊的劳动内容与形式有关。花椒颗粒小而密,花椒树冠大且高,枝干还长满尖圪针,扎着后麻辣酸痛。花椒成熟后必须尽快摘完,生怕雷雨雹打风掠。农家往往男女老少一齐出动,赶时争速,抢收快摘。摘花椒是年轻男女最爱的活计,他们在劳动中是最愉快、最荫蔽、最友谊的享受者。民歌《摘花椒》是青年男女传情达爱之歌,是爱情和果实双丰收的美好赞歌。

　　五台山民歌《摘花椒》,历史悠久,传唱广泛。由山西人民出版社出版的《五台县志》和《五台山志》均登载有民歌《摘花椒》。省、市、县等文化部门选编的民歌专辑中均载有《摘花椒》。这首民歌有三大特色:一是从风景美化入手唱出了花椒树叶绿果红的美,是美化农村的优良树种。二是从农村致富角度,赞扬花椒树生长快、产量大、效益高。花椒的优良品种大红袍、黄金椒,富裕了祖祖辈辈、家家户户,这是切近"三农"的举措,开创了民歌编唱的新风。三是花椒树是青年男女的月老,摘花椒之时是传情达爱的良辰。请看新版《五台县志》彩页《花椒丰收》就是对《摘花椒》的最美诠释。

摘 花 椒

（一）

改凤 根槐 演唱
朱生和 整词记谱

1 = C 4/4

$\dot{1}$ $\dot{1}$ 3 5· 6 | $\dot{1}$ 2 5 2 $\dot{1}$ — |
院 里 门 前 家家栽花 椒，
八 月 里 来 凉风嗖嗖地 吹，

$\dot{1}$ 6 3 3 2 6 $\dot{1}$ | 6 5 2 3 5 — |
山坡沟里全 是 摇 钱 树。
姑娘们提上篮 篮 摘 花 椒。

$\dot{2}$ $\dot{1}$ $\dot{1}$ $\dot{2}$ 3 $\dot{2}$ $\dot{1}$ | $\dot{1}$ $\dot{2}$ $\dot{1}$ 5 5 6 |
青 枝（那个）绿 叶 好 风 景（呀么），
圪 针 针 扎 破 了 嫩 手 手（啊呀），

$\dot{1}$ 5 $\dot{1}$ 6 5 5 2 | 3 5 3 2 1 — |
大 红 袍 满 盖 了， 家 家 户 户
叫 一 声 哥 哥 呀， 心 痛 不 痛

3 5 2 3 5· 6 | $\dot{1}$ 5 $\dot{1}$ 6 5 3 2 |
（哎 来 哎 咳 哟）， 黄 金 椒 富 裕 了
（哎 来 哎 咳 哟）， 快 来 亲 亲 妹 妹 的

1. 3 5 3 2 1 — ‖ **2.** 3 5 6 2 $\dot{1}$ — ‖
祖 祖 辈 辈。　　　 痛 煞 妹 妹 了！
绵 手 手。

（五台县）

民歌五台山

摘 花 椒

（二）

胡贵隆 唱
奋臻 玉堂 书平记

1 = D 2/4

山歌（卷席片）

1. 姐儿门前，一拨哎嗨，哎嗨哎嗨椒，椒树那底下是搭戏台，呀么打扮唱起来，嗨嗨哎呀么哼嗨哟呀么，打扮唱起来嗨嗨。

姐妹：

2. 前晌唱的梁山伯，后晌又唱祝英台，打扮唱起来。

3. 姐儿门前一拨椒，青枝绿叶长得高，红的是花椒，绿的是枝梢。

4.弟妹二人去摘椒,手扳住椒枝摇几摇,小圪针针扎上了。

5.紧紧捏住欢欢走,快寻个妙人把刺挑,痛死个奴家了。

6.三步并作两步走,瞬时间来到我大娘的门,大娘你开门来。

7.手打门环高声叫,叫一声大娘你开门来,痛死个奴家了。

大娘:

1.大娘正在上房坐,忽听见大门外有人声,谁来凑些甚。

2.双手开开门两扇,远来的小妮你在面前,你来凑些甚。

姐妹:

弟妹二人去摘椒,手扳住椒枝摇几摇,小圪针针扎上了。

大娘:

1.左手捏住小妮手,右手里又拿个针来挑,血圪丝丝上来了。

2.大娘与你挑不了,快寻个妙人把刺挑,赶紧呀痛死了。

姐妹:

1.大娘本是黑水心,恨不得挖掉奴家的心,抗进肉里半圪节节针。

2.紧紧捏住欢欢走,快寻个妙人把刺挑,痛死个奴家了。

3.三步并作两步走,瞬时间来到我大嫂的门,大嫂你开门来。

4.手打门环高声叫,叫一声大嫂你开门来,痛死个奴家了。

大嫂:

1.大娘正在上房坐,忽听见大门外有人声,谁来你作些甚。

2.双手开开门两扇,远的小妹你在面前,你来你作些甚。

姐妹:

　　弟妹二人去摘椒,手扳住椒枝摇儿摇,小圪针针儿扎上了。

大嫂:

　　左手捏住小妹手,右手里又拿个捏的抽,抽出个刺来了。

姐妹:

　　谢过大嫂巧妙手,谢过大嫂紧要走,天气呀不早了。

(五台县)

摘 花 椒
（三）

1=G 2/4

梁银怀 唱
江玉亭 记

中速

| 2·6 5·6 | 2·6 5 | 2 23 | 2165 |

姐　儿　门　前　一呀（么）一拨
前　响　唱　的　祝呀（么）祝英
姐　儿　门　前　一呀（么）一拨①

| 1·6 1 | 2 23 | 5 53 | 2235 | 2 1 |

槐，　　槐树　底下　搭了　戏　台，
台，　　后响　唱的（个）打牙　牌，
椒，　　青枝　绿叶　红花　椒，

| 2·1 6 5 | 2·1 6 5 | 6 5 #4 5 | 5 — ‖

搭巴②起来　搭巴起来　唱起来。
一个价价　一个价价　唱起来。
两（拉）眼（那）两（拉）眼（那）往上瞟。

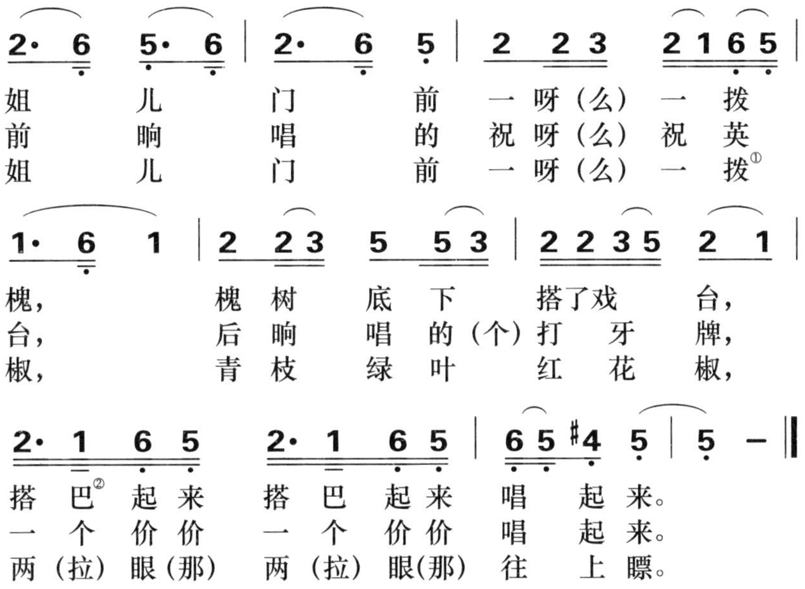

注：①拨——五台山地区方言，拨是株之义。一株树。
　　②搭巴——方言，搭巴是搭架起来之义。

（平山县）

山歌（卷席片）

摘 花 椒
（四）

1=♭A 2/4

白学良 姚还娥 唱
奋臻 玉堂 书平 记

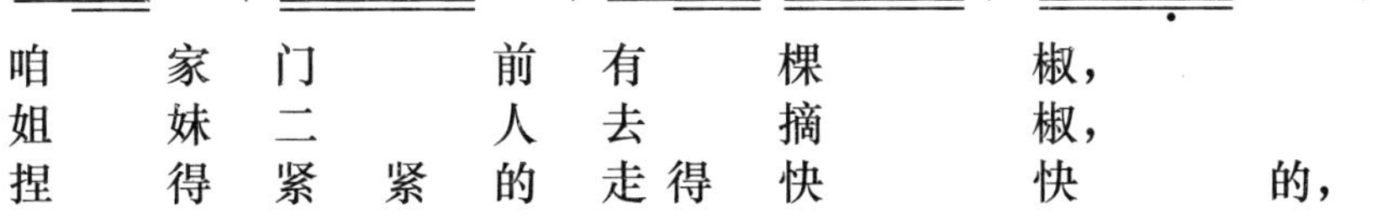

中速、欢快地

| 5235 | 56532 | 5235 653 | 2361 2 |

咱　家　门　前　有棵　椒，
姐　妹　二　人　去摘　椒，
捏得紧紧的　走得快　快　的，

—169—

| **1 1 6 5 3** | **2 3 2 2 1** | **5 1 2 1 7 6** | **5 —** |

清 枝 绿 叶 长 得 高 呀 么 红 的 是 花 椒，
手 扳 枝 枝 儿 摇 一 摇 呀 么 圪 针 扎 住 了，
见 了 大 娘 把 刺 桃 呀 么 痛 死 奴 家 了。

| **1 3 2 2 1** | **5 1 7 1 7 6** | **5 —** |

嗯 哎 哟 呀 么 红 的 是 花 椒。
嗯 哎 哟 呀 么 圪 针 扎 住 了。
嗯 哎 哟 呀 么 痛 死 奴 家 了。

（五台县）

剪 花 椒

1 = D 2/4

赵战楼 唱
邢和贵 赵美琴 记

民歌 五台山

| **1 1 3 5** | **1 2 3 2 1** | **1 3 2 3 5** | **3 2 1 1 3 3 2** |

奴 家 的 门 前 一 株 椒， 青 枝 绿 叶
轻 轻 地 上 树 用 剪 子 铰， 手 把 枝 枝
紧 紧 地 捏 住 往 回 跑， 寻 个 大 娘

| **1 2 6 5** | **1 1 5 1 6 5 3 2** | **5 3 2 3 1** |

长 得 好， 红 圪 串 串 树 上 吊，
摇 几 摇， 圪 针 尖 尖 扎 住 了，
把 刺 挑， 疼 死 奴 家 了，

| **5 3 2 3 5** | **1 1 5 1 6 5 3 2** | **1 —** |

哎 末 嗯 哎 哟 把 人 爱 煞 了。
哎 末 嗯 哎 哟 血 流 染 红 了 手。
哎 末 嗯 哎 哟 只 因 把 他 瞭。

（原平市）

打 酸 枣

中国音乐家协会山西分会、山西省文化局音乐工作室于1979年12月编印的《山西民间歌曲集》第三集中，曾刊载五台民歌《打酸枣》。由王玉和、赵万生演唱，子贞、晓敏记谱。又据2006年由著名音乐家李凌、朱亚荣主编，北岳文艺出版社出版发行的《中国民歌精选》和1999年由著名音乐家陈川先生主编，四川人民出版社出版发行的《中国百唱不厌民歌精选》两书中，均登载五台民歌《打酸枣》。还有其他民歌专集书籍中亦载有五台流传久远的这首民歌。

酸枣，盛产于五台山地区的许多地方。尤其在清水河与滹沱河交汇的"下五台"的河谷、地畔、野坡、荒丘，它顽强茂盛地生长。年复一年，酸枣以甜酸美味可口的果质与劳动人民结下不解之缘。《本草纲目》中又载，酸枣仁还是调节和治疗大脑中枢神经的良药。每到入秋凉爽季节，农村青年男女结伴，"提上篮篮，挠上竿竿"，唱着《打酸枣》民歌，吟风弄月，谈情说爱，收获青春的乐趣。

《打酸枣》民歌在五台县境内有几种不同调式。按照民歌的体裁分类，《打酸枣》属于山歌类。山歌由劳动群众经常在荒山野坡和田间地头以及村舍院落劳动场合演唱。

主要特征是结构规整，节奏平稳，旋律性强，富于抒情性和歌唱性，便于流行，是民间音乐中传播最广的艺术体裁。

咏唱山歌，农村青年男女是最大群体。人们常说山歌是"喊"的，男女都唱，而常常又是男性高唱；小调则是"哼"的，男女都唱，而常常又是妇女"吟"的。所以，山歌不仅在农村田间演唱，而且在城市、商店、酒楼广泛发展流行开来。五台民歌《打酸枣》节奏明快，韵味浓厚。歌中三姐妹高唱《打酸枣》的情形，充分体现了山歌的主要特征。欣赏这首三姐妹打酸枣，勾起了清水河东岸避事垴村东小沟里的"绝代三美女"佳话。小沟里是山区窝铺人家，门对山间高大的一个"石人"。风水先生说"照山好，出美女"。果然于民国初年段家长成了真实的"美女三姐妹"，名叫大秀、二秀、三秀。其中二秀美得出奇。方圆百里的人们见了都说"一个比一个漂亮"。三姐妹不仅生得漂亮，而且都是民歌手。因为段家是富户，美女们的民歌是由雇用长工们和放羊倌教会的。一次，三姐妹到五台城赶"五月十七"赛戏大会。她们刚走进戏场院，人们就"不看唱戏看美女"，索性把戏场院"砸"了。最后还是由知底细的人，请三美女站在高处唱了几首民歌，才使群众安静下来，她们所唱的民歌首曲就是三姐妹《打酸枣》，这个真实的娱乐故事，让人们信服五台县境是一个人杰地灵的圣地。

打 酸 枣
（一）

$1 = C$ $\frac{2}{4}$

悠扬，抒情地

避事垴"三美"唱传
朱生和 整词记谱

山歌（卷席片）

| 1 1 6 | 5 6 5 3 | 6 1 6 | 5 3 |

这（圪嘞） 山　　上　　望（嘞）　　见
哥（嘞）　　哥（那）　　摘（呀）　　上
哥（嘞那）有（呀）情（来）　　那
秋（嘞那）风（呀）吹（呀么）来

| 1 1 6 | 5 6 5 3 | 5· 1 | 4 5 6 | 1 6 5 |

那（圪勒）山　　上　　高（噢儿），（呀么得 依儿
长（呀么）长竿　　竿（噢儿），（呀么得 依儿
妹（嘞那）有（呀）意（噢儿），（呀么得 依儿
枣（呀么）枣（儿）香（噢儿），（呀么得 依儿

| 5· 6 5 | 3 2 0 | 5 5 6 | 2 4 3 | 5 1 | 6 2 |

哟　噢儿　哟　哟）　那（圪嘞）山坡坡　长得（得儿）
哟　噢儿　哟　哟）　小（嘞那）妹妹（儿）手提（得儿）
哟　噢儿　哟　哟）　咱　二人　打酸枣　来到（得儿）
哟　噢儿　哟　哟）　哥（嘞那）哥哥和　妹妹（得儿）

| 5 1 0 | 4 5 6 | 5 3 | 2· 3 2 | 4 5 6 | 5 4 3 |

长得　好（呀么）好（嘞）酸枣（呀么得 依儿
手提　花（呀么）花（嘞）篮篮（呀么得 依儿
来到　大（呀么）大（嘞）山里（呀么得 依儿
妹妹　配（呀么）配（嘞）成双（呀么得 依儿

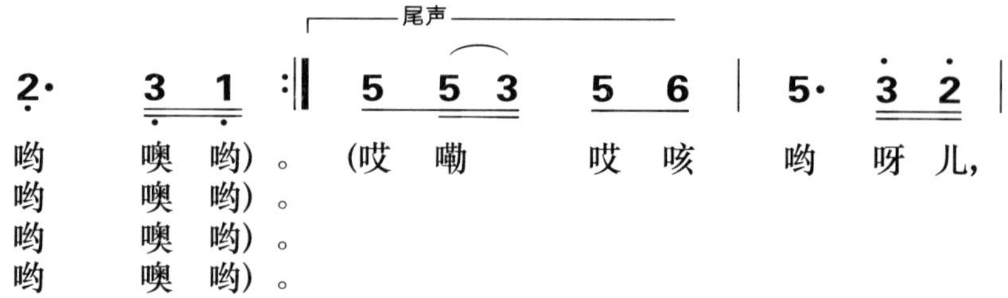

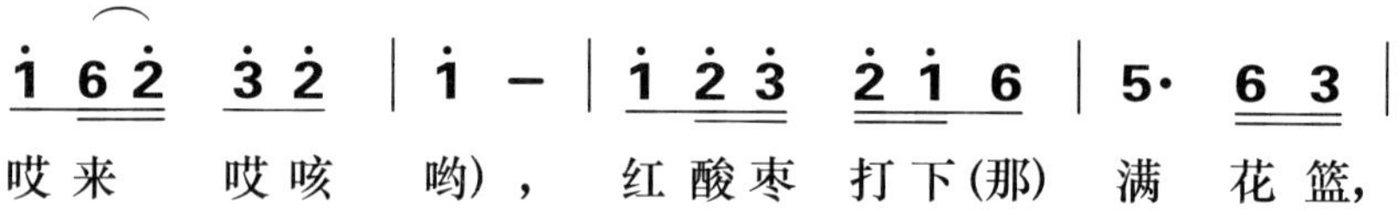

尾声

$\dot{2}\cdot$ $\underline{3\ 1}$ ‖: $\underline{5\ \underline{5\ 3}}$ $\underline{5\ 6}$ | $\underline{5\cdot\ \underline{3}}$ $\underline{2}$ |

哟　噢 哟）。（哎 嘞　哎咳 哟呀儿，
哟　噢 哟）。
哟　噢 哟）。

$\underline{\dot{1}\ 6\ \dot{2}}$ $\underline{\dot{3}\ \dot{2}}$ | $\dot{1}$ - | $\underline{\dot{1}\ \dot{2}\ \dot{3}}$ $\underline{\dot{2}\ 1\ 6}$ | $\underline{5\cdot\ \underline{6}}$ $\underline{3}$ |

哎 来　哎咳 哟），红酸枣 打下（那）满 花篮，

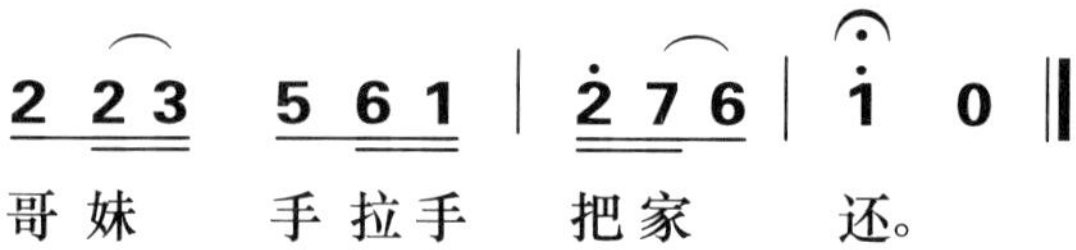

$\underline{2\ \underline{2\ 3}}$ $\underline{5\ 6\ 1}$ | $\underline{\dot{2}\ 7\ 6}$ | $\dot{1}$ 0 ‖

哥妹　手拉手 把家　还。

（五台县）

民歌 五台山

打　酸　枣
（二）

1 = A 2/4

赵文生唱
奋臻 玉堂 书平记

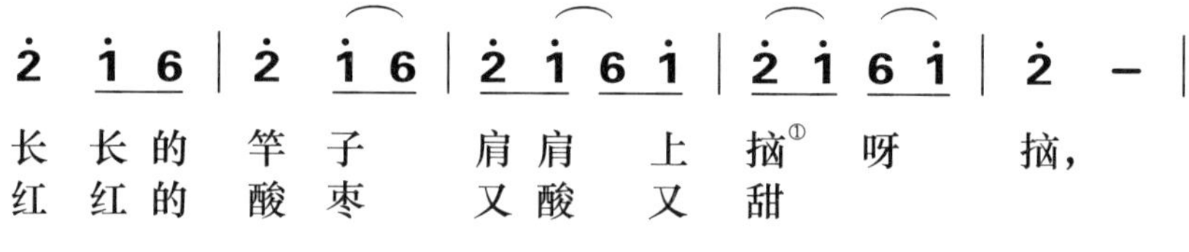

高亢 明朗地

$\dot{2}$ $\underline{1\ 6}$ | $\dot{2}$ $\underline{1\ 6}$ | $\underline{\dot{2}\ 1\ 6\ 1}$ | $\underline{\dot{2}\ 1\ 6\ 1}$ | $\dot{2}$ - |

长 长的 竿子　肩肩 上 摘①呀 摘，
红 红的 酸枣　又酸 又 甜

—174—

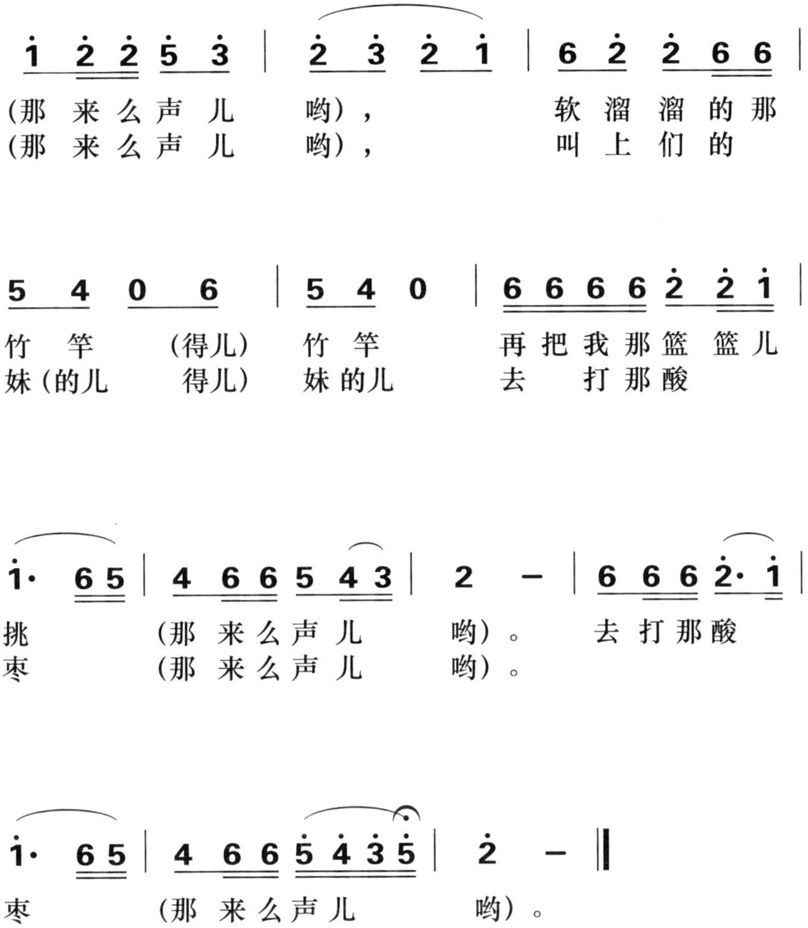

| 1 2 2̇ 5 3 | 2̇ 3̇ 2̇ 1 | 6 2̇ 2 6 6 |

（那来么声儿　哟），　　软溜溜的那
（那来么声儿　哟），　　叫上们的

| 5 4 0 6 | 5 4 0 | 6 6 6 6 2̇ 2̇ 1̇ |

竹　竿　（得儿）　竹　竿　　再把我那篮篮儿
妹（的儿　　得儿）　妹的儿　　去　打那酸

| 1̇· 6 5 | 4 6 6 5 4 3 | 2 — | 6 6 6 2̇· 1̇ |

挑　　　（那 来 么 声 儿　哟）。　去 打 那 酸
枣　　　（那 来 么 声 儿　哟）。

| 1̇· 6 5 | 4 6 6 5 4 3 5 | 2̇ — ‖

枣　　　（那 来 么 声 儿　哟）。

注：①摘——方言，"摘"即扛之义，音nǎo。

（五台县）

山歌（卷席片）

打 酸 枣
（三）

邢丑花 唱
子　贞 记

1 = C 2/4
中速

民歌五台山

| $\dot{2}$ 3 $\dot{2}$ 1 $\dot{6}$ | $\dot{2}$ 5 $\dot{2}$ 1 $\dot{6}$ | $\dot{2}$ 2 5 6 1 | $\dot{2}$ — |

八　　大　姐　月里　来　拿　竹呀么　竹竿　竿，
大　　这　山　上看　见　那个　山上　高，
姐　　山　上打　得　满呀么　满山　跑，
来　　枣　捡　了　满呀么　满篮　篮，

| $\dot{1}$ $\dot{1}$ $\dot{2}$ 5 5 3 | $\dot{2}$· $\dot{1}$ | 6 6 $\dot{2}$ $\dot{1}$ $\dot{1}$ 6 |

（啊 么得儿 依儿　 哟）　咱姐　妹（那个）
（啊 么得儿 依儿　 哟）　二姐　姐（那个）
（啊 么得儿 依儿　 哟）　那山　上（的那）
（啊 么得儿 依儿　 哟）　咱姐　妹（那个）
（啊 么得儿 依儿　 哟）　咱姐　妹（那个）

| 5 6 4 $\dot{1}$ 6 | 5 6 4· | 6 6 6 $\dot{2}$ $\dot{1}$ | $\dot{6}$· 5 |

三　人（得儿）三　人，去打了酸　　枣，
又　提（得儿）又　提，竹呀么竹篮　　篮，
酸　枣（得儿）酸　枣，长呀么长得　　好，
三　人（得儿）三　人，捡呀么捡酸　　枣，
三　人（得儿）三　人，回呀么回家　　转，

| 4 5 6 6 5 4 3 | 2 — ‖

（啊 么得儿 依儿　 哟）。
（啊 么得儿 依儿　 哟）。
（啊 么得儿 依儿　 哟）。
（啊 么得儿 依儿　 哟）。
（啊 么得儿 依儿　 哟）。

（忻州市）

打 酸 枣
（四）

1=F 2/4　　代县民歌　张国义 记

欢乐地

| 5 5 2 3 | 5 5 2 3 | 5 5 2 3 | 5 — |
| 长 长 | 竿 竿 | 去 打 酸 | 枣， |

| 3·5 1 6 | 5 — | 2 5 3 2 ‖: 1 1 6 5 :‖
| 哼哎哎咳哟， | 姑嫂二人 | 哼哎哎哟 |

| 1 2 5 3 | 2·3 | 1 2 1 6 | 5 — ‖
| 去 打 酸 | 枣 | 哼哎哎咳 | 哟。|

（代县）

打 酸 枣
（五）

1=F 2/4　　刘应堂 唱　邢和贵 记

5 5 3 2 3	5 5 2 3	4 4 5 1 6
八 月 里（那个）	中 秋（了就）	秋（呀么）风 风
长 长 的（那个）	竹 竿（了就）	肩（呀么）肩 上
紧 走 了（那个）	慢 走（了就）	日（呀么）日 头
竹 竿 竿（那个）	太 短（了就）	石 头 垒 垒
姐 姐 他（那个）	气 得（了就）	头（呀么）直
姐 姐 你（那个）	二 人（了就）	正（呀么）吵
姐 姐 你（那个）	二 人（了就）	说（呀么）吵

山歌（卷席片）

| 5 — | 4 4 5 | $\dot{1}\cdot 6$ | 5 — | 2 5 3 3 2 |

哨，（嗯　来　么　嗯　哎　哟）姐　妹　你（那　个）
摘，（嗯　来　么　嗯　哎　哟）圆　圆　的（那　个）
高，（嗯　来　么　嗯　哎　哟）红　颗　颗（那　个）
高，（嗯　来　么　嗯　哎　哟）妹　妹　她（那　个）
摇，（嗯　来　么　嗯　哎　哟）妹　妹　她（那　个）
闹，（嗯　来　么　嗯　哎　哟）忽　听　得（那　个）
闹，（嗯　来　么　嗯　哎　哟）咕　碌　得（那　个）

| 1 1 $\underline{6}$ $\underline{5}$ | 1 1 $\underline{6}$ $\underline{5}$ | $\dot{1}\cdot$ 2　5 3 | $2\cdot 5$ |

二　人（了　就）要　去（呀　么）打（了）酸　枣　挑　吊　了　毛
竹　篮（了　就）拿　上（呀　么）竿　　竿　崖　拉
酸　枣（了　就）串　串（呀　么）半　　崖　搭　发　生　笑
裤　带（了　就）崩　断（呀　么）裤　子　直
急　得（了　就）急　得（呀　么）崖　上　有　个
裤　急（了　就）有　个（呀　么）后　回
打　蛋（了　就）赶　快（呀　么）往　　回　　　　跑

民歌五台山

| 1 2 3 1 $\underline{6}$ | $\underline{5}$ — ‖

（嗯　来　么　嗯　哎　哟）。
（嗯　来　么　嗯　哎　哟）。
（嗯　来　么　嗯　哎　哟）。
（嗯　来　么　嗯　哎　哟）。
（嗯　来　么　嗯　哎　哟）。
（嗯　来　么　嗯　哎　哟）。
（嗯　来　么　嗯　哎　哟）。

（原平市）

上 寿

王芝伟 唱
玉堂 书平 整理

1 = G 2/4

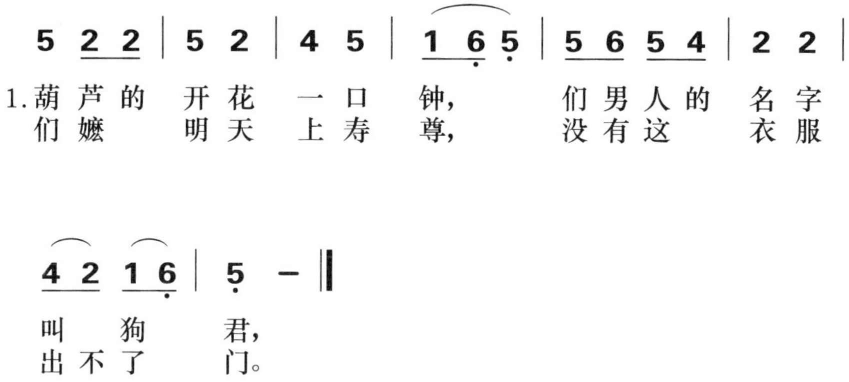

```
5 2 2 | 5 2 | 4 5 | 1 6 5 | 5 6 5 4 | 2 2 |
```
1.葫芦的 开花 一口 钟， 们男人的 名字
　们嬷 　明天 上寿 尊， 没有这 　衣服

```
4 2 1 6 | 5 - ‖
```
叫 狗 君，
出 不 了 门。

人物：丈夫（狗君）、妻子、大娘、卖瓦盆汉

2.清早起来跑了一早上，一霎时来到了大娘门前，手打门环高声喊叫，叫一声二大娘你快来开门。

3.大娘正在上房里坐，忽听见门外有了人声，急忙我推开门两扇，原来是狗君家，你来作甚？

4.们的嬷明天去上寿，无有这衣裳出不了这门。手拿上钥匙开皮箱，满皮箱的衣裳由你寻。

5.这一顶帽子不时兴，这是那当年的老古董。这一条裙子也不时兴，这是那过去的围裙。

6.这一双靴子也不时兴，这是那当年的一只船。全身的衣裳都齐备，无有这骑乘还出不了门。

山歌（卷席片）

7. 大娘的毛驴不作些甚，大娘恶尿凶得有些甚。大娘的毛驴不做甚，狗君家你拉毛驴作骑乘。

8. 卢狗君我拉毛驴满心欢喜，叫一声我的妻你快上毛驴，脚蹬子，手扳鞍上了毛驴，卢狗君拉毛驴跟在后头。

9. 上白面蒸寿桃，实实美气，文竹篮篮提豆面，又长又细，大油子包麻花又酥又脆，上三元的月饼包玫瑰。

10. 我姐生得好口大眉稀，我姐生得好鼻梁凹底，们三人到一处就数我哩，不打话我找下你这样的东西。

11. 张家庄的康姐夫们也见过，李家庄的李姐夫们也认得，们三人到一处就数我哩，卢狗君我虽然老也还俊气。

12. 清早起出门来一股恶气，我先到高粱地里打备一回，清早起来卖瓦盆十本万利，一来在马池村是人家村里。

13. 吆喝了几声未从开市，观见那大嫂子的好生面皮，迈开步儿我将大嫂来赶，赶上去扭回头瞧瞧面皮。

14. 叫一声好丈夫你在哪里，看见那个卖瓦盆的调戏你妻，卢狗君我在高粱地将裤抽起，赶上去卢狗君拳头揍你。

15. 我将你的瓦盆全部打碎，打碎你的瓦盆的还不让你，你打我的瓦盆的，全然无理，看老的立马上城告你。

16. 我打你的瓦盆的全然无理，烧芝麻放炮养媒与你。烧芝麻放炮全然无用，叫这个大嫂的施上一礼。

（五台县）

高 粱 秆

《高粱秆》是五台山的一首特殊民歌。歌名是在七十年代末时任山西省委书记李立功起的。那年,李立功书记到五台县神西一带下乡,在访贫问苦时听到了一位姓周的穷汉吹奏这首民歌,十分动情,执意家访。

《高粱秆》民歌的吹奏词曲出自一位残疾人之"手"。他从小受伤,十个指头丢了八个,但酷爱民歌民乐,而且想方设法"鼓捣"出点名堂。在20世纪70年代村里闹红火,没钱买不起乐器,他就想办法就地取材,革新创造。他吹奏这首名歌时,所用的吹具是自制的,而且是当年自种的高粱秆做的。掏空了秆子芯芯,撅开了一个小口口,留下一个活动小舌片,就吹奏出了特殊优美的民歌。吹者,因只有两个手指,演奏时,全凭嘴唇滑动高粱秆乐具控制曲谱。

李立功下乡回省城,正逢举办全省文艺调演。李书记亲口点名让"高粱秆"到会登台吹奏,从此这首民歌就名叫《高粱秆》。由于吹具独特,人们没见过。演奏时又不用指头按孔,所以轰动了调演现场,最后在评奖时,评委们一致把《高粱秆》评为金奖。在发奖台上,领导们与歌手老周握手时,只能抚摸一下他的"秃圪都"。

欣赏和评价周俊和的民歌时,应关注以下三点:一是乐具是"土"的;二是曲调是"苦"的;三是内容诉苦的是

山歌(卷席片)

"女"的。这些民歌所用曲调有多种调式。但大多采纳、吸收了《妓女告状》、《寡妇上坟》、《回关南》、《坐班房》之类的音乐表达精华，为旧社会穷人，特别是妇女生无活计、悬梁自尽的悲惨结局鸣不平。

《高粱秆》民歌的演奏家、吹具的制作者尽管生计维艰、身体欠佳，但在采访中能用高粱秆为我们演奏这首民歌，应为幸事，至所乐哉。此篇收录了周俊和吹奏的一首欢快的民歌《十二月花开》。但不幸的是，民歌演奏能手周俊和老人家于2012年初冬，因病住院，抢救无效，逝世在五台县医院。

高 粱 秆
（调寄《十二月花开》）

周俊和 奏唱
奋臻 生和 整理

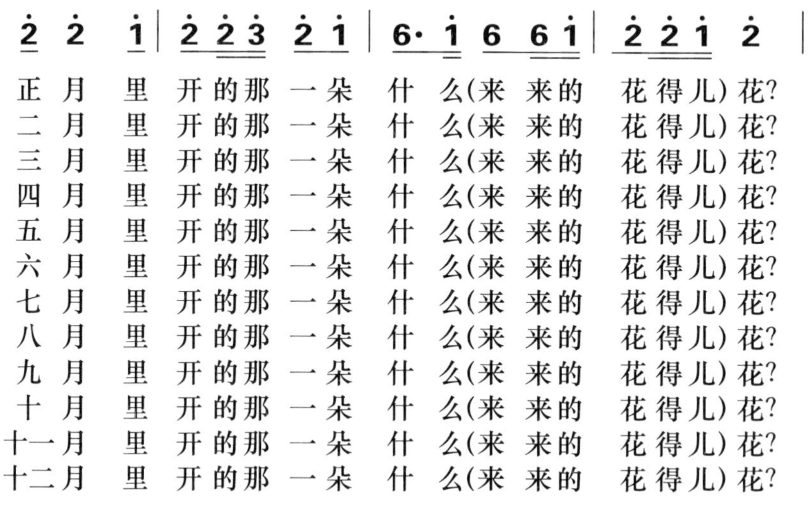

$1 = {}^\flat B$ $\frac{2}{4}$

| $\underline{\dot{2}}$ $\dot{2}$ | $\dot{1}$ | $\underline{\dot{2}\dot{2}}$ $\dot{2}3$ | $\dot{2}$ 1 | $6 \cdot \underline{\dot{1}}$ | 6 $\underline{6\dot{1}}$ | $\underline{\dot{2}\dot{2}}$ $\underline{\dot{1}}$ | $\dot{2}$ |

正 月　　里　开 的那　一 朵　　什　么(来　来的　花得儿) 花?
二 月　　里　开 的那　一 朵　　什　么(来　来的　花得儿) 花?
三 月　　里　开 的那　一 朵　　什　么(来　来的　花得儿) 花?
四 月　　里　开 的那　一 朵　　什　么(来　来的　花得儿) 花?
五 月　　里　开 的那　一 朵　　什　么(来　来的　花得儿) 花?
六 月　　里　开 的那　一 朵　　什　么(来　来的　花得儿) 花?
七 月　　里　开 的那　一 朵　　什　么(来　来的　花得儿) 花?
八 月　　里　开 的那　一 朵　　什　么(来　来的　花得儿) 花?
九 月　　里　开 的那　一 朵　　什　么(来　来的　花得儿) 花?
十 月　　里　开 的那　一 朵　　什　么(来　来的　花得儿) 花?
十一月　　里　开 的那　一 朵　　什　么(来　来的　花得儿) 花?
十二月　　里　开 的那　一 朵　　什　么(来　来的　花得儿) 花?

山歌（卷席片）

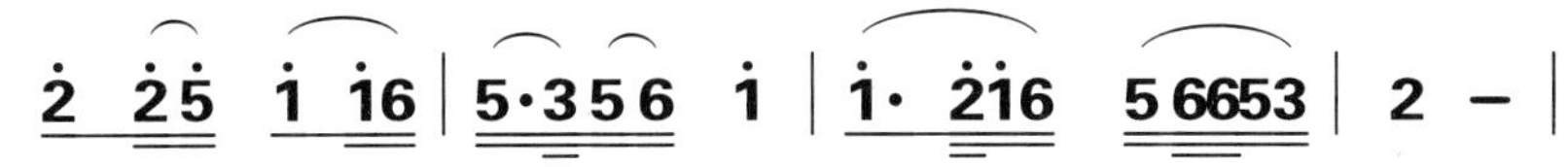

`2 25 | 1 16 | 5·3 5 6 | 1 | 1·2 1 6 | 5 6 6 5 3 | 2 -‖`

正 月 里　开　的　是 迎　　春　花。
二 月 里　开　的　是 油　　菜　花。
三 月 里　开　的　是 桃　　杏　花。
四 月 里　开　的　是 白　　梨　花。
五 月 里　开　的　是 石　　榴　花。
六 月 里　开　的　是 山　　丹　花。
七 月 里　开　的　是 水　　莲　花。
八 月 里　开　的　是 向　　阳　花。
九 月 里　开　的　是 黄　　菊　花。
十 月 里　开　的　是 棉　　桃　花。
十一月 里　开　的　是 水　　仙　花。
十二月 里　开　的　是 腊　　梅　花。

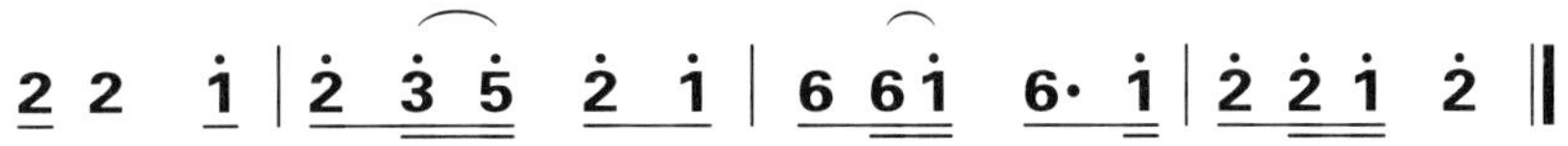

`2 2 | 1 2 3 5 | 2 1 | 6 6 1 | 6·1 | 2 2 1 | 2 ‖`

迎春 花 开（的　　一 朵）多 么 （来来大得儿）大。
油菜 花 开（的　　一 朵）多 么 （来来大得儿）大。
桃杏 花 开（的　　一 朵）多 么 （来来大得儿）大。
白梨 花 开（的　　一 朵）多 么 （来来大得儿）大。
石榴 花 开（的　　一 朵）多 么 （来来大得儿）大。
山丹 花 开（的　　一 朵）多 么 （来来大得儿）大。
水莲 花 开（的　　一 朵）多 么 （来来大得儿）大。
向阳 花 开（的　　一 朵）多 么 （来来大得儿）大。
黄菊 花 开（的　　一 朵）多 么 （来来大得儿）大。
棉桃 花 开（的　　一 朵）多 么 （来来大得儿）大。
水仙 花 开（的　　一 朵）多 么 （来来大得儿）大。
腊梅 花 开（的　　一 朵）多 么 （来来大得儿）大。

`2 25 | 1·2 1 6 | 5 5 3 5 6 | 1 | 1·2 1 6 | 5 3 5 6 | 2 -‖`

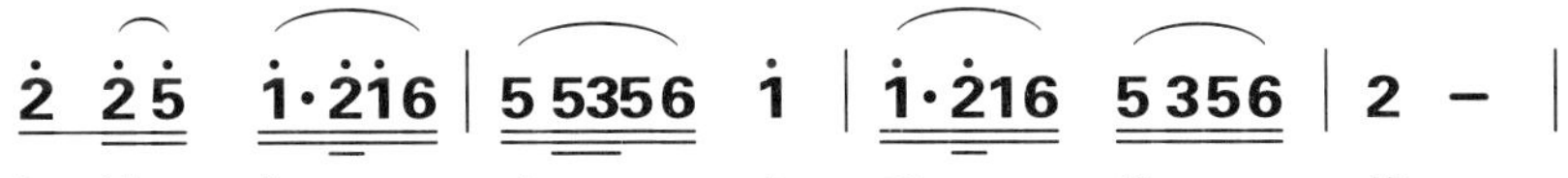

姐 妹 们　头　上　爱　戴　花。

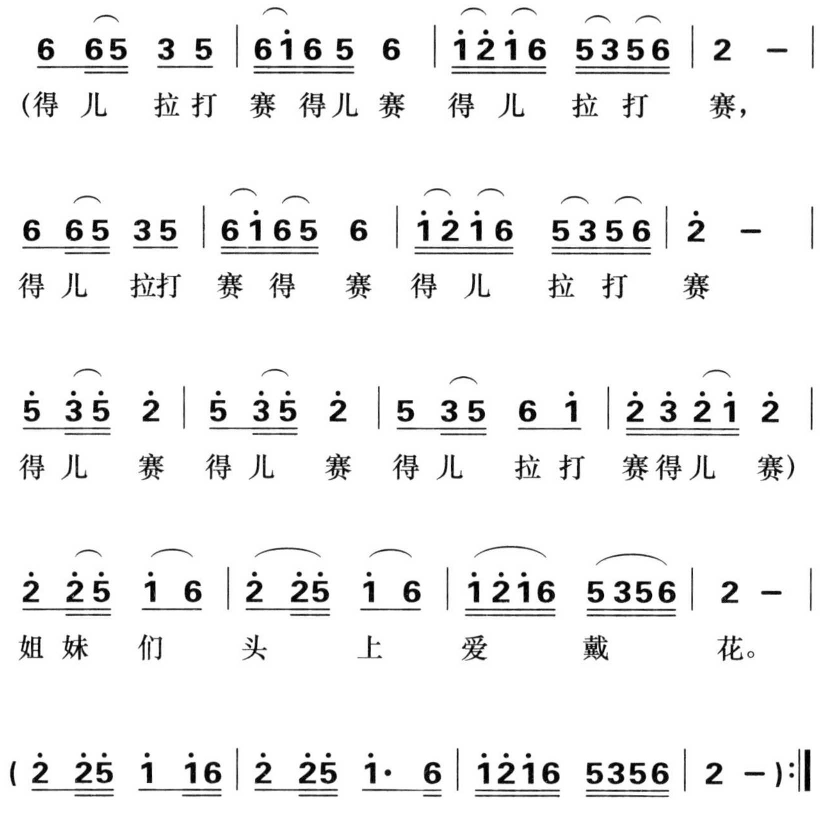

$\widehat{6\ 65}\ \widehat{3\ 5}\ |\ \widehat{6 1 6 5}\ 6\ |\ \widehat{1 \dot{2} 1 6}\ \widehat{5 3 5 6}\ |\ 2\ -\ |$
(得儿 拉打 赛得儿赛 得儿 拉打 赛,

$\widehat{6\ 65}\ \widehat{3\ 5}\ |\ \widehat{6 1 6 5}\ 6\ |\ \widehat{1 \dot{2} 1 6}\ \widehat{5 3 5 6}\ |\ 2\ -\ |$
得儿 拉打 赛得 赛 得儿 拉打 赛

$\widehat{\dot{5}\ 3 \dot{5}}\ 2\ |\ \widehat{\dot{5}\ 3 \dot{5}}\ 2\ |\ \widehat{\dot{5}\ 3 \dot{5}}\ 6\ \dot{1}\ |\ \widehat{\dot{2} 3 \dot{2} 1}\ 2\ |$
得儿 赛 得儿 赛 得儿 拉打 赛得儿 赛)

$\widehat{\dot{2}\ \dot{2}\dot{5}}\ \widehat{\dot{1}\ 6}\ |\ \widehat{\dot{2}\ \dot{2}\dot{5}}\ \widehat{\dot{1}\ 6}\ |\ \widehat{\dot{1}\dot{2}\dot{1}6}\ \widehat{5356}\ |\ 2\ -\ |$
姐妹们 头 上 爱 戴 花。

$(\widehat{\dot{2}\ \dot{2}\dot{5}}\ \widehat{\dot{1}\ \dot{1}6}\ |\ \widehat{\dot{2}\ \dot{2}\dot{5}}\ \dot{1}·\ 6\ |\ \widehat{\dot{1}\dot{2}\dot{1}6}\ \widehat{5356}\ |\ 2\ -)\|$

民歌五台山

（五台县）

回 关 南

（一）

张先花 演唱
奋臻 玉和 整理

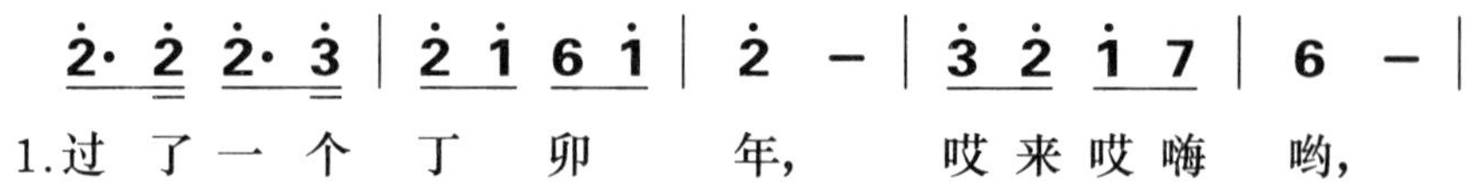

$1 = F\ \frac{2}{4}$

$\dot{2}·\ \underline{\dot{2}\dot{2}}\ \dot{2}·\ \dot{3}\ |\ \dot{2}\ \dot{1}\ 6\ \dot{1}\ |\ \dot{2}\ -\ |\ 3\ 2\ 1\ 7\ |\ 6\ -\ |$
1.过 了 一 个 丁 卯 年， 哎来哎嗨 哟，

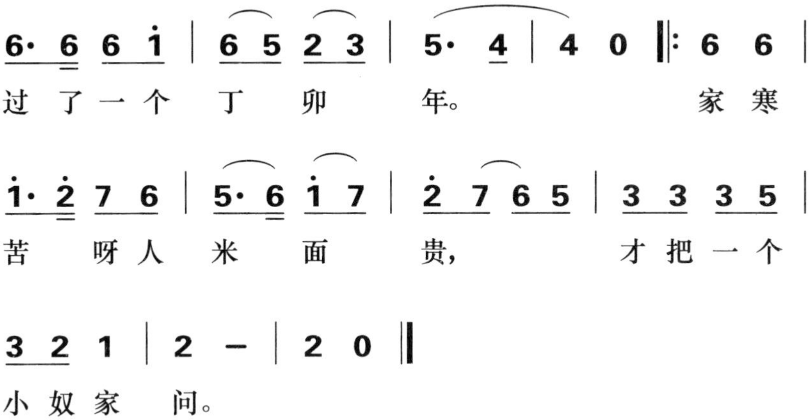

过了一个丁卯年。　　　家寒苦呀人米面贵，　　才把一个小奴家问。

2. 二老爹娘太狠心，
   哎来哎嗨哟，
   二老爹娘太狠心，
   将奴问①了一千元，
   舍人呀不舍钱。

3. 寻下一个长工汉，
   哎来哎嗨哟，
   寻下一个长工汉，
   当长工来真不相钱，
   只够能交②租用。

4. 跟上哥哥回关南，
   哎来哎嗨哟，
   跟上哥哥回关南，
   洋白面呀么家常饭，
   绸缎衣裳叫你穿。

5. 们不情愿回关南，
   哎来哎嗨哟，
   们不情愿回关南，
   扭回头来往后看，
   思想起二老爹娘来。

6. 二老爹娘你不哭，
   哎来哎嗨哟，
   二老爹娘你太是狠心，
   再迟上三五个月，
   奴与你捎书信。

7. 到了一个卧牛城
   哎来哎嗨哟，
   搭了拉货的轱辘车，
   赶车人儿鞭子响，
   走了一天到定襄。

山歌（卷席片）

8. 定襄到五台县,
   哎来哎嗨哟,
   还有百余里,
   过了大关口,
   才看见东冶村。

9. 东冶回台城,
   哎来哎嗨哟,
   步行走山路,
   山里古峪沟,
   遇雨洪水流。

10. 爬上一个黄土坡,
    哎来哎嗨哟,
    回到了咱家的村,
    瞧见了府上咱家的门,
    才把一个公婆认。

11. 公婆俩来做饭,
    哎来哎嗨哟,
    公婆俩来做饭,
    拿起一个和面盆,
    圪搅起些高粱面。

12. 提起我关心的人,
    哎来哎嗨哟,
    两眼我泪盈盈,
    往二梁里拴了一根绳,
    亏待了我少年的人。

13. 上月的绳子呀解下来,
    哎来哎嗨哟,
    把她放在门板上。
    烧了两份炕沿底下的纸,
    送在她鬼门关。

14. 关南人真狠心,
    哎来哎嗨哟,
    关南人真狠心,
    三天就把材盖钉,
    埋在她土里边。

注：①问——方言，当地人把闺女定亲和嫁出去叫问出去。
　　②交——方言，交燃，指必需的支出。

（五台县）

回 关 南
（二）

1=C 4/4 2/4

张满楼 张生才 唱
邢和贵 赵美琴 记

| 2 2 2 3 | 2 1 6 1 | 2 — | 2 1 1 6 | 5 — |

跟上奴的　受苦　汉，（嗯　哎　哟）
没办法　暗盘　算，（嗯　哎　哟）
经过多少　火车　站，（嗯　哎　哟）
回到家中也　一　般，（嗯　哎　哟）

| 6 6 6 1 | 6 5 3 2 | 5 — | 6 6 | 1·2 1 6 |

少主没意出了　关，　白明黑夜
咱还不如回关　南，　买了两张
一眼望见雁门　关，　经过宁武
没咱穷人地和　天，　思谋过上

| 5·6 | 6·1 6 5 | 3 3 3 5 | 3 2 1 | 2 — | 2 — ‖

做　营生，　不够买粮和派　款。
火　车票，　大洋花去整十　元。
回　原平，　急急忙忙往家　赶。
好　日子，　哪年哪月天睁　眼。

（原平市）

回 关 南
（三）

1=C 2/4 3/4

赵贵生 唱
激　波 记

中速

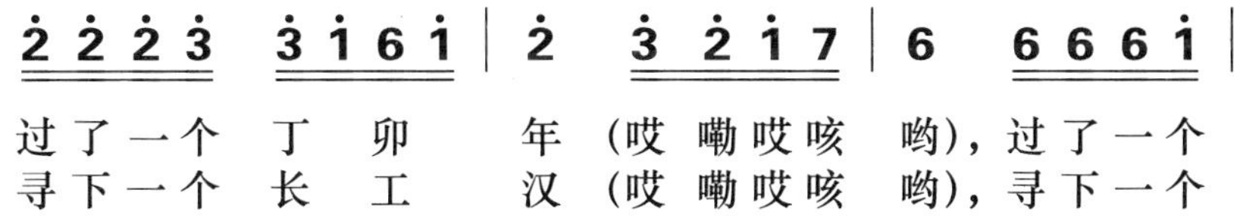

| 2 2 2 3 | 3 1 6 1 | 2 | 3 2 1 7 | 6 6 6 6 1 |

过了一个　丁卯　年（哎嘞哎咳　哟），过了一个
寻下一个　长工　汉（哎嘞哎咳　哟），寻下一个

山歌（卷席片）

| 6 6♯4 5 - | 6 6 1̂ 2 1 6 | 5 6 1̂ 2̂ 1 6 5 |

1.丁卯　年，家寒苦（呀么）杂粮　　费
2.长工　汉，当长工（呀么）挣不下个钱

| 3 3 3 5　3 2 1 | 2 - ‖

1.问　奴家　换了点　钱。
2.刚　够他　自己交　燃。

（定襄县）

放　羊

（一）

李正伟 唱
李文堂 整理

1 = G　2/4

中速 悲怆地

| 5 5 6 5 | 5 3 3 2　1 | 2 2 3　1 2 |

1.正月的　里　正　月　正，正月的　十　五
2.二月的　里　龙　抬　头，放羊的　哥　哥
3.三月的　里　是　清　明，青草　芽　芽
4.四月的　里　四　月　八，捎上　书　信
5.五月的　里　五　端　阳，把羊　赶　在

| 2 1 7 6　5 | 1 1　1 2 3 | 1 7 6 5　5 |

1.雪　打　灯，西山　瞭不见　东山　待见　你，
2.好　后　生，不嫌　你放羊　们扎　了　无
3.往　上　行，不草　苗苗来　裤打　无
4.要　鞋　袜，袄无　袖雨衣　打　根，
5.沙　滩　上，披　着　着　伞，

民歌五台山

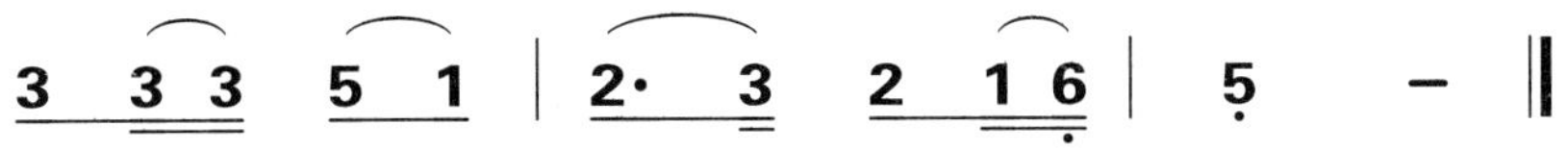

| 3 3̂3 | 5̂1 | 2·̂3 | 2 1̂6 | 5̣ — ‖

从 小 放 和 羊 成 度 光 景。
你 要 我 你 一 操 心。
放 羊 的 哥 鞋 多 无 心。
洋 袜 无 底 放 无 羊 帮。
手 里 拿 着 鞭。

6. 六月的里花满沟，
　　单袄单裤好将就，
　　一天冷冻都不受，
　　这才是放羊的好时候。

7. 七月的里雨水长，
　　连阴雨浸在羊身上，
　　背上铺盖住崖堂，
　　半夜三更撵了灰狼。

8. 八月的里秋风凉，
　　种地的不给留羊道，
　　看田的告下羊吃了秋，
　　罚了我放羊的五块九。

9. 九月的里九月九，
　　背上铺盖叫上狗，
　　小妹子送在大门口，
　　看们这放羊倌抖不抖。

10. 十月的里快改行，
　　做甚也比放羊强，
　　人家回家咱在坡，
　　怀里揣的凉窝窝。

11. 十一月的里羊回圈，
　　吃了晚饭就算账，
　　天鹅说成扁嘴不再干，
　　放下羊鞭上战场。

12. 十二月的里整一年，
　　飞机鸣来大炮响，
　　火车拉在前线上，
　　后悔当初不要放了羊。

山歌（卷席片）

（五台县）

放 羊

（二）

1 = A 2/4　　　　　　　　　　　　　　　　　　杨世雄 记

中速

民歌五台山

| 5 5 6 5 | 6 3 2 1 | 2 2 3 5 1 |

正月（子）里　正月　正，　正月　十粽
五月（子）里　正五　端阳，　黄米　粽
八月（子）里　是中　秋，　看田的人
十月（子）里　雪花　落，　羊回　圈

| 2·3 2 1 6 | 5 — | 1 1 2 | 1 2 6 5 | 5 |

五　刮　黄　风，　黄风　刮得　身上　冷，
子　包　沙　糖，　凉　吃　热　不　香
儿　伸　了　手，　把羊　拉起　都村　口
来　狗　进　窝，　半夜　起来　烤东　火，

| 4 4 3 5 1 | 2·3 2 1 6 | 5 — ‖ |

学　下个　放羊　哥　度　光　景。
放　羊的　哥好　话　在　心　上。
说　尽了　没　盖　不　叫　走。
铺　　　　　冻死（个）我。

（定襄县）

放 羊

（三）

1 = D 2/4　　　　　　　　　　　　　　春风 唱
中慢 较自由　　　　　　　　　　　子贞 晓敏 记

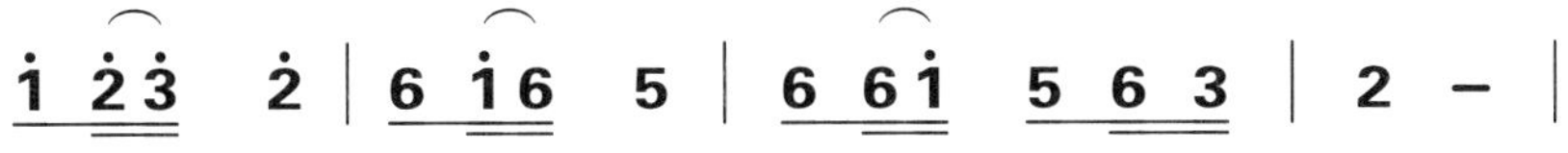

1 2 3　2 | 6 1 6　5 | 6 6 1　5 6 3 | 2 — |

天阴（咐）下雨（呀）山头上（那个）站，
风吹（咐）雨打（呀）浑身打（那个）颤，

1 — | 5 6 3　2 | 5 5 6　1 | 5 1 6　5 6 3 | 5 — ‖

（哎）瞭见那放羊哥真（个）心　　惨。
（哎）你看那放羊哥谁来可　　怜。

（定襄县）

牧 羊 歌

1 = C 2/4　　　　　　　　　　　　　朱生文 唱
稍慢　　　　　　　　　　　　　　　朱生和 记

3 2 3 2 | 1 6 1 3　2 | 2·1　6 1 2 3 | 2 — |

蓝蓝的（那）天上（呀）阳婆婆　　红，
红红的山丹花（呀）满山（哟）开，
呼呼啪啪（呀）羊鞭儿　　响，
青山绿水（呀）好地　　方，

山歌（卷席片）

```
3  2  3̂2̂ | 1̂ 6 1̂ 3 | 2   2·1̂ | 6 1̂ 2̂1̂ | 6̂ 5̂ ||
青  青  的(那)  山   坡  里   羊儿   如儿        云
绿  草  儿(那)  肥   来  (呀) 羊群   下       河  壮
羊  鞭  儿(那)  一   喝  水   水富   放          羊  滩
                    响      了            汉
```

（五台县）

扳　蘑　菇

　　五台山蘑菇，号称"台蘑"，与张家口的"口蘑"齐名，驰名中外，是山西省的主要特产之一。台蘑资源丰富，品种很多。经调查共有11种，其中尤以银盘、香蕈为佳。银盘蘑菇，有红、白之分，大白桩蘑菇即银盘，肉色杯伞即红银盘；香蕈蘑菇有大、小之别。恶白桩菇即大香蕈，紫丁香菇即小香蕈。台蘑主要生长在五台山顶、山腰的蘑菇圈道野生丛树林里，东台顶、南台顶产量较多，质量上乘。台蘑气味芬芳，颜色鲜艳，菌肉细嫩，郁香浓厚。台蘑营养价值高，含有丰富的人体必要的18种氨基酸和多种维生素。入筵席当为山珍佳味，平素食用可治病延年益寿，是五台山僧尼每餐必备的佳肴。当地群众素以"莜面窝窝儿，蘑菇汤汤儿"待客。群众中流传着"一家喝其汤，十里闻其香"的说法。清朝时，康熙、乾隆皇帝多次巡行游台，以蘑菇食之，甚觉味佳，故每年要台蘑作为贡品。

采集台蘑,当地群众叫"扳蘑菇",是自古以来农村劳作中最快乐的农事。每年从立秋到白露采蘑旺季,家家户户,倾巢出动,入山钻林,采蘑致富。特别是青年男女,他们把采集蘑菇当作谈情说爱的天赐良机,背上篓篓,带上铲铲,入林登峰,对唱民歌,陶醉在大自然营造的美好天地里,倾诉着相互爱慕之情,收获着五台山区乡村驱贫致富的喜悦成果。

扳 蘑 菇

郎凤华 唱
朱生和 词曲

$1 = {}^{\flat}B \quad \frac{2}{4}$

```
1 1 2  1 1 3 | 5· 6 | 2 3 5  6 3 2 | 1 — |
```
七　姐儿和　哥儿们紧　阴　沉　相　沉，跟，
粗　身子翘　着圆顶　顶，
背　阳里阴　坡草蓬　蓬，

```
1· 2 3 5 | 5 5 3  2 3 | 1  6 5 3· 2 | 5 — |
```
十　天半月（呀）　雨　纷　纷。
手　提篮篮（呀）　山歌儿哼。
高　低大小（呀）　白生生。
沃　土净地（呀）　长香蕈。

```
2 2 5  1 1 2 | 2 5 5 2 | 1 2 1 | 6· 3 | 2 2 1 2 |
```
清　凉山风好　舒心（哟），扳蘑
蘑　菇生在树　根底（哟），桦林着
名　号十里银　盘子珍稀品（哟），吃千
闻见香味浓（哟），古

山歌（卷席片）

```
5 3 1 1 2 | 5 3 1 2 | 6 5 2 | 1 - | 6 5 5 2 |
菇    钻进   大山   林。  (哎咳哎咳
里的  最看   大响   名。  (哎咳哎咳
香来  帝     见     亲。  (哎咳哎咳
进贡  帝     王     品。  (哎咳哎咳

5· 6 | 2 2 1 2 | 5 3 1 2 | 6 5 3· 2 | 1 - ‖
哟)  扳 蘑   菇里的   钻进大 山   林。
哟)  桦 林   香来     最看帝 王   名。
哟)  吃 着   进贡     最看见     亲。
哟)  千 古            帝王       品。
```

（五台县）

背 兰 炭

背兰炭是五台劳动人民的受苦活儿。小孩子从十几岁能背起粪篓子干活儿起，就要踏入背兰炭和背炭的行列中。实际背兰炭的苦难要比民歌所唱内容苦得很多。比如，背兰炭途中有过因干渴脱水昏迷在路上的经历。五台清朝名人徐继畬曾写过一首《驼炭道》的诗，描述的就是故乡人的这种苦难。

《背兰炭》是五台劳动人民心声的记录。笔者也曾背过兰炭，几乎年年都要受这种罪。因为我村位于窑头兰炭产地对面山上，下山七里路，跨河过川二里，又上山五里。一天之中背兰炭要打来回走完这么长的路，鸡叫起身人定回家，两头见不到太阳。

五台民歌《背兰炭》采用四句体式，即由记叙、抒情、诉苦的内容结合。歌曲中的词语基本上是五台语音，有些方言不采用又表达不了劳苦民众的真实心境。比如第三段之第四句，"脊背扣上篓克老①"，采录时已作了加工，原词是"折背②上扣了个克老嘞。"即使对此歌作注释，也难通俗流行。但这样势必将农民原创的表达打了折扣。

背 兰 炭

陈家庄乡文艺队 唱
朱生和 整词记谱

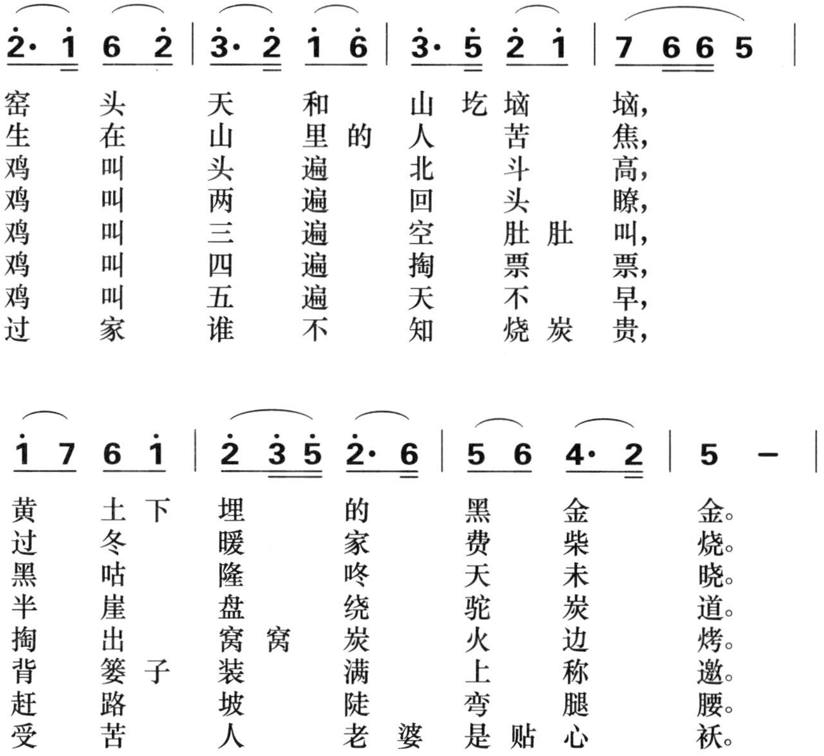

山歌（卷席片）

$1 = C \ \frac{2}{4}$

2·1	6 2	3·2	1 6	3·5	2 1	7 6 6 5
窑生鸡鸡鸡过	头在叫叫叫家	天山头两三四五	和里遍遍遍谁	圪的山人北回	吃苦斗头空掏	圪焦高瞭叫票早贵
						墕，焦，高，瞭，叫票，早，贵，

(continuing)

1 7 6 1	2 3 5	2·6	5 6	4·2	5 —
黄过黑半掏背赶受	土下冬咕崖出篓路苦	埋暖隆盘窝装坡人	的家咚绕炭满陡老婆	黑费天驼火上弯是贴	金柴未炭边称腿心
					金。烧。晓。道。烤。邀。腰。祆。

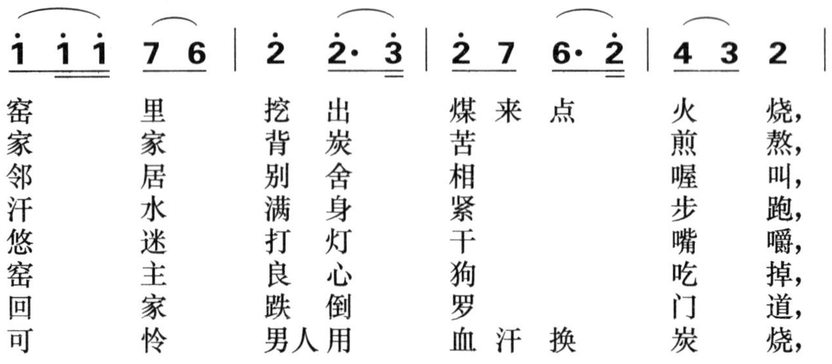

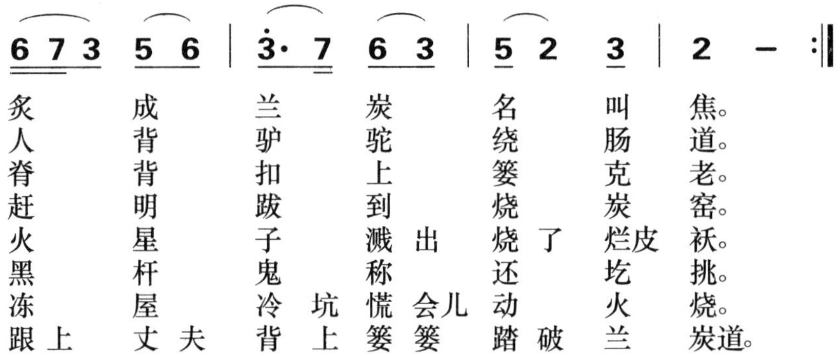

民歌五台山

（歌谱）

1̇ 1̇ 1̇ | 7 6 | 2̇ 2̇·3̇ | 2̇ 7 | 6·2̇ | 4 3 2 |

窑家邻汗悠窑回可　里家居水迷主家怜　挖背别满打良跌男人　出炭舍身灯心倒用　煤苦相紧干狗罗血　来点　汗换　火煎喔步嘴吃门炭　烧，熬，叫，跑，嚼，掉，道，烧，

6 7 3 | 5 6 | 3̇·7 | 6 3 | 5 2 3 | 2 — :||

炙人脊赶火黑冻跟上　成背背明星杆屋丈夫　兰驴扣跶子鬼冷背　炭驼上到溅出称坑慌上　名绕篓烧烧了还动篓篓踏　叫肠克炭烂吃火兰破　焦。道。老窑袄。挑。烧。炭道。

注：①篓克老——五台方言，指背篓子。
　　②折背——五台方言，指脊背上压了背篓子，压弯了腰。

（五台县）

赶　骡　子

1 = F 2/4　　　　　　　　　　　　　张松林 整理

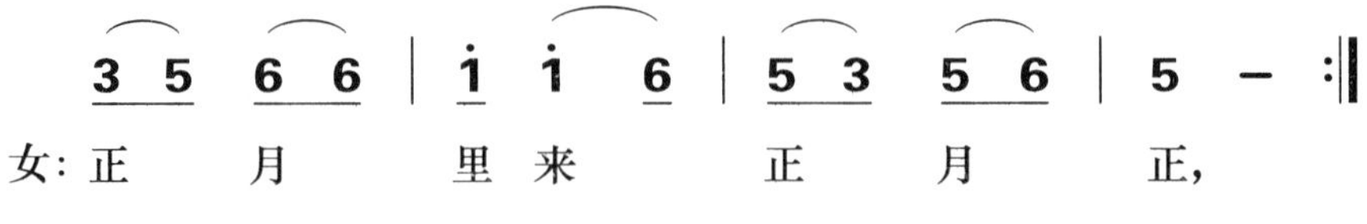

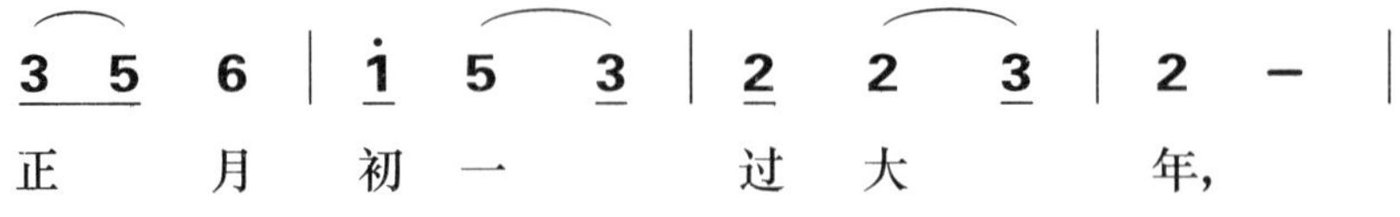

3 5 6 6 | 1̇ 1̇ 6 | 5 3 5 6 | 5 — :||

女：正　月　里来　正　月　正，

3 5 6 | 1̇ 5 3 | 2 2 3 | 2 — |

正　月　初一　过　大　年，

山歌（卷席片）

男：正月十五月亮明，
　　元宵佳节挂花灯。
　　人山人海闹喧天，
　　我和哥哥去观灯。

女：二月里来春风吹，
　　妹妹梦见哥哥你，
　　野鹊子清早来报喜，
　　我站到门前看来过谁。

男：清早起来我眊妹妹，
　　烟筒冒烟冲天上飞，
　　你妈妈生你美貌又利洒，
　　爱你家的人儿可实实多的。

女：三月里来是清明，
　　春风吹舞桃花红，
　　蜜蜂采花声连声，
　　哥哥你走了无音讯。

男：杏叶落在杏树底，
　　全村的女人就数妹妹你，
　　人对脾气缘法对，
　　多花银钱也过意。①

女：四月里来四月八，
　　大麦小麦开花花，
　　水银玻璃墙上挂，
　　哥哥你早早回来哇。

男：三尺长的鞭杆四尺长的梢，
　　我赶上骡子儿把妹妹瞧，
　　尘世上的女人有多少，
　　谁也不如妹妹你好。

男：你赶上骡骡儿我扛上耧，
　　咱二人上地种豆豆，
　　种的是绿豆和豇豆，
　　我给妹妹熬稀粥。

男：红瓢瓢西瓜绿皮皮包，
　　妹妹的话儿我忘不了，
　　十天半月我走一遭，
　　我回来就把妹妹接。

男：你妈妈生你人人爱，
　　红鞋上爬的绿白菜，
　　绣花花裤子甩腿开，
　　好似月里嫦娥下凡来。

注：①过意——方言，指合心意。

女：石榴花来石榴树，
　　实心实意交朋友，
　　哥哥你人好又忠厚，
　　里里外外是一把手。

女：你赶上骡骡儿走几日，
　　你不知道妹妹咋难过，
　　一对对儿胡燕飞上房，
　　一对对儿一心人留下我。

女：心上的人儿常不在，
　　绕眼的蝇子打不败，
　　前三天梦见你后三天来，
　　就为眊你才丢了鞋。

合：赶上骡骡儿往外走，
　　手拉手到大门口，
　　等到那十天半月后，
　　赶上骡骡儿回家住。

（定襄县）

泥 瓦 工

$1 = {}^\flat B$　$\frac{2}{4}$

原荣耀 唱
激　波 记

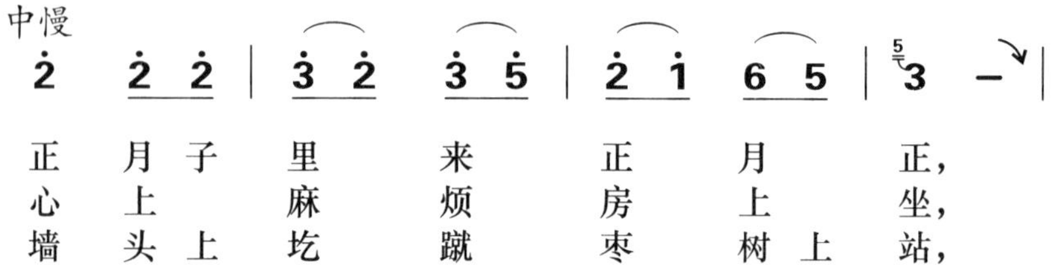

中慢

| $\dot{2}$　$\dot{2}$　$\dot{2}$ | $\widehat{3\ 2}$　$\widehat{3\ 5}$ | $\widehat{\dot{2}\ 1}$　$\widehat{6\ 5}$ | $\overset{5}{3}$　— |

正　月　子　　里　　来　　正　　月　　　正，
心　上　　麻　烦　　　正　　房　　　上　　坐，
墙　头　上　圪　蹴　　　枣　　树　上　　站，

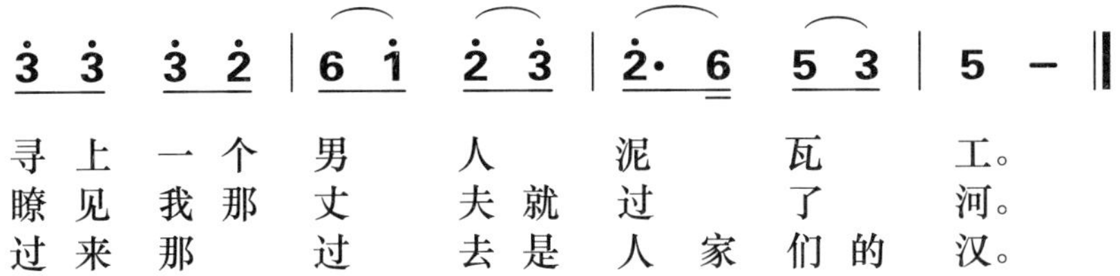

| 3 3 3 2 | 6 1 2 3 | 2· 6 5 3 | 5 — ‖

寻上一个男　人泥　瓦　工。
瞭见我那丈　夫就过　了　河。
过来那过　去是人家们的汉。

(定襄县)

上 工 地

1=♭B 2/4

中速稍快，欢快地

安玉娥 唱
奋臻 玉堂 书平 记

山歌（卷席片）

| 1· 2 1 6 | 5· 6 5 2 | 1 1 6 5 2 | 5 0 |

推　上了车　车儿，上呀们上工　地，
推　上了车　车儿，上呀们上工　地，
推　上了车　车儿，上呀们上工　地，

| 1 5 4 | 2 5 ♭7 1 | 2 2 1 2 1 ♭7 6 | 5 0 |

劳动　干　劲　干呀么干　劲　大，
拉上了化肥　捎上种　子，
劳动　完了　收呀么收工　地，

| 5 5 3 2 3 2 1 | 2 1 ♭7 6 5 | 5 5 3 2 3 2 1 |

装得畅来　走得　欢，每人平均
劳动干劲　有劲　头，人人都说
劳动干劲　有劲　头，吃完饭了

| 2 1 ♭7 6 5 | 5· 1 6 1 6 5 | 4 4 4 4 ‖

两　分　得　半，哎嘞哎嘞哎嗨哟哟哟哟
干　得　好，哎嘞哎嘞哎嗨哟哟哟哟
把　工　计，哎嘞哎嘞哎嗨哟哟哟哟

| 5 5 3 2 3 2 1 | 2 1 ♭7 6 | 5 — ‖

每人平均两分半。
人人都说干得好。
吃完饭了把工计。

（五台县）

赶　集

民歌五台山

郭很升 唱
邢和贵 记

1 = C 2/4

| 1 6 5 6 5 | 1 6 5 6 5 | 1 6 5 2 3 | 5 — |

二姑娘正在绣牡丹，慢，
一心只嫌绣走得万万千，
集市上人这边望那边山，
只儿头快落

| 0 5 3 5 | 6 5 5 2 | 1 2 6 1 | 5 — | 2 5 2 2 5 |

忽听见门外有人喊，急忙吃转住
刹时来到村东边罕，赶驴大伯
二姑娘到处看也往回，花针绣伴儿她
瞅得俺又催俺发返，相跟东西买下
大伯

| 2 1 6 1 | 5̇ | 2 2 5 | 2 5 | 3 2 6 1 | 5̇ | 2· 1 | 6 1 |

针　线　包，梳　头　和　俺　洗　脸　忙　打　扮，怀　抱　上　这
笑　嘻　嘻　买　下　又　买　讲　定　一　件　红　绸　衫，骑　再　叫一
全　把　俺　叫，俺　再　买　个　花　门　帘　填　满，叫　一　声
一　圪　堆，篮　篮　里　面　早　　　　　　　　　　　　　　　　　　

| 2 5 6 | 1· 6 1 6 5 | 3 3 2 6 1 | 2 2 6 5 |

包　袱　　走　得　欢，　依　子　儿　哟　走　得　欢。
毛　驴　　把　集　赶，　依　子　儿　哟　把　集　赶。
胭　脂　　捎　上　点，　依　子　儿　哟　捎　上　点。
大　姐　　你　别　怨，　依　子　儿　哟　你　别　怨。
大　伯　　加　上　鞭，　依　子　儿　哟　加　上　鞭。

（原平市）

山歌（卷席片）

赶　会
（一）

1 = D 2/4　　　　　　　　　　　　　史连奎 唱
中速稍快

| 5 1̣ 5 2 | 5 1̣ 5 3 | 3 5 1 | 5 3 2 1 |

老　身　正　在　　　上　房　里　坐，

| 5̣ 1 2 | 5 3 2 1 | 2 1 6 1 | 5̇ － |

忽　然　间　想　起　了　事　一　桩，

| 3 2 1 | 3 2 1 | 1 6 1 | 2 3 5　5 |

娘　家　门　上　起　大　会（呀　哈），

—201—

| 3 5 6 | 1̇ 6 1̇ 5 5 | 1 2 3 5 | 2 5 5 1 6 |
就说是孩　儿问候爹　娘（那么咿呀

| 5 - | 3 3 2 1 6 1 | 2 3 5 5 | 3 5 6 |
咳），（唉那么咿呀　咳咳咿呀）就说是

| 1̇ 6 1̇ 5 5 | 1 2 3 5 | 2 5 5 1 6 | 5 - ‖
孩　儿问候爹　娘（那么咿呀咳）。

（平山县）

民歌五台山

赶　会
（二）

郭挨龙 唱
王一民 记

1 = ♭B　2/4

| 0 3　3 7 | 3· 2 3 3 | 1 2 3 | 3 5 3 2　6 1 |
五月的 二十一日　朝霞峪会（呀么哼哼）

| 1 5 7 6 | 3 7　6· 5 | 3 7　6 5 | 3· 2 3 |
咱举家人　等（么）去赶（哎哟）集（哼哼

| 1 2 ‖: 2 2 2　2 3 | 2 2 6　1 | 7 7 7　6 7 7 |
哎哼）出言来俺把 姥姥　问 叫俺们把活
　　　朝霞峪本是 捞儿 会① 咱与你捞上个

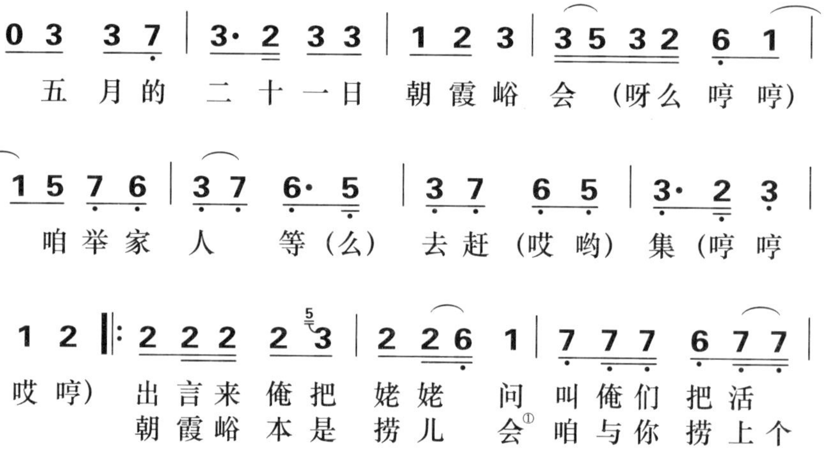

```
3 5 3 ‖: 2 #1 2 2 | 7 2 1 | 7 7 7 6 7 |
对  你 明    听  一 言 我 喜 在 心 咱 们 这 摸 黑
小  孙 孙    媳  妇 你 扮 定 们 衣 换 上
            趁  凉 咱 咱 登 打 程 衫 高 了
            钱  褡 爽 我 身 在 行 太 姥 姥
            我  老 汉 这 前 边 村 付 媳 妇
            走  一 上 你 过 一 景 女 过 "晃"
            北  岗 哎   有 美 今 路 "沙 儿
            女  娃       瞭 外 甚 葡 杏 上
                                 萄 会"
```

```
3 5 3 ‖: 2 #1 2 2 ⌢ 2 — | 0 0 5 3 2 |
就 起 身。  嗯 么 嗯 咳          (咦) 今 年
一 崭 新。
热 得 很。
二 百 铜。
随 后 跟。
不 进 村。
乱 洞 洞。
好 闹 的 人。
```

```
3 5 3·2 | 5 6 1 | 7·7 6 5 | 5 — ‖
这 会  上 好 闹 人 (哼 哼 哼)。
```

注：①捞儿会——意指求观音赐子孙庙会。

（原平市）

山歌（卷席片）

背　河

"清清河水唱神歌，一路飞流溅碧波，高山峻岭千千座。雄关莫言锁，尽是些高佛仙陀。迎我来，送我过，清

水河就是甜蜜的般若波罗。"这首《双调·水仙子》散曲小令《五台山清水河》，是山西诗词学会副会长、唐明诗社社长朱生和吟唱家乡门前清水河的"声曲"①之歌。

五台山的清水河发源于紫霞谷及东台山麓，从北到南纵贯五台县境，于南大门坪上村汇入滹沱河。进而流经盂县、平山等地，注入海河，终归渤海。清水河在五台境内流长104千米，河宽50至100米，平时水宽5米，水深0.5米以上，流速每秒1.2米，年径流量25500万立方米，是全县仅次于滹沱河的第二条大河流。

清水河的汛期在七至九月，百年一遇的最大洪峰，每秒2800立方米。河床陡峻，两岸靠山，急湍、咆哮的河水穿行于悬崖峭壁之间。自古以来，清水河哺育了两岸劳动人民，同时也给人们的交通往来带来了极大的困难。特别是每年长达3个月的汛期，几乎阻断了民众的正常往来和农间活计。

两岸人民迫于无奈，只好奋起抗争，与急流和洪峰展开搏斗。于是清水河东西两岸村落里就涌现了一代又一代的渡河"水手"，以高超的"浮水"（方言）功夫，一辈传一辈地服务于东来西往的群众。

五台县境渡河，方言叫做背河。汉字未简化以前叫"揹河"，即将过河客人们背在背部或扛在肩头，渡到对岸，只要东西河岸上发现有等待渡河的民众，两岸的背河水手都要义不容辞地抢渡。有时候也遇到难题，特别是妙龄少女和红颜媳妇们害羞，这时要大义凛然地争先救急。这是两岸人民光荣的传统美德，也是水手们炫耀自己背河功夫的时候。因为遇上水深流急、背渡女客时，水手们为减少流水阻力，一般赤身裸体，要踩半身"立水"，用一手扶住肩上扛着的女人，绝不能湿了她们的衣物；而用另一手来划水，脚不落地，水中行走。由此，"揩"河以"举"代之。这是世留的乡俗，男女老少见之不怪。目的是要确保渡客的性命和财物的安全。

注：①声曲——从先辈诗词家《声诗集》学引而来，《声曲集》指吟唱散曲之歌曲。

背 河 歌

胡巧英 演唱
朱生和 词曲

1 = C 2/4

五台人 爱唱 背河 歌， 歌声 来自 清水
瞭见 有人 等背 河， 水大 小伙 衣脱

河。 每到 雨季发 大 水，水手 好汉
光。 钻进 水底摸 深 浅，先人 后物

岸边多， 岸 边 多。 水流湍急
保全过， 保 全 过。 水手上岸

打漩涡， 姑娘媳妇 等渡河。 唤声 对岸
接背河， 女人害羞 脸扭过。 脊背 背上

山歌（卷席片）

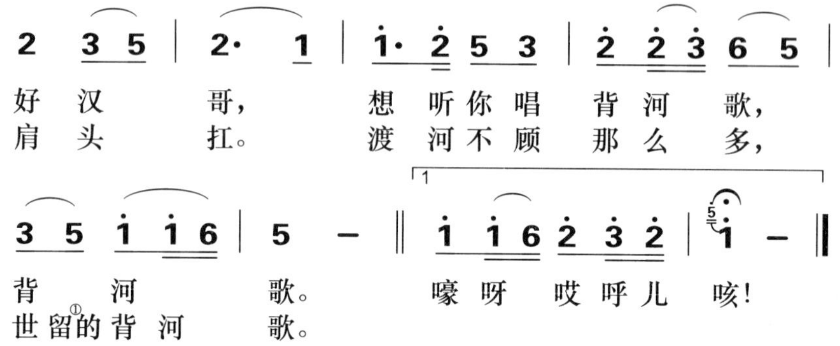

```
2  3  5 | 2· 1 | 1· 2 5 3 | 2 2 3 6 5 |
好  汉  哥，   想 听你唱  背河 歌，
肩  头  扛。   渡 河不顾  那么 多，

3 5 1 6 | 5 — ‖ 1 1 6 2 3 2 | 1 — ‖
背  河    歌。   嚎呀 哎呼儿 咳！
世留的背  歌。
```

注：①世留——指人间传留的习俗。

（五台县）

撇 白 菜

（一）

张松林 整理

1 = G 2/4

轻快地

```
6 5 6 5 | 3 5 6 1 5 | 6 5 3 2 | 1 7 6 1 |
1.奴家今年 哎 哎 哟 一十八岁 载，

5 5 5  5 3 2 | 1 2 3 2 | 1 7 6 | 5 — ‖
二爹娘生我 那个呼嗨 人呀人人 爱。
```

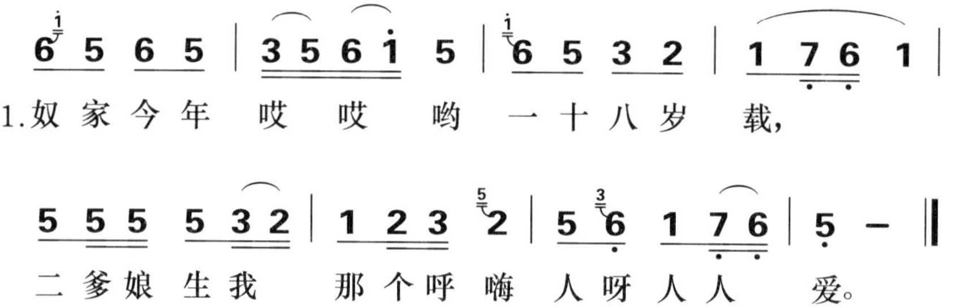

2. 清早起来绣房门门儿开，
   梳头洗脸抿呀抿彩彩。

3. 低头儿出了门子外，
   奴到菜园子撇①呀撇白菜。

4. 手提上篮篮往外出，
   霎时来到菜园门。

5. 手拿钥匙开呀开开门，
   低头儿进了菜呀菜园中。

民歌五台山

6. 白菜长得绿呀绿茵茵，
　　人活一世在呀在青春。

7. 咦留咦留咦留留儿白，
　　奴在菜园撤白菜。

8. 一叶子白菜来撒开，
　　架墙跑进书生来。

9. 远看书生袭人又不赖，
　　近看书生比奴家我也白。

10. 二细子草帽他头上戴，
　　　两边又有双飘带。

11. 白市布衫子对襟开，
　　　红丝裤带露出来。

12. 一条裤带甩腿开，
　　　卫生袜子礼服尼鞋。

13. 越看书生越喜爱，
　　　叫声书生你过来。

14. 满天的浮云把我爱，
　　　你来菜园你看甚来。

15. 如有此心把我爱，
　　　三媒六证说亲来。

16. 说成亲事你再来，
　　　奴家花开等呀等你来。

注：①撒——忻州地方方言，"撒"字，意指"收""扳"白菜。也称"起"白菜。

（定襄县）

山歌（卷席片）

撒　白　菜
（二）

$1 = {^\flat}B$　$\frac{2}{4}$

姚灯和 唱
激　波 记

中速

$\dot{2}\ \dot{2}\dot{3}\ \ 5\ 1\ |\ \dot{2}\ 3\ \dot{5}\ \ \dot{5}\dot{3}\ \dot{2}\ |\ \dot{5}\ 1\ \ \dot{2}\ 1\ 7\ 6\ |\ 5\ -\ |$

1.奴家　今年（哎 咳咳 哟　呀）一十（哟）　　七，

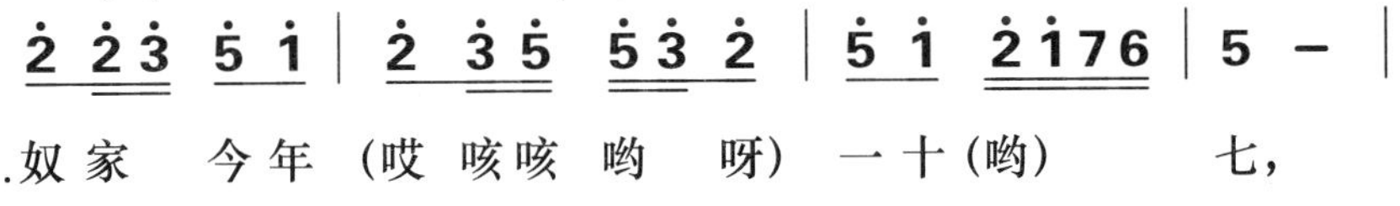

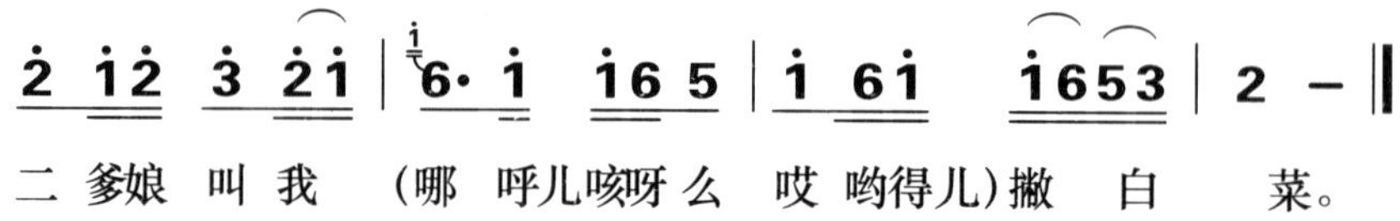

$\dot{2}$ $1\dot{2}$ 3 $\dot{2}\dot{1}$ | $\dot{6}\cdot\dot{1}$ $\dot{1}65$ | $\dot{1}$ $\dot{6}\dot{1}$ | $\dot{1}653$ | $2 -$ ‖

二 爹娘 叫 我 (哪 呼儿咳呀么 哎 哟得儿)撒 白 菜。

2.手提竹篮往外行，　　　3.迈开金莲大步行，
　低头出了绣房门。　　　　霎时间来到菜园门。

4.手拿钥匙开了锁，　　　5.进了菜园四下观，
　低头进了菜园门。　　　　满园的白菜长得鲜。

6.一溜一溜一格枝枝白，
　奴在菜园撒白菜。

（定襄县）

撒 白 菜

（三）

1=♭B 2/4　　　　　　　　　　　　　洪飞 记

中速

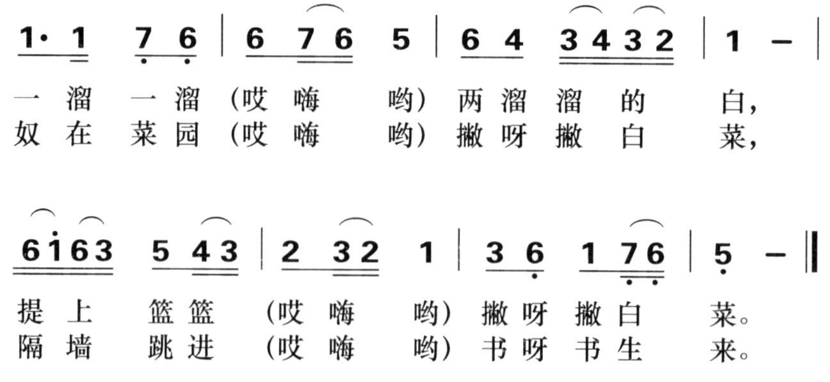

$1\cdot 1$ $\underline{7}\underline{6}$ | 6 $\underline{7}\underline{6}$ 5 | 6 4 $\underline{3}\underline{4}\underline{3}\underline{2}$ | $1 -$ |

一溜 一溜 (哎嗨 哟) 两溜溜 的 白，
奴在 菜园 (哎嗨 哟) 撒呀 撒白 菜，

$\underline{6}\underline{1}\underline{6}\underline{3}$ $\underline{5}\underline{4}\underline{3}$ | 2 $\underline{3}\underline{2}$ 1 | $\underline{3}\underline{6}$ $\underline{1}\underline{7}\underline{6}$ | $\underline{5} -$ ‖

提上 篮篮 (哎嗨 哟) 撒呀 撒白 菜。
隔墙 跳进 (哎嗨 哟) 书呀 书生 来。

（忻州市）

撖 白 菜
（四）

1 = C 2/4

玉堂 书平记

| 6 5 6 5 | 3 6 5 | 6 5 3 2 | 1 6 1 |

一溜一溜 哎哎哟 一溜溜的 白哎哎，

| 5 5 3 2 2 | 1 3 2·3 | 5 1 7 6 | 5 — ‖

架墙瞭见个 那呼嗨 撖白哎哟 菜。

（五台县）

割 青 菜
（一）

1 = G 2/4

张松林 整理

| 5 6 5 3 2 6 | 5 6 5 3 2 6 | 5·3 5 5 |

1.我 家呀么 住 在 县 城

| 7 2 3 2 1 | 2 2 2 2 | 5 5 5 | 6 5 | 5 3 2 3 |

东么哎哎哟，我的那 名儿叫 杨秀英，

| 1 7 6 5 2 3 7 | 7 6 5 6 5 | 5 5 3 5 | 5 3 2 3 |

外号人称一点 红么嗯哎 哟。哎么得哝儿哟

| 1 7 6 5 2 3 7 | 7 6 5 6 | 5 ‖

外号人称一点 红么嗯哎 哟。

山歌（卷席片）

2. 奴家今年一十六岁整，
   因为家穷无有钱，
   二老爹娘把奴问。
3. 每日起来做营生，
   去到菜园把菜种，
   全靠卖菜度光景。
4. 清早起来无事办，
   梳头洗脸进绣房，
   绣房里头巧打扮。
5. 头上梳的龙卷风，
   梳的两个扎角儿是宝莲灯，
   鼻梁凹里三点红。
6. 柳叶眉来杏子眼，
   樱桃小口一点香，
   打扮下个菜花篮。
7. 迈开大步往前行。
   霎时间来到菜园中，
   割些青菜放在篮。
8. 三斤青菜放在篮，
   从墙跳进一少男，
   他和奴家把话讲。
9. 奴家看见事不好，
   手提上篮篮儿往外跑，
   门槛高来卜拦倒。①
10. 一下把奴拉菜园，
    要和奴家把亲成，
    羞得奴家满脸红。
11. 你吃青菜抱几斤，
    想吃奴家万不能，
    错打了你定盘星。
12. 二次他进前身挨身，
    要和奴家把嘴亲，
    要和哥哥成了亲。
13. 菜园就有咱二人，
    他抹下一只玉镯来表真情，
    才打动奴家的心。
14. 自从那日把亲成，
    白日里打盹也做梦，
    好像哥哥在身边。
15. 打了三天没见面，
    水不能喝来饭不能进，
    得了真的相思病。
16. 哥哥他差人来提亲，
    四月十六就成亲，
    花花世界喜来临。

注：①卜拦倒——方言，意指"绊倒"。

（定襄县）

割 青 菜
（二）

白计安 唱
奋臻 志强 记

1 = G 2/4

5 6 5 3 2 | 5 6 5 3 2 5 | 1· 2 5 6 5 |
家 住 呀在 五 台 县 山 角

3 2 6 1 | 6 5 5 5 5 5 | 3 6 1 5 3 |
村， 我的 名儿就叫 王 秀 英，

6 6 6 6 5 3 5 | 1 6 1 5 ‖
外号就叫 一点 红哎咳 哼。

（五台县）

卷起烂席片解心宽

梁春峰 唱
晓敏 子贞 记

1 = F 2/4

中慢

5 5 5 6 6 | 1 1 6 5 | 5 5 7 3 3 7 | 2· 6 5 |

们爹 和（那个）们婆 （呀）没主 （咾咾个）意，
车 不（那个）走 （呀）轿不 （咾咾①个）异②
一不 怨（那个）老子 （呀）二不怨 （咾咾个）娘，
媒人 （那个）好吃 个煮饺 （咾咾个）子，
红媒 眼（那个）婆婆 （呀）鞭杆子 （咾咾个）汉，
媒人 （那个）好吃 了油炸 （咾咾个）糕，
讨吃 鬼（那个）死了 （呀）合了 我的 意，
高粱 面（那个）窝窝 （呀）拌了 一棵 葱，

山歌（卷席片）

—211—

| 2 2̂3 | 5 | 3 1̂2 | 3 3̂3 | 3 7̂ | 6 5̂6 | 1 - ‖

| 把 我 | 们 | 问 的 | (咾 咾 咻) | 山 | 根 | 底。
| 娶 | 们 | 骑 的个 | (咾 咾 咻) | 老 | 草 | 驴。
| 单 | 怨 | 媒 人 | (咾 咾 咻) | 鬼 | 嘴 | 长 的。
| 给 我 | 们 | 寻 下个 | (咾 咾 咻) | 讨 吃 | 的。 | 散
| 我 和 | (咻) | 讨 吃 的 | (咾 咾 咻) | 活 | 离 圪 | 泡③
| 给 我 | 们 | 寻 下个 | (咾 咾 咻) | 灰 | 圪 | 泪。
| 刀 尖 | 尖 也 | 扎 不出 | (咾 咻) | 我 | 的 | 人。
| 一 霎 | 时 | 想 起了 | (咾 咾 外) | 我 的 | 心 上 |

注：①咾——象声词，与"唠"同义。

②舁——与"抬"同义。舁轿即抬轿。

③灰圪泡——指品貌不端的人。

（定襄县）

撂不下妹子哭上走

（曲调同前）

1. 暴风雨下来黄风风吼，
撂不下妹子哭上走。

2. 阳婆婆一落鸡回窝，
谁不好活也可照我。

3. 人家骑驴我骑羊，
尘世上没有我这苦命郎。

4. 心上不好活学上个唱，
泪蛋蛋掉在我心眼眼上。

5. 吃饭晓不得饥和饱，
睡觉不知道颠和倒。

6. 野雀雀落在电线线杆，
捎书书容易见面面难。

7. 杨树树芽芽柳树树梢，
写下个书儿不敢给你捎。

8. 水花花开花扎不下个根，
想你想得我伤透了心。

（定襄县）

为一回朋友伤一回心

(曲调同前)

1. 吃一回豆角抽一回筋,
   为一回朋友伤一回心。

2. 小月饼顶不上自来红,
   好伙计顶不住赖男人。

3. 为朋友本是圪顶上的牛,
   绷开缰绳一辈子的仇。

4. 榆钱钱开花边边上薄,
   如今的年轻人面面上好。

5. 来了咱门上嘴上说得好,
   一出廊门就忘记了。

6. 根脚底下没啦些泥,
   为朋友打伙计再不要提。

(定襄县)

把咱的不好活要扔开

(曲调同前)

1. 咱把那决心拿起来,
   把咱这不好活要扔开。

2. 要穿黑来一身身黑,
   好比那黑老鸹墙头上落。

3. 要穿蓝来一身身蓝,
   好比那孔雀雀戏牡丹。

4. 要穿花来一身身花,
   好比那花雀雀墙头上爬。

5. 要穿灰来一身身灰,
   好比那鹁鹁鸠绕天飞。

6. 要穿白一身身白,
   好比那白萝卜串了苔。

7. 山圪瘩上头两块砖,
   卷起席片解心宽。

(定襄县)

山歌(卷席片)

哪儿想起你哪儿哭

（曲调同前）

1. 上堰子糜子下堰子谷,
   哪儿想起你哪儿哭。

2. 荍莛莛高来糜莛莛低,
   我不想别人单想你。

3. 新新的碾杆①推不下个米,
   走前来退后去撂不下个你。

4. 脚蹬住鸡窝手扳住墙,
   泪点点滴在花鞋上。

5. 心上不好活街上站,
   过来过去是人家的汉。

6. 手巾巾拴在挎包上,
   你走动了把我的心卷上。

注：①碾杆——指农村推碾子的木杆。

（定襄县）

长把把辫子风里摆

韩树槐 唱
岫 嶂 记

1 = F 2/4

中速

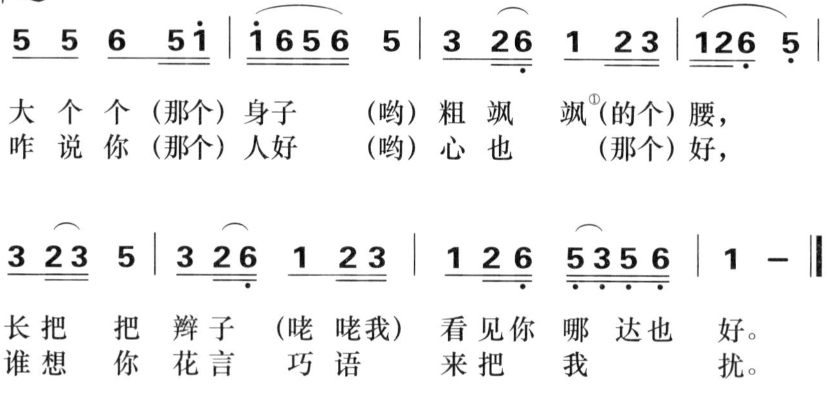

5 5 6 5ⅰ | ⅰ6 5 6 5 | 3 26 1 23 | 126 5 |

大 个 个（那个）身 子 （哟）粗 飒 飒①（的个）腰,
咋 说 你（那个）人 好 （哟）心 也 （那个）好,

3 23 5 | 3 26 1 23 | 126 5356 | 1 - ‖

长 把 把 辫 子（咾 咾 我）看 见 你 哪 达 也 好。
谁 想 你 花 言 巧 语 来 把 我 扰。

注：①飒飒——方言,与"煞"同音,指腰部壮实。

（定襄县）

人家都说们想哥哥

1 = A 2/4　　　　　　　　　　春风 唱
中慢　　　　　　　　　　　　晓敏 子贞 记

5 56 5 | 2 32 1 | 2 3 2 16 | 5 — |
心上　（咾）不好　活学上一个唱，

1 6 5 | 1 2 3 | 2 1 2 1 6 | 1 — ‖
人家（呀）都说们想　哥　　哥。

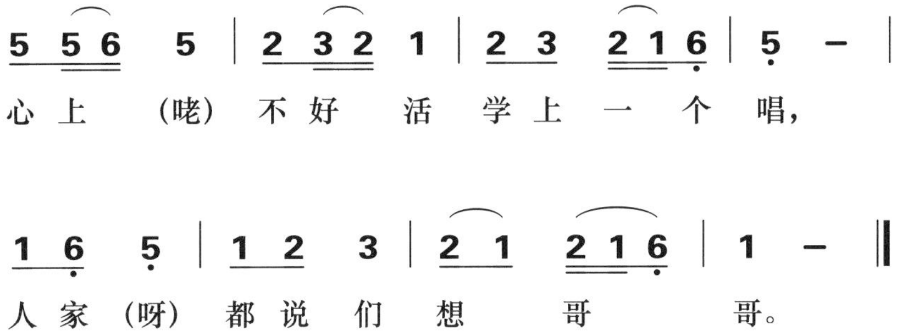

（定襄县）

人家都在你不在

1 = F 2/4　　　　　　　　　　春风 唱
中慢　　　　　　　　　　　　晓敏 子贞 记

5 1 5 1 | 1 7 6 5 | 2 | 1 2 5 | 5 6 5· |
山 在（那）水 在（呀）石头（那个）在，

5 1 5 1 | 1 7 6 5 | 2 | 1 2 5 | 1 6 5· ‖
人 家（那）都 在（呀）你 不（那个）在。

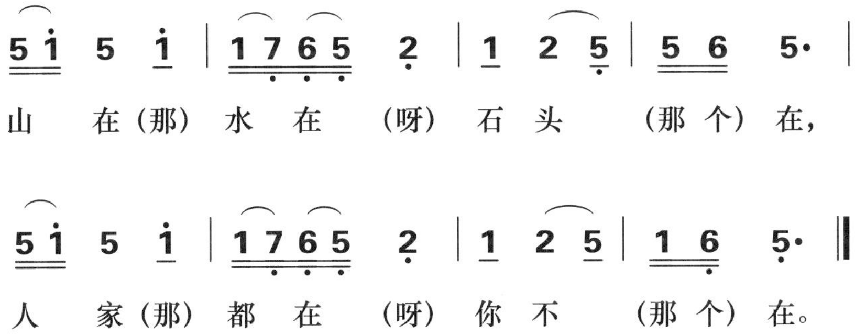

（定襄县）

山歌（卷席片）

你才是我的麻缠鬼

1=♭B 2/4
中速

春风 唱
子贞 晓敏 记

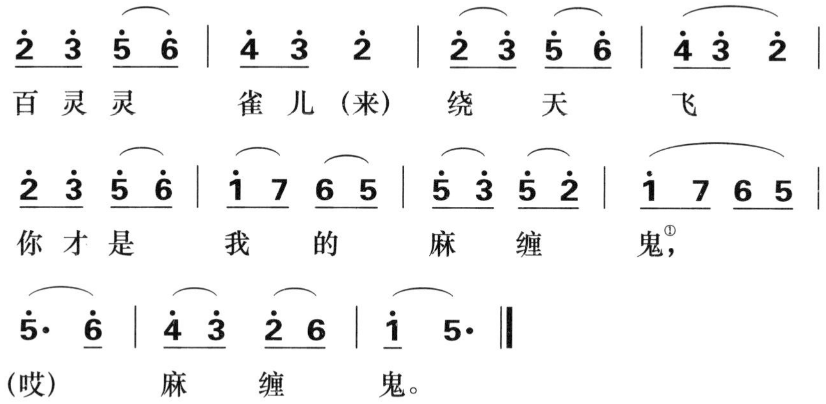

百灵灵 雀儿(来) 绕 天 飞
你才是 我 的 麻缠 鬼,
(哎) 麻缠 鬼。

注：①麻缠鬼——指轻浮纠缠之人。

(定襄县)

走着站着把你顾

1=G 2/4
中速

张秀全 唱
子贞 晓敏 记

大榆树来剥了(个)皮，机关枪响动(咾咾哥哥呀)妹子操心你。
井上打水斗绳绳粗，走的呀站的(咾咾哥哥呀)妹子把你顾。

(定襄县)

黄猫黑猫锅头上卧

1 = ♭B 2/4

晓敏 子贞 记

中速

5·3 2 25 | 1 6 5 | 5 53 2 55 | 6/1 — |

黄　猫（那个）黑　猫　锅头　上（那个）卧，

1 12 5 53 | 53 2 5 | 1 7 6 53 | 5 — ‖

定不　下（那个）主　意　该和（那）谁商　量？

（定襄县）

想　妈　妈

1 = A 2/4

郎苏文 词
张俊英 记

慢速

5 5 5 56 | 6 54 5 | 3 1 2 32 | 1 76 5 |

山丹　丹（那个）开花　（呀）半坡　坡（那个）红，
上房　房（那个）瞭见　（呀）妈家的（那个）路，
放下　你（那个）枕头　（呀）亮面　面（那个）睡，
挑一　篮（那个）苦菜　（呀）弯半　天（那个）腰，

3 3 5 53 | 2 12 3 3 | 6 56 7 76 | 5 — ‖

担水　水（那个）瞭不　见（呀）妈　家的　门。
泪蛋　蛋（那个）滴在　（那）房背　（那个）后。
心里　头（那个）想妈　妈（那）满眼　眼（那个）泪。
喝一　口（那个）冷水　也是　妈　家的　好。

（代县）

山歌（卷席片）

嘴上不说谁知道

春风 唱
晓敏 子贞 记

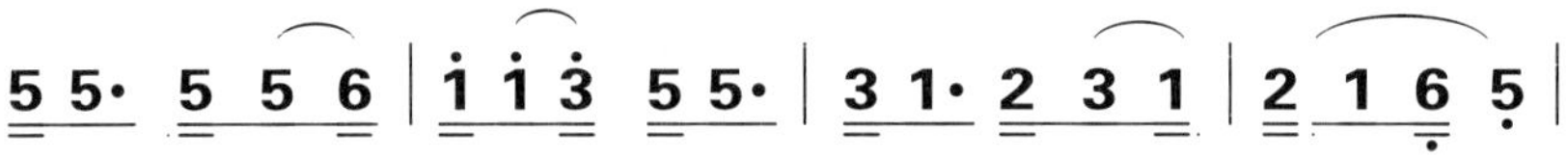

1 = A 2/4
中慢

5 5· 5 5 6 | 1 1 3 5 5· | 3 1· 2 3 1 | 2 1 6 5 |
心上（咾咾） 不好 活我 脸面 上（个） 笑，

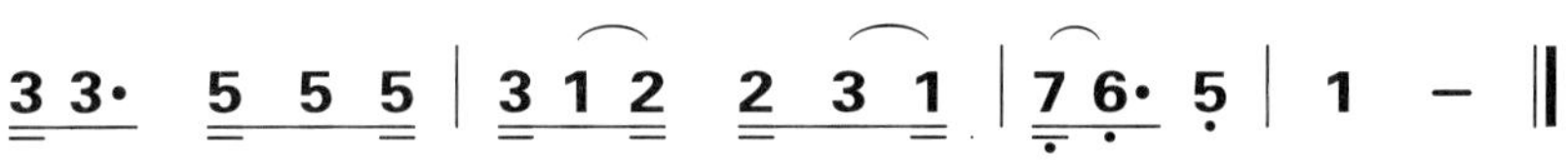

3 3· 5 5 5 | 3 1 2 2 3 1 | 7 6· 5 | 1 — ‖
们嘴 上（那个） 不说 （咾咾） 谁 知 道？

（定襄县）

民歌五台山

娘老子主婚害死个人

邢丑花 唱
刘子贞 记

1 = A 2/4
中速

5 3 5 | 5 5 6 | 6 5 4 | 5 5 5 |
甜 甜 的（那个） 蜂 蜜 （罗 罗 的）
枯 山 的（那个） 顶 顶 上 （罗 罗）
甜 苣 （的 那个） 叶 叶 （罗 罗 的）
心 上 （的 那个） 不 好 活 （罗 罗）
心 上 （的 那个） 不 好 活 （罗 罗）

—218—

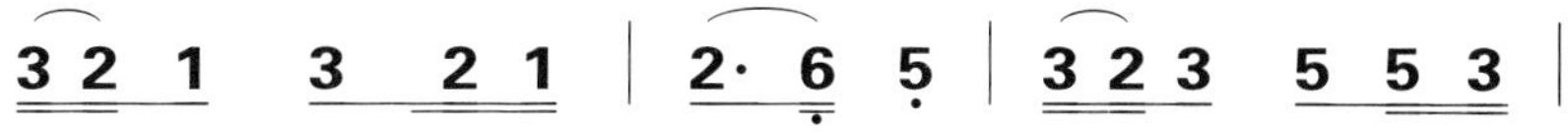

```
3 2 1  3 2 1 | 2· 6 5 | 3 2 3  5 5 3 |
```
拌　了　一　卜^①卜　葱，　娘　老　子(那个)
种　了　一　苗　苗　菜，　我　的　　(那个)
苦　苣　(那个)　根，　　苦　来　　(那个)
嘴　里　头　(那个)　唉，　眉　头　上(那个)
只　有　一　觉(个)　睡，　为　婚　姻

```
2 3 1  3 2 1 | 1 7 6  5· 6 | 6̂ 1 — ‖
```
主　婚　(罗　罗　的)　害　死　(个)　人。
难　活　(罗　罗　的)　娘　老　子　害。
苦　去　(罗　罗)　是　苦　在　(个)　心。
疙　瘩　(罗　罗　的)　解　不　开。
把　我　(罗　罗　的)　心　操　碎。

注：①卜——方言，"卜"与"棵"同义。

（忻州市）

爸爸妈妈真狠心
（曲调同前）

1. 爹爹妈妈你们好狠心，
　亲生的女儿你们填火坑。

2. 白菜韭菜水萝卜菜，
　我的难活是娘老子害。

3. 爹爹妈妈你们不亲我，
　二斗粗糠就卖了我。

4. 爹爹妈妈你们在银钱上站，
　把我卖给一个死老汉。

5. 十月的沙蓬挽成个蛋，
　好闺女配了个死老汉。

6. 大红柜子铜锁子，
　鲜桃花配了个朽果子。

7. 眼里的人家心眼上的汉，
　爹妈不叫也是枉徒然。

8. 甜甜的蜂蜜拌了一棵葱，
　娘老子主婚害死个人。

（忻州市）

撅席片组歌

（又名《山歌》）

张松林 整理

1 = ♭B 2/4

自由地

（一）

3 3 5 5 6 | 5 5 3· 3 | 2 2 3 5 5 2 | 1· 2

叫一声那个 亲呀哥你 抽上 一袋 烟,

3 3 5 5 3 | 2 2 3 5 | 1 7 6 5 | 6 5 6 1 7 6

咱两个 唱上几句 相好的呀 撅呀么撅席

5 —

片。

（二）

3 3 2 3 2 | 1 7 6 5 3 | 3 3 2 3 2 | 1 —

叫一声 相好的 听呀听我 说,

1 1 2 3 3 | 5³ 2·¹ | 6 6 5 3 0 5 | 6 6 7 7 6

撅上 两句 席片呀你 亲呀哥哥 下一下心

5 —

火。

（三）

6 6 6 7 6 5 | 3 5 2 1 | 6 6 6 7 6 5 | 3 —

叫一声 这个相好的 你坐 这个 下,

民歌 五台山

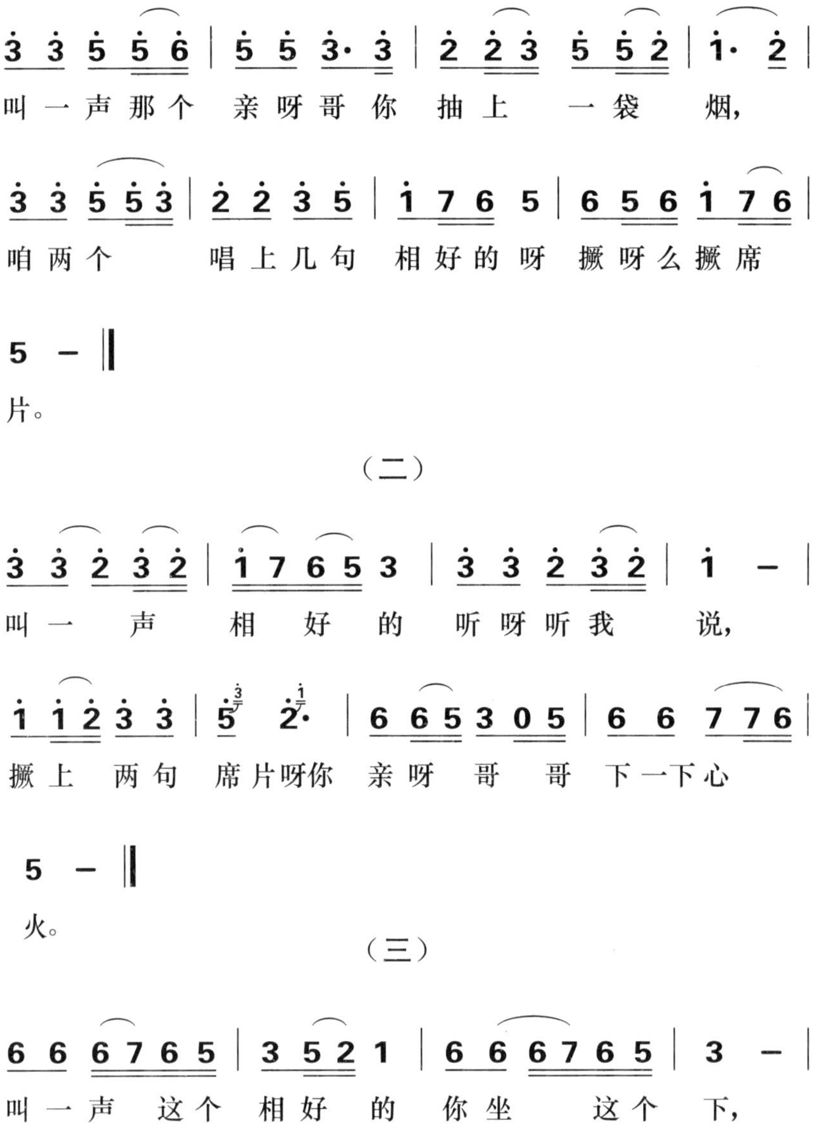

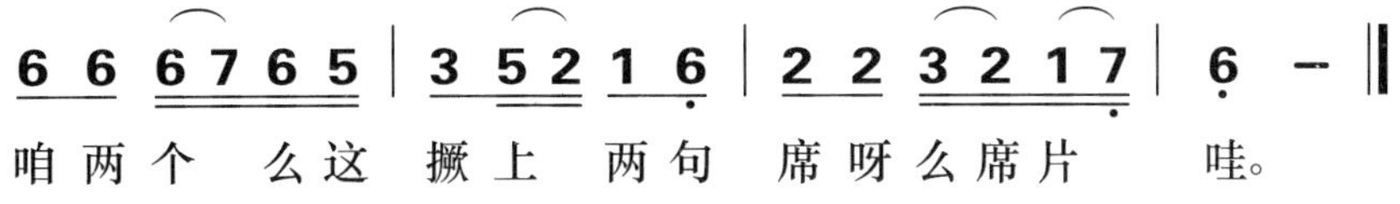

6 6 6 7 6 5 | 3 5 2 1 6 | 2 2 3 2 1 7 | 6 — ‖
咱两个 么这撅上 两句 席呀么席片 哇。

（四）

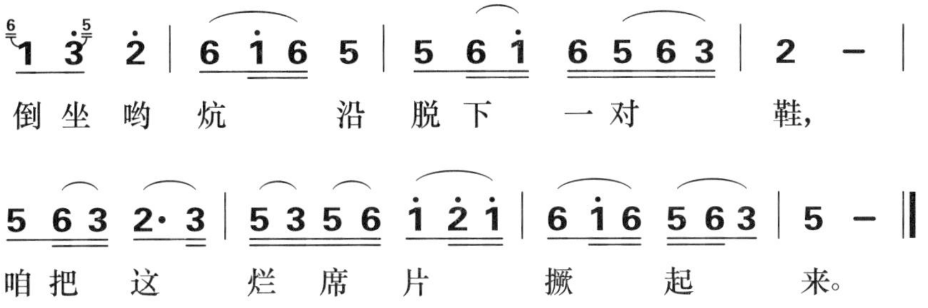

1 3 2 | 6 1 6 5 | 5 6 1 6 5 6 3 | 2 — |
倒坐哟炕 沿 脱下 一对 鞋，

5 6 3 2·3 | 5 3 5 6 1 2 1 | 6 1 6 5 6 3 | 5 — ‖
咱把 这 烂席片 撅起 来。

（五）

2 3 3 2 1 | 2 7 6· | 7 7 6 5 6 3 5 | 6 — |
远看见你这袭人 近看 见你可 亲，

6 2 1 7 6 | 5 6 3 0 | 5 3 5 6 3 2 1 | 2 — ‖
你才是 妹妹 心 呀心上的 人。

山歌（卷席片）

（六）

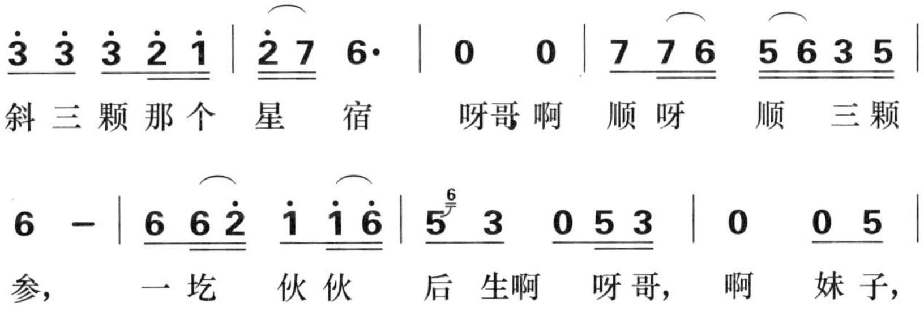

3 3 3 2 1 | 2 7 6· | 0 0 | 7 7 6 5 6 3 5 |
斜三颗那个星宿 呀哥啊 顺呀顺三颗

6 — | 6 6 2 1 1 6 | 5 3 0 5 3 | 0 0 5 |
参， 一圪伙伙 后生啊 呀哥， 啊妹子，

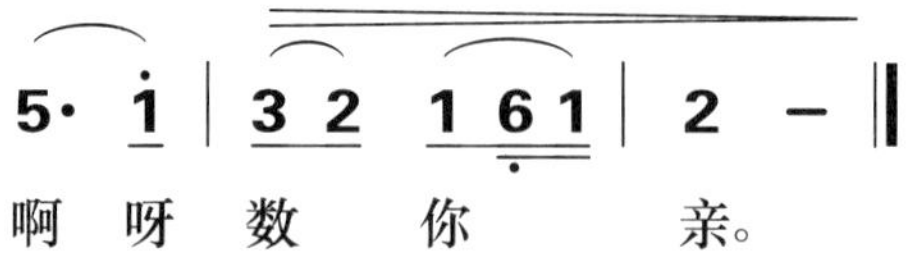

（七）

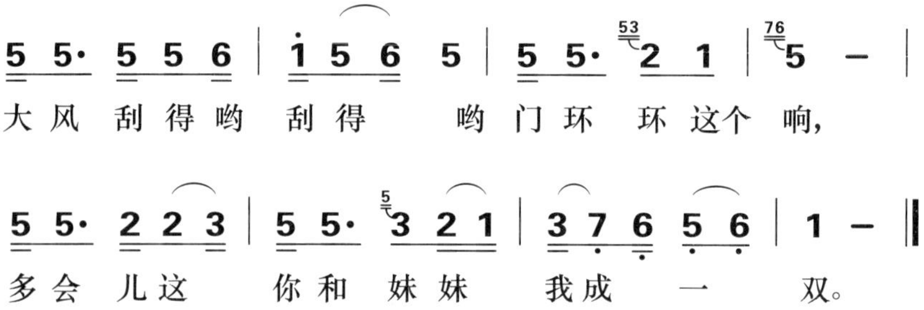

5 5· 5 5 6 | 1 5 6 5 | 5 5· 2 1 | 5 — |
大风刮得哟刮得　哟门环环这个响，

5 5· 2 2 3 | 5 5· 3 2 1 | 3 7 6 5 | 1 — ‖
多会儿这　你和妹妹我成　一　双。

（八）

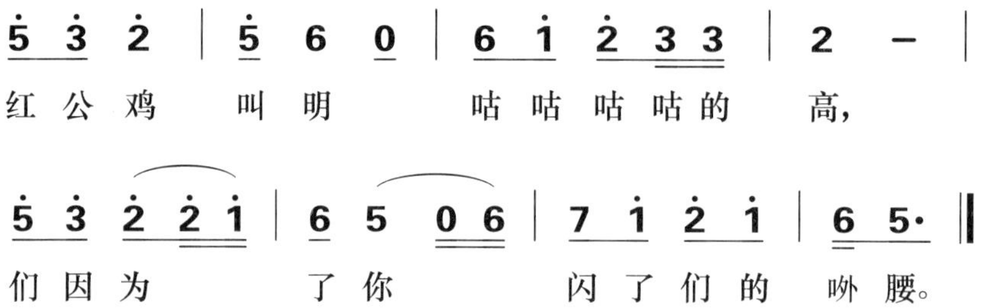

5 3 2 | 5 6 0 | 6 1 2 3 3 | 2 — |
红公鸡　叫明　咕咕咕咕的　高，

5 3 2 2 1 | 6 5 0 6 | 7 1 2 1 | 6 5· ‖
们因为　了你　闪了们的　呦腰。

（九）

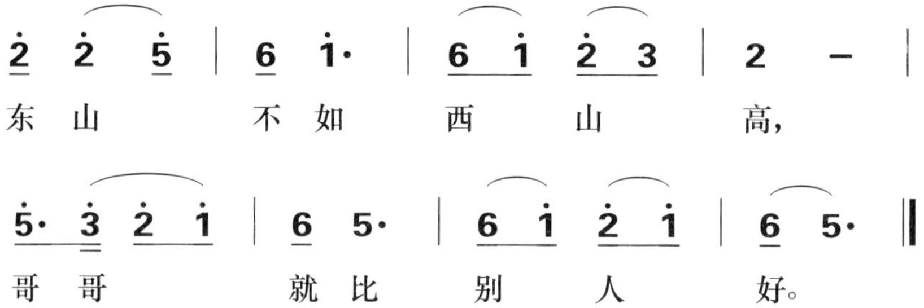

2 2 5 | 6 1· | 6 1 2 3 | 2 — |
东山　不如　西山　高，

5· 3 2 1 | 6 5· | 6 1 2 1 | 6 5· ‖
哥哥　就比　别人　好。

（十）

3 5 5 6 5 | 3 5 2 | 2 2 2 2 1 | 6 1 0 |
1.我见 妹妹 走过来，来嘣隆隆隆 嘣嘣，

2 3 5 6 5 | 2 3 2 | 2 2 2 2 1 | 6 5· ‖
拉住 妹妹 小手手 手啊呀我的 亲亲。

（十一）

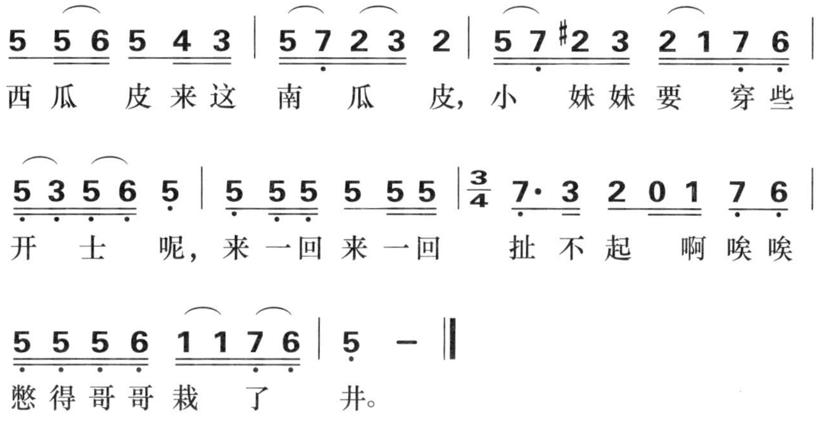

5 5 6 5 4 3 | 5 7 2 3 2 | 5 7 #2 3 2 1 7 6 |
西瓜 皮来这 南瓜 皮，小 妹妹要穿些

5 3 5 6 5 | 5 5 5 5 5 5 | 7·3 2 0 1 7 6 |
开 士 呢，来一回来一回 扯不起 啊唉唉

5 5 5 6 1 1 7 6 | 5 — ‖
憋得哥哥栽 了 井。

（十二）

5 5 4 5 | 5 6 6 3 | 2 — | 5 5 5 4 4 5 |
糜子窝窝 包韭菜， 来一回来一回

5 6 6 3 3 | 2 — | 1 1 6 1 1 6 | 5 5 6 5 3 |
你妈妈在， 花上银钱 不痛快

2 2 2 1 6 1 | 6 3 2 6 | 5 — ‖
唉哼唉哼 不如上 五 台。

山歌（卷席片）

（十三）

较慢，节奏自由地

5 5 3 2 | 5 6 0 | 6 1 2 3 | 2 — |
上 堰 堰 糜 子　下 堰 堰　谷，

5̇ 3̇ 2 1 | 6 5· | 6 1 2 1 | 6 5· ‖
哪 达 儿 想　哥 哥　哪 达 儿 哭。

（十四）

2̇ 2̇ 2̇ 1̇ 6 | 2̇· 3̇ 2̇ | 1̇ 7 6 #5 | 1̇ 7 6 #5 |
1.半 斤 莜 面　吆 哟 吆　推 窝 窝，推 窝 窝

6 6 1̇ 2̇ 2̇ | 2̇ 3̇ 5̇ | 2̇ 2̇ 6 5 5 | 2̇ 2̇ 6 5 ‖
挨 打 受 气　摇 三 摆　为 哥 哥 哎　为 哥 哥。

附：（一）至（十四）演唱歌词

（一）

男：眼跳打喷嚏不能做营生，
　　见见我的小妹子我定定心。

男：三十三颗荞麦九十九道棱，
　　咋好的朋友是人家的人。

男：桃杏树开花了蝴蝶飞，
　　唱上个小曲盼妹妹。

男：红公鸡叫鸣催人起，
　　你才是亲呀哥我的要命鬼。

男：山头上住人家打不下眼井，
　　刮风下雨我也能眊妹妹。

男：再不要骂呀哥不亲你，
　　不亲妹妹你了我还亲谁。

女：石榴榴开花石榴榴红，
　　十六上为朋友至如今。

女：大豆开花黑管心，
　　谁要不想谁了就坏了心。

女：大青山上石头滹沱河里的水，
　　我心上爱的就是哥哥你。
女：麻阴阴天气，闷生生雨，
　　们因为瞭你才湿了们的衣。

女：羊羔子吃奶双圪膝膝跪，
　　苦命人打不下个好伙计。
合：你亲我来了我亲你，
　　咱两个亲亲热热的不分享。

（二）

男：半前晌来了后半晌上走，
　　实心实意地交朋友。
男：咱把这不好活要甩脱，
　　哥哥我和你赶上个集。
男：鸦雀子落在电线杆，
　　捎书子容易见面难。
男：大黄牛耕地又驾耧，
　　见不上妹妹你心抖擞。

女：阳婆一落鸡进窝，
　　谁不好活也可照我。
女：叫声哥哥你过来，
　　这回走了你多会儿来。
女：枣树栽到南墙外，
　　膝上你走了盼望你来。

（三）

男：你说那个撅来咱就撅，
　　咱和你撅一撅了，你姐妹俩。
男：你走你的圪棱子我走我的道，
　　咱两个相好他们谁知道。
男：白绸子衫子了都穿上，
　　有了名声了咱伙担上。

女：年轻人不把伙计打，
　　来到人世上了就白走啦。
女：咱两个说出话来就不一样，
　　这事情哪有个不漏风的墙。

（四）

女：我给哥哥做一对牛鼻脸脸鞋，
　　哥哥穿上得得劲劲恰我来。
女：想你想你实想你，
　　清早起来喝了些洗脸水。

女：想你想得头不怠要梳，
　　初三我能记下二十九。
女：想你想得腿不怠要走，
　　黑山羊看下个老母猪。

山歌（卷席片）

女：想你想得迷了窍，
　　抱柴火跌到山药窖。
男：小妹子你不要不过意，
　　我走上二三十里来抬你。
男：想你想得心昏了，
　　耕地我扛了一个铡草刀。
男：想你想得心火大，
　　红红的阳婆也发厥目①。
男：想你想得这心头倒，
　　抽烟我就含了烟脑脑。
男：想你想得眼红了，
　　头枕上这夜壶睡了觉。
女：想你想你我真想你，
　　尿盆子儿扑起两碗白糖水。
女：想你想得心麻烦，
　　三天也没吃半碗饭。
女：想你想得见不上面，
　　三四天把们瘦下个干柴棍。
合：我想你来你想我，
　　多会儿能在一达儿过。
男：想你想得手腕腕软，
　　拿不起筷子端不起碗。
男：想你想得在大街上唱，
　　叫人家都说我是个神经货。
男：想你想得心不安，
　　唱个小曲我把你盼。

注：①发厥目——方言，指眼皮上起了脓疖子。

（五）

女：脚蹬住炉台炒鸡蛋，
　　看了哥哥一眼还想看。
女：白马腰中黑点点，
　　我问我的相好的走几天。
女：前三天梦见你后三天来，
　　到街上觅你才丢了一只鞋。
女：们在房上你在院儿，
　　说不上句话来了咱笑上一面。
女：不走房前走房后，
　　小妹妹二花心开了由不住。
男：白生生脸旦红圪嘟嘟的嘴，
　　层毛眼眼看得哥哥没主意。
男：三天见不上妹妹的面，
　　好像猫挖哥哥的心①。
男：拉不响的胡胡哨不响的梅②，
　　见不上小妹妹真比低③。
男：大房后头栽椿树，
　　你男人不在你咋有了肚。
男：山头上盖庙走下一条道，
　　你男人不在了把我叫。

注：①猫挖心——方言，形容心烦意乱。
　　②胡胡、梅——胡胡指乐器板胡；梅指笛子、吹笛子，方言称哨笛子。
　　③比低——方言，形容能力低下。

（六）

男：月明爷在前参在后，
　　想哥哥的日子还在后。

男：红鞋绿鞋米黄鞋，
　　等哥哥回来抬你来。

男：阳婆落在西山底，
　　心上我想念小妹妹。

女：红鞋绿鞋都穿过，
　　穿上这白鞋心难过。

女：荽子窝窝裹了卜葱，
　　一也子儿想起心上人。

合：为朋友本是露水夫妻，
　　还不如咱早早地拜天地。

（七）

女：大风刮得门环环响，
　　多会你和妹妹我能成一双。

女：一把手拉住亲呀哥，
　　要死要活咱俩相跟上。

女：把手拉住亲呀哥的手，
　　说不下个情由我不叫你走。

女：疥蛤蟆上树遭水灾，
　　十指连心咋离开。

女：一把手拉住哥哥丝腰带，
　　该叫哥哥走来还是该叫哥哥在。

女：天上下雪地下白，
　　你是个有良好的要经常来。

女：白天默认见不上面，
　　半月二十的也不眊们。

女：风尘尘不动树梢梢摆，
　　你眼尖些，人不在了快快来。

女：铜瓢铁瓢水瓮上挂，
　　至死也说不出这拉倒的话。

男：香油调菜分外香，
　　尘世上这亲不过你和我。

男：一把手拉住小妹妹的手，
　　左估右算的开不了口。

男：疥蛤蟆上了花椒树，
　　你把呀哥我麻缠住。

男：再不要骂呀歌活拉盖，
　　活拉上银钱我给你来。

男：滚水锅里头煮白菜，
　　慢慢地你品哥哥心好坏。

男：你妈妈生你人人爱，
　　红鞋上绣的一个绿白菜。

男：天上下雨地下泥，
　　一有工夫我看妹妹。

男：黑浪又长人又多，
　　多会儿对不下你和我。

男：红圪嘟嘟嘴巴子白生生牙，
　　小嘴嘴说出两句知心话。

（八）

女：红公鸡叫鸣鸪鸪鸪的高，
　　们因为瞭你闪了们的腰。

女：大红公鸡绿尾巴，
　　刚刚的来了又走啦。

女：山里头石头河里头水，
　　为了回子朋友哥哥就数你。

男：大红公鸡毛腿腿，
　　吃不上些东西白跑腿。

男：骑马要骑大白马，
　　为朋友要为妹妹十七八。

男：红瓢瓢西瓜绿皮皮包，
　　妹妹你的话儿忘不了。

合：长丝丝挂面软溜溜的糕，
　　笑嘻嘻的一心人咋拉倒。

合：咱两个年轻都也小，
　　将来咱们两配成一对比其也好。

（九）

东山不如西山高，
烟锅锅儿点灯半炕炕明，
粗罗罗儿罗下细罗罗儿旦，

哥哥就比别人好。
烧酒盅盅挖米不嫌哥哥穷。
我越看哥哥越想看。

（十）

2.荽子地里带黄豆，
　豆卜隆隆隆嘣嘣，
　我和妹妹走一走走啊呀我的亲亲。

3.山羊上树吃柳梢，
　梢卜隆隆隆嘣嘣，
　天配的阴阳鬼打搅搅啊呀我的亲亲。

（十一）

男：西瓜皮来南瓜皮，
　　小妹妹要穿些开示呢，
　　来一回来一回我扯不起，
　　憋得哥哥栽了井。

女：煤油灯来见不得风，
　　麻油炒上白菜心，
　　想吃豆角子抽了筋，
　　我和哥哥实在亲。

（十二）

男：糜子窝窝包韭菜，
　　来一回来一回你妈妈在，
　　花上银钱不痛快，
　　咳哼，咳哼，上五台。

女：谯楼二更鼓声敲，
　　我盼哥哥把我眊，
　　等五更他不到，
　　哗啦啦的我把门关。

（十三）

女：前半夜热来后半夜凉，炕沿上想你把地下跌。
　　自古道进村就三分暖，哥哥你来了心喜欢。

（十四）

2. 山药萝卜吆哟吆茴子白，茴子白，
　　梦见哥哥摇三摆抬我来，抬①我来。

3. 大红果子吆哟哟沙又沙，沙又沙，
　　哥哥他来了摇三摆咋就咋，咋就咋。

注：①抬——方言，抬是一个动词，用意较广。指接、搬和移动等。

（定襄县）

山歌（卷席片）

山歌组歌

朱生和 整理

为 朋 友
（一）

1 = F 2/4

| 5 25 | 4 3 2 | 5 25 | 4 3 2 |

1.正 月 里， 正 月 正，

| 5· 6 5 3 | 2 1 7 6 | 5· 6 2 1 | 5 — |

我 到 你 家 串 门 门，

| 1 2 3 | 2 1 7 6 | 5 5 | 4 3 2 |

你 有 心 来 我 有 意，

| 3· 5 5 3 | 2 1 7 6 | 5· 6 2 1 | 5 — ‖

哎 格 哟哟 咱 二 人 把 朋 友 为。

2.二月里，龙抬头，
　情呀哥学会下个拍浮油，
　半前晌来了半后晌走，
　实心实意交朋友。

3.三月里桃杏花开，
　无数的蜜蜂采花来，
　采下的花儿头上戴，
　我问妹妹爱不爱。

4.四月里，四月八，
　大麦小麦开花花，
　为朋友要为十七八，
　赛如一朵牡丹花。

5.五月里，五端阳，
　江米粽粽蘸砂糖，
　我和哥哥吃一顿饭，
　美口美口的实在香。

民歌五台山

6. 六月里，天气热，
   我给哥哥送水喝，
   冰糖砂糖全带上，
   又清凉来又解渴。

7. 七月里是豆角角白，
   我给哥哥做上一双鞋，
   做上一对牛鼻脸脸粘帮帮鞋，
   哥哥穿上得得劲劲接我来。

8. 八月里，月儿圆，
   西瓜月饼供老天，
   桃梨五果摆了个全，
   我和哥哥来团圆。

9. 九月里，秋风凉，
   我给哥哥缝衣裳，
   袄袄裤裤都做上，
   再缝上件坎肩肩。

10. 十月里来雪花儿飘，
    谁不知道咱二人是实心交，
    嫩豆芽芽香油调，
    哥哥来接妹妹坐花轿。

（五台县）

为 朋 友
（二）

1 = F 2/4

中速

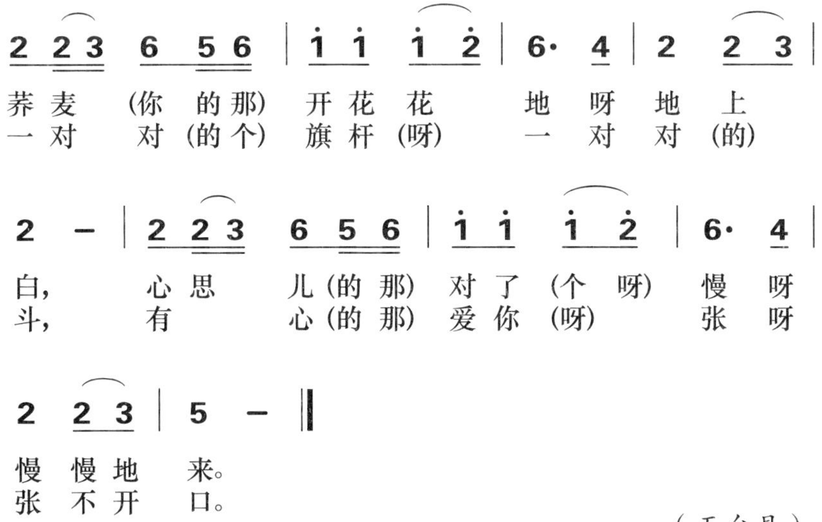

```
2 2̂3 | 6 5̂6 | 1̇1̇ 1̇2̇ | 6̇·4 | 2 2̂3 |
荞 麦    (你 的那) 开 花花    地 呀地 上
一 对    对(的个)  旗 杆(呀)  一 对对(的)

2 —  | 2 2̂3 | 6 5̂6 | 1̇1̇ 1̇2̇ | 6̇·4 |
白，    心思   儿(的那) 对了(个呀) 慢 呀
斗，    有    心(的那) 爱你(呀)   张 呀

2 2̂3 | 5 — ‖
慢 慢地   来。
张 不开  口。
```

（五台县）

山歌（卷席片）

山 歌

（一）

1 = C 2/4

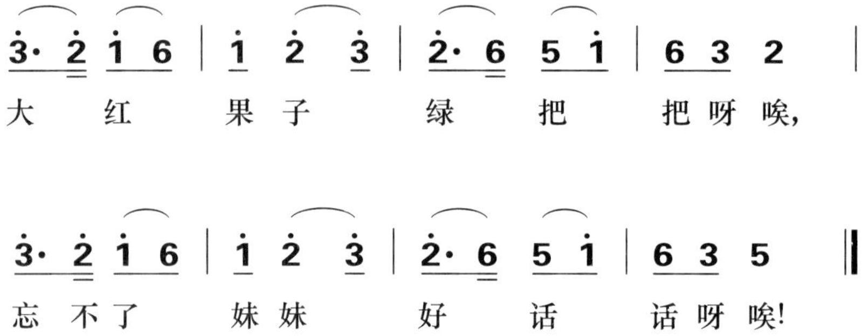

$\underline{\dot{3}\cdot \underline{\dot{2}} \underline{1} 6}$ | $\underline{1 \underline{2} \dot{3}}$ | $\underline{\dot{2}\cdot \underline{6} \underline{5} \dot{1}}$ | $\underline{6 3 2}$ |

大 红 果子 绿 把 把呀唉，

$\underline{\dot{3}\cdot \underline{\dot{2}} \underline{1} 6}$ | $\underline{1 \underline{2} \dot{3}}$ | $\underline{\dot{2}\cdot \underline{6} \underline{5} \dot{1}}$ | $\underline{6 3 5}$ ‖

忘 不了 妹 妹 好 话 话呀唉！

（五台县）

山 歌

（二）

1 = F 2/4

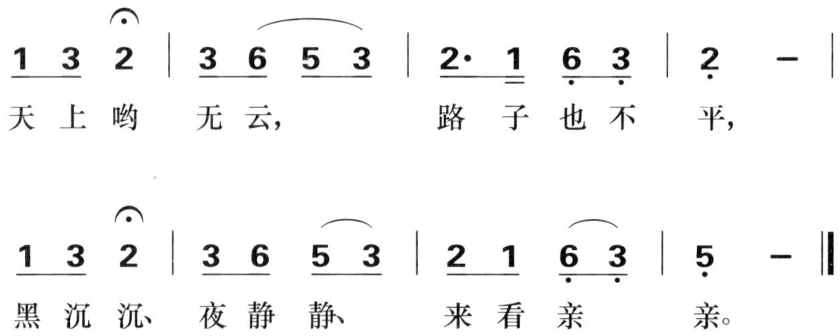

$1\ 3\ 2$ | $\underline{3\ 6}\ \underline{5\ 3}$ | $\underline{2\cdot \underline{1}}\ \underline{6\ \dot{3}}$ | $\dot{2}\ -$ |

天 上哟 无 云， 路 子 也 不 平，

$1\ 3\ 2$ | $\underline{3\ 6}\ \underline{5\ 3}$ | $\underline{2\ 1}\ \underline{6\ \dot{3}}$ | $\dot{5}\ -$ ‖

黑 沉沉 夜 静 静 来 看 亲 亲。

（五台县）

山 歌
（三）

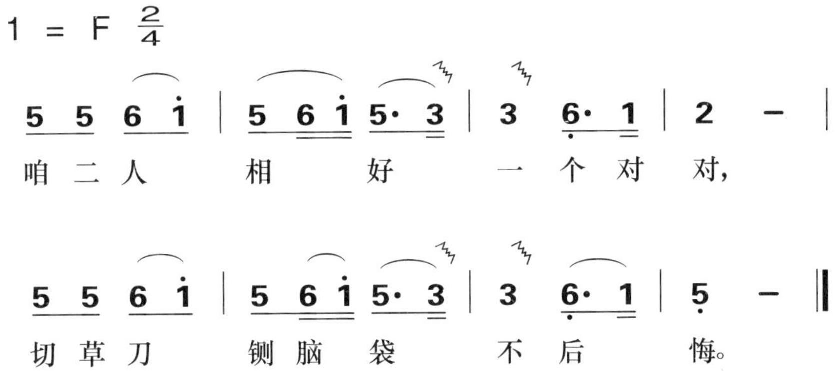

1 = F 2/4

| 5 5 6 1 | 5 6 1 5·3 | 3 6·1 | 2 — |

咱二人　相好　一个对对，

| 5 5 6 1 | 5 6 1 5·3 | 3 6·1 | 5 — ‖

切草刀　铡脑袋　不后　悔。

（五台县）

山 歌
（四）

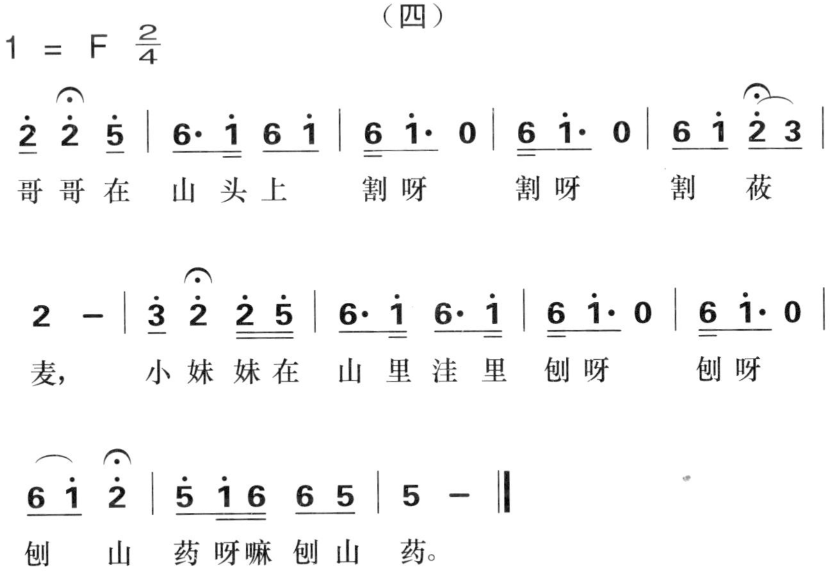

1 = F 2/4

| 2 2 5 | 6·1 6 1 | 6 1· 0 | 6 1· 0 | 6 1 2 3 |

哥哥在　山头上　割呀　割呀　割莜

| 2 — | 3 2 2 5 | 6·1 6 1 | 6 1· 0 | 6 1· 0 |

麦，　小妹妹在　山里洼里　刨呀　刨呀

| 6 1 2 | 5 1 6 6 5 | 5 — ‖

刨　山　药呀嘛刨山　药。

（五台县）

山歌（卷席片）

农民兄弟心连心

1 = F 2/4

胡林堂 唱
朱生和 记

稍慢

一片(哎) 树林(哎) 根 连 根,

农民(哎咳) 兄 弟 (来) 心 连

心 (哎咳 哎咳 哟), 万顷(呀)

良田(来) 片 连 片, 打的粮

食 山 连 山。

(五台县)

刨 山 药

1 = C 2/4

张龙秀 唱
边文堂 记

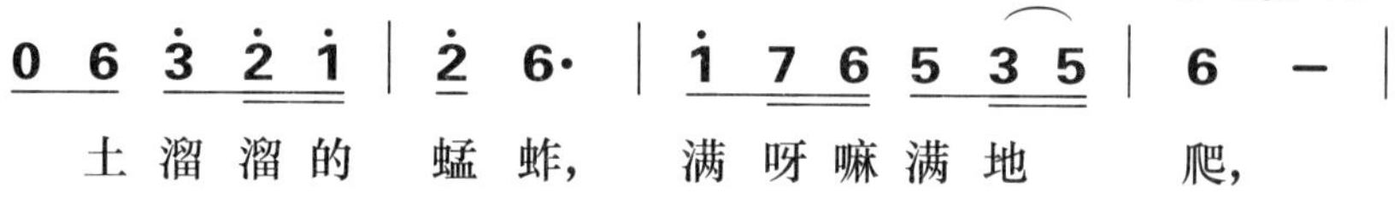

土溜溜的 蝈蚱,满呀嘛满地 爬,

—234—

| 0 6 $\dot{3}$ $\dot{2}$ $\dot{1}$ | $\dot{2}$ 3· | 5 5 5 6 3 2 1 | 2 — |

举起那个 镢头， 来呀来把山药①蛋 刨，

| 0 6 $\dot{3}$ $\dot{2}$ $\dot{1}$ | $\dot{2}$ 6· | $\dot{1}$ 7 6 5 3 5 | 6 — |

一镢头那 下去， 翻过来睢一 瞧，

| 1 $\dot{3}$ $\dot{2}$ 1 6 | $\dot{1}$ 3 2 | 5 5 5 6 3 2 1 | 2 — ‖

哟，半斤八两 是小的，哎呀你看妙 不 妙。

注：①山药——五台人称土豆为山药蛋，药音为咽，yan。

（五台县）

手提篮篮撇白菜

1 = C $\frac{2}{4}$

焕英唱
柱明记

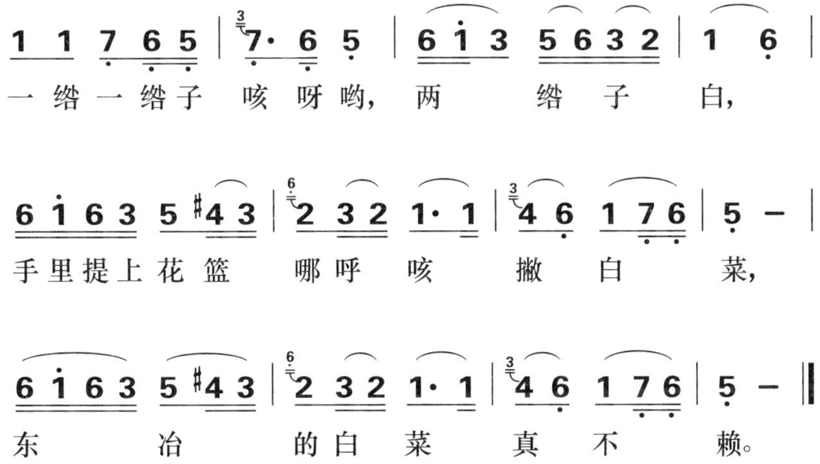

| 1 1 7 6 5 | $\overset{3}{7}$· 6 5 | 6 $\dot{1}$ 3 5 6 3 2 | 1 $\underset{.}{6}$ |

一绺一绺子 咳呀哟， 两 绺 子 白，

| 6 $\dot{1}$ 6 3 5 #4 3 | $\overset{6}{2}$ 3 2 1· 1 | $\overset{3}{4}$ 6 1 7 6 | 5 — |

手里提上花篮 哪呼咳 撇 白 菜，

| 6 $\dot{1}$ 6 3 5 #4 3 | $\overset{6}{2}$ 3 2 1· 1 | $\overset{3}{4}$ 6 1 7 6 | 5 — ‖

东 冶 的白菜 真不 赖。

（五台县）

山歌（卷席片）

九月秋风凉

1 = C 2/4

秋娥 唱
双章 记

5·5 61 3 | 21 21 6 | 56 53 23 25 | 1 —

清水河长来 五台山高 九月里来秋 风 凉，
红屹噔噔的 糜 穗哎 黄屹棱棱的 谷，

25 43 2 | 1 7 6 5 5 | 1 7 6 5 6 5 2 | 5 —

谷子呀那嘛 糜子 呀哎 齐呀嘛齐上 场。
变工队呀嘛 来打 场哎 喜呀嘛喜洋 洋。

（五台县）

二月春光好

1 = G 4/4

中板、田野风味

朱生和 整理

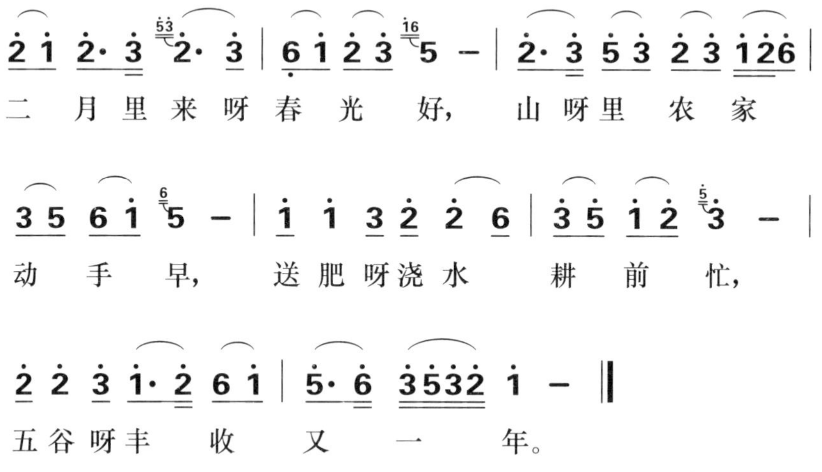

2 1 2·3 2·3 | 6 1 2 3 5 — | 2·3 53 23 126

二 月里来呀春 光 好， 山呀里 农 家

3 5 6 1 5 — | 1 1 3 2 2 6 | 3 5 1 2 3 —

动 手 早， 送肥呀浇水 耕前 忙，

2 2 3 1·2 6 1 | 5·6 3532 1 —

五谷呀丰 收 又 一 年。

（五台县）

起来穷人们

刘三传 记

1 = C 4/4

2 2 3 1 2 — | 3 5 5 6 1 — |
地是谁们开？ 粮食谁们栽？
蚕是是我们喂， 棉花我们栽，
不多亏共产党， 不领是咱不劳动，
　　　　　　　　 导咱闹翻身，

1 1 2 3 5 3 2 | 1 3 2 1 7 6 5 |
地里的庄稼匹被苦 怎样长起来呀咳
绸缎下都诉 穷妇织出来呀咳
咱受的和 地主剥削净呀咳
有苦 有冤的把冤伸

6 6 6 6 1 5 6 1 | 6 5 6 1 7 6 5 — ‖
穷人流血汗呀咳受这苦出来。
眼看地主他度穿 苦事受好吃地怪。
土地制起来闹公争 尽庄稼人有 人种。
穷人们 戴平

山歌（卷席片）

（五台县）

人里头就数咱俩好

张永平 整理

1 = C 2/4

5 5 1 | 5 5 3 | 2 2 5 | 2 — |
风车车不动 树梢梢摇，

1 2 5 | 1 7 6 | 5 6 3 | 5 — ‖
人里头数不过咱俩相好。

（五台县）

闹 春 耕

1 = C 2/4　　　　　　　　　　　　　　　　贵林 整理

6 i 6 5 | 4 3 2 | 1 7 6 1 | 2 0 |
一　年　　生 产　　闹 养　种，

6 i 6 5 | 4 3 | 2 3 6 5 | 2 0 |
庄　稼　　长 好　全 凭　　粪，

2 0 5 0 | 2 0 5 0 | 2 2 2 5 | 1· 7 6 |
展 开 积 肥　大 运　动，

5· 6 | 1· 7 6 | 5 4 3 6 | 5 — ‖
明　年　　增 产 有 保　证。

（五台县）

提起那行军过兵

1 = C 2/4　　　　　　　　　　　　　　朱生和 记

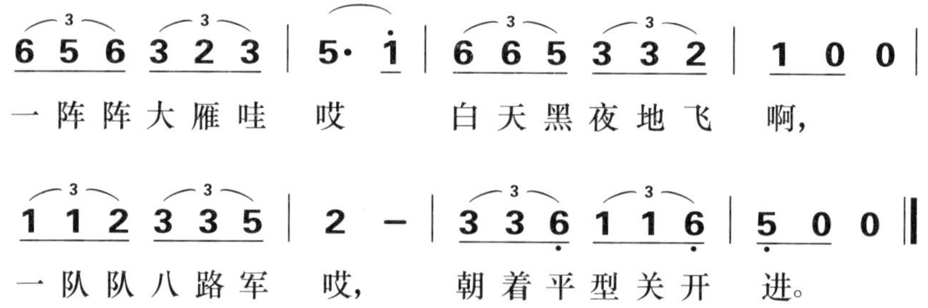

6 5· 6 3 2 3 | 5· 1 | 6 6 5 3 3 2 | 1 0 0 |
一阵阵大雁哇　哎　　白天黑夜地飞　啊，

1 1 2 3 3 5 | 2 — | 3 3 6 1 1 6 | 5 0 0 ‖
一队队八路军　哎，　朝着平型关开　进。

（五台县）

民歌五台山

一群羊儿山上跑

1 = F 2/4

五平记

4· 3 5 6 | 5 3 5 | #4 3 5 6 | 5 — |
一　群群羊儿　青哟山上　跑，

5 3 5 6 | 2 2 5 1 | 7 2 6 | 5 — |
后　边　跟的　我　哥　哥，

1 2 1 | 7 6 5 | 4 3 5 6 | 5 — |
走得　精神　跑得　快，

#4· 3 5 6 | 2 2 5 1 | 7 2 6 | 5 — ‖
啊育哟哟　看见哥哥　心痛　快。

（五台县）

山歌（卷席片）

核桃树开花

1 = C 2/4

春月记

5 5 6 | 5 4 3 2 | 5 2 5 | 1 7 6 5 |
核桃树　开　花　结核　桃，
脚踏那　地　来　手托着　柜，

2 2 5 | 1 7 6 5 | 1 5 6 | 5 — ‖
我给那　哥哥　绣荷　包。
拿起那　手绢来　沾沾　泪。

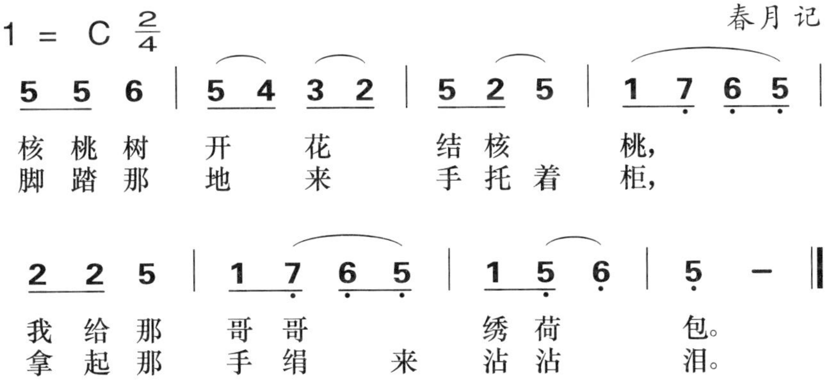

（五台县）

烂 席 片
（又名《山歌》）

明堂 唱
三林 记

1=F 2/4
中速

3 3̇1̇ 2̇ | 3̇ 2̇1̇6 5 | 2̇ 2̇2̇1̇ 6513 | 2̇ - |

过了那大　年（哎个呀呀）头　一　天，
先卖那房　来（哎个呀呀）后　卖　地，

3 3̇1̇ 2̇ | 3̇ 2̇1̇6 5 | 2̇ 2̇2̇1̇ 6561 | 5 - ‖

我小　子耍了一次　钱，两个老本　都输　完。
卖了那孩　子（呀），(哎个呀呀）卖贤　妻。

（五台县）

苦 相 思

1=B 3/8

何林 记

2̇ 2̇ 2̇ | 5̇ 2̇ 5̇ | 1̇ 7 2̇6 | 5· |

白日　里想你　不敢　吭，
半碗　豆子　半碗　米，
想你　想得　迷了　窍，

2̇ 1̇ 7 | 2̇ 6 7 | 5 4 3 6 | 5· ‖

黑夜　里想你　吹不　熄了　灯。
端起　柴火　碗来　想不　起药。
寻　　跌在　了山　　　你　窑。

（五台县）

打 核 桃

1 = G 2/4

梁书印 唱
郭秋彦 记

山歌（卷席片）

| 5 5 6 | i i 6 | 5·3 2 5 | 1 6 5 |

阳 婆 爷 上 来 丈 二 高，
红圪蛋蛋的 太 阳 满 山 上 照，手里
站 在 那 坡 上 瞭 一 瞭，
这 山 上 看 上 那 山 上 高，

| 5·3 5 1 | 6 5 3 2 | 1·3 2 6 | 1 5· | i 5· |

长 长 的 竹 竿 肩 膀 上 挠， 哎 哟，
提 上 篮 篮 儿 抿 嘴 嘴 笑， 哎 哟，
瞭 不 见 那 山 上 长 好 核 桃， 哎 哟，
那 山 上 长 的 一 拨 好 核 桃， 哎 哟，

| 5· 3 | 2·3 2 1 | 6 1 2 6 | 5 — ‖

叫 上 妹 妹 打 核 桃。
跟 上 哥 哥 打 核 桃。
妹 妹 你 说 走 哪 里 好。
咱 二人相跟上 打 核 桃。

（盂 县）

卖扁食

（一）

（男女对唱）

1 = ♭B 2/4

亚欣 记

中速

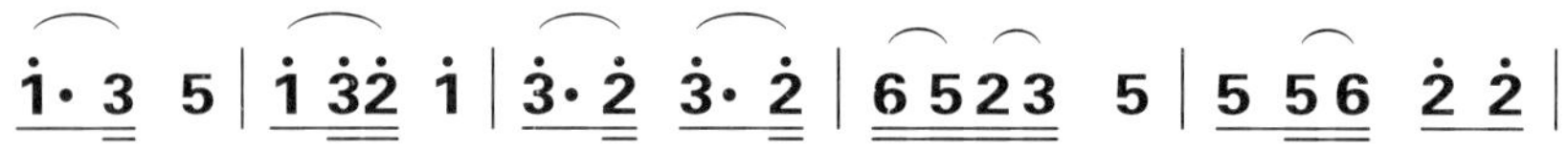

| 1· 3 5 | 1 3 2 1 | 3· 2 3· 2 | 6 5 2 3 5 | 5 5 6 2 2 |

清 早 起 来 去 到 东 城 卖， 担 担 放 在
从 南 嫂 嫂 上 来 一 个 人， 肩 肩 扛 着 的
大 嫂 嫂 扁 扁 食 卖 几 钱？ 肩 上 卖 的 丝
大 嫂 嫂 扁 扁 食 里 个 包 啥？ 往 日 肉 丝
左 手 拿 的 细 花 碗， 葱 右 手 拿 的

| 6 7 6 | 5 3 | 5 3 5 6 | 2 2 | 6 5 6 1 | 5 |

十 字 街， 吆 喝 一 声 扁 食 卖 （哟），
担 担 行， 好 像 是 个 买 卖 人 （哟），
三 个 钱， 我 卖 客 官 个 半 钱 （哟），
藕 根 菜， 蘑 菇 香 油 拌 馅 馅 （哟），
小 铜 勺， 我 给 客 官 扁 食 捞 （哟），

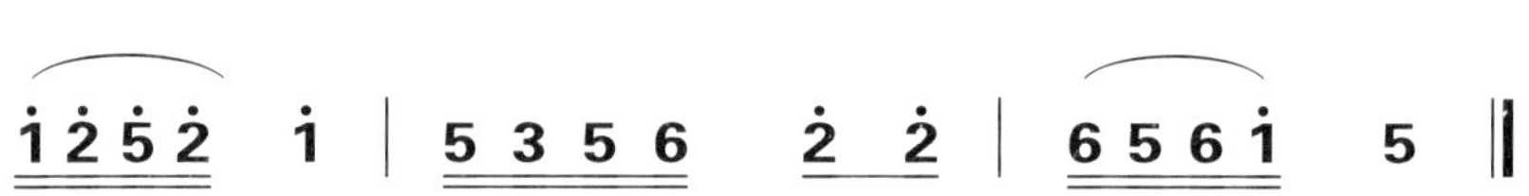

| 1 2 5 2 | 1 | 5 3 5 6 | 2 2 | 6 5 6 1 | 5 |

（哎 哟） 吆 喝 一 声 扁 食 卖 （哟）。
（哎 哟） 好 像 是 个 买 卖 人 （哟）。
（哎 哟） 我 卖 客 官 个 半 钱 （哟）。
（哎 哟） 一 个 个 的 味 儿 灵 （哟）。
（哎 哟） 我 给 客 官 扁 食 捞 （哟）。

（原平县）

民歌五台山

卖 扁 食
（二）

1=F 2/4

陈文元 唱
奋臻 雨禾 记

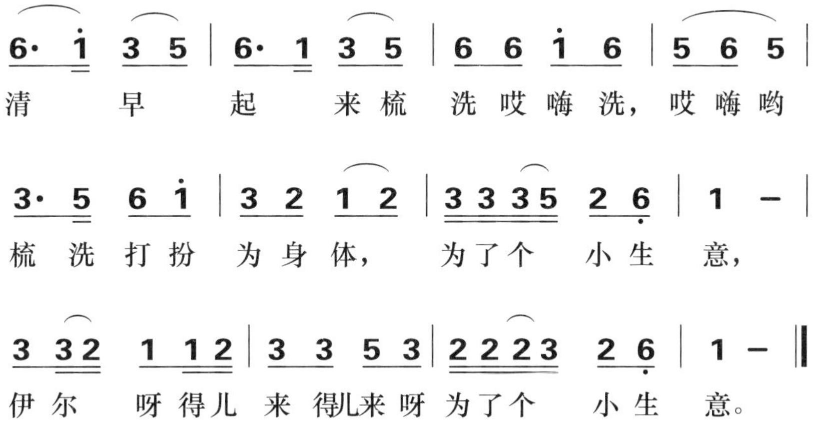

```
6· 1 3 5 | 6· 1 3 5 | 6 6 1 6 | 5 6 5 |
清  早  起   来 梳  洗 哎 嗨 洗，哎 嗨 哟

3· 5 6 1 | 3 2 1 2 | 3 3 3 5 | 2 6 | 1 — |
梳 洗 打 扮  为 身 体， 为了个  小 生  意，

3 3 2 1 1 2 | 3 3 5 3 | 2 2 2 3 | 2 6 | 1 — ‖
伊 尔 呀得儿 来得儿来呀 为了个  小 生  意。
```

（五台县）

卖 扁 食
（三）

1=♭B 2/4
中速

子贞记

```
3 5 3 2 1 | 3 5 3 2 1 | 2· 7 2· 3 | 6 5 6 1 | 3 1 2 3 3 |
1.清   早 起   来 出  门   来，        担 担  放 在
2.羊   肉 大   葱 藕  根   菜，        香 油  蘑 菇

1 6 1 2 | 3 | 5 3 5 6 | 3· 1 | 2· 6 | 5 |
十 字  街， 喊 了一声 卖 扁  食  来，
拌 馅  馅， 一个一个 味儿 鲜 （哟），
```

山歌（卷席片）

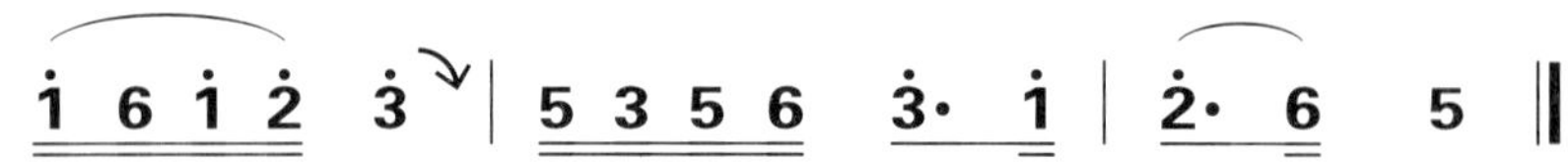

```
i 6 1 2  3    | 5 3 5 6  3· 1 | 2· 6  5 ||
```
(唉　　　哟)　喊了一声 卖 扁 食　 来。
(唉　　　哟)　吃了一回 又 买 来　 (哟)。

3. 今日不到别处卖，一心要到营盘里，扁食卖给当兵的。

　　问：妇女同志你是干啥的？　　答：我是个卖扁食的。

　　问：扁食卖多少钱？

4. 往常卖得三钱两，今日的扁食个对个，贱卖我也不赊账

　　问：你的扁食是荤的还是素的？　　答：荤的有，素的有。

　　问：荤的它包的是什么材料？

5. 葱丝姜丝白菜心，还有那麻油羊肉丝，调料面面在里边。

　　问：素的包的什么馅？

6. 粉条豆腐调蘑菇，花椒大料调香油，尝一尝好滋味。

　　男：有心尝一尝，吃不了一碗。

7. 吃不了一碗吃半碗，剩下的扁食倒进我碗里，小妹妹我不嫌你。

　　男：吃了扁食啦，还得喝口汤。

8. 吃了扁食再来半碗汤，你看小妹子多漂亮，完了咱大算账。

　　男：大嫂子听了你的口语，不像这里人氏，是哪里人氏？

9. 家往山东济南府，大水冲了奴家的村，因此住在此地方。

　　男：你家有几口人？

10. 二老爹娘都在世，还有那姐姐小兄弟，共有五口人。

　　男：你丈夫是干什么的？

11. 不提男人还罢了，提起男人很伤心，他本是个出门的人。

　　男：男人走了几年？现在在哪里？

12. 走后今年三年整，并无音信捎家中，问寻见他在归化城。

　　男：他在归化城干什么？

13. 身带琵琶怀揣书，一年四季走江湖，常于市上去说书。

　　男：你男人姓谁、名谁？

14. 姓王名槐字豪德，白吃生生脸，趴地虎虎身材，这就是我男人。

（五台县）

卖扁食
(四)

1=C 2/4

赵双才 唱
王一民 记

| 1 3 5 | 1 2 3 2 1 | 5 7 | 6 5 2 3 | 5 0 |

正　行　走　　　(来)用　目　寻　　(呀)
家　住　山　　　东　济　南　府　　(呀)
奴　家　青　　　春　刚　十　八　　(呀)

| 1 1 2 | 5 5 5 5 | 1 2 3 2 1 | 5 5 5 6 | 2 1 |

紧走那　来在　　代(了)洲(外)城，吆喝一声　卖扁
大水　　刮了一个　没有住　处，逃在你们　这个
奴的　　丈夫　　不(了)在(外)家，因此上俺　卖扁

| 6 5 6 1 5 | 1 2 3 2 1 | 5 5 5 6 | 2 1 |

食　　　(呀　哎咳哎咳　哟)吆喝一声　卖扁
地方　　(呀哎咳哎　咳　逃在你们　这个
食　　　(呀　哎咳哎咳　哟)因此上俺　卖扁

| 6 5 6 1 5 | 0 0 ‖

食　　　(呀)。
地方　　(呀)。
食　　　(呀)。

食　　　(呀)。(白)大嫂，你家住哪下？
地方　　(呀)。(白)大嫂，青春有多大？
食　　　(呀)。

山歌(卷席片)

(原平市)

卖扁食

（五）

1 = D 2/4

赵战楼 唱
邢和贵 赵美琴 记

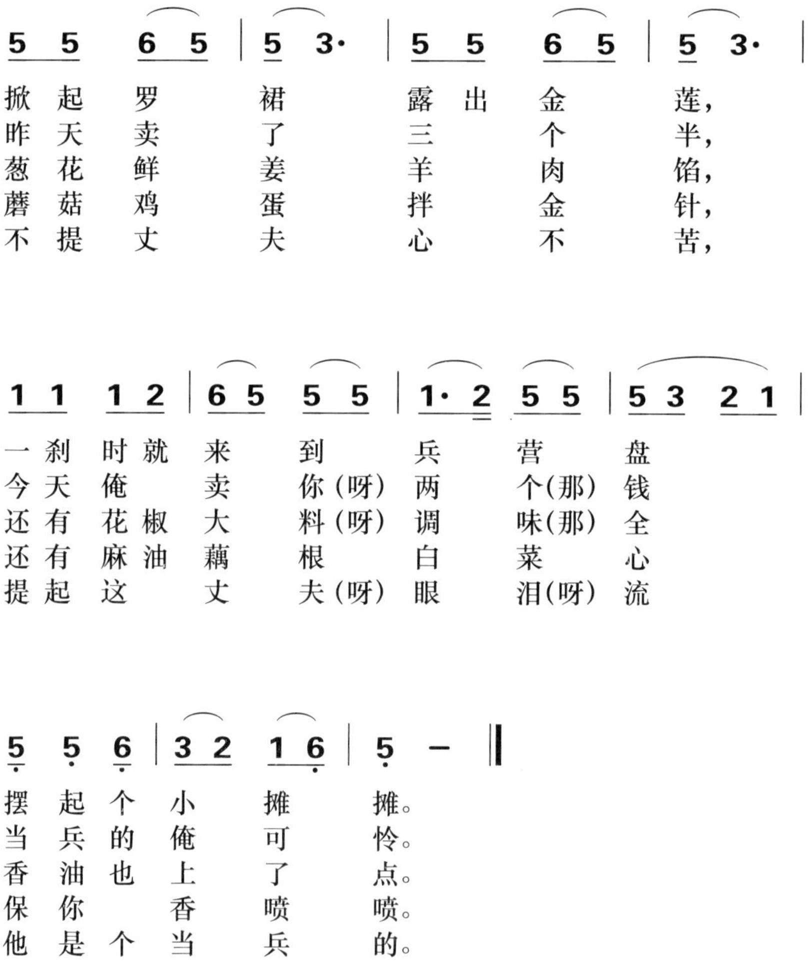

| 5 5 | 6 5 | 5 3· | 5 5 | 6 5 | 5 3· |

掀 起 罗 裙 露 出 金 莲，
昨 天 卖 了 三 个 半，
葱 花 鲜 姜 羊 肉 馅，
蘑 菇 提 鸡 蛋 拌 金 针，
不 丈 夫 心 不 苦，

| 1 1 | 1 2 | 6 5 | 5 5 | 1· 2 | 5 5 | 5 3 2 1 |

一 刹 时 来 到 兵 营 盘
今 天 就 卖 你（呀）两 个（那）钱
还 有 俺 大 料（呀）调 味（那）全
还 有 花 藕 根 白 菜 心
提 起 椒 丈 夫（呀）眼 泪（呀）流
这 油 麻

| 5· 5· 6 | 3 2 | 1 6 | 5 — ‖ |

摆 当 个 小 俺 摊 可 摊。
起 香 的 上 了 怜。
当 兵 也 香 喷 点。
油 你 个 当 兵 喷。
保 是 摊 的。
他

（原平市）

卖 萝 卜

1=F 2/4　　　　　　　　　　　　　范佩先 唱

中速

| 6 1 2 3 | 6 1 2 3 | 5 2 3 5 | 7 7 6 5 |

腊 月 初 九　三 九 天 尽（呀 咳），
今 天 集 上　红 呀 红 火（呀 咳），

| 5 5 6 1 | 5 7 2 5 5 | 3 7 1 2 7 6 | 5 — |

担 上 我 这 萝　卜 我 就　去 呀 去 进　城，
将 担 担 这 放　在　　 地 呀 地 溜　平，

| 1 1 1 6 | 5· 3 | 6 1 5 6 5 3 | 2 1 2 |

凤 英 我 今　年　　　一 十 七 岁　　整，
萝 卜 卖 得　快，　　立 刻 尽 打　　尽，

| 5 2 3 5 | 5· 1 6 5 ‖ 3 6 1 1 2 | 3 5 3 2 3 |

一 出 出 十 里 大 路　我 的 担 担　也 有
换 下 了 整 整 一 斗　黄 玉 茭 子　还 有 大 洋

[1] | 1· 2 3 7 6 | 5 — :‖ [2] | 1· 2 3 7 6 | 5 — ‖

六 十 多 斤。　　　 六 十 多 斤。
十 块 　整。　　　 十 块 　整。

注：①尽打尽——卖空了。

山歌（卷席片）

（定襄县）

卖 烧 饼

1=G 3/8 4/8

高玉峰 唱
邢和贵 华浩 粟翔 记

奴家(儿)青春一十六，
奴在家(儿)烙烙饼，他

许配了本县姓武的，
担上担担往外行，

得脑大(那个)面貌儿丑，又背锅呀又圪溜呀
昨儿走了早回来，今儿走了没回来呀

(嗯哎嗯哎得儿调)身子好像老母猪。
(嗯哎嗯哎得儿调)不知他到了哪里去。

(原平市)

民歌五台山

卖 老 婆

1=F 2/4

王一民 记

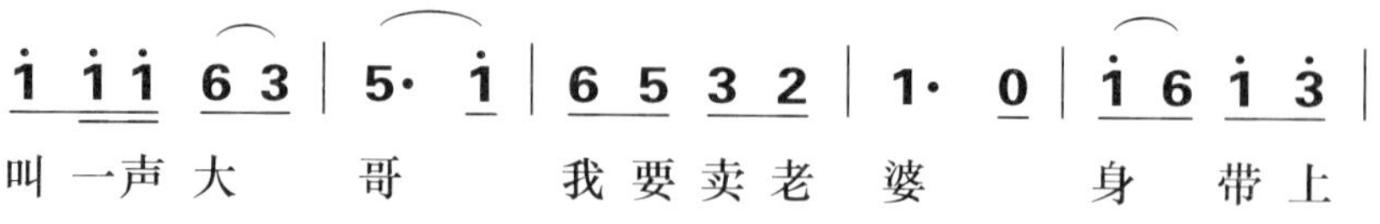

叫一声大哥我要卖老婆身带上

—248—

$\dot{2}$ 6 5 | 5 i 7 6 | 5 5 3 5 6 | 5 — ‖

嗜　好　光景不能　过(呀么嗯哎　哟)

（原平市）

摘 棉 花

（一）

胡金泉 唱
子贞 晓敏 记

1 = F 2/4

中速

3 5　5 5 6 | 5 2　2 5 | 5 5 2　5 5 2 |

黄 棱 棱(的那) 竹 篮 篮(这) 胳 膊　上(那个)

1 6 5 | 2 2 3 2 | 1 1 6 5 | 5·2　5·2 |

挂,　咱姐妹　相跟上,　热热闹闹,

1·1 6 5 | 2 2 3 | 5·1 | 3 2 3 | 2 6 | 5 — ‖

说说笑笑,去到　地里摘 棉　花。

（忻州市）

山歌（卷席片）

摘 棉 花

（二）

1 = F 2/4

中速

1 1 6 | 5 5 | 5 5 5 1 | 6 5 3 5 |

年年　有个 (哎嗨哎嗨　哟)

—249—

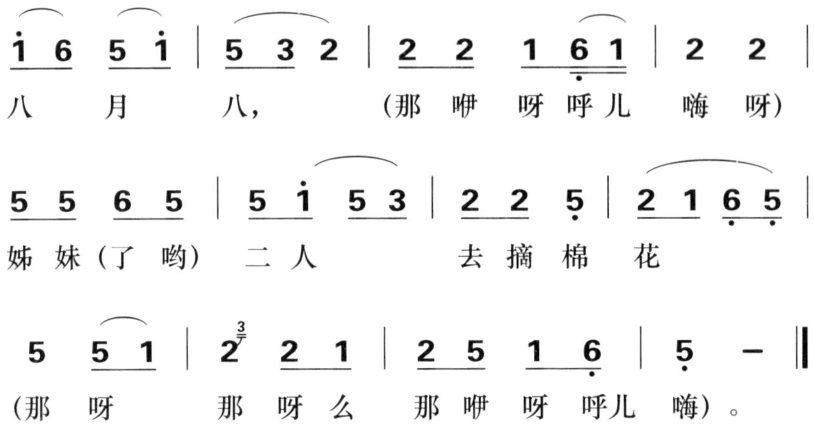

```
1 6 5 1 | 5 3 2 | 2 2  1 6 1 | 2 2 |
```
八　月　八，　（那咿呀呼儿 嗨呀）

```
5 5 6 5 | 5 1 5 3 | 2 2 5 | 2 1 6 5 |
```
姊妹（了 哟）二人　　去 摘 棉 花

```
5 5 1 | 2 2 1 | 2 5 1 6 | 5 — ‖
```
（那呀　那呀么　那咿呀呼儿 嗨）。

（平山县）

碾糕面

苇红 记

$1 = G$ $\frac{2}{4}$

```
5 3 2 | 5 3 2 | 5 3 5 1 | 2 2 2 2 |
```
太阳　上来（哟）照　西（儿）山呀（山呀

```
2 5 5 2 | 5 2 1 | 2 0 | 2 3 5 | 6 5 3·5 |
```
山至二石　山哟咳 咳），　们　嬷叫们 碾（就

```
6 2 | 2 3 7 6 | 5 0 | 2 2 2 3 |
```
碾糕　面（来杨柳 青，）　你来 招呼

```
7 6 6 6 5 | 2 5 | 2 2·3 | 7 2 7 6 | 5 0 ‖
```
（三啦啦啦嘣哎咳 哟呀）来 碾　糕　面。

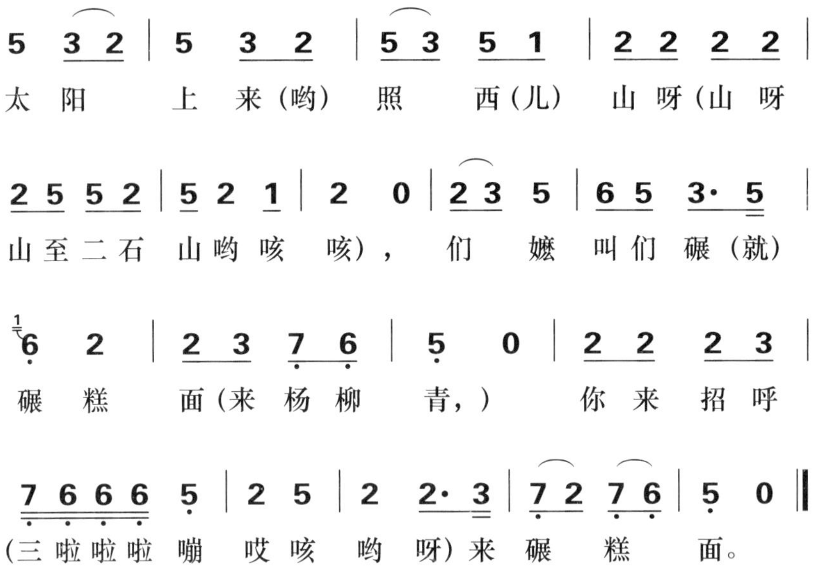

（五台县）

民歌五台山

推 碾 歌

（一）

李二俊 唱
敬　谱 记

1 = ♭A 2/4

山歌（卷席片）

| 0 1̇ | 1̇ 6 | 5 6 1̇ 3 | 5 | 0 1̇ | 2̇ |

小　小（的这）妇（哟外咳）人　　进　碾
手　端（的这）簸（哟外咳）箕　　细　思

| 3̇· 5̇ | 3̇ 2̇ | 6 1̇· | 0 3 | 3 3 2 | 7 5 | 6· 7 |

（哎　哟嗬）房　　手托住这碾（安）杆（圪）
（哎　哟嗬）量　　穷人这个穷　家　可

| 3 7 | 6 5 | 3· 2 | 3 | 3̇ 3̇ 3̇ 2̇ |

泪汪（哎哟）汪（合合）　可说是这
没法（哎哟）活（合合）　可说是这

2/4 | 3̇ 3̇ 3̇ | 1̇ 5̇ 7··7 | 6 7 7 6 5 | 3̇ |

贤　妻　（呀）　你　哭的个甚（外）么
贤　妻　（呀）　你　想的个甚（外）么

| 3̇ 3̇ 3̇ | 1̇ 5̇ 7··7 | 6 7 6 5 | 3̇ |

丈　夫　（呀）　我　确对你（外）说，
丈　夫　（呀）　我　确对你（外）说，

| 6 7 6 5 | 6 7 6 5 | 6 7 6 5 | 3̇ | 0 3 | 3 3 2 |

说啥（说啥）你　确把它（它）说，咱家的那
说啥（说啥）你　确把它（它）说，咱穷人这

—251—

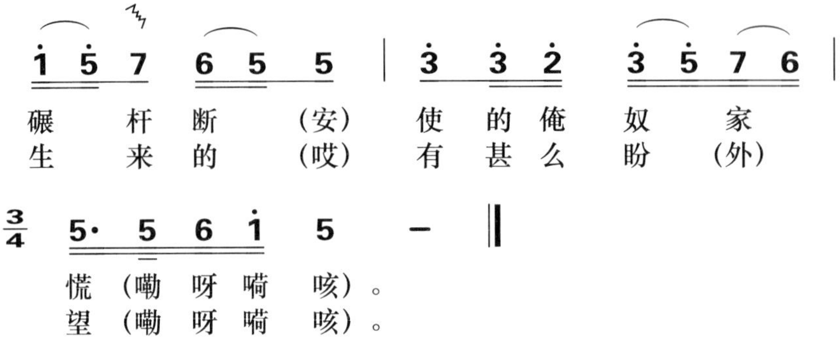

碾杆断（安）使的俺奴家慌（嘞呀嗬咳）。
生来的（哎）有甚么盼（外）望（嘞呀嗬咳）。

（原平市）

推 碾 歌

（二）

胡贵隆 唱
玉堂 书平记

$1 = A$ $\frac{4}{4}$

一更一点一炷呀么香哼咳思想起这
碾棍是泪汪汪。女娃娃呀么
小亲亲，有什么这话儿对你讲哎嗨哎嗨
老娘呀，新新儿的个碾棍是推呀推不
动（呀呼嗨）。

（五台县）

刮 大 风

（一）

1 = F 2/4

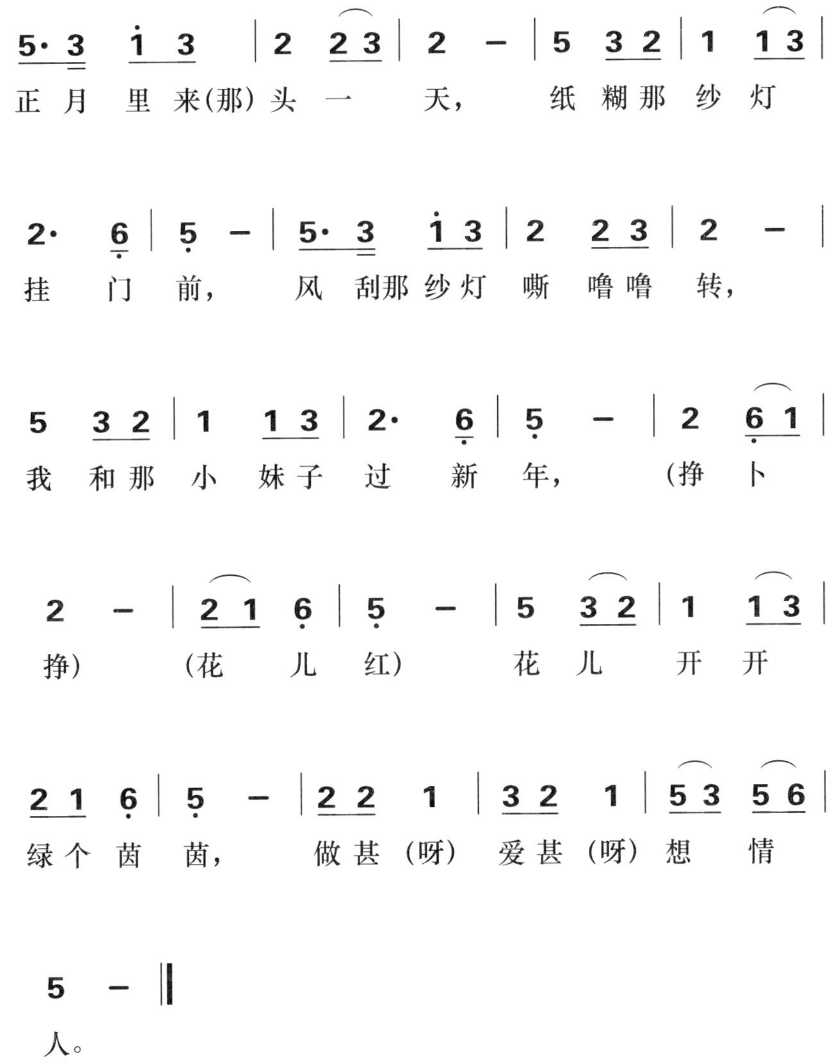

5· 3　1̇ 3 ｜ 2　2 3 ｜ 2　— ｜ 5　3 2 ｜ 1　1 3 ｜
正 月　里 来（那）头　一　　天，　纸 糊 那　纱　灯

2· 6̣ ｜ 5̣　— ｜ 5· 3　1̇ 3 ｜ 2　2 3 ｜ 2　— ｜
挂　门 前，　风　刮 那 纱 灯　嘶 噜 噜　转，

5　3 2 ｜ 1　1 3 ｜ 2· 6̣ ｜ 5̣　— ｜ 2　6̣ 1 ｜
我 和 那　小 妹 子　过　新　　年，　　（挣 卜

2　— ｜ 2 1 6̣ ｜ 5̣　— ｜ 5　3 2 ｜ 1　1 3 ｜
挣）　（花　儿　红）　　花 儿　开 开

2 1 6̣ ｜ 5̣　— ｜ 2 2　1 ｜ 3 2　1 ｜ 5 3　5 6 ｜
绿 个　茵 茵，　做 甚（呀）爱 甚（呀）想　情

5　— ‖
人。

山歌（卷席片）

（繁峙县）

刮 大 风

(二)

1 = C 2/4

杜眉眉 唱
敬 谱记

说了个天阴它不阴。提起老天恼人心

清风细雨它不下 每日(那)起来

刮 大 风(嗬咳) 争不(儿)争，依哟 哟

蹦不(儿)蹦 哎哟 哟蹦把三打金钱

莲 花 落(啊 哎哟 哎哟 哎)。

(原平市)

民歌五台山

忽然在院里刮了一股风

1 = D 4/4

孙小将 唱
郭秋彦 记

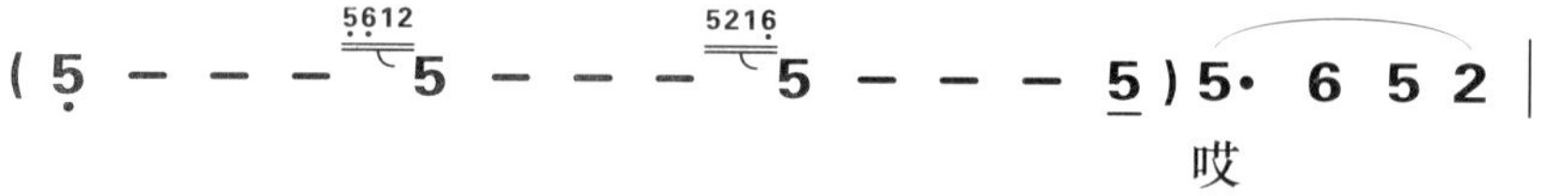

哎

山歌（卷席片）

正在那院里刮了一股风，
忽煞煞地想起那心上的人，
黄皮皮的油糕不想个吃，
啊哝呀呀不知道人家想咱呀不？

阳婆爷落了点得着个灯，
被子给你温下个圪桶桶，
长的你个被子短的你个人，
啊哝呀呀小妹子是那苦命的人。

（盂县）

三套黄牛一套马

1 = G 4/4

时乐濛 曲

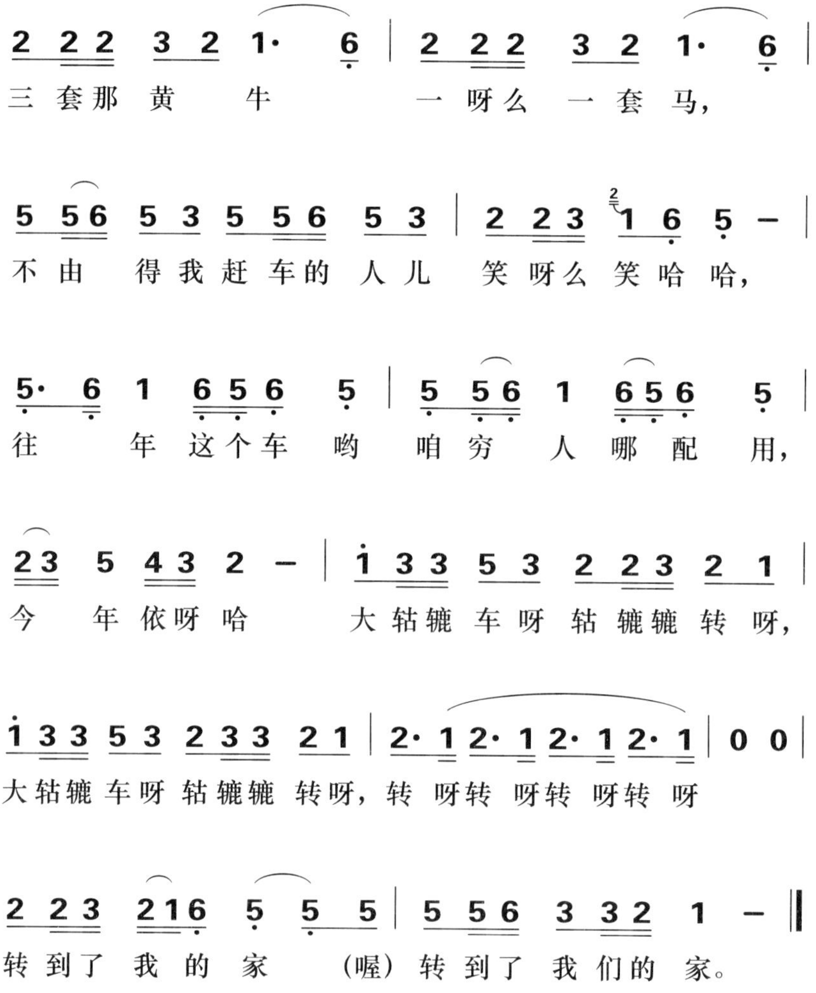

民歌 五台山

2 2 2 3 2 1· 6 | 2 2 2 3 2 1· 6 |
三套那黄 牛   一呀么 一套 马，

5 5 6 5 3 5 5 6 5 3 | 2 2 3 1 6 5 — |
不由 得我赶车的 人儿 笑呀么笑哈 哈，

5· 6 1 6 5 6 5 | 5 5 6 1 6 5 6 5 |
往 年 这个车 哟 咱穷 人 哪配 用，

2 3 5 4 3 2 — | 1 3 3 5 3 2 2 3 2 1 |
今 年 依呀哈   大轱辘 车呀 轱辘辘 转呀，

1 3 3 5 3 2 3 3 2 1 | 2· 1 2· 1 2· 1 2· 1 | 0 0 |
大轱辘 车呀 轱辘辘 转呀， 转 呀转 呀转 呀转 呀

2 2 3 2 1 6 5 5 5 | 5 5 6 3 3 2 1 — ‖
转 到了 我 的 家 （喔）转到了 我们的 家。

（五台县传唱）

忙乱不过庄户汉

聂文眼 唱
王一民 记

1 = C 2/4

山歌（卷席片）

忙乱忙乱真（呀哎）忙乱，忙乱（了还道）不过庄（得）户汉。"脑上"张犁来"提留"上把伞 慌慌忙忙（还道）出村边（呀还道哥哥呀哎）到了地里先摊粪，赶上犁套先开墒（哎呀外乎

猛然抬起头（呀哎）来看，又观（了还道）我妻来（得）送饭。红红的嘴唇黑黑的脸 走步好像（还道）男子汉（呀还道妹妹呀哎）哥咱给你来送饭，白面馍馍绿豆汤（哎呀外乎

—257—

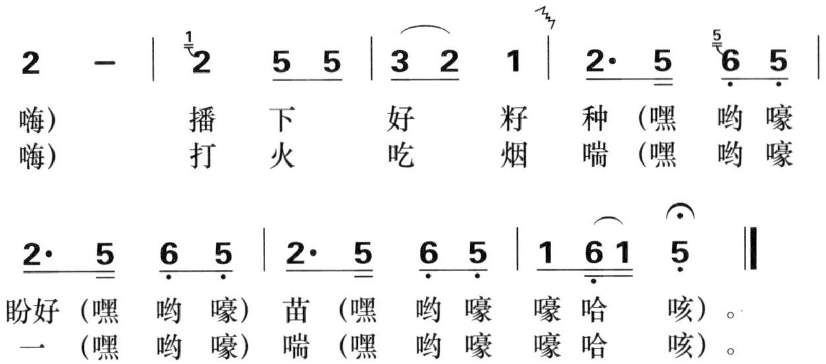

```
2 - | 2 55 | 3 2 1 | 2· 5 | 6 5 |
```

嗨)　播　下　好　籽　种（嘿　哟　嚎

嗨)　打　火　吃　烟　喘（嘿　哟　嚎

```
2· 5 6 5 | 2· 5 6 5 | 1 6 1 | 5 ‖
```

盼好（嘿　哟　嚎）苗（嘿　哟　嚎　嚎　哈　咳）。

一（嘿　哟　嚎）喘（嘿　哟　嚎　嚎　哈　咳）。

（原平市）

夸 土 产

书平　玉堂　整记

1 = G　2/4

```
6 6 6 1 | 5 5 6 | 1 7 6 | 5 | 6 6 6 1 | 5 5 6 |
```

灵　境的莜麦　筋得　很，大建安的黄米

东建安的大米　潭上的鱼，凤栖岩的山药

```
4 4 3 5 2 | 5 3 5 | 6 1 6 5 | 2 3 2 | 1· 2 |
```

实　在是精，铺上的大豆　酥圪蹦蹦

出　了　名。瑶池的手　艺人　能挣　钱

```
7 6 5 | 5 5 3 2 3 | 5 | 1· 2 | 7 6 5 ‖
```

呀儿哟，五台山的蘑菇香喷　喷。

呀儿哟，闫家垴蜜桃香煞　人。

（五台县）

民歌五台山

好 风 光

白秀平 唱
玉堂书平 记

1 = G 2/4

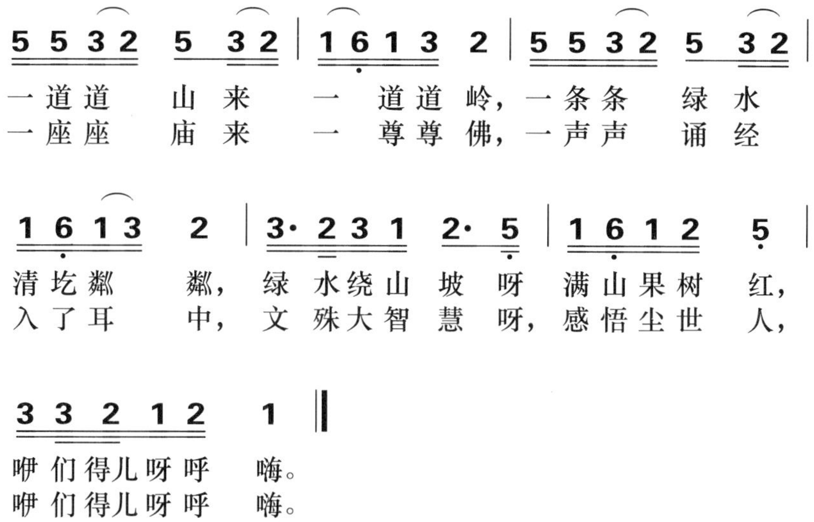

5 5 3 2 | 5 3 2 | 1 6 1 3 | 2 | 5 5 3 2 | 5 3 2 |
一道道　山来　一道道岭，一条条　绿水
一座座　庙来　一尊尊佛，一声声　诵经

1 6 1 3 | 2 | 3· 2 3 1 | 2· 5 | 1 6 1 2 | 5 |
清圪粼　粼，绿水绕山坡呀满山果树　红，
入了耳　中，文殊大智慧呀感悟尘世　人，

3 3 2 1 2 | 1 ‖
咿们得儿呀呼　嗨。
咿们得儿呀呼　嗨。

（五台县）

山歌（卷席片）

好 庄 稼

邢甲富 唱
邢和贵 记

1 = G 2/4

6 6 5 3 | 2 3 1 6 | 5 | 6 6 1 2 3 | 1 2 1 6 | 5 |
好庄稼好庄　稼，精耕　细作不亏　咱，

6 6 5 3 5 | 6 5 3 5 | 6 6 1 2 3 | 1 2 1 6 | 5 ‖
风也　调来雨也　顺，今年　粮食放不　下。

（原平市）

—259—

耕田忙

1 = A 2/4　　　　　　　　　　子贞 记

中速

| 1 6̇ 5̣ | 1 6̇ 5̣ | 1 2 5 | 2 3 1 |

你牵上　黄　牛　掴上犁，捎上耧，
五　亩　夏　禾　三亩秋，二亩麻，

| 1 2 2 5 3 | 2 3 2 1 | 1 1 1 2 6̇ |

二妹子扛上　坷拉棰（呀），捎带着打坷
二妹子再拿　耙地耙（呀），再点上一亩

| 5̣ 6̇ 5̣ | 2 3 2 1 | 1 1 1 2 6̇ | 5̣ 6̇ 5̣ ‖

拉（呀哎　哟），捎带着打坷拉　（呀）。
铺沙瓜（哎　哟），再点上一亩铺沙　瓜。

（忻州市）

民歌五台山

割　柴

1 = G 2/4　　　　　　　　奋臻　玉堂　书平 记

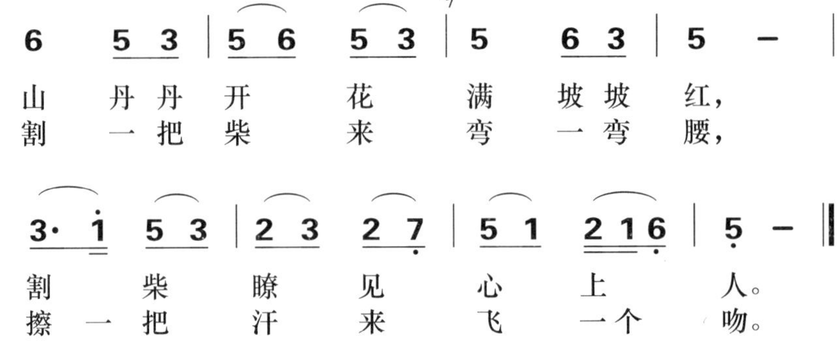

| 6 5 3 | 5 6 5 3 | 5 6 3 | 5 — |

山　丹丹　开　花　满　坡坡　红，
割　一把　柴　来　弯　一弯　腰，

| 3· 1 5 3 | 2 3 2 7̣ | 5̣ 1 2 1 6̣ | 5̣ — ‖

割　柴　瞭　见　心　上　人。
擦　一把　汗　来　飞　一个　吻。

（五台县）

下雨天气

1=♭B 2/4

中慢

武莲花 唱
宜增高 记

5 3 2 | 2· 3 5 | 1 1 6 5 | 6 1 | 2 3 | 2 - |

下雨勒　那个天气　呀你勒不要　来，
下雨勒　那个天气　呀我勒和你　坐，

5 3 2 | 2· 3 5 | 2 3 2 1 6 | 1· 6 | 5 6 1 | 5 - ‖

湿了你　那个草帽　帽，泥了哥哥的　鞋。
不觉知　那个天长　呀，把你看不　够。

（原平市）

推窝窝

1=G 2/4

奋臻　玉堂　书平记

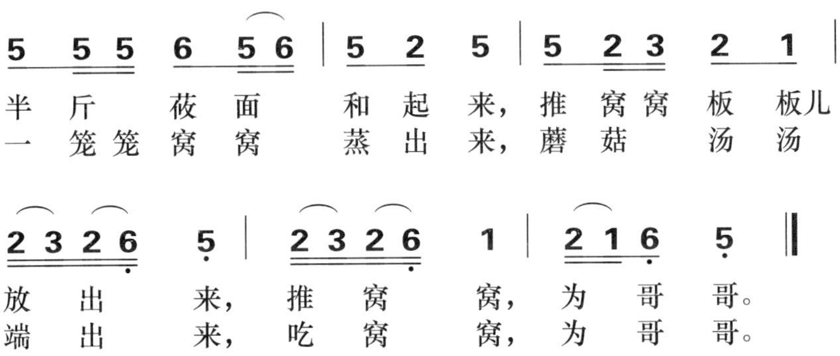

5 5 5 | 6 5 6 | 5 2 5 | 5 2 3 | 2 1 |

半斤莜面和起来，推窝窝板板儿
一笼笼窝窝蒸出来，蘑菇汤汤

2 3 2 6 | 5 | 2 3 2 6 | 1 | 2 1 6 | 5 ‖

放出　来，推窝　窝，为哥　哥。
端出　来，吃窝　窝，为哥　哥。

（五台县）

山歌（卷席片）

半斤莜面推窝窝

1 = G 2/4

中速稍快

阎三妮 唱
江玉亭 记

民歌 五台山

半斤莜面(的哎哟)推窝窝(呀么啊)，

挨打受气(哎哟格)为哥哥(呀啊)。

你妈妈打你(哎哟)因为什(呀啊)？

因为(么)墙头上(哎哟格)瞭哥哥(呀啊)，

墙头上的草(来哎哟)风刮倒(呀啊)，

没预约你哥哥(格哎哟格)又来了(呀啊)

前门门来了(哎哟)后门门走(呀啊)，

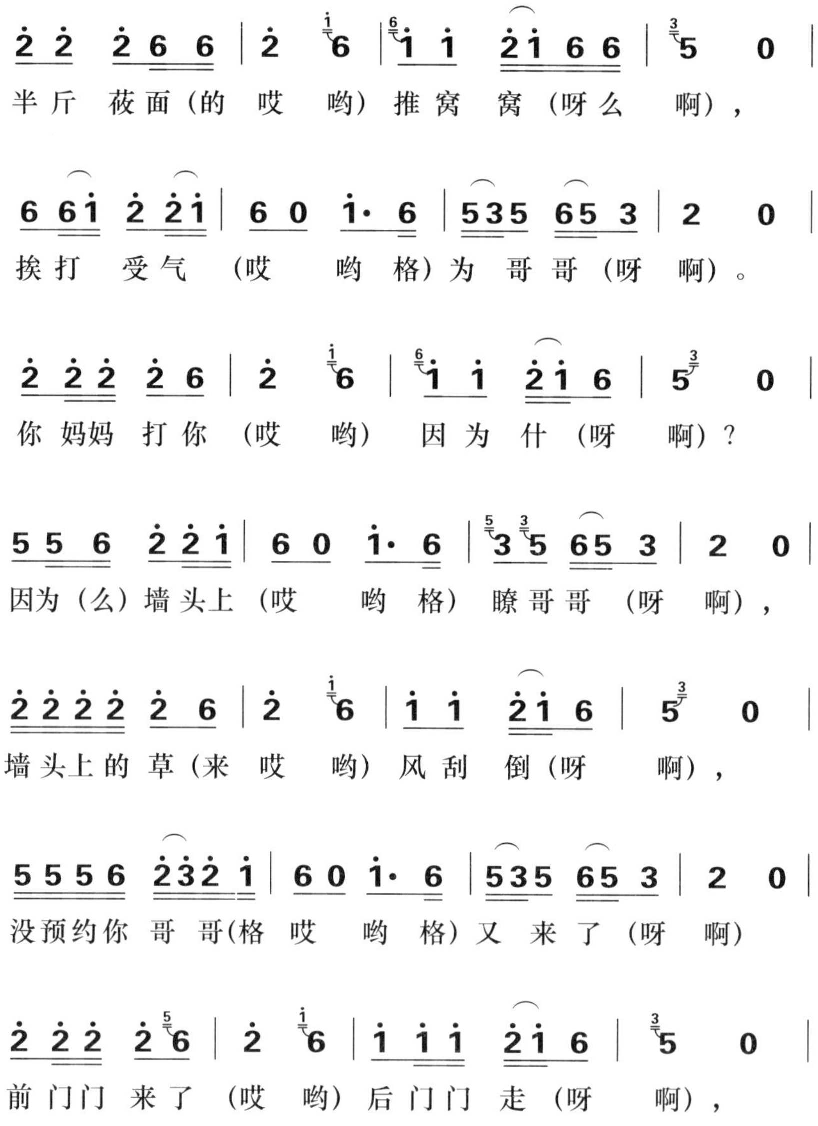

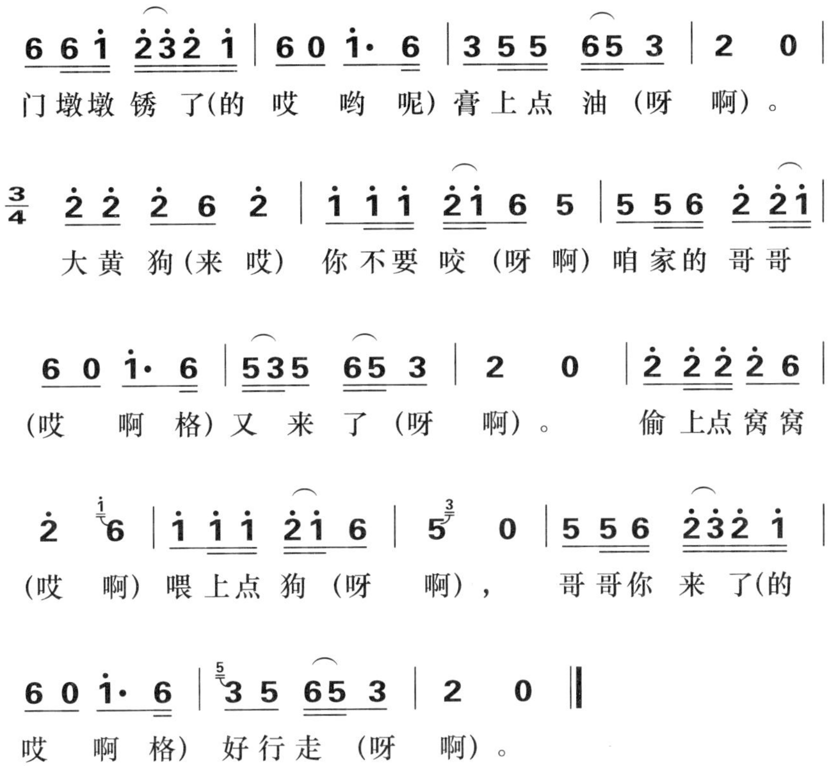

6 6 1 2̇3̇2̇ 1̇ | 6 0 1̇· 6 | 355 65 3 | 2 0 |

门 墩 墩 锈 了(的 哎 哟 呢)膏 上 点 油(呀 啊)。

3/4 2̇ 2̇ 2̇6 2̇ | 1̇ 1̇ 1̇ 2̇ 1̇ 6 5 | 5 5 6 2̇ 2̇ 1̇ |

大 黄 狗(来 哎)你 不 要 咬(呀 啊)咱 家 的 哥 哥

6 0 1̇· 6 | 535 65 3 | 2 0 | 2̇ 2̇ 2̇ 2̇ 6 |

(哎 啊 格)又 来 了(呀 啊)。 偷 上 点 窝 窝

2̇ 6 | 1̇ 1̇ 1̇ 2̇ 1̇ 6 | 5 0 | 556 2̇3̇2̇ 1̇ |

(哎 啊)喂 上 点 狗(呀 啊), 哥 哥 你 来 了(的

6 0 1̇· 6 | 35 65 3 | 2 0 ‖

哎 啊 格)好 行 走(呀 啊)。

(平山县)

山歌（卷席片）

担　水

1=F 2/4　　　　　　　　　　　赵耳宏 唱
中速　　　　　　　　　　　　　激　波 记

6 5 3 | 6 5 3 | 6 5 6 1 | 5 5 3 |

清　早 起　来 (哎 勒 哎 咳 哟 呀),
梳　罢 头　来 (哎 勒 哎 咳 哟 呀),

5 35 | 65 32 | 1·2 | 1 1 |

无　事 办　(呀　　哟 哝 哟 呀),
出　家 门　(呀　　哟 哝 哟 呀),

—263—

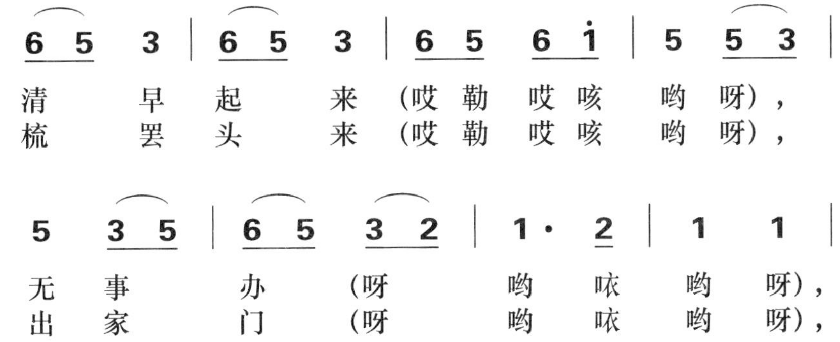

| 3 3 | 3̂ 1̇ 6 | 3 3 6 5 | 1 1̂ 2 |

梳 头 洗 脸 巧（勒）打（得儿）扮（呀
来 到 大 街 上 把（勒）水（得儿）担（呀

| 5· 3 | 3 7 2 7 | 6· 7 | 6 — ‖

哝 呀 儿 这 哟 哝 哟）。
哝 呀 儿 这 哟 哝 哟）。

（定襄县）

姑娘挑水

清莲 振佳记

1 = A 2/4
中速

| 5 2 5 6 5 5 | 2 5 2 1 7 | 5 6 5 5 | 5 2 1 |

清 早 起（呀么）忙 打 扮， 我 妈 妈 叫 我
清 水 河（呀么）鱼 儿 多， 放 下 水 桶 我
姑 娘 挑 水 未 回 还， 妈 妈 找 我

| 7 1 2 1 5 | 5 6 5 5 2 1 | 5 6 5 5 2 3 2 1 |

把 水 担，（哎咳哟）我 妈 妈 叫 我
把 鱼 捉，（哎咳哟）放 下 水 桶 我
来 到 河 边，（哎咳哟）我 挑 起 水 桶 就

| 7 1 2 1 5 ‖

把 水 担。
把 鱼 捉。
往 回 赶。

（忻州市）

民歌五台山

—264—

打马茹茹

1 = F 2/4

邢和高　宜增高记

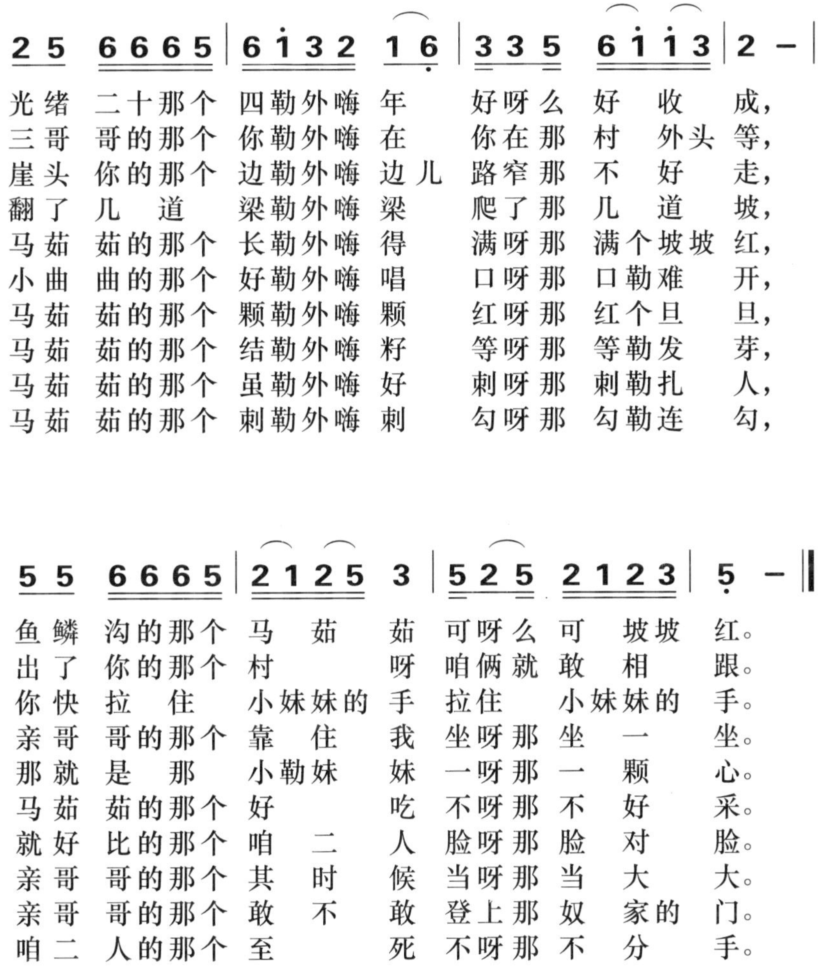

| 2 5 | 6 6 6 5 | 6 i 3 2 | 1 6̣ | 3 3 5 | 6 1 1 3 | 2 — |

光绪　二十那个　四勒外嗨　年　　好呀么　好　收　成，
三哥　哥的那个　你勒外嗨　在　　你在那　村　外头　等，
崖头　你的那个　边勒外嗨　边儿　路窄那　不　好　走，
翻了　几　道　　梁勒外嗨　梁　　爬了那　几　道　坡，
马茹　茹的那个　长勒外嗨　得　　满呀那　满个坡坡　红，
小曲　曲的那个　好勒外嗨　唱　　口呀那　口勒难　开，
马茹　茹的那个　颗勒外嗨　颗　　红呀那　红个旦　旦，
马茹　茹的那个　结勒外嗨　籽　　等呀那　等勒发　芽，
马茹　茹的那个　虽勒外嗨　好　　刺呀那　刺勒扎　人，
马茹　茹的那个　刺勒外嗨　刺　　勾呀那　勾勒连　勾，

山歌（卷席片）

| 5 5 | 6 6 6 5 | 2 1 2 5 | 3 | 5 2 5 | 2 1 2 3 | 5̣ — ||

鱼鳞　沟的那个　马　茹　　茹　　可呀么　可　坡坡　红。
出了　你的那个　村　　　　呀　　咱俩就　敢　相　跟。
你快　拉住　　　小妹妹的　手　　拉住　　小妹妹的一坐　坐。
亲哥　哥的那个　靠住　　　我　　妹坐呀那　一坐　一颗好　心。
那就　是那　　　小勒妹　　妹　　吃人一呀那　不好　对采　脸。
马茹　茹的那个　好　　　　咱　　二不呀那　不脸　当大　脸。
就好　比那个　　其　　　　时　　候不呀那　不当　奴家的门。
亲哥　哥的那个　敢　　不　　死　　登上那　不　分　　手。
咱二　人的那个　至　　　　　　　 不呀那　不

挑 菜

（一）

1 = C 8/8 6/8 7/8 11/8 15/8

赵培林 唱
邢和贵 赵美琴 记

（乐谱略）

歌词：

阳婆这上来尖尖高，小姑子开言么叫嫂嫂，咱二人呀么吃了一个早锅饭呀么嗨呀么刁呀么依得刁得刁，你不要挑上马刺角依儿哟那么玉翠花花去把菜挑依儿哟。

大姐姐拿的挑菜篮，二小妹又拿么铲菜刀，好菜了呀么赖菜呀全挑上呀么嗨呀么刁呀么依得刁刁得刁，你不要挑上老绵蒿依儿哟那么玉翠花花去把菜挑依儿哟。

大姐姐搽的桃桃粉，二小妹胭脂么定嘴唇，柳叶眉呀么蛾眉眼呀么杏子眼呀么嗨呀么刁呀么依得刁刁得刁，鬓角里有个粉蝴蝶依那么玉翠花花甚来好看依儿哟。

（原平市）

民歌五台山

挑 菜
（二）

1 = E 2/4　　　张伟 唱
中速　　　　　张玺 记

6 7̄ 6 5 | 6 7̄ 6 5 | 5 1̂ 3 |
1.阳 婆 （也） 上 来 （也 就） 万 丈

3 5 3 2 | 1 6̣ | 5 5 3 2 5 | 2· 1 6̣ |
高 （呀 呼 咳），小 姑 （那 个） 开 言

1 1 1 | 2 3 1 6̣ | 5̣ — ‖
叫 呀 么 叫 嫂 嫂。

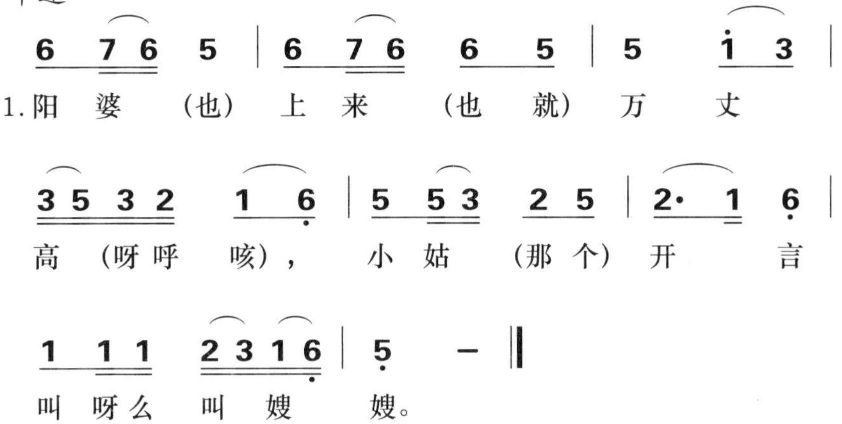

2.叫声嫂嫂你做早饭，吃罢早饭把菜挑。
3.嫂嫂挎上挑菜篮，小姑又拿挖菜刀。
4.紧走几步来得快，一霎时来在地头上。
5.甜菜苦菜就一齐挑，千万别挑臭黄蒿。
6.臭黄蒿来不算菜，吃在肚里往起呕。

（阜平县）

山歌（卷席片）

挑 菜
（三）

1 = ♭B 2/4　　　胡贵隆 唱
　　　　　　　玉堂 书平 记

1 6 5 | 1 6 5 | 1 3̄ 5 6 | 5 5 3 | 5 5 3 |
太 阳 爷 上 来 是 一 零 的 举 呀 么 举 呀 么

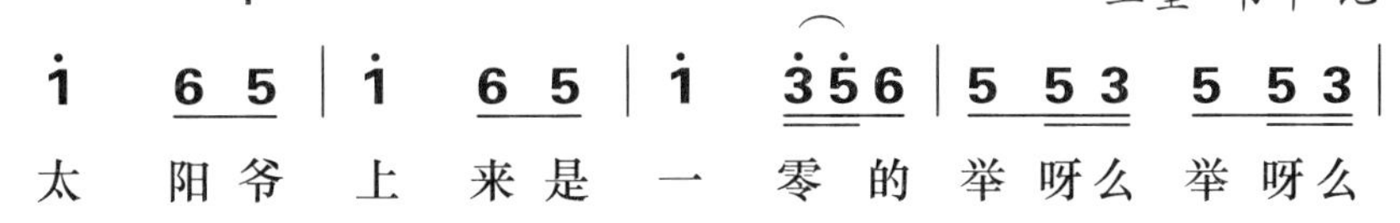

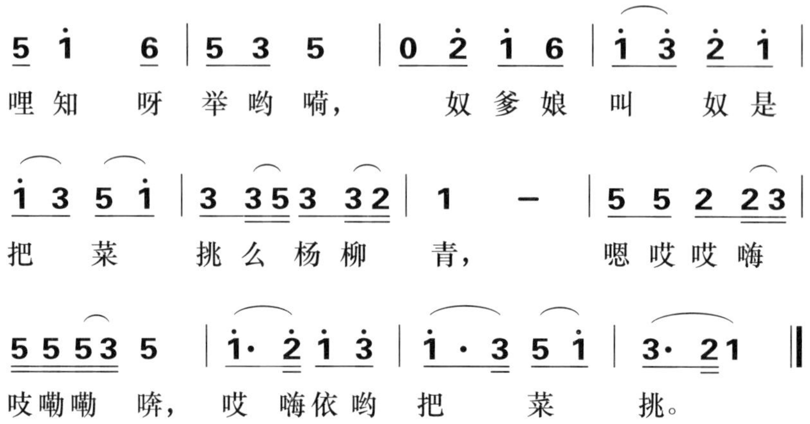

| 5 1̇ 6 | 5 3 5 | 0 2̇ 1̇ 6 | 1̇ 3̇ 2̇ 1̇ |

哩知 呀举哟嗬， 奴爹娘叫 奴是

| 1̇ 3̇ 5 1̇ | 3̇ 3̇5̇3̇ 3̇2̇ | 1̇ — | 5 5 2 23 |

把菜 挑么杨柳 青， 嗯哎哎嗨

| 5 55 3 5 | 1̇· 2̇ 1̇ 3̇ | 1̇· 3̇ 5 1̇ | 3·2 1 ‖

吱嘞嘞 嗨， 哎嗨依哟把 菜 挑。

（五台县）

割 洋 烟

胡贵隆 唱
奋臻 玉堂 书平记

$1 = {}^\flat B$ $\frac{4}{4}$

| 2̇ 2̇ 1̇ | 2̇· 5 | 5· 3̇ 2̇ | 5̇ 5̇3̇ 2̇ 2̇3̇ | 5̇ 5̇3̇ 2̇ |

正月里 正月 正， 清早 出了个 阳曲 县，

| 5̇ 5̇3̇ 2̇ 2̇3̇ | 1̇ 1̇2̇ | 5̇ 2̇· ‖ 2̇ 2̇1̇ 6 5 |

白日里抽烟 夜 晚 行呀， 不知道明黑

| 3 5 6 1̇· 6 | 5 6 6 3 2 ‖

颠 倒 颠呀呼嗨！

（五台县）

挑 苦 菜

范佩先 唱
子贞 晓敏 记

1 = A 2/4
中速

山歌（卷席片）

5 2 | 5 6 5 | 5 2 2 5 | 2· 1 | 1 1 2 |
太阳上来 一 竿儿 高， 我娘她

5 6 5 2 | 1· 3 2 6 | 5 - | 5 6 1 | 0 2 5 |
叫 我就把 菜 挑， 左手儿 拿上

5 2 2 1 | 2 6 5 | 1 1 2 | 5 6 5 2 |
花竹 篮（呀），右手儿又 拿

1· 3 2 6 | 5 - | 3 3 2 | 1 3 | 2 6 5 |
挖 菜的刀， （哎嗨嗨咳哟呀）

1 1 2 | 5· 6 5 2 | 1· 3 2 6 | 5 - ‖
右手儿又拿挖菜 刀。

（定襄县）

老少换

1 = F 2/4

张国义 记

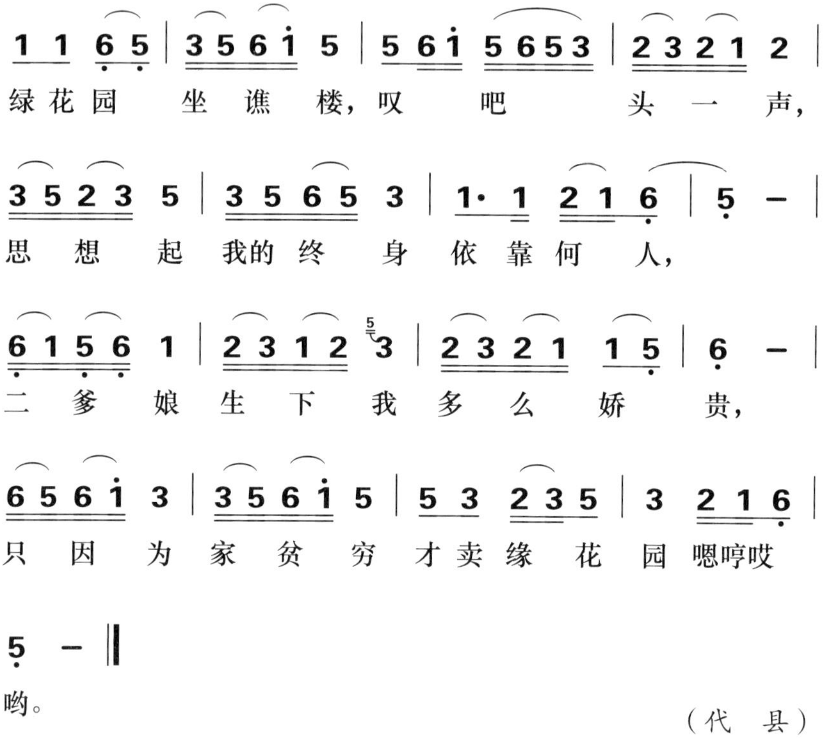

| 1 1 6 5 | 3 5 6 1 5 | 5 6 1 5 6 5 3 | 2 3 2 1 2 |

绿花园 坐谯楼，叹吧 头一声，

| 3 5 2 3 5 | 3 5 6 5 3 | 1·1 2 1 6 | 5 — |

思想起我的终 身依靠何人，

| 6 1 5 6 1 | 2 3 1 2 3 | 2 3 2 1 1 5 | 6 — |

二爹娘生下我多么娇贵，

| 6 5 6 1 3 | 3 5 6 1 5 | 5 3 2 3 5 | 3 2 1 6 |

只因为家贫穷才卖缘花园嗯哼哎

| 5 — ‖

哟。

民歌 五台山

（代 县）

割韭菜

1 = G 2/4

张安全 唱
宜增高 记

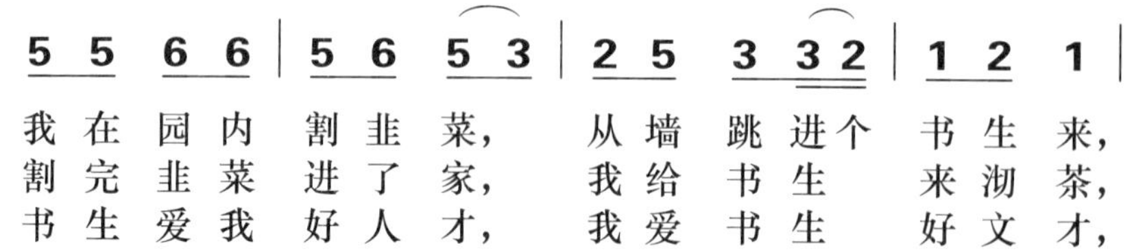

| 5 5 6 6 | 5 6 5 3 | 2 5 3 3 2 | 1 2 1 |

我在园内割韭菜，从墙跳进个书生来，
割完韭菜进了家，我给书生来沏茶，
书生爱我好人才，我爱书生好文才，

```
1 1 6̣ | 5 5 | 3 5 6̇ | 1̇ 3 3 2 | 1 1 6̣ 5 6 |
```
书生　　帮俺　把活儿　干么　呀呼儿，俺把　　冰
书生　　问俺　的名和　姓么　呀呼儿，改日　　托
愿天　　上日　月来作　证么　呀呼儿，萍水　　相

```
5· 3 | 6̣ 2 1 6̣ | 5̣· —  | 3 3 5 3 2 | 1 — ‖
```
糖　　填在他的　怀，　　牡丹　花花儿　开。
媒　　定在四月　八，　　牡丹　花花儿　开。
逢　　不离　开，　　　　牡丹　花花儿　开。

（原平市）

捡 兰 炭

山歌（卷席片）

1=♭E 2/4

王玉堂 唱
马志强 记

```
6· 6 6 7 | 6 5 6 | 7· 2̇ 7 6 | 6 5 3 | 5 3 5 |
```
二老爹娘下世　早么　哎嗨　哟。　　留下
寒冬腊月雪花　飘么　哎嗨　哟。　　冻得

```
6 1̇ | 3 2 1 3 | 2 — | 3 3 1̇ 7 6 | 6 3 5 6 |
```
兄妹　小么　哎嗨　哟。　哥哥大来　小　妹妹
兄妹　嚎么　哎嗨　哟。　要想生火　无　炭这

```
1· 6̣ | 6· 6̣ 5 1̇ | 6 5 6 | 3 2 7̣ 2 | 6̣ — ‖
```
小，　无有一个人依　靠么　哎嗨　　哟。
烧，　灰渣坡里兰炭　找么　哎嗨　　哟。

（五台县）

—271—

割莜麦

1 = ♭B 2/4

张眼眼 唱
王一民 记

民歌 五台山

割一把（那个）莜麦，（哥哥，噢！妹子啊呀这）展一展腰。秋莜麦（那个）不如（哥哥，噢？妹子啊哟这）夏莜麦好。
你走你（那个）圪楞，（哥哥，噢！妹子啊呀这）我走道。咱二人（那个）吊线（哥哥，噢？妹子啊哟这）谁知道。

（原平市）

大生产

1 = G 2/4

董俊 田韶南 记

大牛牛套在正当中，小牛牛观见
打火吃烟抬头看，

| 1 6 5 1 | 6 3 3 2 | 1 - | 5 6 1 | 2 4 6 |

又 跨 犁 旁 边， 别 看 们 的
们 妻 来 送 饭， 远 瞭 像 个

| 5 4 | 2 4 | 5 - | 5 5 6 | 1 1 6 | 4 5 |

牛 牛 小， 一 早 晨 耕 过 二 亩
男 子 汉。 近 看 才 似 仙 女

| 4 2 1 ||

半。
下 了 凡。

（五台县）

山歌（卷席片）

到丈人家

高玉峰 唱
邢和贵 华浩 票翔 记

1 = C 2/4

| 2 2 2 6 | 6 3 2 1 | 6 2 2 6 | 3·2 1 |

刘 荀 青 拉 毛 驴 满 心 欢 喜，
你 前 头 我 后 头 洋 洋 得 意，

| 6 2 6 6 5 | 6 2 3 5 | 6 6 1 5 3 | 2 - ||

叫 老 婆 你 过 来 把 皮 套 抖 起。
细 白 面 蒸 寿 桃 燕 了 个 喜。

（原平市）

—273—

走 口 外

贾虎旺 张喜红 唱
王一民 记

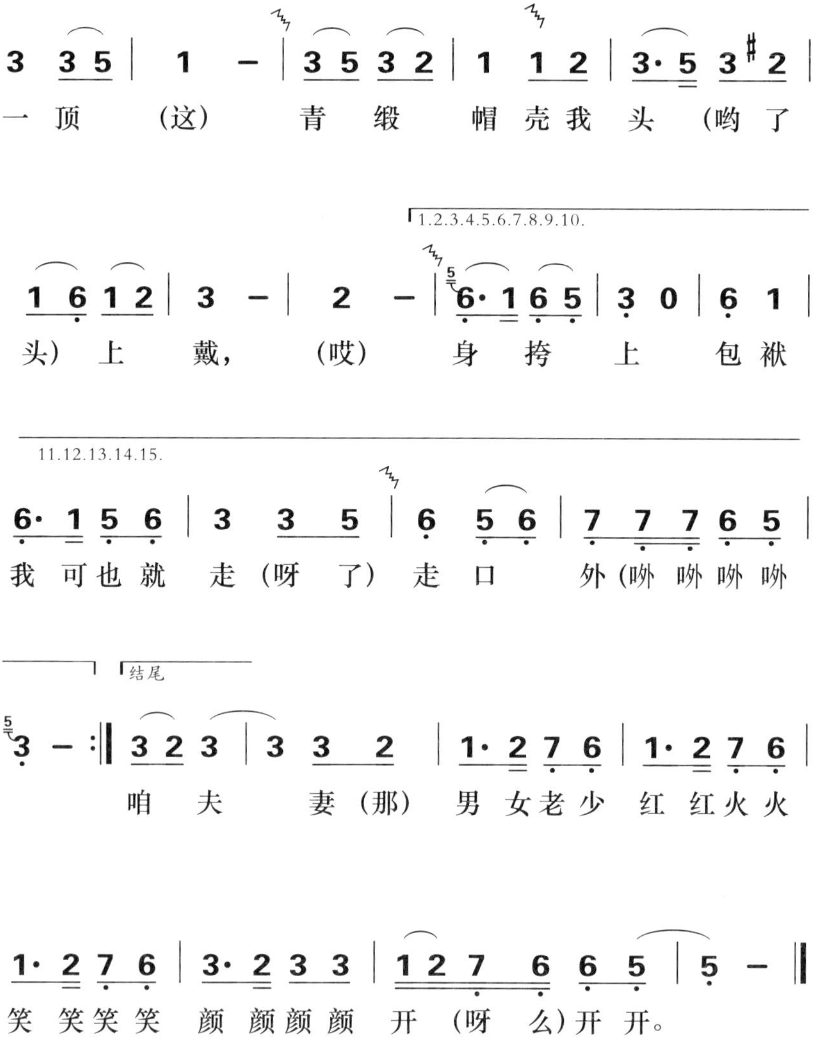

$1 = {}^{b}B$ $\frac{2}{4}$

民歌五台山

一顶（这）青缎帽壳我头（哟了
头）上戴，（哎）身挎上包袱
我可也就走（呀了）走口外（咿咿咿咿
咱夫妻（那）男女老少红红火火
笑笑笑笑颜颜颜颜开（呀么）开开。

（原平市）

布 谷 歌

1 = G 2/4　　　　　　　　　　　　　　　林章记

| 1 5̣ | 1 5̣ | 5 6̃5 | 4 2 | 5· 1̇ 5 5 |

郎在　山上　打声　号，　屋里妹子
蜜蜂子　叫呀　菜花儿　香哟，双双对对

| 7̣ 5 2 1 | 7̣ 5 2 1 | 1 5̣0 | 1 5̣ | 1 5̣ |

心里跳哟，叫声我的　哥哟，　哥哥　上山
采花忙哟，叫声我的　妹哟，　不是　好花

| 5 6̃5 | 4 2 | 5· 1̇ 5 5 | 7̣ 5 2 1 | 7̣ 5 2 1 |

打柴　去哟，怕变天来　没柴烧，亲亲我的
蜂不　采哟，不是情妹　不开腔，亲亲我的

| 1 5̣ ‖: 1̇ 1̇ 5̣0 | 1̇ 1̇ 5̣0 :‖ 1̇ 5̃ — | 5 1̇ ‖

哥哟！布谷谷，　布谷谷，　布谷　　喂！
妹哟！布谷谷，　布谷谷，　布谷　　喂！

（五台县）

山歌（卷席片）

围　磨

1 = A 2/4　　　　　　　　　　　　　　修猫 唱
　　　　　　　　　　　　　　　　　　　中林 记
中速

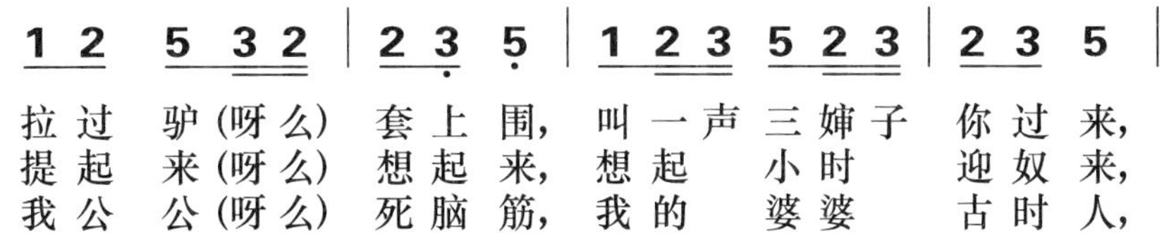

| 1 2 | 5 3 2 | 2 3 5̣ | 1 2 3 | 5 2 3 | 2 3 5 |

拉过　驴（呀么）套上　围，叫一声三婶子你过来，
提起来（呀么）想起　来，想起　小时迎奴来，
我公公（呀么）死脑筋，我的　婆婆古时人，

—275—

| **1 2 5 3 2** | **5 2 3̇ 2** | **5 2 5 3 2** | **1   1** |

过来把我的　牺惶苦情　告你说(呀么)，(哼　咳)
花花轿儿　抬呀抬呀　抬得来(呀么)，(哼　咳)
自从男人　命呀命呀　命归阴(呀么)，(哼　咳)

| **3 2 2 1 2** | **1 2 2 1 6 6** | **5 5 | 2 3** |

每日　起来把磨围(呀么)　(哼咳哎　哟)
细吹　细打迎奴来(呀么)　(哼咳哎　哟)
单留下奴家孤单受苦情(呀么　哎　哟)

| **5 6 5** ‖

把磨围。
把磨围。
把磨围。

（五台县）

栽 柳 树

1 = D 2/4

朱生和 整理

中速

| **5 6̣** | **1̇ 2̇ 1̇ 6** | **5 6 5 2 3** | **5 —** |

清　水　河　畔(这)　栽　柳　　树，
小　桃(这)红　开花　满　坡坡　红，

| **2 2 3** | **1 7̣ 6̣** | **5̣ 6̣ 1** | **5̣ —** | **1̇ 1̇ 1̇** |

小妹妹提桶　把水　　浇，　　　小柳树
三哥哥放羊　在山　　腰，　　　羊儿吃

| **6̇· 1̇** | **6 1** | **6 6 2 3** | **5 —** | **5 5 5 4** |

苗　苗呀长　得　高，(呤呤呤儿)
草　草呀柳枝儿摇，(呤呤呤儿)

| 5 5 5 4 | 3 1 5 | 3 6 1 | 2 2 3 1 6 |

呤 呤 呤 儿 呀 喂 嗨！）青 枝 绿 叶 真 妙
呤 呤 呤 儿 呀 喂 嗨！）哥 哥 和 妹 妹 一 辈 子

| 5 6 5 6 1 | 5 — :||

俏（哎 呀）。
好（哎 呀）。

（五台县）

小毛驴犁地

1 = A 2/4

邢新珍 唱
邢和贵 记

山歌（卷席片）

| 2 3 2 | 1 6 | 5 | 1. 2 | 3 6 | 5 3 | 2 |

小 毛 驴 学 犁 地， 摇 着 尾 巴 耍 脾 气，

| 3 5 3 5 | 5 6 1 | 5. 3 2 5 | 1 6 5 |

一 会儿东 来 一 会儿西，乱 跑 乱 跳 不 服 气，

| 1 3 2 | 5 3 2 | 3 5 | 5 1 | 5 3 2 |

小 毛 驴 告 诉 你， 社 里 要 买 拖 拉 机

| 5 5 3 6 | 5. 3 | 5 3 | 2 6 | 1 — ||

再 不 听 话 就 剥 了 你 的 皮。

（原平市）

老 汉 老

1=A 2/4

中速

张爱枝 唱
江玉亭 记

民歌五台山

| 5 5̲ 2̲ | 5 5̲ 5̲ | 2̲ #4̲ 5 | 5 3̲ 2̲ |

老　汉　　老（那么）　拄　　拐　棍，
榆　钱（么）开　花　　一　　拔　溜溜青，
叫　老　　汉（那么）　你　　过　来，
叫　老　　婆（那么）　你　　过　来，

| 2̲ 3̲ 5 | 5̲ 2̲ 2̲ 5̲ | 3̲ 2̲ 1̲ 6̲ | 5 — |

山　满　　坡（来个）　打　　野　草　灵灵，
南　山　的　青　菜（么）打　绿　野　灵灵来，
你　给　我　背　上　些　干　柴　来，
你　给　我　做　上　个　棉　底　鞋，

| 5̲ 6̲ 1̲ 1̲ | 2̲ 2̲ 5̲ | 5̲ 3̲ 2̲ | 2̲ 1̲ 6̲ |

一　根（那）野　草（哦）拔　　远　　拉　倒，
薛　平　贵　打　马　走　更　要　连，
背　着（那）干　柴（来）　更　要　好，
做　着（那）棉　底　鞋　更　要　好，

| 2̲ 5̲ 5̲ | 3̲ 2̲ 1̲ 1̲ | 6̲ 1̲ 2̲ 2̲ | 1̲ 6̲ 5̲ |

我　看　你　小　狗　的（你）往　哪　跑。
连　去　着　连　走（还）十　八　年。
背　着　着　干　柴（来）拔　你　的　毛。
做　不　着　棉　底　鞋　拔　扁　担　挨。

（平山县）

你走山梁我走沟

（一）

1 = C 2/4

中速

阎三妮 唱
江玉亭 记

1.你走你的（圪）梁梁（来）们走们的沟，（哎）咱二人定计呀摆（呀）摆

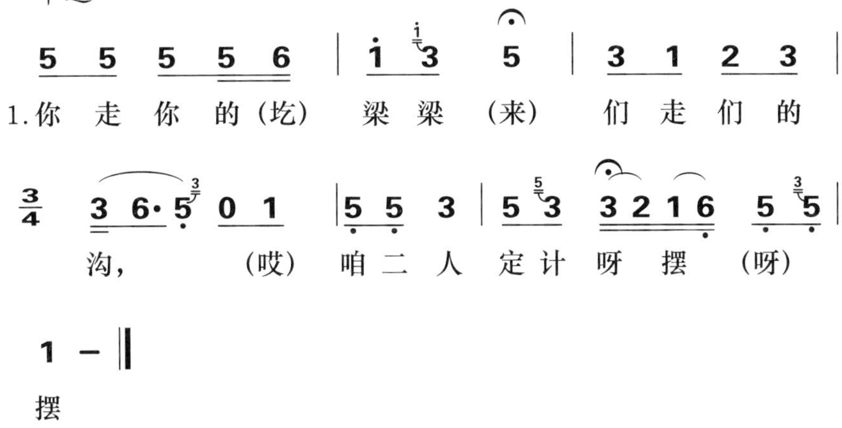

2.梁梁上的草来沟沟里的水，
　咱二人昨好没拉亲过嘴。

3.坡高坡低长火蒿，
　我因为瞭你拍成一条道。

4.房檐底下垅过葱，
　思思谋谋操的你的心。

5.山雀落在圪针上，
　要死要活咱相跟上。

6.阳坡里的糜子北坡里的谷，
　们因为想你背地里哭。

7.千里的闪电百里的雷，
　们心里有谁就是谁。

8.南天门上云遮云，
　人再难活不过人想人。

9.倒坐门限丢了一个盹儿，
　呼啦啦想起心上的人。

10.心上的人儿常不在，
　绕眼的蝇子打不败。

山歌（卷席片）

（平山县）

你走山梁我走沟

(二)

1 = F 2/4

阎三妮 唱
施光南 记

```
5 5 5 5 6 | 6̇ 1̇ 3̇ | 5̇ | 3 1 2 3 | 3 6·5 |
```

你 走（你 那个）山 梁（喽）我 走（我 的）沟，
房 高（呀）房 低（呀）长 荒 蒿，
房 椽（那）底 下（呀）拢 着 坡 里（的）葱，
阳 坡里(的那) 糜 子（喽）背 坡里（的）谷，
山 雀 落 在（喽）圪 针 上，
三 十 里（的那）河 沟（呀）四 十 里（的）水，
千 里（的 那）闪 电（呀）百 里（的）雷，
万 里 呀 蓝 天（呀）遮 乌 云，

```
5 5 3 | 5 3 2 | 2 3 6 5 6 | 1 — ‖
```

咱 二 人 定 计（呀）摆 摆 手。
因 为（呀）盼 你（呀）踩 成 一 条 道。
时 时（呀）刻 刻（呀）挂 在 心。
因 为（呀）想 你（呀）背 地 里 哭。
是 死（呀）是 活（呀）咱 相 跟 着（呀）你。
五 十 里 大 堤（呀）我 望 就 是 谁。
心 里（呀）大 有 谁（呀）跟 着（呀）想 人。
难 受（呀）不 过（呀）人 想 人。

（平山县）

民歌五台山

山头上盖房也嫌低

1 = E 2/4

郭秋彦 整记

```
( 3 5 5 | 3 7 2 3 5 | 6 7 6 5 3 | 5·6 7 6 | 5 — )
```

山歌（卷席片）

（盂县）

山头上盖房我也嫌你低，光瞭见村子（哥哥呀）瞭不见个你。
麻里头挑麻，不一般高，瞭人里头挑人（妹妹呀）数你好。
樱桃那好吃，树难栽，要为朋友（哥哥呀）慢慢来。
要吃那樱桃，把树栽，朋友好为（哥哥呀）口难开。

哪何想起哪何哭

1 = D 2/4

亚欣 记

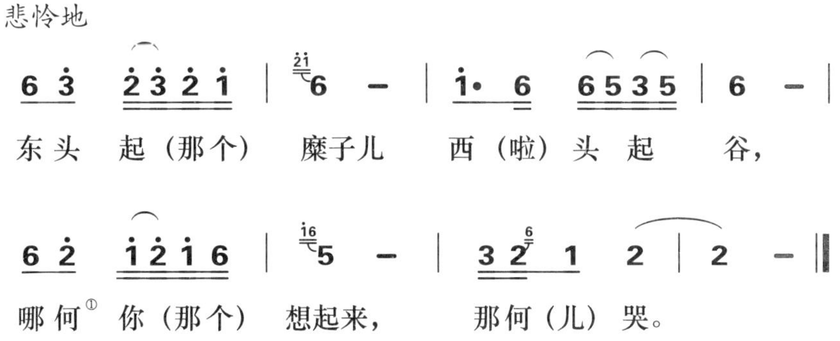

悲怜地

东头起（那个）糜子儿西（啦）头起谷，

哪何①你（那个）想起来，那何（儿）哭。

注：①哪何——方言，是那里的意思。

（原平市）

你走圪塄我走道

1 = G 3/4

武莲花 唱
宜增高 记

民歌 五台山

```
5  5  6 | 5  5  3 | 5  2  5 | 2  -  -  |
你 走 那   圪 楞① 呀   我 走 头         道,
墙 里 头   开 花 呀   墙 天 头         红,
一 对 对   鸽 子 呀   绕 后 刮         飞,
前 响 这   不 来 呀   等 扫 教         响,
闭 住 这   大 门 呀   风 开 你         开,
拿 起 这   筝 寻 来   正 又 一         炕,
开 开 要   大 门 呀   放 教             狗,
你 了 你   走 一     不 你             走,
亲                                    嘴,

5  2  5 | 1  7  6 | 1  5  6 | 5  -  -  |
咱 俩 个   相 好 哇   谁 知 上           道。
干 听 见   语 音 呀   见 不 给           人
小 妹 的   终 落 哇   许 配 想           你。
阳 婆 婆   一 身 哇   没 我 住           望
我 还 倒   亲 呀 哇   眯 后 你           来。
忽 听 见   亲 呀 来   捣 进 的           墙
放 宽 外   心 来 子   往 住 眼           走
揪 住 你   襟 下     拉 两 眼           手
妹 我 我   流       两                  泪。
```

注：①圪楞——方言，指地面突起的圪梁。

（原平市）

淹 没 天

1 = ♭B 2/4

阎三妮 唱
尤 熹 记

中速稍快

```
2  2  2 | 5  5  3 | 2  - | 2  - | 5  - | 6  - |
当 天 里   一 古 朵   云,       （哎   哟）
```

空中打雷声,对面(那)山上站着个人(那),望呀望不准。看只看东山里沟(呀)止不住个水(呀哎呀)淹(那)我的亲人。

（平山县）

瞭见旁人瞭不见你

1 = A 2/4

萧纪记

中慢

心上(你)麻烦(呀)不好过,站在(这)门前头瞭哥哥。
瞭见(这)旁人(呀)瞭不见你,长长(这)流下两眼泪。
原当初搭伙计你起的意,半路地你扔我无义气。
半山山点灯(呀)半山山明,半路地你扔我无良心。

（原平市）

山歌（卷席片）

—283—

大杨树开花须须长

（信天游）

阎三妮 唱
乔　伦 记

1 = A 2/4

中速稍慢

| 2̇ 3 2̇ 6 | 1̇ 2 | 3̇ 6 5 3 | 6̇ — |

大 杨 树 开 花 须 须（哟）哎 长，
你 拿 上 香 纸 我 牵 上 羊，
樱 桃 这 好 吃 树 难 栽 个 蓝，
一 尺 白 布 染 了 个

| 6 1̇ 3̇ | 3 5 1̇ | 6 5 2 2 | 5 — |

因 为 那 哥 哥 许 下 个 羊。
因 为 那 哥 哥 进 了 庙 堂。
朋 友 好 为 口 难 开 个
我 为 那 朋 友 遭 下 个 难。

（平山县）

（民歌 五台山）

前房檐下雨后房檐流

亚欣 记

1 = G 3/4

中速

| 5 5 1̇ | 5 5 3 | 2 5 6̇ | 2 — — |

前 房 檐 下 雨 后 房 檐 流，
房 檐 上 滴 水 房 檐 下 响，

| 1 2 5 | 2 1̇ 6̇ | 5̣ 1 3̣ | 5̣ — — |

咋 好 的 朋 友 交 不 到 头。
为 朋 友 为 得 好 心（呀）伤。

（原平市）

槐树开花碎纷纷

1=♭B 2/4

中速稍快

邢丑花 唱
刘子贞 记

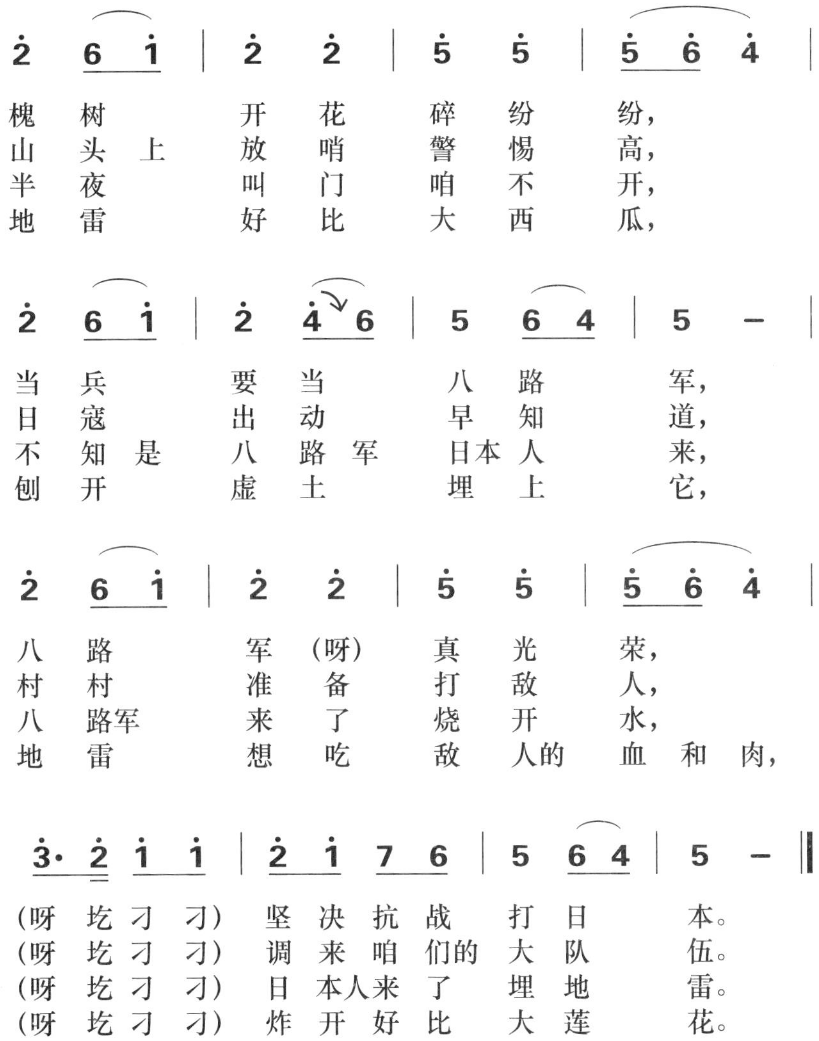

山歌（卷席片）

```
2  6 1 | 2  2 | 5  5 | 5 6 4 |
```
槐　树　　开　花　　碎　纷　　纷，
山头　上　　开放哨　警　惕　　高，
半　夜　　叫　门　　咱　不　　开，
地　雷　　好　比　　大　西　　瓜，

```
2  6 1 | 2  4 6 | 5  6 4 | 5 — |
```
当　兵　　要　当　　八　路　　军，
日　寇　　出　动　　早　知　道，
不知　是　八路军　日本人　来，
刨　开　　虚　土　　埋　上　　它，

```
2  6 1 | 2  2 | 5  5 | 5 6 4 |
```
八　路　　军（呀）真　光　　荣，
村　村　　准　备　　打　敌　　人，
八　路军　来　了　　烧　开　　水，
地　雷　　想　吃　敌人的　血和　肉，

```
3· 2 1 1 | 2 1 7 6 | 5 6 4 | 5 — ‖
```
（呀圪刁刁）坚决抗战打日本。
（呀圪刁刁）调来咱们的大队伍。
（呀圪刁刁）日本人来了埋地雷。
（呀圪刁刁）炸开好比大莲花。

（忻州市）

肚里疙瘩解不开

1=D 2/4
崔兰花 唱
江玉亭 记

中速

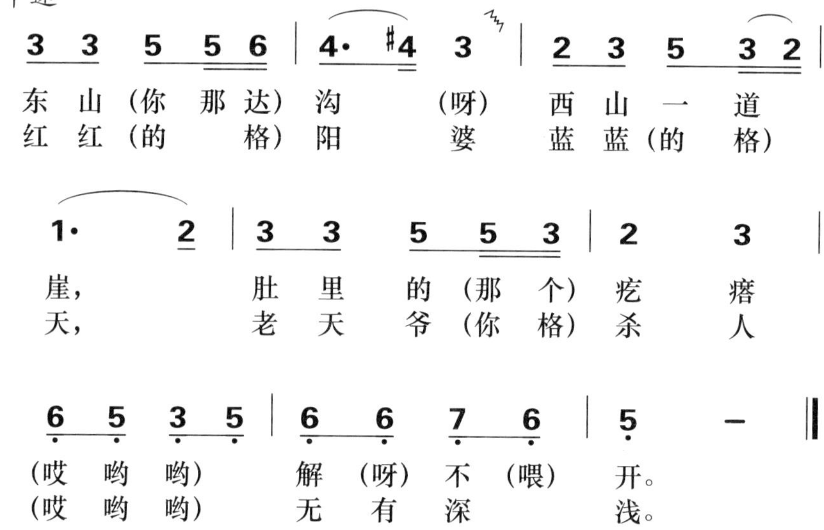

东山(你那达)沟　(呀)　西山一道
红红(的格)阳　婆　蓝蓝(的格)

崖，　肚里的(那个)疙　瘩
天，　老天爷(你格)杀　人

(哎哟哟)　解(呀)不(喂)开。
(哎哟哟)　无有深　浅。

(平山县)

民歌五台山

穷人受苦地主好活

1=♭B 2/4
朱二根 唱
朱生和 记

稍慢

穷人难　穷人难，说起穷人 真可怜，
一年四季 流血汗，打下粮食 不由咱，

提起那 灾和难呀，说也 说不 完。
地主们 来收租呀，收逼咱一多 半。

(五台县)

—286—

高高山上一群羊

杜眉眉 唱
敬 谱 记

1 = G 2/4

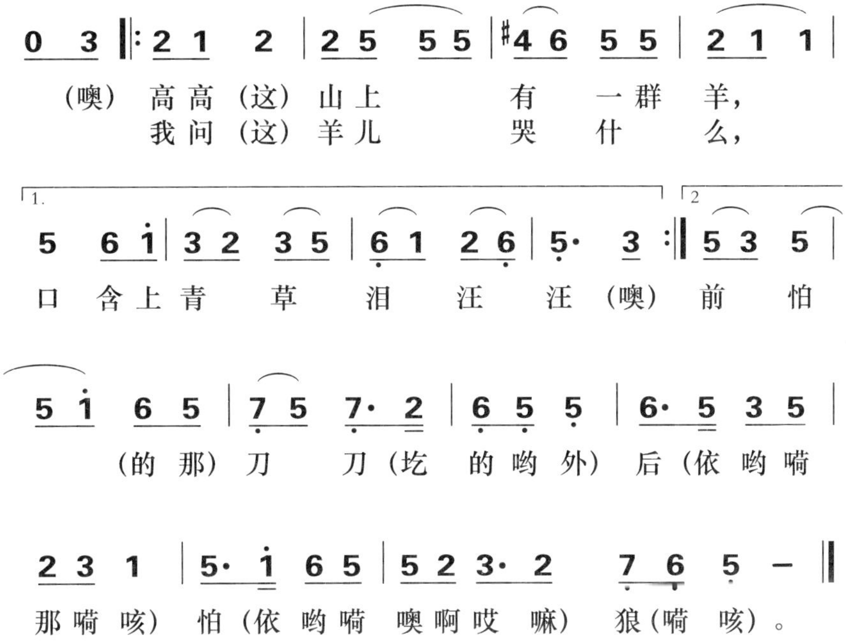

```
0 3 ‖: 2 1 | 2 | 2 5 5 5 | #4 6 5 5 | 2 1 1 |
```
(噢)高高(这)山上　　有　一群羊，
　我问(这)羊儿　　哭什么，

```
1.
5 6 1 | 3 2 | 3 5 | 6 1 | 2 6 | 5· 3 :‖ 
2.
5 3 5 |
```
口含上青　草　泪汪　汪(噢)前怕

```
5 1 6 5 | 7 5 | 7· 2 | 6 5 5 | 6· 5 3 5 |
```
(的那)刀　刀(圪的哟外)后(依哟嗬

```
2 3 1 | 5· 1 6 5 | 5 2 3· 2 | 7 6 5 — ‖
```
那嗬咳)怕(依哟嗬噢啊哎嘛)狼(嗬咳)。

山歌（卷席片）

（原平市）

大榆树枝枝多

梁书印 唱
郭秋彦 记

1 = ♭B 3/4

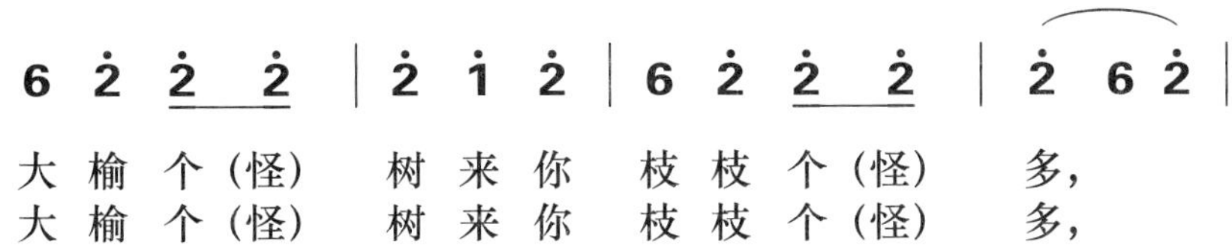

```
6 2 2 2 | 2 1 2 | 6 2 2 2 | 2 6 2 |
```
大榆个(怪)树来你　枝枝个(怪)　多，
大榆个(怪)树来你　枝枝个(怪)　多，

—287—

```
2 4 5 | 1 1 6 6 | 3 2 3 | 2 - -
```
今日你 开 会 了(老) 斗 争　 我,
哥有 话 儿　 对 你　 说,

```
6 3 3 5 5 | 6 6 - | 2 2 - | 2 3 1 -
```
提下(哈)个(怪)　意见　　跳麻　河,
提下(哈)个(怪)　意见　　跳麻　河,

```
1 1 1 6 6 | 3 2 3 | 2 - - | 2 0 0
```
撂不下我(恩) 亲哥　　哥。
一起逃走　　住山　　窝。

(盂　县)

驴打滚饥荒愁煞人

1 = ♭B　2/4

朱仁声 唱
朱生和 记

稍慢

```
6 3 5 6 | 2 1 2 6 5 | 6 3 5 6 5 | 2 -
```
锄 也是 咱　来　 耕 也是　咱,
借 一 箕 还 二 来 加 三,
簸 筐 称 簸 出 来 扇 车 扇 扇,
小 　 出 　 大 　 称 入,

```
6 3 5· 6 | 2 1 6 5 | 2 5 1 7 6 | 5 -
```
打 下 粮 不 由 咱。
毛 驴 食 还 不 完。
一 石 打 八 斗 三。
光 颗 滚 全 逼 干。
颗 成
那 那 荍
的 麦

(五台县)

穷苦的日月难过的年

1 = F 2/4
中速

音波 记

山歌（卷席片）

活得我真熬煎（呀么），老天爷就不睁眼，春夏秋冬累死累活，年年到头光景难过，地主饥荒还不完，闹上一年过不了年。

衣服穿得稀巴烂（呀么），烧火没有一圪瘩炭，小米子还有二格半，没有圪星星玉茭面，买不起醋来秤不起盐，天下的穷人难过年。

（五台县）

从前晌瞭至后半晌

1 = ♭B 3/8

亚欣 记

中快

5 3 2 6 | 2 3 2 2 | 1 6 1 3 | 2· | 2· |

火 车 车 拉 笛（这）铁 轨 轨　响，
瞭 见 人 家（呀）瞭 不 见　你，
红 红 的 阳 婆　蓝 蓝 的　天，
十 冬（这）腊 月 天 下 了 一 场 雪，

5 2 5 | 6 2 2 | 5 3 2 | 2· | 2· ||

前 半 晌 瞭 至 你 后 半（哟） 晌。
长 长 地 流 下 这 两 眼　 泪。
因 为 瞭 哥 哥 晒 黑 了　 脸。
因 为 瞭 哥 哥 冻 了　 脚。

（原平市）

摆一摆手

1 = ♭B 2/4

刘子贞 记

中慢 较自由

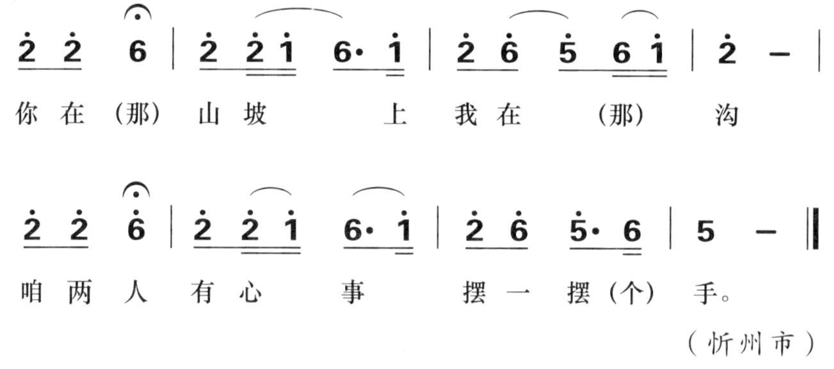

2 2 6 | 2 2 1 | 6· 1 | 2 6 5 6 1 | 2 — |

你 在（那）山 坡　 上 我 在（那） 沟

2 2 6 | 2 2 1 | 6· 1 | 2 6 5· 6 | 5 — ||

咱 两 人 有 心　 事 摆 一 摆（个） 手。

（忻州市）

民歌五台山

贤良女劝夫

1 = C 2/4

周栓林 唱
程千里 记

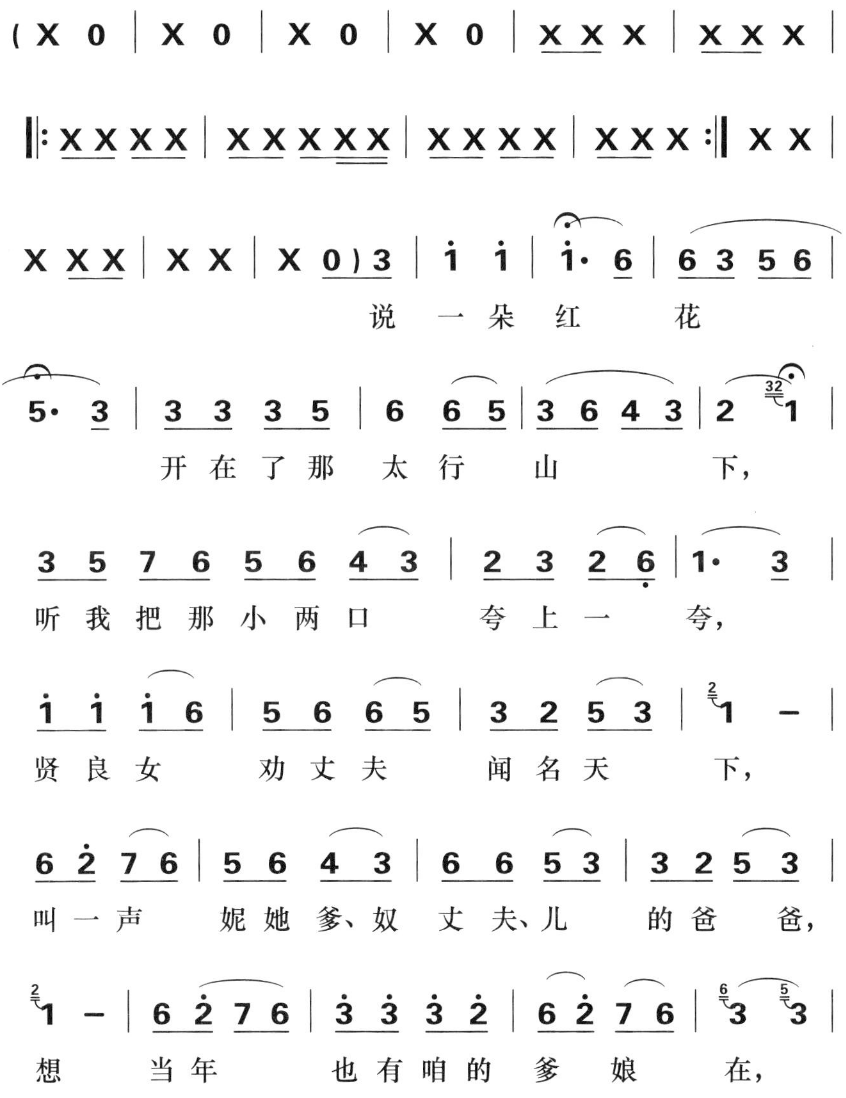

中速稍快

山歌（卷席片）

(X 0 | X 0 | X 0 | X 0 | X X X | X X X |

‖: X X X X | X X X X X | X X X X | X X X :‖ X X |

X X X | X X | X 0) 3 | 1 1 | 1· 6 | 6 3 5 6 |
　　　　　　　　　　　　说　一朵　红　花

5· 3 | 3 3 3 5 | 6 6 5 | 3 6 4 3 | 2 1 |
开在了那　太行　山　　下，

3 5 7 6 5 6 4 3 | 2 3 2 6 | 1· 3 |
听我把那小两口　　夸上一　夸，

1 1 1 6 | 5 6 6 5 | 3 2 5 3 | 1 — |
贤良女　劝丈夫　闻名天　下，

6 2 7 6 | 5 6 4 3 | 6 6 5 3 | 3 2 5 3 |
叫一声　妮她爹、奴丈夫、儿　的爸爸，

1 — | 6 2 7 6 | 3 3 3 2 | 6 2 7 6 | 3 3 |
想　当年　也有咱的　爹娘　在，

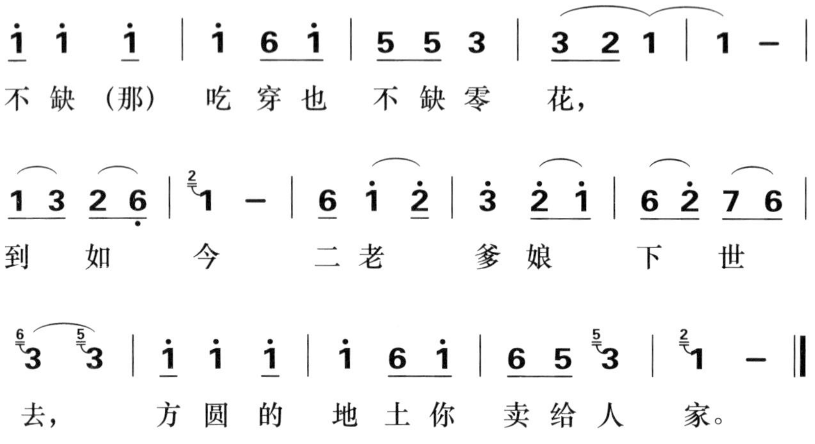

不缺（那）吃穿也不缺零花，
到如今二老爹娘下世去，方圆的地土你卖给人家。

（平山县）

我给妹妹捎个话

1 = C 2/4

春风 唱
晓敏 子贞 记

中速

两面镜（那个）墙上挂，我给（个）小妹子捎个话，捎话那不如打电话，（哎哟哟哟）小妹子你不要害怕。

（定襄县）

手扳芦河桥

1=C 2/4

韩树槐 唱
岫嶂 记谱

3 32 3 21 | 2· 3 | 2 3 2 1 6 5 6 | 1 — |
麻秸 盖不起 房，　　孤人 也 难 活，

6 1 2 | 3 2 3 | 2 3 2 1 1 1 | 2 1 1 6 |
露水水夫 妻 不(呀么) 不 久 长，

5 6 5 3 | 6 1 3 | 6 5 5 2 | 3 2 3 |
冷弹 子打墙 　白盖(咾 顿) 房，

1 1 1 1 | 1 1 1 1 | 1 3 3 2 1 | 5 5 3 | 2 3 5 |
年轻轻的 活 下个 甚 下 场，甚(呀么)甚 下

5 3 2 1 ‖
场？

山歌（卷席片）

(定襄县)

掐蒜薹
（一）

1=G 2/4

铁晔光 记

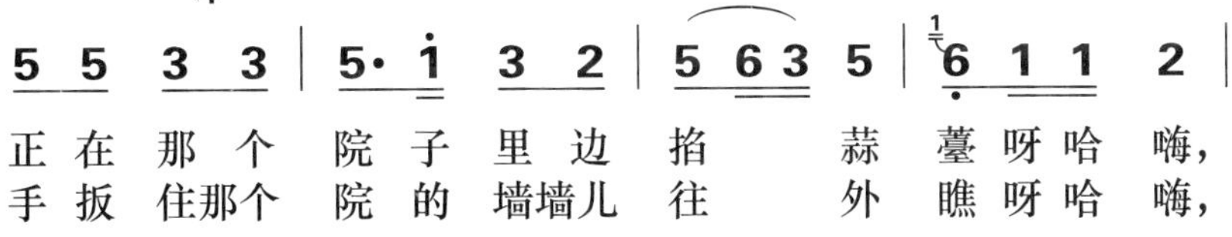

5 5 3 3 | 5· 1 3 2 | 5 6 3 5 | ⁱ6 1 1 2 |
正在 那个 院子 里边 掐　蒜 薹呀哈嗨，
手扳住那个院的 墙墙儿 往　外 瞧呀哈嗨，

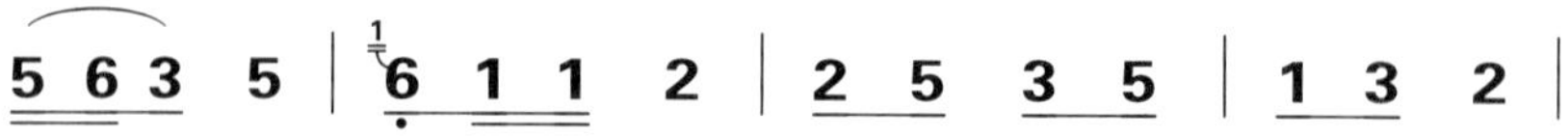

| 5 6 3 5 | $\widehat{6}$ 1 1 2 | 2 5 3 5 | 1 3 2 |

掐　　蒜　薹呀哈嗨，架墙　摺过把　剪子　来
往　　外　瞧呀哈嗨，瞧见那　东家　二秀　才

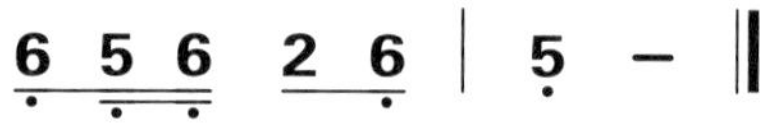

| 6 5 6 2 6 | 5 — ‖

叫　人　好奇　怪。
你　从　哪厢　来？

（代　县）

掐 蒜 薹
（二）

王玉堂 唱
奋臻 志强 记

1 = ♭B 2/4
中速

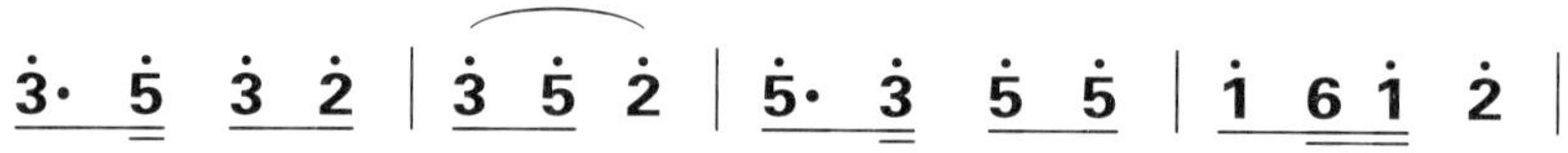

| 3· 5 3 2 | 3 5 2 | 5· 3 5 5 | 1 6 1 2 |

1.家　　住在　山　西忻吃　令令　城呀呼嗨，
2.在　　绣房　里　边绣　　花　　鞋呀呼嗨，
3.头　　上我　梳　的苏吃　州　　头呀呼嗨，
4.脸　　上我　擦　的小吃　桃桃　粉呀呼嗨，
5.身　　上我　穿　的红吃　凌凌　袄呀呼嗨，

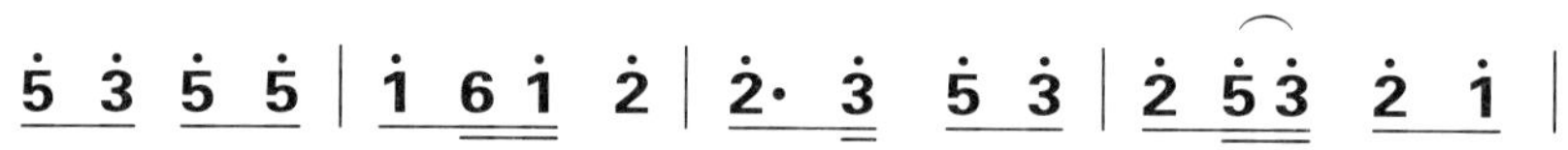

| 5 3 5 5 | 1 6 1 2 | 2· 3 5 3 | 2 5 3 2 1 |

忻吃　令令　城呀呼嗨，想起　情哥　好人　才呀，
绣　　花　　鞋呀呼嗨，想起了　个把　掐蒜　薹呀，
苏吃　州　　头呀呼嗨，裙子　上也　绣金　边呀，
小吃　桃桃　粉呀呼嗨，河南　胭脂　定口　红呀，
红吃　凌凌　袄呀呼嗨，青锻　坎肩　套外　边呀，

民歌五台山

```
6  6̲ 5̲    6̲ 3̲ | 2  - ‖
```

妹	妹	挂心	怀。
赶	到	菜园	来。
两	耳里	挂玉	环。
美	呀	多美	观。
四	角里	挂云	云。

6.（女）低头儿我出了自己的门呀呼嗨，
　　　　自己的门呀呼嗨，
　　　　迈开大步往前行，
　　　　来到菜园门。

7.（女）双手开开菜园的门呀呼嗨，
　　　　菜园的门呀呼嗨，
　　　　手提篮篮儿进了门，
　　　　来到菜园中。

8.（女）我正在菜园里掐蒜薹呀呼嗨，
　　　　掐蒜薹呀呼嗨，
　　　　架墙扔进个石子来，
　　　　今日好奇怪。

9.（女）手扳住菜园墙住外瞭呀呼嗨，
　　　　住外瞭呀呼嗨，
　　　　瞭见咱家二秀才
　　　　你从哪里来。

10（男）我正在书房里边把书看呀呼嗨，
　　　　把书看呀呼嗨，
　　　　我观见妹妹好人才，
　　　　哥哥眊你来。

11.（女）你要来呀呼嗨，
　　　　早些来呀呼嗨，
　　　　来的迟了门难开
　　　　哥哥你进不来。

山歌（卷席片）

（五台县）

掐蒜薹

(三)

1 = D 2/4

郭银升 唱
邢和贵 记

民歌五台山

家住在崞县窑子村，
刚过门一年就怀了孕，
俺起了那一个大清晨，
掐上了那一篮子把菜园进，
一阵腰眼儿疼，

起了个名字叫玉云，哎依哟
作擦了得真烦嘴唇，哎依哟
弄油俺呀烦扑棱，哎依哟
抹粉齐家中，哎依哟
两只手忙回哎依哟

叫玉云，人们夸俺长得儿俊，
真烦嘴唇，想吃蒜薹那走俊，千里园子里边一盏灯。
齐扑棱，心里着急得调自己寻。
回家中，蒜葱花苗鲜长配眉梁凹留下一点红。
蒜薹苗姜好，屹崩屹崩一掐香一阵。
包些饺子喷喷。

(原平市)

掐 蒜 薹
（四）

贾改兰 唱
邢和贵 记

1 = F 2/4

```
3· 6 5 | 3· 6 5 3 | 2  3· 5 | 5 3 6 1  2 |
```
奴　正在　　园　子里　边　掐　　蒜　　薹呀呀儿嗨，
拿　起来　　一　把看　妹　真　　心　　爱呀呀儿嗨，
哥　哥来　　把　墙高　把　常　　等　　待呀呀儿嗨，
他　家把　　去　把狗　园　不　　乖　　开呀呀儿嗨，
悄　悄手　　把　哥往　里　门　　开　　拽呀呀儿嗨，

```
5 5  6 1 6 5 | 3 5 3  2 3 2 1 | 6 1 5 6  2 1 0 6 | 5 — ‖
```
从　墙　冒　进个　戒　指　好　来，　小　奴家好　奇　　怪。
不　大　不　小　正好　戴，　心　心好　疑　猜。
见　上　头　插着　难　忍　耐，　好　一个女　裙　衩。
上　原　来　是他　吃　针　柴，　想　去怕受　家　害。
叫　声　哥　哥　别发　呆，　羞　红奴　你把俺抱在　怀。

（原平市）

山歌（卷席片）

点 瓜

聂文明 阎尚田 唱
王一民 记

1 = G 2/4

```
6 6 5 | 6 6 5 5 | 4· 5 6 5 | 2 1 7 |
```
刘　二喜　担起我这　桶　和（外）担，
刘　二喜　拿起锹来　剜　淹（外）淹，
左　一（这）剜来我这　右　一（外）剜，

```
5 6 5 | 6· 1 2 5 | 6· 1 2 5 6 | 5 — ‖
```
王　四姐又　端（这）瓜　子　　盘。
王　四姐又　来（这）饮　淹　　淹。
唱　个这一　曲（这）解　心　　宽。

（原平市）

拔 萝 卜

（一）

1 = ♭B 2/4

李献平 唱
玉堂 书平 记

民歌五台山

$\dot{2}\dot{2}$ $\dot{3}$ | $\dot{1}6\dot{1}$ $\dot{2}$ | $5\dot{3}$ $\dot{2}\dot{1}$ | 5 — |

低头　　　出　了　自　己　的　门，
东看　　　西　看　没有　一个　人，
叫一　声　二　野　鬼仔　细一　听，
管你　　　一　回　不　回　一　回，

$5\dot{3}$ $\dot{2}\dot{1}$ | $6\dot{1}$ $\dot{5}\cdot\dot{6}$ | $\dot{1}6$ $5\dot{3}\dot{3}$ | 2 — |

三步　并成　两步　行，出了　自己的　门。
手我　偷托　偷吃　萝卜，楞进了　菜地　边，
今儿　　　我　就　不　饶　你，

$\dot{2}\dot{2}$ $\dot{3}$ | $\dot{1}6\dot{1}$ $\dot{2}$ | $5\dot{3}$ $\dot{2}\dot{1}$ | 5 — |

紧走　　　几　步　来　得　快，
双手　手　拔　起　一个　大萝　卜，
从今　想　叫　我　饶　了　你，
要　　　　　　　　　　　

$5\dot{3}$ $\dot{2}\dot{1}$ | $6\dot{1}$ $\dot{5}\cdot\dot{6}$ | $\dot{1}66$ $5\dot{3}$ | 2 — ‖

雯吃　楞时　底下　来出　到个　菜　地　边。
叫一　声　二　野　鬼　让了我　第一　回。
吃　楞　底　下　来　慢　商　议。

（五台县）

拔 萝 卜
（二）

康玉久 唱
玉堂 书平 奋臻 记

1=♭B 2/4

| 2̇ 2̇ 3 5 | 6̇·1̇ 2 0 | 5 55 23 | 5 - |

二野 这 鬼 来 出了 侬个 村，

| 5̇ 53 23 21 | 6̇·1̇ 35 | 1̇·6 53 | 2 - |

一霎 时 那个 来 到 水浇 地 边，

| 2̇ 2̇ 3 5 | 6̇·1̇ 2 0 | 5 55 23 | 5 - |

二妹子 快 步 往前 侬个 行，

| 5̇ 53 23 21 | 6̇·1̇ 35 | 1̇·6 53 | 2 - ‖

一霎 时 那个 来 到 菜 地 边。

（五台县）

山歌（卷席片）

老汉放牛

1=♭B 2/4

怀锦 子贞 青莲 记录

中速

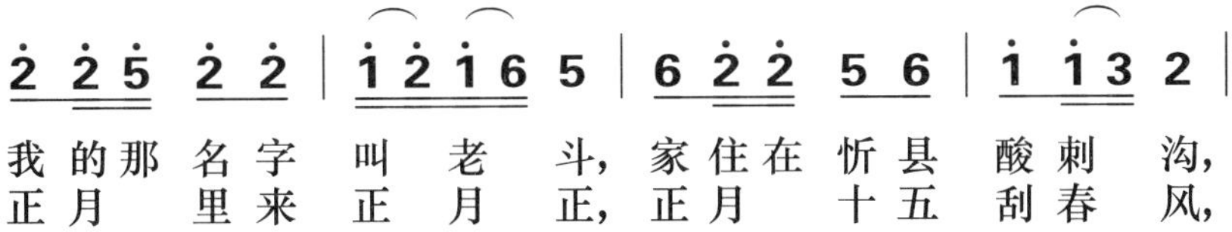

| 2̇ 2̇ 5 2̇ 2̇ | 12 16 5 | 6 22 56 | 1̇ 13 2 |

我的那 名字 叫 老斗， 家住在 忻县 酸刺 沟，
正月 里来 正月 正， 正月 十五 刮春 风，

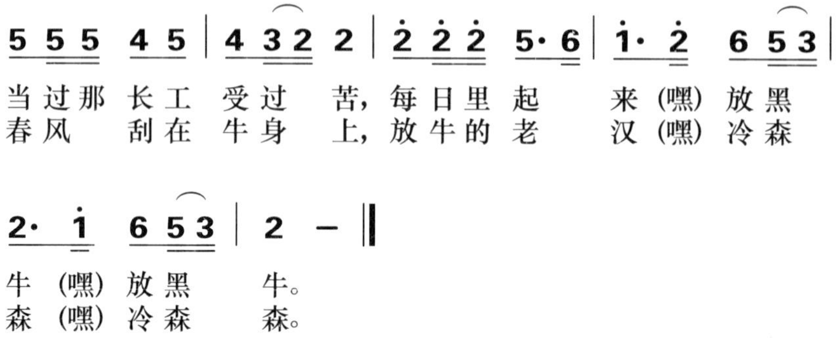

```
5 5 5  4 5 | 4 3 2 2 | 2 2 2  5·6 | 1·2  6 5 3 |
```
当过那 长工 受过 苦，每日里起 来（嘿）放黑
春风 刮在 牛身 上，放牛的老 汉（嘿）冷森

```
2·1  6 5 3 | 2 — ‖
```
牛（嘿）放黑 牛。
森（嘿）冷森 森。

（定襄县）

偷 南 瓜

1 = D 2/4

张水婵 唱
邢和贵 赵美琴 记

```
5 6 5  3 2 | 5 6 5  3 2 | 5  3 2 | 1 6 1  2 | 5  3 2 |
```
十 七 女裙 衩 怀娃 娃（呀），女裙
不 走 大 路 走小 路（呀），走小
东 瞭 西 瞭 无有 人（呀），无有

```
1 6 1  2 | 2  5 | 2  5 | 2  5 | 2  1 | 6 5  1 6 | 5 — |
```
衩（呀）挎上 篮篮 悄悄 来把 南 瓜 摘。
路（呀）三步 两步 赶过 来 瓜儿 遍地 摆。
人（呀）两个 南瓜 抱在 怀 心 花 开。

```
3 2 1 3 | 2·3  2 1 | 6 5  1 6 | 5 — ‖
```
哎来哎嗨 哟 把 南 瓜 摘。
哎来哎嗨 哟 瓜儿 遍地 摆。
哎来哎嗨 哟 心 花 开。

（原平市）

民歌五台山

讨吃子要山药

韩润民 唱
郭秋彦 记

1 = G 2/4

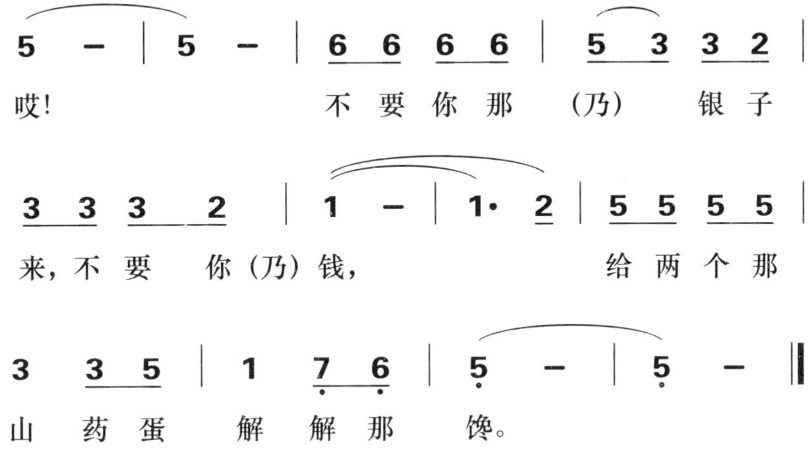

5 - | 5 - | 6 6 6 6 | 5 3 3 2 |
哎!　　　　　不要你那(乃)　银子

3 3 3 2 | 1 - | 1· 2 | 5 5 5 5 |
来,不要　你(乃)钱,　　给两个那

3 3 5 | 1 7 6 | 5 - | 5 - ‖
山药蛋　解解那　馋。

(盂县)

偷黄瓜调

王美 唱
清莲 记

1 = D 2/4

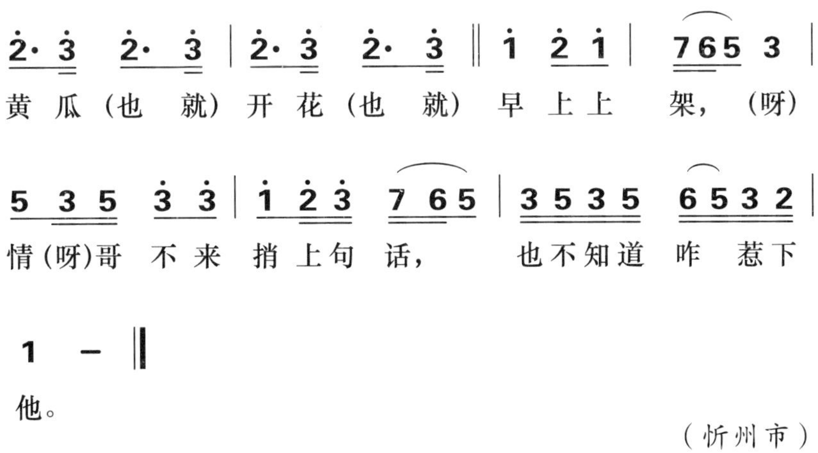

2·3 2·3 | 2·3 2·3 ‖ 1 2 1 | 7 6 5 3 |
黄瓜(也 就) 开花(也 就) 早上上　架,(呀)

5 3 5 3 3 | 1 2 3 7 6 5 | 3 5 3 5 | 6 5 3 2 |
情(呀)哥 不来 捎上句话,　也不知道 咋惹下

1 - ‖
他。

(忻州市)

山歌（卷席片）

偷 山 药

1 = F 2/4

稍快

白文生 唱
马志强 记

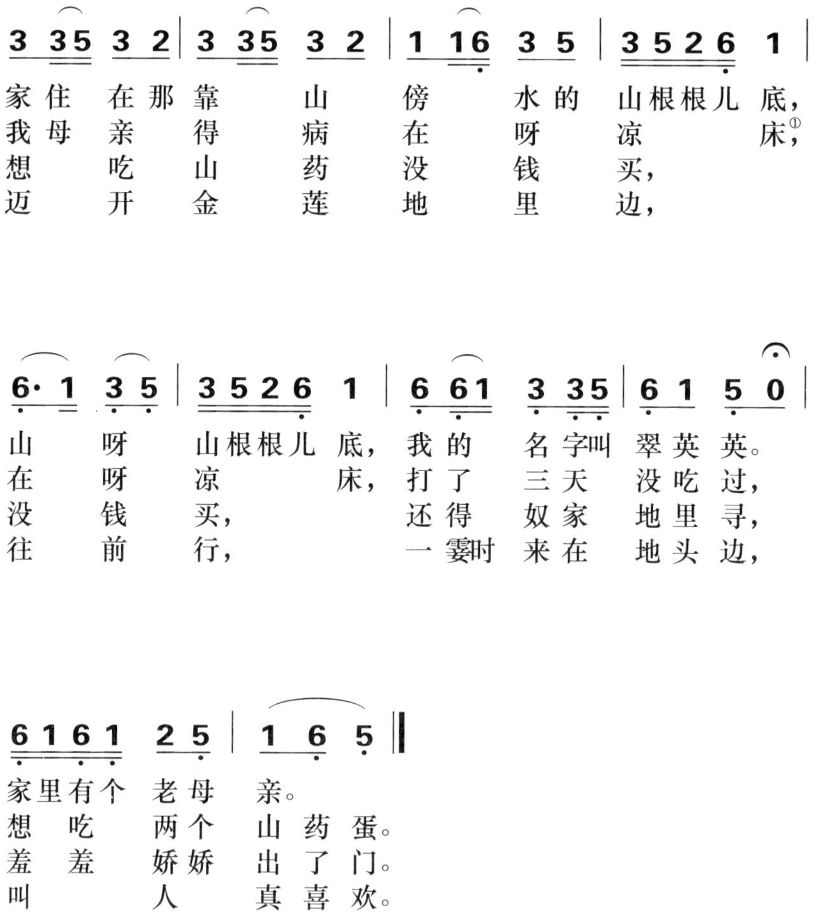

| 3 35 | 3 2 | 3 35 | 3 2 | 1 16 | 3 5 | 3526 | 1 |

家　住　　在那　靠　得山　山病　傍在　水的　山根根儿　底，
我　母　　亲吃　得山　药莲　在没　呀钱　凉　买，　床；①
想　迈　　开金　　　　地　里　　边，

| 6·1 | 3 5 | 3526 | 1 | 6 61 | 3 35 | 6 1 | 5 0 |

山　　呀　　山根根儿　底，我的　名字叫　翠英　英。
在没　呀呀　凉　买，　打了　三天　没吃　过，
往前　前　行，　还得　奴家　地里　寻，
　　　　　　　　　一霎时　来在　地头　边，

| 6 1 6 1 | 2 5· | 1 6· 5 |

家里有个　老母　亲。
想吃两个　山药　蛋。
羞羞娇娇　出了　门。
叫人　真喜　欢。

注：①凉床——实为冷炕。

（五台县）

拉 骆 驼

（一）

1 = A 2/4
中速

春风 秀全 唱
子贞 晓敏 记

山歌（卷席片）

```
2 23  2 16 | 2· 5  1 2 | 5 2 5  2 26 |
```
小奴家 今年（哎哟 哎哟）一十个 六（呀么
耳听见 街上（哎哟 哎哟）过骆（个）驼（呀么
哥哥 进院（哎哟 哎哟）拴骆（个）驼（呀么

```
5· 3  53 2 | 2 2 3 | 5 5 2 | 1· 2  6 5 |
```
哎 哟 哎 呀），一十（那个）六岁就（哎哟哎呀）
哎 哟 哎 呀），手撩起（个）门帘就（哎哟哎呀）
哎 哟 哎 呀），问一声 哥哥就（哎哟哎呀）

```
5 52  2 26 | 5· 1  5 ‖
```
为朋 友（呀么 哎哟 哎）。
瞭哥 哥（呀么 哎哟 哎）。
吃什 么（呀么 哎哟 哎）？

（定襄县）

拉 骆 驼
（二）

1 = C 2/4

赵召召 唱
邢和贵 记

| 2 2 2 2 16 | 2· 3　 1 2 | 3· 2 2 16 | 5· 6　 5 32 |

小 妹妹 年 青　哎 依 哟 哟　一 十 八 呀　哎 依 哟 哟
手 托 这 窗 帘　哎 依 哟 哟　一 往 外 瞭 呀　哎 依 哟 哟
我 问 哥 哥　哎 依 哟 哟　做 些 甚 呀　哎 依 哟 哟
一 壶 烧 酒　哎 依 哟 哟　半 斤 肉 呀　哎 依 哟 哟
哥 你 今 天　哎 依 哟 哟　要 出 门 呀　哎 依 哟 哟
一 头 骆 驼 驮 上 水　二 头 骆 驼 驮 上 米，
九 头 驮 上 好 布 匹，十 头 骆 驼 捎 行 李，
小 妹妹 在 家　哎 依 哟 哟　等 着 你 呀　哎 依 哟 哟

| 6 6 1 2 21 | 6· 1 5 5 | 1 1 5 6 53 | 2· 3　 2 |

为 下 个 朋 友　哎 依 哟 哟　把 骆 驼 拉 呀　哟 依 哟。
瞭 见 哥 哥　哎 依 哟 哟　进 来 了 呀　哟 依 哟。
他 说 他 要　哎 依 哟 哟　出 远 门 呀　哟 依 哟。
小 妹妹 想 把　哎 依 哟 哟　你 留 住 呀　哟 依 哟。
留 下 小 妹　哎 依 哟 哟　受 苦 情 呀　哟 依 哟。
三 四 五 头 驮 杂 货 呀　六 七 八 头 驮 枣 儿 梨
出 门 在 外 多 受 罪 呀　挣 下 银 钱 早 些 回。
腊 月 初 八　哎 依 哟 哟　是 婚 期 呀　哟 依 哟。

（原平市）

民歌五台山

拉 骆 驼
（三）

1 = G 2/4

马德清 唱
张 玺 记

中速稍快

| 5 6　 2 2 2 | 5 6 2 | 5 5 5 | 1̇ 3 2 | 1 — |

小 奴 家（呀吧）在 上 房　谋 呀（吧）谋 生　活，

—304—

```
|: 2 2 2 3  5 5 | 2 2 4 | 2 4 2 1  2 6 | 5 — :|
```
耳忽听这 门外 拉骆驼，三 连 十五 驼。

（阜平县）

采 花

1=F 2/4

中速

```
6 6 5  1̇ 2̇ | 6 5  3 2 | 6 6 5  1̇ 2̇ |
```
好 一 枝 腊 梅 花（呀）， 好 一 枝 腊 梅
好 一 束 水 仙 花（呀）， 好 一 束 水 仙
好 一 丛 马 兰 花（呀）， 好 一 丛 马 兰
好 一 朵 牡 丹 花（呀）， 好 一 朵 牡 丹

```
6 5  3 2  3  5 1̇ | 6 5  3 2 | 5 2  3 5 3 2 |
```
花（呀）， 满 山 山 花 儿 把 人 爱
花（呀）， 满 池 池 花 儿 看 也 看 不 够
花（呀）， 满 沟 沟 花 儿 香 呀 香 万
花（呀）， 满 园 园 花 儿 鲜 呀 鲜 又

山歌（卷席片）

```
1  1 6̣ 3 1 | 2  5̣ 6̣ 1 3 | 2· 3 | 2 3 2 1 |
```
煞（呀）， 奴 有 心 把 花 摘（呀），又 怕（那个）
它（呀）， 奴 有 心 把 它 拿（呀），又 怕（那个）
家（呀）， 奴 有 心 两 鬓 插（呀），又 怕（那个）
大（呀）， 奴 有 心 采 一 朵（呀），送 给（那个）

```
2 1 6̣ 1 | 2· 3 1· 6̣ | 5 — :|
```
看 花 的 把 我 来 骂。
别 人 着 把 我 笑 话。
惹 着 我 的 情 郎 妈。
我 的 的 郎 他。

（代县）

三月桃花发

李连妮 唱
李 予 记

1 = B 2/4

5 5 5 3 5 | 6 1 6 5 3 | 5 6 5 3 | 2 1· |
三 月 里 桃 花 发 （呀），书 信 捎 到 家，

1 1 1 1 2 3 | 5·6 5 3 | 2 3 2 1 | 1 — |
先 问 那 父 母 娘 好 （啊），嘱 咐 小 奴 家。上

1 1 1 1 2 | 5· 3 | 5 5 6 5 3 | 2 1· |
面（那）一 行 字（啦）， 写 得 真 是 秀，

X X X X X | X 0 | 1 6 1 2 6 | 5· 5 |
不 要 那 鞋 和 袜，光 要 那 花 兜 兜。我

5 5 5 1 | 5 3 | 2 2 3 2 1 | 1 — |
收 拾 粉 皮 箱（呀），拿 起 了 纸 一 张，

5 3 5 6 | 3 2 1 1 | 2 3 3 2 1 | 6 — |
手 拿 小 剪（哟）慢 慢 地 细 端 详，

3 3 | 2 1 | 2 3 2 1 | 6 — | 5 3 5 6 |
裁 裁 剪 剪 像 个 荷 包 样， 带 到 你

3· 2 1 | 2 2 3 1 6 | 6 5· ‖
铺 内 显 显 我 手 头 强（呀）。

（平山县）

民歌五台山

莲 花 开

梁银怀 唱
江玉亭 记

1 = E 2/4
中速稍快

山歌（卷席片）

#1· 3 3 3 | 3 5 3 2 | 3 1 6 | 5· 3 |
咱们都是 有饭吃的 好 亲 戚，

5· 6 5 3 | 2· 3 2 1 | 6· 1 6 1 | 2 1 2 |
(菜籽花儿 开，　　 一枝一枝 莲 花)

3 3 3 3 3 | 5 6 5 | ³2 2 6 | ⁶1 — |
跟我们大家 一块坐， 一　 块　 坐，

1· 2 1 6 | 5· 1 | 6 5 6 1 | 5· 1 | 6 5 6 1 |
(两枝花儿 开， 花开 莲花落， 一枝 落莲

5 — | 3 3 3 3 2 | 1· 6 | 5· 3 | 5· 6 5 3 |
花) 千家使我们 成 一 家， (三枝花儿

2· 3 2 1 | 6· 1 6 1 | 2 1 2 | 3 3 3 3 3 |
开， 三枝三枝 莲 花) 千家使我们

3 6 5 | 2 2 6 | ⁶1· 6 | 1 2 1 6 | 5· 1 |
成一家 成一 家。 (四枝花儿 开，

6 5 6 1 | 5 0 | 6 5 6 1 | 5 — | 3 3· 5 |
花开莲花 落， 一起莲花 开， 哎哎

| 2 2 | 3. 5 | 2 2 | 3·3 3 3 | 2·2 2 2 |
才 才，哐哐　　才 才，哐 哐 哐 哐，才 才 才 才，

| 3 3 2 2 | 3 3 2 2 | 3 2 1 6 | 1 2 0 3 |
哐 哐 才 才，才 才 哐 哐），看 几 枝 莲 花 开，才

| 2 1 6 1 | 3 2 1 | 6 1·6 | 5 — ‖
几 枝 莲 花 落，一 起 莲 花 　　开。

（平山县）

腊 梅 花

1 = F 2/4

中速 称赞地

张国义 记

| 5 5 6 1 6 | 5 3 2 | 5 5 6 1 6 | 5 3 2 |
好 一 朵 腊 梅 花，　　好 一 朵 腊 梅 花，

| 3 5 1 | 6 5 3 2 | 5 2 3 3 2 | 1·6 1 |
满 园 的 花 儿 赛 也 赛 不 过 它，

| 3 2 1 2 | 5 1 3 | 2 3 2 3 2 1 | 2 6 1 |
我 有 心 采 花 儿 戴 呀，又恐怕 这 看 花 人

| 2 2 3 1 2 1 6 | 5·6 5 ‖
骂 呀 哎 嗨 哟 哎 嗨。

（代 县）

民歌五台山

数 六 月

1=♭B 2/4

梁能存 唱
激 波 记

山歌（卷席片）

(0 3 3 3 | 3 5 3 | 3 5 3 2 | 3· 2 6 1 |)

正月的 十 五 大热 一个 闹（么啊哎），
二月的 里 来 龙抬 一个 头（么啊哎），

1 3 1 7 | 6· 7 6 5 | 3 1 6 1 | 3 — |

咱姐妹 二 人 去把灯 瞧，
咱姐妹 二 人 去上绣 楼，

6· 1 3 | 6· 1 3 | 3 1 2 6 5 | 6 5 3 |

（哎 哟）放 下米来 撂下 瓢，
大姐姐绣 下一个 龙摆 尾，

‖: 1 1 6 6 1 | 3 5 3 :‖ 5 5 3 | 5 3 5 |

慌慌 张张地 往外 跑 （哎咳哟 咳呼儿
门槛 高 绊倒了，
小小 金莲 崴着了
二小妹 不会绣
绣下个狮子 滚绣球

3 2 3 | 7 2 7 2 | 7 2 7 2 | 7 2 7 2 |

咳）使的 那小奴家， 樱桃小口 止不住的
咳）使的 那小奴家， 胳膊弯弯儿（吱儿)

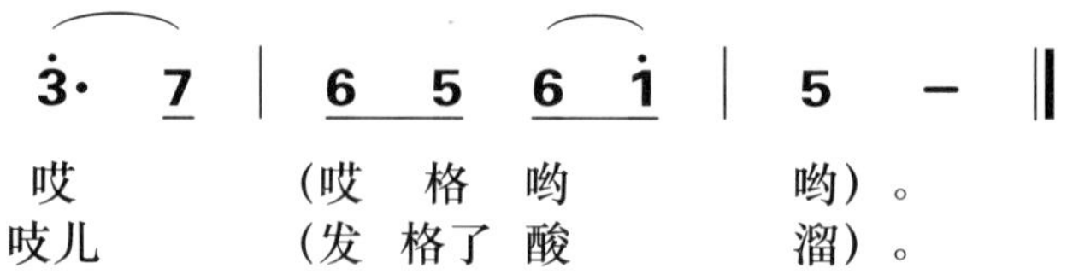

```
3· 7 | 6 5 6 1 | 5 -  ‖
哎    （哎 格 哟    哟）。
吱儿  （发 格 了 酸  溜）。
```

（定襄县）

借笊篱

武吉虎 唱
王一民 记

1 = D 2/4

```
7 1 1  6 7 7 | 5· #4 5 | 3 2 3 3 2 |
有一位 姑娘(这) 刚 十 七， 四年不见(这)

3· 1 2 | 2 7 6 5 | 5 5  6 1 1 | 2 2 3 5 |
二 十 一。      妈妈 想吃(这) 米捞 饭，

7 7 2  5 5 5 | 3 3 2 | 2 7 6 5 |
催上(这) 姑娘(这)  借笊篱

1 1 6  1 1 | 2 1 6 | 3· 5 5 | 3· #1 1 1 |
一出(这)门子 碰了个  冒失鬼，冒失鬼他

3 5 5 | 6 1 1 6 1 | 6 6 1 2 | 2 7 6 5 ‖
不讲理 扳住个肩肩  亲 了 嘴。
```

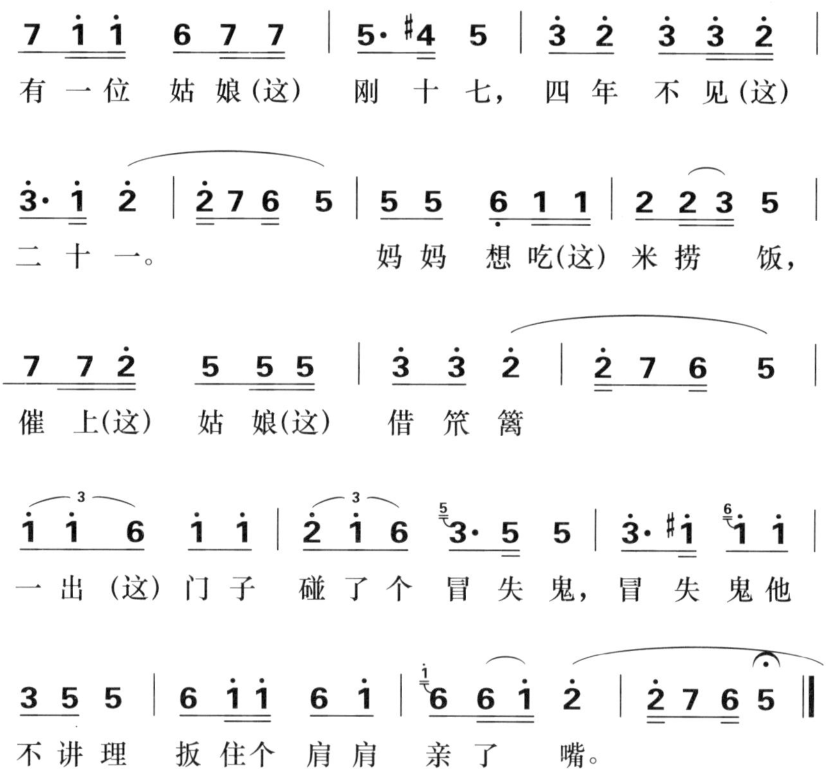

（原平市）

喜 庆 歌

李根瑞 唱
敬　谱记

1 = A 2/4

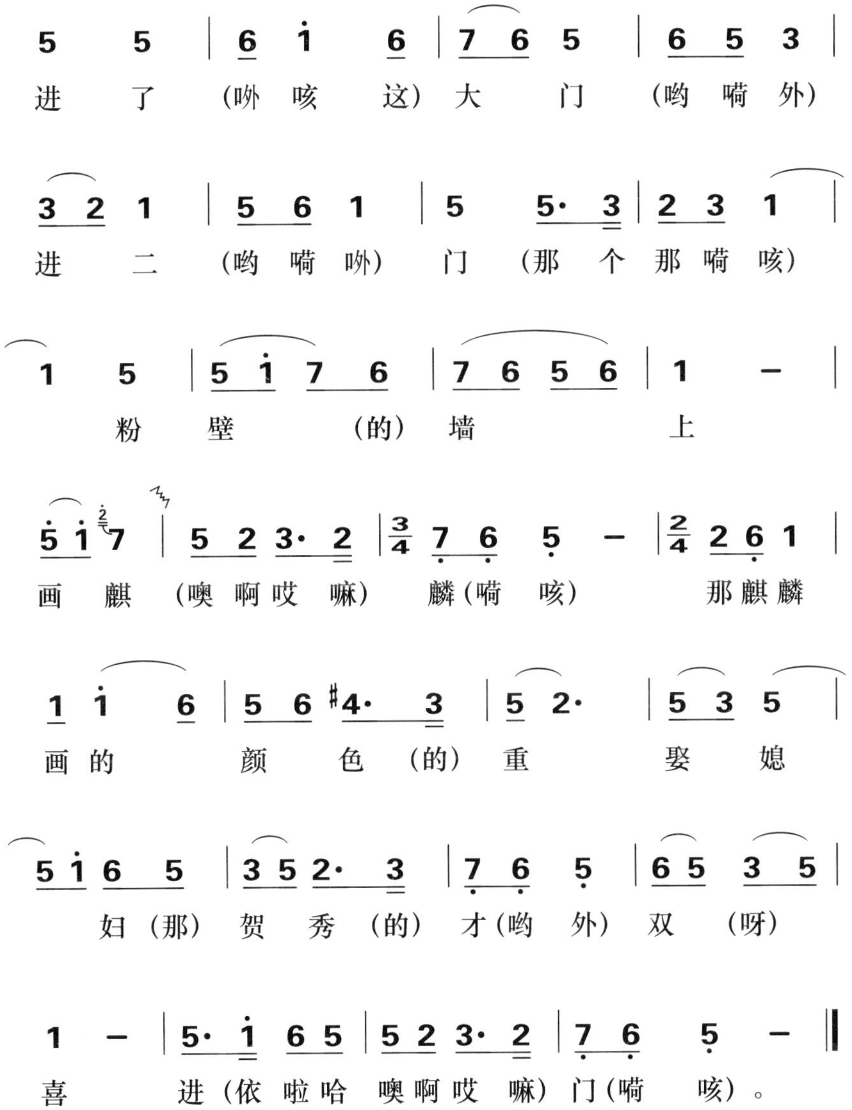

进了（呦咳这）大门（哟嗬外）

进二（哟嗬呦）门（那个那嗬咳）

粉壁（的）墙上

画麒（噢啊哎嘛）麟（嗬咳）那麒麟

画的颜色（的）重娶媳

妇（那）贺秀（的）才（哟外）双（呀）

喜进（依啦哈噢啊哎嘛）门（嗬咳）。

山歌（卷席片）

（原平市）

姐妹小唱

聂粉婵 唱
邢和贵 赵美琴 记

1 = F 2/4

民歌五台山

| 1 6 5 | 1 6 5 | 6 5 2 4 | 5 — | 0 5 4 5 |

正　月　里　来　正月　正，　　　咱　姐　妹
二　月　里　来　龙抬　头，　　　咱　姐　妹
三　月　里　来　三月　三，　　　咱　姐　妹
四　月　里　来　四月　八，　　　咱　姐　妹
五　月　里　来　五端　阳，　　　姐　妹　把
六　月　里　来　热难　挡，　　　那　大　树

| 6· 5 3 2 | 1 2 1 6 | 5 — | 3 3 3 2 3 |

二　上　人　来　观　灯　　　大　姐　姐　套
上　楼　人　来　梳　头，　　大　大　牡　丹
二　二　人　绣　牡　丹　　　牡　丹　姐　绣
艾　人　把　花　插，　　大　姐　姐　插
底　叶　戴　头　上，　　大　姐　姐　爱
　　下　好　乘　凉，　　大　大　手　拿　扇

| 6 1 5 | 3 3 3 2 3 | 6 1 5 | 2 2 2 5 |

花　袄　新，　二　妹　妹　穿　的　绣　鞋　红，（哎　么　嗯　哎）
龙　凤　头，　二　小　妹　子　梳　不　会　看，（哎　么　嗯　哎）
门　帘　上，　二　姐　妹　人　仔　细　看，（哎　么　嗯　哎）
万　年　青，　二　妹　妹　插　个　月　季　花，（哎　么　嗯　哎）
头　上　戴，　二　妹　妹　爱　个　新　花　样，（哎　么　嗯　哎）
扇　凉　风，　甜　甘　草　水　跟　前　放，（哎　么　嗯　哎）

| 5 5 4 5 | i· 6 5 | 3 2 1 6 | 2· 6 | 5 ‖

观灯的人儿乱纷纷（呀嗨）。
倒梳那髻儿顺风溜（呀嗨）。
观花那抓容绣花难（呀嗨）。
看花那容易插花难（呀嗨）。
挽一个蝴蝶戴一旁（呀嗨）。
喝一口只觉沁心香（呀嗨）。

（原平市）

扁 担 歌

吴　钢 唱
薛同善 记

1=A 2/4

中速稍快

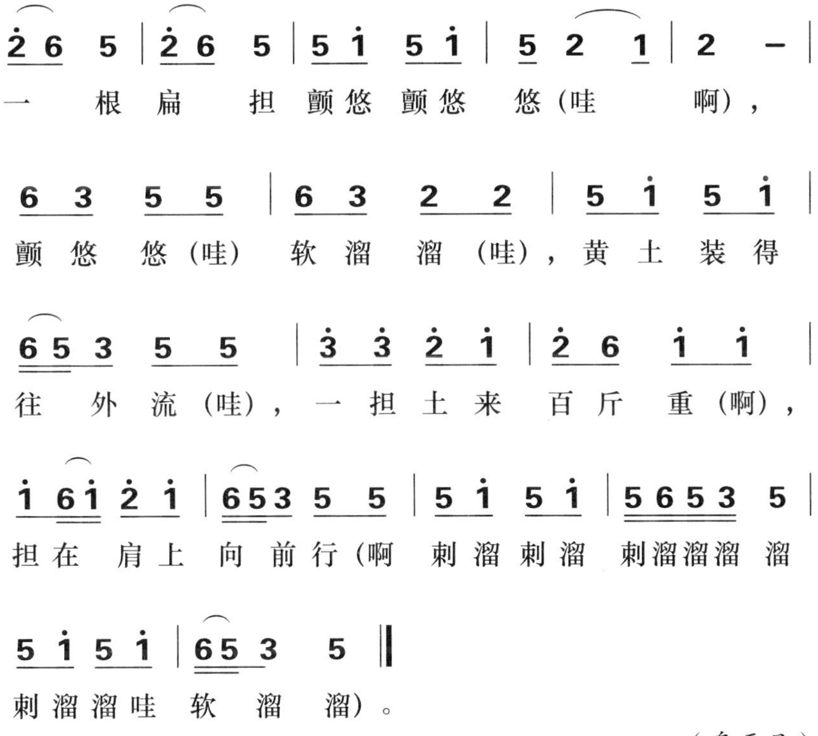

2 6 5 | 2 6 5 | 5 i 5 i | 5 2 1 2 | 2 —

一根扁担颤悠颤悠悠（哇　啊），

6 3 5 5 | 6 3 2 2 | 5 i 5 i |

颤悠悠（哇）软溜溜（哇），黄土装得

6 5 3 5 5 | 3 3 2 1 | 2 6 1 1 |

往外流（哇），一担土来百斤重（啊），

i 6 i 2 1 | 6 5 3 5 5 | 5 i 5 i | 5 6 5 3 5 |

担在肩上向前行（啊 刺溜 刺溜 刺溜溜溜溜

5 i 5 i | 6 5 3 5 ‖

刺溜溜哇软溜溜）。

（阜平县）

山歌（卷席片）

偏 坡 玉

(又名《劈破玉》)

梅花 唱
双柱 记

1 = F 2/4

中速

$\dot{1}\cdot 6\ 53\ |\ 5\cdot(7\ |\ 6523\ |\ 5\ -)\ \dot{1}\ 57\ |\ 6\cdot 5\ 32\ |$
奇　　　怪　　　　　　　　　　奇　　怪

$1\ 6\ 5\ 6\ |\ 1\ 0\ \dot{1}\ 76\ |\ 5\ 6\dot{1}\ |\ 6\cdot 5\ 32\ |$
(哪哈依呀 咳)　实 实(了 哟)　奇

$\dot{1}\cdot\ 6\ |\ \overset{3}{5\cdot\ 5}\ |\ 3\cdot 2\ 76\ |\ 5\ 0\ |\ (5\ 6\ \dot{1}\ |$
(哟)　怪　(咳 哪 哈 呀 哈 咳)，

$6165\ |\ 6165\ |\ 3567\ |\ 6523\ |\ 5\ -)\ \dot{1}\ 76\ |$
　　　　　　　　　　　　　　　　　　墙(呀哈)

$6\ 35\ |\ 5\ 35\ |\ 1\ 5\dot{1}\ |\ 6\cdot 5\ 32\ |\ 1\ 656\ |\ 1\ 0\ |$
里(来　哎咳)栽　花　(哪哈呀哈　咳)

$1\cdot\ 2\ |\ 3\ \dot{1}\ |\ \dot{1}\ 3\ 32\ |\ 5\ 53\ |\ 23\ 5\ |\ 5\ \dot{1}\ |$
墙　外　来　开(哟 咳)，花 开 这

$6\cdot\dot{1}\ 3\ |\ 2\ 16\ |\ \dot{1}\ 76\ |\ 5\ 6\cdot 7\ |\ 6532\ |\ 1\ 656\ |$
招　着　蜜　蜂 儿 来，(哪哈呀哈

$1\cdot(2\ |\ 33\ 23\ |\ 5\dot{1}\ 35\ |\ 231\ |\ 6532\ |\ 1\cdot\ 3\ |$
咳)，

山歌（卷席片）

2 3 7̣ 6̣ | 5̣· 6̣ 5̣ 0) | 3 6 1 3 1̇ | 5· 6 | 1̇· 0 |
　　　　　　　　　　　花儿　好比　莺　莺

7̇ 2̇ 7 6 5 | 6 5 5 | 5 1̇ 6· 1̇ 6 3 | 5· (7 |
(哎　哎 咳) 女 (呀　嘿 哪 哈 依 呀 咳)，

6 5 2 3 | 5 —) | 3 6 7 | 3 6 1̇ | 5· 6 | 1̇· 0 |
　　　　　　　小 蜜 蜂 好 比 张　秀

7̇ 2̇ 7 6 5 | 6 5 3 | 3 2 | 3· 5 | 3 2 1 2 |
(哎　哎 哟) 才 (呀　咳 呀 咳) 哪 哈 呀 哈

3 (0 5 | 3 2 1 2 | 3 0) | 5· 3 2 3 | 5· (1̇ | 6 5 2 3 |
咳)，　　　　　　　　　蜜　　蜂

5 —) | 1 5 7 | 6· 5 3 2 | 1 6 5̣· 6̣ | 1 0 | 1· 2 |
　　　　正　在　　(哪 哈 依 呀 咳) 花

3 2 | 3 2 | 5 5 3 | 2 3 5 | 0 1̇ 6 1̇ 3 |
心　把 蜜 采 噢 嗬)，老 龙　这 下

2 1 6 | 1̇ 7 6 | 5 6 1̇ | 6· 5 3 2 | 1 6 5̣· 6̣ | 1· (2 |
着　大　雨　来　　(哪 哈 呀 哈 咳)，

3 3 2 3 | 5 1̇ 3 5 | 2 3 1 | 6 5 3 2 | 1· 3 | 2 3 7̣ 6̣ |

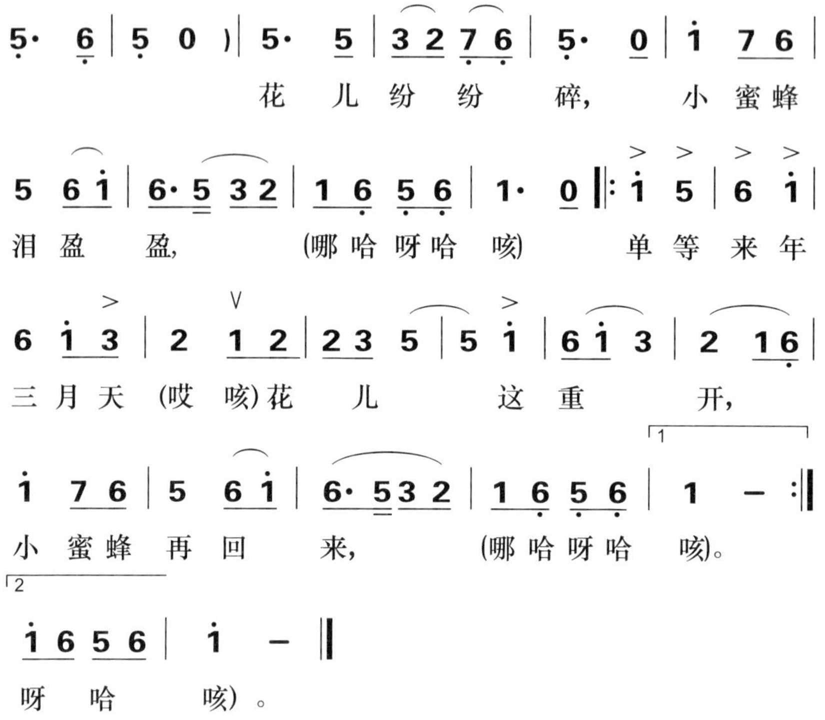

民歌 五台山

5̣· 6̣ | 5̣ 0) 5·5 | 3 2 7̣ 6̣ | 5̣· 0 | 1 7 6 |
　　　　　　　花 儿 纷 纷 碎,　小 蜜 蜂

5 6 1 | 6·5 3 2 | 1 6̣ 5̣ 6̣ | 1· 0 ‖: 1 5 | 6 1 |
泪 盈 盈,　(哪 哈 呀 哈 咳)　单 等 来 年

6 1 3 | 2 1 2 | 2 3 5 | 5 1 | 6 1 3 | 2 1 6̣ |
三 月 天 (哎 咳) 花 儿　这 重 　　开,

1 7 6 | 5 6 1 | 6·5 3 2 | 1 6̣ 5̣ 6̣ | 1 — :‖
小 蜜 蜂 再 回　来,　(哪 哈 呀 哈 咳)。

1 6̣ 5̣ 6̣ | 1 — ‖
呀 哈　咳)。

（五台县）

扑 蝴 蝶

赵战楼 唱
邢和贵 赵美琴 记

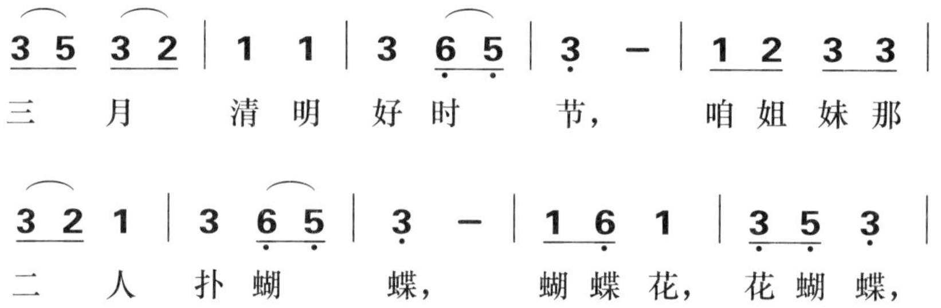

1 = ♭B　2/4

3 5 3 2 | 1 1 3 6̣ 5̣ | 3̣ — | 1 2 3 3 |
三 月 清 明 好 时 节,　咱 姐 妹 那

3 2 1 | 3 6̣ 5̣ | 3̣ — | 1 6̣ 1 | 3 5 3 |
二 人 扑 蝴 蝶,　蝴 蝶 花, 花 蝴 蝶,

—316—

大姐姐过去悄悄捏,二妹妹跌倒碰出血,手又疼 腿又瘸,气得(那个)小嘴往起噘(呀哟刁刁)。

(原平市)

火烧大建安

<small>徐稳年 唱
玉堂 书平 整理</small>

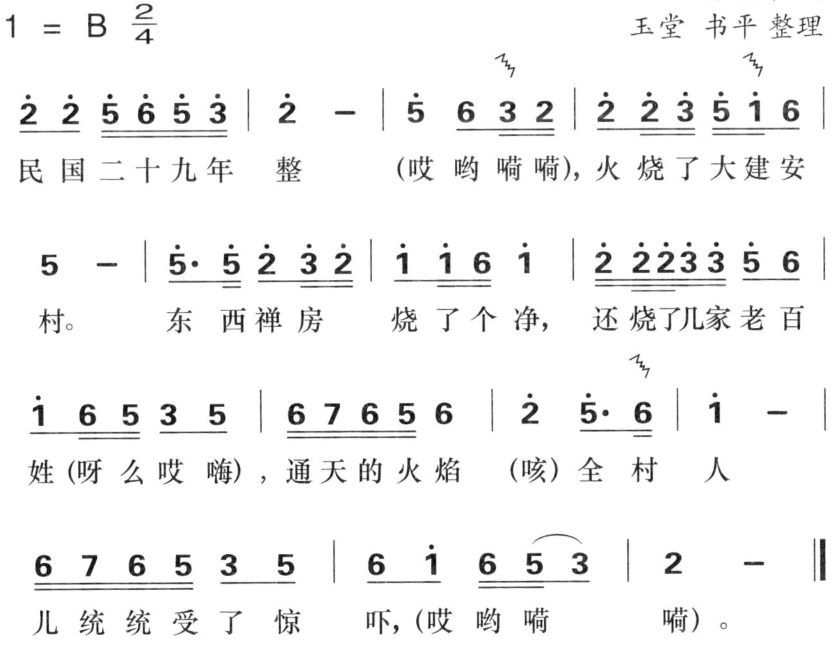

$1 = B \quad \frac{2}{4}$

民国二十九年整(哎哟嗬嗬),火烧了大建安村。东西禅房烧了个净,还烧了几家老百姓(呀么哎嗨),通天的火焰(咳)全村人儿统统受了惊吓,(哎哟嗬嗬)。

(五台县)

山歌(卷席片)

九 九 歌

1=F 2/4

刘计堂 唱
奋臻 玉堂 书平 整理

六九打春过罢大年，生产计划要规定，多打粮食有力量，支援抗战。
七九河开凌茬①消，先把粪草整理好，抓紧时间就送粪，准备要早。
八九雁来暖洋洋，男女老幼修河滩，变工省苦②快又强，好主张。
九九犁牛遍地走，抖擞精神快动手，耕地要踏三寸九，都加油。

注：①凌茬——方言，开河时的冰碴。
　　②省苦——方言，有的农村称干活儿为"受苦"省苦即为节省"苦力"。

（五台县）

剪 剪 花

1=F 2/4

张竹波 唱
张 勉 记

中速

姐妹（呀）二人坐窗下，姐妹二人做什么？二人剪剪花，（哎咳哟）剪朵芙蓉花。
好一朵美丽的芙蓉花，翠生生叶儿鲜红色的花，怎的不爱它，（哎咳哟）鲜似五色霞。

（阜平县）

高山牧歌

五台山环基500余里，有牧坡340万亩，其中东西南北中五座台顶高高耸立，台顶与台顶之间交臂连接，越往顶部坡度越缓，山顶如垒平台，既平且广，实为天然的大牧场。五台山草质优良，牧草覆盖度大，海拔较低处坡草长得高，海拔2400米以上的高山草甸中，生长着短密的油草，其有虎儿草、鹅冠草、狗尾草、毛莠子、苔蒿草、搧坡草等三四十种。台顶周围有5万亩牧坡，牲畜吃油草如喝油，增膘很快。油草中有很多药草，因此在台山放牧，不仅瘦的可以壮肥，又可医治病畜，加之，台顶上山泉小水广布，盛夏气候凉，没有蚊咬，这里确实是得天独厚的优良牧场。

每年夏季来临，春耕完毕，又是饲草青黄不接之时，于是五台山周围四省（区）广大地区，尤其是五台县各地农民便把牲畜赶到五台山放牧，当地民俗称之为"寄坡"，又叫"寄圈"。即外地来的牲畜托交给当地山民牧养，秋后天凉时接回。各地牲畜聚集到五台山，随着牲畜交易、余缺调寄的广泛，便产生和形成了一年一度的六月古会。每到五台山观光游览之时，便会看到广阔的山峰，宽大的山体，披盖着碧茵细草，草中五色花朵点染，山巅衬着蓝天白云，清风微微吹拂。在绿草坡上，一群又一群的牛驴骡马悠闲地吃着草，嬉闹着。这就是五台山民歌吟唱的"高山放牧"的神奇风光。

提到高山放牧，不能不说牧工的生活。盛夏季节，牧工们既放牧本地的牲畜，又揽了些外地的牲畜。台顶的大牲畜至少有2万头以上。牧工们的生活很是辛苦，他们大都有多年的放牧经验，"爱畜如子，壮老育幼"，骑着骡马，守护牲灵。同时，也很悠闲，放情山歌。荒腔野调，长歌短叹，任由自己抒发内心的乐趣。什么《小放牛》、《赶牲口》、《吆骡子》、《拉骆驼》等等，都是他们日久天长不离嘴的小曲曲儿。为了让牲畜吃好草、壮肥膘，有的牧工在山上搭起"庵屋"，起伙做饭，也有时搭伴"聚群"，亲如兄弟，同吃同住。"山上半夜里一点明，忽听半导体沟中鸣。"他们陪伴着畜群，日出而牧，日落而歌。有趣的是，牲畜也很有灵性。白日分散吃草，黑夜间卧成一片。犍牛在边，围成一圈，头朝外，尾朝里，自动组成防卫体系，挺着牛角，随时对付胆敢来犯的野兽。母牛、小牛则在圈里，受着保护。夏季，平川地带的羊群也要上五台山台顶周围寄坡放牧，放了一个山顶再转另一个山头，牧工和羊群一齐转移，这叫做"移坡转场"。

"送走了冬天，迎来了春天，一群又一群牛羊又来到佛地度假；度过了夏天，谢别了秋天，一拨又一拨的骡马再踏上回乡的路程。哎咳哟，得儿哪哒巧儿，噢嗬哟……"

听了五台山的民歌，真使人陶醉向往。

高山牧歌

朱生和 整理

1 = C 4/4

艹 0 1 2·3 2 1517 6 3 — — 6 i
哎

0 5 32 16 5 25 21 21 65 23 61 5 0

2 2 5 32 16 2·3 2 | 6·3 21 76 5 65 |
白 云 哎 你 慢 些 走,
青 草 哟 你 快 些 长,

21 76 5 — 0 | 6 6 3 23 21 7· 2 |
慢 些 走, 比比 满坡的 羊 群
快 些 长, 看看 漫山的 牛 群

1 55 72 76 7 i | 5 — — — | 0 3 2 1·5 6 |
谁呀 谁 漂 亮。 走了 一 山
谁呀 谁 肥 壮。 过了 一 河

7·7 2 1 6 5 | 0 3 2 3 1 6 5 1 |
又 一 山, 山 山 水 水 是
又 一 河, 河 河 滩 滩 是

6 6 1 72 75 6 — | 6 6 5 6 1 5 6 5 3 |
牛 羊的 乐 园。 送走了 那 冬 天,
骡 马的 天 堂。 度过了 那 夏 天,

山歌（卷席片）

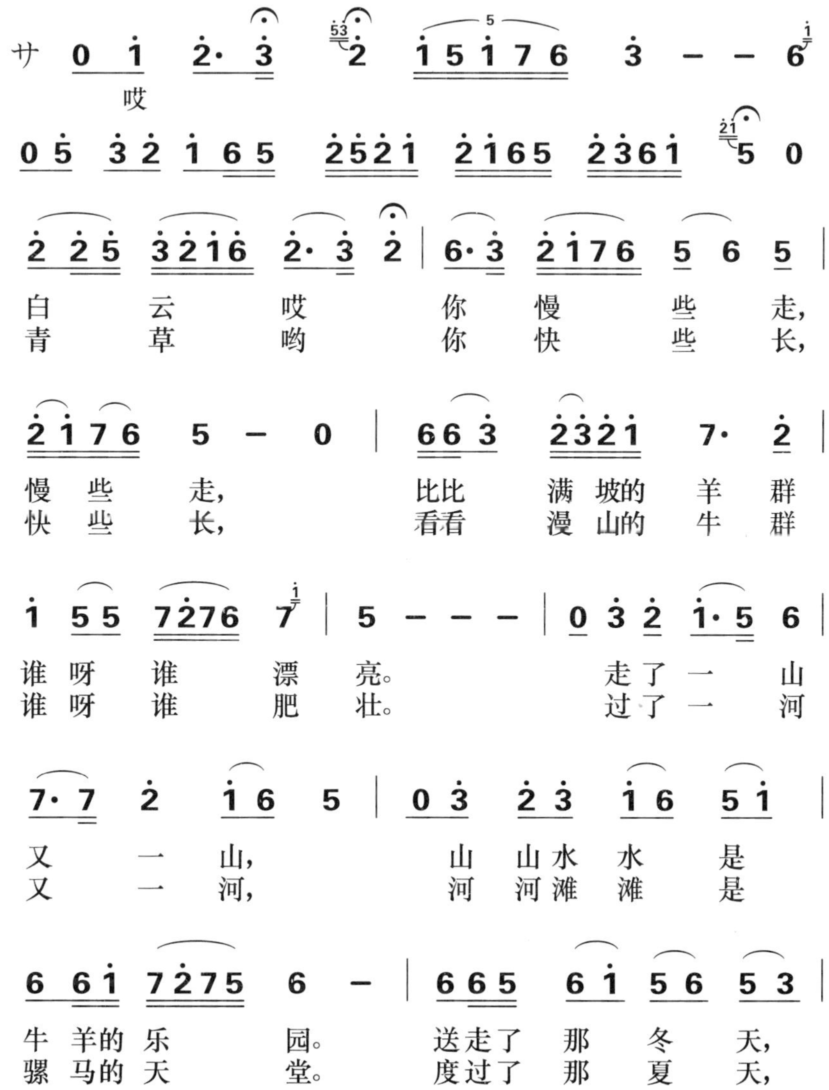

```
0 3  3 2  7 2  6 5 | 2  1 2  3 5  3 2 |
```
迎来了春　天，　一群群的牛　羊又
谢别了秋　天，　一拨拨的骡　马再

```
2 5 1  5 3 2  7 6 1 | 5 -  6 6 5 |
```
来到佛地度　　假。　哎咳哟，
踏上回家路　　程。　哎咳哟，

```
3·6  1·6  5 3  0 | 2 3 5·3  5 0 |
```
得儿哪哒巧儿，　噢嗬　哟。
得儿哪哒巧儿，　噢嗬　哟。

（五台县）

挖 猪 草

刘计堂 演唱
奋臻 玉堂 书平 整理

1=G 2/4

```
5 6 5 4 3 2 | 5 6 5 2 | 6 6 5 3 | 6 5 6 5 2 |
```
我　家家穷土地　少（么得嗯哎）

```
0 6 5 3 | 2 3 2 1 6 | 2 1 7 6 | 5 - | 6 6 5 3 |
```
每天　起来我挑猪　草。　　今天

```
2 3 2 | 1 1 6 1 1 6 | 1 3 2 | 6 6 5 3 |
```
天气好，梳洗打扮　　起得早，哎得嗯哎

```
2 3 1 2 | 6 6 5 3 | 3 2 3 2 1 | 7 6 5 |
```
扭回这头来　　把　门门关。

（五台县）

民歌五台山

第 4 篇

秧歌

我国黄河以北各省广泛流行的民间舞歌，即秧歌，也称社火，是汉族民间歌舞音乐中最具代表性的品种。舞歌属于民间歌舞音乐，即舞蹈者的歌曲。这种舞蹈，有的随歌的内容而变化，但大多数依据一些既有舞蹈语言与程式进行表演，不一定受歌曲内容的制约。

秧歌历史悠久。清人吴锡麒《新年杂咏抄》载："秧歌，南宋灯宵之村田歌也。所扮有耍和尚、耍公子、打花鼓、接花姊，田公渔妇，装态货郎，杂沓灯术，以博观者之笑。"这就是说，至今仍在我国流行甚广的秧歌，至迟在八百年前的南宋时期就已经流行于民间了。

秧歌的表现形式，一般有地秧歌和高跷秧歌两种。地秧歌为徒步在地面上歌舞，高跷则将双脚缚在紧靠腿部的木跷上歌舞，又名"踩高跷"。秧歌队由十余人到数十人组成，舞者扮成生活中或神话传说中的人物，手执马鞭、龙灯、彩绸、花扇和枪、棒等道具。秧歌的舞蹈有大场、小场之分，大场是集体舞，由一二名领舞者率秧歌队伍边舞边走，变化各种队形图案。小场是由二三人表演的舞蹈和歌舞节目。

秧歌的音乐有三种：包括歌曲演唱、锣鼓打击乐和丝竹曲牌伴奏。五台山地区的秧歌，最流行用唢呐演奏。曲牌最动听的是《大得胜》套曲，又叫"大打"。唢呐以"大杆子"乐器最受欢迎，辅之"八音"协奏。过去曾有"大号"，五尺至一丈长不同号型，用时拉开变长，不用时收短便于携带。秧歌最讲究的气氛环境是"旺火"和"梯火"，还有"灯山"。广大民众于正月间陶醉在欢乐节庆之中。

原平凤秧歌

"凤秧歌"是流行在原平的一种集体表演的载歌载舞的表演形式。表演时男女各半,男的头戴一顶草帽形的小帽,帽带有一条既薄又窄,约长丈余,盘成螺旋形的竹圈,竹圈顶端置一鲜艳的红色绒球,形似凤凰头顶的红翎,故当地群众称其为"凤秧歌"。

表演时,男的身背腰鼓,女的手持一小堂锣,边敲边舞。随着舞步的节奏,帽上的竹圈前后伸缩摆动,风格别致。经过一段舞蹈后,便开始演唱。演唱的歌曲大都是词、曲很长的叙事歌,曲调风格特殊,既有民歌的特点,又有曲艺的某些特征。代表性最强,最受欢迎的曲目是《过大年》。另外,原平还有一种"踩圈秧歌"。它的表演与曲调基本上和"凤秧歌"一样,所不同的是"踩圈秧歌"的演员头上不戴草帽形的小帽,更无盘成螺旋形的竹圈。《过大年》唱腔中,由于用了大量的虚词,把唱词夹杂在虚词中间,所以有些词不容易听清楚。

游 花 园

（一）

1 = D 2/4

李二俊唱
敬 谱记

0 3	2 3　2 1	7 1	1 i　6 5
（噢）	清　晨（这）	起　来	梳　洗
	先把关（这）	上（哎）	江　南
	你关穿（这）	上（这）	白　菜
	再身上	上（这）	猴　儿
	身穿	这（哎）	红　绸
			高　底

5 7　1	1 i　6　i	5 6　6　3	3 2
打　扮　称	水（哟）	洗（呀）洗	你 外)
官　粉　擦	满	（哟）（哟）	（哟）
蚂　蚱　蝴	蝶	两　个　翅	膀
爬　杆　特	知了	特　撒	（哟）
袄　子（儿）大	银（了）	大　哟	哟
云　鞋　三	（哟）（嚅）	寸（哟）	哟

1· 2　6 5 6	1 -	4· 2	i　i 6
脸（啊噢哎）	银	器（那	个）
脸（啊噢哎）	胭	脂（那	个）
闪（啊噢哎）	五	穗（那	个）
撒（啊噢哎）	然	后（那	个）
边（啊噢哎）	绣	花（那	个）
三（啊噢哎）	绿	绸（那	个）

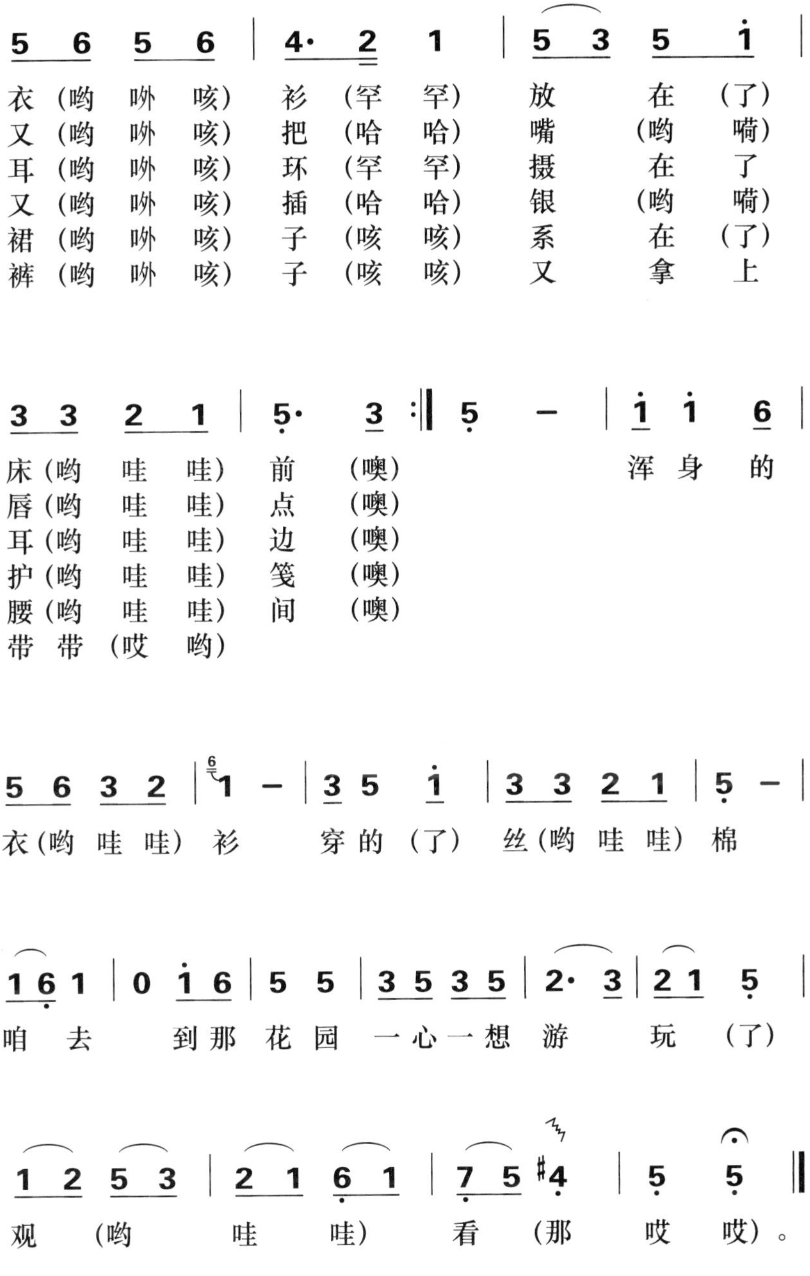

5 6 5 6	4·2 1	5 3 5 1̇
衣（哟 咻 咳）	衫（罕 罕）	放 在 （了）
又（哟 咻 咳）	把（哈 哈）	嘴 （哟 嗬）
耳（哟 咻 咳）	环（罕 罕）	撮 在 了
又（哟 咻 咳）	插（哈 哈）	银 （哟 嗬）
裙（哟 咻 咳）	子（咳 咳）	系 在 （了）
裤（哟 咻 咳）	子（咳 咳）	又 拿 上

3 3 2 1	5·̣ 3 ‖	5̣ —	1̇ 1̇ 6
床（哟 哇 哇）	前（噢）		浑 身 的
唇（哟 哇 哇）	点（噢）		
耳（哟 哇 哇）	边（噢）		
护（哟 哇 哇）	笺（噢）		
腰（哟 哇 哇）	间（噢）		
带 带（哎 哟）			

秧歌

5 6 3 2	1 —	3 5 1̇	3 3 2 1	5̣ —
衣（哟 哇 哇）	衫	穿 的 （了）	丝（哟 哇 哇）	棉

1̇ 6 1̇	0 1̇ 6	5 5	3 5 3 5	2·3 2 1	5̣
咱 去	到 那	花 园	一心一想	游 玩	（了）

1 2 5 3	2 1 6̣ 1	7̣ 5 #4	5̣	5̣
观（哟 哇 哇）	看（那 哎 哎）。			

（原平市）

过 大 年

1=D 2/4　　　　　　　　　　　李二俊等 唱
中慢　　　　　　　　　　　　王一民 记

民歌五台山

5 #43 | 5 - | 6 7 | 66 56 | 7 6 | 3 23 |
年(嚎嚎)满 (噢噢的　　那个)月(哟

5 - | 6 7 | 66 56 | 135 32 | 65 23 26 |
哟　噢豪嚎嚎嚎)尽(呀么哪嚎咳　哟

1 5 | 56 56 | 1 12 | 31 2 26 | 5 - |
噢噢噢嚎嚎嚎咳哎)为(哟嚎嚎)一

6· 7 | 66 3 | 2 23 | 5 6 | 135 326 | 1 - |
周,(咦　哟嚎嚎那呀么哪哈哈　哈哈　咳)

161 65 | 355 13 | 233 21 | 161 5 | X X |
嚎　嘞嘞 哈嘞嘞嘞嘞 盖格嘞哟嚎咿 (哎哎)

1 6 | 5 #43 | 5 6 | 1 1 | 7 65 6 |
(噢)居(咿)家　(的哟咿 咳咳)

35 52 | 1 16 | 76 56 | 35 52 | 35 52 |
人(咿)儿(哪　噢嚎嚎的那)喜(咿

332 31 | 23 26 | 1 1 | 2 #4 5 | 5 165 |
哈嘞嘞 哈嚎)眉 (呀么啊噢哎哎哎咳

咳咳咳咳)头。(呀么告 嘞嘞 告嘞嘞 嘞嘞 盖格嘞 哟嚎 咻 哎哎)(噢 嚎)咱们今年庄稼丰收,(哎哟哎得儿乖 哟)打了三十石八斗,过一个大年多花些银钱我也是兴(哟嚎 咻咳)头。(咳咳咳咳)大梅红纸写下对(咻)子,(哎)贴在门上头(咻),上一联(这)写了一个"春耕勤锄耧",下一联配了一个"五谷大丰收"。再看看(咻)咱们家中多么清(咻)秀,

秧歌

民歌五台山

X X X X X	X X X X	X X X X	X· X X X

有几张年画　贴在咱这　白白墙上，这　一张是

X X X X	X· X X X	X X X X

《鱼樵耕读》，那　一张是《全家秋收》。

X X X	X X X X	X X X X	X· X X X

再看咱(咻)　全家人等　大大小小　穿的衣服

5 6 5 6 | 5 | 5 1 | 3 2 7 6 | 1 1 1

一个一个　亮　格了苏（咻）苏。(哟嚎

3 2 3　5 2 | 3 2 6 1 | 2 2 3　2 3 5

哪呀么 哎)(哎 哎哟 哎哟 哎咳咳 哎咳)眼

5 3 5 6 | 2 3 5 6 | 1 1 6 5 | #1 1

(咻)　看　(咻咳得嘿嘞哟嚎哼咻)天

1 6 2 3 | 5· 3 5· 3 | 2 3 2 1 2 3 2 1 | 6 1 1 2

(咻)色(嚎 嚎 哈 嘞嘞 哈 嘞嘞 哈 嘞 哈 嚎

5 6 5 2 | 5　5 6 | 1 3 2 | 6 1 1 3

哟噢呀哟咻 呀哟咻 咻咻)时(得来乖)

2 2 1 2 3 | 5 5 3 5 6 | 2 3 2 1 | 1 6 5

候(嘞嘞)不早，(嚎 嘞嘞 哈嚎 咻嘞 一个 咻)

—330—

秧歌

$\underline{\dot{1}\cdot\dot{1}\ \ \dot{2}6}\ |\ \underline{56\ \ \dot{1}\dot{2}}\ |\ \underline{5\ \ 3}\ |\ \underline{\dot{2}\ \ 6\ \dot{1}}\ |\ \underline{\dot{1}\ \dot{2}\ 6\ 5}\ |$
大（嘞 哟 嚎 啊 噢 哎 哎 哎） 家（的 那）忙 哟

$\underline{65\ \ 24}\ |\ \underline{5\ \ 23}\ |\ \underline{2\ \ 12}\ |\ \underline{56\ \ 53}\ |$
（哎哟 啊哎）忙 （呀 么）乱 （哪）

$\underline{\dot{1}\ \ 3}\ \underline{2\ 2\ 2\ 3}\ |\ \underline{5\ \ 3}\ \underline{5\ \dot{1}}\ |\ \underline{2\ 1}\ \underline{6\ \dot{1}}\ |$
乱（哪）腾腾腾的 一（哟）齐了 动（咻）

$\underline{2\ \ 22\ 25}\ |\ \underline{2\ \underline{15}}\ |\ \underline{\dot{1}6\ \dot{1}65}\ |\ \underline{\dot{6}\ \dot{1}}\ \ 2\ |$
手。（嘞嘞 呀哟 哎哟 哎）（噢 嚎）我

$\underline{53\ \ 56}\ |\ \underline{\dot{1}6\dot{1}\ \ 32}\ |\ \underline{\dot{1}\ 6\ 5}\ |\ \underline{\dot{1}6\ \ 56}\ |\ \overset{3}{\underline{5\ 5}}\ |$
的 妻你 快把这肉来 取， （哎哟 哎得儿乖 哟）

$\underline{\dot{2}\ 5\ 3}\ |\ \dot{2}\ \ \dot{2}\ |\ \underline{\dot{1}\ 6}\ |\ \underline{3\ 5\ 5\ \dot{1}}\ |$
将白面（这）挖（嘞） 在 盆 子

$\underline{3\ 5\ 3\ 2}\ |\ \overset{7}{\underline{6}}\ \underline{1\ 2}\ |\ \underline{5\ \ 5}\ |\ \underline{5\cdot\ \ 5}\ \underline{5\ 6}\ |\ \underline{\dot{1}\ 7}\ \underline{\dot{2}\ 7}\ |$
里（哟嚎 咻咳） 头，（哟 哎咳咳咳咳）叫 声孙娃

$\underline{\dot{1}\ \ \dot{1}}\ |\ \underline{3\ 5}\ \underline{\dot{2}\ \dot{1}}\ |\ 5\ \ 5\ |\ \underline{7\ 7}\ \underline{6\ 5}\ |\ \underline{3\ 7}\ \underline{6\ 5}\ |$
娃，哎！快把葱来 取 （咻），把这葱儿 一棵 一棵

$\underline{\dot{2}\ 7}\ \underline{6\ 5}\ |\ \underline{3\ 7}\ \underline{6\ 5}\ |\ \underline{3\ 5\ 3}\ 3\ |\ \underline{2\ 3\ 2\ 7}\ |\ \overset{6}{1}\ -\ |$
剥的可是 白棒棒的 光卜（这）溜 （咻） 丢。

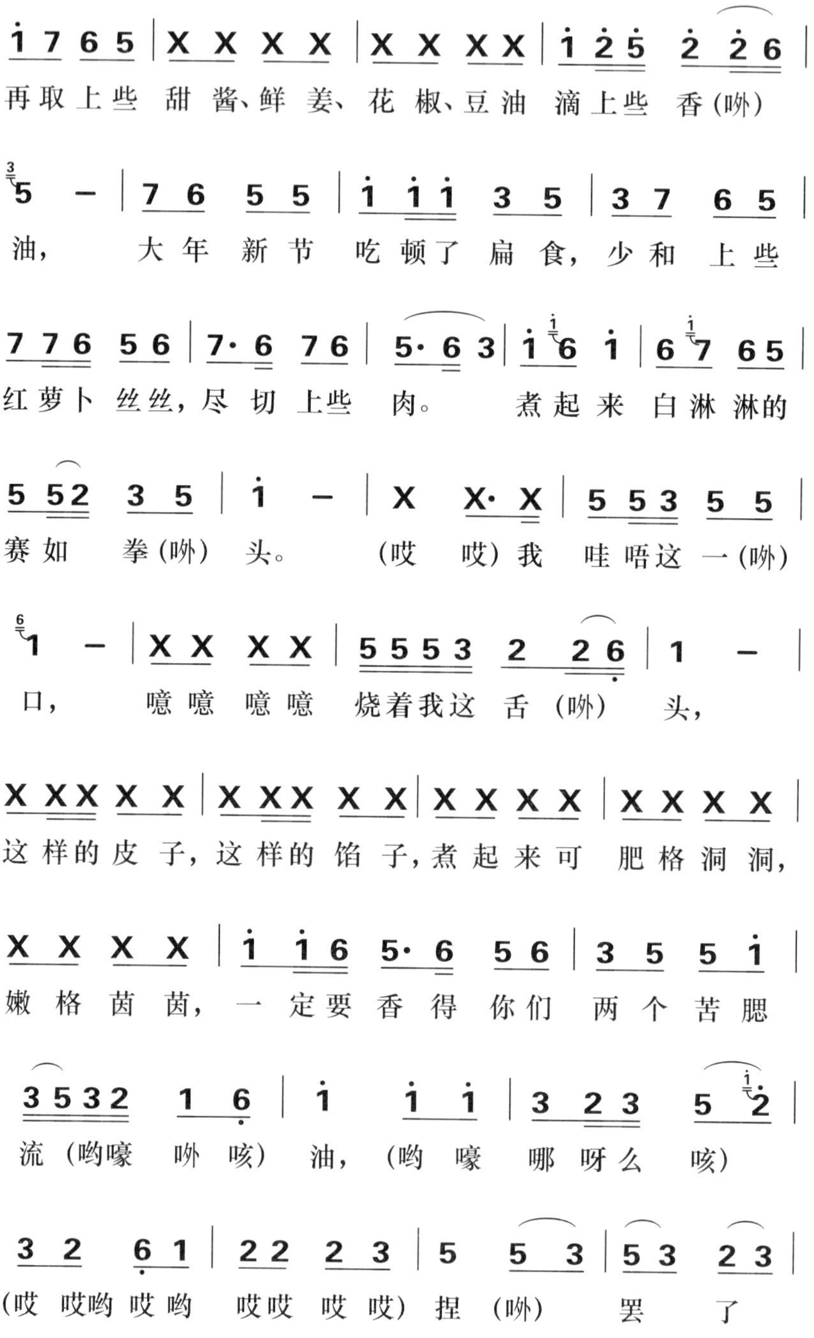

民歌五台山

再取上些 甜酱、鲜姜、花椒、豆油 滴上些 香(咻)
油， 大年新节 吃顿了扁食， 少和上些
红萝卜丝丝，尽切上些 肉。 煮起来 白淋淋的
赛如 拳(咻)头。 (哎哎)我 哇唔这一(咻)
口， 噫噫噫噫 烧着我这舌(咻) 头，
这样的皮子，这样的馅子，煮起来可 肥格洞洞，
嫩格茵茵，一定要香得你们 两个苦腮
流(哟嚎咻咳) 油， (哟嚎哪呀么 咳)
(哎哎哟哎哟 哎哎哎哎) 捏(咻) 罢 了

秧歌

灯（呀么 噢嚎）笼，(哟 哎咳咳咳)
各个灯(咻)笼(哎)齐(嘞)点(咻)够。
红红火火，高高兴兴，先响上三声炮,(哎)
九(嘞)丈(咻)九(哎)孙娃娃你响鞭炮你
掂得高高,射得远远,恐怕(可)是崩着俺娃的
手。 我老汉喜欢乐(呵)站在咱这上房门
口， 孙娃娃跟在爷爷身子后(咻)头
没有招架住， 孙娃娃他跪在爷爷的前面，
通才通才只是(个)磕(哟嚎咻咳)头。(哟嚎

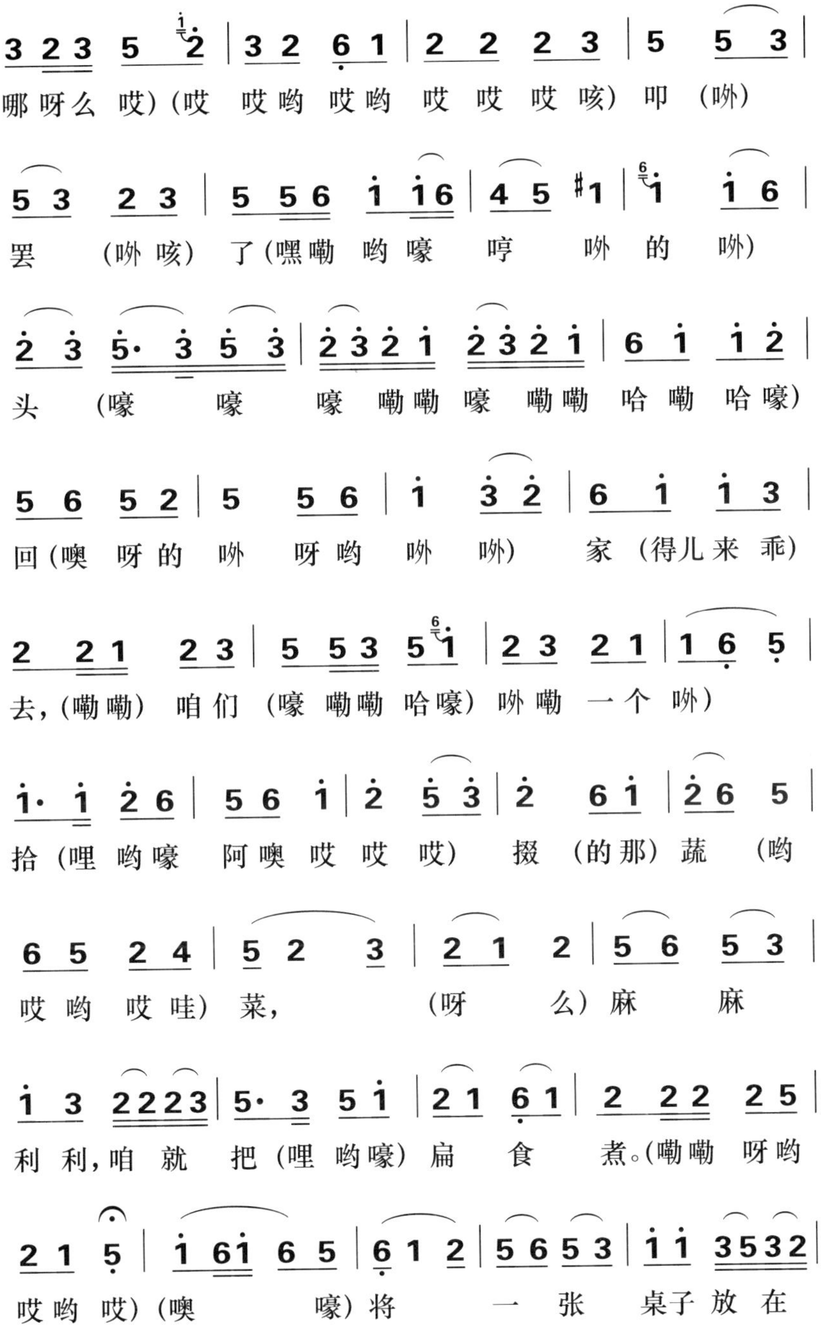

秧歌

民歌 五台山

$\widehat{1\ 6}\ \underline{5}\ |\ \underline{1}\ \widehat{\underline{1\ 6}}\ \underline{5\ 6}\ |\ \overset{3}{\underline{5}}\ {}^{\sharp}\underline{1}\ \underline{2\ \dot{5}}\ |\ \underline{\dot{5}\ 3}\ \underline{\dot{2}\ 2}\ \underline{1\ 6}\ |$
炕　头,（哎哟　哎得儿乖呦）盅盅　筷筷　盘盘碗碗

$\underline{\overset{\frown}{4\ 5}}\ \underline{5\ \dot{1}}\ |\ \underline{3\ 5\ 3\ 2}\ \underline{6\ 1\ 2}\ |\ \overset{4}{\underline{5}}\ -\ |\ \underline{5\cdot\ 5}\ \underline{5\ 6}\ |$
摆了　一个　齐（哟嚎 咻咳咳）楚。（哎咳哎咳）

$\underline{\dot{1}\ \dot{7}\ 7}\ \underline{\dot{1}\ 7}\ |\ \overset{6}{\underline{\dot{1}}}\ \underline{\dot{1}}\ |\ \underline{3\ 5}\ \underline{\dot{2}\ \dot{1}}\ |\ \overset{3}{\underline{5}}\ -\ |$
孙娃娃 煮(咻) 滚 (哎) 两(嘞) 壶(咻)　酒,

$\underline{\dot{1}\ 7}\ \underline{6\ 5}\ |\ \underline{X\ X\ X}\ \underline{X\ X}\ |\ \underline{\dot{2}\ 7}\ \underline{6\ 5}\ |$
孙　女　女　你给咱　捣蒜,再舀 上　些

$\underline{\overset{\frown}{3\ 5}\ 3\ 3}\ \underline{2\ \underline{7}}\ |\ \overset{6}{\underline{1}}\ -\ |\ \underline{\dot{1}\ 7\ 7}\ \underline{\dot{2}\ 7}\ |$
好 (这个)　陈(咻)　醋。　　一 盘这 凉(咻)

$\overset{6}{\underline{\dot{1}}}\ \underline{\dot{1}}\ |\ \underline{3\ 5}\ \underline{\dot{2}\ \dot{1}}\ |\ \overset{3}{\underline{5}}\ -\ |\ \underline{X\ X\ X}\ \underline{X\ X}\ |$
菜,（哎）先 端 上(咻)　去,　　绿豆芽　生　得

$\underline{X\cdot\ X}\ \underline{X\ X}\ |\ \underline{X\ X}\ \underline{X\ X}\ |\ \underline{X\cdot\ X}\ \underline{X\ X}\ |\ \underline{X\ X}\ \underline{X\ X}\ |$
肉　格 粗 粗,芥 根　丝 子 辣 格 苏 苏,豆 腐　干 儿

$\underline{X\cdot\ X}\ \underline{X\ X}\ |\ \underline{X\ X}\ \underline{X\ X}\ |\ \underline{X\cdot\ X}\ \underline{X\ X}\ |\ \underline{X\ X}\ \underline{X\ X}\ |$
黑　格 丢 丢,细 粉　条 条 儿光　不 溜 丢,麒 麟　海 带,

$\underline{X\ X\ X}\ \underline{X\ X}\ |\ \underline{X\ X\ X}\ \underline{X\ X}\ |\ \underline{X\ X\ X}\ \underline{X\ X}\ |$
还　有 那　排骨,拌　上 些　碎 骨,还　有 些　鸡 肉、

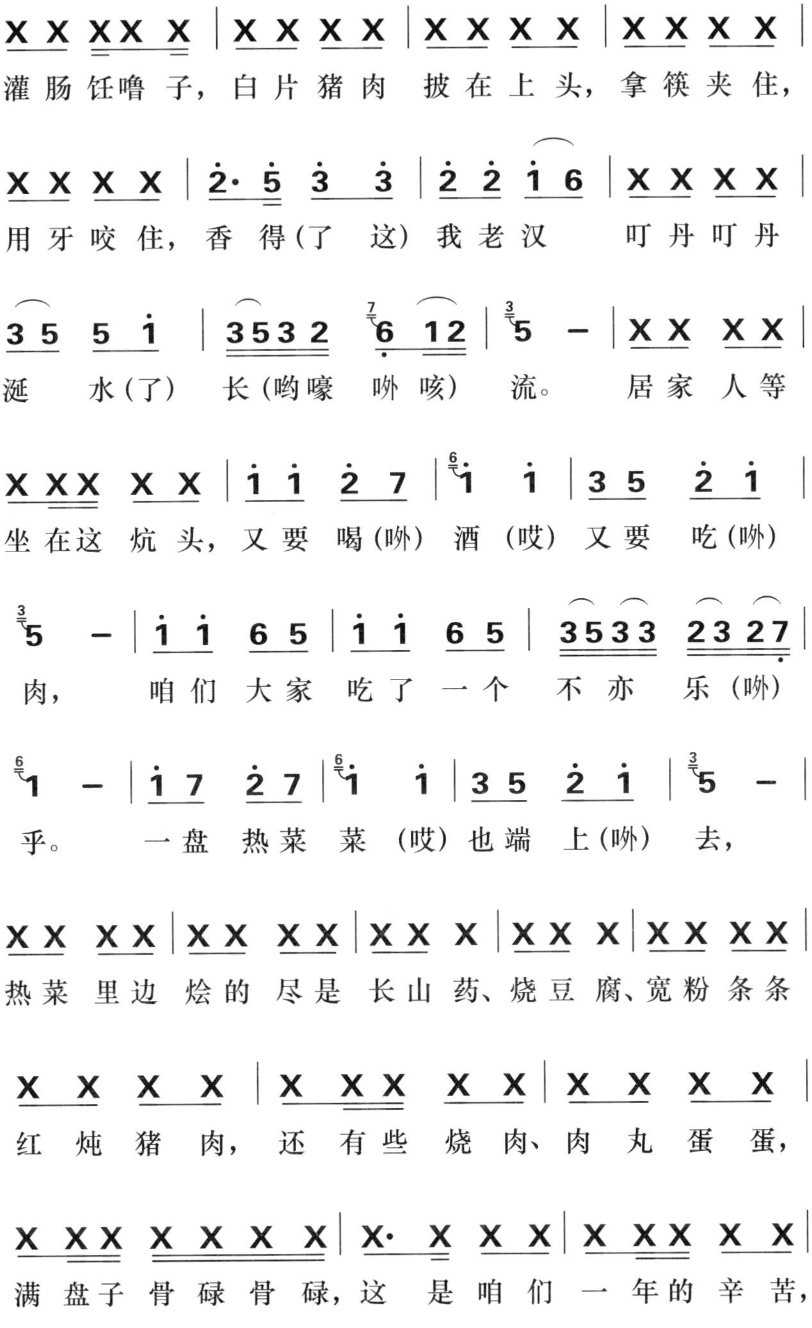

秧歌

X X X X | X X X X | X X X X | X X X X |
灌肠饦噜子，白片猪肉 披在上头，拿筷夹住，

X X X X | 2·5 3 3 | 2 2 1 6 | X X X X |
用牙咬住，香 得(了 这)我老汉　 叮丹叮丹

3 5 5 1 | 3 5 3 2 | 6 1 2 | 5 — | X X X X |
涎　水(了) 长(哟嚎 咻咳) 流。 居家人等

X X X X X | 1 1 2 7 | 1 1 | 3 5 2 1 |
坐在这 炕头，又要喝(咻)酒(哎)又要 吃(咻)

5 — | 1 1 6 5 | 1 1 6 5 | 3 5 3 3 | 2 3 2 7 |
肉，　 咱们 大家 吃了 一个　 不亦 乐(咻)

1 — | 1 7 2 7 | 1 1 | 3 5 2 1 | 5 — |
乎。　 一盘 热菜 菜(哎)也端 上(咻)　 去，

X X X X | X X X X | X X X | X X X | X X X X |
热菜 里边 烩的 尽是 长山 药、烧豆腐、宽粉条条

X X X X | X X X X | X X X X |
红炖猪肉，还有些 烧肉、肉丸蛋蛋，

X X X X X | X· X X X | X X X X |
满盘子骨碌骨碌，这 是咱们 一年的 辛苦，

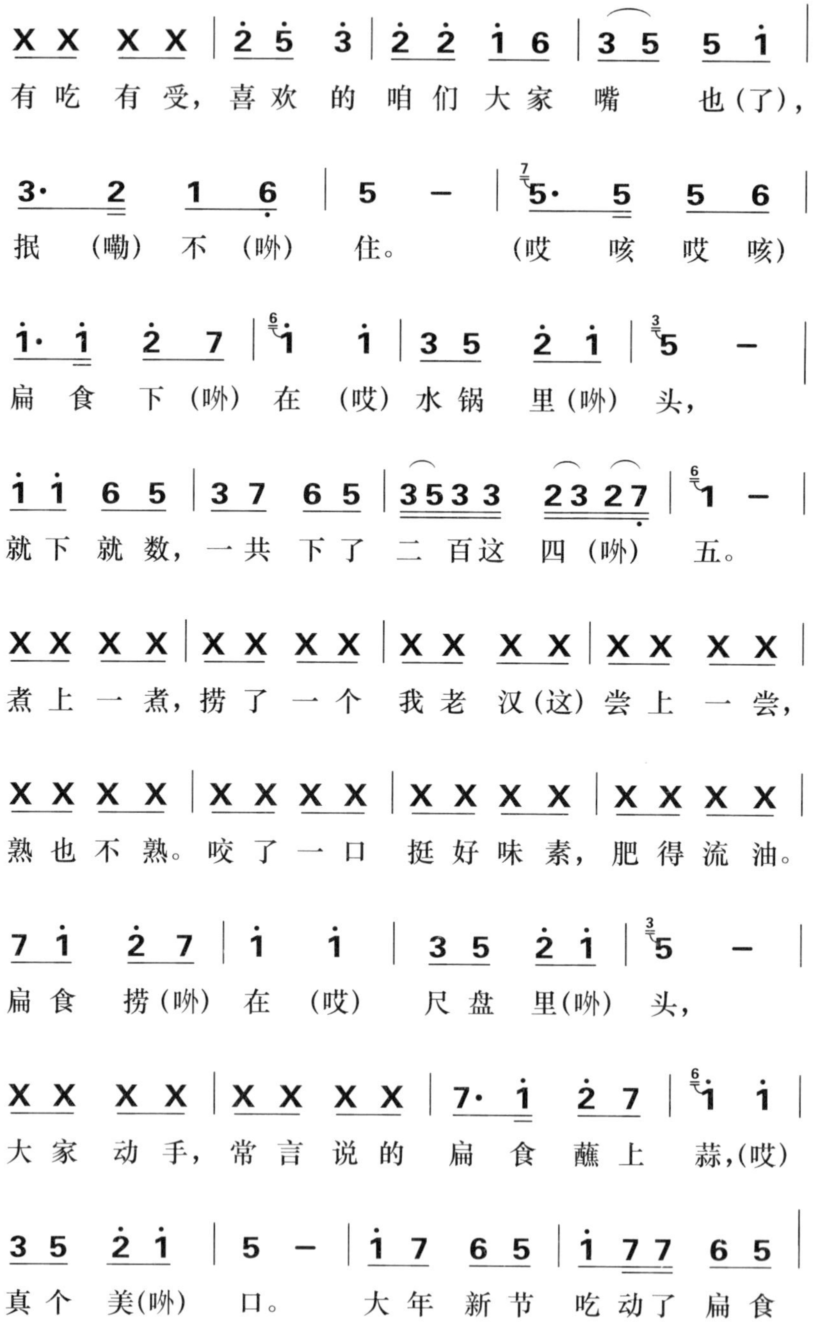

```
X X X X | 2̇ 5 3̇ 2̇ 2̇ 1̇ 6 | 3 5 5 1̇ |
```
有吃有受，喜欢的咱们大家嘴 也（了），

```
3· 2 1 6 | 5 — | 5̇· 5 5 6 |
```
抿（嘞）不（咿）住。 （哎咳哎咳）

```
1̇· 1̇ 2̇ 7 | 1̇ 1̇ 3 5 | 2̇ 1̇ | 5 — |
```
扁食下（咿）在（哎）水锅里（咿）头，

```
1̇ 1̇ 6 5 | 3 7 6 5 | 3 5 3 3 | 2 3 2 7 | 1̇ — |
```
就下就数，一共下了二百这四（咿）五。

```
X X X X | X X X X | X X X X | X X X X |
```
煮上一煮，捞了一个 我老汉（这）尝上一尝，

```
X X X X | X X X X | X X X X | X X X X |
```
熟也不熟。咬了一口 挺好味素，肥得流油。

```
7 1̇ 2̇ 7 | 1̇ 1̇ | 3 5 2̇ 1̇ | 5 — |
```
扁食捞（咿）在（哎） 尺盘里（咿）头，

```
X X X X | X X X X | 7· 1̇ 2̇ 7 | 1̇ 1̇ |
```
大家动手，常言说的 扁食蘸上 蒜,（哎）

```
3 5 2̇ 1̇ | 5 — | 1̇ 7 6 5 | 1̇ 7 7 6 5 |
```
真个美（咿）口。 大年新节 吃动了扁食

$\overset{\frown}{3533}$ $\overset{\frown}{2327}$ | $\overset{6}{\underset{=}{1}}$ - | $\dot1\,7\,\dot2\,7$ | $\overset{6}{\underset{=}{\dot1}}$ $\dot1$ |

要 有个 数(咧) 目。　　孙女 子你 吃,(哎)
　　　　　　　　　　　女娃 娃你 吃,(哎)
　　　　　　　　　　　媳妇 子你 吃,(哎)
　　　　　　　　　　　我儿 子你 吃,(哎)
　　　　　　　　　　　老婆 子你 吃,(哎)

3 5 $\dot2$ $\dot1$ | $\overset{3}{5}$ - :|| $\dot1\,7\,6\,5$ | X X X X |

一(嘞) 十(咧) 五,　　　　我老 汉这 净顾 香得
一(嘞) 十(咧) 九,
二(嘞) 十(咧) 五,
三(嘞) 十(咧) 九,
四(嘞) 十(咧) 五,

X X X X X X | X X X X | $\dot1\,\dot1\,\overset{\frown}{6\,\dot1}\,6\,5$ |

卜一个　卜一个　卜卜卜卜　吃了一个(这)

秧歌

3 3 2 $\overset{=}{7}$ | $\overset{6}{\underset{=}{1}}$ - | $\dot1\,7\,\dot1\,7$ | $\dot1$ $\dot1$ |

没有 数(咧) 目。　　孙娃 娃你 吃 (哎)

3 5 $\dot2$ $\dot1$ | 5 - | X X X X |

九(嘞) 十(咧) 九。　　(哎 哎 哎)你

X X X X X | $\overset{6}{\underset{=}{1}}$ - | X· X X X | X X 7 6 7 |

真 是个 好(咧) 手,　九 十九个 扁食你还

5 6 5 6 | $\overset{\frown}{5\,3}$ $\overset{\frown}{5\,\dot1}$ | $\overset{\frown}{3\,2}$ 1 $\overset{\frown}{6}$ | $\dot1$ $\dot1\,\dot1$ |

眼眼 空空 没有 吃(咧咳) 够。(哟嚎

| 3 2 3 5 $\dot{2}$ | 3 2 6 $\underline{1}$ | 2 2 | 2 3 5 | 5 5 |

那 呀 么 哎哎 哎哟哎哟 哎哎 哎哟）用 （咿）罢

| 5 3 5 3 | 2 3 3 5 6 6 | $\dot{1}$ $\dot{1}$ 6 3 5 | #1 $\dot{1}$ |

（咿 咳 咿 咳嘞得 咳嘞哟 嚎 哼 咿）饭

| 5 5 $\underline{6}$ | 1 1 2 4 5 5 | $\dot{1}$ 6 5 5 | 3·5 3 5 |

下（哈 呀么 嚎嚎哎哎 哎咳 哎咳哎咳）

| 1 $\underline{6}$ 1 | 2 2 | 5 6 6 5 3 | 2 3 3 5 6 |

去, （呀么 哈嘞嘞嘞嘞 格嘞嘞嘞嘞

| 3 3 3 2 1 | 1 6 $\underline{5}$ | X X | $\dot{3}$ $\dot{3}$ $\dot{3}$ |

盖嘞嘞哟嚎 咿） （哎 哎 哎么哪个）

| $\dot{2}$ $\dot{2}$ 6 | $\dot{1}$ $\dot{1}$ $\dot{2}$ | 5 5 | 3 $\dot{1}$ |

去（外） 拜（这个）新 年 （啊哎）

| $\dot{1}$·3 3 3 | 2 $\dot{1}$6 5 6 5 6 | 1 1 ‖

走（嘞嘞嘞呀哟 哎呀哎呀哎哎）。

（原平市）

巧 打 扮

1=C 2/4
中速

杜眉锁 唱
王一民 记

秧歌

| 3 2 1 | 6 #5 6 | 3 2 1 | 6 0 | 6 3 |

清　　早　起　来　穿（呀）
洗　　完　脸　来　取（呀）
柳　　叶　眉　来　杏（呀）

| 2 1 | 2 2 2 | 3 5 | 6 — | 6 6 |

穿　衣　裳（了么　那呼儿　咳），　丫　环（哟）
取　手　巾（了么　那呼儿　咳），　两　脸（哟）
杏　壳　眼（了么　那呼儿　咳），　两　脸（哟）

| 5 3 2 | 6 6 6 7 6 | 5 #4 5 | 6 2 |

送　上　洗（了了）脸　水，（呀么）又　拿上
洗了一个　光（了了）生　生，（呀么）端　转了
搽了一个　白（了了）粉　粉，（呀么）胭　脂（了）

| 5 6 6 | 5 3 | 2· 3 | 2 0 | 5 5 5 | 4 5 |

桂（了了）花儿　油。　　（哎　咳了　那呼儿
洗（了了）脸　盆。　　（哎　咳了　那呼儿
点（了了）咀　唇。　　（哎　咳了　那呼儿

| 6 6 | 6 6 | 1 2 | 1 6 | 5 6 6 | 5 3 | 2· 3 |

咳咳　咳咳）又　拿上　桂（了了）花儿　油。
咳咳　咳咳）端　转了　洗（了了）脸　盆。
咳咳　咳咳）胭　脂（了）点（了了）嘴　唇。

| 2 0 ‖

（原平市）

拜 月
（一）

张水婵 唱
赵千栋 记

1 = C 2/4

$\dot{3}$ $\dot{3}$ 0 $\dot{3}$ | $\dot{3}$5$\dot{3}\dot{2}$ $\dot{1}\cdot\dot{2}$ | $\dot{3}$ 6$\dot{3}$ | $\dot{2}$ $\dot{2}\dot{1}$ 66$\dot{2}$ |

正月，（正　月那个）里　来 是 新 年（呀 二小 妹）

$\dot{3}$ 0 ‖: $\dot{3}\dot{3}\dot{3}$ $\dot{2}3\dot{2}\dot{1}$ | 66$\dot{2}$ $\dot{3}$:‖ $\dot{3}$ $\dot{3}$ 0 $\dot{3}$ |

子啊　大 姐 姐　吆 喝　说 个 什　吧？ 锣 鼓 （锣

正月子 里　是　新　年。

家家 户户 点 红 灯。

点 红 灯呀 烧 红 香。

一拨拨 秧歌 上 来 了。

$\dot{3}$5$\dot{3}\dot{2}$ $\dot{1}\cdot\dot{2}$ | $\dot{3}$ 7$\dot{3}\dot{3}\dot{3}$ | $\dot{2}\dot{2}$ $\dot{1}$76 | 5 5· ‖

鼓 那个）喧　天 才 把 一 个　红 火 闹（呼儿 嗨 嗨）。

（原平市）

送 情 郎
（一）

王树德 唱
刘琛惠 记

1 = E 2/4

1 1 1 1 2 | 3 3 2 3 | 5 6 5 6 3 | 2 — |

送 情 郎　送　在　一 里 墩，

送 情 郎　送　在　三 里 墩，

送 情 郎　送　在　五 里 墩，

送 情 郎　送　在　七 里 墩，

送 情 郎　送　在　十 里 墩，

送 情 郎　再送 你　三 五 里 路 程，

5 6 3

秧歌

（原平市）

送 情 郎

(二)

1 = G 2/4

郭艮升 唱
邢和贵 记

民歌五台山

1 1	2 3·2 3	5·6 653	2·3

送情郎送　在大门　外，
送情郎送　在大门　西，
送情郎送　在清水　河，
送情郎送　在十里　台，

| 5 5 3 2 | 1·2 3 | 2 1 | 6 1 | 5 — |

我手上抹下个戒指　来，
迎头碰上一个卖梨　的，
河里头一游实着一离　鹅，
小妹妹游实在不开，

| 6·1 5 6 | 1 2 3 1 2 | 3 2 1 | 6 1 5· | 6 — |

俺有公把心戒给指送给哥哥戴，
把鹅流前你头买上几个梨，
心千里飞过河，
水　归大海，

| 6·2 1 6 | 5·6 1 | 2 2 1 | 6 1 | 5 — |

走猛母但想起鹅愿，
的起鹅想站热后身边，
的身想起不叫早，
妹妹冷哥哥回来东哥来。西哥。

(原平市)

探 情 郎
（一）

1 = F 2/4　　　　　　　　　　　　　亚欣 记

中速

6 i6 | 5653 | 5321 | 2 - | 5321 |

1.奴正　在　　绣房里边　坐，（痴 不 呆

2 0 | 356 | 653 | 57 23 | 6 - |

呆）　耳忽听门　外　送　信　来，

3·3 21 | 2·3 21 | 6 6 16 | 5 - ‖

依格楞登 这才奴家 喜在心 怀。

秧歌

2.手拿上书信细看分明，
　原来是情哥哥送将信来，
　倒叫奴家好伤心。

3.奴有心去探情郎，
　上边还有二老爹娘，
　依不上奴的主张。

4.奴买上脂油冰片香个水水梨，
　冰糖砂糖通通买个齐，
　拿好主意去表心意。

5.提上篮篮出了门，
　两步并成一步行，
　摸也摸不见情郎的门。

6.走了五里桃花红，
　又走了五里杏花村，
　这才寻见情郎的门。

7.进了大门进二门，
　上了上房里边寻，
　这才见了情郎哥的人。

（原平市）

情歌对唱

1 = G 2/4

高恩义 唱
宜增高 记

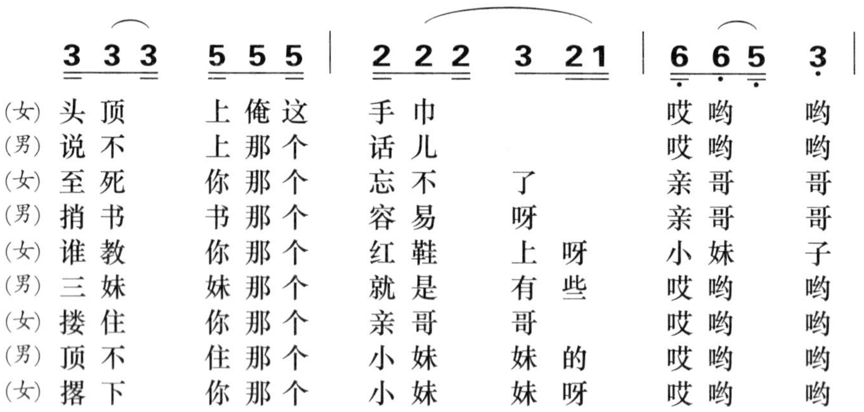

民歌五台山

| 3 3 3 | 5 3 2 | 1 1 6 | 5 5 | 3 3 3 | 5 3 2 | 1 — |

(女) 麻 阴　　阴 那个　天 气　　下 了　朦 松　　松 那个　雨，
(男) 俺 走　　俺 那个　梁 梁　　呀 就　　你 走　　你 那个　沟，
(女) 嫩 豆　　豆 你那个　芽 芽　　呀 就　　香 油　　你 那个　调，
(男) 喜 鹊　　你 那个　落 在　　呀　　　电 线　　你 那个　杆，
(女) 你 妈　　妈 你那个　生 都　　呀　　　人 人　　你 那个　爱，
(男) 人 人　　你 那个　说 草　　呀　　　三 妹　　你 那个　好，
(女) 铺 上　　你 那个　干 来　　呀　　　盖 月　　你 那个　穰 甜，
(男) 西 瓜　　你 那个　圆　　　呀　　　饼 哥　　你 那个　呀，
(女) 火 车　　你 那个　拉 鞭　　呀　　　哥　　　你 走　　

| 3 3 3 | 5 5 5 | 2 2 2 | 3 2 1 | 6 6 5 | 3 |

(女) 头 顶　　上 俺这　手 巾　　了　　哎 哟　　哟
(男) 说 不　　上 那个　话 儿　　呀　　哎 哟　　哟
(女) 至 死　　你 那个　忘 不　　　　　亲 哥　　哥
(男) 捎 书　　书 那个　容 红　　呀　　亲 哥　　哥 子
(女) 谁 教　　妹 那个　鞋 就　　上　　小 哎　　哟
(男) 三 妹　　你 那个　是 哥　　有　　妹 哎　　哟
(女) 搂 住　　你 那个　亲 小　　的　　哎 哟　　哟
(男) 顶 不　　住 那个　小 妹　　呀　　哎 哟　　哟
(女) 摺 下　　你 那个　妹　　　　　　哎 哟　　哟

```
6· 6 6  | 1 7 6 | 5 - ‖
瞭  上 这   哥  那 个       走  手 好 难 菜 小 软 绵
摆  一 面   哥  的 那       手 好 难 菜 小 软 绵
咱  二 上   摆  那 个
见  面 手   人  那 个
扎  上 身   你  那 个
身  手 皮   白  那
浑  身       手
肉  皮       身
谁  搂       皮
```

（原平市）

顶　嘴

（一）

张炳栋 唱
宜增高 记

1 = G　2/4

```
2 2 7 | 6· 2 2 7 | 6· 3· 5 | 6 5 | 2 1 6 |
煤  油  它  贵 下  了  九 八  九  分
衣  裳  那  上 烂  了  虱 角  实  多
老  子  那  贵 上  山  拿 子  在  粮
粮  食  那      得  真  是  干  没  说
                        法

1 2 3 | 5 3 | 2 1 | 2 6 | 7 6 | 6 - ‖
谁  教  你  日  的  早  点  灯
早  儿  那  点  灯  早  着  窝
谁  叫  你  狗  着  除  虱  汤
早  上  些  点  日  了  稀  米
熬      你  狗  米  下  又  下
        些  稀  汤  些  熬  火
                打  凉
```

（原平市）

秧歌

游 铁 道

张满才 唱
邢和贵 赵美琴 记

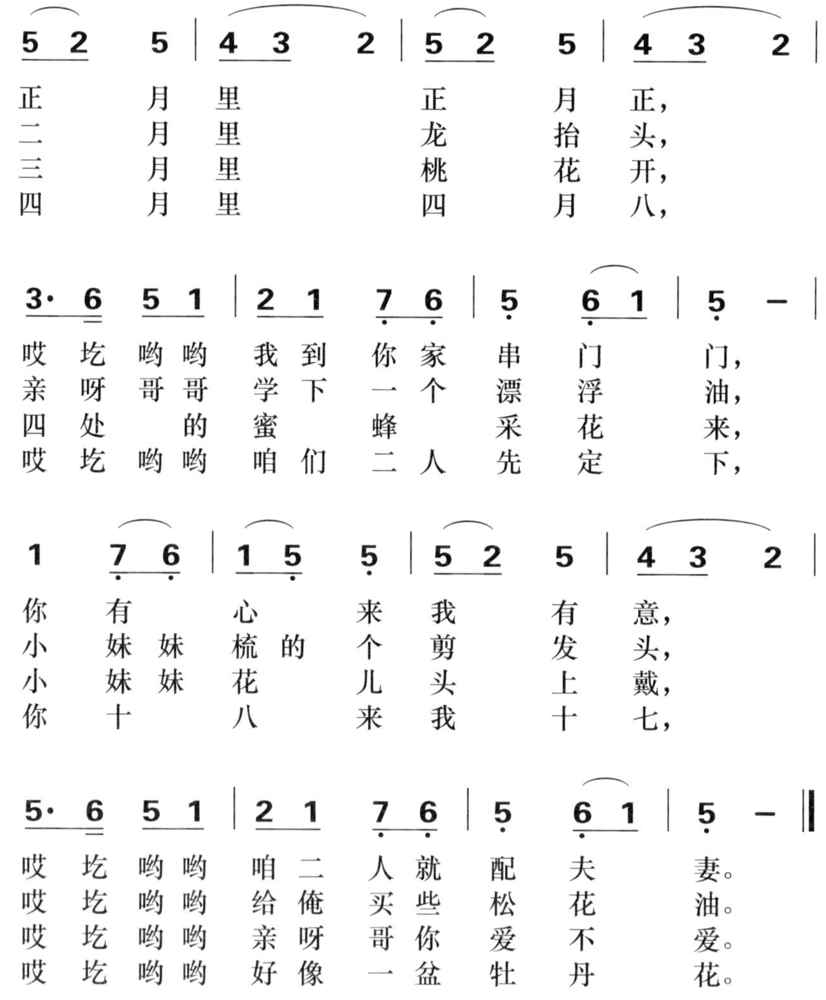

1 = A 2/4

民歌五台山

| 5 2 | 5 | 4 3 | 2 | 5 2 | 5 | 4 3 | 2 |

正月里   正月正，
二月里   二龙抬头，
三月里   桃花开，
四月里   四月八，

| 3· 6 | 5 1 | 2 1 | 7· 6 | 5 | 6· 1 | 5 — |

哎圪哟哟   串门 门，
亲呀哥哥 我到 你家 漂浮 油，
四处的 学下 一个 采花 来，
哎圪哟哟 咱们 二人 先定 下，

| 1 7· 6 | 1 5· | 5· 2 | 5 | 4 3 | 2 |

你有 心来 我 有意，
小妹妹 梳的 个 剪发头，

你十 八来 我 十七，

| 5· 6 | 5 1 | 2 1 | 7· 6 | 5 | 6· 1 | 5 — ‖

哎圪哟哟 咱二 人就 配夫 妻。
哎圪哟哟 俺呀 买些 松花 油。
哎圪哟哟 亲像 哥你 爱牡 丹爱。
哎圪哟哟 好 一盆 不 花。

（原平市）

四拗八景

张喜红 相绪红 唱
王一民 记

1=F 2/4

秧歌

清（嚎嚎）朝（安噢 的 那乖）登（哟

噢 嚎嚎嚎）基（呀么 那勒嚎 咳 哟嚎

外 哟嚎 哎 哟嚎 哎）坐 （哟 嚎嚎）北（哟 哇 噢

外 咳）京（咦 哟嚎 那呀么 哈 嚎 咳 哟

外 哎 嚎 勒勒，哈 勒勒 勒勒 咳 嘿勒 哟嚎

外 哎 哎 噢），普（弯） 天

（了 哟 外 咳 就 弯） 底（那

罕 罕 罕）下（那） 十（弯 哈 哈 勒 哈 嚎）

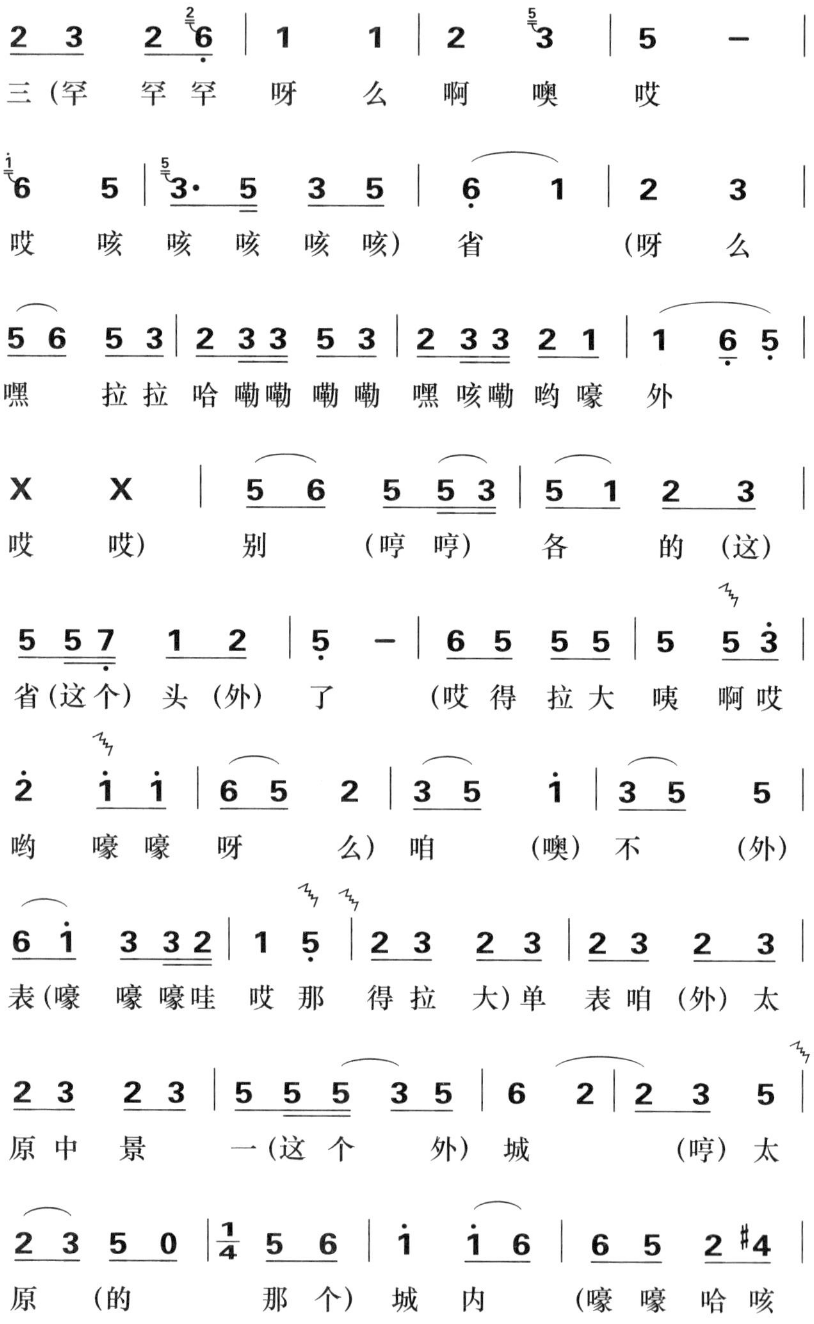

| 2 3 $2\overline{6}$ | 1 1 | 2 $\overline{3}$ | 5 — |

三（罕　罕罕呀　么啊噢　哎

| $\dot{1}6$ 5 | $\overline{3·5}$ $\overline{35}$ | $\underline{6}$ 1 | 2 3 |

哎咳咳咳咳咳）省　（呀么

| $\overline{56}$ $\overline{53}$ | $\overline{23}$ $\overline{35}$ 3 | $\overline{23}$ $\overline{32}$ 1 | 1 $\underline{6·5}$ |

嘿　拉拉哈嘞嘞嘞嘞嘿咳嘞哟嚎　外

| X X | $\overline{56}$ $\overline{553}$ | $\overline{51}$ 2 3 |

哎哎）别　（哼哼）各　的（这）

| 5 $\overline{57·}$ | 1 2 | $\underline{5}$ — | $\overline{65}$ $\overline{555}$ | 5 $\overline{53}$ |

省（这个）头（外）了　　（哎得拉大咦啊哎

| $\dot{2}$ $\overline{\dot{1}\dot{1}}$ | $\overline{65}$ 2 | $\overline{35}$ $\dot{1}$ | $\overline{35}$ 5 |

哟嚎嚎呀　么）咱　（噢）不　（外）

| $\overline{6\dot{1}}$ $\overline{332}$ | 1 $\underline{5}$ | $\overline{23}$ $\overline{23}$ | $\overline{23}$ $\overline{23}$ |

表（嚎嚎嚎哇哎那得拉大）单表咱（外）太

| $\overline{23}$ $\overline{23}$ | $\overline{555}$ $\overline{35}$ | 6 2 | $\overline{23}$ 5 |

原中景　一（这个　外）城　（哼）太

| $\overline{23}$ $\overline{50}$ | $\overline{\frac{1}{4}56}$ | $\dot{1}$ $\overline{\dot{1}6}$ | $\overline{65}$ $2^{\sharp}4$ |

原（的　那个）城内（嚎嚎哈咳

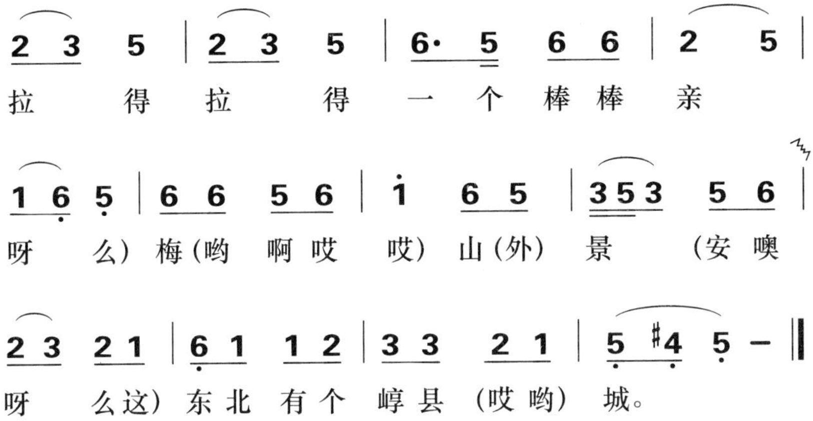

2 3 5	2 3 5	6· 5 6 6	2 5
拉 得	拉 得	一 个 棒 棒	亲

1 6 5	6 6 5 6	i 6 5	3 5 3 5 6
呀 么)梅	(哟 啊 哎 哎)	山 (外) 景	(安 噢

2 3 2 1	6 1 1 2	3 3 2 1	5 #4 5 — ‖
呀 么 这)	东北 有 个	崞县 (哎 哟)	城。

（原平市）

荡秋千

（一）

秧歌

侯巨海 唱
增高 美琴 记

$1 = {}^\flat B \quad \frac{2}{4}$

3	3· 2	3 3	3· 2	3 2	3· 2 1
正 月	里 来	正 月	一 么	正，
二 月	里 来	龙 抬	一 么	头，
三 月	里 来	三 月	一 么	三，
三 月	里 来	三 月	一 么	三，
四 月	里 来	四 月	一 么	八，

1· 2	3 5	3· 2 1	3 7	6 5	3 —
正 月	十 五	闹 元	宵，		
咱 姐 妹 那	二 人	踢 球	打	球，	
咱 姐 妹 那	二 人	巧 荡	秋	扮，	
咱 姐 妹 那	二 人 上	把	秋	千，	
咱 奶 奶 那	庙	上 把	香	插，	

| 7 7 7 | 6 7 6 5 | 6 6 5 3 | 7 7 7 | 6 7 6 5 |

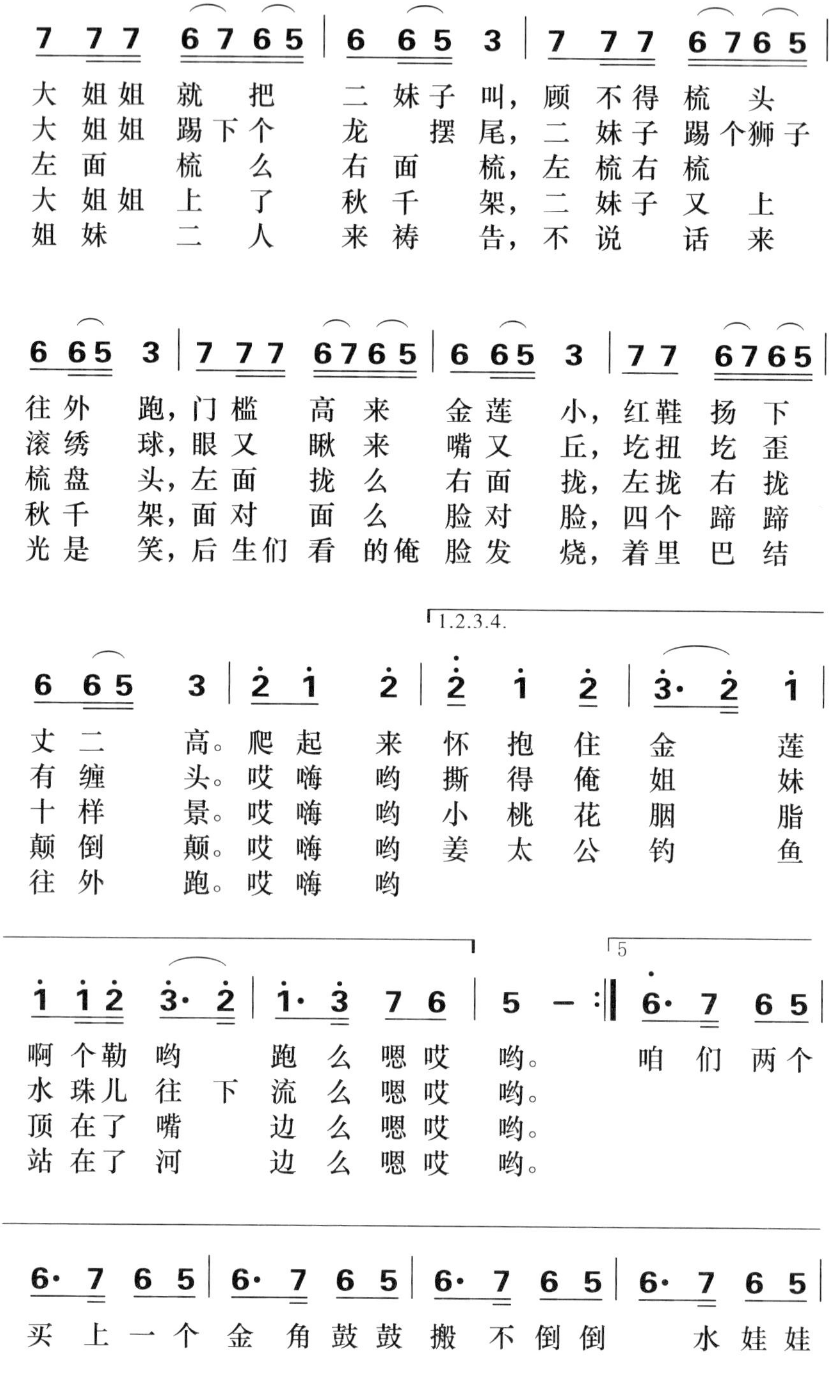

大姐姐就把二妹子叫，顾不得梳头
大姐姐踢下个龙摆尾，二妹子踢个狮子
左面梳么右面梳，二妹子左梳右梳
大姐姐上了秋千架，二妹子又上
姐妹二人来祷告，不说话来

| 6 6 5 3 | 7 7 7 | 6 7 6 5 | 6 6 5 3 | 7 7 | 6 7 6 5 |

往外跑，门槛高来金莲小，红鞋扬下
滚绣球，眼又瞅来嘴又扭，左扭右扭
梳盘头，左面拢么右面脸对脸，四个
秋千架，面对面么脸对脸，着里
光是笑，后生们看的俺脸发烧，着里巴结

1.2.3.4.

| 6 6 5 | 3 | 2 1 | 2 | 2 1 2 | 3· 2 | 1 |

丈二缠高。爬起来怀抱住金莲妹脂
有样景。哎嗨哟撕小姜姐胭
十颠倒颠。哎嗨哟小姜太公钓
倒往外跑。哎嗨哟

| 1 1 2 | 3· 2 | 1· 3 7 6 | 5 — : | 6· 7 6 5 |

啊个勒哟跑么嗯哎哟。咱们两个
水珠儿往下流么嗯哎哟。
顶在了嘴边么嗯哎哟。
站在了河边么嗯哎哟。

| 6· 7 6 5 | 6· 7 6 5 | 6· 7 6 5 | 6· 7 6 5 |

买上一个金角鼓鼓搬不倒倒　水娃娃

民歌五台山

$\dot{2}\cdot\dot{3}$ $\dot{2}\,\dot{3}$ | 6 $\dot{5}\,\dot{3}$ | $\dot{2}\cdot\dot{3}$ 7 6 | 5 — ‖
一 个　一 个　响　棒　　锤　么　嗯 哎　哟。

(原平市)

毛女观灯

（一）

侯巨海 唱
增高 美琴 记

1 = F 2/4

秧歌

6 6　6 3 | 5 5　1 | 6 5　3 6 | 1 1 6 | 1·2　5 3 |

想起　正月　正呀　毛女儿来观　灯呀，大　街　上哥
想起　二月　二呀　担水引金　龙呀，二　哥　哥们
想起　三月　三呀　毛女儿心麻　烦呀，们的大呀话
想起　四月　四呀　毛女儿害心　病呀，捎句话呀走
想起　五月　五呀　肩膀上找锄　红呀，前　走　走呀
想起　六月　六呀　来了个好朋　友呀，西　葫　芦呀
想起　七月　七呀　牛郎织女来团　圆呀，金　莲　小呀
想起　八月　八呀　葡萄月饼梨果　香呀，西　瓜　红呀
想起　九月　九呀　糜麻五谷　香呀，小　毛　女儿
想起　十月　十呀　老天爷下大　雪呀，二　哥　哥呀

2 3　2 1 | 2 2 2 | 3 5 | 6 6 | 7 7 7 6 | 5 5· ‖

耍龙灯呀人儿是乱纷　纷呀哎呀我的哥呀。
挑水桶婆呀门儿口教　们说几句话街呀哎呀我的哥呀。
们的呀不见不上心上人呀哎呀我的哥呀。
门口通通呀二不上摆不下表呀哎呀我的哥呀。
后黄羊肉呀包扁食边情团呀哎呀我的哥呀。
路遥甜呀村外两个巧等待呀哎呀我的哥呀。
月饼成亲呀咱可不再见婆呀哎呀我的哥呀。
盼你快来呀娶奴家见公　呀哎呀我的哥呀。

(原平市)

荡 秋 千

(二)

1 = F 2/4

中速

李二俊 唱
晓　敏 记

| 6 #5 6 | 6 #5 6 | 6 #5 6 5 | 6 #4 ♮5 — |

年　年　　有个　三　月(的)　三　(唉),

| 3 5 6 | 3 5 3 2 | 3· 2 3· 2 | 6 1 |

咱姐妹　二　人　(唉咳咳咳) 打 秋

| 1· 6 5 — | 1· 6 1 | 1 #5 6 | #5 6 5 6 |

千(呼　咳),　大姐姐　上了秋　千的

| #5 6 5 | 7· 6 7 6 ‖: #5 6 5 6 | #5 6 ♮5 :‖

板(哟唉 咳咳咳),　小妹也上 千秋板。
　　　　　　　　　　双手就把 绳子扳,

| #5 6 ♮5 | 3 6 5 | #5 6 5 6 | #5 6 ♮5 |

你一蹬,我一掀,　四个金莲　颠倒颠,

| 3 5 6 | 3 5 3 2 | 3· 2 3 2 | 6 1 |

一蹬(那)　一　掀　(唉咳咳咳) 上 下

| 1· 6 5 | 2 6 1 | 7· 6 1 | 3 3 2 3 |

翻(呼 咳)(那呀哈 一 那哈　哈哈那哈

| 5 6 1 — ‖

一 那 哈。)

(原平市)

祝英台下山

1=F 2/4
中速

李二俊 唱
晓　敏 记

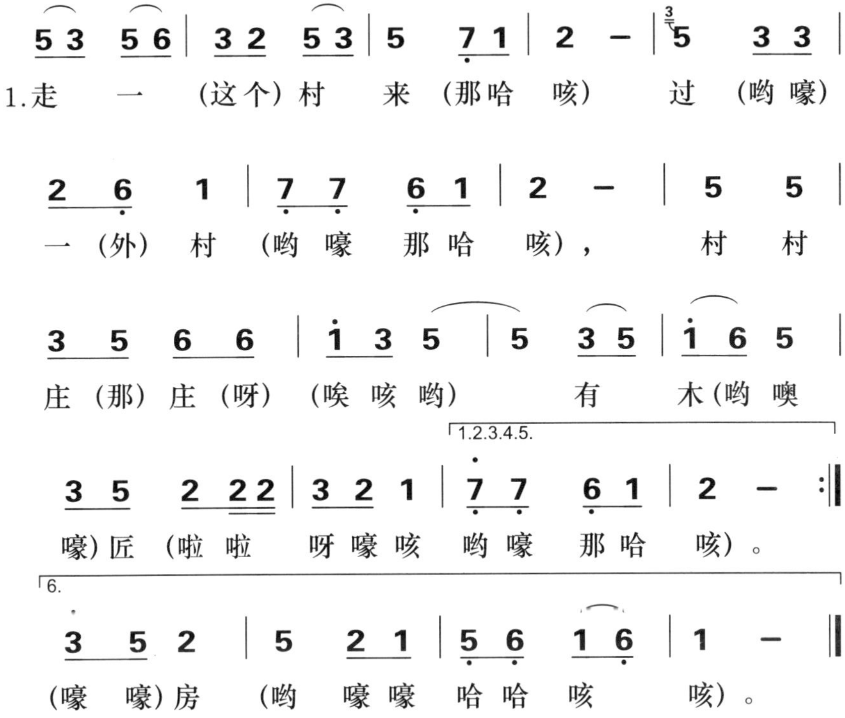

秧歌

| 5 3 5 6 | 3 2 5 3 | 5 7̣ 1 | 2 — | ³5̄ 3 3 |
1.走　一　(这个)村　来　(那哈 咳)　过　(哟 嚎)

| 2 6̣ 1 | 7̣ 7̣ 6̣ 1 | 2 — | 5 5 |
一　(外)村　(哟 嚎 那哈 咳)，　村 村

| 3 5 6 6 | 1̇ 3 5 | 5 3 5 | 1̇ 6 5 |
庄 (那) 庄 (呀) (唉 咳 哟) 有　木 (哟 噢

1.2.3.4.5.
| 3 5 2 2 2 | 3 2 1 | 7̣ 7̣ | 6̣ 1 | 2 — ‖
嚎) 匠 (啦啦 呀嚎咳 哟嚎 那哈 咳)。

6.
| 3 5 2 | 5 2 1 | 5̣ 6̣ | 1̣ 6̣ | 1 — ‖
(嚎　嚎) 房　(哟　嚎 嚎 哈 哈 咳　咳)。

2.一把斧头四两钢，
　去到西城砍嫁妆。

3.砍下几根湿柳尾，
　剥了皮皮溜溜光。

4.拧下几根麻绳腰，
　绑成花花系小轿。

5.用上几个吹鼓手，
　再用八个抬轿郎。

6.将你娶在我家上，
　拜罢天地入洞房。

(原平市)

放 风 筝

（一）

1 = A 2/4

中速稍快

李二俊 唱
晓　敏 记

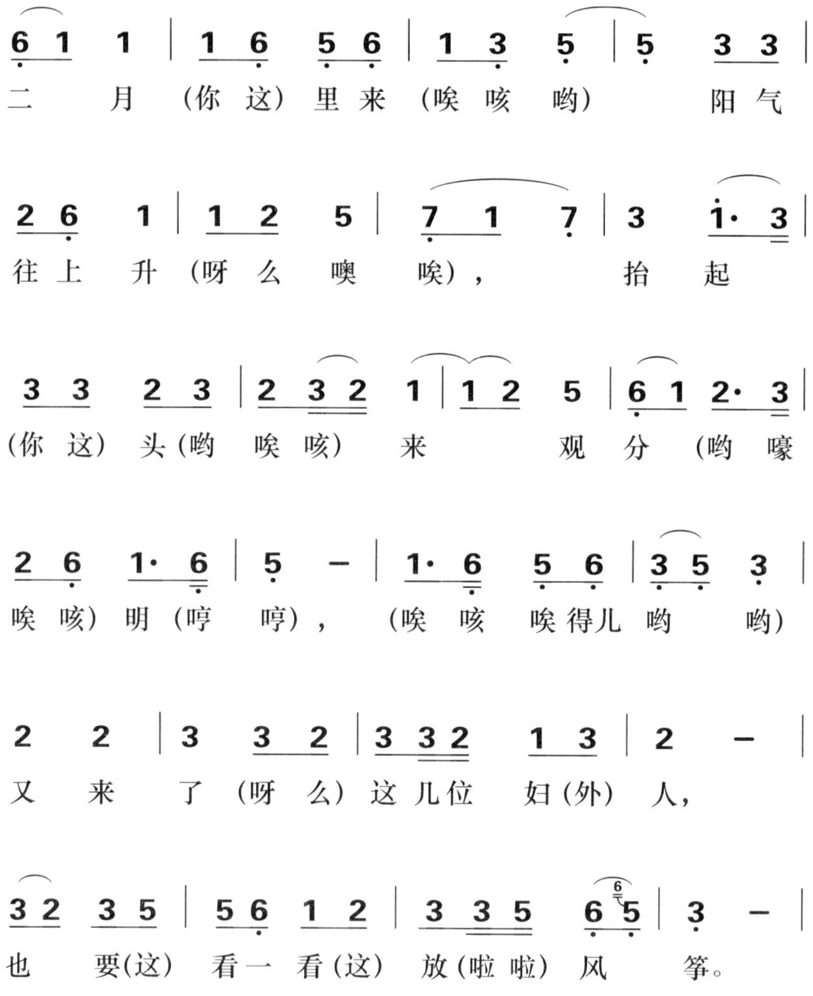

民歌 五台山

$\underline{6\ 1}$ 1 | $\underline{1\ \dot{6}}$ $\underline{\dot{5}\ 6}$ | $\underline{1\ \dot{3}}$ $\dot{5}$ | $\dot{5}$ $\underline{3\ 3}$ |

二　月（你这）里来（唉咳哟）　　阳气

$\underline{2\ \dot{6}}$ 1 | $\underline{1\ 2}$ 5 | $\underline{\dot{7}\ 1}$ $\dot{7}$ | 3 $\underline{\dot{1}\cdot 3}$ |

往上升（呀么噢　唉），　抬　起

$\underline{3\ 3}$ $\underline{2\ 3}$ | $\underline{2\ \underline{3\ 2}}$ $\underline{1\ \underline{1\ 2}}$ 5 | $\underline{\dot{6}\ 1}$ $\underline{2\cdot 3}$ |

（你这）头（哟　唉咳）来　　观分（哟嚎

$\underline{2\ \dot{6}}$ $\underline{\dot{1}\cdot \dot{6}}$ | $\dot{5}$ — | $\underline{\dot{1}\cdot \dot{6}}$ $\underline{\dot{5}\ \dot{6}}$ | $\underline{\dot{3}\ \dot{5}}$ $\dot{3}$ |

唉咳）明（哼　哼），（唉咳　唉得儿　哟　哟）

2　2 | 3　$\underline{3\ 2}$ | $\underline{3\ \underline{3\ 2}}$ $\underline{1\ 3}$ | 2　— |

又　来　了（呀么）这几位　妇（外）人，

$\underline{\dot{3}\ \dot{2}}$ $\underline{3\ 5}$ | $\underline{5\ 6}$ $\underline{1\ 2}$ | $\underline{3\ 3}$ 5 | $\underline{\dot{6}\ \overset{6}{\dot{5}}}$ $\dot{3}$ — |

也　要（这）看一看（这）放（啦啦）风　筝。

—356—

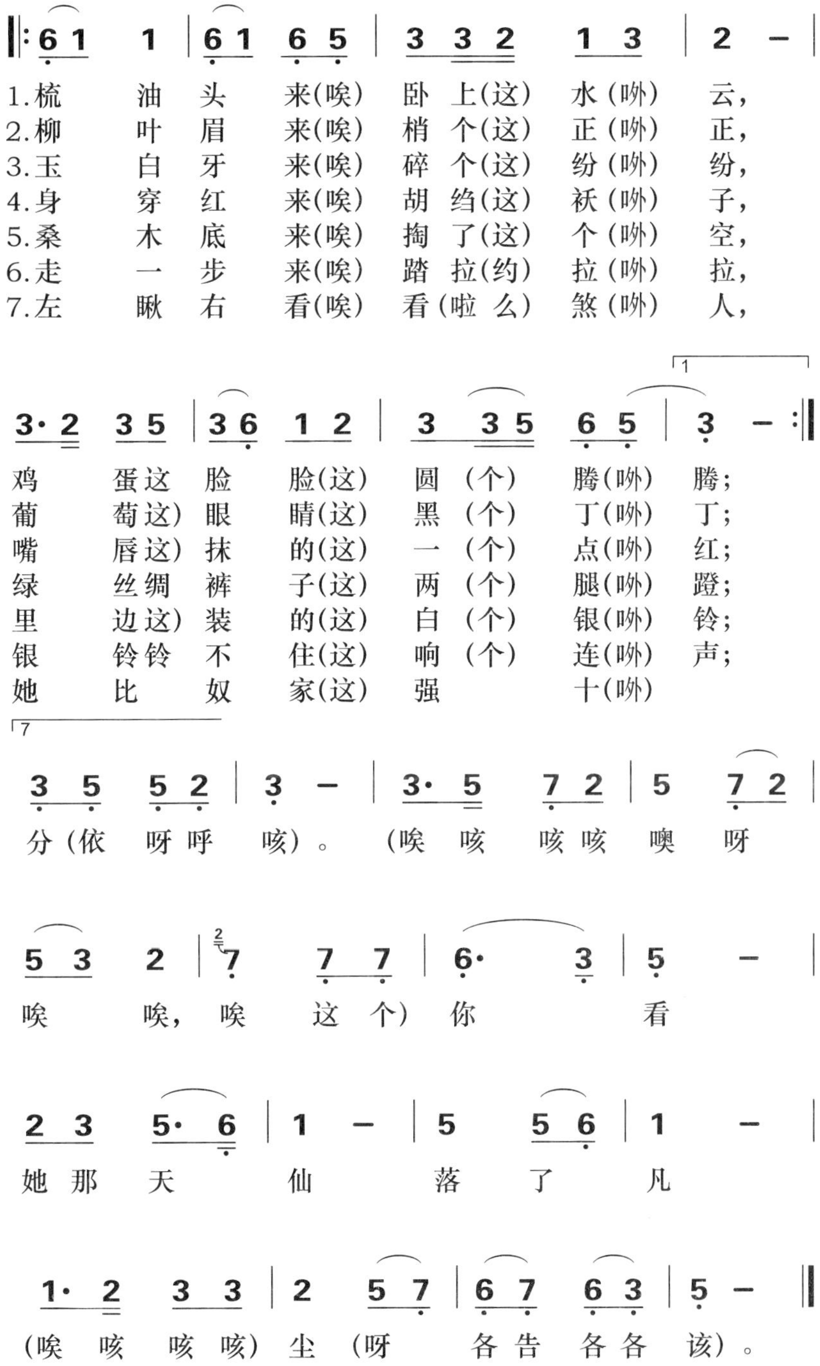

1. 梳 油 头 来(唉) 卧 上(这) 水(哟) 云，
2. 柳 叶 眉 来(唉) 梢 个(这) 正(哟) 正，
3. 玉 白 牙 来(唉) 碎 个(这) 纷(哟) 纷，
4. 身 穿 红 来(唉) 胡 绉(这) 袄(哟) 子，
5. 桑 木 底 来(唉) 掏 了(这) 个(哟) 空，
6. 走 一 步 来(唉) 踏 拉(约) 拉 拉，
7. 左 瞅 右 看(唉) 看(啦么) 煞(哟) 人，

鸡 蛋这 脸 脸(这) 圆 (个) 腾(哟) 腾；
葡 萄这) 眼 睛(这) 黑 个 丁(哟) 丁；
嘴 唇这) 抹 的(这) 一 个 点(哟) 红；
绿 丝绸 裤 子(这) 两 个 腿(哟) 蹬；
里 边这) 装 的(这) 白 (个) 银(哟) 铃；
银 铃铃 不 住(这) 响 个 连(哟) 声；
她 比 奴 家(这) 强 十(哟)

秧歌

分(依呀呼咳)。(唉咳咳咳噢呀
唉 唉，唉 这 个) 你 看
她那天 仙 落 了 凡
(唉咳咳咳) 尘(呀 各告各各该)。

8.大姐姐搭的桃桃粉,
　　二小妹子胭脂点在嘴唇,
　　鼻梁凹里三点红。
　　哎哟哟,鼻梁凹里三点红。

9.大姐姐穿的红绸衫,
　　二小妹子又穿绿绸袄,
　　套了一个口肩肩。
　　哎哟哟,套了一个口肩肩。

10.大姐姐穿的蓝绸缎,
　　二小妹子又穿粉彩裤,
　　赛过仙女走凡尘,
　　哎哎哟,赛过仙女走凡尘。

11.大姐姐穿的大红褂,
　　二小妹子穿米黄褂,
　　米黄鞋子扒白菜,
　　哎哎哟,米黄鞋上扒白菜。

12.三月里来是清明,
　　咱姐妹二人去上坟,
　　捎的还要放风筝。
　　哎哎哟,捎的还要放风筝。

13.大姐姐放的九龙灯,
　　二小妹子又放老寿星,
　　放在了北京城,
　　哎哎哟,放在了北京城。

14.大姐姐放的九龙灯,
　　一放放在北京城,
　　放在了半空中。
　　哎哎哟,放在了半空中。

15.狠心的老天爷刮大风,
　　大风刮在了风筝上,
　　刮到了北京城,
　　哎哎哟,刮到了北京城。

16.我有心上前去,
　　取我的好风筝,
　　小小的金莲走不动,
　　舍了我的好风筝。
　　哎哎哟,舍了我的好风筝。

（原平市）

白茂林卖画

李二俊 唱
晓 敏 记

1=♭B 2/4
中速

秧歌

| 1 3 | 3 2 1 | 3 6 7 5 | 6 1 | 1 3 | 7 2 3 |

白 茂 林 清 晨 起 来 沿 街 卖（唉） 画
白 凤 兰 我 在 家 中 正 描 正（唉） 画

| 3 3·2 | 6 — | 1 3 | 3 2 1 | 3 6 7 5 | 6 1 |

（啦 噢 哈 咳）， 卖 画 儿 惊 动 了（唉） 富
（啦 噢 哈 咳）， 耳 听 的 柴 门 外（唉） 有

| 1 3 2 | 6 1 1 6 | 5 — | 1·1 | 1 6 | 5·6 5 6 |

豪 人 （唉） 家（那 咳），一 轴 画 （那 哈 那 哈
人 叫 （唉） 门（那 咳），用 手 儿 （那 哈 那 哈

| 3 3 5 | 5 1 | 3 3 2 | 1 3 7 6 | 5·6 | 6 5 3 |

一 那 哈） 实 卖 下 黄 金 十（唉 的） 两，
一 那 哈） 开 开 门 东 瞅 西（唉 的） 望，

| 3·2 3 | 3 3·3 | 3 2 | 1 6 | 6 5 | 3 3 | 3·2 |

所 留 下 那 干 枝 梅（呀 唉）未（哟）
原 来 是 那 老 爹 爹（呀 唉）卖（哟）

| 1· 2 | 5·3 | 2 3 | 3 1 | 2 | 1 6 | 5 ‖

曾 卖 （啊 啊 唉 啊 唉）它（那 唉）。
画 回 （啊 啊 唉 啊 唉）家（那 唉）。

（原平市）

五台登台秧歌

秧歌是中国民族性最强的歌舞文化艺术形式。它不仅历史悠久,流传广泛,场面宏大,气氛热烈,而且在内容的丰富性、形式的多样性、群众的自觉参与及喜闻乐见方面,都是深厚文化底蕴的重要体现。特别是党中央在延安时期,革命根据地兴起的"新秧歌运动",使这一古老的民间艺术焕发了新的光彩。

五台县的秧歌,有高跷、扑地蜂、霸王鞭、风搅雪等种类,但最有名的是登台秧歌。起先流行于陈家庄乡南塔村、东峪口乡明查湾村等山区地带,后延传于东冶、城关等平川乡镇。演唱时既有古老传统的形式和内容,又有适应新时期需求的新编节目和曲调。节目多是由"地摊秧歌"、"踩圈秧歌"、"场院秧歌"等小演,短唱形式,逐步发展为长歌、大演的民间故事节目,以适应乡村群众较长时间的坐场观赏和娱乐需求。

据查阅《五台县志》、《五台山志》等书籍和实地考察搜集研究,五台登台秧歌演出形式和内容,大体有民歌类和小戏类两部分。其一是类似当地民歌类节目。其特点为小演短唱,短小精干,有无音乐伴奏均可,即兴自编自演都行。其二是类似二人台戏剧类的登台秧歌,一般来说内容较多,时间又长,还有简单道具,表演中有道白、打插、歌舞并举等。请见本书第九编"五台秧歌戏"一节之载述。

五女观灯

（一）

1=G 2/4

中速，欢快地

王玉池 唱
志强 奋臻 记

秧歌

(0 3 32 | 3532 3532 3532 61) 0 3 33 |
　　　　　　　　　　　　　　　　正 月(那个)

3· 2 3 | 65 3 32 | 3 33 61 | 0 5 77 |
1.十　五 多热（一个）闹呀么 哇唉，那 家家

6· 7 65 | 3 7 65 | 3 — ‖: 3 32 3 32 |
户　户把 灯（得儿）　瞧。　庄稼　人儿
　　　　　　　　　　　　　上身的 袄儿

5· 6 1 | 7 7 6765 | 3· 5 3 | 3 32 3 32 |
忙一年，五谷丰登 好光景，国泰 民安
多齐整，下穿的裤子 新样式，乌黑的 头发

5· 6 1 | 7 7 6765 | 3· 5 3 | 6· 76 5 3 |
享太平，男女老少 去观灯。唉　　哟
如墨染，一双花鞋 脚下蹬。唉　　哟

3· 2 3 | 3 32 3 32 | 5· 6 1 |
唉　哟 二妹　妹（呀）三 妹妹，
叫　一声咱几个 人　　商议好，

```
5 5
7 7  6765 | 3·53 ‖ 2̇27 2̇27 | 2̇27 2̇3 |
```
四 妹 子（那） 五 妹 妹，摇 摇 摆 摆 摆 摆 摇 摇
一 路 相 跟 上 把 灯 瞧，

```
6  6 7 | 2̇ 2̇ 3 | 5  5 | 3532 1̇02 |
```
好（哇）， 好 一 个 大 摇 大 摆 地

```
3̇ 3̇5 72 | 7 7 6 5 6 | 1̇3 5 | 5 — ‖
```
去 把 灯 儿 瞧（呀 么 那 哈 噢 哇 唉）。

2.（众）上了大街用目（一个）瞧（么哇唉），大街上人山人海闹哄哄，家家门上把灯儿挂，各样的花灯点全了，锣鼓鞭炮震天响，旺火照得满天红。紧步走来慢步行（呀么）好（哇），好一个欢欢喜喜上了个灯儿桥（呀么那哈噢哇唉）。

3.（众）上了这灯桥用目（一个）瞧（么哇唉），那边厢挂的是古人灯，（四妹）独行千里的关云长，（三妹）五关他把六将斩，（五妹）张飞吼断当阳桥，（二妹）长坂坡前的赵子龙，（众）唉哟，唉哟，观罢这边那边看，那边又挂水浒灯。（三妹）有李逵，闹东京，（四妹）打虎的汉子是武松，（众）林冲误入白虎堂，鲁智深大闹野猪林，观罢这儿往前看，唐僧西天去取经。（二妹）白龙马上唐三藏，（五妹）挑挑担担的是沙僧，（众）丑陋不堪的猪八戒（呀么）好（哇）。好一个大闹天宫的孙悟空（呀么那哈噢哇唉）。

4.（众）观罢这花灯再往前行，那边厢挂的是动物灯，（大姐、二妹）狮子灯，老虎灯，（四妹，五妹）金钱花花的豹子灯，

（三妹）孔雀灯（那么），（四妹）凤凰灯，（众）一跳一蹦的兔子灯，唉哟，唉哟，（大姐）虾儿灯（那个），蛤蟆灯，（三妹）五颜六色的金鱼灯，（众）游来游去的鲤鱼灯（呀么）好（哇），好一个八脚横行的螃蟹灯（呀么那哈噢哇唉）。

5.（众）观罢这灯往前（一个）行，那上边挂的是植物灯，（四妹、五妹）韭菜灯，辣椒灯，（二妹、三妹）绿茵茵的白菜灯，（大姐）莲花灯，菊花灯，（众）十里飘香的荷花灯，唉哟，唉哟，（大姐）果子灯梨儿灯，（五妹）酸圪淋淋的杏儿灯，（众）甜酸甜酸的葡萄灯（呀么）好（哇），好一个黑子红瓤的西瓜灯（呀么那哈噢哇唉）

6.（众）众家姐妹快来看，那边厢放起了烟火灯，（二妹、三妹）三打金蛋炮打灯，（四妹、五妹）起火带炮也是灯。（大姐）这里走，（五妹）那里喷，（二妹、四妹）吱溜隆冬响一阵，（众）砰砰啪啪，砰砰啪啪的好（哇），好一个锅子火开红花满天（呀么那哈噢哇唉）

7.（大姐）观罢这花灯用目（一个）看，一轮明月挂正中。（二妹）观灯的人儿纷纷散，（三妹、五妹）咱姐妹也该回家转。（众）今年的花灯观不尽（呀么）好（哇），好一个明年再把灯儿瞧（呀么那哈噢哇唉）。

（五台县）

秧歌

五女观灯

（二）

1 = ♭B 4/4

刘连根 唱
马志强 记

| 0 3 3 2 | 3 5 3 2 | 3 2 6 5 | 3 5 3 2 | 3 5 3 2 6 1 |

1. 正 月在 十　五　多 热（一个 ）闹（呀 么 呵

0 $\dot{5}$ 7 7	6·7 6 5	3 7 6 7 6 5	3· 0
那 家 家 户 户	把 灯（唉 咳）		瞧

6 7 6 5 3	6·5 3	6 $\dot{3}$ $\dot{3}$ $\dot{3}$2	$\dot{3}$ 5 6 $\dot{1}$
（哎 哟）	叫 一 声	张 大 刘 二	并 三 嫂

$\dot{3}$ 7 6 7 6 5	3 6 5 3	6 $\dot{3}$ $\dot{3}$ $\dot{3}$2	$\dot{3}$ 5 6 $\dot{1}$
王 四 嫂 来	王 五 嫂	咱 几 个 可	商 议 好

$\dot{3}$ 7 6 7 6 5	3 6 5 3	$\dot{3}$ $\dot{3}$2 3 $\dot{3}$2	$\dot{3}$ 5 6 $\dot{1}$
背 过 丈 夫	把 灯 瞧	善 青 嫂 可	听 见 了

$\dot{3}$ 7 6 7 6 5	3 6 5 3	$\dot{3}$ $\dot{3}$2 $\dot{3}$ $\dot{3}$2	$\dot{3}$ 5 6 $\dot{1}$
毛 头 毛 脑 地	出 来 了	等 一 等 我	慢 着 些 跑

$\dot{3}$ 7 6 7 6 5	3 6 5 3	$\dot{2}$ $\dot{2}$7 $\dot{2}$7	$\dot{2}$ $\dot{2}$7 $\dot{2}$ 2 3
一 路 相 跟	把 灯 瞧	摇 摇 摆 摆	摇 摇 摆 摆 么

6 6 7	$\dot{2}$ $\dot{2}$ $\dot{3}$	$\dot{5}$ $\dot{5}$	$\dot{3}$·$\dot{2}$1 2
好 哇	好 一 个	摇 摇	摆 摆 的

3 3 5 7 $\dot{2}$	$\dot{1}$ 7 6	5 5 6	$\dot{1}$ 3 5
上 了 个 灯 灯	桥 们 那	哈 噢	呵 唉。

民歌 五台山

2.上了这灯桥用目一个瞧,那十二盏龙灯点全了,(哎哟,叫一声),桃花灯好热闹,走马灯来回跑,喜鹊灯在树上叫,老鼠灯向月绕,天上的云头掉,老虎灯绕山跑。蝴蝶灯在空中绕,兔子灯遍地跳,蘑菇灯房檐上吊,绣球灯坐银桥,女花灯百里照呀们好哇,好一个狮子灯儿,绿屹生生毛们哪哈噢呵唉。

3.观罢那花灯往前行,前面那闪出了女儿红。女儿红手撑什么灯,女儿红手撑水浒灯。有李逵闹东京,打虎的汉子是武松。梁山一百单八将呀们好哇,好一个替天行道的宋公明们那哈噢呵唉。

4.花灯那桥上再往前行,十字街倒搭起一座灯棚。哼哈二将来站班,还有四大天王神,小鬼灯镶了牙,龇牙咧嘴的判官灯,扇子灯留诗文,文里文风的秀才灯,韭菜灯碎纷纷,萝卜灯绿茵茵,老汉儿灯拄拐棍,娃娃儿灯打能能,扭扭捏捏的闺女灯,大摇大摆的媳妇灯。爬里爬耍的蛤蟆灯,呀们好哇,好一个黑芝红瓢的西瓜灯们那哈噢呵唉。

5.猛抬头我观见龙灯挂,买卖人挂的是公平灯。有钱的把沙灯挂,没钱的挂的是满堂红。独行千里灯一盏,二仙传道两盏灯,三战吕布灯三盏,四马传蹄四盏灯,五子登科灯五盏,南斗六郎六盏灯,北斗七星灯七盏,八仙过海八盏灯,九家仙女灯九盏,十大伟名十盏灯。桃花灯杏花灯,各色的花灯数不清,观罢花灯往前行,前面闪出个小孩童,小孩童手撑什么灯,小孩童手撑西洋灯,白龙马驮唐三藏,担担挑的是沙僧,丑八怪的猪八戒呀们好哇,好一个大闹天宫的猴儿灯们那哈噢呵哎。

6.十大那伟名灯十盏,十盏那灯里十样景。九家仙女灯九盏,九盏灯里九连灯。八仙过海灯八盏,八盏灯里有八仙。北斗七星灯七盏,七盏灯里有七仙。南斗六郎灯六盏,六盏灯里三对红。五子登科灯五盏,五盏灯悬梅花灯。四马传蹄灯四盏,四盏灯里四样景。三盏吕布灯三盏,三盏灯里三点红。二仙传道灯两盏,两盏灯里有洋景。独行千里灯一盏,一盏灯是洋烟灯。洋烟打起了泡头子呀们好哇,好一个嗨留楞噌上了个西天门那哈噢呵。

秧歌

7.观罢一遭又一遭，一霎时来到花灯桥。花灯桥照得高，一树梅花一树桃。刘海本是上八仙，十溜金钱往下掉，四面口满无旋转，人人平安景真好。李三娘推磨秃噜噜地转，咻溜扯呼的猴尿尿，好红火呀好热闹，炮头子架上烟火了。狮子滚绣球也热闹，越滚越绣越热闹，一阵洪风刮散了，男也跑，女也跑，男的跑在疙瘩的底，女的跑在背旮旯，年老的还罢了，少年的大嫂，你跑差了，一步一步你蹬垮了，云儿察儿滑倒了，歪了腿，折了腰，奴家的绣鞋失掉了。这里找，那里找，找不见绣鞋好心焦。绣鞋本是奴做的，奴家观灯第一遭，有心思找娘家去，有什么脸面见亲嫂，有心思找婆家去，公婆知道了定要骂，小女婿知道了定不饶，哎哟，张大刘二并三嫂，王四嫂王五嫂，众位大嫂把我劝呀们好啊，好一个从今以后再不把灯来瞧们那哈噢呵唉。

（五台县）

卖　菜

（一）

韩美虹 唱
朱生和 记

1 = C 2/4

男：阳婆出来照山红，担上担儿出家门。三步两步走得快，呀儿哟！卖菜离开自家门。

女：春风吹来百花红，
　　姑娘如花好爽心。
　　走出门门儿去游春，
　　呀儿哟！来到菜园村。

男：担担儿上肩上有精神，
　　先到娘娘堂拜神灵。
　　赵过田野和树林，
　　呀儿哟！卖菜难得好心情。

女：一路鲜花映颊红，
　　轻风快步伴青春。
　　山坡坡上瞭一阵，
　　呀儿哟！担担儿的后生走近身。

男：红花绿树春意浓，
　　美女眼前真袭人。
　　放下担担儿拉闲话，
　　呀儿哟！姑娘想甚去做甚。

女：姑娘四季锁闺门，
　　春暖花开去游春。
　　一路轻风好抒情，
　　呀儿哟！前去买菜到菜园村。

男：姑娘买菜我卖菜，
　　两筐儿满顿顿①百十斤，
　　你要买甚我卖甚，
　　呀儿哟！别问价钱由你挑。

女：我家爹娘出远门，
　　哥哥送菜到院庭，
　　妙男美女情性浓，
　　呀儿哟！时来运转梦成真。

合：村远村近青山绿，
　　门前门后五谷丰。
　　娘娘堂前双双还，
　　呀儿哟！董永仙女化了
　　　　　　咱们的身。

注：①满顿顿——方言，形容丰满之意。

秧歌

（五台县）

顶　嘴

（二）

赵永杰 唱
玉堂 书平 整理

1 = G 2/4

5	2	5	2	4	5	1 6 5
家	家	都	有	一	台	戏，
老两	口	睡	在	一	个	炕，
生	下个	我	小的	没	长	样，

| 5 6 | 5 4 | 2 2 | 4 2 | 1 6· | 5 — ‖

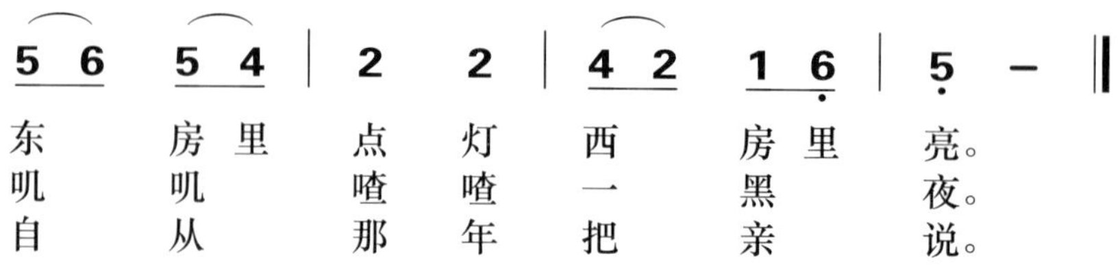

东　　房里　　点　灯　　西一　　房里　　亮。
叽　　叽　　喳喳　　一把　　黑　　夜。
自　　从那　　年　　　亲　　说。

（五台县）

拜　月
（二）

1 = F 2/4

王爱琴 唱
奋臻 雨禾 记

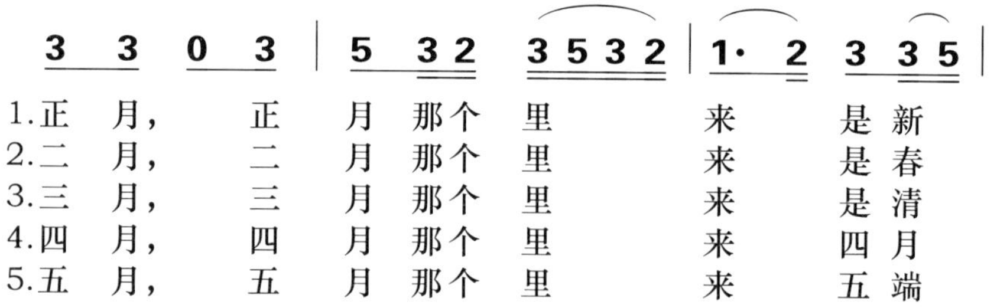

| 3 3 0 3 | 5 3 2 | 3 5 3 2 | 1· 2 | 3 3 5 |

1.正　月，　正　　月那个里　　来　　是　新
2.二　月，　二　　月那个里　　来　　是　春
3.三　月，　三　　月那个里　　来　　是　清
4.四　月，　四　　月那个里　　来　　四　月
5.五　月，　五　　月那个里　　来　　五　端

| 2 7 | 6 5 6 | 3· | 3 5 3 | 2 7 | 6 5 6 |

年　呀，二小　妹　子，大　姐姐　要　说个　甚
风　呀，二小　妹　子，大　姐姐　要　说个　甚
明　呀，二小　妹　子，大　姐姐　要　说个　甚
八　呀，二小　妹　子，大　姐姐　要　说个　甚
阳　呀，二小　妹　子，大　姐姐　要　说个　甚

| 3· | 3 5 3 | 2 7 | 6 5 6 | 3· | 3 5 3 |

吧，　正月的　里来　是　新　年，点　红叶
吧，　二月的　里来　是　春　风，点　杨叶
吧，　三月的　里来　桃杏　花开，哪　奶奶
吧，　四月的　里来　四月　八，奶　奶家
吧，　五月的　里来　五端　阳　呀，家　家

| 2̣ 7̣ | 6̣ 5̣ 6̣ | 3̣· | 3 5 3 | 2̣ 7̣ | 6̣ 5̣ 6̣ |

灯 呀 烧 红 香， 搭 班 秧 歌 就 来
绿 呀 柳 叶 搭 叶 绿 呀 上 叶
枝 柳 红 香 杨 一 枝 白 儿
庙 枝 把 艾 哪， 家 插 求 上
户 上 采 香 插 人 艾 头
户 户 采 条， 上 来

| 3̣· | 3 3 | 0 3 | 5 3 2 | 3 5 3 2 | 1· 2 |

了， 锣 鼓 锣 鼓 那 个 喧 天
青， 百 草 百 草 那 那 生 芽
呀， 咱 姐， 咱 姐 妹 那 二 人
女， 咱 姐， 咱 姐 妹 那 插 香
插， 又 怕 白 生 生 的 露 水

| 3 5 | 2̣ 6̣ | 1 7̣ 6̣ | 5̣ 5̣ | 5̣ 0 ‖ 秧歌

才 把 那 红 灯 闹 呀 呼 嗨 嗨。
才 把 个 根 根 扎 呀 呼 嗨 嗨。
不 像 那 花 儿 红 呀 呼 嗨 嗨。
为 的 是 小 情 人 呀 呼 嗨 嗨。
湿 了 那 红 绣 鞋 呀 呼 嗨 嗨。

6. 六月，六月那个里来热难挡呀，

二小妹子，大姐姐要说个甚吧，

六月的里来热难挡，栽树的人儿为歇凉。

过路，过路的那人儿才把荫荫儿歇呀呼嗨嗨。

7. 七月，七月那个里来七月七呀，

二小妹子大姐姐要说个甚吧，

七月的里来七月七，

牛郎和织女团圆日。

咱姐，咱姐妹那二人永不能那团圆了呀呼嗨嗨。

8. 八月，八月那个里来月儿圆呀，
   二小妹子，大姐姐要说个甚吧，
   八月的里来月儿圆，桃李瓜果摆了个全。神仙也有团圆日，
   咱姐，咱姐妹那二人跪在了当院心呀呼嗨嗨。

9. 九月，九月那个里来九重阳呀，
   二小妹子，大姐姐要说个甚吧，
   九月的里来九重阳，挖黄米来淘黄米。
   咱姐，咱姐妹那二人才把一个黄糕尝呀呼嗨嗨。

10. 十月，十月那个里来是鬼的节呀，
    二小妹子，大姐姐要说个甚吧，
    十月的里来是鬼节，哭婆婆呀么哭公公，哭儿女呀么哭婶婶，
    咱姐，咱姐妹哭的是小情人呀呼嗨嗨。

11. 十一，十一那个月里冷冻冰呀，
    二小妹子大姐姐要说个甚吧，
    十一月里来冷冻冰，韩信卧冰为母亲，
    咱姐，咱姐妹那二人玩的是滑冰呀呼嗨嗨。

12. 十二，十二月的里来整一年呀，
    二小妹子大姐姐要说个甚吧。
    十二月的里来整一年，梁山英雄是好汉，武松打虎人人赞，
    武松，武松那打虎万世留下了名呀呼嗨嗨。

(五台县)

游 花 园

（二）

1=F 2/4

中速稍快，高兴

王玉堂 唱
马志强 记

秧歌

```
 6  5 5 | 6 1 5 | 6 5  3 2 | 5 6 6  2 5 |
```
1. 七 月 的 里 来 秋 风 那个 凉 么的 嗯 哎，
2. 大 姐 姐 今 年 一 十 那个 七 嘛的 嗯 哎，
3. 大 姐 姐 梳 的 苏 州 一个 头 嘛的 嗯 哎，
4. 大 姐 姐 戴 上 金 呀 金 绳 绳嘛的 嗯 哎，
5. 大 姐 姐 涂 上 桃 桃 一个 粉 嘛的 嗯 哎，

```
 0 6 5 6 | 5 3 2 | 6 2 6 | 5 - | 5 5  3 32 |
```
大 姐 姐 回 头 叫 二 妹， 二 妹 妹 那个
二 妹 妹 今 年 一 十 三， 一 十 七 呀
二 小 妹 又 梳 一 只 船， 如 意 花 儿
二 小 妹 又 戴 银 绳 绳， 金 绳 绳
二 小 妹 胭 脂 嘴 边 定， 柳 叶 眉

```
 2 6 5 | 5 5  3 32 | 2 6 5 | 2 1 1  6 1 |
```
听 见 了， 叫 的 二 妹妹 做 什 么， 哎 们的 嗯 哎，
一 十 三， 手 拉 手 儿 进 绣 房， 哎 们的 嗯 哎，
头 上 掼， 翡 翠 玛 瑙 两 耳 藏， 哎 们的 嗯 哎，
银 绳 绳， 赤 金 手 镯 戴 手 上， 哎 们的 嗯 哎，
杏 壳 眼， 樱 桃 小 嘴 一 点 点， 哎 们的 嗯 哎，

```
 2· 3 5 5 | 6· 1 5 5 | 3 32 6· 1 | 2 6 5 |
```
咱 姐 妹 们 到 花 园 里 散 散 心 上 呀 呼 嗨。
好 衣 好 裳 穿 的 毛 手 在 身 有 神 情 上 呀 呀 呼 嗨。
鬏 角 里 的 金 手 镯 又 戴 手 玉 环 呀 呀 呼 嗨。
两 耳 里 的 金 环 套 玉 环 呀 呀 呼 嗨。

6. 大姐姐穿上一个红绸衫嘛的嗯哎，二小妹又穿上绿绸衫，红绸衫绿绸衫时新的坎肩套外边，哎们的嗯哎，脯花又戴在了脯子上呀呼儿嗨。

7. 大姐姐红裤两盏那个灯嘛的嗯哎，二小妹妹绿裤捏云云，新罗裙腰里紧，五色带子漂淋淋，哎们的嗯哎，下边的金莲寸三分呀呼儿嗨。

8. 大姐姐穿上水红那个鞋嘛的嗯哎，二小妹又穿柿黄鞋，闰年闰月穿黄鞋，又添儿子又添财，哎们的嗯哎，一年四季不生灾呀呼儿嗨。

9. 如今的女人赶时那个新嘛的嗯哎，做靴靴又套那个竹圪筒，青布鞋帮高低低，穿在脚上紧，哎们的嗯哎，八洞神仙脚底下蹬呀呼儿嗨。

10. 利利索索大脚走得神嘛的嗯哎，这儿连环环见爱人，走一步嘀铃铃走两步好看煞，哎们的嗯哎，一滴滴一滴铃铃地往前行呀呼儿嗨。

11. 大姐姐前边引了那个路嘛的嗯哎，二小妹后边紧跟随，紧步走来慢步行，霎时来在花园外门哎们的嗯哎，花园外香喷喷呀呼儿嗨。

12. 大姐姐开开三环那个锁嘛的嗯哎，二小妹又推开门两扇，进的花园四下观，花园的花草开得全，哎们的嗯哎，采蜜的蜂蜜爬在了花心呀呼儿嗨。

13. 这边下长的钻技那个连嘛的嗯哎，那边下又长白牡丹，金菊花儿黄澄澄珍珠花儿栽一旁哎们的嗯哎，采一枝花儿头上掼呀呼儿嗨。

14. 这边下长的葡萄那个架嘛的嗯哎，葡萄架底下长青花，青枝枝绿叶叶青枝绿叶的葡萄架哎们的嗯哎，一秃噜一秃噜噜的通朝下呀呼儿嗨。

15. 大姐姐上边采葡那个萄嘛的嗯哎，二小妹下边掐挂花，采葡萄酸淋淋，掐挂花香喷喷，哎们的嗯哎，酸不溜丢的葡萄，香不隆通的花呀呼儿嗨。

16. 只顾观花不看那个路嘛的嗯哎,往前那一走拨拦倒,骂花童的好懒的人,不捡砖头拨不拦人哎们的嗯哎,碰了奴家的高底,崴了脚尖呀呼嗨。

17. 叫声姐姐慢那个行嘛的嗯哎,小妹妹还害金莲痛,歇一歇喘一喘,歇一歇喘一喘再观看,哎们的嗯哎,将身儿倒坐在了花亭上呀呼嗨。

18. 李学生下学往前那个行嘛的嗯哎,路过王家的花园门,我朝门缝往里瞧,大姐姐生得好,哎们的嗯哎,打动了我李学生的一片心呀呼儿嗨。

19. 东瞧西瞭无有那个人嘛的嗯哎,从墙上跳下个李学生,洞宾就把牡丹行,张生就把战莺莺,哎们的嗯哎,咱三人在花园里闹昏昏呀呼儿嗨。

20. 李学生来跪留那个平嘛的嗯哎,跪在留平拉底襟,拉拉扯扯要成亲,哎们的嗯哎,咱二人在花园里拜了天地呀呼儿嗨。

21. 大姐姐高声骂嘛的嗯哎,骂一声胆大的李学生,你去了还罢了,你不走惊四邻,哎们的嗯哎,惊动四邻送到衙门呀呼儿嗨。

22. 李学生来心中那个怕嘛的嗯哎,跳墙出了花园门,李学生回家中,回到家中禀母亲,哎们的嗯哎差上媒人说亲呀呼儿嗨。

(五台县)

游 花 园

(三)

1=G 2/4

晓敏 子贞 记录

民歌 五台山

| 5 6 5 3 | 5 6 5 | 6 5 4 3 | 5 5 5 3 5 |

七　月的　里　来　秋风一个　凉(呀么哼咳)
大　姐姐前　面　把路一个　引(呀么哼咳)
这　边厢长　的　串枝一个　莲(呀么哼咳)

| 5 6 5 6 | 5 3 2 | 1 3 6 | 5 — | 5 5 3 2 |

大姐姐　开言叫　二　妹，　　二妹子可
二小妹　后边紧　随　跟，　　紧步走
那边厢　又长白　牡　丹，　　金菊花

| 3 6 5 | 5 5 3 3 2 | 2 6 5 | 2 2 6 1 |

听见了，你叫二妹子　做什么，(哎啦哼咳)
慢步行，霎时来在　花园中，(哎啦哼咳)
姣海棠，珍珠花儿　在一旁，(哎啦哼咳)

| 2 3 5 | 1 5 5 | 3 3 2 6 1 | 2 2 6 5 |

咱姐妹　花园里　散一散　　心(呀呼咳)。
满园的　花儿是　开了一个　全(呀呼咳)。
采一枝　牡丹花　头上　　掼(呀呼咳)。

| 5 0 ‖

(五台县)

顶 嘴

(三)

1=G 2/4

杜俊英 唱
郭俊华 记

男：自从那年把亲说，
　　不知咋娶下这个灰老婆。

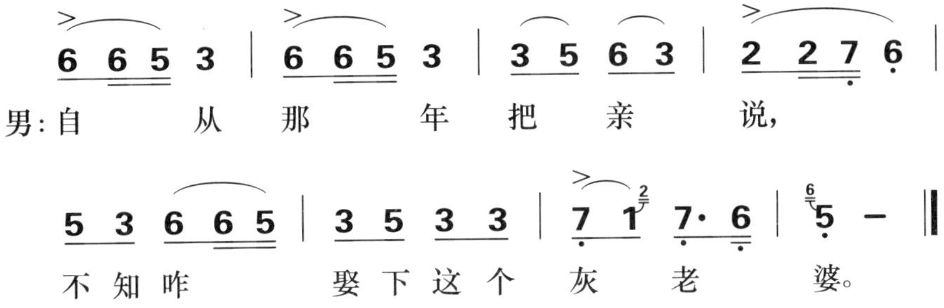

女：们爹们波没罗眼色，
　　咋给我寻下真个赖小子。
男：抓髻夫妻知凉又知热，
　　半路地儿娶妻这可不成产业。
女：清早起来罗门外头坐，
　　挽扎①住主意不和你过。
男：预止娶你常常想，
　　娶过你这妨主货就气破肚肠。
女：有什么话儿对你老板子说，
　　哪坨儿达不在你心事上。
男：预止娶你房产地土多，
　　娶过你咻妨主货踢打了个光。
女：你耍钱抽洋烟又混鬼婆，
　　卖了房卖了地你怨你老娘。
男：老子叫你早早儿起来把饭做，
　　你给老子睡到半前晌。

女：有造化的睡到阳婆照见墙，
　　没造化的老踏板子鬼撑的。
男：老子叫你流流尖儿下上挂面喝，
　　你给老子做下碗糨糊汤。
女：糨糊汤挺好喝，
　　数九寒天喝上还暖肚肠。
男：老子叫你做饭蒸蒸馍，
　　你给老子蒸下两个硬糜子卜罗。
女：硬糜子窝窝本来香，
　　你动弹顿了给你拿上干粮。
男：白面莜面你不给老子吃，
　　你和你咻相好的们打了个拼伙。
女：白面莜面本来不咋多，
　　丢下咻些由没小的还过时节。
男：不怕你咻狗日的光会说，
　　迟的天也扑到老子的比斗窝。

秧歌

女：山羊肉来包饺子，
　　尿也不尿你咻灰小子。
男：老子的朋友们都对我说，
　　你狗日的奸夫实在多。
女：老娘我不怕你把比底②嚷，
　　脱下鞋抹下帽你逮住几个。
男：不怕你狗日的比嘴攀，
　　看看你腿板儿黑片子疮。
女：敲了你的门牙甚话也能说，
　　要有也是你爹染上我。
男：看看你灰得没罗棱角。
　　动不动就牵扯上们爹和波。
女：老娘我不怕你赖灰小子，
　　你全家打也没罗个开眼的。

男：前世里我总是短下你笔账，
　　这辈子和你才把天地拜错。
女：那辈子我没罗把这好事做，
　　烂了命我寻下你真个腌渣子。
男：猫头脑袋性狐嘴你秃狮角，
　　飞到谁家行也是个妨主货③。
女：四方脑袋平顶子，
　　爹多波少的你个野种子。
男：总有一天我出了肝火，
　　一比斗就打得你见了阎王。
女：一把手我捏死你㖿小子，
　　跟上个谁也比你强。
合：咱两个去到司法科，
　　离了婚从今向后各走各。

注：①挽扎——方言，指捆绑之意。
　　②比底——方言，指贬低之意。
　　③妨主货——方言，意指削减长辈寿命。

（五台县）

八人对唱

1 = G 2/4

赵双良 唱
雨禾 奋臻 记

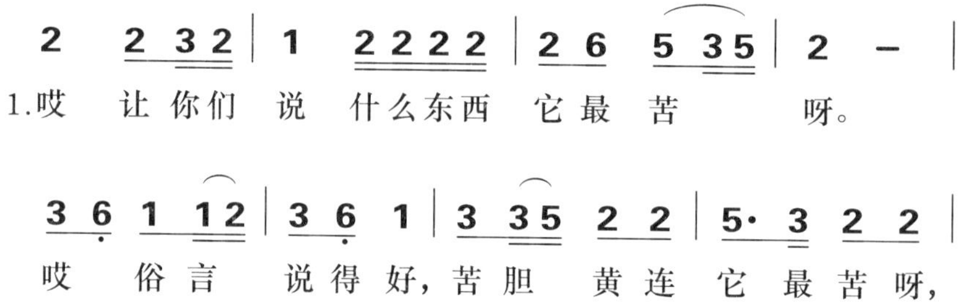

2　2 3 2 | 1　2 2 2 2 | 2 6　5 3 5 | 2　— |
1.哎　让你们　说　什么东西　它最苦　　　呀。

3 6̣ 1 1 2 | 3 6̣ 1 | 3 3 5　2 2 | 5·3 2 2 |
哎　俗言　说得好, 苦胆　黄连它最苦呀,

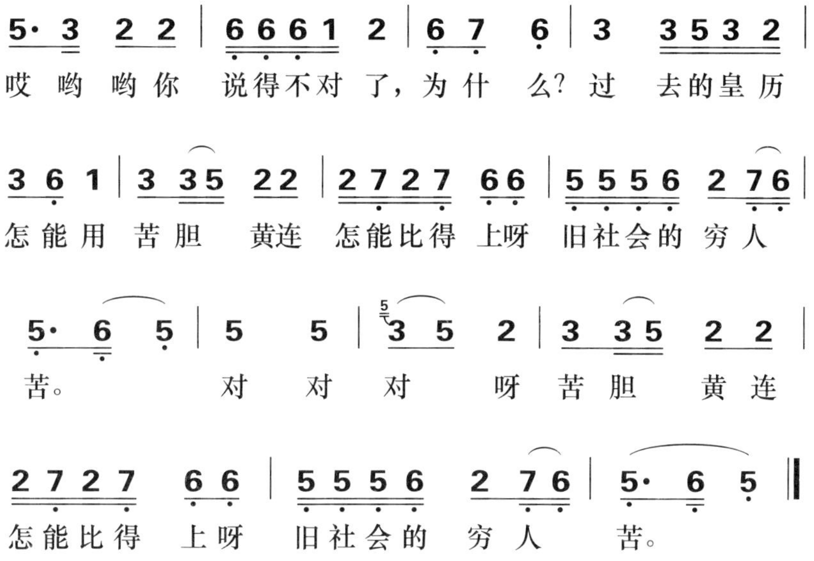

```
5·3 22 | 6661 2 | 6 7 6 | 3  3532 |
哎 哟 哟你 说得不对 了,为什 么? 过  去的皇历

3 6 1 | 3 35 22 | 2727 66 | 5556 276 |
怎能用 苦胆  黄连 怎能比得 上呀 旧社会的 穷人

5·6 5 | 5  5 | 5 35 2 | 3 35 2 2 |
苦。       对  对 对 呀 苦胆 黄连

2727 66 | 5556 276 | 5·6 5 ‖
怎能比得 上呀 旧社会的 穷人  苦。
```

2.母亲开口怒气冲,骂一声女花不要脸,咱雇长工为做营生,顾上你心上的人能做甚。

3.(男)四保开言笑盈盈,叫一声母亲你细听,苏州城有个贺先生,一心要雇我做营生。

4.(母)母亲开言笑盈盈,叫一声四保听娘言,有工没工你早回程,回到家中娘放心。

5.(男)低头出了自己的门,迈开大步往前行,紧走几步来得快,一霎时来到贺先生村。

6.(男)贺先生村里街两道,贺先生住在大街前,手把门环高声叫,叫声先生快开门。

7.(女)贺秀英正在绣房里坐,耳听门外有人声,低头儿出了自己的门,迈开金莲往前行。

8.(女)双手手开开门两扇,远来的四保你做甚?

(男)你问我来要做甚,要问你爹寻营生。

(女白):我爹我娘都不在,我也能主七八分。

秧歌

9.（男）正月里来是新年，走马的四保来上工。上工先担三担水，打扫了院心进马棚。

10.（女）二月里来龙抬头，贺秀英正要上绣楼。上了绣楼往下看，我看见四保好风流。

11.（女）三月里来是清明，我劝四保上新坟。（男）人家上坟为儿女，我四保上坟为了甚。

12.（男）四月里来四月八，奶奶庙上我把香插。人家插香为儿女，四保我插香为自己。

13.（男）五月里来五端阳，大麦子红来小麦子黄。长工短工都出了地，留下我四保打扫场。

14.（女）六月里来暑连暑，贺秀英正在凉床上。手拿扇子我还嫌热，可怜他四保更是热。

15.（男）七月里来七月七，天上的牛郎织女哭。神仙也有团圆的日，我和那四保不团圆。

16.（女）八月里来月儿圆，西瓜月饼摆了个全。二老爹娘跪当中，我和四保跪两边。

17.（女）九月里来树叶黄，可怜的四保无衣裳。我家有对广东鞋，给了你四保快穿上。

18.（女）十月里来天气冷，贺秀英生下个小孩童。叫你爹来叫我娘，咱们的孩儿出了胎。

19.（女）十一月里来冻成冰，可怜他四保无袄穿。咱家有个烂花袄，改改袖儿你穿在身。

20.（男）十二月里来一年整，我寻财主开工钱。多开少开不要紧，家中还有个老母亲。

（五台县）

送 情 郎

(三)

1=♭B 4/4

张拴林 唱
胡贵英 记

中速

秧歌

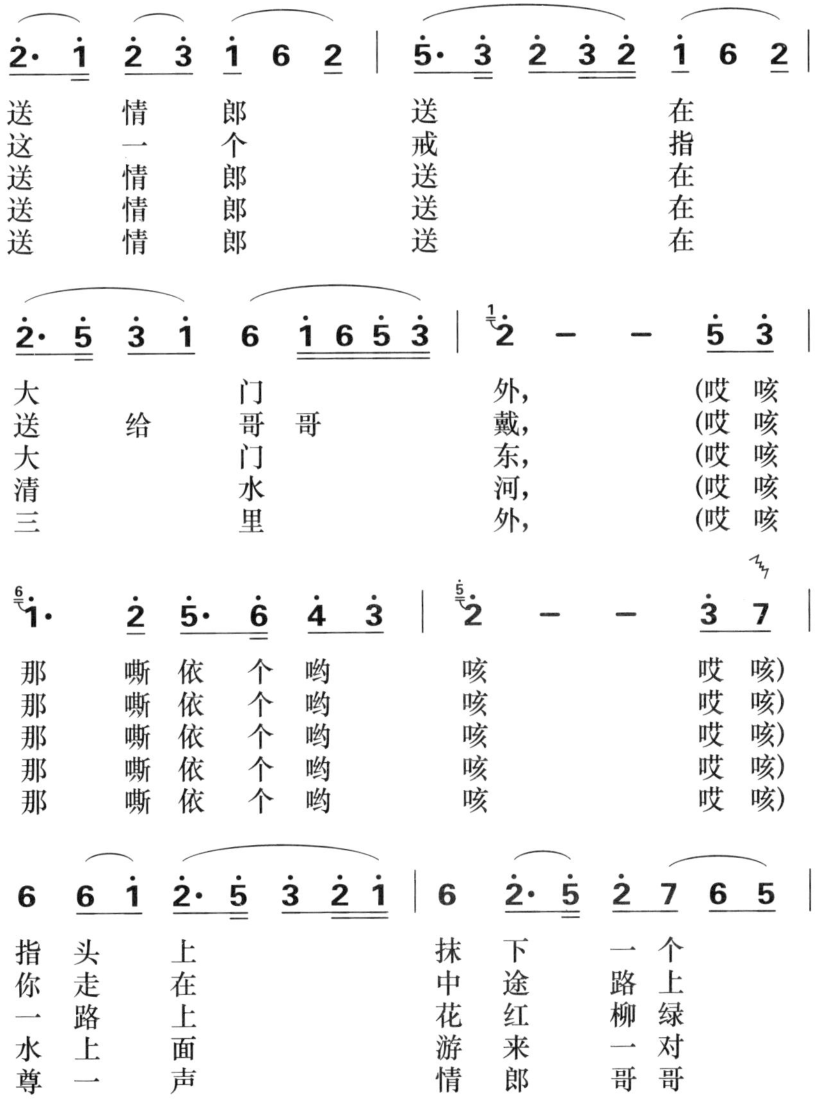

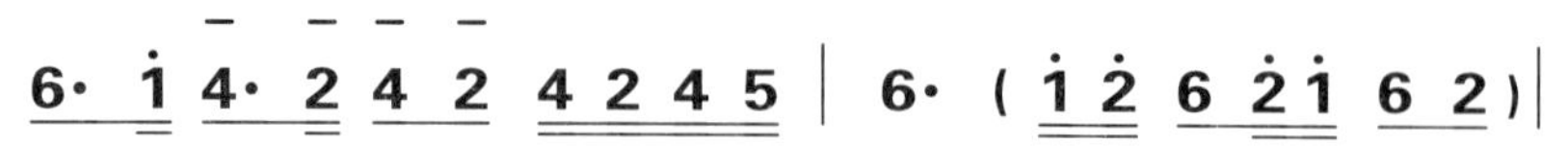

民歌五台山

```
6· 1 4· 2 4 2 4 2 4 2 4 5 | 6· (1 2 6 2 1 6 2) |
```
(哎 咳 哎 咳 哎 咳 哎 咳 哎 咳　　哟)
(哎 咳 哎 咳 哎 咳 哎 咳 哎 咳　　哟)
(哎 咳 哎 咳 哎 咳 哎 咳 哎 咳　　哟)
(哎 咳 哎 咳 哎 咳 哎 咳 哎 咳　　哟)
(哎 咳 哎 咳 哎 咳 哎 咳 哎 咳　　哟)

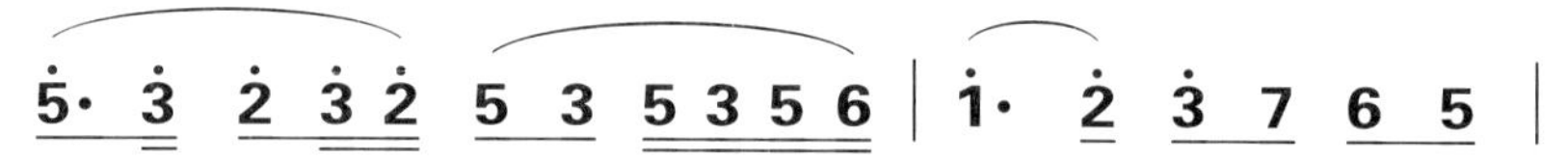

```
5· 3 2 3 2 | 5 3 5 3 5 6 | 1· 2 3 7 6 5 |
```
戒　　 想　　 起　　 指　　 妹　　妹　　来　　来 (哎 咳 哎 咳)
好　　 一　　　　　　　风　　 对　　　　景 鹅　　(哎 咳 哎 咳)
早　　　　　　　　　　回　　　　　　　来　　(哎 咳 哎 咳)

```
3· 5 6 1 6 5 4 3 | 2 - - - ‖
```
送　　给　　哥　　哥　　戴。
走　出　去　返　回　来。
比　不　上　妹　妹　知　情　又　知　心。
好　比　哥　哥　你　和　我。
莫　叫　妹　妹　挂　心　怀。

（五台县）

探 情 郎
（二）

1 = D 2/4

刘连根 唱
玉堂 奋臻 书平 记

```
2· 2 3 2 1 | 2 - 1 6 6 3 | 5 - 1 6 6 3
```
1. 大　嘞　门　门　外　　　长　青　槐，　　长　青
2. 赶　会的人　儿　　　千　千　万，　　千　千
3. 二细细儿草　帽　　　头　上　戴，　　头　上
4. 奴　正在绣房里　坐，　　痴疙　呆　呆，　痴疙　呆
5. 双　手手打　开，　　　信　封　封　看，　信　封　封

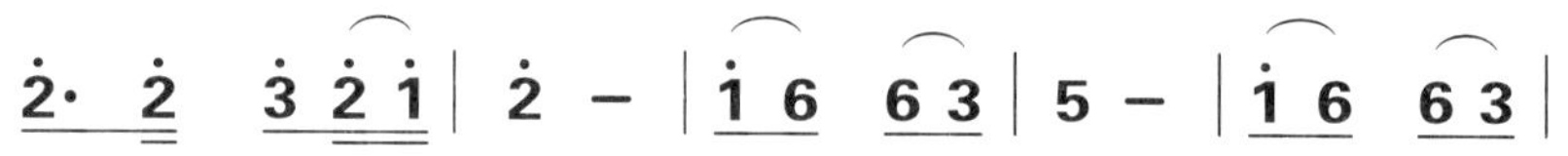

```
5  -  | 6· 1  2  | 2· 1  6 | 1 1 3  5 6 | 2  - |
```
槐，　青　槐　树　底　　下　搭　　　看　　台，
万，　会　上　的　人　儿　倒　有，万　万　　千，
戴，　说　　　下　的　日　期　你　没　有　　来，
呆，　耳　　　听　的　门　外　报　进　信　儿来，
看，　实　　　情　是　情　郎　哥　病　在　床上，

```
5· 6  6 3 | 5· 6  6 3 | 2 2  5 3 | 2  - ‖
```
正　月　十　五，正　月　十　五，才　把　会　儿　开。
望　不　见　我，望　不　见　我，情　郎　哥　的　面。
不　知　为　啥，不　知　为　啥，奴　挂　心　怀。
倒　叫　奴　家，倒　叫　奴　家，喜　在　心　怀。
倒　叫　奴　家，倒　叫　奴　家，心　里　伤　感。

秧歌

6. 我有心去眊一眊，情郎哥哥，上房里还有二老爹娘，
   倒叫奴家，倒叫奴家，无有主张。

7. 我拿上马奶子葡萄，香圪水水梨，冰糖砂糖都拿手上，
   我眊一眊，我眊一眊，我情郎哥哥。

8. 走了三里又五里，又五里，又走了十里桃花林，
   望不见，望不见，情郎哥的村。

9. 三步步儿并成两步行，并成两步行，两步步儿并成一步步走，
   霎时来在，霎时来在，情郎哥哥的村。

10. 十字街中朝南拐，朝南拐，黑漆大门金字牌，
    大门前头，大门前头，长着一棵槐。

—381—

11. 进了大门进二门，进呀进二门，一霎时来在大房中，
    再才见上，再才见上，情郎哥的面。

12. 你想吃马奶葡萄，妹妹喂你，你想吃冰糖化成水，
    想吃梨梨，想吃梨梨，剥了皮皮。

13. 揣了揣眉脸骨冰屹润润凉，冰屹润润凉，嘴唇唇上黑青，
    面屹皮皮黄，一霎时间，一霎时间，见了阎王。

14. 奴有心到灵前，哭上几声，上边有你二老爹娘，
    你叫奴家，你叫奴家，泪往哪里淌。

15. 情郎哥哥奴的夫，奴的夫，你死了奴家也是你的人，
    再一辈辈，再一辈辈配成夫妻。

16. 三碟碟馍馍两碟碟糕，两碟碟糕，披麻戴孝送至你坟前，
    这才尽了，这才尽了，小奴家的情。

（五台县）

采 茶
（一）

胡贵隆 唱
玉堂 书平 整理

1 = G 2/4

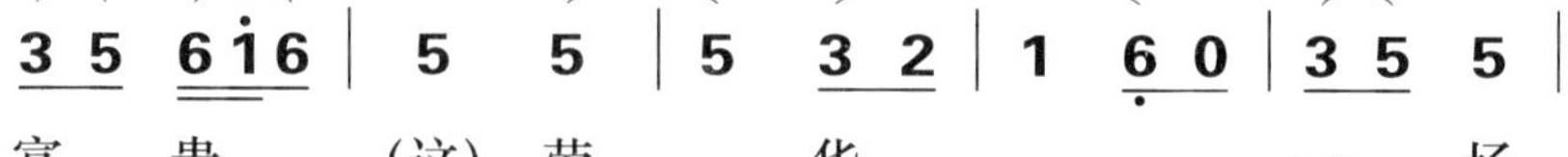

3 5 6 1 6 | 5   5 | 5   3 2 | 1 6 0 | 3 5   5 |
富   贵 （这） 荣   华，   一   场
正   月   里 采   茶，   百   花
二   月   里 采   茶，   桃   花
三   月   里 采   茶，   杏   花
四   月   里 采   茶，   葵   花

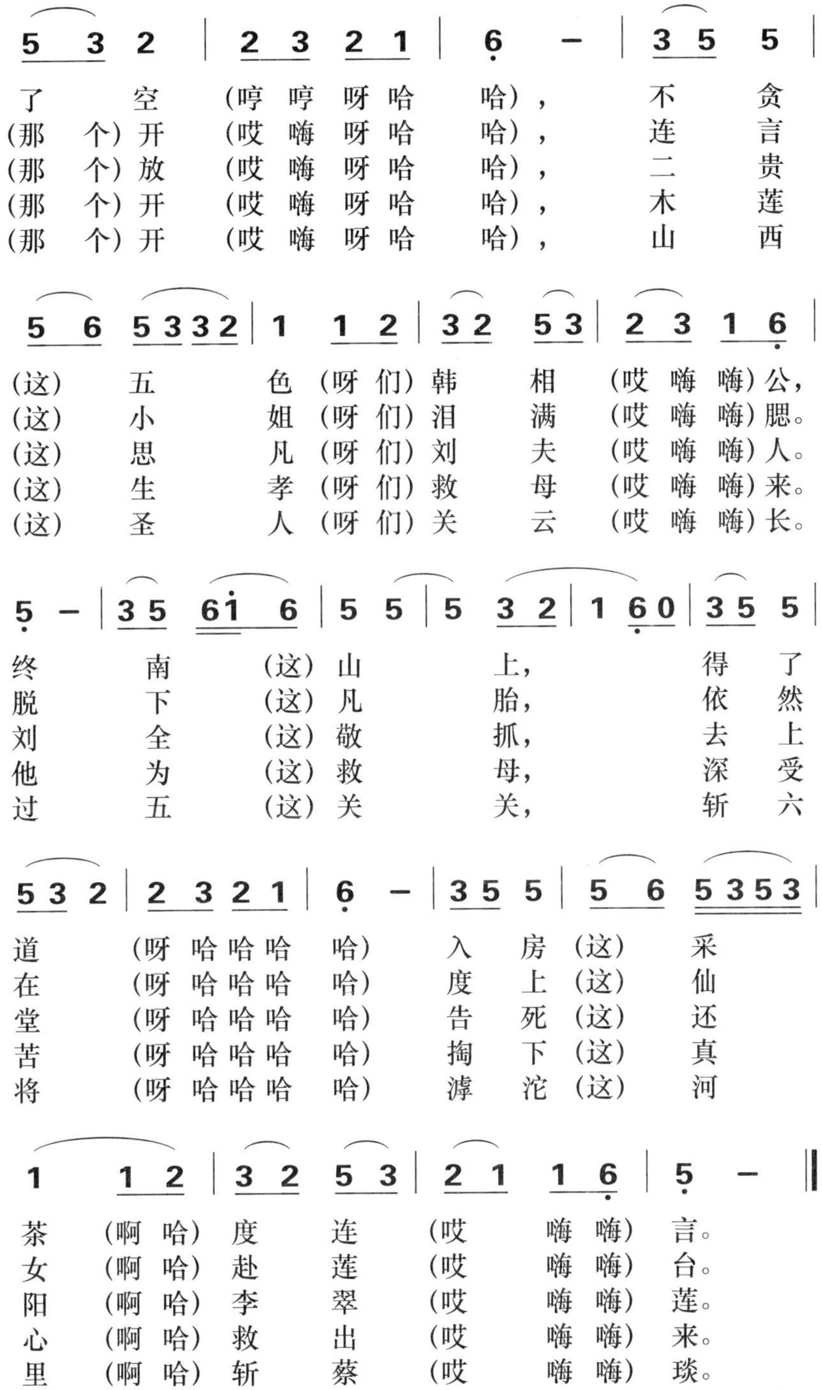

| 5 3 2 | 2 3 2 1 | 6̣ - | 3 5 5 |

了　空　（哼哼呀哈　哈），　　不　连　贪　言
(那个)开　（哎嗨呀哈　哈），　　连　言　贵　莲
(那个)放　（哎嗨呀哈　哈），　　二　木　莲　西
(那个)开　（哎嗨呀哈　哈），　　山

| 5 6 5332 | 1 1 2 | 3 2 | 5 3 | 2 3 1 6̣ |

（这）　五　色　（呀们）韩　相　（哎嗨嗨）公，
（这）　小　姐　（呀们）泪　满　（哎嗨嗨）腮。
（这）　思　凡　（呀们）刘　夫　（哎嗨嗨）人。
（这）　生　孝　（呀们）救　母　（哎嗨嗨）来。
（这）　圣　人　（呀们）关　云　（哎嗨嗨）长。

| 5̣ - | 3 5 | 6 1̇ 6 | 5 5 | 5 3 2 | 1 6 0 | 3 5 5 |

终　南　（这）山　　上，　得　了
脱　下　（这）凡　　胎，　依　然
刘　全　（这）敬　抓，　去　上
他　为　（这）救　母，　深　受
过　五　（这）关　关，　斩　六

秧歌

| 5 3 2 | 2 3 2 1 | 6̣ - | 3 5 5 | 5 6 5353 |

道　（呀哈哈哈　哈）　入　房　（这）采　仙
在　（呀哈哈哈　哈）　度　上　（这）仙　还
堂　（呀哈哈哈　哈）　告　死　（这）还　真
苦　（呀哈哈哈　哈）　掏　下　（这）沱
将　（呀哈哈哈　哈）　滹　沱　（这）河

| 1 1 2 | 3 2 | 5 3 | 2 1 | 1 6̣ | 5 - |

茶　（啊哈）度　连　（哎嗨嗨）言。
女　（啊哈）赴　莲　（哎嗨嗨）台。
阳　（啊哈）李　翠　（哎嗨嗨）莲。
心　（啊哈）救　出　（哎嗨嗨）来。
里　（啊哈）斩　蔡　（哎嗨嗨）琰。

（五台县）

小 对 花

赵尚玉唱
奋臻 志强记

1 = F 2/4

民歌 五台山

1. 正月里来什么花儿开呀咳，正月里来迎春花儿开呀咳，迎春花花开开了，想起妹子儿哥哥哟，妹子儿哟 哥哥哟，妹子儿妹子儿 妹子儿哟，哥哥哥哥 哥哥哟，正月里开的一朵迎春花呀 花开有人爱。起不隆咚哎哟哟 花不隆咚过来了，一朵一朵迎春花哟 花开有人爱。

2. 二月里来什么花儿开呀咳,二月里来水仙花儿开呀咳。水仙花开开了,想起妹子的哥哥呀,妹子呀,哥哥呀,妹子妹子妹子呀,哥哥哥哥哥哥呀,二月里开的一朵水仙花呀。花的依门开,起不的隆咚哎哟哟,花不隆通过来了,一朵一朵水仙花开呀,花的依门开。

3. 三月里来什么花儿开呀哎,三月里来桃杏花开呀咳。桃杏花开开了,想起妹子的哥哥呀,妹子呀,哥哥呀,妹子妹子妹子呀,哥哥哥哥哥哥呀,三月里开的一朵桃杏花呀。花的依门开,起不隆咚哎哟哟,花不隆通过来了,一朵一朵桃杏花开呀,花的依门开。

4. 四月里来什么花儿开呀咳,四月里来牡丹花儿开呀咳。牡丹花开开了,想起妹子的哥哥呀,妹子呀,哥哥呀,妹子妹子妹子呀,哥哥哥哥哥哥呀,四月里开的一朵牡丹花呀。花的依门开,起不隆咚哎哟哟,花不隆通过来了,一朵一朵牡丹花开呀,花的依门开。

5. 五月里来什么花儿开呀咳,五月里来馍馍花儿开呀咳。馍馍花开开了,想起妹子的哥哥呀,妹子呀,哥哥呀,妹子妹子妹子呀,哥哥哥哥哥哥呀,五月里开的一朵馍馍花呀。花的依门开,起不隆咚哎哟哟,花不隆通过来了,一朵一朵馍馍花呀,花的依门开。

(五台县)

放 风 筝

（二）

刘连根 唱
志强 雨禾 记

1 = D 2/4

稍快，热情地

```
1  1 3  5· 6 | 1 2 3 2  1 | 1 5  5 3 2 3 |
```
正月　的　　里　　来　正月　哎嗨哟咻
二婶　婶　　怀　　抱　两岁的小孩
二月　的　　里　　来　龙抬　哎嗨哟咻
大姐　姐　　怀　　抱　梳头　哎嗨哟咻
大姐　姐　　梳　　的　苏州　哎嗨哟咻

```
1 7 6 3  5 | 2 1 1 | 2 3 2 1  1 3 6  5 |
```
正　月　正，咱姐妹　二人　去观　灯，
童，　　　两岁的小孩童　走不　动，
龙　抬　头，咱姐妹　二人　上绣　楼，
梳　头　匣，二小妹子　又端洗脸盆，
苏　州　头，二小妹子　又梳双辫结，

```
2 2 1 3 | 2 1 1 5 | 3 5 5 2  1 | 3 5 1 6  5 6 5 3 |
```
勾叫上咱　二婶　婶们嗯哎　哟　哎嗨嗯哎　哟，
实实地　　累煞　人们嗯哎　哟　哎嗨嗯哎　哟，
上了绣楼　梳一梳　头们嗯哎　哟　哎嗨嗯哎　哟，
拿上一块　花毛　巾们嗯哎　哟　哎嗨嗯哎　哟，
摸了一些　生发　油们嗯哎　哟　哎嗨嗯哎　哟，

```
2 2 1 3 | 2 1 1 5 | 3 5 3 2  1 ‖
```
勾叫上咱　二婶　婶们嗯哎　哟。
实实的累　煞个　人们嗯哎　哟。
摸了一些　生发　油们嗯哎　哟。
上了绣楼　梳一梳　头们嗯哎　哟。
拿上一块　花毛　巾们嗯哎　哟。

（五台县）

民歌五台山

拉 姐 夫

康玉九 刘连根 唱
玉堂 书平 记

1=♭E 2/4

秧歌

```
1  1 6   5  5 6 | 1  1 6   5 | 1  1 6   5 5 |
```
老汉：咱 村 里　今 天　闹 红　火，亲 戚　朋 友
　　　二 妮　三 妮 的　你 快　来，你 给 咱　会 场

```
6 5 3 5   2 | 2 2 2   1 1 6 | 2 3   7 |
```
都 来 看 红　火，就 剩 下　大 闺 女 她 女 婿，
去 寻　　采，你 姐 夫　他 要 是　硬 不　来，

```
5 5 5   7· 7 1 | 2 1 7 1   5 ‖
```
不 由 得　老 汉 要 接　济。
硬 圪　巴 巴　把 他 拉 进　来。

二、三女（唱）：咱爹叫咱寻姐夫，一出门们走了个舒，
　　　　　　　一瞬时来到大会场，人儿多的们还认不清楚。
　　　　　　　朝东边看来朝西边瞭，从南面上来一个俊后生，
　　　　　　　这个后生呀生得好，这管保就是咱姐夫。
　　　　　　　叫一声姐夫你多会儿来，你来到门前呀咋不进嗨，
　　　　　　　们爹叫们把你寻，你不进圪崂硬把你拉里嗨。

俊成（唱）：　你们是谁家的女娃娃，叫姐夫可不要把人认差，
　　　　　　拉拉扯扯闹得一个甚，大会场上不怕那人笑话。

二、三女（唱）：叫姐夫们怕甚哩。

俊成（唱）：　俊成我这里就作了一个难，这事情闹得我真难办，
　　　　　　不管他是真呀还是假，咻了的到她家里看一看。

二、三女（白）：这不是就对了。

二、三女（唱）：姐妹俩前边把路引。

俊成（唱）：俊成我后紧相跟。

二、三女（唱）：一瞬时来到咱家门，叫一声姐夫你先进。

老汉（唱）：叫一声他姐夫你快上炕，倒上缸缸糖水你先喝，
小的赶紧把酒坐上，再不同到老做些托。
姐妹俩赶紧把菜端上，递给烧酒姐夫你先喝。
叫一声他姐夫你都就上，再刻是到老你丈人何。

秀英（唱）：秀英我会场上去寻采，寻采了老半天没啰来，
一瞬时回到家里来，忽听的家里热闹得很，
一进门门就瞪大眼，返回来就把在爹爹问，
炕上坐的个外后生，他是咱的什么戚人。

老汉（唱）：你这闺女也没治了，你女婿来你呀不认了，
整整你走了一前晌，回家老半天你跟上鬼了。

秀英（唱）：秀英我地下怒圪沉沉，叫一声在炕上的咻后生，
你是哪里的你叫个甚？你的家住在哪个村？

俊成（唱）：们姓王来们叫俊成，们的家住在兴圪灵村。

老汉（唱）：不是们大闺女盯得真，你还不知道你想住几天。

俊成（唱）：俊成我这里就做了一个难，在事情闹得我真难看，
我看这事情闹不好，不如我早些儿圪溜了。

老汉（白）：说不张个甚来了，想走咧，回来！
　　（唱）：你这个后生脸顽又嘴尝，一壶壶烧酒喝了一个光，
一笼子的馍馍吃了个香，谁知道你是哪里的个二烂旦。

俊成（唱）：叫一声大伯说话要说理，对我你刻不要发脾气，
这事情谁也不要怨谁，只怨你三妮的和二闺女。

老汉（唱）：你这个后生挺伶俐，吃上们的东西强有理，
返回来怨们的两闺女，我看你也是个淘气鬼。

俊成（唱）：叫一声伯伯大娘们，大家就请我说分明，
吃咾那得饭咾的留下钱，明年再来咾的再见面。

（五台县）

大闺女算卦

王爱琴 唱
奋臻 雨禾 记

1 = F 2/4

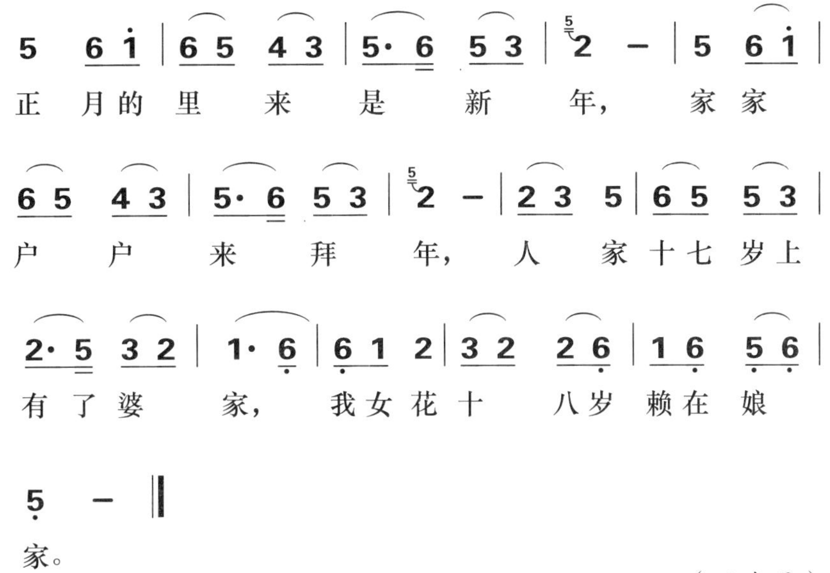

5 6 1 | 6 5 4 3 | 5· 6 5 3 | $\frac{5}{2}$ - | 5 6 1 |
正 月 的 里 来 是 新 年， 家 家

6 5 4 3 | 5· 6 5 3 | $\frac{5}{2}$ - | 2 3 5 6 5 3 |
户 户 来 拜 年， 人 家 十 七 岁 上

2· 5 3 2 | 1· 6 6 1 2 | 3 2 | 2 6 | 1 6 | 5 6 |
有 了 婆 家， 我 女 花 十 八 岁 赖 在 娘

5 - ‖
家。

秧歌

（五台县）

怀 胎

（一）

白文生 边方娥 唱
奋臻 志强 雨禾 记

1 = F 2/4

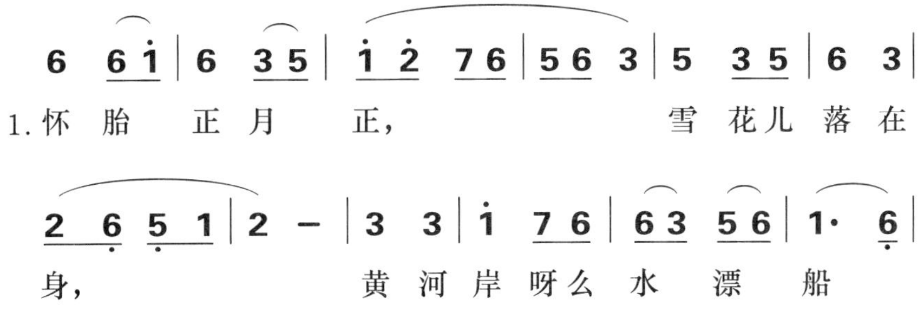

6 6 1 | 6 3 5 | 1 2 7 6 | 5 6 3 | 5 3 5 | 6 3 |
1.怀 胎 正 月 正， 雪 花 儿 落 在

2 6 5 1 | 2 - | 3 3 1 7 6 | 6 3 5 6 | 1· 6 |
身， 黄 河 岸 呀 么 水 漂 船

—389—

```
6·  6   3 5 | 6  3 5 | 5  5̣  5̣ | 5̣  —  ‖
```
小 的　苗 苗　来 扎　　根。

2. 二月的里来是春风，二老爹娘太狠心，人有几天年轻花开几日红，耽误了们青春少年的人。

3. 三月的里来是清明，二老爹娘去上坟，我把先生请在家中，给我女花算上一命。

4. 先生开言笑圪吟吟，叫一声女花你细听，你多么大的岁数什么时候生，时辰八字你报分明。

5. 女花开言笑圪吟吟，叫一声先生你细听，我女花今年十八岁整，八月十五巳时里生。

6. 先生开言笑圪吟吟，叫一声女花你细听，双手打开甲子本，你是五男二女七子团圆的人。

7. 女花开言怒圪冲冲，骂一声先生本不是人，不算男来不算女，单算们女花的婚姻动。

8. 先生开言笑圪吟吟，叫一声女花你细听，双手打开八卦本，你的婚姻在眼前。

9. 女花开言笑圪吟吟，叫一声先生你细听，腰里掏出两块钱，与你先生做个路程。

10. 先生开言笑圪吟吟，叫一声女花你细听，两块洋钱送给你，你与我先生成上门亲。

11. 女花开言怒圪冲冲，骂一声先生本不是人，你给们算卦们给你钱，为什么和你先生成上个亲。

12. 先生开言笑圪吟吟，叫一声女花你细听，你与们先生成上个亲，祖辈也忘不了你的好恩情。

13. 女花开言怒圪冲冲，骂一声先生本不是人，二老爹娘回家中，打破你的秃头抽了你的筋。

（五台县）

珍珠倒卷帘

王玉堂 唱
孟奋臻 记

1 = C 2/4

秧歌

```
2 2 2  3 2 1 | 2· 5 | 3· 2  1 2 | 2 1 6  5 |
```
1. 正月的 里来 哟　　　　是　　新　　年，
2. 二月的 里来 哟　　　　龙　　抬　　头，
3. 三月的 里来 哟　　　　三　　月　　三，
4. 四月的 里来 哟　　　　四　　月　　八，
5. 五月的 里来 哟　　　　五　　端　　阳，

```
1 6 1 2  2 1 | 6 2  5653 | 2· 3 | 5 5 3 | 5 5 6 |
```
秦 琼 马 武 夺 状　　　　元，　状 元 侯 　夺 在 子
王 三 小 吕 上 绣　　　　楼，　王 桃 公 　园 义 结
三 战 姐 布 虎 牢　　　　关，　下 园 结 　山 不 为
黎 山 老 母 把 山　　　　下，　三 山 下 　三 杯 药
青 白 二 蛇 闹 雄　　　　黄，　　　　　　　　　酒

```
1 3  5· 3 | 1 6 1 | 2 2 1 | 6 2  5653 | 2 - ‖
```
秦 琼 手，　马 武 倒 打 九 连 环。
有 千 万，　绣 单 打 薛 平 郎。
弟 兄 三，　张 飞 打 紫 金 冠。
别 的 事，　只 为 弟 梨 花。
露 真 相，　吓 死 许 仙 命 亡。

6. 六月里来哟热难当，镇守三关杨六郎，
　 头一家大将是焦赞，还有一个是孟良。

7. 七月里来哟秋风凉，牛郎织女来配上，
　 范喜良死在长城上，孟姜女小姐哭一场。

8. 八月里来哟月正东，梦中魏徵斩老龙，
   唐王天子他不信，龙头挂在武朝门。

9. 九月里来哟九月九，孙膑下山骑青牛，
   孙膑挂的双拐棍，单打毛蹦结冤仇。

10. 十月里来哟是冬天，刘全敬瓜到民间，
    下年不为别的事，单为探亲李翠莲。

11. 十一月里来是隆冬，唐僧取经到西天，
    悟能悟净孙悟空，取得真经回大唐。

12. 十二月里来哟一年满，纸糊大纱灯挂门前，
    风吹纱灯咕噜噜地转，这就是珍珠倒卷帘。

（五台县）

伍子胥过江

1 = ♭B 4/4

韩中林 唱
朱书义 记

2 6 1 2 3 0 3 2 | 2 6 2 2 7 0 6 5 | 7 #1 2 5 5 3 |
男：王家女 我 出村 庄， 怀中我 抱的些

3 2 2 6 5 — | 3 2 1 — 6 2 | 7 6 6 5 6 1 3 2 |
烂 衣 裳。 今 日 打从 兖 州儿过

7 1 1 2 5 5 5 3 | 7 1 2 2 5 — | 1 1 3 1 6 5 |
皇王 庙上 有人降 香。 嗯哎 唉哟

$\stackrel{\frown}{7\ \dot1}\ \stackrel{\frown}{\dot2\ 5}\ 5\ \stackrel{\frown}{3}\ |\ \stackrel{\frown}{\dot1\ 3}\ \stackrel{\frown}{\dot2\ 6}\ 5\ -\ \|$

皇王　庙上　有人降　香。

女：王家女我出村庄，怀中我抱的些烂衣衫，
　　今日从打兖州过，龙王庙上有人降香。

　　十里长亭人来往，长亭路上有个王家庄，
　　王家庄有个王员外，他生了一子叫王祥。

　　他的娘得了死儿病，一心想吃鲤鱼汤，
　　手拿银钱无处买，王祥为鱼躺在冰上。

　　惊动天来惊动地，惊动四海老龙王，
　　老龙王见他是孝子，舍了鱼儿才求王祥。

　　正行走来用目观，不觉来到江岸上，
　　王家女来到江边坐，见大路上来了个马表还。

男：八月中秋桂花香，行人路上马蹄忙，
　　伍员马上自思想，骂一声无道的楚平王。

　　前山里看见杨有基，后山里又见刘大王，
　　杨有基见我是好将，他救我子胥投外邦。

　　一人一马一杆枪，怀中我抱的小君王，
　　伍员马上抬头看，江岸上坐的个女娥环。

　　伍员马上拱拱手，问一声洗衣的女娥环，
　　哪边下水浅好过江，哪里水深难过江。

秧歌

女：王家女我站起拿礼还，叫一声军爷你听我言，
　　上江里水浅过好江，下江里水深有万丈。

男：左看你不是船家女，右看你不像打鱼郎，
　　看你是富道人家女，你咋知上江里好过江。

女：我的父本是船家汉，我当初还是打鱼郎，
　　一日三次来送饭，从小水性练得强。

　　军爷你是那地方，看你和庶民不一般，
　　看起来你像一员将，好似朝廷怪罪逃外乡。

男：良家女看出我的相，回头来我叫声女娥环，
　　爷本是伍子胥楚国的将，为黎民闯下祸出走外邦。

女：一听军爷对我讲，骂一声无道楚平王，
　　军爷本是忠良将，良家女指引你快过江。

男：伍员我打马过长江，回头来叫声女娥环，
　　后边有人来追赶，千万不要说爷过江。

女：一见军爷他过了江，后边的人马来追赶，
　　不知人马有多少，人马横尘遮太阳。

　　我有心说了真情话，军爷骂我是小贱娘，
　　我要不说真情话，刀枪棍棒落在我身上。

　　千难万难难住我，江岸上难住我女娥环，
　　我拿上腰裙蒙头上，怀抱顽石投了江。

王家女我投了江，我旋一个旋风把马拦，
　　旋风旋在马前面，马鼻摆尾不敢走前。

男：伍员马上用目观，见一个旋风把马拦，
　　你是神来你升天上，你是鬼来你入地安。

女：我不是神来不是鬼，我是江岸上的女娥环。
男：既然你是女娥环，为何死去把马拦。

女：我指军爷你过了江，官兵人马到江边。
男：纵然官兵到江边，也不能逼你投了江。

女：我要说了真情话，军爷你不比官兵的强，
　　我要不说真情话，刀枪棍棒落在我身上。

　　千难万难难住我，江岸上难住我女娥环，
　　我怀抱顽石投了江，投江一死我把马拦。

男：一听是江岸上的女娥环，好叫子胥我心不安，
　　日后军爷我回来转，在江岸上给你修庙堂。

　　娥环为我把命亡，一定要给你盖庙堂，
　　注名娥环你是烈性女，万古流传把名扬。

　　无道昏君杀忠良，害得黎民也都不安，
　　日后伍员把楚国返，定要鞭打你楚平王。

秧歌

（五台县）

送 寒 衣

1 = G 2/4

较慢 思念地

韩中林 唱
朱书义 记

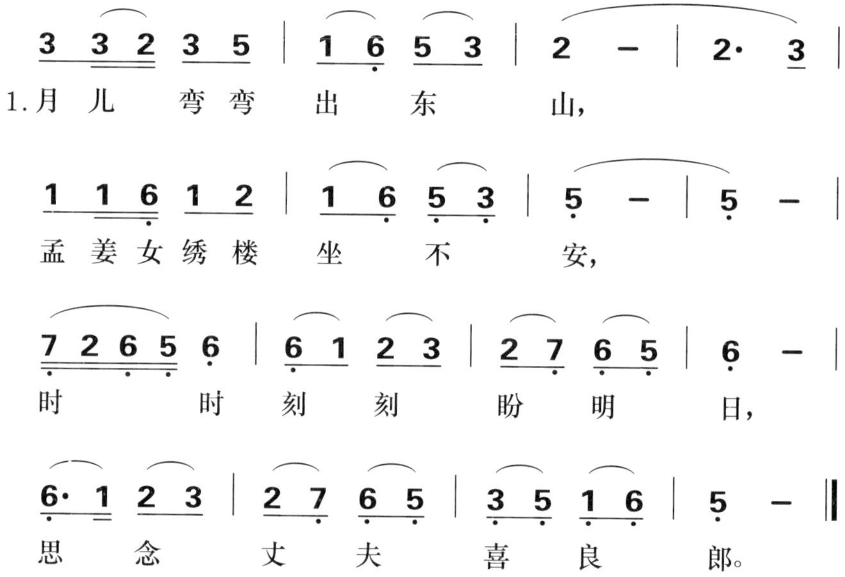

民歌 五台山

1. 月儿弯弯出东山，
孟姜女绣楼坐不安，
时时刻刻盼明日，
思念丈夫喜良郎。

2. 月儿弯弯正是东，
　孟姜女丈夫走外边，
　人家中秋在团圆，
　我与丈夫两离分。

3. 月儿弯弯正向南，
　照与千家万户庄，
　夫妻恩爱在人间，
　为何天河隔两岸。

4. 月儿弯弯圆又圆，
　三纲五常在心中，
　夫为妻纲人人知，
　心中不停念怀情。

5. 月儿弯弯高又高，
　喜郎丈夫充外交，
　家留妻子谁照看，
　恩爱桂花何人浇。

6. 月儿弯弯已偏西,
　　绣楼站起孟姜女,
　　随带银两连身动,
　　要与喜郎送寒衣。

7. 月儿弯弯明又明,
　　孟姜女丈夫筑长城,
　　哪怕万里迢迢路,
　　送与寒衣是侬情。

8. 月儿弯弯亮光光,
　　孟姜女恨透秦始皇,
　　要筑长城你自己筑,
　　为何害我喜良郎。

9. 月儿弯弯偏西沉,
　　风云遮住满天星,
　　一阵黑来一阵明,
　　寻找喜郎脚不停。

10. 月儿弯弯落了山,
　　孟姜女希望到边关,
　　不怕山高路长远,
　　夫妻相会情意长。

（五台县）

秧歌

大 钉 缸
（四）

赵永杰 杜俊英 唱
赵二柱 郭俊华 整理

$1 = G \quad \frac{2}{4}$

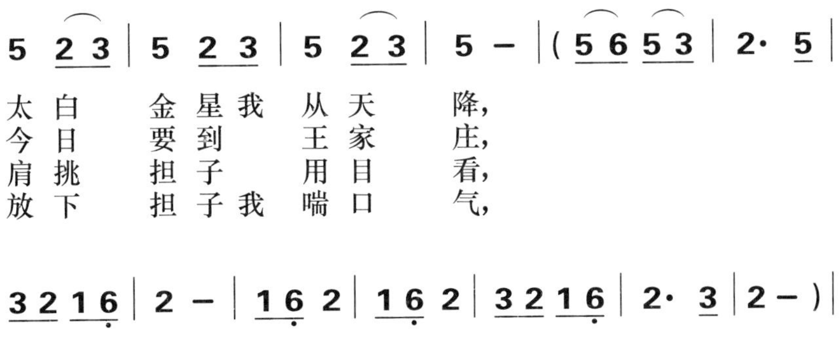

| 5 2̂3 | 5 2̂3 | 5 2̂3 | 5 — | (5̲ 6̲ 5̲ 3̲ | 2·5 |

太白　　金星我　从天　　降,
今日　　要到　王家　　庄,
肩挑　　担子我　用目　　看,
放下　　担子我　喘口　　气,

| 3̲ 2̲ 1̲ 6̣ | 2 — | 1̲ 6̣ 2 | 1̲ 6̣ 2 | 3̲ 2̲ 1̲ 6̣ | 2·3 | 2 —) |

| 5 55 | 3 5 3 2 | 6̣ 5 | 1 — | (2 5 1 6̣ | 5· 1̇ |

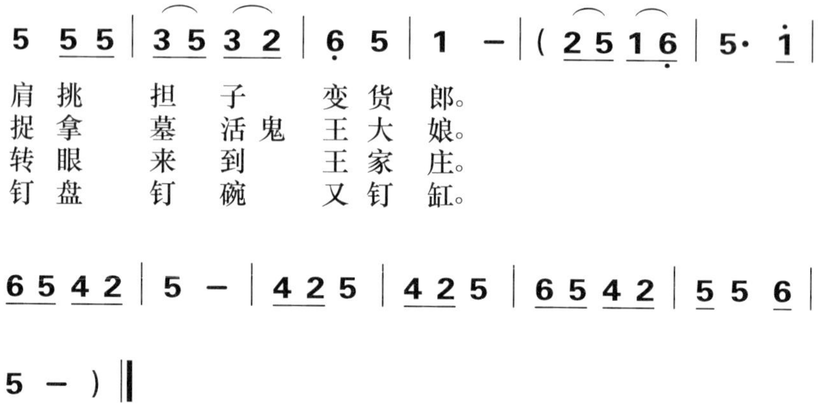

肩 挑　担　子　变　货　郎。
捉 拿　墓　活　鬼　王　大　娘。
转 眼　来　到　王　家　庄。
钉 盘　钉　碗　又　钉　缸。

| 6 5 4 2 | 5 — | 4 2 5 | 4 2 5 | 6 5 4 2 | 5 5 6 |

5 —) ‖

男（边上场边唱）：钉盘碗来——钉缸来——
　　我是太白金星奉玉帝旨意，
　　下凡捉拿墓活鬼王大娘。
　　看见王大娘藏身的瓶钵已破，
　　我化成钉缸的匠人捉他去哇。
唱：太白金星我从天降，
　　肩挑担子变货郎。
　　今日要到王家庄，
　　捉拿墓活鬼王大娘。
　　肩挑担子用目看，
　　转眼来到王家庄。
　　放下担子我喘口气，
　　（吆喝一声）钉盘钉碗又钉缸。
　　钉盘碗来，钉缸来。
女（边上场边唱）：
　　王大娘我正在炕上坐，
　　忽听门外来钉缸。
　　双手推开门两扇，

转眼来到大街上。

白：咳吱呜呜吱呜呜

这是个做甚的?

男：问我哩，钉缸的们做甚的。

女：哦，是个钉缸的，问你外一道疙疤多少钱?

男：一道疙疤三吊钱，

女：三吊钱了，贵了哇!

男：贵了? 就是这个价钱，钉呀不，不钉我就走了。

女：哎——不要走，不要走，钉哇钉哇。

外你搬缸来哇。

女唱：你说多少就多少，

给你个铜钱水上漂。

男唱：你的身世我知道，

今天定叫你是难逃。

女唱：搬出我的腌菜缸，

男唱：钉缸的我就把活儿领。

女唱：钉缸的你给好好钉。

男唱：十字八道我捆了紧。

男对众人白：这就是瓶钵化的腌菜缸（边看缸边说）

这就是你的外缸，十字八道破成个这！（再看王大娘）

哎，我说王大娘：

女：哦!

男：刚才看了你的外缸，和你长得一样，不是你和缸长得一样。

女：此话怎讲?

男：黑扑些儿黑扑些的真个好看了，

女：你这是骂我了哇，黑还能好看了。

男：哎——常言说得好，"白丑黑胡相，越看越预想。"

秧歌

女：你慌慌儿钉你的缸哇，甚不甚钉得耐耐的。

男：咻我钉哇。（左手拿起金刚钻，右手拉开长弓弓儿）

女：钉哇。

男唱：看见王大娘真好看，
　　　好比嫦娥下尘凡。
　　　不顾钉缸只顾看，
　　　溜脱锤锤打了缸。

男白：啊呀，打了！

女白：啊呀呀！叫你钉得耐耐的、耐耐的，你整个笨笨的给钉烂了，你赔哇！

男白：咻咋闹呀，赔上个新缸哇！

女：新缸没有旧缸好。

男：我阿赔，我赔你个甚了？

女怒气冲冲唱：贼眉鼠眼你看老娘，
　　　　　　　为何打了我的缸。

男唱：一看事情已办妥，
　　　担起担担走它娘。

女唱：王大娘后边忙追赶，
　　　你想逃跑难上难。

男唱：调来虾兵和蟹将，
　　　今日大战王家庄。
　　　我手指天空发金光，
　　　（王大娘发晕）
　　　调来天兵收了王大娘。
　　　（王大娘晕倒）

（五台县）

圪缭缭儿

王芝伟 唱
书平 整理

众位乡亲你们来看秧歌，我把我的这不得劲说上外一阵阵儿。我老汉今年六十六做什么也有些圪缭缭儿。①

正月里喂下个小猪猪儿，辛辛苦苦喂到腊月儿，白脖脖儿扎了一刀刀儿，屍塌骨②上露出刀尖尖儿。

二月里喂下个小花猫儿，叫她为咱逮姑姑儿，不知多会儿吃了个死姑姑儿，一阵阵儿要了个小命命儿。

三月里喂下个北京的兔儿，直说说我养咱兔挣两个钱儿，邻家们跑出个小狗狗儿，吃了兔留下小尾巴巴儿。

四月里喂下个小狗狗儿，叫它看咱的孤院院儿，不知多会儿崩断铁链链儿，吃了我老汉的小鸡鸡儿。

注：①圪缭缭儿——方言，意为不顺当。
②屍塌骨——方言，指人体胯骨，即髋骨的通称。

秧歌

（五台县）

水刮五级村

王芝伟 唱
玉堂 书平 整理

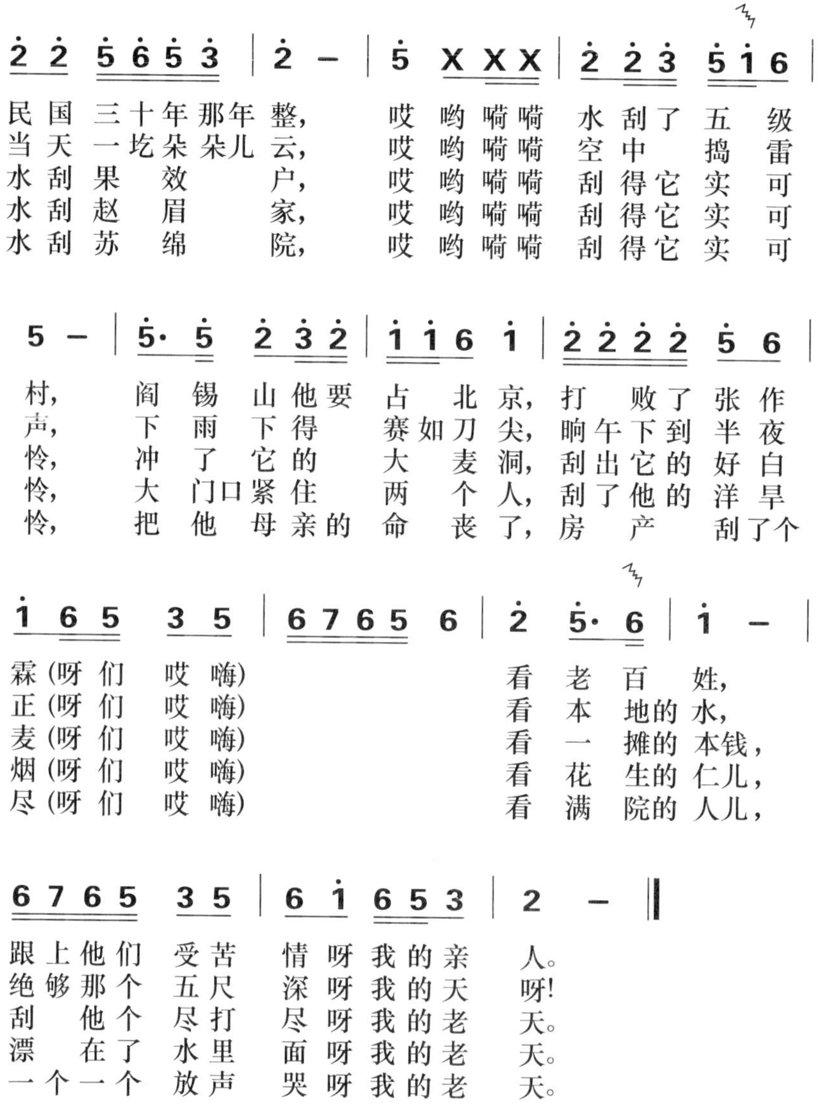

1 = B 2/4

民歌五台山

```
2 2 5 6 5 3 | 2 - | 5 X X X | 2 2 3 5 1 6 |
```
民 国 三 十 年 那 年 整， 哎 哟 嗬 嗬 水 刮 了 五 级 雷 可 可
当 天 一 圪 朵 朵 儿 云， 哎 哟 嗬 嗬 空 中 捣 实 可 可
水 刮 果 效 户，   哎 哟 嗬 嗬 刮 得 它 实 实 可 可
水 刮 赵 眉 家，   哎 哟 嗬 嗬 刮 得 它 实 实 可 可
水 刮 苏 绵 院，   哎 哟 嗬 嗬 刮 得 它 实

```
5 - | 5· 5 2 3 2 | 1 1 6 1 | 2 2 2 2 5 6 |
```
村，   阎 锡 山 他 要 占 北 京 打 败 了 张 作 夜
声，   下 雨 了 得 如 尖 响 到 的 半 白 旱
怜，   冲 了 它 住 大 刀 洞 出 它 好 刮
怜，   大 门 紧 的 两 麦 人 刮 他 洋 了 个
怜，   把 他 母 亲 的 命 丧 了， 房 产

```
1 6 5  3 5 | 6 7 6 5  6 | 2 5· 6 | 1 - |
```
霖 (呀 们 哎 嗨)   看 老 百 姓，
正 (呀 们 哎 嗨)   看 本 地 的 水，
麦 (呀 们 哎 嗨)   看 一 摊 的 本 钱，
烟 (呀 们 哎 嗨)   看 花 生 的 仁 儿，
尽 (呀 们 哎 嗨)   看 满 院 的 人 儿，

```
6 7 6 5  3 5 | 6 1 6 5 3 | 2 - ‖
```
跟 上 他 们 受 苦 尺 情 呀 我 的 亲 人。呀！
绝 够 那 个 五 打 呀 我 的 天 天。
刮 他 个 尽 里 呀 我 的 老 天。
漂 在 了 水 放 面 呀 我 的 老 天。
一 个 一 个 声 哭 呀 我 的 老 天。

（五台县）

五 月 花

王芝伟 唱
玉堂 书平 整理

1 = F 2/4

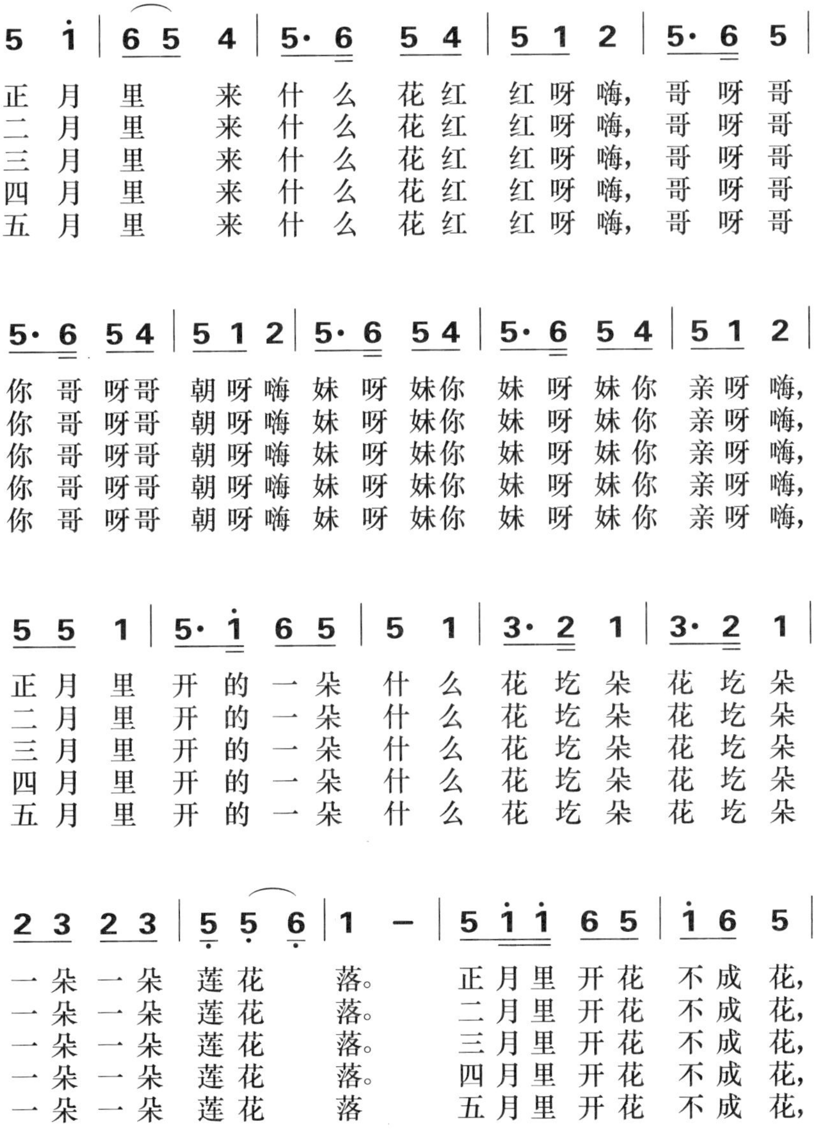

秧歌

```
5  1  | 6 5  4 | 5·6  5 4 | 5 1 2 | 5·6  5 |
```
正 月 里 来 什 么 花 红 红 呀 嗨，哥 呀 哥
二 月 里 来 什 么 花 红 红 呀 嗨，哥 呀 哥
三 月 里 来 什 么 花 红 红 呀 嗨，哥 呀 哥
四 月 里 来 什 么 花 红 红 呀 嗨，哥 呀 哥
五 月 里 来 什 么 花 红 红 呀 嗨，哥 呀 哥

```
5·6  5 4 | 5 1 2 | 5·6  5 4 | 5·6  5 4 | 5 1 2 |
```
你 哥 呀 哥 朝 呀 嗨 妹 呀 妹 你 妹 呀 妹 你 亲 呀 嗨，
你 哥 呀 哥 朝 呀 嗨 妹 呀 妹 你 妹 呀 妹 你 亲 呀 嗨，
你 哥 呀 哥 朝 呀 嗨 妹 呀 妹 你 妹 呀 妹 你 亲 呀 嗨，
你 哥 呀 哥 朝 呀 嗨 妹 呀 妹 你 妹 呀 妹 你 亲 呀 嗨，
你 哥 呀 哥 朝 呀 嗨 妹 呀 妹 你 妹 呀 妹 你 亲 呀 嗨，

```
5 5  1 | 5·i  6 5 | 5  1 | 3·2  1 | 3·2  1 |
```
正 月 里 开 的 一 朵 什 么 花 圪 朵 花 圪 朵
二 月 里 开 的 一 朵 什 么 花 圪 朵 花 圪 朵
三 月 里 开 的 一 朵 什 么 花 圪 朵 花 圪 朵
四 月 里 开 的 一 朵 什 么 花 圪 朵 花 圪 朵
五 月 里 开 的 一 朵 什 么 花 圪 朵 花 圪 朵

```
2 3  2 3 | 5̣ 5̣ 6̣ | 1 - | 5 1 1 6 5 | i 6 5 |
```
一 朵 一 朵 莲 花 落。正 月 里 开 花 不 成 花，
一 朵 一 朵 莲 花 落。二 月 里 开 花 不 成 花，
一 朵 一 朵 莲 花 落。三 月 里 开 花 不 成 花，
一 朵 一 朵 莲 花 落。四 月 里 开 花 不 成 花，
一 朵 一 朵 莲 花 落。五 月 里 开 花 不 成 花，

民歌 五台山

| 2 3 3 2 1 | 2 6̣ 5̣ | 5̇·1̇ 6 5 | 1̇ 6 5 |

正月里开的　蜡烛花，　蜡烛开花　倒打烛，
二月里开的　大豆花，　大豆开花　随风摆，
三月里开的　山药花，　山药开花　结圪旦，
四月里开的　洋烟花，　洋烟开花　四片片，
五月里开的　莲豆花，　莲豆开花　上了架，

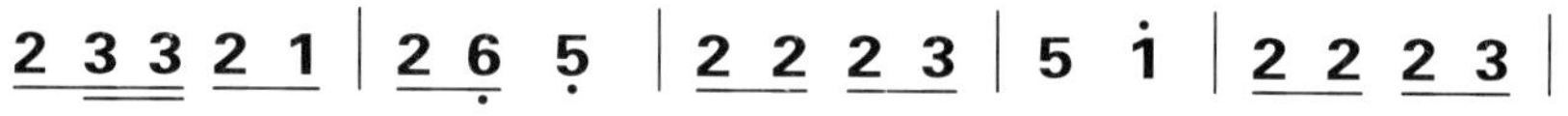

| 2 3 3 2 1 | 2 6̣ 5̣ | 2 2 2 3 | 5 1̇ | 2 2 2 3 |

如今的姑娘　爱喇嘛，　妹子花花　开嗨　亲呀哥哥
如今的姑娘　爱老汉，　妹子花花　开嗨　亲呀哥哥
如今的姑娘　爱打扮，　妹子花花　开嗨　亲呀哥哥
姑娘们大了　抽洋烟，　妹子花花　开嗨　亲呀哥哥
妹子想咱　咱瞅她，　妹子花花　开嗨　亲呀哥哥

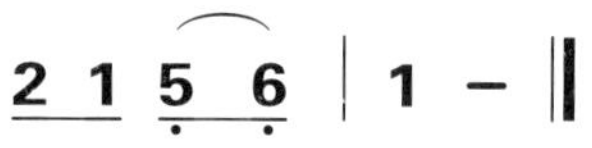

| 2 1 5̣ 6̣ | 1 - ‖

爱呀不爱。
爱呀不爱。
爱呀不爱。
爱呀不爱。
爱呀不爱。

（五台县）

转　旺　火

王芝伟 唱
玉堂 书平 整理

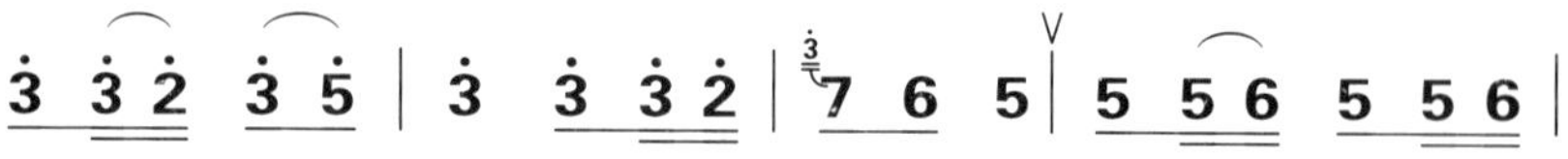

1 = ♭B　2/4

| 3̇ 3̇ 2 3̇ 5̇ | 3̇ 3̇ 3̇ 2̇ | 7̣ 6 5 | 5 5 6 | 5 5 6 |

女：我老人　　今年　六十七，满肚　委屈

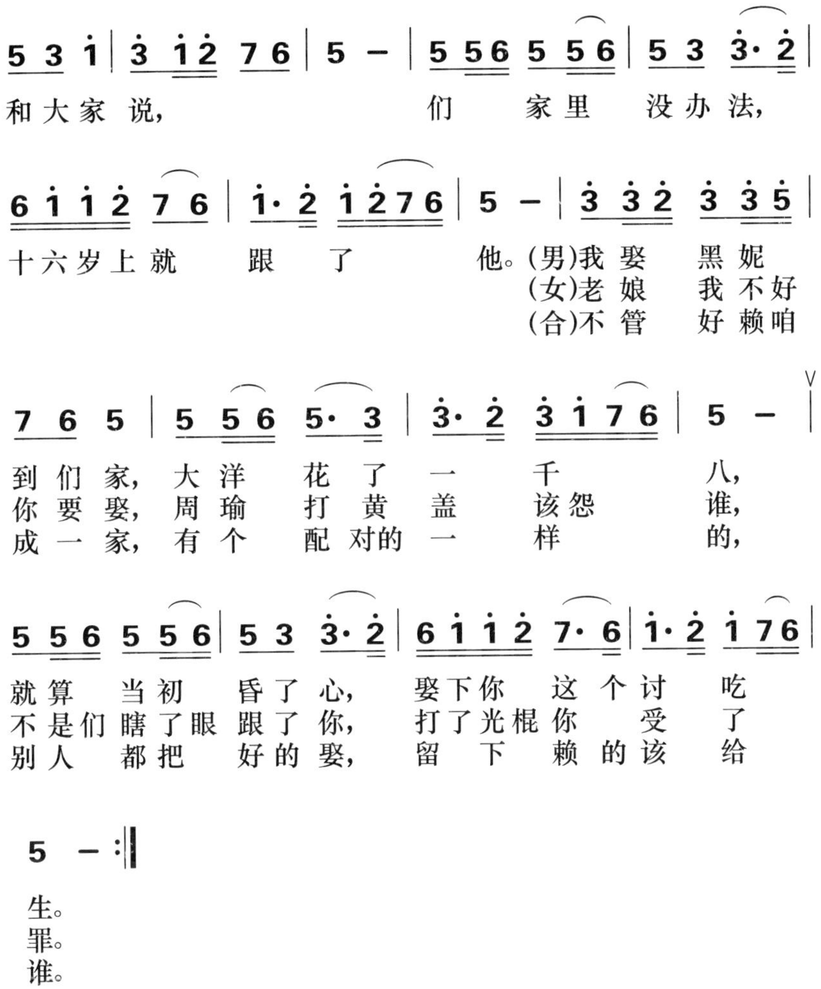

秧歌

```
5 3 1 | 3̇ 1̇2̇ 76 | 5 - | 5 5̇6̇ 5 5̇6̇ | 5 3 3·2̇ |
```
和大家 说,　　　们　家里　没办法,

```
6 1̇ 1̇2̇ 76 | 1̇·2̇ 1̇2̇76 | 5 - | 3 3̇2̇ 3 3 5 |
```
十六岁上就　跟　了　他。(男)我 娶　黑 妮
　　　　　　　　　　　　(女)老 娘　我 不 好
　　　　　　　　　　　　(合)不 管　好 赖 咱

```
7 6 5 | 5 5̇6̇ 5·3 | 3·2̇ 3 1̇76 | 5 - |
```
到 们 家,大 洋　花了一　千　　八,
你 要 娶,周 瑜　打黄盖　该 怨　谁,
成 一 家,有 个　配对的　一　样　的,

```
5 5̇6̇ 5 5̇6̇ | 5 3 3·2̇ | 6 1̇ 1̇2̇ 7·6 | 1̇·2̇ 1̇76 |
```
就算 当初　昏 了 心,娶下 你　这个 讨 吃
不是 们瞎　了眼 跟 了 你,打了 光棍你　受 了
别人 都把　好 的 娶,留下　赖的 该 给

```
5 - ‖
```
生。
罪。
谁。

女：们长得不好福气大，一连生了七个娃；
　　五男二女好人家，老来老时们有办法。

男：直到如今作了个咋？人家各家管各家；
　　小时候咋个养活他，实实把咱劳累煞。

女：说起苦来真不假，屎一把来尿一把；
　　白天跟你把地下，黑夜还要补鞋袜。

男：早早地起半夜睡，没明没黑地舍上命；
　　一个人养活九口人，大家说说我累不累。

女：乡亲们，我给你们说，做下好吃的都往上扑；
　　老大打得老二哭，老三咬住了老四的脚。

男：有一天做下些稀罕的，红面饺饺儿馏山药；
　　们两口还没有上了炕，就叫他们吃了个光。

女：乡亲们我给你说，说起穿戴就想哭；
　　引上娃娃们到街上，狗咬人骂们跟不上人。

男：因为们生养的娃娃多，咋能穿上些好衣裳；
　　冬天见不上棉袄袄，夏天换不了虱子窝。

女：小时候怕他们长不大，长大了又添满肚愁；
　　吃穿倒也能将就，又愁没个配对的。

男：老大今年二十七，好容易找下个对事的；
　　连问代婆促了个紧，票票花了个尽打尽。

女：一起生活了一年多，媳妇提出要分窝；
　　给人家盖了三间房，箱箱柜柜都带上。

男：老大刚刚愁肠过，老二老三也二十多；
　　钱没钱来粮没粮，将后的生活愁煞我。

女：舍不得吃舍不得穿，一分一厘把钱攒；
　　一家人紧煞四五年，两个媳妇过了门。

男：求朋友我结弟兄，东挪西借又盖房；
　　盖起新房分开住，人家还要配电器。

女：愁了个愁气了个气，又给那买下电视机；
　　人家欢喜住新房，饥荒愁得们白了发。

男：四小五小们管不了他，们两个想下个好办法；

不管人家富和穷，兄弟两个招出格哇。

女：两个闺女咱不愁她，自由恋爱把对象拉；
不摆宴席不请人，跟了哪家算哪家。

男：娶的娶嫁的嫁，留下们两个瘦皮巴；
住得一间破南房，吃了上顿没下顿。

女：现在后悔也来不及，两口儿对坐悄悄地哭；
直说多子老来福，哪想到如今轮饭吃。

男：三个媳妇谁看谁？两口儿一走就吃好的；
头头脸脸叫们看，指猪骂狗是家常饭。

女：大年初一们起得早，不知道该到哪家好；
站到旺火边转遭遭，看人家谁家把们叫。

男：孙子出来对们说："爷爷娘娘到们家"。
他妈出来打了他两巴掌："今天轮到你婶婶家。"

女：二媳妇家也不要，"大月小月差一天"；
一听这话我泪淹心，有儿有女没人管。

男：叫声老婆你不要哭，你哭我心里也难过；
沿街讨饭相跟上，黄泉路上你和我。

合：乡亲们我跟你们说，千万不要多生育；
多一尊爷爷多炷香，老来还落个没下场。

尾声：计划生育一胎好，青年男女要牢记；
千万不要多生育，齐奔小康在今朝。

（五台县）

刘三推车

康玉九 唱
奋臻 玉堂 书平 记

1 = G 2/4

```
5 5 1 5· | 2 5 5  5 2· | 5 5 1 2  5 1 6 | 5 1 2  5 5 2 3 |
```
1. 正月十五 闹元宵， 家家户 户 把灯
2. 出的门来 往西瞧， 日头还 有 丈数
3. (女)正月十五 闹元宵， 家家户 户 把灯
4. (男)听她言来 嘴儿巧， 原来是 个 女娇

```
2 1 5 5· | 0 1 1  5 0 | 5 1 6  5 1 2 | 2 1 5  5· |
```
瞧， 刘三我 在家 好心 焦，
高， 回头来 我把 门锁 上。
瞧， 我要到 扬州 观灯 去。
娇， 你要到 扬州 观灯 去。

```
5 5 1 2  5 1 6 | 5 1 2  5 5 1 2 | 2 1 5 5 | 2· 3  2 1 5 |
```
光棍儿的 苦 数 谁知 道。 哎嗨哟
谁雇 我的 小车 把灯 瞧。 哎嗨哟
要雇 你的 小车 走一 遭。 哎嗨哟
要了 我的 狗命 也去不 了。 哎嗨哟

```
5 5 1 2  5 1 6 | 5 1 2  5 5 1 2 | 2 1 5  5· ‖
```
光棍儿的 苦 数 谁知 道。
谁雇 我的 小车 把灯 瞧。
要雇 你的 小车 走一 遭。
要了 我的 狗命 也去不 了。

民歌五台山

5. （女）：你说扬州去不了，能到哪里由你挑。
6. （男）：给钱多少由你掏，我推上小车走一遭。
7. （女）：刘三哥你快来瞧，什么地方好热闹，依呀呀依呀嗨，什么地方我也不知道。

（五台县）

打 秋 千

1 = ♭B 2/4

董俊 田韶南 记

秧歌

3 3̇2̇ | 5 5 | 3̇5 3 3̇2̇ | 3̇ 3̇2̇1 | 3̇56̇ 1̇·2̇ |

正月子 十五 闹元（呀么子）宵　　一伙子

3̇ 2̇3̇3̇ | 2̇1̇ 65 | 3 - | 5̇·6̇ 1̇ | 2̇ 7 65 |

秧歌就么 上　来　了。　　大姐就　把

35 552 | 2 - | 1̇·1̇ 6̇1̇6̇1̇ | 353 3 |

二妹 子（呀么） 叫，　二妹 子（呀儿） 听见 了，

1̇·1̇ 6̇1̇6̇1̇ | 353 3 | 2̇·1̇ 2̇ - | 1̇·2̇ 35 |

顾不得 梳头就 往外 跑，(哎嗨嗨)　锣 鼓这

3̇2̇ 1̇3̇ | 2̇1̇ 6̇ | 1̇·6̇ 53 | 5 - ‖

喧　天　好得热 闹。

（五台县）

大红公鸡毛腿腿

1 = G 2/4

张兰爱 唱
朱生和 记

快速

5 3 3 2 5 | 1 2 6 5 | 5 3 3 2 5 | 2 — |
大(得儿) 红 公 鸡 毛(得儿) 腿(儿) 腿,
两(得儿) 米米稀 粥 熬(得儿) 白(儿) 菜,
翻(得儿) 穿那皮 袄 毛(得儿) 朝 外,

5· 3 2 5 | 1 2 6 5 | 7 1 2 2 6 | 5 — |
吃 不 上些东 西 白 跑了(个) 腿。
你(得儿) 才是小妹 妹的 心 爱(呀) 爱。
人(得儿) 里头挑 人 就数 哥哥你 帅。

7· 1 7 1 | 2 3 2 1 7 1 | 2 2 6 5 | 2 3 2 1 7 1 7 1 |
生 哎 斯拉拉生拉 在呼儿 咳, 巧不的个 拉大拉大

2 2 6 5 | 2 3 5 | 5 1 6 5 | 1 2 6 5 | 1 2 6 5 |
依呀呼 咳, 杨柳(那) 冬夏 常青 一溜果果 一溜果果

1 1 2 6 5 | 3 2 3 6 5 | 1 2 6 5 | 1 2 6 5 |
哟依儿哟呀 依哟儿哟呀 光明灯照, 马家来呀,

5555 5555 | 1 2 5555 | 5 1 2 2 6 | 5 — ‖
七令令令 八拉拉拉 改得儿哗拉拉拉 杨柳 青呀呼 咳。

(五台县)

跑　　船

（七字调）

（一）

边树堂 唱
奋臻 玉堂 书平 整理

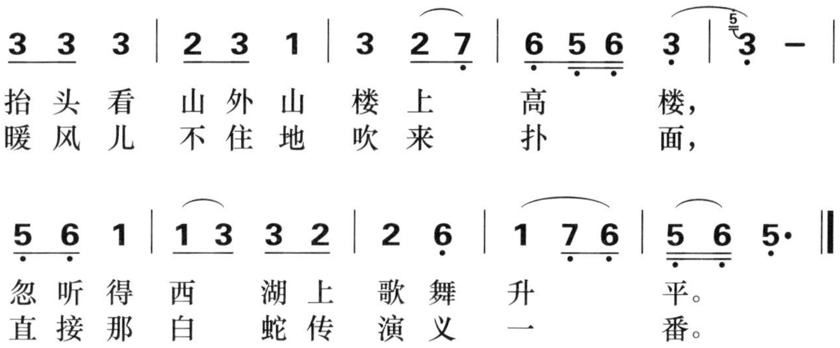

1 = G 2/4

3 3 3 | 2 3 1 | 3 2 7 | 6 5 6 | 3 | 3 — |
抬头看　山外山　楼上　高　　楼，
暖风儿　不住地　吹来　扑　　面，

5 6 1 | 1 3 3 2 | 2 6 | 1 7 6 | 5 6 | 5· ‖
忽听得　西湖上　歌舞　升　　平。
直接那　白蛇传　演义　一　　番。

（五台县）

秧歌

跑　　船

（十字调）

（二）

边树堂 唱
奋臻 玉堂 书平 整理

1 = ♭B 4/4

6 6 5 | 6· 5 | 3 5 3 3 | 3 3· 5 | 2 7 6 5 |
昨夜晚　　　　　　　　月老
因此上　　　　　　　　化美

2 #1 2 | 3 3 5 7 6 | 5· 6 | 3 7 6 | 6 5· | 6 — |
仙　　他来　　传　宣，
女　才貌　　双　全，

—411—

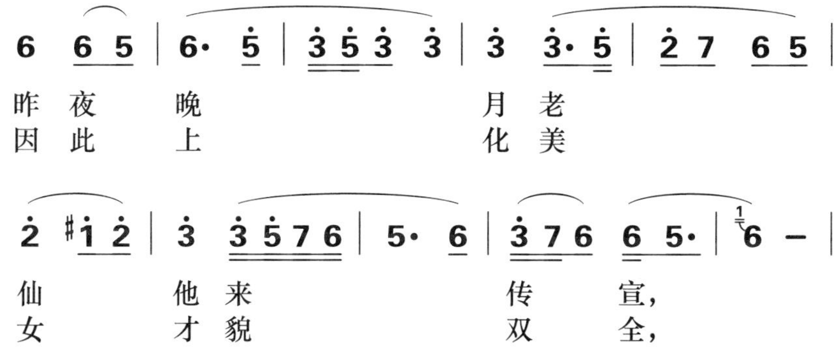

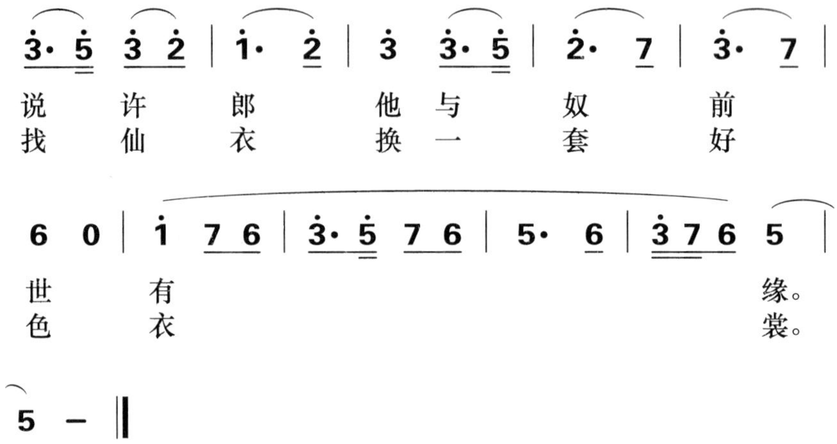

| 3·5 32 | 1· 2 | 3 3·5 | 2· 7 | 3· 7 |

说　许　郎　　他　与　　奴　　前
找　仙　衣　　换　一　　套　　好

| 6 0 | 1 76 | 3·5 76 | 5· 6 | 3 765 |

世　有　　　　　　　　　缘。
色　衣　　　　　　　　　裳。

| 5 — ‖

（五台县）

大 卖 菜

（一）

王玉堂 唱
奋臻 志强 记

1 = F 2/4

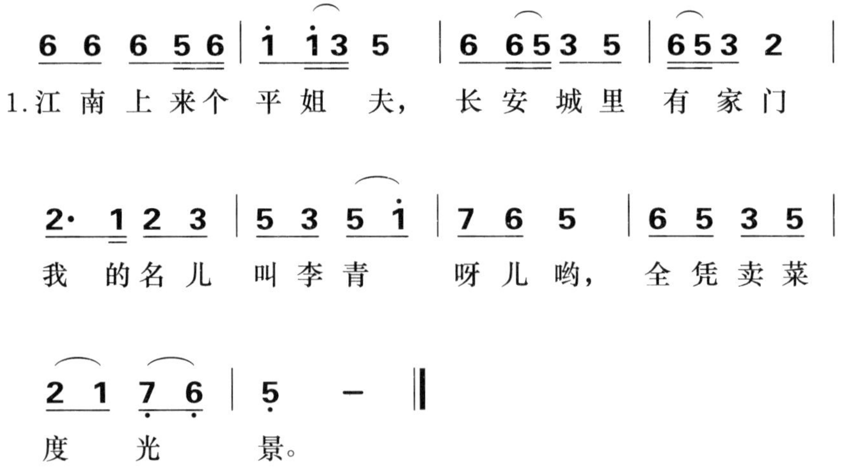

| 6 6 6 56 | 1 1 3 5 | 6 6 5 3 5 | 6 5 3 2 |

1.江南上来个平姐夫，长安城里有家门

| 2· 1 2 3 | 5 3 5 1 | 7 6 5 | 6 5 3 5 |

我的名儿叫李青　呀儿哟，全凭卖菜

| 2 1 7 6 | 5 — ‖

度　光　景。

2.太阳上来映山红,担上担担出了门。今日不要别村去,呀儿哟,一心要到东山村。

3.那一天东山去卖菜,观见女花好耍笑,今日一心到东村,呀儿哟,去找女花谈谈心。

4.三月里一路桃杏花开,四月里梨花一片片白,担担放在留平地呀儿哟,吆喝了几声卖菜来。

5.高吆喝几声卷心白,低吆喝几声白皮葱,鲜姜辣椒搁在内呀儿哟,芫荽大蒜在后边。

6.所担菜蔬吆喝尽,拿起扇子凉凉风,假装瞌睡丢了盹,呀儿哟,单等女花来耍笑。

7.正在绣房里边纺棉花,耳忽听门外叫喳喳,今天无有吃得菜,呀儿哟,买些菜来早回家。

8.东瞅西瞭没有人,观见卖菜的睡蒙眬,我把他的菜筐挑回家,呀儿哟,你还不知是何人。

9.卖菜的正在睡蒙眬,耳听的菜筐响一声,忙把眼来睁开看,呀儿哟,原来是女花来耍笑。

10.你是谁家的女孩童,挑我的菜筐为何情?你家也有爹和娘,呀儿哟,叫他出来把理评。

11.我爹东河去打渔,我妈西山去找亲,家中留下奴一人,呀儿哟,谁和你来把理评。

12.你家无有评理人,手拉手儿去县城,咱二人跪在留平地,呀儿哟,叫那大老爷把理评。

13.奴观见李青怒冲冲,吓得奴家胆战心惊,今天让了奴一遭,呀儿哟,不忘你的好恩情。

14.你要记我的好恩情,咱俩成亲行不行,我把扇子交给你,呀儿哟,你把绣鞋递在我手中。

(五台县)

游五台山

1 = D 2/4

宋芝英 唱
朱生和 记

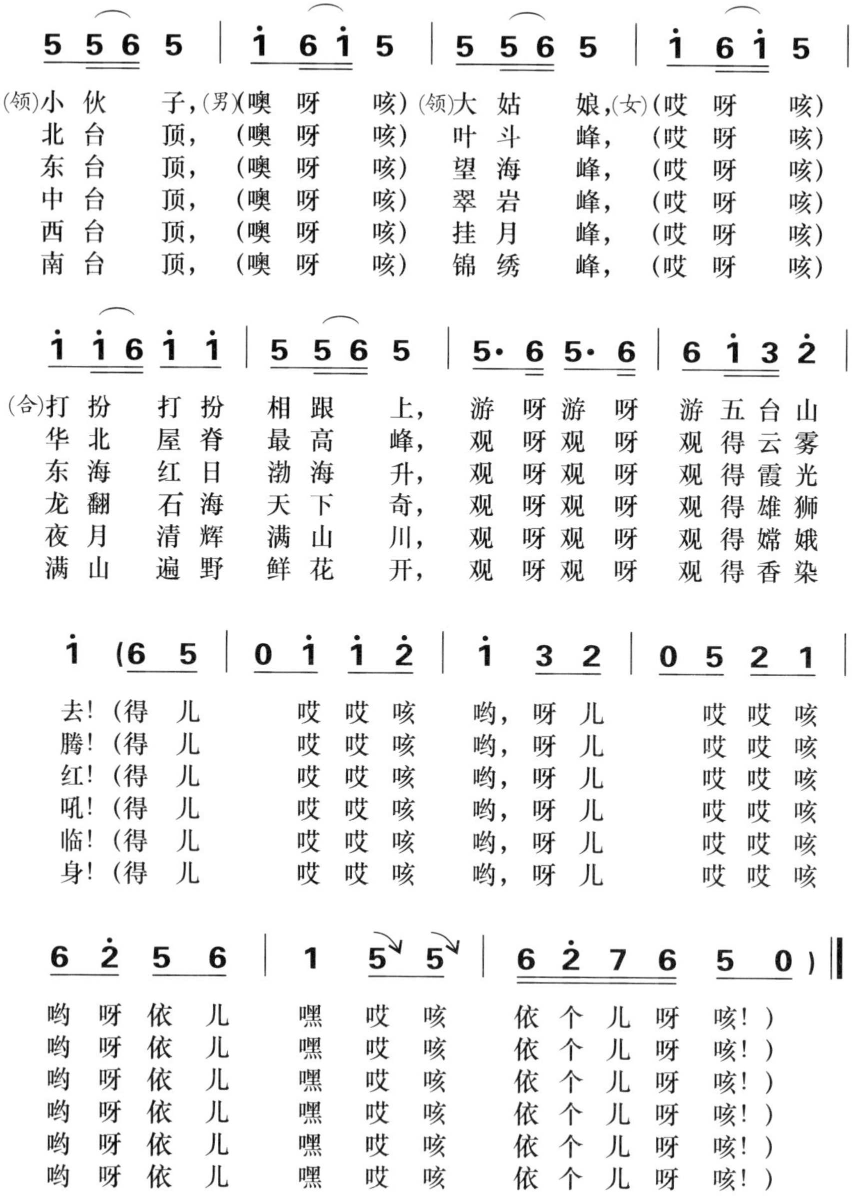

| 5 5 6 5 | i 6 i 5 | 5 5 6 5 | i 6 i 5 |

(领)小 伙 子,(男)(噢 呀 咳) (领)大 姑 娘,(女)(哎 呀 咳)
　　北 台 顶,　　(噢 呀 咳) 　　叶 斗 峰,　　(哎 呀 咳)
　　东 台 顶,　　(噢 呀 咳) 　　望 海 峰,　　(哎 呀 咳)
　　中 台 顶,　　(噢 呀 咳) 　　翠 岩 峰,　　(哎 呀 咳)
　　西 台 顶,　　(噢 呀 咳) 　　挂 月 峰,　　(哎 呀 咳)
　　南 台 顶,　　(噢 呀 咳) 　　锦 绣 峰,　　(哎 呀 咳)

| i i 6 i i | 5 5 6 5 | 5· 6 5· 6 | 6 i 3 2 |

(合)打 扮 打 扮 相 跟 上, 游 呀 游 呀 游 五 台 山
　　华 北 屋 脊 最 高 峰, 观 呀 观 呀 观 得 云 雾 光
　　东 海 红 日 渤 海 升, 观 呀 观 呀 观 得 霞 雄 狮
　　龙 翻 石 海 天 下 奇, 观 呀 观 呀 观 得 嫦 娥
　　夜 月 清 辉 满 野 鲜 花 开, 观 呀 观 呀 观 得 香 染
　　满 山 遍 野 鲜 花 开,

| i (6 5 | 0 i i 2 | i 3 2 | 0 5 2 1 |

去!(得 儿 　 哎 哎 咳 　 哟,呀 儿 　 哎 哎 咳
腾!(得 儿 　 哎 哎 咳 　 哟,呀 儿 　 哎 哎 咳
红!(得 儿 　 哎 哎 咳 　 哟,呀 儿 　 哎 哎 咳
吼!(得 儿 　 哎 哎 咳 　 哟,呀 儿 　 哎 哎 咳
临!(得 儿 　 哎 哎 咳 　 哟,呀 儿 　 哎 哎 咳
身!(得 儿 　 哎 哎 咳 　 哟,呀 儿 　 哎 哎 咳

| 6 2 5 6 | 1 5 5 | 6 2 7 6 | 5 0) ‖

哟 呀 依 儿 　 嘿 哎 咳 　 依 个 儿 呀 咳!)
哟 呀 依 儿 　 嘿 哎 咳 　 依 个 儿 呀 咳!)
哟 呀 依 儿 　 嘿 哎 咳 　 依 个 儿 呀 咳!)
哟 呀 依 儿 　 嘿 哎 咳 　 依 个 儿 呀 咳!)
哟 呀 依 儿 　 嘿 哎 咳 　 依 个 儿 呀 咳!)
哟 呀 依 儿 　 嘿 哎 咳 　 依 个 儿 呀 咳!)

(五台县)

定襄高跷秧歌

世间称赞定襄的高跷秧歌知名度高，而应当说引领定襄民间音乐的新老艺人文化水平高。此话颇有道理，也符合事实。据定襄县2005年由张建新主编出版的《金唢呐丛书》，汇集出版了9部文化著作。在这套丛书中将张学明、曾中令、邢仁让、陈应谦、陈茂山等60年代以来最为杰出的文化人士，尊称为当代定襄文化的主将和旗帜。又有李蔚东、陈秀章选编出版的《定襄民间小戏演唱精选》、《定襄秧歌演唱精选》两本集子，再加上1992年定襄县编辑出版的《张松林秧歌演唱集》，把新中国成立以来最具代表性的作品荟萃成集，体现了泥土味、平民化、地方性三大特色。

以上民间歌曲著作，汇集了老艺人张松林、陈秀章、郭庭祥等提供的极为珍贵的资料，也收集了我国改革开放以来定襄县涌现出的卜光兴、郭海玉、陈川亮、李蔚东等优秀民间艺人和秧歌爱好者新编的节目。为挽救、整理和保存定襄县民间文化遗产，歌颂新中国成立以来，特别是改革开放几十年来的伟大成就做出了重要贡献。

定襄高跷秧歌是全县群众最喜爱、最普及的民间艺术，延传着悠久的历史传统文化，承载着数以千计的演唱节目，汇集了具有浓郁地方色彩的表演艺术。几百年来，每逢春节过后，全县城乡几乎村村都要唱秧歌，男女老少几乎人人都能唱几段。秧歌是扎根于民间这块沃土上的一支艺术奇葩。

游 花 园

(四)

1=F 2/4　　　　　　　　　　激波 记

中速

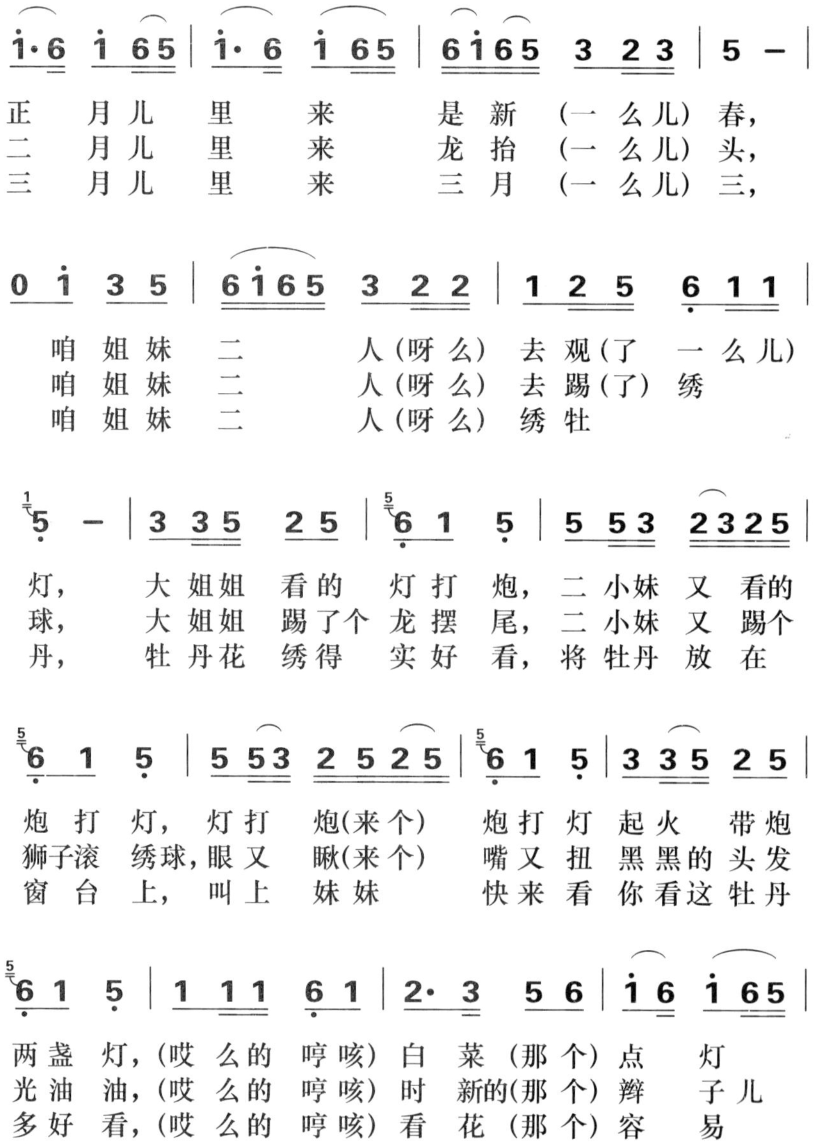

$\dot{1}\cdot 6\ \dot{1}\ 65\ |\ \dot{1}\cdot 6\ \dot{1}\ 65\ |\ 6\dot{1}65\ 3\ 23\ |\ 5\ -\ |$

正　月儿　里　　来　　是 新（一 么儿）春，
二　月儿　里　　来　　龙 抬（一 么儿）头，
三　月儿　里　　来　　三 月（一 么儿）三，

$0\ \dot{1}\ 35\ |\ 6\dot{1}65\ 3\ 22\ |\ 1\ 25\ |\ \underset{\cdot}{6}\ 11\ |$

　咱姐妹　二　　　人（呀么） 去观（了 一 么儿）
　咱姐妹　二　　　人（呀么） 去踢（了）绣
　咱姐妹　二　　　人（呀么） 绣牡

$\underset{\cdot}{5}\ -\ |\ 3\ 35\ 25\ |\ \underset{\cdot}{6}\ 1\ \underset{\cdot}{5}\ |\ 5\ 53\ 2325\ |$

灯，　大姐姐 看的　灯打炮，二小妹 又看的
球，　大姐姐 踢了个　龙摆尾，二小妹 又踢个
丹，　牡丹花 绣得　实好看，将牡丹 放在

$\underset{\cdot}{6}\ 1\ \underset{\cdot}{5}\ |\ 5\ 53\ 2\ 525\ |\ \underset{\cdot}{6}\ 1\ \underset{\cdot}{5}\ |\ 3\ 35\ 25\ |$

炮打灯，灯打 炮（来个）炮打灯 起火 带炮
狮子滚 绣球，眼又 瞅（来个）嘴又扭 黑黑的 头发
窗台上，叫上 妹妹　　快来看 你看这 牡丹

$\underset{\cdot}{6}\ 1\ \underset{\cdot}{5}\ |\ 1\ 11\ 61\ |\ 2\cdot\ 3\ 56\ |\ \dot{1}\ 6\ \dot{1}\ 65\ |$

两盏灯，(哎么的哼咳)白菜（那个）点 灯
光油油，(哎么的哼咳)时新的（那个）辫 子儿
多好看，(哎么的哼咳)看花（那个）容 易

民歌 五台山

| 6 1 6 5 | 6· 1 | 2 3 2 6 | 5 ‖

绿　（个）　　茵　　　茵（呀么儿　咳）。
往下（了一　么儿）　溜（呀么儿　咳）。
绣花（了一　么儿）　难（呀么儿　咳）。

（定襄县）

顶　嘴

（四）

赵贵生 唱
岫　嶂 记

1 = G 2/4

秧歌

| 6 5 3· 3 | 6 5 3 | 5 5 3 | 6 6 3 | 2 2 1 6 |

(男) 予 子①（哟）　娶　你　房　院　地土　多，
(女) 予 子（哟）　婆婆　我你　洋烟　把（哟）着个　拖，
(男) 吩咐　你　清早　起　烧　炕　着个　火，
(女) 家又（哟）　大　起来　蒸　馍　又　凉，
(男) 清早　起来　蒸　馍　本　来是　香，
(女) 白　面　拌　汤　本　来是　香，

| 6 6 5 | 6 6 5 | 3 5 3 | 3 6 | 1 7 6 | 5 — ‖

(男) 娶 下　你（哟）　狗日　的　踢打　了个　光。
(女) 踢打　了（哟）　光景（呀）怨 你 老　娘。
(男) 你 狗　日 的　睡　到　大半　前　晌。
(女) 起 的（那个）　早了（呀）　老娘　害　凉。
(男) 你 给　老 子　做下　些　浆　糊　汤。
(女) 我 以　为 你　吃上（呀）解饥　又解　渴。

注：①予子——方言，原先之意。

（定襄县）

邋遢

（一）

1 = G 2/4

中速，诉说地

张松林 词曲

6 6 5 3 3 | 6 6 5 3 | 3· 7 6 6 6 | 1· 2 3 |
说你 外 邋遢 真会邋个 遢，

5 5 3 5 6 #1 | 6 6 6 5 4 2 | 3 3 5 2 7 | 6 — |
看看 你外 得脑子上的虱 子赛如 芝 麻，

3 3 2 2 7 | 2 #2 7 6 ‖
唉么 真个 心烦 煞。

民歌 五台山

男：娶个老婆成了家。
　　就是们咍老婆子邋遢煞。
女：东邻家来西舍就爱，
　　谁也不知道们有造化。
男：哎木真个会对答。

女：说你咍邋遢你真会邋遢，
　　看看你得脑老上的虱子赛如芝麻。
男：你说我这赛如芝麻们也不怕它，
　　你不给们买篦梳们还不刮它。
女：哎木真个心烦煞。

男：再说你咍邋遢你真会邋遢，
　　看你咍脸上的黑水能扣下圪痂。
女：你说们咍脸上的黑水们也不怕它，
　　你不给们买胰子们还不洗它。
男：哎木真个难看煞。

男：再说你咍邋遢你真会邋遢，
　　看看你咍眼里头长得个花花。
女：你说们咍眼里头们也不怕它，
　　们还会给你缝连补攒做鞋袜。
男：哎木真个会碰答。

男：再说你呦邋遢你真会邋遢，
　　看看你呦鼻子儿脓带呼儿擦擦。
女：你说们这能带们也不怕它，
　　们左右开弓袖口子上抹擦。
男：哎木真个难看煞。

男：再说你呦邋遢你真会邋遢，
　　看看你呦长的两个权屎牙。
女：你说们呦权屎牙们也不怕它，
　　你买着怪馍馍来就吃了它。
男：哎木真个嘴馋煞。

男：再说你呦邋遢你真个会邋遢，
　　看看你呦水涎长流拉拉。
女：你说们这涎水们也不怕它，
　　们叫它流在脯子儿能打滑擦。
男：哎木真个背兴煞。

男：再说你邋遢你真会邋遢，
　　看你呦奶吃都子有多大。
女：你说我这奶吃都子们也不怕它，
　　们可给你奶下两个胖娃娃。
男：哎木真个得劲煞。

男：再说你呦邋遢真个会邋遢，
　　看看你呦小肚子比谁的也大。
女：你说们呦小肚子们也不怕它，
　　们可给你小子闺女全生下。
男：哎木真个兴死啦。

男：再说你呦邋遢真个会邋遢，
　　看看你呦腿板儿湿不拉拉。
女：你说们这腿板儿湿，们还不怕它，
　　这是你呦小老子才给我尿下。
男：哎木真个臭死啦。

男：再说你呦邋遢你真个会邋遢，
　　看看你呦两条腿像黄瓜架。
女：你说们黄瓜架们也不怕它，
　　们走来路来还挺撒挂。
男：哎木真个会调达。

男：再说你呦邋遢你真个会邋遢，
　　看看你呦脚板子比谁的也大。
女：你说们呦脚大们也不怕它，
　　站到哪儿达也稳塔塔。
男：哎木真个沤死啦。

男：再和你说上几句话，
　　咱们村就数谁邋遢。
女：管人家谁戚遢谁邋遢，
　　谁也不如我有造化。
男：哎木真个得劲煞。

男：你的造化究竟是谁家，
　　还不是我急要动弹给你闹下。
女：搂柴的扒扒遇上了我这聚财桓匣，
　　还是我仔仔细细会给你过家。
男：哎木真个能干煞。

秧歌

合：自古道穷干净来富邋遢，
　　只要是闹下钱就有了造化，
　　自古道有了钱就有了办法，
　　要甚有甚不缺甚是好人家。

（定襄县）

大 卖 菜
（二）

1=F 2/4

张拴林 整理

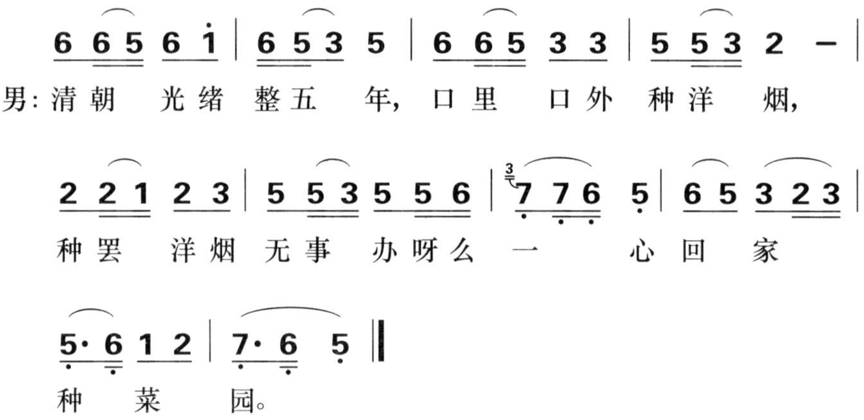

男：清朝光绪整五年，口里口外种洋烟，种罢洋烟无事办呀么一心回家种菜园。

男：种了一年又一年，　　　　　芒种夏至是五天，
　　过了一春又一春，　　　　　各种菜蔬样样全，
　　年年种的是四季菜，　　　　每日担上走四村，
　　每日里卖菜度光景。　　　　卖菜的人儿我心喜欢。

　　惊蛰前后种暖园，　　　　　阳婆上来照山红，
　　春风吹舞杨柳青，　　　　　担担儿放在肩膀上，
　　菜园里长得真旺盛，　　　　走了五里东家镇，
　　谷雨前后就开了园。　　　　又走了五里王家园。

走东街来往西行，
南北大街小巷串，
将担担儿放在十字街，
吆喝上几声菜和葱。

青菜白菜辣角子葱，
西葫芦黄瓜豆角蒜，
荸荠撇兰茴子白，
水萝卜箢菜还有胡芹。

四季鲜菜担了个全，
吆喝了一声又一声，
无有一人把菜问，
我身靠住大树息息喘喘。

女：二莲我家中做营生，
听见门外有卖菜的声，
敢是会上那个（怪）青年人，
看一看是那个卖菜的人。

用手开开门两扇，
果然是东庄卖菜的人，
看见他累得真可怜，
身靠住大树就丢了盹。

看见卖菜的好人精，
扎扎实实的好身品，
我俩真要有缘分，
今日里就能定下亲。

走上前来把菜问，
卖菜的还在睡梦中，
卖菜的卖菜的醒一醒，
我要买你的菜和葱。

左叫右叫叫不醒，
东瞅西看无有人，
抱上青菜拿上葱，
转身回到我家中。

男：卖菜的人儿丢了个盹，
忽听见菜箩儿响一声，
抬头睁开双眼看，
这姑娘吃菜你不想掏钱。

你是谁家的女花童，
你偷我的菜葱为何情，
你家也有爹和娘，
咱叫你爹和娘这把理评。

女：我家大大到太原，
我家妈妈去走亲，
家中留下我一人，
谁和你卖菜的小子把理评。

男：你说你家无有人，
咱俩一同到街前，
有那村长和旁人，
咱叫人家众位先生们把理评。

秧歌

女：一听卖菜的讲出言，
　　羞得我女孩满脸红，
　　开言叫声卖菜的哥，
　　你到我家我有话要对你言。

　　想起大会那一天，
　　咱俩在会上见过面，
　　从那日回到我家中，
　　再无有见过你的个人影影。

男：方才姑娘讲出言，
　　她家只有她一人，
　　敢是我卖菜的婚姻动，
　　这才是老天爷给我留下的空。

女：叫声卖菜的你细听，
　　你家里头有几口人，
　　我今年二十一岁整，
　　还没把这婆婆家寻。

男：我身边有一个老母亲，
　　连我共有两口人，
　　因为我家中太贫穷，
　　还没娶妻完过婚。

女：卖菜的讲话你羞杀个人，
　　我管你完婚不完婚，
　　夏天你卖菜度光景，
　　冬天你不卖菜了你能做些甚。

男：夏天我卖菜度光景，
　　冬天我还是买卖人，
　　担担儿担起货郎担，
　　冬三个月没多有少赚几个钱。

女：夏天你是卖菜的人，
　　冬天你还是买卖人，
　　究竟你卖的是甚和甚，
　　你把你实话讲给我听。

男：琉璃扣子顶针针，
　　上鞋推子铁圈圈，
　　女人们擦的这油和粉，
　　打交道的全都是些女人们。

女：卖菜的讲话太讨厌，
　　们管你女人不女人，
男：要是你不嫌弃我家穷，
　　咱二人今日里就定了亲。
女：一只绣花鞋表真情，
　　你有意来我有心。
男：咱俩私自定下亲，
合：何人给咱穿针引线来提亲。

（定襄县）

采 茶

（二）

张秀全 唱
子贞 晓敏 记

$1=\flat B$ $\frac{2}{4}$

| 6 1 | 5 6 | 1· 2 | 3 5 | 2 3 | 5 | 5 3 |

深　沟　担　　水（嚎 嚎 嚎）上　山
湿　了　罗　　袜（嚎 嚎 嚎）高　吊
正　月　里　来　茶（嚎 嚎 嚎）茶　发

| 2 — | 2 3 | 5 5 | 2 3 | 2 1 | 6 5 | 1 |

坡，　一　对 对　鸳（嚎 嚎 嚎）鸯
起，　湿　了　绣（嚎 嚎 嚎）鞋
芽，　手　拿 上　茶（嚎 嚎 嚎）篮

| 1 | 2 1 | 6 1 | 5 | 5 6 | 5 ‖

一　对 对　鹅。
手　内　拿。
去　采　茶。

秧歌

（定襄县）

游 太 原

$1=G$ $\frac{2}{4}$

王柱记

| 0 5 5 5 | 5 6 5 4 | 2 4 5 4 | 2 2 5 | 5 4 2 |

家 住 在 太　原 东 城 儿 根，离 城 那 十　里 马 家

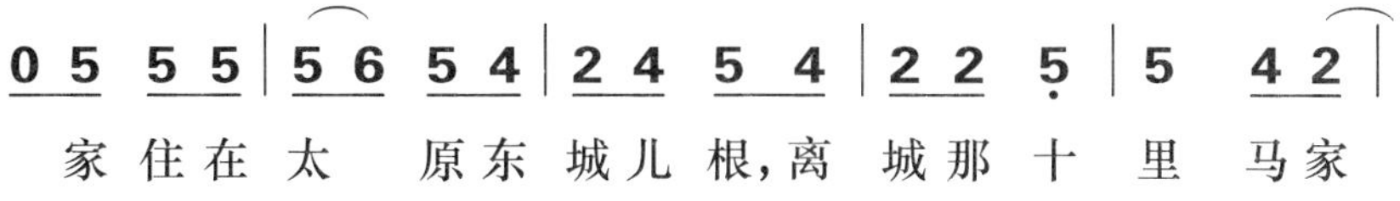

| 1 2 5̣ 7̣· 1 5̣ | 7̣· 1 2 5̣ | 5 1 2 5 5 | 4 5 |
营，奴 的 名 字 白秀英外号 人叫

| 4 4 2 | 2 5̣ 7̣ 1 | 2 5 | 7̣ 2 1 6̣ | 5̣· 5 3 |
小电灯（人爱人爱得儿吊）我 也爱后生 们。

| 2 6 1 5 — ‖
交朋 友。

（定襄县）

毛女观灯

（二）

王存保 唱
岫 嶂 记

1 = F 2/4

| 1̇ 6 5 6 1̇ | 5 5 1̇ | 6 6 5 3 5 6 | 1 1 6̣ |
想起 正月 正（呀） 毛女 来观 灯（呀），

| 1· 2 5 3 | 3 2 2 1 | 2 2 3 5 | 6̣ 6̣ | 7 2 7 6 |
大 街 上面耍龙 灯（呀）人儿 闹哄 哄（呀）啊呀我的

| 5̣ 5̣· ‖
哥（呀）。

（定襄县）

怀 胎
（二）

张松林 词曲

1 = F 4/4

```
5  5 | 3·5 35 | 1·1 76 | 5  2 | 11 76 |
```
1.怀 胎 一个月上 得了些这 病， 睡 到 这

```
5·5 65 | 17 61 | 2 - | 2 23 | 55 65 |
```
凉 床上 不急要这 动， 头 有些 疼 来

```
57 23 | 21 76 | 73 211 | 76 52 | 5 - ‖
```
脑 又 闷， 软团 实晃得又 恶 心。

秧歌

2.怀胎两个月想起来，想起一个多月没啰来，
　小肚子儿觉煞不对叫人家揣，人家说我是有了胎。

3.怀胎三个月脸发了白，尖圪嘟嘟奶头顶起来，
　左手捂来右手揣，恐怕人家看出来。

4.怀胎四个月肚有些大，人人都说奴家像怀上，
　奴家不说这谁敢说，吃上付打胎的药。

5.怀胎五个月五枝花，叫一声相好的这咋哇，
　请下的医生也治不了他，你说咱这还该咋。

6.怀胎六个月越来越气，哭了一声天来骂了一声地，
　不怨天来不怨地，单怨奴家无主意。

7. 怀胎七个月七窍通，肚里头的娃娃要翻身，
　手又揣来脚又蹬，牵得奴家圪肢窝还痛。

8. 怀胎八个月上发了愁，没说没道的不能走，
　出门在外有些羞，这个东西难下手。

9. 怀胎九个月腿和脚也肿，叫一声大嫂子你是听，
　咱两个害的是一样的病，生顿了①咱工变工。

10. 怀胎十个月期满了，咋地个②难过也不敢把人叫，
　　流血流汗谁知道，再也不敢胡圪捣。

注：① 生顿了——生的时候。
　　② 咋地个——怎么样。

（定襄县）

二女争夫

（一）

姚灯和 唱
激　波 记

1 = F　2/4

| $\dot{6}$ 6 | 6 3 | 3 7 | 6 7 | 6 | 5 3 | 7 6 5 |

我　老　汉　今　（呀就）六　十　八，
狗　贱　人　年　话　太　胆　大，
一　见　见　讲　人　打　了　我，
一　夫　人　贱　鬼　揭　了　锅，
大　有　心　人　房　揭　了　锅，
又　见　　　下　里　二　老　婆，
一　见　　　打　我　自　无　常，
一　见　他　老　汉　行　哀　告，
　　　　　二　人　好

秧歌

```
6 5  3 2 | 3̃1  -  ‖
(哟  嗨嗨)  多。
(哟  嗨嗨)  么。
 一    口   锅。
 门         窗。
(哟  嗨嗨)  长。
 无         常。
(哟  嗨嗨)  过。
 锅         灶。
```

（定襄县）

恨 汉 子

张松林 记

1 = G 2/4

```
3· 5 5 5 | 6 3 2 3 | 5 5 2 3 5 | 5 1 7 6 |
走 不 能   走 来  去 不 能    去，

5 7 2 3 | 5 5 1 7 6 | 5 5 5 6 2  2 6 | 5  - |
想 起 们 外 鬼 汉 子 老  一 肚 肚（儿） 气。

7 3 2 2 | 6̌ 3 5 5 | 5· 7 3 2 1 | 7 6 5 |
早 早 地 他 扑 起 来，  半 夜 才  睡

5 5 7 2 2 3 | 2 1 7 6 | 5· 6 2 2 6 | 7̃5  - ‖
谁 也 不 如 们 心 上 的  缘 法  对。
```

民歌五台山

们收上的个（读怪）亲呀哥穿了一身白，就好比白萝卜这串了苔；
死不下的咻鬼汉子他也穿了身白，就好比死了人穿将孝来。

们心上的个亲呀哥哥一身蓝，就好比孔雀站在牡丹上；
死不下的咻鬼汉子他穿了身蓝，就好比当街上的要饭的男。

们心上的个亲呀哥穿了一身灰，就好比这鹋鹋鸠沿墙楣；
死不下的咻鬼汉子他也穿了身灰，就好比村里头的大赖鬼。

们心上的个亲呀哥穿了一身黑，就好比红嘴黑鸦绕天飞；
死不下的鬼汉子他也穿了身黑，就好比烟筒行儿的个没头鬼。

们心上的个亲呀哥穿了一身红，就好比来了一个七品官；
死不下的鬼汉子他也穿了身红，就好比死娃刚离身。

们心上的个亲呀哥穿了一身黄，就好比来了一个真天鹅；
死不下的鬼汉子他也穿一身黄，就好比干草人人儿独到房顶上。

们心上的个亲呀哥穿了一身花，就好比嘣树虫虫榆树上爬；
死不下的鬼汉子他也穿了身花，就好比起了点的烂南瓜。

们心上的个亲呀哥穿了一身紫，就好比进了秀才人人知；
死不下的鬼汉子他也穿了身紫，就好比吃上茄子屙下克粒屎。

们心上的亲呀哥穿了一身绿，就好比参加了邮政局；
死不下的鬼汉子也穿了一身绿，就好比臭黄蒿呛死个我。

们心上的个亲呀哥穿了一身粉，就好比花园里头的吊金钟；
死不下的鬼汉子他也穿了身粉，就好比水萝卜烂了心。

秧歌

们心上的亲呀哥是人前闲的人，张八李九能说会道什么道理也懂；
死不下的鬼汉子他才见不得人，缩前退后没嘴葫芦的个气门芯。

有朝一日翻了身，我和们㗏心上的成了婚；
跟上们外哥哥跑内蒙，逛达两天包头和归化城。

（定襄县）

繁峙小调秧歌

凡在《中国民间歌曲集成·山西卷》书中刊载的繁峙县民间歌曲作品，全部选编列入《民歌五台山》一书。其原因是"繁峙秧歌"已划归戏剧类，平素很少见到民歌体歌曲。该县于2010年由山西人民出版社出版了《繁峙秧歌戏》上、下集，主编韩英，收集整理魏来福，并在出书前的2006年已获得"国家非物资文化遗产"证书。

山西人民出版社的工作人员在滨河体育中心"书市"货架上，销售《繁峙秧歌戏》一书，定价为568.00元。我们搜编工作人员在营销员的照顾下，以8.5折优惠购回此套书上、下集，并重点选读了"繁峙秧歌地方小调"专题内容。

繁峙秧歌地方小调，属于民歌体类。由于曲调较多，且独具特色，所以为当地群众喜闻乐见。"地方小调"亦在繁峙秧歌歌剧节目中大量采用，最适宜于喜剧和小闹剧以及现代的小型表演节目。在编辑过程中尽量保留了繁峙小调民歌的完整性，因为繁峙民歌珍稀可贵。

牧 牛 调

魏来福 整理

《牧牛调》属于歌曲体。它以男女对歌的形式反映爱情生活,其节奏欢快,旋律优美,活泼风趣,颇受群众喜爱。《牧牛调》可缓可急,但一般演唱时多用中速。"牧牛"有三种曲调,现将其分列于下:

一、对歌(一)

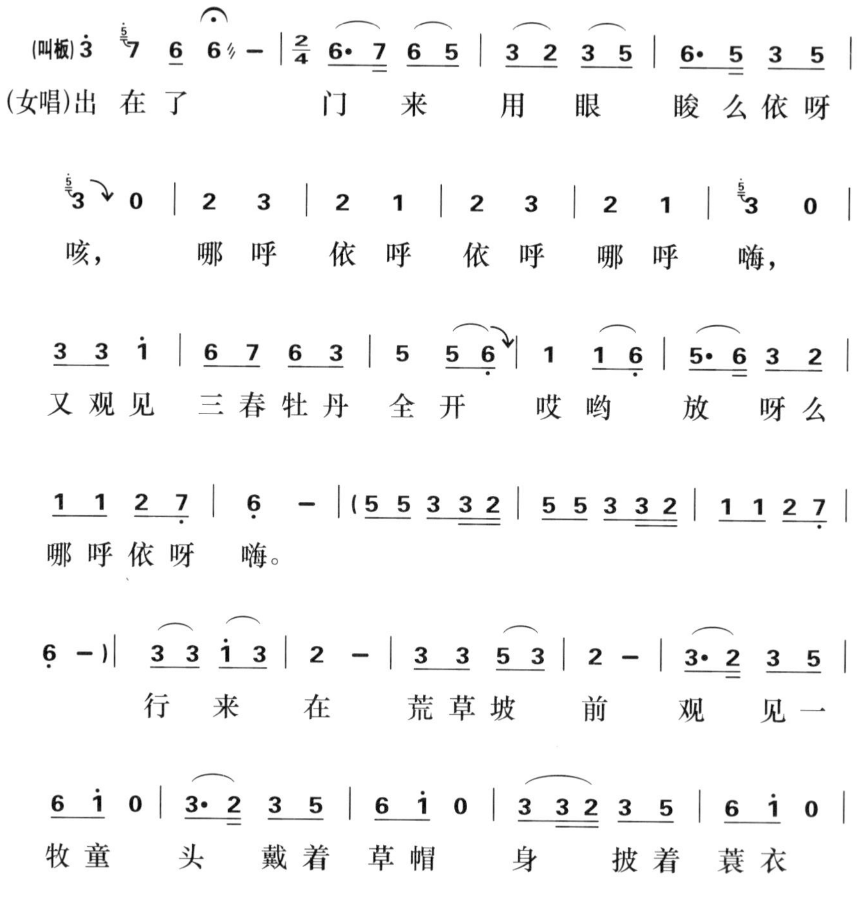

(叫板) 3 7 6 6ゞ — | 2/4 6· 7 6 5 | 3 2 3 5 | 6· 5 3 5 |
(女唱)出 在 了　　门 来 用 眼 睃 么依呀

3 0 | 2 3 2 1 | 2 3 2 1 | 3 0 |
咳, 哪呼 依呼 依呼 哪呼 嗨,

3 3 1 | 6 7 6 3 | 5 5 6 1 | 1 6 | 5· 6 3 2 |
又观见 三春牡丹 全 开 哎哟 放 呀么

1 1 2 7 | 6 — | (5 5 3 3 2 | 5 5 3 3 2 | 1 1 2 7 |
哪呼 依呀 嗨。

6 —) | 3 3 1 3 | 2 — | 3 3 5 3 | 2 — | 3· 2 3 5 |
　　　行来 在 荒草坡 前 观见一

6 1 0 | 3· 2 3 5 | 6 1 0 | 3 3 2 3 5 | 6 1 0 |
牧童 头 戴着草帽 身 披着蓑衣

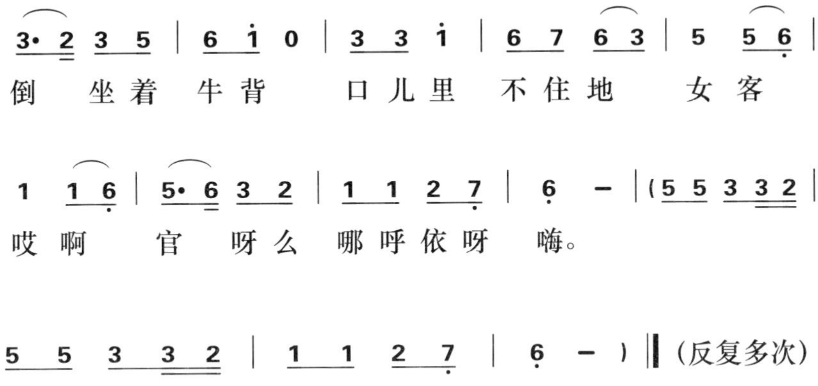

倒　坐着牛背　口儿里不住地　女客

哎啊　官呀么　哪呼依呀　嗨。

（反复多次）

对歌（二）

(叫板)(男)玉　皇　爷爷本姓张么呀呼

嗨，　哪呼依呼依呼哪呼嗨，

头戴上平天　身穿上鹅丹黄，

(女)哪么依呼嗨。(男)依么哪呼嗨，

爱你那小足足，(女)爱我的小足足，

就该娶下我。(男)娶你便娶你，

秧歌

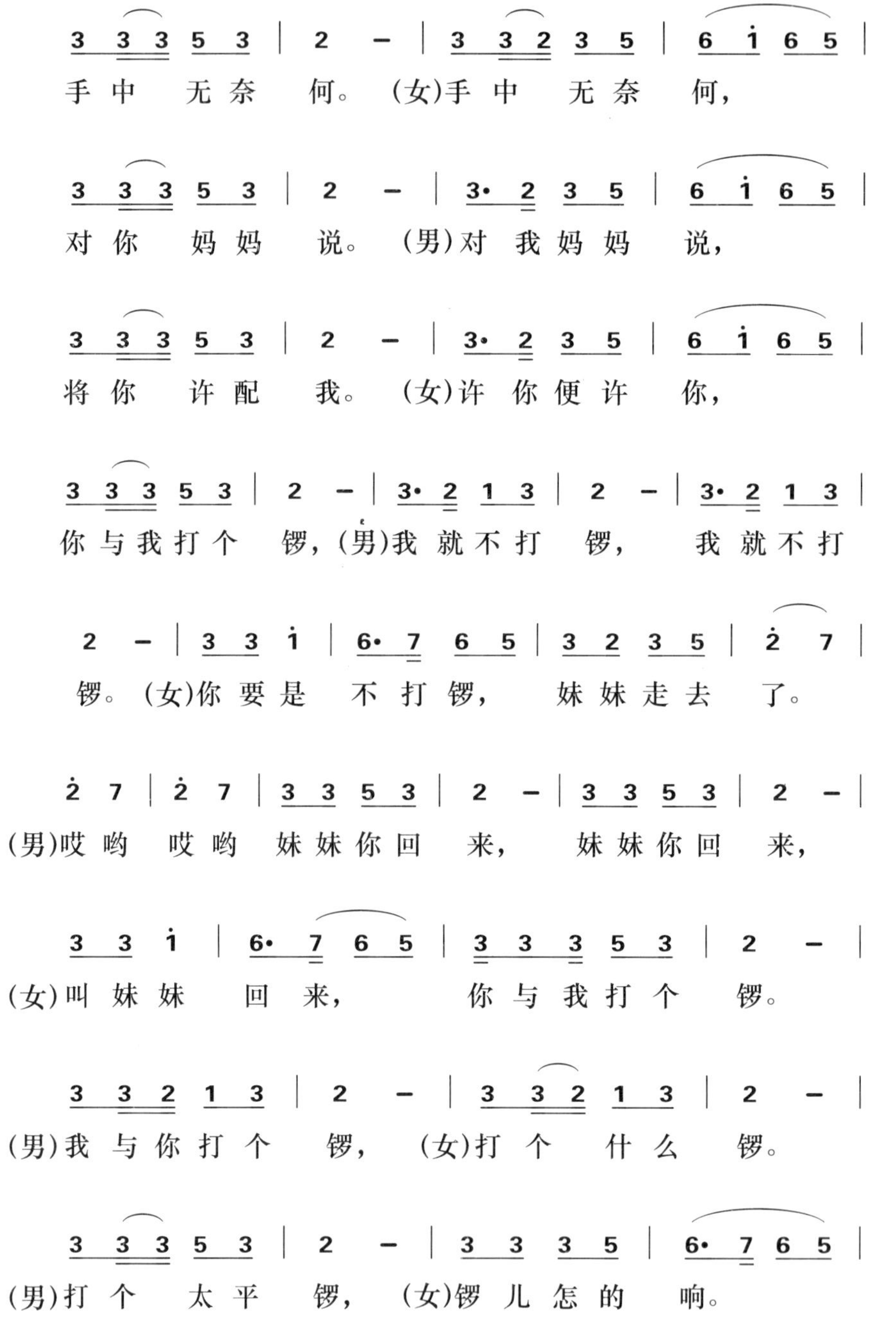

民歌五台山

3 3 3 5 3 | 2 - | 3 3 2 3 5 | 6 i 6 5 |
手中　无奈　何。(女)手中　无奈　何，

3 3 3 5 3 | 2 - | 3· 2 3 5 | 6 i 6 5 |
对你　妈妈　说。(男)对我　妈妈　说，

3 3 3 5 3 | 2 - | 3· 2 3 5 | 6 i 6 5 |
将你　许配　我。(女)许你　便许　你，

3 3 3 5 3 | 2 - | 3· 2 1 3 | 2 - | 3· 2 1 3 |
你与我打个　锣，(男)我就不打　锣，　我就不打

2 - | 3 3 i | 6· 7 6 5 | 3 2 3 5 | 2̇ 7 |
锣。(女)你要是　不打锣，　　妹妹走去　了。

2̇ 7 | 2̇ 7 | 3 3 5 3 | 2 - | 3 3 5 3 | 2 - |
(男)哎哟　哎哟　妹妹你回　来，　妹妹你回　来，

3 3 i | 6· 7 6 5 | 3 3 3 5 3 | 2 - |
(女)叫妹妹　回来，　　你与我打个　锣。

3 3 2 1 3 | 2 - | 3 3 2 1 3 | 2 - |
(男)我与你打个　锣，(女)打个　什么　锣。

3 3 3 5 3 | 2 - | 3 3 3 5 | 6· 7 6 5 |
(男)打个　太平　锣，(女)锣儿怎的　响。

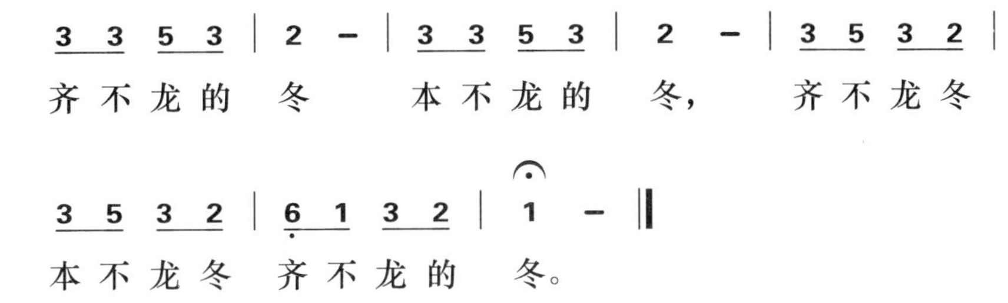

$\underline{3\ 3}\ \underline{5\ 3}\ |\ 2\ -\ |\ \underline{3\ 3}\ \underline{5\ 3}\ |\ 2\ -\ |\ \underline{3\ 5}\ \underline{3\ 2}\ |$
齐不龙的冬　本不龙的　冬，　齐不龙冬

$\underline{3\ 5}\ \underline{3\ 2}\ |\ \underline{\underset{.}{6}\ 1}\ \underline{3\ 2}\ |\ \overset{\frown}{1}\ -\ \|$
本不龙冬　齐不龙的　冬。

二、对花

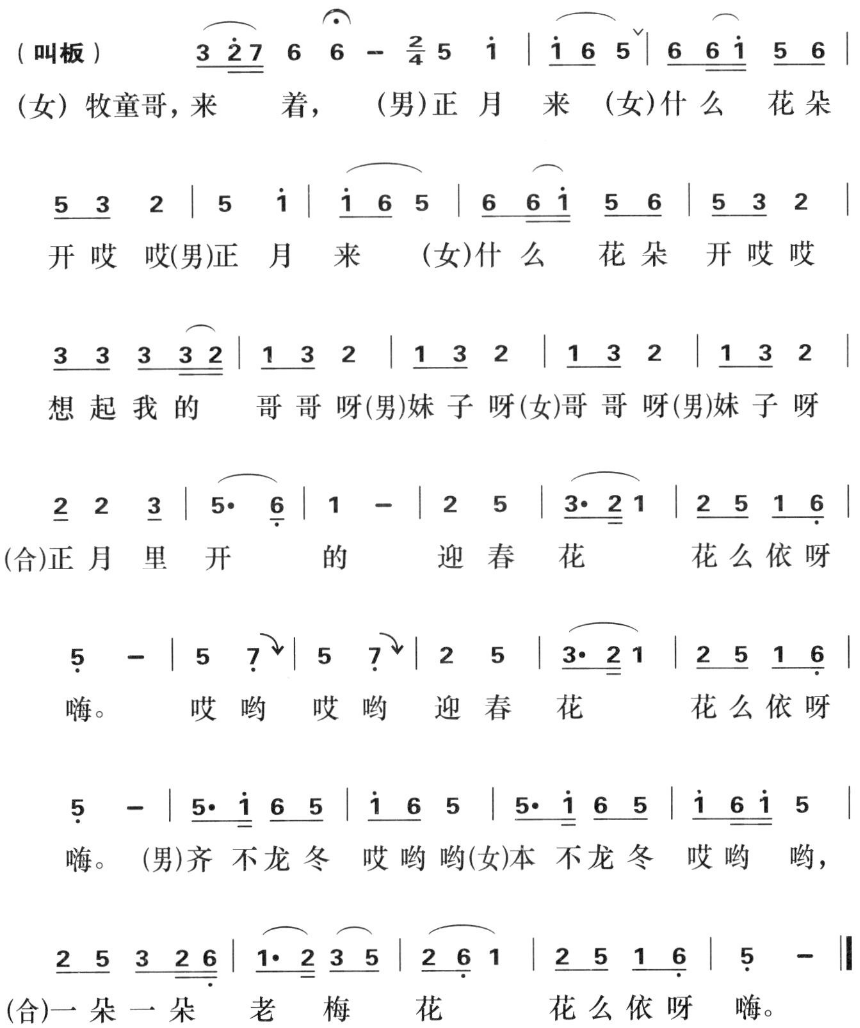

(叫板)　$3\ \underline{\overset{\frown}{2\ 7}}\ 6\ 6\ -\ \frac{2}{4}\ 5\ \overset{\frown}{\dot{1}}\ |\ \underline{\dot{1}\ \overset{\frown}{6\ 5}}\ |\ \underline{6\ \overset{\frown}{6\ 1}}\ \underline{5\ 6}\ |$
(女)牧童哥，来　　着，　(男)正月来　(女)什么　花朵

$\underline{5\ 3}\ 2\ |\ 5\ \dot{1}\ |\ \underline{\dot{1}\ \overset{\frown}{6\ 5}}\ |\ \underline{6\ \overset{\frown}{6\ 1}}\ \underline{5\ 6}\ |\ \underline{5\ 3}\ 2\ |$
开哎　哎(男)正月来　(女)什么　花朵　开哎哎

$\underline{3\ 3}\ \underline{3\ 2}\ |\ \underline{1\ 3}\ 2\ |\ \underline{1\ 3}\ 2\ |\ \underline{1\ 3}\ 2\ |\ \underline{1\ 3}\ 2\ |$
想起我的　哥哥呀(男)妹子呀(女)哥哥呀(男)妹子呀

$\underline{2\ 2}\ 3\ |\ \underline{5\cdot\ \underset{.}{6}}\ |\ 1\ -\ |\ 2\ 5\ |\ \underline{3\cdot\ 2}\ 1\ |\ \underline{2\ 5}\ \underline{1\ \underset{.}{6}}\ |$
(合)正月里开　　的　迎春花　花么依呀

$\underset{.}{5}\ -\ |\ 5\ 7\downarrow\ |\ 5\ 7\downarrow\ |\ 2\ 5\ |\ \underline{3\cdot\ 2}\ 1\ |\ \underline{2\ 5}\ \underline{1\ \underset{.}{6}}\ |$
嗨。　哎哟　哎哟　迎春花　花么依呀

$\underset{.}{5}\ -\ |\ \underline{5\cdot\ \underline{1}\ 6\ 5}\ |\ \underline{1\ 6\ 5}\ |\ \underline{5\cdot\ \underline{1}\ 6\ 5}\ |\ \underline{1\ 6}\ \underline{1\ 5}\ |$
嗨。(男)齐不龙冬　哎哟哟(女)本不龙冬　哎哟哟，

$\underline{2\ 5}\ \underline{3\ 2\ 6}\ |\ \underline{1\cdot\ 2}\ \underline{3\ 5}\ |\ \underline{2\ 6}\ 1\ |\ \underline{2\ 5}\ \underline{1\ \underset{.}{6}}\ |\ \underset{.}{5}\ -\ \|$
(合)一朵一朵　老梅花　　花么依呀　嗨。

秧歌

三、对诗

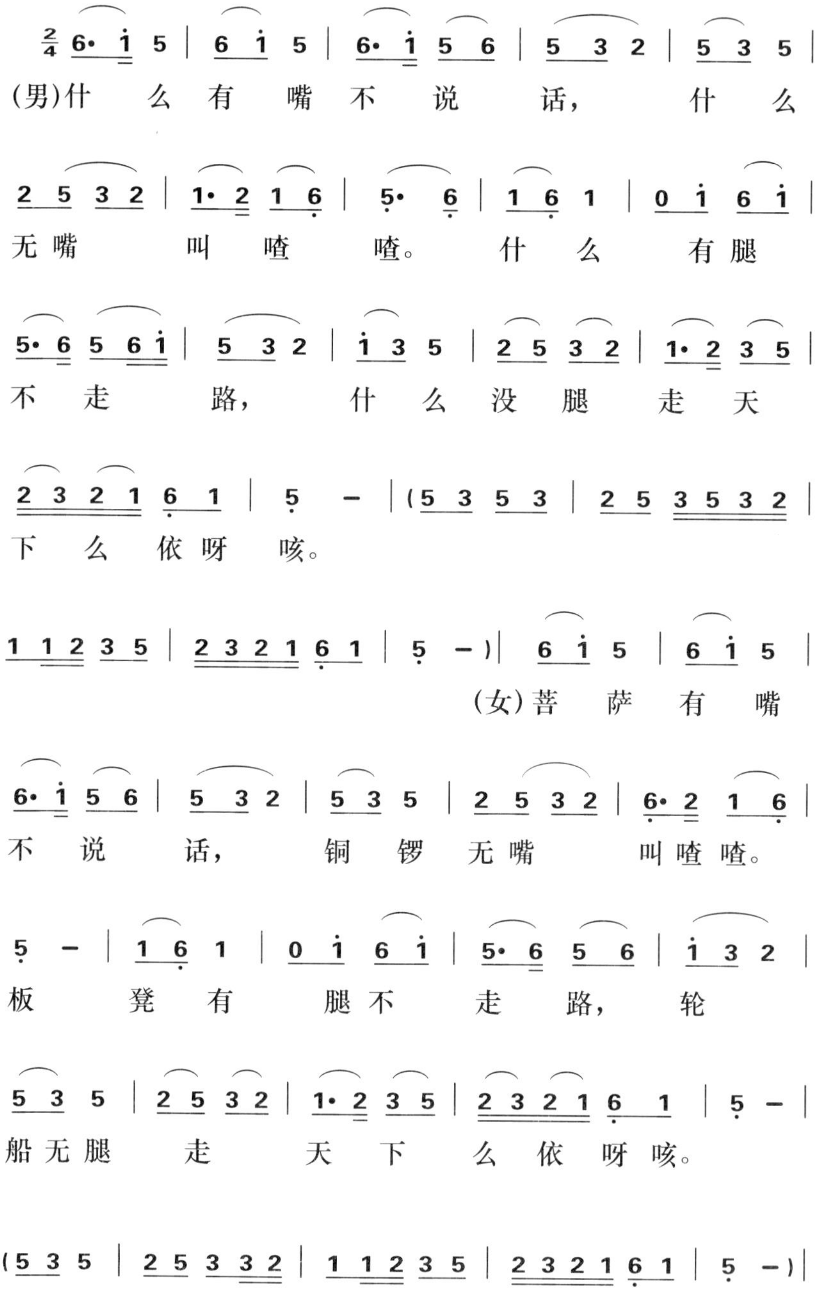

$\frac{2}{4}$ 6·i 5 | 6 i 5 | 6·i 5 6 | 5 3 2 | 5 3 5 |

(男)什 么 有 嘴 不 说 话, 什 么

2 5 3 2 | 1·2 1 6 | 5·6 | 1 6 1 | 0 i 6 i |

无 嘴 叫 喳 喳。 什 么 有 腿

5·6 5 6 i | 5 3 2 | i 3 5 | 2 5 3 2 | 1·2 3 5 |

不 走 路, 什 么 没 腿 走 天

2 3 2 1 6 1 | 5 - | (5 3 5 3 | 2 5 3 5 3 2 |

下 么 依 呀 咳。

1 1 2 3 5 | 2 3 2 1 6 1 | 5 -) | 6 i 5 | 6 i 5 |

(女)菩 萨 有 嘴

6·i 5 6 | 5 3 2 | 5 3 5 | 2 5 3 2 | 6·2 1 6 |

不 说 话, 铜 锣 无 嘴 叫 喳 喳。

5 - | 1 6 1 | 0 i 6 i | 5·6 5 6 | i 3 2 |

板 凳 有 腿 不 走 路, 轮

5 3 5 | 2 5 3 2 | 1·2 3 5 | 2 3 2 1 6 1 | 5 - |

船 无 腿 走 天 下 么 依 呀 咳。

(5 3 5 | 2 5 3 3 2 | 1 1 2 3 5 | 2 3 2 1 6 1 | 5 -)

秧歌

赵州桥儿什么人儿修，玉石的栏杆什么人儿留。什么人骑驴桥上走，什么人推小车碾下一道沟么依呀咳。

（结尾）我命见阎王，那个也无妨，阎王爷面前诉诉冤枉。纵然死在阴曹地，魂灵儿与你配成双么依呀咳。魂灵儿与你配成双么依呀咳。

（繁峙县）

借 冠 调

魏来福 整理

"借冠调"喜悦活泼，节奏明快，是一个很风趣的曲调。虽以2/4记谱，但在演唱时，速度较快些，按照传统的演奏法，都打双梆子，每小节敲击两下。

"借冠调"无上下句之分。它是以四句、六句或八句为一段，中间没有"过门"，只在末尾重复一句即可。

一、起板过门（一）

)0(| 2/4 7 777 | 765 | 7 777 | 765 |
　　　　咚　咚嘟龙　龙咚咚　　咚　咚嘟龙　龙咚咚

777 | 7 0 ‖（唱）
打巴打　咚　　　（"咚"或"龙"里边都有"大家伙"）

起板过门（二）

)0(| 2/4 3 333 | 321 | 3 333 | 321 | 333 | 30 ‖（唱）
　　咚咚嘟龙　龙咚咚　咚咚嘟龙　龙咚咚　打巴打　咚

起板过门（三）

)0(| 2/4 3 3 | 30 | 03 ‖
　　　（齐打　齐咚　　咚　齐打　打　咚）

二、唱腔（一）

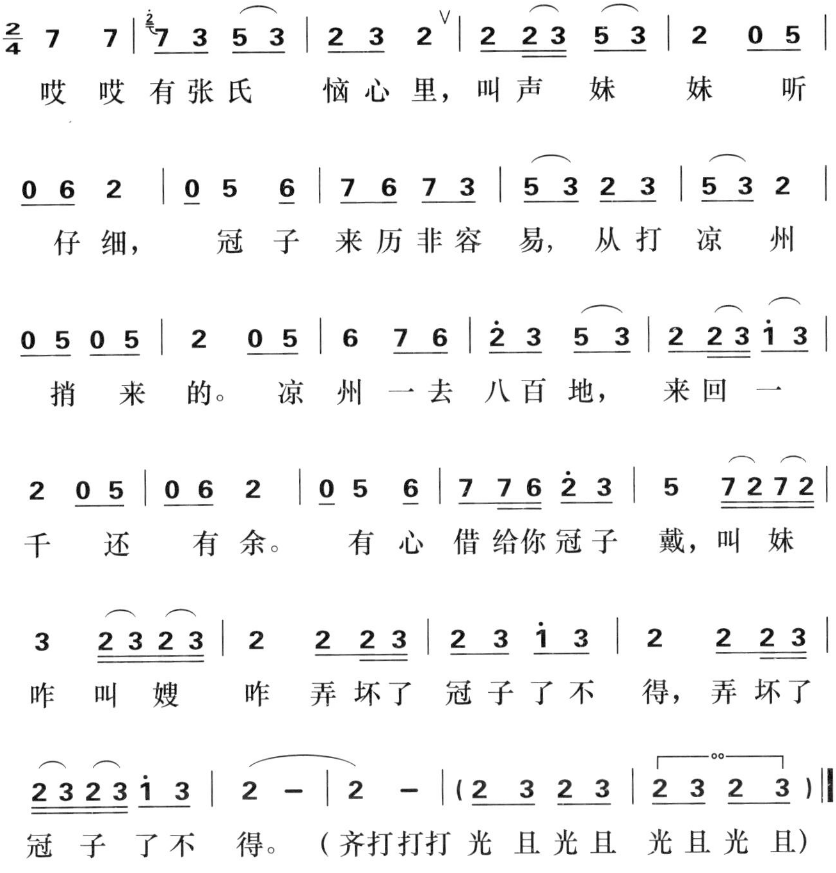

$\frac{2}{4}$ 7 7 | 7 3 5 3 | 2 3 2 ∨ | 2 2 2 3 5 3 | 2 0 5 |
哎 哎 有张氏 恼心里，叫声 妹 妹 听

0 6 2 | 0 5 6 | 7 6 7 3 | 5 3 2 3 | 5 3 2 |
仔 细， 冠子 来历 非容易，从打 凉 州

0 5 0 5 | 2 0 5 | 6 7 6 | 2 3 5 3 | 2 2 3 1 3 |
捎 来 的。凉州 一去 八 百 地， 来 回 一

2 0 5 | 0 6 2 | 0 5 6 | 7 7 6 2 3 | 5 7 2 7 2 |
千 还 有 余。 有心 借给你冠子 戴， 叫 妹

3 2 3 2 3 | 2 2 2 3 | 2 3 1 3 | 2 2 2 3 |
咋 叫 嫂 咋 弄坏了 冠子 了 不 得，弄 坏 了

2 3 2 3 1 3 | 2 — | 2 — | (2 3 2 3 | 2 3 2 3) ‖
冠子 了 不 得。（齐打 打打 光 且 光 且 光 且 光 且）

秧歌

三、唱腔（二）

"借冠调"的变调唱法

) 0 (| $\frac{2}{4}$ 3 3 | 3 0 | 0 3 | 3 3 | 3 6 1 6 |
（齐打齐 咚 咚 咚 齐打打 咚） 哎 哎 有 刘 氏

5 6 5 | 5 5 6 1 6 | 5 0 1 | 0 2 5 | 0 1 2 |
笑 嘻嘻 叫一声 嫂 嫂 听 心 里。 明 天

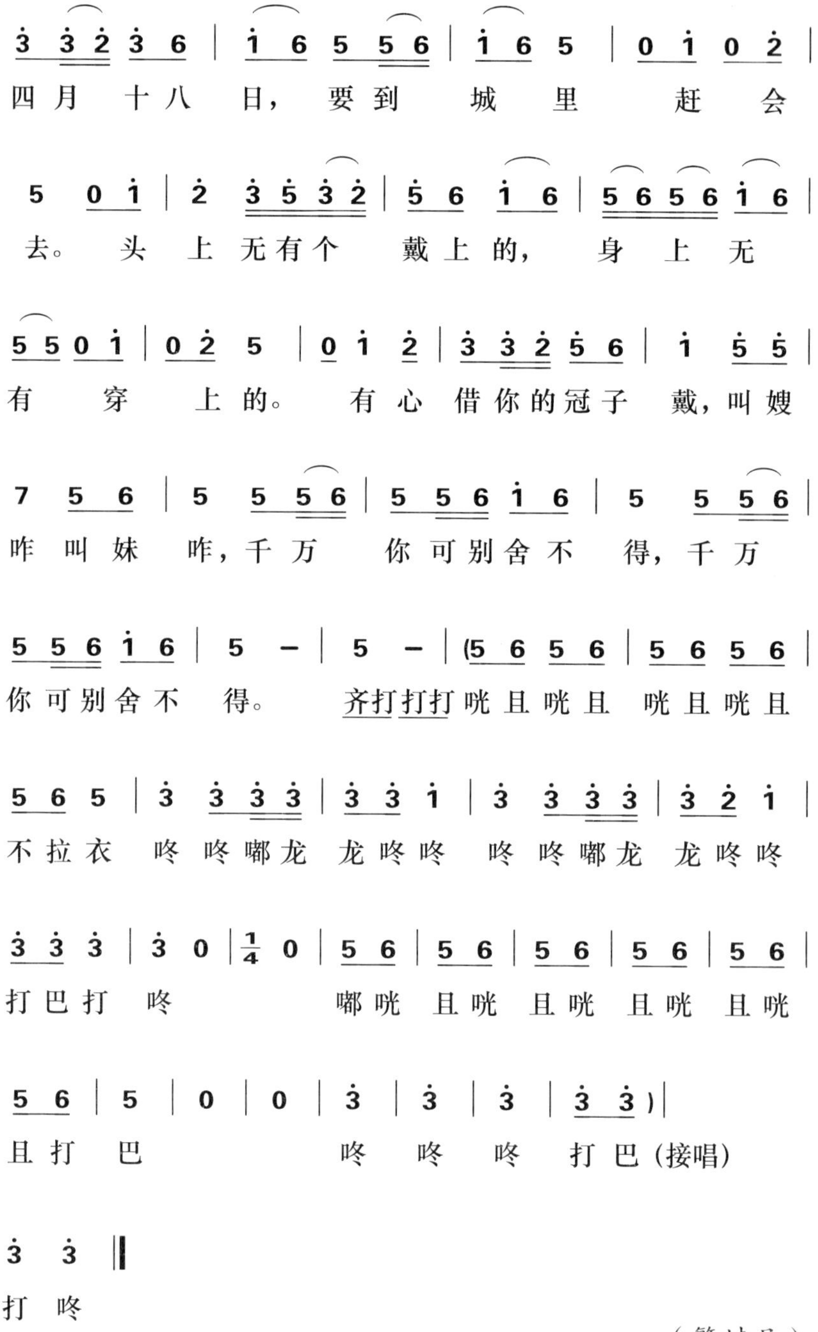

民歌 五台山

$\underline{3\ 3}\ \underline{2\ 3}\ 6\ |\ \overset{\frown}{\dot{1}\ 6}\ \underline{5\ 5\ 6}\ |\ \overset{\frown}{\dot{1}\ 6}\ 5\ |\ 0\ \dot{1}\ 0\ \dot{2}\ |$
四 月 十 八 日，要 到 城 里 赶 会

$5\ 0\ \dot{1}\ |\ \dot{2}\ \underline{3\ 5}\ \overset{\frown}{\underline{3\ 2}}\ |\ \underline{5\ 6}\ \dot{1}\ 6\ |\ \underline{5\ 6\ 5}\ \underline{6\ 1\ 6}\ |$
去。 头 上 无 有 个 戴 上 的，身 上 无

$5\ 5\ 0\ \dot{1}\ |\ 0\ \dot{2}\ 5\ |\ 0\ \dot{1}\ \dot{2}\ |\ \underline{3\ 3}\ \underline{2\ 5}\ 6\ |\ \dot{1}\ \dot{5}\ \dot{5}\ |$
有 穿 上 的。 有 心 借 你 的 冠 子 戴，叫 嫂

$7\ \underline{5\ 6}\ |\ 5\ \underline{5\ 5\ 6}\ |\ \underline{5\ 5\ 6}\ \overset{\frown}{\dot{1}\ 6}\ |\ 5\ \underline{5\ 5\ 6}\ |$
咋 叫 妹 咋，千 万 你 可 别 舍 不 得，千 万

$\underline{5\ 5\ 6}\ \dot{1}\ 6\ |\ 5\ -\ |\ 5\ -\ (\ \underline{5\ 6}\ \underline{5\ 6}\ |\ \underline{5\ 6}\ \underline{5\ 6}\ |$
你 可 别 舍 不 得。 齐打打打咣且 咣且 咣且咣且

$\underline{5\ 6}\ 5\ |\ \dot{3}\ \underline{\dot{3}\ \dot{3}\ \dot{3}}\ |\ \underline{\dot{3}\ \dot{3}}\ \dot{1}\ |\ \dot{3}\ \underline{\dot{3}\ \dot{3}\ \dot{3}}\ |\ \underline{\dot{3}\ 2}\ 1\ |$
不 拉 衣 咚 咚 嘟 龙 龙 咚 咚 咚 咚 嘟 龙 龙 咚 咚

$\underline{\dot{3}\ \dot{3}}\ \dot{3}\ |\ \dot{3}\ 0\ \overset{1}{\underset{4}{}}\ 0\ \underline{5\ 6}\ |\ \underline{5\ 6}\ \underline{5\ 6}\ |\ \underline{5\ 6}\ \underline{5\ 6}\ |$
打 巴 打 咚 嘟 咣 且 咣 且 咣 且 咣 且 咣

$\underline{5\ 6}\ |\ 5\ 0\ |\ 0\ \dot{3}\ |\ \dot{3}\ \dot{3}\ |\ \underline{\dot{3}\ \dot{3}}\ )\ |$
且 打 巴 咚 咚 咚 打 巴（接唱）

$\dot{3}\ \dot{3}\ \|$
打 咚

（繁峙县）

下 山 调

魏来福 整理

此调来源于传统节目《祝英台下山》，故因此得名，被称为"下山调"。其速度可缓可急，用处很广，可根据情节使用，但一般都使用中速。"下山调"以2/4节律，把梆子打在强拍上，每小节敲击一下。

"下山调"一般只唱四句唱词，末尾再反复一句。如遇唱词多寡不一，两句、六句均可，但每段结尾时，都必须反复一句。

它的音乐结构是："起板"、"唱腔"，没有上下句之分，中间利用休止换气，一直唱完。第四句和末尾的反复句连接时，有两小节需加"小家伙"配奏。此两小节不唱也可。

一、起板

0	1 2 1 2	1 2 1 2	1 2 1 2
（齐打 打打	咣 且 咣 且	咣 且 咣 且	依打 打打依

1 —	0 1	1 —	3 3 3	3 2	1
仓 齐	巴 扎	扎 依	咣·来 且 且	依 且	咣

3 2 1 1	0 5 3 2	1 3 2	6̣ 1 ‖
且 且 咣来	依 且 且 且	咣 依 打	呆 打）

二、唱腔

```
0 3 | 2 2 | 5·5 | 6 1 2 | 0 3 | 2 2 | 1·1 | 6 1 2 |
  先 生  门 前    一 棵 槐,

0 3 | 2 2 | 3 6 | 5 — | 3 6 | 5 — | 3·2 | 6 1 |
  一 对 对 书 生  下 山 来。

0 3 | 2 2 | 5·5 | 6 1 2 | 0 3 | 2 2 | 1·1 |
  前 边 走  的  祝 英 台,

6 1 2 | 0 3 | 2 2 | 3 6 | 5 — | 3 6 | 5 — | 3·2 |
  后 边 又 跟 梁 山 伯

6 1 | 0 3 | 2 2 | 5·5 | 6 1 2 | 0 3 | 2 2 |
  哎 哟 哟 哎 嗨 哟 哟 后 边

3 6 | 5 — | 3 6 | 5 — | 3·2 | 6 1 ‖
  又 跟 梁 山 伯。
```

三、"下山调"的变调唱法

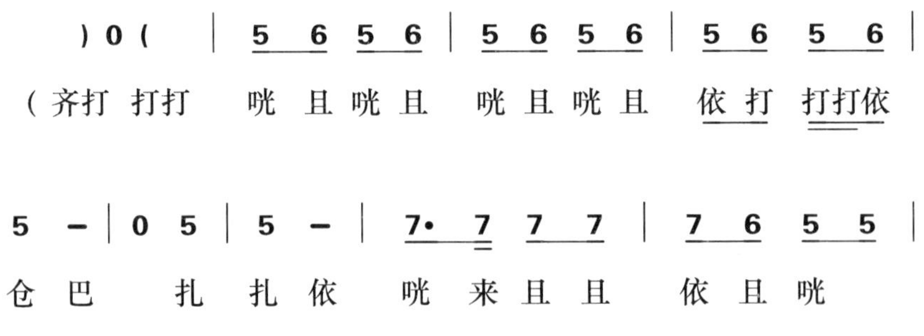

```
)0( | 5 6 5 6 | 5 6 5 6 | 5 6 5 6 |
(齐打 打打   咣 且 咣 且  咣 且 咣 且  依打 打打依

5 — | 0 5 | 5 — | 7·7 7 7 | 7 6 5 5 |
仓 巴    扎 扎 依  咣 来 且 且  依 且 咣
```

民歌五台山

$\underline{7\ 6}\ \underline{5}\ 5\ |\ \underline{0\ 7}\ \underline{7\ 6}\ |\ 5\ \underline{7\ 6}\ |\ 3\ 5\ |$
且 且 咣来　　依且 且 且　　咣 依打　 呆 打）

$0\ \underline{7}\ |\ 6\ 6\ |\ \dot{2}\cdot\ \dot{2}\ |\ \underline{3\ 5}\ 6\ |\ 0\ \underline{7}\ |\ 6\ 6\ |\ \underline{5\cdot}\ \underline{5}\ |$

$\underline{3\ 5}\ 6\ |\ 0\ \underline{7}\ |\ 6\ 6\ |\ 7\ \dot{3}\ |\ \dot{2}\ -\ |\ 7\ \dot{3}\ |\ \dot{2}\ -\ |$

$\underline{7\cdot}\ \underline{6}\ |\ 3\ 5\ |\ 0\ \underline{7}\ |\ 6\ 6\ |\ \dot{2}\cdot\ \dot{2}\ |\ \underline{3\ 5}\ 6\ |\ 0\ \underline{7}\ |$

$6\ 6\ |\ \underline{5\cdot}\ \underline{5}\ |\ \underline{3\ 5}\ 6\ |\ 0\ \underline{7}\ |\ 6\ 6\ |\ 7\ \dot{3}\ |\ \dot{2}\ -\ |$

$7\ \dot{3}\ |\ \dot{2}\ -\ |\ \underline{7\cdot}\ \underline{6}\ |\ 3\ 5\ |\ 0\ \underline{7}\ |\ 6\ 6\ |\ \dot{2}\cdot\ \dot{2}\ |$

$\underline{3\ 5}\ 6\ |\ 0\ \underline{7}\ |\ 6\ 6\ |\ 7\ \dot{3}\ |\ \dot{2}\ -\ |\ 7\ \dot{3}\ |\ \dot{2}\ -\ |$

$\underline{7\cdot}\ \underline{6}\ |\ 3\ 5\ \|$ （摘本调起板或二性等）

四、小起板

"下山调"的小起板，前边不加"趟子"，只奏唱腔的第一句便可开唱。

① 正调小起板

$0\ \ \dot{3}\ |\ \dot{2}\ \ \dot{2}\ |\ \dot{5}\cdot\ \ \underline{\dot{5}}\ |\ \underline{6\ \dot{1}}\ \ \dot{2}\ \|$ (唱)
打　采　　采 采　　采采 依采　 采 采

② 反调小起板

$0\ \ 7\ |\ 6\ \ 6\ |\ \dot{2}\cdot\ \ \dot{2}\ |\ \underline{3\ 5}\ \ 6\ \|$ (唱)
打　采　　采 采　　采采 依采　 采　 采

（繁峙县）

扎 扎 嘴

魏来福 整理

"扎扎嘴"这个曲调是传统节目《戏凤》中的曲调。此调虽以2/4节拍记谱,但在演唱时速度较快,应打双梆子伴奏。

"扎扎嘴"亦无上下句之分,一般以四句为一段,唱到第四句的中间,有一两小节的小"过门",这个"过门"要加打击乐,"大家伙"或"小家伙"均可。其音乐结构也很简单,只有"起板"和"唱腔"两个部分。如要切板时,把后边三个字的音往长拖一下,即可切止。

一、起板(一)

)0(| 2/4 2 3 2 3 | 2 3 2 3 | 2 3 2 | 2 2 |
(齐打 打打 咣 且 咣 且 咣 且 咣 且 齐打齐 咣 咣

2 2 7 2 | 7 6 4 | 6 6 7 | 1/4 2 ‖ (接唱腔)
咣来依咣 依 且 咣 且 咣 且 依咣 依)

起板(二)

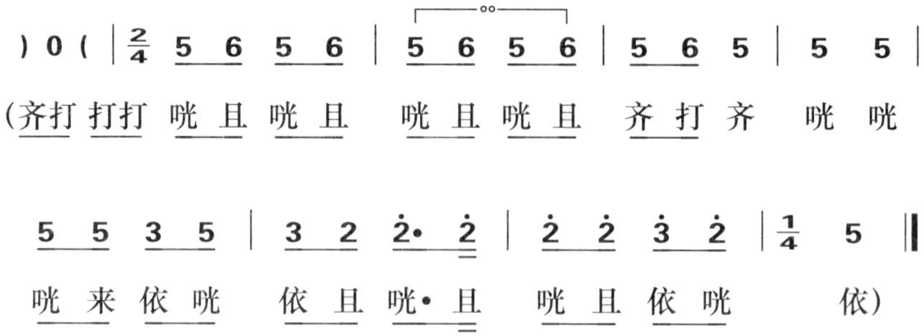

)0(| 2/4 5 6 5 6 | 5 6 5 6 | 5 6 5 | 5 5 |
(齐打 打打 咣 且 咣 且 咣 且 咣 且 齐打齐 咣 咣

5 5 3 5 | 3 2 2· 2 | 2 2 3 2 | 1/4 5 ‖
咣来依咣 依 且 咣·且 咣 且 依咣 依)

民歌五台山

二、唱腔（一）

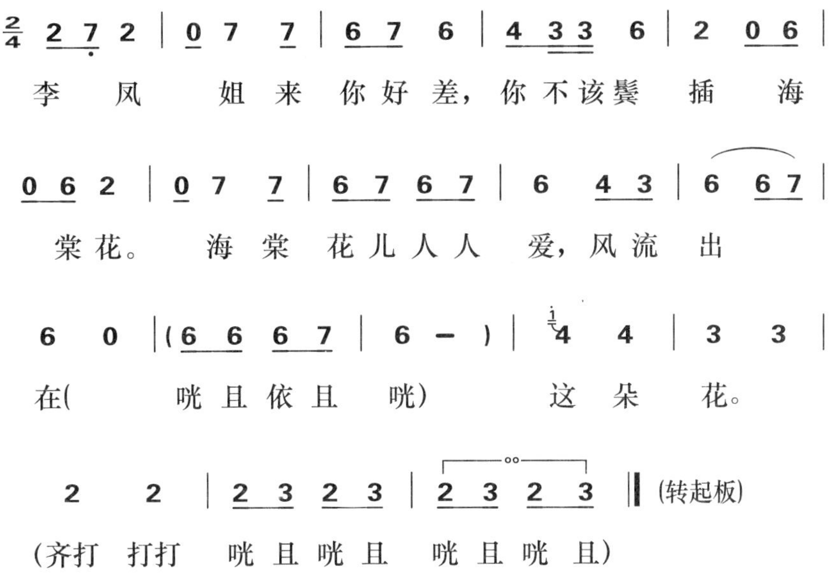

$\frac{2}{4}$ 2 7̣ 2 | 0 7 7 | 6 7 6 | 4 3 3 6 | 2 0 6 |
李 凤　姐 来 你 好 差， 你 不 该 鬓　插　海

0 6 2 | 0 7 7 | 6 7 6 7 | 6 4 3 | 6 6̂ 7 |
棠 花。 海 棠 花 儿 人 人　爱， 风 流 出

6 0 | (6 6 6 7 | 6 −) | 1̇ 4 4 | 3 3 |
在（ 咣 且 依 且 咣） 这 朵 花。

2 2 | 2 3 2 3 | 2 3 2 3 ‖ (转起板)
（齐打 打打　咣且 咣且　咣且 咣且）

秧歌

唱腔（二）

$\frac{2}{4}$ 5 3̂ 5 | 0 3̇ 3̇ | 2̇ 3̇ 2̇ | 7 7 6 2̇ | 5 0 2̇ |
李 凤　姐 来 你 好 差， 你 不 该 鬓　插　海

0 2̇ 5 | 0 3̇ 3̇ | 2̇ 3̇ 2̇ 3̇ | 2̇ 7 6 | 2̇ 5 |
棠 花。 海 棠 花 儿 人 人　爱， 风 流 出 在

0 2̇ 0 2̇ | 5 0 3̇ 3̇ | 3̇ 2̇ 3̇ | 2̇ 3̇ 2̇ | 7 6 2̇ | 2̇ 3̇ 2̇ |
这 朵 花。 用 手 摘 下 花 一 朵， 我 将 花　儿

0 (2̇· 2̇ | 2̇ 3̇ 2̇ | 2̇ 7) | 7 7 | 6 6 |
（咣 且 依 且 咣） 踩 脚 下 呀。（齐打

| 6 5 6 | 5 6 5 6 | 5 6 5 6 | （接起板）
打打 咣且 咣且 咣且 咣且 咣且）

三、绕弦（一）

‖: 4 3 2 | 6 7 2 | 3 4 3 4 | 4 3 2 | 7 2 7 6 | 6 7 2 :‖

绕弦（二）

‖: 7 6 5 | 2 3 5 | 7 2 7 2 | 7 6 5 | 4 6 4 3 | 2 3 5 :‖

四、唱例

《正德戏凤》中李凤姐与正德对唱

1＝C $\frac{2}{4}$

0 |（5 6 5 6 | 5 6 5 6 | 5 6 5 | 5 5 |
　　咣且 咣且　咣且 咣且　齐打齐　咣咣

5 5 3 5 | 3 2 2· 2 | 2 2 3 2 | $\frac{1}{4}$ 5 ）|
咣来依咣　依且 咣且　咣且依咣　　依

$\frac{2}{4}$ 5 3 5 | 0 3 3 | 2 3 2 | 7 6 2 | 5 0 2 |
李凤　姐来　心胆寒，军爷起了　杀

0 2 5 | 0 3 3 | 2 3 2 3 | 2 7 6 | 2 5 |
人胆。　再等　一时不逃　走，我命难逃

0 2 0 2 | 5 0 3 | 3 3 2 3 | 2 3 2 | 7 6 2 |
他手　间。凤　姐低头就　有计，一条巧

| 5 0 2 | 0 2 5 | 0 3 3 | 2 3 2 3 | 2 7 6 |
计　想　　心　间。　高叫军爷抬头　看，那边

| 2 5 | 0 2 0 2 | 5 0 2 | 2 5 | 0 2 2 |
来了　一　个　男。　在那边，　在那

| 5 0 3 | 3 3 2 3 | 2 3 2 | 7 6 2 | 2 3 2 |
边。闪　得军爷回头看，前店逃　脱

| 2 (2· 2 | 2 3 2 | 2) 7 | 7 7 | 6 6 | (6 5 |
（咣且　依且　咣）李凤　姐。　（咣且

| 5 6 5 6 | 5 6 5 6 | 5 6 5 | 5 5 | 5 5 3 5 |
咣且咣且　咣且咣且　咣且齐打　齐咣咣　咣来依咣

| 3 2 2· 2 | 2 2 3 2 | 1/4 5) | 2/4 5 3 5 | 0 3 3 |
依且咣且　咣且依咣　依）　为　王　回头

秧歌

| 2 3 2 | 7 6 2 | 5 0 2 | 0 2 5 | 0 3 3 |
用目观，眼前不见李　凤　姐。　任你

| 2 3 2 3 | 2 7 6 | 2· 3 | 2 0 | (2· 2 2 3 |
走在天边　外，为王　赶　你　（咣且依且

| 2 — | 7 7 | 7 6 | (6 5 | 5 6 5 6 |
咣）　到天　边。　（齐打　打打　咣且咣且

| 5 6 5 6 | 5 6 5 | 5 5 | 5 5 3 5 | 3 2 2· 2 |
咣且咣且　齐打齐　咣咣　咣来依咣　依且咣且

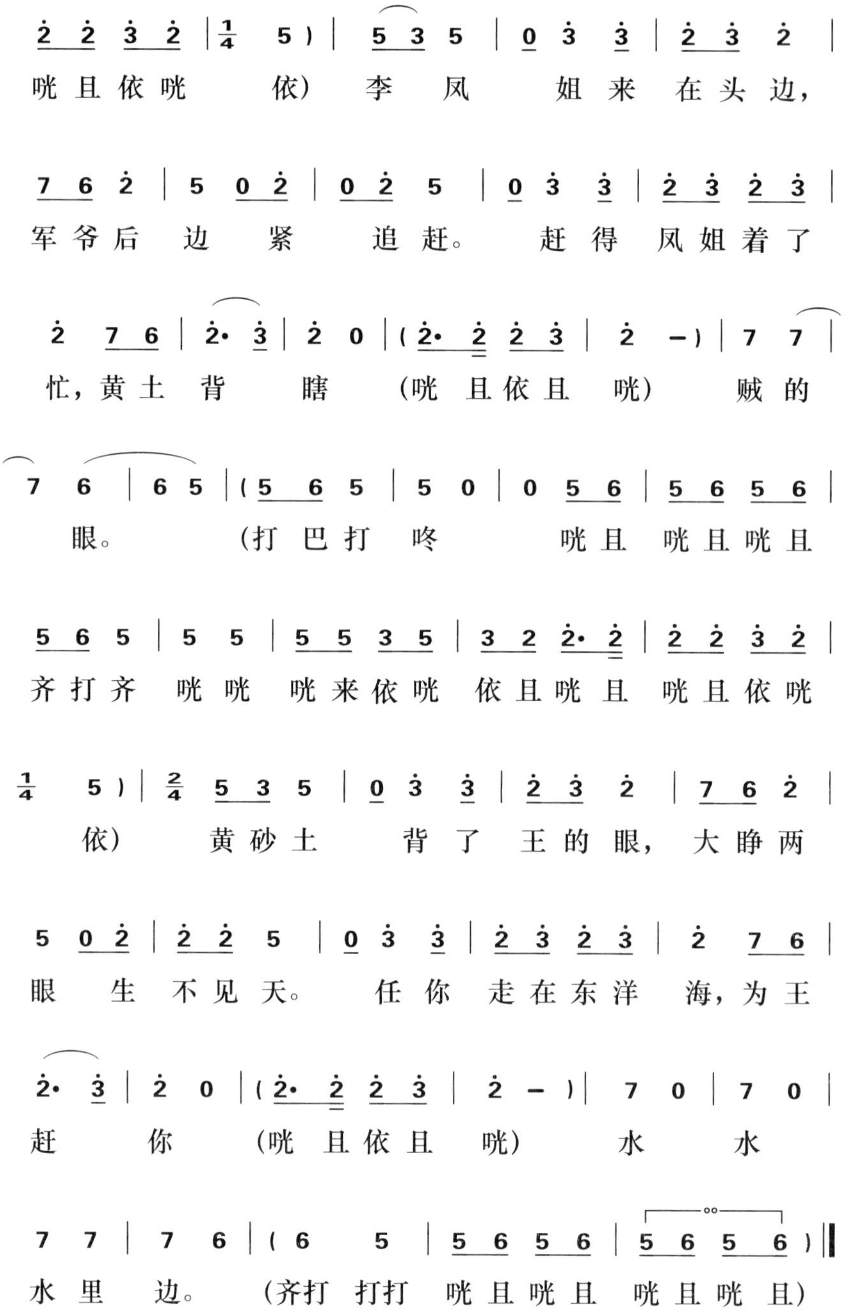

民歌 五台山

$\dot{2}\ \dot{2}\ \dot{3}\ \dot{2}\ |\ ^1_4\ 5)\ |\ \underline{5\ 3}\ 5\ |\ \underline{0\ 3}\ \dot{3}\ |\ \dot{2}\ \dot{3}\ \dot{2}\ |$
咣且依咣　依）李凤　姐来　在头边，

$\underline{7\ 6}\ \dot{2}\ |\ 5\ \underline{0\ \dot{2}}\ |\ \underline{0\ \dot{2}}\ \underline{5}\ |\ \underline{0\ \dot{3}}\ \dot{3}\ |\ \dot{2}\ \underline{\dot{3}\ \dot{2}\ \dot{3}}\ |$
军爷后　边紧　追赶。　赶得　凤姐着了

$\dot{2}\ \underline{7\ 6}\ |\ \dot{2}\cdot\ \dot{3}\ |\ \dot{2}\ 0\ |\ (\dot{2}\cdot\ \underline{\dot{2}\ \dot{2}\ \dot{3}}\ |\ \dot{2}\ -\ )\ |\ 7\ 7\ |$
忙，黄土背　瞎　　（咣且依且　咣）　贼的

$\underline{7\ 6}\ |\ \underline{6\ 5}\ |\ (\underline{5\ 6}\ 5\ |\ 5\ 0\ |\ \underline{0\ 5\ 6}\ |\ \underline{5\ 6\ 5\ 6}\ |$
眼。　　（打巴打　咚　　咣且　咣且　咣且

$\underline{5\ 6}\ 5\ |\ \underline{5\ 5}\ |\ \underline{5\ 5\ 3\ 5}\ |\ \underline{3\ 2}\ \dot{2}\cdot\ \dot{2}\ |\ \dot{2}\ \dot{2}\ \dot{3}\ \dot{2}\ |$
齐打齐　咣咣　咣来依咣　依且咣且　咣且依咣

$^1_4\ 5)\ |\ ^2_4\ \underline{5\ 3}\ 5\ |\ \underline{0\ 3}\ \dot{3}\ |\ \dot{2}\ \dot{3}\ \dot{2}\ |\ \underline{7\ 6}\ \dot{2}\ |$
依）　黄砂土　背了　王的眼，大睁两

$5\ \underline{0\ \dot{2}}\ |\ \dot{2}\ \dot{2}\ 5\ |\ \underline{0\ \dot{3}}\ \dot{3}\ |\ \dot{2}\ \underline{\dot{3}\ \dot{2}\ \dot{3}}\ |\ \dot{2}\ \underline{7\ 6}\ |$
眼　生不见天。　任你　走在东洋　海，为王

$\dot{2}\cdot\ \dot{3}\ |\ \dot{2}\ 0\ |\ (\dot{2}\cdot\ \underline{\dot{2}\ \dot{2}\ \dot{3}}\ |\ \dot{2}\ -\ )\ |\ 7\ 0\ |\ 7\ 0\ |$
赶你　　（咣且依且　咣）　水　水

$7\ 7\ |\ 7\ 6\ |\ (6\ 5\ |\ \underline{5\ 6\ 5\ 6}\ |\ \underline{5\ 6\ 5\ 6})\ \|$
水里边。（齐打　打打　咣且咣且　咣且咣且）

（繁峙县）

—448—

夸 女 婿

1 = A 2/4
中速

杨文珍 崔振玲 唱
刘　沛 记

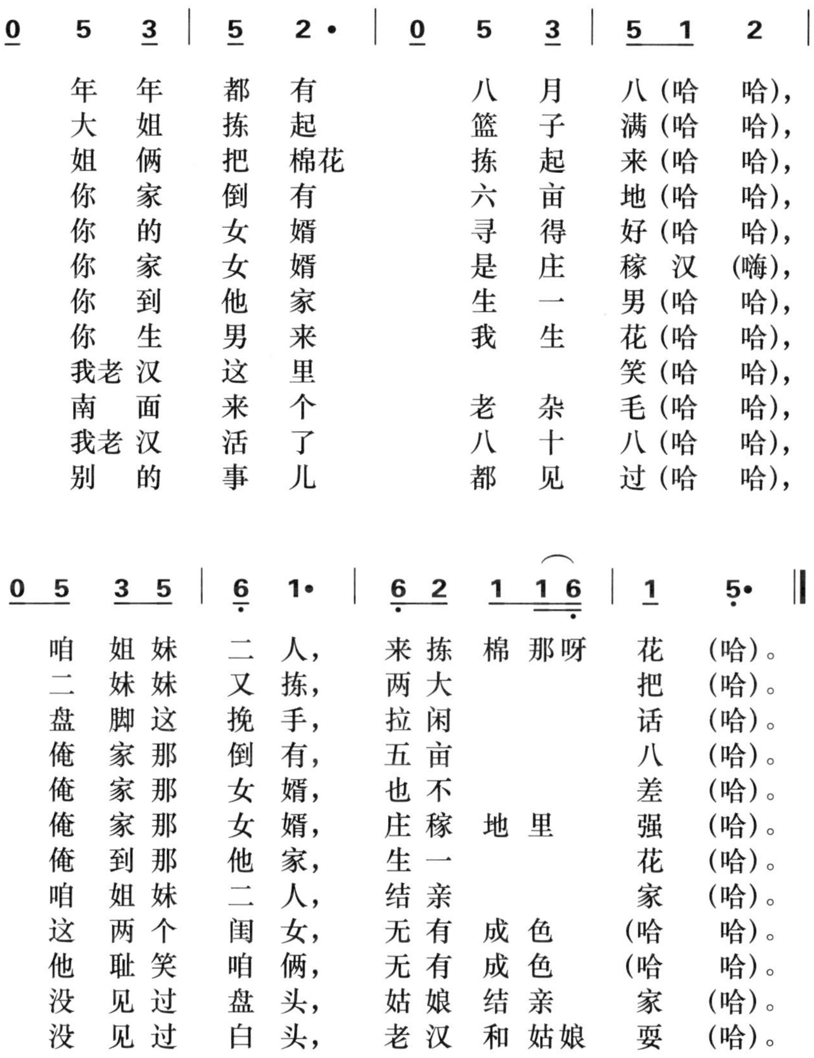

秧歌

| 0 5 | 3 | 5 2· | 0 5 | 3 | 5 1 | 2 |

年　年　都　有　八　月　八（哈　哈），
大　姐　拣　起　篮　子　满（哈　哈），
姐　俩　把　棉　拣　起　来（哈　哈），
你　家　倒　花　六　亩　地（哈　哈），
你　的　女　有　寻　得　好（哈　哈），
你　家　女　婿　是　一　稼　汉（嗨）
你　到　他　家　生　生　男（哈　哈），
我　生　男　来　我　杂　花（哈　哈），
老　汉　这　里　老　十　笑（哈　哈），
南　面　来　个　八　见　毛（哈　哈），
别　的　活　都　　　　八　过（哈　哈），
　　　儿　　　　　　　　

| 0 5 | 3 5 | 6· 1· | 6 2 | 1 1 6 | 1 | 5· |

咱　姐　二　人，拣　来　棉　那　花（哈）。
二　妹　又　拣　两　大　呀　把（哈）。
盘　妹　挽　手，手　闲　　　　话（哈）。
俺　脚　倒　有　五　亩　　　差（哈）。
俺　家　女　婿，也　不　　　　强（哈）。
俺　家　女　家，庄　稼　地　花（哈）。
俺　那　他　人，结　有　里　家（哈）。
咱　那　二　女，无　有　成　（哈　哈）。
这　姐　个　俩，无　亲　色　（哈　哈）。
他　妹　笑　咱　姑　成　色　（哈）。
没　两　过　盘　娘　结　亲　家（哈）。
没　耻　过　头，老　和　姑　耍（哈）。
见　见　　　白　汉　　　娘　
　　　　　头，　　　　　

（繁峙县）

安 瓜 调

魏来福 整理

"安瓜调"亦与"扎扎嘴"、"借冠调"等相似，都是将戏名用为调名的。此调健康优美，欢快风趣，群众喜闻，故现代戏中也常用此调。

"安瓜"所用之曲调有四种。曲调尽管各有差异，但其主旋律相似，均以"1"、"6"二音为主，人们往往不易听出。此调音阶的跳跃性很大，常以低八度一跃而为高八度（即从低音"1"跃为高音"1"）故在演唱时不易掌握。

"安瓜调"所有的曲调中，有慢的，也有快的。慢的记为2/4节拍（相当于大调的"慢二性"），快的则记为1/4节拍（相当于大调的"慢三性"）。其音乐结构也是"起板"和"唱腔"两个部分，并无上下句之分。现将"安瓜"中的四种曲调，分列于下：

一、起板（一）

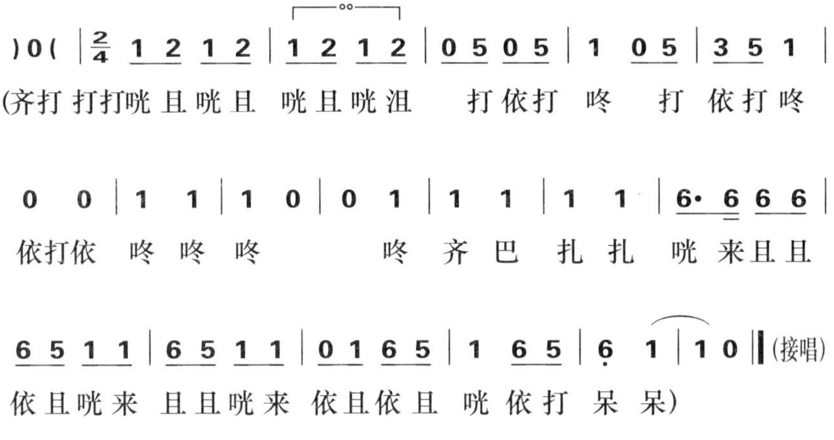

)0(|$\frac{2}{4}$ 1 2 1 2 | 1 2 1 2 | 0 5 0 5 | 1 0 5 | 3 5 1 |
（齐打 打打咣 且 咣且 咣且咣沮　打依打 咚　打 依打咚

0 0 | 1 1 1 0 | 0 1 1 1 1 | 6·6 6 6 |
依打依 咚 咚 咚　　咚 齐 巴 扎 扎　咣 来且且

6 5 1 1 | 6 5 1 1 | 0 1 6 5 | 1 6 5 | 6 1 | 1 0 |（接唱）
依且咣来　且且咣来　依且依且　咣依打　呆 呆）

起板（二）

（演唱时速度较快，需打双梆子）

)0(|$\frac{2}{4}$ 1 2 1 2 | 1 2 1 2 | 1 2 1 | 1 1 | 1 1 6̣ 1 |
（齐打 打打 咣且咣且 咣且咣且 齐打齐 咣 咣 咣来依咣

6̣ 5̣ 5·̣ 5̣ | 5 5 5 6 5 | $\frac{1}{4}$ 1 ‖ （唱）
依且咣 且 咣且依咣　依）

（有时不用前边的"趟子"，只从"齐打齐"开始，称做"小起"。）

起板（三）

（卖宝时二人对唱）

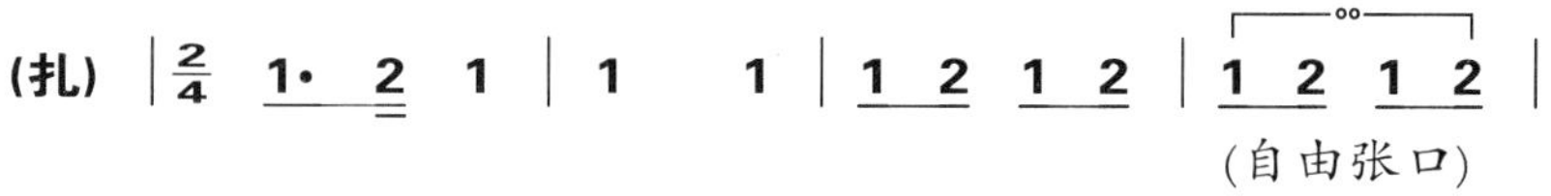

(扎) |$\frac{2}{4}$ 1· 2 1 | 1　1 | 1 2 1 2 | 1 2 1 2 |
　　　　　　　　　　　　　　　　　（自由张口）

二、唱腔

①"开铺"

(起板略)

$\frac{2}{4}$ 1̇ 6 1 | 0 1 6 1 | 5 1 5 | 5· 6 | 5 6 5 5 | 5 1̇ |
（男）有老汉　一心　要　把　木匠　铺子　开呀，

3· 5 2 6̣ | 1 - | 3 3 5 2 6̣ | 1 - | 3 3 3 3 5 |
老　婆咋。　老　汉咋，　怎呀么怎的儿

2 2 2 | 3 5 2 6̣ | 1 - | 1· 1 1 1 | 6̣ 1 6̣ 5̣ |
来哟。（女）听我对你　说，（男）巧嘴地　乖嘴你

3 5 2 6̣ | 1 - | 5 3 5 6 | 5· 1̇ | 3 5 2 6̣ | 1 - |
说什　么，（女）你要　是　　木匠铺子　开

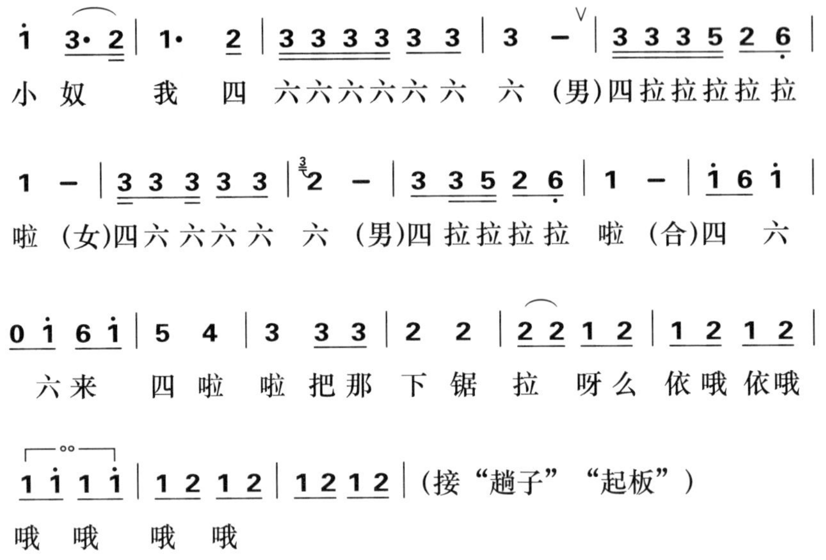

$\underline{\dot{1}\ \ 3\cdot\underline{2}}\ |\ 1\cdot\ \underline{2}\ |\ \underline{3\ 3\ 3\ 3\ 3\ 3}\ |\ 3\ -\ |\ \underline{3\ 3\ 3\ 5\ 2\ \dot{6}}\ |$

小奴　我　四　六六六六六六　六　(男)四拉拉拉拉

$1\ -\ |\ \underline{3\ 3\ 3\ 3\ 3}\ |\ \overset{3}{2}\ -\ |\ \underline{3\ 3\ 5\ 2\ \dot{6}}\ |\ 1\ -\ |\ \underline{\dot{1}\ 6\ \dot{1}}\ |$

啦(女)四六六六六　六　(男)四拉拉拉拉　啦(合)四　六

$\underline{0\ \dot{1}\ 6\ \dot{1}}\ |\ 5\ 4\ |\ 3\ \underline{3\ 3}\ |\ 2\ 2\ |\ \underline{2\ 2\ 1\ 2}\ |\ \underline{1\ 2\ 1\ 2}\ |$

六来　四啦　啦把那　下锯　拉呀么　依哦依哦

$\underline{1\ \dot{1}\ \dot{1}\ \dot{1}}\ |\ \underline{1\ 2\ 1\ 2}\ |\ \underline{1\ 2\ 1\ 2}\ |$ (接"趟子""起板")

哦哦哦哦

② "卖宝"

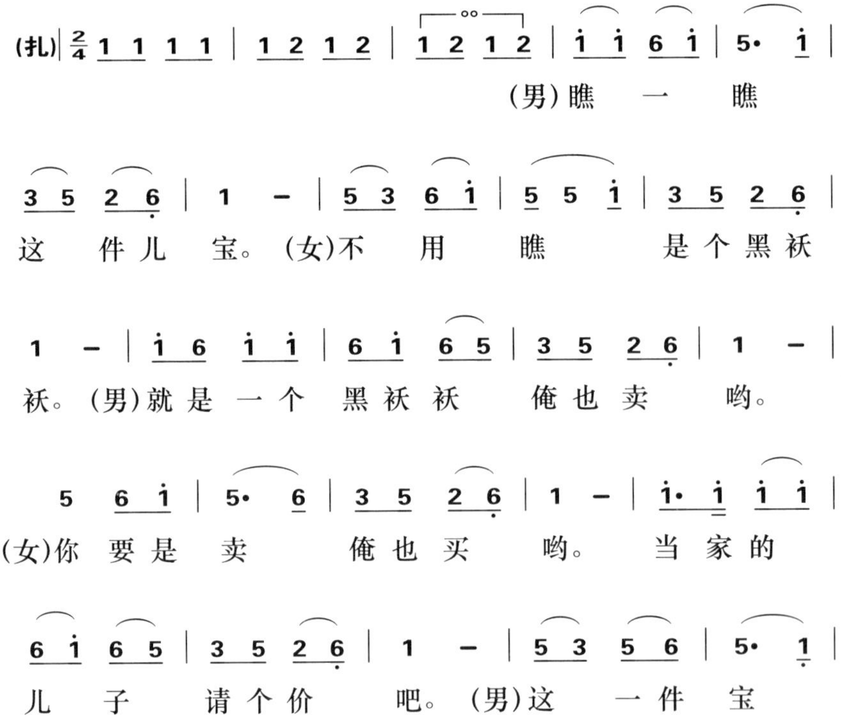

(扎) $\frac{2}{4}\ \underline{1\ 1\ 1\ 1}\ |\ \underline{1\ 2\ 1\ 2}\ |\ \underline{1\ 2\ 1\ 2}\ |\ \underline{\dot{1}\ \dot{1}\ 6\ \dot{1}}\ |\ 5\cdot\ \dot{1}\ |$

(男)瞧　一　瞧

$\underline{3\ 5\ 2\ \dot{6}}\ |\ 1\ -\ |\ \underline{5\ 3\ 6\ \dot{1}}\ |\ \underline{5\ 5\ \dot{1}}\ |\ \underline{3\ 5\ 2\ \dot{6}}\ |$

这　件儿　宝。(女)不用　瞧　是个黑袄

$1\ -\ |\ \underline{\dot{1}\ 6\ \dot{1}\ \dot{1}}\ |\ \underline{6\ \dot{1}\ 6\ 5}\ |\ \underline{3\ 5\ 2\ \dot{6}}\ |\ 1\ -\ |$

袄。(男)就是一个　黑袄袄　俺也卖　哟。

$\underline{5\ 6\ \dot{1}}\ |\ 5\cdot\ 6\ |\ \underline{3\ 5\ 2\ \dot{6}}\ |\ 1\ -\ |\ \underline{\dot{1}\cdot\ \dot{1}\ \dot{1}}\ |$

(女)你要是卖　俺也买　哟。　当家的

$\underline{6\ \dot{1}\ 6\ 5}\ |\ \underline{3\ 5\ 2\ \dot{6}}\ |\ 1\ -\ |\ \underline{5\ 3\ 5\ 6}\ |\ 5\cdot\ \dot{1}\ |$

儿子　请个价　吧。(男)这　一件宝

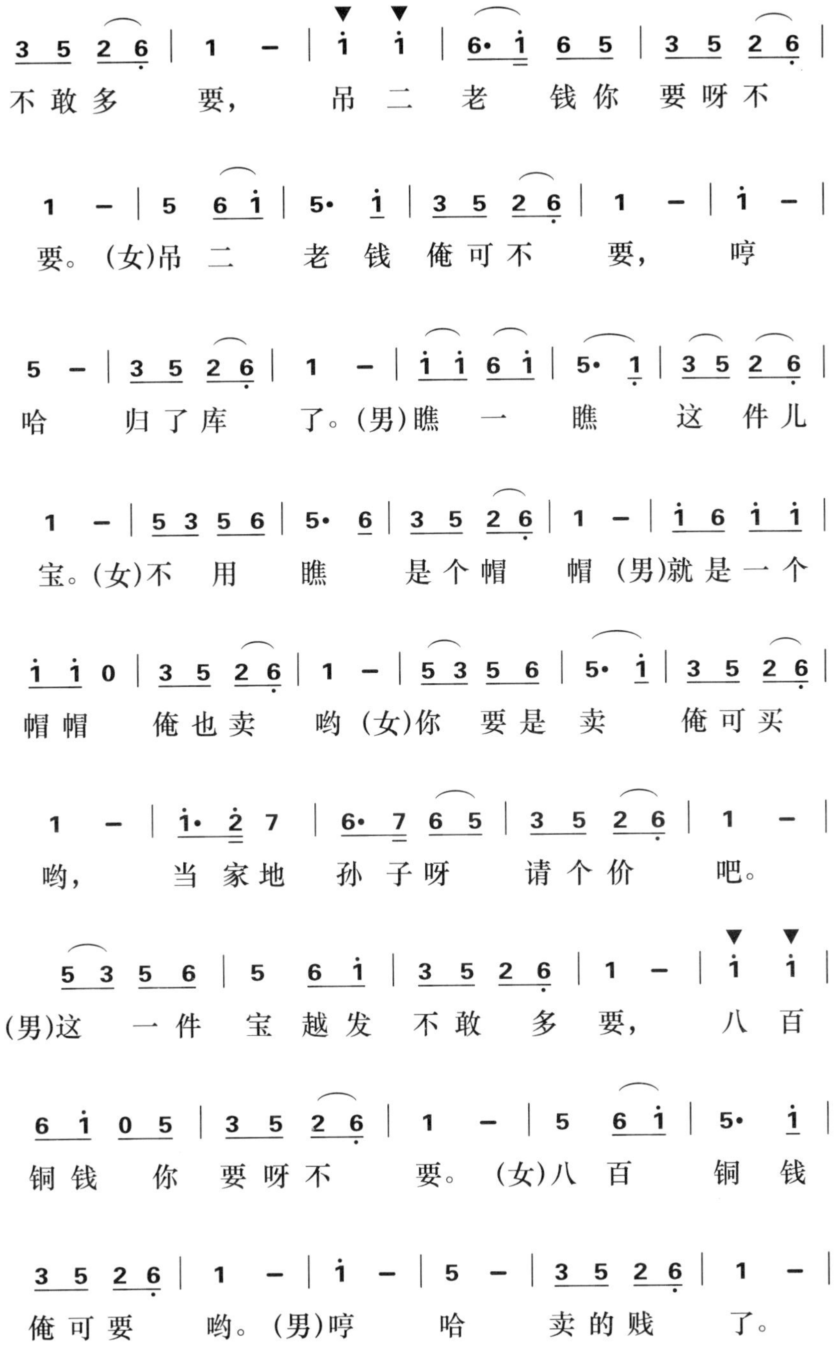

$\underline{3\ 5}\ \underline{2\ \dot6}\ |\ 1\ -\ |\ \underline{\dot1\ \dot1}\ |\ \underline{6\cdot\ \dot1}\ \underline{6\ 5}\ |\ \underline{3\ 5}\ \underline{2\ \dot6}\ |$
不敢多　要，　吊二老　钱你要呀不

$1\ -\ |\ 5\ \underline{6\ \dot1}\ |\ 5\cdot\ \underline{\dot1}\ |\ \underline{3\ 5}\ \underline{2\ \dot6}\ |\ 1\ -\ |\ \dot1\ -\ |$
要。(女)吊二　老钱俺可不　要，　哼

$5\ -\ |\ \underline{3\ 5}\ \underline{2\ \dot6}\ |\ 1\ -\ |\ \underline{\dot1\ \dot1}\ \underline{6\ \dot1}\ |\ 5\cdot\ \underline{\dot1}\ |\ \underline{3\ 5}\ \underline{2\ \dot6}\ |$
哈　归了库　了。(男)瞧一　瞧　这件儿

$1\ -\ |\ \underline{5\ 3}\ \underline{5\ 6}\ |\ 5\cdot\ \underline{6}\ |\ \underline{3\ 5}\ \underline{2\ \dot6}\ |\ 1\ -\ |\ \underline{\dot1\ 6}\ \underline{\dot1\ \dot1}\ |$
宝。(女)不用　瞧　是个帽　帽(男)就是一个

$\underline{\dot1\ \dot1}\ 0\ |\ \underline{3\ 5}\ \underline{2\ \dot6}\ |\ 1\ -\ |\ \underline{5\ 3}\ \underline{5\ 6}\ |\ 5\cdot\ \underline{\dot1}\ |\ \underline{3\ 5}\ \underline{2\ \dot6}\ |$
帽帽　俺也卖　哟(女)你要是卖　俺可买

$1\ -\ |\ \underline{\dot1\cdot\ \dot2}\ 7\ |\ \underline{6\cdot\ 7}\ \underline{6\ 5}\ |\ \underline{3\ 5}\ \underline{2\ \dot6}\ |\ 1\ -\ |$
哟，　当家地　孙子呀　请个价　吧。

$\underline{5\ 3}\ \underline{5\ 6}\ |\ \underline{5\ 6}\ \underline{\dot1}\ |\ \underline{3\ 5}\ \underline{2\ \dot6}\ |\ 1\ -\ |\ \underline{\dot1\ \dot1}\ |$
(男)这一件宝越发不敢多　要，　八百

$\underline{6\ \dot1}\ 0\ 5\ |\ \underline{3\ 5}\ \underline{2\ \dot6}\ |\ 1\ -\ |\ 5\ \underline{6\ \dot1}\ |\ 5\cdot\ \underline{\dot1}\ |$
铜钱　你要呀不　要。(女)八百铜钱

$\underline{3\ 5}\ \underline{2\ \dot6}\ |\ 1\ -\ |\ \dot1\ -\ |\ 5\ -\ |\ \underline{3\ 5}\ \underline{2\ \dot6}\ |\ 1\ -\ |$
俺可要　哟。(男)哼　哈　卖的贱　了。

秧歌

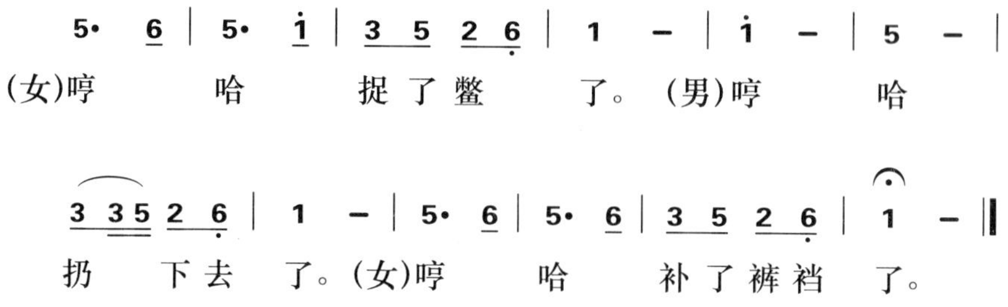

民歌 五台山

③ "安瓜"

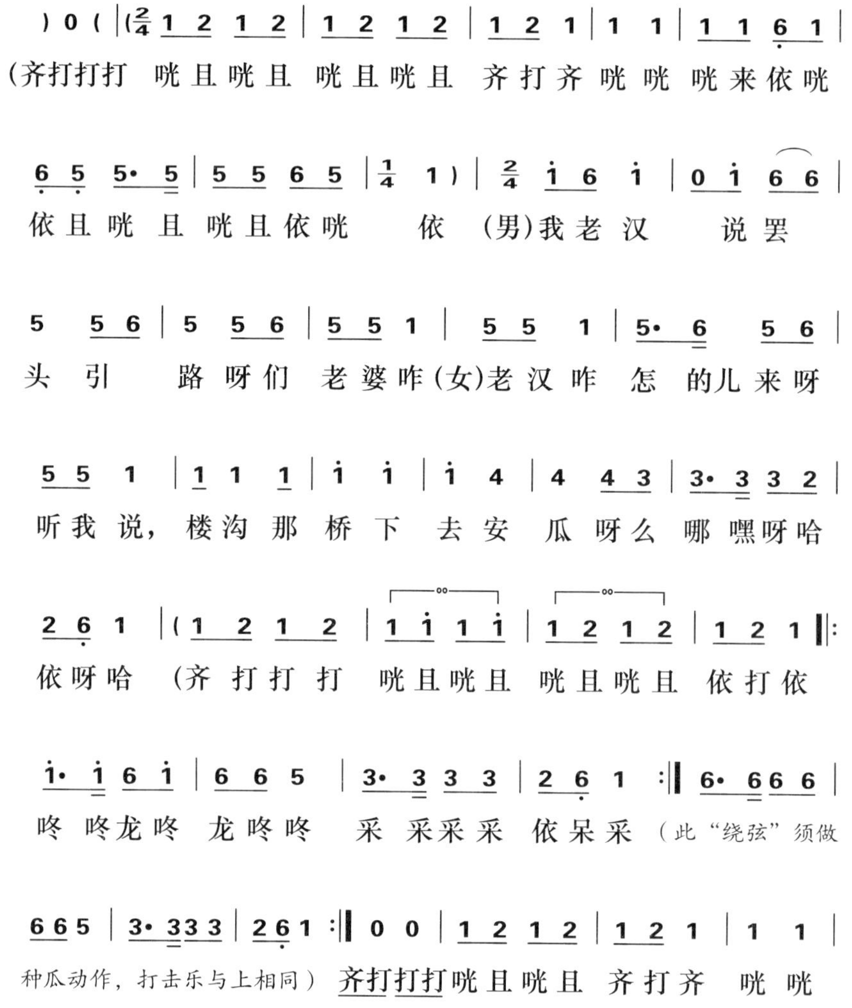

（齐打打打 咣且咣且 咣且咣且 齐打齐咣咣 咣来依咣 依且咣且 咣且依咣 依）（男）我老汉 说罢头引 路呀们 老婆咋（女）老汉咋 怎的儿来呀听我说，楼沟那桥下 去安 瓜呀么 哪嘿呀哈依呀哈（齐打打打 咣且咣且 咣且咣且 依打依咚 咚龙咚 龙咚咚 采采采采 依呆采（此"绕弦"须做种瓜动作，打击乐与上相同）齐打打打咣且咣且 齐打齐 咣咣

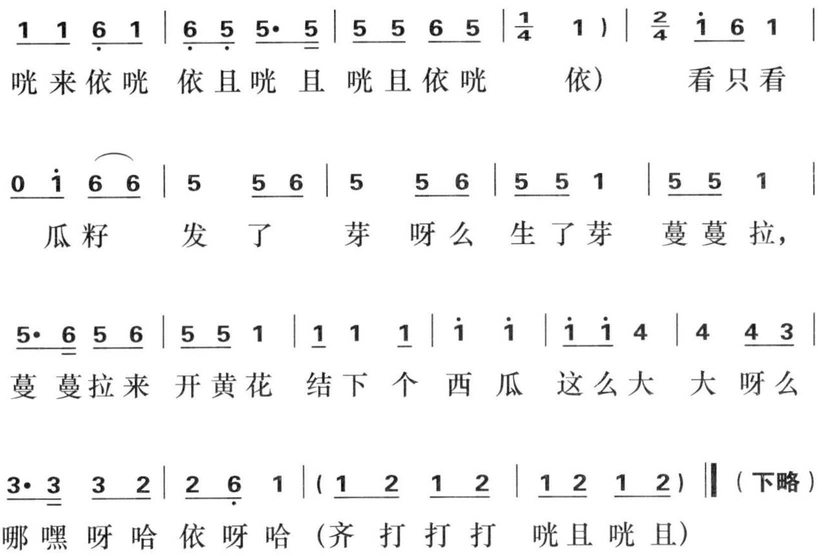

```
1 1 6̣ 1 | 6̣ 5̣ 5·̣ 5̣ | 5 5 6 5 | 1/4  1) | 2/4 i 6 1 |
咣 来 依 咣  依 且 咣 且  咣 且 依 咣      依)      看 只 看
```

```
0 i 6 6 | 5  5 6 | 5  5 6 | 5 5 1 | 5 5 1 |
瓜 籽    发  了   芽 呀么  生 了 芽  蔓 蔓 拉,
```

```
5· 6 5 6 | 5 5 1 | 1 1 1 | 1 i 1 | i 1 4 | 4 4 3 |
蔓  蔓 拉 来 开 黄 花 结 下 个  西 瓜  这么 大  大 呀么
```

```
3· 3 3 2 | 2̣ 6̣ 1 | (1 2 1 2 | 1 2 1 2) ‖ (下略)
哪 嘿 呀 哈 依 呀 哈  (齐 打 打 打  咣 且 咣 且)
```

结尾句子

(结尾时把后边唱词的三个字拖长)（慢）

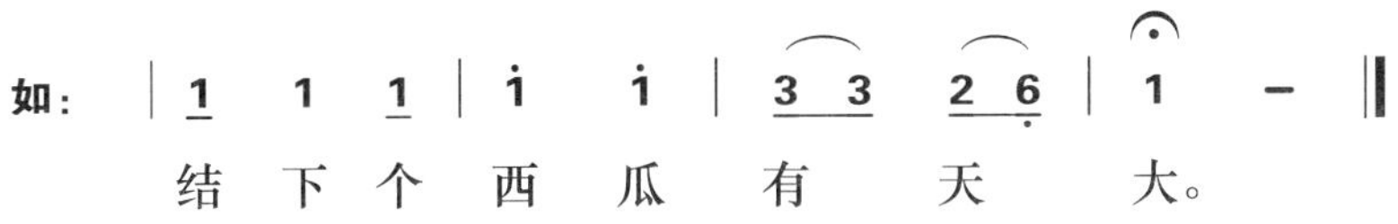

```
如:| 1 1 1 | i i i | 3 3 2 6̣ | 1 — ‖
   结 下 个  西 瓜   有    天   大。
```

④ "回家"

"回家"是快速唱腔，它相当于"大调"的"三性"，故记为1/4节拍。它只有上下两句，但无间奏"过门"，无论唱多少句，都连在一起，切板时，把尾音拖长，便可切止。

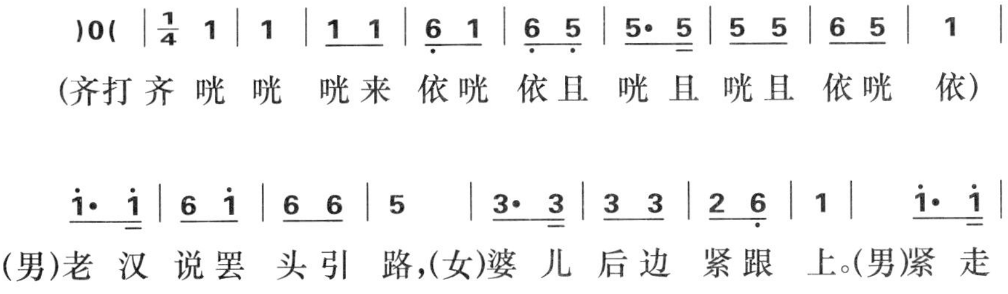

```
)0( | 1/4 1 1 | 1 1 | 6̣ 1 | 6̣ 5̣ | 5·̣ 5̣ | 5 5 | 6 5 | 1 |
(齐 打 齐 咣  咣  咣 来  依 咣  依 且   咣 且  咣 且  依 咣   依)
```

```
i· i | 6 1 | 6 6 | 5 | 3· 3 | 3 3 | 2 6̣ | 1 | i· i |
(男)老 汉  说 罢  头 引  路, (女)婆 儿  后 边  紧 跟   上。(男)紧 走
```

秧歌

| 6 1̇ | 6 1̇ | 5 | 3·3 | 3 5 | 3 2 | 1 | 6·6 | 6 6 |

几步 来得 快，(女)霎时 来在 南湾 下。(男)老汉 上前

| 6 6 | 5 | 3·3 | 3 5 | 2 6 | 1 | 1̇· 1̇ | 6 1̇ | 1̇ 6 |

拾牛 粪，(女)婆儿 上前 按谷 茬。(男)紧走 几步 来得

| 1̇ | 3·3 | 3 3 | 2 6 | 1 | 6·6 | 6 6 | 6 6 | 5 |

快，(女)一时 来在 咱们 家。(男)老汉 上前 倒牛 粪，

| 3 3 | 3 3 5 | 2 6 | 1 ‖

(女)婆儿 上前 按谷 茬。哎，按谷茬！（起二间梆）

（繁峙县）

鱼 船 调

魏来福 整理

"鱼船调"是1958年排演《鱼船配》时，由老艺人杨琏和尹爱孚同志改革的新调子，因其优美动听，后来不少戏中使用此调，效果良好。人们习惯地把它称为"鱼船配"调。

此调用于表现喜悦的情感。它的曲调形式是："起板"——"上句"——"过门"——"下句"，虽只上下两句，但可无定次地反复。切板时把后边两小节拖长即可。

它的"起板过门"和"间奏过门"，均不使用大铜器配奏，用小家伙（手锣、小镲）即可，并加以大鼓。

其速度为中速，记谱为2/4。现将其"过门"、"上句"、"下句"分列于下：

一、"起板"

①（起板时大鼓打一下两下都可以）

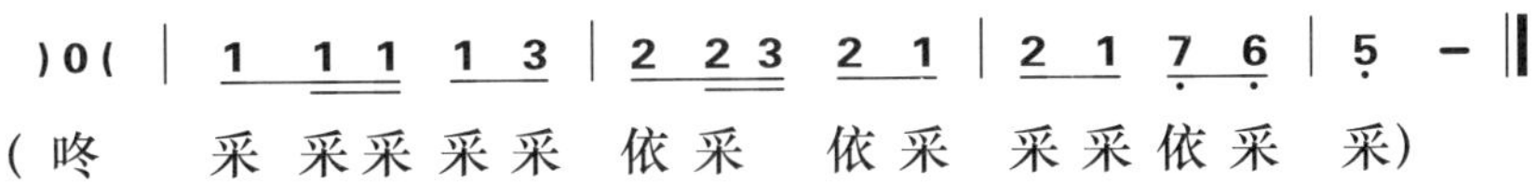

)0(| 1 1 1 1 3 | 2 2 3 2 1 | 2 1 7̣ 6̣ | 5̣ — ‖
(咚　采采采采采　侬采　　侬采　采采侬采　采)

②（有时也可以从高音上起板）

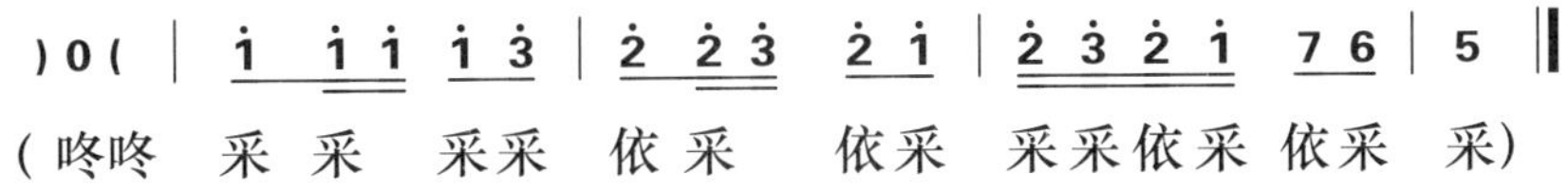

)0(| 1̇ 1̇ 1̇ 1̇ 3̇ | 2̇ 2̇ 3̇ 2̇ 1̇ | 2̇ 3̇ 2̇ 1̇ 7 6 | 5 ‖
(咚咚　采采　采采　侬采　侬采　采采侬采 侬采　采)

秧歌

二、"上句"

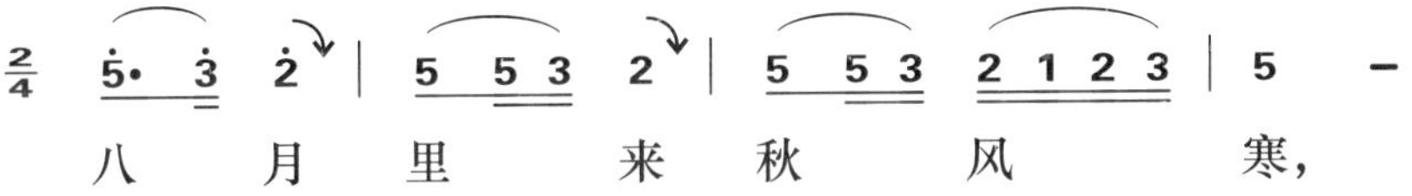

2/4　5̇·3̇　2̇　| 5 5 3　2̇ | 5 5 3　2 1 2 3 | 5　—
　　　八　月　里　来　秋　风　寒，

用高音唱的

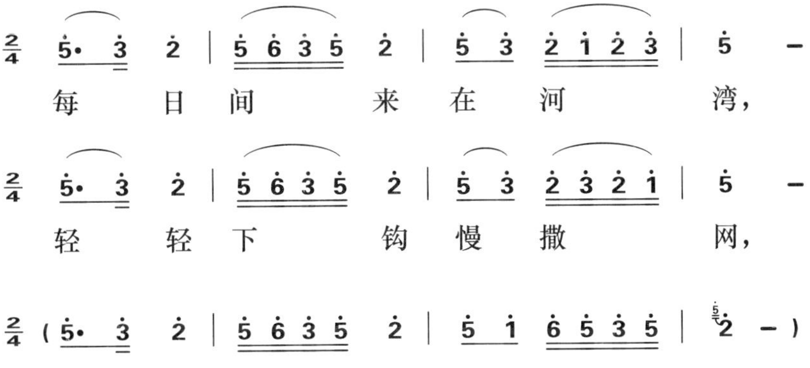

2/4　5̇·3̇　2̇ | 5̇ 6̇ 3̇ 5̇　2̇ | 5̇　3̇　2̇ 1̇ 2̇ 3̇ | 5̇　—
　　　每　日　间　来　在　河　湾，

2/4　5̇·3̇　2̇ | 5̇ 6̇ 3̇ 5̇　2̇ | 5̇　3̇　2̇ 3̇ 2̇ 1̇ | 5̇　—
　　　轻　轻　下　钩　慢　撒　网，

2/4　(5̇·3̇　2̇ | 5̇ 6̇ 3̇ 5̇　2̇ | 5̇ 1̇ 6̇ 5̇ 3̇ 5̇ | 5̇2̇ —)

三、"上句过门"

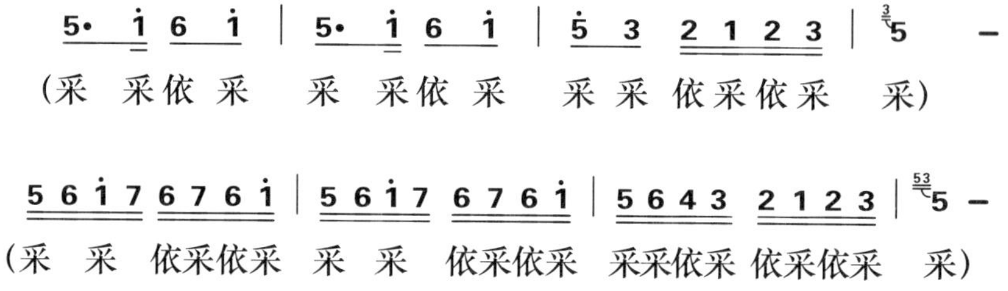

$5 \cdot \underline{\dot{1} 6} \dot{1} | 5 \cdot \underline{\dot{1} 6} \dot{1} | \underline{5 3} \underline{2 1 2 3} | \overset{3}{5} -$
(采 采依采 采 采依采 采 采 依采依采 采)

$\underline{5 6} \underline{1 7} \underline{6 7} \underline{6 1} | \underline{5 6} \underline{1 7} \underline{6 7} \underline{6 1} | \underline{5 6} \underline{4 3} \underline{2 1 2 3} | \overset{5 3}{5} -$
(采 采 依采依采 采 采 依采依采 采采依采 依采依采 采)

上句落音为"$\dot{2}$"字的过门

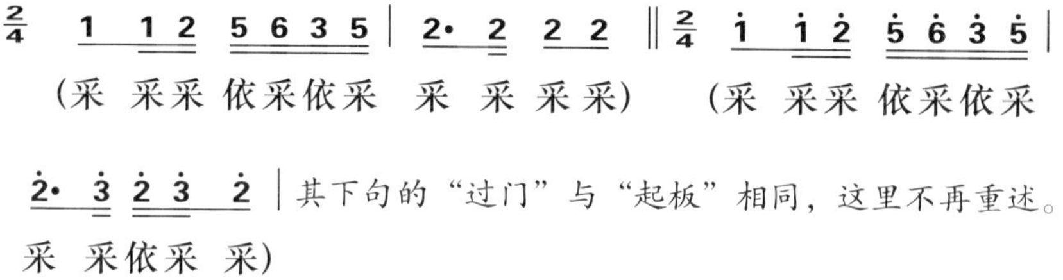

$\frac{2}{4} \quad \underline{1 \ \underline{1 2}} \ \underline{5 \ \underline{6 3 5}} | 2 \cdot \underline{2 \ \underline{2 2}} \| \frac{2}{4} \ \underline{1 \ \underline{1 2}} \ \underline{5 \ \underline{6 3 5}} |$
(采 采采 依采依采 采 采 采采)　　(采 采采 依采依采

$\dot{2} \cdot \underline{3} \ \underline{2 3} \ 2 |$ 其下句的"过门"与"起板"相同，这里不再重述。
采 采依采 采)

四、"下句"

$\underline{5 \ \underline{6}} \ 1 | 2 \cdot \underline{3} \ \underline{2 1} | \underline{2 3} \ \underline{2 1} \ \underline{7 \ \underline{6}} | \#5 -$
小 小 河 里　　划　　渔　　船。

$\underline{5 \ \underline{6}} \ \underline{1 \ \underline{1 1}} | \underline{2 \ \underline{5}} \ \underline{2 3 2 1} | \underline{2 3} \ \underline{2 1} \ \underline{7 \ \underline{6}} | \overset{1}{5} -$
晚上　　回 家 来　　鱼 儿 满　仓。

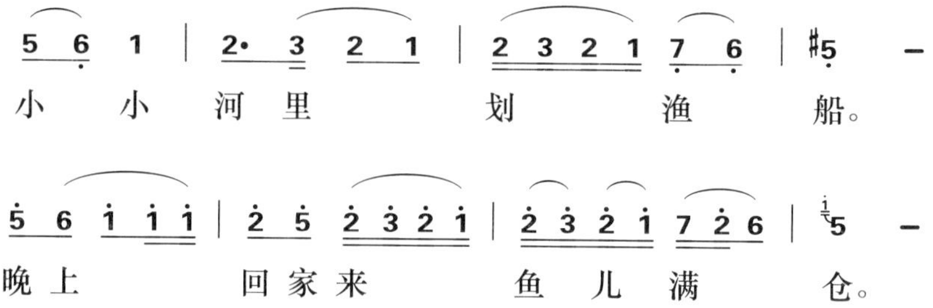

五、"鱼船配"唱例

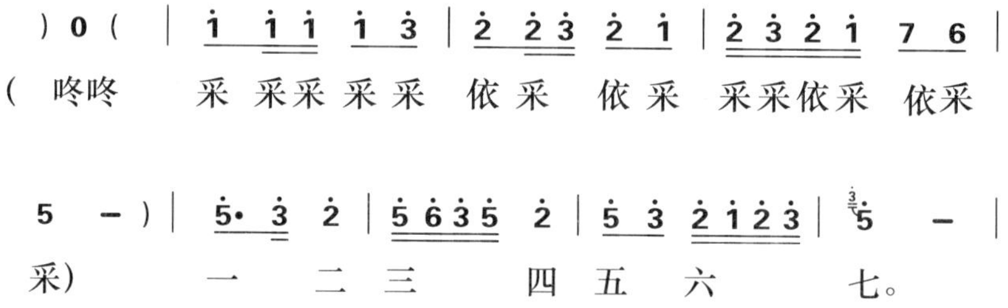

$) 0 (| \underline{\dot{1} \ \underline{1 1}} \ \underline{1 \ \underline{3}} | \underline{2 \ \underline{2 3}} \ \underline{2 \ \underline{1}} | \underline{2 3} \ \underline{2 1} \ \underline{7 \ \underline{6}} |$
(咚咚　采采采 采采 依采　依采 采采依采 依采

$5 -) | \underline{5} \cdot \underline{3} \ 2 | \underline{5 6 3 5} \ 2 | \underline{5 \ \underline{3}} \ \underline{2 1 2 3} | \overset{3}{5} - |$
采)　一　 二　 三　　四　五 六　　 七。

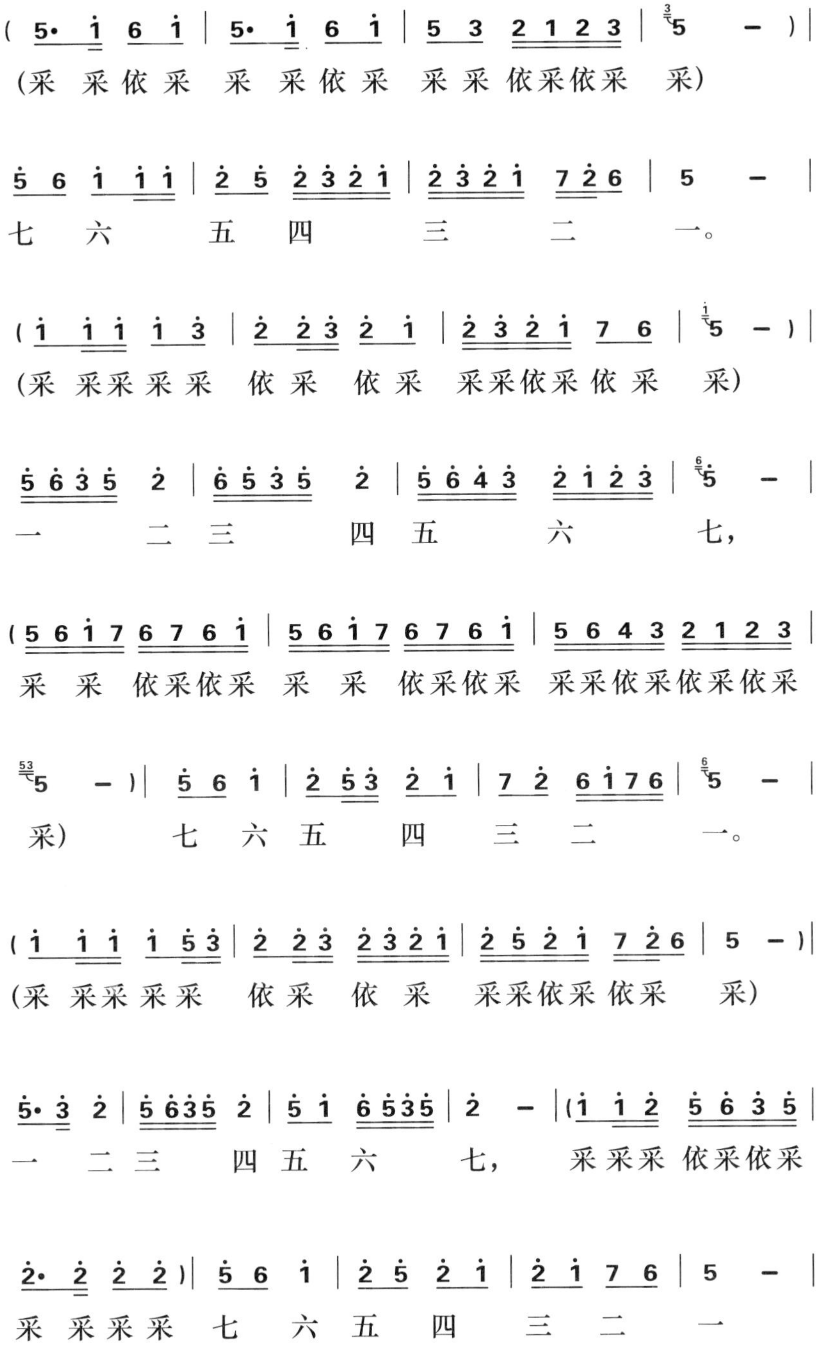

秧歌

(5· 1̇ 6 1̇ | 5· 1̇ 6 1̇ | 5 3 2 1 2 3 | ³5 —)|
(采 采 依 采 采 采 依 采 采采 依采依采 采)

5̇ 6 1̇ 1̇ 1̇ | 2̇ 5 2̇ 3̇ 2̇ 1̇ | 2̇ 3̇ 2̇ 1̇ 7 2 6 | 5 — |
七 六 五 四 三 二 一。

(1̇ 1̇ 1̇ 1̇ 3̇ | 2̇ 2̇ 3̇ 2̇ 1̇ | 2̇ 3̇ 2̇ 1̇ 7 6 | ¹5 —)|
(采 采 采 采 采 依 采 依 采 采采依采依采 采)

5 6 3 5 2 | 6 5 3 5 2 | 5 6 4 3 2 1 2 3 | ⁶5 — |
一 二 三 四 五 六 七,

(5 6 1̇ 7 6 7 6 1̇ | 5 6 1̇ 7 6 7 6 1̇ | 5 6 4 3 2 1 2 3 |
采 采 依采依采 采 采 依采依采 采采依采依采依采

⁵³5 —)| 5̇ 6 1̇ | 2̇ 5 3̇ 2̇ 1̇ | 7 2̇ 6 1̇ 7 6 | ⁶5 — |
采)   七 六 五 四 三 二 一。

(1̇ 1̇ 1̇ 1̇ 5 3 | 2̇ 2̇ 3 2̇ 3̇ 2̇ 1̇ | 2̇ 5̇ 2̇ 1̇ 7 2 6 | 5 —)|
(采 采 采 采 采 依 采 依 采 采采依采依采 采)

5·3 2 | 5 6 3 5 2 | 5 1̇ 6 5 3 5 | 2 — | (1̇ 1̇ 2̇ 5 6 3 5 |
一 二 三 四 五 六 七, 采采采 依采依采

2̇· 2̇ 2̇ 2̇)| 5 6 1̇ | 2̇ 5 2̇ 1̇ | 2̇ 1̇ 7 6 | 5 — |
采 采 采 采 七 六 五 四 三 二 一

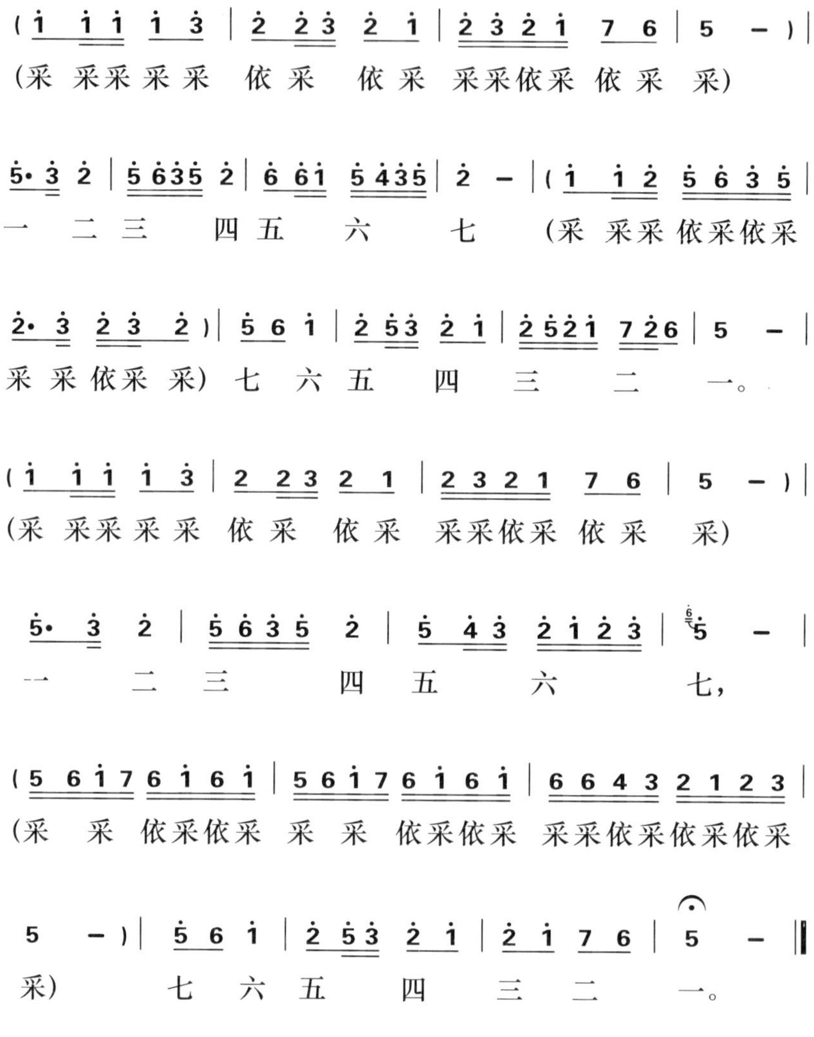

(1̇ 1̇ 1̇ 1̇ 3̇ | 2̇ 2̇ 2̇3̇ 2̇ 1̇ | 2̇ 3̇2̇1̇ 7 6 | 5 —) |
(采 采采采采 依采 依采 采采依采 依采 采)

5·3 2 | 5̱ 6̱3̱5̱ 2 | 6 6̱1̇ 5̱4̱3̱5̱ | 2 — | (1̇ 1̇ 2̇ 5̱ 6̱3̱5̱ |
一 二 三 四 五 六 七 (采 采采 依采 依采

2̇·3̇ 2̇3̇ 2̇) | 5̱ 6̱ 1̇ | 2̇ 5̱3̱ 2̇ 1̇ | 2̇ 5̱2̱1̇ 7̱ 2̱6̱ | 5 — |
采采依采采) 七 六 五 四 三 二 一。

(1̇ 1̇ 1̇ 1̇ 3̇ | 2̇ 2̇ 2̇3̇ 2̇ 1̇ | 2̇ 3̇2̇1̇ 7 6 | 5 —) |
(采 采采采采 依采 依采 采采依采 依采 采)

5·3 2 | 5̱ 6̱3̱5̱ 2 | 5̱ 4̱3̱ 2̱1̱2̱3̱ | 5̇ — |
一 二 三 四 五 六 七,

(5̱ 6̱1̇7̱ 6̱1̇ | 5̱ 6̱1̇7̱ 6̱1̇ | 6̱ 6̱4̱3̱ 2̱1̱2̱3̱ |
(采 采 依采依采 采 采 依采依采 采采依采依采依采

5 —) | 5̱ 6̱ 1̇ | 2̇ 5̱3̱ 2̇ 1̇ | 2̇ 1̇ 7 6 | 5 — ‖
采) 七 六 五 四 三 二 一。

(繁峙县)

民歌五台山

其他地方秧歌

　　五台山地区的多数县份坐落在忻州市（原为忻州地区）地域。据《忻州地区民歌集成》一书载述，该区民歌的体裁主要有山曲、小调、劳动号子、歌舞曲四类。传统民间歌舞曲指化妆表演形式的民歌，包括秧歌和二人台歌舞音乐。

　　五台山地区的秧歌种类繁多，多姿多彩，具有浓厚的乡土气息，分布地区也很广。如前所述的原平凤秧歌、五台登台秧歌、定襄高跷秧歌、繁峙小调秧歌等，均传延年代久远，内容丰富多彩，歌舞独具特色。而其他地方的秧歌同样具有类似的风采，都是在各地沃土上产生、培育、成长起来的艺术奇葩。诸如忻州、代县、盂县和阜平、平山县等地的秧歌，均具有深厚的群众基础，在民间广泛普及，已在人民群众生活中深深地扎了根。

　　这些地方的秧歌大多是在当地小调基础上发展起来的歌舞曲。最初在街头、场院演唱。近几十年来，特别是新中国成立以来，有的被搬上舞台，发展成为地方小戏，有的向板腔体戏曲发展。但大多数地方秧歌仍保持着民歌特点，是各地人民喜闻乐见的民间歌舞艺术形式。

放 牛 调

怀绵 子贞 清莲 记

1 = ♭B 2/4
中速

我的那 名字 叫 老 斗，家住在 忻县
正月 里来 正月 正，正月 十五

酸刺 沟，当过那长工 受过 苦，每日里起
刮春 风，春风 刮在 牛身 上，放牛的老

来（嘿）放黑 牛，（嘿）放黑 牛。
汉（嘿）冷格森 森，（嘿）冷格森 森。

（忻州市）

民歌五台山

卖 菜
（二）

1 = D 2/4
中速

子贞 记

阳婆（呀么哪）上来（呀么哪）照山（呀么哪）
担担（呀么哪）放在（呀么哪）路中（呀么哪）

—462—

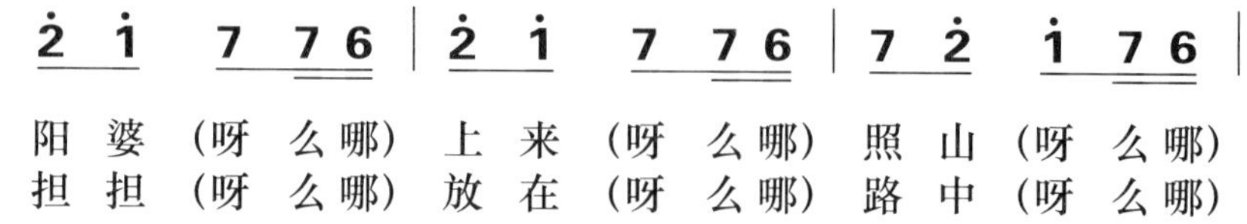

秧歌

```
5·3  5 5 | 7 2̇  1̇ 7 6 | 1̇ 5 6  4 3 6 |
```
红(呀红呀)照山(呀么哪)红呀(哪呼儿)
心(呀心呀)路中(呀么哪)心呀(哪呼儿)

```
5 — | 2̇ 1̇  7 7 6 | 2̇ 1̇  6 1̇ | 5·6  1̇ |
```
嗨), 担上(呀么哪)菜担我就出 了
嗨), 芹菜(呀么哪)菠菜还有白 菜

```
5 5 1̇  3 3 2 | 1 — | 5 5 3  5 5 1̇ |
```
门(呀么杨柳 青), (呼哇儿呼儿
葱(呀么杨柳 青), (呼哇儿呼儿

```
3 3 3 2 1 | 5 5 3  5 5 1̇ | 3 3 3 2  1 |
```
吱啦啦儿嘣 嘣叭儿嘣叭儿 花花依花红
吱啦啦儿嘣 嘣叭儿嘣叭儿 花花依花红

```
5 5 6  1̇ 2̇ | 1̇ 2̇ 7 6 | 5·6 | 1̇ 5 6  4 3 2 | 1 — |
```
哎咳 哎咳)哎个依儿哟 杨柳 叶叶儿青),
哎咳 哎咳)哎个依儿哟 杨柳 叶叶儿青),

```
3 5  6 1̇ | 5 3 5 6 | 5 5 6  1̇ 2̇ | 1̇ 2̇ 7 6 | 5·6 |
```
(哎 哟 哎咳 哎咳哎个依儿 哟
(哎 哟 哎咳 哎咳哎个依儿 哟

```
1̇ 5 6  4 3 2 | 1 — ‖
```
杨柳 叶叶儿青)。
杨柳 叶叶儿青)。

(忻州市)

十 里 墩

1=C 2/4

子贞 记
武柱 唱

民歌 五台山

1 5̣ 1 | 2 2 2 3 5 6̣ | 5̣ 5̣ | 2 3 2 1 5̣ 5̣ |
送 郎 （雪溜溜溜 阿）送 在（呀）（谷六谷拉 底 儿）

5 5 5 5 3 5 6 1̇ | 5 - | 6 5 5 3 5 1 | 2· 3 |
（甲谷拉刮 哎）哥哥（哟） 一 里 墩 （唉）

5̣ 2 1 6̣ 1 | 3 2 0 | 2 2 3 5 5 5 | 3 6 5 |
（哪 么的 依呀 咳咳）， 一 盘 子（呀么）桃杏 干

2 3 2 1 2 5 2 1 | 5 2 1 6̣ 5̣ | 6̣ 5̣ 5̣ 1 |
端给我的（呀）哥哥 用（呀个 哟哟 唉哟 哟哟），

2· 5 6̣ 5̣ | 2· 5 2 1 | 2· 5 6̣ 5̣ |
掌 明 灯（呀）明 灯 底下 论 知 心（呀

2 3 2 1 2 3 2 5 | 6̣ 1 1 2 2 2 3 | 5 6 6 1· 2 |
雪溜溜溜 叭啦啦啦 改 得儿 谷溜溜溜 亚哟儿 亲哼

5̣ - ‖
哼）。

（忻州市）

拜 月

（三）

邢丑花 唱
怀锦 清莲 记

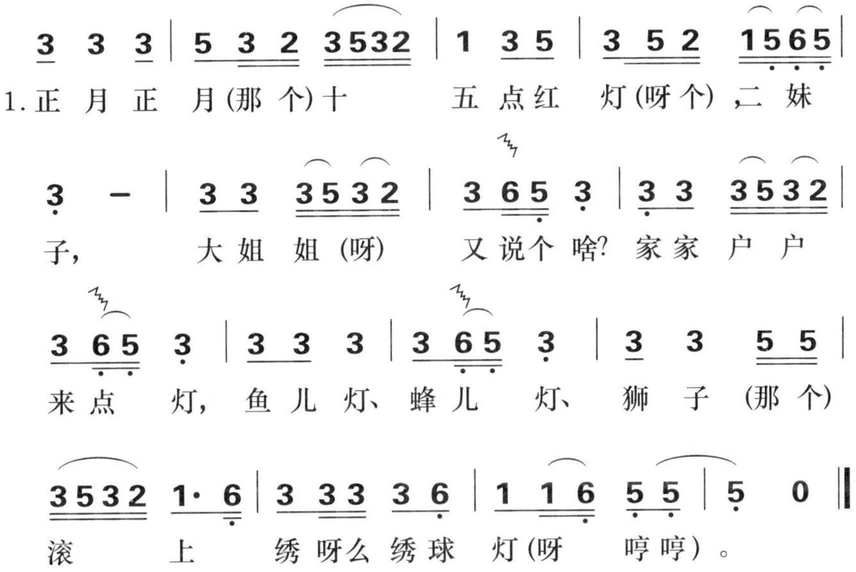

1 = A 2/4

中速

```
 3 3 3 | 5 3 2  3532 | 1 3 5 | 3 5 2 | 1 5 6 5 |
```
1.正 月 正 月(那个)十　　　五 点 红 灯(呀个)，二 妹

```
 3 - | 3 3  3532 | 3 6 5 3 | 3 3  3532 |
```
　子，　大 姐 姐(呀) 　又说个啥? 家家 户户

```
 3 6 5 3 | 3 3 3 | 3 6 5 3 | 3 3  5 5 |
```
　来 点 灯，鱼儿灯、蜂儿 灯、狮子(那个)

秧歌

```
 3532  1·6 | 3 3 3  3 6 | 1 1 6  5 5 | 5 0 ‖
```
　滚　上　绣呀么绣球 灯(呀　哼哼)。

2. 二月二月里来天又长，二妹子，大姐姐又说个啥？
　 二月里来天又长，杨柳发芽叶儿青，
　 青草苗苗扎呀么扎下根。

3. 三月三月里来桃杏花开，二妹子，大姐姐又说个啥？
　 三月里开的是桃杏花，桃花红，杏花白，
　 红的红来白的白一个枝枝白。

4. 四月四月里来奶奶会，二妹子，大姐姐又说个啥？
   四月初八是奶奶会，家家户户来赶会，
   咱姐妹二人缺少个小女婿。

5. 五月五月里来端阳节，二妹子，五月初五是端阳节，
   家家户户是采艾叶，大姐姐头上戴，
   二小妹妹采一枝插呀么插鬓角。小妹妹采一枝插呀么插鬓角。

6. 六月六月里来热难当，二妹子，买一个草帽遮阴凉，
   你买上，我戴上，戴上草帽遮阴凉，
   行路君子树底歇歇凉。

7. 七月七月里来秋风凉，二妹子，大姐姐又说个啥？
   七月里来秋风凉，七月里秋风凉，
   咱姐妹二人缺少好衣裳。

8. 八月八月里来月儿圆，二妹子，八月十五月儿圆，
   西瓜月饼通供献，葡萄甜、果子甜，
   咱姐妹二人尝一个月饼甜。

9. 九月九月里来菊花鲜，二妹子，大姐姐又说个啥？
   九月里来菊花鲜，九月里菊花鲜，
   咱姐妹采一枝插呀么插鬓间。

（忻州市）

观 灯

1=F 2/4

马春元 唱
家 滨 记

中速

秧歌

5 １ 6 5 | １ 6 5 6 5 | 5· 3 | 2 5 | 5 2 1 |
1.正月 十五 去观 灯， 大街 小巷

7 2 5 | 5 — | 3 3 3 2 | 1 1 1 2 |
 人 挤 人， 男男女女、老老少少、

3 3 3 2 | 1 1 1 2 | 5 5 5 2 | 1 1 1 2 |
左左右右、前前后后、男男女女、老老少少、

5 5 5 2 | 1 1 1 2 | 2 5 2 2 1 | 7 2 5 |
左左右右、前前后后， 一群 一伙地 往前 拥。

2.好容易挤到城门洞，挤死挤活挤不通，
　说说笑笑、哭哭闹闹、嚷嚷叫叫、蹦蹦跳跳，
　说说笑笑、哭哭闹闹、嚷嚷叫叫、蹦蹦跳跳，
　听不清楚是啥声音。

3.忽然踮起脚后跟，眼前旺火是红彤彤，
　烟篷雾罩、噼里啪啦、忽东忽西、忽高忽低，
　烟篷雾罩、噼里啪啦、忽东忽西、忽高忽低，
　热气腾腾地上了劲。

4. 千门万户尽彩灯，星罗棋布层叠层，
   红红绿绿、花个生生、喜个蹦蹦、笑个盈盈，
   红红绿绿、花个生生、喜个蹦蹦、笑个盈盈，
   照得今年五谷丰。

5. 更有热门添红火，五花八门几十种，
   船灯抬阁、高跷栳杆、狮子社火、海蚌灯，
   船灯抬阁、高跷栳杆、狮子社火、海蚌灯，
   咚不隆咚一条声。

6. 看完红火回家转，浑身疲劳愿担承，
   跛个脚脚、拐个腿腿、湿个腕腕、腿个肚肚，
   跛个脚脚、拐个腿腿、湿个腕腕、腿个肚肚，
   好像是得病扎上了针。哎哟，好疼。

（代　县）

挂 红 灯

1=F 2/4

张国义 记

正月里来正月正，正月十五挂红灯，

红灯挂在大门外，就等哥哥

上工来，哎咳哟哟就等哥哥上工来。

（代　县）

十 对 花

1 = G 2/4

铁晔光 记

秧歌

$\widehat{3\cdot 5}$ 6 6 | $\widehat{5 6 5}$ 4 | 5 3 5 3 | 1 $\widehat{3 2}$ |
正 月 里 呀 什么 花得儿 开，

$\widehat{3\cdot 5}$ 6 6 | $\widehat{5 6 5}$ 4 | 5 3 5 3 | 1 $\widehat{3 2}$ |
正 月 里 呀 什么 花得儿 开，

5 3 5 3 | 1 3 2 | 1 3 2 | 1 3 2 |
想起 奴家的 哥哥儿 来， 妹子儿 来， 哥哥儿 来，

1 3 2 | 5 5 3 | $\widehat{6\cdot 5}$ 4 — | 2 5 |
妹子儿 来， 正月里 开 的 迎春

$\underset{.}{6}$ 1 | 2·3 1 6 | $\underset{.}{5}$ — | 2·5 7 | 2·5 7 |
花儿 花儿么 依呀 嗨。 恩 哎 恩 哎

3·5 3 5 | 6 6 5 | 3·5 3 5 | 6 6 5 |
七 不隆咚 依哟哟 八 不隆咚 哎哟哟

2 5 2 5 | $\underset{.}{6}$ 5 | $\underset{.}{6}$ 1 | 2 3 1 $\underset{.}{6}$ | $\underset{.}{5}$ — |
一对一对 迎春 花儿 开么依嗨 嗨。

6 6 | $\widehat{5 6 5}$ 4 | 5 3 5 3 | 1 $\widehat{3 2}$ |
二 月 里 呀 什么 花得儿 开呀嗨，

| 5 3 5 3 | 1 3 2 | 1 3 2 | 1 3 2 |

想起 奴家的 哥哥儿 来， 妹子儿来 哥哥儿来，

| 1 3 2 | 5 7 | 5 7 | 2 5 | 6 1 |

妹子儿 来，恩 哎 恩 哎 白 菜 花儿

| 2·3 1 6 | 5 — | 2·5 7 | 2·5 7 | 3 5 3 5 |

开 么 依 呀 嗨， 恩 哎 恩 哎 七 不 隆 冬

| 6 6 5 | 2 5 3 5 | 6 6 5 | 2 5 2 5 | 7 5 |

依 哟 哟，八 不 隆 咚 哎 哟 哟，一 朵 一 朵 白 菜

| 6 1 | 2 3 1 6 | 5 — ‖

花儿 花 么 依 哟 嗨。

（代 县）

民歌 五台山

割 黄 蒿

郭秋彦 整记

1 = A 2/4

(5 6 5 6 1 2 1 2 | 5 6 5 6 1 2 1 2 | 5 — | 5 —)

| 5 — | 5 — | 5 6·5 5 | 5 3 3 |

哎！ 慢 慢儿地道 来 同

3/4 | 3 3 2 1· 6 | 5 5 5 5 3 3 5 |

志 们 听， 来 一 个 咻 小 段 咻

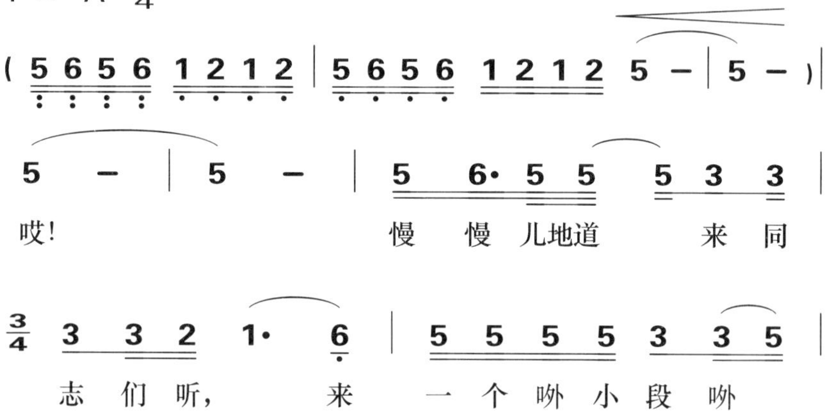

$\frac{3}{4}$ 1 7 6 5 - | 5 - | 5 - | 6 6 6 5 5 3 3 |
进 明 言， 哎！ 不 要 你 乃 银 子

$\frac{3}{4}$ 3 3 3 2 1· 2 | 5 5 5 3 3 5 |
不 要 你 乃 钱， 给 两 个 山 药 蛋

$\frac{3}{4}$ 1 7 6 5 - | (6 6 6 5 3 | 6 6 6 5 3 |
解 解 乃 馋。

6 6 6 5 3 3 5 | 3 3 2 1· 2 | 5 5 5 5 3 3 5 |

1 7 6 5) | 5 - | 5 - ‖: 6 6 6 6 6 5 | 秧
哎！　　　　　　　 大 足 哟 妇 女 哟   歌
哎！　　　　　　　 小 足 哟 老 婆 哟

$\frac{3}{4}$ 5 3 3 2 1· 2 | 5 5 5 3 3 5 | 1 7 6 5 |
真 光 荣， 又 能 提 来 又 能 挑，
不 管 用， 不 能 担 她 不 能 挑，

5 5 5 3 3 5 | $\frac{3}{4}$ 1 7 6 5 - ‖ 2. 5 5 3 3 5 |
又 能 哟 上 山 乃 割 黄 蒿。　　　扭 扭 捏 捏 地
不 能 哟 上 山 她 割 黄 蒿。

1 7 6 5 ‖
跌 求 乃 倒。

（盂　县）

—471—

送 情 郎

(四)

1 = D 4/4　　　　　　　　　　　丁华 记
中速

2 2(23) 1 2 | 6 5(56) 5 3 2 | 5 5·5 4 5 |
送 郎 送 在 大　　门　外，手 上 的 戒 指

6 5 6 5 5 3 2(3) | 5 4 5 6 7 6 5 |
抹　　　下　来，小 妹 妹 抹 下 来

4 5 6 7 5 6 5 4 | 2 1 2 1 3 5 3 5 |
哥（呀）哥（的）戴　　（呵），问 一 问 声 大 哥

6 5 6 5 5 3 2(3) | 5 5 4 5 | 6 5(56) 3 2 — |
多 会 回　来? 今 天 不 来 明　天

5 5 4 5 | 6 5(56) 5 3 2 | 6 5(56) 4 5 |
来，明 天 不 来 后 天 来，后 天 不

6 5(56) 3 2 | 3 5 1 — | 6 1 6 5 4 5 6 1 |
水　不　来，（哎 哟 哟）　我 说 我 的 大 哥 哥（呀

2/4　4 — | 6 5 6 5 4 3 5 | 6 5(56) 5 3 2 ‖
啊） 这 么 好 的 人 才 别　不 来。

（阜平县）

民歌 五台山

顶 嘴

（四）

1=F 2/4　　　　　　　　　　　　　　金旋 记

中速稍快

6 6 3 3 | 6 6 3 | 5 5 6 6 | 3 1 6 |

自从 我（呀） 娶你 （呀） 常（哎）常（哎）想 （呵），
有什 么（呀） 话来 （呀） 对（哎）我（哎）讲 （呵），
家又 寒（呀） 冷来 （呀） 炕又 冰（哎）凉 （呵），

6 1 6 6 | 3 5 3 | 3 7 2 3 | 6 — ‖

自从 我（呀） 娶过 你 气破 肚 肠！
有什 么（呀） 事情（哪） 在你 心 上？
该不 叫（叫） 你起 来 点火 烧烧 炕？！

（阜平县）

秧歌

送 情 郎

（五）

1=A 2/4　　　　　　　　　　　　　　赵云佩 记

中速

2 2 6 1 | 2· 2 6 1 | 2 2 1 6 1 | 2· 3 |

送情郎　　送至在　　大门　以　　东，
送情郎　　送至在　　大门　以　　西，

1· 2 5 3 | 2 — | 6 6 2 2 2 | 1 6 2 6 5 |

（那哈依呀 嗨）， 偏遇见（那个）苍天爷爷
（那哈依呀 嗨）， 偏遇见（那个）苍天爷爷

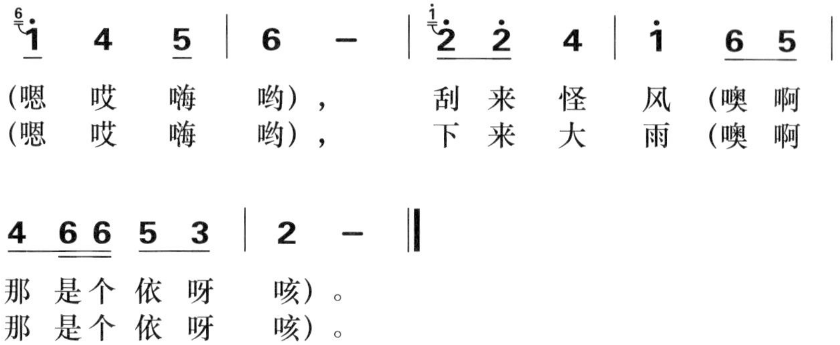

$\dot{1}$ 4 5 | 6 - | $\dot{\overline{2}}$ $\dot{2}$ 4 | $\dot{1}$ 6 5 |
(嗯 哎 嗨 哟), 刮来怪风(噢啊
(嗯 哎 嗨 哟), 下来大雨(噢啊

4 6 6 5 3 | 2 - ‖
那是个依呀 咳)。
那是个依呀 咳)。

(阜平县)

梆牛子

1 = C 2/4

0 5 3 5 | 3·2 1 | 0 3 5 3 | $\dot{1}$ 3 |
我 正在 绣楼上 描蓝针 织,
每日里 三哥哥 上楼饮 酒,

0 5 3 5 | 3 2 1 | $\dot{2}$ $\dot{1}$ $\dot{2}$ $\dot{2}$ | 5 - :‖
忽听得 谯楼上 鼓打二 更。
为什么 今日里 不上楼 厅。

$\dot{1}$·3 $\dot{2}$ $\dot{1}$ | 6 $\dot{1}$ 3 5 | (6 $\dot{1}$ 6 $\dot{1}$ 6 $\dot{1}$ 6 $\dot{1}$ | 6 $\dot{1}$ 3 5)|
三哥哥呀(那呀咳)!

5 $\dot{1}$ | 6 $\dot{1}$ 3 5 | 3·2 1 | 3· 2 1 |
莫 非 是(呀咳)! 小妹妹 对不起

$\dot{3}$ $\dot{2}$ $\dot{1}$ 6 | 5 3 5 6 | $\dot{1}$ - ‖
你 (呀依呀依呀咳)。

(阜平县)

卖钢针儿

1 = C 2/4

中速稍快

吴 钢 唱
薛同善 记

0 5 3 5 | 2 3 1 | 1 1 2 3 3 | 7 3 2 7 |
1.那几年 我没来， （那么）日本 鬼子 截住

6 0 | 2 7 1 7 1 | 3 2 1 | 3 3 7 3 3 |
来。 挖大沟， 修炮台， 耽误 卖针的

2 7 6 | 0 2 7 2 | 3 3· | 2 7 6 |
不 能 来。 八 路 军来 解放了，

秧歌

2 2 2 7 2 | 6 6 5 | 6 3 5 6 1 |
每 个（那）市 场 来 一 遭。市 场 人多

6 5 3 | 2 2 2 7 2 | 6 6 5 | 0 2 7 2 |
心不齐，买卖（那） 不能 糊弄人。 人交

3 7 2· | 2· 7 6 | 0 2 7 3 | 2 2 1 |
心来 交实着， 树浇根 浇活了。

0 2 1 3 | 2 3 2 7 | 6 0 | 2 1 2 3 3 |
做买卖 心眼要实 着， 不掺 假货

—475—

不说谎，想买哪桩买哪桩。买咱的

钢针儿数它强！打新包，换旧包，

舍下个好货卖主道。买下钢针

不会差，全在公道一句话。

2. 老太太不用数，
　有零有整二十五。
　二十五个叫一包，
　另外再把钢针捎，
　包起来，裹起来，
　奉送钢针全在外。
　包好点儿，裹好点儿，
　准备路上好带点儿，
　丢了钢针白花钱儿。
　小钢针，亮又亮，
　黑夜放在桌面上，
　不点灯自放光，
　好比老姑子枕着镜子睡，
　又明又光又亮堂。

3. 潦倒梆子讲吃喝，
　五台赶集置家伙。
　你要是回家不买针和线，
　老婆子摔碗闹脾气。
　摔了这盆子自己买，
　不如买包针，买包线，
　买到家中好使唤。
　你要是图贱买老驴，
　驾不得套子拉不得犁。
　老婆数叨孩子埋怨，
　你那隔腻不隔腻。
　要想卖它卖不出去，
　棍子打，鞭子抽，
　走一走，磕个头，
　你看那发愁不发愁。

（阜平县）

打 悠 千

白善金 唱
江玉亭 记

1=E 2/4

中速

秧歌

1.正月(个)十五(个)闹元(呀么的)霄,一班(得这)秧歌(么)上来了,大姐姐就把(个)二妹(呀么的)叫,二妹妹(那个)听见了,顾不上的梳洗打扮了,门限高(那个)拨拦倒,秋衫子扔下(个)道儿沟,(哎哎)今天我才把个人丢了。

2. 月二来龙抬头,
　　姐妹二人正梳头,
　　左梳左窝波纹凤,
　　右梳又来个水抹云,
　　前边梳下个五只虎,
　　后边又梳个九条龙,
　　丢下了几根野头发,
　　梳了一个野鸡冲上梁。
　　梳一梳,问一问,
　　就得我们二人海长刘。①

3. 皖南的细粉擦满脸,
　　小桃红胭脂又点嘴边,
　　瓜子脸,杏核眼,
　　柳叶眉,往上弯,
　　两耳又戴四佩环。

4. 大姐姐穿上个黄绸袄,
　　二小妹又穿个蓝绸衫。
　　几朵麻花外边套,
　　罗罗裙系下边,
　　鸳鸯带,腿上缠,
　　不满三寸的小金莲。

5. 年年有一个三月三,
　　姐妹二人去打悠千②,
　　走说走,到花园,
　　悠千不远在眼前,
　　歇歇喘再玩耍。

6. 大姐姐手中悠千驾,
　　二小妹手中驾悠千,
　　脚对脚,面对面,
　　你一蹬,我一翻,
　　姐打上的悠千上下翻。

7. 一打长江满流水,
　　再打上艄公刚开船,
　　又打风筝把头低,
　　蝴蝶飞,两头扇,
　　展展翅,圆又圆,
　　鱼跃河水翻跟斗。

8. 一打上乘船遇碰风摆动,
　　再打上刘海戏水奈金蟾,
　　观音举手碰头拜,
　　凤凰飞,把头低,
　　杨柳树,软又软,
　　乐过和合③二位神仙。

9. 大姐姐还要悠千架,
　　二小妹不很惯驾悠千,
　　扑通通跌在溜平地,
　　不作声,不言语,
　　头又低,身又缩,
　　心酸大叫哭了一场。

10. 先哭上婆母一场空,
　　再哭上我母我的娘,
　　三哭上妹妹你死得苦,
　　河水长,露水干,
　　走上前,不回还,
　　阴司路上见了阎王。

注：①海长刘——本为长刘海,为押韵而颠倒了词序,刘海,一种留在前额的发式。
　　②悠千——即秋千,系民间传统称谓。
　　③和合——中国神话中象征夫妻相爱的神名,常画二像,蓬头笑面,一持荷花,一持圆盒,取和谐和好之意,旧时民间举行婚礼时,均喜陈列和合像,以图吉利。也有在厅堂中常年悬挂者,此处系借喻。

（平山县）

怀 胎
（三）

1=E 2/4

梁银怀 唱
江玉亭 记

中速稍快

6 67 6535 | 6·3 5·3 | 6 67 6531 |
腊月里梅 花 开， 开开（那）人 人

2·3 2 | 6535 | 6·7 6·5 | 3·5 32 1 12 |
爱， 奴（的）汉（啊）想（啊）撅①朵花儿 戴（呀），

3 3 5 | 3272 | 6·7 6 ‖
恐怕（你）观 花的 来。

注：①撅——摘、折之意。

（平山县）

秧歌

小女花出聘

1=G 2/4

吴变鱼 唱
岳延福 记

中速

43 23 | 5·6 | #43 64 | 32 3 | 6 65 |
1.正 月 里 正 月 正， 小女花

5 65 | 2 52 | 3/4 1 77 65 | 2·6 | 5 — |
出聘 黄家 营，我可说是同志们，

43 23 | 5·3 | #43 64 | 32 3· | 6 66 |
爹也没打 听， 娘也没问 真， 活活把

5 65 | 52 52 | 3/4 1 77 65 | 2·6 | 5 — ‖
小女花 推在火 坑，我可说是同志们。

2. 二月里是春风,
   丈夫年轻当了兵,
   丈夫当了兵,
   小女花更年轻,
   一年四季无人照应。

3. 三月里桃杏花儿开,
   小女花天天住娘家来,
   爹也是个打,
   妈也是个骂,
   看看住娘家不是常法。

4. 四月里四月八,
   丈夫当兵月月不回家,
   初一盼十五,
   十五盼月圆,
   一年四季不能团圆。

5. 五月里麦穗黄,
   家家户户过端阳,
   人家过端阳,
   小女花守空房,
   思想思想无有心肠。

6. 六月里三伏连天,
   雪白的汗衫未做完,
   有心去做完,
   心里不耐烦,
   叠把叠把放在一起。

7. 后六月里雨水连天,
   担水锄地都是俺,
   井又深,
   路又远,
   手扳着辘辘骂媒人。

8. 七月里七月七,
   好像牛郎配织女,
   丈夫像牛郎,
   参加解放军,
   为人民服务立大功。

9. 八月里忙收秋,
   丈夫回信问秋收,
   先问全家人,
   身体都安宁,
   今年的粮食也该够用。

10. 九月里九月九,
    丈夫扯回洋布几丈,
    七尺七寸布,
    丈二仁丹蓝,
    还有六尺青花缎。

11. 十月里是温天,
    丈夫回信叫我到宣化,
    叫我到宣化,
    丈夫来讲话,
    坐上洋车车到街上。

12. 十一月里数九连天,
    身披大衣把戏看,
    首先买戏票,
    进去把座占,
    买点瓜子抽盒烟。

13. 十二月里一年整,
    今年的粮食也该够用,
    吃的大蒸馍,
    白面肉饺子,
    白面大米堆成山。

(平山县)

售 草 帽

1 = D 2/4

刘四喜唱
程千里记

秧歌

(乐谱略)

1.太阳(啊)出来山尖上红,买卖人我出了(呐)店家门。我今天不往那别村里去呀,一心儿里要到那马叶村,(一个呀呼嗨呼嗨)一心儿里要到那马叶村。

2.走走来行行行,走起路来快如风,
　大步流星走得快,马叶村不远就在面前迎。

3.东街里走来西街里行,游完了南街北街里寻,
　担担我放在十字街,手拿着草帽我吆喝几声。

4.小二姐我正在绣房里坐,忽听得大街有人声,
　双手我推开门两扇,手拿着剪子我草帽上行。

5. 这位大姐你好欺生，草帽上怎能把路行？
   问一声大姐你年纪有多大？家住哪里你叫何名？

6. 守着你的活计你不做，来来往往你调戏奴的身，
   回家我对着我的爹妈讲，打断你的狗腿抽了你的筋。

7. 买卖人我一看事不好，扑嗵的跪倒地溜平，①
   一怨我年轻经历少，二怨我初次离家门。

8. 二姑娘我一看心欢喜，双手我拉起了买卖人，
   我有心和你成婚配，不知你是肯不肯？

9. 二姑娘我这里前带路，买卖人后边紧紧地跟，
   进了大门就进二门，担担就放在院当心。

10. 柏森红漆桌子床上放，顺手搬来个大西瓜，
    先拿烟来后倒一杯茶，问一声买卖人可先用啥？

11. 一不吸你烟来二不喝你的茶，咱们两个快把话拉，
    哎呀我的哥哥不好了，我的妈妈回到了家。

12. 哎呀你的妈妈她回来了，你叫哥哥我哪里藏躲？
    这么大的姑娘我还不怕，丈二的罗汉你怕什么？

13. 柳叶眉来杏核眼，鸡蛋色的面皮白圪冬冬的脸，
    江南的官粉我擦满面，小桃花的胭脂我点在嘴边。

14. 买卖的人来我时运转，半路里遇见巧姻缘。
    夫妻相亲又相爱，白发到老心不变。

注：①地溜平——民歌习惯用语，平地即平溜地。亦见地溜平，平溜地用语。

（平山县）

六月里三伏天

1 = ♭E 2/4

中速

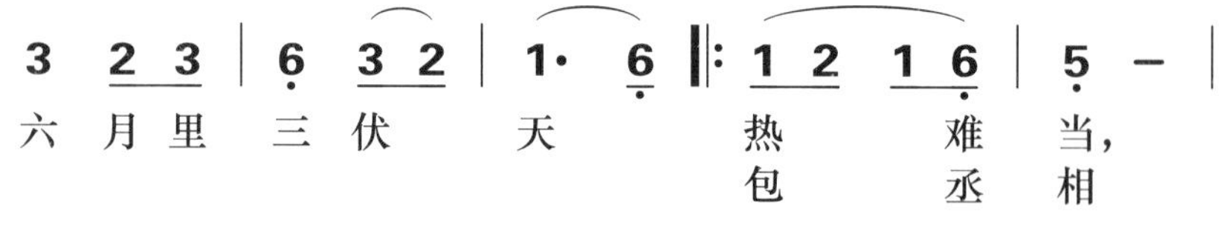

3 2 3 | 6 3 2 | 1· 6 ‖ 1 2 | 1 6 | 5 — |
六 月 里 三 伏 天   热 难 当，
                      包 丞 相

秧歌

1 2̂ 3̂ | 1̂ 2̂ 1̂ 6̣ | 5̣ — | 6·̣ 7̣ 6̣ #4 |
凉 亭 四 下 观， 猛（那）抬（的）
居 府 坐 南 衙， 铡 美 案

3 3 | 5·̂ 6̂ | #4 3 | 2 — | 2 3 5 |
头（哇）皱（么）眼（的）观， 见 几 个
了（哇）陈 世 美， 秦 香 莲

2̂ 3̂ 2̂ 7̣ | 6·̣ 5̣ 6̣ 1 | 2 — | 2 3 5 | 2 1 2 3 |
仙 女 在 云 端， 怀抱着 琵 琶
从 此 伸 了 冤。 包 公

5·̂ 3̂ | 5·̂ 1̂ 6̂ 5̂ | 1·̂ 6̣ | 1 2 3 | 1̂ 2̂ 1̂ 6̣ |
弹 歌 子 玩， 齐 歌 声 音
案 且 不 表， 表 表 小 张

5̣ — | 5 6̂ 1̂ | 5 6 5 3 | 2 — | 2 3 5 6 |
弹， 琵琶 会 三 弦， 先 唱
郎， 莺莺 带 红 娘， 普 救

5 3 2 | 3 5 3 2 | 1·̂ 6̣ | 6̣ 5̣ 6̣ 1 |
一 回 顶 盘 碗（那）， 又 唱
寺 里 去 降 香（那）， 张 君 瑞

6̣ 5̣ 1 | 2 3̂ 5̂ | 2 — | 2 3 5 6 | 5 3 2 |
老 西 卖 香 烟， 渔 鼓 简 板
书 生 一 见 钟 情， 从 此 演 绎

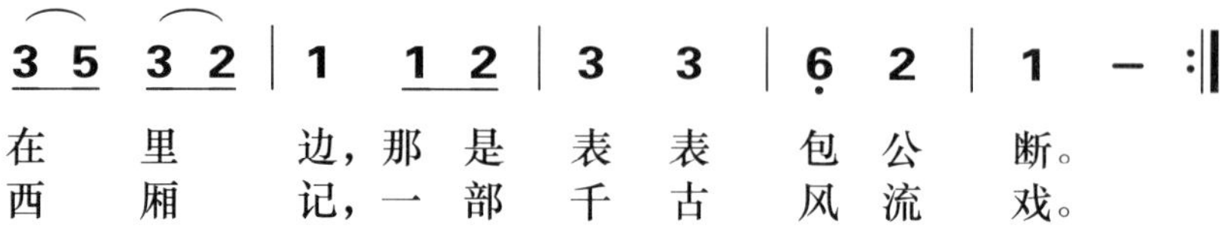

| 3 5 3 2 | 1 1 2 | 3 3 | 6̣ 2 | 1 - :||

在　里　　边，那是 表 表　包 公　断。
西　厢　　记，一部 千 古　风 流　戏。

（平山县）

大哥你慢慢着听

1 = F 2/4

中速

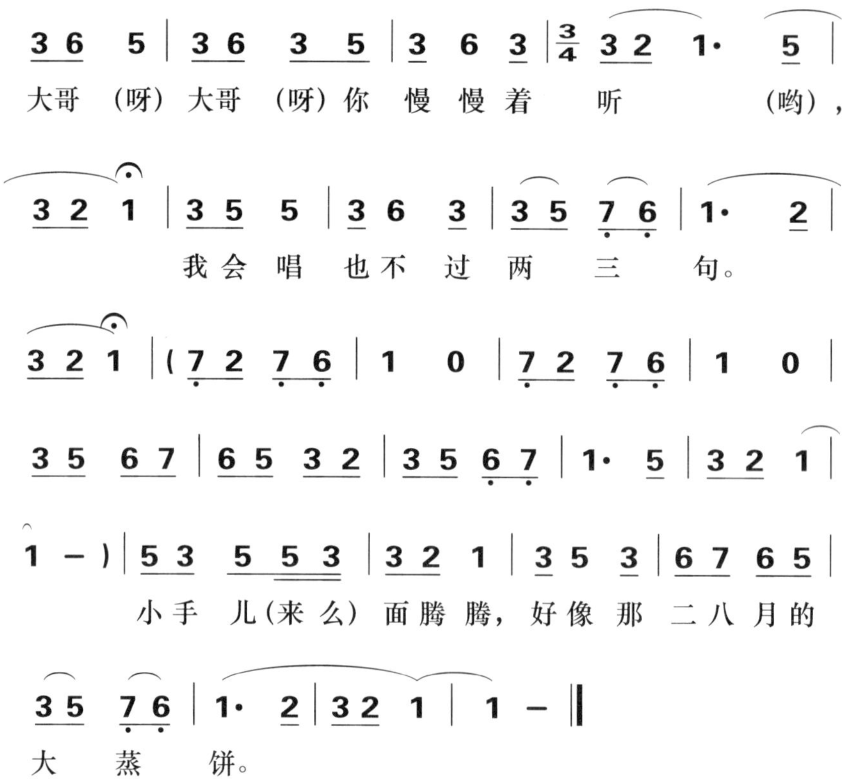

3 6　5 | 3 6 | 3 5 | 3 6 3 | 3/4 3 2 | 1· 5 |

大哥（呀）大哥（呀）你 慢 慢 着　听　（哟），

3 2 1 | 3 5 5 | 3 6 3 | 3 5 7̣ 6̣ | 1· 2 |

　　　　我 会 唱 也 不 过 两　三　句。

3 2 1 | (7̣ 2 7̣ 6̣ | 1 0 | 7̣ 2 7̣ 6̣ | 1 0 |

3 5　6 7 | 6 5　3 2 | 3 5　6̣ 7 | 1· 5 | 3 2 1 |

1 -) | 5 3　5 5 3 | 3 2 1 | 3 5 3 | 6 7 6 5 |

　　　　小 手 儿（来 么）面 腾 腾，好像那 二 八 月 的

3 5　7̣ 6̣ | 1· 2 | 3 2 1 | 1 - ||

大　蒸　　饼。

（平山县）

民歌五台山

朱生和 罗舰国 编著

(下集)

山西出版传媒集团
山西人民出版社

《民歌五台山》编委会

顾　问　郭士星　韩　军

主　编　朱生和　罗舰国
副主编　李文堂　罗建国
编　委　（以姓名笔画为序）
　　　　史爱明　朱卫华　闫建宏
　　　　戎建生　李利民　李宏图
　　　　陈爱军　张荣章　孟鹏飞
　　　　罗晓燕　郎中兴　赵振华
　　　　夏双秀

目 录

第五篇：小调

光绪年间五台民歌《窑工苦》..................489
 窑工苦..................五台/490
歌唱义和团..................491
 歌唱义和团..................五台/491
八国联军打进五台..................493
 八国联军打进五台..................五台/494
光棍哭妻（一）..................原平/495
光棍哭妻（二）..................五台/497
光棍哭妻（三）..................原平/499
光棍哭妻（四）..................原平/500
光棍思妻..................原平/501
光棍苦..................原平/502
哭老婆..................定襄/504
寡妇哭夫..................原平/505
寡妇思夫（一）..................五台/506
小寡妇上坟（一）..................五台/506
小寡妇上坟（二）..................代县/508
小寡妇上坟（三）..................原平/508
小寡妇寻人家..................定襄/509
雪梅上坟（一）..................平山/511
雪梅上坟（二）..................原平/512

秋莲吊孝（一）	平山/512
秋莲吊孝（二）	五台/514
妓女告状	五台/515
妓女叹十声	五台/516
二妮子坐监	五台/517
囚女	忻州/519
相思五更	五台/520
哭五更	五台/521
思五更	五台/522
五更	代县/523
五更里	盂县/524
打五更	原平/524
苦五更	五台/525
盼五更（一）	原平/526
盼五更（二）	原平/527
想哥哥（一）	原平/527
想哥哥（二）	原平/528
想哥哥（三）	五台/529
想哥哥（四）	原平/530
瞭哥哥	平山/530
等哥哥	五台/531
送哥哥	五台/532
婆婆鞭打媳妇（一）	定襄/533
婆婆鞭打媳妇（二）	定襄/533
银姐哭绣房（一）	定襄/535
银姐哭绣房（二）	定襄/535
妇女诉苦	原平/536

要女婿（一）	代县/537
要女婿（二）	五台/538
跳粉墙（一）	原平/539
叫干娘	五台/540
叫大娘	盂县/541
跳粉墙（二）	定襄/541
打伙计	五台/542
串门子	五台/543
混后生	定襄/544
逃难歌	五台/545
逃难（一）	五台/545
逃难（二）	原平/546
慈禧太后出北京	五台/547
无人区大逃难	五台/548
吊线线	五台/549
洋烟开花	原平/549
进兰房（二）	五台/550
抽洋烟（一）	五台/550
离婚	定襄/552
抽洋烟（二）	阜平/553
改洋烟	定襄/553
庙门开	五台/554
怕老婆（一）	定襄/555
怕老婆（二）	定襄/555
柳叶柳	五台/556
闹元宵	五台/557
盼五哥	原平/558

打连成（二）	代县/559
四保扛长工（一）	五台/559
四保扛长工（二）	盂县/561
长工苦	定襄/562
雇长工	原平/563
走洛阳	定襄/564
凤阳花鼓	五台/565
招招手	五台/566
开缸房（一）	五台/566
开缸房（二）	五台/567
纺线线歌	五台/568
观画	五台/569
画扇面	五台/571
织手巾	忻州/572
正在绣房里坐	定襄/573
劝闺女	五台/573
范四娘	平山/574
方四姐（一）	定襄/575
方四姐（二）	定襄/576
夸女骂媳	原平/577
洪秀英	五台/577
十想（一）	定襄/578
十想（二）	五台/579
小女自述	五台/581
奶娃娃	五台/581
养娃娃	五台/582
荞麦开花一撮撮白	原平/583

窜河湾	原平/584
豌豆开花红心心	原平/584
活活爱煞人	原平/585
找个老实厚道的郎	原平/586
怪恋人	原平/586
红公鸡叫鸣	原平/587
定下的日期就娶过	原平/587
表姑娘（一）	五台/588
表姑娘（二）	定襄/589
调兵（一）	原平/590
调兵（二）	原平/591
调兵（三）	定襄/591
表花	原平/593
抹纸牌	原平/594
二流子成精	原平/594
茉牛花	五台/595
盼丈夫	代县/595
冻冰（一）	五台/596
冻冰（二）	定襄/597
咱二人为甚成不了亲	原平/598
烙烙饼	定襄/598
女孩儿的心	五台/599
吃醋	代县/600
黄瓜开花	五台/600
吃醋调	定襄/601
大红果子	五台/601
小女婿	原平/602

小女婿尿炕	五台/603
月子里的娃娃要老婆	五台/604
逮蝎子	原平/605
苦酸情	原平/606
穿红鞋	原平/607
盼娶妻	原平/607
怨爹娘	原平/608
盼大夫	原平/609
找婆家	原平/610
人过了青春哪能返少年	原平/610
恩爱夫妻	五台/611
小姑听房	原平/612
探小妹	定襄/613
拍浮油	五台/613
刮野鬼（一）	五台/614
刮野鬼（二）	平山/615
探妹	五台/616
睡不醒	五台/617
探病	五台/618
二老爹娘要气坏	原平/619
摇三摆	原平/620
鸳鸯鞋	原平/620
开花	五台/621
麻秸盖不成房	原平/621
赶时髦	原平/622
摘瓜	定襄/623
摘黄瓜调	忻州/624

豆角白	原平/624
莜麦鱼鱼	原平/625
拍蚂蚱	五台/625
白头到老不分开	原平/626
满天星星明月亮	原平/626
那就是妹妹俺的魂	原平/627
人里头挑人数你好	原平/627
一心心想的就是你	原平/628
妹妹的心也带走了	原平/629
头顶上毛巾瞭上哥哥走	原平/629
瞭不下你	原平/630
一出大门朝南瞭	原平/630
南桥河石头北桥河水	原平/631
什么人留下人想人	原平/631
尽是想你的调	原平/632
芫荽开花碎纷纷	原平/632
心连心	原平/633
嘴上改行心不死	盂县/634
你把良心背到脊背上	盂县/635
来不来在你的心	盂县/635
永不能住娘家	原平/636
舌头尖尖挑冰糖	盂县/637
愁	定襄/637
不见你的面	原平/638
烧香	平山/639
想你来你不来	忻州/640
唉呀我的哥	平山/640

那可怎呀	盂县/641
骂媒人（一）	定襄/642
骂媒人（二）	五台/643
骂媒人（三）	原平/644
谢媒人	定襄/644
狗亲上寿	原平/645
卢狗亲拜寿	五台/646
起解苏三	定襄/646
摸牌	五台/647
弯调	忻州/648
进绣房	五台/649
喝酒歌	五台/650
螃蟹拳	五台/650
老牛拳	五台/651
无影传	五台/652
疙旦拳	五台/653
绣绒花	繁峙/654
绣白鹅	忻州/655
绣花灯	盂县/656
绣麒麟	代县/657
悄悄打扮	五台/658
姐妹拍蚂蚱	五台/658
三女上寿	原平/659
么一么	五台/661
扁担拳	五台/661
洗衣裳	五台/662
逛灯会	五台/663

哥哥妹妹心相连 五台/664

第六篇：劳动号子

五台《见甚唱甚的〈打夯歌〉》 667
  打夯歌（一） 五台/669
  打夯歌（二） 盂县/669
  打夯歌（三） 五台/670
  打夯歌（四） 五台/670
  打夯歌（五） 五台/671
  打夯歌（六） 五台/672
 打硪歌（一） 五台/672
 打基歌 五台/673
 劳动号子 忻州/674
 打硪歌（二） 定襄/677
 硪号（一） 代县/679
 硪号（二） 代县/680
 硪号（三） 代县/681
 硪调（一） 原平/681
 硪调（二） 原平/682
 紧硪调 原平/682
 铁路硪调 原平/683
 哭涕涕硪调 原平/683
 慢硪调 原平/684
 七字夯歌（一） 繁峙/685
 七字夯歌（二） 繁峙/685
 八字夯歌（一） 繁峙/686
 八字夯歌（二） 繁峙/686

九字夯歌...繁峙/687
十字夯歌（一）..繁峙/687
十字夯歌（二）..繁峙/688

第七篇：新民歌

抗日战争时期

天上有个北斗星.......................................忻州/692
晋察冀军区司令部....................................五台/693
白求恩纪念馆..五台/694
朱彭老总在南茹.......................................五台/695
徐帅功勋..五台/696
八路军来了佳们村....................................五台/697
要路条...原平/698
打飞机...代县/699
大队长...五台/700
查路条...五台/701
咱们的基游队..定襄/702
车拉驴驮送公粮.......................................忻州/703
打日本...原平/704
当兵要当八路军.......................................原平/705
日本强盗真可恨.......................................五台/706
送郎打日本..五台/707
我愿当兵去..五台/707
劝郎参军..定襄/708
送子弟兵上前线.......................................忻州/709
劝君参加八路军.......................................五台/709
你爹穿上好打日本人.................................原平/710

哥哥当兵又要走	盂县/711
工作员	五台/711
对象是个老八路	忻州/712
送郎当兵	五台/712
锄野草	原平/713
我要把那鬼子杀	原平/714
割野草	五台/715
反国特	五台/716
选举歌	五台/717
选村长	五台/718
反顽之歌	五台/719
花梨枪	原平/719
埋地雷	五台/720
边区小唱	原平/720
反扫荡	原平/721
开荒支前	五台/721
那是些什么人	平山/722
日本鬼子到神山	原平/724
痛打飞鹰队	定襄/725
攻打史家岗	定襄/726
打花车队	定襄/727
打蓝台	定襄/728
白家山	定襄/729
围困蒲阁寨	忻州/730
生产歌	五台/730
打智村	定襄/731

解放战争时期

毛主席路居馆	五台/734
毛主席来到咱代县城	代县/736
翻身（一）	定襄/737
翻身（二）	定襄/738
土改翻了身	代县/738
霸王鞭歌	五台/739
劳武结合保家乡	原平/739
咱们的队伍打得好	原平/740
全家劳动	定襄/740
打土豪劣绅	定襄/741
骂康正生	阜平/742
解放妇女歌	原平/743
旧社会太压迫	平山/744
恶霸四如意	原平/745
永远跟着共产党	忻州/745
新旧婚姻对比	五台/746
打不下基础结不了婚	盂县/747
俺和知心人结了婚	忻州/749
六大劝	原平/750

社会主义建设时期

社员怀念周总理	定襄/753
姐姐妹妹两朵花	定襄/754
拖拉机一开喜在咱心头	忻州/755
机械化种田真是好	定襄/756
绣个慰问袋	忻州/757
咱队丰收了大白菜	忻州/758
太平年（二）	代县/759

十唱致富好	定襄/759
共同致富	定襄/761
唱咱定襄闹秧歌	定襄/763
赶会（三）	定襄/764
十劝人	五台/766
计划生育好	五台/767
不计生累害多	五台/769
千年旱地用水浇	忻州/771
清清泉水绕山流	定襄/772
逛台城	五台/773
走进家乡的桃树林	五台/774
盘山路	五台/775

第八篇：套曲

山门六喜	五台山/780

第九篇：原生态古老民间文化遗存

（一）五台秧歌戏遗存

牧牛（一）	五台/791
牧牛（二）	五台/792
牧牛（三）	五台/793
牧牛（四）	五台/794
大钉缸（五）	五台/801
二女争夫（二）	五台/806
叫闺女	五台/807
老少换妻	五台/809
打酸枣（六）	五台/811
重孝图	五台/815

锄田 五台/818
收草帽 五台/823
借毛驴 五台/827
东云休妻 五台/829
连言降香 五台/836
薛梅吊孝 五台/841
四季采花 五台/842

（二）五台老秧歌遗存

疯公子 五台/843
野太医 五台/845
打岔 五台/846
茶闺女 849
  赖媳妇 五台/849
骚达子 五台/851
愣小子 852
  叫大娘 五台/852
铃儿铃 五台/853
秃子闹洞房 五台/855
卖麻糖 五台/859
收鸡 五台/862
嚎闺女（一） 五台/865
嚎闺女（二） 五台/867
数花 五台/870
安瓜 五台/871
偷瓜 五台/872
刮野鬼（三） 五台/873
寡妇思夫（二） 五台/874

想老公..五台/875

邂逅（二）..五台/875

龙抬头..五台/876

附录一：圣境之歌

毛主席登上五台山..五台山/879

歌唱五台山..五台山/880

金色五台山..五台山/882

美丽五台山..五台山/884

五台山哟风光好..五台山/885

五台山好风光..五台山/886

台山夜景..五台山/888

五台山圣洁的山..五台山/890

祝福五台山..五台山/892

五台山..五台山/894

清凉的山 圣洁的山..五台山/895

台山颂..五台山/898

五台山之歌（一）..五台山/900

五台山之歌（二）..五台山/902

五台山文殊颂..五台山/904

金五台..五台山/906

文殊菩萨颂..五台山/908

清凉赞..五台山/910

送你一个吉祥..五台山/912

五台山情缘..五台山/914

绿荫清凉五台行..五台山/916

登上五台山..五台山/918

走一趟五台山	五台山/922
我为五台人唱支歌	五台山/924
我登上巍巍的五台	五台山/925
故乡	五台山/928
爱在五台山	五台山/929
怀念	五台山/931
五台山花红艳艳	五台山/933
人说五台山菩萨灵验	五台山/937
五台山花溪流芳	五台山/939
山西有群五台人	五台山/942
走进五峰	五台山/945
金莲花 圣洁的花	五台山/948
千古一曲大得胜	五台山/950
古老集镇	五台山/952
弯弯的河水村边流	五台山/953
五台山古会	954
五台山古会	五台山/956

附录二：总例

总例一《五女观灯》	五台山/959
总例二 五台山佛教音乐曲谱三种	五台山/984
总例三 忻州二人台《叔嫂情》	忻州/999
总例四《风搅雪》	五台/1008

主要参考资料 1018

编辑简述 1020

编者的话 1022

民歌五台山

第 5 篇

小 调

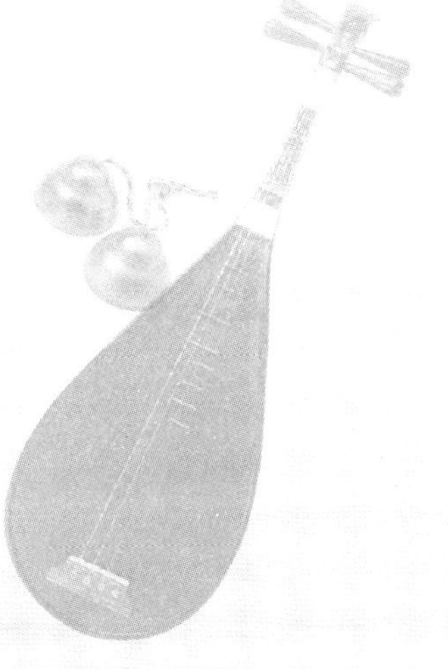

小调，又被称为小曲、小令、俗曲和里巷之曲等。小调不仅常常在市镇的街头巷尾演唱，而且广泛地在农村随时随地传唱。在民间音乐歌曲体系中，除了劳动号子和山歌外，大量的日常生活中的歌唱的小曲都可以归入小调类。

小调的歌唱形式有独唱、对唱、齐唱等，其中以独唱形式最为常见。歌唱时常有乐器伴奏。

小调的种类，可分为：（1）吟唱调，包括儿歌、摇儿歌、叫卖调和风俗仪式中的吟唱调等；（2）抒情曲，又可分为诉苦歌、情歌、生活歌和嬉游歌等；（3）时调，即流传时间悠久，传唱范围非常广泛的小调。如《春调》、《剪靛花》、《鲜花调》、《银纽丝》等。

小调的体裁十分广泛，涉及生活的各个方面，小调的主要功能是自娱自乐，交流情谊，富于欣赏性。因此是走向市场（在青楼酒肆卖唱等）最早的艺术歌曲。职业艺人对于小调的发展有着重大的影响。

小调的艺术特征：一是叙事与抒情相交融的表现方法和曲折、细腻的音乐风格；二是规整、均衡的节奏、节拍；三是曲折、多样的旋律；四是曲式结构，最常见的对应式和起承转合式两类，以及这两种类型的变化发展形态。

光绪年间五台民歌《窑工苦》

据三晋出版社出版的韩先平主编的《五台老三区志》一书"工矿企业——煤炭"章中载述："明清时期到民国年间,煤炭的开采都是沿用'房柱法'。因为追求利润,多是采厚留薄,出块弃末,回采率一般在20%左右,对资源的损耗和破坏严重。窑主、山主组织工人入窑开采,坑道低矮狭窄,阴暗潮湿,开采方法落后,又无安全设备,伤亡事故经常发生。

(一)山主的经济来源主要是靠抽油利。油利分为干油利、湿油利。干油利是山主每天到窑上检查上窑工人的人数,不管工人每天背煤多少,按人头抽利,只要一进窑,就得交一角八分白洋;湿油利是山主有向工人卖油的权利,即工人在窑内所用的灯油都得用山主的,其价格明显高于市场价。如山主以现大洋买油一斤,在卖给工人一斤时,只给十三四两(十六两秤),而价又高,一般是达到对半的利。

(二)窑主的经济来源主要按砍手顶股。比如工人每天卖的炭价,除去所付的干、湿油利外,先抽20%,再按股分。一个砍手能供三个人背,三个人背顶三股,砍手顶一股,窑主也顶一股,不管卖钱多少,按五股分。日伪窑主相勾结对矿工的盘剥外又加上了"票税"、"营业税"、"印花税"、"所得税"、"利得税"等,还要给日伪背"官煤"。据统计,七七事变前工人每天劳动所背的煤能抽总价的60%，七七事变后，最多只有40%，但工人劳动时间反而增加了。工人天不亮就上窑背煤，一直到中午妻子送饭时，支取丈夫当天的工资，才能购买下顿的粮食。矿工一年到头疲于奔命，常常是衣服褴褛，食不果腹。光绪年间，五台县中庄村阎超选曾以"凤阳花鼓"的曲调，填写了一首《窑工苦》的民歌。

窑 工 苦
（调寄《凤阳花鼓》）

光绪年间阎超选 词
朱生和 整理

1 = C 2/4

手提着窑灯肩攀着篓，夜半招呼煤窑里走。可怜容颜憔悴衣服黑丑，伛伛偻偻如同地狱之游。

山主供油加重利，窑主分红二八抽。炭价苦贱粮油贵，掺糠和菜难呀难糊口。

未老先残多喘病，斩腿捣背更堪忧。最数年关不好过，无处躲债使呀使人愁。

（五台县）

歌唱义和团

据《中国民间歌曲集成·山西卷》记载,"山西民歌有着光荣的革命传统。1840年以后,在旧民主主义革命时期,山西就有《歌唱义和团》等具有反帝反封建意义和歌颂农民斗争的新民歌"。又据《五台县志》登载:"清末,五台茹村、豆村、东冶、台城一带的农民,参加了轰轰烈烈的义和团反帝反清斗争。"上海辞书出版社出版的《简明社会科学辞典》一书,关于"义和团运动"的释文:"光绪二十六年(1900年)以农民为主体的中国人民反帝爱国运动,清政府在中日甲午战争中战败后,为了赔付巨款赔款和外债,进一步加重剥削人民;帝国主义则加紧划分势力范围,企图瓜分中国,中国人民掀起了以反对帝国主义为主的义和团运动。义和团运动打击了帝国主义瓜分中国的企图,进一步暴露了清政府的腐朽,促进了资产阶级民主革命的兴起。"

小调

歌唱义和团

五台豆村老民歌
朱生和 整词记谱

1 = F 2/4

| 6 6 | 1 16 | 5 3 | 5 | 3 5 | 3 5 | 6 6 | 6 1 |

平 地 一 声 雷声 响,(啊哈 呀哈) 天 上
清 帝 国 稀泥 软 蛋,(啊哈 呀哈) 见 了

民歌五台山

| 1̇ 6 5 3 | 3 2 1 2 - | 6 6 1̇ | 1̇ 6 5 3 | 5 |

降下 一个 义和 团。 义和团是 英雄汉，
洋鬼子乱作一 团。 慈禧光绪 逃西安，

| 3 5 3 5 | 6 6 6 1̇ | 1̇ 6 5 3 | 3 2 1 2 - | 2 5 3 |

(啊哈 呀哈) 举起 大刀杀洋 魔王。 地上
(啊哈 呀哈) 李鸿章 乞和洋鬼子不干。 八国

| 2 3 5 6 1̇ | 3 2 1 3 | 6 - | 2 5 3 | 1 2 3 | 6 5 3 5 |

杀的 洋鬼子 血流成 河， 海岸 炮打的 来犯者
联合 出兵 津京沦 陷， 辛丑 条约 瓜分了

| 3 2 1 3 | 2 - | 2 5 5 | 3 5 | 3 2 | 5· 6 | 1 1 |

尸骨如 山。 男子汉 战场 上 勇夺 失地，
大好江 山。 清政府 为赔 款 残酷 压榨，

| 2 5 5 | 2 5 2 1 | 6̣ 2 3 | 2 7̣ 6̣ | 2 2 5 | 3 5 6 |

女英雄 城市里 火烧了 洋楼。 只见得 洋鬼子
洋鬼子 抢地盘 越发猖 狂。 义和团 被夹攻

| 2 5 | 2 1 | 6 6 | 2̇ 3̇ | 2̇ 7 6 | 5· 6 | 5 - ||

魂飞 魄散， 跪在 地上 喊爹 唤 娘。
壮烈 归天， 黎民 百姓 更加 遭 殃。

（五台县）

八国联军打进五台

据《五台县志》记载:"一九〇一年(清光绪二十七年)八国联军攻占北京。其中德国军队在提帅磨什拉率领下,经保定,进逼龙泉关,一直打到五台石咀射虎川一带。清军守将马玉昆,畏敌如虎,不战而退,驻扎于清水河沿河各村。《辛丑条约》签订后,清政府遂派京师守将马金叙,代州潘道台与台麓寺二喇嘛依什捧磋一起,于农历正月十八日,在幡干院,与德国提帅磨什拉签订议和条约,战事停止。"

据查上海辞书出版社出版的《简明社会科学词典》一书,有关"八国联军"释文是:"光绪二十六年(1900年)英、美、德、法、俄、日、意、奥八个帝国主义国家的侵华联军。十九世纪末,中国北方爆发了义和团反帝爱国斗争,由山东、河南等地逐步扩展至华北、东北各省,京师一带声势更盛。光绪二十六年三月,英、美、德、法四国公使借口清政府'排外',要求两月内'剿灭'义和团,否则四国即发兵'平乱'。五月一日各国公使借口保护使馆,议定调兵进京。十四日英国驻华舰队司令西摩尔率联军二千余人从大沽经天津进犯北京,在廊坊和杨村间遭义和团截击,战败后撤。二十一日攻占大沽炮台,六月十八日攻陷天津,七月八日集结兵力二万人自天津沿运河两岸进发,二十日攻陷北京。慈禧太后、光绪皇帝和亲贵大臣逃往西安,派奕劻和李鸿章为全权大臣乞和。新任联军总司令、德国陆军元帅瓦德西拒绝清政府乞和要求,侵略军陆续增至十万人,由津京出兵,分别进犯山海关、保定、正定至山西境。同时,帝俄又单独调集步骑兵十七万人,分六路侵占我国东北,企图吞并东三省。十一月联军提出《议和大纲》。清政府全盘接受帝国主义条件,二十七年七月二十五日(1901年9月7日)签订了屈辱的《辛丑条约》。八军联军除留一部常驻京津、津榆铁路外,其余全部撤回本国。"

另据《五台县志》第三章"现代人物"载述,1901年八国联军经龙泉关入侵五台县石咀一带,阎(阎锡山)被派去给清军担水切草,吃尽苦头。不久随父流落太原……

八国联军打进五台

五台山老民歌
朱生和 整理

1 = ♭B 4/4
悲恨、有力地

庚子年（哟嗬）,闰八月（嚎嘿）,
海上天（哟嗬）,地上北京（嚎嘿）,
占津山（哟嗬）,进神圣山（嚎嘿）,
五台寺（哟嗬）,幡干院（嚎嘿）,

五台山大闹义和团。惹了洋鬼子英雄不
洋鬼子的辛丑条约推成国丧恼义和团联军是瓜分了
签订德国名山佛地打留下过龙臭名扬。卖国贼帝国无耻洋鬼子

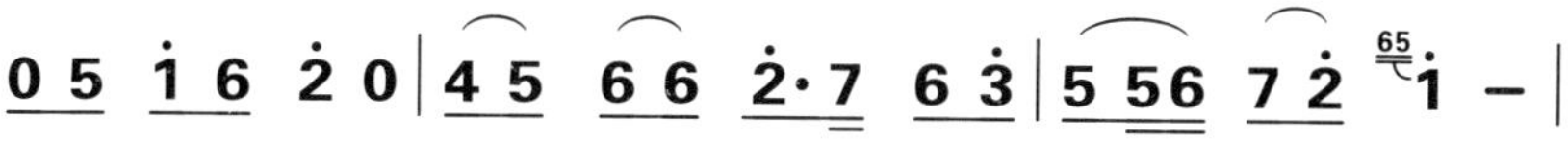

```
0 5  i 6  ż 0 | 4 5  6 6  ż·7  6 3 | 5 5̄6  7 ż  1 -
```
和	卖	贼		要	把	农	英	揩	抹	光
好	国	汉		真	叫	民	雄	心	胆	寒
中		国		铁	蹄	八	联	五	台	山
抵		抗		射	虎	子	军	搞	投	降
合	污	干,		义	和	川	进	万	古	传
								了		
						踏		和		
						乞		名		
						英				
						团				

```
7 ż  1 0  6·3  5 ‖
```

(啊 嚎 嘿, 嚎 嘿 嘿)。
(啊 嚎 嘿, 嚎 嘿 嘿)。
(啊 嚎 嘿, 嚎 嘿 嘿)。
(啊 嚎 嘿, 嚎 嘿 嘿)。
(啊 嚎 嘿, 嚎 嘿 嘿)。

(五台县)

光棍哭妻

(一)

刘巨银 唱
刘琛惠 记

1 = ♭E 2/4

```
6 6  6 5̄6 | i 3  5 | 5· 0 | 6 6̄5  3 5 |
```

正月	里来	正月	正,		正月	十五
二月	里来	刮春	风,		光棍	眼户
三月	里来	是清	明,		汉家	里户
四月	里来	四月	八,		家奶	庙户
五月	里来	五端	阳,		奶家	户面
六月	里来	热死	人,		家淘	米和
七月	里来	个初	七,		淘米	我地
八月	里来	八儿	八,		光葡	光饼
九月	里来	九重	圆,		葡萄	棍得
十月	里来	九天	阳,		棍光	汉身
十一月	里来	刮北	气,		光人	人寒
十二月	里来	迎新	风,		人数	九上
			春,		家	家户
						天

| 6 1 3 | 2 | 2· 0 | 2 2 1 | 2 3 | 5 4 5 | 6 1 3 |

闹 花 灯， 人 家 那 灯 成 对
泪 盈 盈， 身 上 那 观 双 片
去 上 坟， 光 棍 衣 披 人
去 求 神， 人 家 里 无 女，
吃 粽 粽， 艾 叶 有 求 风，
是 空 家， 掏 灰 黄 香 死 洞
回 了 个 中 烧 风 匣 天，
摆 了 满， 家 那 酒 黑 吃 喝
躺 换 衣 天 火 喜 地 粮，
添 了 裳， 棍 旺 又 没 坐
冻 死 个 人， 我 没 没 腾，
贴 门 神， 家 兴 钱 家
光 家 有 里
我 灰

| 2 3 2 1 | 6 5 6 | 1· 6 | 3 3 2 | 3 1 | 2· 3 |

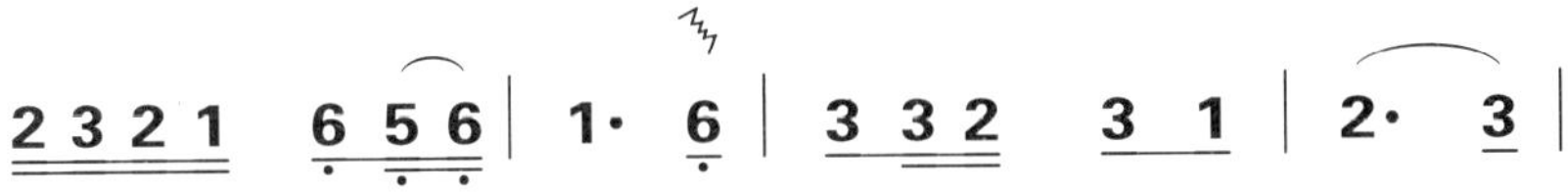

光 棍 汉 我 独 一 人， 光 棍 我 独 一 人，
烂 了 那 没 人 缝， 烂 了 那 没 人 缝，
我 与 那 谁 上 坟， 我 与 那 谁 上 坟，
光 棍 汉 我 个 人 甚？ 光 棍 我 个 人 甚？
光 棍 汉 我 没 可 怜 亲， 光 棍 我 没 可 怜 亲，
炕 上 那 尽 好 灰 尘， 炕 上 那 尽 好 灰 尘，
光 棍 汉 我 问 孤 单， 光 棍 我 问 孤 单，
也 没 有 一 声 我， 没 有 一 声 我，
单 衣 薄 裳 真 凄 凉， 单 衣 薄 裳 真 凄 凉，
光 棍 我 没 钱 出 门， 光 棍 我 没 钱 出 门，
这 光 景 是 过 下 个 甚？ 光 景 过 下 个 甚，

```
1 1 1 6  5̲ 1  | 6· 0 ‖
```
没老婆的　好伤　心。
没老婆的　好伤　心。
没老婆的　好伤　心。
没老婆的　好伤　心。
没老婆的　好伤　心。
没老婆的　好伤　心。
没老婆的　好伤　心。
没老婆的　好伤　心。
没老婆的　好伤　心。
没老婆的　好伤　心。
没老婆的　好伤　心。

（原平市）

光棍哭妻
（二）

小调

张血民 记
边玉堂 供稿

1 = F 2/4
中速

```
6 6̲5̲ | 6̲6̲ 1̲5̲ | 6̲1̲6̲5̲ | 4̲4̲ 6̲6̲ | 2̲3̲2̲1̲ |
```

1.正月　　里来是新年，家家那个　户户巧也打
　打开　　皮箱撩起柜　露出了那　红鞋两那三
　打开　　皮箱好奇怪　露出了那　红衣两那三
2.二月　　里来天气长　家家那个　户户拆衣
3.三月　　里来是清明　家家那个　户户上新

```
2 - | 3̲3̲ 5̲5̲ | 6·̲ 6̲ 6̲6̲ | 2̲3̲2̲1̲ | 7̲ 0 | 7̲ 0 1 ‖
```

扮，　人家有妻　巧打扮呀　光棍我那　无　妻　呃
对，　人家有妻　穿红鞋呀　光棍我那　无　妻　呃
身，　人家有妻　穿红衣呀　光棍我那　无　妻　呃
裳，　人家有妻　全拆洗呀　光棍我那　无　妻　呃
坟，　人家有妻　新坟上呀　光棍我那　无　妻　呃

```
1  1 | 1 2  3 5 3 | 2· 1 | 6 6 6 6 | 2 1 6 | 5 — ‖
```

呃 唉	谁 打	扮，	没老婆的	好伤惨。
呃 唉	换 谁	穿，	没老婆的	好伤惨。
呃 唉	叫 谁	穿，	没老婆的	好伤惨。
呃 唉	叫 谁	拆，	没老婆的	好伤惨。
呃 唉	谁 上	坟，	没老婆的	好伤惨。

四月里来四月八，奶奶那个庙上把香插，人家插香为儿女呀，
光棍我那无妻呃呃唉为什么，没老婆的好伤惨。

五月里来五端阳，家家那个户户过端阳，人家有妻把端阳过呀，
光棍我那无妻呃呃唉也过端阳，没老婆的好伤惨。

六月里来好热天，家家那个户户把单衣换，人家有妻把单衣换呀，
光棍我那无妻呃呃唉着一身棉，没老婆的好伤惨。

七月里来七月七，牵牛郎那个共织女，神仙那也有团圆呀，
光棍我那无妻呃呃唉谁团圆，没老婆的好伤惨，

八月里来月儿圆，西瓜那个月饼供老天，人家有妻双双对呀，
光棍我那无妻呃呃唉独一人，没老婆的好伤惨。

九月里来是秋天，家家那个户户把秋收，人家有妻把秋收呀，
光棍我那无妻呃呃唉也秋收，没老婆的好伤惨。

十月袄没袖来裤没裆，破鞋那个破袜就一双，就是人在手不在呀，
光棍我那无妻呃呃唉，叫谁补，没老婆的好伤惨。

（五台县）

光棍哭妻

（三）

1=F 2/4

邢和贵 记

小调

| 5 | 1·1 | 6 5 3 | ⌒3̄ 5 | ⌒6̄ 1 | 2 — | 5 1 | 6 5 3 |

大年新节一天，光得了个
二月里来头一春风，棍眼里
三月里来刮清明，光光真是
四月里来是四月八，光棍心月
五月里来端五阳，光得越里
六月里来死端阳，光棍心是
七月里来热河冷，光棍又月
八月里来天五重，光棍望病
九月里来九月气，光棍得过
十月里来狂天新，光棍难得
十一月里来风，春光冻心
腊月里

| 3̄ 5 | 6·1 | 2 — | 2 5 | 5 3 | 3 | 2 2· | 5 — |

心麻烦，人一对对年拜，
泪淋淋，家老把下把两根苗，
泪淹心，婆家游下春多欢乐，
乱如麻，家里去酒神神，香
越恬惶，庙点黄面粽子，做
阴沉，人家杂仙把饭日，
苦凄沉，和妻神团见妈日，
长凄叹，夫有圆有今妈看，
炕哀躺，人两宝有人有要，
谁上情，两个妻年把棉衣，
浑知抖，人家去 有时这死，
阵身阵疼， 妻子 把 候

—499—

| 2 2· | 1 2 1 6 | 5· 3 | 1· 2 | 5 3 5 | 2 5 |

光 棍	无	妻 哦 唉	唉,	好 心	—
光 每	天 跟	俺 哦 唉	唉,	要 母	—
光 棍	佑 无	妻 哦 唉	唉,	暗 呻	—
光 保	棍 苦	人 哦 唉	唉,	成 个	—
光 棍	匡 无	妻 哦 唉	唉,	喝 拌	—
风 棍	的 里	呀 哦 唉	唉,	没 有	—
光 为	甚 妻	呀 是 哦 唉	唉,	在 哪	—
光 苦	棍 俺	妻 哦 唉	唉,	不 见	—
光 了	我	这 哦 唉	唉,	好 凄	—
光 搕	棍 无	妻 哦 唉	唉,	鳏 单	—
	下 俺	呀 哦 唉		造 了	—
				受 苦	

| 2 5 | 2 1 | 6 2 | 1 2 3 | 5 — |

酸	啊	呀 我	的 妻	呀。
亲	啊	呀 我	的 妻	呀。
吟	啊	呀 我	的 妻	呀。
家	啊	呀 我	的 妻	呀。
汤	啊	呀 我	的 妻	呀。
风	啊	呀 我	的 妻	呀。
里	啊	呀 我	的 妻	呀。
面	啊	呀 我	的 妻	呀。
凉	啊	呀 我	的 妻	呀。
人	啊	呀 我	的 妻	呀。
孽	啊	呀 我	的 妻	呀。
累				

民歌五台山

（原平市）

光棍哭妻
（四）

张润喜 唱
贾政清 记

1 = F 2/4 3/4

| 6 6 | 6 6 1 | 6 6 3 | 5 — | 6 1 6 5 | 3 3 5 | 6 1 5 3 | 2 — |

大年 初一 五更 天， 光 棍人 得了个 心 麻 烦，

2 2̲7̲ 2 2̲3̲	5 5 6 1̲̇̇3̲	2̲3̲2̲1̲ 7̣ 6̲5̲	1 —
人家 有妻	巧 打 扮呀,	打 扮那 起	来

| 2 2̲1̲ 2 3̲5̲ | 2· 3 | 1̲1̲7̲6̲ | 5̲6̲1̲ | 5̣ — ‖ |
| 赛呀么 赛貂 | 蝉, | 没老婆的 | 好伤 | 惨。 |

（原平市）

光棍思妻

$1 = A \quad \frac{2}{4} \quad \frac{3}{4}$

武莲花 唱
邢和贵 记

小调

5 5̲6̲ 5	5̇3̇·2 1	2 2̲3̲ 2 #1	2· 3	7̣ 7̲6̲ 5̣
正 月 里 是 新	春,	家家 户 户	喜 盈	盈,
二 月 里 是 春	风,	家家 户 户	把 衣	缝,
三 月 里 是 清	明,	光棍 心 里	阵 阵	疼,
四 月 里 四 月	八,	娘娘 庙 上	把 香	插,
五 月 里 五 端	阳,	黄米 粽 子	吃 得	香,

1 1 1̲2̲3̲	6̣5̣ 5	2 2̲3̲	5 #1	2· 3	7̣ 7̲6̲ 5̣ ‖
人家 有妻	多 欢 喜,	光 棍	无 妻	泪 淋	淋。
人家 有妻	衣 服 净,	光 棍	无 妻	重 茬	用。
拉着 儿女	去 上 坟,	两 个	娃 娃	要 母	亲。
儿女 磕头	无 话 说,	光 棍	心 里	想 他	妈。
有妻 人家	包 得 多,	光 棍	无 妻	喝 片	汤。

（原平市）

光 棍 苦

邢和贵 唱
宜增高 记

1 = F 2/4

6 6	6 6 1	6 6	6 1 1 3	5· 3	6 1 6 5	3 5
大年	初一	是	良 哎嗨嗨嗨	辰，	家 家	响 炮
二月	老里来	把	头 哎嗨嗨嗨	抬	剃 个	新 头
三月	龙来	是	清 哎嗨嗨嗨	明，	家 家	坟 上
四月	里来	四	月 哎嗨嗨嗨	八，	奶 奶	庙 子
五月	里来	五	端 哎嗨嗨嗨	阳，	江 米	粽 角
六月	里来	六	月 哎嗨嗨嗨	六，	西 葫 芦	豆 女
七月	七来	天	河 哎嗨嗨嗨	配	牛 郎	织 鲜
八月	十五	月	儿 哎嗨嗨嗨	圆，	瓜 果	新 是
九月	里来	秋	风 哎嗨嗨嗨	凉，	家 家	都 上
十月	里夜	长	难 哎嗨嗨嗨	睡，	人 家	炕 情
十一	月里来	西	风 哎嗨嗨嗨	毒	光 的	苦 户
十二	月里来	北	风 哎嗨嗨嗨	多，	家 家	户 面
眼	看一	年	又 来 哎嗨嗨嗨	到，	肉 油	米

6 5	6 5 3 1	2 —	2 2 1	2 3	5 5 5	1 1 3
接来	财 哎嗨嗨嗨	神，	人 家	有 妻	吃 海 味	山 珍 呀
祭把	消亡 哎嗨嗨嗨	灵，	人 家	有 妻	有 人	爱 呀
包鲜	香沙 哎嗨嗨嗨	插，	人 家	有 妻	把 纸 钱 娃	用 呀
笑月	羊饼 哎嗨嗨嗨	糖，	人 家	有 妻	求 得 包 个	香 呀
衣入	不罗 哎嗨嗨嗨	肉，	人 家	有 妻	吃 饺 子	够 呀
向多	谁安 哎嗨嗨嗨	眯，	人 家	有 妻	多 来 欢 团	喜 圆 呀
该	刨 哎嗨嗨嗨	甜，	人 家	有 妻	不 胆 打	怯 呀
	哎嗨嗨嗨	缺，	人 家	有 妻	对 衣	对 裤 呀
	哎嗨嗨嗨	帏，	人 家	有 妻	穿 皮 火	锅 呀
	哎嗨嗨嗨	吐，	人 家	有 妻	吃	
	哎嗨嗨嗨	乐，	人 家	有 妻	已 安 顿	好 呀

民歌 五台山

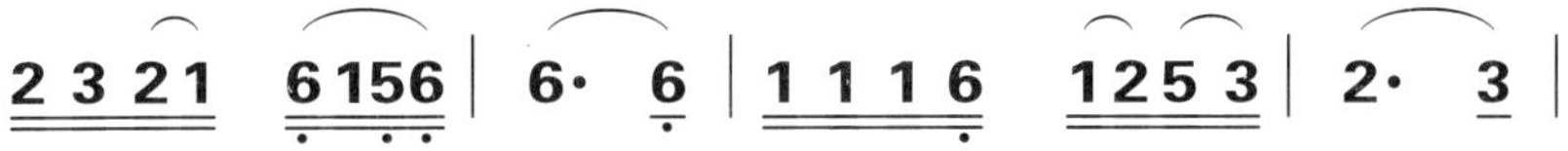

| 2 3 2 1 | 6 1 5 6 | 6· 6 | 1 1 1 6 | 1 2 5 3 | 2· 3 |

光棍人　无　　　　妻，苦酒喝得　头发病　昏害，
光棍人　无　　　　妻，一阵阵把　心病捏　弄咱，
光棍人　无　　　　妻，黑老高纸　糊护米　汤，
光棍人　无　　　　妻，求那神神　保清死　粥②
光棍人　无　　　　妻，喝了两碗　清米气　凄，
光棍人　无　　　　妻，吃了两碗　死气苦　天，
光棍人　无　　　　妻，心里头　　望苍糠，
光棍人　无　　　　妻，两只眼睛　如筛嘴，
光棍人　无　　　　妻，浑身冷得　亲了口铺，
光棍人　无　　　　妻，抱住枕头　往里坎坷，
光棍人　无　　　　妻，衬上棉花　受泪掉，
光棍人　无　　　　妻，活活的　　
光棍人　无　　　　妻，又把那　坎蛋

小调

| 1 1 1 6 | 5 6 1 | 5 — ||

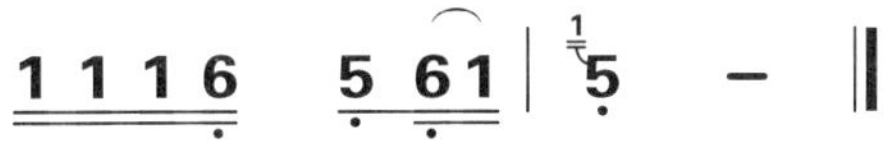

没老婆的　好伤　　心。
没老婆的　好凄　　哀。
没老婆的　强扎　　挣。
没老婆的　成个　　家。
没老婆的　好凄　　惶。
没老婆的　常忧　　愁。
没老婆的　好孤　　凄。
没老婆的　好心　　酸。
没老婆的　遭了　　难。
没老婆的　自安　　慰。
没老婆的　难诉　　苦。
没老婆的　心难　　过。
没老婆的　好心　　焦。

注：①刨闹——方言，指购置、经办之意。
　　②死气粥——方言，指剩饭，已发了酸。

（原平市）

哭 老 婆

庞荣跃 唱
激 波 记

1 = G 2/4
慢速

民歌五台山

| 6 5 5 3 3 5 | 2 6 1 2 | 6 5 5 3 3 5 |

正月（子）里来　锣鼓　响，思想起们老婆
二月（子）里来　是春　风，家家　户户
三月（子）里来　是清　明，我给　我妻

| 2 6 1 2 | 6 5· 3 3 5 | 2 2 5 7· |

好恓　惶，每年每月　成双　对，
务庄　农，人家有妻把　庄农来　务，
上新　坟，左手儿端上这　千张　纸，

| 2 2 5 7 6 | 5· 6 1· 2 | 5 5 3 2 3 2 3 |

今年留　下（哎咳咳咳）我　一
光棍无　妻（哎咳咳咳）揽　长
右手儿又　拖（哎咳咳咳）小　孩

| 2 3 2 1 ⁱ6 0 1 | ⁱ6 0 1 6 5 4 | 5 — ‖

个，（呀么咳哎咳哎）我的老　婆。
工，（呀么咳哎咳哎）我的老　婆。
童，（呀么咳哎咳哎）我的老　婆。

（定襄县）

寡妇哭夫

1 = D 2/4

邢和贵 唱

小调

```
6        5          5      32  21    6   5
1·6 | 5·5 | 6       32 21 | 1·6 | 5 — |
```
青　天　　蓝　天　　　　紫满　蓝满　的　天，
长　长　　的捻　子　　　　松柏　万年　青，
哭　一　　声　地（啊）　　叫　一　声　天，

```
2 1  1 6 | 5·3  2 1 | 1·6 | 1 — |
```
老天爷　　杀人　没有　深　　浅，
谁想到　　咱二　人没　熬到　头，
没估划　　是牵　开花一　早　晨，
哭一声　　短命　的好　夫　男，

```
2 1  6·1 | 2 1  6·1 | 0 2  0 6 | 5 — |
```
撂①下　我这　孤儿　寡妇（啊）谁　可　怜？
撂下　我这　无人　管得（啊）谁　收　留？
你教　我　凄苦　心肠（啊）该　咋　疼？
你在　那个　阴曹　地府（啊）听　得　见？

```
2 1  1 6 | 2 1  6·1 | 2 1  6·1 | 5 — ‖
```
哎哟哟　　我的　一个老　　天。
哎哟哟　　我的　一个老　　天。
哎哟哟　　我的　一个老　　天。
哎哟哟　　我的　一个老　　天。

注：①撂——方言，丢弃之意。

（原平市）

寡妇思夫

（一）

1 = F 2/4

董俊 韶男记

| 6 76 | 5· 2 | 6 76 | 5 32 | 1· 7 |

大门　外　戏台　上，锣鼓

| 6765 | 3536 | 5 0 | 656 | 6766 |

喧天　响叮　当，　只说是　夫妻们（它）

| 6765 | 6153 | 2· 3 | 2 0 | 5 35 |

白　头到老（么就　哟　　哟）　谁想

| 6153 | 235 | 3532 3 | 11232 | 1 0 ||

把　奴家受了孤　苦　（么那一么就呀儿　哟）。

（五台县）

民歌五台山

小寡妇上坟

（一）

1 = G 2/4

徐先昌 唱
奋臻 志强 记

慢板，悲哀地

| 3 32 | 32 | 1 7̣6̣ | 5̣ — | 3 33 | 2 32 |

1. 灯　盘盘　那个　点　　灯，　半炕　炕那个
2. 拿　起呀　那个　筶　　帚，　半扇　灭那咻
3. 十　五岁　上　订　　亲，　十　六岁　到你
4. 白　天我　这个　想你　　了，　和　人家　那个
5. 三　月里　来　是清　　明，　是呀　清

```
1 - | 1 - | 1  1 2 | 3  3 | 3  2 | 2· 3 |
明。           一      床    床    那    铺    盖      就
灯。           忽      然    间    起    我    了      上
家。           十      八    岁    上    有    头      娃
谈。           到      夜    想    你    枕    夫      上
明。           我      给    我    的    丈    夫
```

```
1  7 7 | 6· 3 | 5 - | 5 - ‖
半  炕  炕    空。
我  心  上 的 人。
二  十  上 守 了 寡。
枕  头  上    哭。
去     上    坟。
```

6. 人家男人们上坟大路上走，
   我引上我孤儿小路路上行。

7. 老远里瞭见那墓圪堆，
   我眼里就嵌了两颗泪。

8. 先敬了那土神再祭奠我男人，
   解开那呦包袱摆开点供。

9. 一圪包包金来呀一圪包包银，
   把烧酒那外倒在酒盅盅。

10. 摆开那外祭品我泣不成声，
    两行行眼泪流在嘴边。

11. 哭一声丈夫你早死的鬼，
    丢下们孤儿寡妇谁接济。

12. 叫一声天来叫一声地，
    我叫我的丈夫你咋不答应。

13. 鼻涕那个两股泪一把，
    哭断我的肝肠你也不回答。

14. 哭了声我的丈夫看我的娃，
    可怜我的娃叫谁爹爹。

15. 可怜我的娃娃不懂事，
    他就哭就拉我的后襟衣。

16. 我越哭越想越伤心，
    丈夫你有灵叫上我们。

17. 一圪包包金银化成灰，
    三盅盅烧酒我奠在地。

18. 夹了几筷筷菜来扔下点心，
    这微表我活人的心。

19. 祭罢我的丈夫回家中，
    我的孤儿呀你几时长成人。

小调

（五台县）

小寡妇上坟

(二)

1 = G 2/4

铁晔光 记

3 33 | 2 3 3 | 5·3 2321 | 6 — |
青天那蓝 天 一个蓝 蓝的 天，

2 7 6 1 | 2 2 1 | 1 6 5 6 | 5 — |
老天爷你 杀人(恩) 无有深 浅。

3 33 | 2 3 3 | 2 3 2 1 | 6 — |
男人你 上 坟 走那大 道，

5 3 6 1 | 2 2 6 | 1 6 5 6 | 5 — ‖
女人我这 上 坟 小那道上 攀。

(代 县)

民歌五台山

小寡妇上坟

(三)

1 = ♭B 2/4

杨登科 唱
王一民 记

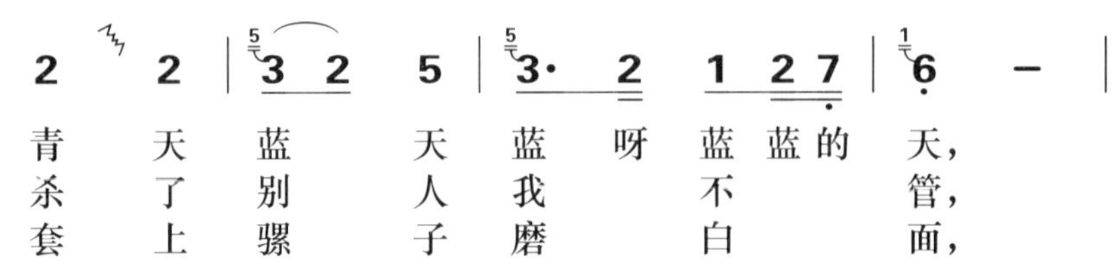

2 2 | 3 2 | 5 3·2 | 1 2 7 | 6 — |
青 天 蓝 天 蓝呀 蓝蓝的 天，
杀 了 别 人 我 不 管，
套 上 骡 子 磨 白 面，

```
4 6 1 | 6 2 | 1 6 5 | 5·6 | 1 7 6 | 5 — ‖
```
老　　天爷杀　人没　有深　　　浅。
杀　　了我丈　夫实　实可　　　怜。
头　　烂(这)二　烂蒸　了供　　　献。

注：①烂——方言，指磨面时过箩的次数，头次叫头烂，二次叫二烂，是较白的面粉。

（原平市）

小寡妇寻人家

1=A 2/4　　　　　　　　　　　　姚灯和 唱
中速　　　　　　　　　　　　　　激　波 记

```
6 5 3 | 6 7 6 | 6 5 3 | 5 6 | 6 3 2 |
```
1.小奴家今年　　　一　十(大)八，

小调

```
2·3 6 | 6 5 3 2 | 2 3 2 1 | 6 — |
```
命　运不好　　守了(一个)寡，

```
2 #1 2 | 2 3 6 | 6 5 3 3 2 | 3 5 1 6 |
```
自己　的　丈夫儿对　我　好(呀)，

```
1 2 3 | 3 6 5 3 | 2·3 2 1 | 6 — ‖
```
因　为　家穷　守不住　　寡。

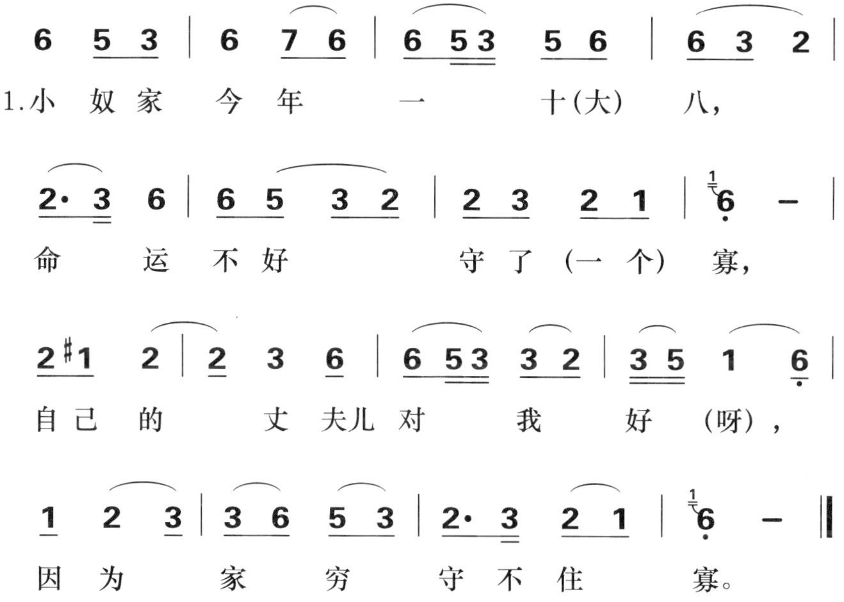

2.自己的事儿自己办，睡到半夜里自思想，
　寻了男人多么大，寻个女婿什么人家？

3.念书的人儿奴不寻，如今念书的太实矫情，
　一时不合他的意，翻眼实是就离婚。

4.年轻的人儿奴爱搞,少年的夫妻能和好,
　又恐怕年轻脾气大,有些事非担待不了。

5.年老的人儿倒也好,知冷知热把心操,
　又恐怕年老血气衰,耽误了奴家的花盛开。

6.有为大的奴不寻,后婚夫妇难做人,
　纵然间我拿良心待,一早一晚谁操心。

7.有妯娌的奴不寻,妯娌前后是仇人,
　纵然间我拿良心待,争争吵吵不安生。

8.有娃娃的奴不寻,前嫁后继伤了我的人,
　纵然间我拿良心待,恐怕外人说闲情。

9.耍手艺的奴不寻,一辈子闲不下不得空,
　不要看养小不养老,越到老来越稀松。

10.受苦的人儿奴不寻,一年四季尽营生,
　　纵然间有穿又有戴,一年四季忙得很。

11.小奴家今年一十八,要寻个男人是买卖人家,
　　三年头上一结账,闹钱的丈夫回来啦。

12.小奴家今年一十八,要寻个男人是三十上下,
　　无大无小无人管,一进门子就当家。

13.世上的寡妇实在多,要寻个人家都看着我,
　　一时间主意你拿错,一辈子后悔了不得。

(定襄县)

雪梅上坟

（一）

1=F 2/4

中速

阎三妮 唱
乔 伦 记

小调

| 5·6 6 | 5 6 6 | 1 1 6 | 5 5 3 | 2 3 2 6 | 1 |

1.前　走三　里桃（个）粉粉　红（咿拉呼咳），

‖: 1 1 6 | 5 6 5 | 3 5 2·3 | 6 1 7 6 | 5 0 :‖

后退　五里　杏花村，　来在梅树　林。

2.左手拿着千个张张纸，
　右手又端糊纸灯，
　二妮子随后跟。

3.白个绫绫的袄，
　白个绫绫的裤，
　白个绫绫的绣鞋扎了几针。

4.紧走几步来得一个快，
　一霎时来到自己的坟，
　我还不知我男人。

5.石猪石羊石圪陵陵碑，
　还有二位石将军，
　石狮子把了门。

6.一进坟茔一个生生白，
　双圪膝跪在溜平地，
　我还没见过你。

7.烧个钱钱纸，
　绕个天天飞，
　一铂金银化成灰，
　这才是夫妻的恩。

8.哭了一声天来哭了一声地，
　哭了一声丈夫你短命的鬼，
　哪里再见你。

（平山县）

雪梅上坟

(二)

蔡翠然 唱
邢和贵 华浩 栗翔 记

1 = ♭B 2/4

民歌 五台山

```
1· 2 | 5· 3 | 5 1 2 | 1· 2 | 5 3 | 5 1 2 |
清    明    时    节   雨   纷    纷,
浑    身    上    下   全   是    白,
雪    梅    两    眼   泪   盈    盈,
三    盅    烧    酒   点   在    地
烧    罢    纸    慢   往   回    行,
强    支    身    子   慢   慢    走,

2 5 | 2 5 | 2 5 3 | 2 1 | 6·6 5 6 | 2 2 6 | 5 — ‖
雪   梅   来上    坟,   来呀     来上   坟。
又   拿   烧纸    心    呀呀     心
双   膝   跪在    平,   呀呀     平。
凄   苦   地哭    声    地哭     声
凄   发   头发    昏,   呀呀     昏。
两   黑   当拐    棍,   当       棍。
折   根   树枝                   拐
```

(原平市)

秋莲吊孝

(一)

阎三妮 唱
乔 伦 记

1 = ♭A 2/4

中速稍慢

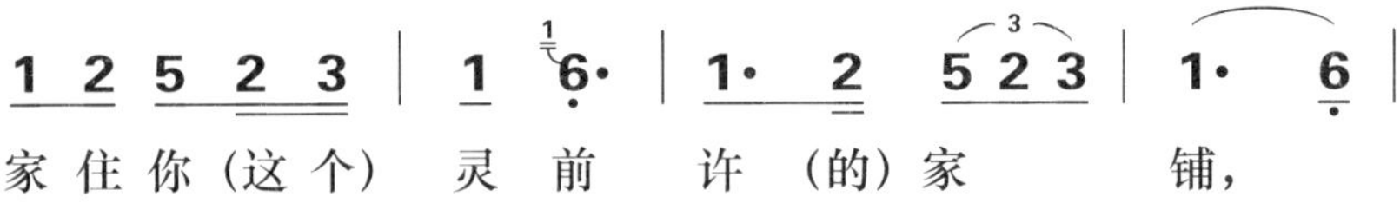

```
1 2 5 2 3 | 1 6· | 1· 2 5 2 3 | 1· 6 |
家住你(这个)灵  前  许 (的)  家    铺,
```

—512—

小调

$\underline{1\cdot \underline{2}}\ \underline{5\ 5}\ \underline{3}\ |\ \underline{3\ 2}\ 5\ |\ \underline{\overset{1}{\dot 6}\ \underline{\dot 6\ 3}}\ |\ 5\ -\ |$
许 家 铺（那么）对 村　　小 南　沟。

$\underline{2\ 2}\ \underline{5\ 2\ 3}\ |\ \underline{1\ \overset{1}{\dot 6}\cdot}\ |\ \underline{1\cdot\underline{2}}\ \underline{5\ 2\ 3}\ |\ \underline{\overset{\dot 6}{1\cdot}}\ \dot 6\ |$
张家的（那个）外甥 郭（的）家 的 妮，

$\underline{1\cdot\underline{2}}\ \underline{5\ 5}\ |\ \underline{3\ 2}\ 5\ |\ \underline{\overset{1}{\dot 6}\ \underline{\dot 6\ 3}}\ |\ 5\ -\ |$
小 南 沟（那） 婆 家　笨 心　眼。

$\underline{2\ 2}\ \underline{5\ 2\ 3}\ |\ \underline{1\ \overset{1}{\dot 6}\cdot}\ |\ \underline{1\cdot\underline{2}}\ \underline{5\ \overset{3}{2\ 3}}\ |\ \underline{1\cdot}\ \dot 6\ |$
张家的（那个）外甥子 他　叫　甚，

$\underline{1\cdot\underline{2}}\ \underline{5\ 5}\ |\ \underline{3\ 2}\ 5\ |\ \underline{\overset{1}{\dot 6}\ \underline{\dot 6\ 3}}\ |\ 5\ -\ |$
小 名　本 叫 个 小　放　羊。

$\underline{2\ 2}\ \underline{5\ 2\ 3}\ |\ \underline{1\ \overset{1}{\dot 6}\cdot}\ |\ \underline{1\cdot\underline{2}}\ \underline{5\ 2\ 3}\ |\ \underline{1\cdot}\ \dot 6\ |$
郭家的（那个）妮 来 本　叫　甚，

$\underline{1\cdot\underline{2}}\ \underline{5\ 5}\ |\ \underline{3\ 2}\ 5\ |\ \underline{\overset{1}{\dot 6}\ \underline{\dot 6\ 3}}\ |\ 5\ -\ |$
小 名　本 叫　小 秋　莲。

$\underline{5\ 5}\ \underline{2\ 3\ 2}\ |\ 1\ \underline{5}\ |\ \underline{5\ 5}\ \underline{2\ 3\ 2}\ |\ \underline{1\cdot}\ \dot 6\ |$
一 十 三 上 订 亲 一 十 五 上 迎，

$\underline{1\cdot\underline{2}}\ \underline{5\ 5}\ |\ \underline{3\ 2}\ 5\ |\ \underline{\overset{1}{\dot 6}\ \underline{\dot 6\ 3}}\ |\ 5\ -\ \|$
一 十 八 上 守 寡　好 伤　心。

（平山县）

秋莲吊孝
（二）

1 = A 2/4

慢板

王玉堂 唱
马志强 记

| 5 5 | 2 3 2 | 1 7 6 | 5 | 5 5 | 2 3 2 | 1· 6 |

1. 家住在　　临县薛家堡，
2. 薛家的　　外甥李家的女，
3. 一十三岁上定亲十五岁娶，
4. 雨天　　雪天阴圪沉沉天，
5. 叫声　　长工拉上咱的驴，

| 1 1 2 | 5· 3 | 2 3 2 5 | 1 7 6 | 5 6 5 2 | 5 — |

薛家堡　正对　小　南　沟。
小南沟的正婆家本姓刘。
十几岁守了天　可怜我又苦命浅。
老　天杀人无有深面。
拉上咱的毛驴磨白

6.头烂二烂蒸供献，丢下黑的纸匠来了用。

7.叫一声长工请纸匠，我葬我的丈夫做纸扎。

8.十八层灵堂搭了个全，大堆花灵牌儿放在灵前。

9.香幡纸幡引魂幡，童男童女站在两旁。

10.百十斤猪八十斤羊，爬猪爬羊爬在灵堂。

11.十一路菩萨打道鬼，十二个美女做了个全。

12.家人父子都不管我，我尽力用家业打发了他。

13.亲朋好友都不管我，叫上班鼓吹快送行。

14.家人父子都戴上孝，秋莲儿我娃娃如刀刀搅。

15.人家哭他都是假，我坐在圪台上哭了几声他。

16.大钵钵儿灯盏满钵钵油，长长的焾子点不到头。

17.哭了声天来哭了声地，哭了声丈夫你抢死的鬼。

民歌 五台山

18.人不得十全车不得圆,思想起我夫妇不团圆,

19.三班响器前边引,我丈夫的棺材后边跟。

20.三两个和尚前头引,秋莲我披麻戴孝送在坟。

21.头七里送行二七里发,三七里挂了我个寡妇的牌。

22.三七里挂了我个寡妇的牌,四七里坐在灯下绣花鞋。

23.四七里绣了我的绣花鞋,五七里人家还要娶我来。

24.第一次娶我坐的轿,第二次娶我坐的车。

25.牛牛车来走得慢,秋莲我娃娃好心焦。

26.进了人家的门上了人家的炕,人一口一声叫我后老婆。

27.亲朋六友吃完饭,猛地里出来个黑大汉。

28.进来的一个黑大汉不能看,仔细看他是个一只眼。

29.一只眼的汉不能看,他还要我入洞房。

30.后婚老婆后婚汉,睡到半夜里蹬了蛋。

31.你娶你的老婆我嫁我的汉,咱两个是一天也不能干。

32.你想再嫁也不难,拿来我的东西银钱就能干。

33.想要你的银钱瞎了你的眼,我拴上根绳绳自尽悬梁。

（五台县）

妓女告状

1 = A 2/4

胡存德 唱
奋臻 雨禾 记

1.一岁那个两岁奴吃娘的奶呀呼咳

三岁至那四岁离了娘的怀呀呼咳

2.五岁六岁大街上串呀呼咳,七岁八岁缠起金莲来呀呼咳。

3.九岁十岁留下个头呀呼咳,小奴家留头好呀么好风流呀呼咳。

（五台县）

妓女叹十声

1 = F 2/4　　　　　　　　　　音民记
中速

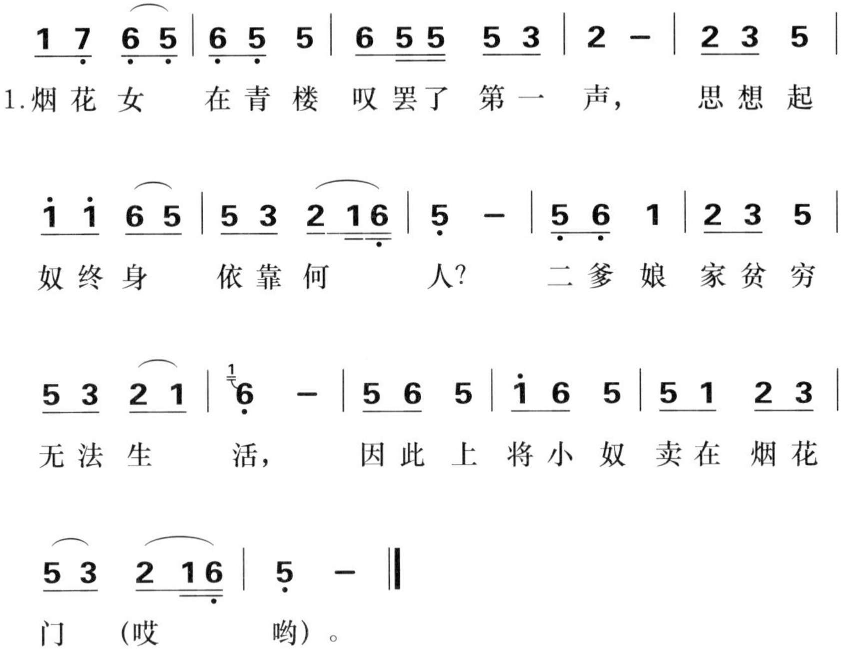

1 7̣ 6̣5̣ | 6̣5̣ 5 | 6̣ 5 5 | 5 3 | 2 - | 2 3 5 |
1.烟花女　在青楼　叹罢了第一　声，　　思想起

i i 6 5 | 5 3 2 1 6 | 5̣ - | 5̣ 6̣ 1 | 2 3 5 |
奴终身　依靠何　人？　　二爹娘家贫穷

5 3 2 1 | 6̣ - | 5 6 5 | i 6 5 | 5 1 2 3 |
无法生　活，　因此上　将小奴　卖在烟花

5 3 2 1 6 | 5̣ - ‖
门 （哎　　哟）。

2.烟花女在青楼叹罢了第二声，恨只恨家贫穷难过光景，
　二爹娘贪图了洋钱票票，怎忍心将小奴推下了火坑。
3.烟花女在青楼叹罢了第三声，赚不来洋钱票掌班把气生，
　皮鞭打手儿拧痛碎奴的心，皮儿开血儿流有谁能心痛？
4.烟花女在青楼叹罢了第四声，赚来了洋钱票鸨儿全拿净，
　留一元他知道就要打破头，小奴家苦哀求一毛也不留。
5.烟花女在青楼叹罢了第五声，小奴家十九岁正在青春，
　花儿掉叶儿落转眼三九，小奴家何时才逃出牢笼？
6.烟花女在青楼叹罢了第六声，见一个当官客气坏奴的人，

鸡蛋里挑骨头到处找刺刺,又是踢又是打还要骂几声。

7. 烟花女在青楼叹罢了第七声,接着流氓客奴家泪盈盈,
住奴家不给钱打骂还算轻,临走时坐车钱还得奴担承。

8. 烟花女在青楼叹罢了第八声,奴有心从良呀跳出这火坑,
今天挑明天选无有中意人,如今的人儿呀猜不透个心。

9. 烟花女在青楼叹罢了第九声,腊月天房无客冷呀冷清清,
狠心地把烟花丢呀丢开手,无有那知心人两眼泪淋淋。

10. 烟花女在青楼叹罢了第十声,活生生的女孩家闹得不成人,
后生若要拿钱赎出奴的身,奴情愿种地做工奉送二双亲。

（五台县）

二妮子坐监

小调

1 = G 2/4

慢速，悲哀地

陈文立 唱
奋臻 雨禾 记

| 3 2 3 | 5 — | 5· 6 5 3 | 2 — | 5 5 3 |

1. 正月的里　正月　哎嗨哟，　人犯
2. 二月的里　龙　　抬　头，　因为
3. 三月的里　三月　三，　众朋友
4. 四月的里　四月　八，　大老爷
5. 五月的里　五端阳，　囚车

| 5 2 3 | 1· 2 | 1 6 | 5 — | 1 6 5 | 1 1 2 |

王法　身无　下　主，　人犯　王法
抗粮　惹　下　事，　因为　哥哥们
哥哥　来探　监，　朋友　哥哥
坐堂　使王　法，　嘴说　不怕
拉我　下省　城，　太原　府里

6.六月的里热难当，手扳住栏杆往下观，
水流千里归大海，归来归去归回来，那么的嗯哎哟。

7.七月的里七月七，天上的牛郎配织女，
天上的牛郎配织女，只有我女娃坐监里，那么的嗯哎哟。

8.八月的里月儿圆，西瓜月饼供门前，
西瓜红来月饼圆，只有我女娃不能团圆，那么的嗯哎哟。

9.九月的里九重阳，坐监的人儿实可怜，
家又大来炕又凉，冻得我女娃心打战，那么的嗯哎哟。

10.十月的里来是温天，大老爷坐堂问了口供，
双腿跪在地溜平，气得我女娃心打战，那么的嗯哎哟。

11. 十一月的里数九天，刮洪风来下大雪，

    刮洪风来下大雪，冻得我女娃心滴血，那么的嗯哎哟。

12. 十二月里回五台，囚车拉我在北门外。

    囚车拉我在北门外，背靠一棵柳树绞了个快，那么的嗯哎哟。

（五台县）

囚 女

1 = F 2/4

中速

李玉芳 唱
子 贞 记

小调

| 2 2 3 | 5 — | 5 1 | 5 3 | 2 — | 3 3 3 | 2 3 | 2 1 |

三 月(的) 里　三　月　三，　囚 车 车　来　在
四 月(的) 里　四　月　八，　大 老 爷　堂　上
六 月(的) 里　热　难　当，　手 托 住　监　墙

| 2 1 6 | 5 — | 6 1 | 6 1 | 6 5 | 6 — |

大　门　南，　绳 子　捆 住　囚 车　送，
动　刑　法，　板 子　打 来　夹 板　夹，
泪　汪　汪，　满 肚 子　冤 枉　没 处　诉，

| 5 5 6 | 5 3 2 | 3 2 1 | 2· 3 | 2 1 6 | 5 — |

不 管 你　有 罪 没　罪 问 徒　　刑。
实 打 虚　招 了 口　供 犯 了 王　　法。
有 一 日　见 了 青　天 伸　伸　　冤。

（忻州市）

相思五更

赵万生 王玉和 唱
子　贞 晓敏 写谱

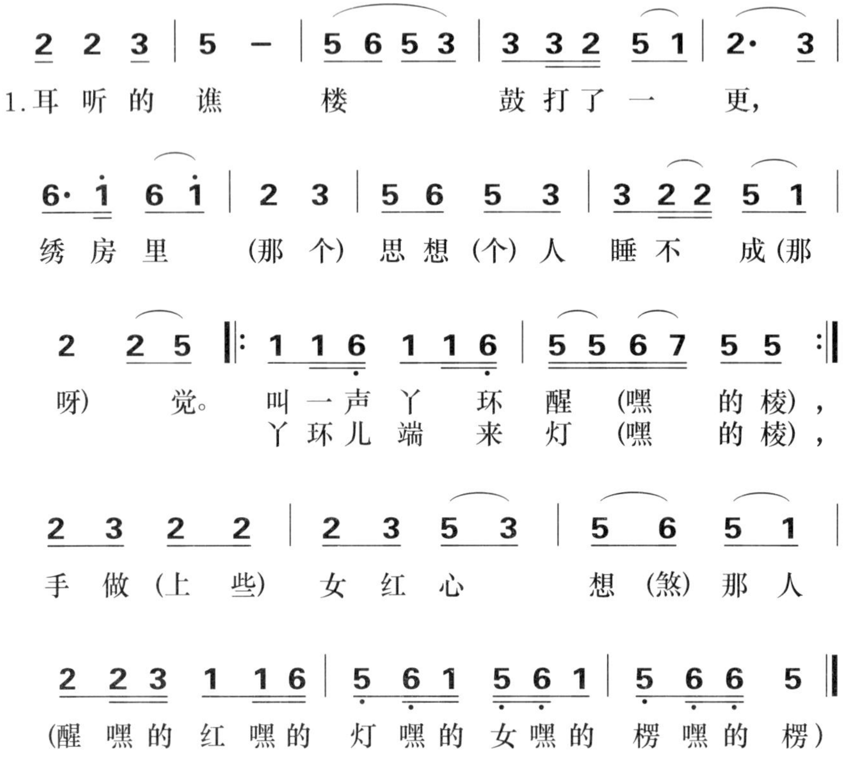

1=G 2/4

2 2 3 | 5 - | 5 6 5 3 | 3 3 2 5 1 | 2· 3 |
1.耳听的谯　楼　　　鼓打了一　更,

6· 1 6 1 | 2 3 | 5 6 5 3 | 3 2 2 5 1 |
绣房里 (那个) 思想(个)人　睡不　成(那

2 2 5 ‖: 1 1 6 1 1 6 | 5 5 6 7 5 5 :‖
呀) 觉。叫一声丫　环醒 (嘿　的棱),
　　　　丫环儿端来灯 (嘿　的棱),

2 3 2 2 | 2 3 5 3 | 5 6 5 1 |
手做 (上些) 女 红 心　想 (煞) 那人

2 2 3 1 1 6 | 5 6 1 | 5 6 1 | 5 6 6 5 |
(醒嘿的 红嘿的 灯嘿的 女嘿的 楞嘿的 楞)

2.又听的谯楼鼓打了二更,姑娘思想人手腕腕软,叫一声丫环来,端一杯香茶,提起神来做女红。

3.三听的谯楼鼓打了三更,青春女思想人针尖尖儿乱。叫一声丫环听,哼一支小曲,快解了人想人的心烦。

4.四听的谯楼鼓打了四更,闺门女思想人苦泪流。叫一声丫环,拿手绢绢揩了心窝窝泪。

5.五听的谯楼鼓打了五更,绣房女思想人得了心头病。叫一声丫环请求郎中治了这思想人的病。

(五台县)

哭 五 更

1=G 2/4

慢板，悲伤地

白文生 杜全英 唱
志强 奋臻 贵生 记

小调

| 5 65 | 4 6 | 5 2 | 2222 | 3 2 | 1 — |

一 更里打一点，哭声丈夫好伤心，
二 更里月儿高，每年捎书书未到。
三 更里月正南，翻来覆去睡不安。
四 更里月偏西，叫声丈夫我好孤稀。
五 更里大天明，门外着火奴惊醒。

| 2 2 3 2 | 1 1 2 | 6 6 6 1 6 7 | 5 3 | 5 0 |

埋怨爹娘常常恨，将奴家许给出外的人。
捎的珍珠共玛瑙，奴有家全收到呀。
有心观衣无心睡，想起当年入洞房。
那时奴家正十七，如今奴已二十一。
心急火燎出门去，东邻西舍来求援。

| 2 2 3 3 2 | 1 6 | 1 2· 2 | 3 3 6 | 5 3 | 5 0 |

花花衣裳入柜里，红缎绣袜蓝带缠，
提起柜匣都不爱，单等丈夫早回来。
红缨帽子共汗衫，靴子插裤展裙衩。
走时你所盼咐的话，奴家心里全记下。
招来呼去没人应，独自孤身实可怜。

| 2 2 3 3 2 | 1 1 2 | 2 2 3 3 3 6 | 5 3 | 5 0 |

一年四季常在外，耽搁奴家的美少年。
有钱无钱回来吧，回来的迟了不团圆。
你在外边做买卖，奴在家中做衣裳。
墙头上瞭来枕头上爬，到如今不见你回咱家。
二老爹娘听我言，有女再不配那出门人。

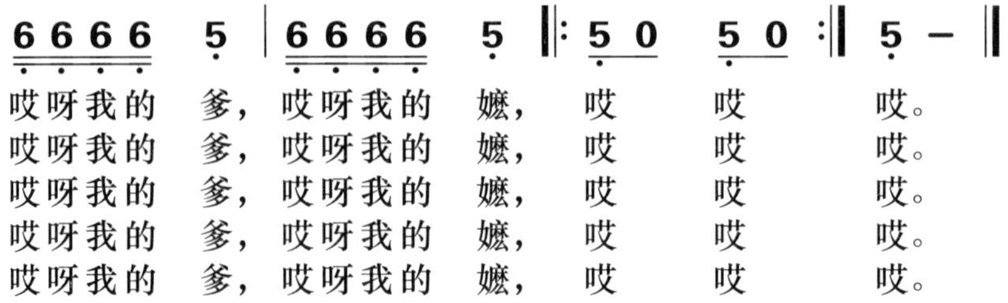

| 6 6 6 6 $\underline{5}$ | 6 6 6 6 $\underline{5}$ ‖: 5 0 | 5 0 :‖ 5 — ‖

哎呀我的 爹，哎呀我的 嬷， 哎　　 哎　　 哎。
哎呀我的 爹，哎呀我的 嬷， 哎　　 哎　　 哎。
哎呀我的 爹，哎呀我的 嬷， 哎　　 哎　　 哎。
哎呀我的 爹，哎呀我的 嬷， 哎　　 哎　　 哎。
哎呀我的 爹，哎呀我的 嬷， 哎　　 哎　　 哎。

（五台县）

思 五 更

白计安 唱
奋臻 志强 记

1 = G 2/4

2· 2 2 3 | 5 — | 6· 5 | 6 5 6 6 1 | 2 — |
耳听的　谯　 楼　 鼓打了 一　 更，

6 1 6 1 | 2 — | 6· 5 | 6 5 6 6 1 | 2 — |
有什 么这　营　 生　 招　 女　 工，

3 3 2 1 7 6 | 5 5 6 5 | 1 1 6 3 7 6 | 5 5 6 5 |
叫一声哥哥　心黑的 灯， 坐在 椅子 真黑的 隆，

2· 3 2 | 3 5 3 | 5· 3 | 5 3 | 2 2 3 | 1 1 6 |
小 妹妹与哥哥 把对 儿茶 端呀么 心黑的

5 5 6 | 5 5 6 | 3 7 6 | 5 ‖
灯黑的 灯黑的 依黑的 灯。

（五台县）

五 更

1=F 2/4　　　　　　　　　　　　　　　　张国义 记
稍慢

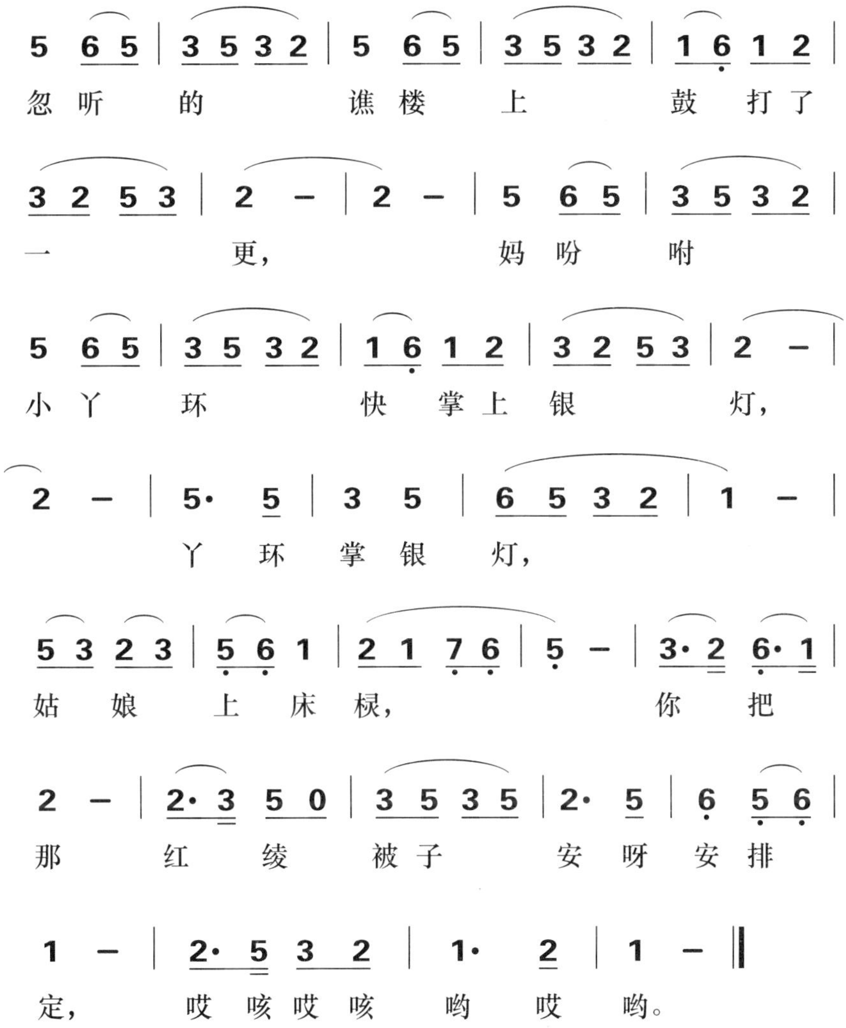

小调

| 5 65 | 3 5 3 2 | 5 65 | 3 5 3 2 | 1 6 1 2 |
忽听 的　　谯 楼 上　　鼓 打 了

| 3 2 5 3 | 2 — | 2 — | 5 65 | 3 5 3 2 |
一　　更，　　　妈 盼 咐

| 5 65 | 3 5 3 2 | 1 6 1 2 | 3 2 5 3 | 2 — |
小 丫 环　快 掌 上 银　灯，

| 2 — | 5· 5 | 3 5 | 6 5 3 2 | 1 — |
丫 环 掌 银 灯，

| 5 3 2 3 | 5 6 1 | 2 1 7 6 | 5 — | 3· 2 6· 1 |
姑 娘　上 床 棂，　　你 把

| 2 — | 2· 3 5 0 | 3 5 3 5 | 2· 5 | 6 5 6 |
那　红 绫　被 子　安 呀 安 排

| 1 — | 2· 5 3 2 | 1· 2 | 1 — ‖
定，　哎 咳 哎 咳　哟 哎　哟。

（代　县）

五 更 里

1=♭B 2/4

梁书印 唱
郭秋彦 记

$\dot{2}$ $\dot{2}$ 5 $\dot{2}$ 1 | $\dot{2}$ — | 5 $\dot{2}$ 3 $\dot{2}$ 1 $\dot{2}$ | $\dot{2}$ 6 5 |

五 更 里 来 哟， 月 儿 西，
麻 格 阴 阴 的 天， 濛 渗 渗 的 雨，

$\dot{1}$ 6 $\dot{1}$ $\dot{2}$ 1 | 6 6 $\dot{1}$ 5 3 | 2 — | 5 5 4 5 |

架 上 的 公 鸡 叫 了 鸣， 打 公 鸡 来
这 来 长 的 日 子 怎 想 你， 左 想 你 来

$\dot{1}$ 6 5 | $\dot{1}$ 6 $\dot{1}$ $\dot{2}$ 1 | 6 6 $\dot{1}$ 5 3 | 2 — ‖

骂 公 鸡， 想 爱 的 人 儿 难 分 离。
右 想 你， 泪 水 就 像 连 阴 雨。

民歌五台山

（盂 县）

打 五 更

1=G 2/4

李重福 唱
王一民 记

5 6 5 3 2 | 5 6 5 3 2 | 1 1 2 3 5 3 | 2 — |

忽 听 谯 楼 鼓 打 罢 五 更，

5 6 5 3 2 | 5 6 5 3 2 | 1 6 1 2 3 2 5 3 | 2 — |

架 子 儿 上 那 金 鸡 连 连 叫 儿 声，

| 5 5 | 1 2 3 | 3·2 1 | 2 2 3 5̣ 1 | 2 1 7 6 5̣ |

太阳　照得窗　红　　　郎君(了)快起　身，

| 3 3 1 2 | 2 3 5 | 3 5 3 5 | 3 5 | 2 5·6 | 1 3 5 3 2 |

又恐　怕伶俐　丫环听见　咱们　脸上　红(哎

| 1 — ‖

哟)。

（原平市）

苦 五 更

小调

张还婵 唱
朱生和 记

1 = C 2/4

| 0 5 3 | 2 0 5 | 5 3 2 | 1 2 1 2 | 0 5 3 |

当　媳妇　不　自　在，婆婆骂来　男人忍
一　更里　不　自　在，小脚疼得　难膝盖
二　更里　不　自　在，裤儿露出　奶头不
三　更里　不　自　在，布衫露出　梳湿襟
四　更里　不　自　在，头发挠得
五　更里　不　自　在，泪流不断

| 2 3 5 | 3 5 3 2 | 1 1 3 | 2 1 0 7 | 7 6 5 ‖

打，推罢磨儿房中　坐，想起俺这　苦命　来。
受，谁要往俺娘家　去，给俺捎双　红绿鞋来。
来，谁要往俺娘家　去，给俺捎条　绿布裤来。
来，谁要往俺娘家　去，给俺捎件　布衫来。
开，谁要往俺娘家　去，给俺捎个　木梳来。
怀，谁要往俺娘家　去，把俺接回　娘家来。

（五台县）

—525—

盼 五 更

（一）

杜眉锁 唱
王一民 记

$1=C$ $\frac{2}{4}$

6· 5 6 2 | 7· 6 5 3 | 6 6 5 6 2 | 1 — |

一（么）更（这）里，　　月儿（这）照花　台，
一　碟 花 麒　麟，　　一 碟（这）白 麒　麟，

6· 1 1 2 | 3· 2 3· 2 | 1 1 3 2 3 | 7· 6 5 |

郎 君 哥 哥 定　　计（么）今夜（了）晚上　来。
还 有 那 一　　碟（这）青 椒　炒 细　粉。

6 1 #4 3 | 6 1 1 2 | 7· 6 5 5 | 6· 5 5 3 |

叫 丫 环 打 起 那 四　　两（的）酒
还 有 那 一 碟（这）青　　椒（的）菜

6 6 5 6 6 2 | #4 3 2 2 | 5 6 1 | #4 3 | 2 — |

那乌 木（那个）筷 子儿 桌面（了以）上 摆。
那四 个（这个）菜 碟 摆（呀了摆）齐 楚。

6 6 5 6 1 2 | #4 3 2 | 5 6 1 | #4 3 | 2 — ‖

那乌 木（那个）筷 子 桌 面（了以）上 摆。
那四 个（那个）菜 碟 摆（呀了摆）齐 楚。

（原平市）

盼 五 更
(二)

1=G 2/4

赵申明 唱
赵千栋 记

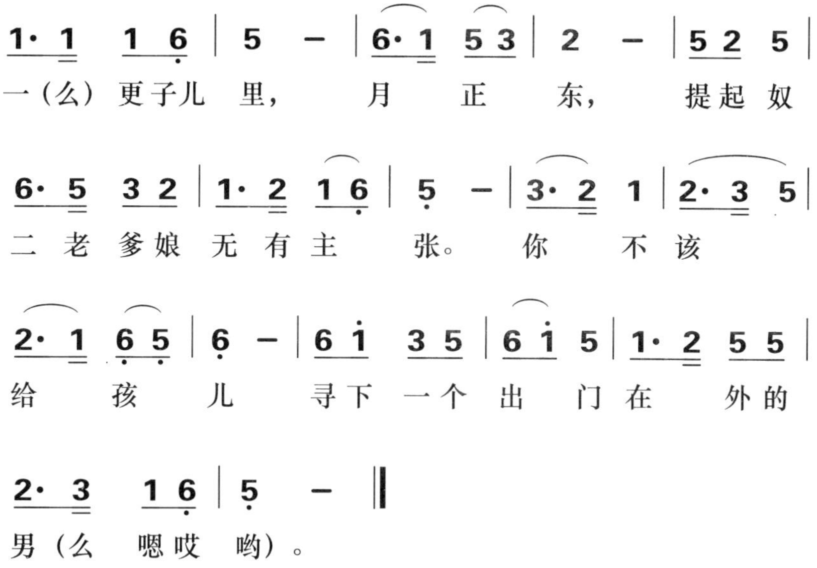

| 1· 1　1 6 | 5 - | 6· 1　5 3 | 2 - | 5 2 5 |

一(么)更子儿里，　月　正　东，　提起奴

| 6· 5　3 2 | 1· 2　1 6 | 5 - | 3· 2　1 | 2· 3　5 |

二老爹娘无有主　张。　你　不　该

| 2· 1　6 5 | 6 - | 6 1　3 5 | 6 1 5 | 1· 2　5 5 |

给　孩　儿　寻下一个出　门　在　外的

| 2· 3　1 6 | 5 - ‖

男(么　嗯哎　哟)。

小调

(原平市)

想 哥 哥
(一)

1=♭B 2/4

霍建功 唱
邢和贵 李复兴 记

| 3 3　5 3 2 | 1 6 5 | 3　3 | 5 3 2 | 1· 2 |

想哥　哥(那个)想　得昏了(那个)心，
想哥　哥(那个)想　得迷了(那个)窍，
想哥　哥(那个)想　得着了(那个)迷，

—527—

```
3 3  5 53 | 2 1̣2 3 | 6 6̇5 3̇ | 1·1 2 1̇6 | 5 — ‖
```

热 红 你(那个) 响   午 哥哥 呀 点   着   灯。
吃 饭 你(那个) 不   知 哥哥 呀 饥   和   饱。
熬 稀 粥(那个) 忘 记 了 哥哥 呀 下 上   米。

(原平市)

想 哥 哥

（二）

1 = D 2/4

亚欣 记

中速

```
6  3 5 | 6  6 1̇ 2̇ | 3̇ 2̇ | 2̇ 3̇ 1̇ |
```

一 对 对   鸤① (么)   绕 山   崖，
穿 上 出   鸤 鞋门(么)   沿 头   走，
对 不 住   红 街麻(么)   跳 荒   崖，唉，
一 由 你   鸤 门烦(么)   由 不   住 你，
想 高 粱   想 花 (么)   真 想   顶 红，
二 做 绳   开 帽 (么)   顶 飘   带，
      不   草么   赖！
      了

```
1̇ 6 3 5 | 6 1̇ 3 | 2 | 3̇ 2̇ 1̇ | 2 — ‖
```

走 出 来(那) 折 去 丢 不 开。
终 因 为   躲 回 情 哥 的
究 不   瞭 不 跑 烂 哥 手
出   住 门 哥 瞭 了 鞋
来 成   蝴 口 妹 你 来。
变 不 蝶 妹 跟 上 你。
你 要 怕 线 爱 旁 人
哥 有 针 线 拿 将 来。
  的 针   好 交
          代

注：①鸤鸤——方言，指一种羽毛灰褐色的鸟，但不是会捕鱼的鸬鹚。

(原平市)

民歌五台山

想 哥 哥

（三）

胡改香 唱
奋臻 雨禾 记

1 = D 2/4

小调

```
3 3  1 6 | 5  6 5 | 3 3  1 2 3 | 3 6 5 |
1.轰 隆  隆 的   飞   机    轰 隆  隆 地     响，
2.吃 粮  粮 儿   吃   在    军 呀  军 队     上，
3.南 院  里 的咿 黄   瓜    早 呀  早 上     架，
4.捎 话  要 捎   咿   心    呀 里           话，
5.十 八  里 的咿 小   路    一 呀  一 打     定，

2 2  1 2 | 3  5 3 | 6 6  3 6 | 5  — ‖
混 乱  乱 的  年   限    吃 了  军    粮。
得 病  们 得  在   心    圪 尖       上。
们 想  给 们  青阳 哥哥  早 呀  早 捎 话。
叫 们  咿    青阳 哥哥  早 呀  一 回 家。
四 十  里 的咿 大   路    一 呀  一 住 店。
```

6. 一回回到家里边，
　 背包放在地底下。

7. 一碗清水洒白糖，
　 双手端在妹子眼跟前。

8. 问一声小妹子害的什么病，
　 小妹子害的是相思儿的病。

9. 自从你青阳哥哥抓差后，
　 昏昏沉沉丢了们的魂。

10. 青阳哥哥烧香又磕头，
　　快把们的小妹救过来。

11. 一碟碟馍馍两碟碟糕，
　　就把小妹子打发了。

12. 三墩墩锡箔化成灰，
　　一张麻纸灰绕天飞。

13. 小妹子你要是个有心的鬼，
　　快把我叫上一圪嗒嗒走。

（五台县）

想哥哥
（四）

亚欣 记

1=♭B 2/4
中速

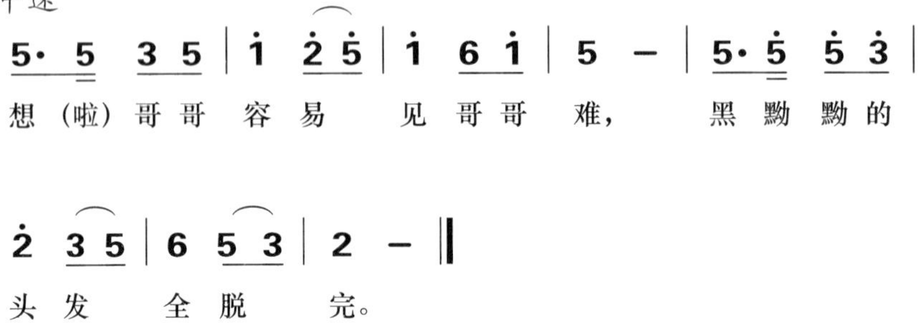

5· 5 3 5 | 1 2 5 | 1 6 1 | 5 — | 5· 5 5 3 |
想（啦）哥哥　容易　见哥哥难，　黑黝黝的

2 3 5 | 6 5 3 | 2 — ‖
头发　全脱　完。

（原平市）

瞭哥哥

阎三妮 唱
乔　伦 记

1=E 2/4
中速

6 5 6 2 | 6 5 6 2 | 1 1 6 | 5 5 |
瞭　　见哥　　哥　喜（呀么）喜盈
今　　天起　　来　瞭（呀么）瞭哥

5· 1 2 | 6 6 5 | 6 6 5 | 3 5 6 1 | 5 5 |
盈，　　小妹子　地下　摆了一个　全（呀），
哥（来），哥哥　炕上　喝几　盅（呀），

6· 6· 1 | 2 | 4 4 2 | 1 4 | 2 1 6 | 5 ‖
哥哥　呀，还有个　瓜子　落地花　生。
小妹　呀，小妹子　地下　烙个油　饼。

（平山县）

等哥哥

1=G 2/4

徐先昌 唱
孟奋臻 记

小调

歌词：

正月的里来正月正，你到我家儿串门门，
你有心的来我有意，咿屹哟哟咱们二人配成亲。

三月的里来桃杏花开，五色坐花门回鞋袜，
有回针密花线头上得甜，咿屹哟哟不知哥哥爱也爱呀。

四月的里来四月八，我门粽纳砂糖，
心的黏来做砂糖全，咿屹哟哟哥哥穿上多美甜。

五月的里来五端阳，倒米瓜月饼敬老天，
采细黄桃李米瓜果摆个，咿屹哟哟哥哥不如等哥哥来甜。

八月的里来月正东，黄西瓜...
你采细黄桃李...
咿屹哟哟不单等哥哥来团圆。

（五台县）

送 哥 哥

1 = A 2/4

胡存德 唱
奋臻 雨禾 记

| 5 5 | 4 5 | 5 6 | 6 3 | 2 | 5 5 |

我 送 哥 哥 大 沟 门 外, 手 里
我 送 哥 哥 大 沟 南 坡 坡, 沟 南
我 送 哥 哥 黄 漯 土 坡 河, 黄 漯 土
我 送 哥 哥 火 沱 车 站, 火 沱

| 4 5 | 5 6 | 6 3 | 2 ‖ 5 3 | 5 3 |

又 拿 水 烟 袋, 呼 啦 啦 地
坡 上 大 豆 多, 豆 多 多 来 面
坡 河 上 饭 铺 对 多, 大 吃 碗 鹅
站 上 一 旅 客, 鹅 多, 前 一 公 票
买 是 张

| 2 5 | 2 1 | 2 2 1 | 6 1 | 0 | 2 6· |

抽 几 袋 呀, 你 问 哥 哥 甚 会
大 豆 毛 多 呀, 称 上 几 斤 做 儿
两 咯 呱 叫 多 呀, 我 后 头 哥 母 香 叫
两 块 多 呀, 问 的 哥 哥 坐 不
不 坐

| 5· — ‖ |

来。
粮。
香。
哥。
坐。

（五台县）

婆婆鞭打媳妇

(一)

1 = F 2/4

春风 唱
子贞 晓敏 记

中速

6 65 62 | 1·6 53 | 6 61 65 3 | 2·1 2 |
哑巴 吃黄 连，　干苦 不 能 言，
清早 睁开 眼，　就把 活 来 干，

2 3 5 | 6 5 3 2 1·6 | 2 2 3 | 2 1 6 5 | 6 — ‖
回 到 娘 家 去，　双眼 泪 涟 涟。
公 婆 小 姑 子，　还要 打 骂 咱。

(定襄县)

小调

婆婆鞭打媳妇

(二)

1 = ♭B 2/4

中速

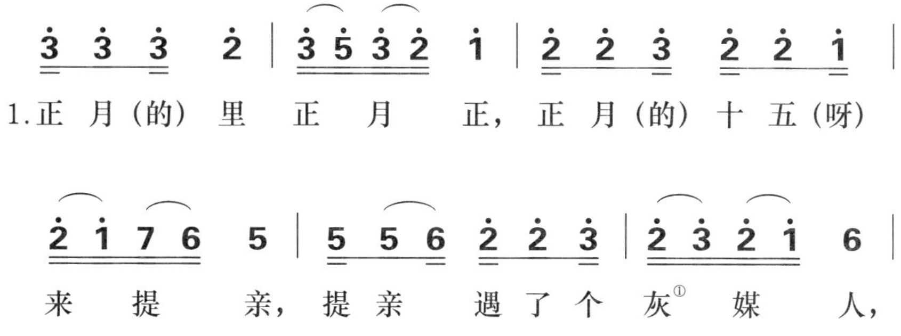

3 3 3 2 | 3 5 3 2 1 | 2 2 3 | 2 2 1 |
1.正月(的)里 正月 正，正月(的) 十五(呀)

2 1 7 6 5 | 5 5 6 2 2 3 | 2 3 2 1 6 |
来 提 亲，提亲 遇了个 灰① 媒人，

—533—

```
6 6 2̇  2̇ 1̇ 6 | 5 3 5 6 | 1̇ 2̇ 7 6 | 5 6 5 3  2 ‖
给奴家 寻下个  灰 人   家（呀么  灵  灵儿 拉）。
```

2.二月里龙抬头，
　哥哥送妹子在外边走，
　亲戚朋友都来到，
　才将小奴请下轿。

3.三月里三月三，
　婆婆叫奴家把水担，
　井又深来绳又长，
　手扳住辘轳好心酸。

4.骂媒人，骂媒人，
　骂一声媒人无良心，
　吃上奴家的好酒饭，
　给奴家寻下个灰老汉。

5.四月里四月八，
　婆婆叫我把柴打，
　打的多了不说啥，
　打的少了按住打。

6.五月里五端阳，
　婆婆叫我拔谷秧，
　拔的快了她喜欢，
　拔的慢了骂祖娘。

7.麻阴阴天濛渗渗雨，
　只有人家全回去，
　叫奴家一人地里受，
　何时才能熬到头。

8.六月里热难当，
　婆婆叫奴把麦挽，
　人家在家里吃扁食，
　我在地里受可怜。

9.七月里七月七，
　婆婆叫奴把衣洗，
　大衣小衣全拆了，
　只有奴家的拆不了。

10.大的穿来小的换，
　大家都把新衣穿，
　人家穿的通时新，
　只有奴穿的烂衣衫。

注：①灰——不好的人和事。

（定襄县）

银姐哭绣房

（一）

1=F 2/4
中速

张秀全 唱
子贞 晓敏 记

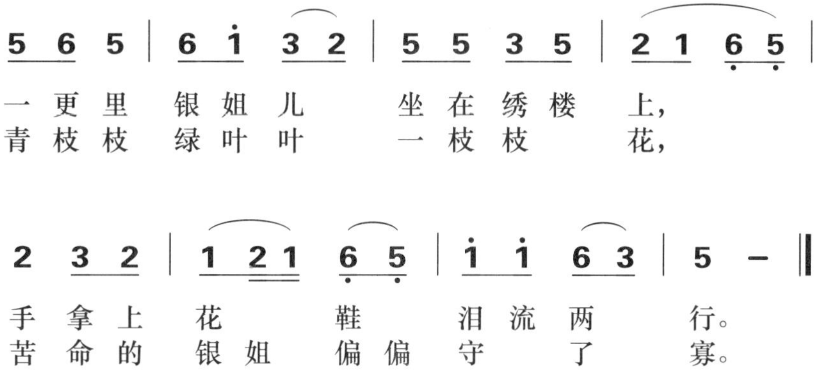

5 6 5 | 6 1 3 2 | 5 5 3 5 | 2 1 6̣ 5̣ |
一更里 银姐儿　　坐在 绣楼 上，
青枝枝 绿叶叶　　一枝 枝 　花，

2 3 2 | 1 2 1 6̣ 5̣ | 1 1 6 3 | 5 — ‖
手拿上 花　鞋　　泪流 两　　行。
苦命的 银姐　偏偏　守了 　寡。

（定襄县）

小调

银姐哭绣房

（二）

1=C 2/4
中速

梁存也 唱
激波 记

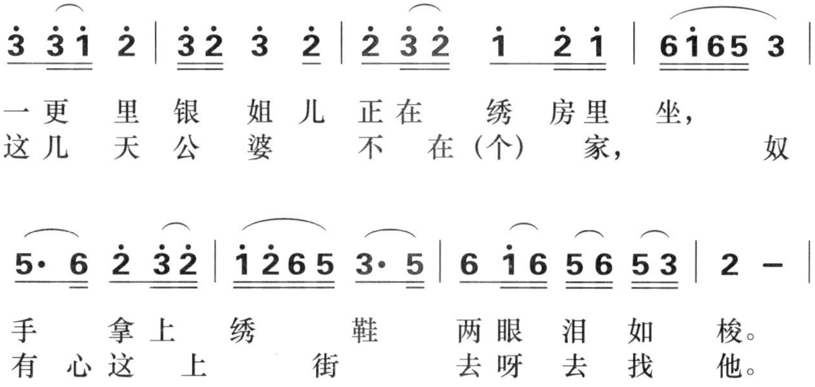

3 3 1 2 | 3 2 3 2 | 2 3 2 | 1 2 1 | 6 1 6 5 3 |
一更里 银姐儿 正在 绣房里 坐，
这几天 公婆 不在（个）家， 奴

5· 6 2 3 2 | 1 2 6 5 3· 5 | 6 1 6 5 5 3 | 2 — ‖
手　拿上 绣　鞋　　两眼 泪如 梭。
有心这 上　街　　去呀 去找 他。

```
5·6 2 32 | 1 2 65 3·5 | 6 1 6 5 6 5 3 | 2 — ‖
```
梭 如 泪（呀） 泪 如 梭， 谁 陪 我 银 姐 儿 坐。
怕 只 怕（呀） 邻 家 们， 来 呀 来 笑 话。

（定襄县）

妇女诉苦

1 = D 2/4

邢红西 唱
邢和贵 记

```
3 32  3216 | 2· 3 | 2321 1656 | 1 —
```
枣 树 圪 针 尖， 把 俺 扎 了 个 倩，
白 菜 揉 上 盐， 把 俺 腌 了 个 绵，
一 根 魔 难 杆， 把 俺 压 了 个 软，

```
6 1 2 | 5 4 3 | 2321 1 21 | 21 76
```
提 起 咱 妇 女 做 人 实 在 难，
提 起 咱 妇 女 苦 处 诉 不 完，
提 起 咱 妇 女 遭 遇 真 凄 惨，

```
5 65 3 | 1 1 6 | 5 65 3 | 5·5 6·1
```
从 早（呀）到 晚 手 不 闲，一（呀）年
挨 打（呀）受 气 无 人 管，公（呀）公
累 死（呀）熬 死 谁 可 怜，抽 洋 烟 的

```
3·2 1 | 5 53 2 #4 | 3 — ‖
```
到 头 老 是 罪 不 满。
婆 婆 还 要 说 长 短。
男 人 常 骂 俺 下 贱。

（原平市）

要 女 婿

（一）

1 = A 2/4

张国义 记

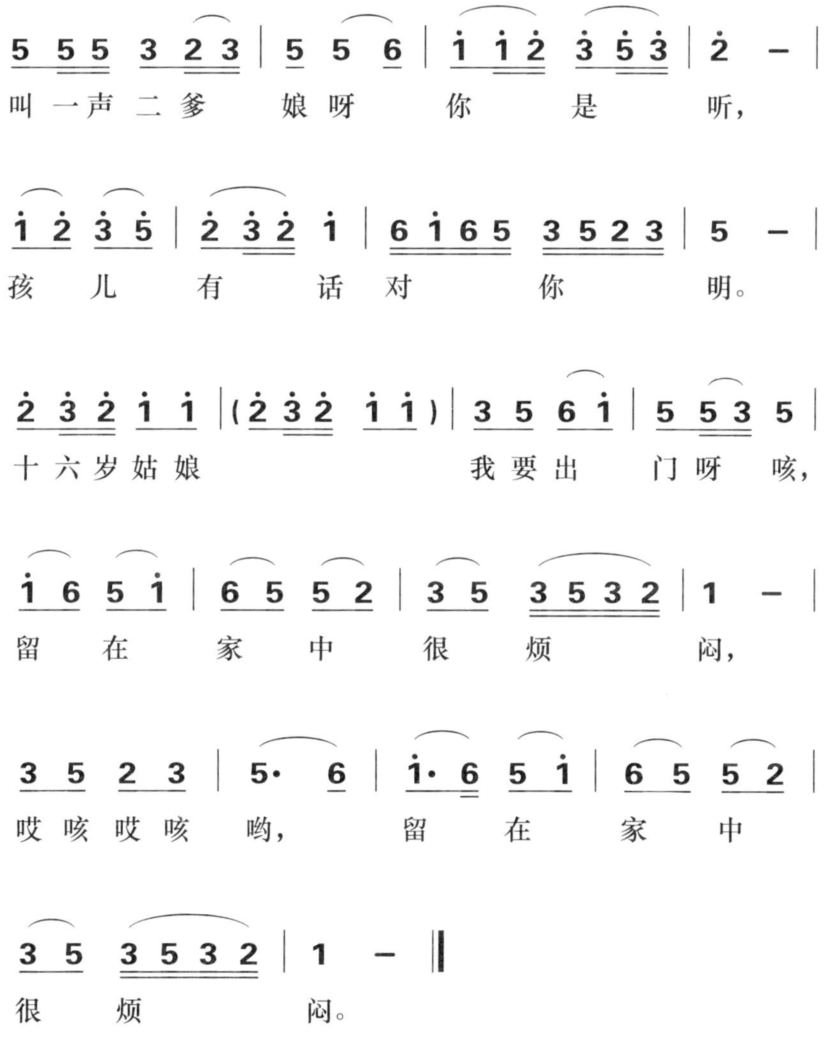

小调

| 5 5 5　3 2 3 | 5 5 6 | 1 1 2　3 5 3 | 2 - |
叫 一声 二爹　娘呀　你 是　　听，

| 1 2 3 5 | 2 3 2 1 | 6 1 6 5　3 5 2 3 | 5 - |
孩 儿 有 话 对 你 明。

| 2 3 2 1 1 | (2 3 2　1 1) | 3 5 6 1 | 5 5 3 5 |
十六岁姑娘　　　　　我要出　门呀 咳，

| 1 6 5 1 | 6 5 5 2 | 3 5　3 5 3 2 | 1 - |
留 在 家 中 很 烦　　闷，

| 3 5 2 3 | 5· 6 | 1· 6 5 1 | 6 5 5 2 |
哎咳哎咳哟，　留 在 家 中

| 3 5　3 5 3 2 | 1 - ‖
很 烦　　闷。

（代 县）

要女婿
(二)

王还福 唱
雨禾 奋臻 记

1 = G 2/4

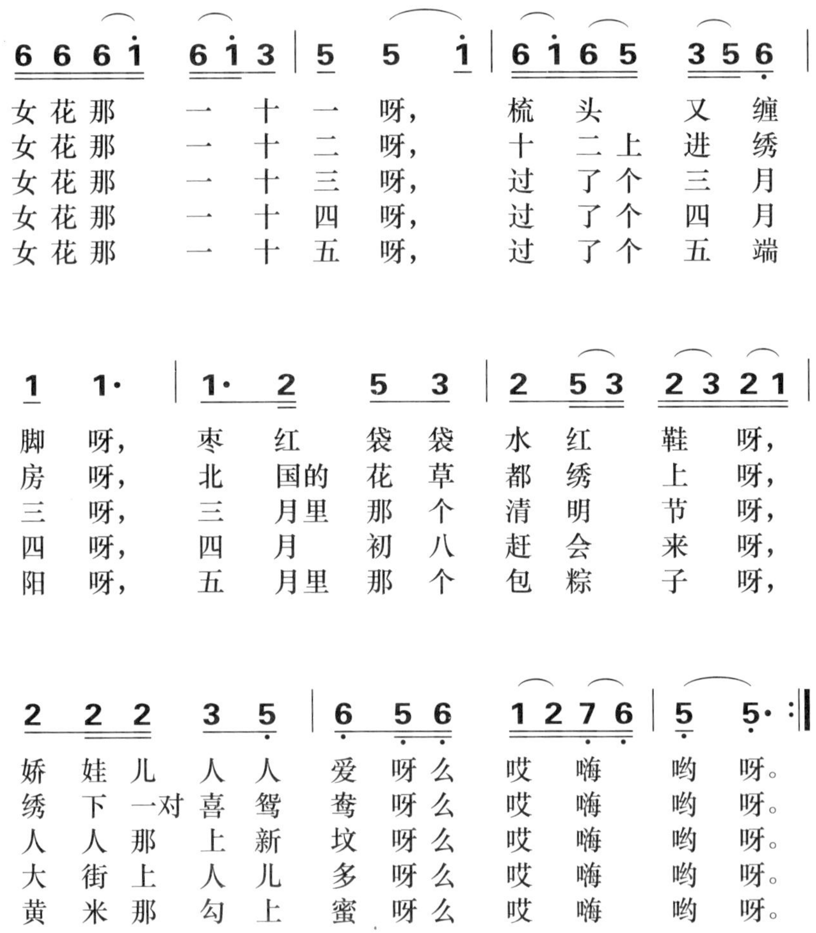

| 6 6 6 1 | 6 1 3 | 5 5 1 | 6 1 6 5 | 3 5 6· |

女花那 一 十 一 呀， 梳 头 又 缠 绣
女花那 一 十 二 呀， 十 二 上 进 绣
女花那 一 十 三 呀， 过 了 个 三 月
女花那 一 十 四 呀， 过 了 个 四 月
女花那 一 十 五 呀， 过 了 个 五 端

| 1 1· | 1· 2 | 5 3 | 2 5 3 | 2 3 2 1 |

脚 呀， 枣 红 袋 袋 水 都 红 鞋 呀，
房 呀， 北 国 的 花 草 清 绣 上 呀，
三 呀， 三 月 里 那 个 明 会 节 呀，
四 呀， 四 月 初 八 赶 来 呀，
阳 呀， 五 月 里 那 个 包 粽 子 呀，

| 2 2 2 | 3 5 | 6 5 6 | 1 2 7 6 | 5 5· |

娇 娃 儿 人 人 爱 呀 么 哎 嗨 哟 呀。
绣 下 一 对 喜 鸳 鸯 呀 么 哎 嗨 哟 呀。
人 人 那 喜 上 新 坟 呀 么 哎 嗨 哟 呀。
大 街 上 人 儿 多 呀 么 哎 嗨 哟 呀。
黄 米 那 勾 上 蜜 呀 么 哎 嗨 哟 呀。

(五台县)

跳 粉 墙

（一）

高玉峰 唱
华浩 粟翔 录
邢和贵 记

1 = F 2/4

小调

| 1·1 1 6 | 5 - | 6 6 1 | 5·3 | 3 21 2 | 5 23 | 5·3 |

一么更子里，月儿刚　上，　　手扳　住
二么更子里，月儿正　东，　　小奴　家
三么更子里，月儿正　南，　　手拉　住
四么更子里，月儿正　西，　　咱二　人
五么更子里，月儿落了山，　　架上　的

| 2 35 | 3·2 | 6·5 | 1 6 | 5 - | 1 56 | 1·2 | 3 23 | 5 |

窗帘　呀　仔细端　详，　二八　悄　佳人　　人
偷偷　呀　等待情　人，　悄悄　走　走到　　呀
手儿　哟　悄悄地　谈，　咱二　人　爱了　　你
谁也　呀　离不开　谁，　我　下　了　床　　呀
金鸡　呀　阵阵叫　唤，　下　　　　　　　　呀

| 2 21 | 6·5 | 6 - | 6 5 61 | 1 33 5 | 6 5 61 | 5·3 |

灯跟　前　坐，　俏圪姿　姿呀么　妙圪灵　灵
门跟　前，　心儿扑　棱呀么　手儿颤　动
永不变　心，　山盟海　誓呀么　可对老　天
你爱　我，　枕住胳　膊呀么　睡一会　呀
穿上衣　裳，　扭回头　来呀么　再把你　看

—539—

| 5 5 3 | 2 3 5 | 3 2 1 6 | 5 — ‖

丢 下 个 影 儿 哟 嗯 哎 哟。
推 开 个 门 儿 哟 嗯 哎 哟。
定 下 个 终 身 哟 嗯 哎 哟。
才 是 个 情 真 哟 嗯 哎 哟。
悄 悄 走 出 门 哟 嗯 哎 哟。

（原平市）

叫 干 娘

白文生 唱
孟奋臻 记

1=♭B 2/4

| 2 2 5 6 6 | 1· 6 | 2 2 3 6 | 5 — | 6· 1 2 |

提 起 拉 一 把， 干 娘 你 坐 下， 咱 二 人
提 起 奴 家 的 病， 昏 昏 又 沉 沉， 昏 昏
提 起 太 医 家， 奴 还 不 用 他， 捏 捏
提 起 神 婆 的， 奴 还 不 用 她， 拍 拍
提 起 喇 嘛 家， 奴 还 不 用 他， 啦 啦 啦
提 起 闹 元 宵， 家 家 都 观 灯， 观 见 那
头 戴 洋 草 帽， 身 穿 翠 蓝 衫， 腰 系

| 2 6 | 6 6 1 6 | 5 5 3 | 3 3 5 6 3 | 2 — ‖

有 沉 揣， 知 心 的 话 呀 我 的 哟 干 娘 呀。
两 沉 揣， 难 挣 用 他 呀 我 的 哟 干 娘 呀。
句 知 打 奴 还 不 有 点 话 怕 呀 我 的 哟 干 娘 呀。
难 心 不 还 的 爱 人 呀 我 的 哟 干 娘 呀。
挣 的 懂 实 实 煞 带 呀 我 的 哟 干 娘 呀。
用 话 书 的 爱 人 呀 我 的 哟 干 娘 呀。
他 呀 丝 裤 带 呀， 我 的 哟 干 娘 呀。

（五台县）

叫 大 娘

王双有 唱
郭秋彦 记

1=F 2/4

5 65 | 2 - | 5 65 | 2 - | 6 66 |

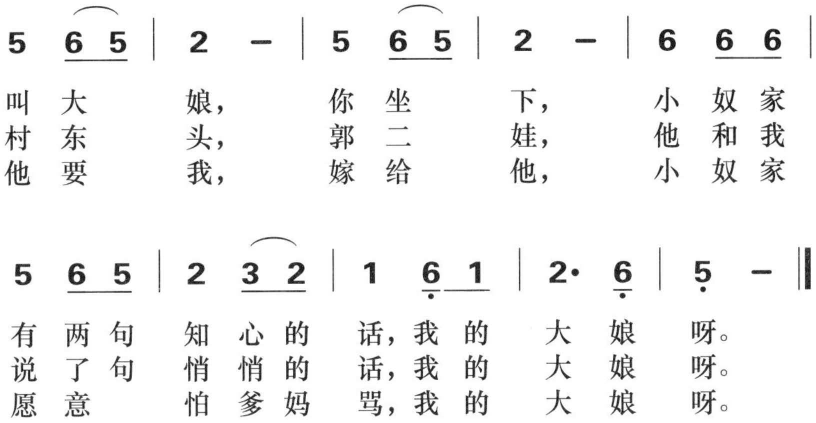

叫 大　娘，　你 坐　下，　小 奴 家
村 东　头，　郭 二　娃，　小 他 和 我
他 要　我，　嫁 给　他，　小 奴 家

5 65 | 2 32 | 1 61 | 2·6 | 5 - ‖

有 两 句　知 心 的　话，我 的　大 娘　呀。
说 了 句　悄 悄 的　话，我 的　大 娘　呀。
愿 意　怕 爹 妈　骂，我 的　大 娘　呀。

（盂 县）

小调

跳 粉 墙
（二）

赵月红 唱
激 波 记

1=F 2/4

中速

1· 1 | 1 6 | 5 5 | 6 1 5 | 5 3 2 |

一（么）更（子）里（来）跳　粉　墙，
二（么）更（子）里（来）月　正　明，

5 2 3 5 | 1 7 6 5 | 3 32 | 1 6 | 5 - |

手 托　住 窗　棂 仔 细　端　详，
小 妹　妹 推　门 迎 接　相　公，

—541—

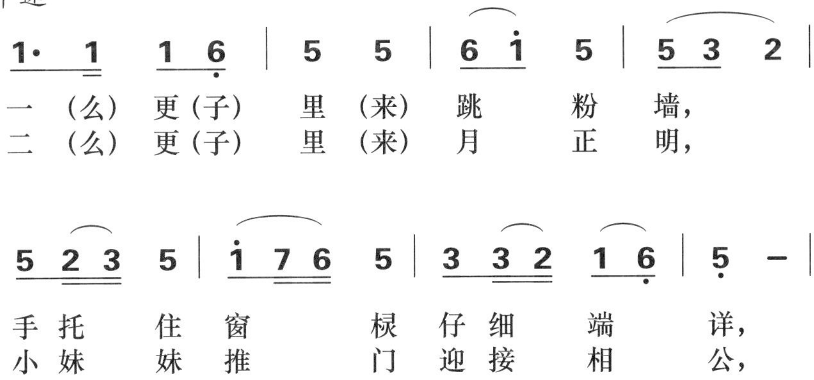

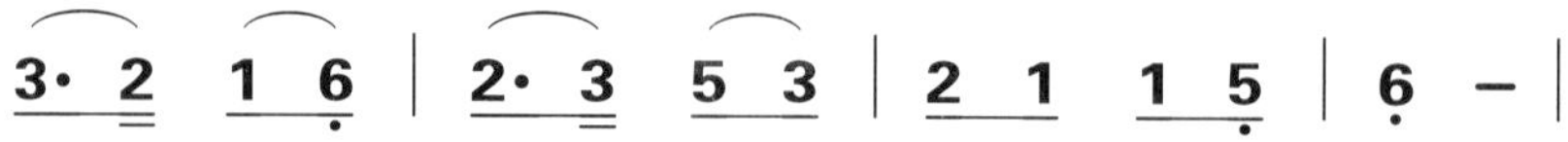

$\widehat{3\cdot 2}$ $\widehat{1\underset{.}{6}}$ | $\widehat{2\cdot 3}$ $\widehat{5 3}$ | $\widehat{2 1}$ $\widehat{1\underset{.}{5}}$ | $\underset{.}{6}$ — |

二　八　佳　人　　灯影影儿　坐，
用　手儿　拉　住　　丝绫儿　　带，

$\widehat{5 \underset{.}{2} 3}$ 5 | $\widehat{\dot{1}\cdot \underset{.}{6}}$ 5 | $\widehat{\underset{.}{6} 1 3}$ | $\widehat{2\cdot 3}$ $\widehat{1\underset{.}{6}}$ | $\underset{.}{5}$ — ‖

双手　手飞针　绣鸳　鸯（么嗯哎　哟）。
我把　哥哥　迎进　来（么嗯哎　哟）。

（定襄县）

打　伙　计

1 = G 2/4

孟三虎 唱
昌义 书平记

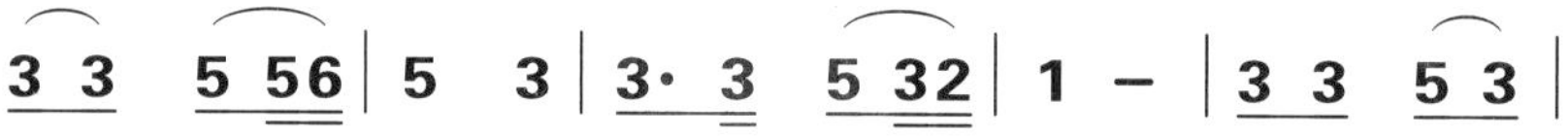

$\widehat{3\ 3}$ $\widehat{5\ 56}$ | 5　3 | $\widehat{3\cdot 3}$ $\widehat{5\ 32}$ | 1 — | $\widehat{3\ 3}$ $\widehat{5\ 3}$ |

一　头　　黑　牛　　耕不　成　地，半路 上
石板　上　　栽葱　扎不　下　根，打　下
山头　上　　盖庙　还嫌　低，打　下
铜瓢　　铁瓢　水瓮上　挂，打　下

$\widehat{2\ 12}$ 3 | $\underset{.}{7}\ \underset{.}{6}$ $\underset{.}{5}$ | $\widehat{\underset{.}{6}\ 5 6}$ | $1\ \underset{.}{6}$ | $\underset{.}{5}$ — ‖

想　起哎哟哟，打　伙　　计。
伙　计哎哟哟，不　抵　　事。
伙　计哎哟哟，不如　娶下　你。
伙　计不　说　拉　倒的　话。

（五台县）

串 门 子

1 = A 2/4

玉堂 书平记

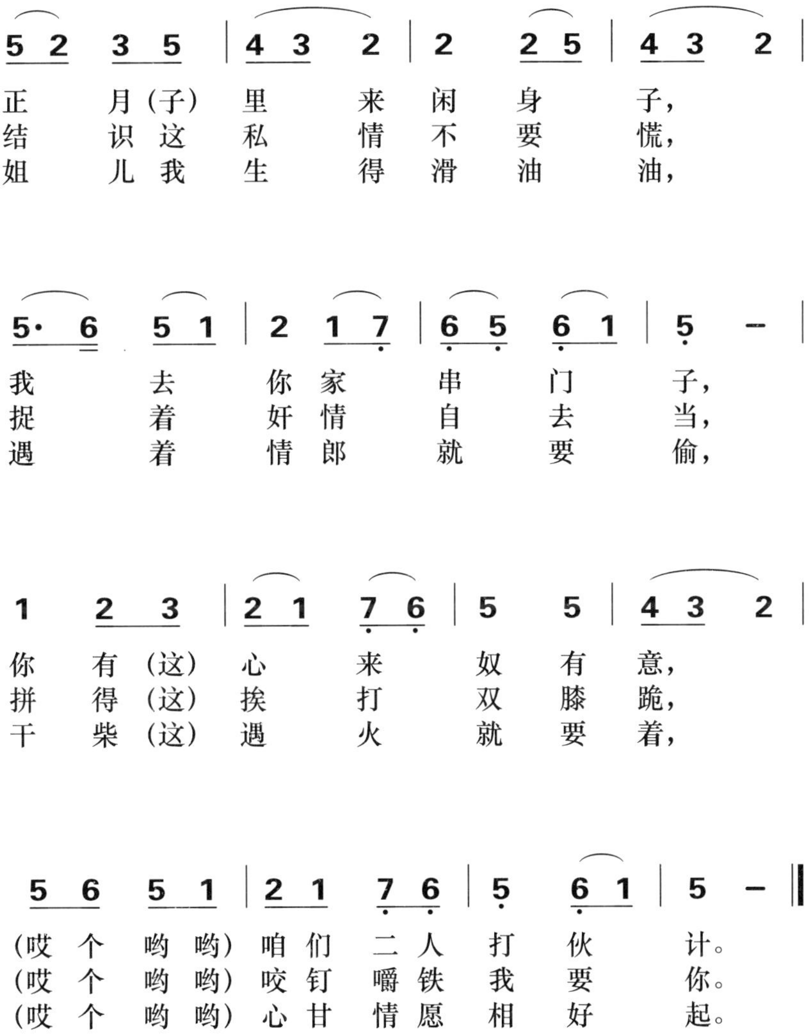

小调

| 5 2 | 3 5 | 4 3 | 2 | 2 | 2 5 | 4 3 | 2 |

正　月（子）里　来　闲　身　子，慌，
结　识这私　情　不　要　身　要，
姐　儿我生　得　滑　油　油，

| 5· 6 | 5 1 | 2 1 7 | 6 5 | 6 1 | 5 — |

我　去　你家　串　门　子，
捉　着　奸情　自　去　当，
遇　着　情郎　就　要　偷，

| 1 2 3 | 2 1 | 7 6 | 5 | 5 | 4 3 | 2 |

你　有（这）心　来　奴　有　意，
拼　得（这）挨　打　双　膝　跪，
干　柴（这）遇　火　就　要　着，

| 5 6 | 5 1 | 2 1 | 7 6 | 5 | 6 1 | 5 — ‖

（哎个　哟哟）咱们　二人　打　伙　计。
（哎个　哟哟）咬钉　嚼铁　我　要好　你。
（哎个　哟哟）心甘　情愿　相　好　起。

（五台县）

混 后 生

1 = ♭B 2/4

中速

赵贵生 唱
岫 嶂 记

民歌五台山

| 3 2 3 | i 7 6 | 3 2 3 | i 7 6 | 5·3 | 3·6 |

大 毛 毛   辫   子 的   一   条 桃 儿
脸   辫 擦   桃 绕 西
情哥他走东 街 拉   来 倒 人 情
虽 然 咱

| 6 i 5 3 | i i 2 | 3 5 3 | i 6 3 | 5·6 |

龙,   根根里 又扎 红 头 绳,
粉,   贵州的 胭脂 点 嘴 唇,
街,   正赶上 小妹我 走 出 来,
在,   妹 妹 给你个 烟 口 袋,

| 7 7 7 2 | 3 3 7 | 6 i 5 3 | i 6 3 | 5·6 |

歪边留得 偏马   鬃①,   (哎格哟 哟)
站到街上 混后   生,   (哎格哟 哟)
情哥哥他 拿手   摆,   (哎格哟 哟)
叫声哥哥 返回   来,   (哎格哟 哟)

| 7 7 7 2 | 3 3 7 | 6 i 5 3 ‖

歪边留得 偏 马   鬃。
站到街上 混 后   生。
情哥哥他 拿 手   摆。
叫声哥哥 返 回   来。

注：①马鬃——指刘海。

（定襄县）

逃 难 歌

赵滨 唱
朱生和 整理

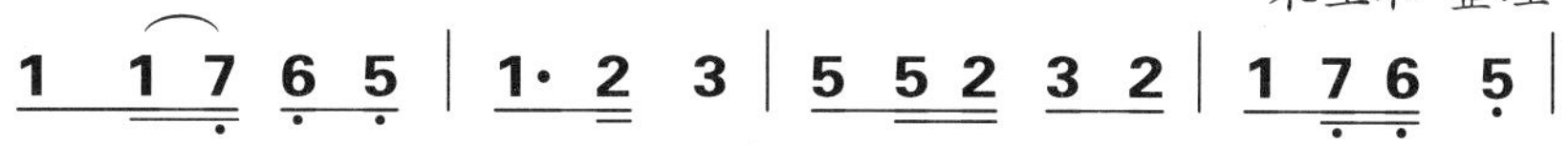

1=C 2/4

```
1  1̇ 7  6̇ 5̇ | 1· 2 3 | 5 5̇ 2 3 2 | 1 7 6̇ 5̇ |
```
家 住 下 五 台 城 方 庄，敌 占 区 欺 人 没 顶 挡，
留 下 我 的 爹 房 来 留 下 我 的 娘，
留 下 男 人 担 的 上 担 儿 女 难 民 提 上 篮，
逃 日 本 难 路 人 不 投 降，就 是 咱 的 害，

```
5̇ 3 2 3 | 5·6 1 1 | 2 2 1 | 6̇ 5̇ 6̇ | 5̇ — ‖
```
日 本 人 来 烧 杀 抢 光，不 能 回 家 乡。
留 下 我 的 老 婆 娃 娃，无 家 回 照 顾。
留 下 我 的 亲 戚 朋 友，在 人 受 恓 惶。
今 天 咱 们 逃 出 去，多 会 儿 往 回 返。
一 半 以 上 的 人 家，家 破 人 亡。
明 天 咱 们 打 倒 他，送 尸 回 东 洋。

小调

注：①方庄——五台方言，周围。
②没顶挡——无办法对付。

（五台县）

逃 难
（一）

1=A 2/4

刘焕云 张瑞云 唱
玉堂 书平 记

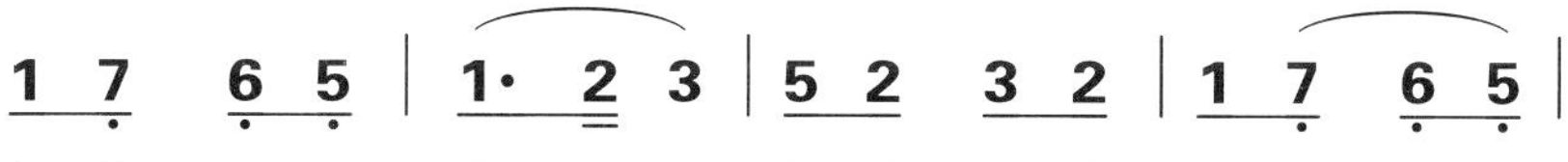

稍快

```
1 7 6̇ 5̇ | 1· 2 3 | 5 2 3 2 | 1 7 6̇ 5̇ |
```
大 炮 咚 咚 响， 机 枪 哒 哒 哒，
男 人 担 上 担 担，女 人 提 上 篮，
逃 难 逃 荒 走 出 去，家 家 受 饥 荒，

—545—

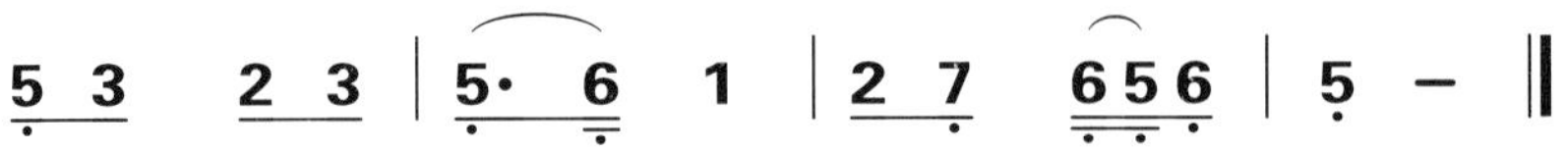

| 5̇ 3 | 2 3 | 5̇· 6̇ | 1 | 2 7 | 6̇ 5 6̇ | 5̇ — ‖

日 本　　鬼 子　　烧　杀　　抢，　离 家　　去 逃　　难。
咱 们　　今 天　　我 的 爹　娘，无 人　　来 照　　看。

（五台县）

逃　　难
（二）

亚欣 记

1 = A 2/4

慢速

| 1 1̇ 7̇ | 6̇· 5̇ | 1 2 | 3 | 5 5 5 2 | 3 2 | 1̇ 7̇ | 6̇ 5̇ |

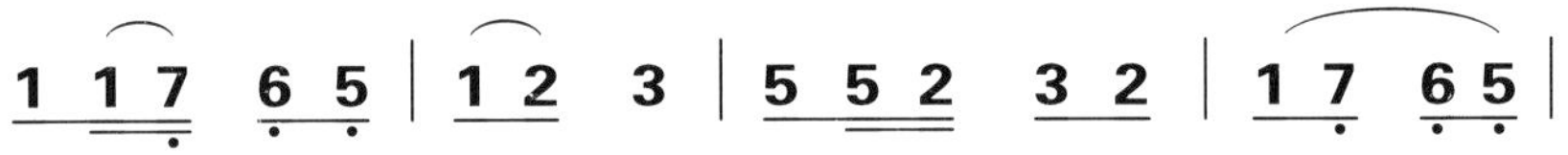

家 住　　崞 县　　城　北，住 在 了　底 渠　上，
留 下　　我 的 爹（来），留 下　　我 的　娘，
留 下　　我 的 房（来），留 下　　我 的　地，
男 人　　担 上 担（来），女 人　　提 上　篮，
逃 难　　逃 上 走（来），后 进　　兵 匪　贼，

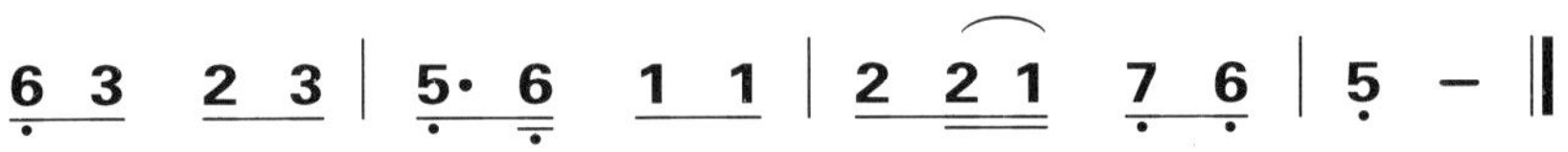

| 6̇ 3 | 2 3 | 5̇· 6̇ | 1 1 | 2 2 1 | 7̇ 6̇ | 5̇ — ‖

阎　锡　　山 他　　压 迫　咱 们　不 能　　回 家　照　管。
留 下　　我 的　　咱 们 的 老 亲 戚 朋 友 人 在 家 乡。
留 下　　我 今　　天 咱 的 里 东 西 什 么 也 不 给 留。

（原平市）

慈禧太后出北京

范喜望 唱
奋臻 雨禾 记

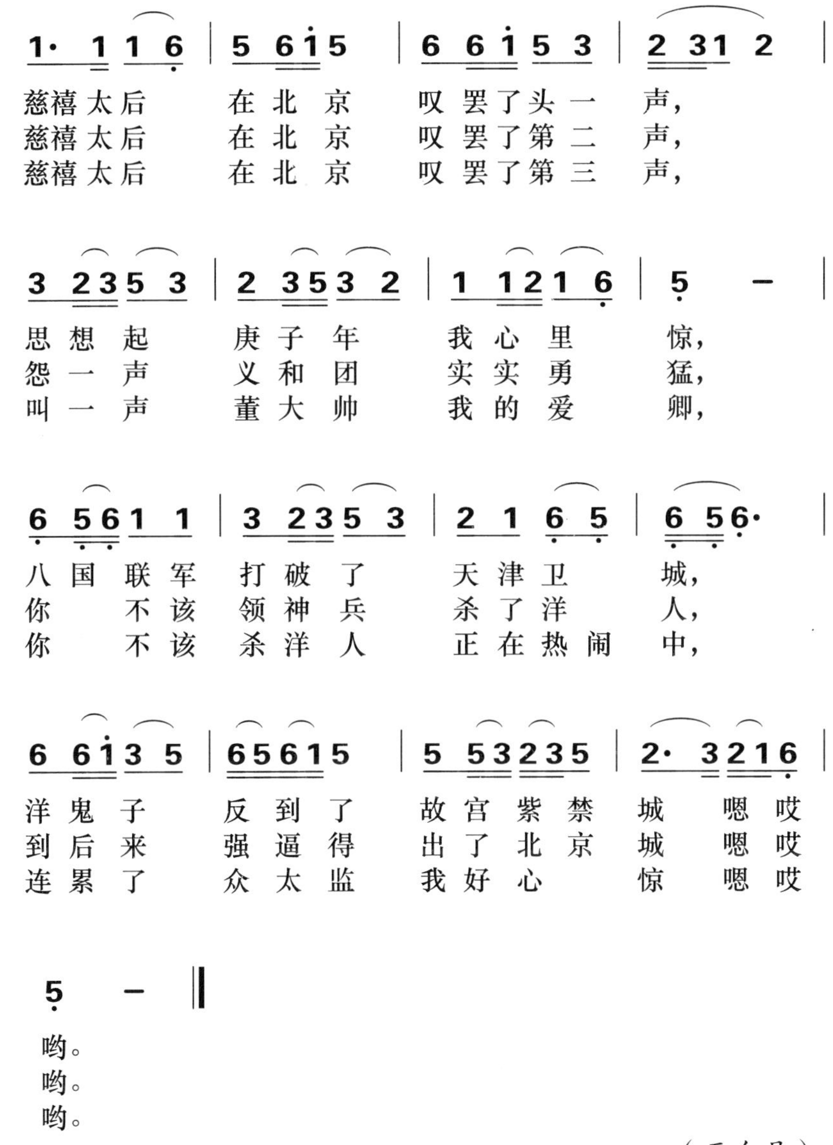

1 = F 3/4

小调

`1· 1 1 6 | 5 6 1 5 | 6 6 1 5 3 | 2 3 1 2 |`

慈禧太后　在北京　叹罢了头一声，
慈禧太后　在北京　叹罢了第二声，
慈禧太后　在北京　叹罢了第三声，

`3 2 3 5 3 | 2 3 5 3 2 | 1 1 2 1 6 | 5 — |`

思想起　庚子年　我心里　惊，
怨一声　义和团　实实勇猛，
叫一声　董大帅　我的爱卿，

`6 5 6 1 1 | 3 2 3 5 3 | 2 1 6 5 | 6 5 6· |`

八国联军　打破了　天津卫　城，
你不该　领神兵　杀了洋　人，
你不该　杀洋人　正在热闹　中，

`6 6 1 3 5 | 6 5 6 1 5 | 5 5 3 2 3 5 | 2· 3 2 1 6 |`

洋鬼子　反到了　故宫紫禁城嗯哎
到后来　强逼得　出了北京城嗯哎
连累了　众太监　我好心惊嗯哎

`5 — ‖`

哟。
哟。
哟。

（五台县）

无人区大逃难

五台县东山传唱
朱生和 词曲

1 = G 2/4

(五台县)

吊 线 线

1 = G 2/4

奋臻 玉堂 书平记

$\dot{2}\cdot \dot{3}$ $\dot{2}\ 1$ | $\dot{3}\cdot \dot{2}$ $\dot{3}\ \dot{2}\ 1$ | $6\ 1\ \dot{2}\cdot$ | $\dot{3}\ \dot{3}\ 5\ \dot{2}\ \dot{3}\ \dot{2}\ 1$ |

台 上 唱戏（嗨 呼儿嗨 哎 哟）戏场里看 见你
粉 白 樱桃红 嘴嘴 （哎 哟）闭眼 想起妹子

$\dot{1}\ \dot{2}\ \dot{1}\ 6$ 5 | 5 6 $\dot{1}\ \dot{3}$ | $\dot{2}\ \dot{1}\ 6$ $\dot{1}$ | $\dot{3}\ \dot{3}\ \dot{2}$ $\dot{1}$ |

俊脸 脸，有心 和你 串一 线（哎哟 哟）
毛眼 眼，心里 思谋 拉拉 手（哎哟 哟）

$6\cdot 5$ 3 5 | $\dot{2}\cdot 1$ 2 3 | 1 — ‖

又 怕 外头 人 瞅 见。
人 山 人海 圪 挤 开。

小调

（五台县）

洋烟开花

1 = C 2/4

史怀金 唱
张喜中 记

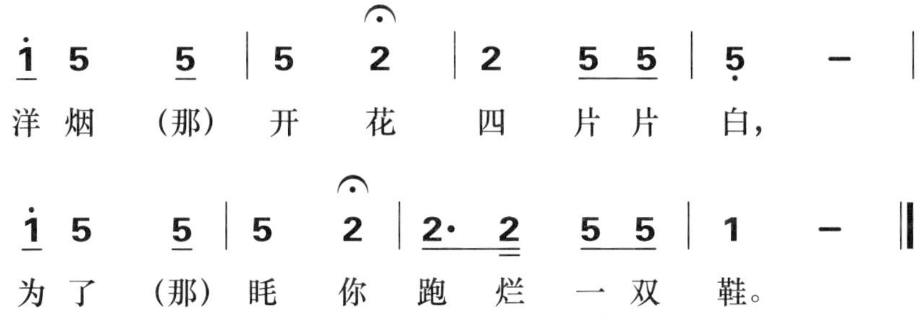

$\dot{1}$ 5 5 | 5 2 | 2 5 5 | 5 — |

洋烟 （那） 开 花 四 片 片 白，

$\dot{1}$ 5 5 | 5 2 | $2\cdot$ 2 | 5 5 | 1 — ‖

为 了 （那）眊 你 跑烂 一双 鞋。

（原平市）

进 兰 房
(二)

1 = G 2/4 董俊 田韶南

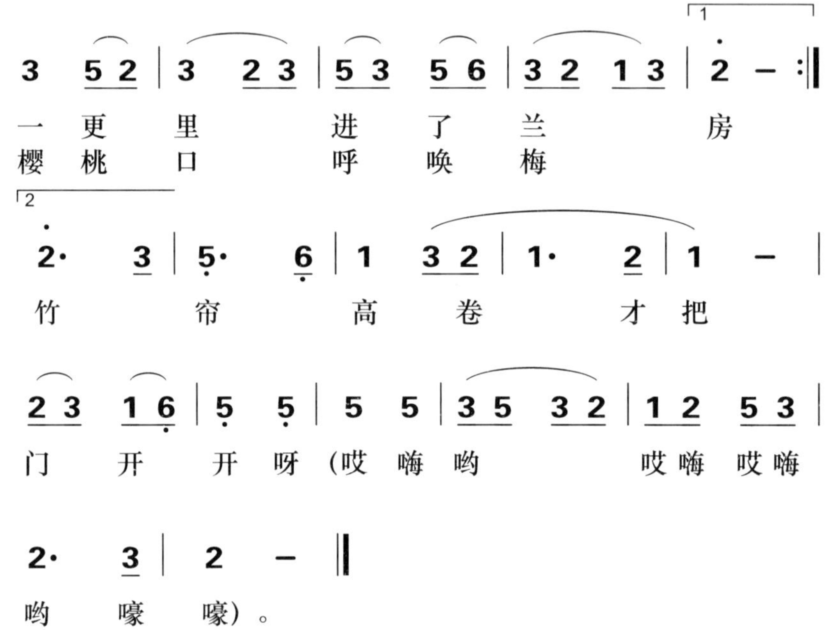

```
3  52 | 3 23 | 53 56 | 32 13 | 2. - :‖
一  更 里    进 了   兰    房
樱  桃 口    呼 唤   梅

2. 3 | 5. 6 | 1 32 | 1. 2 | 1 - |
竹    帘    高 卷    才 把

23 16 | 5. 5. | 55 35 | 32 | 12 53 |
门 开 开 呀 (哎 嗨 哟    哎嗨 哎嗨

2. 3 | 2 - ‖
哟  嚎  嚎)。
```

(五台县)

民歌五台山

抽 洋 烟
(一)

1 = G 2/4 白文生 唱 奋臻 志强 记

中速

```
3. 5 | 21 | 7. 6. | 5. | 3. 5 | 21 | 5̇7 - |
```

1.家 住 依 在 太 原 府 新   南 门 外，
2.别处的 洋 烟 过 不 了 我 的   瘾，
3.抽 洋 烟 抽 不 得 瘾 大 得 很，
4.先 卖 房 来 后 卖 地 统 统 都 卖 尽，
5.你 卖 奴 来 卖 奴 愿 意，

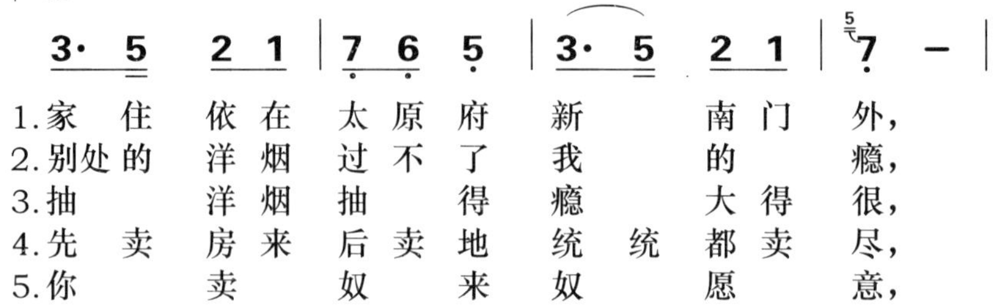

```
3·5  22 | 5 7  | 6 5  5 5  | 6·1  | 2·5 |
```
我 的 外 在 性 情 也 就 学 了 一 个 坏， 土 用，
唯 有 顿 陕 并 西 的 大 两 烟 堆 堆
三 还 有 我 并 作 一 一 顿 洋 鬼，
老 娘 还 愁 寻 个 烟

```
6·1  6 1 | 2 2  2 6 | 5 — ‖
```
学 下 一 个 洋 烟 袋。
一 顿 抽 了 二 绿 钱 五。
脑 袋 抽 得 格 茵 茵。
我 该 把 她 卖 给 谁
不 也 老 娘 还 想 离 开 你。

6. 你卖奴来奴情愿，
  丢不下我高龄老母亲，
  我走了谁照应。

7. 老子卖你抽洋烟，
  不知你胡言乱语说些甚，
  老子们瘾的不能行。

8. 骂一声懒儿你无能得很，
  你还不会买上些退烟的药，
  你给老娘退了洋烟。

9. 骂一声懒儿你无良心，
  老娘直想打你几拐棍，
  你卖你妻不能得逞。

10. 叫一声懒人你要听，
  你看咱家里还有些甚，
  你拿上换洋烟。

11. 左手里提了一个烂风箱，
  右手里又拿了个破尿盆，
  低头儿出了自己的门。

12. 铺麦秸，枕砖头，
  左顾右想没活头，
  暗暗跌进井里头。

小调

（五台县）

离 婚

1=♭B 2/4　　　　　　　　　　　　　　　　　郭玉楼 记
中速

民歌 五台山

| 5̇ 3̇ 2̇ | 5̇ 3̇ 3̇ | 2̇ 3̇ 5̇ | 5̇ 4̇ 3̇ 2̇ |

家　　住　定　　襄　镇　　安　　寨，
从　　小　小　　二　爹　娘　将　奴　管，
婆　　婆　婆　　公　公　倒　不　错，

| 7 2̇ 3̇ | 5̇·3̇ 3̇ 3̇ | 2̇ 1̇ 7 6 | 5 — |

我　的　那　名　　字　叫　人　人儿　爱，
因　此　间　不　叫　们　自　找　男　人，
就　是　那个　灰　小　子　配不过（个）我，

| 5 4 5 | 7 2̇ 3̇ | 2̇ 2̇ 2̇ 7 | 2̇ 7 2̇ |

从　小　小　二　爹　娘　有　些　外　债，
到　如　今　已　将　们　过　了　门，
好　吃　好　的　不　急　要　动，

| 7 2̇ 3̇ | 3̇ 5̇ 3̇ 3̇ | 3̇ 7 3̇ 2̇ | 7·6 5 ‖

将　奴　家　许　配　到　南　作　　来。
寻　下　个　男　人　钱　不　称们的　心。
每　日　里　耍　钱　在　外　外　混。

（定襄县）

抽 洋 烟
（二）

1=F 2/4

张伟 唱
张玺 记

快速

3·2｜3 0｜3·2｜3 0｜5 53｜2 2｜

正月里，是新春，前清（那）留下
抽洋烟，是懒汉，不出　门来

3·2｜3 0｜5 53｜2 2｜3 —｜1·6｜

鸦片烟，夜晚（那）抽烟白　天（那）
活不干，倾家（那）荡产为　抽（那）

2 3｜2｜2 —｜2 3｜2 1｜6 1 6 5｜

睡（哟），　分不清（那）阴阳（是）
烟（哟），　没有吃穿

小调

5 3 5 6｜1·6｜5 6 5 3｜2 —‖

颠　倒　颠（呀哈　咳）。
无　人　怜（呀哈　咳）。

（阜平县）

改 洋 烟

1=G 2/4

牛天喜 唱
激波 记

中速

6 5 6｜2 1 2｜6 6 5 6｜2 —｜

我父亲的摺我　一十七岁　整，
抽洋烟的赖得（个）　很，
诸位老乡你们　听，

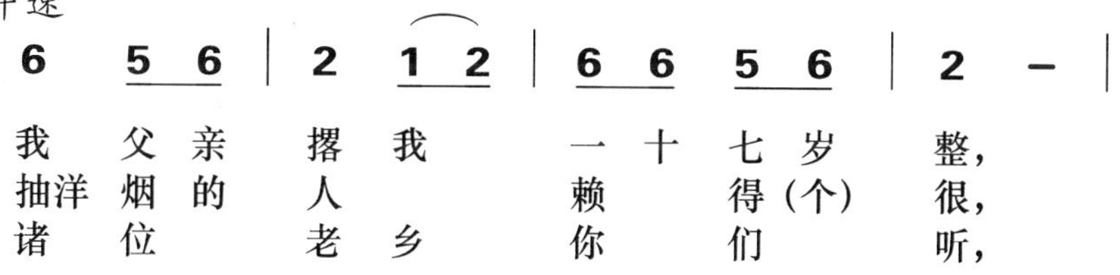

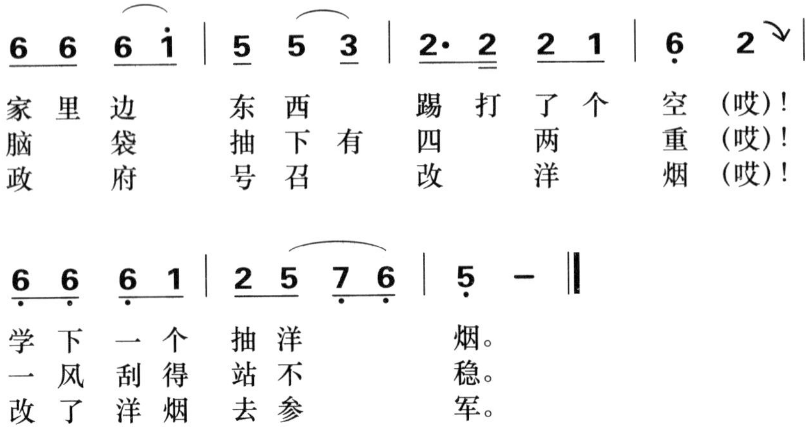

民歌五台山

| 6 6 6 1 | 5 5 3 | 2· 2 2 1 | 6 2 |

家 里 边　东 西　　踢 打 了 个　空（哎）！
脑 袋 抽 下　有 四 两　重（哎）！
政 府 号 召　改 洋 烟（哎）！

| 6 6 6 1 | 2 5 7 6 | 5 — ‖

学 下 一 个 抽 洋 　　烟。
一 风 刮 得 站 不 　　稳。
改 了 洋 烟 去 参 　　军。

（定襄县）

庙 门 开

奋臻 玉堂 记
书平 录

1 = G 2/4

| 5· 6 3 23 | 5 65 3 | 5· 3 5 | 6 3 2 | 1 |

正　月　初　　一 寺　庙　大　门儿　开。
文　殊　菩　　萨 台　上　正　面　　坐。

| 1· 2 5 | 6 5 3 2 1 | 3 2 3 | 5 1 | 2 1 6 | 5 |

四　大　金　　刚　两（也）两边 排　　哟
给　人　送　　来　大（也）大智 来　　哟

| 1 1 2 3 1 | 2 — | 3 2 3 | 5 1 | 2 1 6 | 5 ‖

哎嗨 哎嗨 哟，　　两（也）两边 排　　哟。
哎嗨 哎嗨 哟，　　大（也）大智 来　　哟。

（五台县）

怕 老 婆
（一）

1 = A 2/4

史中兰 唱
晓敏 子贞 记

中速

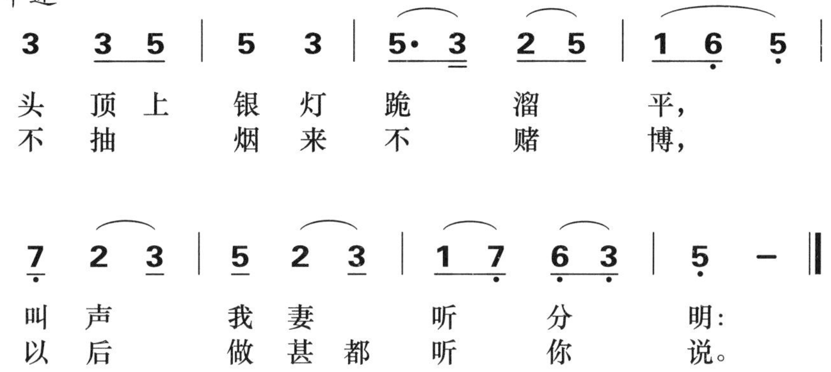

| 3 　 3̲ 5̲ | 5̲ 3̲ | 5̇· 3̲ 2̲ 5̲ | 1̲ 6̲̇ 5̇ |

头顶上　银灯　跪　溜　平，
不抽　烟来　不　赌　博，

| 7̣ 2̲ 3̲ | 5̲ 2̲ 3̲ | 1̲ 7̣̲ 6̣̲ 3̣̲ | 5 — ‖

叫声　我妻　听　分　明：
以后　做甚都　听　你　说。

（定襄县）

小调

怕 老 婆
（二）

1 = ♭B 2/4

赵月宏 唱
激 波 记

中速

| 3̇ 3̇ | 5̲̇ 4̲̇ 3̇ | 7̲ 2̲̇ 3̲̇ 2̲̇ | 6̲ 5̲ 3 |

阳婆　上山　坐（格）上了　锅，
人家　怕老婆　一（格）阵　子，

| 3̲ 7̲ 2̲̇ 3̲̇ | 3̇· 2̲̇ | 1̲ 7̲ | 3̲̇ 7̲ 6̲ 3̲ | 5 — ‖

人人　都说们　怕　老　婆。
唯有我　怕老婆是　一　辈　子。

（定襄县）

柳 叶 柳

安玉娥 唱
玉堂 奋臻 书平 记

$1 = G$ 2/4

1. 正月里来正月正，过节的人儿喜盈盈，四哥哥穿得多齐整，丰衣足食好光景呀么柳叶柳。
2. 二月里来龙抬头，万家灯火把香烧，娃娃们清早放鞭炮，四哥哥门外挂灯笼呀么柳叶柳。
3. 三月里来清明节，桃杏花开得满山红，妹妹把花容整一整，山坡里桃花满山红呀么柳叶柳。
4. 四月里来早发芽，庄户人家春耕忙，四哥哥吆牛了地菜，鸡叫忙到日头落呀么柳叶柳。
5. 五月里来五端阳，大黄米粽子撒白糖，雄黄烧酒凉粉菜，四哥哥不在我不端呀么柳叶柳。

6. 六月里来夏天收，
   新麦馍馍熬羊肉，
   今年的收成产量高，
   多夸我四哥劳动得好柳叶柳。

7. 七月里来七月七，
   牛郎织女天河会，
   他二人一年才见一面，
   我和四哥哥永不离柳叶柳。

8. 八月里来月儿圆,
　月饼水果盘中放,
　四哥哥不在我不吃,
　等他回来一起吃柳叶柳。

9. 九月里来树叶黄,
　四哥哥没有衣服穿,
　针连线来线连针,
　我和四哥哥心连心柳叶柳。

10. 十月里来立了冬,
　　四哥哥送我娘家去,
　　一路上说些知心话,
　　我和四哥哥永不离柳叶柳。

11. 十一月里一年整,
　　打下的粮食满仓丰,
　　四哥哥要穿新衣服,
　　我们二人一起走柳叶柳。

12. 过了一年又一年,
　　我和四哥哥观灯去,
　　一边走来一边唱,
　　我们二人心舒畅柳叶柳。

（五台县）

小调

闹 元 宵

1 = ♭B 2/4

董俊 韶男 记

$\dot{3}$ $\dot{3}$ $\dot{2}$ | $\dot{3}$ $\dot{3}$ | $\dot{3}$ 5 $\dot{3}$ $\dot{3}$ 2 | $\dot{3}$ $\dot{3}$2 1 |
正　月（子）十　五　闹 元（呀 么 子）宵,

$\dot{3}$ 5 6 $\dot{1}\cdot\dot{2}$ | $\dot{3}$ $\dot{2}\cdot\dot{3}$ | $\dot{2}$1 65 | 3 — | 5·6 1 |
一 伙　子　秧　歌（就）过　来　了, 大 姐

$\dot{2}$7 65 | 35 5 52 | 3 — | $\dot{1}\cdot\dot{1}$ 6161 |
就　把　二 妹　子（呀 么）叫,　二 妹 子（呀 就）

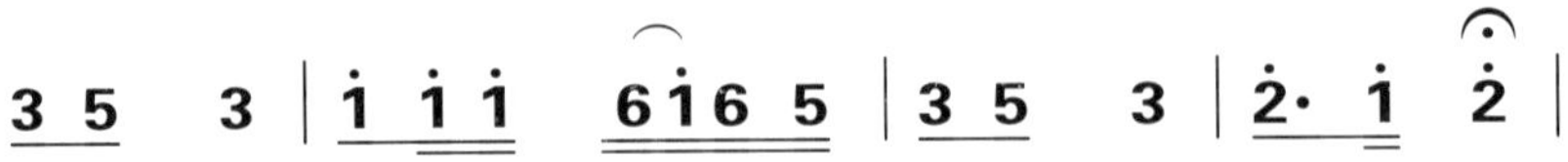

听见了，顾不得梳头(就)往外跑，哎嗨嗨锣鼓这喧天好(得)热闹。

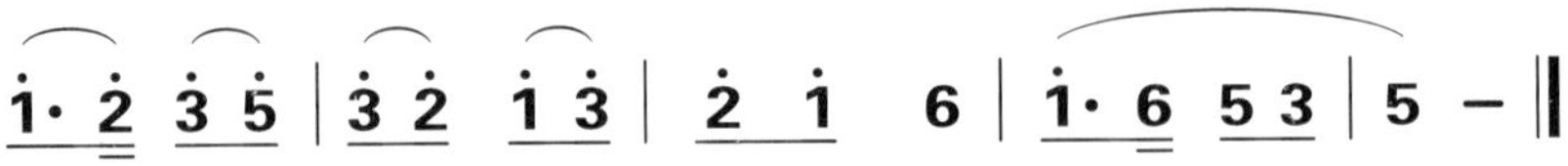

（五台县）

盼 五 哥

1 = A 2/4 3/4

张水婵 唱
邢和贵 赵美琴 记

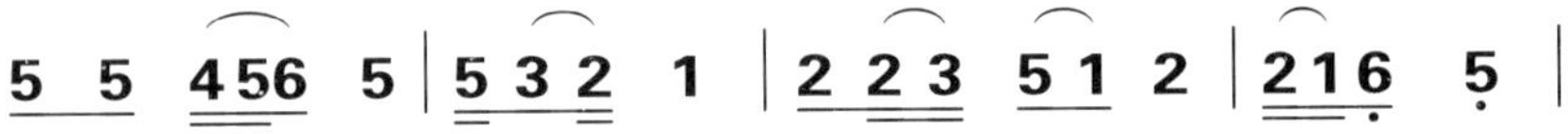

女儿今年一十七，五哥看不见走了半个月，抓了盏灯生瞳，
纸糊灯笼门前挂，俺的奴家怀抱床上做营眛意，
你家爹爹去世早，五妈也不两做睡眛意，
一会儿谯楼起了更，奴家在床上已经抱无片片，
一会儿谯楼起二更，奴家思想起爹爹出现白片片，
一会儿谯楼起三更，东方奴家已经睡无白片片，
四更里来月飘西，思想起爹爹出现白片片，
五更里来亮东边，东方出现白

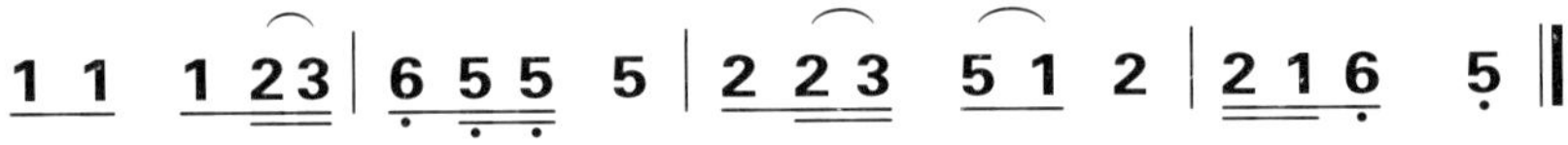

半月不见五哥的面，倒叫俺给你奴家支予①家的笼丝等得心和床面急。
左等右等你天晚人着爱，耽搁了根只奴白烟上花缝奴配茶。
看得看得打扮花儿试两绣，抽再看不给糖也错一对不照容人。
有心心起起看成这么倒个大，水和上白家有对不甜。
拿恍惚俺已拿起碗来倒上

注：①支予——方言，准备的意思。

（原平市）

民歌五台山

打 连 成
（二）

1 = G 2/4　　　　　　　　　　　铁晔光 记

3 5 1̇ 6 | 5 - | 6 5 1̣ 6 | 5̣ - |
过了一个年　　春　节　　天，

1 2 3 3 | 2 1 | 2 3 1̣ 6 | 5̣ - | 1̣ 6 1 |
连（个）成（个）哥哥来这拜　年　　左手拉

6̣ 1 5̣ | 1· 2 5 3 | 2 - | 1 2 5 3 | 2 1 |
右手挽（哎嗨哎嗨　哟。）自家那个兄弟们

2 3 1 6 | 5̣ 6̣ 5̣ 6̣ 1 | 5̣· 6̣ | 5̣ - ‖　小
拜的什么年（呀呵花儿　嗨花儿　哟）。　调

（代　县）

四保扛长工
（一）

1 = F 2/4　　　　　　　　　　郝效堂 唱
　　　　　　　　　　　　　　奋臻 志强 记

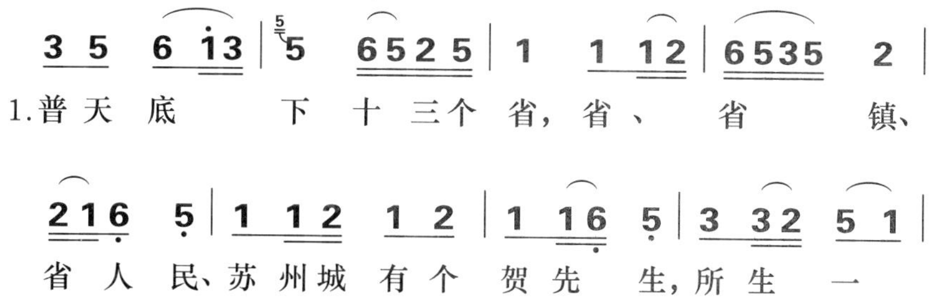

3 5 6 1 3 | 5̇ 5 | 6 5 2 5 | 1 | 1 1 2 | 6 5 3 5 | 2 |
1.普天底　下　十三个省，省、　省　　镇、

2 1 6̣ 5̣ | 1 1 2 | 1 2 | 1 1 6̣ 5̣ | 3 3 2 | 5 1 |
省人民、苏州城有个贺先　生，所生一

—559—

女 名 秀 英。

2. 母亲开口怒气冲,骂一声女花不要脸,咱雇长工为做营生,雇上你心上的人能做甚。

3.（男）四保开言笑盈盈,叫一声母亲你细听,苏州城有个贺先生,一心要雇我做营生。

4.（母）母亲开言笑盈盈,叫一声四保听娘言,有工没工你早回程,回到家中娘放心。

5.（男）低头出了自己的门,迈开大步往前行,紧走几步来得快,一霎时来到贺先生村。

6.（男）贺先生村里街两道,贺先生住在大街前,手把门环高声叫,叫声先生快开门。

7.（女）贺秀英正在绣房里坐,耳听门外有人声,低头儿出了自己的门,迈开金莲往前行。

8.（女）双手手开开门两扇,远来的四保你做甚?（男）你问我来要做甚,要问你爹寻营生。（女白）：我爹我娘都不在,我也能主七八分。

9.（男）正月里来是新年,走马的四保来上工,上工先担三担水,打扫了院心进马棚。

10.（女）二月里来龙抬头,贺秀英正要上绣楼,上了绣楼往下看,我看见四保好风流。

11.（女）三月里来是清明,我劝四保上新坟,（男）人家上坟为儿女,我四保上坟为了甚。

12.（男）四月里来四月八,奶奶庙上我把香插。人家插香为儿女,四保我插香为自己。

13.（男）五月里来五端阳,大麦子红来小麦子黄,长工短工都出了地，留下我四保打扫场。

14.（女）六月里来暑连暑，贺秀英正在凉床上，手拿扇子我还嫌热，可怜他四保更是热。

15.（男）七月里来七月七，天上的牛郎织女哭，神仙也有团圆日，我和那四保不团圆。

16.（女）八月里来月儿圆，西瓜月饼摆了个全，二老爹娘跪当中，我和四保跪两边。

17.（女）九月里来树叶黄，可怜的四保无衣裳，我家有对广东鞋，给了你四保快穿上。

18.（女）十月里来天气冷，贺秀英生下个小孩童，叫你爹来叫我娘，咱们的孩儿出了胎。

19.（女）十一月里来冻成冰，可怜他四保无袄穿，咱家有个烂花袄，改改袖儿你穿在身。

20.（男）十二月里来一年整，我寻财主开工钱，多开少开不要紧，家中还有个老母亲。

（五台县）

四保扛长工

（二）

1=D 2/4

张玉山 唱
李友来 记

中速

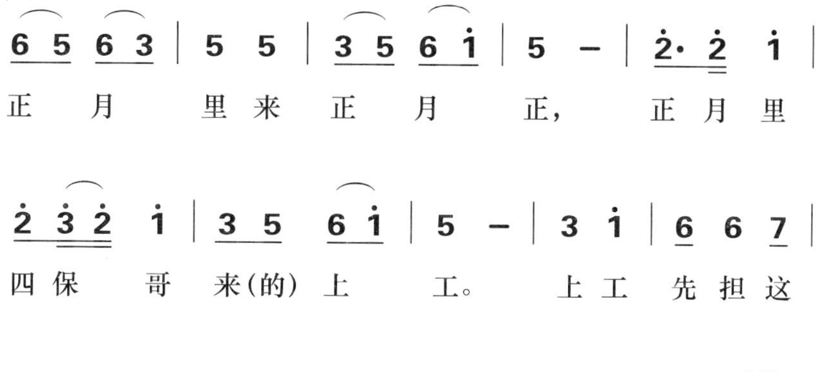

6 5 6 3 | 5 5 | 3 5 6 1 | 5 — | 2. 2 1 |
正 月 里来 正 月 正， 正 月 里

2 3 2 1 | 3 5 | 6 1 | 5 — | 3 1 | 6 6 7 |
四 保 哥来（的）上 工。 上工 先担这

小调

两担水(儿呀儿哟),吃了早饭打扫马棚(依么呀儿哟),(衣么呀么 衣么呀么 依么呀儿哟)。

(盂县)

长工苦

1=A 2/4

中速

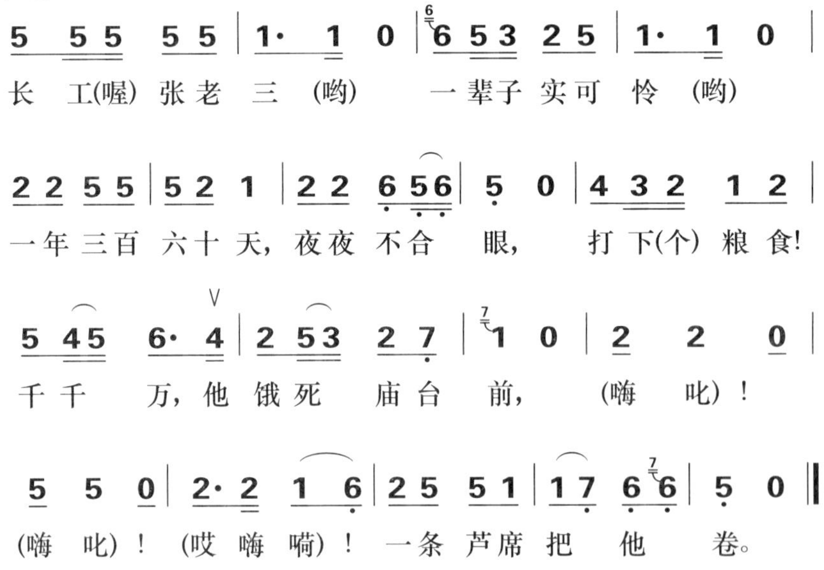

长工(喔)张老三(哟) 一辈子实可怜(哟) 一年三百六十天,夜夜不合眼,打下(个)粮食! 千千万,他饿死庙台前,(嗨叱)! (嗨叱)!(哎嗨嗨)!一条芦席把他卷。

(定襄县)

雇 长 工

1 = A 2/4　　　　　　　　　　　　　亚欣 记
中速

小调

1. 正月里正月正，李东家女孩儿雇长工，雇下了别人我不行（呀），雇下那任存哥姑舅亲（呀哈）姑舅亲。

2. 二月里龙抬头，李东家女孩儿上绣楼，
   手把住栏杆往下瞅，瞅见那任存哥哥喜心头。

3. 三月里是清明，家家户户去上坟，
   人家上坟成双对，任存哥上坟独一人。

4. 四月里四月八，娘娘庙上把香插，
   人家那插香为儿女，咱二人烧香为什么？

5. 五月里五月五，家家户户过端午，
   黄酒那烧酒喝个够，留下个任存哥哥没有一滴酒。

—563—

6. 六月里来六月六，新麦子馍馍烧猪肉，
   全家老少吃了一个够，留下个任存哥哥啃骨头。

7. 七月里来七月七，天上牛郎会织女，
   咱二人没做亏心事，为什么天上两隔离？

8. 八月里月儿圆，西瓜大来月饼甜，
   瓜桃梨果摆了个全，为什么咱二人不团圆。

9. 九月里秋风凉，任存哥哥耕地没衣裳，
   偷偷给他做一顿饭，任存哥吃上暖一暖。

10. 十月里下大雪，长工短工来扫雪，
    别人扫雪我不管，任存哥哥扫雪我悲切。

11. 十一月里天气寒，任存哥穿的是单衣衫，
    我有那一个细绸袄，改改领口你穿上。

12. 十二月里二十八，任存哥哥要回家，
    手把栏杆绣楼上瞭，越瞭我女孩儿越想他。

（原平市）

走 洛 阳

张秀全 唱
晓敏 子贞 记

1 = G 2/4

5 5 3 2 3 | 5 2 3 5 | 1 1 2 5 6 5 3 | 2 3 2 6 5 |

尤 国 华 我就 去 洛 阳 上 市 赶 考，

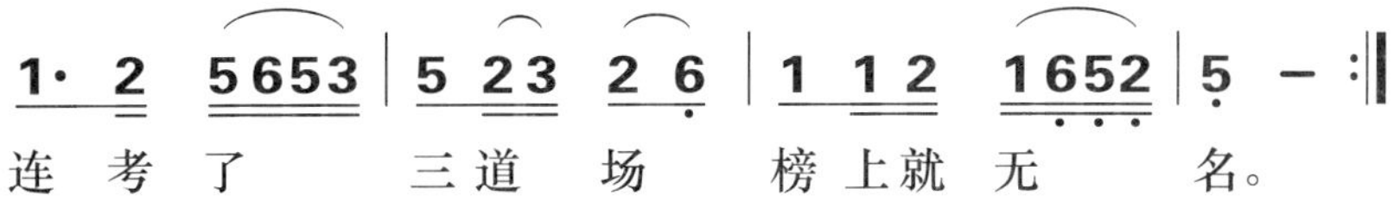

$\underbrace{1\cdot 2}\ \underbrace{5653}\ |\ \underbrace{5\ 23}\ \underbrace{2\ \dot{6}}\ |\ \underbrace{1\ 1\ 2}\ \underbrace{16\dot{5}\dot{2}}\ |\ \underline{5}\ -\ \|$
连 考 了　三 道 场　榜 上 就 无　名。

（定襄县）

凤阳花鼓

$1=F\ \dfrac{2}{4}$

董俊 韶南 记

$\underbrace{5\ 6}\ \dot{1}\ |\ \underbrace{\dot{1}\ 6}\ 5\ |\ \underbrace{5\ 6}\ \dot{1}\ |\ \underbrace{\dot{1}\ 6}\ 5\ |\ \underline{5\ 5}\ 5\ |$
说　凤　阳　道　凤　阳，　凤　阳　这
大　户　人　家　养　骡　马，　小　户　这

$\underline{5\ 5}\ |\ \underline{\dot{1}\ 5}\ |\ \underline{3\ 2}\ 1\ |\ -\ |\ \underline{3\ 2}\ |\ \underline{3333}\ |\ \underline{3\ 1}\ 2\ |$
本　是　好　地　方。　自从　出了一个　朱元璋，
人　家　喂　猪　羊。　猪羊　骡马　我 不 管，

$\underline{5\ 5}\ \underline{5\ 3}\ |\ 5\ -\ |\ \underline{5\ 5}\ \underline{5}\ |\ \dot{1}\ 5\ |\ \underline{\dot{1}\ 5}\ \underline{3\ 2}\ |$
(哪呀 一呼 嗨)　一 年 这 丰　收 几 年 年的
(哪呀 一呼 嗨)　身 背 上 花　鼓 走 四

$\underbrace{1\ 3}\ \underbrace{2\ 6}\ |\ \dot{1}\ -\ \|$
荒。依 呼　咳。
方。依 呼　咳。

小调

（五台县）

招 招 手

1 = D 2/4

玉堂 书平 记

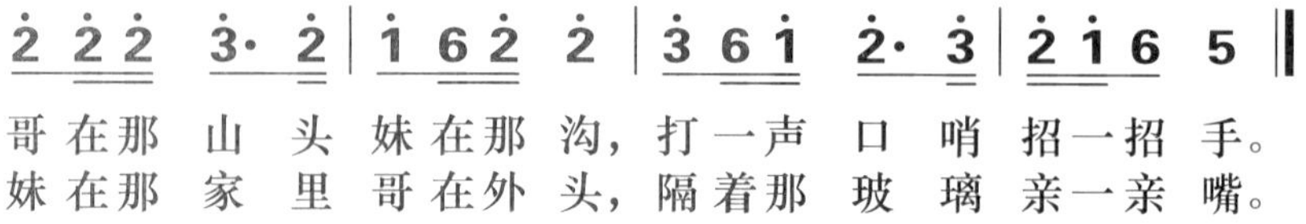

$\dot{2}$ $\dot{2}$ $\dot{2}$　$\dot{3}\cdot\dot{2}$ | 1 6 2　2 | $\dot{3}$ 6 1　$\dot{2}\cdot\dot{3}$ | $\dot{2}$ 1 6 5 ‖

哥在那 山 头 妹在那 沟，打一声 口 哨 招一招 手。
妹在那 家 里 哥在外 头，隔着那 玻 璃 亲一亲 嘴。

（五台县）

开 缸 房

（一）

1 = G 2/4

郝效堂 唱
奋臻 志强 记

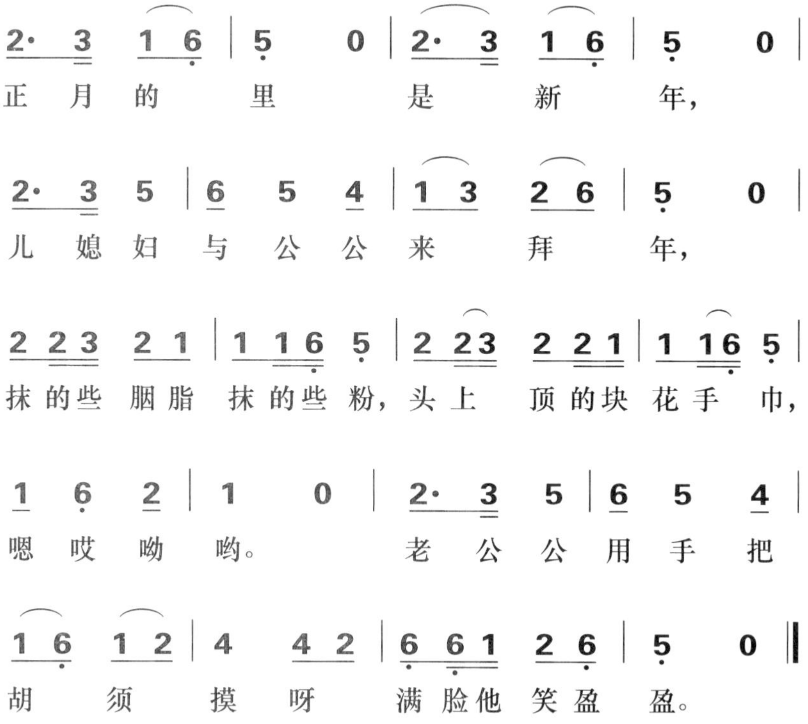

民歌五台山

$\dot{2}\cdot\dot{3}$ 1 $\dot{6}$ | 5 0 | $\dot{2}\cdot\dot{3}$ 1 $\dot{6}$ | 5 0 |

正 月 的 里 是 新 年，

$\dot{2}\cdot\dot{3}$ 5 | 6 5 4 | 1 3 $\dot{2}$ 6 | 5 0 |

儿 媳 妇 与 公 公 来 拜 年，

2 2 3　2 1 | 1 1 6　5 | 2 2 3　2 2 1 | 1 1 6　5 |

抹的些 胭脂 抹的些 粉，头上 顶的块 花手 巾，

1 6 2 | 1 0 | $\dot{2}\cdot\dot{3}$ 5 | 6 5 4 |

嗯 哎 呦 哟。 老 公 公 用 手 把

1 6 1 2 | 4 4 2 | 6 6 1 2 6 | 5 0 ‖

胡 须 摸 呀 满 脸 他 笑 盈 盈。

（五台县）

开 缸 房

（二）

1 = ♭E 2/4

东建安村徐秀红 唱
奋臻 玉堂 书平 记

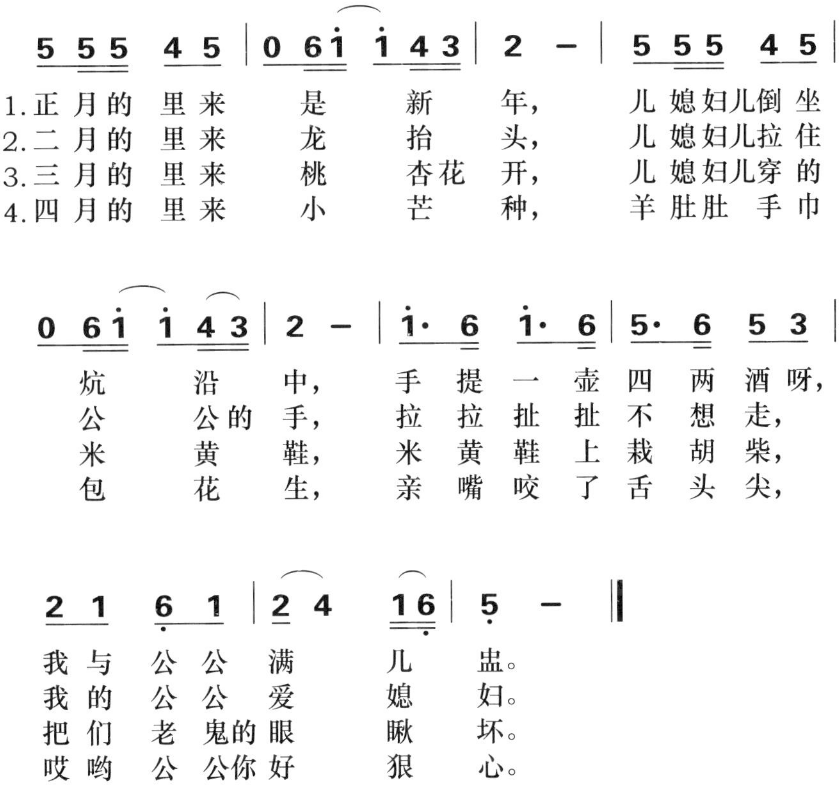

小调

| 5 5 5   4 5 | 0 6 1   1 4 3 | 2 — | 5 5 5   4 5 |

1. 正月的 里来 是 新 年， 儿媳妇儿倒 坐
2. 二月的 里来 龙 抬 头， 儿媳妇儿拉 住
3. 三月的 里来 桃 杏花 开， 儿媳妇儿穿的
4. 四月的 里来 小 芒 种， 羊肚肚 手巾

| 0 6 1   1 4 3 | 2 — | 1· 6   1· 6 | 5· 6   5 3 |

炕 沿 中， 手提 一 壶 四 两 酒呀，
公 公的 手， 拉拉 扯扯 不 想 走，
米 黄 鞋， 米黄 鞋上 栽 胡 柴，
包 花 生， 亲嘴 咬了 舌 头 尖，

| 2 1 | 6 1 | 2 4 | 1 6 | 5 — |

我与 公公 满 儿 盅。
我的 公公 爱 媳 妇。
把们 老鬼的眼 瞅 坏。
哎哟 公公你好 狠 心。

5. 五月的里来午端阳，黄米粽粽包砂糖，
　黄米筋来砂糖甜呀，不如们公公唾沫甜。

6. 六月的里来热难担，儿媳妇睡在凉床上，
　胳膊弯弯你枕上呀，问问媳妇儿你凉不凉。

7.七月的里来七月七,牛郎织女团圆日,

　神仙也有一团圆,们和们公公不团圆。

8.八月十五月儿圆,西瓜月饼供月神,

　桃李五谷摆了个全,不如们公公在面前。

9.九月的里来九月九,我和们公公上街走,

　手拿金元九块九,我与媳妇买干炉①。

注:①干炉——是过去的干饼子。

（五台县）

纺线线歌

1 = C 2/4

梁银花 唱
朱生和 记

小小的车子七根台呀,（依呀
小小的车子木耳头呀,（依呀
昼夜纺来昼夜织呀,（依呀

喂哟）门外大姐们哪里来?
喂哟）架上大锭子打（呀）上头,
喂哟）总是自己穿（呀）破衣,

棉条篓儿随身带（呀哎咳哟）。
一手一手往上抽（呀哎咳哟）。
越思越想越怄气（呀哎咳哟）。

（五台县）

观 画

1 = G 2/4

中速

白计安 唱
马志强 记

小调

| 0 5 | 6 3 | 5 2 2 3 | 3 2 | 5 0 |

1.天　下　第　一　　好　事　情，
2.上　无　兄　来　下　无　妹，
3.咱　和　别　人　不　相　跟，
4.寒　冬　腊　月　天　气　冷，

| 0 5 | 3 5 | 5 1 | 2 2 | 6 2 | 6 | 5 — |

亲　爹　这　亲　嬷①是　有　福　的　人，
一　母　那　亲　生　下　姐　弟　俩；
相　跟　的　齐　是　咱　自　己　的　人；
我　与　我　兄　弟　把　衣　增，

| 7 7 1 | 2 | 7 7 1 | 2 | 2· 3 | 2 1 | 7· 1 | 2 2 |

舍　不　得　打　舍　不　得　骂，见　了　儿　女　话　亲　煞呀，
姐　姐　小　弟　年　轻，一　心　要　想　观　画　儿　红，
咱三　婶　咱二　婶，一　起　相　跟　上　要　进　城呀，
棉　背　心　挡　了　风，时　新　的　坎肩　套　外　边呀，

| 0 5 | 5 5 | 6· 1 | 6 5 | 5 5 2 | 3 5 | 1 6 | 5 |

烂　不　到　河　里　忘　不　了　娘　的　恩。
既　要　观　画　咱　相　跟　上　人。
大　路　上　齐　是　观　画　儿　的　人。
问　一　声　兄　弟　你　冷　也　不　冷。

注：①嬷——五台人称呼妈为嬷。

5.打扮齐备快起身,
　二百文铜钱带在身;
　数核桃买日用,
　零零落落买些甚呀;
　不买那吃喝买些日用。

6.寒冬腊月数九天,
　河水那冻成一块冰;
　小心些步步稳,
　小小心心往前行;
　把兄弟滑了个对儿隆咚。

7.蹾得屁股怪生疼,
　手又麻来脚又疼,
　头又昏眼又黑,
　震得耳朵嗡嗡嗡,
　大大的花儿观不清。

8.叫声兄弟你不要哭,
　听姐把话对你说,
　咱进城买窗空,
　贴到窗上花喷喷,
　数上些核桃过大年。

9.紧步走来慢步行,
　远远望见一座城,
　城上的垛口数不清,
　这座城真威风,
　这座城它坚固得很。

10.进了北京的大东门,
　　大街上的人儿闹哄哄,
　　油芝麻大烧饼,
　　瓜子花生洋旱烟,
　　各样的零食数不清。

11.叫声姐姐拿来钱,
　　你给我买上个大烧饼,
　　又买针来又买线,
　　梳拢篦梳姐姐用,
　　你给买上两盒恒大烟。

12.叫声姐姐你来看,
　　那支蜡儿多么长,
　　一尺长三寸粗,
　　一个月点不完呀,
　　再大的风呀刮不灭。

（五台县）

画 扇 面

1 = G 2/4

白计安 唱
马志强 记

中速

小调

| 0 5 6 | 3 5̂2 | 2 5 3 6 | 3·2̂1 1 | 0 2 2 2 |

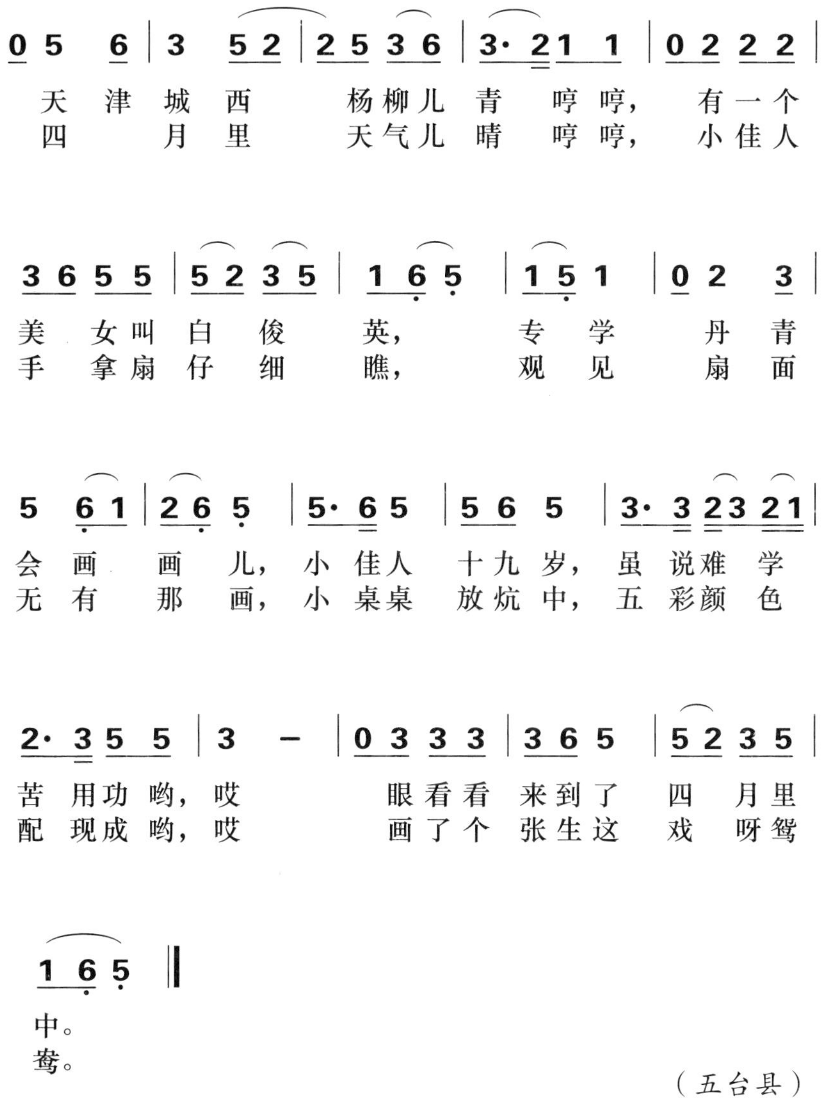

天　津　城　西　　杨柳儿　青　哼哼，　有一个
四　　月　里　　天气儿　晴　哼哼，　小佳人

| 3 6 5 5 | 5 2 3 5 | 1 6 5 | 1 5 1 | 0 2　3 |

美　女　叫　白　俊　　英，　　专　学　　丹　青
手　拿　扇　仔　细　　瞧，　　观　见　　扇　面

| 5 6 1 | 2 6 5 | 5·6 5 | 5 6 5 | 3·3 2 3 2 1 |

会　画　画　儿，小佳人　十九岁，虽说　难　学
无　有　那　画，小桌桌　放炕中，五彩　颜　色

| 2·3 5 5 | 3 — | 0 3 3 3 | 3 6 5 | 5 2 3 5 |

苦　用　功　哟，哎　　　眼看看　来到了　四　月里
配　现　成　哟，哎　　　画了个　张生这　戏　呀鸳

| 1 6 5 ‖

中。
鸯。

（五台县）

织 手 巾

1 = G 2/4

民歌 五台山

| 3 5 6 i | 5 | 5 i 6 5 | ‖: 1̇ - | 2 3 5 2 :‖ 5 | 6 5 |

石 榴 （子） 开 花 　　 叶 叶 青 　 我 给 我
不 织 （呀） 长 来 　　 不 织 短 　 只 织
织 上 （那） 天 上 　　 明 月 圆 　 织 上
织 上 （那） 兔 儿 　　 会 蹬 鹰 　 织 上
织 上 （那） 铁 匠 　　 打 铁 钉 　 再 织 上
织 上 （那） 木 匠 　　 造 花 船 　 再 织 上
织 上 （那） 狐 狸 　　 满 山 跑 　 再 织 上

| 5̇ 1 | 2 3 2 1216 | 5 - | 7̣ 1 7̣ 1 | 2 3 2 |

哥 哥 织 手　 巾， （哎 嗨 哎 嗨 哟 呀），
三 尺 三 寸　 宽， （哎 嗨 哎 嗨 哟 呀），
地 上 牡 丹　 花， （哎 嗨 哎 嗨 哟 呀），
梅 鹿 过 山　 岭， （哎 嗨 哎 嗨 哟 呀），
一 个 抡 锤　 人， （哎 嗨 哎 嗨 哟 呀），
一 个 拉 锯　 人， （哎 嗨 哎 嗨 哟 呀），
猎 户 跟 后　 边， （哎 嗨 哎 嗨 哟 呀），

| 5 6 5 | 5̇ 1 | 2 3 2 1216 | 5 - ‖

我 给 我 哥 哥 织 手 巾。
只 织 三 尺 三 寸 宽。
织 上 地 上 牡 丹 花。
织 上 梅 花 鹿 过 山 岭。
再 织 上 一 个 抡 锤 人。
再 织 上 一 个 拉 锯 人。
再 织 上 猎 户 跟 后 边。

（忻州市）

正在绣房里坐

1 = C 2/4

赵黄生 唱
激 波 记

中速

6 6 7 6 | 5·3 | 3 2 7 6 | 5 | 6 6 3 | i 5 3 |

奴家正 在 绣 房 （哟） 绣呀 绣房里
扭身 儿 我 将 （哟） 我将（那）床来

2 — | 6 6 3 3 | i 7 6 5 | 3 5 3 6 | 6·i |

坐， 耳忽听得门 外 有（格）人 声，
下， 迈开（那个）金 莲 往 外 行，

3 3 6 i | 3 3 2 1 | 6 — | 3·3 6 i | 3 5 3 |

但不知道是的何 人？ （哎嘞哎咳哟）
一霎时 来到前 门， （哎 嘞哎咳哟）

小调

2 1 2 5 | 3 2 1 7 | 6 — ‖

但不知道是的何 人？
一霎时 走到前 门。

（定襄县）

劝 闺 女

1 = ♭B 2/4

高松 柏财 唱
马志强 书平 记

稍慢

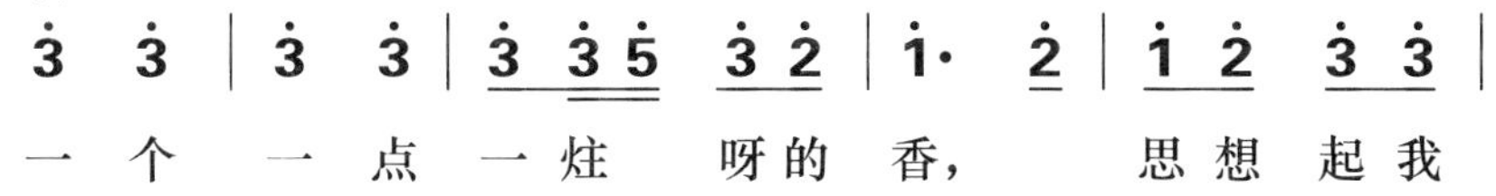

3 3 | 3 3 | 3 3 5 | 3 2 | i· 2 | 1 2 | 3 3 |

一个 一点 一炷 呀的香， 思想起我

—573—

婆婆家泪汪汪，女娃我的小亲亲，有什么话儿对娘说哎嗨哎嗨哟，三十年的媳妇熬成了婆。

（五台县）

范 四 娘

霍聚昌 唱
程千里 记

1=C 2/4

中速

访河南十三县，出了一个贤良范四娘。七岁上跟娘就学针线（蕾落莲那），十二岁穿梭不用娘（莲蕾落呀）。

（平山县）

方 四 姐

（一）

张秀全 唱
子贞 晓敏 记

1=♭B 2/4

小调

3 6 1 2 | 3 3 2 1 | 3 3 6 1 | 6 5 3 |
黄 河 的 岸　　十 三　　县

5 3 5 6 | 1· 6 | 3 2 1 | 6 5 3 6 |
出 了 个 心　　灵 的　方 四

5 - | 5 6 1 | 3 2 1 | 3 5 |
姐，　七 岁 上 跟 娘 就 学 针

1 6 5 | 5 2 3 2 | 1 - | 3 3 5 |
线（呀 么 拉 流 儿 灵），一 十 那

6 - | 6 1 6 5 | 5 2 3 2 | 1· 5 |
二 岁　　进 绣 房

3 2 1 6 | 1 - ‖
（哩 鹿 儿 灵）。

（定襄县）

方 四 姐

（二）

1 = C 2/4

梁有世 唱
激 波 记

$\dot{1}$ 6 $\dot{1}$ 2 | 3 3 2 1 | $\dot{3}$ 2 1 1 | 6 5 3 23 |

二　月的里　　正　点　红
方　四　姐　　进　绣　房，

5 5 6 | $\dot{1}$· 3 | 2　$\dot{1}$ 6 | 5 5　6 3 |

正　是　子　　家　　来　娶
打开这柜　来　　又　开

5 — | 5· 6 $\dot{1}$ | 2 $\dot{1}$　6 1 | 5 3　5 $\dot{1}$ |

亲　　珍　珠下了　这　三　斗
箱，　上　穿一件　这　十　织

5· $\dot{1}$　6 $\dot{1}$ | 3　3 2 | 1 — | 5　3 5 |

半　　　（哕儿 哩　令）　　花　红这
锦　　　（哕儿 哩　令）　　下　套这

6· $\dot{1}$ | 5· 3 | 2 2　3 2 | 1·　3 |

柳　　绿　　娶　过　门。
一　　件　　好　衣　裳。

2 1　6· 5 | 1 — ‖

（哩　哕儿　令）
（哩　哕儿　令）

（定襄县）

夸女骂媳

1 = A 2/4

邢和贵 记

小调

| 5 5 5 | 5·6 5 | 5 5 4 5 | 5 3 2 5 | 6 1 2 |

有这么　两　个老婆　　　婆，　　叨叨
胖婆婆她　把道道　　拖，　　瘦婆婆
人生的　再　好难十　　全，　　你忍

| 5 5 2 5 | 1 6 | 5 — | 2 2 1 | 0 5 3 5 | 5 6 1 |

叨叨谈得　　热，　手拿着　拐棍划又
跟前点点　　多，　一个夸　闺女最孝
我让互谅　　解，　若不信　请你想自

| 2 5· | 6 1 2 | 5 5 | 2·5 1 6 | 5· |

点，　不知道　她俩讲些什　　么。
敬，　一个骂　媳妇太凶　　恶。
己，　闺女　媳妇都当　　过。

（原平市）

洪 秀 英

1 = G 2/4

边玉堂 张书平记

| 5 6 2 | 5 6 2 | 5 | 6 5 | 5 1 2 | 5 5 6 5 |

家住在五台县西山村，我的名儿
背地里寻下个小情人，有空我俩

—577—

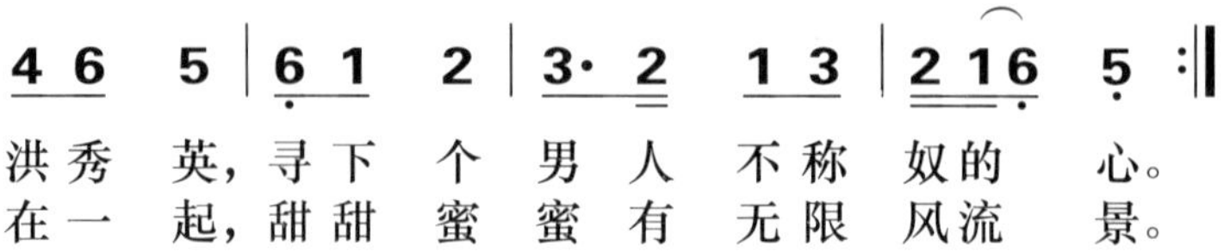

```
4 6 5 | 6̣ 1 2 | 3· 2 1 3 | 2 1 6̣ 5̣ :||
```
洪秀英，寻下个男人不称奴的心。
在一起，甜甜蜜蜜有无限风流景。

（五台县）

十 想

（一）

1 = F 2/4

贾如根 唱
子贞 晓敏 记

中速

```
5 5 6 1̇ | 5· 1̇ | 6 5 | 5 5̇ 6̣ | 1 — |
```
1.一想二爹娘，　　爹娘无主张，

```
2 3 5 | 5 5̇ 6̣ 1 | 2 5 5̇ 6̣ | 2 6̣ 5 |
```
孩儿的亲　事，全在　娘身　上（嗯哎），

```
2 3 2 1 | 7̣ 5̣ | 1 6̣ 5 | 2 3 2 1 | 7̣ 6̣ | 1 — ||
```
怎么你不买嫁妆？（嗯哎）怎么你不买嫁妆？

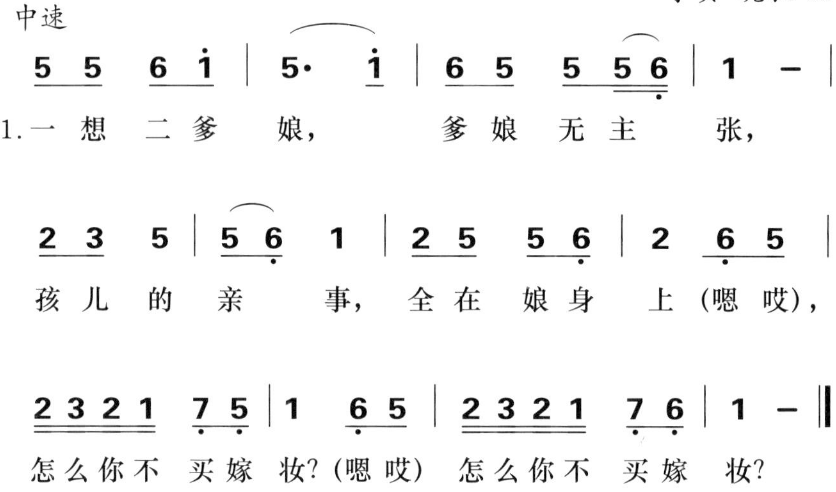

2.二想二公婆，公婆有差错，
　　男大女又大二人来配合，怎么你不来娶我？

3.三想说媒的人，媒人无良心，
　　两家的亲事全靠你一人，怎么你不来问问？

4.四想奴的哥，比奴大不多，
　　去年春天就把个喜事过，越想越难过。

5.五想奴的嫂，和奴一般高，
　　小小的婴儿就把个怀中抱，越想越急躁。

6.六想奴的妹，比奴小两岁，
　　男的成了亲女的配了对，越想越掉泪。

7.七想奴的郎，出门在他方，
　　只见音信回不见奴的郎，越想越心慌。

8.八想奴的房，好像个女庙堂，
　　白天扫地晚上来烧香，好像个女和尚。

9.九想奴的床，打开了红绫帐，
　　只见红绫被不见奴的郎，越想越心伤。

10.十想奴的命，奴的命不强，
　　埋怨声老天坏心肠，怎么你这天不良？

小调

（定襄县）

十　想
（二）

1=F　2/4

白文生　唱
马志强　记

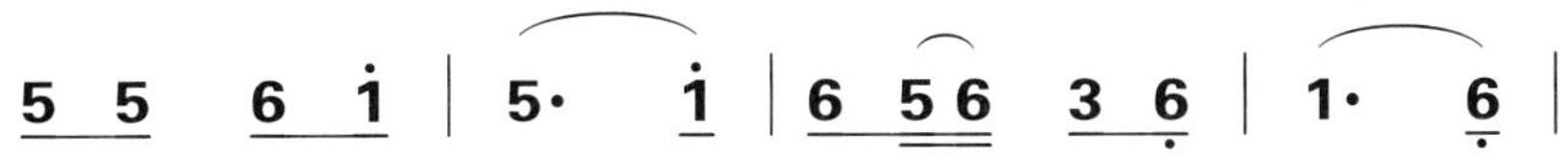

| 5 5 | 6 1 | 5· 1 | 6 5 6 | 3 6 | 1· 6 |

1.一　想　二　爹　娘，　　爹　娘　无　主　张，
2.二　想　二　公　婆，　　公　婆　也　有　过。
3.三　想　说　媒　的　人，　媒　人　无　良　心。
4.四　想　我　的　哥，　　和　我　一　般　大，
5.五　想　孩　的　妈，　　和　我　一　般　高，

—579—

$\widehat{2\cdot\ 3}$ 5 | $\widehat{5\ 3\ 2}$ 1 | $\widehat{3\ 3\ 2}$ 3 1 | 2 2 5 |

女　　花　长　成　人，　还　在　什　你　身　旁　过　嗯呀，
男　　大　成　也　大　为　什　不　娶　人　过　嗯呀，
两　　家　女　了　亲　全　他　你　一　过　抱　嗯呀，
去　　年　春　孩　天　把　中　办　嗯呀，
小　　小　　儿，怀　　　事　　　

3 3 3 6 | $\underline{5}\ \underline{6}$ | $\underline{5}$ — ‖

不　给　奴　家　找　对　象。
小　　奴　家　等　不　上。
不　给　奴　家　问　一　问。
他　与　嫂　嫂　多　快　乐。
越　　等　　越　心　焦。

民歌 五台山

6.六想我的妹，比我小两岁，
　　男大配成双，女大配成对嗯呀，
　　越等我越掉泪。

7.七想奴的郎，上学作文章，
　　上学下学路过奴门上嗯呀，
　　奴看见喜洋洋。

8.八想奴的命，奴命真不强，
　　自小无有个人主张嗯呀，
　　奴命真不强。

9.九想奴主张，自由找对象，
　　嘴多问众人，
　　有人找你提亲嗯呀，
　　奴家很喜欢。

10.十想婚姻动，有人来问询，
　　二人亲自搞，
　　才把那对象找嗯呀，
　　奴家才息心了。

（五台县）

小女自述

1 = A 2/4

胡存德 唱
奋臻 雨禾 书平 记

| 5 65 3 2 | 5 65 3 2 | 5 5 6 5 3 2 | 1 1 2 1 |

一岁那个两岁奴吃娘的奶呀呼咳，
五岁那个六岁大街上串呀呼咳，
九岁那个十岁留下个头呀呼咳，

‖: 1· 2 5 5 | 3 1 2 3 23 | 5 1 | 2 1 6 | 5 :‖

三岁至那四岁离了娘的怀呀呼咳。
七岁至那八岁缠起金莲来呀呼咳。
小奴家留头好呀好风流呀呼咳。

（五台县）

小调

奶娃娃

1 = F 2/4

郝效堂 唱
马志强 记

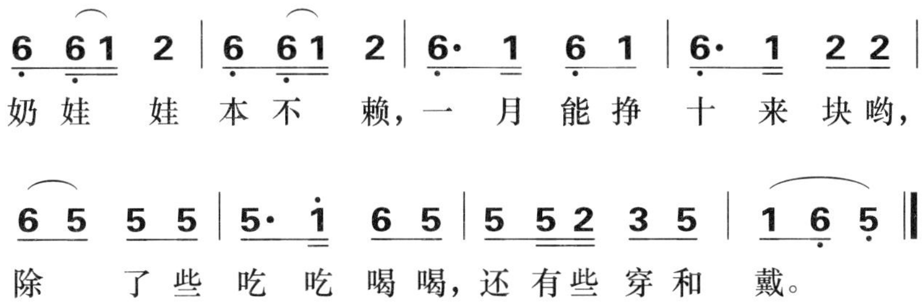

| 6 61 2 | 6 61 2 | 6· 1 6 1 | 6· 1 2 2 |

奶娃娃本不赖，一月能挣十来块哟，

| 6 5 5 5 | 5· 1 6 5 | 5 5 2 3 5 | 1 6 5 ‖

除了些吃吃喝喝，还有些穿和戴。

（五台县）

—581—

养 娃 娃

1 = G 2/4

徐先昌 唱
奋臻 雨禾 记

中速

民歌五台山

```
3 3  3 5 | 3 0 2 | 3 2  7 6 | 5 0 | 5  5 6 |
```
1.男大 当 婚 女大 当 嫁， 两 口 口
2.养 娃 娃 受 限 制， 谁 也
3.生 一 个 再不 生， 发 给 你
4.为 光 荣 欺骗 人， 一 个

```
1· 2 | 5· 2 | 3 2  7 6 | 5 0 | 5 0 | 6 6 |
```
娶 过 就 养 娃 娃。 养 娃 娃
不 能 多 抬 举。 顶 多 给
独 生 子 女 证 每 月 人
大 了 还 要 还 想 生。 丢

```
5 0  6 6 | 5 3 | 3· 5  3 2 | 1 1  1 2 | 3 5  3 5 |
```
是 个 好 事 情， 可不 能 违
能 养 一 个 保 健 工， 只 养 一
五 败 兴 受 批 评， 享受 到 孩 子
享受了的 保 险

```
1 1  2 | 3 2 | 7 6 | 5 — ‖
```
反 个 生 育 法。
一 十 表 扬 你。
金 全 退 岁 整。
清。

— 582 —

5.养娃娃,有限制,
　三个就要惩罚你。
　不管你抬举或给了谁,
　批评罚工扣工资。

6.男重婚,女再嫁,
　两人已有两娃娃。
　伙伙儿还想抬举娃,
　同样违反生育法。

7.生小子,养闺女,
　同样都能得依靠。
　无儿户闺女娶女婿,
　养老送终合情理。

8.有些人,不要脸,
　没有娶过就生孩童,
　又受批评又丢人,
　心里常受些惊。

9.男女青年要记清,
　响应号召要晚婚。
　生一个就再别生,
　无拖无带去长征。

（五台县）

荞麦开花一撮撮白

$1 = {}^\flat B$　$\frac{2}{4}$

邢和贵 唱
宜增高 记

荞　麦开　花一呀么　一个撮撮　白,
你嫂嫂也　想穿一双　绣花大红　鞋,

如今的闺女们穿红　鞋哟,哎呀呀惹人　爱。
看你外岁　数,看你咻眉数①,哎呀呀尽胡　来。

注：①眉数——方言,指眉眼,亦指面目。

（原平市）

窜 河 湾

宜润林 记

1=♭B 2/4

2̇ 2̇ 1̇ 6 | 2̇ - | 1̇ 3̇ | 2̇ 1̇ 6 | 5 - | 1̇· 3̇ | 2̇ |

清早 出城 东，水花 浪滚 滚，那姑 娘
姑娘 开言 道，船家 称是 听，我有 心
船家 开言 道，姑娘 你是 听，你有 心

2̇ 5 | 3̇ 5 | 2̇ 5 6 | 1̇ 7 6 | 5 5 | 6 5 3 | 2 - ‖

来到 这 河岸 上站 呀么 船儿 在水 中。
过河 也就 娘家 的去 呀么 来往 多少 铜。
过河 也就 娘家 的去 呀么 上船 把路 行。

（原平市）

民歌五台山

豌豆开花红心心

赵斌旺 唱
赵有池 录

1=F 2/4

5̣ 5̣ | 5 5 | 5 5̇ 1̇ | 1̇ 6 5 3 | 5 5 3 | 2 2 6 |

豌 豆 开 花 红 心 心， 寻下个男人是

5̣ 1̣ 6̣ | 5̣ - | 5̣ 5̣ 5̣ | 5̣ 5 3 | 2 3 5 | 2· 1 |

当兵 的， 他打着绑腿 挎着 枪。

5 2 3 | 2 1 6̣ | 5̣ 6̣ 1 | 5̣ - ‖

少有这 小妹妹 好命 人。

（原平市）

—584—

活活爱煞人

1 = ♭B 2/4

杜眉锁 唱
王一民 记

慢板

小调

$\dot{2}$ $\dot{2}$ $\dot{2}$ $\dot{2}$ | $5 \cdot 6$ $3 \, 2$ | $\overset{6}{1} \, \dot{2}$ $\dot{2} \, \overset{7}{6}$ | $\dot{1} \, 5 \cdot$ |

无 事 出 城 东， 河 湾 闲 散 心，
左 梳 龙 盘 凤， 右 梳 凤 盘 龙，
身 穿 红 绫 袄， 坎 肩 外 边 套，
红 鞋 两 盏 灯， 又 缀 银 铃 铃，

〔1〕 $\dot{2}$ $\dot{2}$ $\dot{2}$ $\dot{2} \, \dot{2}$ | $5 \cdot 6$ $3 \, 2$ | $\overset{6}{1} \, \dot{2} \, \dot{2}$ $\dot{2} \, \overset{7}{6}$ | $\dot{1} \, 5 \cdot$ ‖

猛 然(了) 抬头 看 春船(了) 两岸 行

〔2〕
$\overset{\dot{1}}{6} \, 6 \, 5$ 6 | $6 \, 5$ $3 \, 5$ | $\dot{2} \, 3$ $\dot{2} \, 3$ | $\dot{2}$ $\overset{\dot{3}}{5 \cdot 6}$ |

那 船 头站的 一个 娇 娥(得儿)
她 当 头梳的 就是 小唐 王爷 乱点(得儿)
绿 丝 绸裤子 也就 两腿(得儿)
走 几 步好比 是那 哈巴 小狗 带串(得儿)

$\dot{1} \cdot \dot{2}$ $\overset{\dot{2}}{7} \, 6 \, 5$ | $4 \, 4 \, 4 \, 4$ $6 \, \dot{1} \, 3$ | $\dot{2}$ — ‖

女 (呀么了) 活活 爱 煞 人。
兵 (呀么了) 盘龙 盖顶 心。
绷 (呀么了) 红鞋 两盏 灯。
铃 (呀么了) 嘿啦啦啦 响几 声。

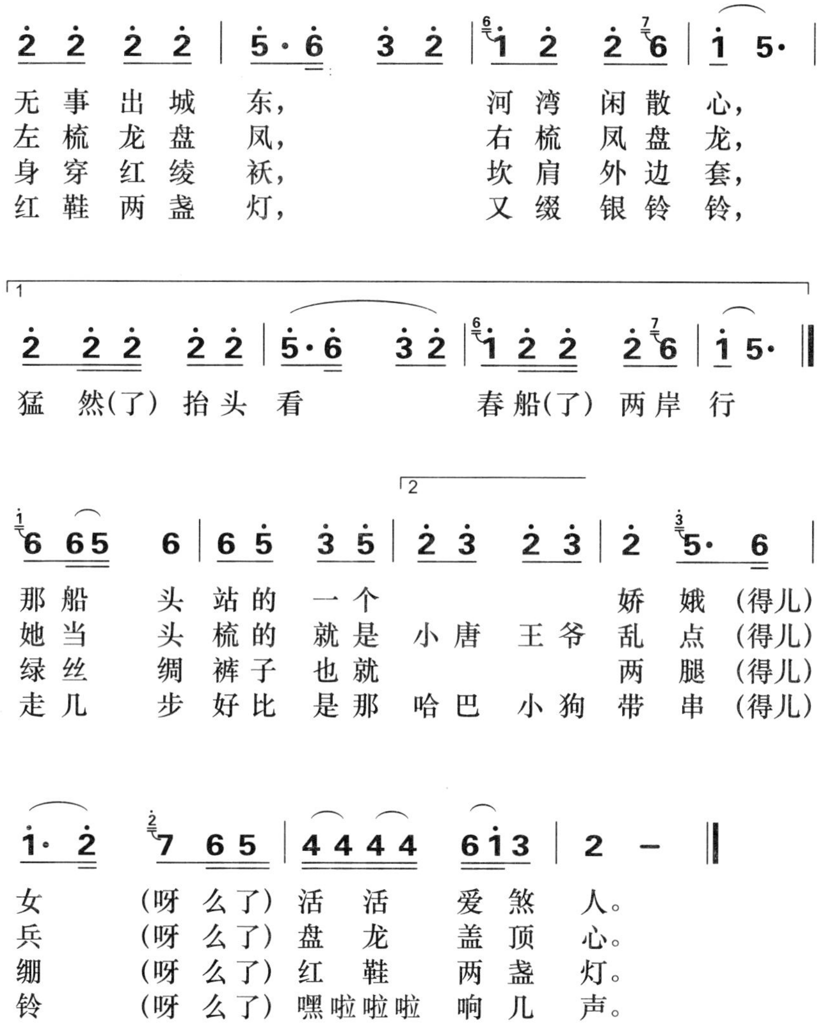

（原平市）

找个老实厚道的郎

郭银升 唱
邢和贵 记

$1 = {}^{\flat}B$ $\frac{2}{4}$

2 2 3 | 1 2 1 6 | 1· 6 | 6 1 | 2 — |

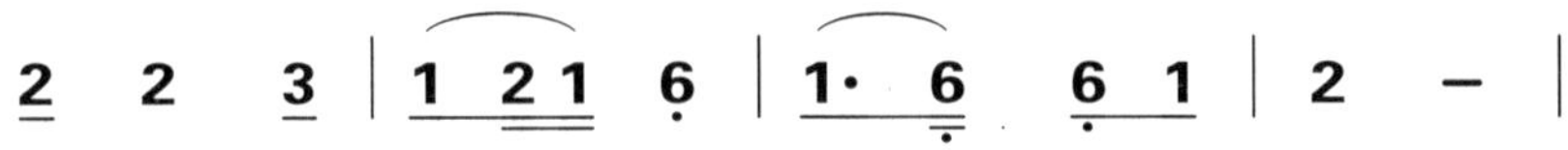

轻轻地呐呐来低　低地唱，
一时间失检点上了他的当，
心里头麻烦细细地想，

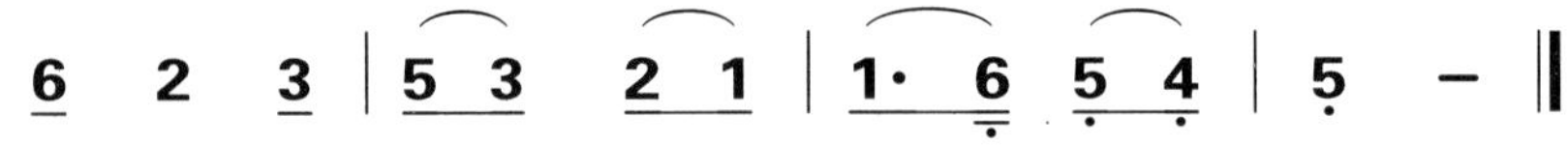

6 2 3 | 5 3 | 2 1 | 1· 6 | 5 4 | 5 — ‖

满肚肚冤枉对谁说。
害得俺脸面无处放。
找一个老实厚道的郎。

（原平市）

民歌五台山

怪　恋　人

邢玉印 唱
邢和贵 记

$1 = {}^{\flat}B$ $\frac{2}{4}$

3 3 3 3 | 2 2 2 1 | 1 1 6 3 | 5 — |

洋烟（那个）开花（了就）粉（圪）溜　溜，
小妹（那个）有心（了就）你　不　敢，

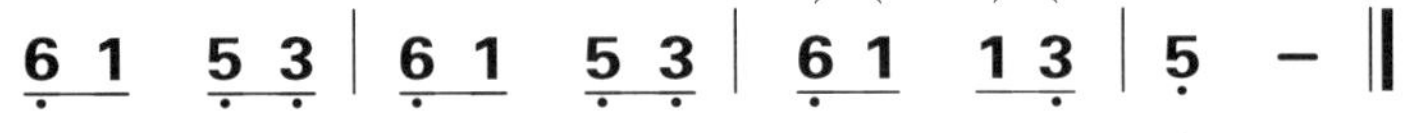

6 1 | 5 3 | 6 1 | 5 3 | 6 1 | 1 3 | 5 — ‖

俺爱哥哥脑瓜聪明人风流。
拉住俺的绵手手不放开。

（原平市）

红公鸡叫鸣

1 = D 2/4

赵培林 唱
邢和贵 赵美琴 记

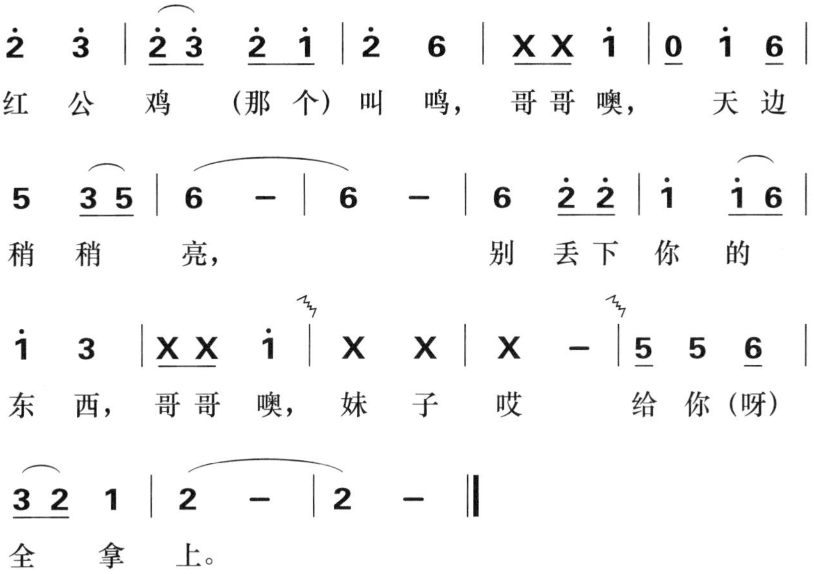

小调

红公鸡（那个）叫鸣，哥哥噢，天边稍稍亮，别丢下你的东西，哥哥噢，妹子哎 给你（呀）全拿上。

（原平市）

定下日期就娶过

1 = G 2/4

贾观红 唱
邢和贵 记

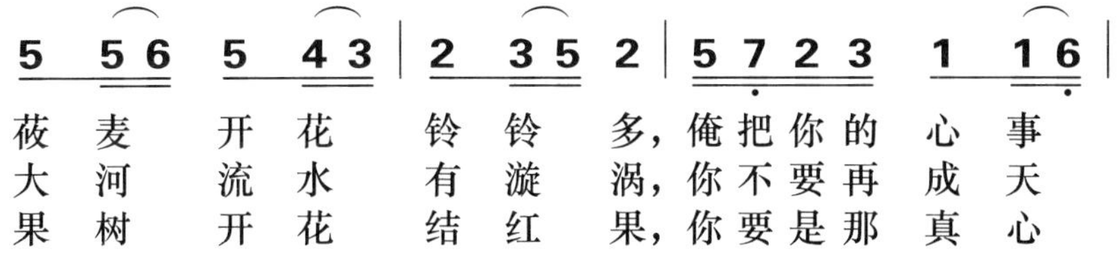

莜麦开花铃铃多，俺把你的心事
大河流水有漩涡，你不要再成天
果树开花结红果，你要是那真心

—587—

```
5̣ 6̣ 1  5̣ | 5̣ 55  1 7̣6̣ | 2 5̣ 4 |
```
早看　破，　你不要　成天　吃捣　我，
麻缠　我，　俺的　成心里　受研　磨，
请媒　婆，　哪怕你　家中　再龌　龊。

```
3· 6  5̣ 3 | 5 776̣ | 5̣ 6̣1 | 5̣ — ‖
```
哎嗨　哟　　害俺心里　受揉　搓。
哎嗨　哟　　心里难过　如刀　割。
哎嗨　哟　　定下日期　就娶　过。

（原平市）

表　姑　娘

（一）

董俊　田韶南

$1=\text{A}$　$\frac{2}{4}$

```
5 5 5 6 | 3 2 1 | 5 3 2 3 | 1 — | 1· 2 3 5 |
```
正月里的　姑娘要　嫁　妆，　　今　天

```
2 1 3 | 2 1 | 6̣ 1 | 5̣ — | 5̣· 6̣ | 1 1 6̣ |
```
来　在　上　房　中，　叫声　父母

```
5̣ 2 3 | 5̣ 6̣ 1 ‖: 3 3  3 5 | 1 6̣ 5̣ :‖ 1 2 5 3 |
```
听儿　言（呀），你听孩儿要一遍要的

```
2 1 3 | 2 2 5̣ | 1 6̣ 5̣ 3 | 5̣ — ‖
```
多了　莫要心　疼。

（五台县）

表 姑 娘
(二)

1=♭B 2/4　　　　　　　　　　张秀全 唱
中速　　　　　　　　　　　　子贞 晓敏 记

小调

3 3· 2 | 3 2 3 | 1 1 1 2 | 3 2 1 | 1 2 3 5 |
正月的姑 娘 表了一个 表， 这一对那
时兴的抓 髻 两头 高， 黑 长的

3 2 1 | 2 3 6 5 | 3 — | 1 1 6 | 1 1 |
花 鞋做得更 好， 上绣 凤凰
辫 子脑后 飘， 湖绉 大袄

1 1 | 7 6 5 | 1 6 1 | 3 5 3 | 1 7 6 5 |
双展 翅， 绣鸳鸯 水上漂， 绣家雀
紧身 腰， 红绫裤 缀铃铃， 走起路来

3 5 3 | 1· 2 3 5 | 2 — | 1· 2 3 5 |
落树梢，(哎咳哎咳 哟) 桑 木(这)
响叮当，(哎咳哎咳 哟) 红 绣(这)

3 2 1 | 2 3 7 6 | 5· 6 7 6 | 5 — ‖
高 底仙人过 桥(么一哟 咳)。
花 鞋实在 俏(么一哟 咳)。

(定襄县)

调 兵

(一)

1=G 2/4
中速

杜眉锁 要绪绪 唱
王一民 记

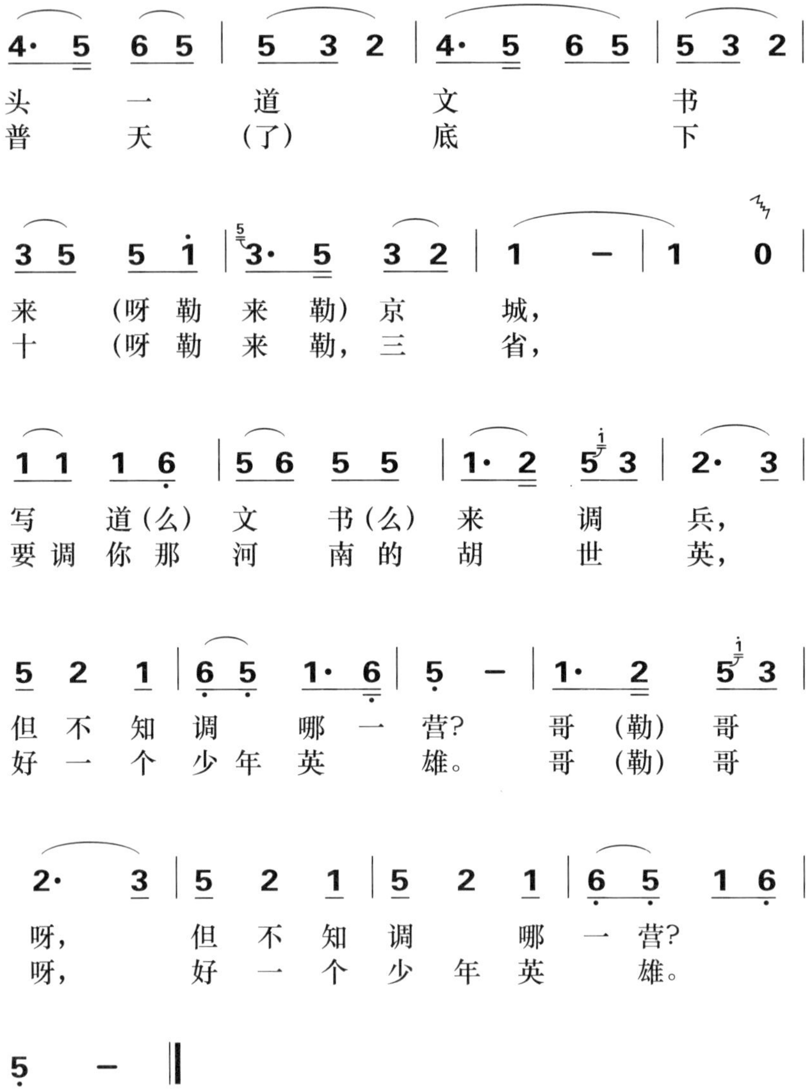

民歌五台山

头一道文书
普天(了)底下
来(呀勒来勒)京城，
十(呀勒来勒，三省，
写道(么)文书(么)来调兵，
要调你那河南的胡世英，
但不知调哪一营？哥(勒)哥
好一个少年英雄。哥(勒)哥
呀，但不知调哪一营？
呀，好一个少年英雄。

(原平市)

调 兵
(二)

1 = G 2/4

高拴劳 唱
华浩 粟翔 邢和贵 记

| 5 65 | 5 32 | 5 65 | 5 32 | 5 5 6 | 3 5 32 | 1 - |

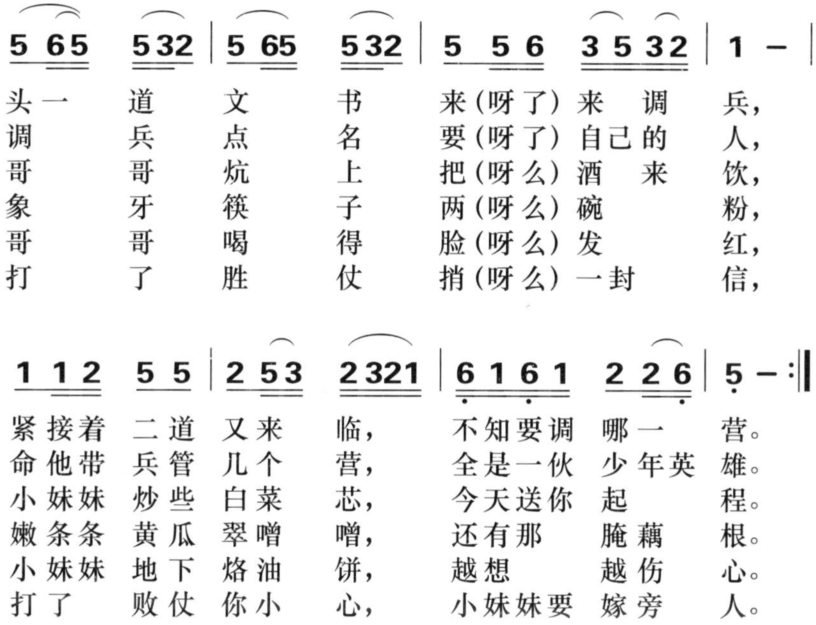

头一　道　文　书　来(呀了)来　调　兵，
调　兵　点　名　要(呀了)自己的　人，
哥哥　象牙　炕　筷　把(呀么)酒　来　饮，
哥哥　打了　喝　胜　两(呀么)碗　　粉　红，
　　　　　　　仗　捎(呀么)脸(呀么)发
　　　　　　　　　　　　　一封　信，

| 1 1 2 | 5 5 | 2 5 3 | 2 3 2 1 | 6 1 6 1 | 2 2 6 | 5 - :|

紧接着　二道　又来　临，　不知要调　哪一　营。
命他带　兵管　几个　营，　全是一伙　少年　英雄。
小妹妹　炒些　白菜　芯，　今天送你　起　　程。
嫩条条　黄瓜　翠噜　噜，　还有那　腌藕　根。
小妹妹　地下　烙油　饼，　越想　越伤　心。
打了　败仗　你小　心，　小妹妹要　嫁旁　人。

小调

(原平市)

调 兵
(三)

1 = F 2/4

张松林 整理

| 5· 3 2 1 6 | 5· 3 2 | 2 3 2 1 2 7 6 5 | 1 - |

1.奴　正在呀么　绣房里　做　呀么做营　生，

| 5· 5 1 2 5 5 3 | 1 2 5 5 65 | 5 5 5 6 5 6 5 4 | 5 - :|

耳　忽听见门外　来调兵，　但不知道调个甚　营。

2. 头一道文书一军营,调走了军官调士兵,调走了几十名。

3. 第二道文书下军官,字字行行写得清,单调我心上的人。

4. 三月十二三哥哥过时辰,好酒好菜的吃上几顿,十五我送他起身。

5. 三哥哥你想吃猪羊肉,小妹妹与你割上几斤,猪肉炖上海参。

6. 三哥哥你想吃麻酱烩片粉,白圪生生豆芽脆圪生生,瓜子嗑上花生。

7. 三哥哥你想吃豆猎大块块,象牙筷子光串串,烧酒倒上半斤。

8. 三哥哥在炕上把酒饮,小妹妹地下烙个烙饼,越烙越圪伤心。

9. 三哥哥你就快要起身,妹妹有话对你言,牢牢地记在心。

10. 三哥哥你不要抽大烟,如今的姑娘们无有良心,爱银子不爱你那人。

11. 三哥哥你不要半路上贪花红,人家和你翻了脸,咬一口就入骨三分。

12. 三哥哥出走妹妹我把心跟,你走到哪里扎了营,常常要捎回信。

13. 三哥哥你时时要照顾好自己的身,头痛脑闷不算病,怕的是上火线。

14. 三哥哥你远走又在外,小妹妹一心把你爱,等你早回来。

15. 你走后奴等你几呀几十载,门头书子要捎回来,小妹妹等拆开。

(定襄县)

表 花

1 = ♭B 4/4

张满楼 张生才 唱
邢和贵 赵美琴 记

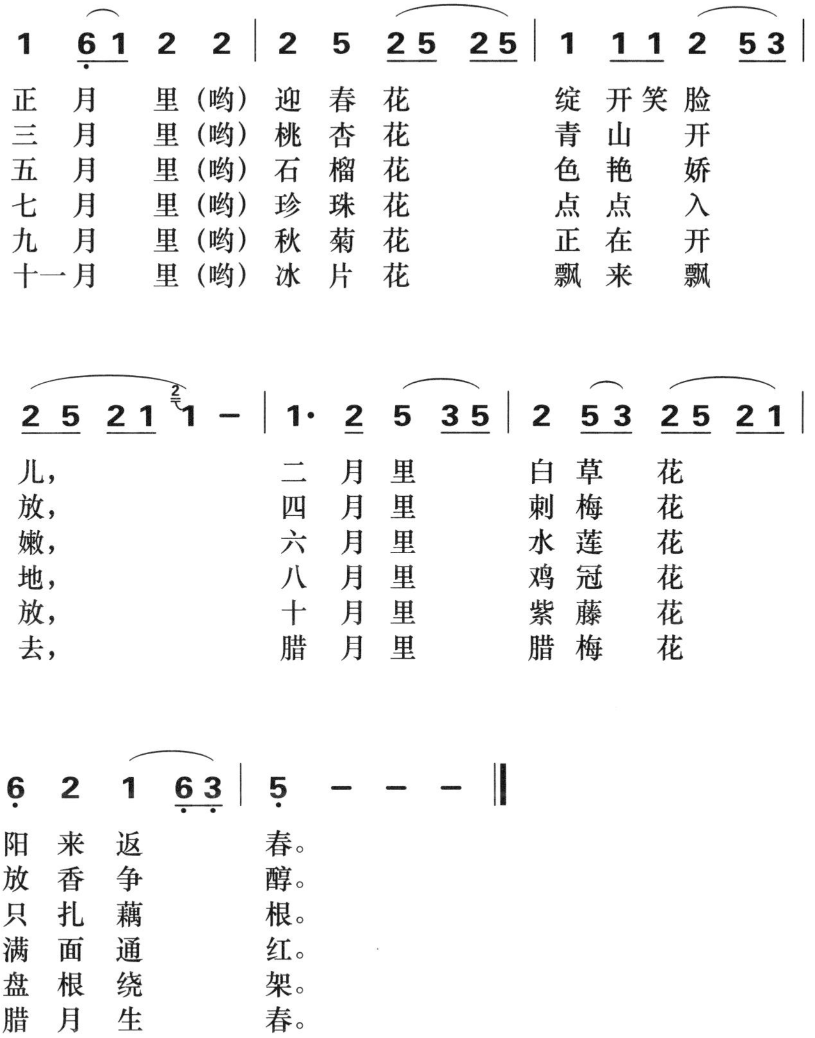

小调

```
1  6̇ 1  2  2 | 2  5  2 5  2 5 | 1  1 1  2  5 3 |
```

正　月　里（哟）迎　春　花　　绽　开　笑　脸
三　月　里（哟）桃　杏　花　　青　山　开　娇
五　月　里（哟）石　榴　花　　色　艳　入
七　月　里（哟）珍　珠　花　　点　点　正　在　开
九　月　里（哟）秋　菊　花　　飘　来　飘
十一月　里（哟）冰　片　花

```
2  5  2 1  1 - | 1· 2  5  3 5 | 2  5 3  2 5  2 1 |
```

儿，　　二　月　里　　白　草　　花
放，　　四　月　里　　刺　梅　　花
嫩，　　六　月　里　　水　莲　　花
地，　　八　月　里　　鸡　冠　　花
放，　　十　月　里　　紫　藤　　花
去，　　腊　月　里　　腊　梅　　花

```
6̣  2  1  6̣ 3̇ | 5̣ - - - ‖
```

阳　来　返　　春。
放　香　争　　醇。
只　扎　藕　　根。
满　面　通　　红。
盘　根　绕　　架。
腊　月　生　　春。

（原平市）

抹 纸 牌

1 = G 2/4

贾全瑞 唱
邢和贵 记

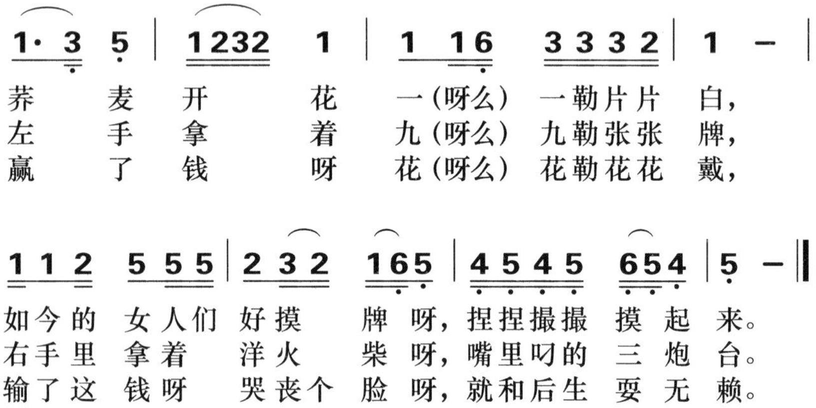

$\widehat{1\cdot 3}\ \underset{.}{5}\ |\ \underline{1 2 3 2}\ 1\ |\ 1\ \underset{.}{1 6}\ |\ \underline{3 3 3 2}\ |\ 1\ -\ |$

荞　麦　开　　着　一（呀么）一勒片片　白，
左　手　拿　　着　九（呀么）九勒张张　牌，
赢　了　钱　呀　花（呀么）花勒花花　戴，

$\underline{1 1 2}\ \underline{5 5 5}\ |\ \underline{2 3 2}\ \underline{1 6 \underset{.}{5}}\ |\ \underline{4 5 4 5}\ |\ \underline{6 5 4}\ |\ \underset{.}{5}\ -\ ||$

如今的　女人们　好摸　牌呀，捏捏撮撮　摸起　来。
右手里　拿着　洋火　柴呀，嘴里叼的　三炮　台。
输了这　钱呀　哭丧个　脸呀，就和后生　耍无　赖。

（原平市）

民歌五台山

二流子成精

1 = G 3/8

宜增礼 唱
宜增高 记

$\widehat{1 6}\ \underset{.}{5}\ 5\ |\ 5\ \underline{5 3}\ 2\ |\ 5\ \underline{5 6 3 2}\ |\ \underline{6 1}\ 2\ 2\ |\ 2\cdot\ |$

二　流子　成精呀　真呀么　真　奇　怪呀哈，

$\underline{3 5}\ \underset{.}{5}\ \underline{5 3}\ |\ 1\ \underline{3 5}\ 3\ |\ 5\ \underline{5 3}\ 2\ |\ \underline{5 6}\ \underline{1 2}\ |\ \underset{.}{5}\cdot\ ||$

想　不到这　灰东西　今天　哎真的成了　人。

（原平市）

茉 牛 花

1 = C 2/4

胡贵隆 唱
奋臻 玉堂 书平 记

5 5 6 i6 | 5·6 32 | 5 5 6 i6 | 5·6 32 |
哗 啦啦 把门 开,　　哗 啦啦 把门 开,

3 5 0 i | 6 5 5 2 | 3·5 3 2 3 2 | 1 6̣ 1 |
开开　这 门　来　有 一 个 人 进 来,

3 2 1 2·3 | 5 i 3 | 2 3 | 2 1 1 2 1 | 6̣ 1 |
大 哥 哥　深　施 礼 呀 小 妹妹 过 来,

2 2 3 1 6̣ | 5̣ - ‖
亲 热地 把 手 拉。

小调

(五台县)

盼 丈 夫

1 = F 2/4

张国义 记

忧虑、思念、盼望地

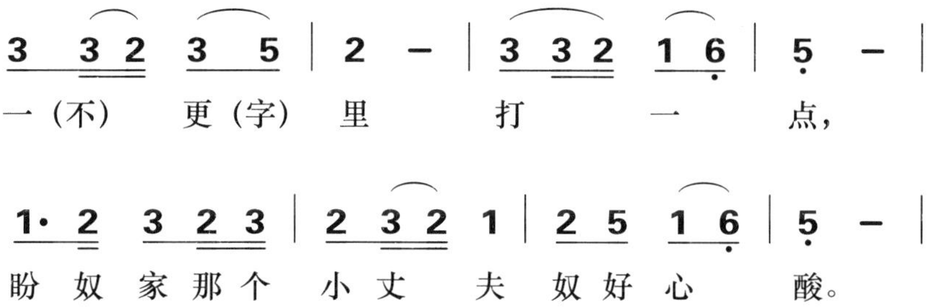

3 3 2 | 3 5 | 2 - | 3 3 2 1 6̣ | 5̣ - |
一(不)　更(字) 里　打　一　点,

1·2 3 2 3 | 2 3 2 1 | 2 5 1 6̣ | 5̣ - |
盼 奴 家那个 小 丈 夫 奴 好 心 酸。

$1\dot{6}1$ | 2535 | 2321 $\widehat{6\dot{5}}$ | $1-$ |
埋怨我 二老爹娘 无有 主 意，

3233 | 2321 | 25 $1\dot{6}$ | $\dot{5}-$ |
把孩儿许 配了个 出外 的 男。

‖: 1.2 532 | $1\dot{6}\dot{5}$:‖ 3233 | 2321 1 |
嗯嗨 哎咳咳 哟呀么 把孩儿 许配了个

25 $1\dot{6}$ | $\dot{5}-$ ‖
出 外的 男。

(代 县)

冻 冰

（一）

苇虹记

$1 = G$ $\frac{2}{4}$

35 66 | $\dot{1}6$ 5 | 35 66 | $5-$ |
正月 里来 冻冰哟，二月 里来 消，

35 66 | $\dot{1}6$ 55 | $\dot{1}6$ 53 | 25 |
我与 我那 安怀 哥哥 下地 来做 活呀，

2 1 $\widehat{6}$ $\dot{6}$ | 0 | 53 25 | 1 0 |
叫哥 哥 叫声 安怀 哥，

53 25 | 15 | 22 $2\dot{6}$ | $\dot{5}-$ ‖
叫声 安怀 哥哥 等等 妹妹 我。

(五台县)

冻 冰

（二）

赵黄生 唱
激波 记谱

1 = F 2/4

3 5 | 6 5 6 | 1 7 6 5 | 3 5 6 6 | 5 — |

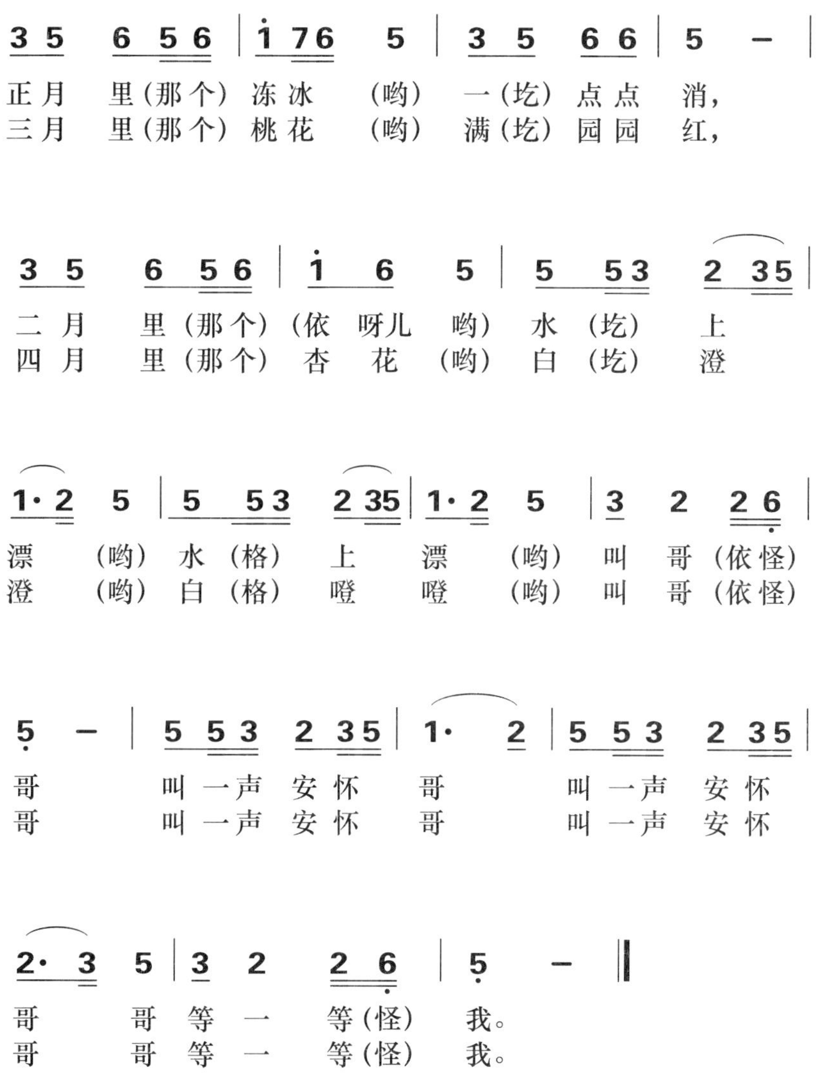

正月 里（那个）冻冰 （哟）一（圪）点点 消，
三月 里（那个）桃花 （哟）满（圪）园园 红，

3 5 | 6 5 6 | 1 6 5 | 5 5 3 | 2 3 5 |

二月 里（那个）（依呀儿 哟）水（圪）上
四月 里（那个）杏 花 （哟）白（圪）澄

小调

1·2 5 | 5 5 3 | 2 3 5 | 1·2 5 | 3 2 2 6 |

漂 （哟）水（格）上 漂 （哟）叫 哥（依怪）
澄 （哟）白（格）噔 噔 （哟）叫 哥（依怪）

5 — | 5 5 3 2 3 5 | 1· 2 | 5 5 3 2 3 5 |

哥   叫一声安怀 哥   叫一声安怀
哥   叫一声安怀 哥   叫一声安怀

2·3 5 | 3 2 2 6 | 5 — ‖

哥 哥等一 等（怪）我。
哥 哥等一 等（怪）我。

（定襄县）

咱二人为甚成不了亲

（男女声二重唱）

邢红西 唱
邢和贵 记

1=♭B 3/4

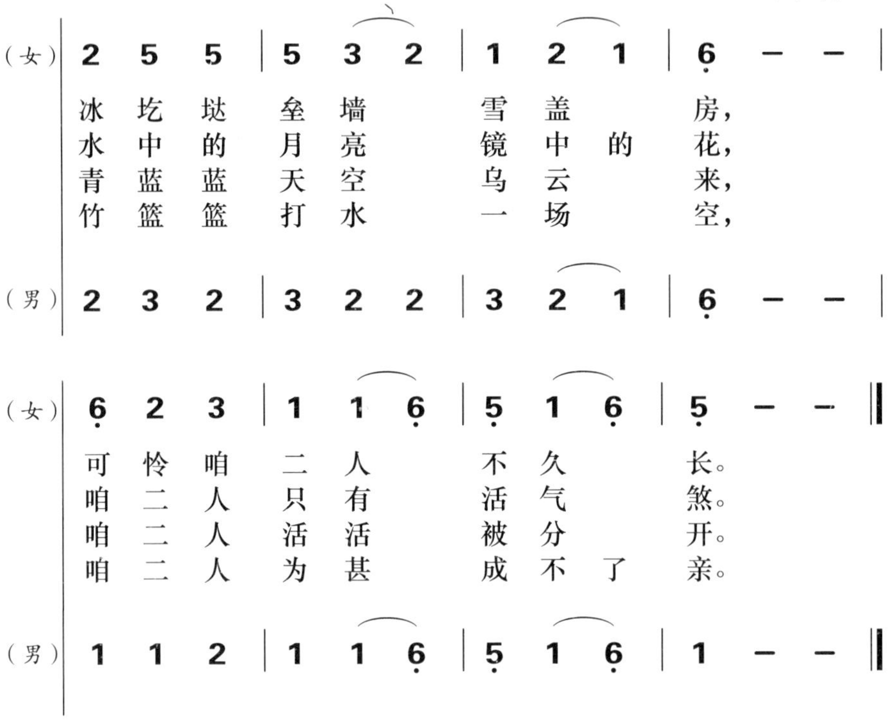

民歌五台山

（女）| 2 5 5 | 5 3 2 | 1 2 1 | 6̣ — — |
冰 圪 垯 垒 墙 雪 盖 房，
水 中 蓝 蓝 月 亮 镜 中 的 花，
青 竹 篮 篮 天 空 打 水 乌 云 一 场 空，

（男）| 2 3 2 | 3 2 2 | 3 2 1 | 6̣ — — |

（女）| 6̣ 2 3 | 1 1 6̣ | 5̣ 1 6̣ | 5̣ — — ‖
可 怜 咱 二 人 不 久 长。
咱 二 人 只 有 不 活 气 长 煞。
咱 二 人 活 活 被 分 开。
咱 二 人 为 甚 成 不 了 亲。

（男）| 1 1 2 | 1 1 6̣ | 5̣ 1 6̣ | 1 — — ‖

（原平市）

烙 烙 饼

1=G 2/4

王柱记

| 5· 3 2 | 5· 3 2 | 2 3 2 1 | 6̣ 5̣ 6̣ | 1 — |
三 哥 哥 你 上 炕 把 酒 （哎哟喝） 用，

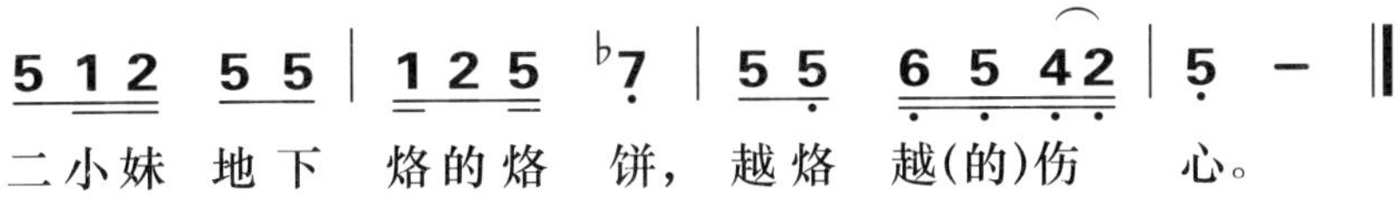

5 1 2　5 5｜1 2 5｜♭7｜5 5｜6 5 4 2｜5 —‖
二小妹　地下　烙的烙　饼，越烙　越(的)伤　心。

（定襄县）

女孩儿的心

玉和　万生　唱
子贞　晓敏　记

1 = G　2/4

小调

1 6 5｜1 6 5｜2 2 2｜2 2 2｜2 6 5 5｜
我老婆　所生下　两呀么　两呀么　两个哎嗨

3 5　6·1｜2 —｜2·3 5 5｜6　5 3｜
女　娃　娃，一　年那四　季的

2 5 2｜1·6 5 6｜5 —｜1 1 6 1｜2 2 3｜
常住　在呀妈妈　家，　吱啦吱啦　八八儿

2 6 5｜1 6 1 2 2｜1 1 6 5｜2·3 5｜
杨柳青，人哎　人哎弄不呀儿　哎　咳

2 3 2｜1 1 6 5｜
柳叶　青呀咳。

（五台县）

吃 醋

1 = G 2/4　　　　　　　　　　铁晔光 记

5· 6 2 | 5· 6 2 | 6 6 5 3 | 5 1 2 |
前　儿　方　正　正面有个　花，

6 6 6 5 5 5 | 2 5 1 | 2 2 3 2 1 6 | 5̣ — |
一见　他也　把气 发，活人也得罪　下，

6· 1 2 | 3 2 3 | 2 1 6 | 5̣ — ‖
哎　哟　活人也得罪　下。

（代　县）

民歌五台山

黄瓜开花

1 = C 2/4　　　　　　　　　　玉堂 书平 记

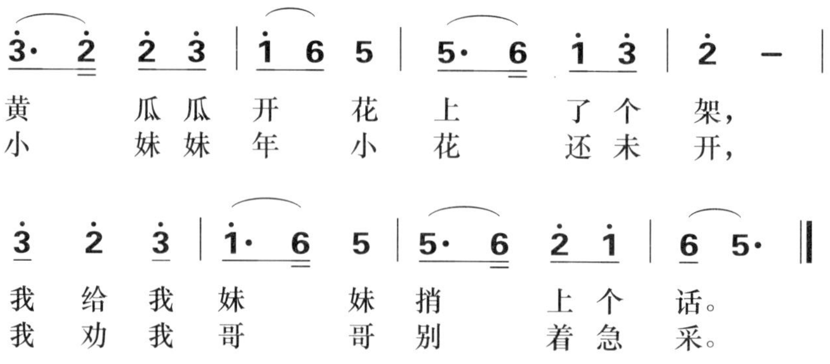

3· 2 2 3 | 1 6 5 | 5· 6 1 3 | 2 — |
黄　瓜瓜开　花上　了个　架，
小　妹妹年　小花　还未　开，

3 2 3 | 1· 6 5 | 5· 6 2 1 | 6 5· ‖
我给我妹　妹捎　上个　话。
我劝我哥　哥别　着急　采。

（五台县）

—600—

吃 醋 调

1=E 2/4

春峰 唱
子贞 晓敏 记

6 16 | 5· 3 | 35 76 | 5· 3 | 66 16 |
小奴家正　　　在　　　正在（呀就）

16 53 | 2· 6 | 66 56 | 16 65 | 33 16 |
绣　房里坐（呵）耳忽听的门外　有（了）人

6· 1 | 36 12 | 32 27 | 6 — | 16 12 |
声，　也不知道是　何　人？　（哎

3· 7 | 36 12 | 32 27 | 6 — ‖
哟）　也不知道是　何　人。

小调

（定襄县）

大红果子

1=G 2/4

玉堂 唱
奋臻 书平 记

5 5 32 | 5 32 | 1 — | 11 12 | 33 |
大红裤带哎腰里系，　　迈开大步把
大红果子哎怀里揣，　　你吃们的果的

21 16 | 1 | 21 16 | 5 ‖
把妹　寻，把妹　寻。
们揣你的奶，们揣你的奶。

（五台县）

小 女 婿

1 = F 2/4

李二俊 唱
敬 谱记

| 1 6 5 | 2 5 3 | 2 | 7 1 | 2 5 | 5 23 | 2 |

大　　门　　外(哟　嗬)　鼓　一　响
恨　　只　　恨(哟　嗬)　二　爹　妈
少　　房　　院(哟　嗬)　没　地　土
将　　身　　儿(哟　嗬)　坐　洞　房

| 2 5 | 3 5 | 7 1 | 2 3 | 3 23 | 2 1 | 7· 5 |

落　　下(了)　喜　(外)　轿　(哟 嗬)　噢
查　　盘(了)　不　(外)　到　(哟 嗬)　噢
俺　　并(了)　不　(外)　恼　(哟 嗬)　噢
银　　灯(了)　高　(外)　照　(哟 嗬)　噢

| 5 7 | 7 1 | 2 | 2 3 | 5 | 5 3 | 2 3 | 23 1 |

众　亲　朋　(那个)　一　个　个(呀)　他　就
葬　良　心　(那个)　说　媒　的(呀)　还　道
恨　只　恨　(那个)　新　郎　他(呀)　还　道
进　牢　易　(那个)　出　牢　难(呀)　还　道

| 7 1 | 2 5 | 1 6 | 5 6 | 6 5 | 5 | 5 0 |

把　　奴(了)　来　(哎的)　照　(噢)。
把　　奴(了)　哄　(哎的)　了　(噢)。
年　　岁(了)　太　(哎的)　小　(噢)。
怎　　计(了)　脱　(哎的)　逃　(噢)。

(原平市)

民歌五台山

小女婿尿炕

1 = G 2/4

中速

王玉堂 唱
奋臻 志强 记

小调

```
 2 2 3 | 2 1 5 6 | 1· 6 | 2· 6 | 5 3 |
```
1. 腊月里　梅花　落，　　哎　嗨　哟，
2. 一更里　更鼓　敲，　　哎　嗨　哟，
3. 二更里　更鼓　敲，　　哎　嗨　哟，
4. 三更里　更鼓　敲，　　哎　嗨　哟，
5. 媒人她　尽捣　鬼，　　哎　嗨　哟，

```
 2 2 3 | 2 1 5 6 | 1· 6 | 2 2 2 1 | 2 6 |
```
腊月里　梅花　落，　门外梅　家花
一更里　更鼓　敲，　小奴家　年二
二更里　更鼓　敲，　小奴家　十思
三更里　更鼓　敲，　低头儿　自说
媒人她　尽捣　鬼，　骂一声　媒

```
 5 6 4 | 6 7 6 5 | 6 5 4 | 5 — ‖
```
落　　在小　妹妹　身上　飘。
岁　　大　岁，小寻　女婿　小。
一　　小由　不得　刚怨　爹娘。
量　　人，你把　个良　心丧。
的

6. 奴不与你床上睡，哎嗨哟奴不与你床上睡，
　　奴和你床上睡，流下奴家两眼泪。

7. 推也推不醒，哎嗨哟推也推不醒，
　　你把奴家缠，不呀们万不能。

8. 掀起盖底窝里眊，哎嗨哟掀起盖底窝里眊，
   掀起盖窝往里眊，小女婿尿下了。

9. 骂一声你不害羞的人，哎嗨哟骂一声你不害羞的人，
   到明天有人问，叫奴家该说些甚。

10. 人人都说女婿小，哎嗨哟都说女婿小，
    多做些绣花鞋，慢慢地往大里熬。

（五台县）

月子里的娃娃要老婆

高松柏 唱
志强 奋臻 记

$1 = G \quad \frac{2}{4}$

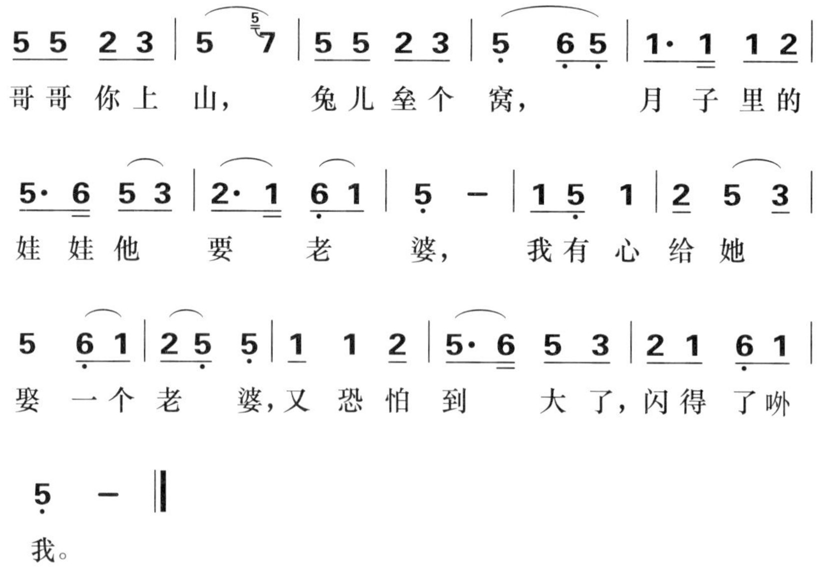

5 5 2 3 | 5 7 | 5 5 2 3 | 5 6 5 | 1·1 1 2 |
哥哥 你 上 山，　兔儿 垒个 窝，　月 子 里 的

5·6 5 3 | 2·1 6 1 | 5 — | 1 5 1 | 2 5 3 |
娃 娃 他　要　老　婆，　我 有 心 给 她

5 6 1 | 2 5 5 | 1 1 2 | 5·6 5 3 | 2 1 6 1 |
娶 一 个 老　婆，又 恐 怕 到　大 了，闪 得 了 呦

5 — ‖
我。

（五台县）

逮 蝎 子

高玉峰 唱
邢和贵 记
华浩 栗翔 录

1 = D 2/4

小调

```
1  1 3  | 5 -  | 1 6  3 2 | 1 - | 1 3 |
奴  正 在    绣       房    绣   红
蝎  子 不    大       心    眼
早  知 如    此       不    按
```

```
2 6 1 | 6 5 2 3 | 5 - | 2· 3 1 1 | 2 3 3 2 |
哎 呀 花 呀 呼 嗨,  一   个 这 蝎  子
哎 呀 辣 呀 呼 嗨,  大   头 头 不  咬
哎 呀 它 呀 呼 嗨,  害   得 俺 酸  疼
```

```
1 6 2 1 | 5 - | 1 1 5 1 | 1 3 3 2 | 1 - |
墙 上  爬,  小 手 手 去  按 它
小 头 头 扎,  扎 得 奴 家 满 手 手 麻
又 发 麻,  还 误 了 俺 两 枝 花
```

```
3 5 2 3 | 5 - | 1 1 5 1 | 1 3 3 2 | 1 - |
哎 勒 哎 嗨 哟  小 手 手 去  按 它
哎 勒 哎 嗨 哟  扎 得 奴 家 满 手 手 麻
哎 勒 哎 嗨 哟  还 误 了 俺 两 枝 花
```

（原平市）

苦 酸 情

张水婵 赵战楼 唱
邢和贵 赵美琴 记

1 = F 2/4

民歌五台山

```
0 2  2 2 | 3 2 1 | 0 1 5 5 | 4 5 2 |
```
我 的 这 名 儿　 一 溜 溜 风，
家 务 这 做 得 俺 腰 酸 疼，
两 个 这 娃 娃　 水 淋 淋，

```
0 5  2 2 | 6 5  2 2 | 2 6  2 6 | 5 — |
```
寻 下 个 男 人　 滑　 油　 精，
每 天 还 侍 候 二 婆　 公，
摆 下 他 们　 不 忍　 心，

```
2 2  6 1 | 2 5  5 | 1 1  6 5 | 5 2  2 5 |
```
少 吃 没 喝 他 不 管，就 爱 耍 钱 串 门 门，
低 下 头　 暗 盘 算，不 如 和 他 闹 离 婚，
越 思 想　 越 麻 烦，世 上 就 数 俺 苦 命，

```
0 5  4 5 | 1 3  5 | 5 1  2 3 2 | 1· 6 5 |
```
拿 上 俺 这 人　 才 他 还 不 称　 心。
俺 生 得 本 不 赖 愁 寻 个 好 男　 人。
俺 这 样 年 纪 小 一 辈 子 长 得　 很。

（原平市）

穿 红 鞋

1 = G 2/4

李存英 唱
宜增高 记

稍慢

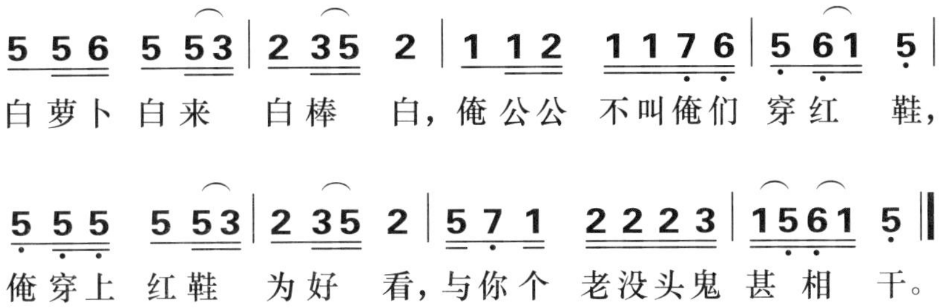

5 56 5 53 | 2 35 2 | 1 1 2 1 1 7 6 | 5 6 1 5 |

白萝卜白来 白棒 白，俺公公 不叫俺们 穿红 鞋，

5 5 5 5 5 3 | 2 3 5 2 | 5 7 1 2 2 2 3 | 1 5 6 1 5 |

俺穿上 红鞋 为好 看，与你个 老没头鬼 甚相 干。

（原平市）

小调

盼 娶 妻

1 = F 2/4

邢新珍 唱
邢和贵 记

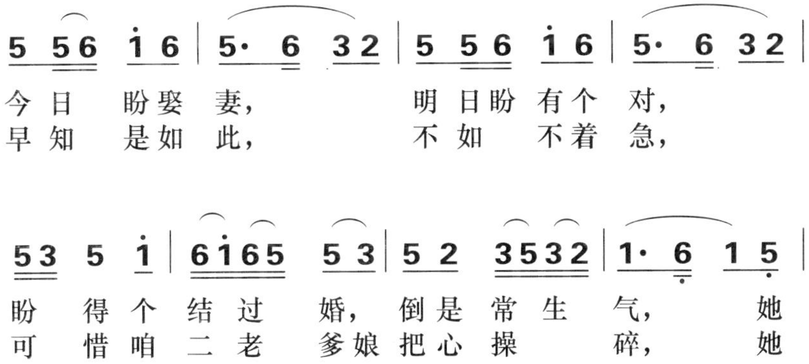

5 56 1 6 | 5· 6 3 2 | 5 56 1 6 | 5· 6 3 2 |

今日 盼娶妻， 明日盼 有个 对，
早知 是如此， 不如 不着 急，

5 3 5 1 | 6 1 6 5 | 5 3 5 2 | 3 5 3 2 | 1· 6 1 5 |

盼 得个结过 婚，倒是 常生 气， 她
可 惜咱二老 爹娘把心 操 碎， 她

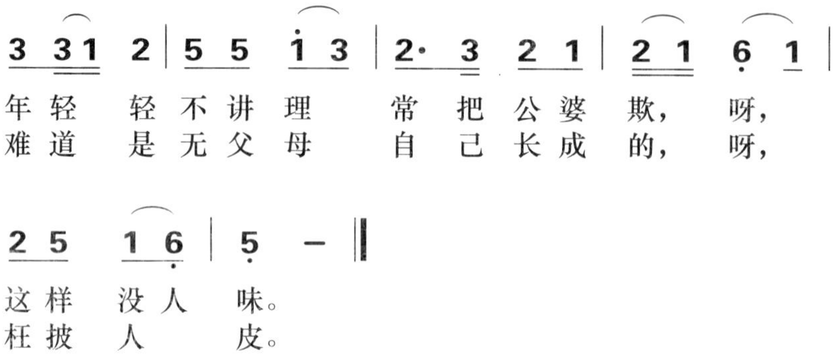

```
3 3̂1 2 | 5 5 1̂3 | 2·3 2 1 | 2 1̂ 6̣ 1 |
```
年轻 轻不讲理 常把 公婆 欺， 呀，
难道 是无父母 自己 长成 的， 呀，

```
2 5 1 6̣̂ | 5̣ — ‖
```
这样 没人 味。
枉披 人 皮。

（原平市）

怨 爹 娘

张生才 唱
邢和贵 赵美琴 记

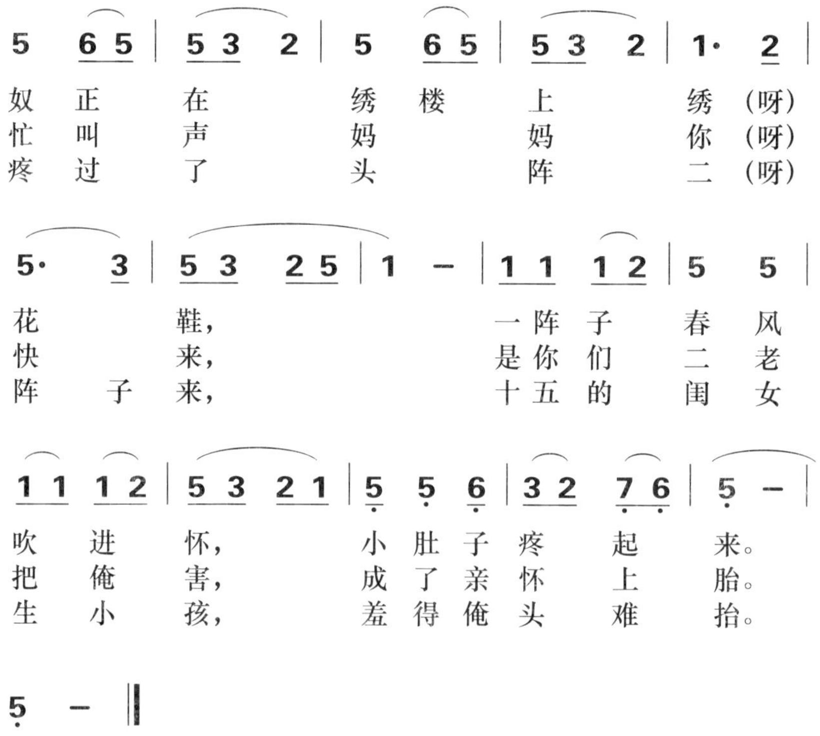

1 = A 2/4

```
5 6̂5 | 5̂3 2 | 5 6̂5 | 5̂3 2 | 1·2 |
```
奴正 在 绣楼 上 绣 （呀）
忙叫 声 妈妈 你 （呀）
疼过 了 头阵 二 （呀）

```
5·3 | 5̂3 2̂5 | 1 — | 1 1 1 2 | 5 5 |
```
花 鞋， 一阵子 春风
快 来， 是你们 二老
阵 子来， 十五的 闺女

```
1 1 1 2 | 5̂3 2 1 | 5̣ 5̣ 6̂ 3 2 | 7̣ 6̣ | 5̣ — |
```
吹 进怀， 小肚子 疼 起 来。
把俺 害， 成了 亲怀 上 胎。
生小 孩， 羞得俺 头 难 抬。

```
5̣ — ‖
```

（原平市）

盼 丈 夫

1 = C 4/4

郭银升 唱
邢和贵 记

小调

| 5 6̂1̂ 1̂3̂ 3̂2̂ | 1̂ 6̂1̂ 5 — | 5̂3̂ 3̂2̂ 1̂5̂ 6̂1̂ |

一 更 鼓 儿 打 一 遍， 思 想 起 你 （呀）
二 更 里 来 月 儿 高， 奴 家 想 你
三 更 里 来 月 正 南， 干 想 你 （呀）
四 更 里 来 月 偏 西， 想 你 想 得 了
五 更 里 来 天 大 明， 想 你 忘 了

| 5̇·1̇ 3̂2̂ 1 — | 1̇ 1̂6̂ 2 2̂5̂ | 5̂3̂ 2̂1̇̂ 6 — |

好 心 惨， 自 幼 儿 咱 俩 配 成 对，
把 书 捎， 年 年 朦 朦 胧 胧 不 见 面，
见 不 上 面， 刚 刚 打 了 一 个 盹，
着 了 迷， 拿 上 镜 子 照 一 照，
吹 灭 灯，

| 5̂3̂ 3̂2̂ 1̂5̂ 6̂1̂ | 5̂1̇̂ 3̂2̂ 1 — ‖

谁 知 你 一 去 不 回 还。
你 可 来 知 道 心 烦 乱。
却 原 来 只 俺 梦 中 见。
偏 偏 又 花 是 见 你。
眼 又 又 来 头 到 昏。

（原平市）

找 婆 家

1=A 2/4

信利平 唱
邢和贵 赵美琴 记

| 6 6 6 3 | 5 — | 5·6 4 3 | 2 — | 2·3 5 |

干娘 你坐 下， 听俺 说句 话， 小 奴 家
奴家 已十 八， 长得 一朵 花， 到 如 今
提起 受苦 人， 俺可 不爱 他， 他 一 年
提起 买卖 人， 俺也 不爱 他， 他 一 年
提起 书 生， 俺还 不爱 他， 他 一 年
提起 当兵 的， 俺倒 心爱 他， 当 兵 的

| 6 5 3 2 | 1 2 5 | 2 3 | 1 1 2 3 | 2 1 6· | 5 — ‖

有些 心事 想和你 拉 （呀）我的个 干 娘 呀。
还没 有个 婆婆 家 （呀）我的个 干 娘 呀。
起五 更 睡半 夜 （呀）能把 俺 累 煞。
多出 门 少在 家 （呀）有话 和谁 拉。
写写 画画 如呆 子 （呀）俺和他 没缘 法。
一身 军装 多威 风 （呀）人人 把他 夸。

（白）：俺娃想寻个什么人家呢？寻个受苦人哇！

（白）：寻上个买卖人哇！

（白）：寻上个书生哇！

（白）：咻，原来是寻上个当兵的哇！

（原平市）

民歌五台山

人过了青春哪能返少年

1=C 2/4

郭土龙 唱
王一民 记

中速

| 5 3 3 | 3 2 1 6 | 2· 3 | 2 3 2 1 | 6 5 6 | 1 — |

二更 黑了 天， 姑娘 泪涟 涟，

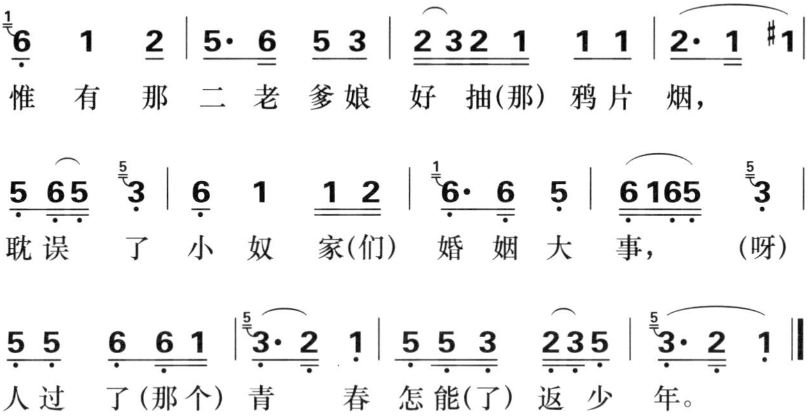

惟有那二老爹娘好抽(那)鸦片烟,

耽误了小奴家(们)婚姻大事,(呀)

人过了(那个)青春怎能(了)返少年。

（原平市）

恩爱夫妻

小调

$1 = G$ $\frac{2}{4}$

王秀文 范文香 唱
奋臻 玉堂 书平 记

（男）予　支①　娶　你　常　常　把你　想
（女）老汉　头　你　不要　老　少　倒
（男）人　头　笑　我我　不　怕,
（女）有什　么　话　儿家　里　讲,

因为　想你　画道　道儿　抠断根　茅　梁。
你　不怕　众位　乡亲　把　你　笑。
我倒　想在　众人　面前　把你　夸一　夸。
你不　该　众人　面前　闲　话　谈。

注：①予支——五台方言,"还未"之意。

（五台县）

小姑听房

1 = F 2/4

邢和贵 记

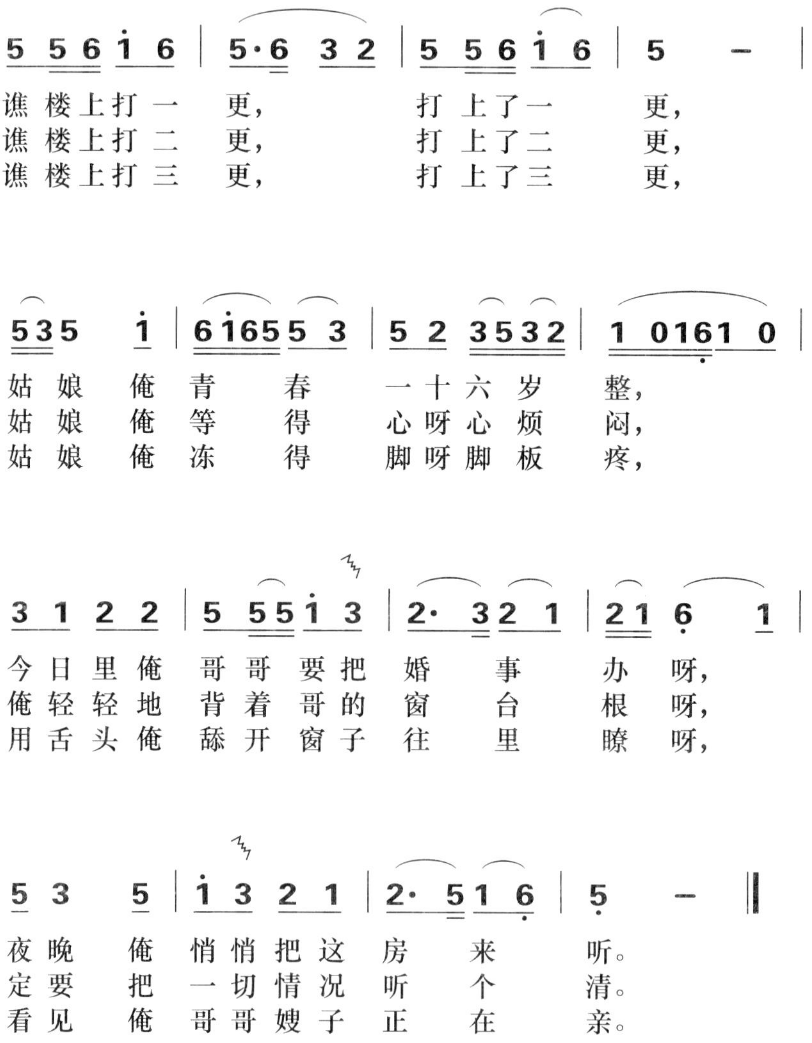

民歌 五台山

5 5 6 i 6 | 5·6 3 2 | 5 5 6 i 6 | 5 — |

谯楼上打一　更，　　打上了一　更，
谯楼上打二　更，　　打上了二　更，
谯楼上打三　更，　　打上了三　更，

5 3 5 i | 6 i 6 5 5 3 | 5 2 3 5 3 2 | 1 0 1 6 1 0 |

姑娘俺青　春　一十六岁　整，
姑娘俺等　得　心呀心烦　闷，
姑娘俺冻　得　脚呀脚板　疼，

3 1 2 2 | 5 5 5 i 3 | 2· 3 2 1 | 2 1 6 1 |

今日里俺　哥哥要把　婚事办呀，
俺轻轻地　背着哥的　窗台根呀，
用舌头俺　舔开窗子　往里瞭呀，

5 3 5 | i 3 2 1 | 2· 5 1 6 | 5 — ‖

夜晚俺悄悄把这房来　听。
定要把一切情况听个　清。
看见俺哥哥嫂子正在　亲。

（原平市）

探 小 妹

1=G 2/4

赵贵生 唱
岫　嶂 记

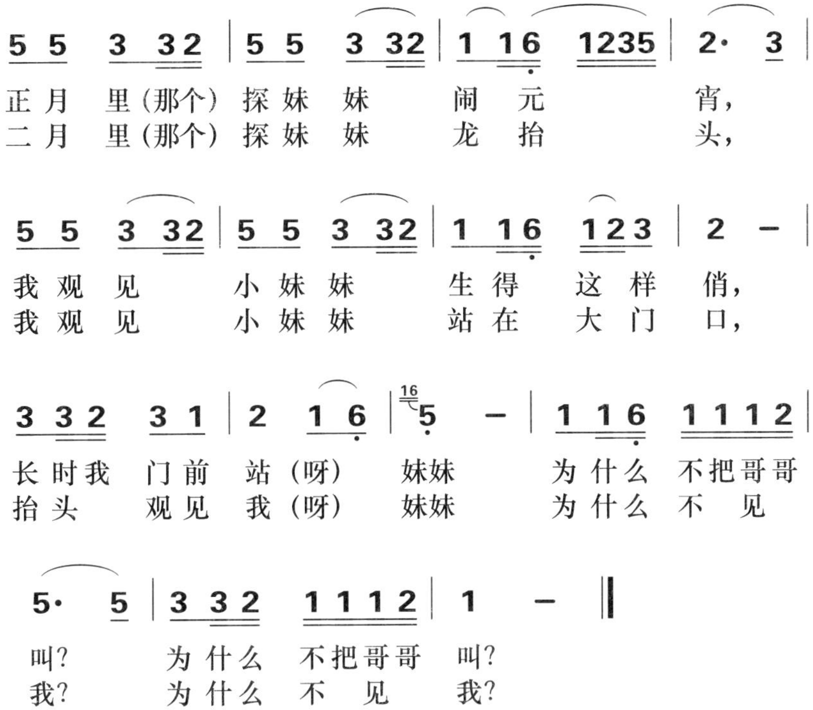

| 5 5 | 3 32 | 5 5 | 3 32 | 1 16 | 1235 | 2· 3 |

正月 里（那个）探妹 妹　闹 元　　宵，
二月 里（那个）探妹 妹　龙 抬　　头，

| 5 5 | 3 32 | 5 5 | 3 32 | 1 16 | 123 | 2 — |

我观见　小妹妹　生得 这样 俏，
我观见　小妹妹　站在 大门 口，

| 3 32 | 3 1 | 2 16· | 5 — | 1 16 | 1 1 1 2 |

长时我 门前 站（呀）妹妹　为什么 不把哥哥
抬头 观见 我（呀）妹妹　为什么 不见

小调

| 5· 5 | 3 32 | 1 1 1 2 | 1 — ‖

叫？　为什么 不把哥哥 叫？
我？　为什么 不见 我？

（定襄县）

拍 浮 油

1=F 2/4

郝效堂 唱
马志强 记

| 5· 3 | 5 5 | 4 3 2 | 5 3 5 | 4 3 2 |

正　月 的里 来 正 月 正，

```
5  5  5̇ | 2 1  7̣ 5̣ | 6̣ 5̣  6̣ 1 | 5 — |
们 到 个 你   家 里 去 串   门,

2   3  5 | 2 1  7̣ 6̣ | 5̣ 2  5̣ 5̣ | 4 3 2 |
你  有 心   来   们 有  外 意,

5  5  1̇ 3̇ | 2 1  7̣ 6̣ | 5̣ 6̣  1 2 | 5̣ — ‖
哎 个 哟 哟 咱 们 二 人 相  好 在 一  起。
```

（五台县）

刮 野 鬼

（一）

1 = G 2/4

白秀平 李献平 唱
玉堂 奋臻 书平 记

慢板,思念地

```
1̇  1̇  3̇ 2̇ 3̇ | 5  5̇ 6̇ | 1̇·2̇  3̇ 1̇ | 2̇ — |
```

大 青 山 的 喽 喽 儿 慢 圪 溜 溜 儿 飞,
你 刮 你 的 野 鬼 们 守 们 的 寡 儿,
三 尺 尺 儿 的 辫 辫 儿 呀,四 尺 四 的 身 儿,
阳 坡 坡 儿 的 糜 子 儿,背 坡 坡 的 谷,
莜 面 们 的 咻 河 捞 呀,肉 吃 丝 丝 汤,

```
1̇  1̇ 2̇  3̇ 3̇ 2̇ | 1̇ 2̇ 1̇ | 6 5 | 3 5 6 | 3̇ 2̇ 1̇ | 5 — ‖
```

可 怜 煞 们 的 咻 林 秋 哥 哥 刮 了 个 野 鬼。
可 怜 煞 们 的 咻 林 秋 哥 哥 十 七 又 大 八。
全 村 的 人 儿 就 数, 林 秋 哥 哥 好。
想 们 外 林 秋 哥 哥, 们 还 得 背 地 里 哭。
露 水 水 的 咻 夫 妻, 不 呀 不 久 长。

（五台县）

民歌五台山

—614—

刮 野 鬼

(二)

1 = A 2/4

中速

阎三妮 唱
乔 伦 记

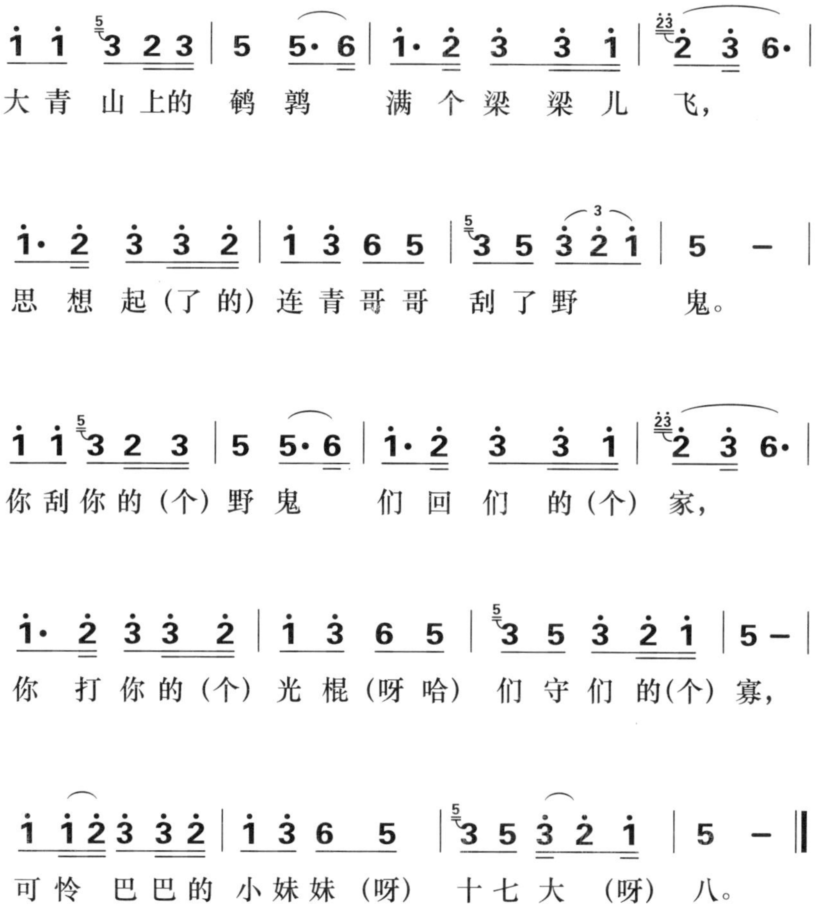

小调

```
1 1 5̲3̲ 2̲3̲ | 5  5·6̲ | 1̇·2̲ 3̇ 3̇1̇ | 2̲3̲ 3̇ 6· |
```
大 青 山上的 鹌 鹑 满个梁 梁儿 飞，

```
1̇·2̲ 3̇ 3̇2̇ | 1̇ 3̇6̲ 5 | 5̲3̲5 3̇2̇1̇ | 5 — |
```
思 想 起(了的) 连青 哥哥 刮了 野 鬼。

```
1 1 5̲3̲ 2̲3̲ | 5  5·6̲ | 1̇·2̲ 3̇ 3̇1̇ | 2̲3̲ 3̇ 6· |
```
你 刮你的(个) 野 鬼 们 回 们 的(个) 家，

```
1̇·2̲ 3̇ 3̇2̇ | 1̇ 3̇6̲ 5 | 5̲3̲5 3̇2̇1̇ | 5 — |
```
你 打你的(个) 光棍(呀哈) 们守 们的(个) 寡，

```
1 1̲2̲3̇ 3̇2̇ | 1̇ 3̇6̲ 5 | 5̲3̲5 3̇2̇1̇ | 5 — ‖
```
可怜 巴巴的 小妹妹(呀) 十七 大 (呀) 八。

(平山县)

探 妹

陈文方 唱
奋臻 雨禾 记

1 = F 2/4

| 5·6 3 2 | 5·6 3 2 | 1 1 6 3 | 2 — | 5·6 3 2 |

正　月里探　妹　正月哎咳正，　我　与你
二　月里探　妹　龙抬哎咳头，　我　与你
三　月里探　妹　三月哎咳三，　我　与你
四　月里探　妹　四月哎咳八，　我　与你
五　月里探　妹　五端哎咳阳，　黄　米

| 5·6 3 2 | 1 1 6 3 | 2 — | 3 3 2 3 1 | 2 1 6 |

小　妹子挂呀挂红　灯，　红灯　是假　的呀，
小　妹子上呀上绣　楼，　绣楼　盖得　高呀，
小　妹子去呀去江　南，　搭上个　快火　车呀，
小　妹子买呀买黄　瓜，　大的　一拃　拃呀，
粽　子和呀和砂　糖，　冰糖　是甜　的呀，

| 1 5 6 | 1 6 1 2 | 5 — | 3·2 1 2 | 1 — |

妹子呀，试试你的　心。　依么那呼儿　咳。
妹子呀，勒了你的　腰。　依么那呼儿　咳。
妹子呀，车票三块　三。　依么那呼儿　咳。
妹子呀，小的才开　花。　依么那呼儿　咳。
妹子呀，许我别许　他。　依么那呼儿　咳。

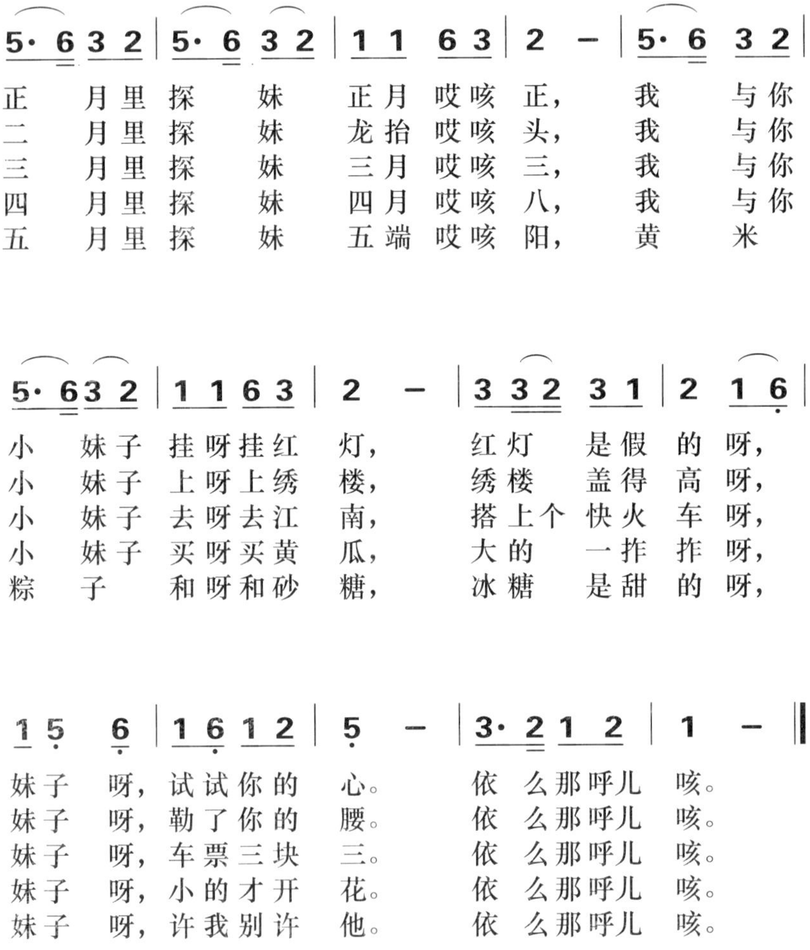

（五台县）

睡 不 醒

1 = A 2/4

韦虹 记

小调

1 1 1 6	5 —	5· 6	5 5 5 5 1
耳忽 听见 谯	楼	鼓 起个	五 更

2 0 | 5 5 5 1 | 2 0 | 5 5 5 1 |
天， 奴的 丈 夫， 翻一 翻

2 0 | 5 3 5 3 6 | 5 5 6 5 | 5 5 5 3 6 |
身 推也 推不 醒（黑得弄） 叫也 叫不

5 5 6 5 | 2 3 2 | 2 5 3 5 | 2·3 5 5 6 |
应（黑得 弄） 尘世 上 稀有 你这 睡不 醒的

5 5 6 | 5 5 6 | 5 5 6 1 6 | 5 — ‖
人（呀吗）（黑得 弄黑得 一呀 咳）。

（五台县）

探 病

赵文生 唱
奋臻 玉堂 书平记

1=F 2/4

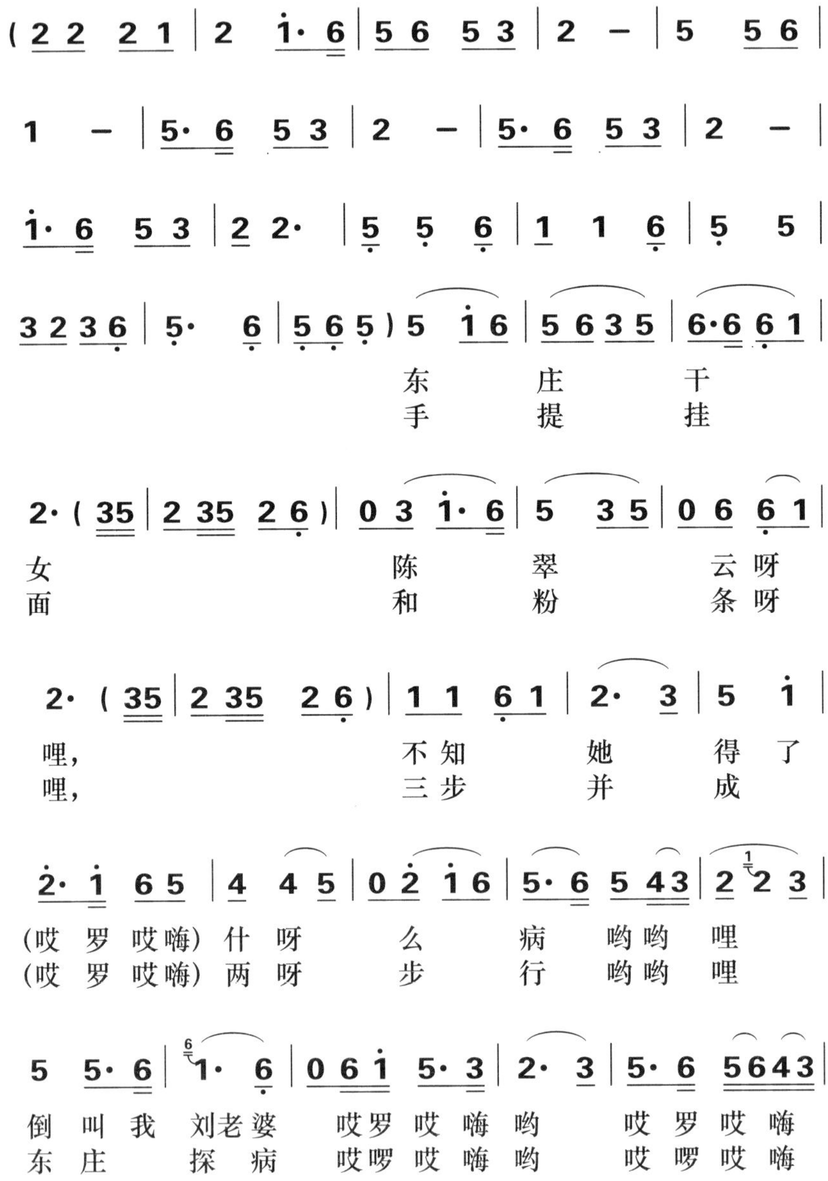

(2 2 21 | 2 1·6 | 56 53 | 2 - | 5 56 |

1 - | 5·6 53 | 2 - | 5·6 53 | 2 - |

1·6 53 | 2 2· | 5 5 | 6 1 | 1 6 | 5 5 |

3 2 36 | 5· 6 | 5 65) 5 | 1 6 | 56 35 | 6·6 61 |
　　　　　　　　　　　　东　庄　　干
　　　　　　　　　　　　手　提　　挂

2·(35 | 2 35 | 2 6) | 0 3 | 1·6 | 5 35 | 0 6 61 |
女　　　　　　　　陈　翠　　云呀
面　　　　　　　　和　粉　　条呀

2·(35 | 2 35 | 2 6) | 1 1 61 | 2·3 | 5 1 |
哩,　　　　　　　不知　她　得了
哩,　　　　　　　三步　并　成

2·1 65 | 4 45 | 0 2 16 | 5·6 | 5 43 | 2 23 |
(哎罗哎嗨) 什呀　么　病　哟哟　哩
(哎罗哎嗨) 两呀　步　行　哟哟　哩

5 5·6 | 1·6 | 0 61 | 5·3 | 2·3 | 5·6 | 5643 |
倒叫我 刘老婆 哎罗哎嗨哟　哎罗哎嗨
东庄　探病　哎啰哎嗨哟　哎啰哎嗨

民歌五台山

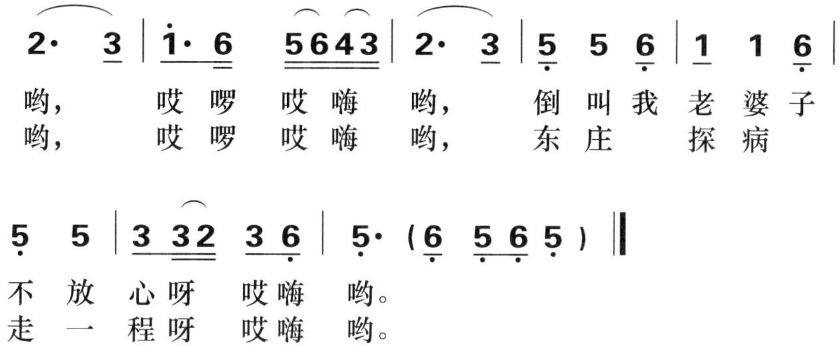

$\widehat{2\cdot 3}$ | $\dot1\cdot 6$ | $56\widehat{43}$ | $\widehat{2\cdot 3}$ | $\underline{\dot5}$ $\underline{\dot5}$ | 1 $\underline{1}$ $\underline{\dot6}$ |

哟，　哎啰 哎嗨 哟，　倒叫我 老 婆 子
哟，　哎啰 哎嗨 哟，　东 庄 探 病

$\underline{\dot5}$ $\dot5$ | 3 $\widehat{32}$ 36 | $\underline{\dot5}\cdot$ $(\underline{\dot6}\underline{\dot5}\underline{6}\underline{\dot5})$ ‖

不 放 心呀 哎嗨 哟。
走 一 程呀 哎嗨 哟。

（五台县）

小调

二老爹娘要气坏

1=G $\frac{2}{4}$

稍慢

张焕文 唱
宜增高 记

| 5 5 | 5 $\underline{55}$ | $\widehat{66}$ 3 | $\widehat{5\ \overset{5}{\underline{2}}\cdot}$ $\underline{1}$ 23 | 2 $\underline{2}\underline{\dot6}$ $\underline{\dot5}$ |

羊 羔 羔那个 吃 奶 哟 眼　望 着 妈，
做 买 卖那个 做 得 哟 卖 　了 铺 盖，

$\widehat{2\cdot 1}$ 23 | 5 $\widehat{21}$ | $\widehat{2\cdot 5}$ | 2 $\underline{\dot6}$ 1 $\underline{\dot6}$ | 5 — ‖

小 米 饭 养　　活 我 长　　　大。
二 老 爹娘 知 道 了 要 气　　坏。

（原平市）

摇 三 摆

1 = C 2/4

尚鸿儒 唱
邢和贵 记

你妈生你哟依哟摇三摆，
清早起来哟依哟不做饭，
半前后哟依哟家中睡，
灶炕里面哟依哟灰成堆，
每天起来哟依哟就爱吃，

谁叫红鞋扎白菜人人爱
抱你娃娃绕街窨不体面。
营个揽下一坑也急
后生脏衣一也起不鬼
街居世人看洗遍没理。

（原平市）

民歌五台山

鸳 鸯 鞋

1 = F 2/4

张生堂 唱
宜增高 记

大摇你那大摆呀哈大路上呦来，
你穿你那鸳鸯鞋你管你呦好，

小妹妹那穿的一对鸳鸯那这鞋。
你把哥哥的心捣乱了。

（原平市）

开 花

徐先昌 唱
奋 臻 记

1 = F 2/4

小调

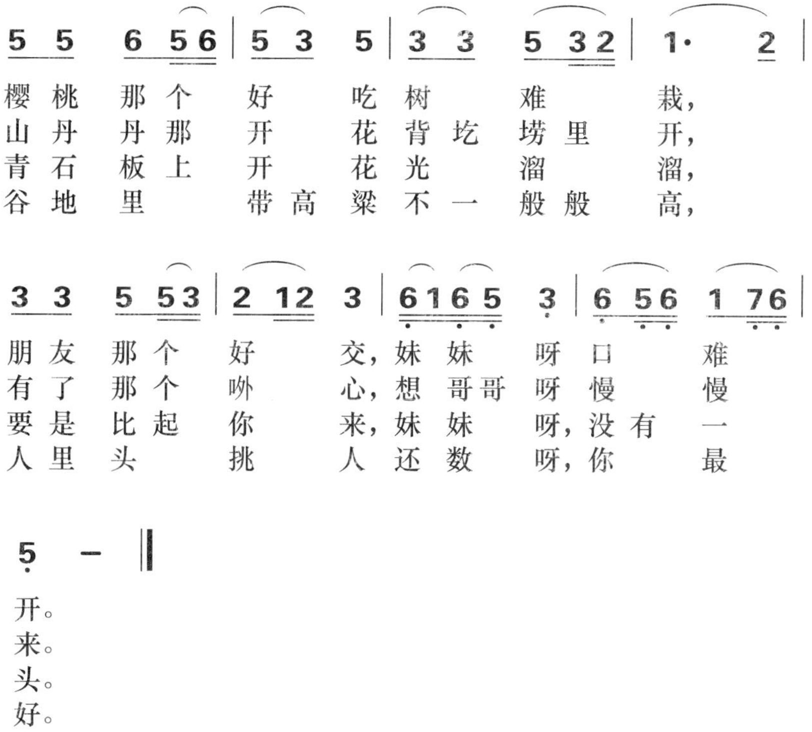

| 5 5 | 6 5̂6 | 5 3 | 5 | 3̂ 3 | 5 3̂2 | 1· | 2 |

樱 桃 那 个 好 吃 树 难 栽，
山 丹 丹 那 开 花 背 圪 塄 里 开，
青 石 板 上 开 花 光 溜 溜，
谷 地 里 带 高 粱 不 一 般 般 高，

| 3̂ 3 | 5 5̂3 | 2 1̂2 | 3 | 6̂1 6̂5 | 3̣ | 6 5̂6 | 1 7̂6 |

朋 友 那 个 好 交，妹 妹 呀 口 难
有 了 那 个 咻 心，想 哥 哥 呀 慢 慢
要 是 比 起 你 来，妹 妹 呀，没 有 一
人 里 头 挑 人 还 数 呀，你 最

| 5̣ - ‖

开。
来。
头。
好。

（五台县）

麻秸盖不成房

张生常 唱
宣增高 记

1 = C 2/4

中速、稍慢

| 3̂ 3 3 | 2·3 2̂1 | 2· 3 | 2 2̂3 | 2 1̂ 6̂5 | 1 - |

麻 秸 这 盖 嘞 不 成 房， 姑 娘 俺 犯 了 惆 怅，

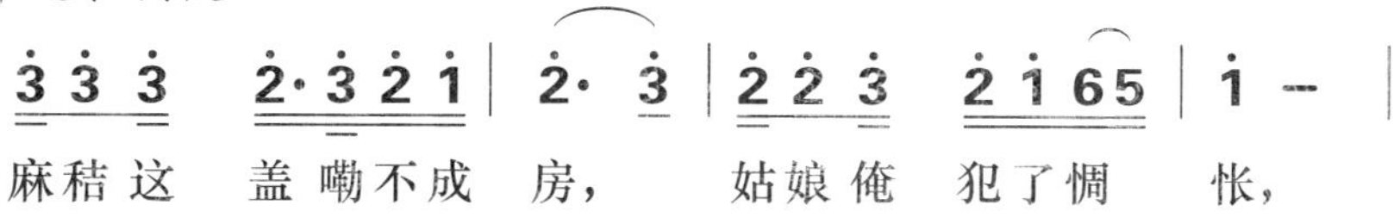

6 1 2 | 2 2 2 3 | 2 3 2 1　6 1 | 2 3 2 1 6 |
情 郎 哥　见 不 上 面，咋 能　　入 洞　房？

6 7 6 5　3 | 6　1　3 | 7· 6　5 | 6 7 6 5　3 |
二 爹　娘 管 得 俺 实　在 紧 呀 呼 儿 嗨

5 5　6 1 | 5 6 5　3 | 5 5 3　2 3 #4 | 3 — ‖
白 天 盼　黑 夜　想，姑 娘 俺 真 难 活。

（原平市）

民歌五台山

赶 时 髦

赵占楼 唱
邢和贵 赵美琴 记

1 = D　3/4

3· 2　1 | 3· 2　1 | 5 3 | 6 6 5　3 | 5 3 |
大　毛 辫　子 两 条 龙（嗯　　嗯）两 条
红　领 袄　儿 身 上 穿（嗯　　嗯）身 上

6 6 5　3 | 1 1 2　3 3 2 | 1 3 6　5 | 1 1 2　3 3 6 |
龙（嗯　　嗯），鬏 角 里 扎 上　红 绳　绳，你 看 俺　贡 不
穿（嗯　　嗯），绿 丝 绸 裤 子　套 外　边，你 看 俺　倩 不

6· 5　3 | 5 5 2 3　5 | 1 1 2　3 3 6 | 6· 5　3 ‖
贡　　（嗯 么 嗯 哎　哟）你 看 俺　贡 不　贡。
倩　　（嗯 么 嗯 哎　哟）你 看 俺　倩 不　倩。

（原平市）

—622—

摘 瓜

1 = ♭B 2/4

郭玉忙 唱
激 波 记

中速

小调

| 3 2 3 | 6 5 3 3 | 3· 2 1 2 | 3 6 5 |

1.天 泰(吥) 地 泰(咾咾) 三 阳 开 泰(咳 咳),

| 6 5 6 | 6 1 3 | 6 5 2 | 3 — ‖

我 老 汉 名 叫 李 洪 泰。

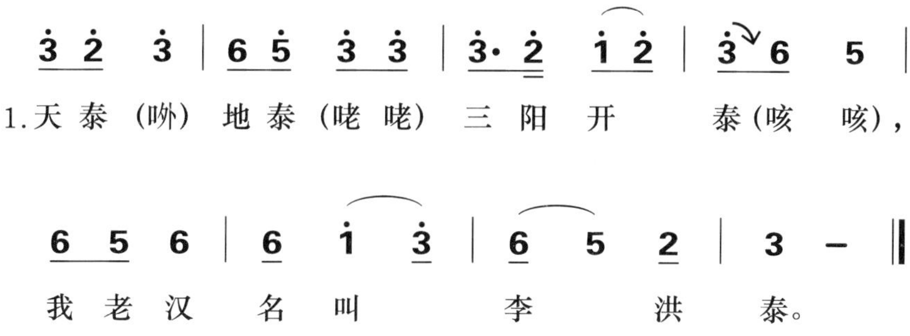

2.年年种瓜年年卖,
　今天种瓜时气赖。

3.三亩南瓜二亩菜,
　叫那些大脚老婆糟蹋坏。

4.我老汉藏在高粱地,
　等一等大脚老婆摘我的瓜来。

5.十七、十八的女裙衩,
　手提上竹篮走出来。

6.紧行走来用目观,
　一霎时来在南瓜园。

7.东瞭西瞭无人在,
　双手摘起个南瓜来。

8.你是谁家的女裙衩?
　谁叫你出来摘我的瓜来?

9.我是二八佳人女裙衩,
　我婆娘叫我摘瓜来。

10.你婆娘得了馋痨病,
　　想吃南瓜拿上钱买。

11.小女婿年年走口外,
　　手上无钱拿甚买?

（定襄县）

摘黄瓜调

1 = D 2/4

王美 唱
清莲 记

中速

| 2· 3 | 2· 3 | 2· 3 | 2· 3 ‖: 1 | 2 1 |

黄 瓜 (也 就) 开 花 (也 就) 早 上(上)
清 早 (也 就) 起 来 (也 就) 早 出

| 7 6 5 3 :‖ 5 5 5 | 3 3 | 1 2 3 | 7 6 5 |

架 (呀), 情(呀)哥 不 来 捎 上 句 话,
门 (呀), 摘 两 条 黄 瓜 拔 两 苗 葱,

| 3 5 3 5 | 6 5 3 2 | 1 — ‖

也不知道 咋 惹下 他。
急急忙忙 看 亲 人。

(忻州市)

民歌五台山

豆 角 白

1 = G 2/4

武莲花 唱
宜增高 记

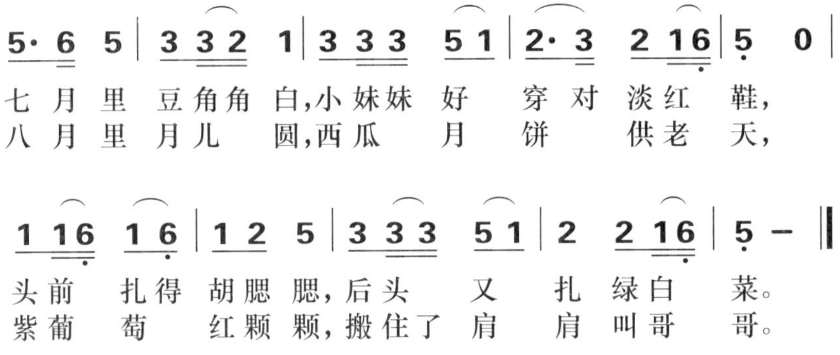

| 5· 6 5 | 3 3 2 1 3 3 3 | 5 1 | 2· 3 | 2 1 6 | 5 0 |

七 月 里 豆角角白,小妹妹 好 穿对 淡红 鞋,
八 月 里 月儿 圆,西瓜 月 饼 供老 天,

| 1 1 6 1 6 | 1 2 5 | 3 3 3 | 5 1 | 2 | 2 1 6 | 5 — ‖

头前 扎得 胡腮腮,后头 又 扎绿白 菜。
紫葡萄 红颗颗,搬住了 肩 肩叫哥 哥。

(原平市)

莜麦鱼鱼

1 = C 2/4

武莲花 唱
宜增高 记

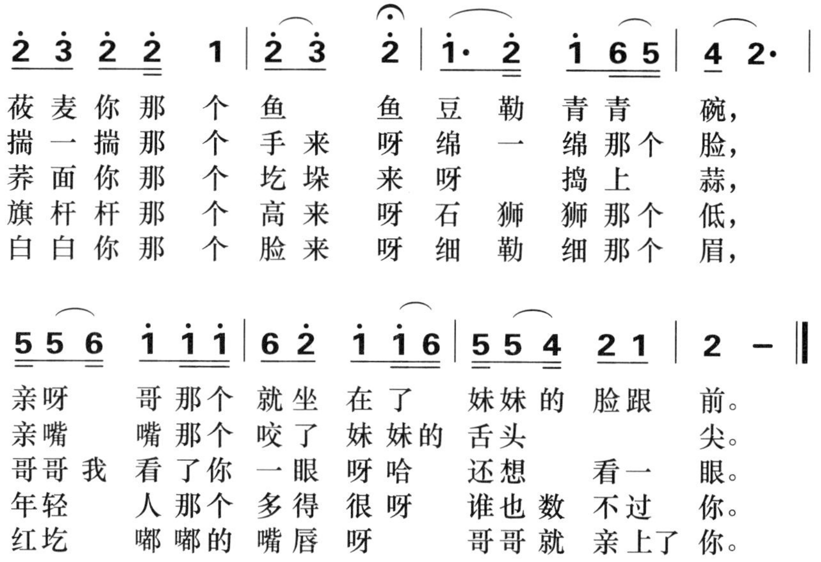

```
2̇ 3 2̇ 2̇ | 1 2 3 | 2̇ | 1̇·2̇ | 1̇ 6 5 | 4 2·|
```

莜麦你那　个　鱼　　鱼　豆　勒　青　青　　碗，
揣一揣那　个　手　来　呀　绵一绵那　个　脸，
荞面你那　个　圪垛来　呀　捣　上　蒜，
旗杆杆那　个　高　来　呀　石　狮　狮那个低，
白白你那　个　脸　来　呀　细　勒　细那个眉，

```
5 5 6 | 1̇ 1̇ 1̇ | 6 2̇ 1̇ 1̇ 6 | 5 5 4 | 2 1 | 2 - ‖
```

亲　呀　哥那个　就坐　在了　妹妹的　脸跟　　前。
亲嘴　嘴那个　咬了　妹妹的　舌头　　　　　尖。
哥哥我　看了你　一眼　呀哈　还想　看一　　眼。
年轻　人那个　多得　很呀　谁也数　不过　你。
红圪　嘟嘟的　嘴唇　呀　哥哥就　亲上了你。

小调

（原平市）

拍 蚂 蚱

1 = F 2/4

白银亮 演唱
书平 整理

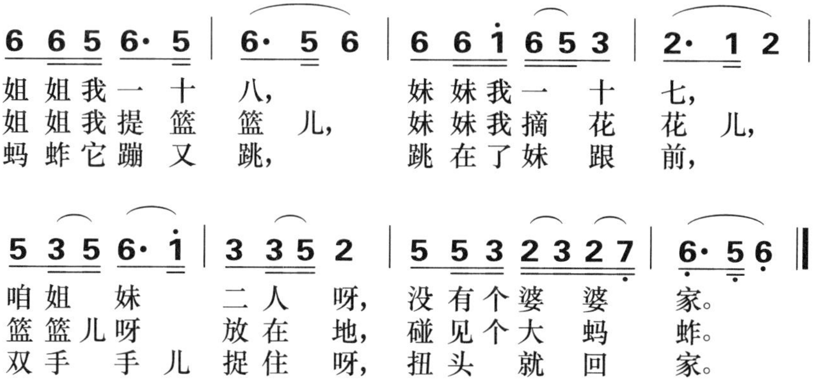

```
6 6 5 | 6·5 | 6·5 6 | 6 6 1̇ 6 5 3 | 2·1 2 |
```

姐姐我一十　八，　妹妹我一十　七，
姐姐我提篮篮儿，妹妹我摘花　花　儿，
蚂蚱它蹦又　跳，　跳在了妹跟　前，

```
5 3 5 6·1̇ | 3 3 5 2 | 5 5 3 2 3 2 7̣ | 6·5 6 ‖
```

咱姐　妹　二人呀，没有个婆　婆　家。
篮篮儿呀　放在地，碰见个大　蚂　蚱。
双手　手儿捉住呀，扭头就回　　家。

（五台县）

白头到老不分开

1 = G 3/4

曹 斌 唱
宜增高 记

| 5 5 6 | 3 3 5 | 6 5 3 | 5 — — |

我 和 那 小 妹　　石 头 上 坐，
小 妹 那 送 我　　荷 包 袋，
金 簪 那 银 簪 哟 配 起 来，

| 3 3 5 | 1 1 2 | 1 6 3 | 5 — — ||

不 觉 知 那 天 长 咻 不 觉 知 饿。
我 给 那 小 妹 把 不 戒 指 戴。
白 头 那 到 老 不 分 开。

（原平市）

满天星星明月亮

1 = G 2/4

王一民 记

| 5 5 5 | 6· 4 | 5 3 1 | 2 3 2 | 7 6 5 |

心 上 你 麻 烦（呀）不 好 过 你，
瞭 见 你 这 旁 人（呀）瞭 不 见 火，
半 山 山 点 灯（呀）半 山 山 明，

| 3 3 3 | 5 5 | 3· 3 | 2 1 | 7 6 | 1 — ||

站 在 这 门 前 头 瞭 哥 哥。
长 长 这 流 下 哥 哥 两 眼 泪。
你 想 了 亲（呀）就 是 咱 俩 的 心。
星 星 和 月 亮 就 是 咱 俩 的 心。

（原平市）

那就是妹妹俺的魂

1 = F 2/4

张生才 唱
邢和贵 记

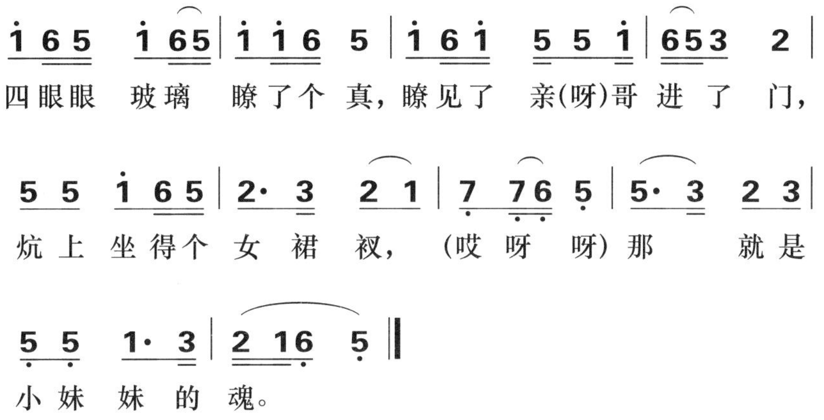

| 1 6 5 | 1 6 5 | 1 1 6 5 | 1 6 1 | 5 5 1 | 6 5 3 2 |

四眼眼 玻璃 瞭了个 真，瞭见了 亲(呀)哥进了 门，

| 5 5 1 6 5 | 2· 3 | 2 1 | 7 7 6 5 | 5· 3 2 3 |

炕上坐得个女裙衩，(哎呀呀)那 就是

| 5 5 1· 3 | 2 1 6 5 ‖

小妹妹的魂。

（原平市）

小调

人里头挑人数你好

1 = C 2/4

霍建功 唱
邢和贵 李复兴 记

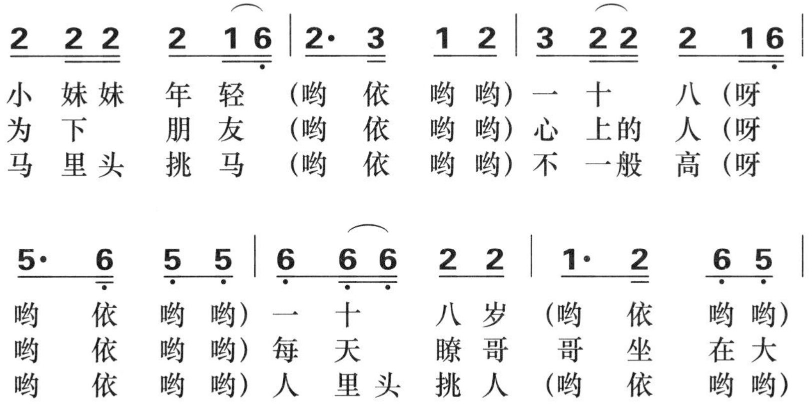

| 2 2 2 | 2 1 6 | 2· 3 | 1 2 | 3 2 2 | 2 1 6 |

小妹妹 年轻 (哟 依 哟哟) 一十 八(呀
为下 朋友 (哟 依 哟哟) 心上的 人(呀
马里头 挑马 (哟 依 哟哟) 不一般 高(呀

| 5· 6 | 5 5 | 6 6 6 | 2 2 | 1· 2 | 6 5 |

哟 依 哟哟) 一十 八岁 (哟 依 哟哟)
哟 依 哟哟) 每天 瞭哥哥 坐在 大
哟 依 哟哟) 人里头 挑人 (哟 依 哟哟)

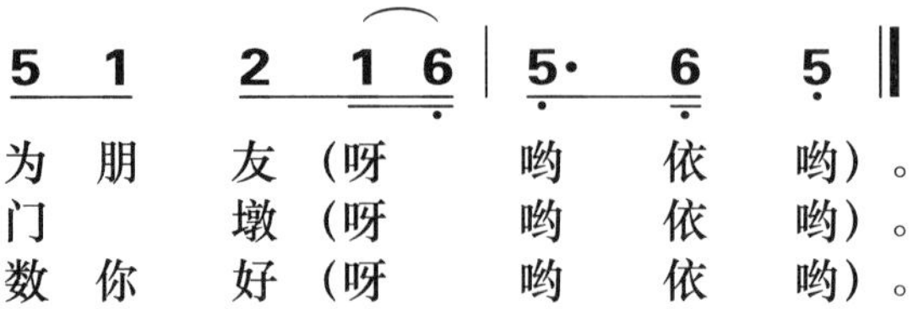

| 5 1 | 2 1 6 | 5· 6 | 5 ‖

为 朋 友（呀 哟 依 哟）。
门 墩（呀 哟 依 哟）。
数 你 好（呀 哟 依 哟）。

（原平市）

一心心想的就是你

武顺鱼 唱
华浩 栗翔 采录
邢和贵 记

1 = ♭B 2/4

| 3 3· | 5 3 2 | 1 6 5 | 3 | 3 3· | 5 3 2 |

马 里 头（那个）挑 马 不 一 般（那个）
满 天 天（那个）星 星 一 颗（那个）
一 对 对（那个）鸪 鸪 绕 天（那个）
一 对 对（那个）蝴 蝶 配 成（那个）

| 1· 2 | 3 3· | 5 5 3 | 2 1 2 | 3 2 1 |

高， 人 里 头（那个）挑 人
高， 可 村 村（那个）挑
飞， 走 过 去（那个）绕 回 来
对， 一 心 心（那个）想 得

| 6 6 5 | 3 | 6 6· | 2 1 6 | 5 — ‖

哥 哥 呀 就 数 哥 哥 你。
哥 哥 呀 你 一 不 个 人。
哥 哥 呀 呀 撂 下 个 你。
哥 哥 呀 呀 就 是 你。

（原平市）

妹妹的心也带走了

1 = D 2/4

邢志岐 唱
邢和贵 记

5 1 3 2 3 | 1 3 2 5 | 1 6 5 3 | 2 3 2 5 | 1 — |
一 出 了（那个）大 门 朝（呀么）朝 西 瞭，
红毛 毛（那个）鞭 子 一（呀么）一 嗯 绕，

2 5 5 6 5 2 | 1 2 3 6 5 | 1 7 6 5 5 | 1 7 6 5 5 |
情郎 哥 赶 得 一 个（哎 哟 哟 哎 哟 哟）
妹妹 的 心 也（哎 哟 哟 哎 哟 哟）

1 7 6 5 6 | 5 — ‖
四（呀么）四 大 套。
带（呀么）带 走 了。

小调

（原平市）

头顶上手巾瞭上哥哥走

1 = G 2/4

刘斌旺 唱
赵有池 记

2 6 1 | 2 2· 4 | 5 5 5 | 5 6 4 |
麻 阴 阴 天 气 雾 尘 尘 雨，
瞭 见 人 家 瞭 不 见 你，

4 6 1 | 2 4 6 | 5 5 | 6 4 | 5 — ‖
头 顶 上 手 巾 瞭 上 哥 哥 走。
长 拖 拖 流 下 两 眼 泪。

（原平市）

撂不下你

邢玉印 唱
邢和贵 记

1 = F 2/4

5 5 | 5 5 6 | 5 4 5 | 3 1 3 2 1 | 7· 6 5 |

并蒂 蒂(那个) 花开 呀 对打(你 那个) 对,
南桥 河(那个) 石头 呀 北桥河(那个) 水,

1 6 1 | 2·3 5 1 | 2·3 6 6 5 | 3 1·1 2 1 6 | 5 — ‖

在你 身上 把俺的 哥哥 呀心也操 碎。
走出 去俺折回来 哥哥 呀撂不下个 你。

(原平市)

民歌五台山

一出大门朝南瞭

张眼眼 唱
王一民 记

1 = ♭B 3/4

5 5 2 | 1 6 5 2 | 5 4 2 | 2 — — |

一 出(这) 大门 呀 朝 南(那) 瞭,
半 碗碗 黄豆(呀) 半 碗碗 米,
叫 声(这) 妹妹(呀) 一 对 咻 对,

5 1 2 | 5 2 5 | 1 7 6 5 2 | 5 — — ‖

两 眼眼 流泪(呀) 双 道(咻) 道。
拿 起这 筷子(呀) 想 起(个) 你。
咱 二人 为朋 友 趁 年(呀) 轻。

(原平市)

南桥河石头北桥河水

1 = G 2/4

孙爱田 唱
宜增高 记

5 5̲3̲ 5̲5̲5̲ | 7̲̣7̲̣6̲̣ 5̣ | 2· 3̲ 5̲3̲ | 2 — |
南 桥 河的呦 石头 呀 北 桥 河的呦 水，
麻 油 你那个 点灯 呀 半 个 炕炕 明，

5 5̲3̲ 5̲5̲5̲ | 1̲ 3̲ 5̲ 3 | 7̲̣7̲̣6̲̣ 5̣ | 5̲5̲6̲ 2̲ 1̲ |
人 里 头那个 挑人 呀哎哟 哟 就数 哥哥
烧 酒 盅盅那 挖①米 呀哎哟 哟 不嫌 哥哥

5̣ — ‖
你。
你穷。

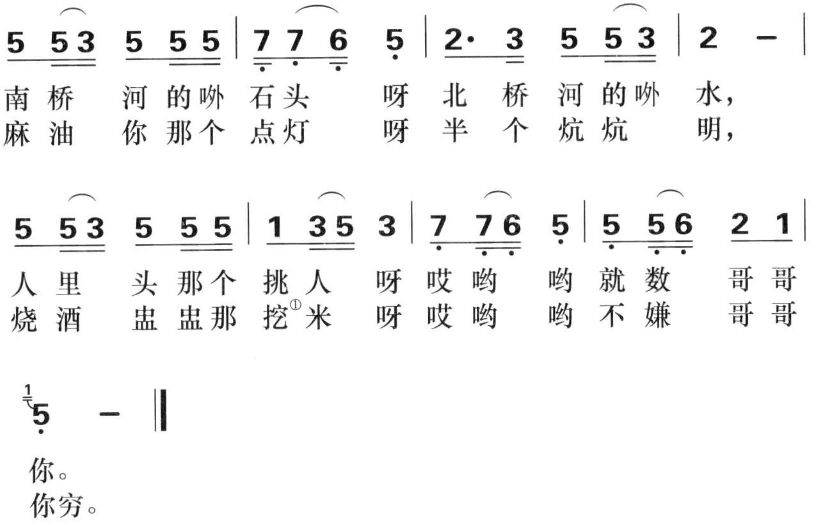

注：①挖——方言，取米之意。

小调

（原平市）

什么人留下人想人

1 = G 2/4

李广山 唱
宜增高 记

5̲·5̲5̲6̲ 5̲3̲2̲3̲ | 5 — | 5̲·5̲5̲6̲ 5̲5̲3̲2̲ | 1 — |
刮 了一股 西北呦 风， 冷呦噜噜 冻煞那个 人，

7̲̣6̲̣ 5̣ 5̲̣ | 6̲6̲ 5̲ | 3̲5̲3̲2̲ | 7̲̣ 3̲ | 2̲3̲7̲6̲ | 5̣ — ‖
什么 人 传留 下呦 人 想 人。

（原平市）

尽是想你的调

1 = G 2/4

武连花 唱
宜增高 记

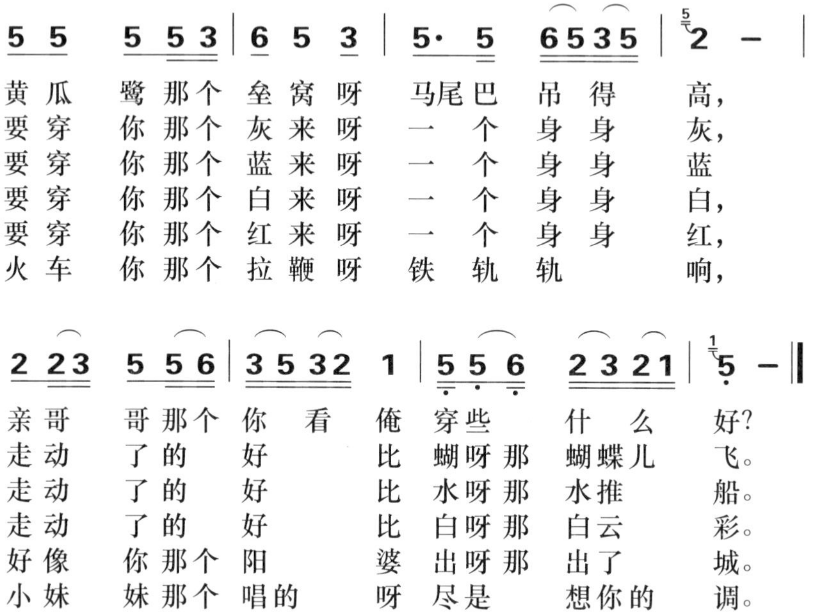

民歌 五台山

| 5 5 | 5 5 3 | 6 5 3 | 5· 5 | 6 5 3 5 | 2 — |

黄 瓜 鹭那个 垒窝呀 马尾巴 吊得 高，
要 穿 你那个 灰来呀 一个身身 灰，
要 穿 你那个 蓝来呀 一个身身 蓝，
要 穿 你那个 白来呀 一个身身 白，
要 穿 你那个 红来呀 一个身身 红，
火 车 你那个 拉鞭呀 铁轨轨 响，

| 2 2 3 | 5 5 6 | 3 5 3 2 | 1 | 5 5 6 | 2 3 2 1 | 5 — |

亲 哥 哥那个 你看 俺穿些 什么 好？
走 动 了的 好 比蝴呀那 蝴蝶儿 飞。
走 动 了的 好 比水呀那 水推 船。
走 动 了的 好 比白呀那 白云 彩。
好 像 你那个 阳 婆出呀那 出了 城。
小 妹 妹那个 唱的 呀尽是 想你的 调。

（原平市）

芫荽开花碎纷纷

1 = A 2/4

赵有池 记

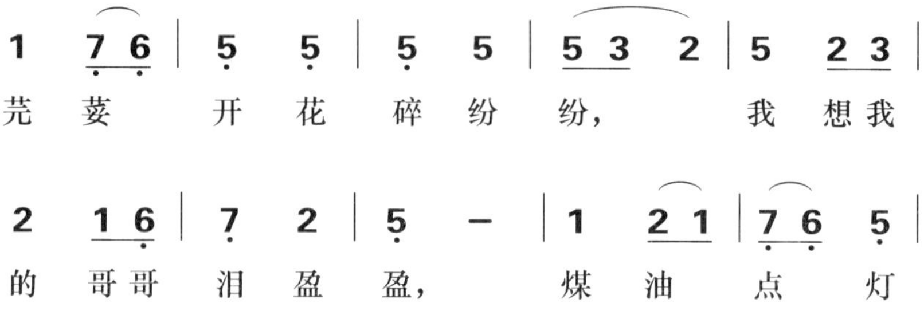

| 1 7 6 | 5 5 | 5 5 | 5 3 2 | 5 2 3 |

芫 荽 开花 碎 纷 纷， 我 想 我

| 2 1 6 | 7 2 | 5 — | 1 2 1 | 7 6 5 |

的 哥哥 泪盈 盈， 煤 油 点 灯

| 5 $\widehat{65}$ | $\widehat{43}$ 2 | 5 2·3 | 1 $\widehat{7̣6}$ | 5̣ $\widehat{6̣1}$ |
灯 不　明，　　天 上 的 星 星　　伴 妹 妹

| 5̣ - | 5̣ 5̣ | 5 $\widehat{53}$ | 2 $\widehat{32}$ | 1 $\widehat{32}$ |
眠。　盼 到　天 明　梦 了 个 真（哩 哩

| $\overset{\frown}{2·}$ 6̣ | 2 3 | 2 1 | 5 6̣ 1 | 5̣ - ‖
哎　哟）哥 哥 来 敲 妹 妹 的 门。

（原平市）

心　连　心

小调

孙爱田 唱
宜增高 记

1 = ♭B　2/4

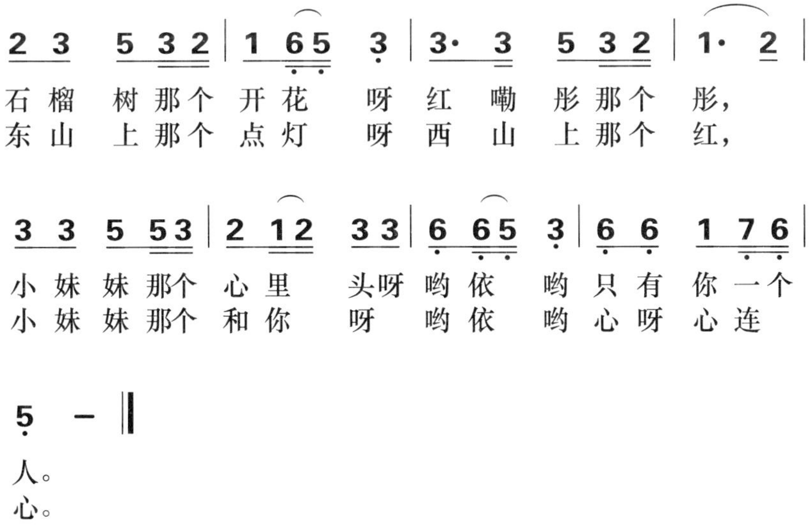

| 2 3 | 5 3 2 | 1 $\widehat{6̣5̣}$ | 3̣ | 3· 3 | 5 3 2 | 1· 2 |
石 榴 树 那 个 开 花　呀 红 嘞 彤 那 个 彤，
东 山 上 那 个 点 灯　呀 西 山 上 那 个 红，

| 3 3 | 5 5̣3 | 2 1̣2 | 3 3 | 6̣ $\widehat{6̣5}$ | 3̣ | 6̣ 6̣ | 1 $\widehat{76}$ |
小 妹 妹 那 个 心 里　头 呀 哟 依　哟 只 有 你 一 个
小 妹 妹 那 个 和 你　呀 哟 依　哟 心 呀 心 连

| 5̣ - ‖
人。
心。

（原平市）

嘴上改行心不死

郭秋彦 整记

1 = G 2/4

民歌五台山

歌词：
窗子上贴的一张粉红纸，嘴上我改行心不死。
想你想你想得哭，瓮子里挖米我挖上谷。
前半夜想你我吹不灭灯，后半夜想你我翻不过身。

（盂县）

你把良心背到脊背上

1 = G 2/4

梁恒秀 唱
牛金太 记

2 2 | 5 65 | 52 32 | 1 6 1 |
我 想 你来 你不 想 我，

1 2 3 3 | 2 1 | 6 5 1 6 | 5 — ‖
你 把 良 心 背到 脊 背 上。

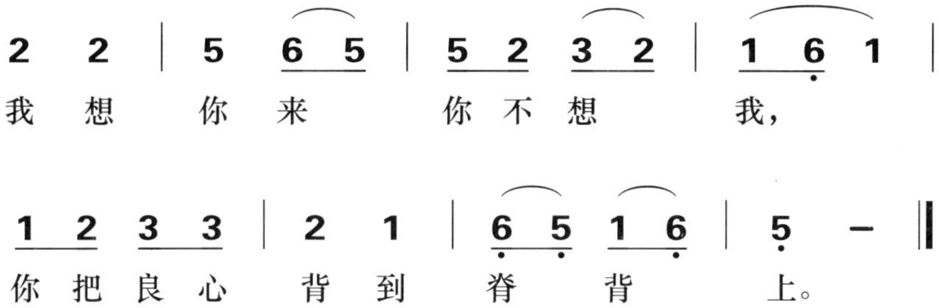

(盂县)

来不来在你的心

1 = F 2/4

王萃 记

小调

中速稍慢

5 5 6 5 6 | 1 4 3 2 | 5 5 3 2 1 | 2 — |
十来月里的 马 河 冻不成 块 冰，

2·3 5 5 | 6 4 3 2 | 5 5 3 2 1 | 2 — |
十来年的 伙 计 烂了一 个 心，

3 7 6 5 | 5 4 2 | 5·5 4 2 | 5 7 6 5 |
一棵 树 上 吊 不 死 个 人，

4 3 2 | 2·3 2 1 | 2·3 2 3 | 5 — ‖
(啊) 来不来(哪) 在 你的 心。

(盂县)

永不能住娘家

1=A 2/4　　　　　　　　　　　　　　子贞记

中速

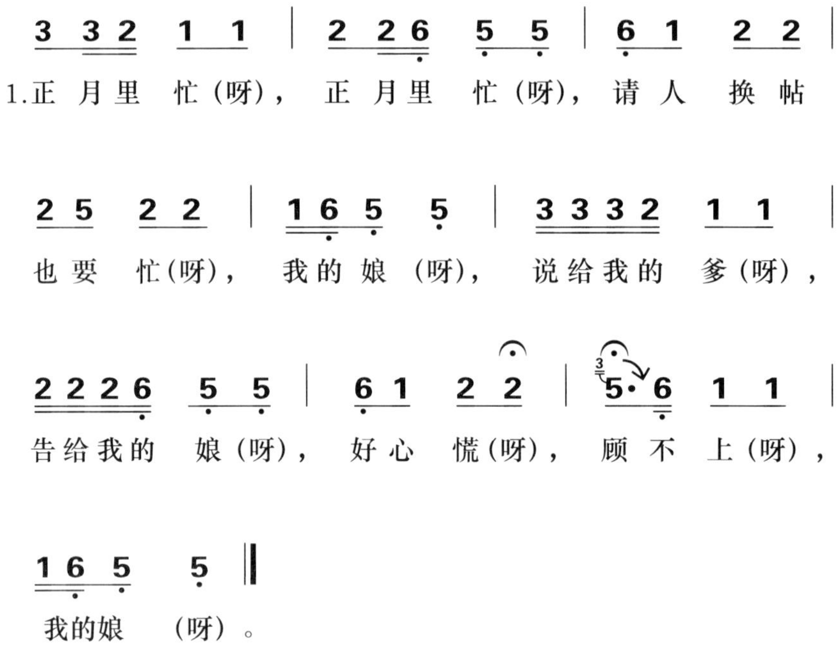

3 32 11 | 2 226 5 5 | 6 1 2 2 |

1.正月里 忙(呀)，正月里 忙(呀)，请人 换帖

2 5 2 2 | 1 6 5 5 | 333 2 1 1 |

也要 忙(呀)，我的娘(呀)，说给我的 爹(呀)，

2 2 2 6 5 5 | 6 1 2 2 | 5·6 1 1 |

告给我的 娘(呀)，好心 慌(呀)，顾不 上(呀)，

1 6 5 5 ‖

我的娘 (呀)。

2.二月里忙，二月里忙，
拆洗衣裳也要忙，
我的娘，
说给我的爹，
告给我的娘，
好心慌，
顾不上，
我的娘。

3.三月里忙，三月里忙，
提耧下籽也要忙，
我的娘，
说给我的爹，
告给我的娘，
好心慌，
顾不上，
我的娘。

(原平市)

民歌五台山

舌头尖尖挑冰糖

刘宝和 唱
郭秋彦 记

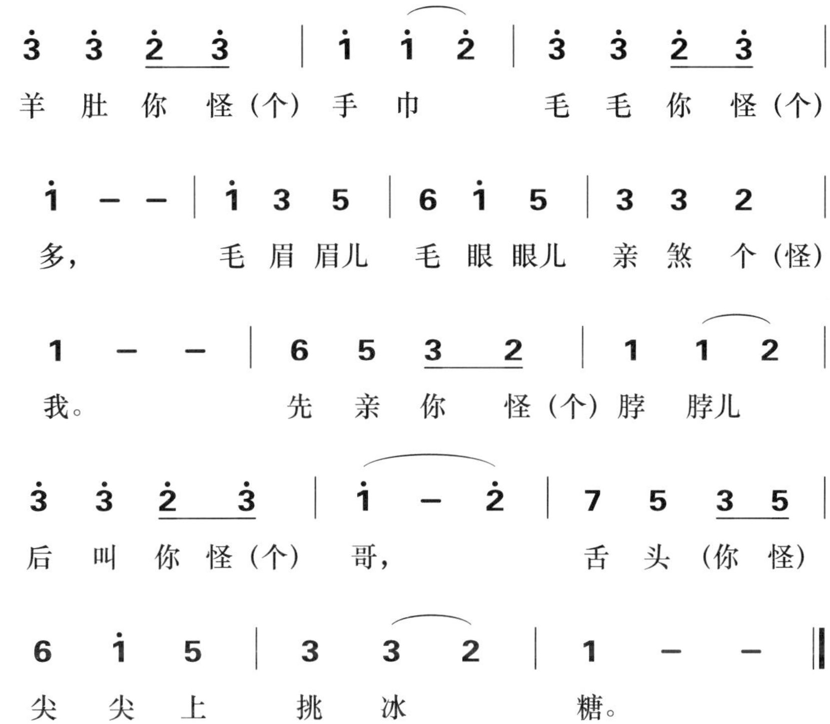

1=♭B 3/4

3 3 2 3 | 1 1 2 | 3 3 2 3 |
羊 肚 你怪(个) 手 巾 毛 毛 你怪(个)

1 - - | 1 3 5 | 6 1 5 | 3 3 2 |
多,   毛 眉 眉儿 毛 眼 眼儿 亲 煞 个(怪)

1 - - | 6 5 3 2 | 1 1 2 |
我。   先 亲 你 怪(个) 脖 脖儿

3 3 2 3 | 1 - 2 | 7 5 3 5 |
后 叫 你怪(个) 哥,   舌 头(你怪)

小调

6 1 5 | 3 3 2 | 1 - - ‖
尖 尖 上 挑 冰 糖。

（盂县）

愁

范雁生 唱
激 波 记

1=♭B 2/4

中速

1 2 6 6 5 | 3·2 3 | 1·2 6 6 5 | 3·2 3 |
天 也(是个) 愁   地 也(是个) 愁,

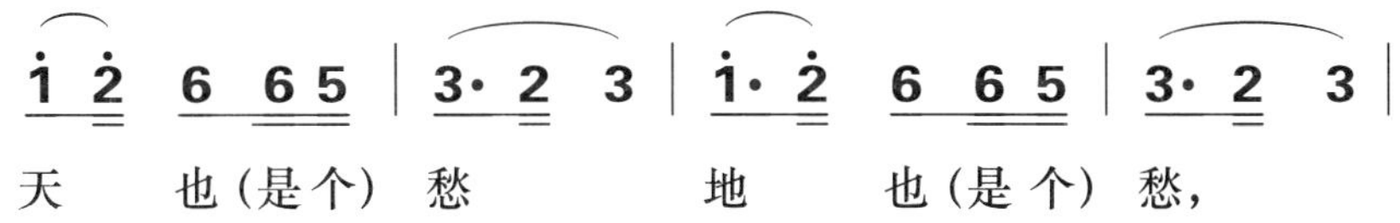

$\hat{1}\cdot\hat{2}\ \hat{5}\,\hat{5}\hat{1}\ |\ \hat{2}\hat{1}\hat{6}\ 5\ |\ \hat{1}\,\hat{1}\,\hat{1}\ 3\,5\,\hat{6}\ |\ 5\ -\ |$

天 愁（呀么） 地 愁 细说（个） 来 由，

$\hat{1}\,6\,5\ 3\ |\ 6\,\hat{3}\ \hat{2}\,3\ |\ 6\,5\ 3\,5\ |\ 3\ -\ |$

天 愁 愁 的 是（个） 云 遮 月，

$\hat{1}\cdot\hat{2}\ \hat{5}\,\hat{5}\hat{1}\ |\ \hat{2}\hat{1}\hat{6}\ 5\ |\ \hat{1}\,\hat{1}\,\hat{1}\ 3\,5\,\hat{6}\ |\ 5\ -\ ||$

地愁（呀么） 愁 的 是 五 谷 不 收。

（定襄县）

不见你的面

1 = C 4/4

亚欣 记

中速

$5\,5\,6\ \dot{2}\cdot\dot{3}\ 5\,5\,3\ 2\,2\,3\ |\ \dot{5}\cdot\dot{3}\ 2\,\dot{1}\ 5\ -\ |$

喜鹊 （子）你 飞在 （呀那么） 雁 门（子） 关，
喜鹊 （子）你 给妹妹 （呀那么） 捎上 一 句 话，

$5\,5\,6\ \dot{2}\cdot\dot{3}\ 5\,5\,3\ 2\,2\,1\ |\ 6\,6\,\hat{1}\ \hat{1}\cdot 3\ 2\ -\ ||$

光见 你（那）书信 来（那么） 不见 你 的 面。
你就 说（那）小妹 妹（那么） 单想 （呀就） 他。

（原平市）

烧 香

1=G 2/4　中速

张淑芳 唱
江玉亭 记

小调

| 5 5̇3̇ | 5 3̇5̇ | 6̇ 1̇ 6̇5̇3̇ | 6̇ 1̇ 6̇5̇3̇ |

来　在　大　街　前　　（哼　哎），
来　在　大　门　外　　（哎），
香　炉　撂　地　下　　（啊），
丫　鬟　前　面　走　　（欧），

| 5̇3̇ 5̇1̇ | 6̇5̇ 5̇1̇3̇ | 2·1̇ | 2 — |

赶　　会　的　乐　哈　　哈，
两　　旁　里　做　买　　卖，
把　　香　在　香　桌　　插，
小　　妹　妹　随　地　　转，

| 5 5̇3̇ | 5 1̇6̇5̇3̇ | 2 5 | 2 5 2 6 |

叫　一　声　　小　妹　妹
刚　来　在　　大　门　里
叫　丫　鬟　呀　你　点　灯
姐　姐　　　随　后　跟

| 1 6 | 1 2 | 5 2 2 4 6 | 5 6 1 | 5 — ‖

慢　慢　地　往　前　　行。
铙　钵　才　响　起　　来。
我　再（把）香　来　　插。
来　在　了　自　己　的　门。

注：①刚——方言读 jiang，刚刚的意思。
　　②铙钵——此处当指寺庙中供奉用的磬。

（平山县）

想你来你不来

1 = A 2/4　　　　　　　　　　　　　　子贞 记
中速

```
5 1 2 2 | 1 2 3 5  2 | 5 3 3 | 5 3 2 |
```
想你来（呀）你不　　来，二妹子　害起（个）
早想来（呀）走不　　开，我妈　　有病

```
1 3 1  2 | 3 3 2  3 3 5 | 6 1 2 3 | 1 1 6 |
```
大病　来，先生说我把　相思病　　害（呀），
做不起　鞋，赤脚　打片　怎能　　来（呀），

```
5 5 5 6 | 3 2 1 | 2 6 1 | 5 | 1 2 3 | 2 3 2 1 |
```
可把俺的　肚疼坏　　（呀），（哎　哟）
几乎把　　我的心急　坏，（哎　哟）

```
5 5 5 6 | 3 2 1 | 2 6 1 | 5 ‖
```
可把俺的　肚疼坏　　（呀）。
几乎把　　我的心急　坏。

（忻州市）

唉呀我的哥

1 = D 2/4　　　　　　　　　　　阎三妮 唱
快速　　　　　　　　　　　　　江玉亭 记

```
5 5 5 1 | 2 0 | 5 5 5  5 1 | 2 0 |
```
思亲四月　八，　想去（么）姐姐　家，

民歌 五台山

—640—

```
1·2 3 | ³⁼²2 21 | ³⁼²11 21 | 2·6· 5·5· |
红头绳，绕辫根，鬓角头 又挂 一朵 花(呀)，

1116· 5·53· | 6·0 | 5551 | 20 |
哎呀我的哥(呀  噢)。 思亲五月 五。

555 51 | 20 | 1·2 3 | ³⁼²321 |
相不上好当 头，   走一步  好不得 走，

³⁄₄ 211 2·6· 5·5· | 1116· 5·53· | 50 ‖
瞭不见 好朋 友(呀)，哎呀我的 哥(呀  噢)。
```

(平山县)

那可怎呀

小调

梁书印 唱
郭秋彦 记

$1 = {}^{\flat}B$ $\frac{2}{4}$

```
5· 56· | 6 — | 5 — | 5 — | 50 |
墙头上 种   谷，            (哎)
三十三 颗   荞   麦，        (哎)

3·3 32 | 10 | 1 12 | 33 | 51 |
回不过的楼， 主子呀我待在没人
九十九道棱， 小妹妹虽好是人家的

2·3 | 2·1 76· | 50 ‖
留。(那可怎① 呀)
人。(那可怎  呀)
```

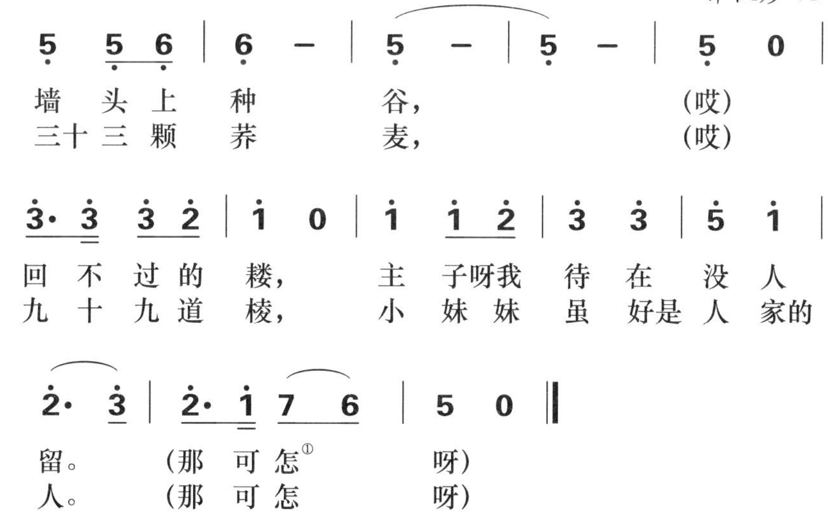

注：①怎——方言，读贼(zei)音。

(盂　县)

骂 媒 人
（一）

1=G 2/4

中速

郭玉楼 记

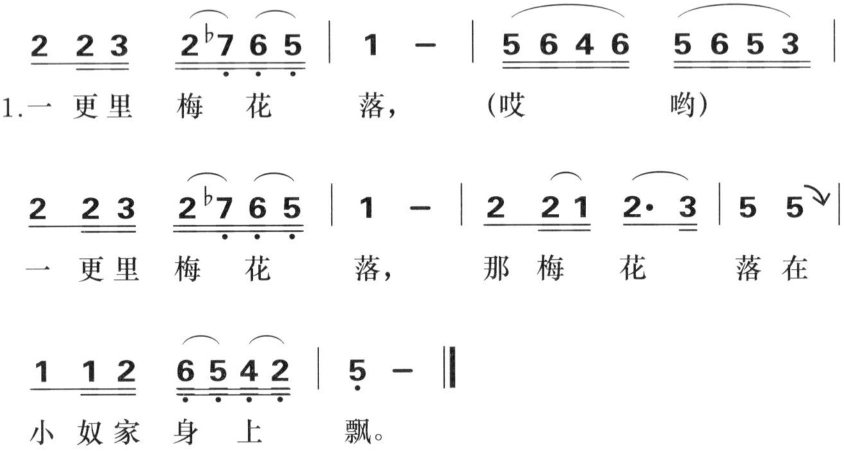

民歌五台山

1. 一更里梅花落，（哎哟）
一更里梅花落，那梅花落在小奴家身上飘。

2. 二更里鼓子敲，
二更里鼓子敲，
小奴家命儿苦寻下个女婿小。

3. 三更里鼓子脆，
三更里鼓子脆，
小奴家二十一小女婿整十岁。

4. 四更里鼓子隆，
四更里鼓子隆，
架上的金鸡高叫了好几声。

5. 推也推不醒，
拉也拉不醒，
你把那睡觉当成好事情。

6. 掀起盖底眊，
掀起盖底瞭，
掀起了盖底眊小女婿尿下了。

7. 看见你不要脸，
看见你好伤心，
到明天来人问你叫奴说个甚。

8. 媒人两头坏，
媒人两头坏，
奴这桩亲事就受了媒人害。

（定襄县）

骂 媒 人

（二）

王爱琴 唱
奋臻 雨禾 记

1 = G 2/4

小调

$\underline{3\cdot 2}$ $\underline{35}$ | 2 — | $\underline{3\cdot 2}$ $\underline{35}$ | 2 — | $\underline{3\cdot 2}$ 3 |

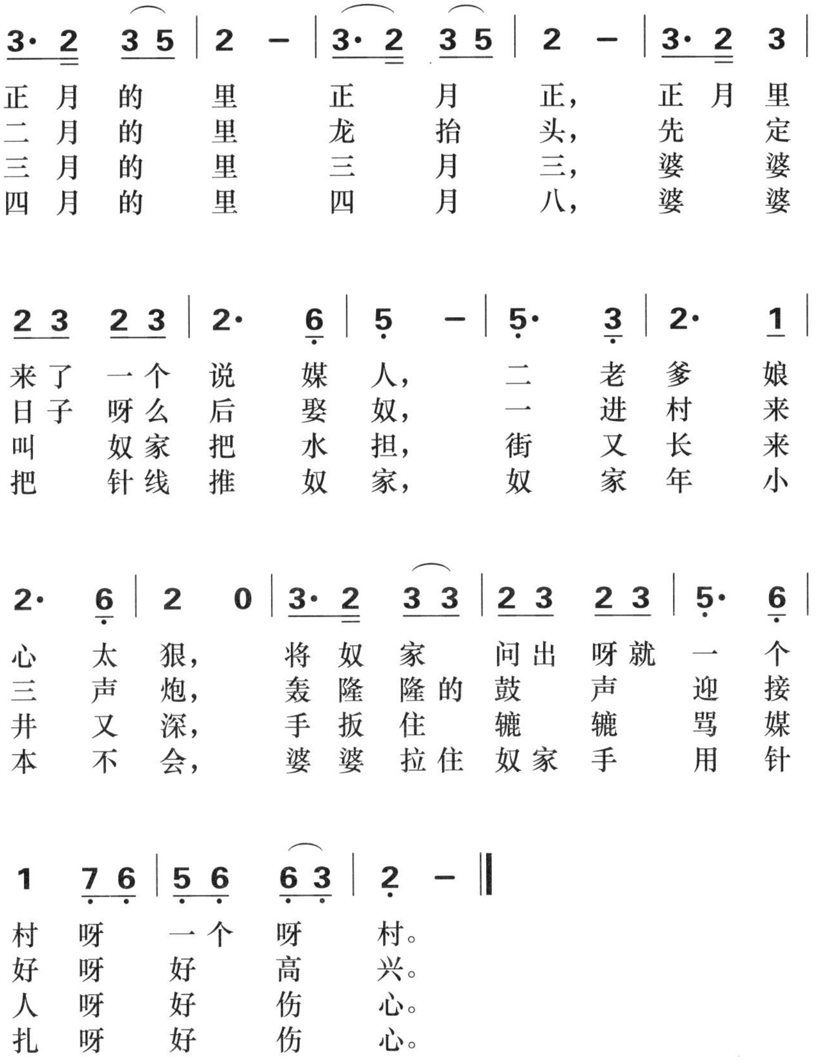

正 月 的 里　正 月 正，　正 月 里 定
二 月 的 里　二 龙 抬 头，　先 婆 婆
三 月 的 里　三 月 三，　婆 婆 婆
四 月 的 里　四 月 八，　婆 婆

$\underline{23}$ $\underline{23}$ | $2\cdot$ $\underline{6}$ | 5 — | $\underline{5}$ $\underline{3}$ | $2\cdot$ 1 |

来 了 一 个 说 媒 人，　二 老 爹 娘 来
日 子 呀 么 后 媒 婆 奴，　一 街 进 又 来
叫 奴 家 把 水 担，　奴 长 年 小
把 针 线 推 奴 家，　奴 家 手 小

$2\cdot$ $\underline{6}$ | 2 0 | $\underline{3\cdot 2}$ $\underline{33}$ | $\underline{23}$ $\underline{23}$ | $\underline{5\cdot}$ $\underline{6}$ |

心 太 狠，　将 奴 家 问 出 呀 就 一 个 接
三 声 炮，　轰 隆 隆 的 鼓 声 呀 迎 骂 媒
井 又 深，　手 扳 住 辘 辘 一 用 针
本 不 会，　婆 婆 拉 住 奴 家 手

1 $\underline{76}$ | $\underline{56}$ $\underline{63}$ | 2 — ‖

村 呀 一 个 呀 村。
好 呀 好 呀 高 兴。
人 呀 好 呀 伤 心。
扎 呀 好 好 伤 心。

（五台县）

骂媒人

(三)

赵申明 唱
赵千栋 记

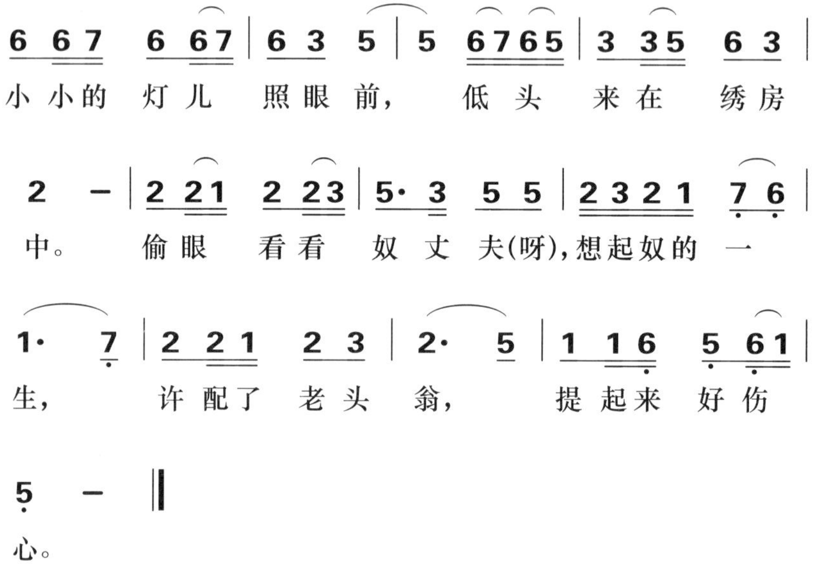

1=G 2/4

6 67 6 67 | 6 3 5 | 5 6765 | 3 35 6 3 |
小小的 灯儿 照眼 前， 低头 来在 绣房

2 - | 2 21 2 23 | 5· 3 5 5 | 2321 7 6 |
中。 偷眼 看看 奴丈夫(呀)，想起奴的 一

1· 7 | 2 21 2 3 | 2· 5 | 1 16 5 61 |
生， 许配了 老头 翁， 提起来 好伤

5 - ‖
心。

(原平市)

民歌五台山

谢媒人

1=A 2/4

郭玉楼 记

中速

2 22 5 5 | 3·2 6 1 | 3 22 1 56 | 5 - |
小小的 二姑 娘， 赶出了 门 外，
今日也 盼你 来， 明日也 盼你 来，

3 56 5 2 | 5 7 6 5 | 3 2 1 56 | 5 - |
碰见了 一个 媒婆 婆 拜了 几 拜，
因为你 蒸下 馍馍 烩下 锅锅 菜，

—644—

你予 奴家 寻上 一个 心 里 爱,
奴家 我 哪些 不好 你予奴担 待,

奴予 你 绣上 一对 红绣花 鞋。
红绣 花鞋 不好了 你予奴退回 来。

（定襄县）

狗亲上寿

1 = G 2/4

李仁俊 唱
晓　敏 记

中速

小调

（噢）卢狗 亲 拉毛驴 满心（这）欢 喜,
（噢）两条 腿 用上力 披头（这）抖 起,
（噢）我抬 腿 踏铜蹬 试探（这）高 低,
（噢）你骑 上 我赶上 洋洋（这）得 意,

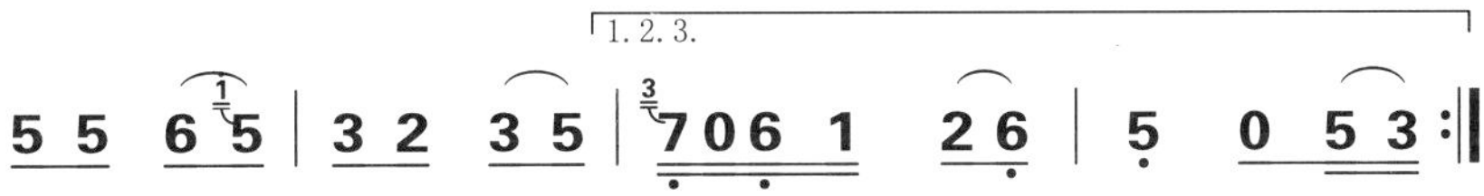

1.2.3.

叫丈 夫 牵过 来 你搀（就）奴 骑。（噢）
将银 纱纱 放下来 遮住奴面 皮。
你与我 前前后后 整一整裙 衣。
这就是 卢家人

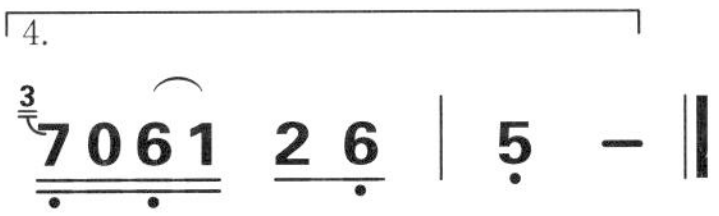

4.

一对 好夫 妻。

（原平市）

—645—

卢狗亲拜寿

1 = G 2/4

子贞 晓敏 记

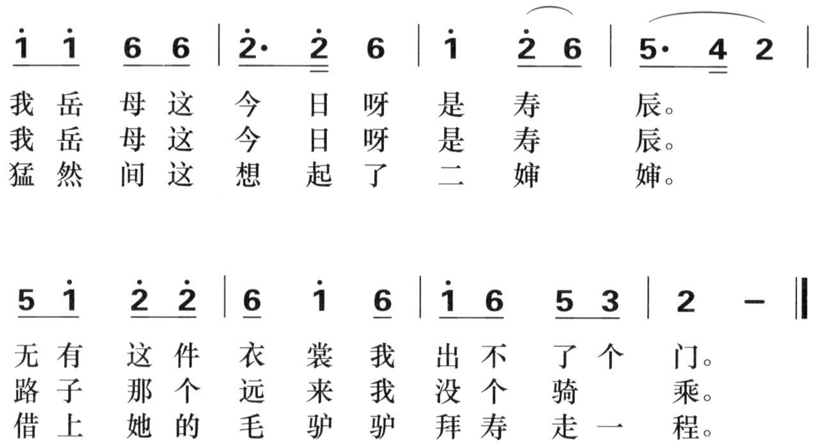

```
1 1 6 6 | 2· 2 6 | 1 2 6 | 5· 4 2 |
```
我岳母这今日呀是寿　辰。
我岳母这今日呀是寿　辰。
猛然间这想起了二婶　婶。

```
5 1 2 2 | 6 1 6 | 1 6 5 3 | 2 — ‖
```
无有这件衣裳我出不了个　门。
路子那个远来我没个骑　乘。
借上她的毛驴驴拜寿走一　程。

注："卢狗亲"是人名。

（五台县）

民歌五台山

起解苏三

1 = G 2/4

郭五花 唱
岫 嶂 记

中速

```
5 4 3  5 7 2 3 | 5 4 3  5 7 2 3 | 5 4 3  5 7 2 3
```
1.家住在（呀么）城南外　苏家庄

—646—

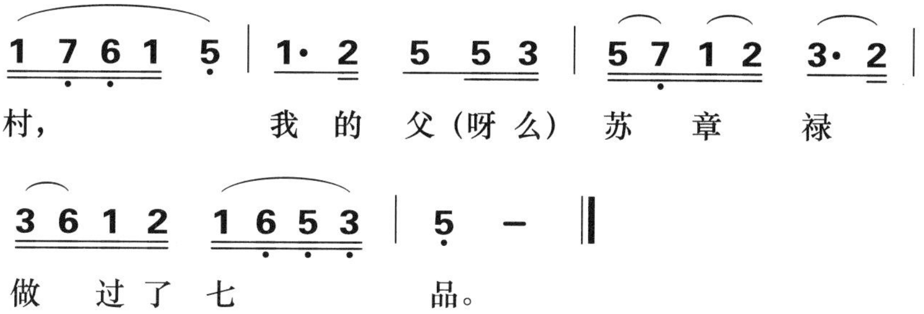

```
1 7 6 1 | 5. | 1· 2  5 5 3 | 5. 7 1 2  3· 2 |
村，        我 的 父（呀么） 苏  章  禄

3 6 1 2  1 6 5 3 | 5. — ‖
做  过 了 七        品。
```

2. 我的父他下世实实太早，
   将苏三流落在舅娘家中。

3. 我舅父白日里沿街乞讨，
   将苏三卖在了烟花妓院。

4. 自从奴进院来常常就在，
   老鸨子他叫奴常把客侍。

5. 二次间进院来三兄就到，
   随带的三万六雪花白银。

6. 他与奴打金环和玉镯，
   又与奴买下了侍女丫环。

7. 他与奴修南楼又盖北厅，
   又与奴修下了玩耍的公园。

8. 三哥哥进院来二年有零，
   三万六雪花银全部花完。

小调

（定襄县）

摸　牌

1 = ♭B　2/4

边方娥 唱
奋臻　雨禾 记

行板 叙述地

```
2· 6  5· 1 | 6 5 6 3 | 2 — | 4· 3  2 1  2 2 |
1.荞   麦    开    花，   雪 呀 雪 吃 凌 凌
2.左   手    开 拿 钱，   二 呀 二 十 五 张
3.赢   了    拿 钱 呀，   买 呀 买 花 花
4.腰   痛    脚    痛，   小 呀 小 肚 肚
5.叫   一    声    丫    环， 你 呀 你 过
```

—647—

```
1 - | 1 - | 2̇ 2̇ 2̇ | 3̇ 2̇ 2̇ | 6 2̇ | 6 5 4 2 |
```

白,　　　十七八　姑娘　　好摸　牌,
牌,　　　右手　拿着　　洋火　柴,
戴,　　　输了　银钱　　挨了　拐,
痛,　　　肚肚痛　生下个　小婴　孩,
来,　　　你给　奴家　　抓几把　干草　来,

```
5 6 | 6 3 | 5 6 | 6 3 | 2 5 3 | 2 - ‖
```

偷偷　摸摸　偷偷　摸摸　摸起　　来。
偷偷　摸摸　偷偷　摸摸　抽起　　来。
背地　圪佬　背地　圪佬　挨了　　拐。
叫声　婴孩　叫声　婴孩　哪里　　抬。
三道　腰腰　三道　腰腰　捆起　　来。

民歌五台山

6. 叫二声叫声丫环,
　　你呀么你进来,
　　你把他送到那南门外,
　　可怜死的,可怜死的小婴孩。

7. 南面上来两条狗,
　　先拉胳膊后拉腿,
　　可怜死的可怜死的小婴孩。

（五台县）

弯　　调

1 = A　2/4　　　　　　　　　　　石真记

中速

```
5· 3 | 2· 3 | 1 6 2 | 5 3 2 | 5 3 2 | 1 1 6 2 |
```

半前晌　半后晌,亲哥哥　坐在　板凳　上,

—648—

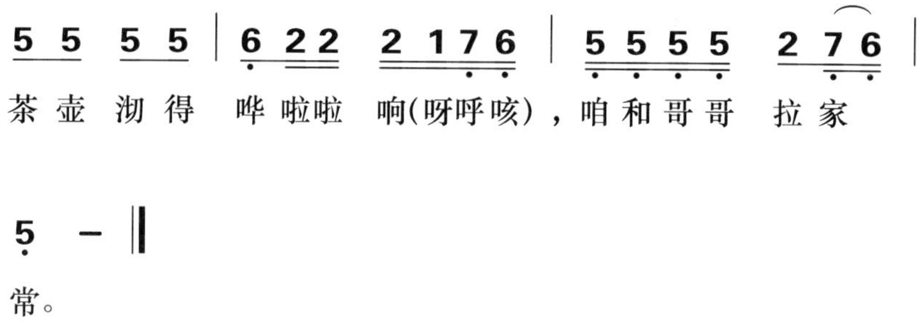

| 5 5 5 5 | 6 2 2 2 1 7 6 | 5 5 5 5 2 7 6 |

茶壶沏得 哗啦啦 响(呀呼咳),咱和哥哥 拉家

| 5 - ‖

常。

(忻州市)

进 绣 房

1 = G 2/4

孟奋臻 边玉堂 唱
张书平 记

小调

| 2 2 3 2 1 | 2· 6 | 3 2 3 1 2 | 2 1 6 5·6 |

一更里来哟 进 绣 房,

| 1 6 1 2 2 2 | 6 2 5 6 5 3 | 2· 3 | 5 5 3 5 5 6 |

一霎时来在了 妹子门 上, 左听 右听

| 1 3 5·3 | 1 6 1 2 3 2 1 | 6 2 5 6 5 3 | 2 - ‖

无有人呀,想来是 妹子 安了眠。

(五台县)

—649—

喝 酒 歌

王还福 唱
雨禾 奋臻 记

1 = A 2/4

6 6̂1 | 6 5 | 6 3· | 6 - | 3 3̂2 | 1 1̂2 |
一 壶　壶那个 烧 酒，　哎　　呀么　一 碟碟
马 里　头那个 挑 马，　哎　　一呀　一 般般
要 穿　那个 白 来，　哎　　呀么　一 身身

3 - | 3 3̂6 5̂3̂2 | 3 1 2 | 3 - |
菜， 感谢那个 东 家 哎
高， 人里头那个 挑 人 哎
白， 就好比那个 果子花 哎

2 2̂3 7̂6̂5̂ | 6̣ - ‖
好呀么好 招 待。
就数哥哥 好。
初呀初开 开。

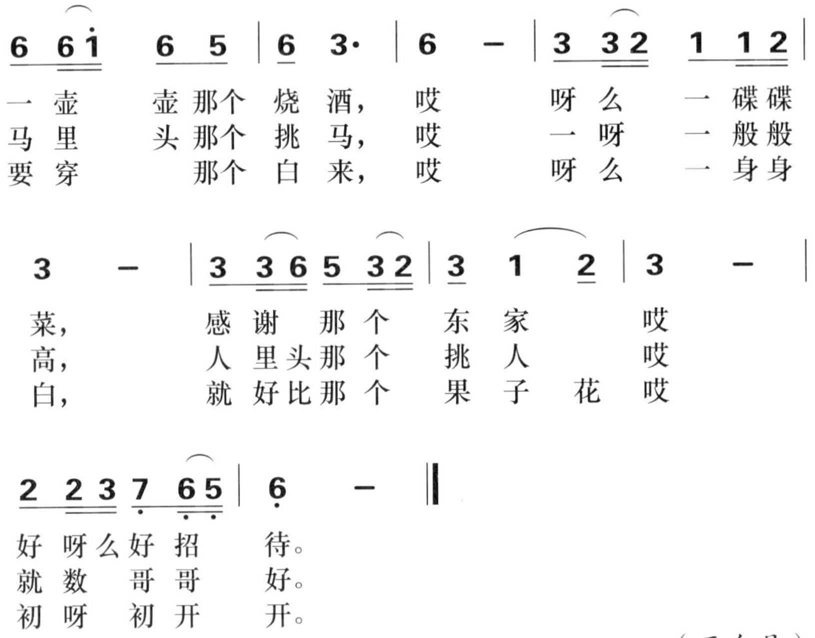

（五台县）

螃 蟹 拳

（又名《酒歌》）

边树万 唱
玉堂 书平 整理

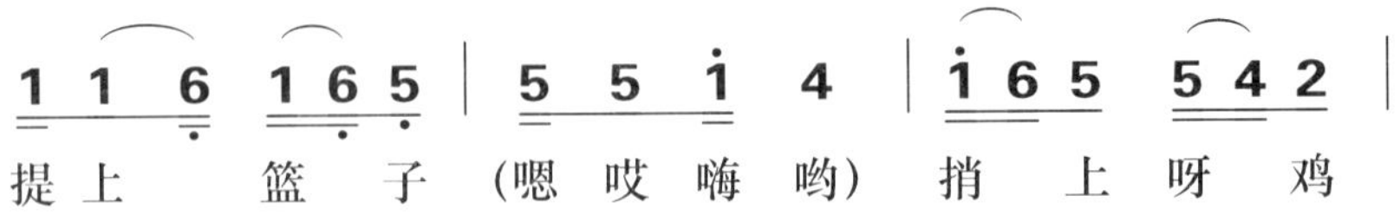

1 = G 2/4

1 1̂6̣ | 1̂6̂5̂ | 5̂5̂ 1̇ 4 | 1̇6̂5̂ | 5̂4̂2 |
提上　篮子（嗯哎嗨哟）捎上呀鸡

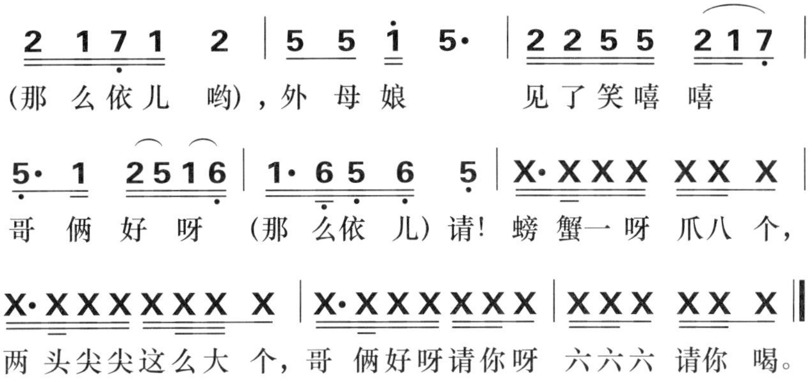

```
2 1 7 1  2 | 5 5 1 5· | 2 2 5 5  2 1 7 |
```
(那么依儿 哟），外 母 娘   见了笑嘻 嘻

```
5· 1 2 5 1 6 | 1· 6 5 6  5 | X· X X X  X X X |
```
哥俩好呀（那么依儿）请！螃蟹一呀 爪八个，

```
X· X X X X X  X | X· X X X X X X | X X X  X X X ‖
```
两头尖尖这么大 个，哥 俩好呀请你呀 六六六 请你 喝。

（五台县）

老 牛 拳

（又名《酒歌》）

边树万 唱
玉堂 书平 整理

1 = C 2/4

小调

```
5 6 5 | 4 3 2 | 5 6 1 | 5· 1 | 3 2 1 6 |
```
高高 山上 一头 牛， 两只

```
2· 3 | 2 1 2 6 | 5 — | 1 6 1 | 2 2 3 |
```
眼睛 一颗 头， 四个 蹄蹄

```
5 6 5 | 4 4 3 | 2 2 3 | 5 5 6 | 1 6 3 2 |
```
分八 瓣（呀哈）尾巴咿 长在 最后

```
1 1 3 | 2 1 6 1 | 5 5 0 ‖: X X X |
```
头，（呀哈）最 后 头（呀） 哥俩好

```
X X X | X X X | X X X :‖
```
最后头 三桃园，最后头。

（五台县）

无 影 传

1 = A 4/4

稍快，趣乐

五台城采录
朱生和 整理

| 5 5 6 5 5 3 | 2 — | 3 3 2 1 6 1 | 2 — |

说了一（那个）一呀，　　道了二（那个）二呀，
说了三（那个）三呀，　　道了四（那个）四呀，
说了五（那个）五呀，　　道了六（那个）六呀，
说了七（那个）七呀，　　道了八（那个）八呀，
说了九（那个）九呀，　　道了十（那个）十呀，

| 5· 5 5 5 | 6 5 4 3 | 2 3 5 | 2 — |

月子里的　娃娃　　害牙　痛，
骑上（那个）老母猪　　上大　同，
碌碡（那个）烂了　　用针线　补，
猪圈（那个）窝子里　打顶　棚，
树梢梢（那个）不动　　刮大　风，

| 2 2 2 1 | 3 2 2 | 7 2 3 | 2 2 7 |

八十岁的　老汉　得了（那）相思　病。
牵上（那个）骆驼　钻了（那）炕洞　洞。
鸡蛋把　石头　碰了个　大窟　窿。
茅房里　叮当　挂的（那）自鸣　钟。
刮得（那个）碾子　跑到　街上乱（吃）滚。

| 1 1 6 3 | 2 — | 7 2 7 6 | 5 — |

无　影　传，　诌　断　筋，
无　影　传，　诌　断　筋，
无　影　传，　诌　断　筋，
无　影　传，　诌　断　筋，
无　影　传，　诌　断　筋，

民歌五台山

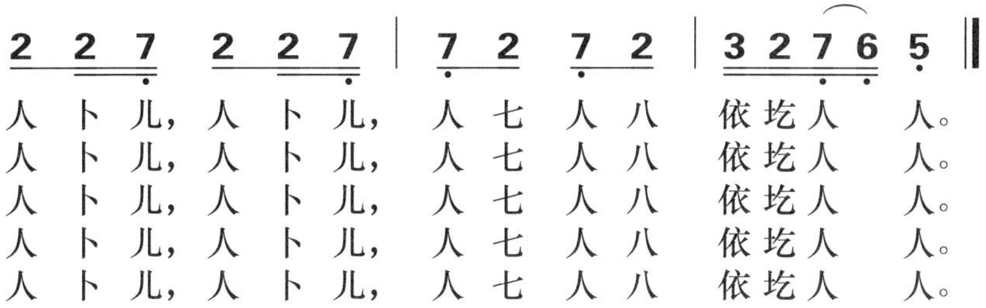

```
2 2·7 2 2·7 | 7̣·2 7̣·2 | 3 2 7̣ 6̣ 5̣ ‖
```
人卜儿，人卜儿，人七人八 依圪人 人。
人卜儿，人卜儿，人七人八 依圪人 人。
人卜儿，人卜儿，人七人八 依圪人 人。
人卜儿，人卜儿，人七人八 依圪人 人。
人卜儿，人卜儿，人七人八 依圪人 人。

（五台县）

疙旦拳

（又名《酒歌》）

边树万 唱
玉堂 书平 整理

小调

1 = G 2/4

```
5 5 5 5 | 5 5 6 1 6 | 5 — | 0 5 6 5 3 | 2 1 6̣ |
```
一挂车呀两马拉 哟， 车上 坐着

```
5 6 5 3 3 5 | 2·1 6̣ 1 6̣ | 5̣ — | 5 5 6 6 |
```
姐妹这 三（么呀哟）， 金花花这

```
3·2 3 3 | 5̣ 1 1 | 5̣ 5 | 3 5 3 2 1 |
```
银 花花还有小 翠花（一 格得）呀

```
6̣ 3 2 1 | 3/8 5̣ 7̣ 6̣ | 5̣ 3 5̣ | 6̣ 5̣ | 3 5 |
```
（呀儿哟） 赶车的 就叫 二（哟）疙

```
2·1 6̣ 1 6̣ | 5̣ — ‖: × × × | × × × :‖
```
旦 （么呵哟）。 哥俩好，二疙旦。

—653—

绣 绒 花

1=D 2/4　　　　　　　　　　　　　　赵光明 唱
中速　　　　　　　　　　　　　　　　赵晋阳 记

民歌 五台山

| 1 2̇ 3̇ | 2̇ 1 6 5 | 1 6 6 3 | 5 — | 1 2̇ 3̇ |

姐　儿　　在　　房　　　中，　绣呀么
想　起　他　呀喜盈　盈　顶，　喜呀么
红　缨　帽　呀子戴一　顶，　戴呀么
手　提　宝　刀腰挎　弓，　腰呀么

| 2̇ 1 6 5 | 1 6 6 3 | 5 0 | 3 5 | 1 6̇ 1 | 5 6̇ 1 |

绣　绒　花，　　　　紧　针　密　线　用　心
喜盈　盈，　　　　奴的　女　婿　是　武
戴一　顶，　　　　大红　袍子穿　不
腰挎　弓，　　　　一　马　三　箭　脱

| 6 5 3 | 3 5 3 5 | 6 5 3 2 | 1· 6̣ | 1 0 |

扎，　想　起　了　奴　的　　他。
生，　手　拿　大　刀　　他。
身，　外　挂　套　头　一　绒。
空，　状　元　　　　一　名。

| 3 2 1 3 | 2 0 | 3 5 3 5 | 6 5 3 2 | 1· 6̣ |

(哎　嗨哎嗨　哟)　想　起　了　奴　的　　他。
(哎　嗨哎嗨　哟)　好　呀么　好　一　风。
(哎　嗨哎嗨　哟)　俊　呀秀　　　后　生。
(哎　嗨哎嗨　哟)　叫　奴　喜　心　中。

| 1 — ‖

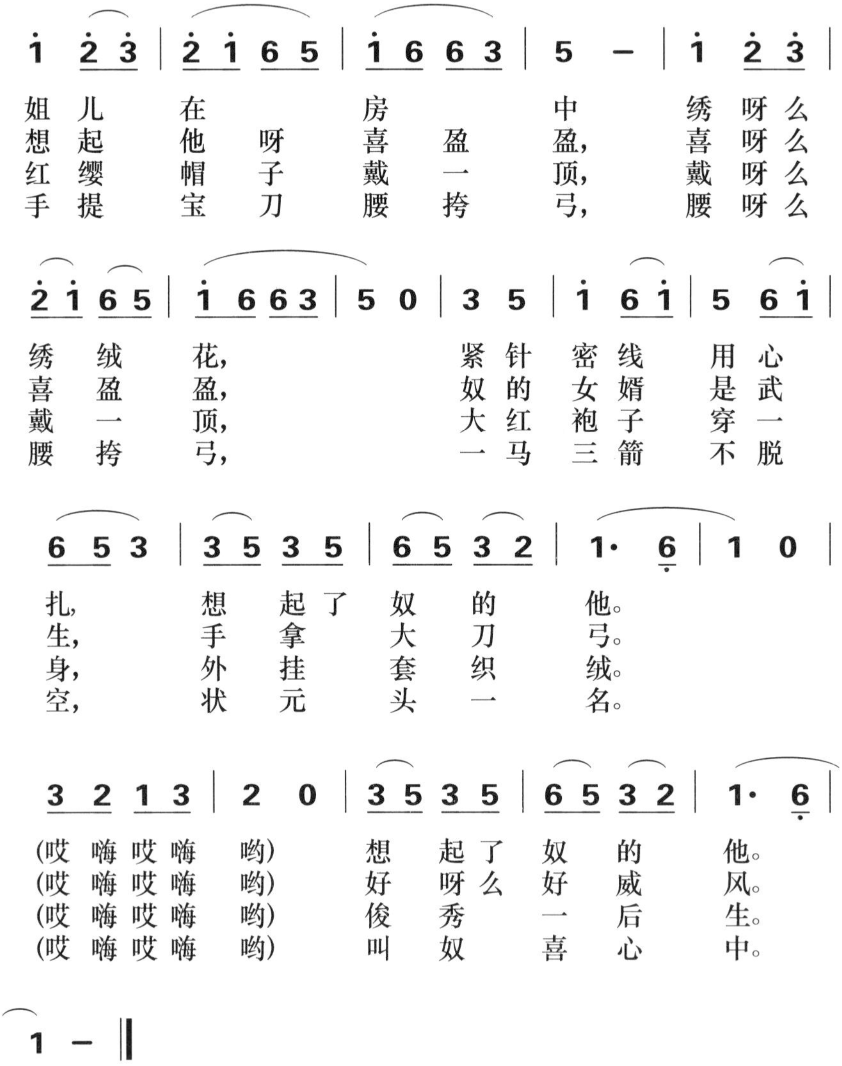

(繁峙县)

绣 白 鹅

张二英 唱
李文德 记

1=F 2/4
中速

小调

| 1 6 5 4 | 2 1 2 | 1 4 | 2 1 2 | 1·2 | 1 6 5 |

姐　儿（么 那 嗯 嗯　嗯）房 中（么 那　嗯　嗯　绣 白
手　把（么 那 嗯 嗯　嗯）门 框（么 那　嗯　嗯　外
有　心（么 那 嗯 嗯　嗯）回 家（么 那　嗯　嗯　一

| 4 2 1 | 2 — | 1 1 7 | 5 4· | 5 5 2 1 | 7 — |

鹅（嗯 哎　哟），忽 听 得 门 外 有 人 唤　我，
看（嗯 哎　哟），原 是 对 门 吴 三　哥，
坐（嗯 哎　哟），实 在 忙 得 顾 不　着，

| 2 4 2 | 1 2 | 5 2 1 | 7 5 4 | 5 — | 1 5 5 1 |

但　不　知 是 哪 一　个（嗯 哎）呀（哎 咳 哎 哎
快　回　家 中 坐 一　坐（嗯 哎）呀（哎 咳 哎 哎
姐　儿　莫 怨 我（嗯 哎）呀（哎 咳 哎 哎

| 5 2 2 1 | 2 4 2 | 4 2 | 5 2 1 | 7 5 4 | 5 — ‖

呀），又 不 知 是 哪 一　个（嗯 哎 哟）。
呀），回　家　坐 一　坐（嗯 哎 哟）。
呀），姐　儿　莫 怨 我（嗯 哎 哟）。

（忻州市）

绣 花 灯

1=A 2/4

中速

王美莲 唱
梁金栋 记

民歌 五台山

| 5 6 5 | 1 1· 2 3 1 | 2 1 2 | 5 6 5 | 2 3 2 |

正月儿 里来 是新(呀) 春， 白二姐 房中
花灯儿 上绣 好汉 歌， 武二郎 打虎
花灯儿 上绣 美貌 男， 吕奉先 月下
五月儿 里绣 小麦 收， 白二姐 房中

| 6 6 1 6 | 5 — | 5 6 5 | 1 1· 2 3 1 | 2 1 2 |

叫声春 红， 打开了 奴家 描金 柜，
景阳 冈， 飞了虎 山前 李存 孝，
戏过貂 蝉， 十二 奴家妾 罗士 信，
思想丈 夫， 奴家今春 十九 岁，

| 3 2 3 | 1 6 5 | 1 1 1 6 | 5 6 5 | 5 6 5 |

取出了 五色 绒， 闲来无事 绣花 灯， 显一显
赵云战 长坂 坡， 薛礼驾 擒 淤泥 河， 显有
小狄青 下四 川， 梨花 三 薛丁 山， 杨宗
恨爹娘 太糊 涂， 女儿 大 不寻 夫， 保手拿

| 2 5 3 2 | 1 1 1 3 | 2 2 1 6 | 5 — ‖ |

手段 凉 敬敬 明 公多 (哎 哎 呀)。
反西 妻 敬杀 人 太前 (哎 哎 呀)。
收花 灯 穆柯 寨 泪淋 (哎 哎 呀)。

(盂县)

绣 麒 麟

1=♭B 2/4

中速

郭玉花 唱
郎晋忠 记

小调

| 3 6 5 | 3 3 2 1 | 3 6 5 | 3 3 2 6 | 1 — |

奴 正　在（个哟嚱）上　房（个哟嚱）绣
奴 正　在（个哟嚱）上　房（个哟嚱）绣
奴 双　手（个哟嚱）开　开（个哟嚱）两

| 5· 1 6 5 | 3· 5 2 6 | 1 — | 1 1 6 5 |

麒（个哟嚱）麟（个哟嚱 咳），忽然间
白（个哟嚱）绒（个哟嚱 咳），忽听见
扇（个哟嚱）门（个哟嚱 咳），原来是

| 5 5 3 2 2 | 1 2 5 3 | 2 — | 5 5 3 5 | 7 6 5 |

想起我的那心上的人，常常叫奴挂在
门　外　有人　声，不知他是何
我的哥哥来叫门，快请奴家上　房

| 5 2 3 2 1 7 6 | 5 — | 3· 1 6 5 | 3 3 3 3 |

心（呀哈那哈依呀　咳）。（哎啦哎啦 哟哟哟哟）
人（呀哈那哈依呀　咳）。（哎啦哎啦 哟哟哟哟）
中（呀哈那哈依呀　咳）。（哎啦哎啦 哟哟哟哟）

| 5 5 3 5 | 7 6 5 | 5 2 3 2 1 7 6 | 5 — ‖

常 常叫奴挂　在　心（呀哈那哈依呀　咳）。
不 知他是何　　人（呀哈那哈依呀　咳）。
快 请回奴家上　房　中（呀哈那哈依呀　咳）。

（代县）

悄悄打扮

高贵文 唱
朱生和 整理

1 = C 2/4

```
6 55 | 6 53 | 553 553 | 5532 5 |
```
1.大姐姐 今年她 一呀么一十 七,呀么哎咳

```
0625 | 525 | 2161 1 | 5 - | 2561 1 |
```
　二小妹 今年她 一十哎哟 三,　一十七呀么
　　　　　　　　　　　　　　　手拉手呀么
　　　　　　　　　　　　　　　手拿钥匙

```
2 2 6 5 ‖ 1·2 3 5 | 6 5 5 | 3 2 6 1 | 2 6 5 ‖
```
一十 三,咱们姐妹 二人那 悄悄打 扮咳哟。
进绣 房,
开皮 箱,

2.大姐姐美丽得赛天仙,
　二小妹俊俏得如花开。
　赛天仙那么如花开,
　咱姐妹手拉手求神仙。

3.一拜五台山文殊殿,
　二拜避寺垴观音洞,
　三拜槐荫树娘娘堂,
　保佑咱姐妹二人寻个呀好情郎。

（五台县）

姐妹拍蚂蚱

五台东山沟传唱
朱生和 整词记谱

1 = G 2/4
欢快、山野风

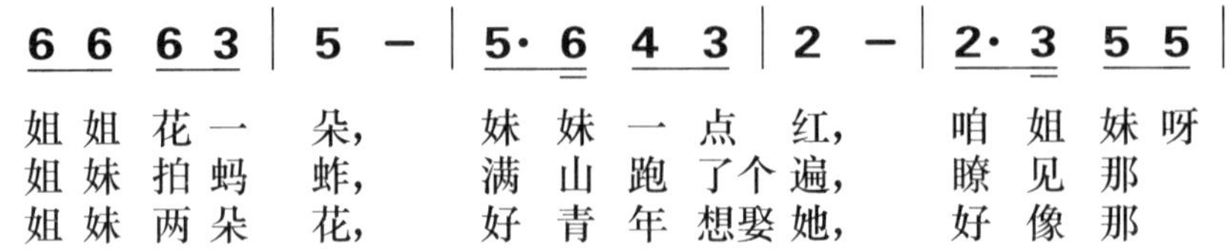

```
6 6 6 3 | 5 - | 5·6 4 3 | 2 - | 2·3 5 5 |
```
姐姐花一 朵,　妹妹一点 红,　咱姐妹呀
姐妹拍蚂 蚱,　满山跑了个遍,　瞭见那
姐妹两朵 花,　好青年想娶她,　好像那

小调

（五台县）

三女上寿

李二俊 唱
敬　　谱记

$1 = A \quad \frac{2}{4}$

（噢）叶叶（这）青来（还道）树　叶
　　叶离（这）城还（还道）十　四　五　里
　　武家滩有个（还道）王　员　花
　　大女子名字（还道）莲　名　字　儒
　　惟有这三女（还道）就叫　文　儿
　　大惟有这三女（还道）许配（还道）性

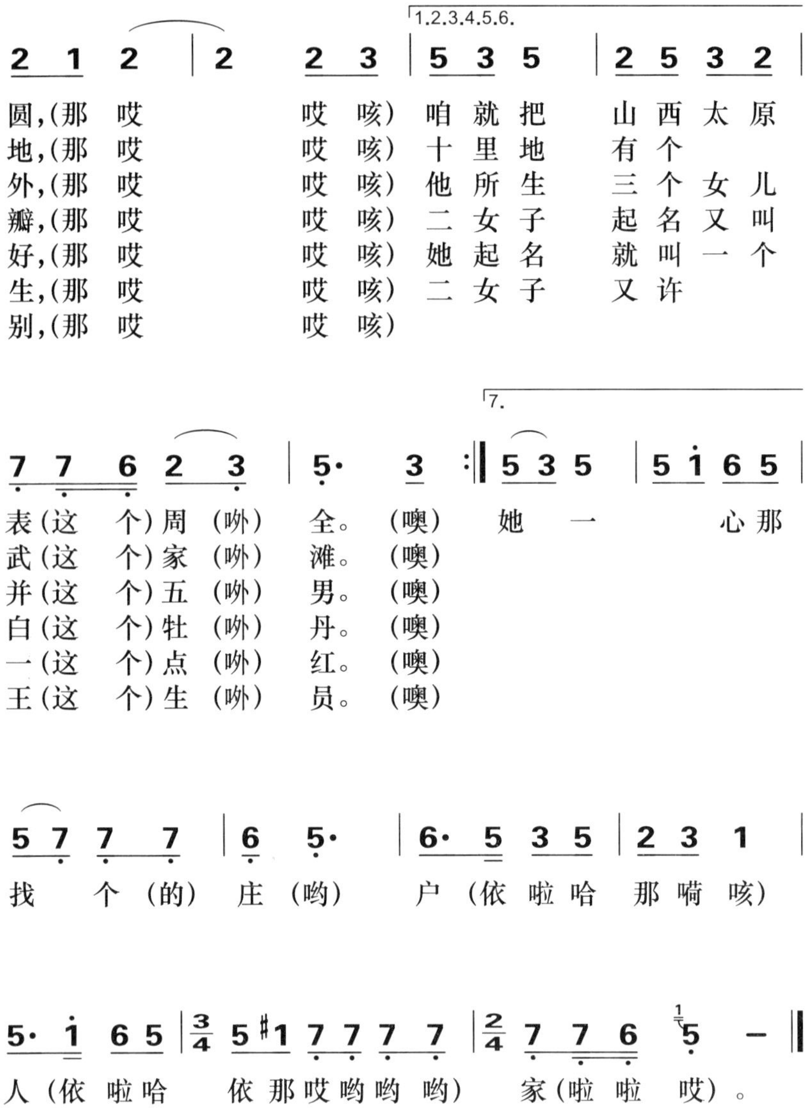

| 2 1 2 | 2 | 2 3 | 5 3 5 | 2 5 3 2 |

1.2.3.4.5.6.

圆,(那哎　　哎咳)咱就把山西太原
地,(那哎　　哎咳)十里地有个女儿
外,(那哎　　哎咳)他所生三个名又叫
瓣,(那哎　　哎咳)二女子起名就叫一个
好,(那哎　　哎咳)她起名又许
生,(那哎　　哎咳)二女子
别,(那哎　　哎咳)

| 7 7 6 2 3 | 5· 3 : | 5 3 5 | 5 1 6 5 |

7.

表(这个)周(呦)全。(噢)她一　心那
武(这个)家(呦)滩。(噢)
并(这个)五(呦)男。(噢)
白(这个)牡(呦)丹。(噢)
一(这个)点(呦)红。(噢)
王(这个)生(呦)员。(噢)

| 5 7 7 7 | 6 5· | 6· 5 3 5 | 2 3 1 |

找　个(的)庄(哟)户(侬啦哈那嗬咳)

| 5· 1 6 5 | 3/4 5 #1 7 7 7 7 | 2/4 7 7 6 | 5 — ‖

人(侬啦哈　侬那哎哟哟哟)家(啦啦哎)。

民歌 五台山

(原平市)

么 一 么

五台县城采录
民歌收集组整理

小调

$1=G$ $\frac{2}{4}$

$\dot{2}\ \dot{2}\ \dot{2}\ 1\ 6\ |\ \dot{2}\cdot\ \dot{3}\ 2\ |\ \dot{5}\ \dot{2}\ \dot{2}\ 1\ 6\ |\ 5\cdot\ \dot{1}\ 5\ |$

刘 大 哥 呀 吆　么 一 么　你 是 听 呀 吆 么 一 么，
家 中 事 呀 吆　么 一 么　好 人 家 呀 吆 么 一 么，
红 缎 旗 袍 呀 吆 么 一 么　绿 绸 裤 子 呀 吆 么 一 么，
各 种 财 礼 呀 吆 么 一 么　说 不 定 呀 吆 么 一 么，

$6\ \dot{2}\ \dot{2}\ \dot{2}\ 3\ 2\ 1\ |\ 6\ 5\ 6\ \dot{1}\ \dot{2}\ \dot{2}\ \dot{2}\ \dot{2}\ |\ 5\ 5\ 4\ 5\ 6\overset{3}{\overline{}}|$

说 起 那 寻 人 家 吆　么 一 么　亲 圪 旦 旦　热 圪 嘟 嘟 得 儿
有 几 个 这①呀 吆　　么 一 么　亲 圪 旦 旦　热 圪 嘟 嘟 得 儿
胶 底 底 儿 鞋 呀 吆　么 一 么　亲 圪 旦 旦　热 圪 嘟 嘟 得 儿
大 姑 娘 心 呀 吆　　么 一 么　亲 圪 旦 旦　热 圪 嘟 嘟 得 儿

|1-4　　　　　　　|尾声

$\dot{1}\ 6\ 6\ 5\ 3\ |\ 2\ 3\ 5\ 2\ \|\ 6\ \dot{2}\ \dot{2}\ \dot{2}\ 3\ 2\ 1\ |$

你 知 道 呀 吆　么 一　么。　　俏 姑 娘 呀 吆
全 靠 你 呀 吆　么 一　么。
绽 凤 凰 呀 吆　么 一　么。
猜 一 猜 呀 吆　么 一　么。

$6\ 6\ 6\ \dot{1}\ \dot{2}\ \dot{2}\ \dot{2}\ |\ 3\ 5\ 6\ \dot{1}\ 5\ |\ 5\ -\ \|$

要　配　俊 女 婿 呀 吆 么　一　么。

注：①这——指银元。

（五台县）

扁 担 拳

边树万 唱
玉堂 书平 整理

$1=C$ $\frac{2}{4}$

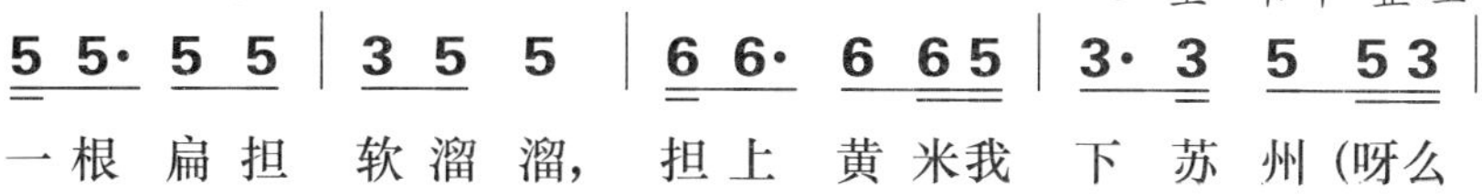

$5\ 5\cdot\ 5\ 5\ |\ 3\ 5\ 5\ |\ 6\ 6\cdot\ 6\ 6\ 5\ |\ 3\cdot\ 3\ 5\ 5\ 3\ |$

一 根 扁 担　软 溜 溜，　担 上 黄 米 我　下 苏 州(呀 么

民歌五台山

2 2 | 2 2 3 5 5 5 | 1·7 6 5 | 2 2 2 2 1 |
呀 嗨), 苏州 爱我的好黄米(呀), 我爱苏州的

5·6 1 1 6 | 5 5 | 3 3 2 3 2 1 |
大闺女(呀么 呀嗨)。 哥俩好(呀么)!

5·6 1 1 6 | 5 5 ‖
大闺女(呀呼 嗨 嗨)!!

(五台县)

洗 衣 裳

韩美叶 演唱
书平 昌义 整理

1 = G 2/4

6 6 5 3 | 6 1 | 6 1 6 5 | 5 3· | 3 3 5 |
清凉凉的 河来 清凌凌的 水, 姑娘我
劳动呀 好哇 张家三兄 弟, 可就是

2·3 2 1 | 2·3 3 7 | 6 — | 6 2 | 3 2 1 2 |
坐在河边 来把衣裳 洗。 流水 哗啦啦啦
见着我呀 总是把头 低。 明天 庆功会

6 6 1 3 2 1 | 2 — | 5·3 6 1 | 3 3 2 3 3 2 |
浪呀么浪花 飞, 洗件衣裳 柳呀么柳呀么
总要见到 你, 见到你呀 柳呀么柳呀么

6 6 5 | 6 3 | 0 3 3 2 | 1 3 2 ‖
柳叶 青, 嗨! 去参加 庆功会。
柳叶 青, 嗨! 我心里 多欢喜。

(五台县)

逛 灯 会

1=G 2/4

中速，欢快地

赵永杰 演唱
玉堂 书平 整理

(0 3 3 2 | 3 5 3 2 | 3 5 3 2 | 3 5 3 2 6 1) | 0 3 3 3 |

正月(那个)

3· 2 3 | 6 5 3 3 2 | 3 3 3 6 1 | 0 5 7 7 |

十 五 多热(一 个) 闹呀么啊唉， 老两口

6· 7 6 5 | 3 5/#5 7 6 5 5 | 5/#5 3 — | 6 1 1 6 7 6 5 |

相 跟上 去观 一 个 灯， 老婆的 前 边我

小调

6 7 6 5 | 6 6 5 3 | 1 1 7 6 7 6 5 | 3 5 3 |

走 得 快呀呼嗨，老汉的后 边我 跟得紧，

1 1 7 6 7 6 5 | 3 5 3 | 1 1 7 6 7 6 5 | 3 5 3 |

大步 小 步在 快如 风，走起来好 似那 年轻人

5 5 6 0 6 6 | 5 5 3 5 | 0 2 #1 2 | #1 2 2 1 2 |

嗯哎 就在 咳呀 会儿嗨， 你看那 新修的 公路

#1 2 1 2 | #1 2 2 1 2 | #1 2 2 1 2 | #1 2 1 2 |

直不条条 不拐个弯 弯， 没有个坑 坑， 杨树行行，

#1 2 1 2 | 5 — | 6 5 6 7 6 7 6 | 5 — ‖

翠绿 茵茵， 嗨! 你看哪 能个舒 心。

(五台县)

哥哥妹妹心相连

1 = G 2/4

书平 昌义 整理

$\dot{1}$ 76 | 5 5̲ 6̲ | $\dot{1}$ 7̲6̲ | 5 — | $\dot{1}$ 7̲6̲ | 5̲ 6̲ $\dot{1}$ |

哥哥走是吃梁　妹妹走是沟，　亲哥哥不上嘴哟跟着鸣
哥哥是影子来　妹妹是影相生，　哥哥琴弦共鸣
哥是云雨相　妹是福相连，　哥哥妹妹

6̲ 5̲ 3̲ 5̲ | 2 — | 5̲ 5̲ 3̲ | 6̲ $\dot{1}$ 6̲ 5̲ | 3̲ 5̲ 3̲ 2̲ |

招招招妹子乐　手。妹想　哥妹伴　到心　村里妹
哥声　走。妹哥藏哥　哥妹牵着　妹妹妹的
心相　连。哥哥　哥哥牵着　妹妹

1 — | 7̲· 6̲ | 5̲ — | 5̲ 5̲ 3̲ | 2 2̲ 3̲ | 5̲ 5̲ 6̲ |

口，　哎哟哟，　哥在村口　把妹
头，　哎哎哟哟，　就像冰糖　含不在分
你，　哎哎哟哟，　咱二人相　把含在分
手，　哎哟哟，　白头偕老　到永

$\dot{1}$· 3̲ | 2̲ $\dot{1}$ 7̲ 6̲ | 5 — ‖

候，　把妹　候。
口，　含在　口。
离，　不到分　离。
远，　永　远。

（五台县）

民歌五台山

第 6 篇

劳动号子

劳动号子,又称"号子"。是产生并应用于劳动,具有协调与指挥劳动的实际功用的民间歌曲。先秦时期的著作《吕氏春秋·审应览》中,有"今举大木者,前呼舆誇,后亦应之"之语,是关于劳动号子的最早记载。

五台山地区的劳动号子,又叫吆号子、唱号子、喊号子,也有称之"唱硪"、"叫夯"、"喊歌"。因其属于强体力劳动歌曲,所以在劳动中,最常见的歌唱方式是一领众和。领唱者往往是劳动的指挥者,曲调富于变化;和唱者的歌词是对领唱的答对,曲调常常简单而缺少变化。

其艺术特征:一是直接、简朴的表现方法和坚毅、粗犷的音乐性格;二是节奏的律动性;三是音乐材料的重复性;四是领、和相结合的演唱形式;五是曲式结构的简朴性。

总之,号子是近乎呼喊的歌曲,旋律简练,节奏坚强,富于召唤和趣味。

五台《见甚唱甚的〈打夯歌〉》

著名音乐家、作曲家刘德增先生对五台山有着深厚感情，在他的著作中，载有歌颂五台山的歌曲和赞美五台山佛教音乐的文章以及赏评五台山民歌等多篇佳作。这里原文转载作者亲见亲撰的五台《见甚唱甚的〈打夯歌〉》一文，并附马骥先生记录配谱的《打夯歌》，以供欣赏。

刘德增先生在其《漫说山西民歌》一书中谈到：关于音乐的起源，众说不一，有的说是伴随着宗教活动而产生的，有的则认为是在劳动中呼喊出来的。这里且不议哪种论点更确切，纵观农事活动以及体力劳动，伴以呐喊、歌唱，以活跃情绪、振奋精神、统一律动、提高效率，乃常见之事也。

在农村每当盖房打造地基，或疏河筑坝、加固堤岸，是离不开打夯的，所谓打夯有诸多方式，堤岸上由于作业面开阔，故多采用磨状石盘周围拴上多根长绳，人们操绳将石盘高高悠起，以其本身的重量及惯性所产生的力，砸下去以夯实松土，这就需要参与者齐心协力，其力如何统一，非号子（又称夯歌、硪歌）莫属也。领号者唱一句歌词，众人应声"哎哎嗨哟嗬"等呐喊，声势浩大，震天撼地，颇为壮观。二十余年前笔者在某处筑堤工地上就曾目睹了这样一幕：

（领）日落西山黑了天／（众）哎咳的哟嗬／（领）关上了城门上上了闩／（众回应之声，略）／（领）行路的君子住了店/打柴的樵夫下了山/二八佳人点银灯/书生灯下念诗篇/农夫骑着黄牛转回家/渔夫收起了钓鱼竿/更夫敲起了梆梆鼓/一声一声催人眠

　　这是典型的"闲篇",不甚带劲,与工地上的气氛还真不搭调,夯一日喊一天,更多的则是即兴演唱,而领号者往往是行家里手,出口成章,很是有个听头。正巧此时远处有了动静,是穿红戴绿的小媳妇骑着毛驴由小丈夫相陪回娘家,人们顿时亢奋起来,领号者也提高了嗓门,我则捉笔急书,今日翻出改编的《五台见甚唱甚〈打夯歌〉》供您品味。

　　（领）大伙擦擦眼/（众）哪嘿嘿嗨咳呀咳呀哈咳呀/（领）抬头往前看/（众应声略）/（领）说远在天际/说近在眼前/看那小媳妇/叫人看花了眼/是鸟天上飞/是树雨中站/有人说是月/可比月儿圆/有人说是花/可比花儿鲜/有人说是水/可比水儿甜/有人说是棉/可比棉儿软/有人说是炕/可比炕儿暖/有人说是电/可比电儿麻/有人说是神/可比神儿仙/要说有多美/咱可说不全/丈夫最知情/福气可不浅/看他美滋滋/乐得眯上了眼……

　　号子未落,直唱得小两口羞红了脸,扬鞭赶驴,一溜烟似的跑得不见了,人们笑得前仰后合,可领号者不紧不慢地又唱了起来：

　　后生们你别笑/（众应声略）/别忘把活干/再加一把劲/快点把工完/等咱收了工/再来续新篇/有荤又有素/叫你听不完

打 夯 歌

（一）

马骥 记

1=C 2/4

较慢、有节奏地

2· 3 2 1 6 | 5 5 | 1· 2 1 7 6 | 5 5 |
（咳 哈 咳 哈 咳 呀 咳 哈 咳 哈 咳 呀）

‖: 2 3 2 3 3 | 1 7 6 5 | 1 2 2 | 1 7 6 |
（嘿 嘿 嘿 嘿嘿 嘿呀嘿咳） 大伙（就）擦擦

5 5 | 3 3 6 5 5 | 5· 6 1 7 6 | 5 5 |
眼（哪嘿嘿嗬咳呀 咳呀咳哈 咳呀），

2 3 3 3 2 3 | 1 7 6 5 | 1 7 6 2 0 | 5· 6 1 7 6 |
抬头 往前 看 （哪嘿呀嘿 嘿呀嘿呀

5 5 :‖ 3 3 6 | 5 5 | 5· 6 1 7 6 | 5 5 :‖
嘿呀）（嘿嘿嗬咳呀 咳呀咳哈 咳呀）。

（五台县）

劳动号子

打 夯 歌

（二）

李又来 整记

1=G 2/4

5 - ‖: 3 3 2 1 3 | 2 1 | 6 6 5 3 6 |
（领）嗨！ 伙计们加油 干吧，东家给吃"好

—669—

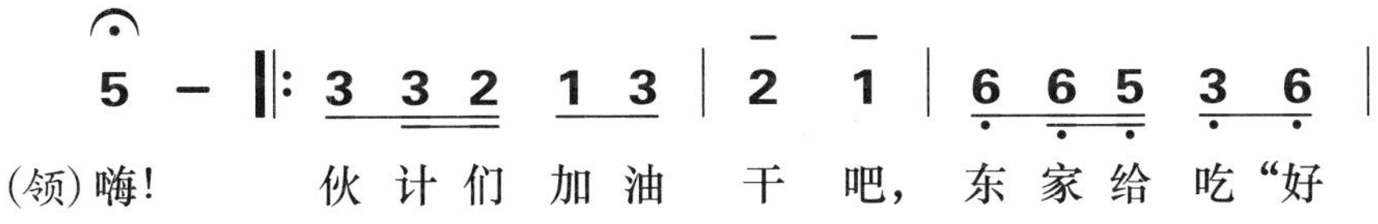

民歌五台山

$5\underset{\cdot}{5}|5\;1\overset{\frown}{6}|\overset{\frown}{5\;3}\;\overset{\frown}{2\;3}|5\;0|5\;0\:\|$
（合）面 哟　嗨 哟 好 嗨 哟 好 嗨！　哟！

（盂县）

打 夯 歌
（三）

东冶建安民歌
边玉堂 张书平 记

1 = G 2/4

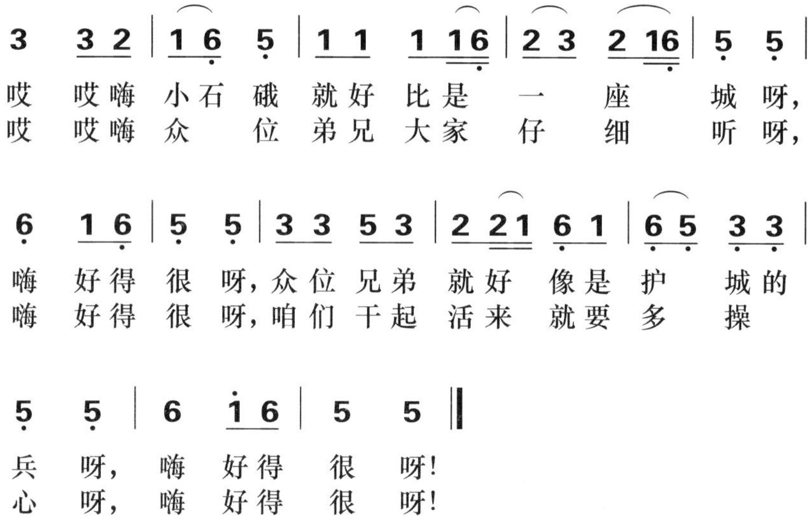

$3\;\overset{\frown}{3\;2}|\overset{\frown}{1\;\underset{\cdot}{6}}\;\underset{\cdot}{5}|1\;1\;\overset{\frown}{1\;\underset{\cdot}{6}}|\overset{\frown}{2\;3}\;\overset{\frown}{2\;\underset{\cdot}{6}}|5\;\underset{\cdot}{5}|$
哎 哎 嗨 小石碾 就好比是 一 座 城 呀，
哎 哎 嗨 众位弟兄 大家仔 细 听 呀，

$\underset{\cdot}{6}\;\overset{\frown}{1\;\underset{\cdot}{6}}\;\underset{\cdot}{5}|\underset{\cdot}{5}|3\;3\;\overset{\frown}{5\;3}|\overset{\frown}{2\;2\;1}\;\overset{\frown}{6\;1}|\overset{\frown}{6\;\underset{\cdot}{5}}\;3\;3|$
嗨 好 得 很 呀，众位 兄 弟 就 好 像 是 护 城 的
嗨 好 得 很 呀，咱们 干 起 活来 就 要 多 操

$\underset{\cdot}{5}\;\underset{\cdot}{5}|6\;\overset{\frown}{1\;\underset{\cdot}{6}}|5\;5\;\|$
兵 呀， 嗨 好 得 很 呀！
心 呀， 嗨 好 得 很 呀！

（五台县）

打 夯 歌
（四）

东冶建安民歌
边玉堂 张书平 记

1 = C 4/4

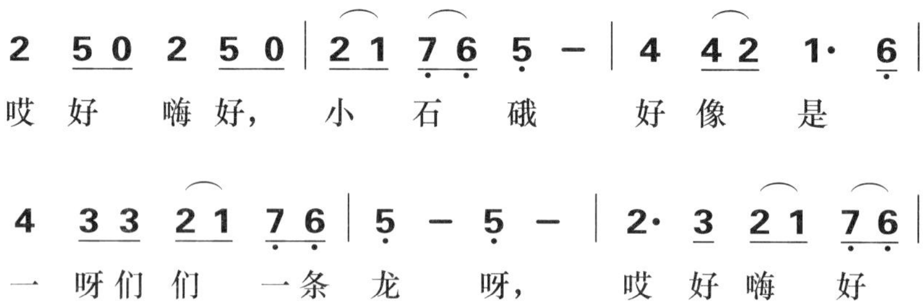

$2\;\overset{\frown}{5\;0}\;2\;\overset{\frown}{5\;0}|\overset{\frown}{2\;1}\;\overset{\frown}{7\;6}\;\underset{\cdot}{5}\;-|4\;\overset{\frown}{4\;2}\;1\cdot\;\underset{\cdot}{6}|$
哎好 嗨好， 小 石 碾 好 像 是

$4\;\overset{\frown}{3\;3}\;\overset{\frown}{2\;1}\;\overset{\frown}{7\;6}|\underset{\cdot}{5}\;-\;5\;-|2\cdot\;3\;\overset{\frown}{2\;1}\;\overset{\frown}{7\;6}|$
一 呀们们 一条 龙 呀， 哎 好 嗨 好

$\underline{5}$ - $\underline{5}$ - | 2· $\underline{1}$ $\underline{6}$ 3 | 2 1 $\widehat{65}$ 3· 5 |
哼　呀！　摇　头　摆　尾　一　不　齐　心

3 3 $\widehat{21}$ $\widehat{6\underline{1}}$ | $\widehat{\underline{65}}$ 3 5 5 | 2· 3 2 1 7 6 |
哎　嗨　会　呀　会　咬　人　呀！哎　好　嗨　好

$\underline{5}$ - $\underline{5}$ - ‖
哼　呀。

（五台县）

打　夯　歌

（五）

张书平　边玉堂记

劳动号子

1 = G $\frac{2}{4}$

5 $\widehat{23}$ | 5 $\widehat{23}$ | 5 $\widehat{23}$ | 5 - | 5 0 |
（领）大　姐　梳　的　是　苏　州　头，

$\widehat{5 6}$ $\widehat{5 3}$ | 2 - | 3 2 1 $\underline{6}$ $\underline{1}$ | 2 - | 1 $\underline{6}$ 2 |
（合）呀　呼　咳　　依　呼　呀　呼　咳　　呀　呼　咳

1 $\underline{6}$ 2 | 3 2 1 $\underline{6}$ | 2· 3 | 2 0 | 3 3 3 3 |
呀　呼　咳　依　呼　呀　呼　呀　呼　咳。（领）二　小　妹　子

3 $\widehat{35}$ | $\underline{6}$ $\underline{6}$ $\underline{2}$ $\underline{2}$ | 1 - | 1 1 1 $\underline{6}$ | $\underline{5}$ - |
梳　的　是　双　辫　辫，（合）依　儿　哟

$\underline{6}$ $\underline{5}$ $\underline{4}$ $\underline{2}$ | $\underline{5}$ - | 4 2 $\underline{5}$ | 4 2 $\underline{5}$ | $\underline{6}$ $\underline{5}$ $\underline{4}$ $\underline{2}$ |
依　儿　呀　儿　哟　　呀　儿　哟　呀　儿　哟　依　儿　呀　儿

哟　　　　哟。

（五台县）

打 夯 歌
（六）

1 = G 2/4　　　　　　　　张书平 边玉堂记

6 6 63 | 2 - | 6 6 63 | 2 - | 65 66 | 56 53 |
哭了一声 天，　哭了一声 地，　哭了一声 丈　夫

2 32 | 1 61 | 2· 6 | 5 - | 6· 3 2 - |
早死的 鬼呀，们 噢 号呀，　噢 号呀

6· 5 6 1 | 67 65 | 6 11 | 6 0 ||
噢　号 呀号 呀呀 号呀号 呀号 呀。

（五台县）

打 硪 歌
（一）

1 = G 2/4　　　　　　　　　孟奋臻记

2　3 | 23 32 | 1 76 | 5 5 | 2 32 | 1 |
哎 咳，弟兄们要往 高　撑呀，这 一　屯

1 2 3 | 21 76 | 5 | 53 | 2· 3 | 21 6 | 5 | 53 |
举起来 稳稳地 行呀 哎咳哎咳号呀哈，

6 2 | 21 6 | 5 | 53 | 3· 2 | 1 3 | 2 32 | 1 7 |
啊哈噢号咳呀哈，夯 夯咱要打得　稳来

民歌五台山

| 5̣ 35 6̣ | 1232 2176 | 5̣ 5̣3 | 2·3 216 |

打得 狠，大家拧成 一股 劲呀。 噢号 噢号

| 5̣ 5̣3 | 62 216 | 5̣ 5̣3 ||

咳 呀哈，啊哈 噢号 咳呀哈。

（五台县）

打 基 歌

1 = C 2/4

中速 有节奏地

吕骥 记

劳动号子

| 2̇·3̇ 2̇16 | 55 | 1̇·2̇ 1̇76 | 55 |

（咳 哈咳哈 咳呀 咳哈咳哈 咳呀）

| 2̇3̇ 2̇3̇3̇ | 1̇765 | 1̇2̇ 2̇176 | 55 |

（嘿 嘿嘿嘿嘿 嘿呀嘿咳）

弟兄们发 点儿 狠呀！
弟兄们用 点儿 劲呀！
弟兄们多 出点 汗呀！

| 3̇ 3̇6 | 55 | 5·6 176 | 55 |

（嘿 嘿嗬 咳呀 咳呀咳哈 咳呀）

| 2̇3̇ 3̇2̇3̇ | 1̇765 | 1̇762̇ 0 |

新的房子 筑起 来 筑起 来，
我们的力气 用不 尽，用不 尽，
光明幸福的世 界，在眼 前，

| 5·6 1̇ 7 6 | 5 5 :‖ 3̇ 3̇ 6 | 5 5 |

我们大家来　筑呀！
创造自己的　家呀！　　　（嘿　嘿　嗬　咳　呀
大家加点儿　劲呀！

| 5·6 1̇ 7 6 | 5 5 ‖

咳　呀　咳　哈　　咳　呀）

（五台县）

劳动号子

1 = A 2/4

刘三　王福小　唱
王滨　记

慢速

| 0　0　5 | 3̇ 0 3·2 | 1 7 6 5 |

（噢）正　月　　里来（你那）

| 3　3 2 1 7 6 | 5̣ 5̣ 3 |

正（上　个）月（儿　哎）正（呀），

| 3 3 2 1 1 7 6 | 5̣ 5̣ 3 | 5·6 7 2 7 6 |

（号号号号号号号　咳　呀　　啊咳咳咳咳咳

| 5̣ 5̣ 3 | 3 3 3 3 2 | 3 1 1 7 6 |

咳　呀）　为人夸那　　白马你（呀）是

| 3·2 1 7 6 | 5̣ 5̣ | 3·2 1 7 6 | 5 5 |

小（呀么）小罗　成（呀），（号　号号号号　咳呀

—674—

$\underline{\dot{5}\cdot}\ \underline{\dot{6}}\ \underline{\dot{7}\ 2\ 7\ 6}\ |\ \underline{\dot{5}}\ \underline{\dot{5}}\ |\ \underline{1\ 1\ 2}\ \underline{3\ 3\ 5}\ |$
啊 号 号号号号 咳 哟) 我 说 (了那个)

$\underline{3\ 3\ 2}\ \underline{1\ \overset{\frown}{7\ 6}}\ |\ \underline{3\ 3\ 5}\ \underline{1\ 7\ 6}\ |\ \underline{\dot{5}}\ \underline{\dot{5}}\ |$
罗 成 他(是个) 年(呀么)年纪 轻呀,

$\overset{6}{\underset{\equiv}{2}}\ 3\ \underline{1\ 7\ 6}\ |\ \underline{\dot{5}}\ \underline{\dot{5}}\ |\ \underline{\dot{5}\cdot}\ \underline{\dot{6}}\ \underline{\dot{7}\ 2\ 7\ 6}\ |\ \underline{\dot{5}}\ \underline{\dot{5}}\ |$
(噢 号 号号号 咳哟 噢 号 号号号号 咳 哟)

$\underline{1\ 1\ 2}\ \underline{3\ 3\ 5}\ |\ \underline{\dot{2}\cdot}\ \underline{1}\ \underline{7\ 6\ 5}\ |\ \underline{3\ 1\ 2}\ \underline{\overset{5}{\underset{\equiv}{3}}\ 1\ 2}\ |$
一 打 (了那个) 登 州 你(呀个)救过了秦

$\underline{\dot{5}}\ \underline{\dot{5}}\ |\ \underline{3\cdot\ 2}\ \underline{1\ 7\ 6}\ |\ \underline{\dot{5}}\ \underline{\dot{5}}\ |\ \underline{\dot{5}\ \dot{6}}\ \underline{\dot{7}\ 2\ 7\ 6}\ |$
琼 (呀)。(噢 号 号号号 咳呀 啊 号 号号号号

$\underline{\dot{5}}\ \underline{\dot{5}}\ |\ \underline{1\cdot}\ \underline{2}\ \underline{3\ \overset{\frown}{5}}\ |\ \underline{3\ 1}\ \underline{3\ 5}\ |$
咳 哟) 二 (个) 月 里 来(哎 咳)

$\underline{3\ 2\ 3}\ \underline{1\ \overset{\frown}{7\ 6}}\ |\ \underline{\dot{5}}\ \underline{\dot{5}}\ |\ \underline{\dot{6}\ 2}\ \underline{1\ 7\ 6}\ |\ \underline{\dot{5}}\ \underline{\dot{5}}\ |$
抬 (呀么)抬 龙 头 (呀),(噢 号 号号 号 咳哟

$\underline{\dot{5}\ \dot{6}}\ \underline{\dot{7}\ 2\ 7\ 6}\ |\ \underline{\dot{5}}\ \underline{\dot{5}}\ |\ \underline{3\ 5}\ \underline{\overset{3}{\underset{\equiv}{1\cdot}}\ 2}\ |\ \underline{3\ 1}\ \underline{\overset{1}{\underset{\equiv}{7}}}\ \underline{6\ 5}\ |$
号 号号号号号 咳 哟) 那 孙 膑 下 山(了就)

劳动号子

民歌 五台山

$\underline{5\ 5\ 2}\ \underline{1\ 7\ 6}\ |\ \underline{\dot 5\ 5}\ |\ \underline{3\ 5}\ \underline{1\ 7\ 6}\ |$
骑（过了）青（的） 牛（呀），（噢号号号

$\underline{\dot 5\ \dot 5}\ |\ \underline{5\ 6}\ \underline{7\ 2\ 7\ 6}\ |\ \underline{\dot 5\ \dot 5}\ |\ \underline{1\ 1\ 2}\ \underline{3\ 3\ 2}\ |$
咳哟 咳咳 咳咳咳咳 咳哟）慎重 （了那个）

$\underline{1\ 7}\ \underline{6\ 5}\ |\ \underline{3\ 3\ 2}\ \underline{1\ 7\ 6}\ |\ \underline{\dot 5}\ \underline{\dot 5}\ |$
二字他（就）会（呀么）会装 包（呀），

$\underline{3\ 2}\ \underline{1\ 7\ 6}\ |\ \underline{\dot 5\ \dot 5}\ |\ \underline{\dot 5\cdot\ 6}\ \underline{7\ 2\ 7\ 6}\ |\ \underline{\dot 5\ \dot 5}\ |$
（噢号号号 咳哟 哎咳咳咳咳咳 咳哟）

$\underline{5\ 2}\ \underline{3\ 2}\ |\ \underline{1\cdot\ 3}\ \underline{2\ 1\ 7}\ |\ \underline{6\ 5\ 6}\ \underline{2\ 1\ 2}\ |$
他与（了） 庞涓（你呀么）结下了怨

$\underline{\dot 5\ \dot 5}\ |\ \underline{6\ 2}\ \underline{1\ 7\ 6}\ |\ \underline{\dot 5\ \dot 5}\ |\ \underline{\dot 5\cdot\ 6}\ \underline{7\ 2\ 7\ 6}\ |$
仇（呀）（噢号号号 咳哟 咳咳 咳咳咳咳

$\underline{\dot 5\ \dot 5}\ |\ \underline{1\cdot\ 2}\ \underline{3\ 5}\ |\ \underline{3\ 1}\ 3\ |$
咳哟），三（个）月 里来（哎）

$\underline{3\ 1\ 2}\ \underline{3\ 7\ 6}\ |\ \underline{\dot 5\ \dot 5}\ |\ \underline{\dot 5\cdot\ 6}\ \underline{7\ 2\ 7\ 6}\ |$
三（呀么）三月 三（呀），（咳咳 咳咳咳咳

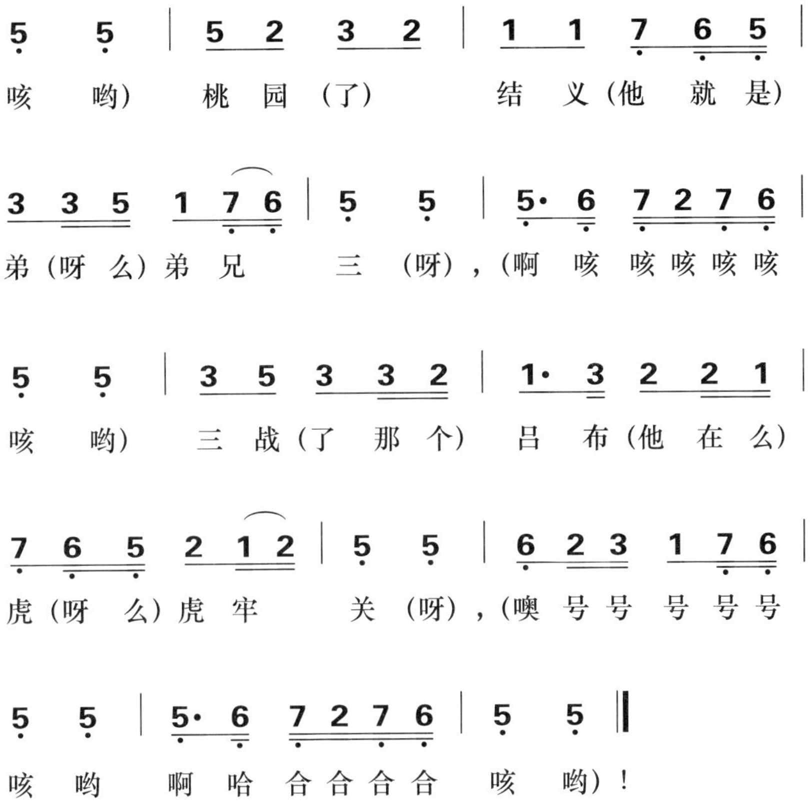

$\underline{\dot{5}}$ $\dot{5}$ | 5 2 3 2 | 1 1 $\underline{7\ 6}$ 5 |
咳 哟) 桃园 (了) 结义 (他 就是)

3 $\underline{3\ 5}$ $\underline{1\ 7\ 6}$ | $\dot{5}$ $\dot{5}$ | $\underline{5\cdot\ 6}$ $\underline{7\ 2\ 7\ 6}$ |
弟(呀么)弟兄 三 (呀),(啊咳咳咳咳咳

$\dot{5}$ $\dot{5}$ | 3 $\underline{5\ 3}$ $\underline{3\ 2}$ | $\underline{1\cdot\ 3}$ $\underline{2\ 2\ 1}$ |
咳 哟) 三 战 (了那个) 吕 布 (他在么)

$\underline{7\ 6\ 5}$ $\underline{2\ 1\ 2}$ | $\dot{5}$ $\dot{5}$ | $\underline{6\ 2\ 3}$ $\underline{1\ 7\ 6}$ |
虎(呀么)虎牢 关 (呀),(噢号号号号

$\dot{5}$ $\dot{5}$ | $\underline{5\cdot\ 6}$ $\underline{7\ 2\ 7\ 6}$ | $\dot{5}$ $\dot{5}$ ‖
咳 哟 啊哈 合合合合 咳 哟)!

（忻州市）

劳动号子

打 硪 歌

（二）

1 = F 2/4

乔进财等 唱
仁让 秀章 记

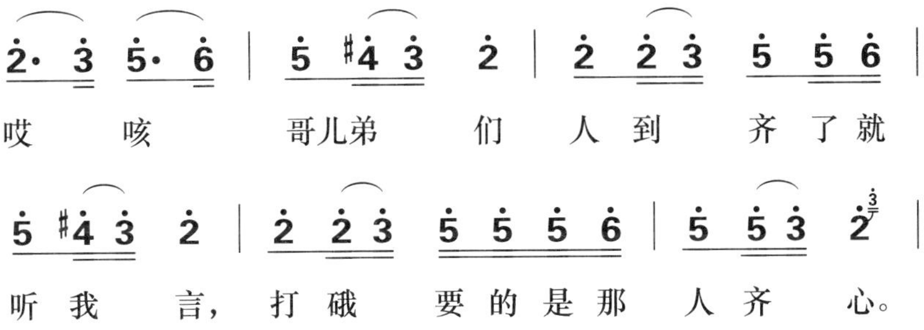

中速

$\underline{\dot{2}\cdot\ \dot{3}}$ $\underline{\dot{5}\cdot\ \dot{6}}$ | 5 $^\#4\ 3$ 2 | $\dot{2}$ $\underline{\dot{2}\ \dot{3}}$ | 5 $\underline{5\ 5\ 6}$ |
哎 咳 哥儿弟 们 人到 齐了就

5 $^\#4\ 3$ 2 | $\dot{2}$ $\underline{\dot{2}\ \dot{3}}$ | 5 $\underline{5\ 5\ 6}$ | $\underline{5\ 5}$ $\underline{5\ 3}$ $\overset{3}{\widehat{2}}$ |
听我 言,打硪 要的是那 人 齐 心。

—677—

民歌 五台山

| 2̇ 2̇ 3̇ 5̇·6̇ | 5̇ #4̇ 3̇ 2̇ | 2̇ 2̇ 3̇ 5 5 6 |

抬 得 高， 定 得 稳， 两 个 挑 捎 的

| 5̇ #4̇ 3̇ 2̇ | 3̇ 2̇ 2̇ 3̇ | 5̇ 5 6 |

要 称 平， 我 给 你（也） 喊 来，

| 5 3 2̇ 2̇ 1̇ 2̇ | 5̇ 3̇ 3̇ 2̇ 1̇ 2̇ 1̇ | 5 6 5 3̇ |

你 也 应 声， （呼 儿 呼 儿 呼 儿 呀

| 3̇·2̇ 1̇ | 3̇·2̇ 1̇ | 3̇ 3̇ 2̇ 1̇ 5 |

呼 儿 呼 儿 呀 呼 儿 呼 儿 呀 呼 呼 儿 呀 呼 儿

| 5 6 5 3̇ | (3̇ 3̇ 2̇ 1̇ 5 | 5 6 5 3̇) | 3̇ 5̇ 2̇ 1̇·2̇ |

呀 呼 儿 呀）　　　　　　　　鱼 儿 离 不 开
　　　　　　　　　　　　　　党 中 央 的
　　　　　　　　　　　　　　小 弟 弟

| 3̇ 5̇ 2̇ 1̇ | 3̇ 3̇ 1̇ 5 3̇ | 5 6 5 3̇ |

水 （呀） 鸟 儿 离 不 开 窝（呀 呼 嗨）
好 政 策 新 房 盖 得（呀） 实 在 多
老 哥 哥 你（也） 看 那 一 对 儿 多 快 乐

| 3̇·2̇ 1̇ 2̇ | 3̇·2̇ 1̇ 2̇ | 3̇ 2̇ 3̇ 2̇ 1̇ 5 |

（呼 儿 呼 儿 呀 呼 儿 呼 儿 呀 呼 儿 呼 儿 呀 呼 儿 呀 呼
（呼 儿 呼 儿 呀 呼 儿 呼 儿 呀 呼 儿 呼 儿 呀 呼 儿 呀 呼
（呼 儿 呼 儿 呀 呼 儿 呼 儿 呀 呼 儿 呼 儿 呀 呼 儿 呀 呼

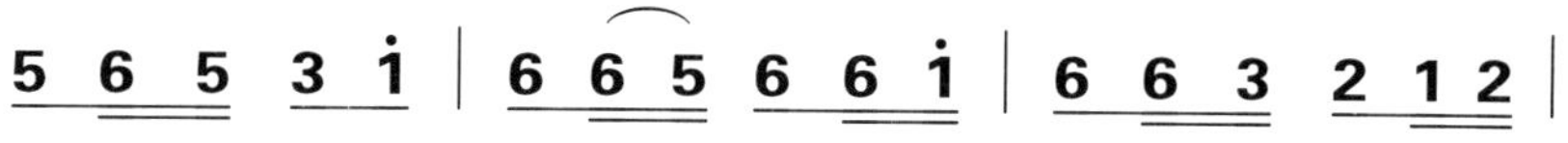

```
5 6 5 3 1 | 6 6 5 6 6 1 | 6 6 3 2 1 2 |
```
儿呀哎）想起　　旧社会串房　檐住（呀么
儿呀哎）夏天　　凉飕冬天　　热（呀么
儿呀哎）结婚　　住上了新宿　舍（呀么

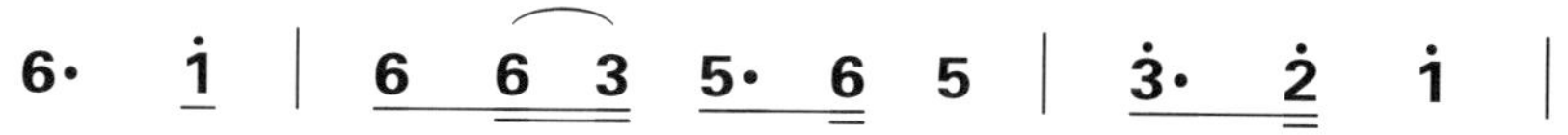

```
6· 1 | 6 6 3 5·6 5 | 3· 2 1 |
```
哎　嗨）心上　　好难　活。（呼儿 呼儿 呀
哎　嗨）春秋　　正合　适。（呼儿 呼儿 呀
哎　嗨）不信　　你问　哥。（呼儿 呼儿 呀

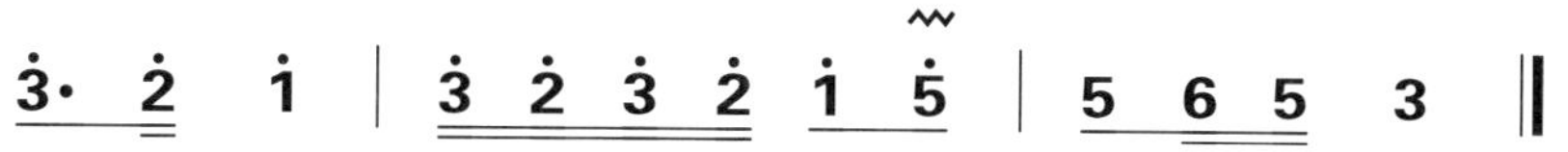

```
3· 2 1 | 3 2 3 2 1 5 | 5 6 5 3 ‖
```
呼儿呼儿呀　　呼儿 呼儿 呀 呼儿 呀 呼儿 呀）！
呼儿呼儿呀　　呼儿 呼儿 呀 呼儿 呀 呼儿 呀）！
呼儿呼儿呀　　呼儿 呼儿 呀 呼儿 呀 呼儿 呀）！

（定襄县）

劳动号子

硪　号

（一）

1 = C 2/4

铁晔光 记

稍快

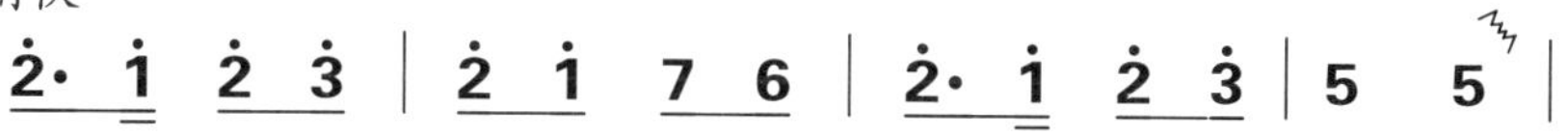

```
2· 1 2 3 | 2· 1 7 6 | 2· 1 2 3 | 5 5 |
```
这里那个　喊来呀哈　这里那个　打呀，

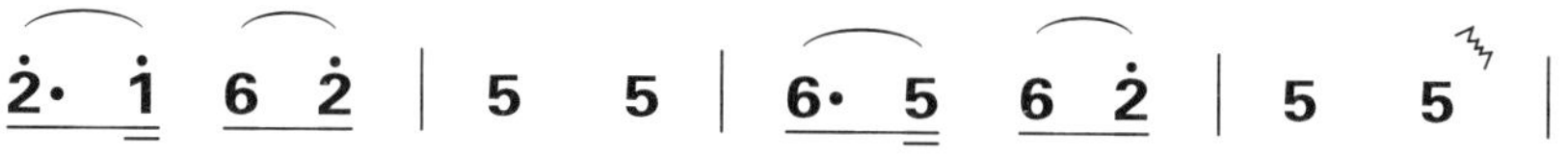

```
2· 1 6 2 | 5 5 | 6· 5 6 2 | 5 5 |
```
号　号　　嗨呀那　　呼儿　嗨呀。

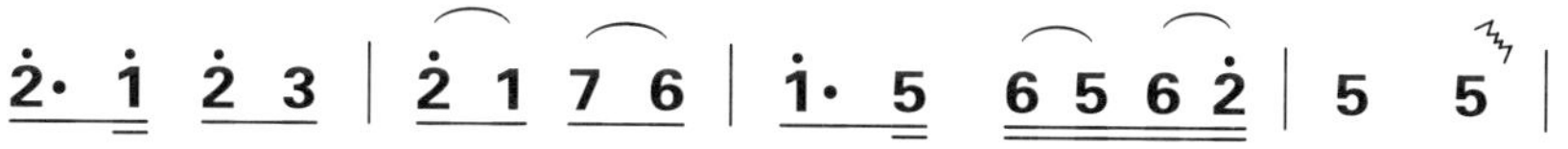

```
2· 1 2 3 | 2 1 7 6 | 1· 5 6 5 6 2 | 5 5 |
```
我给你就　喊来　　你给咱接上　音呀，

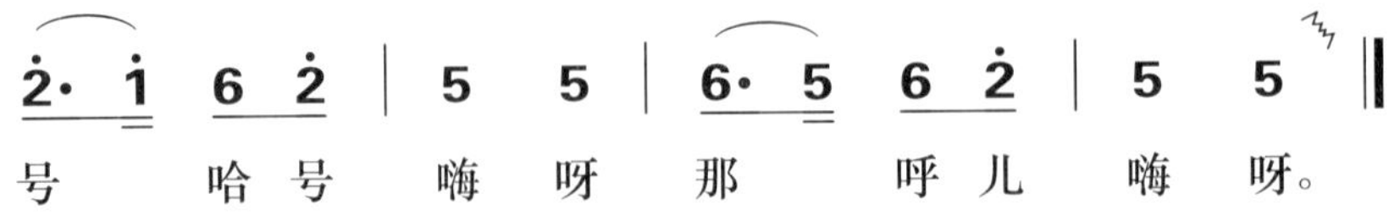

| 2. 1 6 2 | 5 5 | 6. 5 6 2 | 5 5 ||

号　哈号　嗨呀那　呼儿 嗨呀。

（代　县）

硪　号

（二）

1 = A 2/4　　　　　　　　铁晔光 记

稍慢

| 3 - | 7 2 7 1 5 0 | 1 1 5 6 5 0 | 6 3 2 7 6 |

哎　　同志们　你们是 听，咱们搭上

| 5 5 | 1 1 6 | 5 5 | 6 1 6 |

音呀，号 号　嗨呀那　呼儿

| 5 5 | 7. 7 7 1 | 3 2 7 6 | 1 5 6 1 |

嗨呀 拾起那个 石硪来呀 真 威

| 5 5 | 2 1 6 1 | 5 5 | 6 1 6 |

风呀，那哈依号　嗨呀那　呼儿

| 5 5 | 3. 3 1 2 | 3 2 1 6 | 1 1 5 6 |

嗨呀，打了那个 一 墩就 再来一

| 5 5 | 2 6 2 | 5 5 | 6 1 6 |

墩呀，嗨那号　嗨呀那　呼儿

| 5 5 ||

嗨　呀。

（代　县）

硪 号

（三）

1 = G 2/4　　　　　　　　　　　　　铁晔光 记

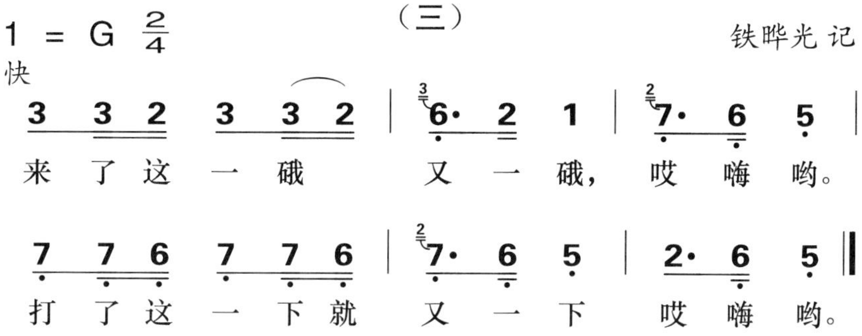

快

| 3 3 2 | 3 3 2 | 6· 2 1 | 7· 6 5 |
来 了 这 一 硪　又 一 硪，哎 嗨 哟。

| 7 7 6 | 7 7 6 | 7· 6 5 | 2· 6 5 |
打 了 这 一 下 就 又 一 下 哎 嗨 哟。

（代 县）

硪 调

（一）

1 = A 2/4　　　　　　　　　　　　邢视应 唱
　　　　　　　　　　　　　　　　　邢和贵 记

3 2 3 | 1 1 6 5 | 1 2 3 1 | 6 2 3 | 1 7 6 | 5 — 5 |
哎 嗨 叫 一 声 伙 计 们 咱 们 打 起 来 呀，

3 3 6 | 5 5 | 6 1 6 | 5 5 | 6 1 2 |
号 号 嗨 呀，号 号 嗨 呀。一 硪

3 1 7 6 | 5 6 | 2 3 | 5 5 | 3 3 6 | 5 5 |
一 硪 往 前 排 呀，号 号 嗨 呀

6 1 6 | 5 5 | 5 3 3 6 | 5 3 | 3 6 |
号 号 嗨 呀 加 嘞 点 劲 呀，号 号

5 5 | 6 2 7 6 | 5 5 | 6 1 6 | 5 5 |
嗨 呀 往 嘞 前 赶 呀，号 号 嗨 呀。

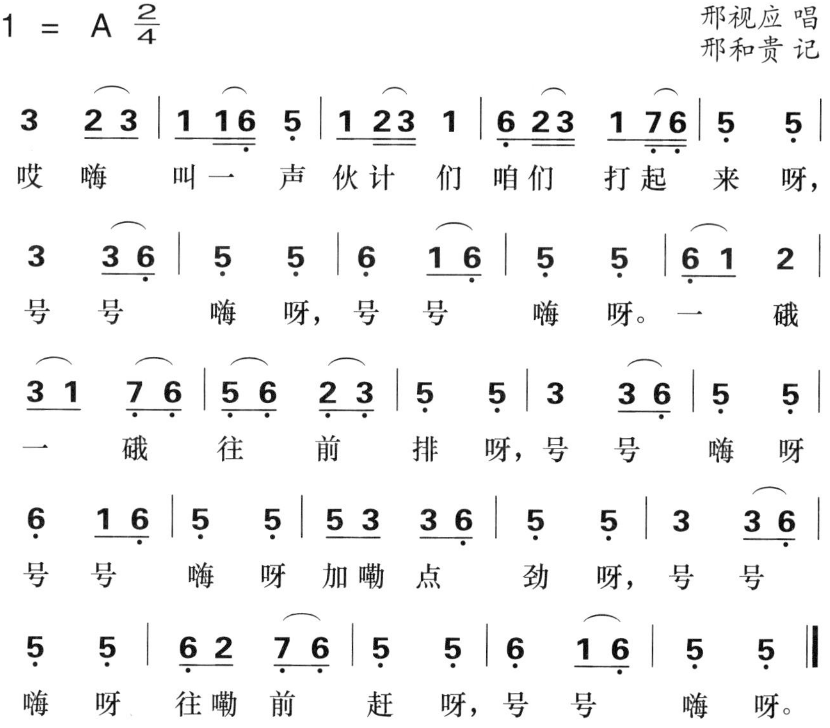

（原平市）

劳动号子

—681—

硪 调

(二)

1=A 2/4

邢志岐 唱
邢和贵 记

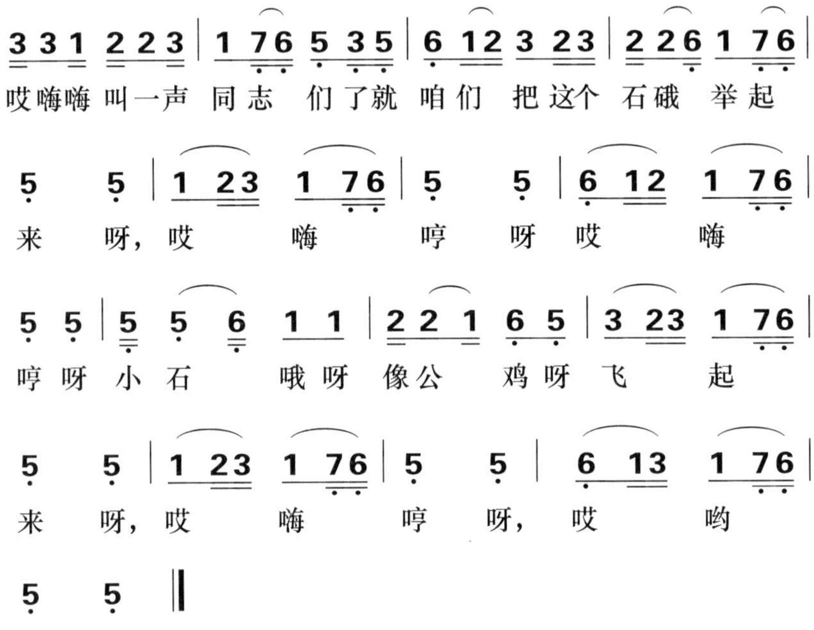

3 31 2 23 | 1 76 5 35 | 6 12 3 23 | 2 26 1 76 |
哎嗨嗨叫一声 同志 们了就 咱们 把这个 石硪 举起

5̣ 5̣ | 1 23 1 76 | 5̣ 5̣ | 6 12 1 76 |
来 呀，哎 嗨 哼 呀 哎 嗨

5̣ 5̣ | 5̣ 5̣ 6 1 1 | 2 2 1 6 5 | 3 23 1 76 |
哼呀小石 哦呀像公 鸡呀飞 起

5̣ 5̣ | 1 23 1 76 | 5̣ 5̣ | 6 13 1 76 |
来 呀，哎 嗨 哼 呀，哎 哟

5̣ 5̣ ‖
哼 呀。

民歌五台山

(原平市)

紧 硪 调

1=D 2/4
中速稍快

常春富 唱
王一民 记

3̇ 3̇ | 1̇ 7 6 3 | 1̇ 7 6 | 3̇ 3̇· 6 | 5 5 |
(哎 咳) 诸位(了这) 伙计你猛抬 (的) 高呀，

3̇ 3̇· 6 | 5 5 | 5 6 1̇ | 3̇ 2̇ 1̇ 76 | 3̇· 5̇ 7̇ 6̇ |
(号号的咳呀) 举起这石硪来 重 重地

| 5 5 | 3̇ 3̇·6 | 5 5 | 6 1̇6 | 5 5 ‖

捣呀,(号 号 的 咳 呀 那 呼 的 咳 呀)。

(原平市)

铁路硪调

1 = F 2/4

常春富等 唱
王一民 记

中速

| 1̇ 1̇ 1̇ 1̇ 6 | 5 5 6 | 1̇ 6 3 | 5 5 |

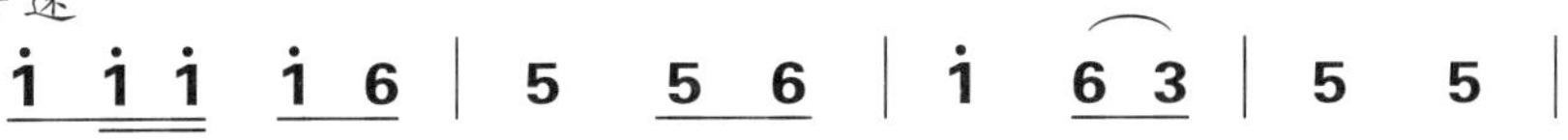

同志们 多加 油(咻咳),(哎咳 哟 嚎)

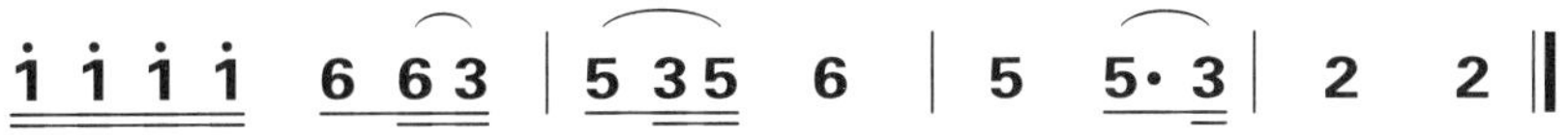

| 1̇ 1̇ 1̇ 1̇ 6 6 3 | 5 3 5 6 | 5 5·3 | 2 2 ‖

快快你们 往前 走 (哎),(哎咳 哟 嚎)!

(原平市)

劳动号子

哭涕涕硪调

(又名《连四墩》)

1 = ♭B 2/4

常春富等 唱
王一民 记

较自由

廾 | 1̇ 2̇ 3̇ 2̇ 3̇ | 1̇ 7 6 | 5 3 5 6 2̇ 1̇ | 6 |

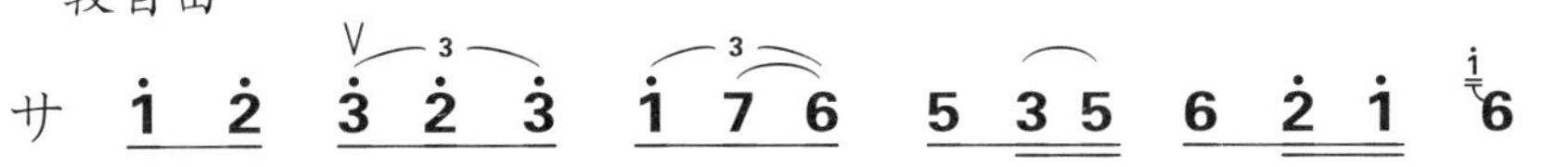

(啊 号 号 号 号) 众家 (了这) 弟(噢号) 兄,

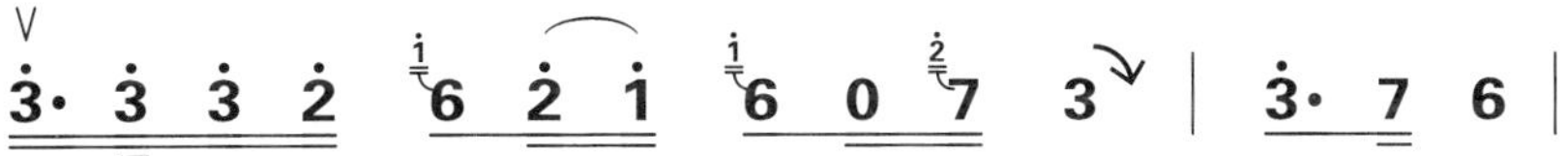

| 3·3 3 2 | 1̇ 6 2̇ 1̇ | 1̇ 6 0 2̇ 7 3 | 3·7 6 |

我给你们 喊起 来 (号呀),(合)(哎咳哟

$\dot{3}\cdot 7\ 6\ |\ \dot{3}\cdot \dot{2}\ \dot{1}\cdot \dot{3}\ |\ 6\ \overset{2}{7}\ 3\ |$

哎咳哟 哎咳哟咳 呀号呀)

(领)咱打 一回这慢(哟号)硪咱就(号

哎咳咳)稍微这休歇 开(号 呀),(合)(哎咳哟

哎咳哟 哎咳哟咳 呀号呀)!

(原平市)

慢硪调

$1 = {}^{\flat}B$ $\frac{2}{4}$

常春富 唱
王一民 记

中慢

(哎号号号号)伙计 (这乖这) 们(哟号)来

请你们打 硪 来呀! (哎号号号

咦呀) 一硪 又(这个) 一硪, 咱们就

(号哎咳咳) 抬(哟) 起(这个) 来(哟)！

(哎咳咳咳咳咳呀 哎号 号号号 咳呀)！

(原平市)

七字夯歌

（一）

1 = A 2/4
中速

魏来福 刘志德 崔树珍 记

(领)同志们(那)！(合)(噢号咳呀)(领)加油

干(那)！(合)(噢号咳呀)(领)团结战斗向前

看(那)！(噢号咳呀那号咳呀)！

(繁峙县)

劳动号子

七字夯歌

（二）

1 = C 2/4
中速

魏来福 刘志德 崔树珍 记

(领)(哎咳)同志们来往高撑(呀)！

(噢号的咳呀)(领)老石碾就够千斤

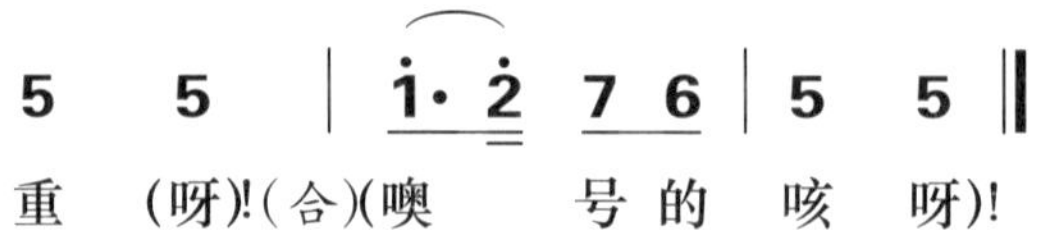

```
5  5  | 1̇·2̇ 76 | 5  5 ‖
重 (呀)!(合)(噢   号的 咳 呀)!
```

(繁峙县)

八字夯歌

（一）

1 = G 2/4　　　　　　魏来福 刘志德 崔树珍 记
中速

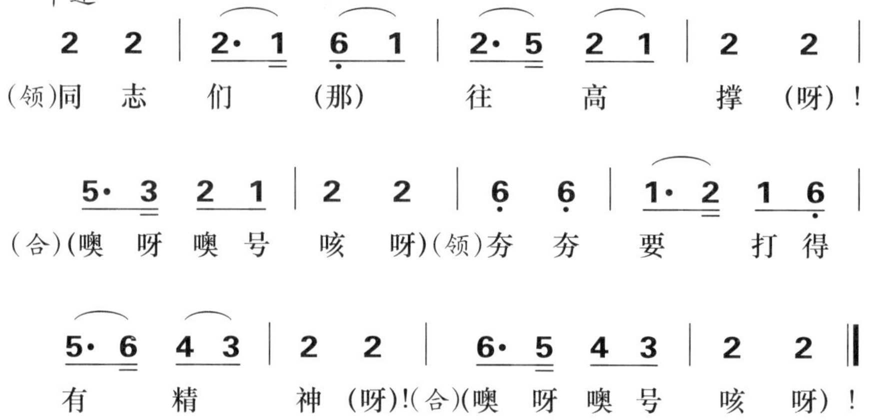

```
2  2 | 2·1 6·1 | 2·5 21 | 2  2 |
(领)同 志 们 (那) 往  高   撑 (呀)!

5·3 21 | 2  2 | 6̣· 6̣ | 1·2 16 |
(合)(噢呀噢号 咳 呀)(领)夯 夯 要 打 得

5·6 43 | 2  2 | 6·5 43 | 2  2 ‖
有 精  神 (呀)!(合)(噢呀噢号 咳 呀)!
```

(繁峙县)

民歌五台山

八字夯歌

（二）

1 = A 2/4　　　　　　魏来福 刘志德 崔树珍 记
中速

```
3 3·2 | 17 65 | 1·2 3 | 232 76 |
(领)(哎咳) 一杆杆 红 旗 迎  风

5̣·5̣ | 3 36 | 5̣  5̣ | 16 33 | 5 76 |
飘 (呀)!(合)(噢号 的 咳 呀)(领)一对对的彩灯
```

$\widehat{1\ 5\ 6}$ $\widehat{3\ \dot{6}}$ | $\underline{\dot{5}}$ $\underline{\dot{5}}$ | 3 $\widehat{3\ \dot{6}}$ | $\underline{\dot{5}}$ $\underline{\dot{5}}$ ‖

火　　样　　红（呀）!（合）（噢号的　咳呀）!

(繁峙县)

九字夯歌

1 = C 2/4

魏来福 刘志德 崔树珍 记

中速

$\underline{3\ 7}$ $\underline{2\ 2\ 3}$ | $\underline{6\ 5}$ 3 | $6\cdot$ 0 | $\underline{1\ 1}$ $\underline{2\ \ 3\ 6}$ |

远飞 的（那个）大雁（呀　哎）　到呀么到北

5　$\underline{3\ 0}$ | $\dot{3}$ $\widehat{3\ \dot{6}}$ | $\underline{\dot{5}}$ $\underline{\dot{5}}$ | $\underline{\dot{1}\ \dot{1}}$ $\underline{\dot{2}\ \ 3\ 0}$ |

京（呀）!（合）（噢号的　咳呀）（领）拾起　　那

$\underline{6\ 5}$ 3 | $\widehat{\dot{1}\ 6\ 5}$ 3 | $\underline{\dot{1}\cdot\ \dot{2}}$ $\widehat{3\ 6}$ | 5　$\underline{3\ 0}$ |

小石碡　往高　顶，往　　高　顶（呀）!

$\dot{3}$ $\widehat{3\ 6}$ | $\underline{\dot{5}}$ $\underline{\dot{5}}$ ‖

（合）（噢号的　咳呀）!

劳动号子

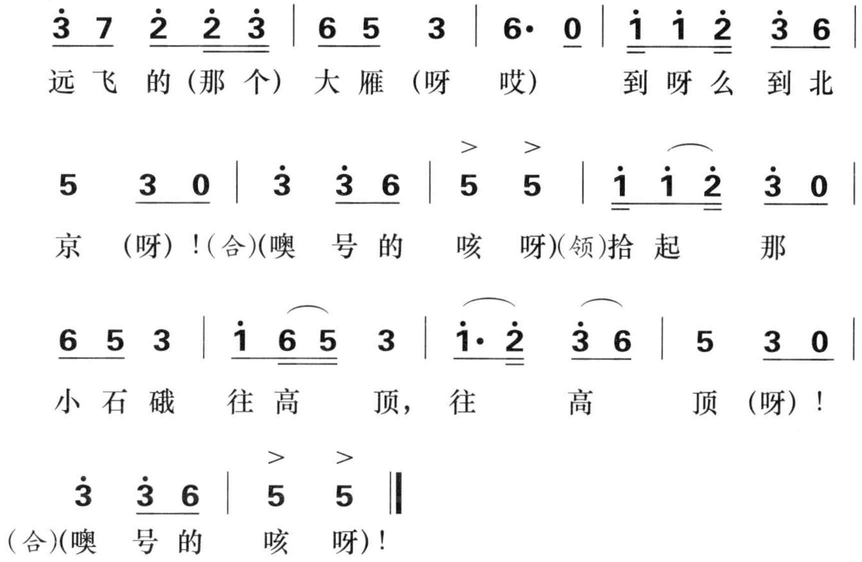

(繁峙县)

十字夯歌

（一）

1 = A 2/4

魏来福 刘志德 崔树珍 记

中速

（领）$\underline{1\cdot\ 2}$　$\underline{3\ 5}$ | $\underline{2\ 2\ 7}$　$\underline{6}$ | $\underline{1\cdot\ 2}$　$\widehat{3\ 6}$ | $\underline{5}$　$\widehat{\underline{5\ 3}}$ |

（领）这一屯（呀）举起来稳　稳地行（呀）!

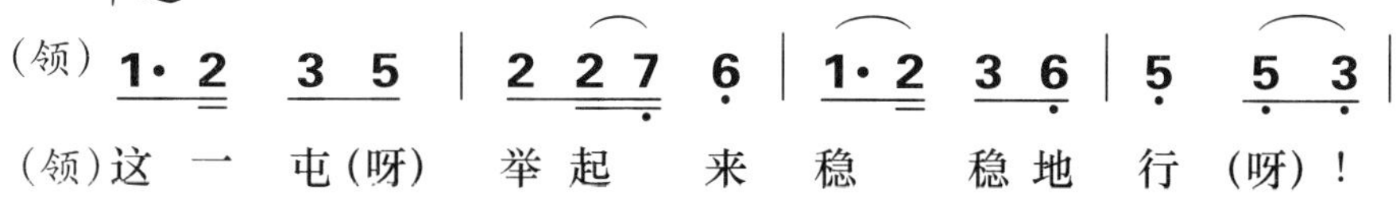

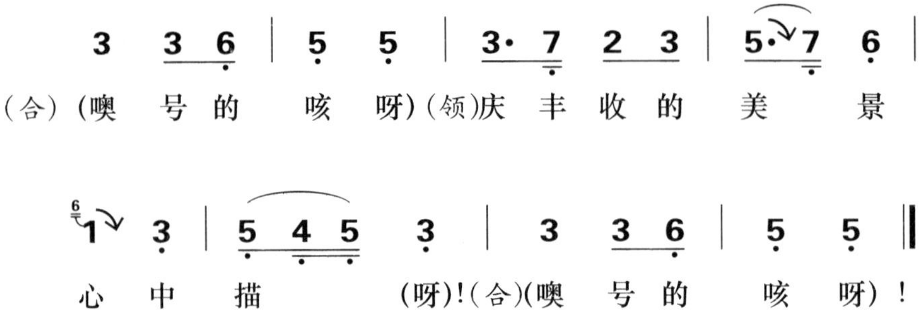

| 3　　3 6 | 5　　5 | 3·7 2 3 | 5·7 6 |

（合）（噢号的 咳呀）（领）庆丰收的美景

| 1 3 | 5 4 5　3 | 3　3 6 | 5　5 ‖

心中描（呀）！（合）（噢号的 咳呀）！

（繁峙县）

十字夯歌

（二）

魏来福 刘志德 崔树珍 记

1=A 2/4

中速

| 3 6　2 2 3 | 1 7 6 | 1 1 7 6 | 1 7 6 |

（领）一座座（那个）青山（呀 哎咳咳哟） 入 九

| 5　5 3 | 3　3 6 | 5　5 | 1·2 3 5 |

霄（呀）！（合）（噢号的 咳呀）（领）一行行的

| 1 6　1 | 1·2 3 5 | 2　2 | 2　3 5 | 2　2 ‖

果树（呀）朝 天 笑（呀）！（合）（噢号的 咳呀）！

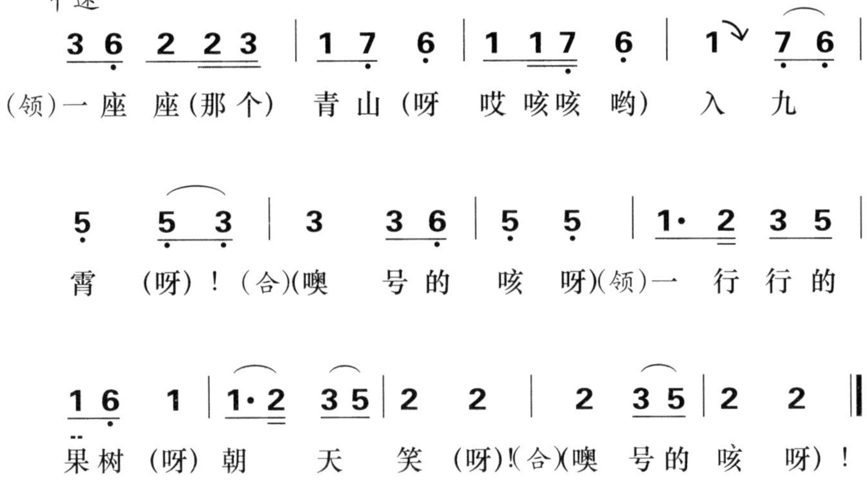

（繁峙县）

民歌五台山

第 7 篇

新民歌

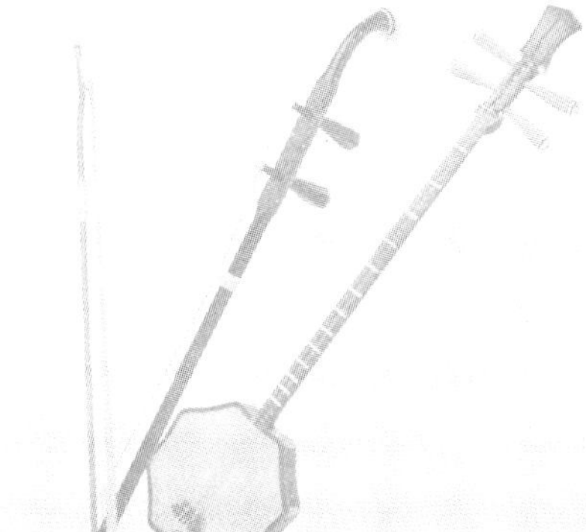

我国民歌的分类有多种角度和方法。例如，依据歌词的题材内容，可以分为劳动类、生活类、爱情类、传说故事类等；依据产生年代，可以分为传统民歌、革命历史民歌、新民歌等；依据民族和地区，可以分为汉族民歌、维吾尔族民歌、藏族民歌，或是青海民歌、河北民歌、河南民歌等。而从民歌的音乐形式上，我国汉族民歌有体裁和色彩两种分类方法。我国少数民族的民歌各有其传统的分类方法。

　　五台山地区的各县（市区）的民歌分类，大都采用按产生年代分类方法。诸如：《忻州地区民歌集成》一书，即分为新民歌、革命历史民歌、传统民歌三大类。《原平民间音乐舞蹈集成》一书，则在"民歌、秧歌"之内，分为时政类、爱情类、生活类、秧歌类。《定襄县秧歌演唱精选》一书，"上篇"传统节目分为劳动歌、生活歌、情歌、知识歌、时政歌。"下篇"为新创作作品。又收集到河北人民出版社于1979年出版的《河北民歌选》一书，分新中国成立以来新民歌、各个历史时期革命民歌、传统民歌三大类；还搜集到上海文艺出版社于1980年出版的《中国民歌》一书，将各省、市、自治区（包括山西省）民歌，皆分为新民歌、革命历史民歌、传统民歌三大类。

　　五台山民歌一书在编辑"新民歌"之篇中，主要包括了抗日战争时期、解放战争时期和社会主义建设时期的优秀民歌。民歌是指广大人民群众自己创作，表现自己，自己表演，自己欣赏，自己传播的"五自"歌曲。五台山地区新民歌内容十分丰富，所反映的生活十分广泛。综观这些民歌，像是一幅壮丽的历史画卷展现在我们面前。

抗日战争时期

新民歌

五台山地区是晋察冀抗日根据地所在地。在整个抗战期间一直是对日作战的主战场之一。八路军总部进驻五台县南茹村，这是八路军总部抗日出征后的第一个驻扎地。总部在这里虽然驻扎了较短时间，但其所完成的一系列重大决策，以及所取得的辉煌成就，都具有十分重大的意义，在我党我军历史上占据很重要的地位，写下了浓墨重彩的光辉篇章。

五台山地区南茹村是八路军当时在华北抗日前线的指挥中心，也是朱德、彭德怀、任弼时等老一辈革命家曾经工作过的地方。《民歌五台山》选载了晋察冀革命根据地人民歌颂抗日战争胜利的大量民间歌曲。让那段痛苦悲壮的经历变成维护世界和平，促进人类进步和创造美好未来的精神财富。

天上有个北斗星

1 = D 2/4

赵璋 记

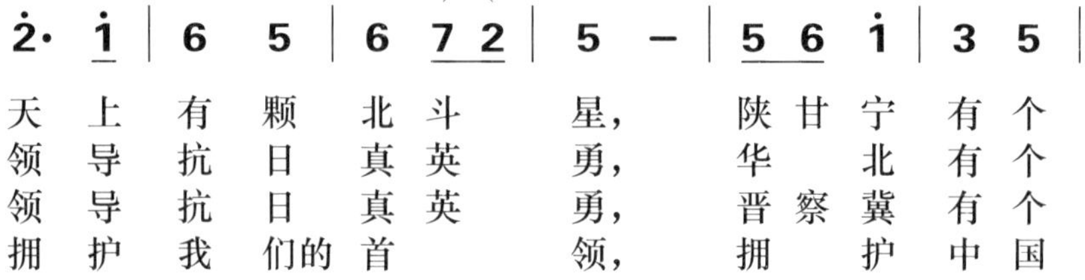

| 2. 1 | 6 5 | 6 7 2 | 5 — | 5 6 i | 3 5 |

天　上　有　颗　北　斗　　星，　陕　甘　宁　有　个
领　导　抗　日　真　英　　勇，　华　北　有　个
领　导　抗　日　真　英　　勇，　晋　察　有　个
拥　护　我　们　的　首　　领，　拥　护　中　国

| 6 5 3 | 2 — | 6 6 1 | 2 2 1 | 2 6 1 |

毛　泽　东，　　战　略　　战　术　　战　得
朱　总　司　令，　南　征　　北　战　　战　得
聂　司　令，　　建　设　　敌　后　　根　据
共　产　党，　　她　领　导　中　国　　向　光

| 2 2 6 | 5 6 1 | 3 5 | 6 5 3 | 2 0 |

好　哪　哈，领　导　抗　日　真　英　明。
好　哪　哈，他　是　抗　日　的　老　英　雄。
地　哪　哈，创　建　了　边　区　的　子　弟　兵
明　哪　哈，她　领　导　咱　们　翻　了　身。

1.
| 2· 1 | 6 5 | 2 | 2 | 2 0 ‖

领　导　咱　们　翻　了　身！

（忻州市）

新民歌

晋察冀军区司令部

1=G 2/4

思念赞颂地

老年文艺队 唱
孟奋臻 词曲

| 6 6 6 1 | 6 1 3 | 5 5 | 1 | 6 1 6 5 | 3 5 6 | 1 1· | 5 6 | 1·2 |

依　山　傍　水　金　岗　库　村，　漫　山
回　想　一　九　三　七　年，　聂　荣　臻
毛　主　席　评　价　聂　司　令，　比　作　是

| 3 2 3 | 5 3 | 6 6 5 | 3 2 3 | 1· 6 | 1 1 2 | 5 5 3 |

遍　野　长　呀　长　满　了　松，　这　里　是　晋　察　冀
临　危　受　命　当　呀　当　重　任，　创　建　敌　后
当　代　鲁　呀　鲁　智　深，　钢　铁　堡　垒

—693—

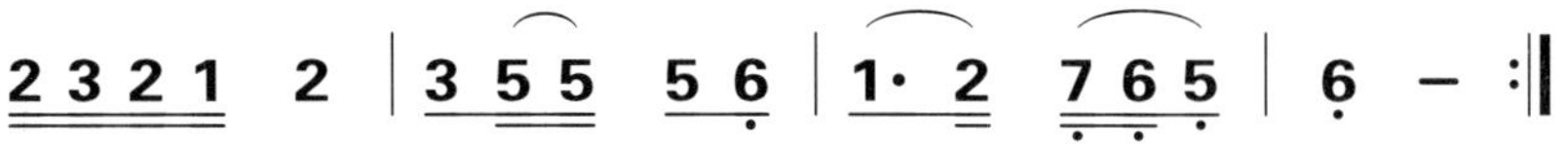

```
2 3 2 1  2 | 3 5 5  5 6 | 1 · 2  7 6 5 | 6 — ‖
```
军区司令 部，司令 员是 聂 荣 臻。
根据 地，就像是 尖刀 插进敌人 胸。
巍然 在，军民 奋起抗 呀抗顽 凶。

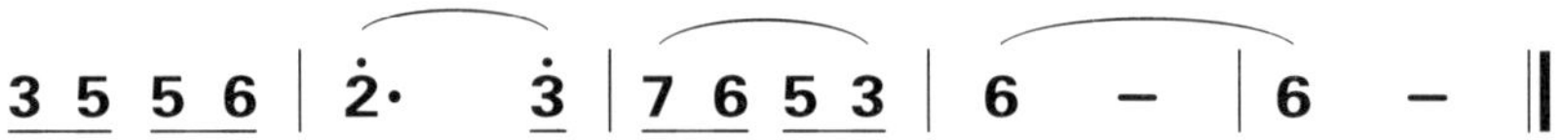

```
3 5 5 6 | 2 · 3 | 7 6 5 3 | 6 — | 6 — ‖
```
军民奋起 抗 顽 凶。

（五台县）

白求恩纪念馆

老年文艺队 唱
奋臻 词曲

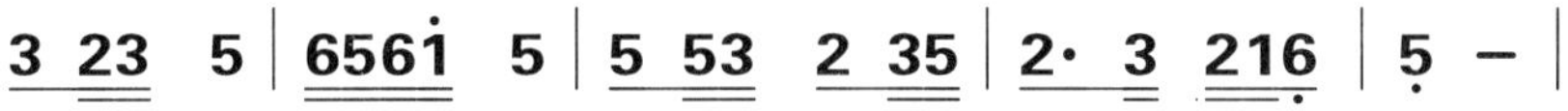

1 = G 2/4

稍慢

```
3 2 3  5 | 6 5 6 1  5 | 5 5 3  2 3 5 | 2 · 3  2 1 6 | 5 —|
```

```
1 2 1 2  1 6 | 5 — | 6 6 1  5 3 | 3 2 1  2 | 5 2 5 |
```
清水 河水 清呀 清呀 清圪凌 凌，盘 山
共产 主义 战士 白呀 白求 恩， 远 涉
模范 病室 心 潮 涌， 纪 念

```
6 5  3 2 3 | 1 3 | 2 1 6 | 5 — | 6 5 6  1 | 2 1 2 3  5 |
```
公路 平圪敦 敦， 转 眼来 到危
重洋 投身正 义， 个 人安
馆里 感呀感 受深， 白求 恩精 神

—694—

| 2·3 15 | 6 - | 3 23 5 | 6561 5 | 5 53 2 35 |

松　岩　口，　缅　怀　国　际　友人白呀白求
抛　脑　后，　为　中　国　抗　日　献呀献终
永　不　朽，　与　日　同　辉　照呀照后

| 2·3 216 | 5 0 : | 63 56 | i - | i 0 |

恩　　白求　恩
身　　献终　身。
人　　照后　人。　　照　后　人。

（五台县）

朱彭老总在南茹

1 = G　2/4

中速，赞颂有气魄地

老年文艺队 唱
孟奋臻 词曲

新民歌

(6i 53 | 6i 5 | 5 53 23 | 2 216 | 5 -)

| 6 55 | 6 5 65 | 2 33 | 5 5 25 | 0 6 56 |

阁　道　穿　云又一　景，呀么哎嘞哼咳　茹湖
朱彭　老　总巧指　挥，呀么哎嘞哼咳　重大
智　能　双全陈锡　联，呀么哎嘞哼咳　夜袭
平　型　关上伏击　战，呀么哎嘞哼咳　首战

| 5 32 | 1 26 | 5 - | 5 5 32 | 26 5 |

落雁　景美　人，　那是一九三七年，
决策　这里　定，　短短三十六天中，
阳明　堡显　神通，　日寇的飞机加大炮，
告捷　传佳　音，　小鬼子吓得丢了魂，

—695—

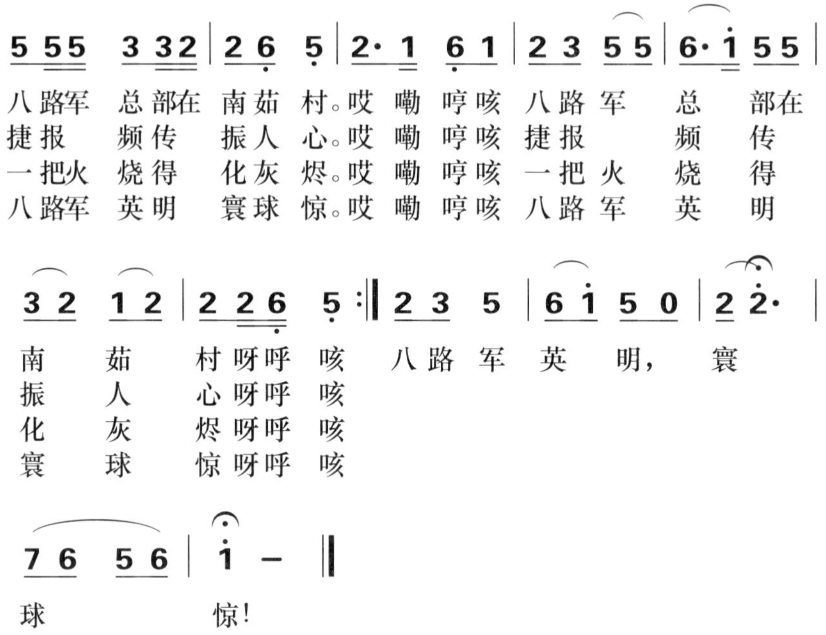

民歌五台山

| 5 5 5 | 3 3 2 | 2 6 5 | 2·1 6 1 | 2 3 5 5 | 6·1 5 5 |

八路军 总部在 南茹 村。哎嘞哼咳 八路军 总 部在
捷报 频传 振人 心。哎嘞哼咳 捷报 频 传
一把火 烧得 化灰 烬。哎嘞哼咳 一把火 烧 得
八路军 英明 寰球 惊。哎嘞哼咳 八路军 英 明

| 3 2 | 1 2 | 2 2 6 | 5 ‖ 2 3 5 | 6 1 5 0 | 2 2· |

南 茹 村呀呼 咳 八路军英 明，寰
振 人 心呀呼 咳
化 灰 烬呀呼 咳
寰 球 惊呀呼 咳

| 7 6 5 6 | 1 — ‖

球 惊！

（五台县）

徐帅功勋

1 = G 2/4

欢快、昂扬地

老年文艺队 唱
孟奋臻 词曲

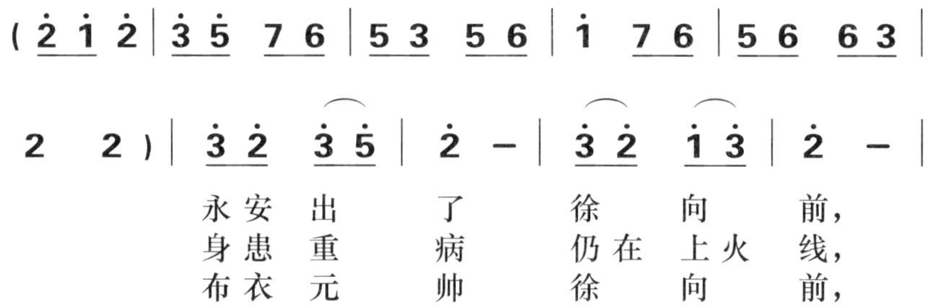

(2 1 2 | 3 5 7 6 | 5 3 5 6 | 1 7 6 5 6 6 3 |

2 2) | 3 2 3 5 | 2 — | 3 2 1 3 | 2 — |

永安 出 了 徐 向 前，
身患 重 病 仍在 上火 线，
布衣 元 帅 徐 向 前，

—696—

$\widehat{3\cdot\ 2}$ 3 | $\widehat{2\ 3}$ $\widehat{2\ 1}$ | $2\cdot$ 6 | 5 — | 5 $\widehat{5\ 3}$ |

开　国　元　勋　人　崇　敬，　征　南
担　架　上　指　挥　打　太　原，　官　兵
以　国　为　家　天　下　先，　廉　洁

$\widehat{2\ 3}$ $\widehat{2\ 1}$ | $\widehat{6\cdot\ 7}$ $\widehat{6\ 5}$ | $\widehat{6\ 7\ 6}$ | $\widehat{2\ 1}$ 2 | $\widehat{3\ 5}$ $\widehat{7\ 6}$ |

战　北　岁　月　长，　戎　马　一　生
无　不　受　感　动，　士　气　高　昂
奉　公　树　典　范，　高　风　亮　节

$\widehat{5\ 3}$ $\widehat{5\ 6}$ | $\dot{1}$ $\widehat{7\ 6}$ | $\widehat{5\ 6}$ $\widehat{6\ 3}$ | 2 — ‖

建　功　勋　呀　么　那　嘶　咿　呀　嗨。
斗　志　强　呀　么　那　嘶　咿　呀　嗨。
美　名　扬　呀　么　那　嘶　咿　呀　嗨。

（五台县）

新民歌

八路军来了住们村

1 = C $\frac{2}{4}$

五台南茹村民歌
朱生和 整理

6 5 4 3 | $\widehat{5\cdot}$ $\dot{1}$ | 5 6 $\widehat{5\ 3\ 5}$ | 2 — |

八　路　军　总　部　　　进　驻　了　五　台　县，
朱　德　总　司　令　　　住　在　了　农　家　院，

5 6 2 | 5 5 $\widehat{1\ 6}$ | 2 $\widehat{1\ 7}$ $\widehat{\cdot\ 6}$ | 5 0 ‖

好　大　的　队　伍　真　呀　真　威　风。
村　村　户　户　变　成　大　兵　营。

—697—

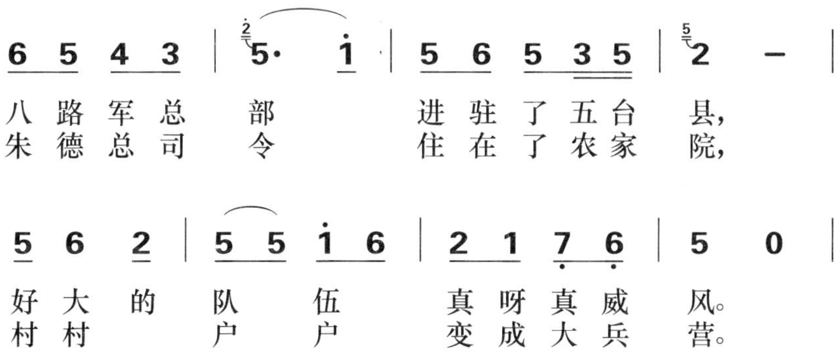

| 2 5 3 5 | i 6 5 | 2 3 2 1 | 5 i 7 |

白天扛枪 上 前 线， 晚上开会 搞 动 员，
平型关打垮日 本 鬼， 阳明堡炸了飞 机 场，

| 5 5 6 i 2 3 | 2 i 6 3 | 2 i 7 6 | 5 — ‖

共产党的军队和 老百姓心 呀心 连 心。
八 路 军是 天下无敌 的神兵天 将。

（五台县）

要 路 条

民歌五台山

宜增礼 唱
宜增高 记

1 = ♭B 2/4

| i i 3 2 3 | 5· 6 i 2 | 3 2 | 1 — |

同志 我问 你， 你到 哪里 去？

| i· 2 3 5 | 2 3 2 1 | 6 5 | 3 2 3 | 5 — |

路 条 通行 证你可 带着 哩？

| 2 3 2 1 1 | 2 3 2 1 1 | 3 5 6 1 | 5 — |

拿过来 看看 拿过来 看看 你才能过 去，

| i 6 5 1 | 6 5 3 | 5 2 3 5 | 1 — ‖

因为 工作 问 题马虎 不 得。

（原平市）

打 飞 机

1=D 2/4

中速稍慢

马春元 唱
家　滨 记

新民歌

6 6 6 3　6 6 3 | 1 2 7 6　5 6 3 | 1 1 7 6　5 6 3 2 |

九月里(个)九　重　阳，　　　菜花开得　黄 又
八路军的　赵　营　长，　　　化了装去　侦 察
听的半夜　开 了　枪，　　　燎得南天　冒 火
哥哥带来　一 支　枪，　　　挎在那个　肩 膀

3 5　1 7 6 | 2 3　1　2 | 3 3 2　1 7 6 5 |

黄，　　　　八　　路　军　进俺　村，
忙，　　　　给　　鬼　子　修机　场，
光，　　　　小　　妹　妹　我不放　心，
上，　　　　越　　看　他　越威　风，

6·7 6 5　3·5 3 2 | 1·4 3 2　1 6 1 2 |

齐 个整整、硬 个邦邦、一 个样样 (哎哟哟哟)
里 里外外、左 左右右、看 得详细 (哎哟哟哟)
灯 也没点、鞋 也没穿、开 了后窗 (哎哟哟哟)
胖 个虎虎、墩 个实实、身 强力壮 (哎哟哟哟)

3·6 5 3 3　2 3 5 7 | 2 6 5 6　1·1 1 6　1 6 1 2 |

要打鬼子的 飞　机　场，　(哎么呀得 喂得喂哟
哄得鬼子　直 夸　奖，　(哎么呀得 喂得喂哟
恨不得飞到 飞　机　场，　(哎么呀得 喂得喂哟
我送哥哥　上 前　方，　(哎么呀得 喂得喂哟

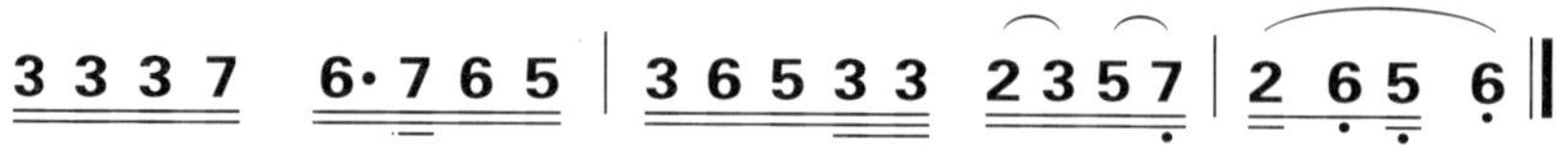

| 3 3 3 7 | 6·7 6 5 | 3 6 5 3 3 | 2 3 5 7 | 2 6 5 6 ||

依么呀得儿 喂 得喂哟) 要打鬼子的 飞 机 场。
依么呀得儿 喂 得喂哟) 哄得鬼子 直 夸 奖。
依么呀得儿 喂 得喂哟) 恨不得飞到 飞 机 场。
依么呀得儿 喂 得喂哟) 我送哥哥 上 前 方。

(代 县)

大 队 长

徐海年 唱
奋臻 玉堂 书平 记

民歌五台山

1 = A 2/4

| 6 5 6 | 2·2 | 6 5 6 | 2 — | 5 3 5 | 6 6 3 |

大 队 长 是 樊 金 堂, 骑 上 马 儿
基 游 队 是 真 勇 敢, 腰 里 挎 的
日 本 鬼 是 戴 钢 盔, 见 了 基 游 队

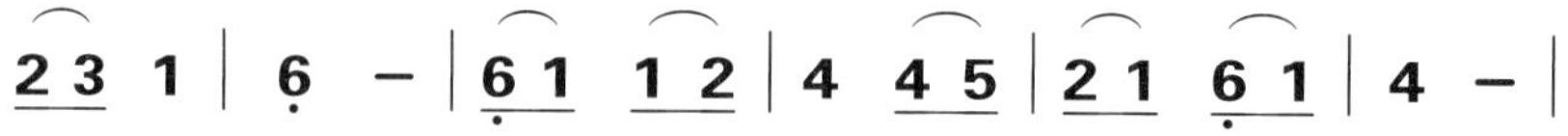

| 2 3 1 | 6 — | 6 1 1 2 | 4 4 5 | 2 1 6 1 | 4 — |

上 大 关, 手 拿 机 枪 拉 开 栓,
盒 子 枪, 青 纱 帐 里 把 身 藏,
就 往 下 跪, 我 们 的 基 游 队 就 捉 住 他,

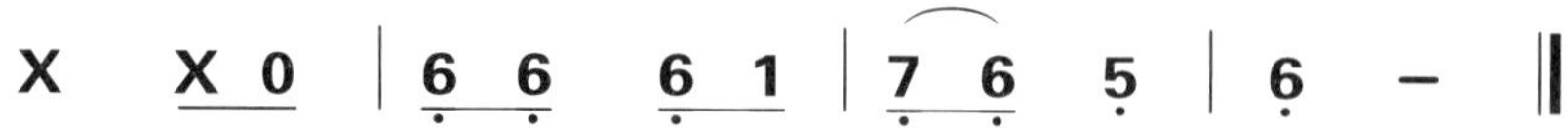

| X X 0 | 6 6 | 6 1 7 6 5 | 6 — ||

啊 呀! 打 得 敌 人 着 了 慌。
啊 呀! 伏 击 敌 人 打 胜 仗。
啊 呀! 吓 得 敌 人 举 起 了 枪。

(五台县)

查 路 条

1=F 2/4
中速

石咀抗战合唱团 唱
奋臻 玉堂 书平记

新民歌

(五台县)

```
‖: (1̇ 1̇6 51̇ | 653 2 | 3 32 12 | 1 - ) |
    1̇ 1̇ 5323 | 5· 0 | 1̇ 1̇2 31̇ | 2 - |
```

同志 听我 说　　你到 哪里 去？
同志 对你 说　　这是 我的 错，
同志 对你 说　　这也是 不由 我，

```
1̇ 1̇2 333 | 2 32 | 1̇ 1̇ 1̇65 | 323 | 5 - |
```

通行 证　路条 儿　想你 带　　上，
通行 证　路条 儿　忘记了 带　　上，
上至 司令员 下至 村长 不敢 不这样 做，

```
2 32 1̇ 1̇ | 2 32 1̇ 1̇ | 3 55 61̇ | 5 - |
```

拿出来 看看 拿出来 看看 才 让你 过　去，
快让我 走哇 快让我 走哇 你不要 拦住 我，
你要没 路条 快到村 公所， 补上了 才能 过，

```
1̇ 1̇6 51̇ 1̇ | 653 222 | 532 32 | 1 - :‖
```

因为　时局的 关　系呀　可不是 马虎 的。
咱们　都是 齐心　救国的 你不要 细查 找。
你要是 没有 路　　条　 送在你 村公 所。

```
5· 323 | 5 - | 1̇ 1̇65 1̇ | 6 532 |
```

嗳 们嗯嗳 哟，　　 你要是 没有 路　条

```
3 353 2 | 1 - | 3 321̇ 2 | 1̇ - ‖
```

押 在你 公安 科，　　押 在你 公安 科。

咱们的基游队

1 = F 2/4

张松林 词曲

较慢

(乐谱)

1.民国二十这六年整,兵荒马叫的是反乱年,这忻口打了四十天,日本人占了忻州城。

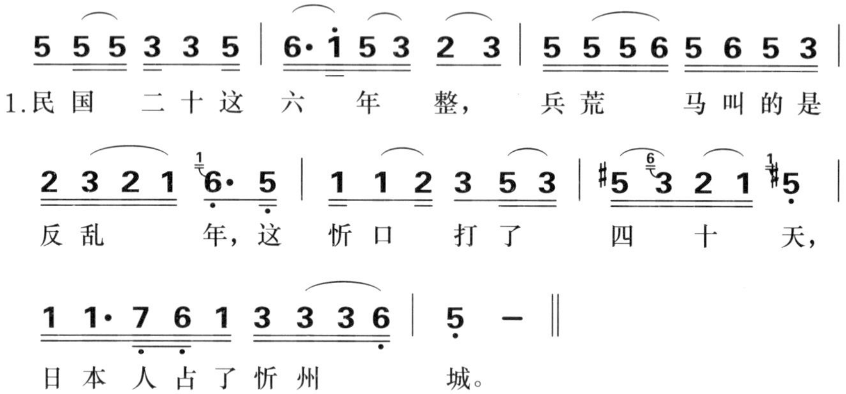

2.日本人占了忻州城,第二年来占咱定襄县,
   咱八路军打来新二师顶,打死很多日本人。

3.新二师部队退了兵,咱定襄驻下日本兵,
   还有些二黄猴们①也洗不清,欺负咱们老百姓。

4.修炮台来挖战壕,一到黑夜就拉吊桥,
   老百姓行走又不惹他,他们就要开枪打。

5.每天听差把炮台上到,天每每给伢送情报,
   一句话听不懂不会接应,比斗打得能脸肿了。

6.今儿要鸡蛋明儿要肉,后天还要好烧酒,
   白洋只是怪要不够,还要女人炮台上住。

7.鬼子兵扫荡来抢粮,见人他们就开枪,
   逮鸡杀羊把牛牵上,临走还要放火烧房。

8.日本兵像是些牲口兵,二黄猴走狗们不是些人,
   还有些特殊的赖人们,和他们就有了勾引。

9.阎匪特务保安队,成天问老百姓要东西,
   汉奸走狗一个比一个灰,都是些挨刀鬼。

10.们村有好多年轻人,不侍候小日本和汉奸兵,
    到了边区报了名,当了咱们的八路军。

11. 我小子今年三十整，因为我家穷给伢当长工，
    离开家当了基游队，一心无二打日本。
12. 有一天正在牛台村，正遇上汉奸鬼子来抓人，
    们七八个人埋伏到渠塄边，就打倒他们二十多人。
13. 这一仗打得就是好，我看你狗日们的把哪儿跑，
    总算给了狗个没提防，早早地叫狗们见阎王。
14. 有的挂彩有的死，步枪得了他十几支，
    还得了一个掷弹筒，还抓住两个日本人。
15. 日本兵是些大草包，就是怕咱们的基游队，
    哄得他们东南西北闹不精明，叫他们踩上地雷。
16. 日本人来了花车队，咱基游队安排得有条理，
    引到他们青石村的山沟里，叫咱把他们全包围。
17. 河边、芳兰、蒋村、南王村炮台上都有日本兵，
    一提起基游队来活动，吓得都把灶火儿钻。
18. 说起咱们的基游队，史家岗打过胜利仗，
    打过日本人的花车队，打得他们片甲也不留。
19. 说起咱们的基游队，上一回战场胜一回，
    抗战八年咱们得胜利，赶走了这日本鬼。

注：①二黄猴——指汉奸兵。

（定襄县）

车拉驴驮送公粮

1 = C 2/4

邢丑花 唱
建勋等 记

中速稍慢

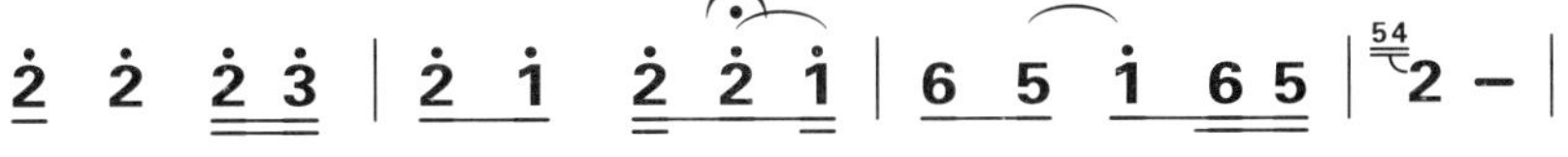

英雄（那个）水来（喽喽）英雄（那个）山，
云中（那个）河①水（喽喽）哗啦啦（那个）响，
云中 河 流水（喽喽）湾 套 湾，
提起（那个）扫帚（喽喽）扫了（那个）场，
干草（那个）上垛（喽喽）粮入（那个）仓，

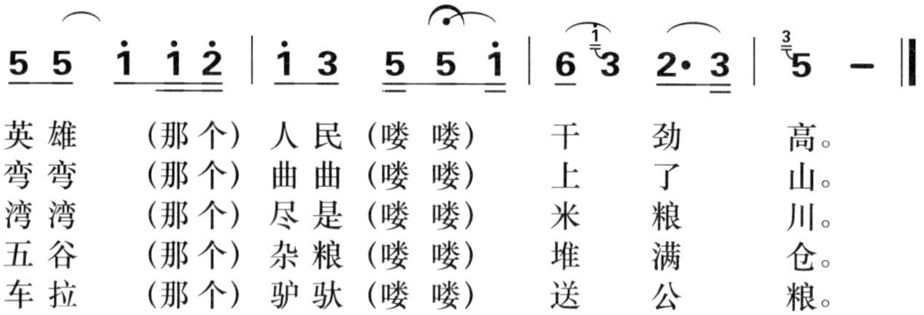

| 5 5 １ １ ２ | １ ３ ５ ５ １ | ６ ３ ２·３ | ５ － ‖

英雄（那个）人民（喽喽）　干　劲　　高。
弯弯（那个）曲曲（喽喽）　上　了　　山。
湾湾（那个）尽是（喽喽）　米　粮　　川。
五谷（那个）杂粮（喽喽）　堆　满　　仓。
车拉（那个）驴驮（喽喽）　送　公　　粮。

注：①云中河——忻县的一条河流，是滹沱河的支流。

（忻州市）

打 日 本

邢新珍 唱
邢和贵 记

1 = F 2/4

１ １ ５ | ６ ２ １ ６ | ５ － | ５ ６ ５ ３ | ２·３ |

日本鬼残暴又凶狠，　开来许多兵，

１ ６ １ ３ | ２ － | ５ ３ ２ | １ ３ ２ | ６ ２ １ ６ |

他把中国进，　烧房屋抢东西，到处乱杀

５ － | ５ ５ ６ １ | ３ － | ５ ３ ２ ５ | １ － |

人，　我们弟兄们，　大家一条心，

１ ２ ３ ３ | ２ ５ ３ ２ １ | ２ ２ ３ ３ | ２ ６ １ ６ | ５ － ‖

团结一致打日本　把杀人鬼子消灭干净。

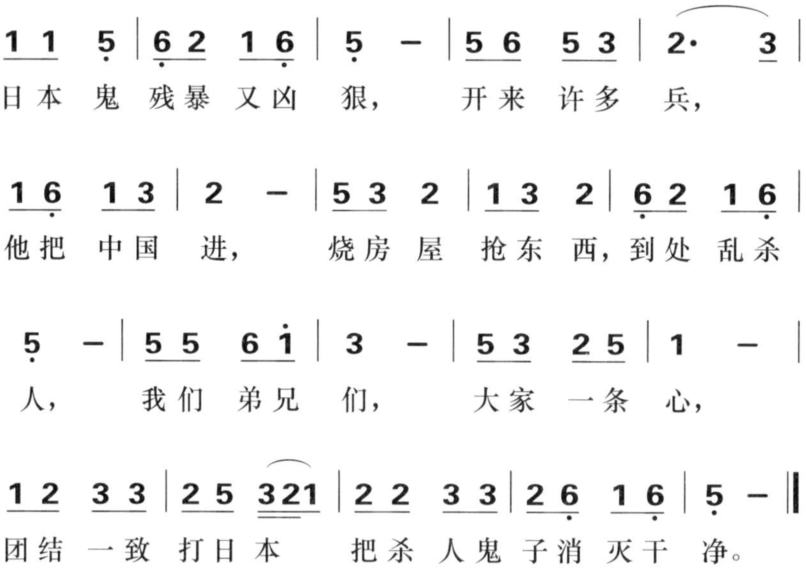

（原平市）

当兵要当八路军

郭旭田 唱
刘琛惠 记

1 = ♭B 2/4

新民歌

| 2 6̲1̲ | 2 | 2 | 5 | 5 | 5̲6̲ 4 | 4̲2̲ | 6̲1̲ |

槐 树 头 开 花 碎 纷 纷， 当 日 兵 出
山 上 开 花 山 头 白， 日 本 人 是
八 路 好 比 里 鱼， 老 百 开 那
顽 军 分 子 真 的 残， 背 姓 得
半 固 叫 门 凶 给 瓜， 不 知

夜 好 比 不 你 鬼， 刨
地 雷 炸 大 西 炸
雷 歼 日 本

| 2 4̲6̲ | 5̲· 6̲5̲ | 4̲5̲ 2̲ | 2 6̲1̲ | 2 | 2 |

要 当 八 路 军， 八 路 军 呀
发 报 告 来， 村 村 准 备
好 比 河 中 的 水， 水 伴 鱼 来
造 谣 放 毒 箭， 终 久 有 了
八 路 军 还 是 日 本 人 来， 八 路 敌
虚 伪 土 埋 命 上 它， 要 换 人 的
军 归 西， 军 民 结

| 5 5 | 5̲6̲4̲ | 2̲· 1̲ | 6̲1̲ | 2 1 | 7̲6̲ | 5̲ | 6̲1̲ |

真 光 荣， (哎 圪 哟 哟儿) 冲 在 前 边 打 日
卷 铺 盖， (哎 圪 哟 哟儿) 调 回 咱们 队 伍 开
鱼 伴 住 他， (哎 圪 哟 哟儿) 军 民 合 作 谁 也 不 斗 争
等 开 水， (哎 圪 哟 哟儿) 召 开 大 会 离 地 雷
烧 血 和 肉， (哎 圪 哟 哟儿) 日 本 人 来 了 好 比 大 庆
打 敌 人， (哎 圪 哟 哟儿) 敲 锣 打 鼓 胜

—705—

```
5  -  ‖
本。
来。
谁。
他。
雷。
花。
利。
```

（原平市）

日本强盗真可恨

音民 记

1 = F 4/4

```
5  5 5   3 5 | 1  1 6   5 3 | 6  6 1   5 3 |
正    在 那   家 中     坐，           他  姊 家   闹 嚷
日    本 强   盗 真     可 恨，         他  捉 去   修 炮
二    姊 娘   你 听     着，           好  好 地   养 儿 的
抗    战 正   六 年，                 胜  利 在   眼
```

```
2 3 2 1   2 | 2  2 3   1 1 6 | 3  5 3 2   1· 2 |
嚷，       我 前     去 呀，     看  一     看，  是，
台，       我 走 不   是 你 别   哭  在     不   叫，
伤，       你 不     怕 苦       你  不     怕   难，
前，
```

```
3  3 3   5 3 2 1 | 6·  5  6 | ‖
闹  呀 闹 什      么？        人。
难  呀 难 死      了。
哭  也 好 不
度  过 黎 明 前 的 黑        暗。
```

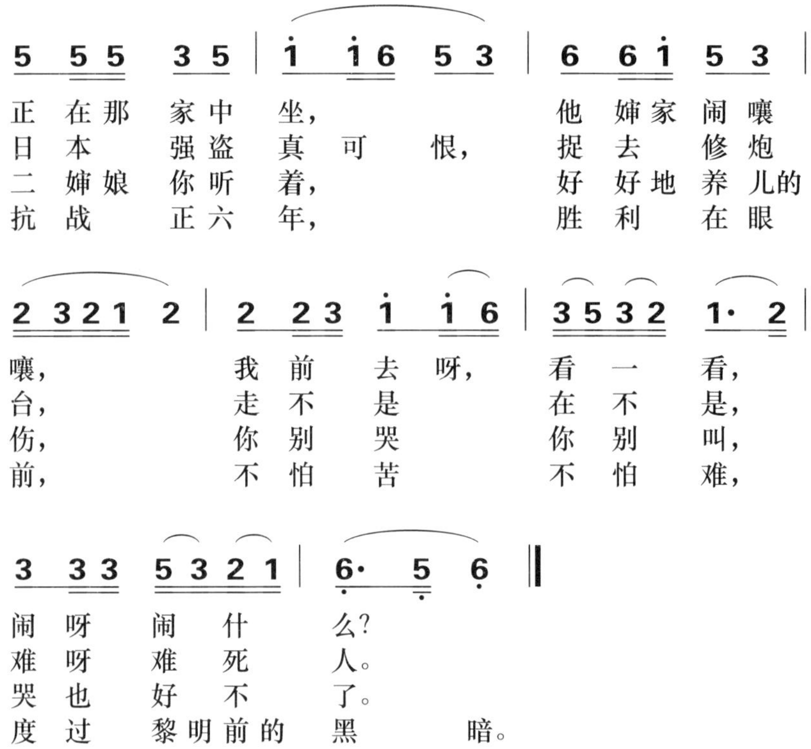

（五台县）

送郎打日本

1 = G 2/4

郎贵銮 唱
朱生和 记

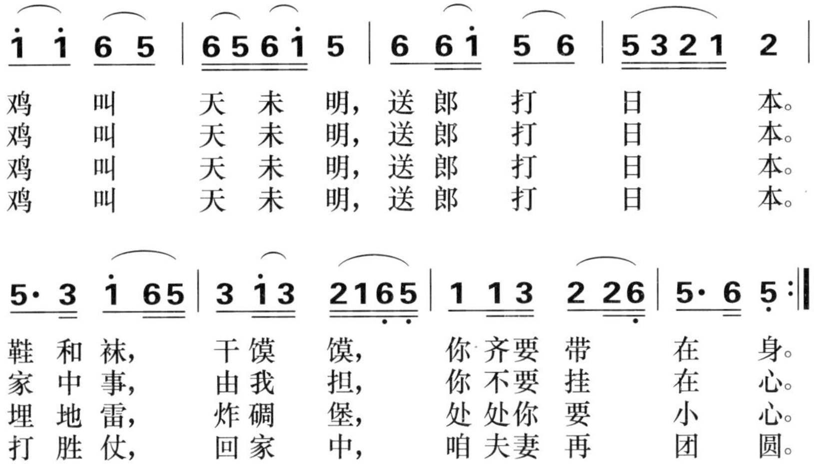

| 1̇ 1̇ 6 5 | 6 5 6 1̇ 5 | 6 6 1̇ 5 6 | 5 3 2 1 2 |

鸡　叫　天　未　明，送　郎　打　日　　本。
鸡　叫　天　未　明，送　郎　打　日　　本。
鸡　叫　天　未　明，送　郎　打　日　　本。
鸡　叫　天　未　明，送　郎　打　日　　本。

| 5· 3 1̇ 6 5 | 3 1̇ 3 | 2 1 6 5 | 1 1 3 | 2 2 6 | 5· 6 5 |

鞋　和　袜，　干　馍　馍，　你　齐　要　带　在　身　心。
家　中　事，　由　我　担，　你　不　要　挂　在　心。
埋　地　雷，　炸　碉　堡，　处　处　你　要　小　心。
打　胜　仗，　回　家　中，　咱　夫　妻　再　团　圆。

（五台县）

新民歌

我愿当兵去

1 = F 2/4

梁家宝 唱
朱生和 记

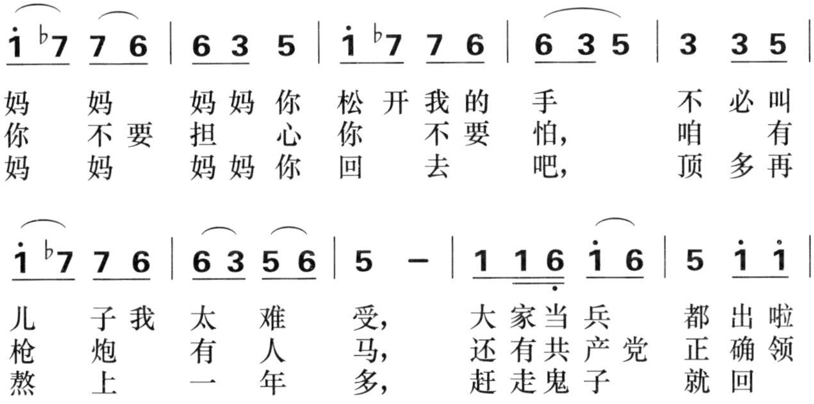

| 1̇ ♭7 7 6 | 6 3 5 | 1̇ ♭7 7 6 | 6 3 5 | 3 3 5 |

妈　妈　妈妈　你　松　开　我　的　手，　不　必　叫
你　不　要　担心　你　不　要　怕，　咱　有
妈　妈　妈妈　你　回　去　吧，　顶　多　再

| 1̇ ♭7 7 6 | 6 3 5 6 | 5 — | 1 1 6 1 6 | 5 1 1 |

儿　子　我　太　难　受，　大　家　当　兵　都　出　啦
枪　炮　有　人　马，　还　有　共　产　党　正　确　领
熬　上　一　年　多，　赶　走　鬼　子　就　回

| 2· 3 2 3 | 5· 5 5 2 | 3 5 3 2 | 1 — ‖

走 啦 哼 咳 我 哪 能 落 人 后。
导 啦 哼 咳 你 还 怕 什 么。
家 啦 哼 咳 咱 们 再 享 太 平。

（五台县）

劝郎参军

1 = G 2/4
中速

庞荣耀 唱
激　波 记

| 6 3 5 | 6 5 3 2 | 6 3 5 | 6 5 3 2 | 1· 6 5 6 3 |

我 的（呀么）名 儿（呀么）王 秀
今 年（呀么）一 九（呀么）三 八

| 5 3 6 1 | 3 6 1 2 | 3 5 | 1 2 3 | 5 3 2 |

英， 自幼儿许配李成东，
年， 上级号召来征兵，

| 3 1 7 6 | 5 3 5 | 3 7 6 3 | 5 | 3 5 | 6 5 3 2 |

少 年 真 英 勇，（哎哟咳呀么）
劝我丈夫去参 军，（哎哟咳呀么）

| 3 1 7 6 | 5 3 5 | 3 7 6 3 | 5 ‖

少 年 真 英 勇。
劝我丈夫去参 军。

（定襄县）

送子弟兵上前线

邢丑花 唱
忻府区文化馆 记

1 = F 2/4

中速稍快

6 6 | 6 1 6 5 | 3 5 2 | 1 6 | 6 6 | 6 1 6 5 |

响起 了(那个) 军号 (呀哈) 站起 了(那个)
一把 手(那个) 拉住 同志们的 武装 了(那个)
上好 了(那个) 刺刀 (呀哈) 同志们(你)往 前
打了 个(那个) 胜仗 (呀哈) 立了 (外那个)

3· 6 | 6 6 | 6 1 6 5 | 3 5 2 | 1 6 |

队， 子弟 兵(那个) 出发 (呀)
带， 提上 一篮篮(的) 大红 枣
冲， 咱们 老百 姓(那个) 支前 (呀)
功， 顾不 上(那个) 回来 看看

2 2 5 | 3 2 1 | 6 — ||

去 打 日 本 鬼。
送到同志们 村 口 外。
步 步(呀) 紧 随 跟。
也 给 咱 捎来个 信。

新民歌

（忻州县）

劝君参加八路军

徐先昌 唱
玉堂 书平 记

1 = G 2/4

2 6· 1 | 2 2 | 5 5 | 5· 6 4 | 3 2 1 | 2 1 7 6 |

槐树 开花 碎纷纷， 当兵要当

—709—

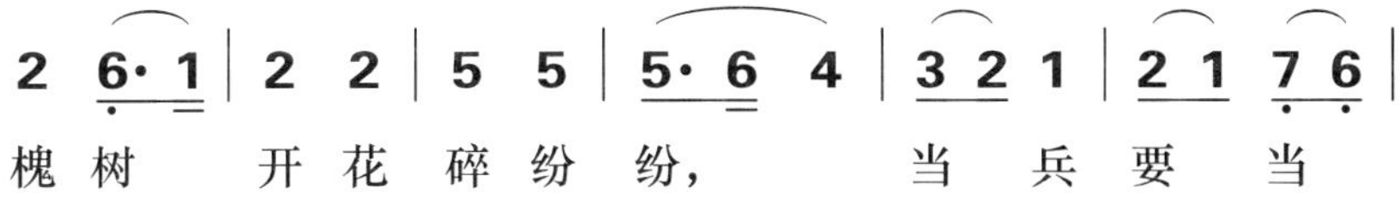

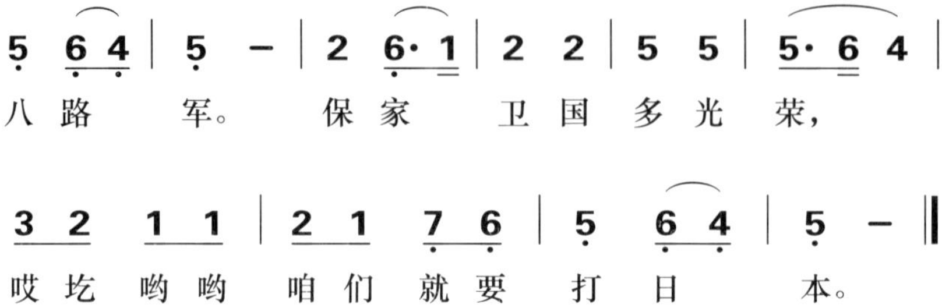

$\underline{5}\ \widehat{\underline{6}\ \underline{4}}\ |\ \underline{5}\ -\ |\ 2\ \widehat{\underline{6\cdot}\ \underline{1}}\ |\ \underline{2}\ \underline{2}\ \underline{5}\ \underline{5}\ |\ \underline{5\cdot}\ \widehat{\underline{6}\ \underline{4}}\ |$
八　路　军。　保家　卫国　多　光　荣，

$\underline{3}\ \underline{2}\ \underline{1}\ \underline{1}\ |\ \underline{2}\ \widehat{\underline{1}\ \underline{\underline{7}}}\ \underline{\underline{6}}\ |\ \underline{\underline{5}}\ \widehat{\underline{\underline{6}}\ \underline{\underline{4}}}\ |\ \underline{\underline{5}}\ -\ \|$
哎咳　哟哟　咱们　就要　打　日　本。

（五台县）

你爹穿上好打日本人

民歌 五台山

1 = C $\frac{2}{4}$

赵月明 唱
邢和贵 记

$\underline{5}\ \widehat{\underline{2}\ \underline{3}}\ |\ 5\ -\ |\ \widehat{\underline{\dot{1}\cdot}\ \underline{\dot{2}}}\ \underline{3}\ \underline{2}\ |\ \dot{1}\ -\ |\ \widehat{\underline{\dot{1}\cdot}\ \underline{\dot{2}}}\ \underline{3}\ |\ \widehat{\underline{\dot{2}}\ \underline{6}}\ \underline{1}\ |$
小　乖　乖，　你　不要　哭，　娘　给　你爹爹

$\underline{6}\ \underline{5}\ \widehat{\underline{2}\ \underline{3}}\ |\ 5\ -\ |\ \widehat{\underline{2\cdot}\ \underline{3}}\ \underline{\dot{1}}\ |\ \widehat{\underline{\dot{2}}\ \underline{3}}\ \underline{\dot{1}}\ |\ \underline{5}\ \underline{5}\ \widehat{\underline{6\cdot}\ \underline{\dot{1}}}\ |\ 5\ -\ |$
把　鞋　做，　一　针一　线绣　上娘　的心，

$\widehat{\underline{\dot{1}\cdot}\ \underline{6}}\ \underline{5}\ \underline{\dot{1}}\ |\ \underline{6}\ \underline{3}\ 5\ |\ \underline{3}\ \underline{5}\ \underline{3}\ \underline{2}\ |\ 1\ -\ |\ \underline{3\cdot}\ \underline{5}\ \underline{2}\ \underline{3}\ |$
你爹爹　穿　上　好打　日本　人。　噢　噢

$5\ -\ |\ \widehat{\underline{\dot{1}\cdot}\ \underline{6}}\ \underline{5}\ \underline{\dot{1}}\ |\ \underline{6}\ \underline{3}\ 5\ |\ \underline{3}\ \underline{5}\ \underline{3}\ \underline{2}\ |\ 1\ -\ \|$
噢，　你爹爹　穿　上　好打　日本　人。

（原平市）

哥哥当兵又要走

1 = G 2/4

王双有 唱
郭秋彦 记

3 3 3 | 2 2 | 3 5 3 2 | 1· 2 | 3 3 3 | 2 1 |
哥 哥 我 当 兵 又 要 走， 摺 下 个 妹 子

7 2 7 6 | 5 — | 5 5 6 | 1 3 2 5 | 6 — |
谁 收 留。 顾 不 上 妹 子 谁 收 留，

2 7 2 2 | 3 5 7 6 | 5 3 5 6 | 1 5· ‖
上 级 的 命 令 总 得 走。

（盂　县）

新民歌

工　作　员

1 = G 2/4
中速，活泼地

田玉光 唱
书平 奋臻 记

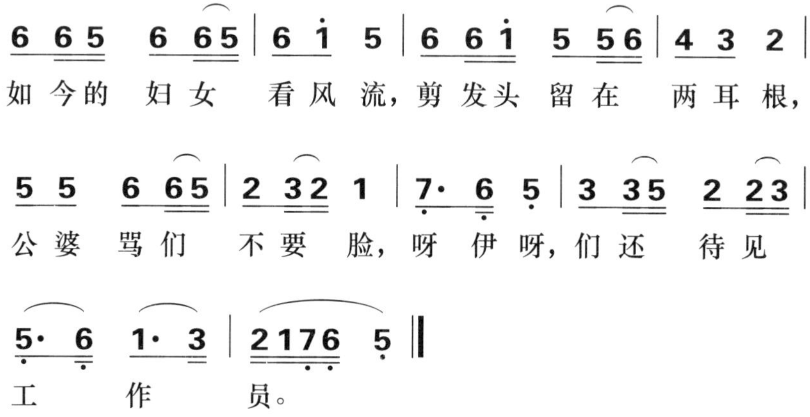

6 6 5 | 6 6 5 | 6 1 5 | 6 6 1 | 5 5 6 | 4 3 2 |
如 今 的 妇 女 看 风 流， 剪 发 头 留 在 两 耳 根，

5 5 | 6 6 5 | 2 3 2 1 | 7· 6 5 | 3 3 5 | 2 2 3 |
公 婆 骂 们 不 要 脸， 呀 伊 呀， 们 还 待 见

5· 6 | 1· 3 | 2 1 7 6 | 5 ‖
工　作　员。

（五台县）

对象是个老八路

1=F 2/4

王云青记

```
6 6  6·7 6 5 | 3 5 2 1· | 6 6  6·7 6 5 |
```
小   瓜子 那个   地里头呀   种上 小了 那个头
吹起 了那个   洋号拉住   哥呀步   站起装那个里
一把 手提那个   七九胜仗呀   武高粱立了 那个

```
⁵3 —  | 6 6  6 7 6 5 | 3 5 2 1· |
```
豆， 找下了 那个哥哥   对象 呀哈
队， 革命说 上几句那个   出发 呀呀哈
带,   打当一 下那个   知心的话 呀呀哈
睡,功,

他 是 一 个 老   八   路。
消 灭 那 个 日   本   鬼。
送 到 哥 哥 大   门   外。
要 打 那 么 的   日   本荣。
多   光   鬼。

```
2·2 2 5 | 3 2 1 | ¹6 — ‖
```

（忻州市）

送郎当兵

1=G 4/4

张二女 唱
奋臻 玉堂 书平 记

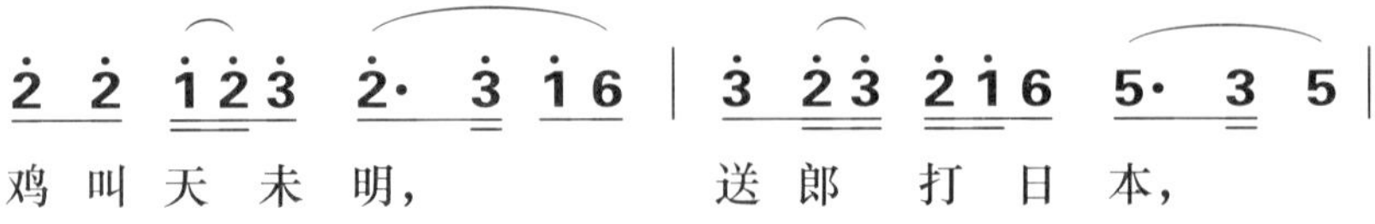

```
2 2  1 2 3 | 2·  3 1 6 | 3 2 3  2 1 6 | 5·  3 5 |
```
鸡 叫天未明，   送 郎打日 本，

民歌五台山

| 6· i 2̇ 2̇ 6 6i 4·5 | 6 6i 6543 2 20 |
手榴弹 盒子枪， 你都要带在身。

| 2̇ 2̇ 5 5̇6̇ 2̇ — | 3̇ 2̇ 2̇·11 6 5 — |
送郎打日本， 咱要当英雄。

[1.
| 6· i 2̇ 2̇ 6 6i 4·5 | 6 6i 6543 2 — ‖
游击战，阵地战， 你定要冲在前。

[2.
| 6 6i 6543 2 — | (6 6i 2̇3̇2̇i 6 6i 4·5 |
胜利后再团圆。

| 6 6i 6543 2 —) ‖

（五台县）

新民歌

锄 野 草

1 = G 2/4 3/4

邢志岐 唱
邢和贵 记

| 1 1 1 1 3 5 | 1 1 6 1 5̣· | 1 1 1 3 5 |
满地的庄稼长得好， 就怕苗里

| 2 1 6 1 5̣· | 1 6̣ 1 2 | 2 3 5 2 |
出野草， 依呀嗨呀呼儿嗨，

—713—

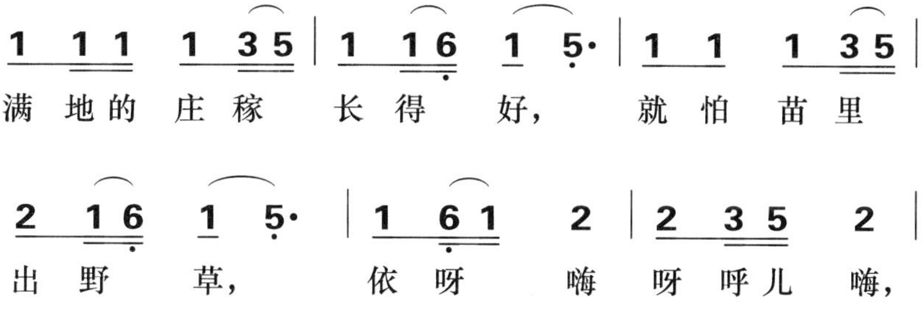

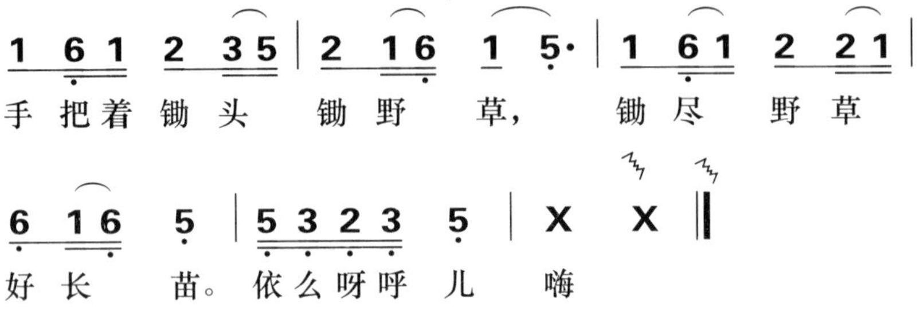

```
1 6 1  2 3 5 | 2 1 6  1 5· | 1 6 1  2 2 1 |
```
手 把 着 锄 头　锄 野 草，　锄 尽　野 草

```
6 1 6  5 | 5 3 2 3  5 | X  X ‖
```
好 长　苗。依 么 呀 呼 儿　嗨

（原平市）

我要把那鬼子杀

1 = C　2/4

张在才 唱
邢和贵 赵美琴 记

```
1 1  3 2 3 | 5 5  ⁵3 | 1· 2 | 3 2 1 |
```
日 本　鬼 子　行 凶（呀）烧 了　我 的
吃 不　饱（那个）肚 子（呀）衣 服　遮 不　住
哭 泣　有 啥　用 处（呀）报 仇　把 敌
哭 一　声（那个）爹 爹（呀）叫 了 一 声

```
2 - | 1· 2 | ⁵3 3 2 | 1 2 1 | 6 5 |
```
家，　　杀 了　我 的　爹 爹（呀）
身，　　破 庙　里　挤 满　我 们
杀，　　打 走 了（那个）日 本　鬼（呀）
妈，　　参 加　咱 们 的　八 路　军（呀）

```
3 5 0 5 | ⁵3 2 1 | 5 - ‖
```
欺 负 了　我 的　妈。
可 怜 的　难　民。
我 们 才　有 活　法。
我 要 把　鬼 子　杀。

（原平市）

割 野 草

张兰爱 唱
朱生和 词曲

1 = G 2/4

新民歌

1.平(圪)展展的土 地，绿(圪)油 油的苗。齐(圪)刷刷 的庄稼 地，不能让长 出了野杂 草。种田人 天天把地锄，(噢)瞅着苗地垄锄 野 草。依呀 嗨，呀呀儿 嗨，依么呀呀儿 嗨，哼嗨嗨。

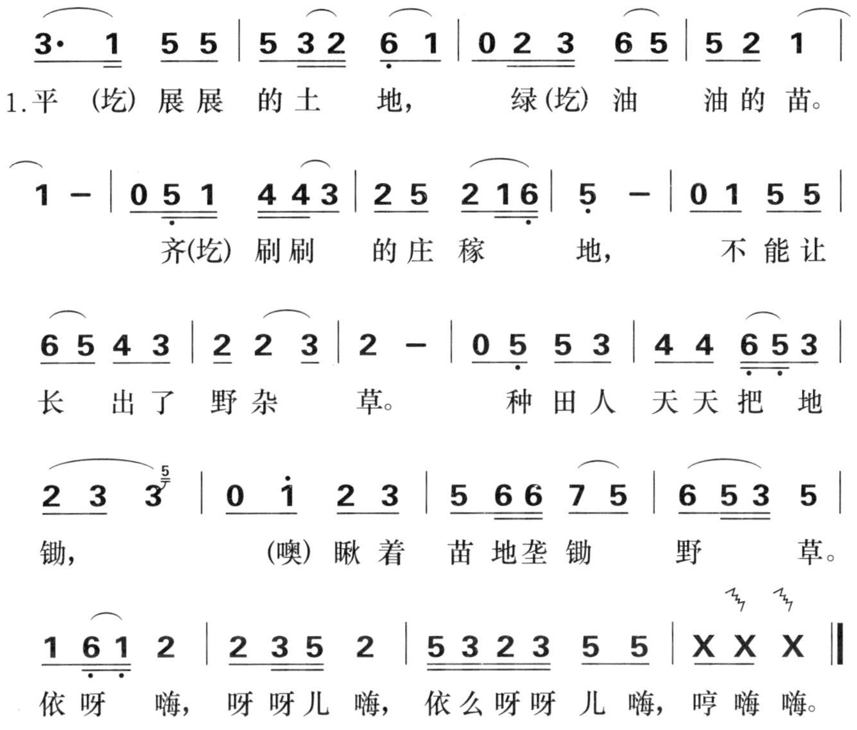

2.好苗苗喜欢阳婆婆照，
　灰野草藏在地夹角。
　灰东西暗地里要作乱，
　野草旺了庄稼长不好。
　锄地要细心睁大眼瞧，
　不能让野草在锄刀下逃。

3.开春小草露头锄头遍，
　夏天草旺苗壮锄二遍，
　入伏大锄灭草搂三遍，
　秋来掐头断根保四遍。
　从种到收锄净野草，
　种保好收多打支前粮。

注：按照第一为格式，二、三为加上词演唱

（五台县）

反 国 特

郎贵銮 唱
朱生和 谱

1 = D 2/4

1.松柏树叶四季绿,今日开会反国特。国民党顽固派真是灰,左谈右谈不实际。啊呀呀!你要能坦白就原谅你,宽大政策有限期。

2.松柏树叶四季绿,
　今日开会反国特。
　国民党顽固派搞破坏,
　黑烂心萝卜面面上白。
　啊呀呀!
　你要不坦白,政策就不原谅你,
　要求政府把你扣起来。

3.松柏树叶四季绿,
　今日开会反国特。
　国民党顽固派真个坏,
　披着羊皮的狼更加赖。
　啊呀呀!
　你不老实投降交待,
　老百姓决不会宽饶你!

注:①国特——指抗战时期的国民党特务。

(五台县)

民歌五台山

选 举 歌

1 = F 2/4

王滨 记

新民歌

```
5 i 65 | 5 1 2 | 5· 6 5 3 | 5· 6 5 3 |
绿 油 油的 庄  稼, 满 山 遍 野 青 纱 帐儿

2 0 | 6 6 5 6 0 | 1 2 3 2 0 | 6 6 5 3 5 |
起。   狗 娃家 嬷,  孩子家 爹,  张家的 长 工,

6 6 5 3 5 | 5 i 5 | 6 5 6 5 3 | 2 6 1 |
李家的 闺女, 哎嗨 哟 都    来哟  来选 举。

1· 5 3 3 3 | 5· 1 2 | 1· 2 3 3 3 | 5 2 1 |
要 选打鬼子死 心 的,千 万 不 选那 坏蛋鬼。

5 1 5 | i 6· 5 | 3 5 6 5 0 | 6 6 5 3 5 6 |
哪怕你 肚子里多 鬼,(咳) 嘎古的 家伙

5· 3 | 2· 5 3 2 | 1 0 ‖
哟,  咱 就 不选 你!
```

注：①嘎古——心肠不好的人。

（五台县）

选 村 长

1 = G 4/4

中速、热情地

张三林 唱
奋臻 玉堂 记

(1 16 5 1 6 53 2 | 3 35 3212 1 —)

‖: 1 65 3 21 5 — | 1· 2 3 1 2 — |

抗战　已六年，　　胜利　在眼　前，
今天　选村长，　　大家　仔细　想，
叫一声　耿小四，　你不要　太为　难，

1 2 3 2 1 2 6 5 | 3 5 6 1 5 — |

上级　派来了工作组　今天　搞动　员，
一年　多啦咱们的村长　究竟　怎么　样，
当了　村长大家给你　总要　办法　想，

2 3 2 1 2 3 2 1 | 3 5 6 1 5 — |

分田　地，分财　产，土改　运动　忙，
谁能　行，谁能　干，好坏　不能　瞒，
你缺　吃，你缺　穿，众人　来帮　忙，

1 16 5 1 1 6 53 2 2 | 3 35 3 2 1 — :‖

翻身　做主把家当，今天　咱们的　选村　长。
代表　群众的利益，才是　咱们的　好村　长。
从今　紧跟共产党，生活　一年比　一年　强。

民歌 五台山

（五台县）

反顽之歌

1 = ♭B 2/4

王先和 刘焕平 唱
奋臻 玉堂 书平 记

进行曲

1 0 1 0 | 1 0 0 | 1· 1 1 | 1 — | 1 3 5 | 6 0 0 |
呸 呸 呸 顽 固 分 子 见 了 鬼,

1 1 7 | 6 1 | 3 5 | 6 0 | 5 3 5 6 | 3 2 |
调 转 了 枪 口 来 对 内, 我们大家 齐 反

1 0 | 3 2 1 3 2 1 | 3 0 2 0 | 1 0 ‖
对, 齐反对,齐反对, 齐 反 对!

（五台县）

新民歌

花 梨 枪

1 = ♭B 2/4

亚欣 记

中速 较自由

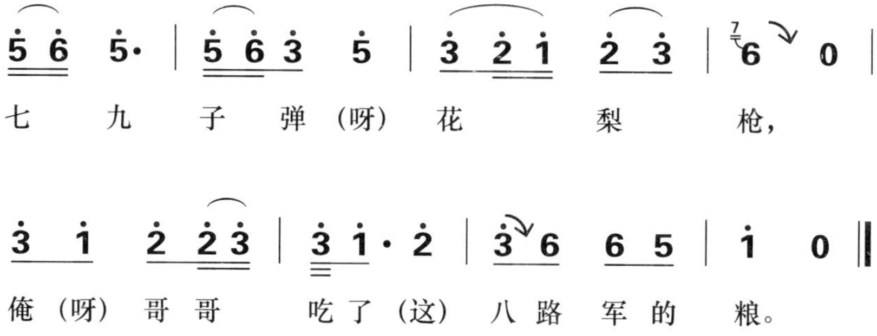

5 6 5· | 5 6 3 5 | 3 2 1 2 3 | 6 0 |
七 九 子弹（呀）花 梨 枪,

3 1 2 2 3 | 3 1· 2 | 3 6 6 5 | 1 0 ‖
俺（呀）哥 哥 吃了（这）八 路 军 的 粮。

（原平市）

—719—

埋 地 雷

张瑞云 唱
奋 臻 记

1 = G 2/4

2 6̣· 1 | 2 2 | 5 5 | 5̆ 6 4 |

槐　树　上　开　　花　　碎　纷　　纷，
半　夜　里　敲　　门　　们　不　　开，
八　路　军　来　了　　烧　开　　水，
地　雷　子　好　比　大　西　瓜，

3· 2   1 1 | 2 1 | 7̆ 6̣ | 5̆ 5 | 6̆ 4̣ | 5 - ‖

好　弄　男　人　要　参　加　呀　八　路　　军，
不　清　是　八　路　军　了　日　本　人　　来，
日　本　鬼　子　来　来　呀　埋　本　地　　雷，
炸　得　敌　人　血　和　肉　像　个　大　莲　花。

（五台县）

边区小唱

邢红西 唱
邢和贵 记

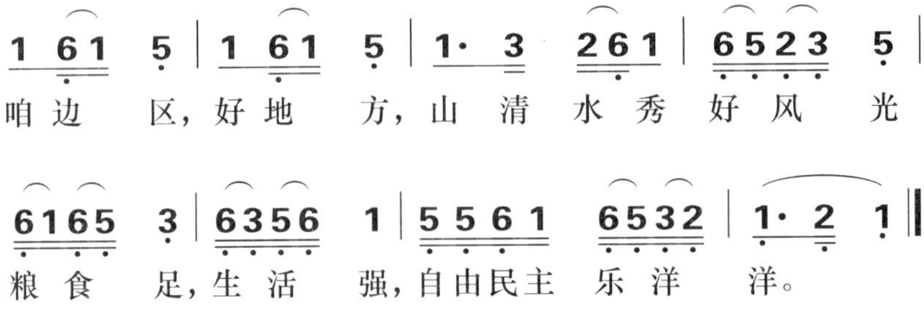

1 = D 2/4

1 6̣ 1̣ | 5̣ | 1 6̣ 1̣ | 5̣ | 1· 3 | 2 6̣ 1 | 6̣ 5̣ 2 3 | 5 |

咱边　区，好地　方，山清　水秀　好风　光，

6̣ 1 6̣ 5̣ | 3 | 6̣ 3 5̣ 6̣ | 1 | 5̣ 5̣ 6̣ 1 | 6̣ 5̣ 3 2 | 1· 2 | 1 ‖

粮食　足，生活　强，自由民　主　乐洋　洋。

（原平市）

民歌五台山

反 扫 荡

1 = C 2/4

邢甲富 唱
邢和贵 记

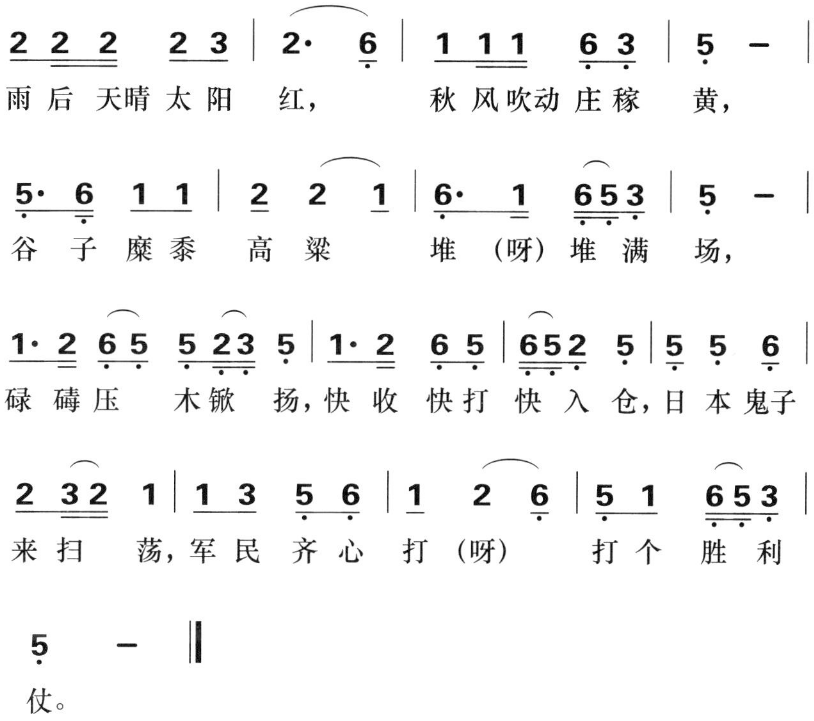

新民歌

雨后天晴太阳红,秋风吹动庄稼黄,谷子糜黍高粱堆(呀)堆满场,碌碡压木锨扬,快收快打快入仓,日本鬼子来扫荡,军民齐心打(呀)打个胜利仗。

(原平市)

开荒支前

1 = F 2/4

王先和 唱
奋　臻 记

中速

春天桃花开噢,背山坡上

—721—

| 3 5 3 1 | $\frac{3}{2}$ - | 3 0 5 3 5 | i 6 i |

去　开　荒，　　噢！　　多开 荒 多打 粮，

| 5·5 6 i | 5·2 | 5 3 2 3 0 | 2·3 2 1 | 5 3 5 |

一年 更比 一年 强，那 咳　哎嗨 咿呀 咳呼 咳

| i 3 0 | 5 5 6 3 2 1 | 3 5 6 6 | 5 - ‖

来 么，　多打下 粮 食 支 援 前　方。

（五台县）

民歌五台山

那是些什么人

刘老明 唱
程千里 记

1 = E 2/4

中速稍快

| 5 5 6 5 4 | 5· i | 6 i 6 5 3 5 3 2 | 1· 6 |

1.(问)同志 我 问 您 (呀) 那 是 些 什 么 人？他
　(答)提起 这 些 人 (那) 同 志 你 要 当 心，他

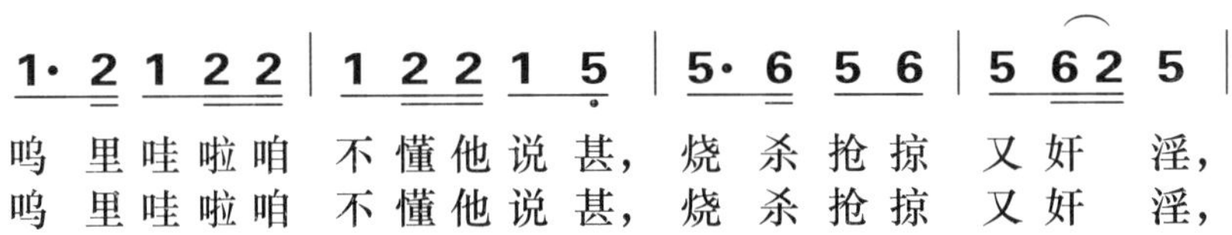

| 1·2 1 2 2 | 1 2 2 1 5 | 5·6 5 6 | 5 6 2 5 |

呜 里哇啦咱 不懂 他说 甚，烧杀 抢掠 又奸 淫，
呜 里哇啦咱 不懂 他说 甚，烧杀 抢掠 又奸 淫，

| 1·2 1 2 | 1 2 1 5 | 5·6 5 6 | 5 6 2 5 |

一 手 战 刀　一 手 军 棍，人 面 兽 心 狠杀 人，
一 手 战 刀　一 手 军 棍，人 面 兽 心 狠杀 人，

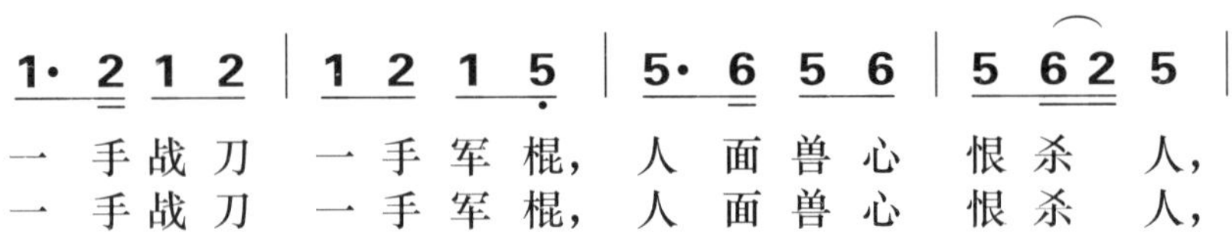

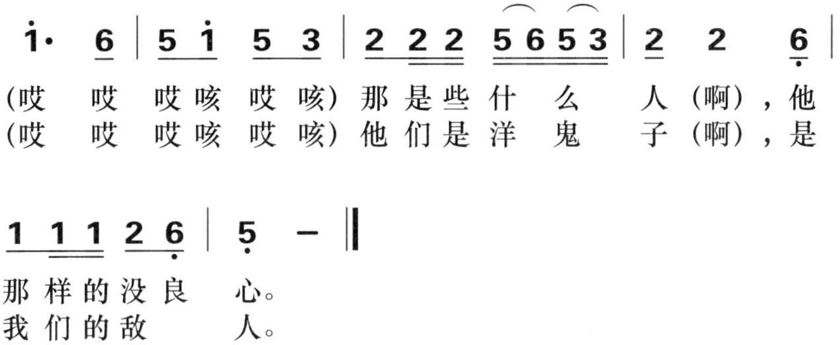

```
1·  6 | 5 1  5 3 | 2 2 2  5 6 5 3 | 2  2   6̣ |
```
(哎 哎 哎咳哎咳）那 是 些 什 么 人（啊），他
(哎 哎 哎咳哎咳）他 们 是 洋 鬼 子（啊），是

```
1 1 1 2 6̣ | 5̣ — ‖
```
那 样 的 没 良 心。
我 们 的 敌 人。

2. （问）同志我问你，　　　　　　（答）提起这号人，
　　　　那是些什么人？　　　　　　　　　同志你要当心，
　　　　他歪戴礼帽，　　　　　　　　　　他歪戴礼帽，
　　　　斜眼看人，　　　　　　　　　　　斜眼看人，
　　　　跋着鞋子装日本，　　　　　　　　跋着鞋子装日本，
　　　　七分像鬼三分像人，　　　　　　　七分像鬼三分像人，
　　　　卖国求荣黑了心，　　　　　　　　卖国求荣黑了心，
　　　　那是些什么人？　　　　　　　　　他们是皇协军，
　　　　他不像中国人。　　　　　　　　　他坑国害人民。

3. （问）同志我问你，　　　　　　（答）他们是自己人，
　　　　那是些什么人？　　　　　　　　　你可要相信，
　　　　他领导生产和蔼可亲，　　　　　　他领导生产和蔼可亲，
　　　　鱼水之情不离分，　　　　　　　　鱼水之情不离分，
　　　　斗争地主打倒恶棍，　　　　　　　斗争地主打倒恶棍，
　　　　生产打仗为人民，　　　　　　　　生产打仗为人民，
　　　　那是些什么人？　　　　　　　　　他们是八路军，
　　　　他和咱格外亲。　　　　　　　　　那是咱最亲的人。

新民歌

（平山县）

日本鬼子到神山

1 = F 2/4

邢志岐 唱
邢和贵 记

民歌五台山

（歌谱略）

歌词：

日本鬼子来到神山，凶行神夜作为下，恶啥山路要复债，害鬼干砍恶更未，抢本，响，

本有路军敌水有敌防数让住，山挡不住鬼子住，八又报血，得作得电手清，光，五里营打死全村身手提于，

鬼根害腊铁仇，子来呀怕月路来，神有水歼设记住，山源顽团天断冤，行神夜挡不住鬼子记，凶山半住子子，作为下八又报血，

害鬼干砍恶更未，得作得电手凉清，惨乱欢杆段残算，杀只听天强刺我，人因得明迫刀今，不贬当一进村逼编，眼年阵村民着个，东打枪来水小歌，西全日声报中孩儿，

抢本响复跪童唱，光五一打全身手留，五里营打死村上饭衣人头后，长街儿本锅服人，大火军子拔完让上证，燃大参宪完让上见，火军队拔长完让上证，燃参穿拴见。

（原平市）

痛打飞鹰队

1 = ♭B 2/4

玉楼 记

中速

新民歌

东峪的(那个)石头(哟)滹沱河里的沙，武工队(的个)亲哥哥(啊呀呀)，打仗出了发。

三八式(的个)大盖(哟)明光(哟那个)光，武工队(的个)亲哥哥(啊呀呀)，打(那个)老蒋。

忽听的(那个)村外头枪声(哟那个)起，忻县城里又出来(啊呀呀)"飞鹰"(那的个)队②。

武工队①(的个)冲锋号嘀嘀哒哒吹，一阵阵就把那灰鬼们(啊呀呀)戳敛(那的个)起③。

注：①武工队——是中国共产党领导的定襄县武装工作队的简称。
②飞鹰队——阎锡山的武装特务队。
③戳敛起——土语，即捆起或收拾起。

(定襄县)

攻打史家岗

1=G 2/4

王保存 唱
激 波 记

中速

去年十月八号晚，八路军攻打史家岗，炮台钱库烧了个干，捉住鬼子一卜滩，（嗨嘞梅翠花 海棠花）捉住鬼子一卜滩。

地雷一炸伪军慌，八浑路身上下史如筛糠，磕头捣蒜缴了枪，打了胜仗喜洋洋，（嗨嘞梅翠花 海棠花）打了胜仗喜洋洋。

得了机枪整四挺，还有步枪七十整，电台收音机全拿上，九匹洋马骑回山，（嗨嘞梅翠花 海棠花）九匹洋马骑回山。

（定襄县）

民歌 五台山

打花车队

1=A 2/4
中速

赵贵生 唱
激 波 记

3 - | 3 35 | 32 3 | 32 | 1· 2 | 3 53 |

一呀 一九（那个）四四 年 腊月
胡呀 胡村（那个）住 的 四十
机 关 枪（那个）打 得 像 碎纷

23 21 | 6 15 | 3 - | 3 53 | 23 21 |

初 十的那一 天，"花车队"来 到了
三 团和四 连，冲锋 号（呀么）
纷（呀么）雨点 点，掷弹筒打 得

65 61 | 3 - | 3 53 | 23 21 | 65 61 |

中 霍 村， 碰见了青 年就抓 壮
吹 得（个）凶， 上上（那）刺 刀往 前
赛 雷 声， 敌人死伤 数 不

3 - | 3 - | 3 35 | 32 | 32 | 1· 2 |

丁， 打呀打骂 咱 老百 姓，
冲， 打呀打得 那些 鬼子 们，
清， 连呀连长（这个）就 好 比，

33 33 | 2 26 | 1 76 | 56 | ³5 - ‖

打骂（的他）要 银 钱（呀么 呼儿 咳）。
垮台（的个）又 丧 命（呀么 呼儿 咳）。
三国（的个）赵 子 龙（呀么 呼儿 咳）。

（定襄县）

新民歌

打 蓝 台

1 = A 2/4　　　　　　　　　　　　　　　　郭玉楼 记
中速

3 5　3 32 | 1 5　3· 2 | 1 5　2 23 |
1.十月 里(那个) 北风 吹　　　天　　气(儿道)

2· 5 1 | 1 65　2 23 | 2· 1 1 | 6 61　2 23 |
冷，　　　天　气(儿道) 冷，　　定襄县 来了些

5 6 5 | 5̇ 7 0 | 656 61　2 5 | 1· 6 5 ‖
"露 水 军"，(唉)！ 出发他就 胡折 腾。

民歌五台山

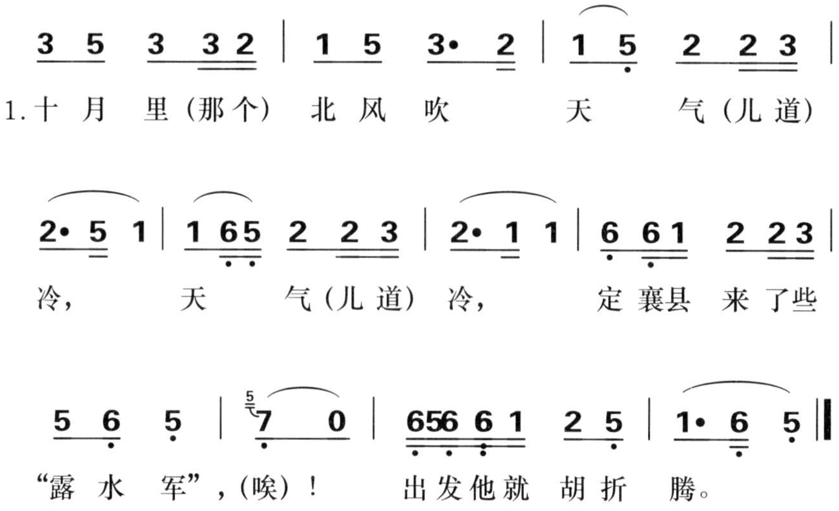

2. 彭政委知道了这事情，
　 给咱们县大队下命令，
　 消灭这些害人虫。

3. 咱大队为人民真不赖，
　 连夜拉到北蓝台，
　 单等那敌人来。

4. 第二天鸡叫天未明，
　 定襄城乱成一窝蜂，
　 狗叫鸡儿鸣。

5. 一阵阵南门大掀开，
　 敌人直奔北蓝台，
　 狗日的们送死来。

6. 阎四豹把队伍布置好，
　 一阵冲锋拼刺刀，
　 看你狗日们往哪儿跑。

（定襄县）

白 家 山

1 = ♭B 2/4

音民 记

中速稍慢

6 6 7 | 6 5 3 2 | 5 3 | 6 6 7 | 6 5 3 2 |
1.白 家 山 修 炮 楼（啊），完 了 又 修 汽

5 3 | 6 5 6 | 2 2 | 3 5 3 2 |
路（啊），毁 坏 了 老 百 姓 的

1 2 | 6 5 | 3 3 5 | 3 2 1 | 2 — ‖
青 苗（呀） 你 看 看 多 难 受。

2. 白家山未完成，
　　南武村又开工，
　　老百姓苦上加苦，
　　实实真苦情。

3. 六月里天气热，
　　民夫们没水喝，
　　想喝些白凉水，
　　还得把好话说。

4. 今天要木材，
　　明天要砖头，
　　白面、鸡子、猪羊肉，
　　白菜和干粉。

5. 灰武道真横行，
　　带了些日本兵，
　　杀我们的青年呀，
　　你看多残忍。

6. 挺身队赵承炳，
　　带了些伪军们
　　到村里乱杀乱抢呀，
　　欺侮老百姓。

新民歌

（定襄县）

围困蒲阁寨

1=F 2/4

亚欣 记

中速

5 6 i | 5 4 3 | 2 3 5 2 | 1 2 3 | 1 7 6 | 5 6 i | 5 |

十二月 十三 那一 天,命令 下来 打据 点,
忻崞 支队 真英 勇,一排 掩护 二排 冲,
殷长久 带的 民兵 们,抱上 地雷 往上 冲,

5 5 | 5 4 3 | 2 2 2 5 | 4 4 2 | 1 2 1 6 |

前晌 发下 子弹 来(哎 咳呀),夜晚进攻
随后 跟上 民兵 们(哎 咳呀),要和敌人
事务 所门 口埋一 颗(哎 咳呀),炸死鬼子

5 6 i | 5 ‖

蒲阁 寨。
拼一 拼。
四个 人。

(忻州市)

民歌 五台山

生 产 歌

1=F 2/4

郎贵銮 唱
朱生和 谱

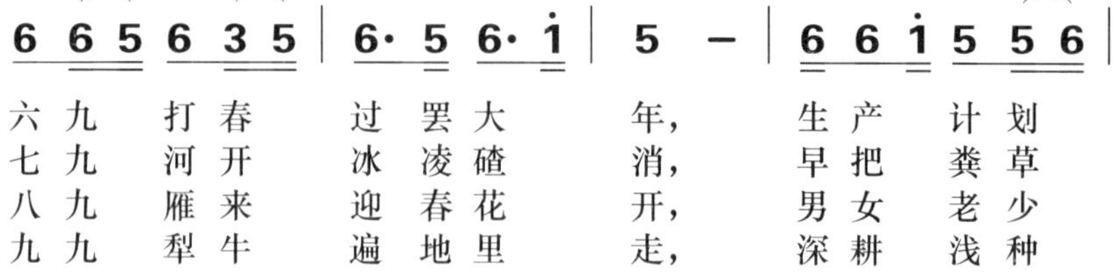

6 6 5 6 3 5 | 6· 5 6· i | 5 — | 6 6 i 5 5 6 |

六九 打春 过罢大 碴 年消, 生产 计划
七九 河开 过冰凌 迎 年消, 早把 计粪草
八九 雁来 迎春花 开, 男女 老少
九九 犁牛 遍地 里 走, 深耕 浅种

—730—

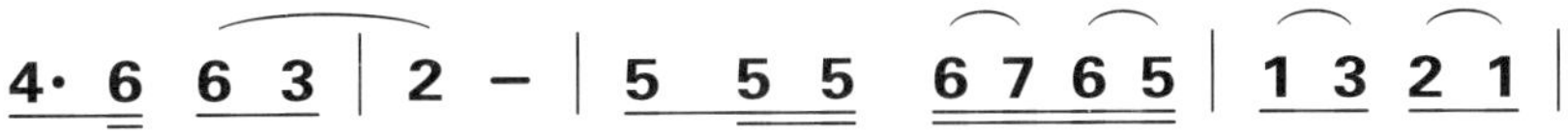

```
4· 6  6 3 | 2 - | 5  5 5 | 6 7 6 5 | 1 3 2 1 |
要 制  定。      抓 紧(那) 时   间   备  春
准 备  好。      抓 紧(那) 时   间   快  送
修 河  滩。      受 苦(那) 变   工   快  又
早 丰  收。      多 打(那) 粮   食   有  力

7̣ 2 | 1 1 6̣ | 5̣ 1 7 6 | 5 1 1 | 7̣ 6 1 2 4 5 6̣ |
耕,(呀 得 儿  哟) 全 年   生 产   要 计   划
粪,(呀 得 儿  哟) 开 犁   播 种   行 动   主
强,(呀 得 儿  哟) 农 家   喜 欢   的 好   主
量,(呀 得 儿  哟) 支 援   前 线   为 抗

5 - ‖
好。
好。
张。
战。
```

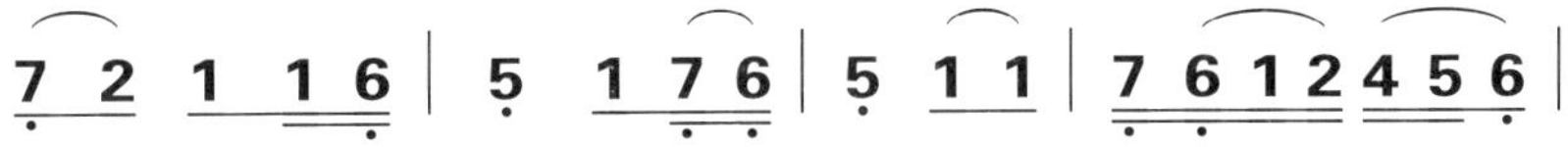

(五台县)

新民歌

打 智 村

1=F 2/4

牛天喜 唱
呈 琼 记

中速

```
1̇ 6 5 | 6 5 6 1̇ | 5  5 1̇ | 6 1̇ 6 5 | 3 5 6 |
大 反 攻 开 始 了(呀),   中 国 人 民   解 放
外 头(就) 包 围  住(呀), 里 边 害 了
三 十 九 师 来 到 了(呀), 同 志 们 坚 决 地

1 1 6̣ | 1 1 1 6 | 5 5 3 | 2 3 5 | 5 7̣ |
军(呀),   说 了 一 个 打 仗   真 勇   敢(呀),
怕(呀),   管 贵 廷(呀) 打 电   话(呀),
打(呀),   打 了 一 仗 胜 利   了(呀),
```

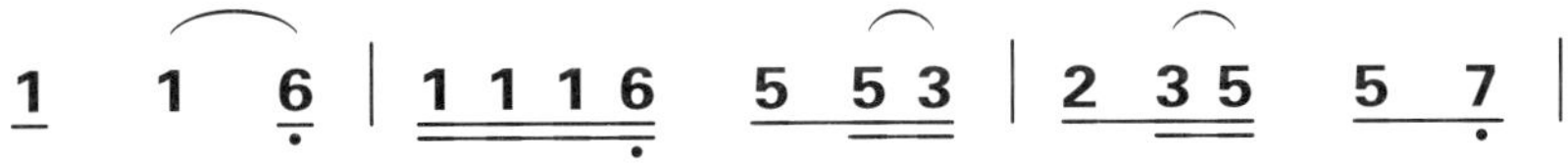

| 2 3 2 3 | 5 7 | 6 5 6 | 7· 6 | 5 — ‖

拉 到 一 个　东 冶　镇（呀 么　哎 咳　哟）。
三 十 九 师　来 增　援（呀 么　哎 咳　哟）。
敌 人 死 伤　二 三　百（呀 么　哎 咳　哟）。

（定襄县）

解放战争时期

新民歌

经过三年的解放战争岁月,广大军民进行了艰苦卓绝的战斗,五台山地区所属的各县陆续获得解放,一切权力回到人民手里。据查有关资料,属于山西省隶辖的盂县于1945年全县获得解放;五台、代县、繁峙县于1946年全县获得解放;而忻县、定襄、原平三个县推迟至1948年才获得解放。五台山地区的各地人民在解放战争期间,都投入了如火如荼的战斗,为中国人民的解放事业谱写了光辉灿烂的篇章。几十年来,广大人民群众编创了难以计数的民间歌曲,歌颂解放战争中英明坚强的党政领导,战无不胜的军队和可歌可泣的人民英雄。英雄与日月同辉,赞歌将万古流芳。

毛主席路居馆

1 = G 2/4

奋臻 词曲

中速 稍快地

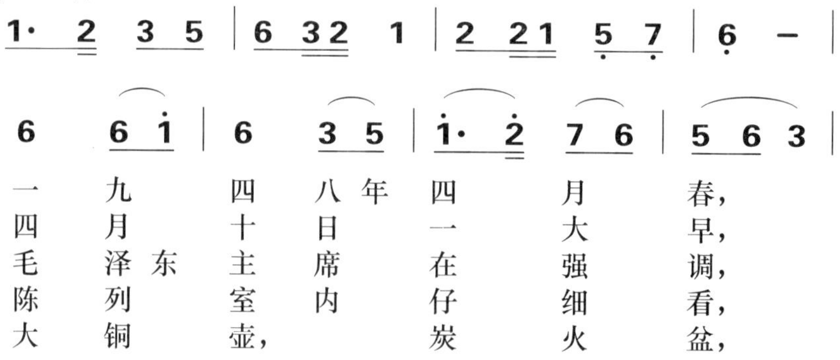

| 1· 2 3 5 | 6 3 2 1 | 2 2 1 5̣ 7̣ | 6̣ — |

| 6 6 1 | 6 3 5 | 1· 2 7 6 | 5 6 3 |

一　九　四　八　年　　　四　月　　春,
四　月　十　日　一　　　大　　　早,
毛　泽　东　主　席　　　在　　　调,
陈　列　室　内　仔　　　强　　　看,
大　铜　壶,　炭　　　细　火　　　盆,

| 5 5 | 3 5 | 6 5 3 | 2· 3 | 6· 1 | 2 — |

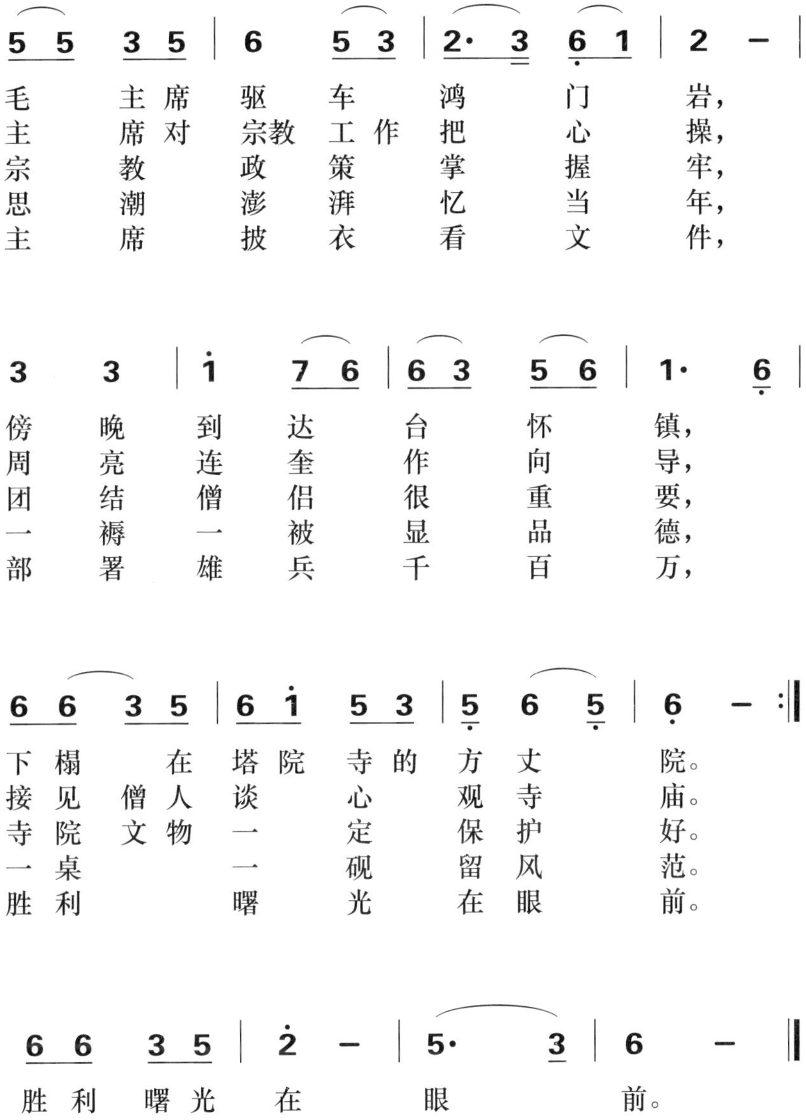

毛主宗思主　　主席对教潮席　　驱宗政教澎披　　车工作策湃衣　　鸿把掌忆看　　门心握当文　　岩操牢年件，

| 3 3 | 1 7 6 | 6 3 | 5 6 | 1· 6 |

傍周团一部　　晚亮结褥署　　到连僧一雄　　达奎侣被兵　　台作很显千　　怀向重品百　　镇导要德，万，

| 6 6 | 3 5 | 6 1 | 5 3 | 5 6 5 | 6 — ‖

下榻见桌接寺院利　　在人僧文　　塔院谈一曙　　寺的心定砚光　　方观保护留在　　丈寺风眼院。庙。好。范。前。

新民歌

| 6 6 | 3 5 | 2 — | 5· 3 | 6 — ‖

胜利曙光在　眼　前。

（五台县）

毛主席来到咱代县城

1=F 2/4　　　　　　　　　　　　　　　马春元 唱
中速　　　　　　　　　　　　　　　　陈家滨 记

民歌五台山

6 6 1 3 5 | 6· 5 6 | 3 3 5 1 1 3 | 2· 1 2 |
三月里 桃花儿 红，　　毛 主席 到 代县 城，

5 5 3 6 6 3 | 5 3 5 6 1· 2 | 5 3 5 2 3 2 1 |
滹沱 河（呀么）水 清 清，　幸福 扎 下 了

2 6 5 6 | 1· 6 1 2 | 3 7 6· 7 6 5 |
根，　　（哎 么 呀 得儿 依 得儿 哟 哟 哟 哟

1· 6 5 5 3 | 2· 3 1 2 1 5 | 6 — ‖
呀 得儿 依 得儿　哟）扎 下 了 根。

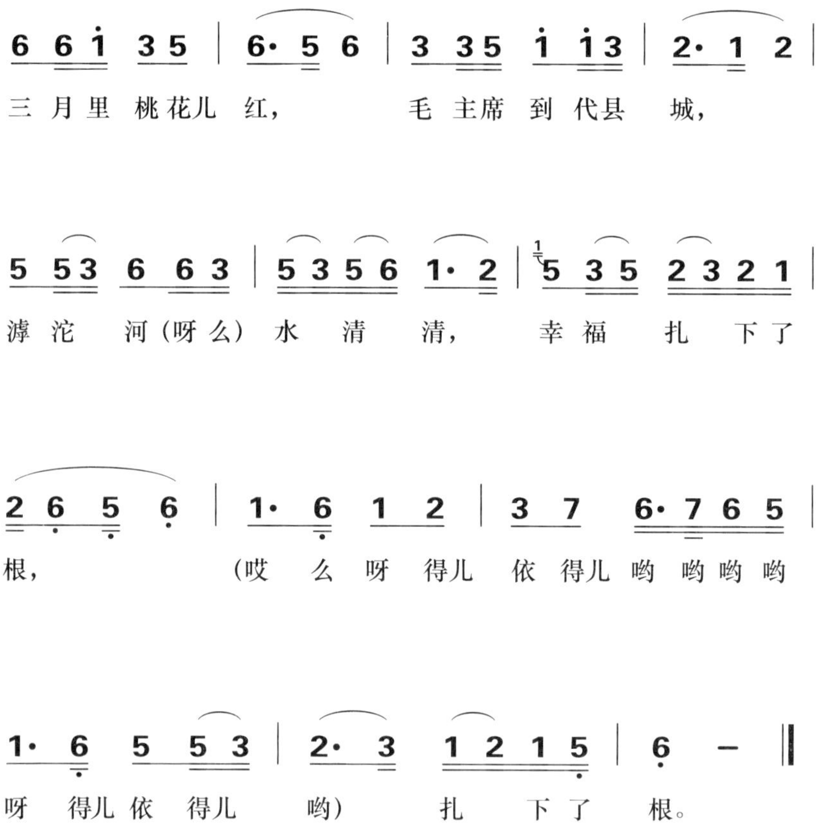

（代　县）

翻 身
（一）

1=F 2/4

中速

贾八成 唱
激波 唱

新民歌

```
5 5 6  1 7 6 | 5· 6 3 2 | 5 5 6  1 7 6 | 5· 6 3 2 |
```
看咱(哟)花栏　墙，　　大门　带的个　场，
看咱(哟)大榆　树，　　长下　这么　　粗，
看咱(哟)一窝　鸡，　　孵下　一伙　伙儿，
看咱(哟)大黄　牛，　　拉车　又驾　耧，

```
3 5 1 | 6· 5 3 5 | 3 5 2 | 3 5 3 6 | 1· 6 1 |
```
这是　土改　给了你和　我，
能做　土檩子又能　做柱，
每天　下蛋十呀十来　颗，
膘满　肉肥吃得是肉乎　乎，

```
3 3 1  2 3 | 5 5  1 3 | 2 3  2 3 2 1 |
```
大玻璃　窗子　砖漫　地(呀)，你看（这　个）
解开　（那个）板　子，你看（这　个）
能顶　饭　又换　菜，还能（这　个）
又送　粪　又拉　土，养种咱　（外）

```
2 1  6 1 | 2 2 5 | 1 6 | 5 — ‖
```
老伴咱　欢喜(呀)　不欢　喜。
做什(呀)做什(呀)　尺寸　够。
换下　换下　穿和　戴。
几十亩好呀　好庄　户。

（定襄县）

翻 身
（二）

子贞 晓敏 记

1 = C 2/4

中速

3 3̇2 3̇2̇3̇1 | 6· 3 | 2̇3̇2̇1 763 | 5 — |

冬天 流水 清，(嗯) 夏天 流水 浑，
事变的 那几 年，(嗯) 少吃 又没 穿，

62 1̇76 | 561 3·3 | 2̇3̇2̇1 763 | 5 — ‖

滹沱河的 两岸 上(嗯)，住的些 老百 姓。
毛主席 领 导(嗯)，穷人们 把身 翻。

（定襄县）

民歌 五台山

土改翻了身

1 = F 4/4

张国义 记

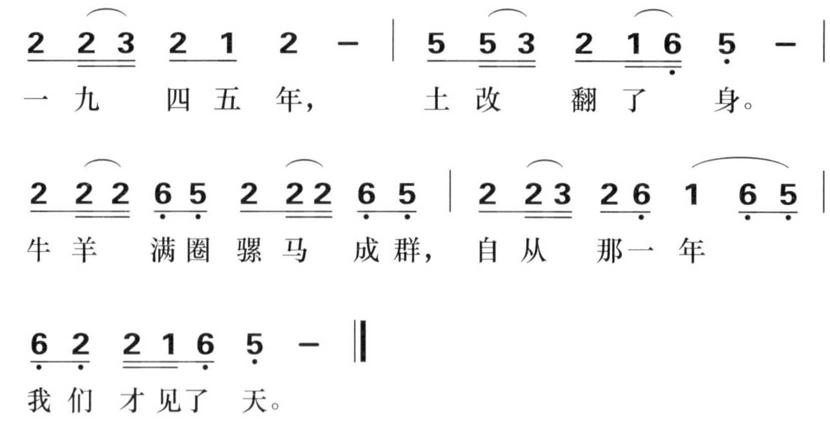

2 2̇3 2̇1 2 — | 5 53 2̇16 5 — |

一 九 四 五 年， 土 改 翻 了 身。

2 2̇2 65 2 2̇2 65 | 2 2̇3 2̇6 1 65 |

牛羊 满圈 骡马 成群， 自从 那一 年

62 2̇16 5 — ‖

我们 才见了 天。

（代 县）

霸王鞭歌

1 = C 2/4

避寺垴秧歌队唱
朱生和 整理

5 3 5 1 | 6· 5 | 1 6 1 | 5 — | 1· 2 | 3 2 1 |
解 放 军 进 了 村, 解 放 区 呀

6 2 1 6 | 5 — | 6· 5 | 6 1 | 1 6 5 | 3 — |
红 了 天。 劳 动 人 民 大 翻 身,

2· 3 5 1 | 6 5 3 5 | 1· 2 | 1 — | 5· 1 6 1 |
民 主 自 由 乐 无 边。 哎 啦 呀 咳

5· 3 | 2· 3 5 1 | 6 5 3 2 | 5 3 5 1 | 6 5 3 2 |
哟 呀, 哎 啦 哎 咳 哟 呀, 穷 人 当 家

5 1 6 5 | 1· 2 | 1 — ‖
做 了 主 人。

新民歌

（五台县）

劳武结合保家乡

1 = C 2/4

邢甲富 唱
邢和贵 记

5· 3 2 | 1 1 6 5 | 5· 3 2 | 1 1 6 5 | 2 5 4 2 |
锄 头（哪 呀 呼 咳）枪 杆（哪 呀 呼 咳）差 不 多 的

1· 6 | 1 5 | 2 2 1 | 6 1 | 2 2 1 | 6 1 | 2· 1 6 1 |
长（呀 呼 咳）劳 力 和 武 力 结 合 起 来 生 产 又 打

| 2 - | 2 2 1 6 1 | 2 1 6 5 - ||

仗，　　吃饱　穿暖保家　　乡。

(原平市)

咱们的队伍打得好

1 = G 2/4 3/4

王龙龙 唱
贾政清 记

| 6 6 3 5 5 | 6 6 3 5 | 6 6 3 2 5·6 | 5 5 1 2 |

一斗这麦子　十八斤　面，把哥哥调在咧　阳曲　县，
莲豆外开花　早上　架，你给俺三哥　捎上句　话，
树上的喜鹊　叫喳　喳，早上俺三哥　捎来句　话。

| 3 3 5 6 6 | 5 6 5 3 5 2 1 | 7·6 5 | 7·6 5 |

捎不上书子　见不上面呀么　好为难　有　钱
能了捎上　不能了罢呀么　好为难　你说上
咱队伍前方　打得好呀么　放心哇　咱取得

| 2 2 3 5 5 1 | 2 0 ||

难买个无线　电。
一句痛快　话。
胜利就回　家。

(原平市)

全家劳动

1 = D 2/4

王存保 唱
激　波 记

中速

| 1 1 1 | 2 7 6 5 | 3 5 3 6 | 5 5 6 |

我家本是个　翻身　户（呀么），
我儿年轻　能受　苦（呀么），

民歌五台山

```
1 1 1  2 7 6 5 | 3 5 3 6  5 | 1 3 5  6 1 |
```
老婆子 养鸡 又 喂 猪，我老汉 虽然
么上(咿) 毛驴子 跑运 输，媳妇子 纺花

```
1 3 5  6 5 3 2 | 1 6 1 2  3 5 2 | 1 - ‖
```
上岁 数(么哼咳)，努力争取 当模 范。
又织 布(么哼咳)，黑夜悄的 念夜 书。

（定襄县）

打土豪劣绅

$1 = {}^{\flat}B$ $\frac{2}{4}$

张秀全 唱
子贞 晓敏 记

中速

```
2 5  3 3 2 | 5 1  2 | 6 6 1  6 6 5 |
```
十三省的 众弟 兄， 一齐 拥护

```
6 5 4 3  5 | 5 6  5 6 5 3 | 2 2 3  5· 3 |
```
卢 将 军，卢将军①(来) 真正 威(个)

```
3 2· | 2 5 2 1  6 1 6 5 | 4· 5  1· 6 |
```
风(哟)，带领 弟兄们 打 恶(的)

```
5 6 5 3  2 1 | 2 - ‖
```
棍(呀么 哎哟 哎)。

注：①卢将军：卢占奎。中华民国初年，一支自发的农民武装的首领。这支农民武装活跃在山西北部及内蒙古西部地区，深得农民拥护。

（定襄县）

新民歌

骂康正生

马德清 唱
张 勉 记

1=♭A 2/4
中速稍快

紧打（这个）鼓来　慢（呀）敲　锣，
迷惑（那个）老百姓　不要害　怕，
无数（的那）老百姓　被他杀　害，
国民党他不管　袖手　看，
骂一声国民党　康正　生，

有一件（那）大事　说上一　说。
她说鬼子不杀咱　老百　姓。
鲜血染红了　大脉山　顶。
看你披着人皮　是个坏　种。

咱提起那国民党　康（来）正　生，
就在去年十月（的个）那一天　里，
鬼子兵他禽兽不如　来烧　杀，
康正生她大不该　撒谎欺　骗，

她是个大汉奸　坑害老百　姓。
鬼子兵包围了大脉　山。
奸淫妇女全没人　性。
她帮助那日本鬼　残害生　灵。

（阜平县）

解放妇女歌

1 = F 2/4

刘应堂 唱
邢和贵 记

新民歌

| 6 6 | 6 6 1̇ | 1̇ 6 3 | 5· 3 | 1̇ 6 6 5 | 3 5 |

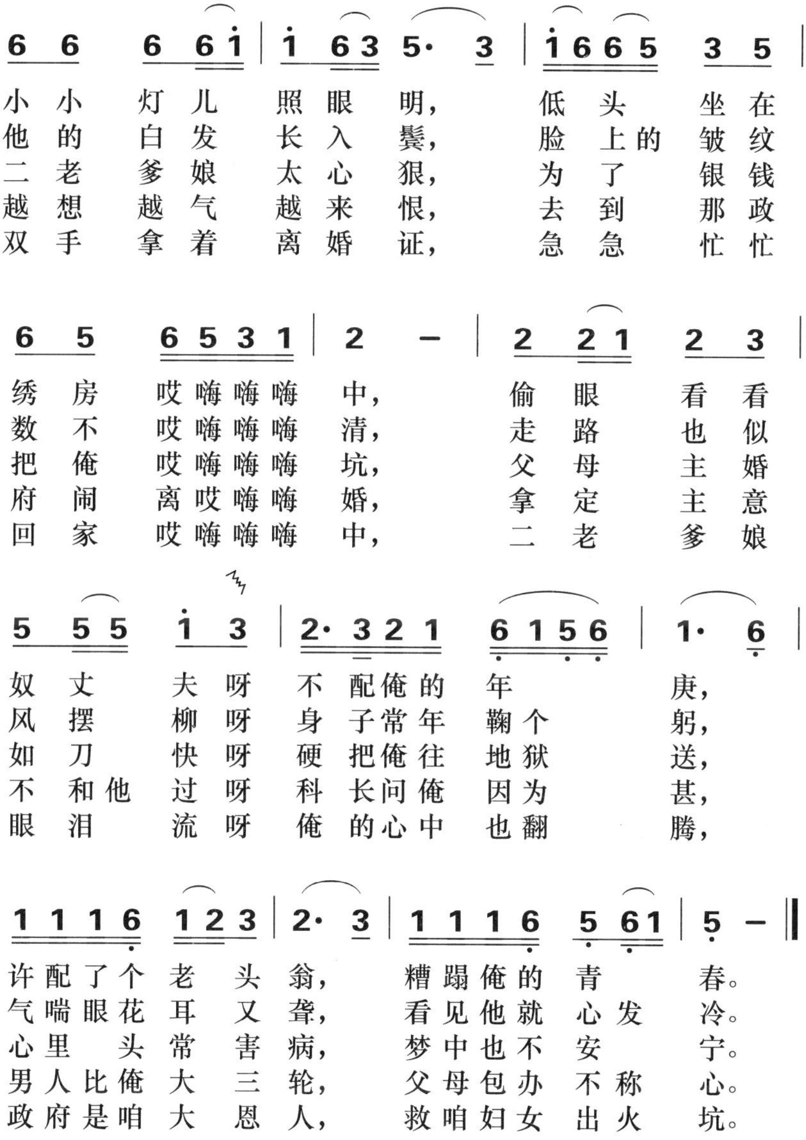

小 小　　灯 儿　　照 眼　　明，　　低 头　　坐 在
小他　的老　白发　长入　鬓，　　脸上　皱银
二越　越想　爹娘　太来　狠恨，　为了　到钱
双手　　　气着　离婚　证，　急急　那忙

| 6 5 | 6 5 3 1 | 2 — | 2 2 1 | 2 3 |

绣 房　　哎嗨嗨嗨　　中，　　偷 眼　　看 看
数把　不俺　哎嗨嗨嗨　清坑，　走路　也似
府回　闹家　哎嗨嗨嗨　离婚　父母　主婚
　　　　哎嗨嗨嗨　中，　拿老　二　意娘

| 5 5 5 | 1̇ 3 | 2· 3 2 1 | 6 1 5 6 | 1· 6 |

奴 丈　　夫 呀　　不 配　　年 鞠　　庚，
风摆　柳呀　俺的　个地　躬，
如刀　快呀　身常　狱因　送，
不和　过呀　硬把　为也　甚，
眼泪　流呀　科长　翻中　腾，
　　　　俺的　心　　

| 1 1 1 6 | 1 2 3 | 2· 3 | 1 1 1 6 | 5 6 1 | 5 — ‖

许 配　　了 个　　老 头　　翁，　　糟 蹋　　俺 的　　青 春。
气喘　眼花　耳又　聋，　看见　他就　心发　冷宁。
心里　男人　比俺　大三　轮，　梦中　父母　不办　不称　心坑。
政府　是咱　大大　恩人，　救咱　妇女　出火

（原平市）

旧社会太压迫

1=♭B 2/4

白拴枝 唱
江玉亭 记

中速稍快

| 3 3 2 | 3 2 1 6 | 1 6 5 3 | 1 1 2 | 3 5 3 |

旧　社　会　太　　压　　迫　　（呀），整　整　它　几　千
十　五　岁　到　　他　　家　　（呀），我　男　人　将　我
受　气　我　受　　不　　到　　（呀），坚　决　我　要　离
到　区　我　又　　不　　到　　（呀），到　了　司　法
我　男　人　不　　同　　意　　（呀），不　怕　丈　夫　的

| 5·3 2 | 5 5 | 6 1 6 5 | 3 5 | 1·2 |

年　（呀），直　到　共　产　党　来　解　放，
打　（呀），见　天　起　来　受　打　骂，
婚　（呀），村　长　干　部　给　我　们，
科　（呀），一　五　一　十　把　苦　诉，
脸　（呀），双　手　拿　的　个　离　婚　证，

| 3 2 1 | 6 1 6 | 6 5 : ‖ 5 3 5 | 6 6 5 |

妇　女　们　翻　了　身　（呀）。自　从　脱　离　了
都　是　个　灰　人　家　（呀）。
写　下　个　介　绍　信　（呀）。
写　下　个　判　决　书　（呀）。
心　里　我　太　喜　欢　（呀）。

| 3 5 5 | 1·2 | 3 2 1 | 6 1 6 | 6 5 |

他　家　的　手，　身　子　我　才　自　由　（呀），

| 1 1 2 | 1 1 2 | 1 6 5 | 5 3 5 | 6 1 6 | 6 5 |

我　心　里　找　下　个　好　对　象，千　年　我　到　白　头　（呀）。

（平山县）

民歌五台山

恶霸四如意

1 = G 2/4

冯小眼 唱
石 镜 记

新民歌

白村街有个"四如意",横行霸道不说理,母子二人把人欺,啊依呀,人人吓得把头低。
他想发财要诡计,拿上银钱放高利,大年三十儿给不起,啊依呀,打脑箍命定不依。
大路上栽树霸占地,旱地变成上水地,谁要是和他讲道理,啊依呀,一锹把你打求灰。

(原平市)

永远跟着共产党

1 = G 2/4

王滨 记

旧社会的妇女们不自由,
男人从小时上学去念书,
新社会的新花样日行千里路,
劳动生产学习文化,

—745—

| 5 5 2 3 3 2 | 1 3 2 7 | 6 7 6 5 | 7 2 7 6 | 5 — ‖

从小 小 到大来 受尽了 苦 楚。
偏偏地 把妇女 困在了 绣 楼。
男女 平等 生活得 多自 由。
妇女们 一个个 都在 前 头。

| 5 5 3 3 5 | 6 1 3 2 | 5 5 2 | 5 5 6 | 1 7 6 |

毛主席和 共产党 像亲生 的父 母，
一 心 感谢毛 主 席，

| 5 5 2 3 3 2 | 1 3 2 7 | 6 7 6 5 | 7 2 7 6 | 5 — ‖

妇女们 如今 真是 幸 福。
永 远 跟着 共产 党 走。

（忻州市）

新旧婚姻对比

张先花 唱
奋臻 雨禾 记

1 = F 4/4

| 5 5 3 | 2 3 2 1 | 6 5 2 3 | 5· 6 | 5 5 3 |

旧社会 婚姻真 黑 暗， 提起
七岁上 订婚十 岁上娶， 爹娘
诸位 老乡要 记 清， 咱们的
自由 结婚真 正好， 自己的

| 2 3 2 1 | 6 5 2 3 | 5 — | 5 6 1 | 3 3 2 |

来呀 说不 完， 父母 主 婚要
给我 找下个 大毛 泽 东， 你不
救星 毛泽东 自己 找， 解放了 中国 大
对象 自己 找， 解放了 中国 大

—746—

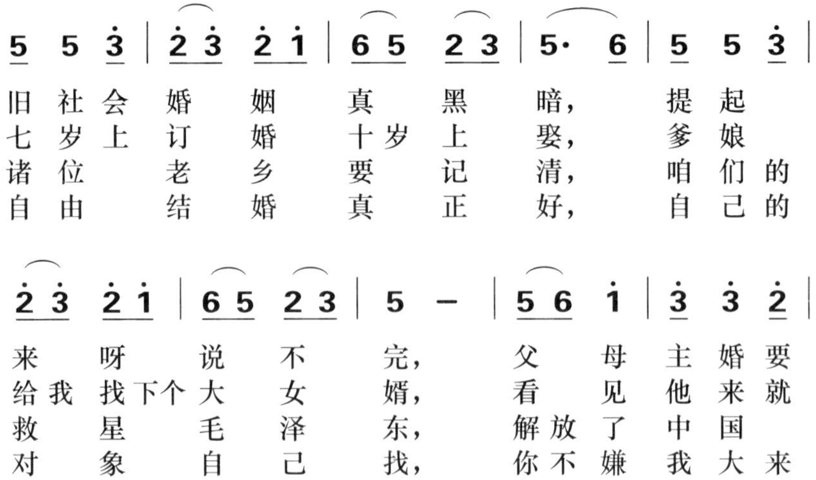

$\mathbf{\dot{1}}\ \overset{\frown}{2\ 7}\ |\ \overset{\frown}{6\cdot\ \dot{1}}\ 5\ 3\ |\ \overset{\frown}{2\ 3}\ 5\ 5\ |\ \dot{1}\ \overset{\frown}{3\ 2}\ |\ \overset{\frown}{5\cdot\ 6}\ \overset{\frown}{3\ 2}\ |$

银　钱　哎　　哎呀　把　女儿　当　成　牛　往　马　下
发　了　愁　　哎呀　止不　住的　泪　水　成　婚　姻　象
四　万　万　人　哎呀　实　行了　新　的　对
我　不嫌　你　小，咱　二人　就　把

$1\ -\ |\ \overset{\frown}{\dot{1}\cdot\ 6}\ \overset{\frown}{\dot{1}\ 3}\ |\ \overset{\frown}{5\ \dot{1}}\ \overset{\frown}{\dot{1}\ 3}\ |\ \overset{\frown}{2\ 3}\ 5\ 5\ |\ \dot{1}\ \overset{\frown}{3\ 2}\ |$

卖，　哎呀哎子　哟　呀　父　母和　媒　人
流　　哎呀哎子　哟　呀　寻个　女婿　长　挑了
法，　哎呀哎子　哟　呀　自　由　挑　选
找，　哎呀哎子　哟　呀　你　看　咱　这

$\overset{\frown}{5\cdot\ 6}\ \overset{\frown}{3\ 2}\ |\ 1\ -\ \|$

把　我　卖。
胡　　须。
心　上　人。
好呀不　好。

新民歌

（五台县）

打不下基础结不了婚

$1=\flat B\ \dfrac{4}{4}$　　　　　　　　郭秋彦 整理改编

宽广，悠扬地，笛子入

$廾(2\ -\ -\ -\ 0\ |\ \underline{6\ 1}\ \dot{2}\ -\ \dot{2}\cdot\ \underline{5}\ |\ \dot{2}\ \underline{1\ 6}\ \underline{1\ 2}\ \underline{1\ \dot{2}}\ |$

$6\ -\ -\ -\ 0\ |\ \underline{6\ 1}\ \dot{2}\ -\ \dot{2}\cdot\ \underline{5}\ |\ \dot{2}\ \underline{1\ 6}\ \underline{1\ 6}\ \underline{4\ 5}\ |$

—747—

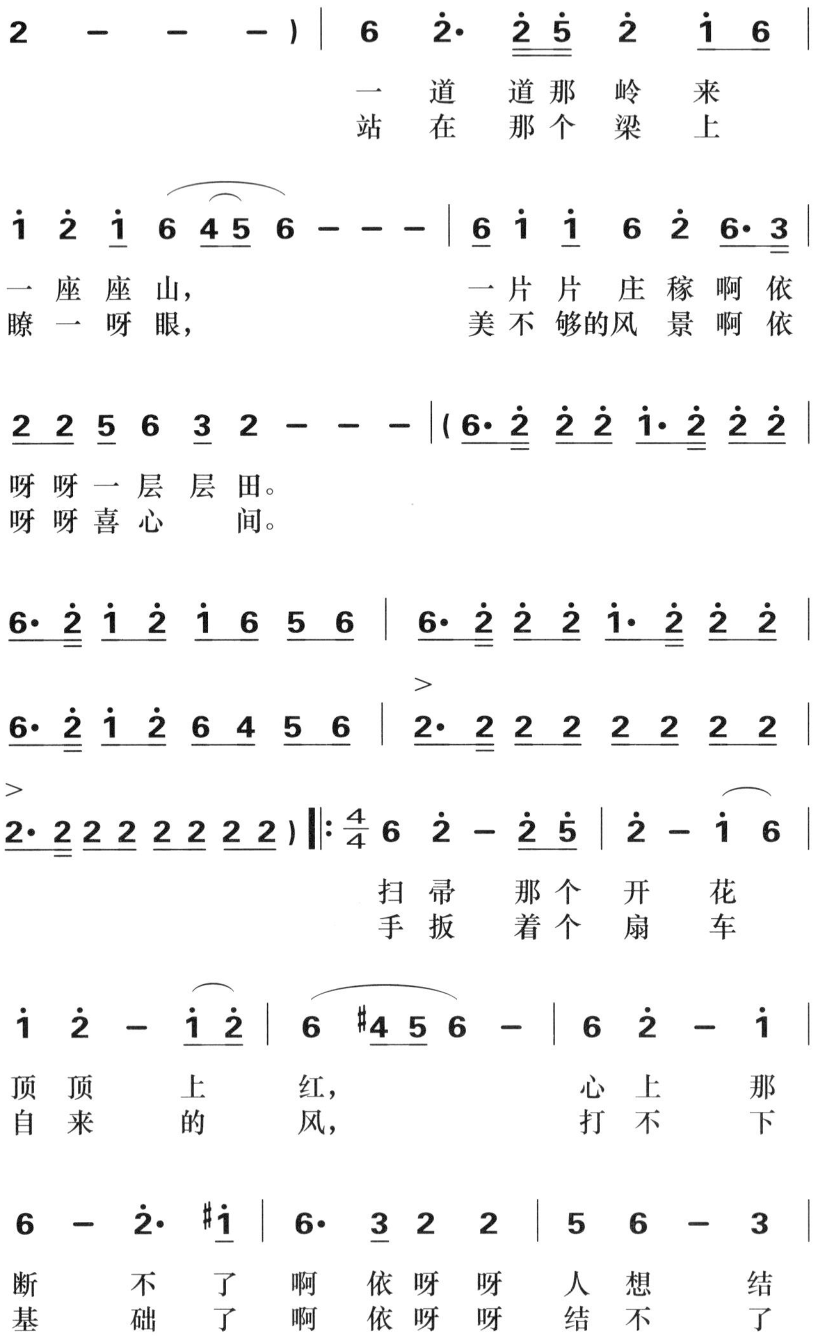

民歌 五台山

$2---)|6\ \dot{2}\cdot\underline{\dot{2}5}\ \dot{2}\ \underline{1\ 6}|$
一 道 道那岭 来
站 在 那个梁 上

$\dot{1}\ \dot{2}\ \dot{1}\ \underline{6\ \underline{4\ 5}}\ 6---|6\ \dot{1}\ \dot{1}\ 6\ \dot{2}\ 6\cdot3|$
一 座 座 山, 一 片 片庄稼啊依
瞭 一 呀 眼, 美不够的风景啊依

$2\ 2\ 5\ 6\ 3\ 2---|(6\cdot\dot{2}\ \dot{2}\ \dot{2}\ \dot{1}\cdot\dot{2}\ \dot{2}|$
呀呀一层层田。
呀呀喜心 间。

$6\cdot\dot{2}\ \dot{1}\ \dot{2}\ \dot{1}\ 6\ 5\ 6|6\cdot\dot{2}\ \dot{2}\ \dot{2}\ \dot{1}\cdot\dot{2}\ \dot{2}|$

$6\cdot\dot{2}\ \dot{1}\ \underline{2\ 6}\ \underline{4\ 5}\ 6|\dot{2}\cdot\dot{2}\ \dot{2}\ \dot{2}\ \dot{2}\ \dot{2}\ \dot{2}|$

$\dot{2}\cdot\dot{2}\ \dot{2}\ \dot{2}\ \dot{2}\ \dot{2}\ \dot{2}\ \dot{2})\|\frac{4}{4}\ 6\ \dot{2}-\dot{2}\ 5|\dot{2}-1\ 6|$
扫 帚 那个开 花
手扳 着个扇 车

$\dot{1}\ \dot{2}-\dot{1}\ \dot{2}|6\ \sharp4\ 5\ 6-|6\ \dot{2}-\dot{1}|$
顶 顶 上 红, 心 上 那
自 来 的 风, 打 不 下

$6-\dot{2}\cdot\sharp\dot{1}|6\cdot3\ 2\ 2|5\ 6-3|$
断 不 了啊依呀呀人 想 结
基 础 了啊依呀呀结不 了

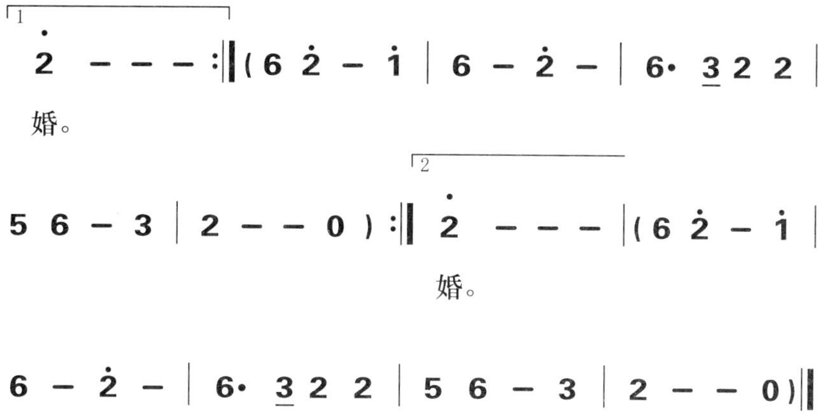

```
 1.
 2 - - - ‖ (6 2 - 1 | 6 - 2 - | 6·3 2 2 |
 婚。

 5 6 - 3 | 2 - - 0) ‖ 2. - - - | (6 2 - 1 |
                        婚。

 6 - 2 - | 6·3 2 2 | 5 6 - 3 | 2 - - 0) ‖
```

(盂 县)

俺和知心人结了婚

新民歌

1 = D 2/4

王滨 词

```
 2 2 2 2 3 | 2 1 2 2 1 | 6 5 1 6 5 | 6 3 2 |
```
青 皮 皮 那个 西 瓜 唠唠 的 碎 刀 刀 那个 离，
大 眉 眉 那个 大 眼 唠唠 的 胸 脯 那个 高，
嫩 豆 豆 那个 芽 芽 唠唠 的 调 成 一 盘 盘 菜，
旱 地 地 那个 香 瓜 唠唠 的 蜜 沙 沙 那个 甜，
黄 瓜 瓜 那个 丝 丝 唠唠 的 调 凉 粉，

```
 5 5 1 1 2 | 6 6 3 5 5 1 | 6·3 2 2 3 | 5 - ‖
```
人 里 头 那个 挑 人 唠唠 的 就 数 哥 哥 你。
劳 动 那个 学 习 唠唠唠 的 数 心 你 爱。
你 就 是 那个 妹 妹 唠唠唠 的 爱 一 年。
我 爱 上 那个 哥 哥 唠唠唠 的 整 了 婚。
俺 和 俺 那个 知 心 人 结 了 婚。

(忻州市)

—749—

六大劝

冯 三 唱
宜增高 记

民歌五台山

1 = G 2/4

| 5 6̄5̲ | 5 3̲2̲ | 5 6̄5̲ | 5 3̲2̲ | 5· 5 | 5 6 |

一 劝 了　　哥 哥 呀　　你 不　要 当
二 劝 了　　哥 哥 呀　　你 不　要 这
三 劝 了　　哥 哥 呀　　出 门　你 这
四 劝 了　　哥 哥 呀　　你 不　要 这
五 劝 了　　哥 哥 呀　　你 不　要 这
六 劝 了　　哥 哥 呀　　你 不　要 这

| 3·̲ 5̲ 3̲2̲ | 1 — | 1 1̲2̲ | 5 5̲3̲ | 2̲ 2̲ | 5 3̲ |

顽 嫖 要 把 把 赌　　军，
固 女 小 烟 酒 输　　心，
军 人 心 熏 饮 赢，　慎
当 婊 处 抽 喝 输　　体
兵 子 人 上 上　　　情，
要 老 做 洋 烧 银　　人，
当 婆 事 烟 酒 钱　　
八 无 要 坏 误 丢　　
路 良 谨 身 事 上

| 2 — | 5̲ 2̲ 1 | 6̲·̲ 1̲6̲ | 5̲ — | 1· 2 | 5 3̲ |

军，　死 了 也 光 荣。　哥 哥
心，　爱 钱 他 爱 人。　哥 哥
慎，　要 别 不 赖 人。　哥 哥
体，　办 识 好 精 神。　哥 哥
情，　生 事 没 节 省。　哥 哥
人，　性 活 要 保 证。　哥 哥
　　命 也 没

| 2 — | 5̲ 2̲ 1 | 6̲ 6̲ | 1̲6̲ | 5 — ‖

呀，　死 了 也 光 荣。
呀，　爱 钱 她 爱 人。
呀，　要 别 不 赖 人。
呀，　办 识 好 精 神。
呀，　生 事 没 节 省。
呀，　性 活 要 保 证。

（原平市）

社会主义建设时期

新民歌

中华人民共和国成立后,五台山地区人民结束了灾难深重的历史。在中国共产党的领导下,改变了旧的生产关系,解放了生产力。各地人民穷则思变,自力更生,艰苦奋斗,奋发图强,大力发展工农业生产和其他各项事业,城乡面貌发生了深刻的变化。特别是改革开放以来,极大地调动了广大人民群众的生产积极性,广大农村粮丰林茂,六畜兴旺,乡镇企业如雨后春笋,生机盎然,其他各项事业也蓬勃发展,呈现出一派兴旺发达的景象。

五台山地区人民在建设社会主义物质文明的同时,不断加强精神文明建设。封建社会长期遗留下来的封建道德观念,愚昧无知的精神状态,保守自私的心理因素,正在逐渐改变,取而代之的是热爱社会主义,坚信共产党的领导,助人为乐,相信科学的新精神面貌,在广大群众中好人好事层出不穷,涌现出许多新时期的英雄模范人物。

随着社会主义革命和社会主义建设的不断深入和发展,五台山地区各地均有大量新民歌涌现出来。由于人民群众思想水平和文化水平的不断提高,新中国建立以来的新民歌在内容上更为深刻,形式上更趋于完善。如歌颂农业现代化和农业机械化的新民歌各地都有,而忻州市和定襄县的更为突出,这两个县被《中国民间歌曲集成·山西卷》登载的就有《姐姐妹妹两朵花》、《拖拉机一开喜在心头》、《机械化种田就是好》、《千年旱地用水浇》、《车拉驴驮送公粮》、《如今庄户人就是抖》、《十唱致富歌》……

总之,新中国成立以来,题材广泛,内容丰富、格调优美的五台山地区新民歌，犹如一面镜子，反映着广大人民群众的生活和历史。今后它仍将随着历史的前进而不断发展，随着人民日新月异的新生活而绽放出更加灿烂的光彩。

社员怀念周总理

$1 = {}^\flat B$ $\dfrac{2}{4}$

杨仲青 唱
激 波 记

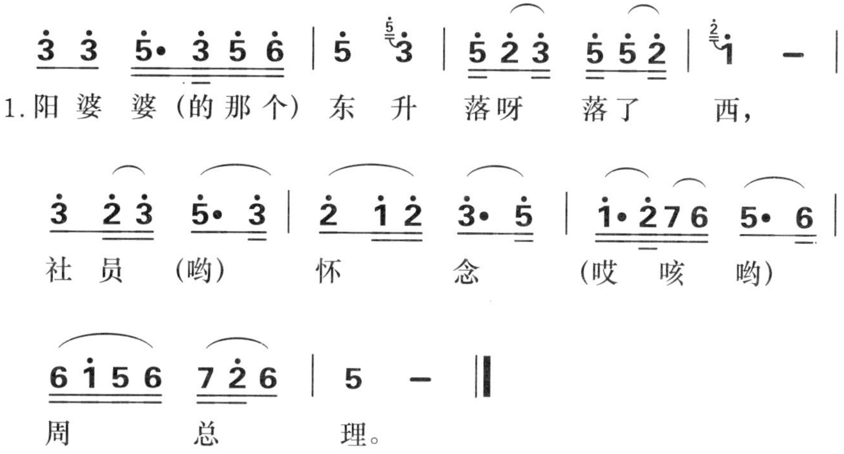

慢速

1. 阳婆婆（的那个）东升落呀落了西，社员（哟）怀念（哎咳哟）周总理。
2. 大年初一想呀想起您，羊肉饺子吃不下去。
3. 清明时节想呀想起您，满眼泪花花落在地。
4. 白天里劳动想呀想起您，只觉得浑身添力气。
5. 黑夜里睡觉想呀想起您醒来一场空欢喜。
6. 您的骨灰撒在祖国大地，大地献出金色来。
7. 待到八月金秋丰收时，双手儿捧丰收粮献给您。

（定襄县）

姐姐妹妹两朵花

1 = C 2/4

中速稍快

许月英 唱
邢仁让 记

民歌五台山

```
3  3  3 | 2  2  2 | 3 5  3 2 | 1· 2 |
```
正 月（这）里 来（呀）是 新 春，
三 月（这）里 来（呀）桃 花儿 红，
五 月（这）里 来（呀）石 榴 花儿 红，
十 月（这）里 来（呀）小 阳 春，

```
3  3  3 | 2 3  2 1 | 7 2  7 6 | 5 — 5·6 |
```
姐 姐 和 妹 妹 来 到 俺 村，姐 姐
姐 姐 和 妹 妹 把 地 耕，姐 姐
千 顷（那）庄 稼 绿 茵 茵，姐 姐
俺 村（那）又 是 个 好 收 成，姐 妹

```
1 ⁵3 | 2· 3  2 5 | 6· 0 | 2 1  2 2 | 3 5  7 6 |
```
农 校 才 毕 业， 妹 妹 是 高 中
开 着 拖 拉 机， 妹 妹 撒 下
开 动 抽 水 机， 妹 妹 在 实 验 田 里
双 双 当 模 范。 两 朵 红 花

```
5 3  5 6 | 1  7 6 | 5 6  0 3 | 2  0 ‖
```
毕 业 生（呀 么 里 格 儿 令）。
丰 收 种（呀 么 里 格 儿 令）。
育 新 种（呀 么 里 格 儿 令）。
开 在 农 村（呀 么 里 格 儿 令）。

（定襄县）

拖拉机一开喜在咱心头

刘同兴 词

1 = E 2/4

```
 3  5 | 1̇ 1̇ 6 | 3· 1 | 5 6 5 3 |
```
东　山　上（那个）出　日　头（呀个）
老　黄　牛（那个）拉　　犁（呀个）
吹了一股子东（啦）风（啦你就）
人　造　的（那个）平（啦）原（啦你就）

```
 2  3  5 | 6 5 3 2 | 1 - | 3· 5 6 6 5 |
```
西　山　上（那个）明，　四　十　里（那个）
山　坡　上（那个）爬，　每　日　里（那个）
暖　融　　（哎个）融，　定　向　炮（那个）
铺在那深　山　　沟，　拖　拉　机（那个）

```
 7· 2  3 3 3 5 | 7· 6 5 | 6 6 7 6 |
```
平（啦）川（啦一个呀嗨嗨）亮通（哎　个）
想　的　是（那个呀嗨嗨）农业机　械
一（啦）响（啦你就轰隆隆）山移地（个）
一（啦）开（啦你就呀嗨嗨）喜在咱心（个）

```
 5· - ‖
```
通。
化。
平。
头。

新民歌

（忻州市）

机械化种田真是好

1 = F 2/4

邢仁让 词

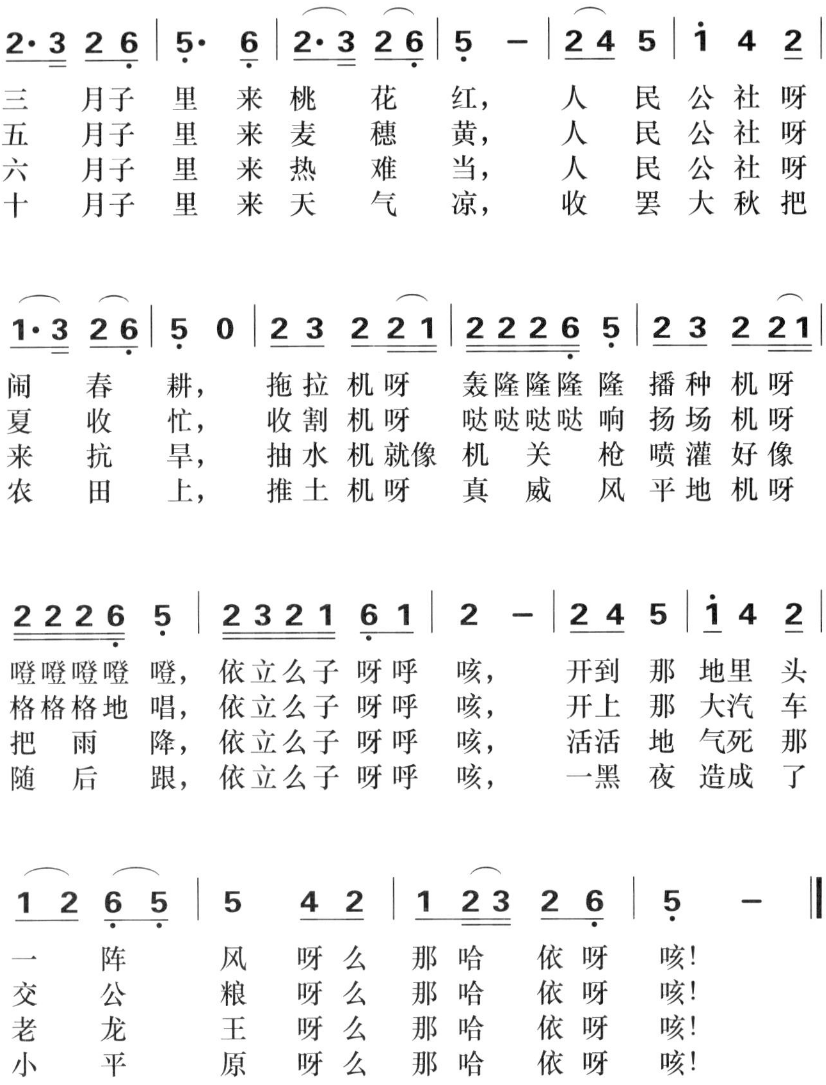

民歌 五台山

2·3 2 6̣ | 5̣· 6̣ | 2·3 2 6̣ | 5̣ - | 2 4 5 | 1̇ 4 2 |
三　月子　里　来　桃　花　红，人　民　公　社　呀
五　月子　里　来　麦　穗　黄，人　民　公　社　呀
六　月子　里　来　热　难　当，人　民　公　社　呀
十　月子　里　来　天　气　凉，收　罢　大　秋　把

1·3 2 6̣ | 5̣ 0 | 2 3 2 2 1 | 2 2 2 6̣ | 5̣ | 2 3 2 2 1 |
闹　春　耕，拖拉　机呀　轰隆隆隆　播种　机呀
夏　收　忙，收割　机呀　哒哒哒哒响　扬场　机呀
来　抗　旱，抽水　机就像　机关　枪喷灌　好像
农　田　上，推土　机呀　真威　风平地　机呀

2 2 2 6̣ | 5̣ | 2 3 2 1 | 6̣ 1 | 2 - | 2 4 5 | 1̇ 4 2 |
噔噔噔噔　噔，依立么子　呀呼　咳，开到　那　地里　头
格格格地　唱，依立么子　呀呼　咳，开上　那　大汽　车
把　雨　降，依立么子　呀呼　咳，活活　地　气死　那
随　后　跟，依立么子　呀呼　咳，一黑　夜　造成　了

1 2 6̣ 5̣ | 5 4 2 | 1 2 3 2 6 | 5̣ - ‖
一　阵　风　呀么　那哈　依呀　咳！
交　公　粮　呀么　那哈　依呀　咳！
老　龙　王　呀么　那哈　依呀　咳！
小　平　原　呀么　那哈　依呀　咳！

（定襄县）

绣个慰问袋

1 = G 2/4

忻州文化馆 记

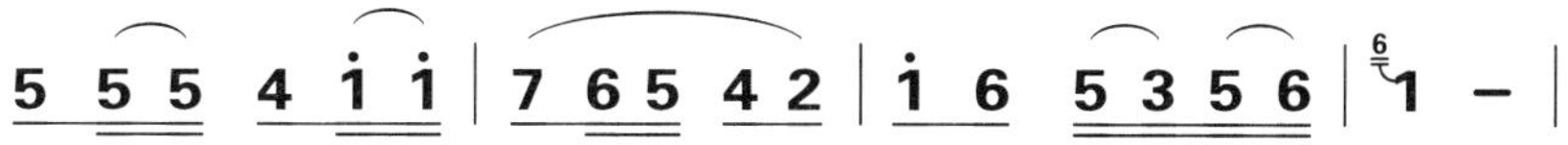

新民歌

| 5 5 5 | 4 1 1 | 7 6 5 4 2 | 1 6 | 5 3 5 6 | 6̇ 1 — |

丈 夫 把 军 花 参 已 走 三 年 半,
拿 起 绣 井 队 针 玉 秀 心 喜 欢,
一 绣 打 保 队 真 是 活 龙 王,
二 绣 水 河 岸 引 水 上 菜 峰,
三 绣 东 红 山 变 成 蔬 山 园,
四 绣 大 崖 弯 牛 羊 满 鼻 峰,
五 绣 红 猪 场 梨 果 喷 宽 香,
六 绣 养 养 员 齐 又 前 敞,
七 绣 饲 事 提 整 不 站,
家 乡 新 多 袋 灯 小 上,

| 2 5 | 1̇ 6 | 5 6 5 | 1·2 | 4 4 4 5 | 2 1 6̇ | 5̇ — ‖

绣 上 一 慰 问 袋 送 么 送 远 方。
件 那 个 新 鲜 事 绣 呀 慰 问 上 眼。
冰 天 那 个 雪 田 地 打 在 五 袋 芒 上。
新 修 那 个 梯 轮 地 清 井 光 岸 场。
三 架 那 的 涡 荒 机 安 水 放 畜 装。
千 年 那 个 社 汽 山 变 成 河 果 胖。
供 销 那 的 大 车 忙 把 牧 肥 壮。
百 马 那 个 上 驴 猪 喂 得 梨 又 方。
千 再 写 封 骡 个 个 真 寄
牛 信 随 袋 肥 前

（忻州市）

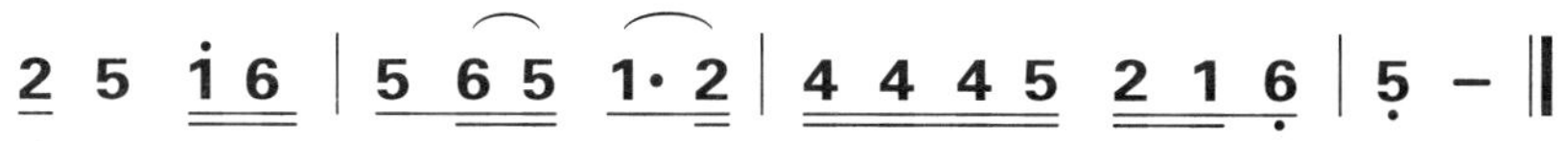

咱队丰收了大白菜

1 = F 2/4

邢仁让 词

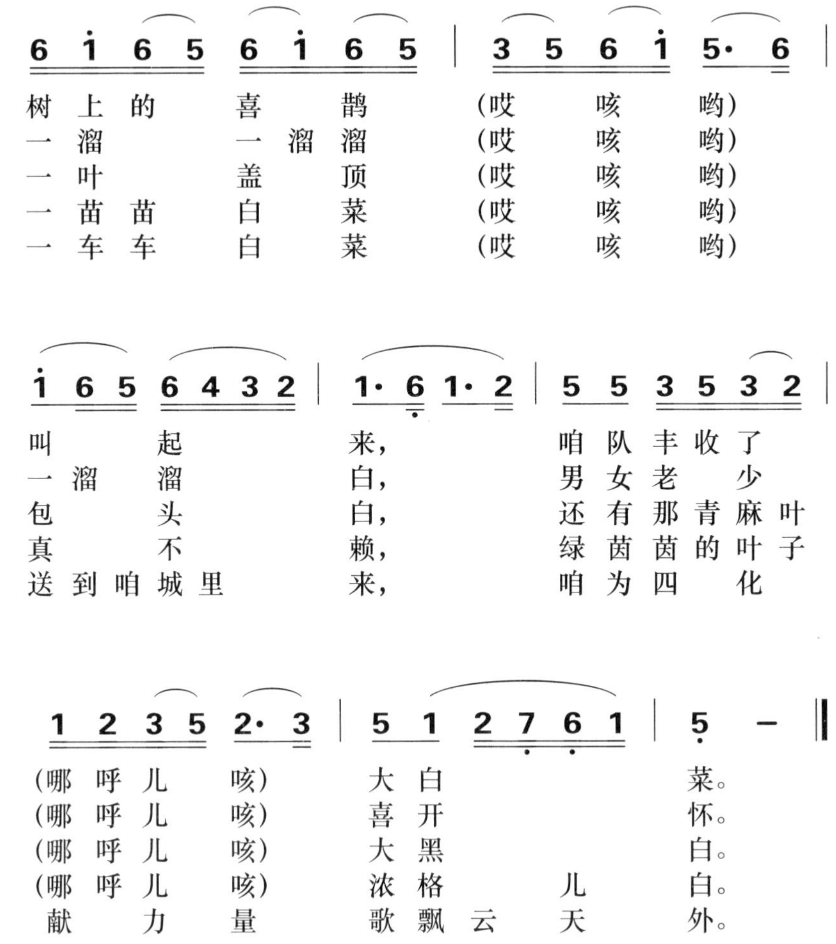

民歌 五台山

| 6 i 6 5 | 6 i 6 5 | 3 5 6 i | 5· 6 |

树　上　的　　喜　　鹊　　　（哎　咳　哟）
一　溜　　一　　溜　溜　　　（哎　咳　哟）
一　叶　　盖　　顶　　　　　（哎　咳　哟）
一　苗　苗　白　菜　　　　　（哎　咳　哟）
一　车　车　白　菜　　　　　（哎　咳　哟）

| i 6 5 6 4 3 2 | 1· 6 1 2 | 5 5 3 5 3 2 |

叫　　起　　　　来，　　咱　队　丰　收　了
一　溜　溜　头　　白，　　男　女　老　　少
包　　真　不　　　白，　　还　有　那　青　麻叶子
真　　不　　赖，　　　　　绿　茵　茵　的　叶子
送　到　咱　城　里　来，　咱　为　四　　化

| 1 2 3 5 2· 3 | 5 1 2 7 6 1 | 5 — ‖

（哪　呼　儿　咳）　大　白　　　　　　菜。
（哪　呼　儿　咳）　大　喜　开　　　　怀。
（哪　呼　儿　咳）　大　黑　　　　　　白。
（哪　呼　儿　咳）　浓　格　　儿　　　白。
　献　　力　　量　　歌　飘　云　天　　外。

（忻州市）

太 平 年

（二）

1=F 4/4

张国义 记

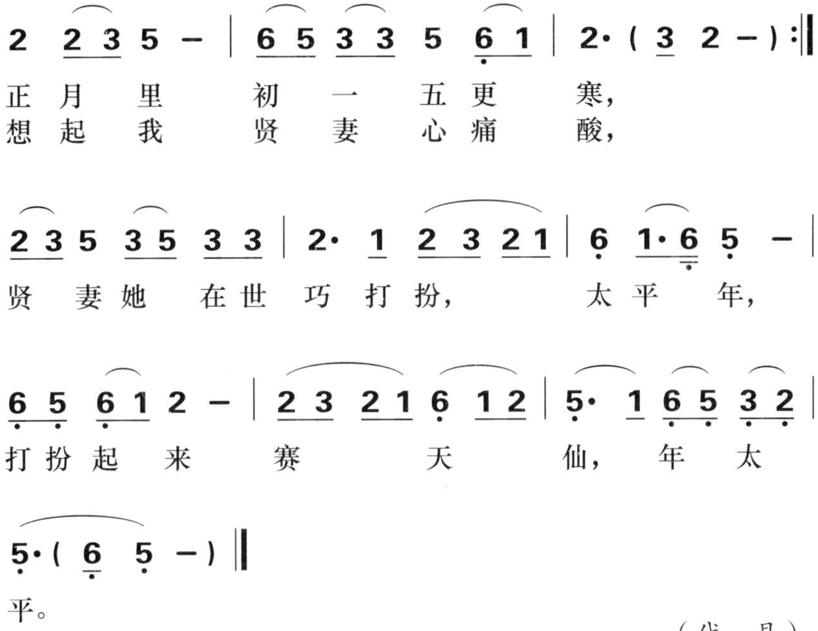

2 2̂3 5 - | 6̂ 5 3̂ 3 5 6̂·1 | 2·(3̂ 2 -) :‖

正月 里 初 一 五 更 寒，
想起 我 贤 妻 心 痛 酸，

2̂ 3 5 3̂ 5 3̂ 3 | 2·1 2̂ 3 2̂ 1 | 6̣ 1·6̣ 5̣ - |

贤妻 她 在 世 巧 打 扮， 太 平 年，

6̣ 5̣ 6̣ 1 2 - | 2̂ 3 2̂ 1̣ 6̣ 1̣ 2 | 5̣·1 6̣ 5̣ 3̣ 2̣ |

打扮 起 来 赛 天 仙，年 太

5̣·(6̣ 5̣ -) ‖

平。

（代 县）

新民歌

十唱致富好

1=F 2/4

张松林 词曲

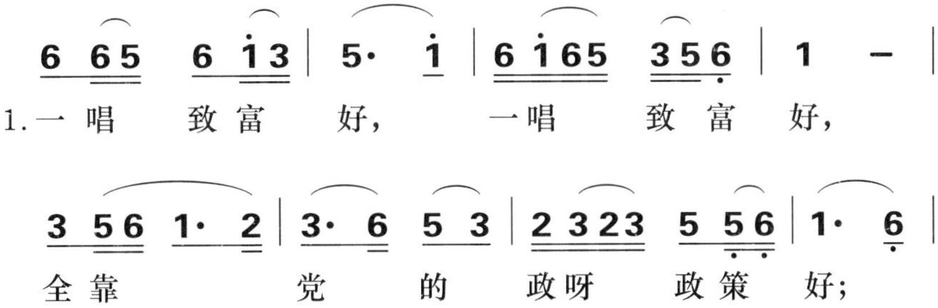

6 6̂5 6 1̂3 | 5·1̇ | 6 1̇6 5 3̂5 6̣ | 1 - |

1.一唱 致富 好， 一唱 致富 好，

3̂ 5 6 1·2 | 3·6 5 3 | 2̂3 2̂3 5 5̂6 | 1·6̣ |

全靠 党 的 政呀 政策 好；

```
1· 6 5 5̂3 | 2 3̂5 5 7 | 2 1 2 3 5 7 6 |
中 央 有 了  好 领  导呀,全 国 人 民 拍 手

6̂1 5 6   7 2 7 2 | 5̣ — ‖
笑  呀么  哎 哎 咳 哎   哟。
```

2. 二唱致富好，对外开放了，
   全靠经济搞得活，人民生活提得高。

3. 三唱致富好，农民劲头高，
   经济作物由人种，大田作物产量高。

4. 四唱致富好，村村都把副业搞，
   到处安起夹棒锤，专业户来真不少。

5. 五唱致富好，加工企业真勤劳，
   车床、钻床牛头刨，马达隆隆干通宵。

6. 六唱致富好，机动车辆真个好，
   汽车拖拉机一个劲地跑，城乡交流真活套。

7. 七唱致富好，厂矿企业都承包，
   每月任务完成得早，全年产量超指标。

8. 八唱致富好，门市部也搞承包，
   薄利多销服务态度好，利税完成呱呱叫。

9. 九唱致富好，机关单位配合得好，
   各行各业齐上阵，全面走向致富道。

10. 十唱致富好，干部群众心一条，
    县里乡里村委会，都是政策落实得好。

（定襄县）

共同致富

1 = G 2/4　　　　　　　　　　张松林 词曲

较慢

新民歌

2. 第一年承包了果树园，
　　县里头请来技术员，
　　育苗接嘴把药剂喷，
　　决心要改良好品种。

3. 品种培育下好多种，
　　红元帅金帅围巾等，
　　苹果肥大人喜欢，
　　当年受益八千元。

4. 我家全家有五口人，
　　整天劳动在果树园，
　　闺女们对树也都精通，
　　们小子也成了技术员。

5. 冬季追肥又浇灌，
　　春季发芽浓茵茵，
　　一个苹果斤数重，
　　外贸出品把合同订。

6. 承包了果园六年整，
   经济效益年年增，
   村里头正把学校建，
   我赞助了经费两万元。

7. 村委会评先进把我评，
   乡政府表扬我模范出县，
   在会上我听懂了致富经，
   要帮助贫困户共同前进。

8. 我全家都赞成中央精神；
   共同致富方向正，
   我一家富起来算不了甚，
   互相帮助走上致富路。

9. 国家对专业户要保护，
   专业户对贫困户要扶助，
   多给残疾人把福利谋，
   大家共同来致富。

10. 有的是养鸡养猪又养兔，
    也有的裁剪服装理发铺，
    福利修车上公路，
    卖豆腐走街又串户。

11. 原有的几家贫困户，
    五年闹下有三万六，
    盖砖房明装修，
    这就是共同致了富。

12. 给儿洋气的娶媳妇，
    五组合家具一拉流，
    转角儿沙发棉虎虎，
    立体彩电日本进口。

13. 海棠牌儿洗衣机在门口，
    甚时候使用按电钮，
    电冰箱放在家里头，
    暑伏天吃肉也不怕臭。

14. 闹下钱了出气也粗，
    们村伢走了好几户，
    北京西安去旅游，
    一直玩到苏杭二州。

15. 老农民幸福全靠致富路，
    和过去十几年前不相投，
    原来穷的炕板也打得像个鼓，
    这几年好像个小财主。

16. 县乡村干部来下乡，
    落实政策给大家谋生路，
    这就是走了致富路，
    感谢党的开放政策记心头。

（定襄县）

唱咱定襄闹秧歌

1=F 2/4

张松林 词曲

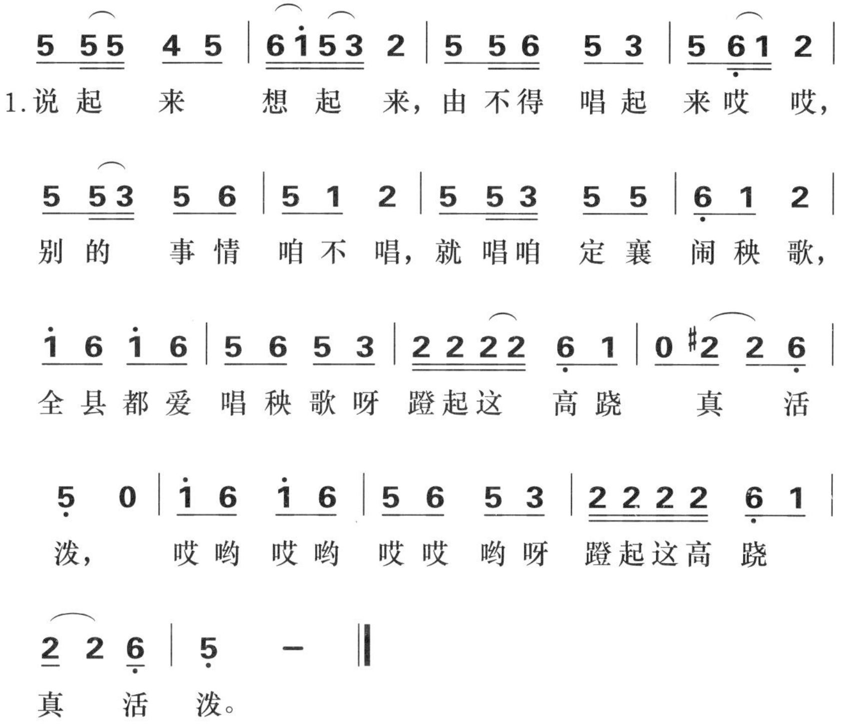

新民歌

5 55 45 | 6 1 5 3 2 | 5 56 53 | 5 6 1 2 |
1.说 起 来 想 起 来，由 不 得 唱 起 来 哎 哎，

5 53 56 | 5 1 2 | 5 53 55 | 6 1 2 |
别 的 事 情 咱 不 唱，就 唱 咱 定 襄 闹 秧 歌，

1 6 1 6 | 5 6 5 3 | 2 2 2 2 6 1 | 0 #2 2 6 |
全 县 都 爱 唱 秧 歌 呀 蹬 起 这 高 跷 真 活

5 0 | 1 6 1 6 | 5 6 5 3 | 2 2 2 2 6 1 |
泼， 哎 哟 哎 哟 哎 哎 哟 呀 蹬 起 这 高 跷

2 2 6 | 5 — ‖
真 活 泼。

2. 站起来，走起来，由不得扭起来（哎哎）
   去年夏季五月份，两会一节在省城，
   咱们组织到太原呀开幕式上去表演。

3. 秧歌队咱来报道，队员们都是好材料（哎哎）
   服装彩车分头抓，秧歌演唱到户家，
   扇花鞭花大街上耍，还有扬鞭去走马。

4. 上午前往太原城，下午就参加表演赛（哎哎）
   青年路上把队排，迎泽宾馆主席台，
   看了一家又一家，数咱的高跷有气派。

5. 秧歌队伍多齐正，色彩真鲜艳（哎哎）
   传统礼帽戴花冠，白黑二蛇和许仙，
   还有两个特高跷呀，天女散花卓别林。

6. 台前表演十分钟，乐队配合得实在紧（哎哎），
   进场表演图案新，金砖满地蝴蝶泉，
   大雁编队多齐整呀，人人脸上动感情，

7. 两会一节到省城，外国人看秧歌更喜欢（哎哎），
   迎泽路上抖威风，夜市走了四个点，
   观众个个都拍手呀，定襄的高跷爱煞个人。

8. 全省节目表演完，评委们台上来打分（哎哎）
   十四家民间艺术团，各有特色都成功，
   最后评选第一家呀，大金杯给了咱定襄县。

9. 金杯给了咱定襄县，咱高跷有了名（哎哎），
   解放军部队请咱们，艺术传给了子弟兵，
   国庆节红火在北京，天安门广场来表演，
   哎哟，哎哟，哎哎哟呀，天安门广场来表演。

（定襄县）

赶 会

（三）

1 = F 2/4

张松林 词曲

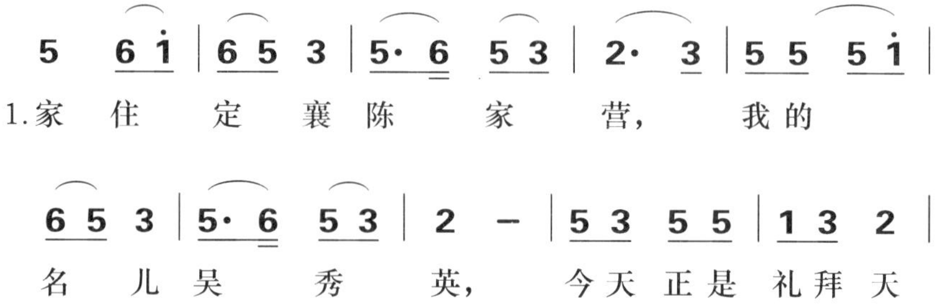

1. 家住定襄陈家营，我的名儿吴秀英，今天正是礼拜天

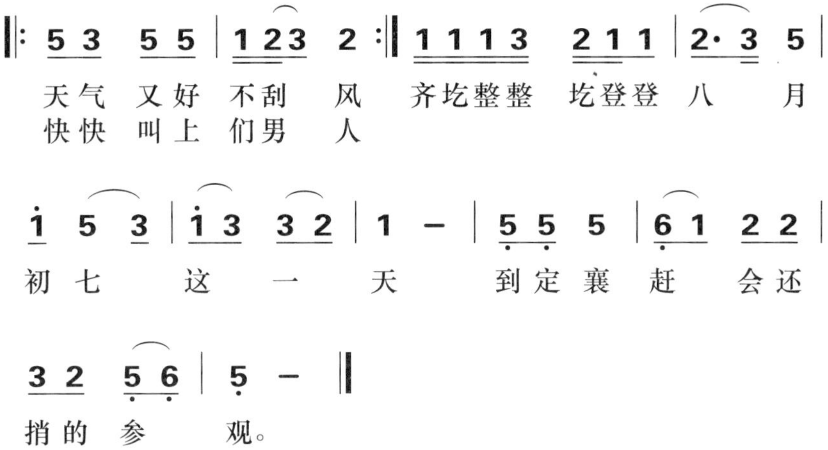

```
‖: 5 3  5 5 | 1 2 3  2 :‖ 1 1 1 3  2 1 1 | 2·3  5 |
   天气  又好 不刮  风    齐圪整整 圪登登 八   月
   快快  叫上 们男  人

   1 5  3 | 1 3  3 2 | 1 - | 5 5  5 | 6 1  2 2 |
   初七   这一  天      到定襄  赶  会还

   3 2  5̣ 6̣ | 5̣ - ‖
   捎的  参   观。
```

2. 临走们把衣裳穿，们男人带上我骑上嘉陵，
   上公路，往前行，汽车快，马达灵，自行车的走两边，
   面包车上尽是个人，男的女的一溜风。

3. 公路两边好风景，不觉来到定襄城，
   邮电大楼真威风，财税大楼又美观，医院门口把车存，
   人山人海地往前行，体育场开了牧羊圈。看了看十三旦和宋转转。

4. 街上两边是卖货的人，吃喝穿戴样样全，
   麻花、油条、好点心。隆祥斋的黄烧饼，
   洋糖、烧酒和纸烟，桃梨、瓜果样样全。

5. 莲花豆花生仁，西关的咸肉香喷喷，
   冰棍、冰糕和冰砖，豆腐脑、蒸莜面，
   大肉片汤、刀削面，荞面河捞味道灵。

6. 往西走来热闹得很，越走越看越喜欢，
   有洋鼓洋号马戏团，动物表演好得很，看看毛猴和猩猩。
   电影院有好电影，还有飞车走壁团。

7. 今天赶会真舒心，甚不甚游玩老顿定襄城，
   买东西，下饭馆，要甚有甚不差甚，花色品种真鲜艳，
   物美价廉喜人心，定襄街上真文明，好像到了大太原。

（定襄县）

新民歌

十 劝 人

宋生和 唱
奋臻 雨禾 记

1 = G 2/4

民歌 五台山

| 2 2 5 6 5 | 4 3 2 1 | 3 2 5 1 7 6 | 5 — |

1.一 劝 劝 了回 人 儿，众 位在 老 少们 听，
2.二 劝 劝 了回 人 儿，众 家的 兄 弟们 听，
3.三 劝 劝 了回 人 儿，众 位在 英 雄们 听，
4.四 劝 劝 了回 人 儿，吃 奶的 娃 娃们 听，
5.五 劝 劝 了回 人 儿，留 头的 闺 女们 听，

| 3 3 6 5 3 2 | 1· 7 6 5 | 3 2 5 1 7 6 | 5 — |

众 位在 老 少 站 在 面 前 细听 我 的 可 言，急 言，
众 老 人 们的 站 家 产 万 呀 万 面 不 我 可 言，
众 位 英 雄 站 在 面 前 细听 我 言，
吃 奶的 小 孩 娃 娃们 细听 我 言，
留 头的 小 孩 闺 女们 细听 我 言，

| 6· 1 2 2 | 2 5 3 5 | 2 2 5 2 1 6 5 | 1 — |

人 人 说 在 空 中 里 边 无 有了 神 们 神，
在 家 中 还 是 你 们 兄 弟 图 鬼 娘 亲，混，
人 抽 洋 烟 要 钱 你 们 才 离 开 娘的 身，
娘 怀 儿 里 边 九 个 月 多 学 营 生，
绣 房 里 边 你 们 要

| 2· 3 5 5 | 1 0 2 6 5 | 3 2 3 1 7 6 | 5 — |

响 了 一 声 重 雷 呀 才 起 了 青 云。
千 万 不 要 因 为 家 产 昧 了 咱 良 心。
招 婆 下 到 惹 得 一 人 亲 花 朋 友 不 要 忘 当 娘 的 恩。
婆 一 个 家 才 能 媳 妇 不 不 用 求 成 的 人。

6. 六劝劝了回人儿，学生们仔细听，学生娃娃们仔细听我言，
   闲下你们无事少在大街上耍，回到你们书房里边多学些书文，
   还望开科你们去考哇，盼望你们一个一个都中了状元。

7. 七劝劝了回人儿，邻家老少们听，
   邻家老少们站在面前细听我言，
   假如是两家的娃娃们争吵起，不要因为娃娃们吵架变了面皮。

8. 八劝劝了回人儿，男女老少爷们听。男女老少们细听我言，
   女人们不要嫌男人们穷，男人们不要嫌女人们丑，
   女人们丑是父母所生，男人们穷劝他们多劳动。

9. 九劝劝了回人儿，众位在老少们听，
   众位在老少爷们站在面前细听我言，
   一年四季你们多辛苦，到秋后打下粮食才发了万金。

10. 十劝劝了回人儿，全体老少爷们听，男女老少们站在面前细听我言，
    我本是表了一段十劝劝导人，劝醒劝不醒尽在你们。
    哎——哟—— 一定劝不醒枉费了我的心。

（五台县）

计划生育好

1 = G 2/4

中速 叙述地

徐先昌 唱
奋臻 雨禾 记

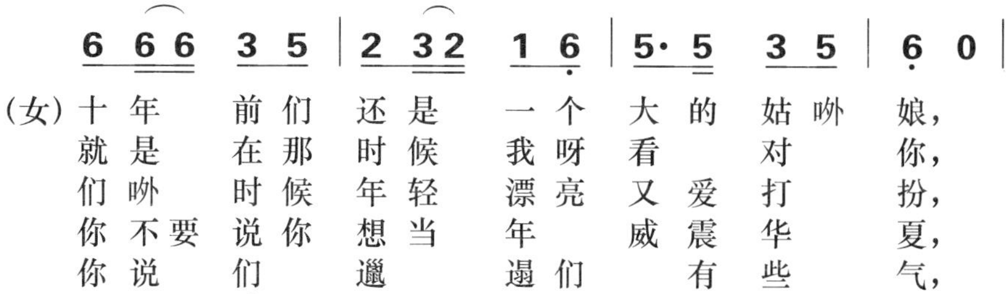

| 6 6 | 3 5 | 2 3 2 | 1 6· | 5· 5 | 3 5 | 6· 0 |

（女）十　年　　前　们　　还　是　时　一　个　　大　的　　姑　咻　娘，你，
　　　就　是　　在　那　　时　候　年　我　呀　看　又　　对　　　扮　夏，
　　　们　咻　　时　候　　说　你　轻　漂　亮　爱　威　　打　　　些　气，
　　　你　不要　说　们　　想　　当　年　　　　震　有　　华　　　
　　　你　说　　们　　　　邋　　遇　遇　们　　　　　　　些

```
6  6    i  6 | 5  5    6  5 | 3  3    5  2 | 1  -  ‖
```
粉 那　眉 来　粉 那　眼 来　粉 圪　旦　　旦,
搬 上　好　　二 身　手　去 说　精　　干,
眉 数　看　这　蓬 头　垢 面　多 么　邋　　遢,
你 跟　上 你　没 钱　花,　穿 不　上 新　衣　裳,

```
3    5    6 | 5 3 2    1 2 | ⌢3 6  -  ‖
```
哎,　　　外 号 叫　好 看　　看。
哎,　　　你 也 同　　　　　意。
哎,　　　人 人 都　夸　　　奖。
哎,　　　看 你 外　圪 痂　　痂。
哎,　　　跟 了 你　真 后　　悔。

(男) 你说你跟我结婚,后悔是假意。
　　 你是不该三男二女,全都抬举起,哎,活该你受洋罪。

(女) 骂一声老汉子死鬼东西,说看我的病来,我搭上命,
　　 哎,真想打你。

(男) 叫声老婆子不要生气,咱叫众位乡亲们给评评理,
　　 哎,你要仔细听,有了儿子叫你避孕你不听,
　　 你说你还爱见一个小闺女,哎,起名叫小飞机。

(女) 们是因为活得龌龊才生气,你不该对上众人挖苦起,
　　 哎,你真没油水。

(男) 小子闺女都有了领导关心咱,医生到咱家给你戴避孕环。
　　 哎,你拼命顽抗。

(女) 们是说一男一女有些少,娃娃们多点咱老了有依靠。
　　 哎,还是多些好。

(男) 叫一声老婆子你不要胡乱说,五个娃娃把你累成这个样子,
　　 哎,再多了累死你。

(女) 娃娃叫你爹来叫我嬷,你不该口口声声嫌咱的娃们多

哎，跟上你真肮脏。

（男）你看人家二秀英早早避了孕，两口子都劳动要甚又有甚，
哎，过的是好光景。

（女）人家老小干干净净家里又利落，人家有的是缝纫机还有飞鸽车
哎，那要啥有啥。

（男）人家光景过得好是因为娃们少，人家响应号召避孕避得早。
哎，你看那咋做得咿好。

（女）（沉思）

（男）叫一声老婆子你咋不吭气，你再说一说你的咿强有理，
哎，叫大家听一听。

（女）们老汉子说得我有点心酸，后悔我在年轻的时候没有避孕
哎，误了我的青春。

（五台县）

不计生累害多

新民歌

1 = G 2/4

徐先昌 编词
文化馆 整理

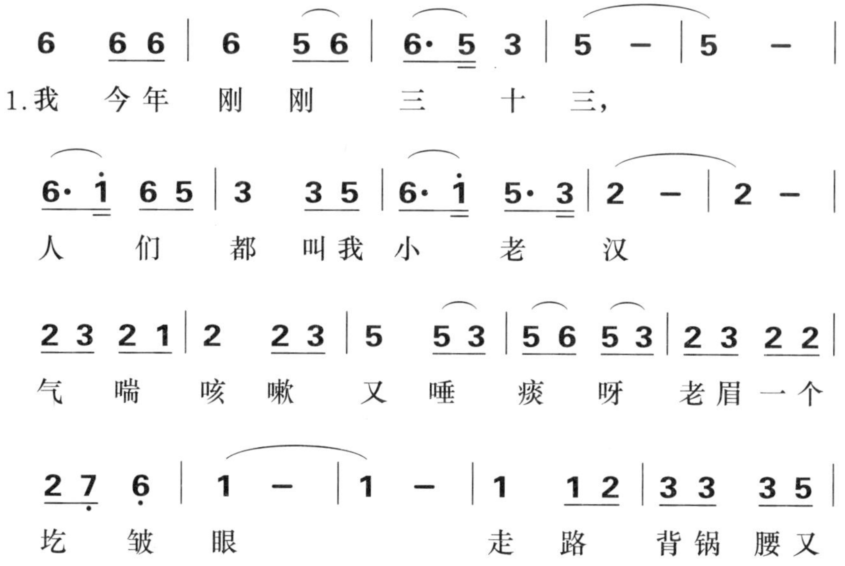

慢速

6 66 | 6 56 | 6·5 3 | 5 — | 5 — |
1.我 今年 刚刚   三 十三，

6·1 65 | 3 35 | 6·1 5·3 | 2 — | 2 — |
人 们 都 叫我 小 老 汉

23 21 | 2 23 | 5 | 53 56 | 53 23 | 22 |
气喘咳嗽 又 唾 痰呀老眉一个

2 7 6 | 1 — | 1 — | 1 12 | 33 35 |
圪皱眼   走路 背锅腰又

```
2 - | 2· 3 2 | 1 1 1 7 | 6 5 6 | 5 - | 5 - ‖
弯      咳 儿 哼 缩 脖  又 佣  肩。
```

2. 年满二十我娶媳妇儿，们老婆第二年就生娃娃儿，
   大的二的都不大，又生下个三小小儿，
   四的不满两个生儿，又生下双双生生儿。

3. 娃娃们多来没帮手，起早贪黑我紧得受。
   有时候病得不能受，我还要吃颤上的受。
   忙忙碌碌受一年，口粮钱还不够。

4. 年终结算公布了账，人家超钱的喜洋洋，
   又买东西又存款，我也看下了我的账，
   除过旧饥荒，又短下七百三。

5. 亲戚朋友都借遍，还短队里七百元。
   愁得我没法买细粮，多少打点拖欠。
   愁得我这该咋，过年还没钱花。

6. 年临腊月二十九，我在灶火圪崂里蒸窝头。
   不懂事的娃娃们，进了门门就把我揪，
   问我要买炮钱，闹得我越发了愁。

7. 过年时人们穿新衣，涤纶卡机毛华达呢，
   娃娃们穿的花毕叽，们家里头换不了季。
   拿起鞋刷的，刷洗了下圪痂的。
   离帮又趿拉，走起路来不得劲儿。

8. 妹妹们的鞋上尽窟窿儿，前头露的指头好像两个枣儿，
   后头露得脚后跟，好像两个冻梨旦儿。

9. 手头营生多得很，毛头毛脚的什么也做不成，
   们老婆骂我嫌我懒，我还嫌她不动弹。
   忙熬得没好气，大骂娃们撒恶气。

10. 黑了人们能早休息，我还得灯下把鞋钉，
    人们早起到地里，我才忙得担吃水，

早起又迟睡，到了地里打瞌睡。
11. 们老婆她也忙得很，缝连补绽就她一人，
　　　烧火做饭奶娃娃，忙得实在可怜，
　　　鞋袜也做不成，哪儿还顾上去劳动。
12. 负担大来生活苦，心里有苦没法儿诉，
　　　煎熬得我时时病，我还可怜我的娃娃们，
　　　跟上我享不上福，们老婆还时时哭。
13. 早婚的害处多得很，三天三夜也说不完，
　　　我劝年轻的后生们，接受我的教训，
　　　一不要早结婚，结婚后要早早避孕。

（五台县）

千年旱地用水浇

王滨 词

新民歌

五　更　鸡　叫　哎咳　哟　东　方　那个　亮，　大　街　小　巷　哎咳　哟　闹　嚷　　嚷。
张　大　爷　呀　哎咳　哟　李　大　那个　娘，　大　哥　二　嫂　哎咳　哟　相　跟　　上。
黄　米　干　粮　哎咳　哟　手巾里　那个　包，　锹　镢　扁　担　哎咳　哟　肩　膀　上　挑。
风　卷　白　雪　哎咳　哟　满　天　那个　飘，　天　寒　心　暖　哎咳　哟　干　劲　　高。
洋　镐　刨　来　哎咳　哟　撬　杠　那个　拗，　开　渠　打　井　哎咳　哟　把　泉　　找。
千　年　旱　地　哎咳　哟　用　水　那个　浇，　亩　产　五　百　哎咳　哟　要　达　　到。

（忻州市）

—771—

清清的泉水绕山流

（改字十里墩调）

1 = G 2/4
中速稍快

许月英 唱
邢仁让 记

民歌 五台山

5· 3 2 5 | 1 2 6 5 | 5 3 2 6 | i — |
清　　清的泉　水　　绕　山　　流，
红　　骡子高　来　　黑　骡子　低，

5· 3 2 5 | 1 2 6 5 | 3 2 3 2 6 | 5 — |
红艳艳的桃　花　　满　山　　头，
公　社耕　地用拖　拉　　机，

3 2 3 2 6 | 5 —) | 5 5 | 6 5 5 3 |
　　　　　　　　　（哟　依儿 依哟　哟依儿
　　　　　　　　　（哟　依儿 依哟　哟依儿

2 3 2 1 6 1 | 2 — | 5 5 | 6 5 5 6 |
那呼那哈 依哟）咳，　（哟　依儿 依哟　哟依儿
那呼那哈 依哟）咳，　（哟　依儿 依哟　哟依儿

1 2 6 5 | 6 5 5 6 | 1 2 6 5 | 1 3 2 1 |
哟依 哟依儿依哟　哟依儿哟依 哟依儿）红艳艳桃 花
哟依 哟依儿依哟　哟依儿哟依 哟依儿）公社　耕 地用

2 3 2 1 | 2 3 2 1 | 2 3 2 1 | 6 1 | 2 3 2 3 |
满　山　头，（七里里里　八啦啦啦　改　字儿呼啦啦啦
拖　拉　机，（七里里里　八啦啦啦　改　字儿呼啦啦啦

| 5 6̣ 1 2 | 5̣ — ‖

一 个　哎 咳　青）。
一 个　哎 咳　青）。

（定襄县）

逛 台 城

1 = G 2/4

昌义 书平 整理

| 3 5 3 | 3 5 3 | 3 5 3 2 | 3 2 1 | 3 6̣ 1 1 |

闺　女　接　我　到　台　　城　街，　左　看　
闺　女　带　我　逛　大　商　场，　花　商　
闺　女　带　我　逛　新　城，　苑　场　
闺　女　领　我　旧　貌　换　新　颜，　里　依

看　　山　　　　
商　场　　　　
苑　里　的　　　
五　台　

| 3 2 1 | 3 7̣ 6̣ 5̣ | 3̣ — | 6̣ 1 | 6̣ 1 |

右　看　和　当　年　不　一　样，　柏　油　马　路　
小　货　区　转　了　一　新　圈，　这　里　高　
傍　物　水　真　好　风　景，　中　开　的　
人　民　不　简　单，　二　十　马　原　路　是　低　档　路，
年　后，

| 3 5 2 | 3 — | 2 1 2 | 1 2 3 5 | 3 2 1 |

好　宽　　敞，　（哎哟哟），　这么多　车辆成了
圈　马　　沟，　（哎哟哟），　臭水沟　建商场
都　齐　全　楼，　（哎哟哟），　这么大的　建成了
新　建　的　看，　（哎哟哟），　唐家湾　建装
再　来　　　　　　　　　　　　　五　台

新民歌

```
3  6̣ | 1 6̣ 5 6̣ | 5 — ‖
```

叫　我　　眼　花　缭　　　乱。
百　姓　　幸　福　乐　　　园。
咱　还是　头　一　回　　　见。
五　台　　新　县　城。
点　得　　更　辉　　　　煌。

（五台县）

走进家乡的桃树林

胡昌义 词
胡昌义 书平 曲

$1 = {^\flat}E$　$\frac{4}{4}$

```
1· 2 1 7̣ 6̣ | 5 6̣ 3̲ 5 — | 6 6 1̇ 6 5 4 3 |
```

走　进家乡的　桃树　林，　满山　遍　野
走　进家乡的　桃树　林，　疑是　进　了

```
5 2 1 7̣ 6̣ 2 — | 2 2 3 5 5 | 6 5 3 2 1 — |
```

桃　花　　红。　彩蝶　翩翩　花间　舞，
蟠　桃　　园。　满树　仙桃　满树　红，

```
2 1 2 3 5 1 7̣ 6̣ | 5̣ — — — | 5· 5 6 5 3 |
```

风儿采蜜恋　桃　　林。　　　山　顶飘　白
满园笑声满　园　　情。　　　村　民乐　在

```
5 — — — | 2· 3 5 1 7̣ 6̣ | 2 — — — |
```

云，　　　　桃　花映　山　红。
心，　　　　桃　园四　季　春。

```
2 2 3 5 5 | 6 5 3 2 1 7̣ 6̣ | 2· 2 2 3 2 1 7̣ 6̣ |
```

满园　春色　关不　住，　果农展望好　前
如今　创业　逢盛　世，　村村都有好　风

（民歌五台山 新民歌）

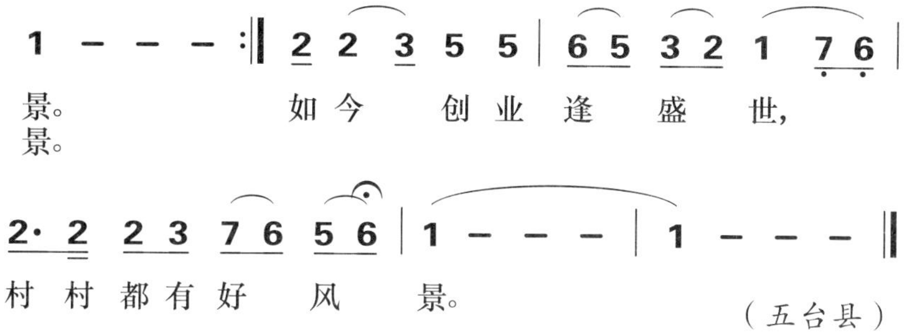

```
1 - - - ‖: 2 2 3 5 5 | 6 5 3 2 1 7̣ 6̣ |
```
景。　　　　如今　创业 逢 盛 世，
景。

```
2· 2 2 3 7̣ 6̣ 5̣ 6̣ | 1 - - - | 1 - - - ‖
```
村 村 都 有 好　风　　景。

（五台县）

盘 山 路

1 = E 4/4

昌义 词
昌义 书平 曲

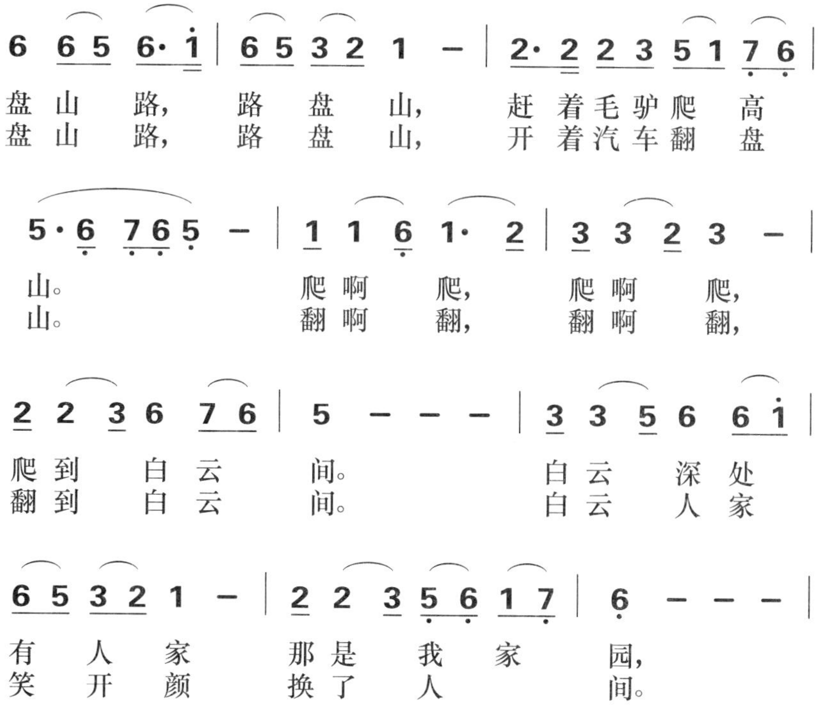

```
6 6 5 6· 1̇ | 6 5 3 2 1 - | 2· 2 2 3 5 1 7̣ 6̣ |
```
盘　山　路，　路　盘　山，　赶 着 毛 驴 爬 高
盘　山　路，　路　盘　山，　开 着 汽 车 翻 盘

```
5· 6̣ 7̣ 6̣ 5̣ - | 1 1 6̣ 1· 2 | 3 3 2 3 - |
```
山。　　　　爬 啊 爬，　爬 啊 爬，
山。　　　　翻 啊 翻，　翻 啊 翻，

```
2 2 3 6 7 6 | 5 - - - | 3 3 5 6 6 1̇ |
```
爬 到　白 云　间。　　　　白 云 深 处
翻 到　白 云　间。　　　　白 云 人 家

```
6 5 3 2 1 - | 2 2 3 5̣ 6̣ 1 7̣ | 6̣ - - - ‖
```
有 人 家　那 是 我 家 园，
笑 开 颜　换 了 人　间。

民歌 五台山

$3\ 3\ 5\ 6\ 6\ \dot{1}\ |\ 6\ 5\ 3\ 2\ 1\ -\ |\ 2\ 2\ 3\ \underline{7}\ \underline{6}\ 5\ 6\ |$
白云 深 处 有 人 家　　那 是 我 家
白云 人 家 笑 开 颜　　换 了 人

$1\ -\ -\ -\ ‖\ 3\ 2\ 3\ \underline{5}\cdot\ \underline{6}\ |\ 1\ 2\ \underline{7}\ \underline{6}\ 5\ -\ |$
园。　　　　过 去 白 云 山，
间。

$\underline{3}\cdot\ \underline{5}\ 6\ 5\ 3\ |\ 5\ -\ -\ -\ |\ 5\ 3\ 5\ 6\ 6\ \dot{1}\ |$
穷 得 叮 当 响，　　　父 老 乡 亲

$6\ 5\ 3\ 2\ 1\ -\ |\ \underline{6}\cdot\ \underline{7}\ \underline{5}\ 6\ 1\ \underline{7}\ \underline{6}\ |\ 2\ -\ -\ -\ |$
靠 刨 山，　　药 材 换 点 米 和 面，

$3\ 2\ 3\ \underline{5}\cdot\ \underline{6}\ |\ 1\ \underline{7}\ \underline{6}\ 5\ -\ |\ \underline{3}\cdot\ \underline{5}\ 6\ 5\ 3\ |$
如 今 白 云 山，打 开 致 富

$5\ -\ -\ -\ |\ 5\ 3\ 5\ 6\ 6\ \dot{1}\ |\ 6\ 5\ 3\ 2\ 1\ -\ |$
路，　　　天 下 游 人 走 盘 山，

$2\ 2\ 3\ \underline{7}\ \underline{6}\ 5\ 6\ |\ 1\ -\ -\ -\ |\ 5\ 3\ 5\ 6\ 6\ \dot{1}\ |$
带 来 艳 阳 天。　　　天 下 游 人

$6\ 5\ 3\ 2\ 1\ -\ |\ 2\ 2\ 3\ \underline{7}\ \underline{6}\ 5\ 6\ |\ \dot{1}\ -\ -\ -\ ‖$
走 盘 山，　　带 来 艳 阳 天。

（五台县）

民歌五台山

第 8 篇

套曲

对于五台山地区民间音乐体系中的套曲搜集和整理情况，此书已在"概述"文章中作了较为详尽的阐述。此篇对已在"古代民歌"等篇章中列入的套曲民歌，如《大唐五台曲子》等，就不再重复列出。另在五台"登台秧歌"中提出的"大曲"之类，还须继续努力搜集、整理。这里兹将《山门六喜》这一套曲的渊源和组曲列述供赏。

　　据1981年2月由人民音乐出版社出版的著名音乐家杨荫浏专著《中国古代音乐史稿》一书载述："《山门六喜》是指由六个民间小曲组成的一个套曲而言。传授者吴畹卿（1847—1926）是市民出身，原抄本的标题为《寄生草》，但口头相传，亦称为'山门六喜'。在用小曲牌名称呼一个套曲时，一般的习惯，常只用多个组成小曲中最为重要的一个曲牌——大多时候是第一个曲牌，作为全曲的总名称。所以本套曲也可称为《寄生草》。至于本曲究竟由哪六个曲牌组成，则作者在学习时没有问清楚。现在只能就音乐结构，为之试分段落；就作者熟悉的曲调，标明曲牌，余下的仅标数字，留待将来解决了。"

　　又据吉林大学出版社出版的孙会玲编著的《中国古代歌曲与名作鉴赏》一书载述：《山门六喜》这部套曲将鲁智深醉打山门的故事演唱了一遍，音乐简洁生动，语言浅显易懂，朴素鲜明地塑造了一个性格独特、豪放爽直的人物形象。第一首曲子用第三人称叙述，讲述了鲁智深被迫出家五台山，但却对佛门规矩不屑一顾，音乐用C宫系统的商调式，同一句音乐反复唱不同的词，把一个佛教叛逆者的形象生动地塑造出来。第二首卖酒人唱的山歌，内容是西楚霸王项羽兵败九里山的故事，虽然这一段歌词的内容与鲁智深的生活无关，但却真实地表现了现实生活，使歌曲充满浓厚的生活气息。音乐用C宫系统的羽调式，与上一段形成调性色彩的对比。第三首是鲁智深和卖酒人的对白，鲁智深的豪爽粗犷和卖酒人的推脱不卖形成有趣的对比。音乐从这一曲转到F宫系统，此曲为宫调式。第四首是对鲁智深醉酒后大打出手，毁坏山门的描述。音乐是徵调式。第五、六首描述了长老大怒，把鲁智深赶出了五台山，鲁智深悠然去东京拜师的过程。最后的乐句高八度反复，使鲁智深的潇洒豪放性格表露无遗。此首历史悠久的民间音乐套曲，凭借历史名著《水浒传》小说的广泛传播，又加上民间音乐家艺术创造，使五台山的民间歌曲流传世界各地，更使五台山地域民歌闪耀着独特的艺术光彩。

《山门六喜》歌曲系《水浒传》描述北宋时期鲁智深出家五台山，因酒醉打山门的一段故事加工编写。原抄本的标题为《寄生草》，但口头相传亦称为《山门六喜》。"六喜"是指本曲由六个民间山曲组成的一个套曲而言。至于组成本曲的六个曲牌，因流传久远而记载不全，只能以音段的结构分成段落。本曲是广为流传、听众熟悉的民间歌曲。歌词一方面用"西天活佛今何在"表示了鲁智深的反宗教倾向；另一方面从"偈言四句牢记在胸怀"起，却又强调宗教的权威性。把鲁智深描写成一个驯服的宗教信徒，这正刻画了鲁智深在宗教问题上既矛盾，又妥协性的性格。本曲不失为一首较好的作品，其对广大民众的思想影响还是相当显著的。曲调结合歌词，相当妥帖。前后六曲之间有着转调关系【1】—【2】是A大调；【3】—

【6】是D大调。本曲在结构形式上，可为多曲联成一套的成功作品。

据山西人民出版社出版的田昌安主编并撰文的《施耐庵与五台山》一文载述：施耐庵生于元成宗元贞二年（1296年）。36岁与刘伯温同榜中进士，其曾在钱塘（今杭州）为官三年，因不满官场黑暗，不愿逢迎权贵，弃官回家，以授徒、著书自遣。不论《水浒传》的作者是施耐庵还是罗贯中，其基础都是宋末元初人龚开所作源于北宋末年宋江起义的话本和传说，如《青面兽》、《花和尚》（即鲁智深）、《武行者》等说话名目和杨志卖刀等故事，此前早已在民间广泛流传。

山门六喜

（又名《寄生草》）

《水浒传》五台山资料
吴畹卿 传谱 杨荫浏记

1 = D 2/4

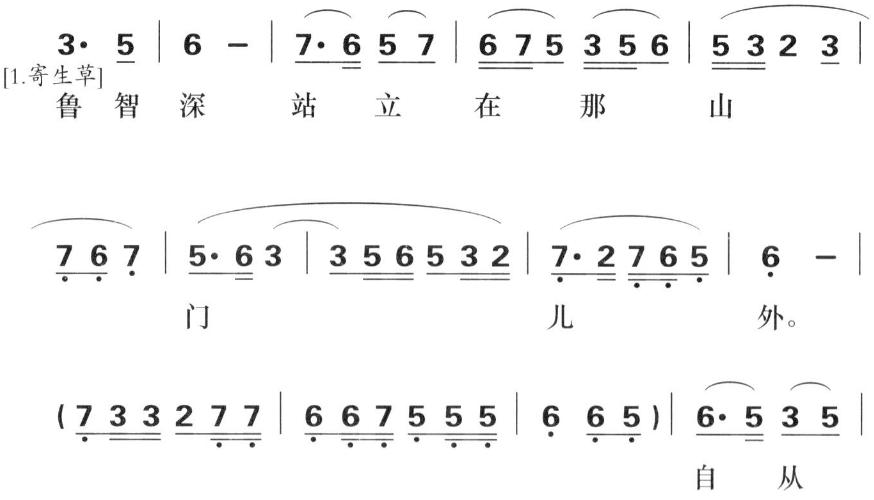

[1.寄生草]
3· 5 | 6 — | 7·6 5 7 | 6 7 5 3 5 6 | 5 3 2 3 |
鲁 智 深　　站　立　　在　那　　山

7 6 7 | 5·6 3 | 3 5 6 5 3 2 | 7·2 7 6 5 | 6 — |
门　　儿　　　　　外。

(7 3 3 2 7 7 | 6 6 7 5 5 5 | 6 6 5) | 6·5 3 5 |
　　　　　　　　　　　　　　　　　　自　从

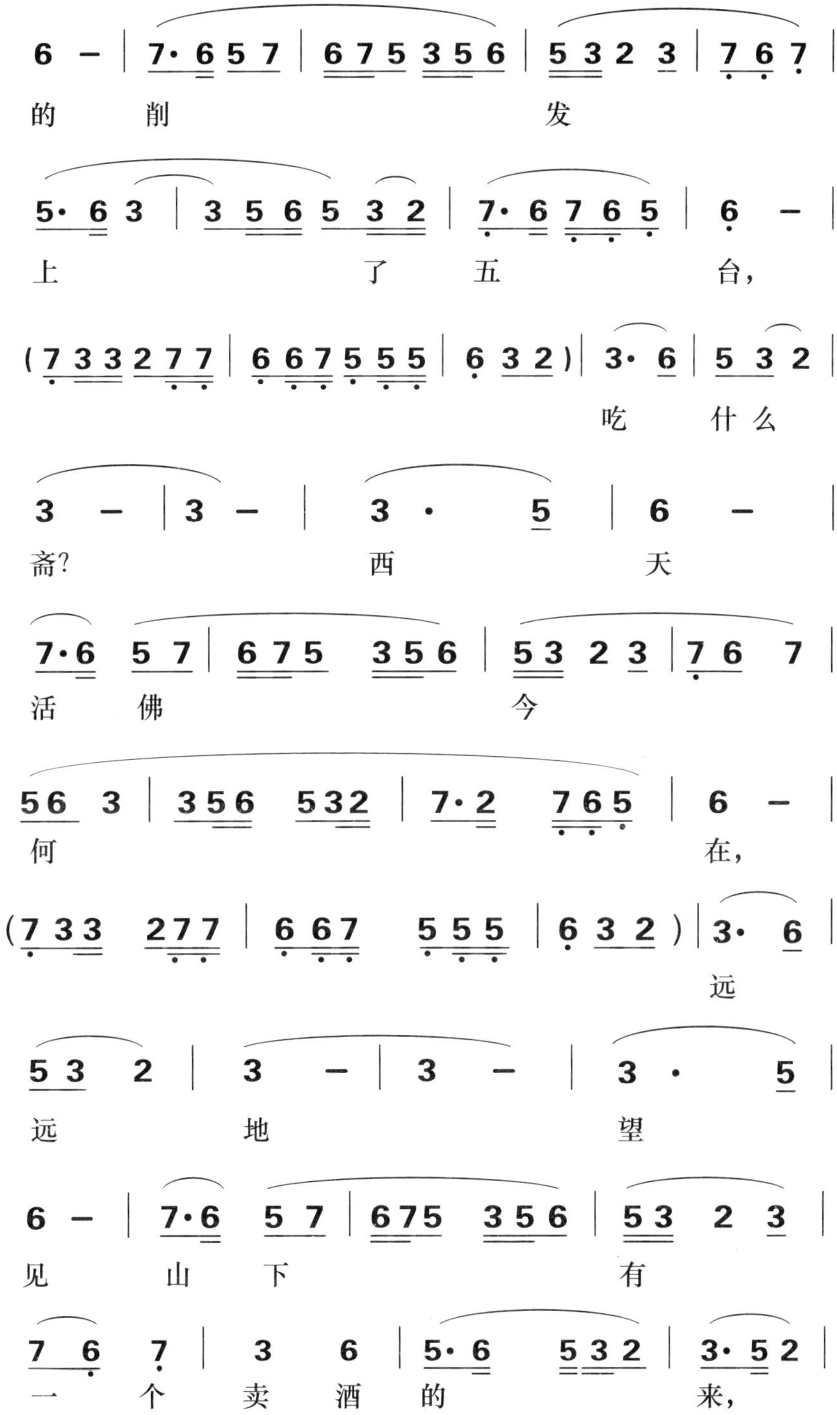

| 6 - | 7·6 5 7 | 6 7 5 3 5 6 | 5 3 2 3 | 7 6 7 |
　　　的　削　　　　　　　　　发

| 5·6 3 | 3 5 6 5 3 2 | 7·6 7 6 5 | 6 - |
上　　　　了　五　　　　台，

| (7 3 3 2 7 7 | 6 6 7 5 5 5 | 6 3 2) | 3·6 | 5 3 2 |
　　　　　　　　　　　　　　　　吃　　什么

| 3 - | 3 - | 3· 5 | 6 - |
斋？　　　　　西　　　天

| 7·6 5 7 | 6 7 5 3 5 6 | 5 3 2 3 | 7 6 7 |
活　佛　　　　　　　今

| 5 6 3 | 3 5 6 5 3 2 | 7·2 7 6 5 | 6 - |
何　　　　　　　　　　在，

| (7 3 3 2 7 7 | 6 6 7 5 5 5 | 6 3 2) | 3·6 |
　　　　　　　　　　　　　　　　远

| 5 3 2 | 3 - | 3 - | 3· 5 |
远　　地　　　　望

| 6 - | 7·6 5 7 | 6 7 5 3 5 6 | 5 3 2 3 |
见　　山　下　　　　　　有

| 7 6 7 | 3 6 | 5·6 5 3 2 | 3·5 2 |
一　个　卖　酒　的　　来，

套曲

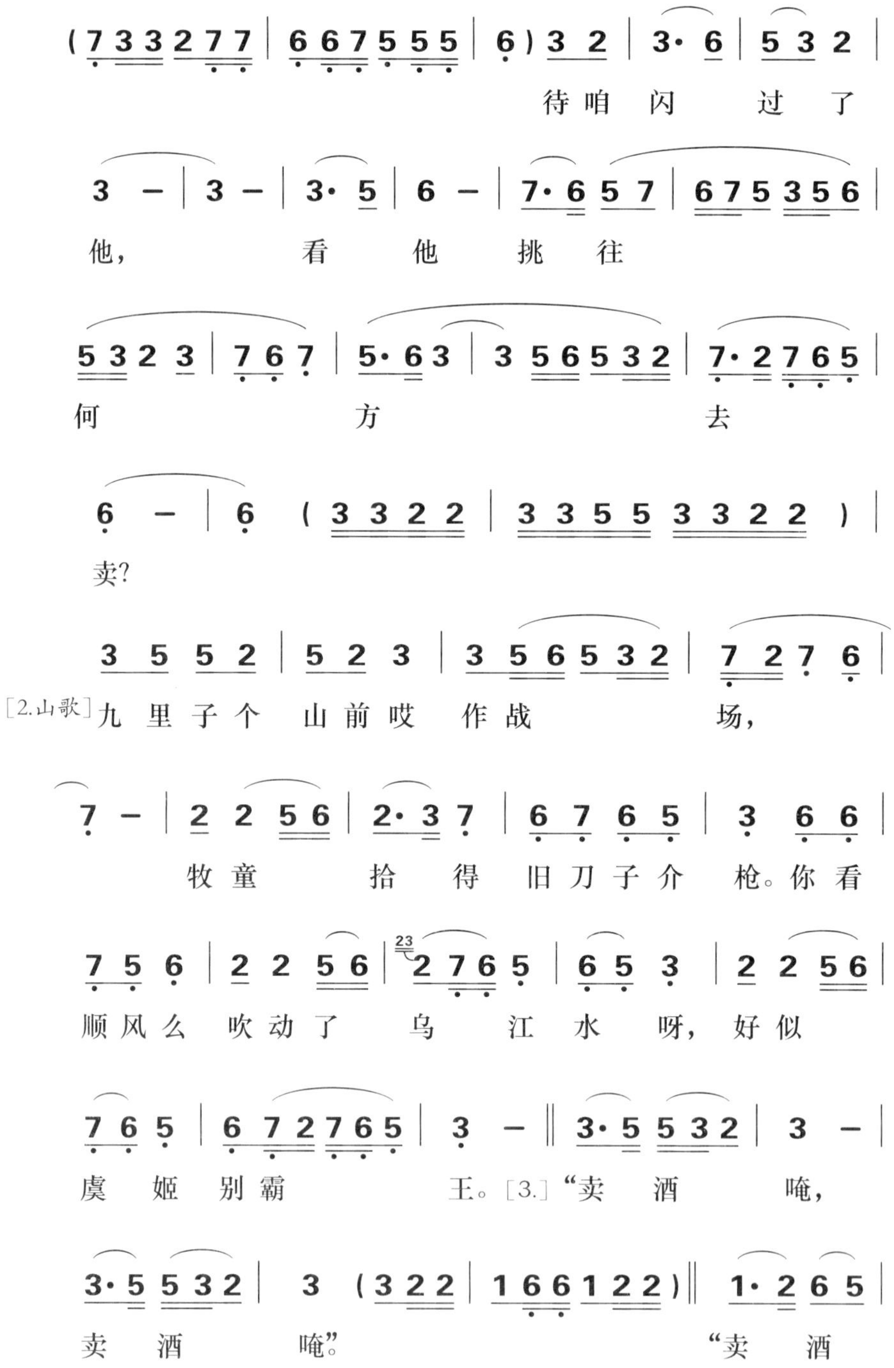

民歌五台山

(7 3 3 2 7 7 | 6 6 7 5 5 5 | 6) 3 2 | 3·6 | 5 3 2 |
　　　　　　　　　　　　　　　待 咱 闪　过 了

3 — | 3 — | 3·5 6 — | 7·6 5 7 | 6 7 5 3 5 6 |
他，　　　看 他　　挑　　　往

5 3 2 3 | 7 6 7 | 5·6 3 | 3 5 6 5 3 2 | 7·2 7 6 5 |
何　　　方　　去

6 — | 6 (3 3 2 2 | 3 3 5 5 3 3 2 2) |
卖?

[2.山歌] 3 5 5 2 | 5 2 3 | 3 5 6 5 3 2 | 7 2 7 6 |
九 里 子 个　山 前 哎　作 战　　　　场，

7 — | 2 2 5 6 | 2·3 7 | 6 7 6 5 | 3 6 6 |
牧 童　　　拾 得　旧 刀 子 介 枪。你 看

7 5 6 | 2 2 5 6 | 23 2 7 6 5 | 6 5 3 | 2 2 5 6 |
顺 风 么 吹 动 了　乌 江 水 呀，好 似

7 6 5 | 6 7 2 7 6 5 | 3 — ‖ 3·5 5 3 2 | 3 — |
虞 姬 别 霸　　　王。[3.] "卖 酒　唵，

3·5 5 3 2 | 3 (3 2 2 | 1 6 6 1 2 2) ‖ 1·2 6 5 |
卖 酒　　唵。"　　　　　　　　　　　"卖 酒

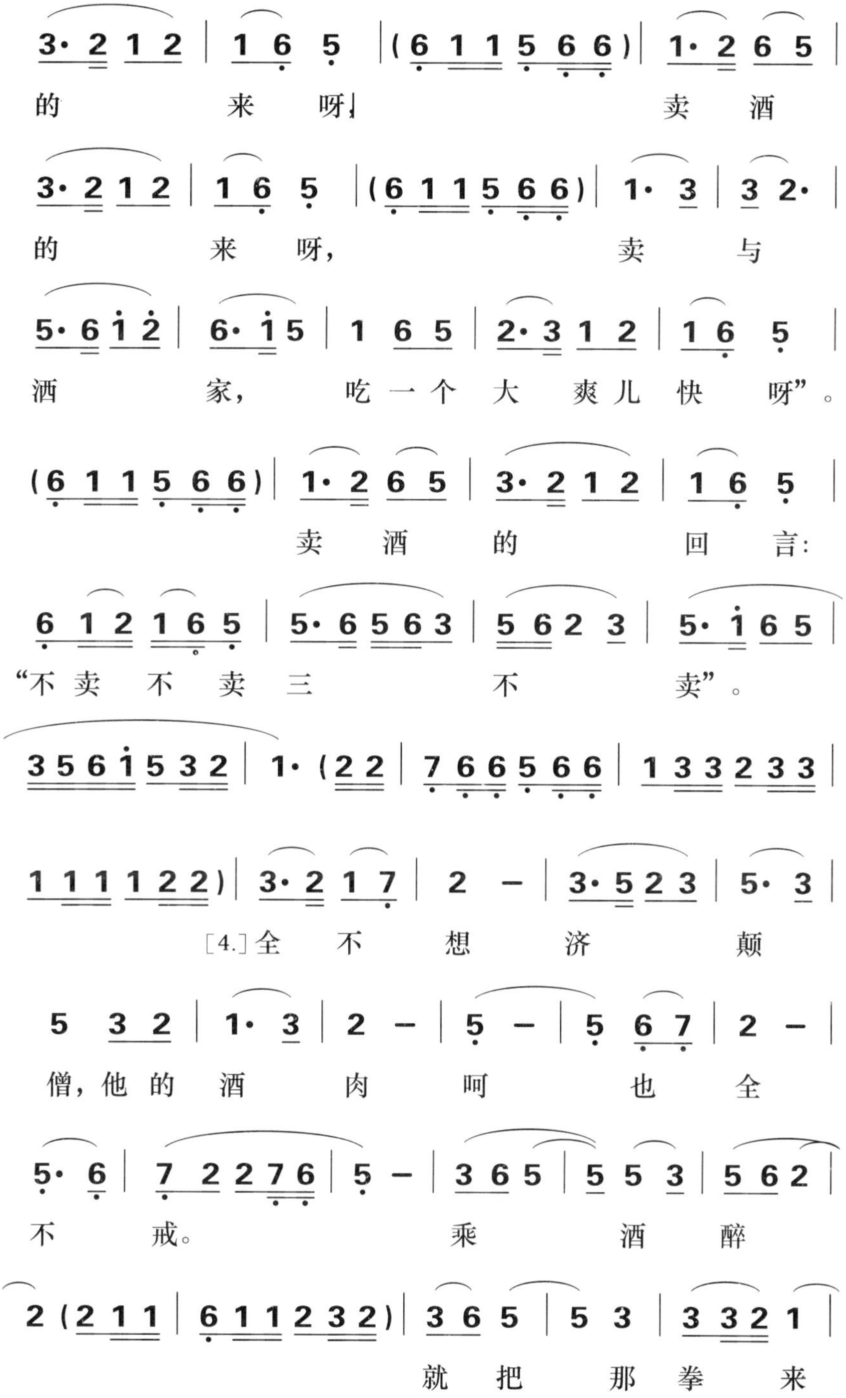

$\underline{3\cdot 2}\underline{1 2}\ |\ \underline{1\ \dot 6}\ \underline{\dot 5}\ |\ (\underline{\dot 6\ 1\ 1}\ \underline{\dot 5\ \dot 6\ \dot 6})\ |\ \underline{1\cdot 2}\ \underline{\dot 6\ 5}\ |$
的　　来　呀，　　　　　　　卖酒

$\underline{3\cdot 2}\underline{1 2}\ |\ \underline{1\ \dot 6}\ \underline{\dot 5}\ |\ (\underline{\dot 6\ 1\ 1}\ \underline{\dot 5\ \dot 6\ \dot 6})\ |\ \underline{1\cdot 3}\ \underline{3\ 2\cdot}\ |$
的　　来　呀，　　　　　　　卖与

$\underline{5\cdot 6}\underline{1 2}\ |\ \underline{6\cdot 1}\underline{5}\ |\ \underline{1\ 6}\ \underline{5}\ |\ \underline{2\cdot 3}\underline{1 2}\ |\ \underline{1\ \dot 6}\ \underline{\dot 5}\ |$
酒　家，　吃一个　大　爽儿　快　呀"。

$(\underline{\dot 6\ 1\ 1}\ \underline{\dot 5\ \dot 6\ \dot 6})\ |\ \underline{1\cdot 2}\ \underline{\dot 6\ 5}\ |\ \underline{3\cdot 2}\underline{1 2}\ |\ \underline{1\ \dot 6}\ \underline{\dot 5}\ |$
　　　　　　卖酒　的　　回　言：

$\underline{\dot 6\ 1\ 2}\ \underline{1\ \dot 6\ \dot 5}\ |\ \underline{5\cdot 6}\underline{5 6 3}\ |\ \underline{5 6 2}\ \underline{3}\ |\ \underline{5\cdot 1}\ \underline{6 5}\ |$ 套
"不卖不卖　三　　　　　不　　卖"。 曲

$\underline{3 5 6\ \dot 1\ 5 3 2}\ |\ \underline{1\cdot}\ (\underline{2 2}\ |\ \underline{\dot 7\ 6 6}\ \underline{\dot 5\ 6 6}\ |\ \underline{1 3 3}\ \underline{2 3 3}$

$\underline{1 1 1}\ \underline{1 2 2})\ |\ \underline{3\cdot 2}\ \underline{1\ \dot 7}\ |\ 2 - |\ \underline{3\cdot 5}\underline{2 3}\ |\ \underline{5\cdot}\ \underline{3}$
　　　　　　[4.]全　不　想　济　颠

$\underline{5\ 3 2}\ |\ \underline{1\cdot 3}\ 2 - |\ \dot 5 - |\ \underline{\dot 5}\ \underline{\dot 6\ \dot 7}\ |\ 2 - |$
僧，他的　酒　肉　呵　　也　全

$\underline{5\cdot 6}\ |\ \underline{\dot 7\ 2\ 2}\ \underline{\dot 7\ 6}\ |\ 5 - |\ \underline{3\ 6 5}\ |\ \underline{5 5\ 3}\ |\ \underline{5 6 2}\ |$
不　戒。　　　　　　乘　酒　醉

$2\ (\underline{2 1 1}\ |\ \underline{\dot 6\ 1 1}\ \underline{2 3 2})\ |\ \underline{3\ 6 5}\ |\ \underline{5\ 3}\ |\ \underline{3 3 2 1}$
　　　　　　　　　　就把　那拳来

| 1 6̣ 1 | 2 — | 1 2 3 2 1 6 | 5̣ · 3̣ 5 |

耍， 半 山 亭， 打 倒

| 6 2 3 2 1 6 | 5̣ — ‖ 3· 5 6 1̇ | 1̇ 6 5· |

地 尘　 埃。 [5.]长 老 怒 胸 怀，

| 5 2 3 2 | 1 — | 3 5 5 | 6 5 | 5 2 3 2 |

不 许 上 五 台。 偈 言 的 四 句， 牢 记 在 胸

| 1 — | 3· 5 3 2 1 | 2 — | 5· 6̣ 1̇ 2̇ | 6· 1̇ 5 |

怀。[6.剪剪花]上 东 京 大 相 国

| 2 3 5 | 6· 5 3 2 | 1 6̣ 1 | 1 6̣ 1 | 2· 3 |

寺 呀， 再 把 那 师 父 来 拜，

| 1· 2 1 6̣ | 5̣ 6̣ 1 | 2· 1 6̣ 1 | 5̣ (4 4 3 3 |

| 2 2 3 3 5 5 5 5 | 6 6 7 7 5 3 2) | 3· 5 3 2 1 | 2 — |

　　　　　　　　　　　　　　　　　　　　　　上 东 京

| 5· 6̣ 1̇ 2̇ | 6· 1̇ 5 | 2 3 5 | 6· 5 3 2 | 1̇ 6 1̇ |

大 相 国 寺 呀， 再 把 那 师 父

| 1̇ 6 1̇ | 2̇· 3̇ | 1̇· 2̇ 1̇ 6 | 5 6 1̇ | 2̇· 1̇ 6 1̇ | 5 — ‖

来 拜。

(五台山)

民歌五台山

第9篇

原生态古老民间文化遗存

历经5年多时间，克服重重困难，对于搜集、整理的五台山地区的民间音乐文化成果，经反复研究梳理，深深感到最为珍贵是原生态古老民间音乐文化遗存。其内容包括以下两种，即：古老的五台秧歌戏和珍贵的五台老秧歌。

对于以上初步搜集到的民间音乐文化遗存，确切地说它们是流传久远的历史文化艺术奇葩，亦是绽放异彩的民间传统文化瑰宝。本篇原生态古老民间文艺遗存，着重将以上两种珍贵原生态节目内容资料集中载存，以供鉴赏，进而广传。但需要阐明的是，这些古老文艺资料，多数存在着乡土气息浓、俗语多、篇幅长、文字粗俗的缺陷，甚至还有明显的游说漫道、喧宾夺主的局限。然而，为了保存和研究历史上的原生态资料，均未予以删节、加工和修饰，基本保持了历史流传的本来面貌。曾阅读1979年由上海辞书出版社出版的《辞海》典籍，书中注释"原生态"一词，"原"即为"源"古字。保持"原生态"正是编辑本书第九篇的宗旨。

一、古老的五台秧歌戏

初次接触到古老的五台秧歌小戏种——五台秧歌戏，是于1949年伊始，广大农村欢庆中华人民共和国成立的岁月，各村社锣鼓喧天，大演大唱文娱节目，内容多是自编自娱的新节目，同时将大量的农村传统文娱节目排练登台演出。最突出的是坐落于五台县东山地区的陈家庄乡，将古老的登台秧歌传统节目搬上舞台，以满足翻身后的广大农民群众对于文化娱乐的需求。登台秧歌演唱最出名是陈家庄乡南塔村和明查湾村等，吸引了周围村庄的农民群众前往观赏。

　　据此次搜集整理和分析研究，登台秧歌的具体演唱形式和内容包括两部分：其中一部分是类似当地民歌类小演短唱的民歌节目。对此已在本书"上集"第四篇中的"秧歌"——《五台登台秧歌》之中选载了《五女观灯》、《卖菜》、《拜月》、《送寒衣》、《大闺女算卦》等40余首。另一部分是属于登台秧歌小戏种——登台秧歌戏。何谓"登台秧歌戏"？据查《五台县志》之"戏班"资料载："老三区境内清末有南塔村的登台秧歌班，此为农忙时务农，农闲时从艺，不图挣钱，唯求娱乐"。三晋出版社出版的韩先平主编的《五台老三区志》一书载："登台秧歌，形成于清道光年间，流传于南塔、明查湾等村。民国初年，南塔、明查湾村开始立班演唱。有道白、对唱、独唱，其表演既非秧歌的大跳大舞，又非戏剧的细腻典雅，只介于其中，通俗质朴，又富有强烈的地方色彩，剧目分大曲、小令两类。曲调沿用了当地的民歌，有一剧一曲，有多剧一曲，也有一剧多曲的。男女同腔同调，与外地二人台有相似之处。文场上常见乐器有唢呐、笛子、笙、二胡等；武场上有大鼓、大钹、小锣、响梆。行当和舞台装置都很简单，一桌二椅，两盏'满堂红'灯，即可演戏。剧目有《对花》、《牧牛》、《打酸枣》、《二妮子游花园》、《摘花椒》、《卖麻花》、《绣花灯》、《劝姑娘》、《推山药》、《收草帽》、《送姑娘》、《大钉缸》、《编草帽》、《卖扁食》、《柏兰镇》等。1956年，五台县人民政府曾经发掘整理南塔村登台秧歌赴县城演出。"

于2011年冬季,采编人员千方百计从五台、忻州、太原等地寻找五台登台秧歌原始资料以及艺术传承人过程中,侥幸发现了茹村乡苏子坡村有一家"外来户",是从陈家庄乡深山沟里迁移出来落户的人家。

这家外来户的户主,名叫胡贵隆。他于20世纪70年代初由五台登台秧歌演唱名村——南塔村迁移到平川地带苏子坡村落户。胡贵隆原是南塔村的老艺人,是将"地摊秧歌"搬上舞台演唱的亲历者,更是珍藏演唱节目原始资料的"活宝典"。这位祖辈务农、深居大山中的民歌演唱家,主要特点:一是记忆能力较强,留有祖上口头相传的古老节目较多;二是所唱古老节目,内容题材广泛,故事性强;三是自唱带演,舞台走场、道具、乐器,均是从小练就的实际本领。他积极地提供登台秧歌资料,能使当今人们看到古老秧歌原始"活态",确实是一位传承民间艺术的"文化奇才"。

二、珍贵的五台老秧歌

查阅《五台县志》和《五台山志》等书籍,均载有"五台老秧歌"的历史传记和艺术赞誉。又接触到县境之外有关"五台老秧歌"的权威书籍,是由山西忻州地区文化局王滨主编的《中国民间歌曲集成·山西卷——忻州地区民歌集成》一书载述:"我区秧歌种类繁多,各呈姿彩,是有深厚的乡土气息。如'五台的老秧歌'……"

而真正组织采风团队认真搜集和深入探讨"五台老秧歌",是于2013年春季,采集人员深入五台县陈家庄乡清水河和滹沱河两岸农村的高山古村，搜集到许多五台老秧歌节目资料和演唱曲调；也有的是通过媒体和电话联络，根据早年迁往太原等地的老艺人回忆和撰写而获得的即将失传的珍贵资料。又据2014年由三晋出版社出版的韩先平主编的《五台老三区志》一书载述："老秧歌流传于坪上、耿家会、李庄（原村名：李家庄）等村，是不同于其他秧歌的古老传统形式，当地人称之为'老秧歌'。有白有唱，表演者人数不限，男女各半。主要角色有野大医、骚公子、打叉的、老婆婆等。疯公子头戴红缨帽，手拿尘掸子，身穿对襟夹袄，在节律欢快的锣鼓声中，往返穿行于秧歌队伍中。唱词自由活泼，随编随唱，一段一韵，引出了与语韵相同的演唱节目。时而又用滑稽可笑的道白，挑逗周围看热闹的观众，给秧歌增添了喜剧色彩。"

五台老秧歌属于原生态民族民间音乐文化遗产，是古老的民间文娱演唱节目延传至今的瑰宝，是追寻五台山文化遗产灵魂的民间音乐活化石，对此独具特色的文化遗存，是在实践中逐步加深认识并领会其精髓的。又据2015年正月元宵节期间，采风组的朱生和、李文堂、罗建国、李福堂、韩西川一行5人赴清水河、滹沱河两岸农村如西河村、李庄村等地采集了不少节目内容。如《秃子闹洞房》、《卖麻糖》、《收鸡》、《疯公子》《打澄州》以及道情《嚎闺女》等。唱词的内容多是传统句子涉及人文地理、历史事件等，曲调有《爬山虎》、《跌断桥》等。

又2015年4月18日至19日，五台山倸罗妙骊民间文化研究院一行6人，罗舰国、朱生和、李文堂、罗建国、罗晓艳、王秉义，结合城乡文化专家李福堂等赴清水河沿岸，重点采集了五台老秧歌节目演唱资料，如《疯公子》、《野太医》、《打叉》等20余篇（首）。尤其对于原居住窑头地区铜楼岩村，后又迁居到陈家庄村的"五台县牛玉堂八音会"民间传统音乐演奏进行了专题采集研制。收获了大量的古老宝贵资料和珍奇的民间文艺演唱节目内容。更重要的是破解了"五台八大套"的历史传延过程的一些迷雾，明确了窑头地区铜楼岩村牛为贵唢呐王世家的历史地位和突出贡献，为进一步发掘和研究五台山地区的民间音乐文化迈出了新的步伐。

（一）【五台秧歌戏遗存】

牧 牛
（一）

胡贵隆 唱
奋臻 玉堂 书平 记

$1 = G \quad \frac{2}{4}$

3·5 16 | 5 5 | 5 5 6 5 3 | 2 2 ‖: 5 3 5 3 |
正 月 里 来 什么这 花儿 开 呀，想起 妹子儿

2 3 2 1 | 2 3 2 1 | 2 3 2 1 | 2 3 2 1 |
哥哥 来呀 妹子儿来呀 哥哥 来呀 妹子儿来呀。

3·5 16 | 5 5 | 1 2 | 5 3 | 2 2 5 1 6 |
正 月 里 来 迎 春 花 子儿 花得儿 美得儿

5 5 :‖ 5 5 | 1 2 | 5 3 | 2 2 5 1 1 6 |
开 呀！ 嗯 哎 迎 春 花 红 花子儿 花得儿

5 5 | 5 5 1 6 5 | 1 6 | 5 | 5 5 1 6 5 | 1 6 | 5 |
开 呀。七不 拉吧 哎哟 哟，八不 拉吧 哎哟 哟，

秧歌戏

—791—

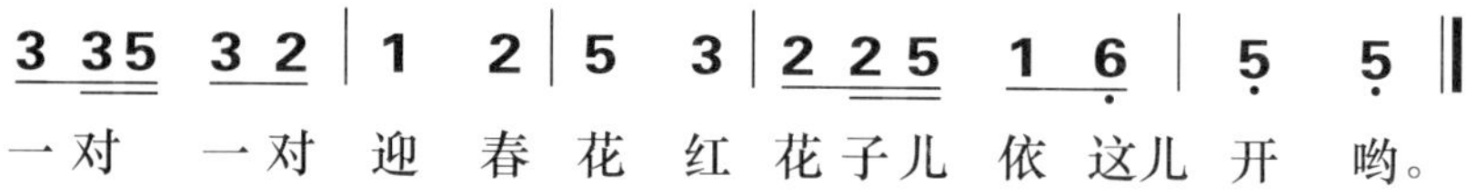

| 3 35 3 2 | 1 2 | 5 3 | 2 2 5 1 6̣ | 5̣ 5̣ ‖

一对 一对 迎春花 红花子儿 侬这儿开 哟。

(五台县)

牧 牛
(二)

1 = F 2/4

胡贵隆 唱
奋臻 玉堂 书平 记

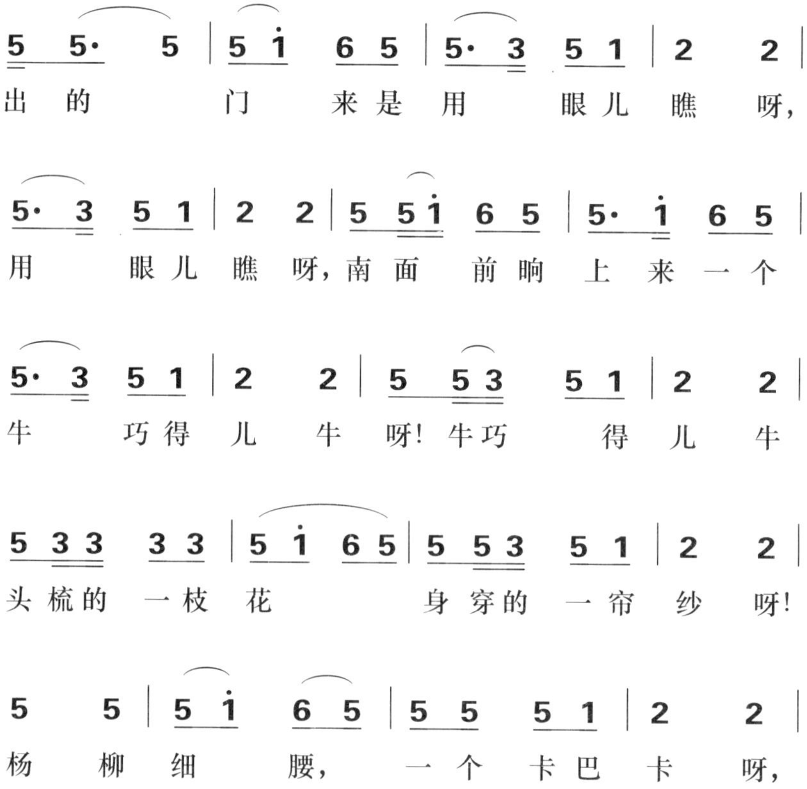

| 5 5· 5 | 5 1̇ 6 5 | 5· 3 5 1 | 2 2 |

出的 门 来是用 眼儿瞧呀,

| 5· 3 5 1 | 2 2 | 5 5 1̇ 6 5 | 5· 1̇ 6 5 |

用 眼儿 瞧呀,南面 前晌 上来一个

| 5· 3 5 1 | 2 2 | 5 5 3 | 5 1 | 2 2 |

牛 巧得儿 牛呀! 牛巧 得儿 牛

| 5 3 3 3 3 | 5 1̇ 6 5 | 5 5 3 | 5 1 | 2 2 |

头梳的 一枝花 身穿的 一帘 纱呀!

| 5 5 | 5 1̇ 6 5 | 5 5 5 1 | 2 2 |

杨柳 细腰, 一个 卡巴 卡呀,

民歌五台山

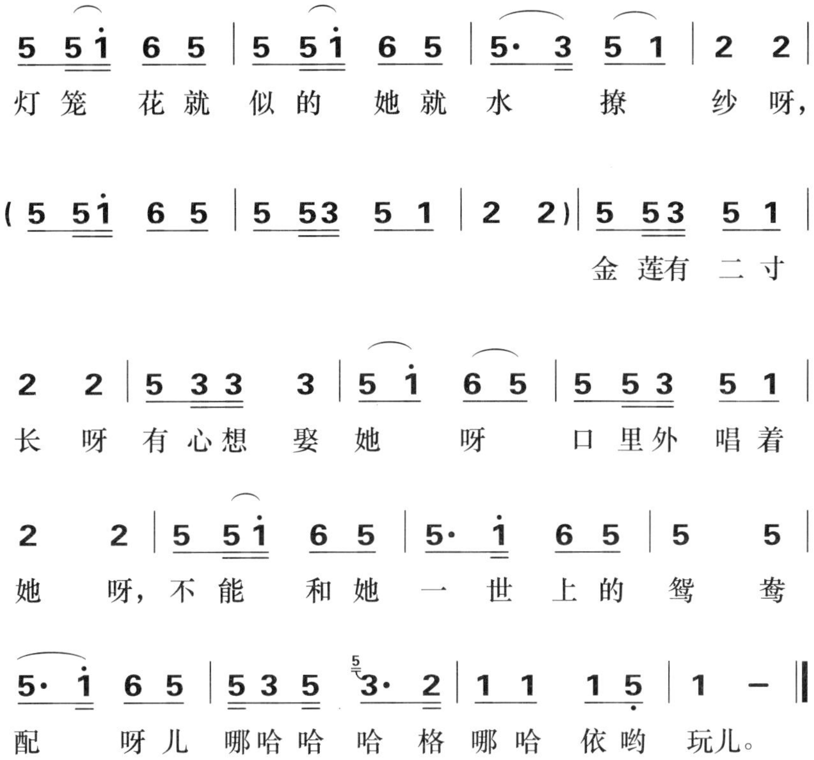

$5\overline{51}$ 65 | $5\overline{51}$ 65 | $5\cdot3$ 51 | 2 2 |
灯笼 花就 似的 她就 水 撩 纱呀，

($5\overline{51}$ 65 | $5\overline{53}$ 51 | 2 2) $5\overline{53}$ 51 |
　　　　　　　　　　　　　　　　　 金莲有 二寸

2 2 | $5\overline{33}$ $3\overline{51}$ 65 | $5\overline{53}$ 51 |
长 呀 有心想 娶 她 呀 口里外 唱着

2 2 | $5\overline{51}$ 65 | $5\cdot\dot{1}$ 65 | 5 5 |
她 呀，不能 和她 一 世 上的 鸳 鸯

$5\cdot\dot{1}$ 65 | 535 $\overset{5}{3}\cdot2$ | 11 $1\underset{.}{5}$ | 1 $-$ ‖
配 呀儿 哪哈哈 哈格 哪哈 依哟 玩儿。

(五台县)

秧歌戏

牧　牛

（三）

胡贵隆 唱
奋臻 玉堂 书平 记

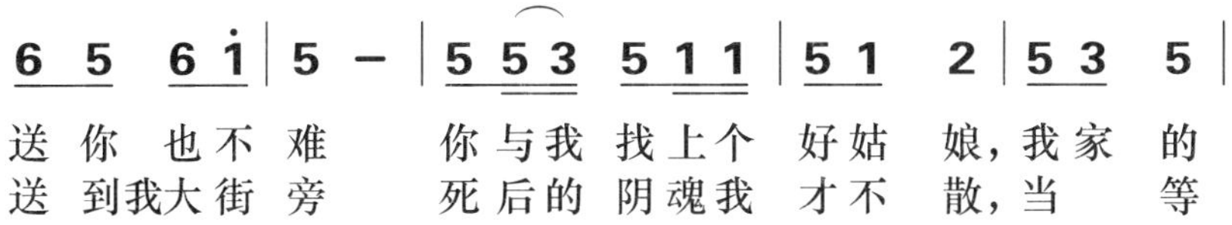

$1 = G$ $\frac{2}{4}$

65 $6\dot{1}$ | 5 $-$ | $5\overline{53}$ $5\overline{11}$ | 51 2 | $5\overline{35}$ 5 |
送你也不难　　你与我 找上个 好姑 娘，我家的
送到我大街旁　　死后的 阴魂我 才不 散，当　等

```
6 5  3 2 | 1·2  1 6̣ | 5̣ —  | 1 6̣  1  | 0 6 5 |
```
男 人 会 捉 奸， 三 刀 两 刀
一 日 你 街 前 过， 阴 魂 儿 扑 到

```
3 5 6 1 | 5 3 2 | 5 3 5 | 6 5  3 2 | 1·2  3 5 |
```
劈 死 你 将 你 这 送 到 大 街
你 身 上 阴 魂 儿 扑 到 你 身

```
2 2 1  6̣ 1 | 5̣ — ‖
```
旁 呀 么 依 呼 嗨。
上 呀 么 依 呼 嗨。

（五台县）

牧 牛

（四）

1 = F 2/4

胡贵隆 唱
奋臻 玉堂 书平 记

行板

```
6 6 1  5 | 6 6 1  5 | 6 6 1  5 5 6 | 5 3 2 | 5 3 5 |
```
天 上 的 梭 罗 罗 树 什 么 人 儿 栽， 地 下 的
天 上 的 梭 罗 罗 树 王 母 娘 娘 栽， 地 下 的

```
6 5  3 2 | 1·2  1 6̣ | 5̣ — | 1 6̣  1 | 0 6 5 |
```
黄 河 呀 就 什 么 人 儿 开。 什 么 人 镇 守
黄 河 呀 就 老 龙 王 爷 开。 杨 六 郎 镇 守

```
3 5  6 1 | 5 3 2 | 5 3  5 | 6 5  3 2 | 1· 2  3 5 |
山  海 关，  什么 人 出家    未  回
山  海 关，  韩湘 子 出家    未  回

2 1  6 1 | 5 - ‖
来么 呀呼 咳。
来么 呀呼 咳。
```

(五台县)

人物： 男 （牧童）　　 女 （村姑）

男（白）：

日落西山黑圪黑洞洞，黑娘养下个黑丫头。

黑爹一见发了愁，牛圈里拿出个黑箩头，

想把她扔在村外头。隔壁过来她二大娘。

左也留，右也留，才把她留在家里头。

过了十几个黑年头，黑妮子长下十八九。

黑妮子心想挑黑菜，手拿黑篮黑铲头。

抖起个黑劲往前走，来在黑家地里头。

挑的那黑根黑叶黑菜头。南边上来个黑小子，

赶的一对扁担角角黑犍牛，他也来在黑家地里头。

黑小子就把黑女子看，黑女子就把黑小子瞅。

（学黑女子声音）不用你看，不用你瞅，咱俩就是黑对头。

旁人说媒我不用，我请倒坐南衙包黑头。

黑小子择下个黑道日，定下一班黑吹手。

黑锣黑鼓黑号头，还有四个黑轿夫。

黑女子坐的一顶乌龙轿，黑小子骑的一条黑犍牛。

张飞赶车在前头，尉迟恭押轿在后头。

走黑洼过黑沟，步步蹬的是黑石头。

走了半夜没月亮，走了一夜黑牛沟。

秧歌戏

说了个紧走来得快，来到黑小子大门口。
栽的一对黑旗杆，挂的一对黑灯笼。
当院摆的一对黑香斗，黑弓黑箭黑供头。
黑女子这边下黑轿，黑小子那边下黑牛。
下罢黑轿拜天地，当天地里磕黑头。
黑女子这边拜几拜，黑小子那边不的儿不的儿磕几头。
拜罢天地入洞房，洞房里没灯黑圪洞洞。
黑房黑檩黑椽头，黑锅黑灶黑炕头。
黑匙黑碗黑勺头，黑揣黑摸上炕头。
黑铺黑盖黑枕头，黑小子挨住个黑肉头。
不隔三年并二载，生下三个黑大头。
大的就叫一锭墨，二的叫个车子轴。
只有三的生得白，起名就叫个黑炭头。
明公问我哪一段，臭屁股收个屎巴牛。①

[八板过门]

豆芽子菜水涝涝，家有儿媳骂公公，公公就拿拐杖拐。
媳妇就拿个奶头甩，甩下公公一嘴奶。
吃了口甜甜的，揣了一把绵绵的。
咳，孝顺的媳妇你再洒来。

[八板过门]

白：我小子牧童，今日观见天气呀清凉，将牛打在身旁，去吃白草，牧牛一回，一时间就唠叨起来，唱个小曲子吧。伙计们，把咱那牛子鬼赶出山来。（数牛）一二三，三二一，一二三四五六七，七六五四三二一，哎，你看这狗日的牛子鬼上了山了，把我也扑腾下去了，有两个小曲子，还是唱吧。

[八板过门]　[曲一]

男：出的门来是用眼儿瞧呀，用眼儿瞧呀，南里面前咱上来个牛巧的了呀女，头梳的一枝花，身穿的一帘纱呀，杨柳细腰一个长呀，心里圪扎扎有心想娶她，口儿里唱着她呀，不能和她一世

上的鸳鸯配哟,呀儿那哈那哈呀嗐依儿哟。(喊声)

女:出的门来是用眼儿瞧呀,南面头上坐的一个牧童哥哥呀,头戴的顶草帽,身穿的蓑草衣②,倒坐的牛脊背,手拿的双皮鞭,口儿那又唱一个太平歌儿哪哟哈哟,牧牛我的哥。

合:放牛我的哥,哪哈呀哈,呀哈那哈,哟。

对白:

男:爱呀这一咳,爱你这好人才。

女:爱我这好人才,就该娶下奴。

男:有心想娶你,手中无有钱呀。干渴无奈何。

女:手中无有钱,回家对给你爸爸说呀。

男:给你妈妈说,将你这许配了我呀!

女:许你宁许你呀,你与妹妹打山令③呀。

男:咱家可不打令。

女:不打令奴家就要拉马去哟,那哈那哈哈哟咳咳。

男:妹子你回来呀,妹子你哟哈。

女:回来这就回来呀,回来这凑些甚呀?

男:回家哥哥与你们打山令呀。

女:打个什么令呀。

男:哥哥与你打上一个太平令呀那哈那哈哈哟咳。

女:哥哥唱得好不好。

男:唱得好。

女:唱的好了就与妹子帮腔来。

男:咳,就与妹子钻圈来。

女:咳,帮腔是帮腔,不帮腔是不帮腔,怎么与妹子钻圈来,没想哥帮腔来。

男:咳,帮腔就帮腔(走)

【曲二】

女:正月里呀。

男:什么这花儿开呀?

女：正月里呀。

男：什么这花儿开呀?

女：想娶奴家的哥哥来呀。

男：妹子来呀。

女：哥哥来呀。

男：妹子来呀。

合：正月里呀，迎春花红花子儿开。哼哎——迎春花红花子花得儿开，嗯哎、嗯哎，迎春花儿齐不啦得哎哟哟，踩不拉打叉哎哟哟

男：七不喇叭哎哟哟，八不喇叭哎哟哟，一对一对的迎春花红花子儿开。

（以下同上，唯有花开不一样）二月里水仙花，三月里桃杏花，四月里紫梅花，五月里牡丹花，六月里石榴花。

女：哥哥，唱得好不好。

男：唱唱唱得好。

女：唱得好就与送妹子回去。

男：咳，咱家有十二连对，你与哥哥对上三对两对，十对八对我再送你也不难。（走）

【曲三】

天上的梭罗罗树什么人儿栽？地下的黄河呀就什么人儿开？什么人镇守三关口？什么人出家他就未回来?

女：天上的梭罗罗树王母娘娘栽，地下的黄河呀就老龙王开，杨六郎镇守三关口，韩湘子出家他就未回来么依哟咳。

男：赵州的桥来什么人儿修？玉石的栏杆什么人儿留？

什么人骑驴桥头上过？什么人推车碾成一道沟?

女：赵州的桥来鲁班爷爷修，玉石的栏杆圣人儿留。

张果老骑驴桥头上过，柴世宗推车碾成一道沟。

男：什么人儿东沟打过五虎？什么人靠岸卖过香油？

什么人儿背刀桥上过呀？什么人坐马看过春秋?

女：赵匡胤东沟桥打过五虎，郑子明靠岸卖过香油。

那周仓背刀桥上过呀，关老爷坐马看过春秋。
男：什么鸟穿青又穿白？什么鸟穿的一身黑？
　　什么鸟穿的十锦袄？什么鸟脚作一对红绣鞋？
女：喜鹊子穿青又穿白，黑捞娃④穿的一身黑。
　　野鸡儿穿的十锦袄，石鸡儿脚作一对红绣鞋。
男：什么鸟窝空中掉？什么鸟窝在房中？
　　什么鸟窝就地生？什么鸟窝一大盆？
女：黄瓜劳⑤里窝空中掉，燕子儿里窝在房中。
　　石鸡儿的窝就地生，喜鹊的窝一大盆。
男：什么有嘴不会说？什么无嘴道字真？
　　什么有腿不会走？什么无腿转州城？
女：油瓶有嘴不会说，胡胡无嘴道字真。
　　床子有腿不会走，铜钱无腿转州城。
男：有颜有色是什么门？无颜无色是什么门？
　　敲敲打打是什么门？登梯子上架是什么门？
女：有颜有色是神门，无颜无色是凡门。
　　敲敲打打是衙门，登梯子上架是楼门。
男：有颜有色是什么人？无颜无色是什么人？
　　敲敲打打是什么人？登梯子上架是什么人？
女：有颜有色是神人，无颜无色是凡人。
　　敲敲打打是铁匠，登梯子上架是木匠。
男：有颜有色是什么瓜？无颜无色是什么瓜？
　　敲敲打打是什么瓜？登梯子上架是什么瓜？
女：有颜有色是南瓜，无颜无色是北瓜。
　　敲敲打打是西瓜，登梯子上架是黄瓜。
男：有颜有色是什么桃？无颜无色是什么桃？
　　敲敲打打是什么桃？登梯子上架是什么桃？
女：有颜有色是仙桃，无颜无色是毛桃。
　　敲敲打打是核桃，登梯子上架是葡萄。

男：天上圆来数什么圆？什么东西在两边？
什么东西打了个滚？什么东西闹声喧？

女：天上圆来紫薇星圆，天干北斗在两边。
申辰明打了个滚，忽雷闪电闹声喧。

男：地下圆来数什么圆？什么东西在两边？
什么东西打了个滚？什么东西闹声喧？

女：地下圆来井口圆，罐头扁担在两边。
碌碌下去打了个滚，担水的人人闹声喧。

男：家里圆来数什么圆？什么东西在两边？
什么东西打了个滚？什么东西闹声喧？

女：家里圆来数锅圆，碗和筷子在两边。
勺子下去打了个滚，吃饭的人儿闹声喧。

男：炕上圆来数什么圆？什么东西在两边？
什么东西打了个滚？什么东西闹声喧？

女：炕上圆来小磨子圆，簸箕箩子在两边。
粮食下去打了个滚，磨面人儿闹声喧。（对白）：哥，唱得好不好。

男：唱得好。

女：唱得好就应送妹子回去。

【曲四】

男：送你可也不难，你与我找上个姑娘。

女：我与你找姑娘，妹妹也无妨，（曲调同上）我家的男人会捉奸，三刀二刀劈死你，将你送到大街旁。

男：送到我大街旁，哥哥也无妨，死后的阴魂儿我才不散，当等一日你街前过，阴魂儿扑到你身上。

女：扑到我身上，妹妹也无妨，我家男人会阴阳，夜半三更端送你，将你送到元河湾。

男：送到我元河湾，哥哥也无妨，变下个河刮鬼，当等一日你河湾边过，爬里爬沙就爬在你金莲。

女：爬在我金莲上，妹妹也无妨，我家的男人会打拳。三拳两拳打死你，将你扔到养鱼缸。

男：扔到养鱼缸，哥哥也无妨。

注：①屎巴牛——一种粪中的虫子。
②蓑草衣——人们为遮避雨淋而将一种草编成雨衣，穿在身上遇雨时流走，湿不了身体。
③打山令——即陈家庄山区民歌爱好者对山歌对唱的称呼。指山歌对唱。
④黑捞娃——方言，指乌鸦鸟。
⑤黄瓜劳——方言，一种黄色羽毛的鸟。

（五台县）

大 钉 缸
（五）

胡贵隆 唱
玉堂 书平 整理

1 = G 2/4

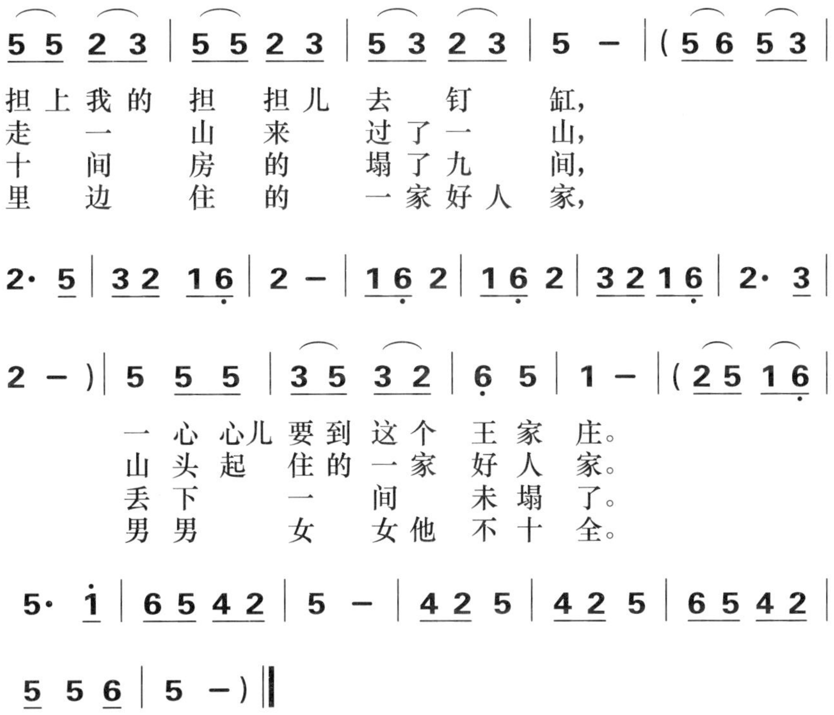

| 5 5 2 3 | 5 5 2 3 | 5 3 2 3 | 5 — (5 6 5 3 |

担上我的担担儿去钉缸，
走一山来过了一山，
十间房的塌了九间，
里边住的一家好人家，

| 2· 5 | 3 2 1 6 | 2 — | 1 6 2 | 1 6 2 | 3 2 1 6 | 2· 3 |

| 2 —) | 5 5 5 | 3 5 3 2 | 6 5 | 1 — (2 5 1 6 |

一心心儿要到这个王家庄。
山头起住的一家好人家。
丢下一间未塌了。
男男女女他不十全。

| 5· 1 | 6 5 4 2 | 5 — | 4 2 5 | 4 2 5 | 6 5 4 2 |

| 5 5 6 | 5 —) ‖

秧歌戏

人物：钉缸匠（男）　　王大娘（女）

（前段唱词为农村登台秧歌开唱时的"野山调"。胡诌乱喊，无甚讲究。为保存原生态"五台秧歌戏"民间文化资料，故且留存。）

生白：嘿嗨，细礼哈①，细礼哈，细礼哈，一个蛤蟆爬西瓜，蛤蟆爬在西瓜上，滚着滚来爬着爬。话说是我土地神掌大官，今日领下玉皇的圣旨来，人人说王家庄上有千年的墓活鬼作乱，今日里我扮下个钉缸匠上前打看一回，前山里有人变不转，我去到这个后山假装扮（吹八板儿）

嘿嗨！变着了，胡说话，话说胡，高粱地里想当初，撒了一把白菜籽，胡的长下着没来来粗，咚吱！扳走一个杨木的棒，两头长着个圪蛋胡，圪蛋胡上下下一窝鸭的蛋，圪温圪温地孵下一对哈巴子狗，哈巴子狗，吃驴奶，跟牛走，十字的街上人咬狗，扳起这狗，打尖头，又肯怕尖头咬了手，嘿！说来说去还是一个哈巴字狗（叫板奏吹八板儿）（坐场）

白：我小子毛三，爹娘在世，家里富道，骡马成群，爹娘下世，万贯的家产落在我小的手中，好比火上弄冰，踢打了一个全光尽打尽，别个的本事无有学下，从小小学下个钉缸为生，今日观见天气也清凉，出外一回到这个大街上闹几百文铜钱回来糊口，正是（喊）伙计们（幕后人喊）喂！把我的担担放哪里圪了？（幕后人喊）门圪崂后！哼！为不甚哩我毛三小的不发财，把我的担担放在你那背圪崂里圪两（幕后又喊）出去早回！

噢，我走得远了，就赶不回来了，早些圪蹭②得近了，我就还住你们这个村庄，我就是这直拉胡，直拉胡的就回来了（奏八板儿）

（以下言归正唱）

生唱：将我的担担收拾起，一心心要到这个王家庄，走一山来过了一山，山头起住的一家好人家，十间房的塌了九间，丢下一间遮风寒。里边住的一户好人家，男男女女他不十全，老汉汉出来拄的双拐棍，老娘娘出来他就打屎擦③，他家生下三个好闺女，漂亮却没寻下好君郎。

　　大女是寻下一个光秃子，二女儿寻下一个秃子光。

　　三女寻下个好女婿，鬓角里无毛中间闪光。

　　连襟三人到了一处，不用点灯就明晃晃。

　　他家还有个好子弟，两条拐腿无有头发。

　　喂下的叫驴无有尾巴，看家的犬来不会咬。

　　叫鸣的金鸡一只爪，捕鼠的狸猫一只眼。

　　猛地里抬起头来观，王家庄不远在面前。

　　迈步就往村庄里行，大街小巷在两边。

　　东街里游到西街里去，南街游到北街村。

　　四道大街通游遍，担担放在十字字街。

　　紧一紧带子抖一抖衣，打火抽烟揩一揩水，

　　吆喝了几声钉盘碗，钉盘钉碗又钉缸。

王大娘上（唱）：王大娘来我上房里坐，忽听见大街上有人声。

　　顾不得梳洗巧打扮，毛头拾脚④出绣房，

　　青圪灰灰罗门大圪灰灰墙，大门里出来我个王大娘。

　　东瞧西瞧无有一人，远来的小（炉儿）钉缸匠。

　　将你的担担儿担过来，我有两件活计你与我来做。

生唱：小炉匠听了心里欢喜，慌忙担到你面前。

　　担担放在你大门口，你有什么活计我与你来做？

王大娘：这一袋高烟我与你来用，吃上袋烟来咱商量。

生唱：双手接住你银烟袋，吃一口来扑鼻香。

王唱：咱家有个大瓷盆，咱家还有个腌菜缸。

　　两件的货儿通有些儿病，问一问价钱咱有何妨？

生唱：不知你的窟窟有多么来大，又不知你缝缝有多么来长？

王唱：窟窟倒有核桃来大，缝缝好比柳叶长。

生唱：无用你的多来无用你的少，铜钱拿出二百三。
王唱：狠狠地拿了我的银烟袋，小炉匠说话你不在行。
　　　买一个新的用了多少，钉一个旧的还二百三。
生唱：清早起来不走时气，出门碰见个骚屄子娘。⑤
　　　买卖不成咱仁义在，也许我要来也许你还。
王唱：也许你要来也许我还，铜钱给你们一百三。
生唱：一百三十铜钱我不做，担上我的担担走他娘。
王唱：叫一声小炉匠你休要走，放下担担咱商量。
　　　一百三来你不做，铜钱给你加上五十。
生唱：一百八十铜钱我给你做，拾掇出来咱好钉缸。
王唱：王大娘来我回绣房，我给小炉儿匠去搬缸，
　　　这是咱家的大瓷盆。
生唱：小炉儿匠与你帮护着。
王唱：这是咱家的腌菜缸。
生唱：叫一声大娘你小心着。
王唱：两件的货儿都交了你，王大娘我回绣房（下）。
生唱：我将缸儿呀搬在了怀，十字八道地箍架住。
　　　这么样样钉上两道大疙疤，⑥这么样样再钉两道小疙疤。
　　　左手里拿起金刚钻，右手又拿弓一张。
　　　粘上些唾沫光溜溜，占上沫唾就溜溜光。
　　　（夹唱小调）我老汉今年四十了八，来曾娶下一个圪叉叉。
　　　正月里说媒二月里娶，三月里生下一个小儿郎。
　　　四月里爬来五月里走，六月里学下一个做文章。
　　　七月里上京赴赶考，八月里祭主百寿堂。
　　　九月里收拾回了家，十月里得回个状元来。
　　　十一月里得了些骆驼驼病，腊月三十他见阎王。
　　　我将缸儿钉停当，不见大娘她出绣房。
王大娘唱：王大娘来我巧梳妆，梳洗打扮我照鸳鸯，
　　　左梳左拢起盘龙辫，右边又梳九盘龙。

　　　　前边梳的是成勾月⑦，后边又梳月勾成。
　　　　中间留下一点空，梳了个童童拜观音。
　　　　留下三根野头发，梳上个野鸡串山林。
　　　　江南的细粉擦满面，银钩钩环儿挂在耳根。
　　　　柳叶眉来是杏儿眼，樱桃小嘴一点点。
　　　　身穿一件大红绸袄，什样锦马褂的外边套。
　　　　八幅的罗裙细腰里紧，露下三寸小金莲，
　　　　王大娘我出绣房，看一看小炉儿匠你钉缸。
　　　　一步两步莲花瓣，三步四步枣叶形，
　　　　五步六步猫儿步，七步八步牡丹形，
　　　　九步十步十样景，走时好比风摆柳，
　　　　猛然里抬起你的头来观，面前站的一炷香。
生唱：猛然里抬起头来看，面前站的一炷香，
　　　　左左拢起盘龙鬓，右面又梳九龙盘。
　　　　（同上头王大娘唱的一样）
　　　　九步十步十样景，走时好比风摆柳。
　　　　看得看得高了兴，浑身上下俏圪盈盈。
　　　　顾了看来顾不得钉，蹓了锤⑧的打了缸。
王唱：守的你的活计你不做，来来回回你看老娘。
生唱：小炉匠这里遭了祸，作下揖来认干娘。
王唱：干儿干孙子千千万，哪一家认你咧死王八？
生唱：小炉匠看见事不妙，担上我的担担走他娘。
王唱：一把手拉住你小炉儿匠，打了缸儿怎么办？
生唱：叫一声大娘快松手，不松手了闹饥荒。
　　　　一拳跺在你奶头上，打的奶奶流白水。
　　　　众位大哥们都来尝，一脚伐倒你王大娘。
　　　　狗日家的再不到你王家庄（担担下场）
王唱：猛然里抬起我的头来观，我观见小炉儿他去了。
　　　　王大娘后边忙追赶，你想逃跑难上难。

生唱：调来虾兵与蟹将，今日大战王家庄。

我手指天空发金光。（王大娘发晕）

调来天兵收了王大娘（墓活鬼晕倒）。

注：①细礼哈——方言，一种随便喊唱的声音。
②圪蹭——指慢慢靠近的动作。
③打屎擦——指坐在地下行动的人。
④毛头抬脚——方言，指忙乱行动，披头散发之意。
⑤骚屎子娘——指作风不好的女人。
⑥疙疤——指补缸的补丁或疤钉子。
⑦成勾月——指梳头时的一种发卷样式。
⑧蹓了锤——指滑了锤，没打准位置。

（五台县）

二女争夫

（二）

胡贵隆 唱
玉堂 书平 整理

$1 = A \dfrac{2}{4}$

天上呀这无云呀就热难熬，因为这每日间
大小老婆呀都娶下，

无儿呀娶下个小，
起来闹圪吵吵。

人　物：老汉、大夫人、小夫人

老汉唱：天上这无云呀就热难熬，因为这无儿呀娶下外小，大小这老婆呀都娶下，每日间起来呀闹圪吵吵。娶到你上房

　　　　　　里你打呦锅，娶到你下房里你打呦床，你打着锅来呀你
　　　　　　打呦床，打下你老汉呀一肚肚火。有心再打我家大老
　　　　　　婆，年长这日久呀伺候了回我，有心再打我家小老婆，
　　　　　　擦油再抹粉呀好看死个我。
大夫人唱：走上前来呀开言道，叫一声丈夫呀你听着，奴向你家要
　　　　　上一件领子衣，你给奴家买上一件绿丝绸裤。
小夫人唱：走上前来呀开言道，叫一声员外呀你听着，奴向你家要
　　　　　上一件领子衣，你给奴家买上一件绿丝绸裤。
大夫人唱：走上前来开言到，叫一声丈夫呀你听着，奴问你家要上
　　　　　一件，你给奴家买上一对绣花儿鞋。
大夫人唱：我要这甚来呀就你要甚，我看见咱这光景也就过不成。
小夫人唱：别管他呦过成呀就过不成，花红柳绿呀活上几天。
大夫人唱：骂一声小烂腿你实在胆大，莫非呀想打你老嬷。
小夫人唱：骂得这奴家呀起了火，打了你这个烂腿呀怕什么。
老 汉 唱：大小这老婆呀管不下，逼得我老汉呀跳黄河，
　　　　　大老婆拉住我的一只手，小老婆拉住我的右圪扭。
　　　　　骆驼的让于呦老骡的，知甘苦的还是老婆的。
　　　　　骆驼的让于呦叫驴的，知甘苦还是外媳妇的。

（五台县）

秧歌戏

叫 闺 女

1 = G 2/4

胡贵隆 唱
玉堂 书平 整理

| 3 3 | 3 3 | 2 3 5 | 5 3 2 | 2 3 5 | 5 2 2 3 |
| 正月 | 十五 | 点 红 灯， | | 我 倒 | 看 见 |

$\underline{2\cdot\underline{1}}\,\underline{7}\,\underline{6}\,|\,\underline{5}\,-\,|\,\underline{3}\,\underline{3}\cdot\underline{6}\,|\,\underline{1}\,\underline{1}\,\underline{3}\,|\,\underline{2\cdot\underline{1}}\,\underline{6}\,\underline{1}\,|$
我　女儿　亲。　　人家　都把　亲戚

$2\,-\,|\,\underline{2}\,\underline{2}\,\underline{3}\,|\,\underline{5}\,\underline{3}\,\underline{2}\,|\,\underline{1}\,\underline{3\cdot\underline{2}}\,|\,\underline{1}\,\underline{6}\,\underline{5}\,|\,(\underline{1}\,\underline{3}\,\underline{2}\,\underline{3}\,|$
叫，　亲生的　女儿　你不　搬。

$\underline{1}\,\underline{6}\,\underline{5}\,)\,|\,\underline{2}\,\underline{2}\,\underline{3}\,|\,\underline{5}\,\underline{3}\,\underline{2}\,|\,\underline{1}\,\underline{3}\,\underline{2}\,|\,\underline{1}\,\underline{6}\,\underline{5}\,|\,(\underline{1}\,\underline{3}\,\underline{2}\,\underline{3}\,|$
　　　亲生的　女儿　你不　搬

$\underline{1}\,\underline{6}\,\underline{5}\,)\,:\|\,\underline{2}\,\underline{2}\,\underline{3}\,|\,\underline{5}\,\underline{3}\,\underline{2}\,|\,1\,\underline{3}\,\underline{2}\,|\,\underline{1}\,\underline{6}\,\underline{5}\,\|$

人　物：老汉、老旦、三弟、王小生、闺女

老旦唱：正月十五点红灯，我倒看见我女儿亲，人家都把亲戚们叫，亲生的女儿你不请。

老汉唱：我老汉先开言，叫一声老婆你听我言，他村里有个神神会，又是香火敬纸又是戏。

老旦唱：我老生怒气冲，骂一声老汉你不成个人，你倒满起一壶酒，老娘给你拨拉倒你喝不成。

老汉唱：我老汉怒气冲，骂一声妖婆你狗杂种，你倒量下二升米，老汉给你扔了你吃不成。

三弟唱：三弟先开言，叫一声哥嫂你听我言，你二人争吵为什么事，你与我三弟说分明。

老旦唱：我老生先开言，叫一声三弟你听我言，人家都把亲戚们叫，亲生的女儿他不请。

老汉唱：我老汉先开言，叫一声三弟你听我言，忙时候在他家里住,闲时候叫我请不行。

三弟唱：大哥吵，小哥瞭，大门外边哈巴狗狗咬，双手开开门两扇，你闺女女婿都来了。

王小生唱：王小生，作一揖，岳父岳母在上边，你二人争吵时为我的事，谁家不是个养女的人。

老旦唱：我老生，喜笑盈，我倒看见我女儿亲。

闺女唱：这一朵金花献与你，吃罢晚饭观花灯。

（五台县）

老少换妻

胡贵隆 唱
玉堂 书平 整理

1 = G 2/4

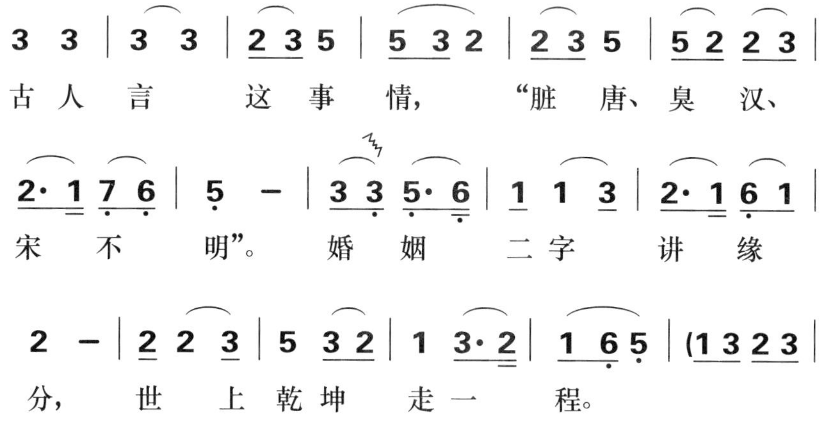

3 3 | 3 3 | 2 3 5 | 5 3 2 | 2 3 5 | 5 2 2 3 |
古 人 言　　这 事 情，　"脏　唐、臭　汉、

2·1 7 6 | 5 — | 3 3 5·6 | 1 1 3 | 2·1 6 1 |
宋 不 明"。　婚 姻　二 字　讲 缘

2 — | 2 2 3 | 5 3 2 | 1 3·2 | 1 6 5 | (1 3 2 3 |
分，　 世 上　乾 坤　走 一　程。

```
1 6̣ 5̣ | 2 2 3 | 5 3 2 | 1 3 2 | 1 6̣ 5̣ | 1 3 2 3 |
         世  上 乾 坤   走 一  程,       三 世 五 修

1 6̣ 5̣ ‖ 2 2 3 | 5 3 2 | 1 3 2 | 1 6̣ 5̣ ‖
人 爱 见   白 银 子 买 下 你  这 女   花 灯。
```

人物：老汉刘叶英（63岁）、小旦张丽（17岁）、掌柜、小生李猛（18岁）、老旦（61岁）

老汉：古人言婿事情，"脏唐、臭汉、宋不明。"婚姻二字讲缘份，世上乾坤走一程。三世五修人爱见，白银子买下你女花灯。

小旦：刘叶英不怨们的命，仙花配了你臭圪筒。

老汉：骂一声丫头你心强得很，这才是由命不由人，蛤蟆窝里住了店，我到花园里散散心。

掌柜：掌柜的听见小伙计骂，为人在世实实难，心高如天知天命，蛤蟆窝里我开座店房。

小旦：名丽姓张一十七，寻下个老汉六十三，人活百世也是个死，不如们早死早转生，不如早死早见阎王。

小生：名猛姓李一十八，娶下个老婆六十一，未从见面把泪滴，本该叫他娘。

掌柜：忽听见小姐哭得高，就好比风摆动杨柳梢；忽听见小哥你哭得低，就好比孤雁儿落在水池里。

小旦：我与你掌柜的定上一计，你与们老少来换妻。

掌柜：掌柜的借驴打备①齐。

男女：谢过你二人一溜风。

掌柜：相公娘子一溜风。

老汉：散罢心，回店中，不见我妻小张丽，你这店保不真，为什么你拐走了我女花灯，我看你这破店开不成。

掌柜：今夜晚留下你二客人，倒叫我掌柜的闹不清，年轻的走来人家要走，倒与我掌柜为何情②？

老汉：一把钢刀拿手中，手拉上毛驴赶张丽，什么人什么人拉住我背锅的，返回来看是个老婆子，你拉住我的背锅的要我的命。

老旦：叫老汉，别生气，老生肚里有主意，年轻的起来走了，道与咱二老作个夫妻。

老汉：头上好比个老沙盆，眼里的松香扣不尽，走了我美貌的女花灯，老汉我配你不大情愿。

老旦：头上的白毛两忽奓③，脓带④留在两嘴岔，手拄拐棍拨拉罢，脊背里背的个大疙瘩，看你难看不难看。

老旦：叫老汉，你听我言，年老的不娶年少妻，及早些把那人前头送，顶多两天死鬼梦不见。

　　我老生，现在开言，叫一声老汉听我言，糊里糊涂活上几天，拉上老汉回家中。

注：①打备——方言，即准备。
　　②何情——方言，即何关。
　　③忽奓——方言，指头鬃竖起晃动。
　　④脓带——方言，指鼻涕留在嘴角边。

（五台县）

打 酸 枣
（六）

胡贵隆 唱
奋臻 书平 玉堂 记

$1 = A \quad \frac{2}{4}$

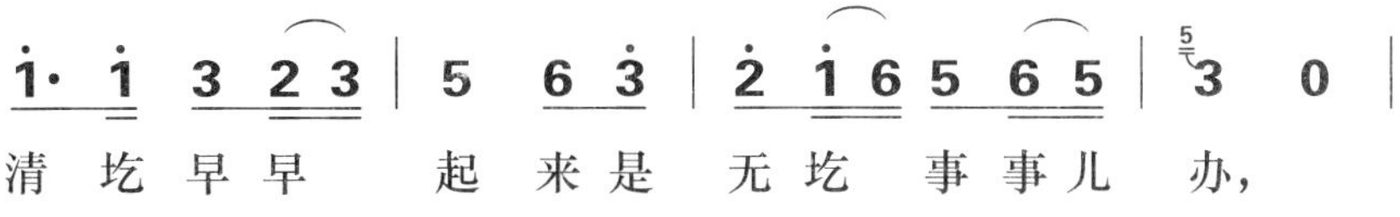

| $\dot{1}$ · $\dot{1}$　3　2̂3 | 5　6̂3 | 2̂　1̂6　5̂5 | $\overset{5}{3}$　0 |

清圪早早　起来是　无圪事事儿　办，

```
1 1 2 3 3 2 | 2 1 6 5 | 1 1 6 5 6 1 | 5 — ‖
咱 姐  妹那个 二人  呀, 悄悄打  一    扮。
```

人　物：大姐、二妹、生（男）

姐妹唱：清圪早早起来无个事办，咱姐妹那个二人呀悄悄打一扮。

大姐唱：大姐姐梳上苏州州头。

二姐唱：二小妹那个又梳上一支蝉。

　　　　大姐姐攒上黄金簪，二小妹白银梳簪插在头上。

　　　　大姐姐攒上爬陵陵簪，二小妹又攒上猴儿爬竹竿。

　　　　大姐姐攒上海棠棠花，二小妹玉簪的花儿插在鬓前。

　　　　大姐姐带上赤金勾勾，二小妹挂上玉石环环。

　　　　大姐姐擦上杏子一套粉，二小妹苏州的胭脂又绽嘴边。

　　　　大姐姐柳叶眉来杏核眼，二小妹樱桃小口一点点。

　　　　大姐姐穿上红绫袄，二小妹天青马褂的外边套。

　　　　大姐姐穿上其青雪压裤，二小妹灯笼花裤裤赛如两盏灯。

　　　　大姐姐穿上风流丝绸裤，二小妹弯弯的雪裤露下八分。

　　　　大姐姐扣上蝴蝶双咬扣，二小妹又扣上子母的绫绫。

　　　　大姐姐穿上流黄缎鞋，二小妹又穿上一对一品蓝。

　　　　大姐姐流黄缎鞋上粘红花，二小妹穿件蓝衫绣的吕布戏貂蝉。

　　　　大姐姐蹬的螺丝转，二小妹板凳底独一个人人。

合　唱：咱姐妹那个二人打扮停当 咱去到那个美人镜里照一照鸳鸯。

分　唱：姐姐的瞧，妹妹的哟，姐姐的那个鸳鸯呀更比我妹妹的好，

　　　　有朝一日遇见了，咱不配那个状元呀配那个宰相。

　　　　妹妹的瞧，姐姐的哟　妹妹的那个鸳鸯呀更比我姐姐的好。

　　　　有朝一日遇见了，咱不配那个状元呀配那个宰相。

合　唱：咱姐妹二人照罢鸳鸯，咱去到那个赵家坟里打那个酸枣。

分　唱：大姐姐拿上竹哟竿竿，二小妹那个手提上竹哟篮篮。

大姐姐前边出哟绣房，二小妹那个后边将门来关。
大姐姐前边引上路，二小妹后边紧跟上走。
紧走上几步来得快，霎时间那个就来到赵家坟岩。
猛然里抬起头来观，我观见那个赵家坟有一树好酸枣。
大姐姐拿上竹哟竿竿打，二小妹手提篮篮那个捡。
紧呀咛拣慢也咛捡，紧拣呀慢拣呀圪针扎上了。
紧呀哟，慢呀哟，姐姐用针挑呀挑出个刺来了。
大姐姐前边跌了一个跤，二小妹后边绣鞋也扯了。
忽听见妹妹的绣鞋扯，把姐姐这里泛起个愁。
天呀咛愁，地呀咛愁，咱把这一天愁地愁还细说个来由。
天愁这一个愁的是不落雨，地愁又愁的是五谷田不收。
咱把这一个天愁地愁也愁完了，咱把这一个山愁水愁细说个来由。
山愁着一个愁的是守山鬼，水愁这一个又愁的是流不到头。
咱把这一个山愁水愁也愁完了，咱把这个男愁女愁细说个来由。
男愁这个愁的是娶不下老婆，女愁这个又愁的是寻不下女婿。
咱把这一个男愁女愁也愁完了，咱把这一个鸡愁狗愁细说个来由。
鸡愁这个愁的是五更里鸣，狗愁这个又愁的是照不住门。
咱把这一个鸡愁狗愁也愁完了，咱把这一个猪愁羊愁细说个来由。
猪愁这一个愁的是刀尖上死，羊愁这一个又愁的是吃不上草。
咱把这一个猪愁羊愁也愁完了，咱把这一个人牛愁细说个来由。
老牛这个卧在犁晌里，拿起这一个鞭的来打老牛。
三鞭地打，两鞭地抽，三鞭的两鞭地打死老牛。
牛皮剥下来做了鼓，起更打在五更头。
牛头埋在土里头，牛肉煮在锅里头。
大骨头头磨下掌掌糊二门关，小骨头头磨下锁关拱门吊。

秧歌戏

吊的这一个好了哈哈笑，吊的这一个赖了的骂老牛。
（割草的人上场）

生　　唱：清圪早早起来无个事事办，我娘叫我呀去割草草嗨。
阳婆爷爷上来时一点红，手拿上这个磨石咱来磨一磨镰。
杨叶叶的镰来风圪刃刃快，咱去到那个桃园里去割草草嗨。
迈步了那个进了是桃园里，三般般两样样的草还不赖。
寒阳草白草高，返回来再割两把文文草。

二妹唱：叫一声呦姐姐可不好了，桃园那里上来一个割草的小小。

生　　唱：猛然里抬起头来观，我观见那个赵家坟里有二位好姑娘。
割下的这草草是全丢下，咱慌慌地就往那赵家坟里跑。
割草的人人上了桃树，咱上这一个桃树上做上两个桃。
姑娘们呦穿的是流黄缎鞋，哪一个那个黄了的摘上哪一个。
姑娘们呦穿的是一对一品蓝，我在这一个桃树上看见也好看。
姑娘们呦蹬的是螺丝转，我在这一个桃树上等的个急毛猴。
姑娘们呦蹬的是一个人人，我在这一个桃树上踩的个树圪叉。
捏一这个捏来时揣一揣，捏见哪一个软了的快快揣在怀。
割草的人人下了桃树，咱慌慌地圪叉下嗨把她孩们瞧。
我在瞭那这里是开言到，叫一声二位姑娘你们听着。
怀里这个掏出两个毛桃，给你吃我们的桃我看见你们好。
那一个梳的是苏州州头，那一个又掼上一只簪。
那一个掼上黄金簪，那一个白银梳簪敖在头上。
那一个掼上爬陵陵簪，那一个又掼上猴儿爬竹竿。
那一个掼的是海棠棠花，那一个玉簪的花儿插在鬓前。
那一个带的是赤金勾勾，那一个挂的玉石环环。
那一个擦上是杏子一套粉，那一个苏州的胭脂又点嘴边。
那一个柳叶眉来杏核眼，那一个樱桃小口一点点。
那一个穿的是红绫绫袄，那一个天青马褂外边套。
那一个穿上是风流丝绸裤，那一个灯笼花裤裤赛如两盏灯。

那一个穿上是其青雪压裤,那一个弯弯的雪裤露下有八分。

那一个扣上是蝴蝶儿扳扣,那一个又扣上子母的龙梳。

那一个穿的是流黄缎鞋,那一个又穿上一对一品蓝。

那一个流黄缎鞋上绽红花,那一个蓝衫吕布戏貂蝉。

那一个蹬的是螺丝转,那一个板凳底独一个人人。

你们呐那个打酸枣我与你们拣。

拣满这一篮篮了我与你捎上。

（五台县）

重 孝 图

胡贵隆 唱
玉堂 书平 整理

秧歌戏

1 = G 2/4

3 3 | 3 3 | 2 3 5 | 5 3 2 | 2 3 5 | 5 2 2 3 |
酒 色 财 气 占 吾 心， 争 名 夺 利

2· 1 7 6 | 5 — | 3 3 5· 6 | 1 1 3 | 2· 1 6 1 |
一 场 空。 酒 色 财 气 人 人

2 — | 2 2 3 | 5 3 2 | 1 3· 2 | 1 6 5 |
爱， 因此 出 了 些 不 孝 子。

(1 3 2 3 | 1 6 5) 2 2 3 | 5 3 2 | 1 3 2 | 1 6 5 |
因果 迟早 有 报 应。

(1 3 2 3 | 1 6 5 | 2 2 3 | 5 3 2 | 1 3 2 | 1 6 5)‖

人　　　物：老汉（父）、妻：刘氏、老旦（母）、
　　　　　　武雷、儿（王三林）

老　　　汉：酒色财气占五行，争名夺利一场空。
　　　　　　酒色财气人人爱，因果迟早有报应。
　　　　　　云里换雨有轻重，乾坤人生有善恶。
　　　　　　我老汉所生一道根，忤逆不孝不成个人。
　　　　　　老两口堂上将儿训，我教你仁义礼智信。
王　三　林：三纲五常我全不念，三老子不领你的空头情。
老　　　汉：我老汉怒气冲，手执家法将儿训。
老　　　旦：老鬼呀不必把气生，咱家娃娃听我言。
　　　　　　叫小儿娘劝你，无后就是头一罪，
　　　　　　你父因你受苦累，辜负了你父遭报应。
王　三　林：骂一声老奴你老贼婆，猫虎子倒嫌老鼠多。
　　　　　　你能把爹爹管成个货，吃上生铁屙下钢。
老　　　汉：三愣子本来不是个人，叫一声老婆将儿来说。
王　三　林：此事看见不妥实，两个拳头是踩在你眼窝。
　　　　　　你好比飞虎扑猪窝，我不撩你你撩起我。
　　　　　　早知道爹爹成不了个货，月子里就该捏杀个我。
　　　　　　一根棍子赶门外，门神会按倒你俺①粗糠。
刘　　　氏：我刘氏紧下床，走上前去拉公婆，有什么怨气对儿来说。
二老同唱：父子们堂上将儿训，们教他仁义礼智信，一腔美言他全
　　　　　　不念，赶们在外，们落话把，不如们早死早转生。
刘　　　氏：为此就把你灰人劝，担的真经防仙人。
　　　　　　尧王把江山让给舜，孝敬父母有回应。
王　三　林：你说此话我不信，七十二弟是韩信。

　　　　　活埋他母为地龙，三齐王官儿领后凤。

刘　　氏：孝顺父母如敬天，郭臣埋儿天赐金。

　　　　　飞禽乌鸦倒有反哺之意，为人你就没有父子们的恩。

王　三　林：你把好话全说尽，杨广本是隋朝君。

　　　　　杀兄霸嫂灭了父，欺母欺妹坐了朝廷，你看们高兴不高兴。

刘　　氏：忤逆不孝你王三林，再三再四劝不醒。

　　　　　你把爹娘赶门外，我和父母一路行。

王　三　林：吓得我王三林掉了三魂。

　　　　　拉住我妻哭一声，你本是丈夫的一点心。

　　　　　他二人死了我大快活，我妻你死了就塌下天。

老　　旦：杨广就把你变蠢牛，韩信折你寿四十年。

　　　　　你把父母赶门外，看起来就该五雷轰。

武　　雷：无事空中过往神，眼观见逆人王三林。

　　　　　玉皇大帝讨下令，使上五雷来追逆人。

王　三　林：昏昏沉沉一梦醒，听不见说话就有神。

　　　　　谢过救命的妻贤人，改恶从善的王三林。

四人同唱：（父）雷追三林贤妻救。　　（母）二老确实重上寿。

　　　　　（儿）一日恭敬三问安。　　（妻）我将贤孝让于丈夫。

　　　　　（父）为父要赊三天饭。　　（母）为母确实赊衣裳。

　　　　　（儿）从今重孝敬父母。　　（妻）再做恶为奴把五雷唤。

　　　　　（儿）铁打的人心变成桃红，掀起的牌儿走出府门。

注：①唵——方言，音 an，与吃同义，但属贬义。

（五台县）

锄　　田

胡贵隆 唱
奋臻 玉堂 书平 记

1 = G 2/4
风趣、浪漫地

| 3 3 3 | 3 3 | 2 3 5 | 5 3 2 | 2 3 5 5 |

阳婆爷上来点　点红，锄　田的
五月里锄田热　难熬，头　上

| 5 2 2 3 | 2· 1 7̣ 6̣ | 5̣ — | 3 3 5̣· 6̣ | 1 1 3 |

出了自　家的门。紧走几步
戴的个　破凉帽，肩上扛的

| 2· 1 6̣ 1 | 2 — | 2 2 3 | 5 3 2 | 1 3· 2 |

来得快，霎时间来到地头
锄一把，猫腰就把个蒿草

| 1 6̣ 5̣ (1 3 2 3 | 1 6̣ 5̣) | 2 2 3 | 5 3 2 |

锄。　　　　　　　霎时间来到
　　　　　　　　　磕打了烟灰

| 1 3 2 | 1 6̣ 5̣ (1 3 2 3 | 1 6̣ 5̣ | 2 2 3 |

地头　边。
盼他　娘。

| 5 3 2 | 1 3 2 | 1 6̣ 5̣) ‖

民歌五台山

人　物：生、旦

生（唱）阳婆爷上来点点红，锄田的出了自家门。

　　　　紧走几步来得快，瞬时间来到地头外。

　　　　五月里锄田热难熬，头上戴的个破凉帽。

　　　　肩肩上扛得锄一把，猫腰就把个蒿草锄。

　　　　磕打了烟灰盼他娘。

　　　　五月里锄田热难熬，家家户户往地里跑。

　　　　人家的饭儿早来到，咱家的饭儿无有迟早。

　　　　单等贱人来送饭，手执上锄把斩她的脚掌。

旦（唱）五月里锄田热难熬，锄田的容易送饭的难。

　　　　将饭盛到篮篮里，瞒面的花鞋蹬上。

　　　　一双手拿一把沙金的扇，上了路上遮太阳。

　　　　阳婆爷红来真是红，晒得我奴家的脸也红。

　　　　紧走几步来得快，瞬时间来到我丈夫地头。

　　　　东瞧西瞭无人在，叫一声丈夫你用饭来。

　　　　连叫三声不答应，骂一声杂种你拿食来。

　　　　骂一声杂种装死的鬼。

生（唱）猛日里抬起头来观，我观见贱人你送饭来。

　　　　不是为我家小顽童，手执上锄把斩你的脚掌。

旦（唱）你打你打紧你打，咱家里倒有个人来了。

　　　　东山里来了你舅舅家，西山里又来了你姥姥家。

　　　　舅舅家姥姥家都来了。

生（唱）不说你外嬷家也罢了，说起外嬷家来脏煞个我。

　　　　锅头上安的个破砂锅，灶火里扇的些驴粪火。

　　　　你看你外日脏也不日脏？

　　　　不说你家爹爹也罢了，说起你爹爹来脏煞个我。

　　　　蛇皮脸来没有鼻梁，两股脓带日脏死个我。

秧歌戏

不说你家嬷来也罢了，说起你嬷来吓煞个我。
蛇皮脸来没有耳朵，两眼黑窝吓煞个我。
你看你外难看呀不难看？
不说你家嫂嫂也罢了，说起你嫂嫂来难看煞个我。
半聋子耳朵半拐子腿，单根脚来尺八长。
头上好比个鸦鹊窝，你大哥前背锅。
你二哥来后甩锣，唯有你三哥生得好，
麻子疙疤赛如马蜂窝。

旦（唱）说的奴家起了火，们爹娘知道了拆了你的房。
原来可怜只因你小，现送你衙门里板子揍。

生（白）我可和你蹦跶不行啦，我看你给我送来些什么饭哇？
肉圪蛋来送饭，扶起手巾看，送来毛毯饭。
一颗米的个汤饭，不甜不香真腥饭，
给你大家都吃哇。
嘿，小小的年纪张相公，赚下铜钱娶夫人，
一赚赚了二年半，老的想吃一碗香菜饭，
你给老的不是个甜，就是个咸，
碱水饭屁臭气叫老的怎么吃，怎么看，
怎么吃来怎么看？
咚，咚，咚。

旦（白）：哎哟，我把你个野老烂，我把你个野老烂，
我在我娘家可一顿一顿不做饭，不做饭，
咚，咚，咚。

生（白）：哎哟，我把你个老水蛋，我把你个老水蛋，
老的想吃一碗手擀面，你给老的左一擀右一擀，
一擀赶下个稀巴烂，端起来活秃糊糊浆糊汤，
叫老的怎么吃，怎么看，怎么吃来怎么看。

旦（白）：哎哟，我把你个野老烂，我把你个野老烂，
磨的不快箩的沙，瓷盆不平踩不下，

　　　　擀杖克溜案的凹，刀儿不快切不下，
　　　　天又连阴雨又下，
　　　　你的小老小娘哭得哄不下，哄不下，
　　　　不吃活秃你吃什么，吃什么。

生（白）：哎哟，我把你个老水蛋，我把你个老水蛋，
　　　　老的想穿一件小衣裳，你给老的襟儿长，袖儿短，
　　　　带带粘在肩肩上，入口抗在圪肢窝，
　　　　叫老的怎么穿，怎么看，怎么穿来怎么看。

旦（白）：哎哟，我把你个野老烂①，我把你个野老烂，
　　　　襟儿长饱米面，袖儿短耍弓箭，
　　　　带带粘在肩肩上，地头野畔你背干粮，
　　　　人口掖在圪肢窝，背柴卖炭你不茄的荒。

生（白）：哎哟，我把你个老水蛋，我把你个老水蛋，
　　　　老的想穿一件大衣裳，你给老的前襟打在波罗罗盖，
　　　　后襟的又把个扫地拖，叫老的怎么穿，怎么看。

旦（白）：哎哟，我把你个野老烂，我把你个野老烂，
　　　　前襟打在波罗罗盖，刮风下雨你走得快，
　　　　后襟又把个扫地拖，刮风下雨你不冷的荒儿。

生（白）：哎哟，我把你个老水蛋，我把你个老水蛋，
　　　　老的想穿一件新裤子，老的本是长的两条腿，
　　　　你给老的缝下三圪叉，穿了两圪叉空下一圪叉，
　　　　叫老的怎么穿怎么看，怎么穿来怎么看。

旦（白）：哎哟，我把你个野老烂，你姓李我姓张，
　　　　你从们嬷家嘀响锣动鼓娶在你炕上，
　　　　我就知道你是长的两条腿还是三条腿。

生（白）：哎哟，我把你个老水蛋，老的想穿一对蹬云鞋，
　　　　你给老的帮儿长，底儿短，中间歪了一大片，
　　　　叫老的怎么穿怎么看。

旦（白）：我把你个野老烂，说们娘家不吃不吃是不吃，

不用样的烂裹脚，不用模的担窝窝，不用剪的采背窝。

生（白）：嘿，我可和你老狗蹦跶不行了，我有个小主意了。

旦（白）：什么主意了？

生（白）：一个皮球也卖了你，谁买卖给谁。

旦（白）：咳，们道嫁一家们炸一家，四季衣裳挂一挂，
油嘴圪啦圪两家，扭扭捏捏叫人看，
圪吱圪扭门还是新人家。

生（白）：你别提明嫁人了，你要嫁人丈夫给你跪下。

旦（白）：哎，你起来哇，我不嫁人啦。

生（白）：我知道你也是日达②我哩。

旦（白）：嘿，咱俩个好伙计。

生（白）：咱俩个好伙计。

旦（白）：我给咱回家喂公鸡。

生（白）：你给咱回家喂公鸡。

旦（白）：一喂喂下个老公鸡，东街里撵到西街里，西街里撵到炭池里，捉住了叫唤啦。瓦瓮瓮里抓了两把烂黄米，湿啦啦哗湿啦啦哗，一撒撒在当院里，它才肚子里无食，素子里饥。嘣嘣，抢两嘴，头脑弯在翅膀底，回了家滚滚水，滚的滚水滚滚的，褪的毛净净的，油盐酱醋调和起，一放放在盆盆里，老鬼呀，回来了，一闻是股鸡腥气。

生（白）：呀，真是股鸡腥气。

旦（白）：我的脯胎骨③，你的两个爪。

生（白）：我的脯胎骨，你的两个爪。

旦（白）：我鸡鸡蛋蛋喂了会儿，我的脯胎骨，你的两个爪。

生（白）：我的脯胎骨，你的两个爪，你真是个翻片的。

旦（白）：翻片的，正片的，想揣老娘屎旦⑤的。

注：①野老烂——老夫妻逗笑骂话。老妇"骂"老夫是山野汉的烂舌话。
②日达——方言，哄骗之意。
③脯胎骨——方言，指胸脯。
④屎旦——方言，指屁股。

（五台县）

收 草 帽

胡贵隆 唱
奋臻 玉堂 书平 记

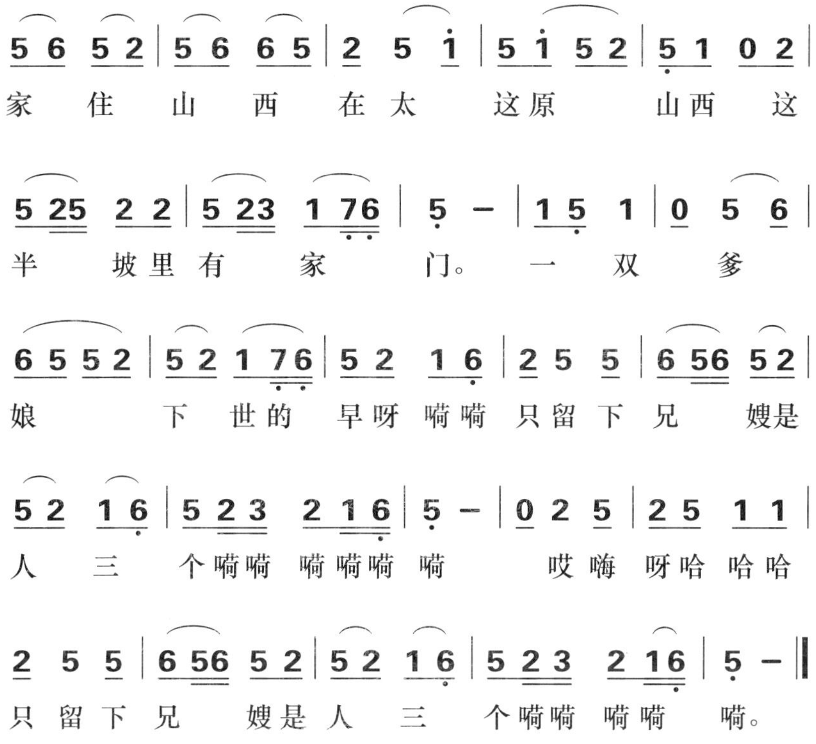

1 = G 2/4

5 6 5 2 | 5 6 6 5 | 2 5 1 | 5 1 5 2 | 5 1 0 2 |
家 住 山 西 在 太 这原 山 西 这

5 2 5 2 2 | 5 2 3 1 7 6 | 5 — | 1 5 1 | 0 5 6 |
半 坡 里 有 家 门。 一 双 爹

6 5 5 2 | 5 2 1 7 6 | 5 2 1 6 | 2 5 5 | 6 5 6 5 2 |
娘 下 世的 早呀嗬嗬 只留下兄 嫂 是

5 2 1 6 | 5 2 3 | 2 1 6 | 5 — | 0 2 5 | 2 5 1 1 |
人 三 个嗬嗬 嗬嗬嗬嗬 哎嗨 呀哈哈哈

2 5 5 | 6 5 6 5 2 | 5 2 1 6 | 5 2 3 | 2 1 6 | 5 — ‖
只留下兄 嫂 是 人 三 个嗬嗬 嗬嗬 嗬。

秧歌戏

人　　物：老旦、拄拐杖、拿手绢

闺　　女：拿扇扇

买卖人：头罩手巾、腰带、担担担

掌　　柜：皮袄

老　　旦：（白）四月十八眼看到，忽然间想起赶大会。

（坐场）（八板儿）

田门潘氏，老鬼下世，一辈子所生一女，名叫花莲。花莲二九一十八岁，未从定下婚姻，不必我去到她娘舅家嗬一

来商量，二来去赶一回。（开场）（八板儿）

（唱）老生居住马连村，所生这一女是叫花莲，花莲儿已一十八，呀哈孤稀稀娘母俩，呵呵，哎呀咳呀，孤稀稀的娘母俩。

老生正在上房里坐，忽然间想起个四月中，娘家门上赶大会。只留下小女儿看住了家门。

闺　　女：娘舅家门上赶大会，就说这孩儿问候地。

老　　旦：我儿不必多嘱咐呀哈，为娘与你问候到。

　　　　　（白）你好好看门子的，我赶会嗨呀！

闺　　女：送出妈妈门的儿外，回头关住门两扇，人得喜气精神壮呀，梦里惆怅瞌睡多呀，呵呵。

掌　　柜：我老汉今年这七十三，单就开店过时光，打扫店面挂招牌，单等住店的客人来。

买卖人：家住山西在太原，山西半坡里有家门，一双爹娘下世的早，只留下兄嫂人三个呵。

哥哥在外做买卖，嫂嫂是常在她娘家住，只留下三弟小年轻呀，收买上草帽度光景。猛然里抬起头来观，我观见太阳爷落西山，及早些寻这安生处，急急的黑了大作难。走走走，行行行，霎时间来到店家门，手打门环高声叫，叫一声掌柜你开门来。

掌　　柜：掌柜正在上房里坐，忽听见大门上有人声，双手开开门两扇，你是这哪里的买卖人？

买卖人：买卖人这里并开言，叫一声掌柜你听我的言，家住山西在太原，我是咱山西的买卖人。

二人同：掌柜前边引上路，买卖人随后紧跟走，进了大门进二门，担担你放在我当院心，担担放在我当院心。

闺　　女：忽听谯楼起了更，姐姐床上盏明灯，躺在被窝里细谋划，今夜晚无有个做伴人。

（花莲）忽听谯楼起二更，今夜晚盼夫万不能，有朝一日鸳鸯配，风风流流活上几天。

忽听谯楼起三更，姐儿在床上睡梦梦，梦来梦去人两个，醒了还是我奴家一人。

忽听谯楼起四更，姐儿在床上睡翻身，好花开了无人爱，可惜煞牡丹花一盆。

忽听谯楼起五更，架上金鸡报天明，姐儿床上巧打扮，东海岸上太阳爷行。

买卖人：夜至三更得一梦，这一梦梦的大不同，今夜晚间有喜气，怀抱上牡丹花一盆。

阳坡爷上来点点红，买卖人出了店家的门，我今日不往别余处去，一心要到马连村。

走走走，行行行，霎时间来到马连村，担担放在溜平地，收买上草帽吆喝了几声。

闺　女：姐儿正在上房里坐，忽听的大街上有人声，出了二门大门上站，手拿两顶草帽往前行。

（花莲）姐儿这里并开言，叫一声买卖人听我的言，将你的担担担过来，我有两顶草帽你来瞧见。

买卖人：买卖人听了心喜欢，嗖嗖担到你面前，担担放在大门口，你（我）与我（你）搬来我与你瞧。

左眼瞧来右眼观，我观见女大有二九八，头上的盘器整三寸，随后的辫子二尺八。

柳叶眉来杏儿眼，鸡蛋皮皮白生生的脸，小桃花胭脂定嘴边，两耳又戴银铃铃响。

身穿一件大红绸袄，时样金马褂外边套，八服罗裙扫在地，不大的金莲一圪点点。

胳膊上的手镯串琅琅的响，满手的戒指通发亮，皮褥小裤鸳鸯袋，紫薇薇的裤子未从瞧见。

闺　女：守的你的买卖你不做，你不该大街上调戏奴家，回家对们妈妈说，斩断你的狗腿又抽你的筋。

买卖人：买卖人这里着了怕，双圪膝跪在你面前，一来为我年纪轻，二来你又为我初出门。

闺　女：抬起头来仔细观，我观见买卖人好儿郎。有心和你鸳鸯配，岂不知你肚里什么的主张。

买卖人：买卖人这里发愣怔，不打算这里认下门子亲。

闺　女：此处不是讲话之地，担到我院心我与你细听。

买卖人：姐儿前边引上路，买卖人随后紧跟上走。

闺　女：进了大门进二门，担担你放在咱当院心。

买卖人：担担放在当院心。

闺　女：双手开开门两扇，让与我哥哥床头上坐，回头关住门两扇，我和我哥哥配对坐。

买卖人：调戏妹妹好大胆，你不该回头把门关，你叫你四邻来瞧见，哥哥想活难上难。

闺　女：哥哥不必发愣怔，妹妹讲话你仔细听，女流之辈还不怕，八宝罗汉你怕什么。

买卖人：哥一杯，妹一口，咱二人吃的相逢酒，咱二人吃酒多时候，眼道里不见你母亲。

闺　女：娘舅家门上赶大会，我妈妈今天未曾回来，咱二人吃罢相逢酒，咱到夜晚一路上行。

老　　旦：大路上行，小路上走，耳聋眼跳不安宁，从小小无有这样的病，必定家里有歹人。

　　　　　走走走，行行行，霎时间回到自家的门。手打门环高声叫，叫一声我女儿快开门来。

闺　女：叫一声哥哥不好了，我妈妈今天回来了。

买卖人：你妈妈今天回来了，你叫你哥哥哪里藏？

闺　女：咱家有个大箱柜，那就是哥哥的藏身之处，双手开开门两扇，我妈你回来儿才放心。

老　　旦：我老生回来隔门地听，听见你家里二人言。

闺　女：妈妈讲的哪里话，哪里胆大人敢到咱家。

老　　旦：我老生来怒气冲，骂一声我女你不成个人，说了实话饶了你，不说话娘饶不了你。

闺　　女：看见妈妈生了气，羞得孩儿满脸红，一把钢刀拿在手，三刀两刀自抹了命。

老　　旦：我老生回来着了怕，叫一声我女你甭害怕，做下错事依错办，为娘与你拿主张。

闺　　女：妈妈说了宽心话，叫一声哥哥出来吧，你与我娘配上个坐，磕上礼个头了你起来吧。

老　　旦：如今的女人不要脸，圈到家里自成亲，人家到有成亲之意，给了我老生梦不见，倒叫我老生闲操心。

老生记住马连村，这一件事情太有名，女大天生是外人，孤孤稀稀回家中。

（五台县）

借　毛　驴

秧歌戏

$1 = {}^\flat A$　$\frac{2}{4}$

胡贵隆　唱
奋臻　玉堂　书平记

| 1 1 6 5 | 1 1 6 5 | 2 2 2 1 2 2 1 | 2 6 5 3 2 |

我老汉在　所生　呀就　两呀么　两呀么　两个女个

| 1 6 2 | 2　0 | 5 3 5 | 6 5　3 2 |

女　嗨，　　　一年　这四　季呀就

| 2 3　5 2 | 1 7 6　5 6 | 5 0 | 1 1 1 1 | 2 3 |

常　住　的呀么　杨柳　青　直楞楞楞　茵茵

```
1̇ 6 5 | 1̇ 7̇ 1̇ 2̇ 5 | 1̇ 6 5 | 5· 3 5 5 |
```
柳叶青,杨柳　青　　柳叶青,哎　嗨　哎 嗨

```
2̇ 3̇ 5̇ 2̇ | 1̇ 7 6 5 6 | 5 0 ‖
```
常　住　的呀么 杨柳　青。

人物：姐夫、小姨

姐夫：我老汉所生两个女，一年四季常住的。
　　　大女住了两个月，二女还想住几天。
　　　逼得我老汉无主意，去她二姨姨家借上头驴。
　　　低头出了门子外，霎时间来到大街前。
　　　东街游到西街里，南街又返北街村。
　　　四道大街通游遍，不远望见她家二姨姨。
　　　我老汉上前深施礼。

小姨：你与奴施礼奴拜你，小姨子前边引上路。

姐夫：老汉后边紧跟走。

小姨：进了大门进二门。

姐夫：我老汉站在你当院心。

小姨：双手开了门两扇。

姐夫：老汉坐在你炕头起。

小姨：叫一声姐丈你往里坐，我与你装烟点火去。

姐夫：骂一声小姨你不懂礼，小头不来你大头来。

小姨：骂一声姐丈你编排谁，打个颠倒你埋怨谁。

姐夫：你比你姐姐小几岁，为啥你变她不变。

小姨：骂一声姐丈你不知理，你不知女大十八变。
　　　我问姐丈你来做个甚？

姐夫：无事不到你家里，你姐姐在家多嘱咐，叫我来向你借上头驴。

小姨：大骡大马都不在，槽头起拴的一头老叫驴。

我将驴子借给你，饥了喂的麦麸皮。

姐夫：三升麸子二升料，管保它回来肉不串串驴。我老汉上前将驴拉。

小姨：我与我姐丈打备起。

姐夫：骂一声小姨你不成个人，你把你姐丈谝下头驴。

小姨：叫一声姐丈你休要走，我与你生火做饭去。

姐夫：在家你不问饥和饱，你不该出来卖假俏。

小姨：咱家喂的个红公鸡，红公鸡来会叫鸣。

姐夫：送出姐丈大门外，小姨姨回到绣楼上。

（五台县）

东云休妻

秧歌戏

胡贵隆 唱
玉堂 书平 记

1 = G 2/4

（曲谱略）

田周氏这住耳房，把我撂在家。忽听见我婆母呀把我哎咳哎咳咳哎咳哎咳叫呀。

人物：老旦、周氏、贵鱼、东云

老　　　旦：［锣鼓声中出场］

　　　　白：哈嘿，说窑婆，道窑婆，世上这窑婆就是多，家家观世音，到处念弥陀，周氏不成器，呀呀哟，叫我娘婆子咋奈何？［坐下］

　　　　　　田门潘氏，老鬼下世，一辈子所生一男一女，男孩儿叫东云，女孩儿叫贵鱼，孩儿娶妻就是她吥周氏贱人，她好偷吃把门串，好吃个油糕旋饼，好翻个老婆舌头，娘婆子今日儿心上无事，我叫她个贱人跪在我婆娘子面前，手执家法饱饱地打她一顿，解一解为娘的心头之恨。哼，定是这般主意，周氏贱人你走来。

周　　　氏：嗨，好苦！

老　　　旦：嗯嘿嘿……［叫板加过门］。

周氏（唱）：田周氏偏房把磨推，忽听见我婆母把我叫。
　　　　　　田周氏生得这命苦，我找下的婆母怪如虎。
　　　　　　顾不得梳洗巧打扮，毛头抬脚出偏房，
　　　　　　紧走上这几步来得快，瞬时间我来到上房门外。
　　　　　　预知进门心胆寒，舍上个大胆来见我婆娘。

　　（白）：母亲在上，媳妇到了，嗨！（加场）
　　　　　　母亲在上，媳妇享福。

老旦（白）：叫你娘的半天了，倒有你娘的屁福了，倒不如为娘看过家法。

周氏（白）：看过家法干何事？

老旦（白）：贱人你还犟嘴（收场）

周氏（白）：母亲在上，家法到了。

老旦（白）：拿来吧，家法到了，你倒有了理了，还不如给为娘跪了。

周氏（白）：嗨，跪！

老旦（白）：跪。

周氏（白）：跪，跪，跪，跪了。［叫板］

老旦（唱）：田老生坐正庭怒气冲冲，
　　　　　　胆大的贱人尽说的胡言，
　　　　　　有影儿的你言来无影儿的道，
　　　　　　动不动你就把我贵鱼来扮，
　　　　　　老生这个今天定要打你，
　　　　　　我看你个贱人怕也不怕，
　　　　　　一打你二骂你不打你个贱人不解恨，
　　　　　　要打你个贱人不留情［按住就打］
　　　　　　哼，我打你个贱人像发疯的了
　　　　　　等我儿放学回来再和你贱人算账。

贵　　鱼：出场

　　（唱）：田贵鱼就在洋楼绣花，耳听见我母亲发狂言，
　　　　　　顾不得梳洗巧打扮，毛头抬脚出绣房，
　　　　　　紧走几步来得快，瞬时间来到上房门前。
　　　　　　双手推开门两扇，观见嫂嫂跪在地溜平。
　　　　　　走上前来问分明，拷打我嫂嫂为何情。

老旦（唱）：指下的生活她不做，每日间她起来串四邻。

贵鱼（唱）：有什么生活我来做，你今天饶过我嫂嫂。

老旦（白）：定不饶她，定不饶她！

贵鱼（唱）：你今天饶过我嫂嫂，咱居家人享团圆，
　　　　　　你今天饶过我嫂嫂，孩儿给你跪在地溜平。

老旦（白）：何用我的娃娃你跪，你可快快起来吧！娘可不用你跪。

贵鱼（白）：你饶过我家嫂嫂我才起来，不饶过我家嫂嫂我跪死也不起。

老旦（白）：看看看，门个看看看，我家贵鱼娃娃饶了她咘周氏贱人，她才起来，不饶她咘周氏贱人她是跪死也不起，哼！你跪死跪的吧！你还是跪的吧！
　　　　　　看看看，门个看看看，她咘周氏贱人跪在我娘婆子面前，我好像在冰地上泼了一碗凉水，我在心上就似这

凉不点，凉不点哩，我家贵鱼娃娃，诚心跪在她娘面前，我好像在心上插了一把小刀子，我就似在直厉厉厉厉，圪哟…直厉厉厉厉，圪哟，嗨我为来为去为在我贵鱼身旁，我还是叫她个贱人起来，我还是叫她个贱人起来（坐下）贱人你起来（二人同起）。

贵鱼（白）：谢过老娘！
老旦（白）：别谢吧，不谢吧。我家娃娃实在是有理数，我叫你个贱人跪时间，你好似秋后的蚂蚱，打不断的个蔫蛇，你就是烟的，凉的，扯的。我叫你个贱人起时间，你就好比地里旋风，磨道里的快马，锅里倒核桃哩，口袋里倒西瓜咧，你就是在谷如！谷如！谷如！哼，我已经也叫你个贱人起来了，等我儿下学回来，必定休了你，必定卖了你。
贵鱼（白）：坐了吧，嫂嫂随着我来，看她们谁敢休，谁敢卖。
周氏（白）：嗨，罢了！［贵鱼、周氏下场，东云出场］
东云（唱）：田东云正在书馆里坐，怀抱上书本上学堂，头一本念的《三字经》，第二本念的《百家姓》，第三四本念的上下《论语》，读《孟子》整三年，我父归天人命早丧呀，丢下我家母亲受苦难，一顺这个大街往前行，瞬时间来到大门前，进了大门进二门，瞬时间来到上房门前，双手这个推开门两扇，又观见我母亲变了脸。
东云（白）：母亲在上，孩儿有礼！
老旦（白）：免礼坐了。
东云（白）：嗨，看我家母亲，我往日下学回来她欢天喜地，我今日下学回来她怒气冲冲，她与何人生气？
老旦（白）：就是为你家死婆娘，为你家死婆娘，为你家死婆娘。
东云（白）：你与她生着何气，手高担待些。
老旦（白）：为娘担待不起，担待不行，担待不了。

东云（白）：手不能高，艺不能好，咱该将她怎么样了。

老旦（白）：你听着为娘的言语，为娘与你们学（小）来，你不听着为娘的言语，为娘并不与你学（小），并不与你学（小），并不与你学（小）。（"小"—表演之意）

东云（白）：由着老娘。

老旦（白）：由着老娘了，来来来，为娘与你们学（小）来，你看东云我儿，你生得天庭饱满，地阁方圆，大嘿豆眼眼白脸蛋，鸡蛋皮皮好看看。你就是娶下她 周氏贱人，她头蓬松脚踏啦，炕上踏铺布棉花，地下柴禾扎棍草，前门里狗咬，他是后门里就跑，红火处有她，热闹处必然就去。你看东云我儿，你马上写上一封休书，咱将她休门在外，为娘给你到这长街市上，人里挑人，马里挑马，给你娶上好的个媳妇子，上边看像是貂蝉，下边看是茶碗碗里站，有朝一日，就是这马上来轿上去，你看东云我儿，你们的光彩，为娘的个体面。你觉得心里如何？

东云（白）：由着老娘。

老旦（白）：由着老娘了，来来来，去到这个上房房里为娘与你们学（小）来，为娘给你把墨汁磨得艳艳的。把笔校得浓浓的，你给为娘写得点点如桃，撇撇如刀，哼，我把你个小王八羔子，一字有差，为娘可定不让你，定不饶你，你给为娘写来，你写为娘去了。

东云（白）：嘿，好苦！

老旦（白）：嘿嘿嘿嘿嘿。你道为娘走了，为娘在门子外面停住了，你道颠也苦，顺也苦，你家死娘给你喝了两碗苦荞面糊糊，你道苦到一处了，为娘这是八个钱的白纸，你泪点也没点在白纸上面，滴在为娘的纸上边为娘可定不与你，定不饶你，你定得给为娘写来。

东云（白）：待儿写来。

老旦（白）：你写为娘去，我和她小王八羔子争吵了几句，争吵得

　　　　　我老生腹内饥饿，我家贵鱼娃娃也不知给她为娘做下饭了没有？贵鱼〔幕后贵鱼答应声：有〕给为娘做下饭了没有？

贵鱼（白）：做下了！

老旦（白）：做下个什么饭？

贵鱼（白）：包鸡蛋，下挂面。

老旦（白）：看看看，我家贵鱼娃娃可不懒的啦，又给她为娘做下这个蚂蚁掏号子的饭啦。快些回该吃她娘饭吧〔下场、收场〕〔东云慢开门，看外无人，关门坐下喊一声：苦哇！〕〔叫板〕

东云（唱）：一写上她周嫁女不孝爹娘，二写上她周嫁女背天逃走，三写上周嫁女抛米撒面，四写上周嫁女脚大脸丑，五写上周嫁女勾红引黑，六写上周嫁女嫌贫爱富，七休八休九不要，十实要休周嫁女。

东云（白）：嗨！无事不休妻，休媳惹是非，我将休书写停当，不见老娘转回话。

老旦（白）：老生用罢饭，心中有事办，东云我儿。

东云（白）：有！

老旦（白）：你将休书写停当了没有？

东云（白）：倒也停当。

老旦（白）：待为娘看过。

东云（白）：老娘请看〔老旦看休书，念〕

老旦（白）：倒也写得好，倒也写得妙，点点如桃，撇撇如刀，就是在上边少写了两点印细，哼！他还是不想休她这个死婆娘，他还是不想休他这个死婆娘，东云我儿你过来！

东云（白）：儿即过来！

老旦（白）：你也写得好，道也写得妙，点点如桃，撇撇如刀，就是上边少写了两点印细。

东云（白）：那是不用的。

老旦（白）：哈哈，什么不用的，你家老子那会休了我七次八次，我道回来有九次十次，休了我，得溜溜地就回来了，休了我，得溜溜地就回来了，你定的给为娘写上。

东云（白）：待儿写上。

老旦（白）：你写为娘去！［下场］

东云（白）：嘿，好苦［叫板］

（唱）：田东云这里眼泪汪汪，我母亲拷打我要休贱人，我将我的手脚印通戳上，管叫们夫妻再不能团圆。

贵鱼（唱）：贵鱼就在洋楼上坐，忽听见我母亲拷打我哥哥，紧走几步来得快，瞬时间来到上房门前，双手开开门两扇，又观见我哥哥受苦难，走上前来问分明，咱母亲拷打你为何情。

东云（白）：妹妹非知，咱母亲起了不良之意，要害我夫妻二人拆散。

贵鱼（白）：哥哥，将休书写停当了没有？

东云（白）：道也停当！

贵鱼（白）：待妹妹看过！

东云（白）：妹妹请看。

贵鱼（唱）：不见这个休单心不恼，一见这个休单心起火，我将这个休单接在了我手中，扯下他个碎谷烂碎，吃在我口内。

东云（白）：妹妹非知，你将休单接在手里扯下个碎谷烂碎，吃在口内，咱母亲不来不问还是罢了，一来一问哥哥何言答对？

贵鱼（白）：咱母亲不来不问还是罢了，一来一问你把话头子递给她一个，我的冤枉的哥哩，那是个话头子，并不是个气头子。

老旦（白）：老生串四邻，心中还有事情，东云我儿［上场］

东云（白）：有。

老旦（白）：你将休书写停当了没有？

东云（白）：道也停当！〔硬硬地回答〕

老旦（白）：哟，这小鳖羔子倒是硬圪巴巴的，待为娘看过。

东云（白）：问你贵鱼！

老旦（白）：贵鱼，你将休书接在手上？

贵鱼（白）：接在手上。

老旦（白）：待为娘看过。

贵鱼（白）：吃在口内，咽在肚里，你想看也看不上。

老旦（白）：哟，原来是你三人一条心，不如我老生早死早转生，蒙住头跳红崖。哎呀呀，我可由不得个痛，由不得个

（五台县）

连言降香

胡贵隆 唱
奋臻 玉堂 书平 记

1 = G 3/4

正月里这迎春花开得呀呼红那个呀哈哈，二月里这水仙花呀么开得哎嗨红。三月里这桃杏花开得呀呼粉

```
2 3  2 1 | 6̣ - | 3 5  5 | 5 6  5 3  3 2 |
那个 呀哈 哈,   四  月 里 这 石  榴

1  1 2 | 3 2  5 3 | 2 1  6̣ | 5̣ - ‖
花  呀么 开  得 哎  嗨   喜。
```

人　物：连言、丫环、韩湘、婶娘

连　言：连言出绣房，两眼泪不干，提起夫奴主，倒叫哭一场。
　　　　（丫环）有，（连言）送姑娘花园降香一回，
　　　　（丫环）晓得，（连言）引路。

连言唱：慢吩咐丫环请香纸来，送姑娘花园降香一回。

丫环唱：丫环打上灯笼子走，

连　言：小连言后边紧跟走。

同　唱：紧走上几步来得快，霎时间来到花园门外，
　　　　一切香纸放在地，怀里掏出钥匙来，
　　　　双手打开门两扇，来在花园门里边。
　　　　进了花园四向观，满院的花儿扑鼻香。
　　　　正月里迎春花开得红，二月里水仙花开得好，
　　　　三月里桃杏花开得粉，四月里紫梅花开得艳，
　　　　五月里牡丹花开得红，六月里石榴花开得喜，
　　　　榆树开花一串串钱，果子花开了白生生。
　　　　松柏树四季常青绿，韩湘子出家不回来，
　　　　一切香纸通齐备，小连言跪在地溜平。

连言唱：一切诸神通在上，皆听连言表一番。
　　　　我今天不为别的事，为的是们外夫韩湘公。
　　　　外夫已去终南山，为的是我夫早早地回来，
　　　　头一炉明香往东降，祷告东海老龙王，
　　　　我今日不为别的事，为的们咻夫韩湘公。

秧歌戏

　　　　第二炉明香往南降，祷告南海观世音，
　　　　我今日不为别的事，为的们咻夫韩湘公。
　　　　第三炉明香往西降，祷告西天古佛神，
　　　　我今日不为别的事，为的们咻夫韩湘公。
　　　　头一股香烟山头过，第二股香烟扑满怀，第三股呀好喷香呀扑满怀。
韩　湘：韩湘正在洞中坐，耳聋眼跳不安宁。
　　　　湘子这里掐指算，我算见连言把香排。
　　　　收拾上经文共僧帽，脚扎上草袜并穿上草鞋。
　　　　三尺长绸缎揣怀里，经本就在里边带。
　　　　终南山上出了口气，五色仙云滚上来。
　　　　驾上一朵红云红如火，驾上一朵黄云黄如蜜，
　　　　驾上一朵蓝云蓝如电，驾上一朵白云白如雪，
　　　　驾上一朵黑云黑沉沉，五色仙云都驾上。
　　　　一驾上云头起了空，二驾上云头云雾中，
　　　　三驾上云头来得快，霎时间来到杭州城外。
　　　　云头落在杭州府，湘子落在月明台。
　　　　湘子这里则一变，好的走了丑的来。
　　　　模样生来脸又丑，锤锤鼻子窝窝眼。
　　　　眼又斜来嘴又歪，两股脓带拖下来。
　　　　紧走上几步来得快，霎时间来到花园门外。
　　　　三天长的铺锻铺在地，经本就在上边派。
　　　　怀里掏出木鱼来，袖袖里甩出棒棒来。
　　　　敲得木鱼连声响，惊动花园你听着。
　　　　南无南无弥陀佛，弥陀佛南无南无。
连　言：大门外木鱼连响，你们出去看过，
　　　　他是哪里的僧人，哪里的道人，他是化米化面化针化线。
丫　环：晓得！
　　唱：紧走上几步来得快，霎时间来到花园门外。
　　　　丫环抬起头来观，我观见你老道好似怪。

    眼又斜来嘴又歪,两股脓带拖下来。
    胳膊瘸来腿又拐,脊背上长起罗锅来。
    锤锤鼻子窝窝眼,世上少有你这样样的人。
丫环白:那是一位老道,是是是,正是一位老道。
   你化针化线化米化面。
韩　湘:不化针不化线不化米不化面,当化姑娘见一面。
丫　环:当化姑娘见一面,见面为何。(见面叙言)
韩　湘:(见面叙言),立等一时。
丫　环:姑娘大门外正是一位老道,不化针不化线不化米不化面,
   当化姑娘见一面。
连言唱:慢吩咐丫环打坐起,咱与他老道答到话。
   家住哪州并哪县,哪一个村庄住家园?
韩湘唱:家住万里终南山,我师父叫我把缘化。
连　言:知是你终南一老道,你知道们哟夫在何处。
韩湘唱:说起你夫我不知,你夫的名字叫什么?
连　言:小名就叫韩湘公,人人称他韩秀才。
韩湘唱:说起湘子我明白,一个洞里把艺学,
   们二人在一处用过饭,一个洞里把经派。
连　言:一个洞里把经派,为什么你来他不来?
韩湘唱:山又高来路又远,我师父这里无盘缠?
   我师父怕他有返心之意,因此着我来他不来。
连　言:这一摞金二百钱,你叫们哟夫早早回来。
韩湘唱:想见你哟夫也不难,小金莲扎到我铺锻上。
连　言:天门的你弟子不实本分,有罪的你老道千里难逃,
   我把好话对你说,你不该把臭言讲出来,
   叫一声丫环取棍来,你将他老道赶出门外。
韩　湘:老道看见事不妙,将我的经本揣怀内,
   怀里掏出东云鞋,地上画下三十字。
   老道这里出了口气,当等你丫环取棍来。
丫　环:丫环这里怒气冲,我将你老道赶出门外。(赶老道出门)

秧歌戏

韩湘唱：咱二人不必争凡言，一股神风上天空。
手拨云头往下骂，骂一声连言你狗奴才。
我有心这里把你渡，你不该叫丫环赶出我门外。

连　言：小连言抬起头来观，云头上闪出个湘子来，
小连言这里撩衣跪下，叫一声咻夫你入凡来。

韩湘唱：夫妻相见今儿见，当等来年三月三。

连　言：罢了，当等来年三月三。

婶　娘：半夜三更你不在家，后花园里你做什么？
满院的风香让人家笑话，韩门的忠妇你不识礼数。
老妇人这里开口骂，骂一声连言你不识礼。
十五上娶你如今十八，并无们韩门立下造根芽，
骂你把老生活气煞，活气煞。

连　言：小连言梦情泪交流，叫一声婶娘听原由，连言好比一条牛，湘子好似一张耧，你说咱家中有千顷地，老牛带耧不息走，耧中不把籽儿下，你说在根苗从何处有，叫婶娘将孩儿问你甚情由，甚情由？

婶　娘：老妇人这里开口骂，骂一声连言你不是人。
为的你成才不成气，逼得们侄子出了家。
老妇人今天定要打你，我看你怕不怕。
叫一声丁丫环带至他拉下，唤一唤腊梅
看一看家法，打死你呀怕什么。

连　言：小连言这里撩衣跪下，叫一声婶娘你尽说的糊涂话，说奴是女花有了婆家，说奴是媳妇守的活寡，千留万留留不住他，奴拉他一把，甩在奴地下，任你百般的拷打，你婶娘要打了将孩儿打死吧。婶娘啊，你把孩儿打死吧！

婶　娘：老妇人这里无言对答，打你几下，是我老生的差错，老妇人这里开口骂，骂一声湘子你不孝的冤家，叫丫环搀你姊姊回家吧。

（五台县）

薛梅吊孝

1=G 2/4

胡贵隆 唱
奋臻 玉堂 书平 记

| 5 5 | 2 32 | 1 76 | 5̣ | 5 5 | 2 32 | 1 — |
| 夏家的 | 部 | 队 赵家的 | | | | 女， |

| 1 2 | 5 3 | 5 2 | 5 | 1 7̣ | 6563 | 5̣ — ‖ |
| 张家的 | 外 | 甥 | | 实实 可 | | 怜。 |

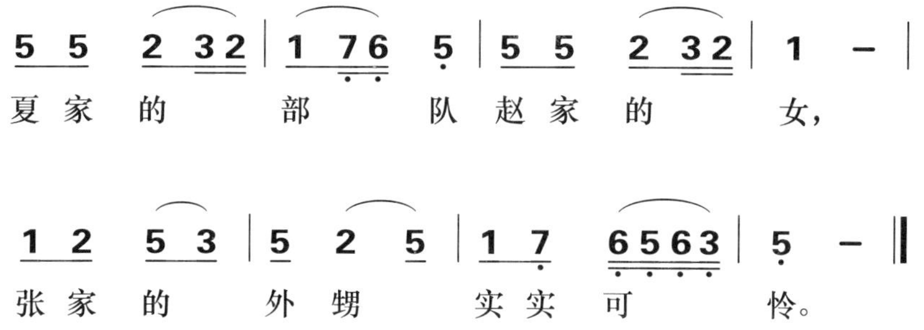

赵家的部队，薛家的女，张家的外甥实实可怜。
一十三上定亲，十五岁上娶，十八岁上守寡实实可怜。
叫一声老天爷太狠心，杀死我家丈夫奴心疼。
青圪枝枝绿叶，红圪朵朵花，老天爷家杀人无有深浅。
红红的阳婆，蓝蓝的个天，们心上难活谁知道。
松木棺，柏木套，松香打了黄蜡吊。
定上一个纸匠，坐在我炕上，我给我家丈夫做上些纸扎。
香幡纸幡龙头头方，童男童女站在两旁。
堆花灵棚摆在中间，金斗银斗摆在两旁。
叫一声长工们站在我面前，你给咱担水淘麦子磨白面。
二斗五升麦子磨成了白面，头烂二烂蒸成供，三烂四烂待客人。
定上一个鼓吹细圪呀呀吹，吹得我心上如刀犁。
头戴重孝身穿白，白袄白裤白绣鞋。
一七七里吊孝，二七七里发，三七七里熬油做下绣鞋。
过了一个头周年，来了个说媒的人，说得我这心上二心不定。
阳婆落了家雀叫，们心上难活谁知道。

（五台县）

秧歌戏

四季采花

胡贵隆 唱
奋臻 玉堂 书平 记

1 = G 2/4

| 5 | 6 1 | 6 5 | 4 3 | 5· 6 | 5 1 | 2 — |

秃 扫 帚 开 花 蓬 沙 沙，
洋 烟 柳 开 花 五 色 红，
桃 树 开 花 叶 一 叶 长，
榆 　 　 　 　 　 串 钱，

| 5 | 6 1 | 6 5 | 4 3 | 5· 6 | 5 1 | 2 — |

程 咬 金 十 四 卖 竹 耙，
朱 元 璋 起 兵 打 天 下，
刘 秀 十 二 走 南 阳，
薛 平 贵 打 马 去 凉 州，

| 2 3 | 5 | 6 5 | 5 3 | 2 | 3 2 | 1 — |

瓦 岗 寨 上 为 皇 帝，
放 牛 娃 当 了 大 皇，
一 走 南 阳 迷 明 路，
王 三 姐 挑 菜 了 涟 涟，

| 6̣ 5 | 6̣ 1 | 2· 3 | 5 6̣ | 1 6̣ | 5̣ — |

金 钢 月 斧 手 中 拿。
鞍 前 马 后 马 大 脚。
康 道 十 二 问 北 湘。
寒 窑 等 夫 十 八 年。

（五台县）

（二）【五台老秧歌遗存】

疯 公 子

李文堂 罗建国 王秉义 罗晓艳 搜集
李庄村 耿爱梅 唱
李福堂 词 朱生和 录曲

1 = C 4/4

（乐谱）

高高山上兔垒窝，

月子里的娃娃要老婆，

有心咻给他娶一个，

又恐怕咻半地里闪了我。

老秧歌《疯公子》节目唱词：

高高山上兔垒窝，月子里的娃娃要老婆。
有心给他娶一个，又怕半地里闪了我。

高高山上有只鸡，抖抖翅膀往下飞。
我问你鸡儿飞什么，肚里无食我膝子里饥。

高高山上一群羊，吱吱咩咩上了坡。
我问羊儿你哭什么，前怕刀子后怕狼。

高高山上一池水，池里本有鱼儿游。
鱼伴水来水伴鱼，鱼水关系不分离。

高高山上一卜麻，麻上爬的个叫喳喳。
天阴下雨他不叫，太阳出来叫喳喳。

高高山上一通碑，碑底下压的个受罪鬼。
我问你受罪因为甚，因为我卖酒沏上茶。

高高山上一篓油，一脚踢倒四处流。
管他流油不流油，管咱回家喝烧酒。

高高山上一棵槐，青枝绿叶长起来。
一枝长在东海岸，一枝长在抱心怀。

高高山上一卜咧咧铁，女婿汉里捏了丈母娘的脚。
女婿汉女婿汉你别捏，我给你下地煮扁食。

高高山上一株槐，手攀槐枝望郎来。
娘向女儿看什么，我看槐花花儿时开。

咳！咳！！接下来秧歌该谁唱，咱把△△△叫上来唱。咳！咳！！！

（注：每段唱调后均附有《接尾点唱词》，疯公子点住谁，谁就从秧歌队中出场唱）

（五台县）

野 太 医

李文堂 罗建国 搜集
李福堂 演唱
朱生和 录词曲

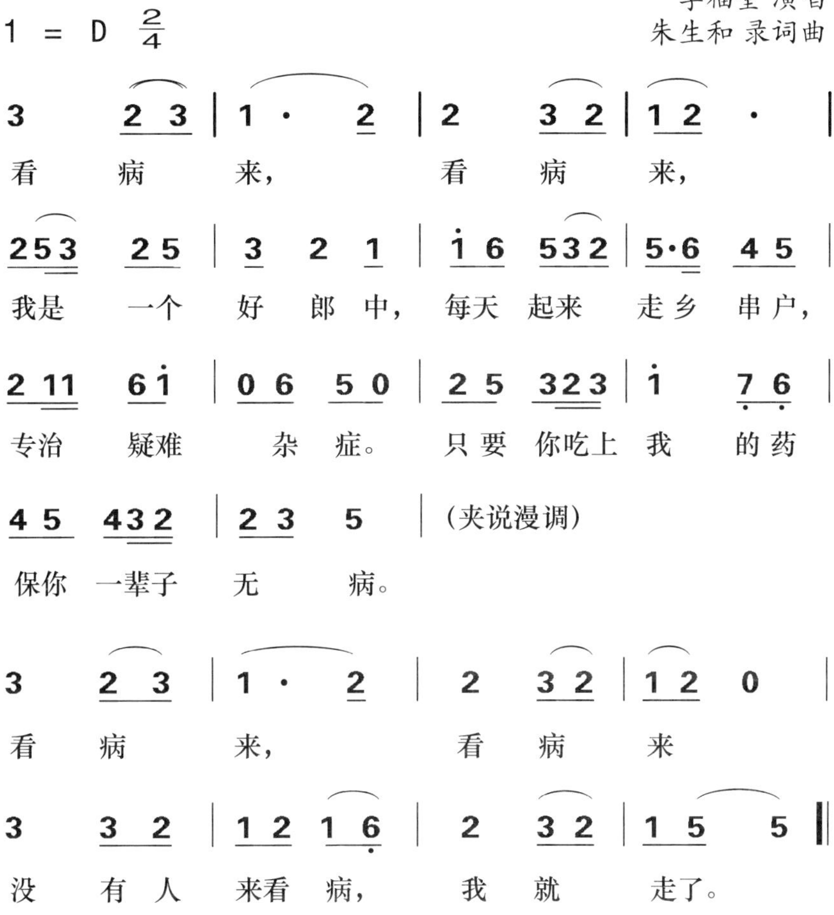

1 = D 2/4

（谱）

看病来，看病来，我是一个好郎中，每天起来走乡串户，专治疑难杂症。只要你吃上我的药（夹说漫调）保你一辈子无病。

看病来，看病来，没有人来看病，我就走了。

秧歌戏

老秧歌《野太医》节目唱词：

（一）

好走，好走，整整走了一天，才走了这么长的二里半地，十月里算卦走白花，全凭肯呱嗒①。

我有一个药斗子，两个虎称子，走过三关，见过四海，游过五湖，卖过六味地黄丸，七味藿香正气丸，八煨②人参，九燕熟地。卜隆腾，一骨碌擢下你个十全大补丸。

　　一辈子就治过一家，家有十口我就治死他九口，丢下一口，他落了个倚走。他走到云南，我赶到贵州，他从前万里进，我从后门里撑，他给我端了一盘豆腐，我给他一灌了壶烧酒。酒中下了一点点毒药，将他毒死，临了作了个了手。看病来，看病来……

（二）

　　看病来，看病来，我是个郎中，每天走乡串户，专治疑难杂症。我能割你头上的脚气，治你脚板底里的脑鼓角③。能治你屁股上口疮，嘴上的漏疮。能治你腰里的六指子。如要不信，请你一验。经我一治得你一辈子无病，我这药兜兜里还是龟龄集，是神丹，粉圪蛋蛋，羊冀颗颗④！只要你吃上，保你一辈子不用再吃饭。看病来，看病来，还能治你女人的阳病，男人的不孕症。没有看病的，我就走了。

注：①肯呱嗒——五台方言，善于拉话招客。
　　②煨——中约，用火焙制方法。
　　③脑鼓角——头顶上的节肿。
　　④羊冀颗颗——指药粒似农村羊粪粒状。

（五台县）

<h1 align="center">打　岔</h1>

王秉义　罗晓艳 搜集
李福堂 唱
朱生和 记谱

$1 = {}^\flat B$　$\frac{2}{4}$

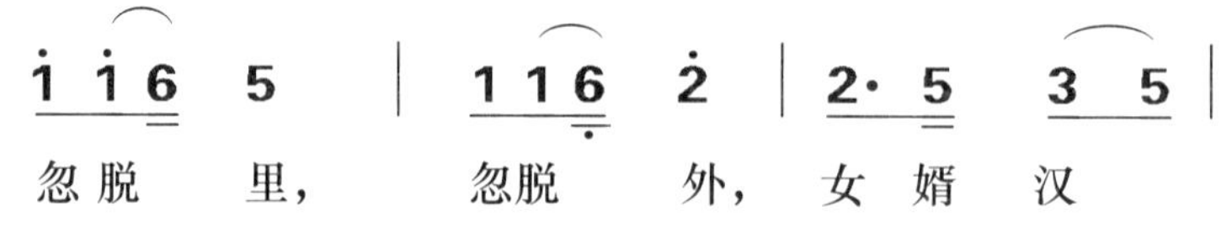

1 1 6　5	1 1 6　2	2· 5　3 5
忽脱　里，	忽脱　外，	女 婿　汉

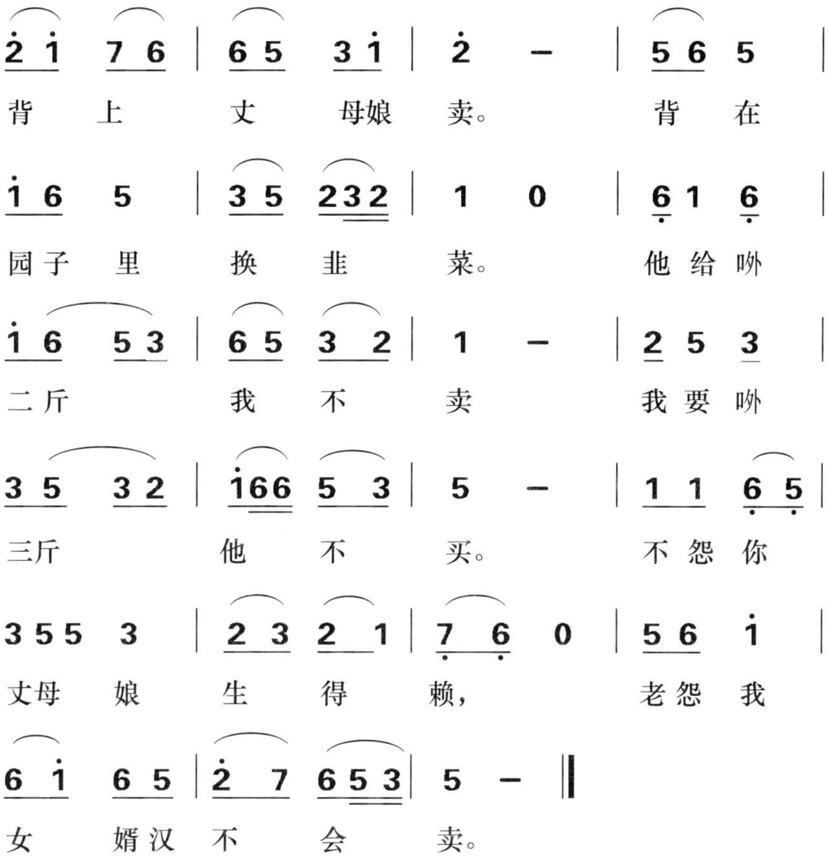

背上丈母娘卖。背在园子里换韭菜。他给咿二斤我不卖 我要咿三斤他不买。不怨你丈母娘生得赖，老怨我女婿汉不会卖。

秧歌戏

老秧歌《打岔》节目唱词：

（起头）呔！一声咏住你的岔，听一听余家来打岔。有了岔，打了吧，料在肚里咒声骂。

1.忽脱里，忍脱外，女婿汉背上咿丈母娘卖，背在园子里换韭菜，他给二斤我不卖，我要三斤他不买。不怨你丈母娘生得赖，光怨我女婿汉不会卖。唱！唱！！你先唱，我交换，那你唱完我再唱。打起来，噔，噔，起噔起。咣咣，起咣起。（每段后边均有打起来的尾声。）

2.众位老人不要吵,我给你表表二毛人,娃娃们看看二毛人,走路不用拄拐棍。老汉汉看看二毛人,干嘣大豆不牙痛;女人们看看二毛人,烧火不用灶火门。

3.我给你表一表大同城,大同城里四重门,两关里有人两关里空,七十二座牌楼多热闹。鼓楼底下洒水清,石狮石猴千千万,玉石栏杆数不清,数不清来数不清。

4.进了一个砖碾罗门里,拔起一根杨木棒,两头长的秃圪都,孵下一对鸭子蛋,生下两个哈巴狗。哈马狗,哈巴狗,吃牛奶,跟人走,十字街上人咬狗,搬起狗来打砖头,不怕砖头咬了手。

5.我给你表表无影传。树梢梢不动刮大风,刮得碌碡满城飞,来了个鸡蛋碰碌碡,鸡蛋把碌碡碰下个乱纷纷,没圪节的干草要八根。

6.太阳出来暖烘烘,晒得我的膏药软浓浓,贴在你前心抽在你后心,贴在你脑心,抽在你脚心。腊月的葛叶冬天的艾,丈母娘牙痛扎你女婿汉的脚后根。

7.学会铁匠不会打火盖,学会木匠不会做棺材,学会石匠不会处鳖盖。我小子大街市上溜烟袋,溜得快卖得快,人家把我狗腿都打坏。

8.我小子是个迷糊,娶老婆不问岁数,娶来一问八十四五。咬不动鸡蛋豆腐,就能吃些脓带浆糊。上炕还的扣住屁股,半夜里还得取个夜壶。上茅房还得四个轿夫,长期养的四个丈夫。

9.我小子名叫没来由,一辈子学下个跑窑头,到窑头拣下兰炭两萝头,一走走到哦沟口,一忽隆掉在河里头,河里头翻跟头,人捞出头成下个淤泥头。

10.说了个头,道了个头,我小子长着两颗头,一个长在上头，一颗长在下头，上头和下头，共是两颗头，回到家里一看炕头，老婆被子里搂着两颗头。

11.恼胡子柴乱蓬蓬，媳妇子烧火骂公公，公公就拿拐棍拐，媳妇就拿奶头甩。一甩甩下公公两嘴奶，卟咂卟咂甜甜的。媳妇媳妇你再给我甩，老娘没有那么多的奶。

12.大年初一立了秋，清明兑下个九月九，手搬杨树脚踏桦树，搬住个粉尘架子，扑隆腾，一忽隆下来，碰下个长圆四方三尖扁窟子，从小布杉上揪下二两棉花来塞住。

[每段之后均按此尾词唱！唱！唱！你先唱，我交换。那家唱完我再唱，打起来，噔，噔，起噔起。咣！咣！起咣起！]

（五台县）

苶闺女

秧歌戏

（有一年正月村唱秧歌，两个老婆去看热闹在街上相遇，一个谈自己的媳妇好，一个说她家的媳妇变赖了。下面是收集到《苶闺女》演唱老秧歌《赖媳妇》的词曲）。

赖 媳 妇

李福堂 演唱
朱生和 记录

$1=D\ \frac{2}{4}$

3̂ 5 3 2	3 6̇ 6̇ 5̣	6̂ 6 1 1	2· 1
预支 娶过	她到们 嚼，	又叫 爹来	又 叫

—849—

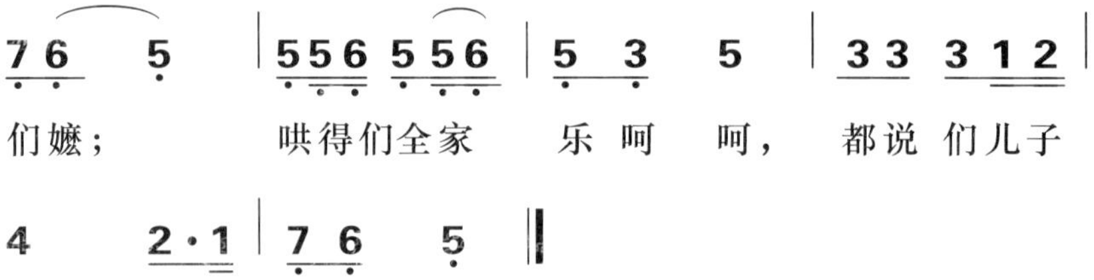

```
7̣ 6̣   5̣   | 5 5 6  5 5 6 | 5̇ 3  5  | 3 3  3 1 2 |
们 嬷；    哄得们全家   乐 呵 呵，  都说 们儿子

4    2·1 | 7̣ 6̣  5̣ ‖
娶    了 个  好 老  婆。
```

注：①嗬——五台方言，附在词尾的语气词。

老秧歌《茶闺女》演员表演《赖媳妇》唱词：

预支（还未）娶过你到们嗬，
又叫爹来又叫嬷；
哄得们全家乐呵呵，
都说们儿子娶了个好老婆。

自根娶过变了心，
又要东西又要钱；
一不顺心就动肝火，
每天起来骂们嬷。

不起床来不烧火，
放下饭碗就闹伙；
搬住椽头子上了房，
骑住脊岭①日们嬷②。

下了房，进了家，
搬起石头来倒了锅。
脱了裤子拉裤裆，
掀起席子炕上屙。

仅钱花了十万多，

外债累得背不过，

临了提出来不和们小子过，

伙计嘞，你看我这人家该怎么？

注：①脊岭——方言，指房屋的脊梁。
　　②日们嬷——方言，骂人的话。

（五台县）

骚 达 子

《骚达子》，系元代古老传曲，当今仅在陈家庄乡李家庄村附近村子里传唱。演唱风格奇异，所唱歌词难懂。

李福堂 演唱
朱生和 记录

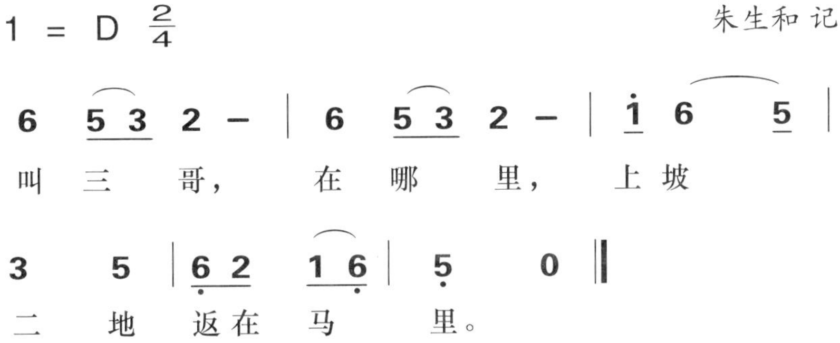

1 = D 2/4

6 53 2 — | 6 53 2 — | 1̇ 6 5 |
叫 三 哥，　在 哪 里，　上 坡

3　5 | 6 2　1 6 | 5 0 ||
二　地　 返 在 马　 里。

老秧歌表演行列中，骚达子词：

老达婆：东林里东来，东林里东，
　　　　西林里西来，西林里西，
　　　　南面上来个牙布。
达子：　你怎么认下他这个牙布？
老达婆：蒲川家施礼系个茵茵。
达子唱：叫三哥，在哪里？
　　　　上坡二地返在马里。
　　　　好吗，好吗，斗啦，斗啦，家布的牙布，盖世的人马，走一出，少踏库，吃节美酒肥羊肉。牙布那布。

（五台县）

秧歌戏

愣 小 子

（老秧歌演唱行列中，愣小子随意穿行，追笑取乐。以下是搜集到愣小子演唱《叫大娘》的词曲）

叫 大 娘

李福堂 演唱
朱生和 记录

1 = D 2/4

```
1·6  6·3 | 2· 12 | 1·6 6·3 | 2 —  |
叫   大娘，    你  坐   下，

65 66 | 56 53 | 2 3·2 | 1· 61 |
小奴家  有那两句  知 心的话， 我的

22 6· | 5 — ||
大  娘  呀！
```

愣小子表演《叫大娘》唱词：

叫大娘，你坐下，
小奴家有两句知心的话，
我的大娘呀。
大娘呀，对你呦说，
清早起来梳洗罢，
我的大娘呀！
在家中，闷得慌，
来到大门外头散散心，
我的大娘呀！
一出大门朝南瞭，

野地里来了一个黑大汉，

我的大娘呀！

黑大汉是个讨吃鬼，

他拉住奴家亲了个嘴，

我的大娘呀！

黑大汉他不说理，

一把拉住奴家到高粱地，

我的大娘呀！

高粱咻高，奴家小，

甩开他的手就是个跑，

我的大娘呀！

我紧的个跑，他后边的追。

豆角蔓子把奴家卜拦倒。

我的大娘呀！

他不让们跑，也不让们叫，

他把们按在高粱地，

我的大娘呀！

（五台县）

铃 儿 铃

李庄村 李爱凤 演唱
李福堂 词曲
朱生和 记录

1 = D 2/4

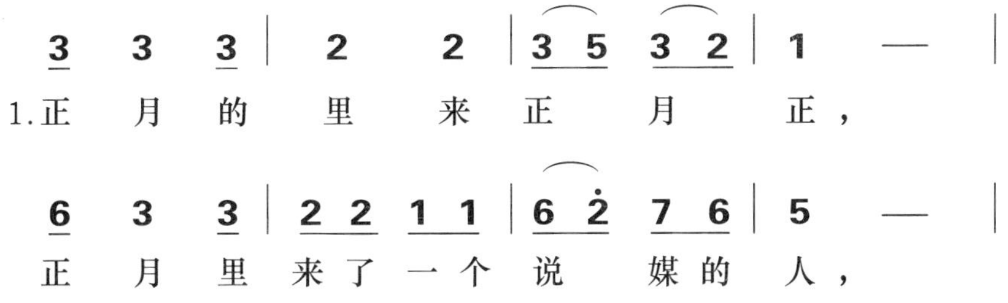

3 3 3 | 2 2 | 3 5 3 2 | 1 — |
1.正 月 的 里 来 正 月 正，

6 3 3 | 2 2 1 1 | 6 2 7 6 | 5 — |
正 月 里 来 了 一 个 说 媒 的 人，

秧歌戏

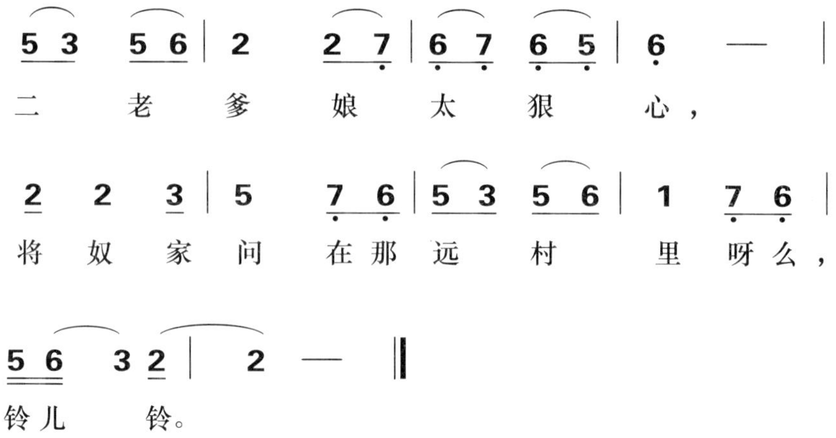

```
5 3  5 6  2  | 2 7  6 7 6 5 | 6  —  ‖
二   老 爹  娘   太   狠       心，

2  2  3 | 5  7 6  5 3  5 6 | 1  7 6 |
将 奴 家   问  在那  远   村    里  呀么，

5 6  3 2 | 2  —  ‖
铃儿   铃。
```

老秧歌《铃儿铃》演唱词：

 2.正月的里来龙抬头，先查明日子后娶奴，

  一进村来三声炮，灯笼火把将奴迎进来呀么铃儿铃。

 3.三月的里来三月三，们婆婆叫们把水担，

  街又长来井又深，手扳住辘辘骂媒人呀么铃儿铃。

 4.四月的里来四月八，们婆婆叫们把衣缝，

  奴家生来不会缝，将奴小手又扎破么铃儿铃。

 5.五月的里来五端阳，们婆婆叫奴家打麦场，

  头上顶的个破草帽，晒得奴家皮肉痛呀么铃儿铃。

 6.六月的里来六月六，拿上包袱回娘家，

  打定主意不和他家干，定和他去离散呀么铃儿铃。

（五台县）

秃子闹洞房

罗建国 李文堂 韩西川 搜集
李福堂 韩根长 唱
朱生和 记谱整词

1 = C 2/4

滑稽、乡土风味

```
5 6 5 3 | 2· 1 2 | 5 6 5 3 | 2 — |
你 打   我,        你 骂  我,

2 3 5 | 6 5  3 5 | 2 3 2 1 | 2 — |
全 凭 我 不  恼。  你 不  该

5 5 5 | 3 5 3 2 | 1 2 3 4 | 5 3 2 3 |
把 我 的 真   相   暴 露 了。 哎

5 — | 5· 3 2 1 | 6 1 5 ‖
哟       秃 子 我   定 不 饶。
```

秧歌戏

老秧歌《秃子闹洞房》唱词：

男：新郎

女：新娘

老母：盲人

县太爷：五台县衙清官

野太医：民间医术高人

男：戴礼帽，
　　插金花，
　　身穿对襟袄。
　　骑驾大红马，
　　娶来大闺女，
　　哎呀，从今家里有了媳妇子。

女：戴凤冠，
　　掼金钗，
　　肩披彩霞帔。
　　八抬大桥娶上大姑娘，
　　从今跟上汉子过日子。

男：唢呐吹，
　　锣鼓响，
　　香案摆在大院里。
　　九叩十八拜行大礼，
　　老娘舅舅家坐上席。

女：过大盆，
　　跨鞍桥，
　　论大排小认亲戚。
　　三起六拜敬祖宗，
　　大堂院里拜天地。

男：大得胜，
　　八大套，
　　勾吹小调①一百儿。
　　大杆子唢呐王出在铜炉岩村里，
　　紧打细吹真个好舒气。

女：大海碗，
　　长条盘。
　　五盔八碗②摆大席。
　　改刀豆腐③架上大丸子，
　　龙盔腌④的圪顿糕沾上胡萝卜蜜。

男：小伙们，
　　老汉汉，
　　烧酒划拳唱到月偏西。
　　三天没大小闹洞房，
　　乐坏山小小和土妮妮。

女：乐滋滋，
　　笑嘻嘻，
　　新媳妇出嫁坐到洞房里。
　　你推我拽新郎亲了新娘的嫩脸皮，
　　新娘把新郎的礼帽搂在她怀抱里。

男：呀呀呀，
　　不好了，
　　新郎官露出了秃头子
　　明光光头顶像个灯泡子，
　　照得新娘子忽扎眼皮子。

女：呛呛呛，
　　真生气，
　　秃头是个伪君子。
　　媒婆灰说大骗子，
　　我娘家上当要说理。

男：嫁了人家的女，
　　泼在地下的水，
　　你已嫁我成妻子。
　　买来的骡子牵回的驴，
　　任我打来任我骑。

女：当女人，
　　寻人家，
　　盼望与丈夫幸福一辈子。
　　骂一声你这秃驴子，
　　老娘今个儿狠揍你。

男：你打我，
　　你骂我，

任凭我不恼。
　　　你不该把我真相暴露了,
　　　哎哟秃子我不饶你。

女:　你无理,
　　　还不饶,
　　　我看你不是个好东西。
　　　明天就拉上你到县里,
　　　一刀两断把婚离。

男:　娶媳妇,
　　　不顺气,
　　　先问后娶花银子。
　　　驴不喝水按不倒头,
　　　去了县大堂先说赔彩礼。

女:　男子汉,
　　　不讲礼,
　　　娶过我当了一夜妻,
　　　你要银子我赔你,
　　　你先赔我的女贞洁,

盲人老母:进洞房,
　　　问儿郎,
　　　新夫妻争吵为何方?
　　　天明了你俩再说不迟,
　　　深更半夜早安息。

县太爷:闻击鼓,
　　　升大堂,
　　　县太爷坐在正厅里。
　　　台下跪着一对小夫妻,
　　　快将诉状念仔细。

男:　昨夜里,
　　　洞房里,
　　　新娘把我的帽子搂怀里。
　　　将我的秃头给暴露了,
　　　小夫妻为此来把婚离。

女:　新郎官,
　　　是骗子,
　　　娶我前隐瞒秃头子。
　　　我一看他就生了气。
　　　打他骂他后再说理。

县太爷:小媳妇听爷讲道理,
　　　秃头不成离婚理,
　　　小夫妻吵闹常有哩。
　　　新郎官的黑发怎掉哩,
　　　快将原委禀仔细。

男:　小时候,闹瘟疫,
　　　全村人死得没剩几。
　　　村里来了个野太医,
　　　三副中药吃成个这样子。

县太爷:咱县城里,
　　　有个野太医,
　　　前几天还有个案子来堂里。
　　　速传这个野太医,
　　　查明脱发是啥理。

野太医:开中药,
　　　治瘟疫,
　　　救了人命千百几。
　　　我问秃子你慢回忆,

中药三副是怎服的？
男：一天一副，
　　喝了三次。
　　服后浑身起鸡皮，
　　七天脱发成秃子，
　　我母也喝成了个瞎眼子。
野太医：叫后生，
　　我能治，
　　可问你母还在世？
　　再开中药各三服，
　　三天一服九天服三剂。
男：县大堂，
　　拜太医，
　　我和老母那时急。
　　一天我喝了药一副，
　　火气燎发成秃子。
县太爷：解铃子，
　　还求系铃人，
　　救命不忘谢野太医，
　　今天又开了解救药，
　　看来你家老小有福气。
男、女：过日子，
　　要和气，
　　三服药救了一家子。
　　黑头发长满了脑瓜子，
　　三个月扎起了清朝的大辫子。
老母：唤来我儿子，
　　带上我媳妇，
　　再到县城大堂里，
　　拜谢县太爷和野太医，
　　他们是救了我家的老明星。
男女：县太爷，
　　真神气，
　　野太医是神太医。
　　儿子和媳妇成了好夫妻，
　　如今老母欢欢喜喜抬举小孙子。
县太爷：这故事，
　　真稀奇，
　　此事出在五台山沟里，
　　五台山高来坪上村低，
　　清水河浪花天天唱峪里。

注：①勾吹小调——五台民乐的四种类型之一。勾吹指民间小调。
　　②五盔八碗——五台传统宴席的美食种类。
　　③改刀豆腐——五台豆腐名牌。改刀指用斜刀所制。
　　④龙盔腌的圪顿糕——五台食品油糕名牌。制作方法是将油炸糕排放名叫在大龙盔的大瓷缸内，再将瓷缸放在大锅中浸水，锅底用火烧较长时间。这叫圪顿糕。是五台的美食之一。

（五台县）

卖 麻 糖

文堂 建国 西川 搜集
李福堂 韩根长 唱
朱生和 记谱 整词

1=♭B 2/4
谐趣、乐快地

老秧歌

```
3·5 3·2 | 3 3 | 2 2 | 3 7 6 | 6·7 |
卖麻糖的 人儿 笑嘻 嘻，    出  门

6·7 6 5 | 6·7 6 5 | 3 - | 6 3 5 |
碰见 一 个  大 闺  女，   你 是

0 3 2 | 3 7 2 | 3 7 6 | 6·7 | 6 7 6 5 |
 谁家 的 美妮 子，   就好 像天 仙女

6·7 6 5 | 3 - | 6·7 6 5 | 3 - |
飞到 人家 里。 （哎咳 哎咳 哟，

6·7 6 5 | 3 - | 6·7 | 6·7 6 5 |
哎咳 哎咳 哟）   就 好 像天 仙女

6·7 6 5 | 3 - ‖
飞到 人家 里。
```

人物：富家子　　简称：男
　　　穷家女　　简称：女

男：过大年，笑嘻嘻，
　　有钱人家图贵气。
　　吃喝穿戴都备齐，
　　就好像活在天堂里。
女：过春节，笑嘻嘻，
　　贫穷人家耍舒气。
　　粗粮笨饭土布衣，
　　红宴大伙乐心里。
男：富公子，笑嘻嘻，
　　从小生活在蜜罐里。
　　二十大几还没娶妻，
　　就因生的面相不争气。

女：穷家女，笑嘻嘻，
　　凤凰出生鸡窝里。
　　一年四季穿补丁衣，
　　桃花露水美的出奇。
男：正月里，笑嘻嘻，
　　出门看红火走亲戚。
　　富家子怀揣美心思，
　　顺便圪揽个街上的大闺女。
女：闹十五，笑嘻嘻，
　　白天秧歌夜间戏；
　　大街上人儿尽圪挤，
　　好闺女都想眊俊小子。
男：富家子，笑嘻嘻，
　　看见卖麻糖的好生意；
　　姑娘们围得不透气，
　　急忙搞来一箩筐，
　　假充个卖麻糖的。
女：美女们，笑嘻嘻，
　　青年人堆里玩娇气；
　　不看秧歌不听戏，
　　溜在街上寻找好吃的。
男：卖麻糖的人儿笑嘻嘻，
　　出门遇见个大闺女；
　　你是谁家的美妮子，
　　就好像天仙女飞到人间里。
女：买麻糖，笑嘻嘻，
　　赶红火世留的吃糖牺①；
　　花姑娘吃了润脸皮，
　　瞧见了后生向我招手示。
男：卖麻糖，笑嘻嘻，
　　我家的麻糖老手艺；
　　红糠熬来散上芝麻粒，
　　香甜酥口裹蜂蜜。
女：买麻糖，笑嘻嘻，
　　未尝口水流到嘴叉里；
　　不知价钱怎的个便宜，
　　想多买些卖家可乐意。
男：卖麻糖，笑嘻嘻，
　　上帝你把话说那里；
　　过大年图个大吉利，
　　你想多买麻糖是甚心思。
女：买麻糖，笑嘻嘻，
　　二老爹娘多年身患疾；
　　家有我一个女儿独自己，
　　今想给父母敬孝义。
男：卖麻糖，笑嘻嘻，
　　做买卖首先讲仁义，
　　你讲孝道是好闺女，
　　我的麻糖不要钱白送你。
女：买麻糖，笑嘻嘻，
　　世上好心人到处是；
　　你的善心像个释迦牟尼，
　　我向你敬个姑娘家的大礼。
男：买麻糖，笑嘻嘻，
　　不用你向我行大礼；
　　你是好姑娘我爱你，
　　我想和你成亲拜天地？
女：你是哪里的野小子；
　　口出狂言，不讲理；
　　你家也有姐姊妹，
　　天天和别人家拜天地。
男：错错错，我失礼，

我有真心话儿要说于你；
　　　我本富户人家好儿子，
　　　至今尚未娶过妻。
女：呀呀呀，没道理，
　　　有钱有地没妻子；
　　　终有原因在瞒着哩，
　　　还有你因甚卖糖粞。
男：是是是，说事理，
　　　我因脸上有两块"记"；
　　　一红一黑丑面皮，
　　　高低寻不下个好闺女。
女：男娶女，女嫁男，
　　　不能单纯看脸皮；
　　　娘胎里带给你不如意，
　　　再不娶要耽误你终身事。
男：男爱女，女爱男，
　　　寻个合心事的不容易；
　　　红火热闹正月里，
　　　借卖麻糖圪揽个好妮子。
女：买麻糖，有意思，
　　　独女我想找个插门婿；
　　　此事实在愁人哩，
　　　请你送麻糖到俺家里。
男：卖麻糖，笑嘻嘻，
　　　姑娘的话说在我心里；
　　　我家不在乎插门婿，
　　　家中还有几个小兄弟。
女：买麻糖，笑嘻嘻，

　　　引着后生登门送糖粞；
　　　送到两位老人病嘴里，
　　　一笸箩②麻糖表了好心意。
男：卖麻糖，笑嘻嘻，
　　　好姑娘家中能主事。
　　　爹娘听了好主意，
　　　请我上炕坐在正中底。
女：买麻糖，笑嘻嘻，
　　　婚姻大事要仔细。
　　　我请上村里的老书记，
　　　跟你同行到你家府邸。
男：卖麻糖，笑嘻嘻，
　　　我长辈不拦我当插门婿；
　　　娶了个大美女做了我爱妻，
　　　明天与美女就拜天地。
男、女：卖麻糖，笑嘻嘻，
　　　富家子娶了个美闺女；
　　　双双旅行到京城里，
　　　美容院手术去掉了丑胎记。
男、女：买（卖）麻糖，笑嘻嘻，
　　　腊月里糖粞正月里的喜；
　　　糊不住灶王爷的嘴没关系，
　　　粘住了一对小夫妻的嘴
　　　皮皮。
男、女：好梦成真走时气，
　　　有情人成了一对子；
　　　大闺女抱来了上门婿，
　　　美男子搂住了天仙女。

注：①糖粞——普通食品，用高粱制作，也叫麻糖。传统习惯农村腊月二十三日，要吃糖粞，含义是要糊住灶君王爷的嘴，"上天言好事"。
　　②笸箩——方言，笸箩指箩筐。

老秧歌

（五台县）

收 鸡

1=♭B 4/4

文堂 建国 西川 搜集
李福堂 王秉义 唱
朱生和 记谱 整词

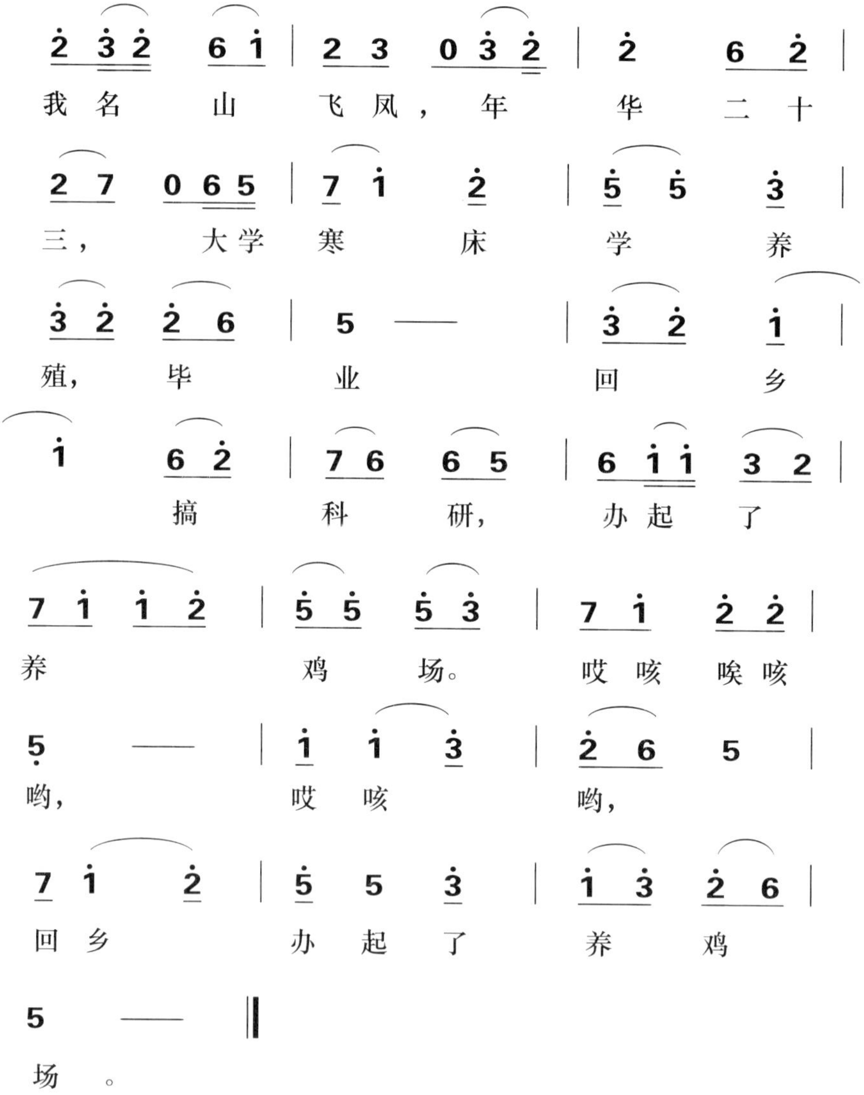

雄健、欢快地

民歌五台山

$\widehat{2\ 32}$ $\widehat{6\ \dot1}$ | $2\ 3$ $0\ \widehat{3\ \underline{2}}$ | $\dot2$ $6\ \dot2$ |
我 名 山 飞 凤， 年 华 二 十

$\underline{2\ 7}$ $0\ \underline{6\ 5}$ | $\underline{7\ \dot1}$ $\dot2$ | $\dot5\ \dot5$ $\dot3$ |
三， 大学 寒 床 学 养

$\widehat{\dot3\ \dot2}$ $\widehat{\dot2\ 6}$ | 5 — | $\widehat{\dot3\ \dot2}$ $\dot1$ |
殖， 毕 业 回 乡

$\dot1$ $\widehat{6\ \dot2}$ | $\underline{7\ 6}$ $\underline{6\ 5}$ | $\underline{6\ \dot1}\ \dot1$ $\widehat{\dot3\ \dot2}$ |
搞 科 研， 办起 了

$\underline{7\ \dot1}\ \dot1\ \dot2$ | $\dot5\ \dot5$ $\dot5\ \dot3$ | $\underline{7\ \dot1}$ $\dot2\ \dot2$ |
养 鸡 场。 哎咳 唉咳

$\dot5$ — | $\dot1\ \dot1$ $\dot3$ | $\dot2\ 6$ 5 |
哟， 哎 咳 哟，

$\underline{7\ \dot1}$ $\dot2$ | $\dot5\ \dot5$ $\dot3$ | $\dot1\ \dot3$ $\dot2\ 6$ |
回 乡 办 起 了 养 鸡

5 — ‖
场。

人物：男青年　　五台峪里养鸡场场长（山飞凤）
　　　女青年　　辍学在家农村姑娘（田彩凰）

男、女（上场前放歌一首）

五台峪里之歌

（七绝）

巍巍山下绕清流，
两岸人家弄扁舟。
绿树红香满坡有，
秋风晚渡唱丰收。

男：我名山飞凤，
　　年华二十三，
　　大学寒窗学养殖毕业，
　　回乡搞科研办起养殖场。

男：肩挑重担，
　　思绪飞扬。
　　筹集资金好几十万，
　　建场上马热火朝天。

男：养鸡生蛋，
　　并非等闲，
　　引进优种重在改良，
　　杂交变异收鸡下乡。

男：开着专车，

　　喇叭哇哇响，
　　收鸡买蛋先付钱，
　　场户联养获利再还。

女：我名田彩凰，
　　华年一十八，
　　宏图大志眺望无边，
　　苦雨凄风飘落九天。

女：我姑娘正在院里忙，
　　养鸡几年已超千，
　　蛋生鸡，鸡生蛋，
　　笨蛋鲜肉供城乡。

女：我本上学的小姑娘，
　　因母病停学回到乡。

老秧歌

花钱治病学养鸡，
　　母逝独理又过三年。

女：忽听大街喇叭响，
　　关住院门前去看。
　　原来有人来收鸡，
　　买家是位俊青年。

男：亭亭玉立一姑娘，
　　粉脸毛眼美中仙。
　　来到街上看热闹，
　　一身布衣为哪桩？

女：敢问买家来何方，
　　鸡场买蛋甚用场？
　　如玩小贩鬼伎俩，
　　奉劝好离又好散。

男：此女出言似在行，
　　好似老手经沙场。
　　警惕收鸡小商贩，
　　她有同情好心肠。

女：人是鬼，称是刀。
　　斤称圪倒很难防。
　　老称新称胡蛮缠，
　　三斤七两变成二斤三。

男：姑娘站在我面前，
　　谈吐有素起敬仰。
　　我出校门办鸡场，
　　愿拜为师教一番。

女：听你养殖刚建场，
　　看你年轻胆量壮。
　　科研路上有风险，
　　重任在肩巧担当。

男：姑娘名声早外传，
　　莫非专业户田彩凰。
　　专请不如今天遇，
　　愿请先行人帮大忙。

女：我家养鸡满大院，
　　千只存栏良循环。
　　眼见为实亲眼去看，
　　家中作客细商谈。

男：到了家中举目望，
　　应先拜访你爹和娘，
　　无备礼品表敬意，
　　礼义欠周多原谅。

女：二老爹娘都归天，
　　家中唯独我姑娘。
　　困难已成历史账，
　　多年养鸡把身翻。

男：一席话胜读书十年，
　　我办鸡场正基建。
　　万事开头思绪乱，
　　拜请姑娘来把关。

女：黄花闺女和男青年，
　　农村风俗吹风凉。
　　生意好做事难办，
　　风言风语不敢当。

男：我名就叫山飞凤，
　　走出校门搞科研。
　　二十三岁当场长，
　　孤单孩儿靠自己干。

女：两个单身事一桩，
　　岁数不大正相当，
　　我有鸡群又有院，
　　全部送你新场长。

男：你我两厢能作主，
　　天生一对好婵娟。
　　今天咱能定终身事，
　　须请"月老"把证签。

女：一道篱笆三个桩，
　　我愿做你的第一桩。
　　养鸡也算小内行，
　　根生土长名气旺。

男：天助我也鸿运昌，
　　收鸡收了个大姑娘。
　　拜托你当副场长，
　　分管业务就上班。

男、女：峪里花椒红栅栅，
　　　　柿饼户户晒阳房。
　　　　夫妻有缘配鸳鸯，
　　　　（拥抱紧吻）
　　　　一阵麻来一阵甜。

（五台县）

老秧歌

嚎闺女

（五台道情遗存节目）

（一）

1=G 2/4
稍快、动气地

李文堂 罗建国 韩西川 搜集
李福堂 韩根长 唱
朱生和 记谱整词

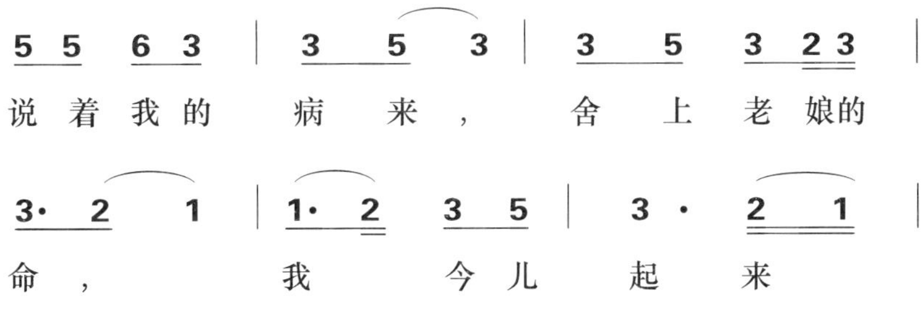

5 5 6 3 | 3 5 3 | 3 5 3 2 3 |
说 着 我 的　病 来，　舍 上 老 娘 的

3· 2 1 | 1· 2 3 5 | 3· 2 1 |
命，　　　我　今 儿　起 来

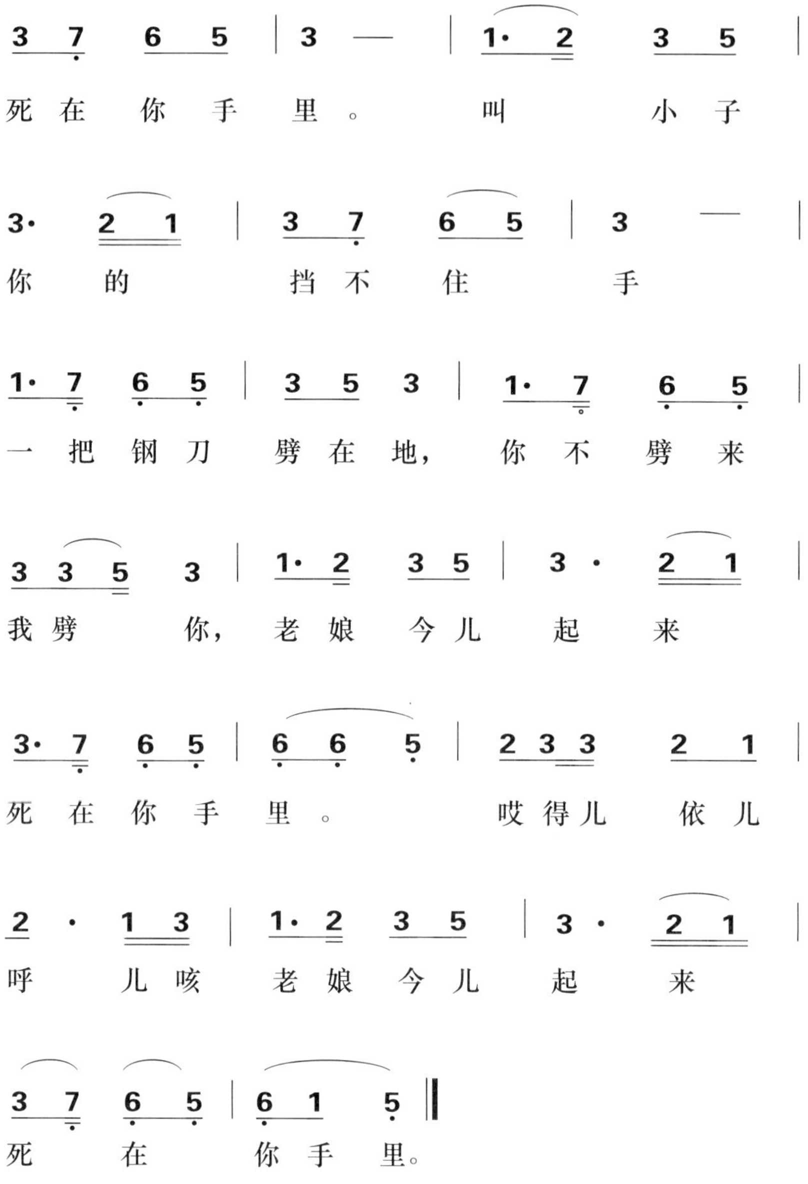

3̲· 7̣ 6̲ 5̣	3 —	1̂· 2 3̲ 5

死 在 你 手 里。　　叫　　小　子

3· 2̲̂ 1	3̲· 7̣ 6̲ 5̣	3 —

你　的　　　挡　不　住　　手

1· 7̲̣ 6̲ 5̣	3̲ 5 3	1· 7̲̣ 6̲ 5̣

一 把 钢 刀 劈 在 地，你 不 劈 来

3̲ 3̂ 5̲ 3	1̂· 2 3̲ 5	3· 2̲ 1

我 劈　　你，老 娘 今 儿　起　来

3̲· 7̣ 6̲ 5̣	6̲ 6̂ 5̣	2̲ 3̂ 3 2 1

死 在 你 手 里。　　哎 得儿　依儿

2· 1̲ 3	1̂· 2 3̲ 5	3· 2̲ 1

呼　儿 咳　老 娘 今 儿　起　来

3̲· 7̣ 6̲ 5̣	6̲̂ 1 5̣ ‖

死　在　你 手 里。

（五台县）

嚎 闺 女

(五台道情遗存曲谱)

(二)

1=G 2/4

惋惜、慌张地

李文堂 罗建国 韩西川 搜集
李福堂 韩根长 唱
朱生和 记谱 整词

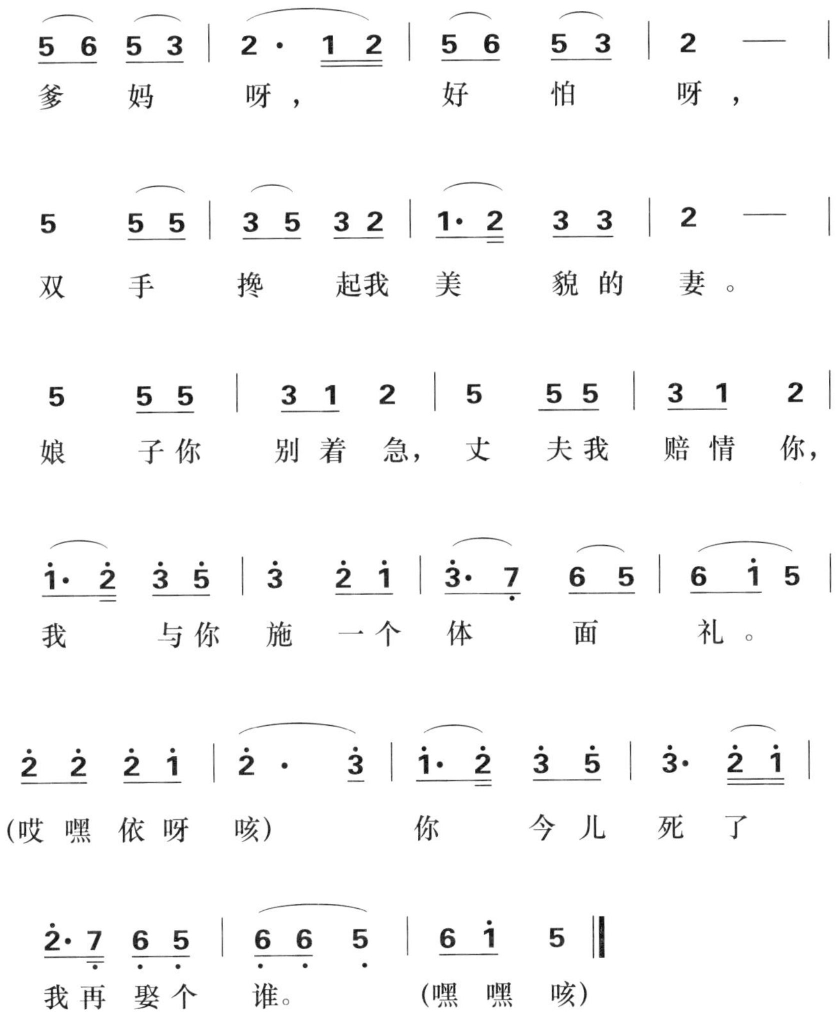

老秧歌

5 6 5 3 | 2· 1 2 | 5 6 5 3 | 2 — |
爹 妈 呀， 好 怕 呀，

5 5 5 | 3 5 3 2 | 1· 2 3 3 | 2 — |
双 手 搀 起 我 美 貌 的 妻。

5 5 5 | 3 1 2 | 5 5 5 | 3 1 2 |
娘 子 你 别 着 急， 丈 夫 我 赔 情 你，

1· 2 3 5 | 3 2 1 | 3· 7 6 5 | 6 1 5 |
我 与 你 施 一 个 体 面 礼。

2 2 2 1 | 2· 3 | 1 2 3 5 | 3· 2 1 |
(哎嘿依呀咳) 你 今 儿 死 了

2· 7 6 5 | 6 6 5 | 6 1 5 ‖
我 再 娶 个 谁。 (嘿嘿咳)

人物：老父：田和玉
　　　简称：父
　　　老母：胡虎英
　　　简称：母
　　　女儿：田玉英
　　　简称：女

女（1）天似穹庐盖四野，
　　　地如宝盆接苍穹。
　　　天地相合乾坤转，
　　　山河日月映长虹。
　（2）日是神来阳光明，
　　　月是仙来嫦娥奔。
　　　日月轮回四季分，
　　　万物生长岁月新。
　（3）男为阳来刚气雄，
　　　女为阴来柔性灵。
　　　男女和合精气神，
　　　生儿育女人留根。

父：男为祖上传留根，
　　当家立业掌门人。
　　自古独木不成林，
　　娶个婆姨传儿孙。

母：女为花朵扶绿荫，
　　世留长大要嫁人。
　　半边圆了家庭梦，
　　传宗接代辈辈荣。

父：重男轻女赖传统。
　　寻个婆家不称心。
　　万事俱备欠东风，
　　我家无儿鸡变凤，

母：女儿玉英美似仙，
　　遭到婆家嫉妒心。
　　忍辱负重不吭声，
　　骨瘦如柴怕惊风。

父：亲家相睦重德行，
　　教女做人好名声。
　　一忍再忍惹妻恨，
　　自家吵闹起纠纷。

女：女儿婆家旧家风，
　　虐待媳妇反为荣。
　　气坏我这个母老虎，
　　为女出气抱打不平。

父：公爹恨来斜眼瞅，
　　婆母张嘴成天骂。
　　嫂嫂说她死了哇，
　　女婿脚踢拳打狠。

母：我女趁早离婆家，
　　少生气来少挨打。
　　世上有的是好人家，
　　女儿就不听为娘的话。

女：老娘不必怨媒人，
　　家家门上要订亲。
　　王二姐配了薛平贵，
　　谁知女婿是条龙。

母：我儿生如凤凰女，
　　不该入配了那气门芯。
　　夫妻常吵闹休了你，
　　为娘再给你找个好后生。

女：好犬不嫌主人寒，
　　妻嫌夫丑不贤良。

冰冻三尺慢消流,
云遮日月总要见光。

母：你与为娘憋上一口气
　　妯娌们吵架你要寻死,
　　为娘与你去作主,
　　棍棍棒棒打闹起。

女：忍为高来心地平,
　　小妣和嫂嫂比德行,
　　嫂嫂逞强弟妻让,
　　总要留个好名声。

母：田玉英,怒气冲,
　　骂一声我女不成个人。
　　娘说的好话你不听,
　　从今别再登娘家门。

女（1）母子顶撞说不拢,
　　磕下头来谢父母恩,
　　从今至死不登娘家门,
　　我要做个善良女人。

　（2）孝敬父母拜庭堂,
　　弟让兄嫂家和善。
　　妯娌相和消毒药,
　　家有贤妻化气丹。

母：我女儿回了婆家门,
　　我无儿弃女如断了根。
　　人说我是只母老虎,
　　明天就算账找上门。

父：女儿怒气离了娘家门,
　　骂一声妖婆你狗杂种。
　　挑三撩四你害内亲,
　　你好比柳树烂了心。

母（1）攉着我的病来,
　　舍上老娘的命,
　　我跟上你受尽了窝囊气,
　　老娘今儿起来就死在你
　　手里。

　（2）一把钢刀劈在地,
　　你不劈我来我劈你,
　　叫小子你挡不住死,
　　老娘今儿起来就死在你
　　手里。

父：爹娘呀,好怕呀,
　　双手搀起我美貌的妻,
　　丈夫我赔情你,他娘你
　　别生气,
　　我给你施个体面礼,
　　你死了我再娶个谁。

女：谢过爹,搀起娘,
　　女儿知道咱家贫寒。
　　从心不与婆家起事端,
　　为的是二老爹娘享安康。

同唱（1）女婿一家来登门,
　　说白了过去犯嫉妒心。
　　生怕仙女飞走不安身,
　　好媳妇和好了两亲家情。

　（2）都知家和万事兴,
　　一对夫妻要精明。
　　亲家两门坐事稳,
　　儿女富贵辈辈荣。

老秧歌

（五台县）

—869—

数 花

李文堂 罗建国 韩西川 搜集
李文堂 韩根长 唱
朱生和 记谱 整词

$1=\flat B$ $\frac{2}{4}$

1.到春来，过清明，
花红柳绿雨纷纷。
美丽（呀）佳人（那）荡秋千，
英俊男子去游春。

2.山桃花红照眼明，
　春枝绿叶羡煞人。
　杏儿花开粉噔噔，
　梨花满树白腾腾。

3.到夏来,荷花红,
　莲池边上闹纷纷。
　小姐坐在船头上,
　公子划桨弄纤绳。

4.到秋来，菊花黄，
　月儿圆圆照人间。
　嫦娥彩练当空舞，
　留得情缘万千年。

5.到冬来，雪花飘，
　漫天皆白好妖娆。
　雪花落在梅花蕊,
　梅爱雪来雪爱梅。

（五台县）

安 瓜

西河村 韩稳年 演唱
李文堂 李正伟 整理

1 = C 2/4

老秧歌

3 3	3 3	2 3 5	5 3 2

枣 树 开 花 叶 叶 尖, 快 钗
紧 走 几 步 人 出 得 裙 来,
二 黍 八 地 佳 跳 女 老 汉 能 来,
男 人 病 重 不

| 2 3 5 | 5 2 2 3 | 2·1 7 6 | 5 — |

走 遍 在 天 下 统 一 般,
霎 时 上 来 篮 篮 地 园 外 来,
提 一 把 手 拉 住 你 花 大 姐,
奴 家 在 这 儿 拜 你 一 拜,

| 2·3 5·6 | 6 1 3 | 2·1 6 1 | 2 — |

我 老 汉 今 年 呀 七 十 三, 噔 噔,
我 观 见 走 是 老 印 脚 乱 来 得 裙 快 钗,
紧 你 人 几 步 谁 家 的 女 依 然 在,
心 好

| 2 2 3 | 5 3 2 | 1 6 3·2 | 1 6 5 ‖ |

单 为 这 安 瓜 过 了 时 光, 尽。
满 地 的 窝 瓜 摘 了 个 园 外。
霎 时 么 来 瓜 的 南 瓜 地 外。
为 什 你 偷 我 瓜 边
送 去 大 姐

（五台县）

偷 瓜

西河村 韩稳年 演唱
玉和 奋臻 整理

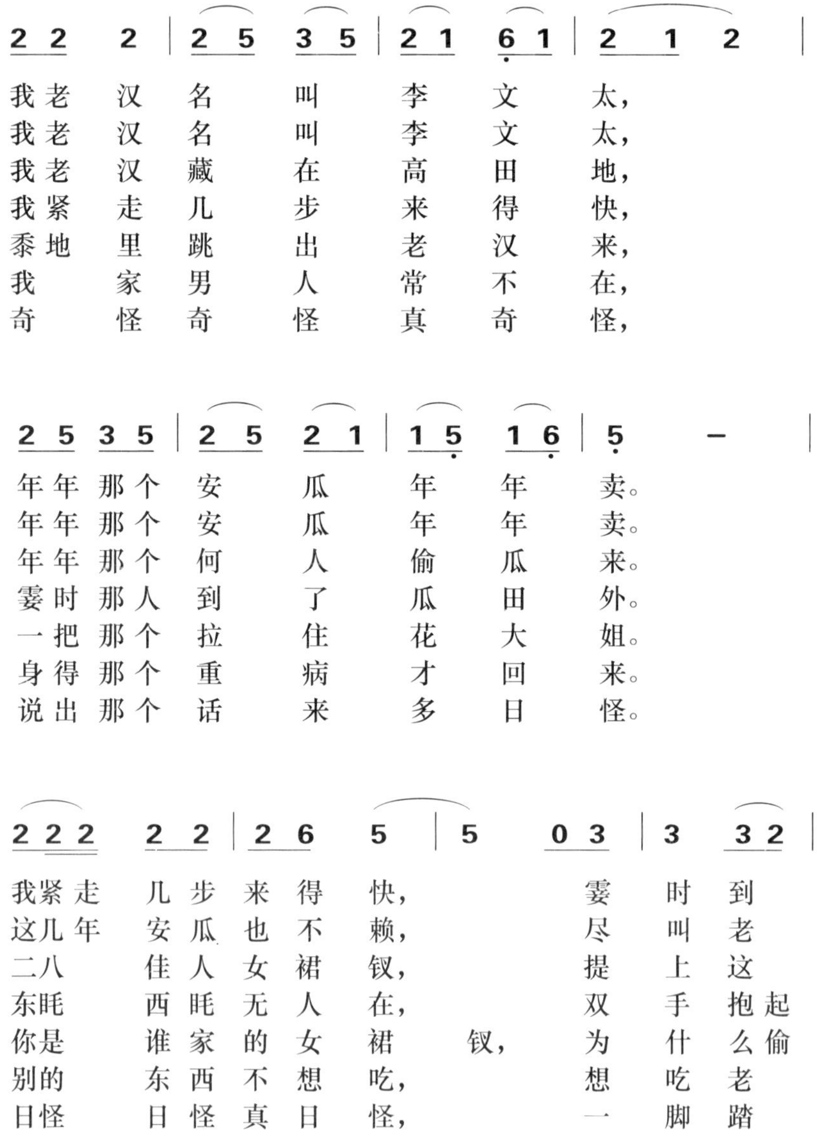

1 = G 2/4

| 2 2 | 2 2̂5 | 3 5 | 2 1̂ | 6̣· 1 | 2 1̂ 2 ||

我老汉名叫李文太，
我老汉名叫李文太，
我老汉藏在高来地，
我紧走几步来得快，
黍地里跳出得汉在，
我奇怪男奇人怪常不怪，
      奇   怪   真 奇

| 2 5 | 3 5 | 2 2̂5 | 2 1̂ | 1 5̣· | 1 6̣ | 5 — ||

年年那个安瓜年年卖。
年年那个安瓜年年卖。
年年那个何人偷瓜田来。
霎时那人到了瓜花外姐。
一把那个拉住大来。
身得那个重病回怪。
说出那个话来日

| 2 2 2 | 2 2 | 2 6 | 5 | 5 | 0 3 | 3 3̂2 ||

我紧走几步来得快，
这几年安佳人赖，
二八来瓜女无钗，
东昆西谁女不在，
你是别的西想日
别日怪东日怪真日怪吃，钗，

霎尽提双为想一
时叫上手什抱么
到老这抱起偷
老么什吃脚踏

民歌 五台山

—872—

| 3 2 2 5 | 1 6 5 | 5 0 :‖

了　瓜　　园　　　外。
婆们糟　蹋　　　坏。
篮篮儿　地　里　　来。
这　南　瓜　　　来。
我的南　瓜　　　来。
汉　南　瓜　　　来。
出　瓜　园　　　外。

（五台县）

刮 野 鬼

（五台道情遗存曲谱）

（三）

1 = G 2/4

慢板、思念地

西河村 韩稳年 演唱
奋臻 玉堂 书平 整理

老秧歌

| 5 5　3 2 3 | 5 5　　6 | 1· 2　3 3 1 | 2 — |

大　青　山的　喽喽　儿　漫　圪坡坡　飞，
你　刮　你的　野鬼，　我　守　我的　外寡，
你不　打你的　咻光　棍，们不　守们的　外，
白　日　里　想你，　　大　门　外　　跑，
白　日　里　想你，　　墙　头　上　　爬，

| 1 1 2　5 5 3 | 1 2 1 | 6 5　3 5 6 | 3 2 1 | 5 — ‖

思想　起我　林秋　哥哥，刮了个　野　鬼，
你打　你的咻　光奴　家，们守们　的外　寡，
亏情　了小　奴想　家你，十七　大不着　八。
到夜　晚想　　你，睡呀睡　不着　觉。
到夜　晚想　　你，泪圪珠　珠儿　洒。

（五台县）

寡妇思夫
（二）

西河村 韩稳年 演唱
奋臻 玉堂 书平 整理

1 = G 2/4

| 6 7 6 | 5 5 3 | 6 6 6 7 6 | 5· 3 |

正 月 里 来 打 罢 了 新 春，
公 婆 老 丈 夫 成 人，
孩 儿 长 大 姑 娘 成 人，

| 6 i 7 | 6 7 | 6 5 | 3·5 | 6 7 6 | 5· 3 |

我 寡 妇 反 正 守 了 孤 魂，
全 家 老 小 全 都 照 应，
人 留 儿 小 孙 草 留 根，

| 6 5 6 | 6· 7 | 6 5 | 6· 5 | 6 i 3 |

我 寡 妇 年 正 三 二，
咋 说 也 夫 妻 白 头 到
又 谁 知 人 留 儿 孙 反 呀 反 背

| 2· 3 | 2 — | 6 3 5 | 6· 7 | 6 5 |

岁， 一 十 七 岁
老， 谁 想 到 半 路
了， 草 留 下 老 根

| 2· 3 5 6 | 6 5 3 2 | 1· 2 | 1 — ‖

过 了 门。
守 了 孤 魂。
单 等 明 年。

（五台县）

民歌五台山

想 老 公

西河村边巧香 演唱
玉堂 书平 整理

1 = A 2/4

5 53 63 | 2123 5·3 | 6532 1·6 |

拿 起 针 来 丢 了 线,小妹 子
拿 起 布 来 丢 了 针,小妹 子

5653 2321 | 6156 1·3 | 2176 5 ‖

思 思 谋 谋 想 老 汉,咻可怎 呀?
心 心 念 念 想个老 公,外可怎 呀?

（五台县）

邋 遢

（二）

西河村 韩稳年 唱
奋臻 志强 记

1 = ♭B 2/4

5 7 | 5 7 | 1 2 | 5 3 | 2 6 |

（男）初　　八，　十　　八，　二十　一个　八　呀，
（男）邋　　遢，　邋　　遢，　你　实在　邋　遢，
（女）你　　看　　奴　　家　头发　绣成绳　麻，
（男）邋　　遢，　邋　　遢，　你　实在　邋　遢，
（女）你　　看　　奴　　家　的虮　子像芝　麻，
（男）邋　　遢，　邋　　遢，　实　在　邋　遢，
（女）你　　看　　奴　　家　鼻头　像个蚧　蛤，
（男）邋　　遢，　邋　　遢，　实　在　邋　遢，
（女）你　　看　　奴　　家　嘴里　长得獠　牙，

老秧歌

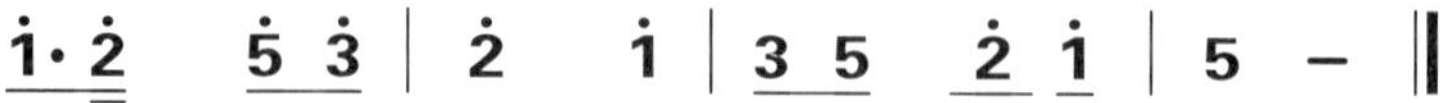

| 1·2 53 | 2 1 | 35 2̇1 | 5 - ‖

娶下 一个 老 婆实 在 邋 遢。
你看 你呦 老 头发 绣成 绳 麻。
你给 奴家 买 箆梳 奴家会 刮。
你看 你呦 虱子 好像 芝麻，
你给 奴家 买 梳子 奴家 会 梳
你看 你呦 鼻头的 好像 蛤 蚧
你给 奴家 取 刀子 奴家 劈 了。
你看 嘴里 长得 个 吃 獠 牙。
你给 奴家 取 锤子 奴家 敲。

(五台县)

龙 抬 头

王秉义 李福堂 演唱
朱生和 记谱 整词

1 = C 4/4

6 6 6i̇ 56 | i̇ i̇ 6i̇ 65 | 56 3·2 3 |
二 月 里 来 龙 呀 龙 抬 头，

5 5 6i̇ 32 | i̇ i̇ 5·3 | 23 5 3216 |
江 河 开 口， 水 呀 水 往 东 流。

2·3 2 - | 321 2 - | 2 5 3 5 |
哟 嗬 嗬， 二 龙 戏 珠 呀 么，

5 - 1 - | 2 7̣2·76 | 5 - 1 - |
红 灯 照 吉 祥。

2 7̣2·7̣6̣ | i̇ i̇2 65 32 | 5·65 - ‖
年 来 到， 咿 呀 儿 呀 儿 哟。

(五台县)

民歌五台山

附录一

圣境之歌

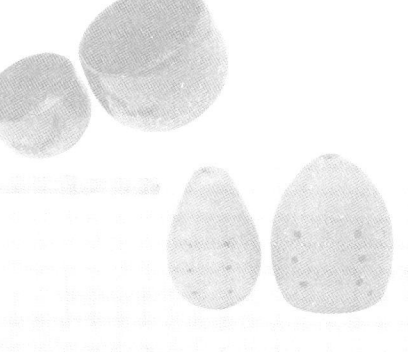

五台山原为紫气山人所居，故在东晋以前称为紫府，元魏名曰五峰山，北齐河清又谓五台山，唐龙朔又名清凉山。五台山巍峨广袤，雄伟壮观，五座台顶磅礴于五台、繁峙、原平、代县、忻府，定襄、盂县、阜平、平山等两省九县（市、区）境内，环基五百余里。五峰耸峙，东、南、中、西、北台顶，直矗霄汉，吞云吐雾，素称"华北屋脊"。五台山涵容万化，潜育百灵，甘泉涧水，奇花异草，自古以来被尊为风景胜境。五台山于东汉永平十一年，佛教传入，遂有"释源宗祖"之誉。特殊的自然环境，世尊文殊菩萨道场，历代释门弟子建庙立寺，故成为中国佛教四大名山之首；五台山荟萃了元魏以来各个朝代的文物古迹，融汇了印度佛教、藏传佛教、汉传佛教、民间宗教、儒教、道教和三晋文化精华，遂有"中国四大灵境之一"、"中国佛教缩影"、"中国佛教建筑艺术宝库"、"中国佛教音乐活化石"、"世界佛教五大圣地之一"等美誉。五台山博大精深的文化景观，荣登"世界遗产名录"。

　　雄伟五台山，高唱出最强音符；美丽五台山，谱写出优美旋律；神圣五台山，激发出艺术家灵感；世界五台山，开启了演唱家歌喉。"圣境吟颂民歌"征集启动，犹如雪花似的纷纷扬扬"飘"来"台内"和"台外"之精美作品（包括歌碟之类）。其中有年代久远的古韵悠扬之大作；也有文采飘逸的文人雅士之咏唱；更多的是农民歌手和释门弟子"我手写我心"自创自吟之佳品。

　　民歌是我国最古老的艺术形式之一，源远流长，浩如烟海。五台山地区的民歌则更为丰富。

毛主席登上五台山

1 = C 2/4

朱生和 词曲

雄伟、豪放、民歌风

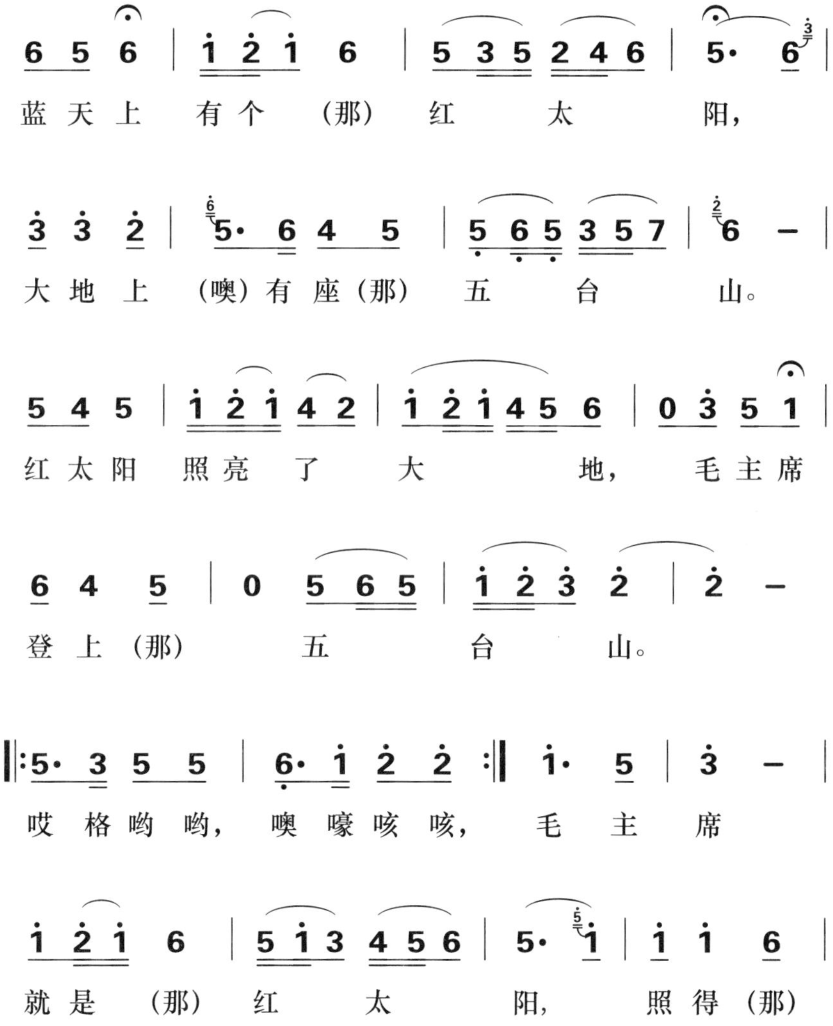

6 5 6 | 1 2 1 6 | 5 3 5 2 4 6 | 5· 6 3 |
蓝天上 有个（那）红 太 阳，

3 3 2 | 5· 6 4 5 | 5 6 5 3 5 7 | 6 — |
大地上 （噢）有座（那）五 台 山。

5 4 5 | 1 2 1 4 2 | 1 2 1 4 5 6 | 0 3 5 1 |
红太阳 照亮了 大 地， 毛主席

6 4 5 | 0 5 6 5 | 1 2 3 2 | 2 — |
登上（那） 五 台 山。

‖: 5· 3 5 5 | 6· 1 2 2 :‖ 1· 5 | 3 — |
哎格哟哟， 噢嚎咳咳， 毛 主 席

1 2 1 6 | 5 1 3 4 5 6 | 5· 1 | 1 1 6 |
就是（那）红 太 阳， 照得（那）

圣境之歌

—879—

| 5 6 5 4 5 | 1 3 1 4 2 5 7 | 6 - | 6 - |

五 台 山 走 向 辉 煌。

尾声

| 1̇ 1̇ 6 | 5 6 5 4 5 | 1̇ 3̇ 1̇ 4 2 5 7 |

照 得（那） 五 台 山 走 向 辉

| 6̇ - | 6̇ - ‖

煌。

（五台山）

歌唱五台山

民歌 五台山

1 = C 4/4 2/4

速度较自由、高亢地

玉良 雨禾 词
刘德增 曲

(2 - 0) 1̇ 2̇ | 6·5 4 3 | 2̇ - | 6 4 2 2̇ - |

　　　　　五 台　 山来 高 又　 高哎，

2̇ 5̇ 5̇ 4̇ 2̇ | 2̇ 1̇ 6 2 | 2̇ 1̇ 6 1̇ 6 | 5 - |

一 朵 朵（那个）白 云　 山 腰 里 飘哎

2 6 5·6 4 3 | 2̇ - ‖ (2̇ 2̇ 2̇ 1̇ 6 6 6 1̇ |

山 腰 里 飘哎，

5 5 5 6 4 4 4 5 | 2 6 1̇ 6 5 4 3 | 2̇ 2̇ 2̇ 2̇) | 2̇ 2̇ 5 1̇ |

站在 那
小雨 里

圣境之歌

$5\ 5\ 5\ 6\ 4\ 2\ |\ 5\ 6\ 1\ |\ \overset{23}{2}\ -\ |\ \overset{\frown}{2\ 5}\ 4\ 3\ 2\ |$

台格顶顶上哎 四下里 眺， 绿 树
去把那个蘑菇寻 找， 山崖崖上

$\dot{1}\ \dot{1}\ \dot{1}\ \dot{2}\ |\ \dot{1}\ 6\ |\ \overset{\frown}{2\ 6\ \dot{1}}\ |\ 6\ 5\ 4\ |\ 5\ -\ |\ 6\ 2\ |$

荫荫（那个）里哎 藏 古 庙， 山有
去把（那个）哎哟 台 参 刨， 六月

$4\ \overset{\frown}{5\ 6}\ |\ \dot{1}\cdot\ 6\ 5\ 4\ |\ 6\cdot\ \dot{1}\ 2\ |\ \dot{4}\cdot\ \dot{2}\ 1\ 6\ |$

多高 水有多 高 咻，咕嘟嘟嘟
庙会你 上 山 来 咻，你看会上

$\dot{4}\ \dot{4}\ \dot{4}\ \dot{2}\ |\ \dot{1}\ \dot{1}\ 1\ 6\ |\ 6\ \dot{1}\ |\ 4\ 5\ |\ 6\ 6\ 6\ \dot{1}\ |\ 5\ 6\ 4\ 3\ |$

咕嘟嘟嘟 咕嘟嘟嘟 泉 水 石格缝缝里
土特产品 应有尽有 由 你 由你（那个）来

$2\ \dot{2}\ |\ \dot{2}\ -\ |\ \dot{2}\ 5\ \#4\ 5\ |\ \dot{2}\ 3\ \dot{2}\ 1\ 6\ |\ 6\ 1\ 4\ 5\ |$

冒。哎 哎 哎哎咳
挑。哎 哎 哎哎咳

$6\ -\ |\ \dot{2}\ 6\ |\ 5\ 4\ 2\ |\ \dot{1}\ 2\ 4\ 6\ |\ 5\ -\ |\ 4\cdot\ 5\ 6\ 2\ |$

哟， 佛教圣 地天下 晓， 五台山上
哟， 天上星 星地上 花， 五台山上

$\dot{1}\ 2\ \dot{1}\ 6\ |\ 5\ 6\ 4\ 2\ |\ \dot{5}\ \dot{4}\ \dot{5}\ 3\ |\ \dot{2}\ -\ :\|\ \dot{2}\ -\ \|$

风光 好，风光 好 风光 好。 宝。
尽是 宝，尽是宝 尽是

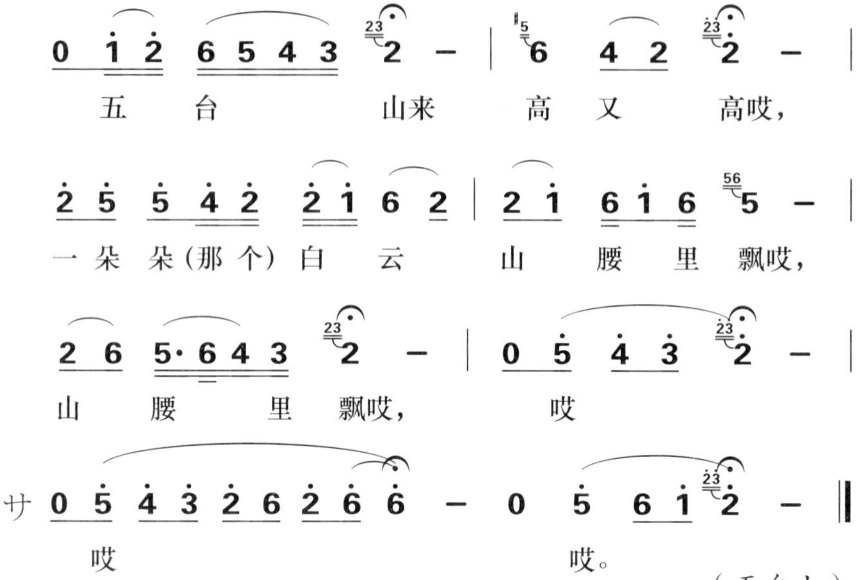

(五台山)

金色五台山

1 = F 4/4

谭晶 唱
书平 记

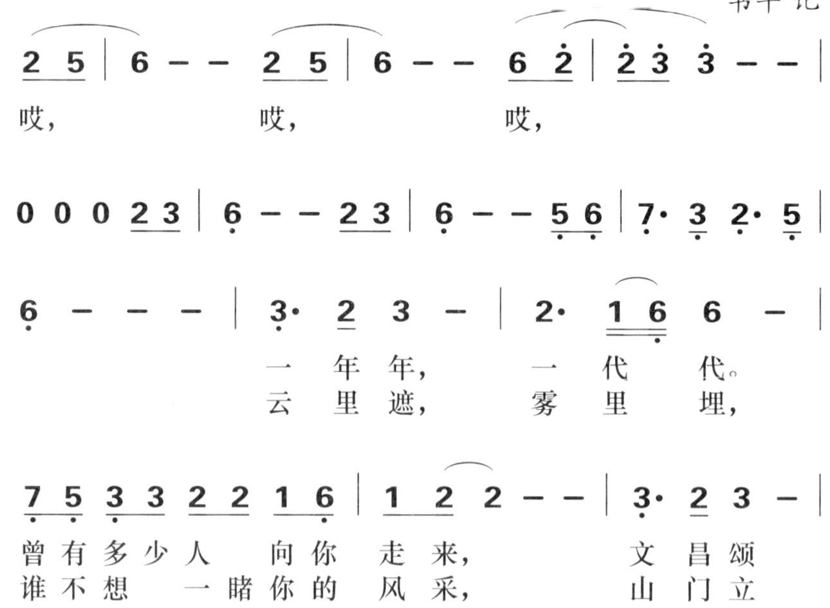

哎， 哎， 哎，

一 年 年， 一 代 代。
云 里 遮， 雾 里 埋，

曾有多少人 向你 走来， 文昌颂
谁不想 一睹你的 风采， 山门立

圣境之歌

$\underline{5}\cdot \underline{2} \; 2 \; - \; | \; \underline{7\cdot \; 3} \; \underline{5} \; \underline{2 \; 3} \; | \; 2 \; 1 \; \underline{7\cdot \; 7} \; \underline{5 \; 3} \; |$

问不败， 悠悠多少 故事在你心中

寺院开， 又有多少 僧尼等我们去

$\underline{5} \; \underline{6} \; 6 \; - \; \underline{2 \; 3} \; | \; \underline{6\cdot \; 6} \; \underline{2 \; 3} \; | \; \underline{5\cdot \; 5} \; \underline{5\cdot \; 3} \; 6 \; - \; |$

掩埋。 啊 金色五台 辉煌所 在，

圣猜。

$\underline{6\cdot \; 6} \; \underline{6} \; \underline{1 \; 2} \; | \; \underline{2} \; \underline{6} \; \underline{2 \; 3} \; 3 \; - \; | \; \underline{6\cdot \; 6} \; \underline{2 \; 3} \; |$

古老五台 吉祥所 在， 圣境五台

$\underline{5\cdot \; 5} \; \underline{5\cdot \; 6} \; \underline{6 \; 6 \; 3} \; | \; 1 \; 2 \; 2 \; - \; 0 \; | \; \underline{7\cdot \; 7} \; \underline{5} \; \underline{6} \; |$

吉祥所 在清凉 五台 光明所

【1】 $\underline{6} \; - \; - \; - \; \|: $ 【2】 $\underline{6} \; - \; - \; \underline{2 \; 3} \; | \; \underline{6\cdot \; 6} \; \underline{5 \; 3} \; |$

在， 在。 一生你为千年

【3】

$\underline{2\cdot \; 3} \; \underline{6} \; \underline{6 \; 1} \; | \; 2 \; \underline{1 \; 2} \; 3 \; - \; | \; 0 \; \underline{2 \; 3} \; \underline{5 \; 5} \; \underline{3 \; 5} \; |$

站 着，把人间大 爱 滋育众生百姓

【4】

$\underline{5} \; \underline{5} \; \underline{5} \; \underline{6} \; - \; \|: \; \underline{5\cdot \; 5} \; \underline{3 \; 5} \; | \; \underline{7\cdot \; 3} \; 5 \; - \; |$

大千世界 众生百姓 大千世

$\underline{6} \; - \; - \; - \; \|$

界。

（五台山）

—883—

美丽五台山

赵永平 词
方　辉 曲
周彦宏 唱

1 = F 6/8

```
 6  3  3· | 2 1 35  3· | 2 2 2   2 1 6 | 1 1 23  2·
```
白　云　白　天　蓝　　蓝　蓝天下　有座　美丽的　山
红　霞　红　月　弯　　弯　弯月下　有座　美丽的　山
白　云　白　天　蓝　　蓝　蓝天下　有座　美丽的　山
红　霞　红　月　弯　　弯　弯月下　有座　美丽的　山

```
 6 6 3  3· | 2  35  3· | 2 1 6  2 1 6 | 1  21  6·
```
金箔殿宇　绿荫罩　青石台阶　牌楼街
松涛刚卷　诗情走　蛙鸣又扬　画意狂
白塔巍巍　紫燕绕　五峰锦绣　玉带缠
钟声过后　风也善　禅语拂来　梦也甜

```
 3 56  6· | 6 52  3· | 2 2 2  2 1 6 | 1 1 23  2·
```
五台山　美丽的山　磬乐悠悠　香云漫漫
五台山　美丽的山　文殊威仪　吉祥大千

```
 3 56  6· | 6 52  3· | 2 1 6  2 1 6 | 1  21  6·
```
五台山　美丽的山　四海宾朋　流连忘返。
五台山　美丽的山　遍洒智慧　满人间。

（五台山）

五台山哟风光好

1 = F 2/4

崔振玲 曲
张恩阁 词

0 5 6 1 | 1· 6 | 5 6 3 1 | 2· 3 | 5 2 3 |

3 6 2 1 | 5 - | 5 - | 5 1· 2 | 3 2 3 |
　　　　　　　　　　　　　　　　　五　台　　山哟
　　　　　　　　　　　　　　　　　五　台　　山哟

5 2 3 1 6 | 5 - | 1· 1 | 1 2 | 3 2 3 1 | 2 - |
风　光　好，　华北屋脊　云　缥　　缈。
风　光　好，　佛国圣地　霞　缭　　绕。

2 - | 2· 5 | 5 3 | 2 2 1 | 6 | 3 2 3 | 2 6 | 1 - |
日　出　东山　坳，　冰结　北斗　勺，
建　筑　像画　廊，　文物　聚瑰　宝，

1· 1 | 1 6 1 | 2 - | 3 2 3 | 1 6 1 | 3 - | 2 2 1 2 3 |
峰峦演清凉，　楼阁　寺拥　抱，　圣水　润心
鼓点醒人世，　钟韵　达九　霄，　曲径　多萦

5· 3 5 | 2 2 2 6 5 | 5 - | 5 - | 1 1 1 | 1 6 5 |
田，　金莲　艳又　娇。　　　　人说你　雄
环，　宾客　来如　潮。　　　　人夸你　神

圣境之歌

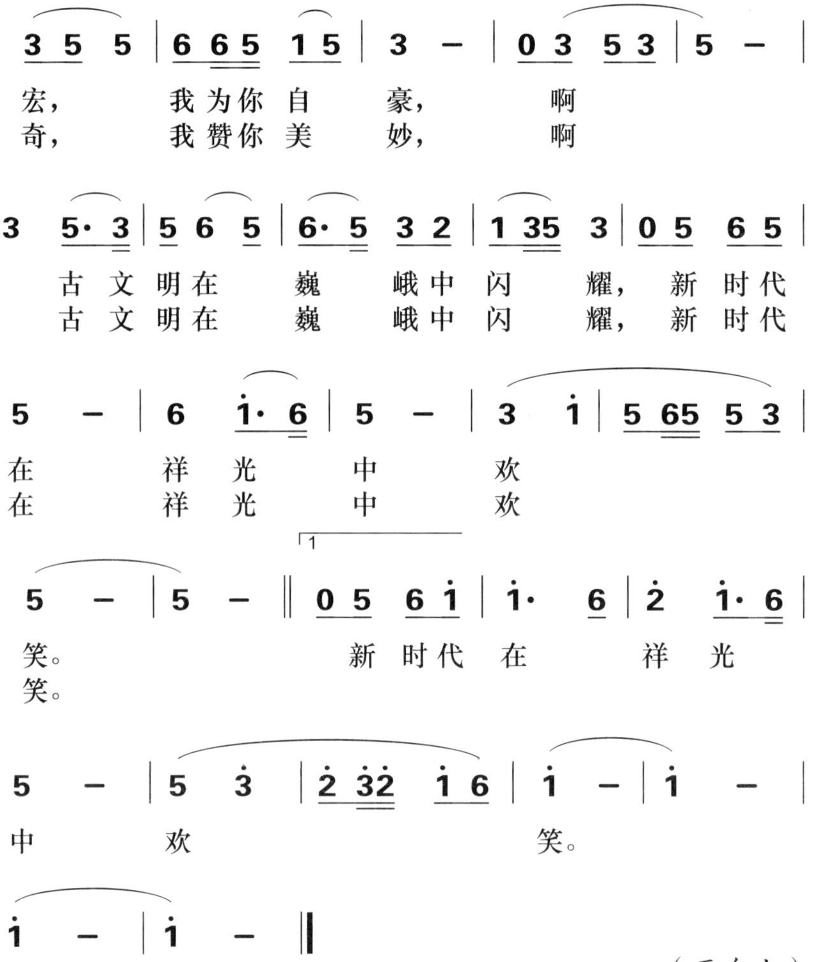

民歌五台山

| 3 5 5 | 6 6 5 1 5 | 3 — | 0 3 5 3 | 5 — |

宏， 我为你自 豪， 啊
奇， 我赞你美 妙， 啊

| 3 5·3 5 6 5 | 6·5 3 2 | 1 3 5 | 3 0 5 6 5 |

古文明在 巍 峨中闪 耀，新 时 代
古文明在 巍 峨中闪 耀，新 时 代

| 5 — | 6 1·6 | 5 — | 3 1 | 5 6 5 5 3 |

在 祥 光 中 欢
在 祥 光 中 欢

| 5 — | 5 — ‖ 0 5 6 1 | 1·6 2 | 1·6 |

笑。 新时代在 祥 光
笑。

| 5 — | 5 3 | 2 3 2 1 6 | 1 — | 1 — |

中 欢 笑。

| 1 — | 1 — ‖

（五台山）

五台山好风光

齐贵成 曲
李尉东 词

$1=\flat E \quad \frac{2}{4}$

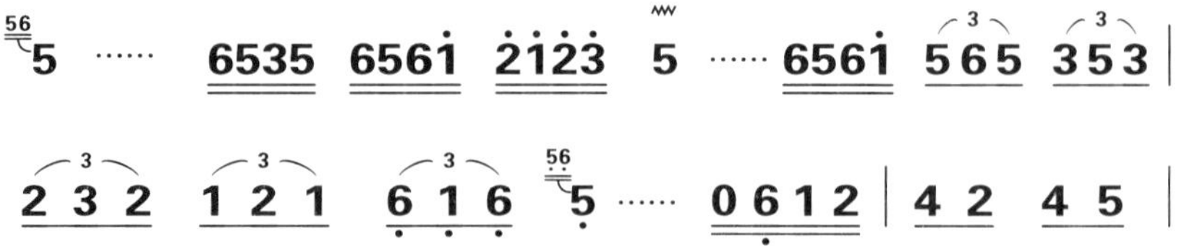

| 5 …… | 6 5 3 5 | 6 5 6 1 | 2 1 2 3 | 5 …… | 6 5 6 1 | 5 6 5 | 3 5 3 |

| 2 3 2 | 1 2 1 | 6 1 6 | 5 …… | 0 6 1 2 | 4 2 4 5 |

—886—

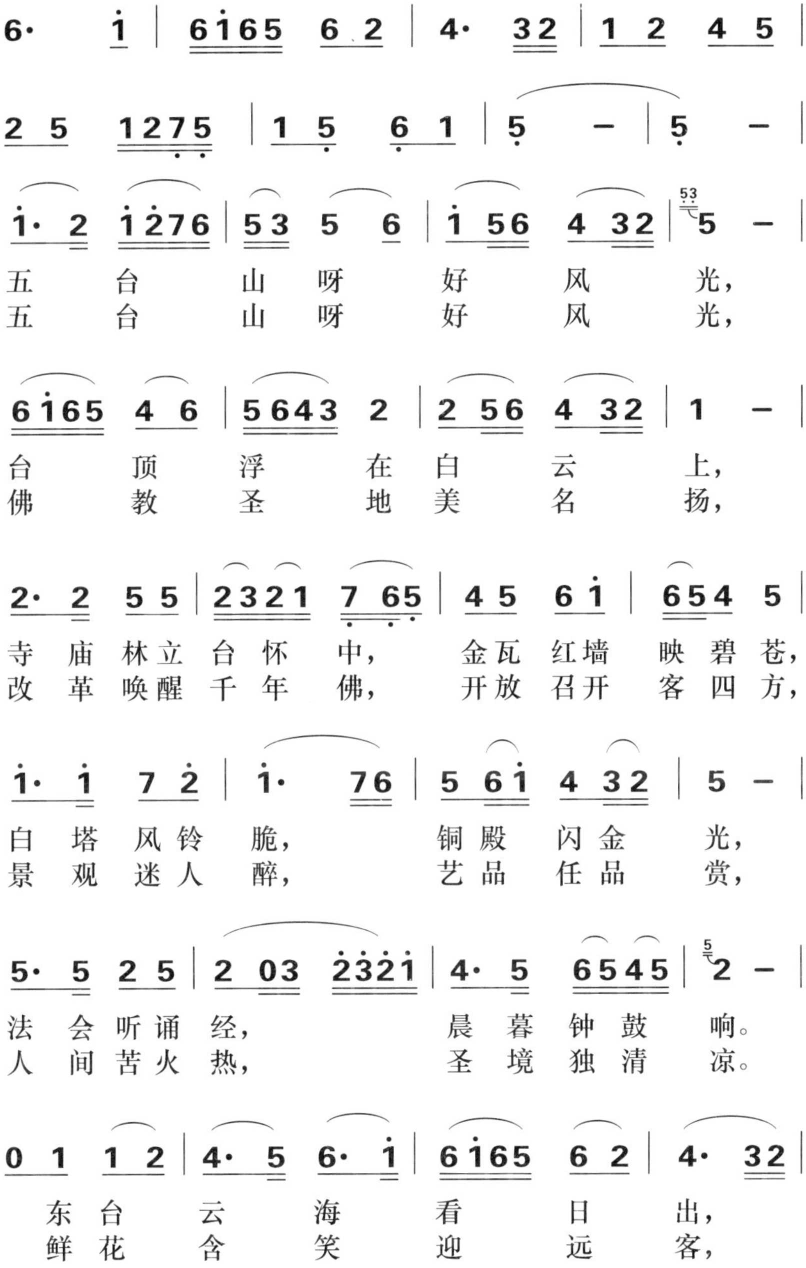

圣境之歌

6· 1 | 6165 62 | 4· 32 | 1 2 4 5 |

2 5 1275 | 1 5 6 1 | 5 — | 5 — |

1· 2 1276 | 53 5 6 | 1 56 4 32 | 5 — |

五　台　山呀　好　风　光，
五　台　山呀　好　风　光，

6165 46 | 5643 2 | 256 432 | 1 — |

台　顶　浮　在　白　云　上，
佛　教　圣　地　美　名　扬，

2· 2 5 5 | 2321 765 | 45 61 | 654 5 |

寺庙林立台怀中，金瓦红墙映碧苍，
改革唤醒千年佛，开放召开客四方，

1· 1 7 2 | 1· 76 | 5 61 432 | 5 — |

白　塔　风　铃　脆，铜　殿　闪　金　光，
景　观　迷　人　醉，艺　品　任　品　赏，

5· 5 25 | 2 03 2321 | 4· 5 6545 | 2 — |

法　会　听　诵　经，晨　暮　钟　鼓　响。
人　间　苦　火　热，圣　境　独　清　凉。

0 1 1 2 | 4· 5 6· 1 | 6165 62 | 4· 32 |

东　台　云　海　看　日　出，
鲜　花　含　笑　迎　远　客，

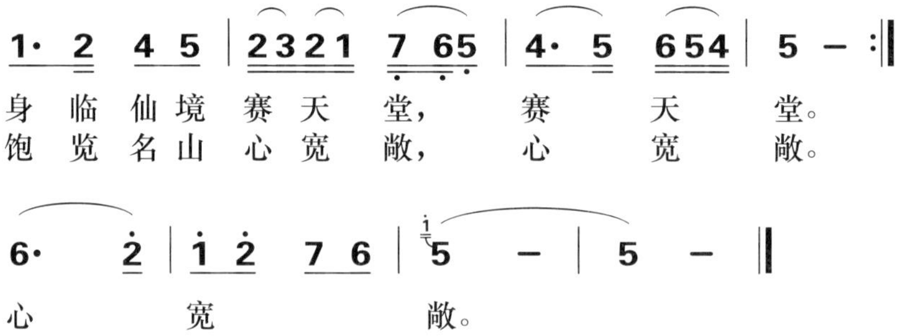

| 1· 2 4 5 | 2 3 2 1 7 6 5 | 4·5 6 5 4 | 5 - :||
身 临 仙 境 赛 天 堂， 赛 天 堂。
饱 览 名 山 心 宽 敞， 心 宽 敞。

| 6· 2 | 1 2 7 6 | 5 - | 5 - ||
心 宽 敞。

（五台山）

台山夜景

1 = G 4/4

孟奋臻 词曲

中速、赞颂、舒情地

(1 5 6 5 3 2 1 2 3 5 | 2· 2 7 2 6 5 3 2 1 2 3)

| 3 5 2 1 6 1 5· 6 | 1· 2 3 6 5 - |
叶 斗 峰 上 看 你 是 一 片 星 海。
锦 绣 峰 上 看 你 是 一 条 彩 带。

| 6· 1 5 3 2 1 2 3 | 6 5 5 3 2 1 2 - |
星 海 里 闪 烁 着 春 天 的 色 彩。
彩 带 上 流 动 着 景 点 的 气 派。

| 3 5 2 1 5 5 3 | 6 6 5 3 5 6 - |
善 财 洞 下 看 你 是 一 座 灯 山。
黛 螺 顶 上 看 你 那 座 座 殿 堂。

圣境之歌

$\widehat{1\ 6\ \dot{1}}$ $\widehat{5\ 3}$ 6 $\widehat{6\ \dot{1}}$ $\widehat{5\ 3}$ | 2 $\widehat{2\ 3}$ 2 $\widehat{1\ 6}$ $\underline{5}$ — |
灯 山 上　　照 耀 着　　和 谐 的 年　代。
耳 聆 听　　梵 呗 音　　悟 理 心　开。

3 5 $\widehat{5 \cdot 6}$ $\widehat{\dot{1} \cdot 2}$ $\widehat{1\ \underline{6}}$ | 6 $\widehat{6\ \dot{1}}$ 6 3 5 — |
霓 虹 跳 跃 着　　　　生 动 的 节　拍。
大 白 塔 万 斤 钟 是　佛 地 象　征。

$\widehat{\dot{1}\ \dot{1}\ \widehat{6\ \dot{1}}}$ $\widehat{6\ 3}$ 5 | 5 $\widehat{5\ 6}$ 1 $\widehat{5\ 3}$ 2 — |
射 灯　 旋 转 着 美 妙 的 神　态。
古 建 筑　 凝 固 了 奇 特 的 风　采。

3 3 5 $\widehat{\dot{1}\ 7}$ $\widehat{6\ \dot{1}}$ | 5 3 $\widehat{5\ 6}$ $\widehat{1 \cdot 2}$ $\widehat{1\ \underline{6}}$ |
时 代 的 春 风　 把 山 门 吹 开，
改 革 开 放　 把 封 闭 淘 汰，

【1.
$\widehat{5\ 6}$ 5 $\widehat{5\ 3}$ $\widehat{2\ 3}$ 5 | 6 3 5 2 $\widehat{1\ 6}$ $\underline{5}$ — ‖
绚 丽 多 彩 的 五 台 山　 向 我 们 走　来。

【2.
$\widehat{5\ 6}$ 5 $\widehat{5\ 3}$ $\widehat{2\ 3}$ 5 | $\widehat{\dot{1}\ 6}$ $\widehat{\dot{1}\ \dot{2}}$ 3 — ‖
申 遗 成 功 的 五 台 山　 向 世 界

$\widehat{6 \cdot 5}$ $\widehat{\dot{2}\ \dot{1}}$ $\widehat{\dot{2}\ \dot{3}}$ | $\dot{1}$ — — — ‖
畅 开 胸　　　怀！

（五台山）

五台山圣洁的山

$1 = {}^\flat B$ $\frac{4}{4}$

崔振玲 曲
张晓明 词

深情、向往地

民歌五台山

2· 5 6　5· 4 3 | 5 2 2 1 6 — |

6· 1 2 3　5 3 2 1 6 1 | 2 — — — |

6 2 1 6 5　5· 6 | 6 2 3 1 6 1 2 — |
五　台　山啊圣　洁 的 山，
五　台　山啊圣　洁 的 山，

6· 6 2 3 2 1 6 1 | 5· 1 2 1 6 5 5 — |
你 是 我 心 灵 中 的 圣　　山！
你 是 我 心 灵 中 的 圣　　山！

5 5 5　6 6　5 6 5 4 2 | 5· 6 1 6 1 6 — |
绚 丽 的 菩 萨 顶 像 仙 山 琼 阁，
雄 伟 的 寺 庙 群 像 璀 璨 的 明 珠，

6 2　1 6 5　5· 6 | 1 1 6 1 2 3 2 — |
放　射　着　　智 慧 的 光 芒。
放　射　着　　迷 人 的 光 芒。

2 5　3 2　2 2 1 6· 1 | 5 5 3 5 6 1 6 — |
高 耸 的 大 白 塔 像 神 灯 夜 烛，
精 美 的 古 建 筑 像 五 彩 的 画 廊，

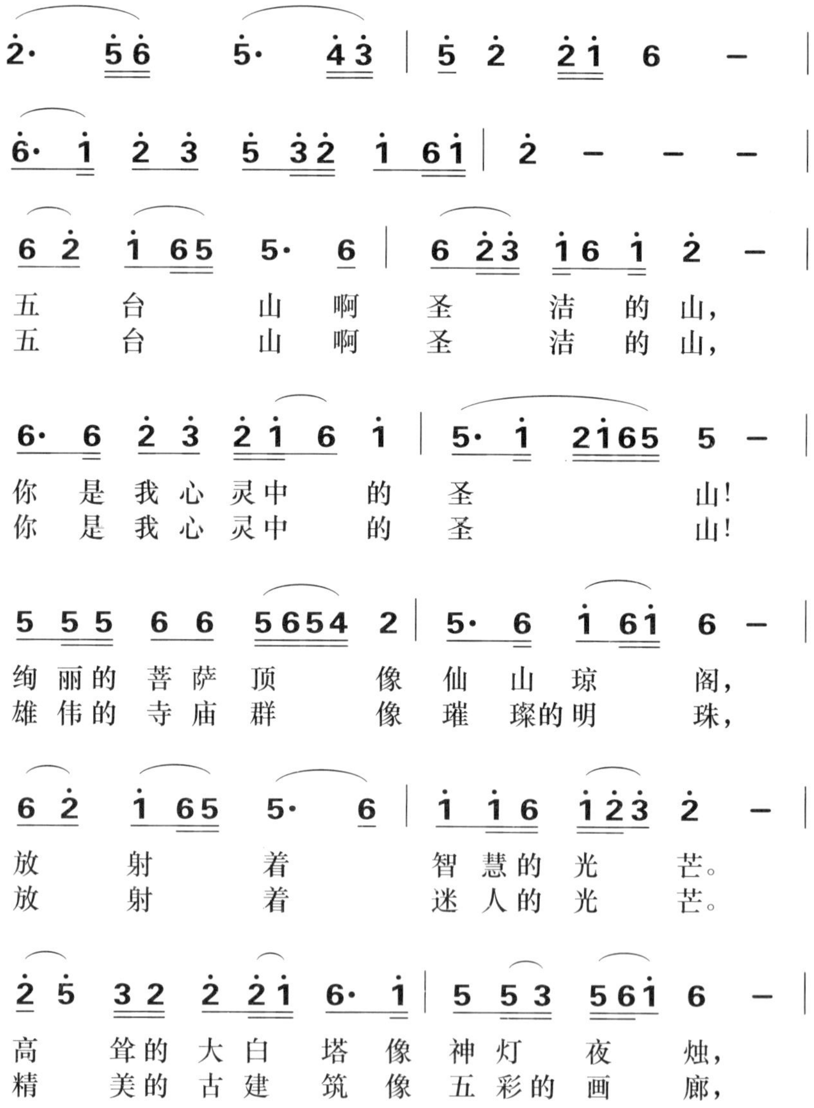

圣境之歌

```
2  6·6  1̇ 6̇ 1̇  6 | 2̇  3 1̇ 6  1̇ 3 | 2 - - - |
```
闪 烁 着 圣 洁 的 灵　　　　　 光。
铸 就　 千 古 的 辉　　　　　 煌。

```
2  6  5 6̇ 5  4 2 | 5  6̇ 5  1̇ 5 | 6 - |
```
你 那 绵延的 香火 普 度 众　生，
你 那 醒目的 钟声 祈 祷 和　平，

```
5  2̇  1̇ 6 5  5 5 | 2 5  6 5 6 | 5 - |
```
你 那 缭绕的 祥云 飘洒 吉　　祥。
你 那 荡漾的 鼓声 祝福 安　　康。

```
5  6  1̇ 6̇ 1̇  6 6 | 2̇· 3  1̇ 6̇ 1̇ | 6 - |
```
你 那 洁净的 圣水 滋润 心　　田，
你 那 雄浑的 佛乐 旋律 和　　谐，

```
6  2̇· 5̇  2̇ 2̇ 1̇  6 5 | 2̇ 3 5  3̇ 2̇ 1̇ | 2̇ - |
```
你 那　翱翔的 鸽群 放飞 希　望。
你 那　美丽的 佛花 温馨 芳　香。

```
2̇·  5 6  5·  4 3 | 5  2  2̇ 1̇  6 - |
```
啊！
啊！

```
2̇·  5  5̇ 3̇ 2̇  2̇  1̇ | 6̇·  2̇  4 5 6 - |
```
千　古 神韵 的 五　台　山，
圣　洁 灵动 的 五　台　山，

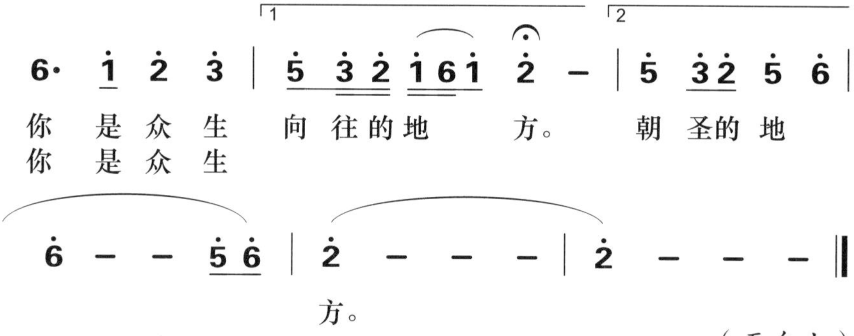

|1. $5\ \dot{3}\dot{2}\ \dot{1}\,\dot{6}\,\dot{1}\ |\ \dot{2}\ -\ |$ |2. $5\ \dot{3}\dot{2}\ 5\ 6\ |$

$6\cdot\ \dot{1}\ \dot{2}\ \dot{3}\ |$
你 是 众 生　向 往 的 地　方。　　朝 圣 的 地
你 是 众 生

$\dot{6}\ -\ -\ \dot{5}\,\dot{6}\ |\ \dot{2}\ -\ -\ -\ |\ \dot{2}\ -\ -\ -\ \|$
方。

（五台山）

祝福五台山

1=F 3/4 4/4

热情赞颂地

张晓明 词
王乐天 曲

民歌五台山

（$\underline{5\ 6}$ | 1 $\dot{6}$ | 2　2 | 3 $\underline{2\ 3}$ | $\underline{3}$　$\underline{5}$ |

$\underline{6}$　$\underline{5\ 6}$ | 2　3 | 1 $\underline{6}$ | $\underline{5}$　$\underline{3\ 5}$ | $\underline{6}$ - |

$\underline{6}$ - ）‖: 3 3 | 6 - | 3 6 | 6 5·6 | 3 3 - |
　　　　　　般 若 泉，　辉 映 五 彩 的 经 幡，
　　　　　　清 水 河，　映 衬 绿 色 的 山 峦，

2 2 2 - | 1 3 | 3 2·3 | 1 $\underline{6}$ - | 3 3 6 - |
大 白 塔，　凝 聚 世 间 的 目 光，　金 莲 花，
灵 鹫 峰，　书 写 不 朽 的 灵 光，　寺 庙 群，

1 6 | 5 3·5 | 2 2 - | 1 2 3 - | $\underline{6}$ 3 |
绽 放 佛 国 的 风 采，　菩 萨 顶，　闪 烁
蕴 藏 千 古 的 神 韵，　黛 螺 顶，　弥 漫

—892—

圣境之歌

```
3  2·3  1  6̣ - | 3̄6̄ - | 5  6·6 | 3  5 |
绚丽的光  芒。  啊,   金色的五台
祥和的佛  光。  啊,   金色的五台

6 - | 3·5 66 | 6 5 | 6 32 3 23 |
山,   你是一座圣  坛  众生  敬
山,   你是一部史  诗  天下  颂

2 - | 1·2 33 | 2 3 | 5̣ 6̣ 231 | 6̣ - |
仰,   你是一座宝 库 人类 珍     藏。
扬,   你是一座丰 碑 镌刻 辉     煌。

6̣ - | 1 6 1  22 | 3 23 3 5 | 5·6 11 | 6 56 3 33 |
    点一盏 心灯 祝福 你呀,祝你永远 光耀 世界的
    点一盏 心灯 祝福 你呀,祝你永远 光耀 世界的

[1.
1·2 35 | 5̣ 6̣ 231 ‖ 5̄6̄ - | 6 - | (5̣ 6̣ |
东                方

1 1 2 2 | 3 5̣ 6̣ | 2 3 1 | 6̣ - | 6̣ -) ‖

[2. 渐慢
1·23 5 | 5 6̣ 2 31 | 5̄6̄ - | 6 - ‖
东          方!
```

(五台山)

五 台 山

1=D 4/4
速度较自由、高亢辽阔

朱光耀 词
刘德增 曲

(0 2 4 5 6 i 2· i 6· i 2 3 2 2 —) |

6 6 2 — 5 — i 6 6 — 2 2 2 i· 6 2 4 6 |
北岳恒山 高 又 高喂，五 台 山哎 风 光

比中速略慢，古朴庄穆

5 — 6· i 4 3 2 2 — ‖ (2 6 2 6 6 2 6 |
好喂 风 光 好哎。

2 6 2 6 6 2 6) 2 2 6 6 5 | 4· 5 6 4 2 — |
　　　　　　　　山坡 山涧 流 清 泉，
　　　　　　　　远眺 白塔 放 光 彩，

6· 2 2 6 i 7 6 | 6 — — — | 2· 6 i 6 5 |
朵朵 白云 绕山 飘，　　　　　物 产 丰 美
丛中 古庙 钟声 敲，　　　　　建 筑 古 朴

6 5 2 4 — | 2· 6 6 5 4 3 2 | 2 — — — |
是 瑰 宝，晚风 阵阵 听 松 涛，
艺 高 超，雕塑 绘画 更 巧 妙，

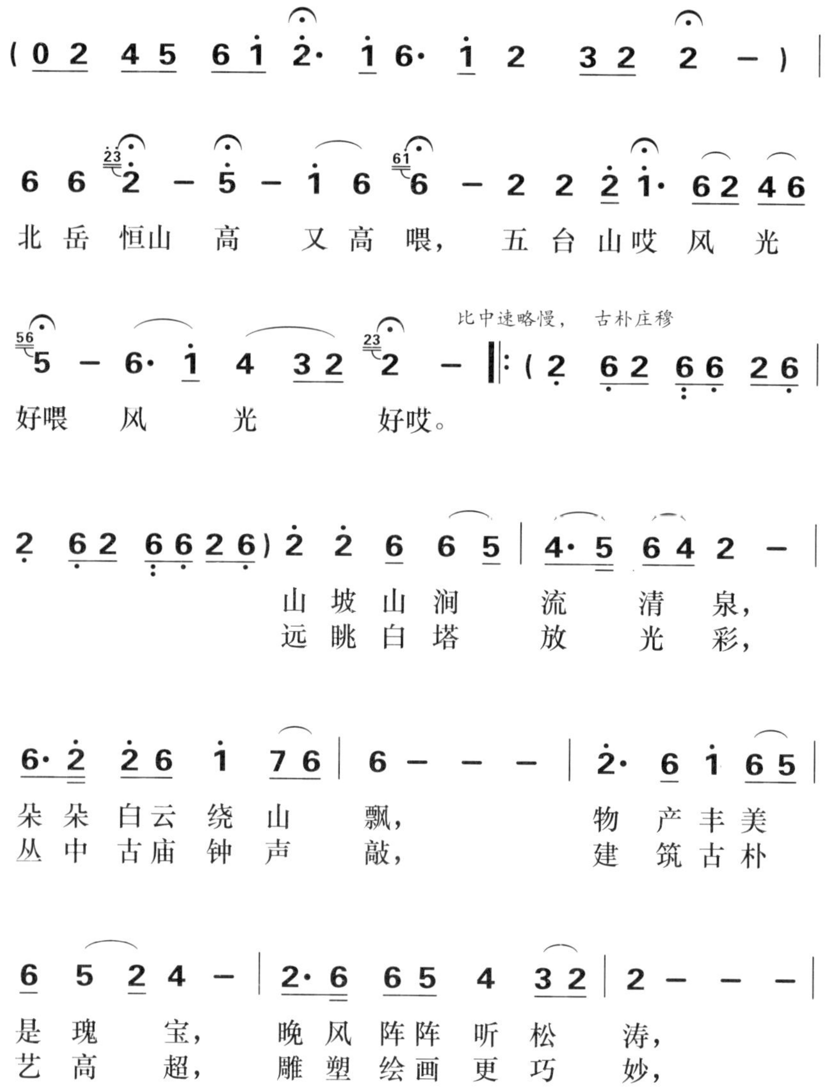

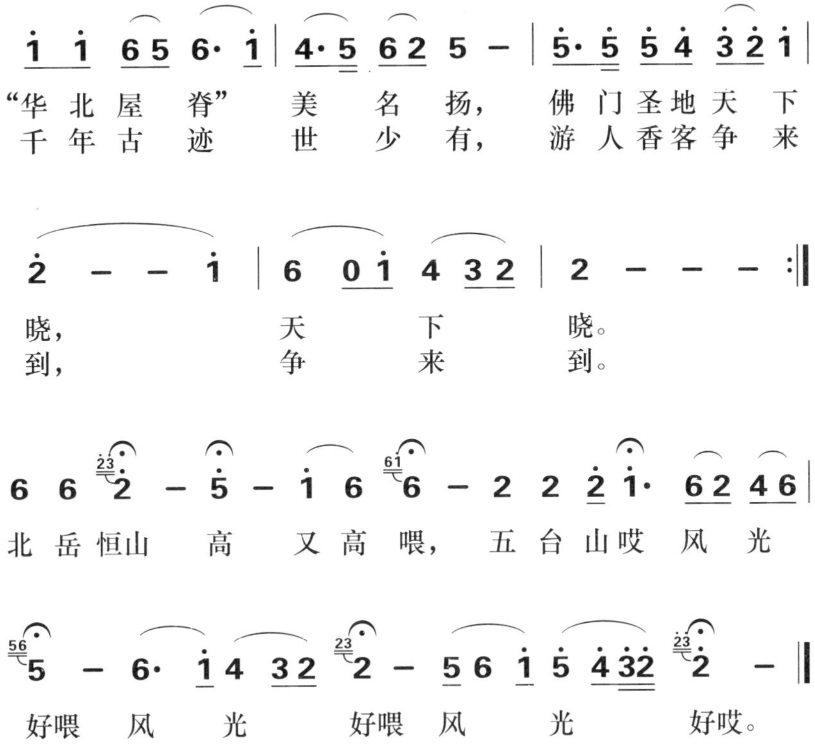

```
1 1 6 5 6·1 | 4·5 6 2 5 - | 5·5 5 4 3 2 1 |
```
"华北屋脊"美名扬，佛门圣地天下
千年古迹世少有，游人香客争来

```
2 - - 1 | 6 0 1 4 3 2 | 2 - - - ‖
```
晓， 天 下 晓。
到， 争 来 到。

```
6 6 2 - 5 - 1 6 6 - 2 2 2 1· 6 2 4 6
```
北岳恒山 高 又 高喂，五台山哎 风 光

```
5 - 6·1 4 3 2 2 - 5 6 1 5 4 3 2 2 - ‖
```
好喂 风 光 好喂 风 光 好哎。

(电视片《五台山》主题歌)

圣境之歌

清凉的山 圣洁的山

张枚同 词
王　紫 曲

1 = ♭B 3/4

美颂地，稍慢

```
1 2 3 ‖: 2 - - | 1 2· 3 | 5 - - | 1 2 3
2 - - | 2 1· 6 | 2 - - | 1 2 1 0 7 1 7 0 |
6 1· 6 | 5 - - | 3 2 3 | 5 3· 6 | 1 - - |
```

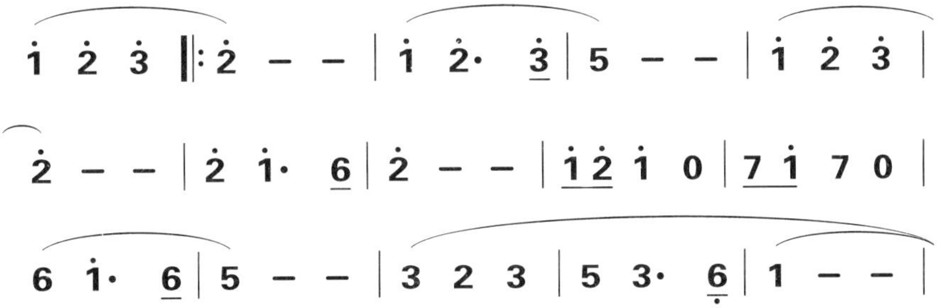

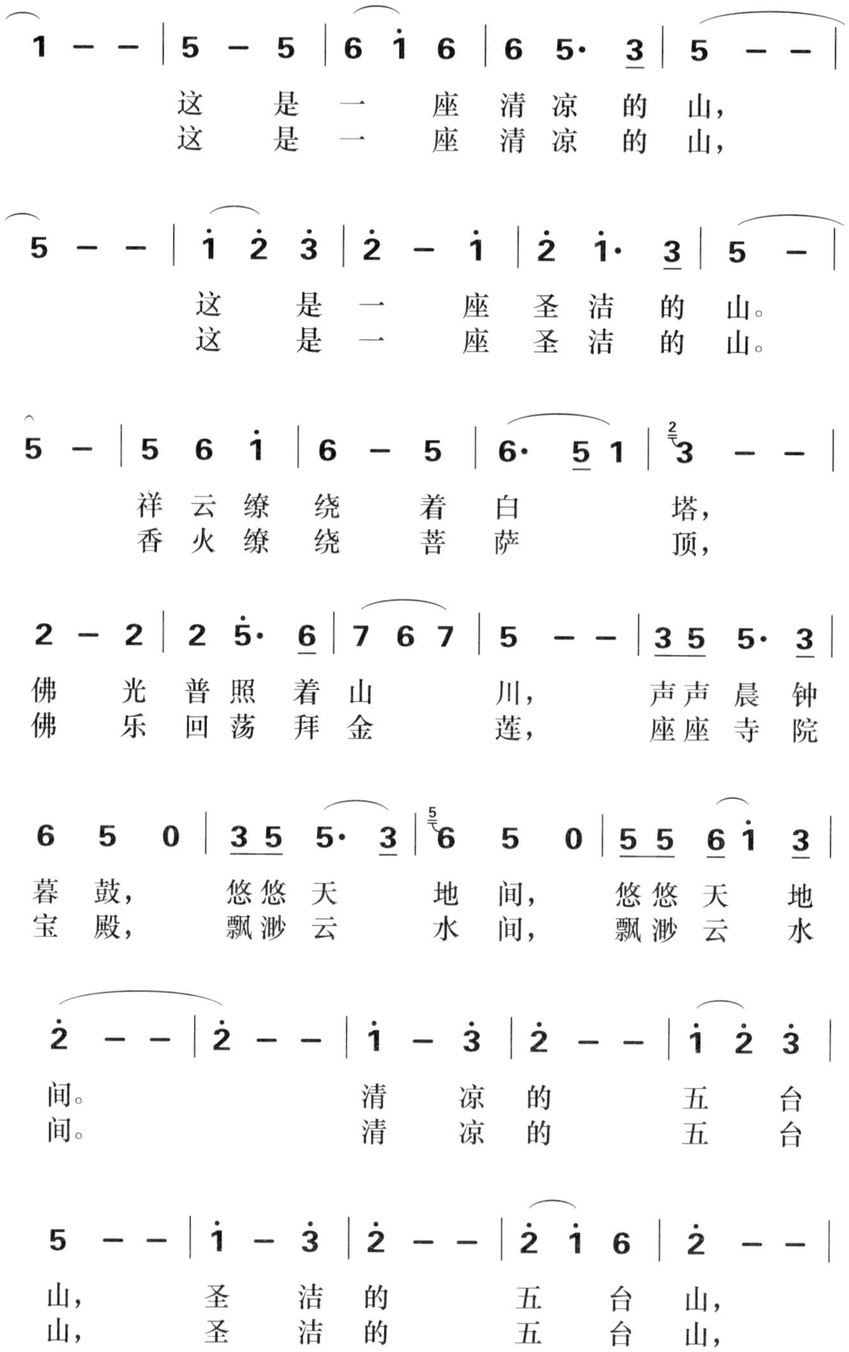

五台山民歌

```
1 - - | 5 - 5 | 6 1 6 | 6 5· 3 | 5 - - |
```
这 是 一 座 清 凉 的 山，
这 是 一 座 清 凉 的 山，

```
5 - - | 1 2 3 | 2 - 1 | 2 1· 3 | 5 - |
```
这 是 一 座 圣 洁 的 山。
这 是 一 座 圣 洁 的 山。

```
5 - | 5 6 1 | 6 - 5 | 6· 5 1 | 3 - - |
```
祥 云 缭 绕 着 白 塔，
香 火 缭 绕 菩 萨 顶，

```
2 - 2 | 2 5· 6 | 7 6 7 | 5 - - | 3 5 5· 3 |
```
佛 光 普 照 着 山 川， 声 声 晨 钟
佛 乐 回 荡 拜 金 莲， 座 座 寺 院

```
6 5 0 | 3 5 5· 3 | 6 5 0 | 5 5 6 1 3 |
```
暮 鼓， 悠 悠 天 地 间， 悠 悠 天 地
宝 殿， 飘 渺 云 水 间， 飘 渺 云 水

```
2 - - | 2 - - | 1 - 3 | 2 - - | 1 2 3 |
```
间。 清 凉 的 五 台
间。 清 凉 的 五 台

```
5 - - | 1 - 3 | 2 - - | 2 1 6 | 2 - - |
```
山， 圣 洁 的 五 台 山，
山， 圣 洁 的 五 台 山，

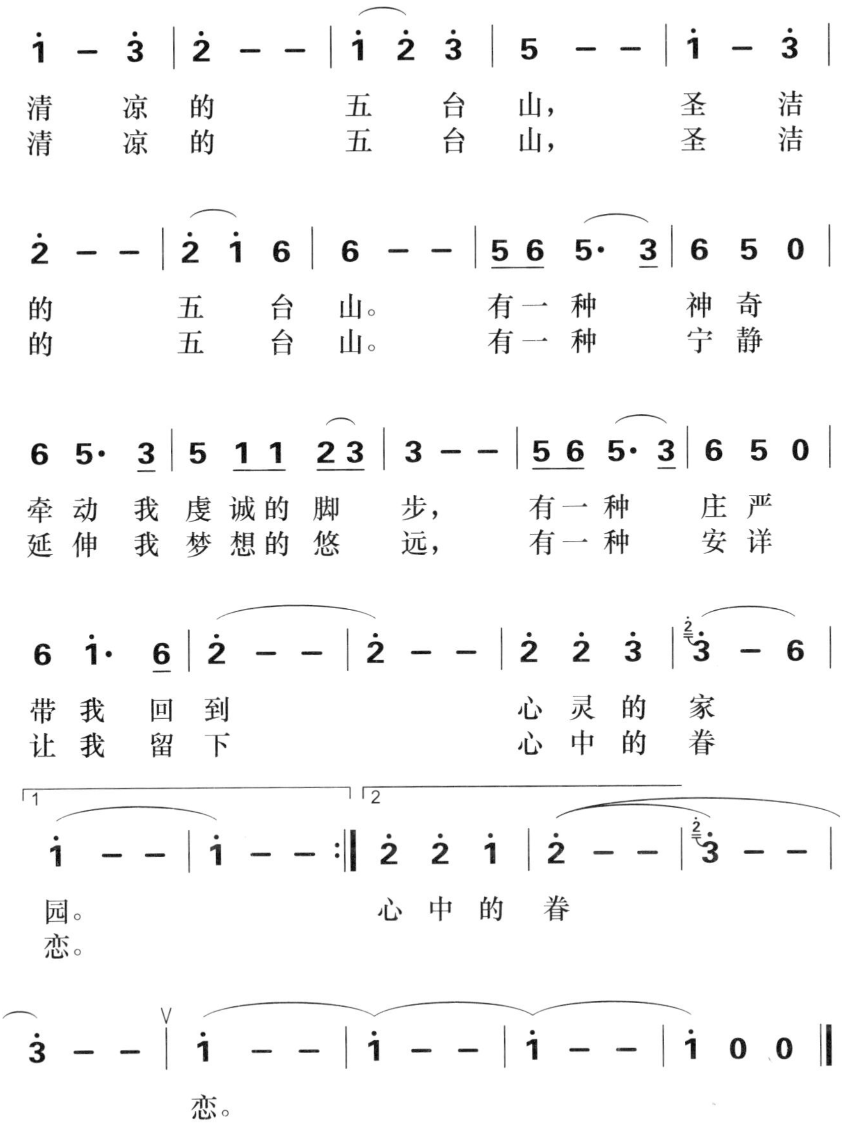

圣境之歌

$\dot{1} - \dot{3} | \dot{2} - - | \dot{1}\dot{2}\dot{3} | 5 - - | \dot{1} - \dot{3} |$

清凉的　　五　台　山，　　圣　　洁
清凉的　　五　台　山，　　圣　　洁

$\dot{2} - - | \dot{2} 1 6 | 6 - - | 5 6 5 \cdot 3 | 6 5 0 |$

的　五　台　山。　有一种　神奇
的　五　台　山。　有一种　宁静

$6 5 \cdot 3 | 5 1 1 2 3 | 3 - - | 5 6 5 \cdot 3 | 6 5 0 |$

牵动 我 虔诚的 脚　步，　有一种　庄严
延伸 我 梦想的 悠　远，　有一种　安详

$6 \dot{1} \cdot 6 | \dot{2} - - | \dot{2} - - | \dot{2} \dot{2} \dot{3} | \dot{3} - 6 |$

带 我 回到　　　　心灵的 家
让 我 留下　　　　心中的 眷

$[1] \dot{1} - - | \dot{1} - - : \| [2] \dot{2}\dot{2}\dot{1} | \dot{2} - - | \dot{3} - - |$

园。
恋。　　　　　　心中的 眷

$\dot{3} - - | \dot{1} - - | \dot{1} - - | \dot{1} - - | \dot{1} 0 0 \|$

恋。

（五台山）

台 山 颂

1=F 2/4

邓九高 樊伟英 词曲

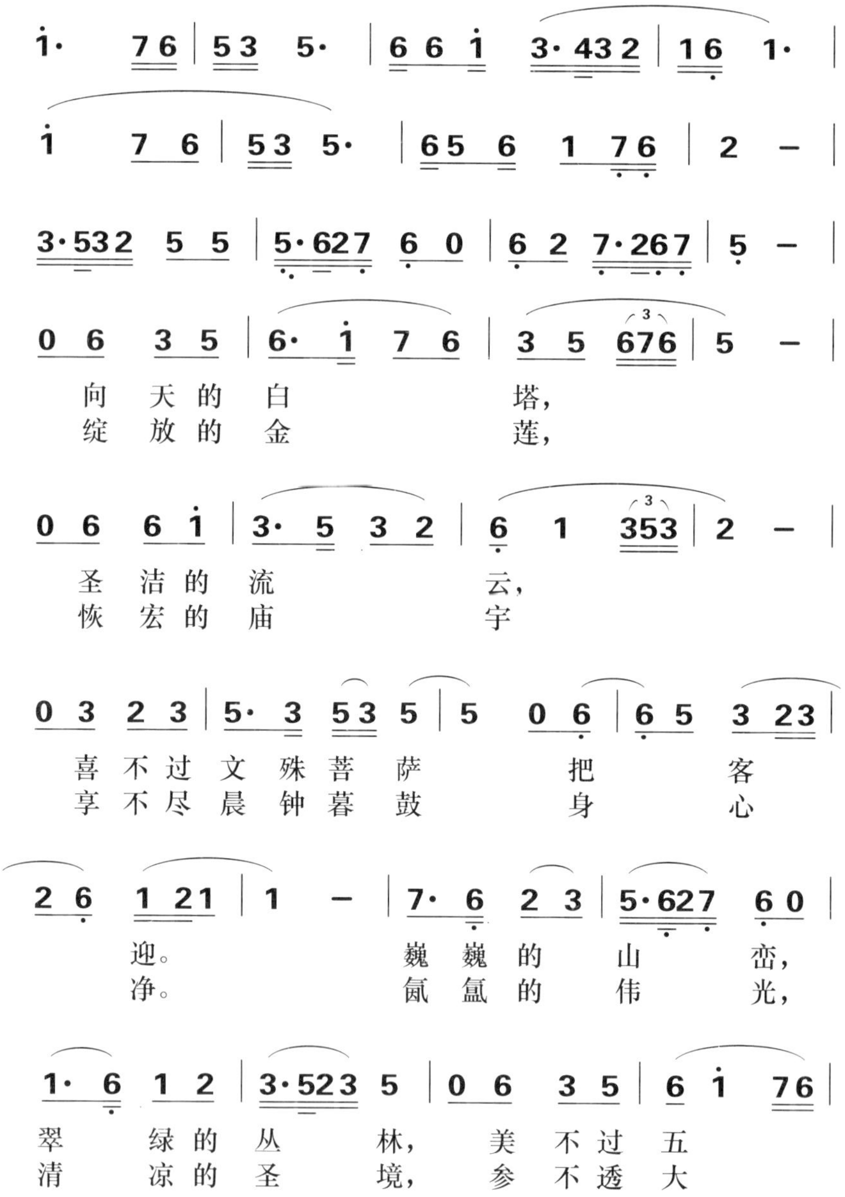

向 天 的 白 塔，
绽 放 的 金 莲，

圣 洁 的 流 云，
恢 宏 的 庙 宇

喜不过文殊菩萨 把 客
享不尽晨钟暮鼓 身 心

迎。 巍 巍 的 山 峦，
净。 氤 氲 的 伟 光，

翠 绿 的 丛 林，美不过五
清 凉 的 圣 境，参不透大

民歌五台山

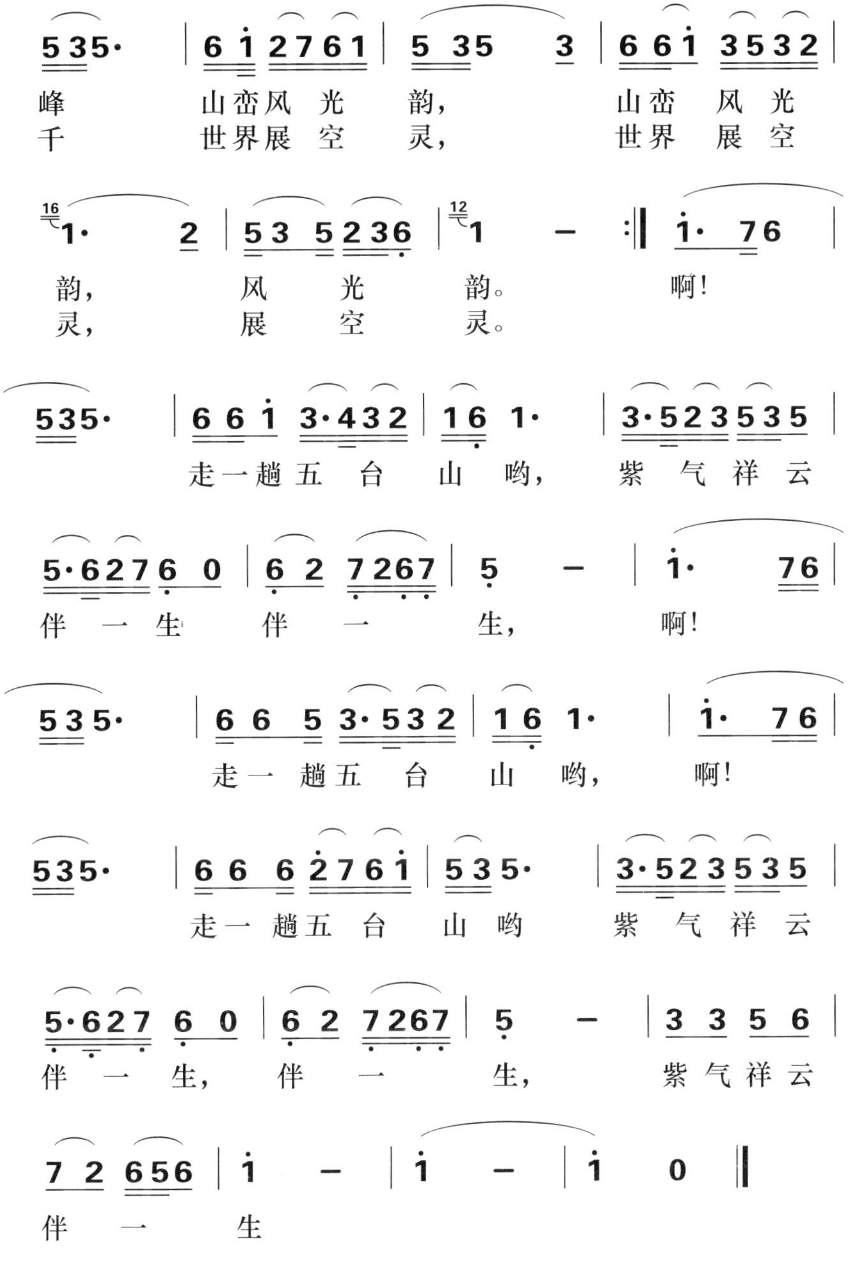

圣境之歌

（五台山）

五台山之歌

（一）

1 = C 4/4

孟奋臻 曲
王俊文 词

(3̇ 3̇ - - | 1̇ - - 6 | 1̇ 2̇ 3̇ - | 1 2 3 - -

3 2 1 -) | 3 3 - - | 2 2 1 1 6̣ | 5 - - -
　　　　　　　这里　　　　经过了亿万　年
　　　　　　　这里　　　　经过了千百　年

1 1 6̣ 1 2 | 3 - - - | 3 3 - -
诞 生 了 一 座　山，　　　　　这 里
筑 成 了 伟 名　山，　　　　　这 里

2 2 1 1 2 | 3 - - - | 5 5 1 2 3
经 过 了 千 万　年，　　　和 谐 了 大 自
经 过 了 三 十　年，　　　建 成 了 旅 游

2 - - - | 5 5 - - | 3 3 6 6 3 | 2 - - -
然。　　　　这里　　　亲临翠岩台　怀，
园。　　　　这里　　　走进显通塔　院，

1 2 3 3 2 1 | 5 - - - | 1 1 3 3 5
感 悟 人 生 主　脉，　　　　　欣 赏 高 山 碧
感 受 骄 傲 豪　迈，　　　　　观 赏 伟 山 文

2 - - - | 1 2 3 3 5 3 | 6 - - -
水，　　　探 讨 原 始 生　态，
化，　　　知 晓 诸 多 朝　代，

民歌五台山

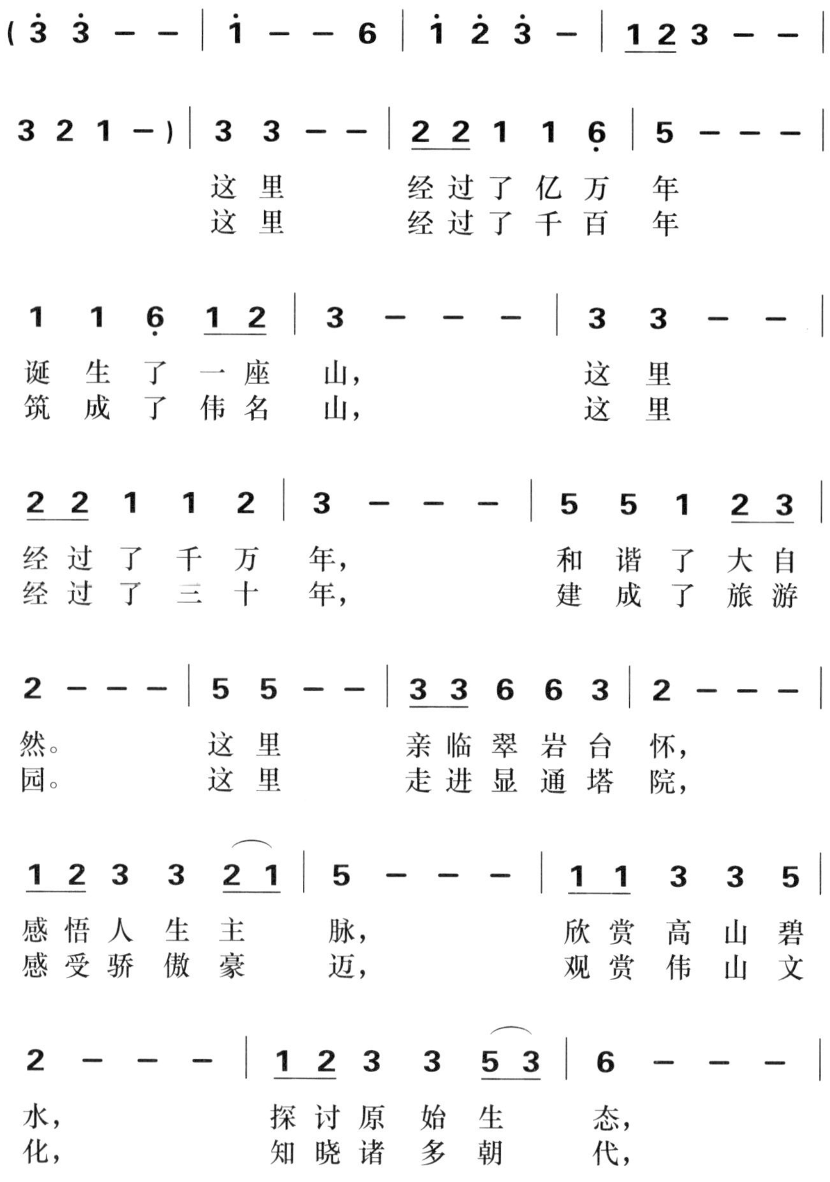

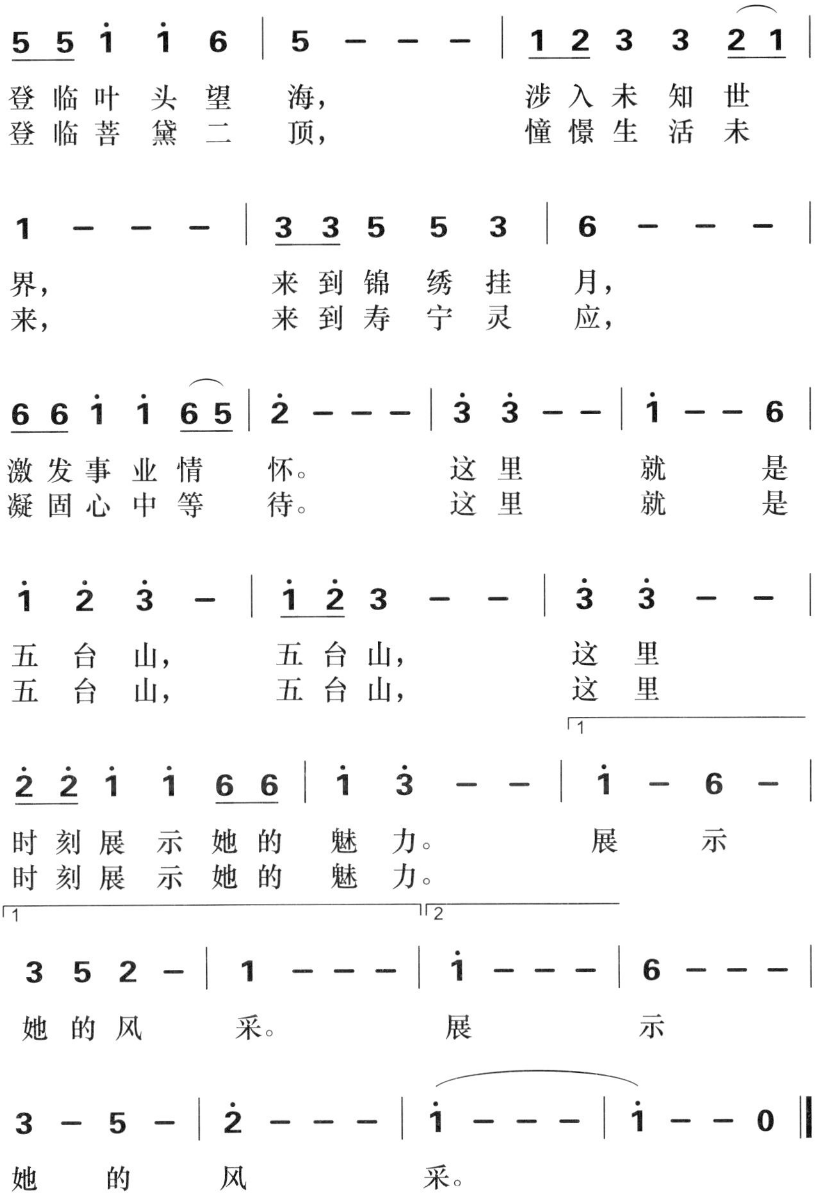

圣境之歌

| 5 5 i i 6 | 5 - - - | 1 2 3 3 2 1 |

登临叶头望海，　　涉入未知世
登临菩黛二顶，　　憧憬生活未

| 1 - - - | 3 3 5 5 3 | 6 - - - |

界，　　来到锦绣挂月，
来，　　来到寿宁灵应，

| 6 6 i i 6 5 | 2 - - - | 3 3 - - | i - - 6 |

激发事业情怀。　　这里　　就是
凝固心中等待。　　这里　　就是

| i 2 3 - | i 2 3 - - | 3 3 - - |

五台山，　　五台山，　　这里
五台山，　　五台山，　　这里

[1]

| 2 2 i i 6 6 | i 3 - - | i - 6 - |

时刻展示她的魅力。　　展　示
时刻展示她的魅力。

[1]　　　　　　　　[2]

| 3 5 2 - | 1 - - - | i - - - | 6 - - - |

她的风采。　　展　示

| 3 - 5 - | 2 - - - | i - - - | i - - 0 |

她的风采。

（五台山）

五台山之歌

（二）

1 = D 2/4

（热情豪放）

刘　恕 曲
倪永东 词

(0 3 | 6 - | 6 - | 1̇·2̇ | 1̇ 1̇2̇ | 1̇ 7 |

6 65 3 | 2·2 23 | 5 - | 5 - | 1̇·6 | 5 33 21 |

6̣) 3 5 | 6 - | 6 - | 2̇ - | 2̇ - |
　　　　是 谁 把　　　　　　　　美
　　　　是 谁 把　　　　　　　　爱

0 1̇ 1̇ 6 | 5 3 5 | 6 - | 6 - | 2̇·2̇ 3 5 |
留 给 自　　然，　　　　　　五 峰 挺 拔，
洒 向 人　　间，　　　　　　殿 宇 巍 峨，

5·5 6 3 | 1̇·6 5 3 | 2̇·2̇ 3 2 | 0 2 2 3 | 1̇ 6̣ |
环抱 连绵，山顶 雄旷，层峦 叠嶂，巍 然 矗
佛塔 摩天，香烟 缭绕，梵音 不断，晨 钟 暮

3 - | 3 - | 0 2 2 3 | 5̣ 7̣ 6̣ - |
立　　　　　　华北 大地 上。
鼓　　　　　　传送着 吉 祥。

6̣ - | 2̇ 2̇ 2̇ | 1̇ 2̇ | 3̇ - | 3̇ - | 1̇·6 5 3 |
　　　华北 大地 上。　　　　　　大 地
　　　传送着 吉 祥。　　　　　　吉

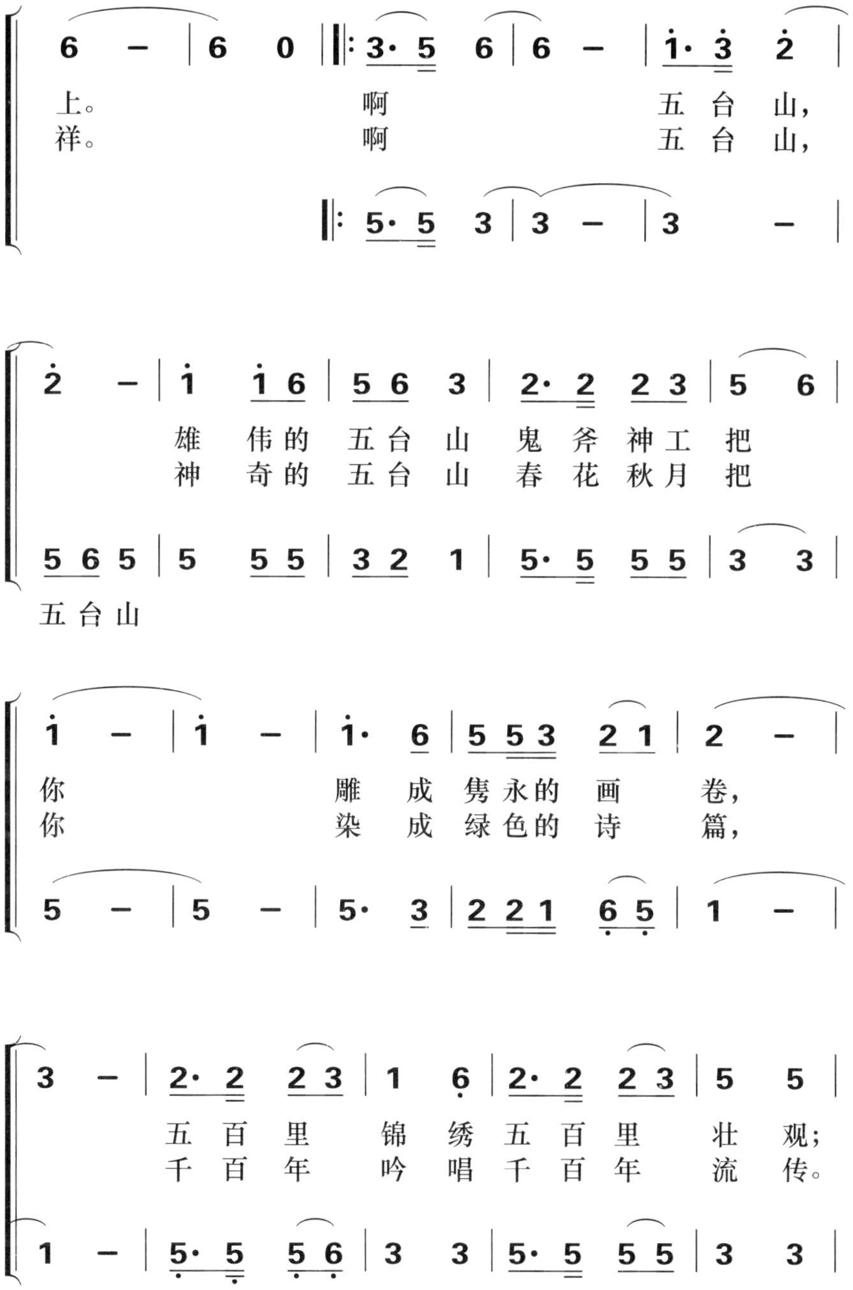

圣境之歌

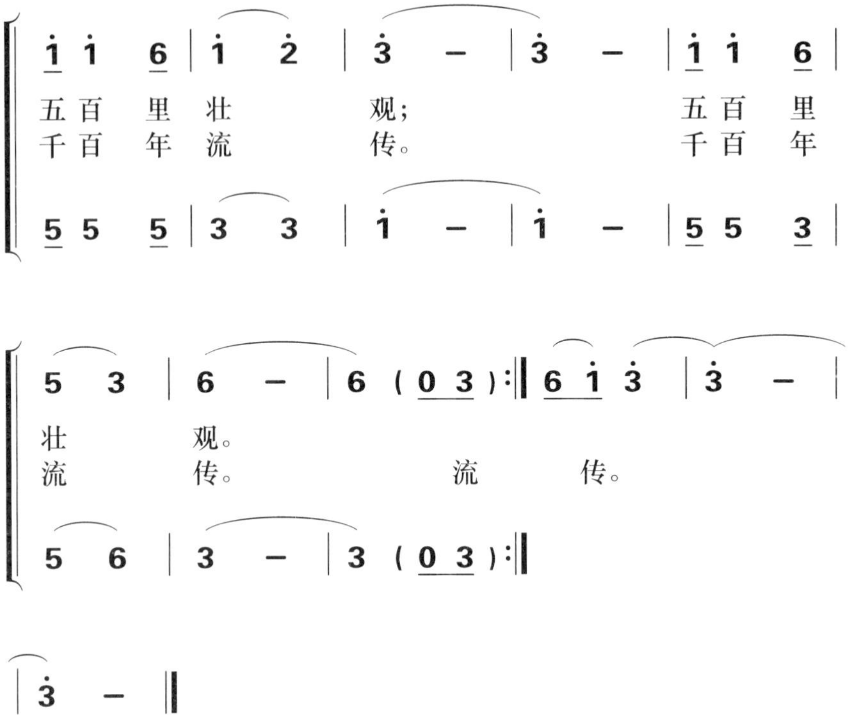

```
| 1 1 6 | 1 2 | 3 - | 3 - | 1 1 6 |
  五百里 壮    观;         五百里
  千百年 流    传。         千百年

| 5 5 5 | 3 3 | 1 - | 1 - | 5 5 3 |

| 5 3 | 6 - | 6 (0 3) :‖ 6 1 3 | 3 - |
  壮    观。         流 传。
  流    传。

| 5 6 | 3 - | 3 (0 3) :‖

| 3 - ‖
```

（五台山）

五台山文殊颂

1 = G 4/4　　　　　　　　普寿寺 词曲

缓慢地

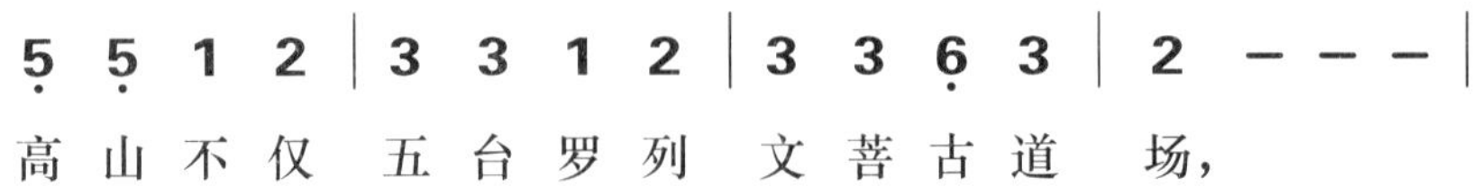

```
| 5 5 1 2 | 3 3 1 2 | 3 3 6 3 | 2 - - - |
  高山不仅 五台罗列 文菩古道 场,
```

| 3 3 5 - | 3 - 2 1 | $\dot{6}$ - $\dot{5}$ - | 6 0 5 0 6 0 6 0 |

多少琳 宫， 多少梵 宇， 供 养 大 法

| 5 - - - | 5 5 1 1 | 2 1 $\dot{6}$ $\dot{5}$ 3 5 |

王。 佛 经 万 卷， 牙 签 玉 轴， 满 架

| $\dot{6}$ 1 2 - | 2 - | 1 1 2 1 | $\dot{6}$ 5 3 $\dot{5}$ 6 5 |

尽琳琅， 高僧头陀，水边林下，都是

| $\dot{6}$ 1 $\dot{6}$ 5 - | $\dot{5}$ - | 5 5 3 5 | 5 3 3 2 1 |

福田 乡。 还有那层峦叠嶂，云起

| $\dot{6}$ 1 2 - | 2 - | 3 5 5 3 | 5 3 3 2 1 |

千般祥， 更不少奇花异草有色

| $\dot{6}$ $\dot{6}$ $\dot{5}$ - | $\dot{5}$ - | $\dot{5}$ $\dot{6}$ 1 1 | 2 1 $\dot{6}$ $\dot{5}$ 3 5 |

又有香。 拍手呵呵，不知几生修得

| $\dot{6}$ 1 2 - | 2 - | 1 - 2 1 | $\dot{6}$ 5 3 $\dot{5}$ 3 5 |

住清凉。 文 殊 不知几时心地

| $\dot{6}$ 1 $\dot{6}$ $\dot{5}$ - | $\dot{5}$ - - - ‖

得 清 凉。

圣境之歌

（五台山）

金 五 台

1 = E 4/4

聆闻 词
林崇 曲

(1· 1 1 1 7 1 2 1 5 0 1 5 4 3 | 2 5 5 4 3 2· 5 3 |

2 5 5 3 2 5 1 0 2 | 1 — — —)|

5 5 6 5 4 3 5 2 0 3 | 2 5 5 4 3 2 — |
才下了青 青 芦芽 山，
穿过了千 里 黄河 滩，

5 5 6 5 4 3 5 2 0 3 | 7 3 2 3 6 5 — |
又上了巍 巍 五台 山。
来到了文 殊 菩萨 前。

1 1 2 5 2 1· 2 | 4 4 3 2 6 — |
转身 东 西 南北 中，
人间 圣 地 霞光 照，

1 0 5 5 1 4 4 3 5 2 0 | 0 7 1 7 1 2· 1 6 |
一 座秀峰 一双慧 眼， 一 座 秀
一 炷香火 一生佛 缘， 一 炷 香

5 — — — | 4 3 5 2 1 0 1 7 2 6 5 0 |
峰，   一双慧 眼， 一双慧 眼，
火，   一生佛 缘， 一生佛 缘，

民歌五台山

圣境之歌

```
0  5 6  4 5 | 1⌢ 1 7 6 1 | 5 - -  0 5 6 |
   一 双  慧 眼,         啊
   一 生  佛 缘,         啊

1· 6 5  4 4 5 | 6 2  1 6  5 - |
金  五 台 呀  金  五  台,
金  五 台 呀  金  五  台,

5 0 1 4 3  2·3 2 1  2 0 3 | 2 5  5 4 3  5 2 2 0 |
春 夏 秋 冬 把 头 埋    把 头 埋。
日 月 星 辰 撒 情 怀    撒 情 怀。

3 0 3  5 1  7·1 2 5  1 0 | 2 0 2  1 2  4 3 2 5 |
东 台 顶 上 看 日  出,  西 台 顶 上 明 月 来,
北 台 顶 上 飘 瑞  雪,  南 台 顶 上 山 花 开,

0 1  5 1  4 3 5  2 0 3 | 2 5  5 3 2 5  5 1· 0 2 |
西 台 顶 上  明 月 来。 哎
南 台 顶 上  山 花 开。 哎

1 - - - ‖ 1· 6 5  4 4 5 |
哎              金 五 台 呀
哎

6 2  1 6  5 -  | 5 0 1  4 3  2 3 2 0 3 |
金  五 台,       三 步 一 顿 首 呀
```

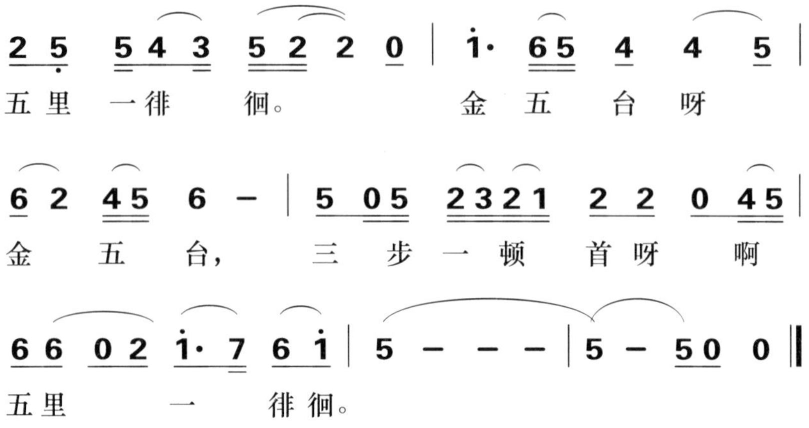

```
2 5  5 4 3  5 2 2 0 | 1· 6 5  4  4 5 |
五里  一徘  徊。      金 五 台呀

6 2 4 5  6 - | 5 0 5  2 3 2 1  2 2 0 4 5 |
金 五 台，    三 步 一 顿 首呀 啊

6 6 0 2  1· 7 6 1 | 5 - - - | 5 - 5 0 0 ‖
五里      一 徘 徊。
```

（五台山）

民歌 五台山

文殊菩萨颂

楚兴元 曲
田　青 词

$1 = {}^{\flat}E$　$\frac{4}{4}$

神圣、赞颂地

```
6 - 6· 5 | 1 1 - - | 5 6 5 02 | 3 - - - |
万  籁 松 涛，  一 声 狮 吼，

2̇ - - 2̇ | 6 3̇ - 1̇ | 2̇ - - - | 2̇ - - - |
你    从 九 天 而 来。

1̇ - - 6 | 3̇ 3̇ - - | 7 - - 7 6 | 7 7 - - |
宝  髻 映 月，  端  容 丽 日
```

—908—

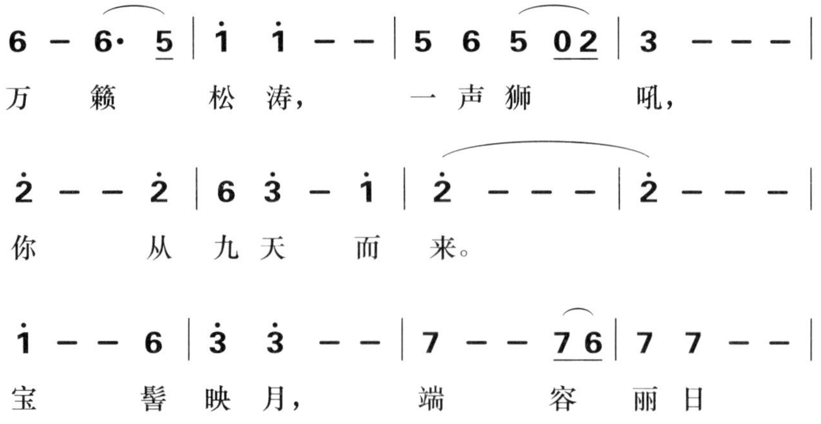

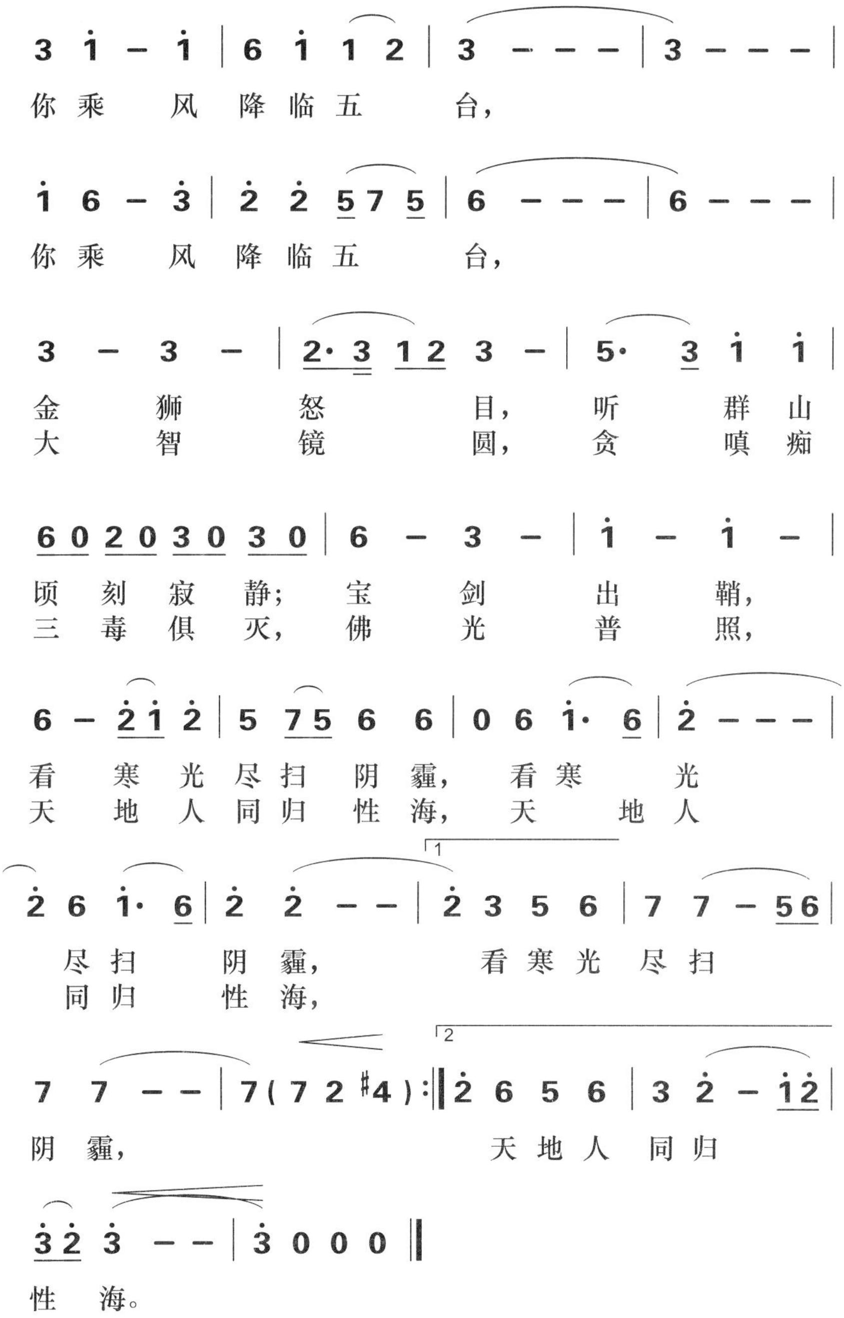

圣境之歌

```
3  i - i | 6 i 1 2 | 3 - - - | 3 - - - |
你 乘  风 降 临 五    台,

i 6 - 3 | 2̇ 2̇ 5 7 5 | 6 - - - | 6 - - - |
你 乘  风 降 临 五      台,

3 - 3 - | 2·3 1 2 3 - | 5· 3 i i |
金  狮 怒   目,  听  群 山
大  智 镜   圆,  贪  嗔 痴

6 0 2 0 3 0 3 0 | 6 - 3 - | i - i - |
顷 刻 寂 静; 宝   剑  出 鞘,
三 毒 俱 灭; 佛   光  普 照,

6 - 2̇ 1̇ 2̇ | 5 7̇ 5 6 6 0 6 1̇·6̇ | 2̇ - - - |
看 寒 光 尽 扫 阴 霾, 看 寒  光
天 地 人 同 归 性 海, 天 地  人
```

```
          ┌─1──────────┐
2̇ 6 1̇·6̇ | 2̇ 2̇ - - | 2̇ 3 5 6 | 7 7 - 5 6 |
尽 扫 阴 霾,     看 寒 光 尽 扫
同 归 性 海,
                              ┌─2──
7 7 - - | 7(72#4) ‖ 2̇ 6 5 6 | 3 2̇ - 1̇ 2̇ |
阴 霾,              天 地 人 同 归

3̇ 2̇ 3̇ - - | 3̇ 0 0 0 ‖
性  海。
```

(五台山)

清 凉 赞

王月明 曲
田 青 词

1 = D 4/4

民歌五台山

1· 22 61 | 6 5· 5 6 | 1 - 1 61 | 1 - - - |
炎 炎 夏 日　　酷 暑 难 当，
大 千 世 界　　熙 熙 攘 攘，

1 - 1 2 | 3 5 - 5 | 5 - 3 - | 5 - - - |
在 滚滚热浪 中，只 有 你，
在 滚滚红尘 中，只 有 你，

3· 5 5 3 2 1 | 6 - - 1 6 | 1 - 1 6 | 1 - - 1 |
滚滚热浪 中，　只有你 只有你 一
滚滚红尘 中，　只有你 只有你 一

2 - 2 5 3· | 5 - - - | 5 - - - ‖ 5 - - 5 6 |
片 清 凉。　　　　　　　　　五台
片 清 凉。　　　　　　　　　五台

1 - - 2 3 | 5 - - 3 5 | 6· 5 6 5 5 2 |
山，　清凉 山，　苍松翠 柏，层峦叠
山，　清凉 山，　文殊道 场，极乐家

3 - - 6 1 | 2 - - 5 3 | 2 - - 3 5 | 6· 1 1 6 3 |
峰，　古寺 阅千 年，　白塔 耀佛
乡，　狮吼 惊宿 梦，　大智 照迷

```
5 - - 5̣.6̣ | 1 - - 2̲3̲ | 5 - - 3̲5̲ |
```
光。　山 清 凉，　　水 清 凉，　　　清 凉
茫。　人 清 凉，　　水 清 凉，　　　清 凉

```
6̲5̲ 0̲5̲ 6̲5̲ 5̲6̲ | 1 - - - | 1 - - - ‖ 5̣.6̣
```
世界　本自　清　凉。　　　　　　　　　　五台
圣境　万古　流　芳。　　　　　　　　　　五台

```
1 - - 2̲3̲ | 5 - - 3̲5̲ | 6̣·5̲ 6̲5̲ 5̲2̲ |
```
山，　　清 凉 山，　　苍 松 翠 柏 层 峦 叠
山，　　清 凉 山，　　文 殊 道 场 极 乐 家

```
3 - - 6̣1̲ | 2 - - 5̲3̲ | 2 - - 3̲5̲ | 6·1̲ 1̲ 6̲3̲ |
```
峰，　古 寺　阅 千 年，　白 塔　耀 佛
乡，　狮 吼　惊 宿 梦，　大 智　照 迷

```
5 - - 5̣.6̣ | 1 - - 2̲3̲ | 5 - - 3̲5̲ |
```
光　　五 台 凉，　　心 情 凉，　　　清 凉
茫　　五 台 凉，　　心 情 凉，　　　清 凉

```
6̲6̲ 0̲5̲ 6̲5̲ 5̲6̲ | 1̇ - - - | 1̇ - - - ‖
```
圣境　万古　流　芳。
圣境　万古　流　芳。

（五台山）

圣境之歌

送你一个吉祥

1 = F 4/4

中速、深情地

张学明 词
张全伟 曲

民歌五台山

(i· 76 65 3 | i3 2 32 1 - ‖ i· 76 65 3 |

3· 2 7 65 6· 53 | 2723 503 2723 503 | 22 56 1 11)

0 5 3 5 6 6 - | 6 - - 0 i | 7 67 65 0 16 6 3 |
望着你　　　哎 诚实的 双眼，望着
望着你　　　哎 忠信的 双眼，望着

2 - 2· 3 | 5367 65 0 5 3 2723 | 5 7 6 - 0 |
你　　善良的 脸庞　哎 送你一个 吉　祥，
你　　仁义的 脸庞　哎 送你一个 吉　祥，

(6 1 7 6　5 7 6) | 6 1 7 6　1 1　7 2 7 6　3 3 |
　　　　　　　　　送你一个 吉祥 送你一个 吉祥，
　　　　　　　　　送你一个 吉祥 送你一个 吉祥，

0 5 3 5 6 ⁶i 7 6 | 5 6 5 3 5 - | i3 3 2 32 1 |
伴你 走四　方。　　吉　祥 让　你
伴你 度炎　凉。　　吉　祥 让　你

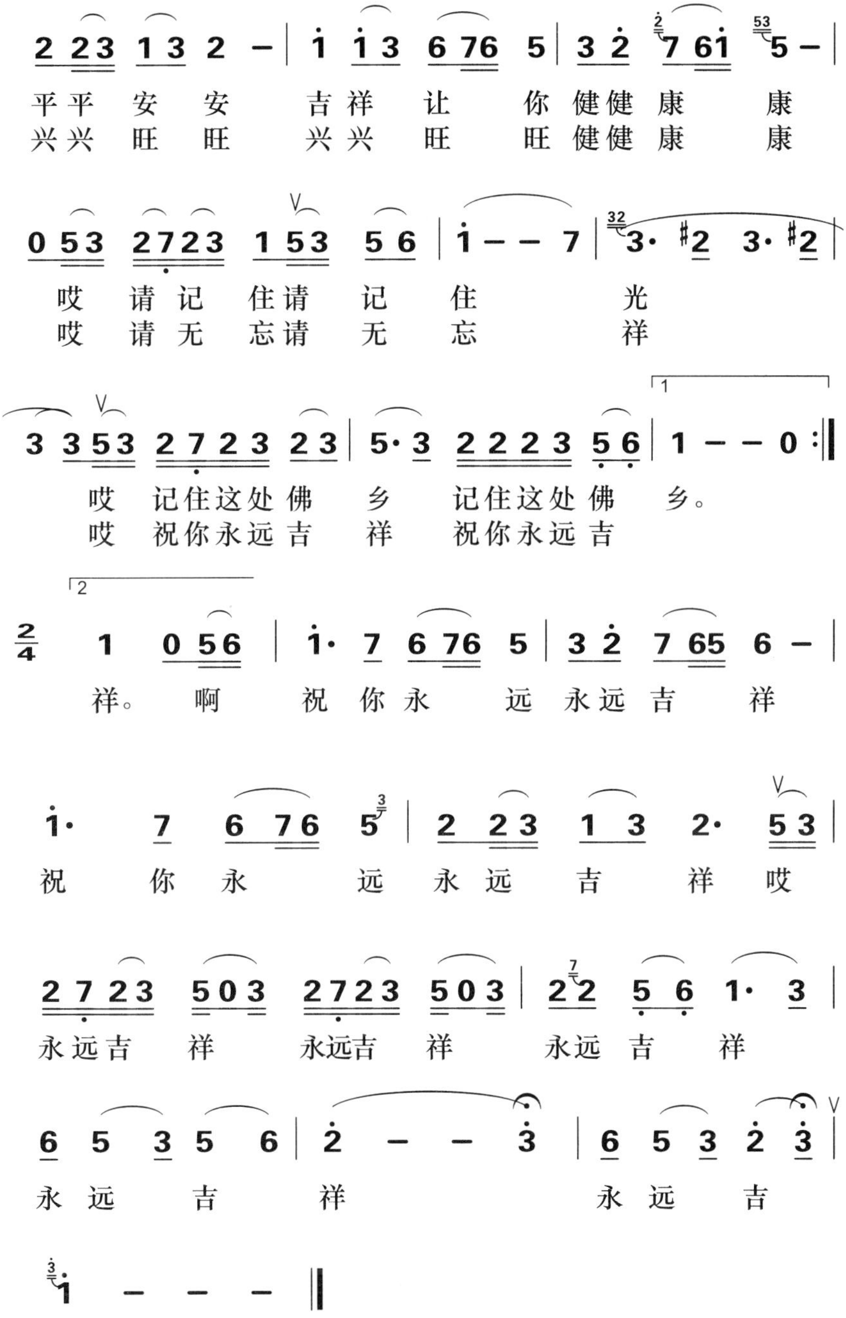

圣境之歌

(五台山)

五台山情缘

潘慧强 曲
张　黎 词

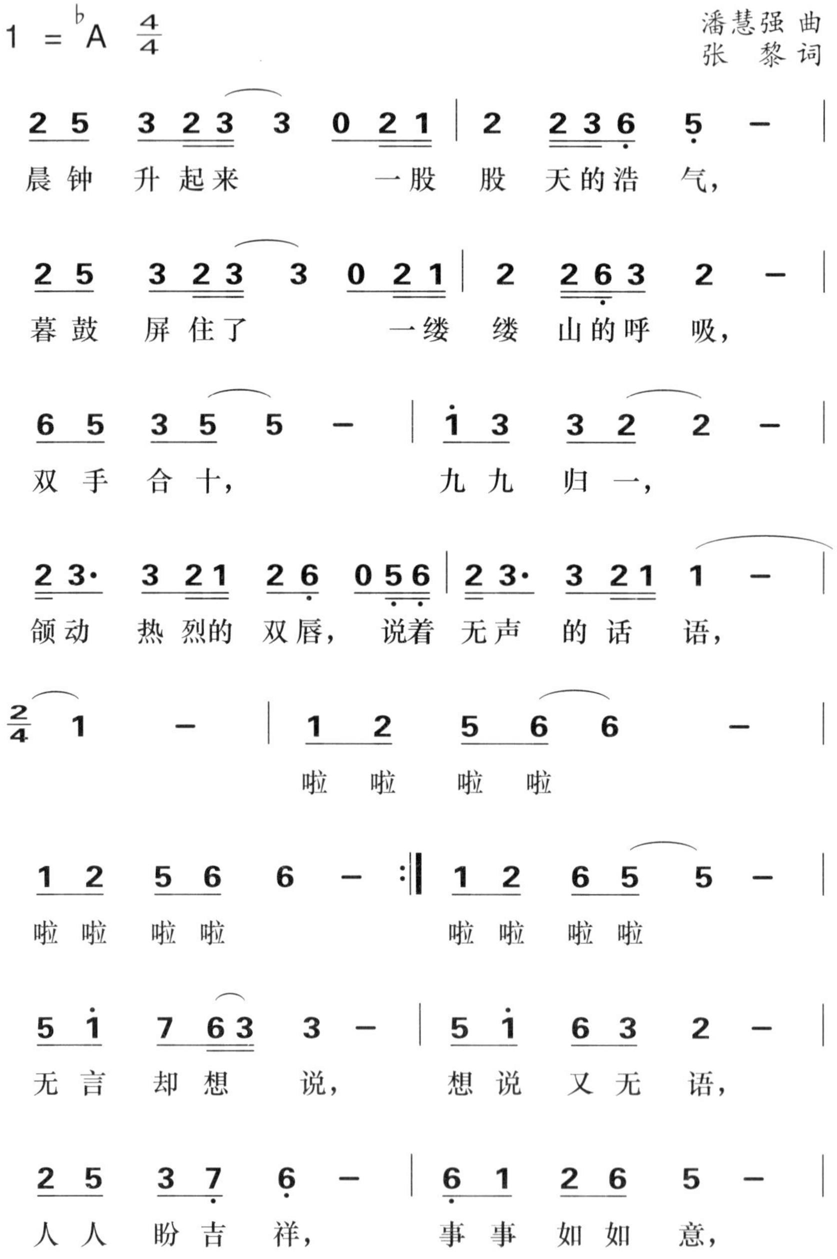

$1=\flat A$ $\frac{4}{4}$

2 5 ３２３ 3 0 2 1 | 2 2 3 6 5 - |
晨钟 升起来　　一股 股天的浩 气，

2 5 ３２３ 3 0 2 1 | 2 2 6 3 2 - |
暮鼓 屏住了　　一缕 缕山的呼 吸，

6 5 3 5 5 - | １ 3 3 2 2 - |
双手 合十，　　九九 归一，

2 3· 3 2 1 2 6 0 5 6 | 2 3· 3 2 1 1 - |
颤动 热烈的双唇，说着 无声 的话 语，

$\frac{2}{4}$ 1 - | 1 2 5 6 6 - |
　　　　　　啦啦 啦啦

1 2 5 6 6 - ‖ 1 2 6 5 5 - |
啦啦 啦啦　　　啦啦 啦啦

5 １ 7 6 3 3 - | 5 １ 6 3 2 - |
无言 却想 说，　　想说 又无语，

2 5 3 ７ ６ - | ６ 1 2 6 5 - |
人人 盼吉 祥，　　事事 如如意，

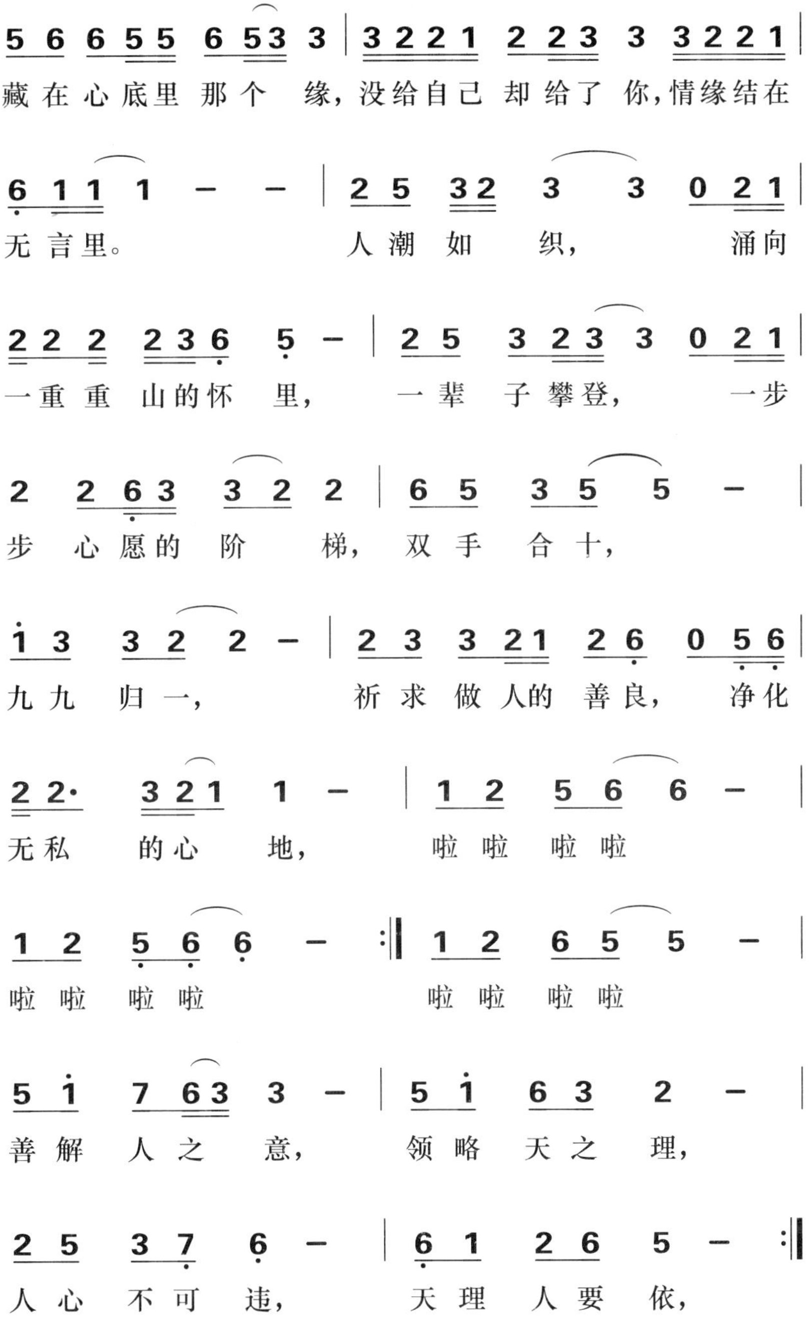

圣境之歌

5 6 6 5 5 6 5 3 3 | 3 2 2 1 2 2 3 3 3 2 2 1 |
藏在心底里那个 缘，没给自己 却给了你，情缘结在

6 1 1 1 — — | 2 5 3 2 3 3 0 2 1 |
无 言里。　　　人潮 如 织，　　涌向

2 2 2 2 3 6 5 — | 2 5 3 2 3 3 0 2 1 |
一重重山的怀 里，　一辈 子攀登，　一步

2 2 6 3 3 2 2 | 6 5 3 5 5 — |
步 心愿的 阶 梯，双手 合十，

1 3 3 2 2 — | 2 3 3 2 1 2 6 0 5 6 |
九九 归一，　　祈求 做人的 善良， 净化

2 2· 3 2 1 1 — | 1 2 5 6 6 — |
无私 的心 地，　　啦啦 啦啦

1 2 5 6 6 — :‖ 1 2 6 5 5 — |
啦啦 啦啦　　　　啦啦 啦啦

5 1 7 6 3 3 — | 5 1 6 3 2 — |
善解 人之意，　　领略 天之 理，

2 5 3 7 6 — | 6 1 2 6 5 — :‖
人心 不可 违，　 天理 人要 依，

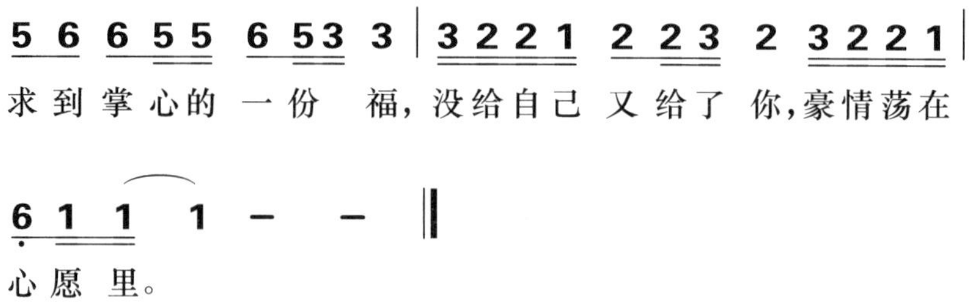

```
5 6 6 5 5  6 5 3 3 | 3 2 2 1  2 2 3  2 3 2 2 1 |
求到掌心的 一份  福,没给自己 又给了 你,豪情荡在

6 1 1  1 - - ‖
心 愿 里。
```

（五台山）

绿荫清泉五台行

1 = D 4/4

圣洁、宁静、崇高地

何建成 曲
赵　越 词

```
(1· 6 1 - | 4 1 2 6 1 - | 2· 1 6 5 3 | 5 - - -
 3 2 3 5 5 | 6 5 6 5 1 3 - | 2 2 3 2 5 6 | 1 - - -)

  mp
 5· 6 1 - | 3 2 6 1 - | 5 5 6 3 2 3 5
 郁   郁  葱   葱,    绿意  浓
 远   离  尘   嚣,    浮华  褪
                                    mf
 2· 1 2 - | 2· 3 5 - | 6 5 1 3  1 6
 浓,    绿  荫  深    处 传  来
 尽,    山  林  深    处 流  出

 2 2· 2  3 2 3 | 5 - - | 6 5 6 1 - | 5 6 5 3 -
 庙 堂 的 钟   声。    我 在  台  山 游
 泉 水 淙   淙。      我 在  台  山 游
```

—916—

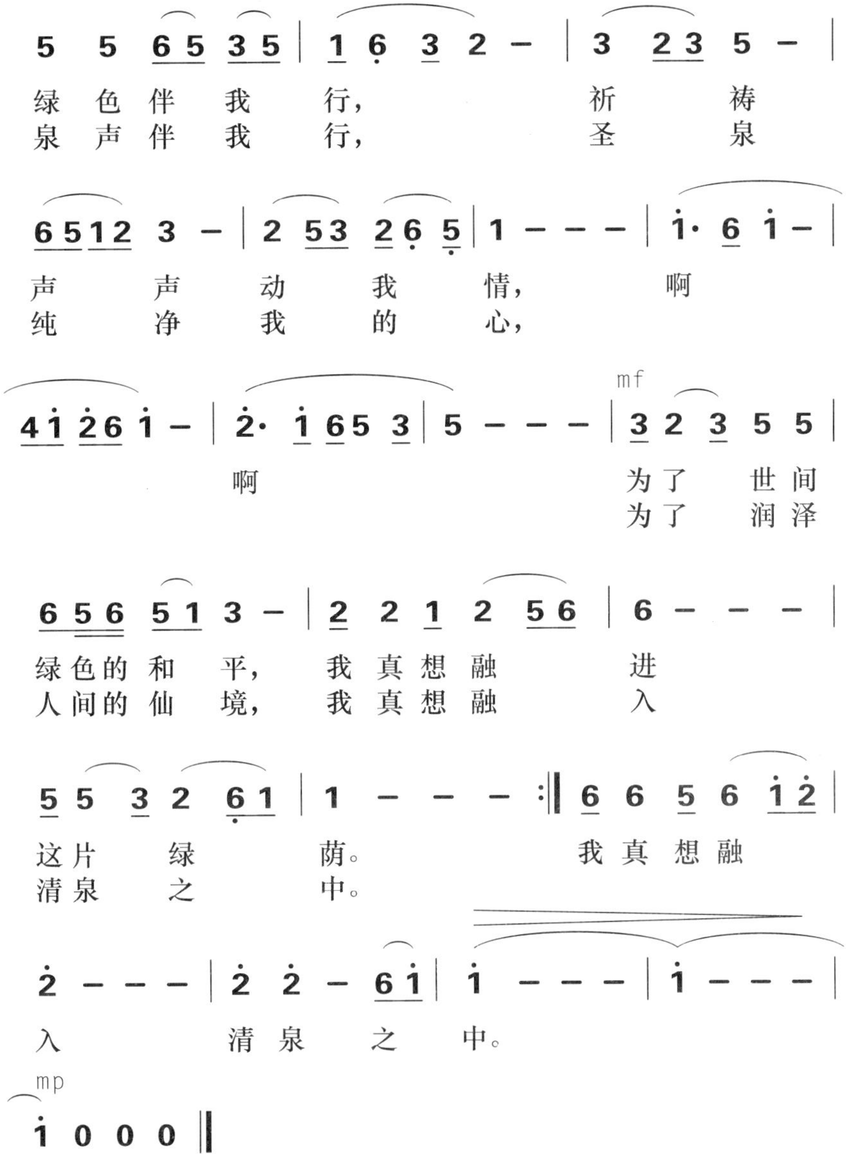

圣境之歌

$\underline{5}$ $\underline{5}$ $\underline{6\ 5}$ $\underline{3\ 5}$ | $\underline{1\ \dot{6}}$ $\underline{3\ 2}$ - | 3 $\underline{2\ 3}$ 5 - |
绿 色 伴 我 行， 祈 祷
泉 声 伴 我 行， 圣 泉

$\underline{6\ 5}$ $\underline{1\ 2}$ 3 - | $\underline{2}$ $\underline{5\ 3}$ $\underline{2\ \dot{6}}$ $\underline{\dot{5}}$ | 1 - - - | $\underline{\dot{1}\cdot\ \dot{6}}$ $\dot{1}$ - |
声 声 动 我 情， 啊
纯 净 我 的 心，

$\underline{4\ \dot{1}}$ $\underline{\dot{2}\ 6}$ $\dot{1}$ - | $\underline{\dot{2}\cdot\ \dot{1}}$ $\underline{6\ 5}$ $\underline{3}$ | 5 - - - | $\underline{3\ 2}$ $\underline{3\ 5}$ 5 |
啊 为 了 世 间
为 了 润 泽

$\underline{6\ 5\ 6}$ $\underline{5\ 1}$ 3 - | $\underline{2}$ $\underline{2\ 1}$ $\underline{2}$ $\underline{5\ 6}$ | 6 - - - |
绿 色 的 和 平， 我 真 想 融 进
人 间 的 仙 境， 我 真 想 融 入

$\underline{5\ 5}$ $\underline{3\ 2}$ $\underline{6\ \dot{1}}$ | 1 - - - ‖ $\underline{6}$ $\underline{6\ 5}$ $\underline{6}$ $\underline{\dot{1}\ \dot{2}}$ |
这 片 绿 荫。 我 真 想 融
清 泉 之 中。

$\dot{2}$ - - - | $\dot{2}$ $\dot{2}$ - $\underline{6\ \dot{1}}$ | $\dot{1}$ - - - | $\dot{1}$ - - - |
入 清 泉 之 中。

mp
$\dot{1}$ 0 0 0 ‖

（五台山）

登上五台山

1 = ♭B 2/4

欢快热烈地

张晓明 词
张全伟 曲

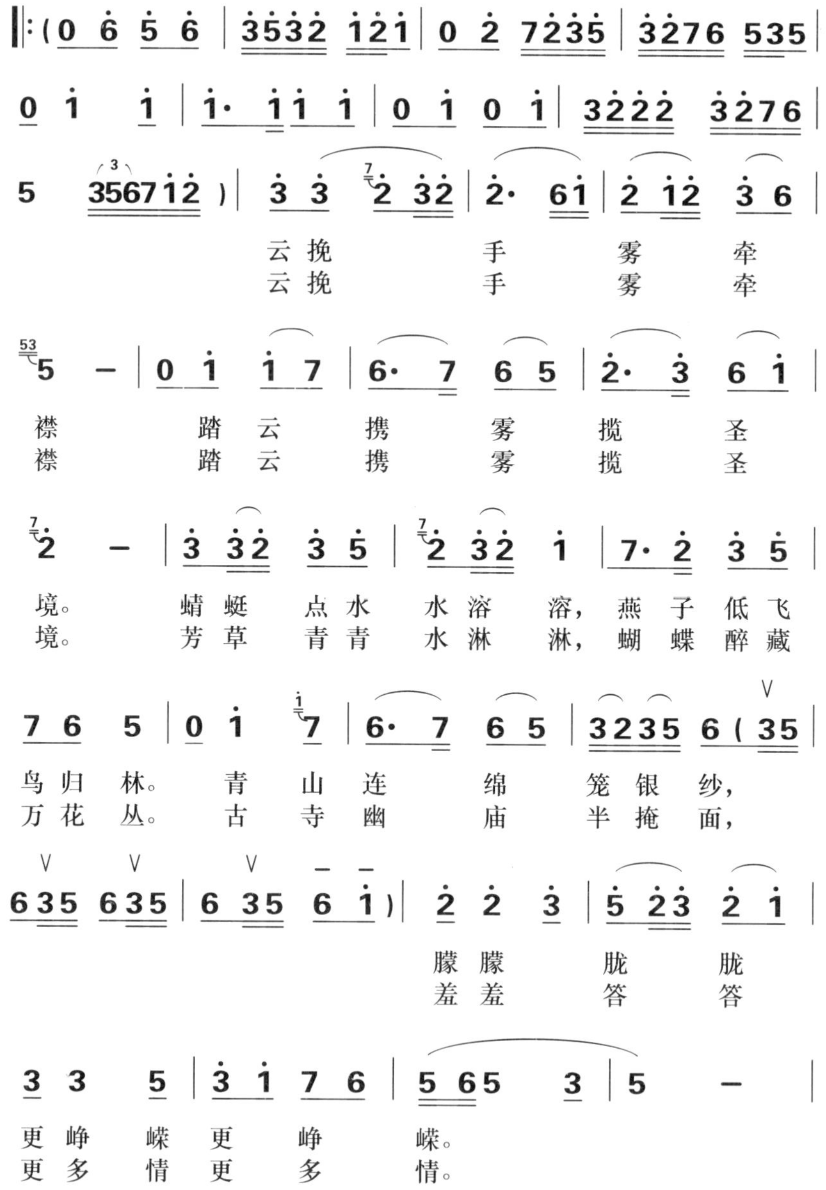

云挽　　手　　雾　　牵
云挽　　手　　雾　　牵
襟。踏云　携雾　揽圣
襟。踏云　携雾　揽圣
境。蜻蜓　点水　水溶溶，燕子低飞
境。芳草　青青　水淋淋，蝴蝶醉藏
鸟归林。青山连　绵　笼银纱，
万花丛。古寺幽　庙　半掩面，
朦朦　胧　胧
羞羞　答　答
更峥嵘更峥嵘。
更多情更多情。

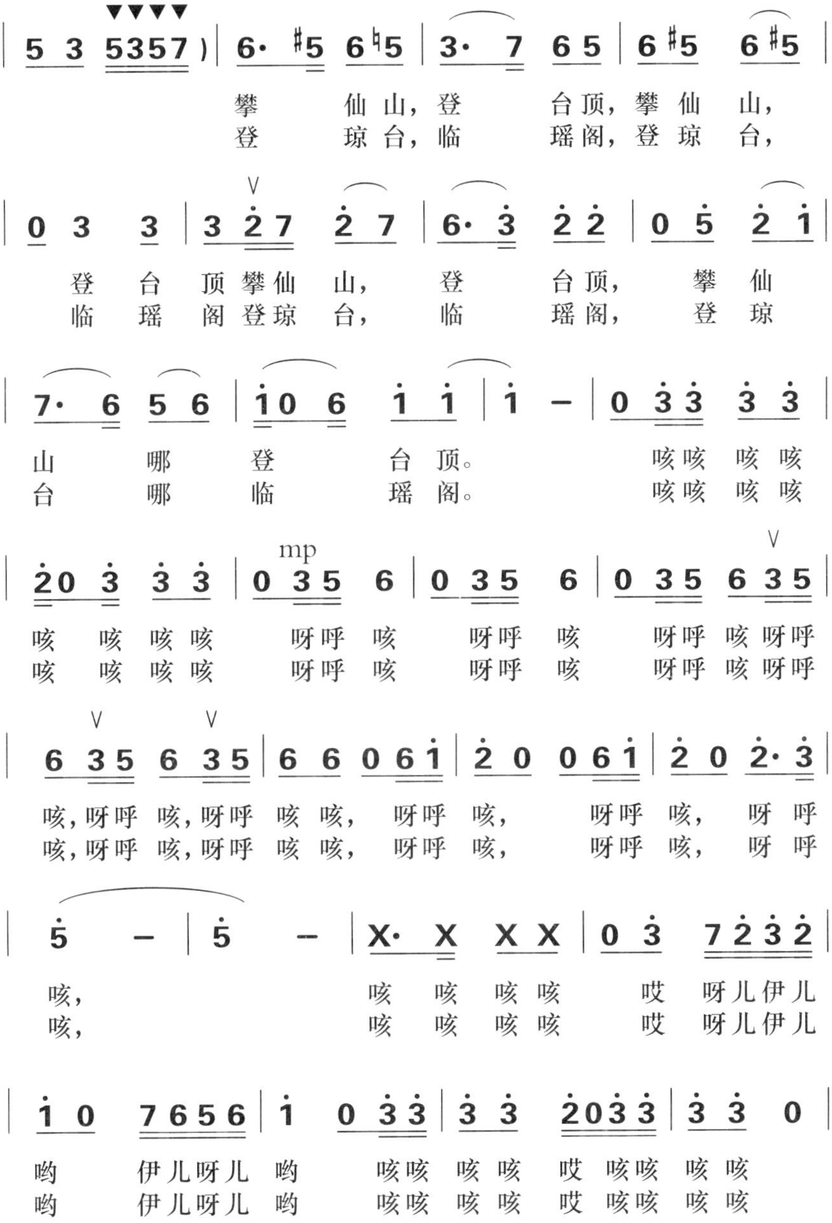

圣境之歌

| 5 3 5̲3̲5̲7̲) | 6· #5̲ 6̲#5̲ | 3· 7̲ 6̲5̲ | 6 #5̲ 6̲ #5̲ |

攀　仙　山，登　　台　顶，攀　仙　山，
登　琼　台，临　　瑶　阁，登　琼　台，

| 0 3 3̲ 3̲2̲ 7̇ | 2̇ 7̲ | 6· 3̲ 2̲2̲ | 0 5̲ 2̇ 1̇ |

登　台　顶　攀　仙　山，登　台　顶，攀　仙
临　瑶　阁　登　琼　台，临　瑶　阁，登　琼

| 7· 6̲ 5̲6̲ | 1̇0̲ 6̲ | 1̇ 1̇ | 1̇ - | 0 3̲̇ 3̲̇ 3̲̇ |

山　哪　登　台　顶。　　　咳咳咳咳
台　哪　临　瑶　阁。　　　咳咳咳咳

| 2̇ 0 3̲̇ 3̲̇ | 0 3̲5̲ 6 | 0 3̲5̲ 6 | 0 3̲5̲ 6̲3̲5̲ |

咳　咳咳咳　呀呼　咳　呀呼　咳　呀呼　咳呀呼

| 6̲3̲5̲ 6̲3̲5̲ | 6̲6̲ 0 6̲1̲̇ | 2̇ 0 0 6̲1̲̇ | 2̇ 0 2̇·3̲̇ |

咳，呀呼咳，呀呼咳咳，呀呼咳，呀呼咳，呀呼
咳，呀呼咳，呀呼咳咳，呀呼咳，呀呼咳，呀呼

| 5 - | 5 - | X· X̲ X̲X̲ | 0 3̲ 7̲2̲3̲2̲ |

咳，　　　　　咳咳咳咳　哎　呀儿伊儿
咳，　　　　　咳咳咳咳　哎　呀儿伊儿

| 1̇ 0 7̲6̲5̲6̲ | 1̇ 0 3̲̇ 3̲̇ | 3̲̇ 3̲̇ 2̇0̲̇ 3̲̇ | 3̇ 3̇ 0 |

哟　伊儿呀儿　哟　咳咳　咳咳哎咳咳　咳咳
哟　伊儿呀儿　哟　咳咳　咳咳哎咳咳　咳咳

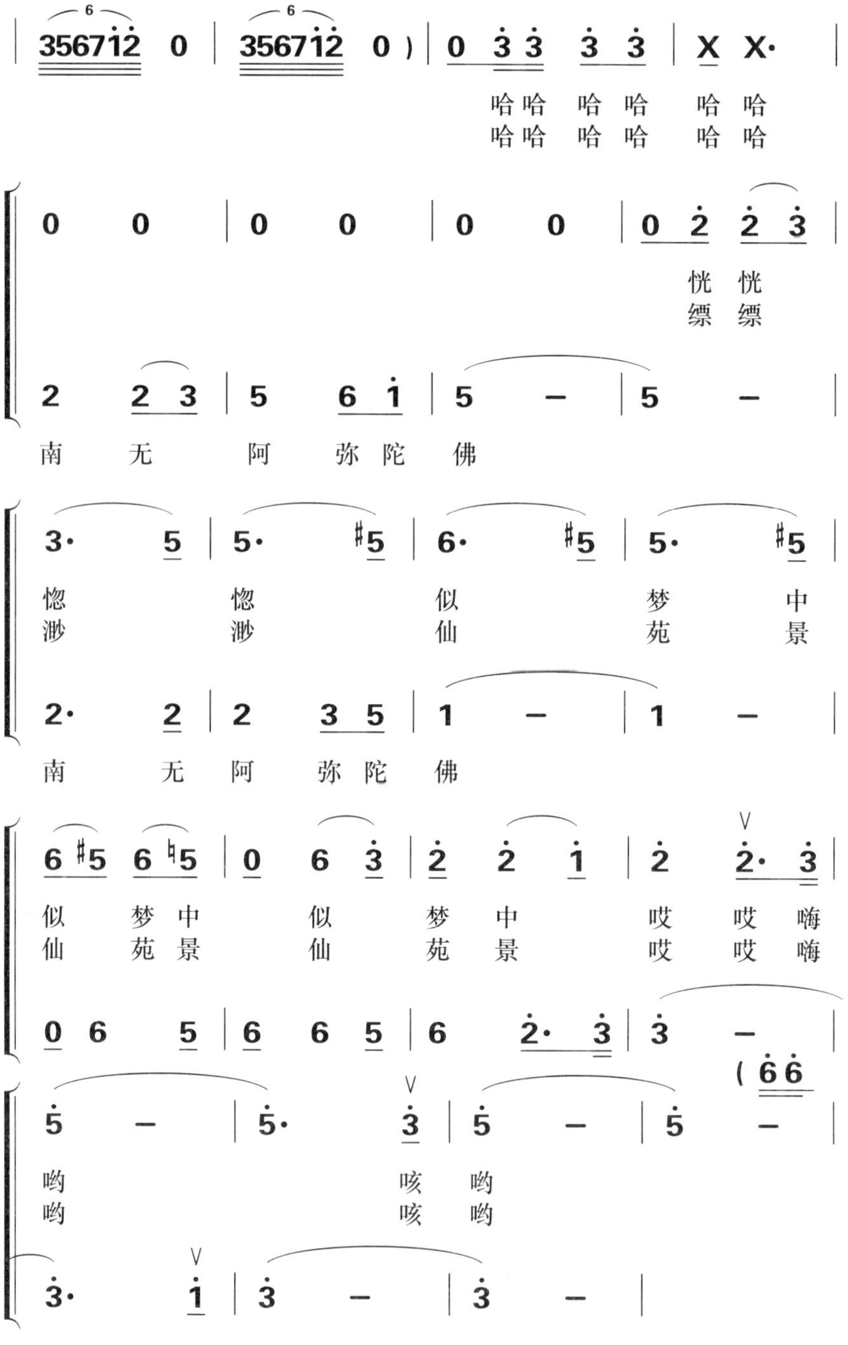

民歌五台山

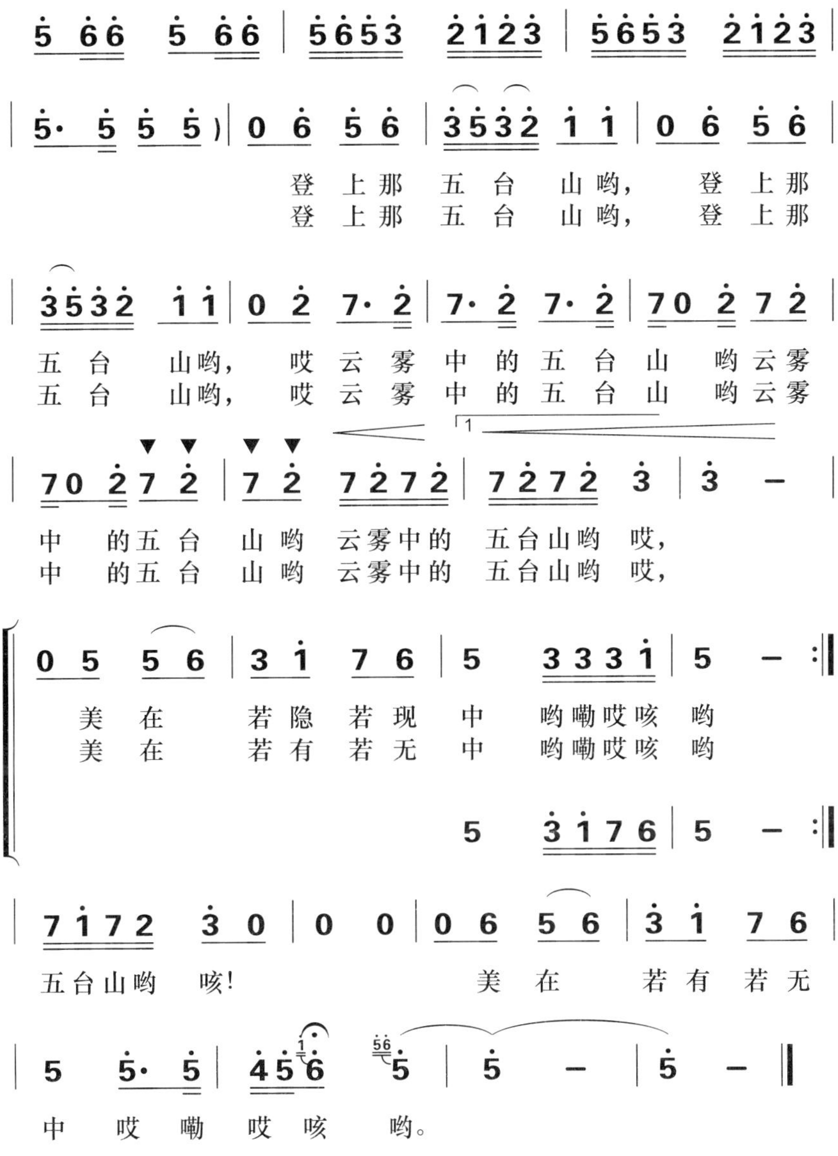

登上那五台山哟,登上那
五台山哟,哎云雾中的五台山哟云雾
中的五台山哟云雾中的五台山哟哎,
美在若隐若现中 哟嘞哎咳哟
美在若有若无中 哟嘞哎咳哟
五台山哟 咳! 美在若有若无
中哎嘞哎咳哟。

（五台山）

圣境之歌

走一趟五台山

1 = ♭B（或C） 2/4

热烈抒情地

张全伟 曲
邓九高 词

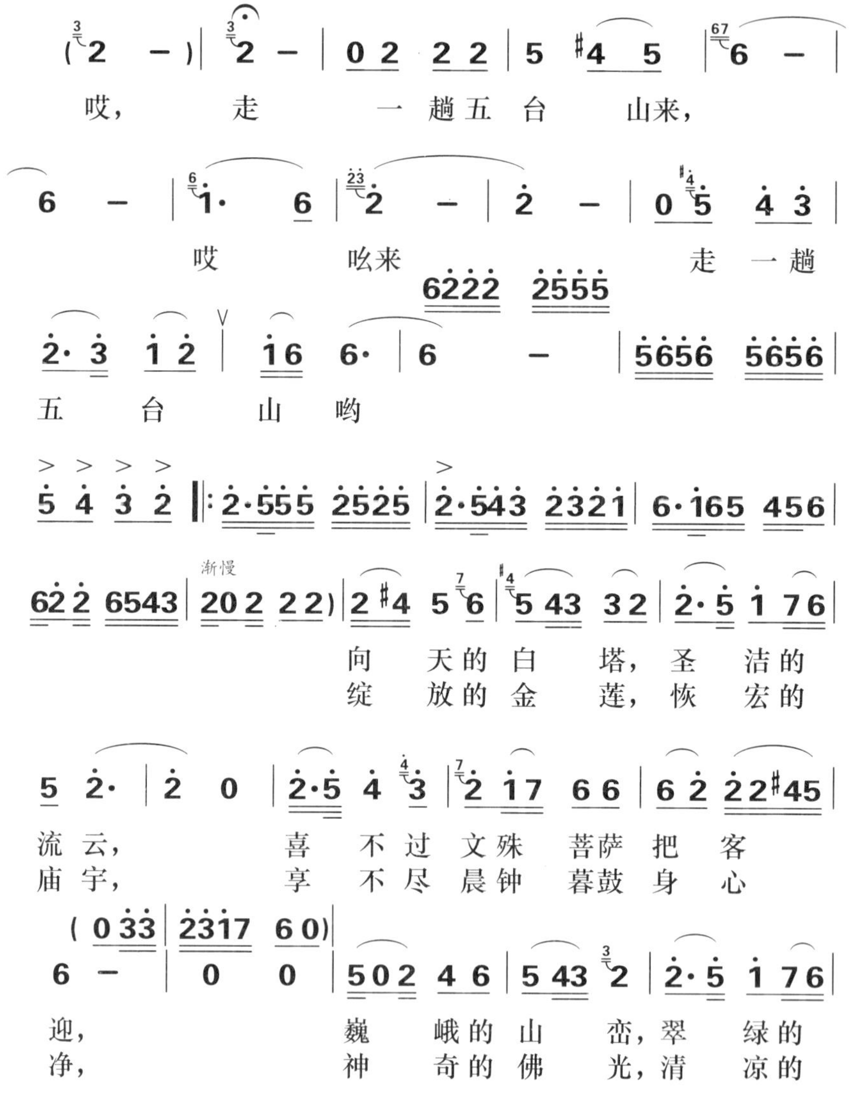

民歌 五台山

(3̲ 2 -) | 3̲ 2 - | 0 2 2̲2̲ | 5 #4̲ 5 | 6̲7̲ 6 - |
哎， 走 一 趟 五 台 山 来，

6 - | 1· 6̲ | 2̲3̲ 2 - | 2 - | 0 5̲ 4̲3̲ |
哎 吆来 走 一 趟

6̲2̲2̲2̲ 2̲5̲5̲5̲
2·̲ 3̲ 1̲ 2̲ | 1̲ 6̲ 6· 6̲ | 6 - | 5̲6̲5̲6̲ 5̲6̲5̲6̲ |
五 台 山 哟

> > > >   >
5̲ 4̲ 3̲ 2̲ ‖: 2·̲ 5̲5̲5̲ 2̲5̲2̲5̲ | 2·̲ 5̲4̲3̲ 2̲3̲2̲1̲ | 6·̲ 1̲6̲5̲ 4̲5̲6̲ |

渐慢
6̲2̲2̲ 6̲5̲4̲3̲ | 2̲0̲ 2 2̲2̲) 2̲ #4̲ 5̲6̲ | ♭7̲ 5̲4̲3̲ 3̲2̲ | 2·̲ 5̲ 1̲ 7̲6̲ |
向 天的 白 塔， 圣 洁的
绽 放的 金 莲，恢 宏的

5 2·̲ | 2̲ 0 | 2·̲ 5̲ 4̲3̲ | 2̲ 1̲7̲ 6̲6̲ | 6̲2̲ 2̲2̲ #4̲5̲ |
流 云， 喜 不过 文殊 菩萨 把 客
庙宇， 享 不尽 晨钟 暮鼓 身 心

(0 3̲3̲ | 2̲3̲1̲7̲ 6̲ 0)
6 - | 0 0 | 5̲0̲ 2̲4̲6̲ | 5̲4̲3̲ 2 | 2·̲ 5̲ 1̲ 7̲6̲ |
迎， 巍 峨的 山 峦，翠 绿的
净， 神 奇的 佛 光，清 凉的

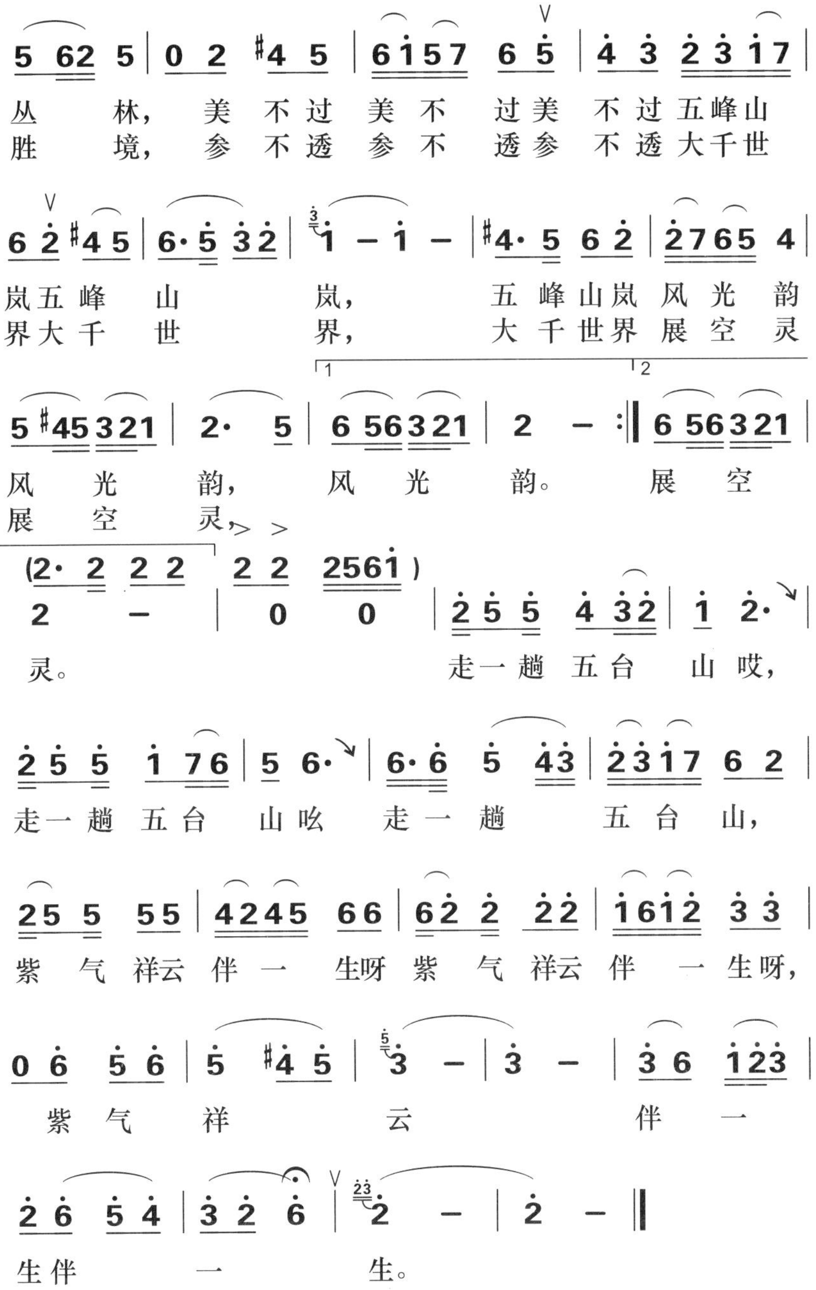

圣境之歌

(五台山)

我为五台人唱支歌

奋臻 雨禾 词
孟奋臻 曲

1 = C 4/4
亲切、颂扬地、中速

民歌五台山

(1 6 1 2 3 5 2 2 7 6 | 3 2 7 2 6 5· 3 2 1 2 3)

5 5 3 2 1 2 3· 6 | 1 3 2 1 6 1 5 — |
天　　蓝　　蓝　　　水　清　　清，
天　　蓝　　蓝　　　水　清　　清，
天　　蓝　　蓝　　　水　清　　清，

1 1 6 1 5 6 5 3 | 6· 5 3 3 5 2 — |
家家　　有　部　　好呀好念的　经。
村村　　有　部　　好呀好念的　经。
县委　　政　府　　有部好念的　经。

3· 5 1 2 3 — | 6 6 5 3 6 5 — |
党　在我　心　中，　前　进　方　向　明。
村　委办　实　事，　村　民　喜　心　中。
十　二五　蓝图定，　全　县　齐　响　应。

1· 7 6 1 5 3 5 2 2 | 5 5 5 3 5 2 1 — |
合家凝成一股　劲哟，家　和　万事　兴。
雄心壮志心连心哟，共　建　新农　村。
构建和谐新五台哟，全　县　一　片　红。

1 6 1 2 3· 5 | 2· 2 7 2 6 — | 3 2 7 2 6 |
我为五台　　唱呀唱支歌。　家和万　事
我为五台　　唱呀唱支歌。　共建新　农
我为五台　　唱呀唱支歌。　全县一　片

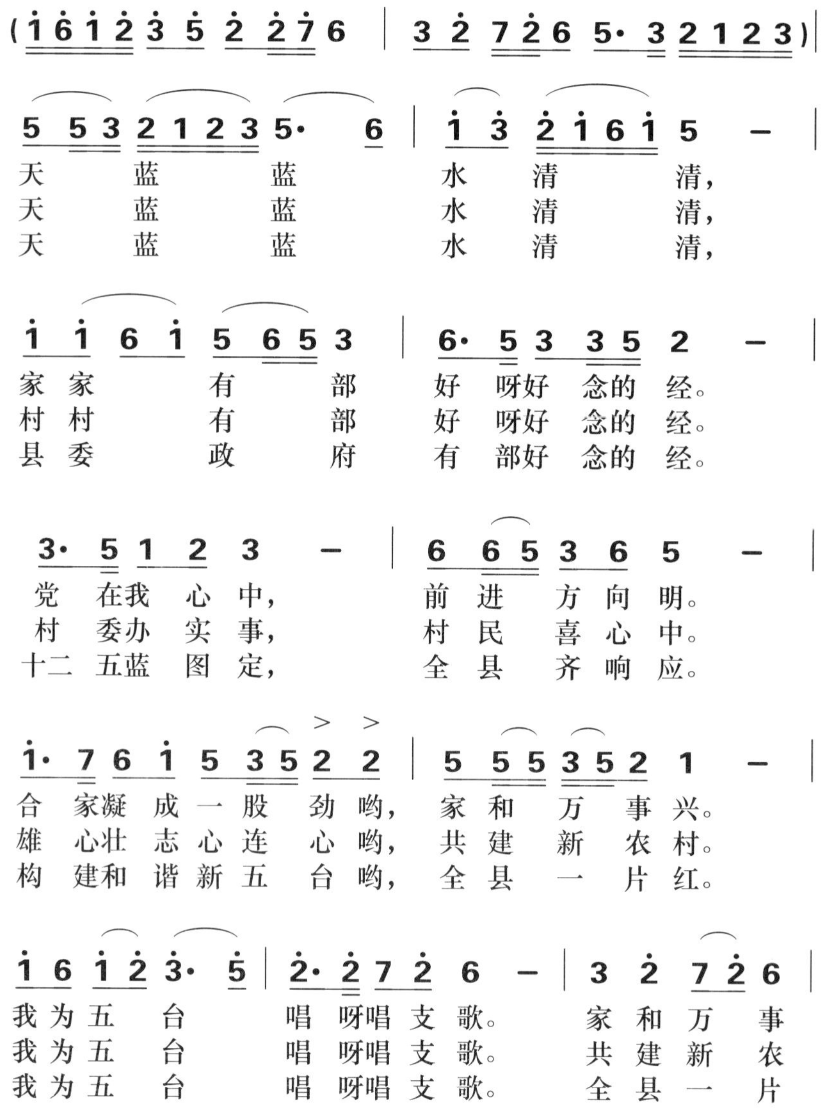

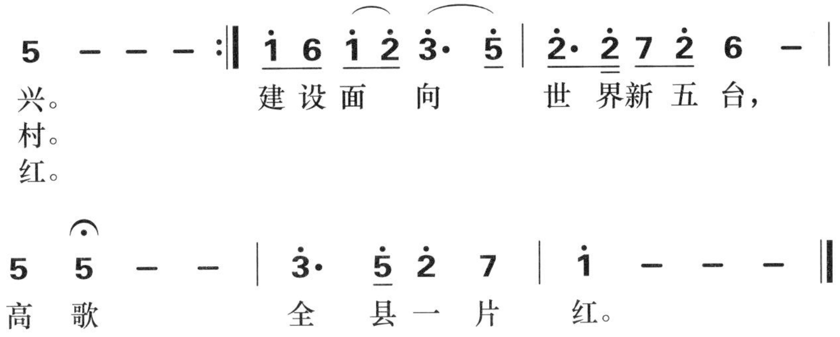

兴。建设面向　世界新五台，
村。
红。

高歌　全县一片红。

（五台山）

我登上巍巍的五台

1 = F 4/4

永春 曲
张黎 词

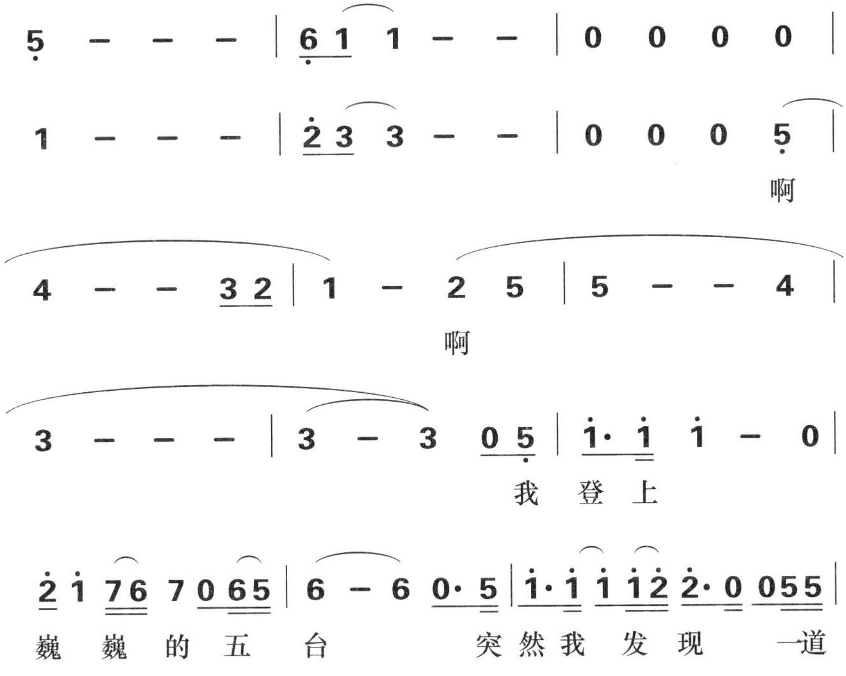

圣境之歌

啊

啊

我登上

巍巍的五台　　突然我发现　一道

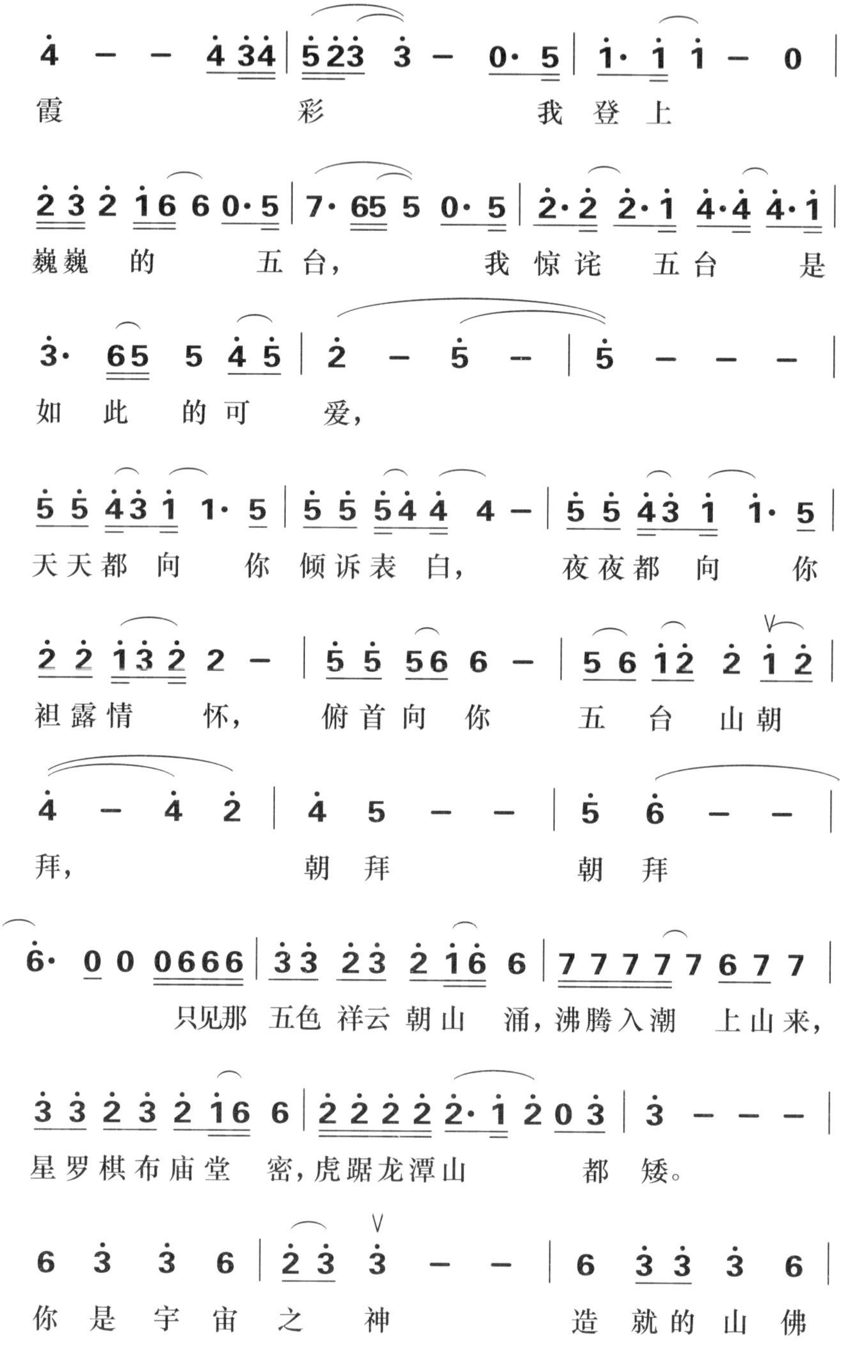

民歌五台山

霞彩，我登上巍巍的五台，我惊诧五台是如此的可爱，天天都向你倾诉表白，夜夜都向你袒露情怀，俯首向你五台山朝拜，朝拜 朝拜 只见那五色祥云朝山涌，沸腾入潮上山来，星罗棋布庙堂密，虎踞龙潭山都矮。你是宇宙之神造就的山佛

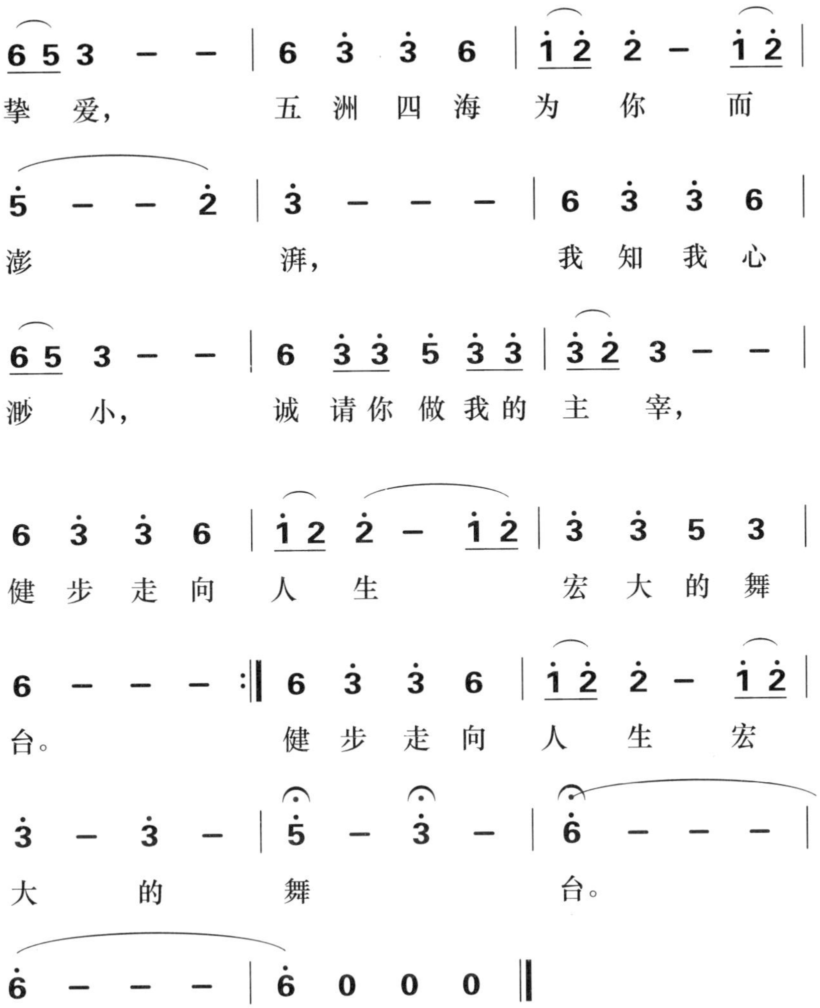

圣境之歌

```
6 5 3 - - | 6 3 3 6 | 1 2 2 - 1 2 |
挚 爱,     五 洲 四 海 为 你 而

5 - - 2 | 3 - - - | 6 3 3 6 |
澎     湃,         我 知 我 心

6 5 3 - - | 6 3 3 5 3 3 | 3 2 3 - - |
渺 小,     诚 请 你 做 我 的 主 宰,

6 3 3 6 | 1 2 2 - 1 2 | 3 3 5 3 |
健 步 走 向 人 生     宏 大 的 舞

6 - - - ‖ 6 3 3 6 | 1 2 2 - 1 2 |
台。        健 步 走 向 人 生 宏

3 - 3 - | 5 - 3 - | 6 - - - |
大 的     舞     台。

6 - - - | 6 0 0 0 ‖
```

（五台山）

故　乡

1 = G 2/4

胡昌义 词曲

中速

| 1 1 | 2 1 2 3 | 5̣ — | 5 5 | 6 5 3 | 5 — | 1̇ 1̇ 6 |

五　台　山，　我的故　乡，　山　山
五　台　山，　我的故　乡，　五　峰
五　台　山，　我的故　乡，　清　凉

| 5 6 | 5 3 | 3 2 3 | 2 1 | 2 — | 2·2 2 3 | 2 1 | 6 5̣ |

水　水罩佛　光，　佛教文化千　古
凌　空多雄　壮，　天池如月嫦　娥
胜　境来休　闲，　一草一木结　佛

| 1 — | 1 7̣ 6̣ | 5 5 6 | 6 5 3 2 | 2 — |

传；　红墙黄　瓦绿树掩，
玩；　红风卷　松林千重浪，
缘；　家乡气　象多变幻，

| 2·2 2 3 | 5 6 3 | 5 — | 2·2 2 3 | 2 1 7̣ 6̣ |

古建匠心见辉　煌。　古建匠心见辉
浪涌草地花烂　漫。　浪涌草地花烂
四季交替一日　间。　四季交替一日

| 5̣ — | 1 2 1 | 5̣ — | 3 5 | 6 3 | 5 — |

煌。　五台山　我的故　乡，
漫。　五台山　我的故　乡，
间。　五台山　我的故　乡，

民歌五台山

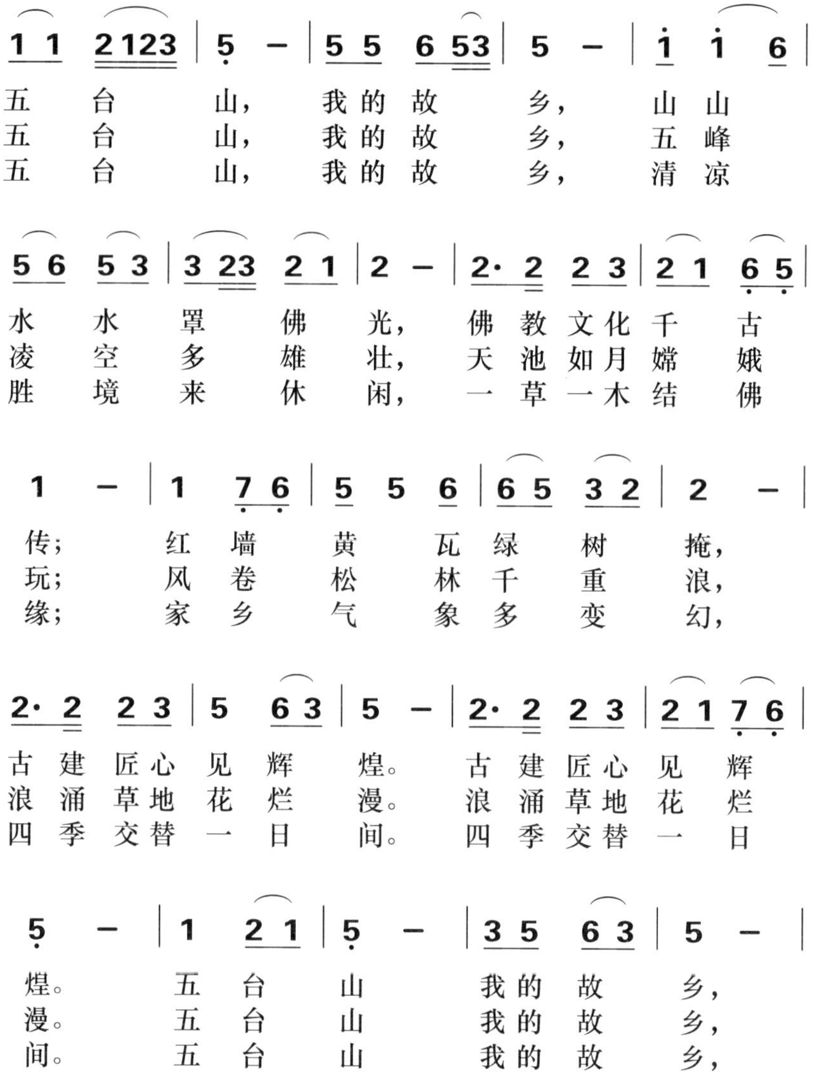

| 1 7 6 | 5 - | 5 3 1 | 2 - | 2 2 3 |

情 相 牵， 心 相 连， 庙 堂
情 相 牵， 心 相 连， 白 云
情 相 牵， 心 相 连， 我 为

| 5 5 | 6 5 2 3 | 5 - | 2· 2 2 3 | 2 1 7 6 |

音 乐 耳 边 响， 禅 语 悠 悠 唱 吉
依 依 恋 故 乡， 清 溪 潺 潺 咏 名
家 乡 唱 赞 歌。 家 乡 的 故 事 天 下

尾

| 5 - | 2 2 2 2 3 | 6 5 2 3 | 5 - ‖

祥。 家 乡 的 故 事 天 下 传。
山。
传。

（五台山）

爱在五台山

俊文 奋臻 词曲

1 = F 2/4

| 1 2 3 3 | 6 3· 2 | 1 - | 6 1 1 | 2 3 2 1 |

因为 地球 爱你， 把 奇特 的 景色
因为 天空 爱你， 把 新奇 的 视野

| 6· 5 5 5 - | 1 2 3 3 | 6 3· 2 | 1 - |

给 你， 因为 祖先 爱你，
给 你， 因为 时代 爱你，

| 6 1 1 | 2 3 | 2 1 | 6· 3 3 | 3 - | 3 5 3 5 6 |

把 超群 的 杰作 给 你。 啊
把 今天 的 气息 给 你。

圣境之歌

—929—

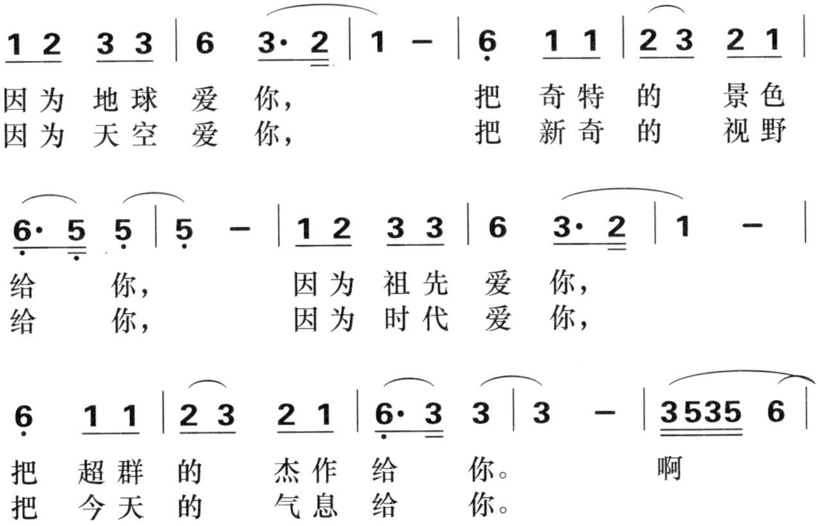

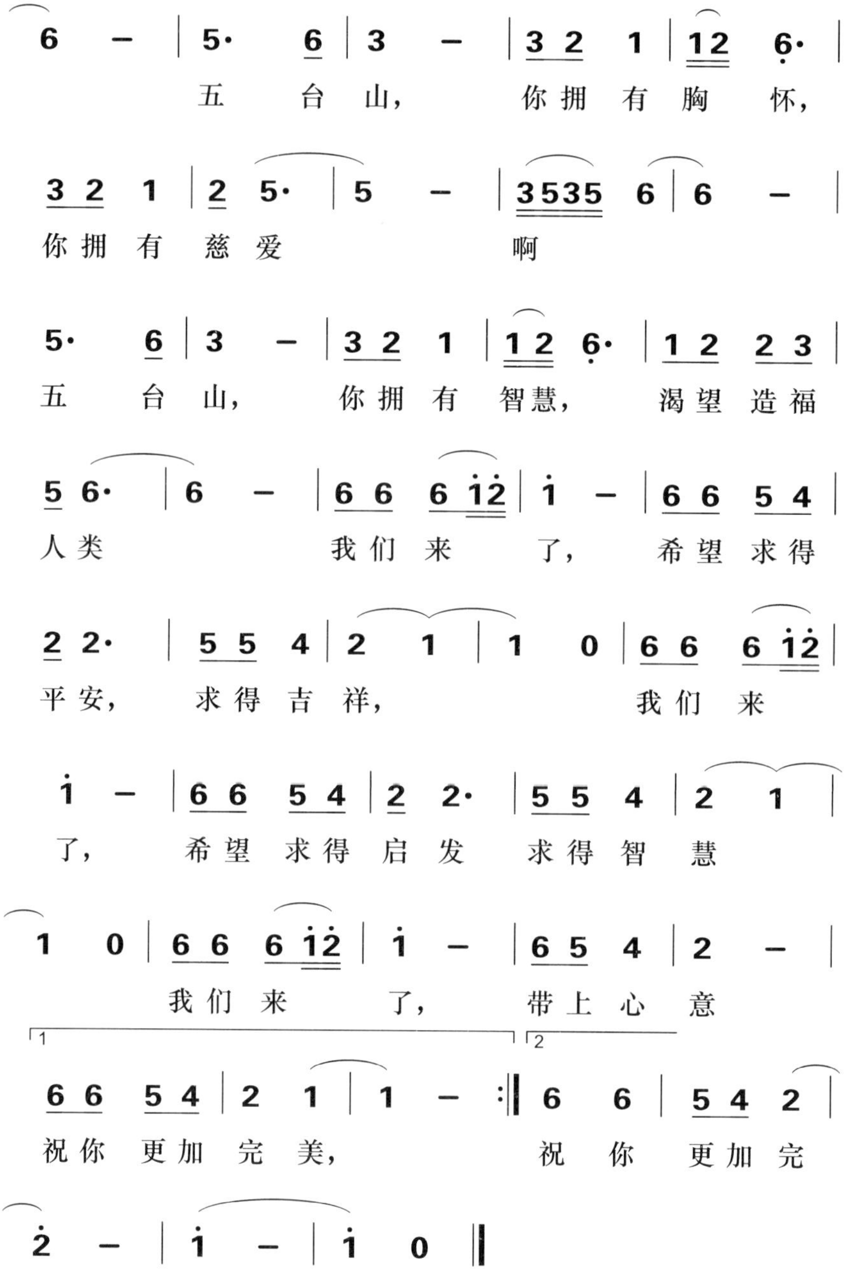

民歌五台山

6 - | 5· 6 | 3 - | 3 2 1 | 1 2 6· |
　　五　　台　山，　你 拥 有 胸　怀，

3 2 1 | 2 5· | 5 - | 3535 6 | 6 - |
你 拥 有 慈 爱　　　　　　　啊

5· 6 | 3 - | 3 2 1 | 1 2 6· | 1 2 2 3 |
五　台　山，　你 拥 有 智 慧，　渴 望 造 福

5 6· | 6 - | 6 6 6 1 2 | 1 - | 6 6 5 4 |
人 类　　　　我 们 来　了，　希 望 求 得

2 2· | 5 5 4 2 1 | 1 0 | 6 6 6 1 2 |
平 安，　求 得 吉 祥，　　　我 们 来

1 - | 6 6 5 4 | 2 2· | 5 5 4 2 1 |
了，　希 望 求 得 启 发　求 得 智 慧

1 0 | 6 6 6 1 2 | 1 - | 6 5 4 | 2 - |
　　　我 们 来　了，　带 上 心　意

「1.
6 6 5 4 | 2 1 | 1 - ‖
祝 你 更 加 完 美，

「2.
6 6 | 5 4 2 |
祝 你 更 加 完

2 - | 1 - | 1 0 ‖
美。

（五台山）

怀 念

(独唱)

1 = ♭B(或A) 2/4

定襄民歌风　思念赞颂地

张金伟 曲
张尚瑶 张学明 词

(5· 6 | 5· 3 | 6 5 6 3 2 | 3 1· |

3 2 2 3 5· 3 | 2 1 3 2 1· 7 | 6 3 5 6 2 1 7 6 | 5· 6 5)

3 3 5 2 3 | 1 7 6 5 | 2 2 3 5 2 | 1· 2 |

村头那棵　老槐　树还在　把你　等，
家乡那些　父老　们还在　把你　等，

3 3 5 3 | 2 1 2 3 | 1 7 0 6 5 0 3 | 5 5 6 7 6 |

就在这棵老树下哎呀呀呀你告别了众乡
乳名乡音粗茶饭哎呀呀呀你终生　难忘

5 — | 5· 5 | 6· 5 5· | 6 5 6 3 2 |

亲。　你是一支箭哪　家乡是张
情。　家乡是壶酒哪　越老味越

1 — | 2 0 3 5 7 | 6 3 5 6 1 0 1 | 6 5 6 2 1 7 6 |

弓，　怀着满腔热　血你去把　真理
醇，　一方水土一　方人呀家乡　才是

圣境之歌

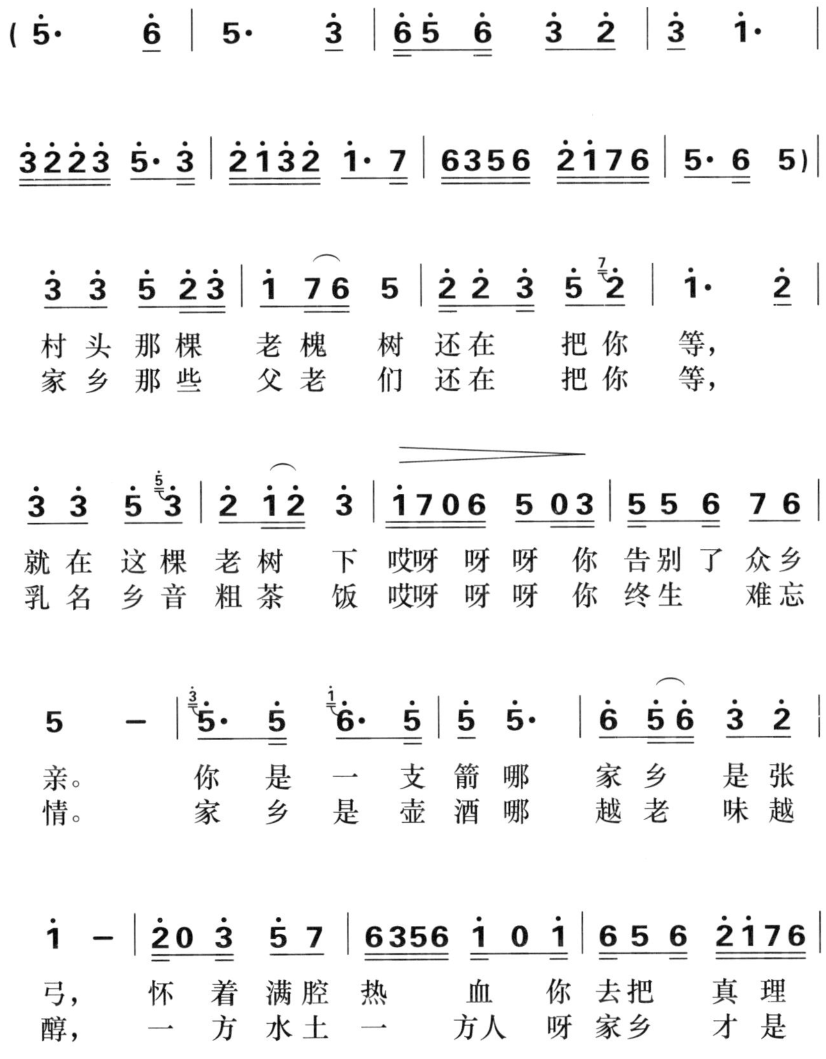

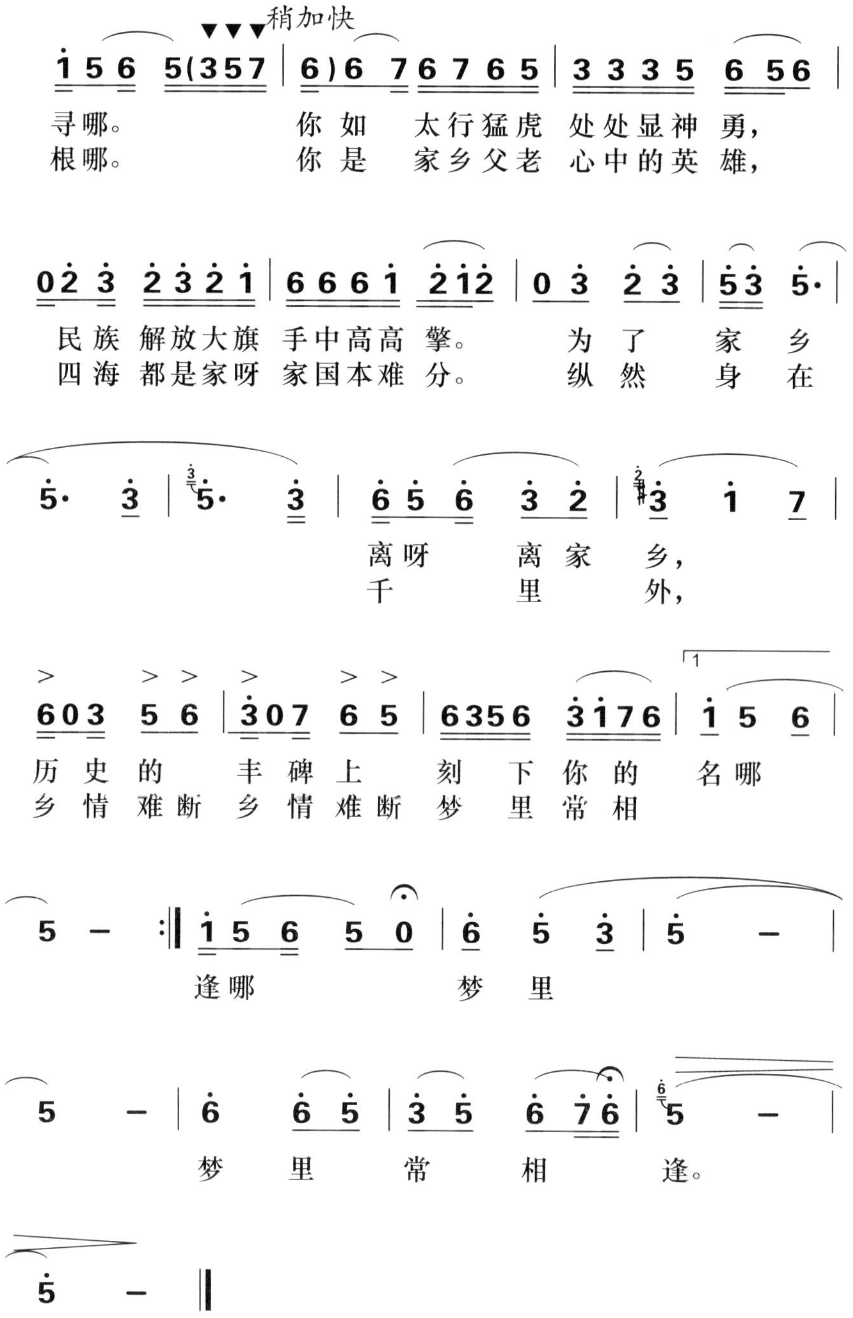

(五台山)

五台山花红艳艳

1 = D 2/4　　　　　　　　　　　　　　杨信康 词曲

欢乐、跳跃、激情地

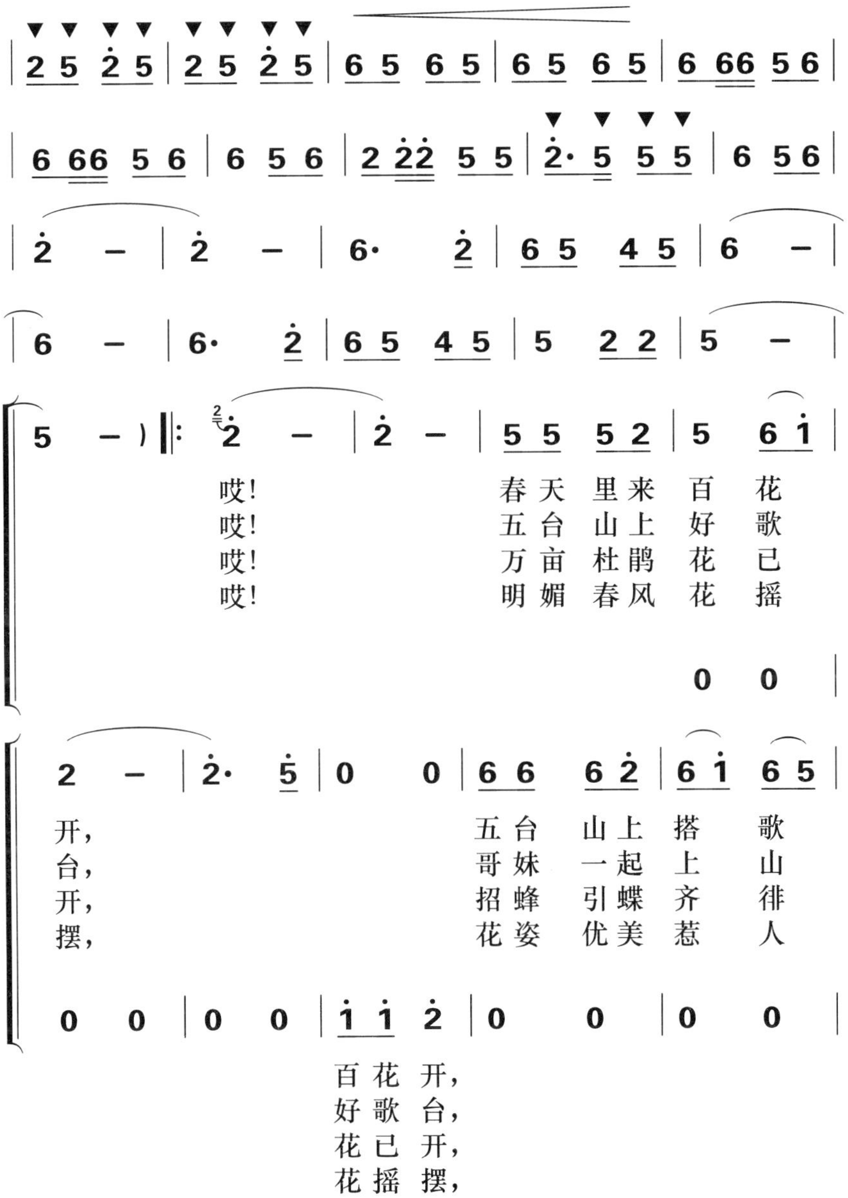

圣境之歌

民歌五台山

```
| 6 -  | 6· 5 | 0  0 | 2 -  | 2  16 |
```
台，　　　　　哎　　哎　哟！
来，　　　　　哎　　哎　哟！
徊，　　　　　哎　　哎　哟！
爱，　　　　　哎　　哎　哟！

```
| 0  0 | 0  0 | 2 2 6 | 5 6 5 2 | 5 6 5 2 |
```
　　　　　　搭 歌 台， 嗨哟 嗨哟 嗨哟 嗨哟
　　　　　　上 山 来， 嗨哟 嗨哟 嗨哟 嗨哟
　　　　　　齐 徘 徊， 嗨哟 嗨哟 嗨哟 嗨哟
　　　　　　惹 人 爱， 嗨哟 嗨哟 嗨哟 嗨哟

```
| 2 -  | 2  16 | 5  32 | 2 -  | 2 -  |
```
哎！　 哎 哎 哟！白 花 开，　 哎！
哎！　 哎 哎 哟！好 歌 台，　 哎！
哎！　 哎 哎 哟！花 已 开，　 哎！
哎！　 哎 哎 哟！花 摇 摆，　 哎！

```
| 2· 3 | 1 61 | 2 -  | 2 -  | 6 2 6 1 |
```
摆 呀 百 花 开，　　　　　嗨哟 嗨哟
好 呀 好 歌 台，　　　　　嗨哟 嗨哟
花 呀 花 已 开，　　　　　嗨哟 嗨哟
花 呀 花 摇 摆，　　　　　嗨哟 嗨哟

```
| 2  65 | 2 -  | 2  65 | 1  2 | 6 1 6 5 |
```
哎 哟！哎！　哎！哟 搭 呀 搭 歌山
哎 哟！哎！　哎！哟 上 呀 上 山徘
哎 哟！哎！　哎！哟 齐 呀 齐 徘人
哎 哟！哎！　哎！哟 惹 呀 惹 人

```
| 6 2 6 1 | 4· 5 | 6  32 | 2 1 1 | 2 -  |
```
嗨哟 嗨哟 搭 呀 搭 歌 台，搭 歌 台，
嗨哟 嗨哟 上 呀 上 山 来，上 山 来，
嗨哟 嗨哟 齐 呀 齐 徘 徊，齐 徘 徊。
嗨哟 嗨哟 惹 呀 惹 人 爱，惹 人 爱。

圣境之歌

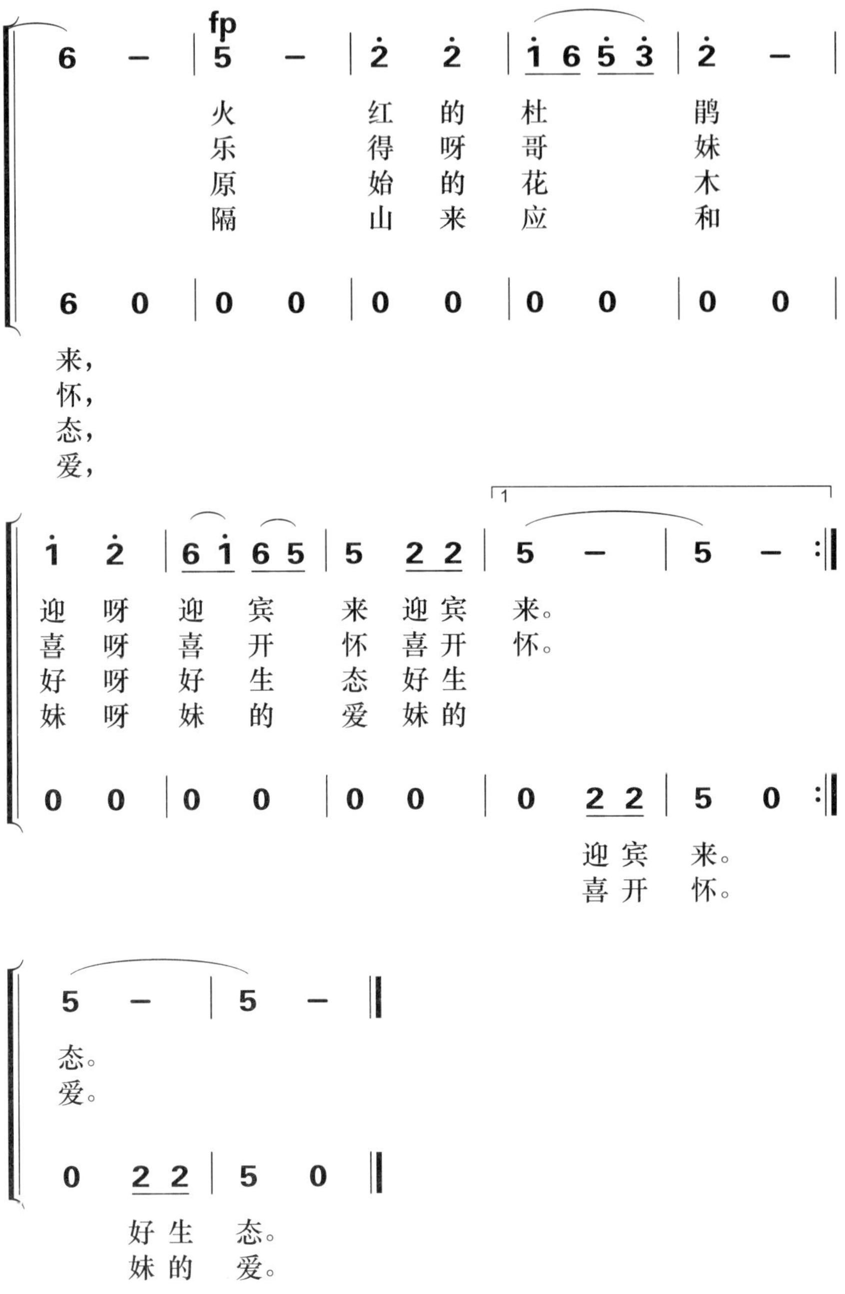

民歌 五台山

6 -	fp 5 -	2̇ 2̇	1̇ 6 5 3	2̇ -

火 乐 原 隔
红 得 始 山
的 呀 迎 来
杜 哥 花 应
鹃 妹 木 和

6 0 | 0 0 | 0 0 | 0 0 | 0 0 |

来，
怀，
态，
爱，

1̇ 2̇	6 1̇ 6 5	5 2 2	5 -	5 - ‖

迎 呀 迎 宾 来 迎 宾 来。
喜 呀 喜 开 怀 喜 开 怀。
好 呀 好 生 的 好 生 态。
妹 呀 妹 的 态 妹 的 爱。

0 0 | 0 0 | 0 0 | 0 2 2 | 5 0 ‖

迎 宾 来。
喜 开 怀。

5 -	5 - ‖

态。
爱。

0 2 2 | 5 0 ‖

好 生 态。
妹 的 爱。

（五台山）

人说五台山菩萨灵验

1 = F 4/4

深情稍慢

毛依 词
王世宽 李杰 曲

圣境之歌

(6 2· 17 6· | 6· 7 6753 6 — |

6 2· 17 6· | 6· 7 5#454 3 — |

1716 2 1276 2 | 2· 3 3 17 6 —)

3 6 5#45 6 — | 3 6 5#45 3 — |
人说 五台 山   菩萨 有 灵 验,

3· 6 5432 1· 3 | 7· 3 2 37 6 — |
旋转 经 轮   求得 好 姻 缘,

1716 2 2323 3 | 2323 665#4 3 — |
心诚则 灵天遂人 愿, 白衣仙女, 飘现人 间,

1716 2 2323 6 | 235 6 7653 6 — |
一根红 线,一段尘 缘, 两地情思,爱恨缠 绵,

6 2· 17 6· | 6· 7 7653 6 — |
相聚 总 觉   时 光   短,

```
6  2· 17 6· | 6· 7  5#454  3 - |
离 别  方 恨   岁 月  慢,

1716  2  1276  2 | 2· 3  65#4  3 - |
但    愿 人生   得  知    己,

1716  2  1276  2 | 2· 3  317  6 - |
比翼  飞,相伴  相  伴  到永   远,

1766  2  1276  2 | 23  317  6 - :||
比翼  飞相  伴   相  伴  到永   远,

1716  2  1276  2 | 23  317  6 - |
比翼  飞,相  伴   相  伴  到永   远,

23  317  6 - | 23  317  6 - |
相伴 到永 远,  相伴 到永 远,

23  317  6 - ||
相伴 到永 远。
```

（五台山长篇爱情诗《转经轮》演唱歌曲之一）

（五台山）

五台山花溪流芳

1 = C 4/4　　　　　　　　　　　　　　　邦洲 词曲

稍慢、抒情地

5 5 - - | 5(653) - - - | 2123 3 - - |

5 1 2 3 | 5 - - - | 1· 1 65 3 |

5 - - - | 65 65 5 - | 135 5 - 5 |

6567 1233 5 - | 5 65 5 21) | 2· 2 3 3 |
　　　　　　　　　　　　　　　　　正 是 桃 红

2 7 6 1 6 1 35 | 5 - - 0 | 2· 2 3 3 |
柳 绿 时 节　　　　　　　　　　峰 岚 上 得

2 7 6 5 6 2 3 | 1 - - 0 | 5· 5 6 6 |
五 台 山 去 求 仙。　　　　　　转 经 轮 前

2 2 3 3 2 7 6 3 | 5 - (5 6 1) | 2· 2 3 3 |
求 菩 萨 求 菩 萨，　　　相 遇 兰 婷

2 3 6 5 - | 3 5 6 5 - | 1· 1 2 3 |
美 女　　　胜 天 仙。　　菩 萨 心 肠

6· 5 4 3 2 | 2 (6 5 4 3 2) | 1· 6 1 2 3 |
菩 萨 心 愿，　　　　　　　　从 此 姻 缘

圣境之歌

—939—

民歌五台山

一线牵　一线牵。

风和日丽，　一曲恋歌定姻缘。　　一对凤凰飞舞在花溪流芳的　山水间，飞舞在　山水间哎！

相遇是喜　喜满怀哟，

离别是愁　愁上　心　间。

都说人生命运　不可　测，

菩萨让他们受尽苦难再相见。

哎，　　　五台山 转经轮 一 转 转了几十年，　　美丽的 花溪 流芳哟 让他们守住知己 红 颜 哎！

传说中的 梁祝 虽 然 随风逝去，　　他们都在 苦难逝去又重逢。

情 意 缠绵，　　苦尽甘来 有 多少话 说不完啊，又在一个桃红柳绿时节，　　他们又重

圣境之歌

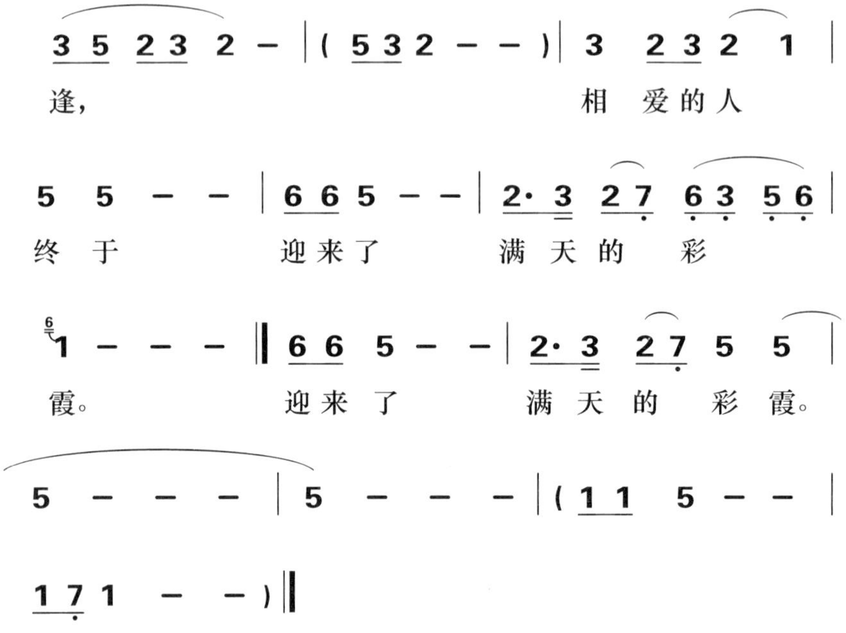

$\widehat{3\ 5}\ \widehat{2\ 3}\ 2\ -\ |\ (\widehat{5\ 3}\ 2\ -\ -)\ |\ 3\ \widehat{2\ 3}\ \widehat{2\ 1}\ |$
逢， 相 爱 的 人

$5\ 5\ -\ -\ |\ \widehat{6\ 6}\ 5\ -\ -\ |\ 2\cdot\underline{3}\ \widehat{2\ \underline{7}}\ \widehat{\underline{6}\ \underline{3}}\ \underline{5\ 6}\ |$
终 于 迎 来 了 满 天 的 彩

$\overset{6}{1}\ -\ -\ -\ ‖\ \widehat{6\ 6}\ 5\ -\ -\ |\ 2\cdot\underline{3}\ \widehat{2\ \underline{7}}\ 5\ 5\ |$
霞。 迎 来 了 满 天 的 彩 霞。

$5\ -\ -\ -\ |\ 5\ -\ -\ -\ |\ (\widehat{1\ 1}\ 5\ -\ -\ |$

$\underline{1}\ \underline{7}\ 1\ -\ -\ )‖$

（五台山长篇爱情诗《转经轮》演唱歌曲之二）

山西有群五台人

1 = G 4/4

颂扬地

王孟 曲
张黎 词
马啸 唱

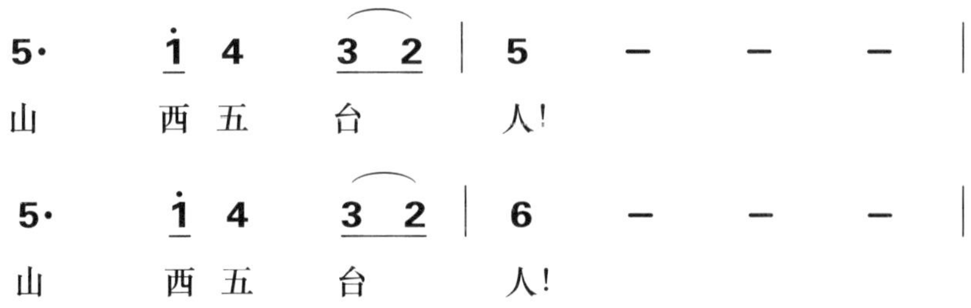

$5\cdot\quad \dot{1}\ 4\quad \widehat{3\ 2}\ |\ 5\ -\ -\ -\ |$
山 西 五 台 人！

$5\cdot\quad \dot{1}\ 4\quad \widehat{3\ 2}\ |\ 6\ -\ -\ -\ |$
山 西 五 台 人！

$\underbrace{6\cdot \underline{2}}\ \underline{\dot{1}\cdot\underline{\dot{1}}\ 6\ \underline{\dot{2}}}\ |\ 5\ -\ -\ -\ |$
　五　　　台　　　　人。

$\underline{5\cdot\ \underline{3}}\ \underline{5\ \underline{\dot{2}}}\ \dot{1}\ -\ |\ \underline{5\cdot\ \underline{\dot{1}}}\ \underline{4\ \underline{3}}\ \underline{5\ \underline{5}}\ \underline{2\cdot}\ |$
山　　　西　　有 群 五 台　人

$\underline{1\ \underline{1}}\ \underline{2\ \underline{4\cdot}}\ \underline{5}\ \underline{6\ \underline{2}}\ |\ 5\ -\ -\ -\ |$
那 就 是 我　　　　们。

$5\ \underline{53}\ \underline{5\ \underline{\dot{2}}}\ \underline{\dot{1}\cdot\underline{\dot{1}}}\ |\ \underline{5\ \underline{5\dot{1}}}\ \underline{4\ \underline{3}}\ \underline{6\ \underline{5}}\ \underline{2\cdot}\ |$
五　　台　山 是　我 们 的 父 母 山，

$\underline{5\ \underline{55}}\ \underline{2\ \underline{5}}\ \underline{4\cdot\ \underline{3}}\ \underline{2\ \underline{5}}\ |\ 1\ -\ -\ -\ |$
我 们 是 五 台　山 的 亲 子　孙。

(　$\underline{0\ \underline{3}}\ \underline{5\ \underline{\dot{2}}}\ \dot{1}\ -\ |\ \underline{\dot{1}\ \underline{3}}\ \underline{\dot{2}\ \underline{\dot{1}}}\ \underline{\dot{1}\ \underline{7\dot{1}}}\ \underline{\dot{2}\ \underline{\dot{1}}}\ |$

$6\ -\ -\ -\ |\ \underline{5\cdot\ \underline{\dot{1}}}\ \underline{4\ \underline{3}}\ \underline{2\cdot\ \underline{5}}\ \underline{\underline{7}\cdot\ \underline{1\underline{2}5}}\ |$

$1\ -\ -\ -\ )\ |\ \underline{1\cdot\ \underline{2}}\ \underline{3\underline{7}\underline{61}}\ \underline{5\cdot\ \underline{1}}\ 2\ |$
　　　　　　　五 台 山 的　草　铺 绿
　　　　　　　清 水 河 的　乳　给

$\underline{3\ \underline{66}}\ \underline{65\underline{3}}\ 5\ -\ |\ \underline{3\cdot\ \underline{5}}\ \underline{6\cdot\ \underline{5\underline{3}2}}\ \underline{3\cdot\ \underline{2}}\ 3\ |$
我 们 的　童　贞，　五 台 山 的　路　磨 硬
我 们 的　是 甘 甜，　显 通 寺 的　钟　追 寻着

圣境之歌

—943—

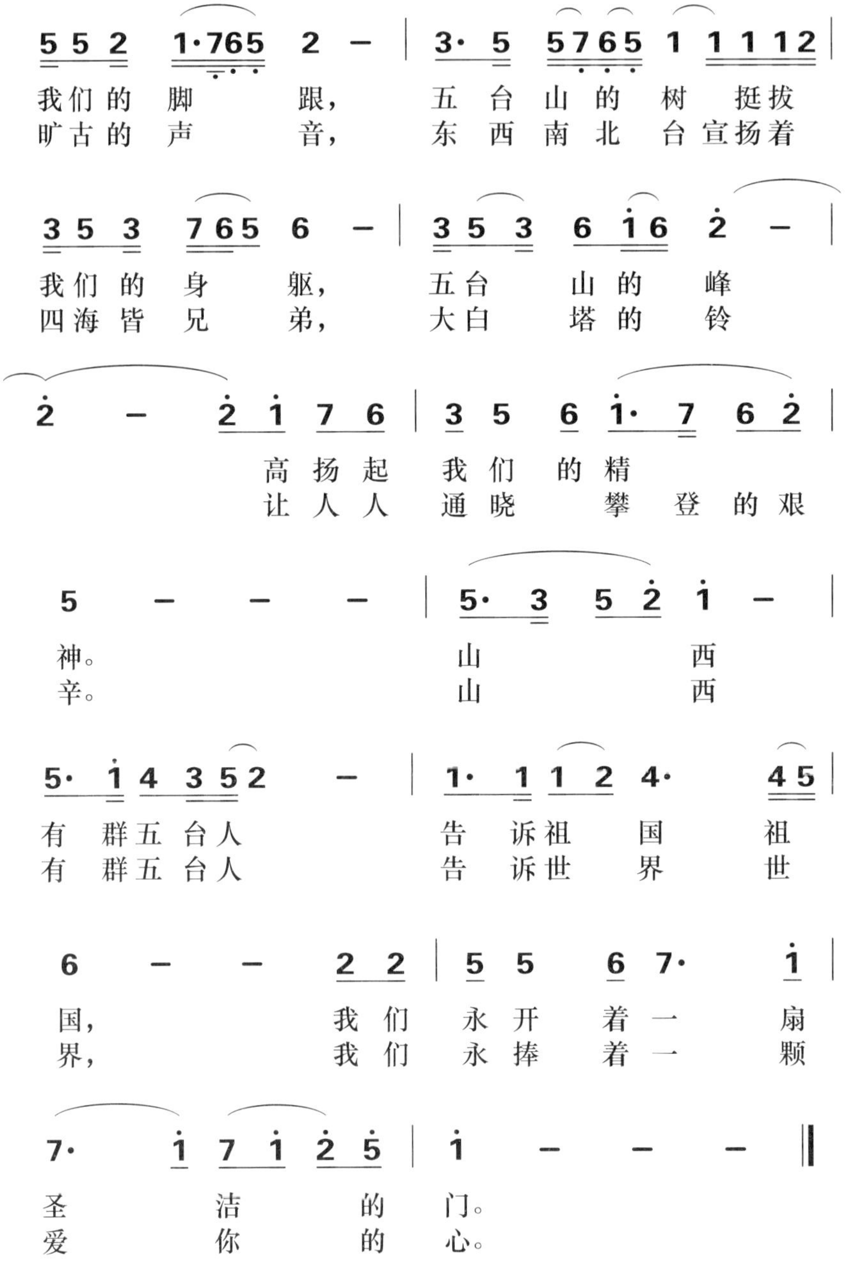

民歌 五台山

```
5 5 2  1·765  2 —  | 3·5  5765  1 1 1 1 2 |
我们的 脚    跟,    五台 山的  树 挺 拔
旷古的 声    音,    东西 南北  台 宣 扬 着

3 5 3  765  6 —  | 3 5 3  6 1 6  2 — |
我们的 身   躯,    五台   山的   峰
四海皆 兄   弟,    大白   塔的   铃

2 —  2 1 7 6 | 3 5  6 1·7  6 2 |
      高扬起 我们 的 精
      让人人 通晓 攀登 的艰

5 — — — | 5·3  5 2 1 — |
神。        山   西
辛。        山   西

5·1 4 3 5 2 — | 1·1 1 2 4· 4 5 |
有 群五台人    告诉 祖 国  祖
有 群五台人    告诉 世 界  世

6 — — 2 2 | 5 5  6 7·  1 |
国,     我们 永开 着一  扇
界,     我们 永捧 着一  颗

7· 1 7 1 2 5 | 1 — — — ‖
圣  洁  的 门。
爱  你  的 心。
```

(五台山)

走进五峰

1 = D 2/4

亲切、赞美地

董茂贤 曲
卢庚奋 词

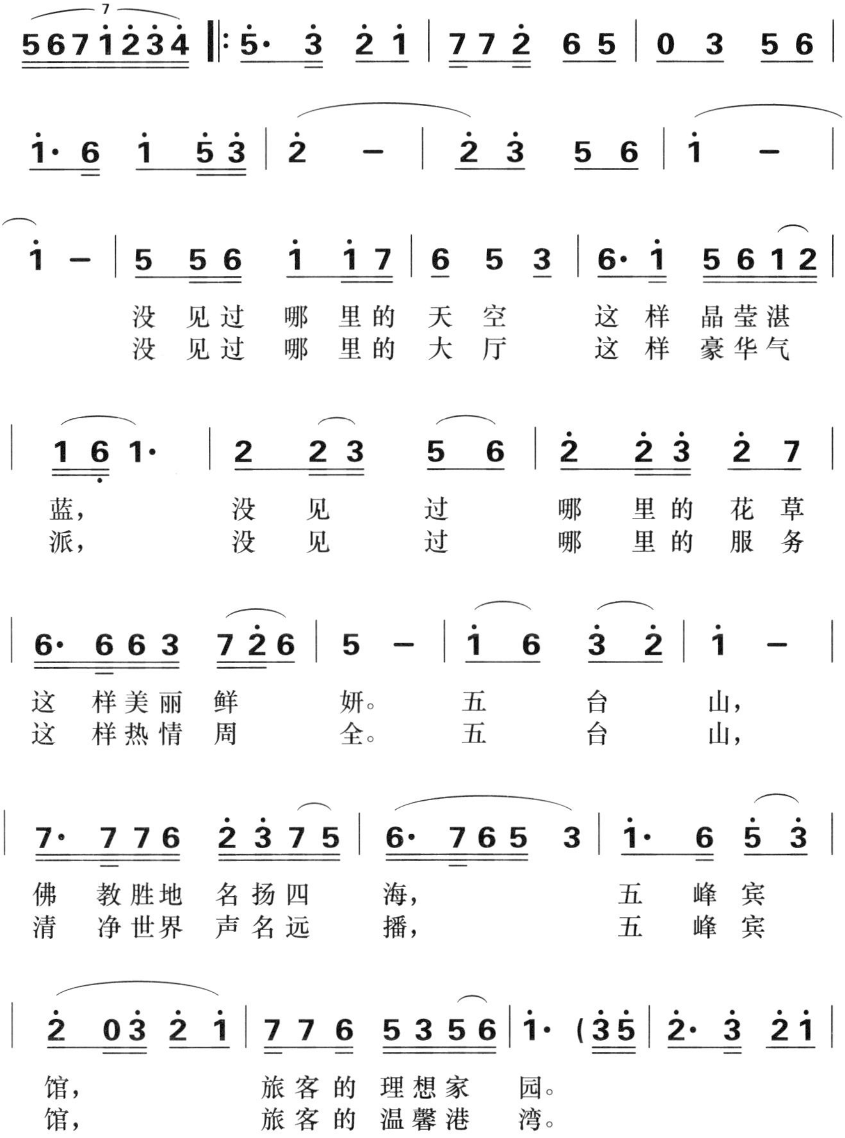

圣境之歌

5 6 7 1 2 3 4 | 5· 3 2 1 | 7 7 2 6 5 | 0 3 5 6 |

1· 6 1 5 3 2 — | 2 3 5 6 1 — |

1 — | 5 5 6 1 1 7 6 5 3 6·1 5 6 1 2 |
没见过哪里的天空　　这样晶莹湛
没见过哪里的大厅　　这样豪华气

1 6 1· | 2 2 3 5 6 | 2 2 3 2 7 |
蓝，　没见过　哪里的花草
派，　没见过　哪里的服务

6· 6 6 3 7 2 6 | 5 — | 1 6 3 2 | 1 — |
这样美丽鲜妍。　五　台　山，
这样热情周全。　五　台　山，

7· 7 7 6 2 3 7 5 | 6· 7 6 5 3 | 1· 6 5 3 |
佛　教胜地 名扬四　海，　　五　峰宾
清　净世界 声名远　播，　　五　峰宾

2 0 3 2 1 | 7 7 6 5 3 5 6 | 1· (3 5 | 2· 3 2 1 |
馆，　旅客的 理想家　园。
馆，　旅客的 温馨港　湾。

—945—

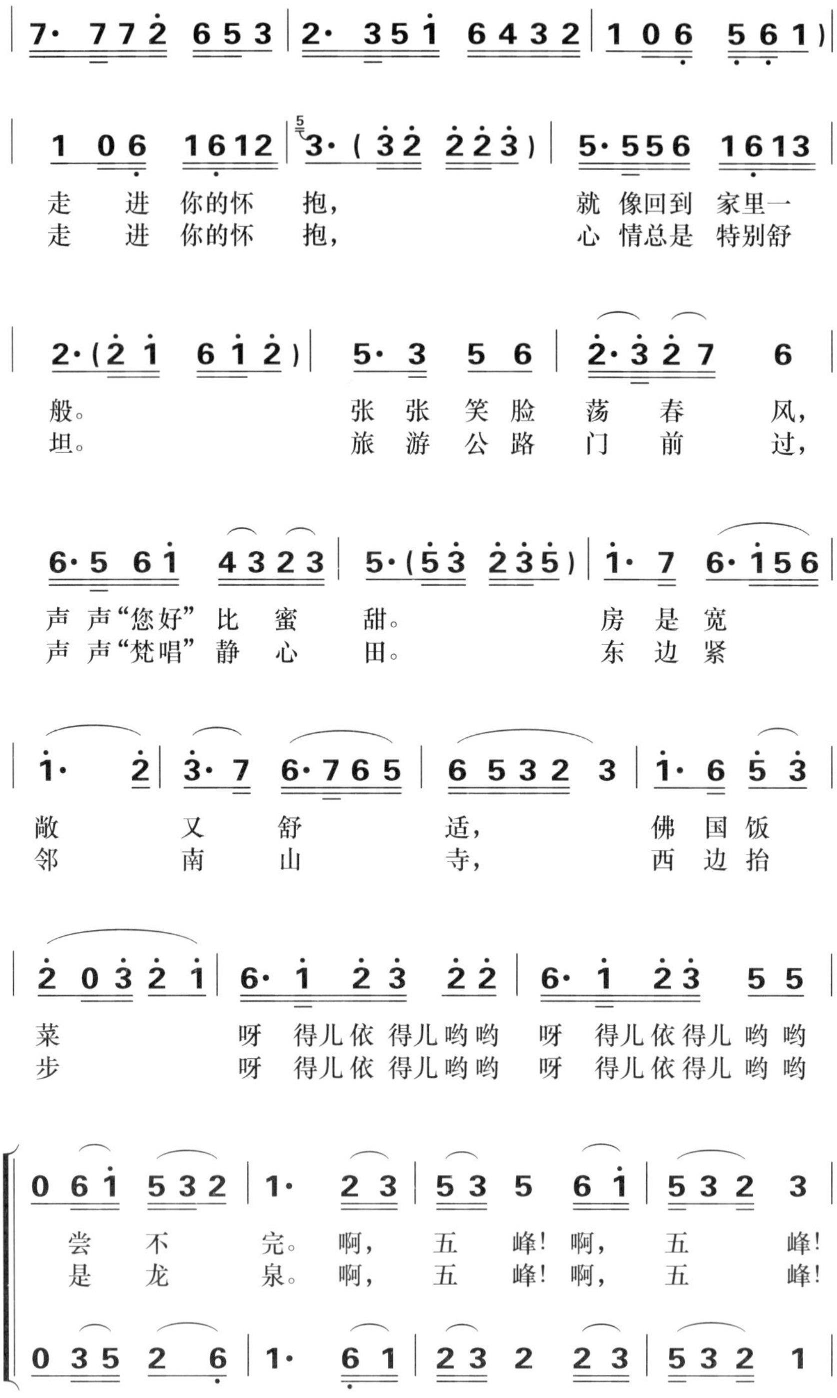

民歌五台山

| 7· 77 2 6 5 3 | 2· 35 1 6 4 3 2 | 1 0 6 5 6 1) |

| 1 0 6 1 6 1 2 | 3·(3 2 2 2 3) | 5· 5 5 6 1 6 1 3 |

走　进　你的怀　抱，　　　　　　就 像 回到　家里一
走　进　你的怀　抱，　　　　　　心 情总是　特别舒

| 2·(2 1 6 1 2) | 5· 3 5 6 | 2· 3 2 7 6 |

般。　　　　张 张 笑脸 荡 春 风，
坦。　　　　旅 游 公路 门 前 过，

| 6· 5 6 1 4 3 2 3 | 5·(5 3 2 3 5) | 1· 7 6· 1 5 6 |

声 声"您好"比 蜜　甜。　　　　　　房 是 宽
声 声"梵唱"静 心　田。　　　　　　东 边 紧

| 1· 2 3· 7 6· 7 6 5 | 6 5 3 2 3 | 1· 6 5 3 |

敞　　又 舒　适，　　　　佛 国 饭
邻　　南 山　寺，　　　　西 边 抬

| 2 0 3 2 1 | 6· 1 2 3 2 2 | 6· 1 2 3 5 5 |

菜　呀 得儿依 得儿哟哟 呀 得儿依得儿哟 哟
步　呀 得儿依 得儿哟哟 呀 得儿依得儿哟 哟

| 0 6 1 5 3 2 | 1· 2 3 5 3 5 | 6 1 5 3 2 3 |

尝 不 完。啊，五 峰！啊，五 峰！
是 龙 泉。啊，五 峰！啊，五 峰！

| 0 3 5 2 6 | 1· 6 1 2 3 2 2 3 5 3 2 1 |

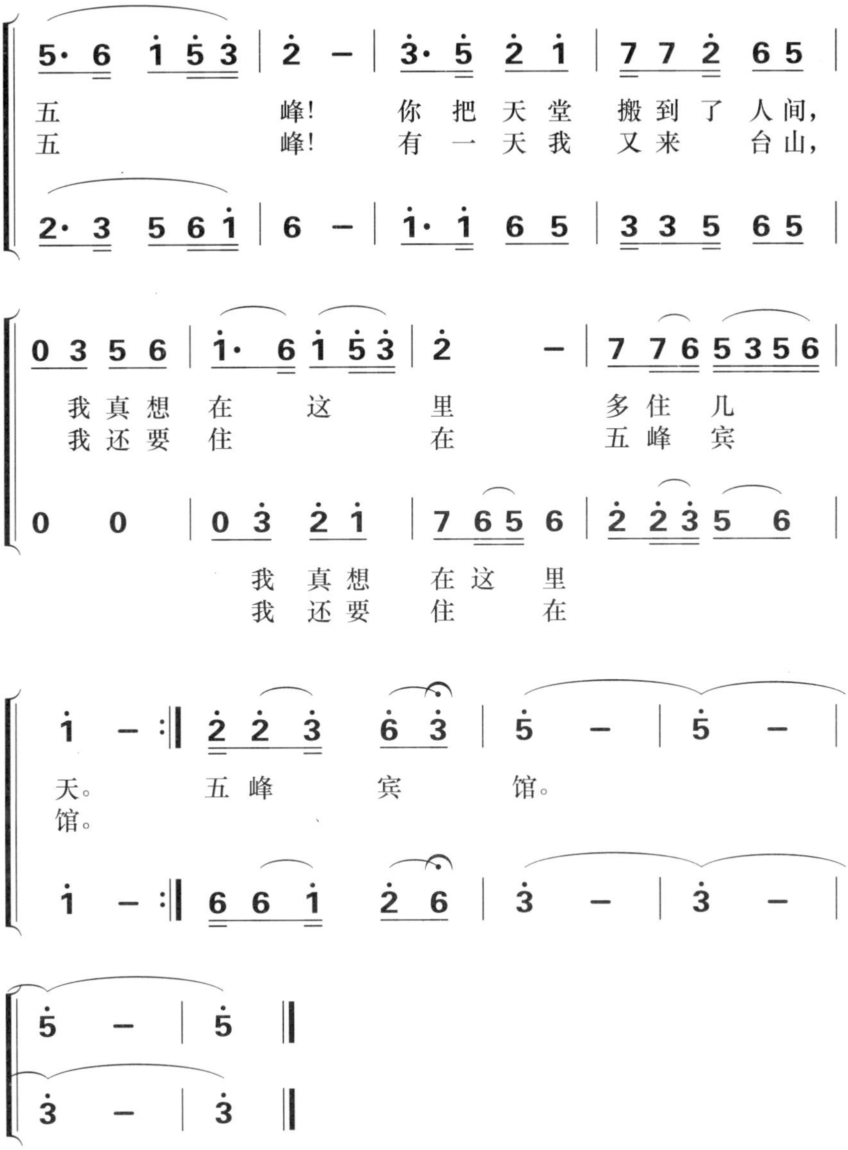

圣境之歌

（五台山）

金莲花 圣洁的花

1 = ♭B 3/4

深情地

张晓明 词
张全伟 曲

民歌 五台山

(3 5 ‖: 6 - - | 6 6 7 3 | 3 - 2 3 |

6̇ 3̇ 2̇ | 2̇ 2̇ 3 | 7· 6 5 7 | 6 - - |

3 5 6 7 3 0) | 3 6 6 7 | 1̇ 7 6 | 2̇· 1̇ 2̇ 3̇ |
金　莲花　圣洁的花，圣　　洁的
金　莲花　圣洁的花，圣　　洁的

3 - - | 3 5 6 6 | 7 6 5 3 | 2· 1 2 3 |
花，　　盛开在　五台山顶　飞　彩流
花，　　扎根在　佛国圣地　纯　洁无

3 - - | 6 6 3 | 2 2 3 | 7· 6 2 3 |
霞。　　金色　　灿烂是　你　的本
瑕。　　祈福　　祥和是　你　的夙

7 - - | 3 7 6 | 3 1 1 | 7· 6 6 5 7 |
色，　　醉人　馨香是你　飘　溢的芳
愿，　　迷人的　笑脸是你　绽　放的光

6 - - | 6 - 3 | 6 - 3 | 6 6 3 |
华。　　啊　　　啊　　　和煦的
华。　　啊　　　啊　　　长明的

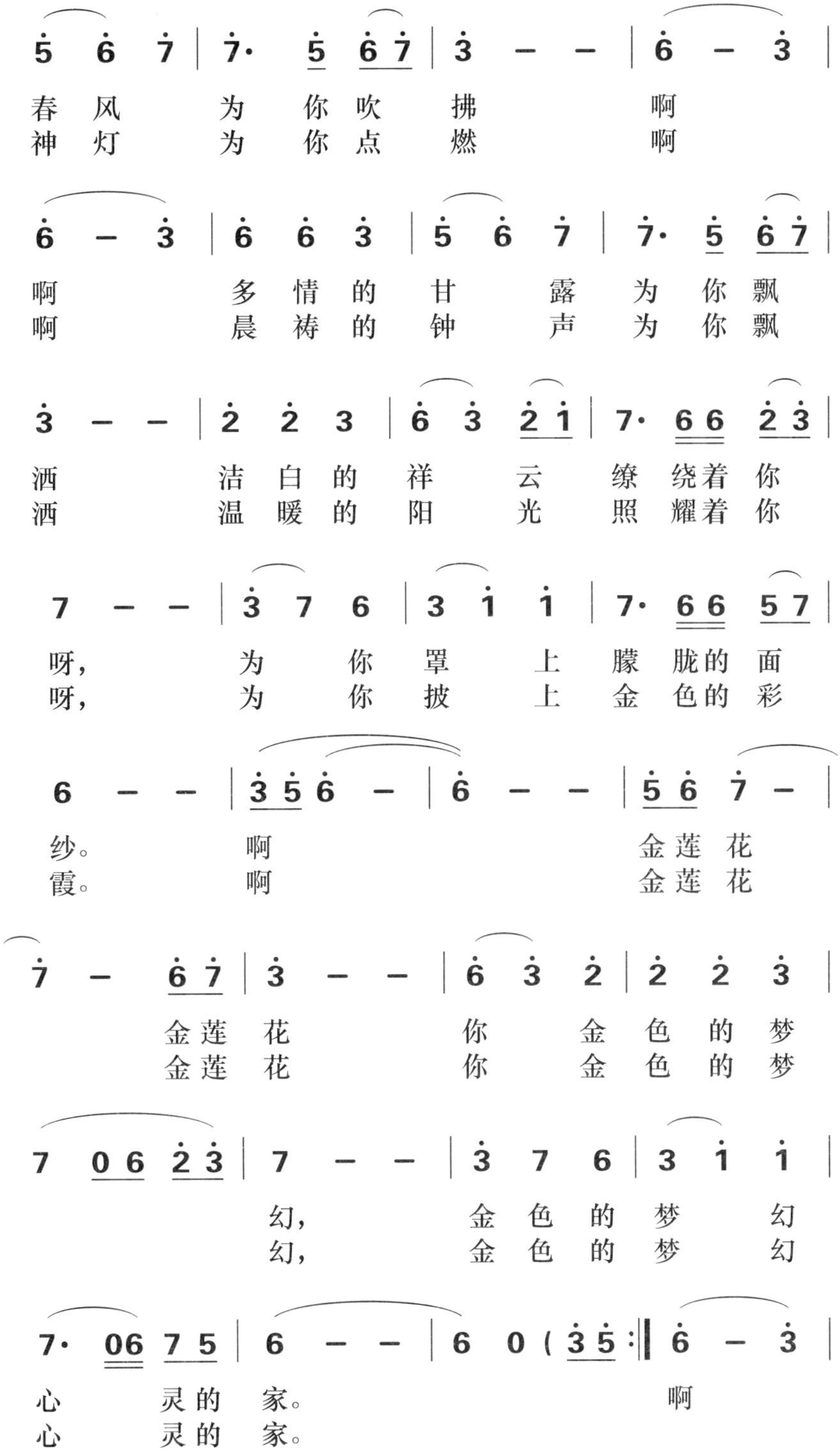

圣境之歌

$\dot{5}\ \dot{6}\ \dot{7}\ |\ \dot{7}\cdot\ \dot{5}\ \dot{6}\dot{7}\ |\ \dot{3}\ -\ -\ |\ \dot{6}\ -\ \dot{3}\ |$

春　风　为　你　吹　拂　　啊
神　灯　为　你　点　燃　　啊

$\dot{6}\ -\ \dot{3}\ |\ \dot{6}\ \dot{6}\ \dot{3}\ |\ \dot{5}\ \dot{6}\ \dot{7}\ |\ \dot{7}\cdot\ \dot{5}\ \dot{6}\dot{7}\ |$

啊　　多情的　甘　露　为你飘
啊　　晨祷的　钟　声　为你飘

$\dot{3}\ -\ -\ |\ \dot{2}\ \dot{2}\ 3\ |\ 6\ 3\ \underline{\dot{2}\,1}\ |\ 7\cdot\ \underline{6\,6}\ \underline{2\,3}\ |$

洒　　　洁白的　祥　云　缭绕着你
洒　　　温暖的　阳　光　照耀着你

$7\ -\ -\ |\ 3\ 7\ 6\ |\ 3\ 1\ 1\ |\ 7\cdot\ \underline{6\,6}\ \underline{5\,7}\ |$

呀，　　为你罩　上朦　胧的面
呀，　　为你披　上金　色的彩

$6\ -\ -\ |\ \underline{3\,5}\ 6\ -\ |\ 6\ -\ -\ |\ 5\ 6\ 7\ -\ |$

纱。　　啊　　　　　金莲花
霞。　　啊　　　　　金莲花

$\dot{7}\ -\ \underline{\dot{6}\,\dot{7}}\ |\ \dot{3}\ -\ -\ |\ \dot{6}\ \dot{3}\ 2\ |\ 2\ 2\ 3\ |$

金莲花　　你　金　色　的梦
金莲花　　你　金　色　的梦

$7\ 0\ \underline{6\ \dot{2}\,\dot{3}}\ |\ 7\ -\ -\ |\ \dot{3}\ 7\ 6\ |\ 3\ 1\ 1\ |$

幻，　　金色的梦　　幻
　幻，　　金色的梦　幻

$7\cdot\ \underline{0\,6}\ \underline{7\,5}\ |\ 6\ -\ -\ |\ 6\ 0\ (\underline{3\,5}\ :\!|\ 6\ -\ 3\ |$

心　灵的家。　　　　　啊
心　灵的家。

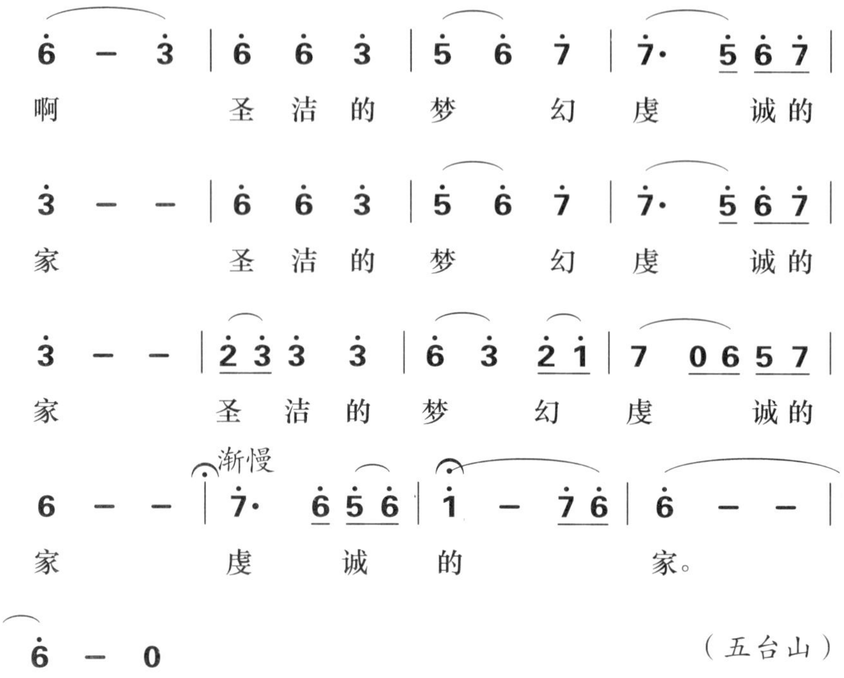

$\dot{6}$ — 3 | $\dot{6}$ $\dot{6}$ 3 | $\dot{5}$ $\dot{6}$ $\dot{7}$ | $\dot{7}$ · $\dot{5}$ $\dot{6}$ $\dot{7}$ |
啊　　　圣洁的梦　幻虔　诚的

$\dot{3}$ — — | $\dot{6}$ $\dot{6}$ 3 | $\dot{5}$ $\dot{6}$ $\dot{7}$ | $\dot{7}$ · $\dot{5}$ $\dot{6}$ $\dot{7}$ |
家　　　圣洁的梦　幻虔　诚的

$\dot{3}$ — — | $\dot{2}$ $\dot{3}$ $\dot{3}$ $\dot{3}$ | $\dot{6}$ $\dot{3}$ $\dot{2}$ $\dot{1}$ | 7 0 6 5 7 |
家　　　圣洁的梦　幻虔　诚的

（渐慢）
$\dot{6}$ — — | $\dot{7}$ · $\dot{6}$ $\dot{5}$ $\dot{6}$ | $\dot{1}$ — 7 6 | 6 — — |
家　　　虔　诚的　家。

$\dot{6}$ — 0
（五台山）

民歌　五台山

千古一曲大得胜

1 = G　2/4

孟奋臻　词曲

中速、豪迈地

(5 3　5 6 | $\dot{1}$ · 7 | 6 · $\dot{1}$ 6 5 | 3 — |

2 · 3　5 5 | 6 5 3 2 | 1 1 1 | 1 0)

5 3 | $\dot{1}$ $\dot{1}$ 7 | 6 · $\dot{1}$ 6 3 | 5 — |
敲　起　大得胜锣　　　　鼓，
奏　起　大得胜音　　　　符，

3 $\dot{1}$ | 7 | 6 $\dot{1}$ 5 | $\dot{1}$ · 2 | 5 3 5 | 2 — |
浑厚　的　鼓　点把人鼓　　舞。
曼妙　的　旋　律令人佩　　服。

—950—

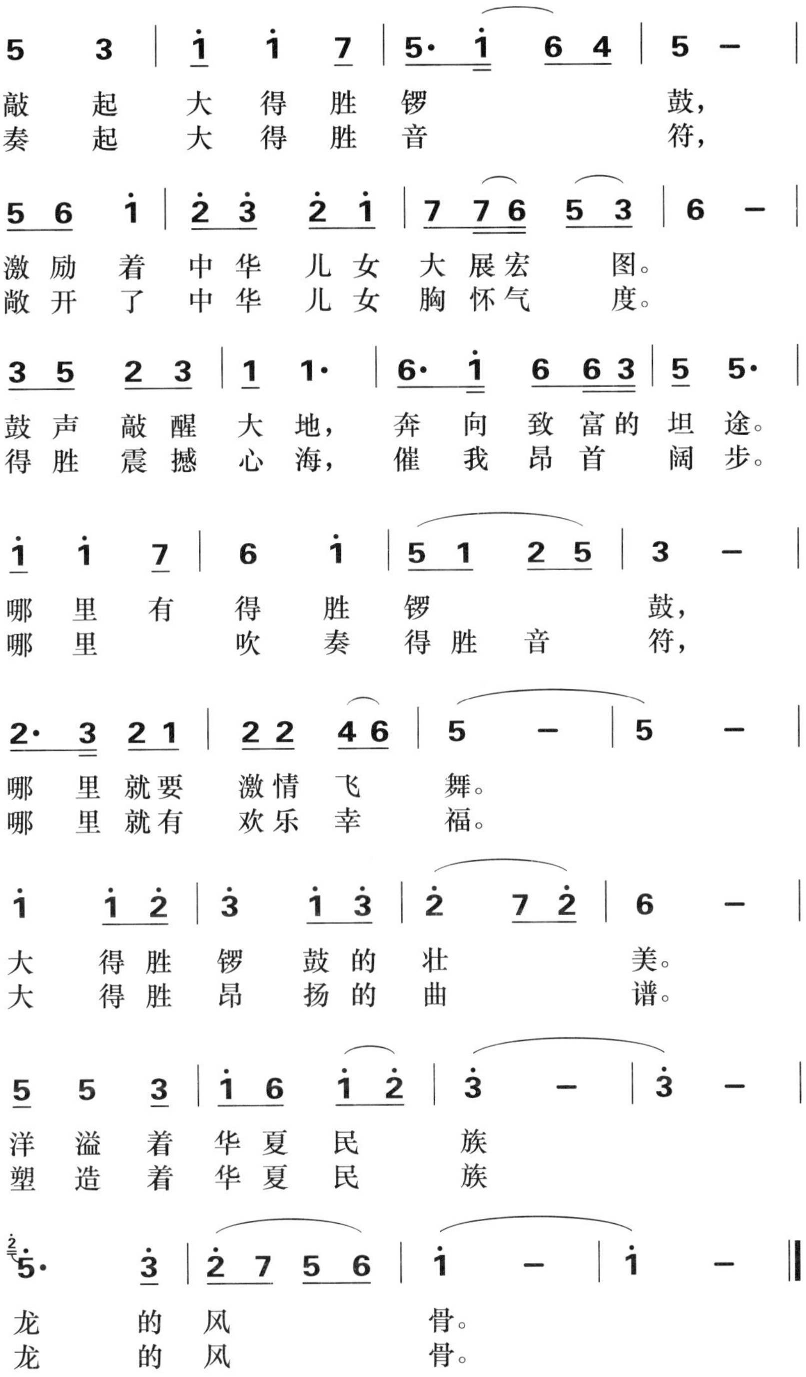

圣境之歌

```
5  3 | 1̇  1̇  7 | 5·  1̇  6  4 | 5  -  |
敲 起   大 得 胜 锣         鼓，
奏 起   大 得 胜 音         符，

5  6  1̇ | 2̇  3̇  2̇  1̇ | 7  7̇  6  5  3 | 6  -  |
激 励 着  中 华 儿 女  大 展 宏        图。
敞 开 了  中 华 儿 女  胸 怀 气        度。

3  5  2  3 | 1  1·  6·  1̇  6  6  3 | 5  5·  |
鼓 声 敲 醒 大 地，  奔 向 致 富 的 坦 途。
得 胜 震 撼 心 海，  催 我 昂 首 阔 步。

1̇  1̇  7 | 6  1̇ | 5  1̇  2̇  5 | 3  -  |
哪 里 有  得 胜 锣              鼓，
哪 里    吹 奏 得 胜 音        符，

2·  3  2  1 | 2  2  4  6 | 5  -  | 5  -  |
哪 里 就 要  激 情 飞 舞。
哪 里 就 有  欢 乐 幸 福。

1̇  1̇  2̇  3̇ | 1̇  3̇  2̇  7̇  2̇ | 6  -  |
大  得 胜 锣 鼓 的 壮              美。
大  得 胜 昂 扬 的 曲              谱。

5  5  3 | 1̇  6  1̇  2̇ | 3̇  -  | 3̇  -  |
洋 溢 着  华 夏 民 族
塑 造 着  华 夏 民 族

5·   3 | 2̇  7  5  6 | 1̇  -  | 1̇  -  ‖
龙   的 风           骨。
龙   的 风           骨。
```

（五台山）

古老集镇

1=C 2/4　　　　　　　　　　　　　　奋臻 词曲
中速 颂扬地

民歌五台山

槐荫春绿是一景，哎勒哎咳哟　东治秋黄美煞人，这里是五台的南大门，古老集镇享盛名。
东冶槐荫五级村，哎勒哎咳哟　名人志士层出不穷，近代出过徐大继畲，正眼看世界第一人。
阎锡山赵戴文，哎勒哎咳哟　十几人留学在日本，参加孙中山同盟会，辛亥革命的主力军。

（五台山）

弯弯的河水村边流

胡昌义 词曲

1 = C 2/4

(1̇ 6̣ 5 3 | 2· 3 | 2 6̣ 1 7̣6̣ | 5̣ — | 5̣ — |)

6 5 1̇ | 6532 1·2 | 3 5 653 | 5 — |

弯　弯的　河　水　村　边　流，
弯弯的　河　水　村　边　流，
弯弯的　河　水　村　边　流，
弯弯的　河　水　村　边　流，

6 5 1̇ | 6 532 | 3 2 32 1 6̣ | 1 — |

小　小的　鱼　儿　水中　游，
小千亩　稻　田　绕清　流，
育起　满　家　红石　榴，
流进　家　园　院里　头，

1 7̣ 6̣ | 5 5 6 | 3 5 1 2 | 3 — |

轻　轻的　风　儿　扬　伴　细　波，
清　水　日　夜　扬　伴　青　苗，
石　榴　上　市　走　四　方，
荷　塘　月　色　走　好　景　致，

2 2 3 | 6 1̇ 6 3 | 5·6 | 1 6̣ | 5 3 |

绿　绿的　水　　藻　藏　风
只等　金　　秋　稻　香
小村　笑　　声　满　河
引来　五　　洲　游　客

圣境之歌

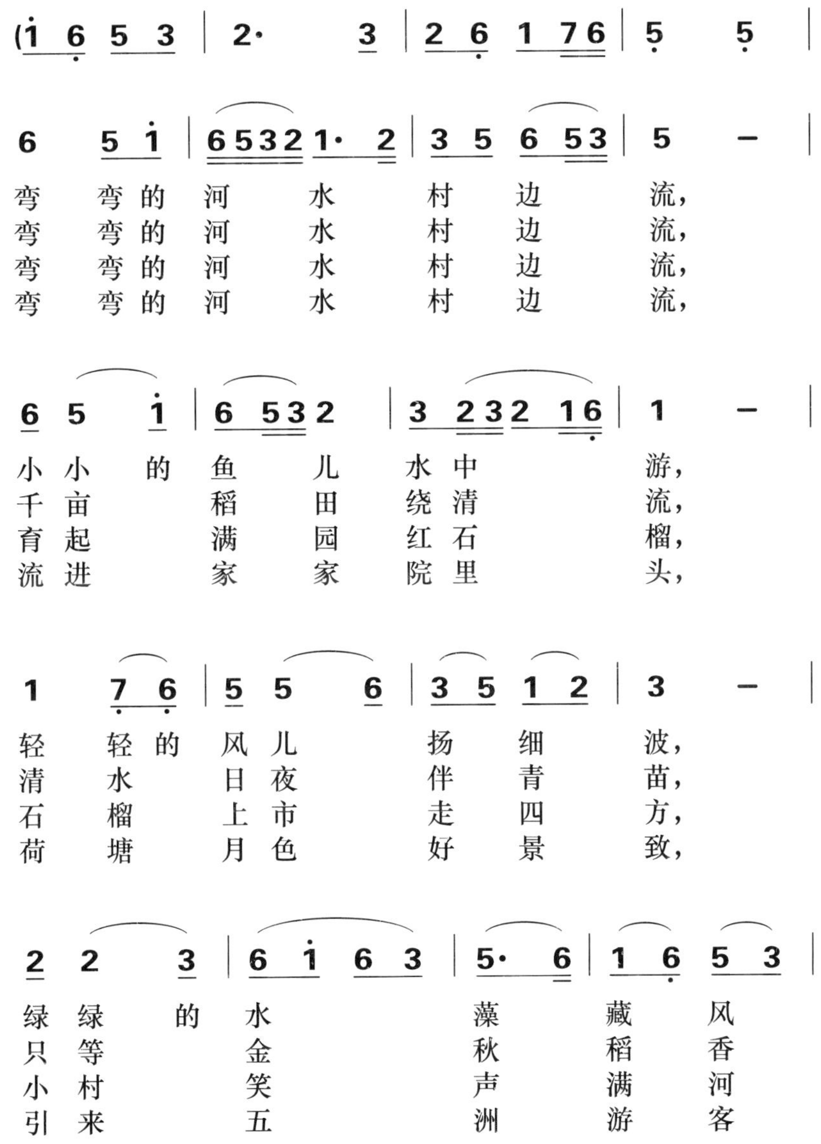

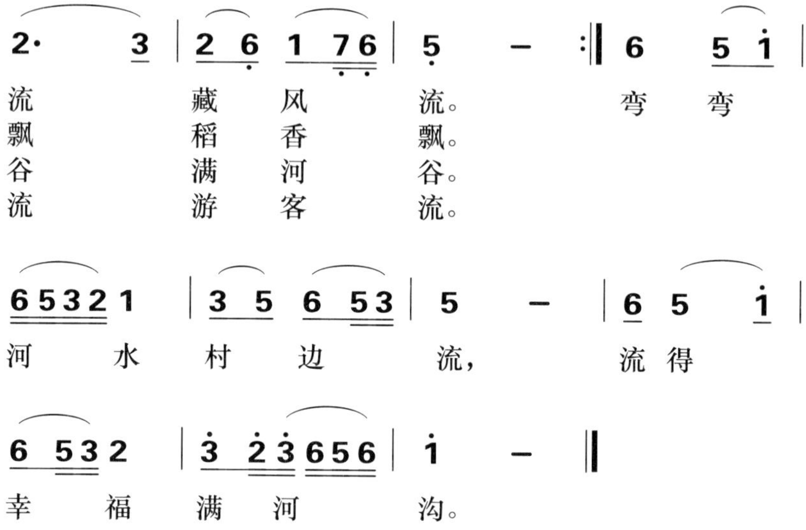

```
2· 3 | 2 6 1 7̣ 6̣ | 5 — :‖ 6 5 1 |
流       藏 稻 风     流。        弯 弯
飘       稻 香 河     飘。
谷       满 游 客     谷。
流
```

```
6 5 3 2 1 | 3 5 6 5 3 | 5 — | 6 5 1̇ |
河 水 村 边   流,         流  得
```

```
6 5 3 2 | 3 2 3 6 5 6 | 1̇ — ‖
幸 福 满 河   沟。
```

（五台山）

五台山古会

"红毛毛鞭梢六道道杆，一群又一群的牲灵上山来；五台山的古会传千载，十里长街杨树林林里开。金晃晃的铃铛哇哇地响，远方的哥哥赶着牲灵来；哗哗的清水河把山歌儿唱，台怀的姑娘们把家门大开……"这是五台山民歌对六月古会的描述吟唱。

五台山流传悠久的古会，又称五台山骡马大会。每年的阴历六月初一日，五台山的所有庙门大开，接待来自省内外的贵客。据《五代史》记载，当时的中原缺乏牲畜，尤其缺少马匹。北方契丹人即来五台山卖马，形成骡马交易市场。又据有关资料记载，昔日的骡马古会，最多上市牲畜每日达到15000多头，随之前来观光旅游的观众，少则

几万，多达十几万，甚至几十万以上。五台山骡马大会在太平盛世时，每年举办一次。1938年日军入侵五台山，铁蹄所至，民不聊生，骡马大会停办6年。土地改革后，农民分到土地当家做了主人，积极响应政府发展生产的号召，家家户户购买牲畜，五台山骡马大会更加活跃。

1985年，五台山对外开放后，五台山骡马大会地址改设在大东沟，后又迁在镇海寺附近的河滩上。联产承包责任制后，劳动生产率提高，骡马大会依然举行。

五台山骡马大会每年届时举行，盛况一年胜过一年。只见人头攒动，声音嘈杂，马嘶牛哞，驴嚎骡叫，再加上宣传喇叭放歌宣讲，气氛更加热烈。尤其红蓝柳绿的小商小贩，销售食品、百货、山珍、药材等，肩挑货担，手端笸箩，游弋于牲畜人群之间。家畜卖主守着骡马，翘首以待；买主则东看西转，抹毛片，看口齿，试腿蹄，然后聘请市场上的中介人，叫伢子，也叫牙纪，撩起大衣襟下，或在袖口内，以摸手指的暗语讨价还价，直至双方满意，正式成交。骡马大会市场规模宏大，场面壮观，到五台山的旅游各界人士，都会到骡马市场看看热闹，购买珍奇商品。

五台山古会

（又名《骡马大会》）

朱生和 整理

1 = C 2/4

山野、豪情地

| 3 32 1·5 | 6 6 2 | 5 3 | 2161 | 2 0 |

红毛　毛的　鞭梢儿　六道　道的　　　杆，
金晃　晃的　铃铛儿　哇哇　哇地　　　响，
五台　的　　伢子①儿　四省　（区）的　　客，

| 6 5 36 | 3521 | 65 | 3·5 | 2161 | 5 — |

一群　　　又一　群的　牲灵　上呀上山　来。
远方的　　哥哥　　赶着　牲灵　　　来。
撩起你的　衣襟　襟　双手　捏②在　　怀。

| 1·2 33 | 5 1 | 65 | 2 21 | 6561 | 2 — |

五台　山的　古　会　传呀　传千　载，
哗哗　的　清水　河　把呀　山歌儿　唱，
文明　的　古　会　幸福的　岁　月，

| 3 37 | 2 12 | 1 2 | 5 5 | 2 5 7 | 6 5 3 | 5 — |

十里　　长街　杨树　林林　里　　开。
台怀的　姑　娘　把家门大呀　揩　开。
赶牲灵的哥妹哟　明年　开着　宝马、奥迪　来。

注：①伢子——五台山骡马交易中介人之职业。
　　②撩衣襟、双手捏——是家畜交易商定价格的传统方式。

（五台山）

民歌五台山

附录二

总 例

《总例》选编附印了四种有关民间歌曲之成品。一是由五台县编创、传唱的《五女观灯》；二是录自《五台山佛教音乐曲谱三种》（本）之曲目；三是忻州民歌演唱节目《叔嫂情》；四是五台县国都殿村的社火、秧歌组合演艺《风搅雪》传记。此类作品的特点是群众喜欢、精致实用，很值得珍藏传延，但也企望进一步研究发掘。以借鉴和提高五台山地区的民歌创作的理论和实践水平。

这里需将《中国民间歌曲集成·山西卷》中，有关"二人台"民歌和戏剧关系的说明，转载供研究："此外，还有一些载歌载舞的演唱形式，也编入秧歌类。主要有河曲'二人台'，左权'小花戏'，和顺'凤台小戏'，以及昔阳一带的'拉花'等形式中，仍在民间单独以民歌形态广为流传的部分，他们虽不叫秧歌，但在节目中，它们常常被看作是'闹秧歌'或'闹红火'的活动内容，所以本卷也有选择地编入秧歌类。"

"山西各地的秧歌品种繁多，分布也很广，但属于戏曲的秧歌，如襄垣秧歌、武乡秧歌、朔县秧歌、代县秧歌等，本卷不去涉及，而留待以后编辑《戏曲音乐集成》时再去整理它们。本卷所编入的是那些属于民歌体的秧歌。其中有的虽然也正逐渐向戏曲方面发展，或已形成一种有简单故事情节的地方小戏，但其唱腔却仍然保持着民歌特点的面貌在群众中继续传唱。这些秧歌有祁太秧歌、沁源秧歌、祁县过街秧歌、原平凤秧歌、临县伞头秧歌。其中最为突出、影响最大的是祁太秧歌（因为流传晋中平川各县，也叫晋中秧歌）等，本卷也酌情收入。"

总例一

五女观灯

1957年五台民歌《五女观灯》和鼓吹乐《大得胜》由山西省文化领导部门调演晋京到北京怀仁堂演出。毛泽东、朱德、周恩来、任弼时等党和国家领导人观看演出，受到热烈喝彩和表彰。周恩来总理亲自指示由中央人民广播电台向全国播出。现转载1957年《五女观灯》登台秧歌演出的曲谱和歌词，并附舞台图形。这个五台文艺经典作品由王玉池（传授）、马志强（记谱），并由多位民间文艺工作者共同创作整理。

一、概　述

《五女观灯》始流行于忻州地区五台县东冶镇一带。节目通过姊妹五人严整装、巧打扮、欢欢喜喜去观灯等情节，反映出民间的元宵盛景，并赞扬了内容丰富、品种多样的各式花灯。载歌载舞，不但舞姿轻盈，而且音色旋律优美，颇为当地群众喜爱，因而，迅速传唱于全国各地。

《五女观灯》原系当地"高跷秧歌"中的一个节目，称《观灯》。过去，它主要在每年的正月十四至十六活动。届时，与其他民间艺术一道走上街头，共庆元宵佳节。

据老艺人王玉池（生于1922年）讲，早先的高跷秧歌是一种既娱神又娱人的娱乐活动。那时，东冶周围的9个村，每年夏天要轮流在一个村举行三天的"伏水古会"。三天内，村内要唱大戏，并有高跷秧歌等民间艺术添彩助兴。古会第二天，高跷秧歌要上庙焚香敬纸，祈求神灵保佑风调雨顺、五谷丰登。接着，秧歌队便在庙外广场上进行表演。

高跷秧歌中的《观灯》，表演形式比较简单，在高跷大场子表演完后，由5至7人走到场中，面对面站成两排，或围成一小圈引吭高歌，段与段之间有一些锣鼓伴舞。

20世纪30年代初，外地的"道情戏"来此演出，其中也有《观灯》这个节目。当地艺人就吸收其部分歌词，来充实这一舞蹈。

1956年，王玉池参加了地区的民间艺术会演。受"二人台"的启发，回来后便对《观灯》进行了加工改编，使其从高跷上走下来，从广场走向舞台，并吸收了"二人台"的舞手绢、民间的"提灯"，以及戏曲中的"圆场步"和一些舞姿造型，丰富了它的表现力。伴奏乐器除原有的鼓、锣、镲、小锣、小镲、梆子等打击乐外，又增加了唢呐、笙、二胡、笛子、扬琴等管弦乐。从此，《五女观灯》成为一个独立完整的节目，在当地流传。

1957年参加了北京举行的全国民间文艺观摩汇报演出。此后，又多次了出席省、地、县各种文艺汇演和调演，均受到广大观众的好评。

二、音　乐

说明：

　　《五女观灯》的伴奏乐队中有鼓、锣、小锣各一面，镲一副，唢呐、笛子各一支，笙两个，板胡一把，二胡四把，有条件时还用扬琴一架。曲一、曲三旋律由唢呐、板胡等管弦乐器齐奏，歌舞曲由笛子、板胡、二胡等伴奏，在过门中加用唢呐和笙、梆子击打节拍。

曲　一

总例

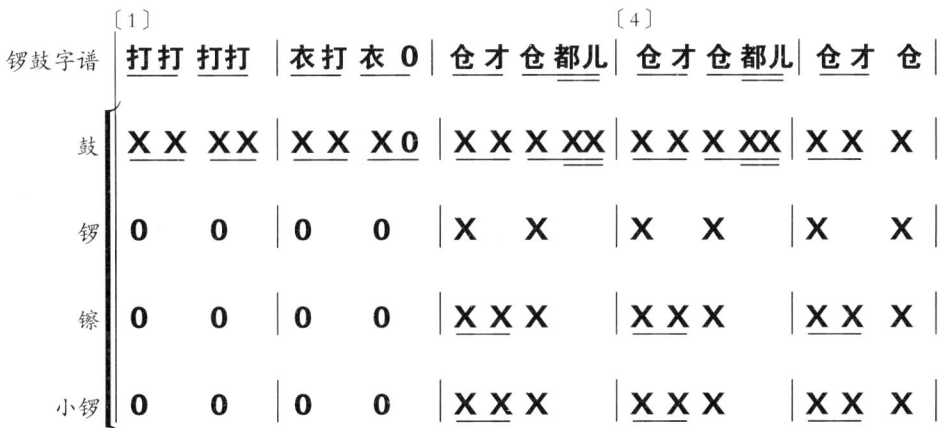

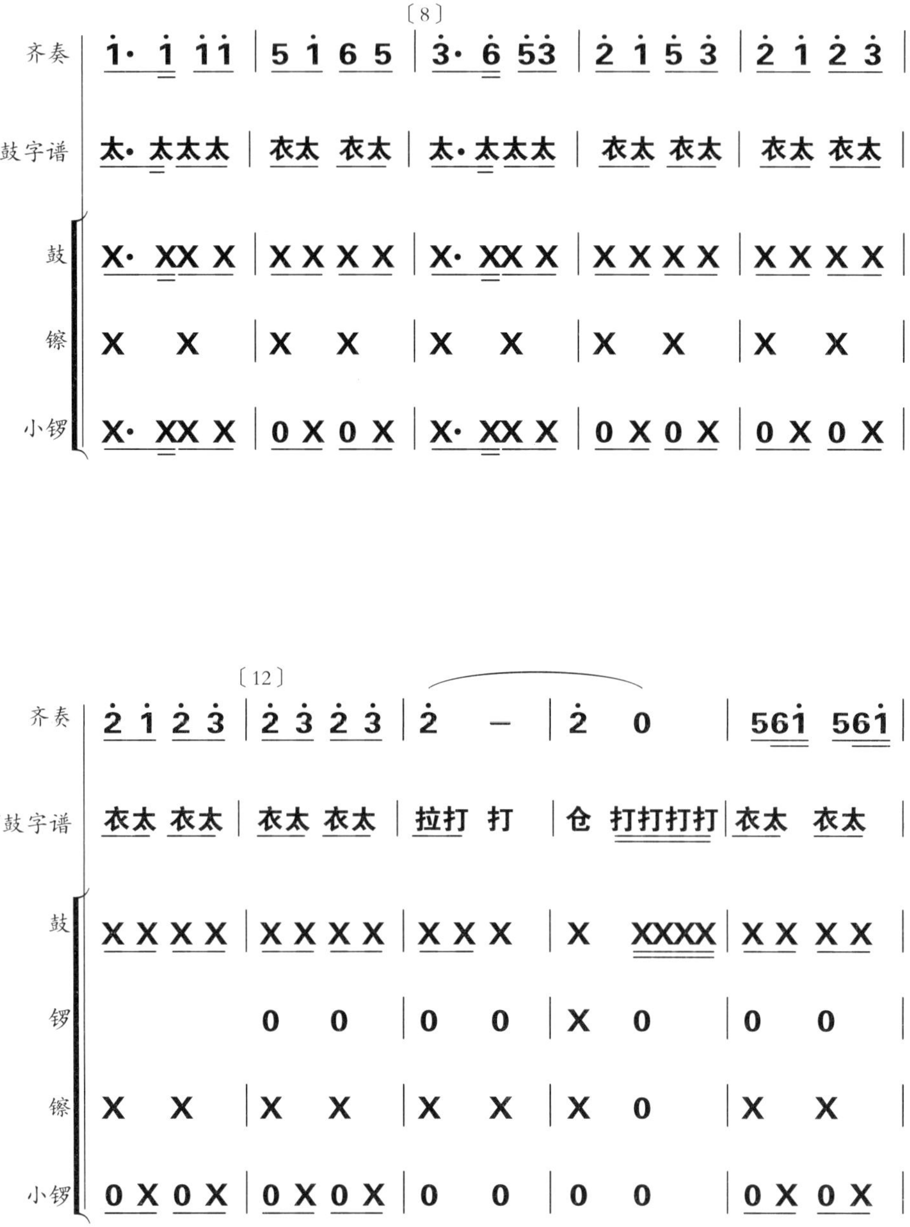

民歌 五台山

[16]

| 5 6i | 5 6i | 5 0 ‖
| 衣 太 | 衣 打 | 衣 0 ‖
| X X | X X | X 0 ‖
| 0 | 0 | 0 0 ‖
| X | X | X 0 ‖
| 0 X | 0 | 0 0 ‖

总例

曲　二

1 = G 2/4

中速，欢快地

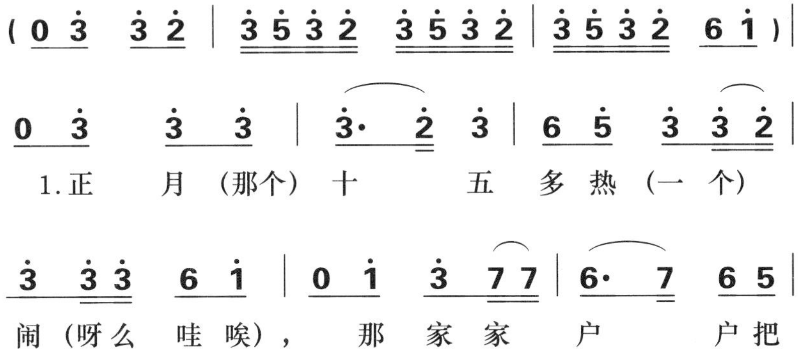

(0 3̇ 3̇ 2̇ | 3̇ 5̇ 3̇ 2̇ 3̇ 5̇ 3̇ 2̇ | 3̇ 5̇ 3̇ 2̇ 6 1̇)

0 3̇ 3̇ 3̇ | 3̇· 2̇ 3̇ | 6 5 3̇ 3̇ 2̇
1.正　月（那个）十　　五　多　热（一个）

3̇ 3̇ 3̇ 6 1̇ | 0 1̇ 3̇ 7 7 | 6·7 6 5
闹（呀么哇唉），那　家　家　户　　户　把

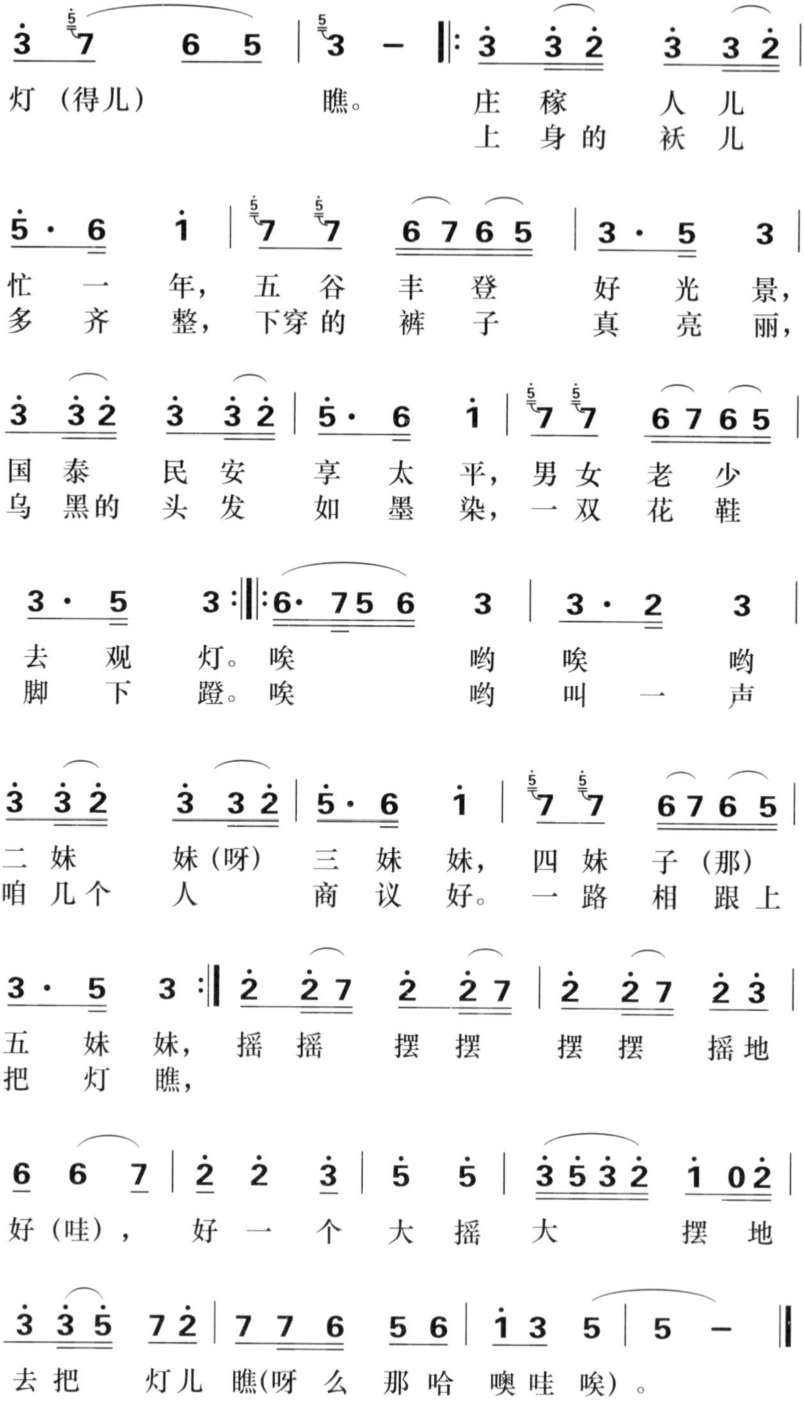

民歌 五台山

灯（得儿）瞧。庄稼人儿 / 上身的袄儿
忙一年，五谷丰登好光景， / 多齐整，下穿的裤子真亮丽，
国泰民安享太平，男女老少 / 乌黑的头发如墨染，一双花鞋
去观灯。唉哟唉哟 / 脚下蹬。唉哟叫一声
二妹妹（呀）三妹妹，四妹子（那） / 咱几个人商议好。一路相跟上
五妹妹，摇摇摆摆摆摆摇地 / 把灯瞧，
好（哇），好一个大摇大摆地
去把灯儿瞧(呀么那哈噢哇唉)。

曲谱说明：

    1.该曲〔11〕～〔20〕可依词句的多少任意反复，在词少时又可将其全部省略直接往下唱。

    2.〔21〕～〔24〕处词多时可多次反复。

2.（众）上了这大街用目（一个）瞧（么哇唉），

       大街上人山人海闹哄哄，家家门上把灯儿挂，

       各样的花灯点全了，锣鼓鞭炮震天响，

       旺火照得满天红。

       紧步走来慢步行（呀么）好（哇），

       好一个欢欢喜喜上了个灯儿桥（呀么那哈噢哇唉）。

3.（众）上了这灯桥用目（一个）瞧（么哇唉），

       那边厢挂的是古人灯，

（四妹）独行千里的关云长，

（三妹）五关他把六将斩，

（五妹）张飞吼断当阳桥，

（二妹）长坂坡前的赵子龙，

（众）唉哟，唉哟，观罢这边那边看，那边又挂水浒灯。

（三妹）有李逵，闹东京，

（四妹）打虎的汉子是武松，

（众）林冲误入白虎堂，鲁智深大闹野猪林。

       观罢这儿往前看，唐僧西天去取经。

（二妹）白龙马上唐三藏，

（五妹）挑挑担担的是沙僧。

（众）丑陋不堪的猪八戒（呀么）好（哇）。

       好一个大闹天宫的孙悟空（呀么那哈噢哇唉）。

4. （众）观罢这花灯再往前行，（呀么哇唉）

    那边厢挂的是动物灯，

  （大姐、二妹）狮子灯，老虎灯，

  （四妹、五妹）金钱花花的豹子灯，

  （三妹）孔雀灯（那么）

  （四妹）凤凰灯，

  （众）一跳一蹦的兔子灯，唉哟，唉哟，

  （大姐）虾儿灯（那个），蛤蟆灯，

  （三妹）五颜六色的金鱼灯，

  （众）游来游去的鲤鱼灯（呀么）好（哇），

    好一个八脚横行的螃蟹灯（呀么那哈噢哇唉）。

5. （众）观罢这花灯往前（一个）行，（呀么哇唉）

    那边挂的是植物灯，

  （四妹、五妹）韭菜灯，辣椒灯，

  （二妹、三妹）绿茵茵的白菜灯，

  （大姐）莲花灯，菊花灯，

  （众）十里飘香的荷花灯。唉哟，唉哟

  （大姐）果子灯，梨儿灯，

  （五妹）酸圪淋淋的杏儿灯，

  （众）酸甜酸甜的葡萄灯（呀么）好（哇），

    好一个黑子红瓤的西瓜灯（呀么那哈噢哇唉）。

6. （众）众家姐妹快来（一个）看，（呀么哇唉）

    那边厢放起了烟火灯，

  （二妹、三妹）三打金蛋炮打灯，

  （四妹、五妹）起火带炮也是灯。

  （大姐）这里走，

  （五妹）那里喷，

（二妹、四妹）吱溜隆冬响一阵，

（众）砰砰啪啪、砰砰啪啪地好（哇），

好一个锅子火开花红满天（呀么那哈噢哇唉）。

7.（大姐）观罢这花灯用目（一个）看，（呀么哇唉）

一轮那个明月挂正中。

（二妹）观灯的人儿纷纷散，

（三妹、五妹）咱姐妹也该回家转，

（众）今年的花灯观不尽（呀么）好（哇）。

好一个明年再把灯儿瞧（呀么那哈噢哇唉）。

曲 三

1 = G 2/4

中速

民歌 五台山

总例

三、造型、服饰、道具

造型

服饰（除附图外，均见"统一图"）

五女均头顶梳高髻，脑后垂一条长辫，左鬓戴一朵绢花。分别穿不同颜色的大襟绸袄：大姐为淡蓝色；二妹为淡绿色；三妹为水红色；四妹为枣红色；五妹为桃红色。均穿带小白花花的草绿色彩裤。系缀有亮片花边、左胸部绣红花的黑平绒大围兜。穿绿彩鞋，鞋头缀红穗。

女青年

道具

1. 红绸彩绢（见"统一图"）

2. 花灯用木条或软铁条制成六角形灯架，六面均镶嵌彩绘花卉的玻璃，其余部分裱糊白绫或白绸。灯的六角及灯下部装饰红丝穗，底盘上插蜡烛。

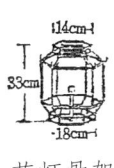
花灯骨架

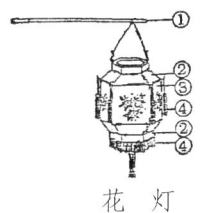
花　灯
①竹竿　②白绫或白绸
③六面均装玻璃　④红丝穗

四、动作说明

基本动作

1.挑灯前行

准备　右手"挑灯"（以下简称"右灯"）左手"握绢"（以下简称"左绢"）（见图一）站"正步"。（以下动作的准备姿态除注明者外均同此）

（图一）

做法　走"圆场"前行或向右横向行进。向左横向行进时，双手于右"山膀按掌"位。

2.左蹲步观灯

做法　上右脚成左"踏步全

（图二）

蹲";左手经旁至"斜托掌"位,"右灯"于腰右前顺时针方向画一平圈,跟随右手(见图二)。

对称动作为"右蹲步观灯"。

3.左(右)踏步观灯

做法 做左或右"大掖步",其他动作均同"左(右)蹲步观灯"。

4.左(右)踏步观灯

做法 做左或右"踏步",左手心向上于"山膀"位,其他动作均同"左(右)蹲步观灯"。

5.踢扭步

第一拍 上右脚稍屈膝,左脚经擦地稍前踢,顺势跐右脚,上身稍前倾,"右灯"随之稍向前悠摆一下,"左绢"后甩(见图三)。

(图三)

第二拍 右手动作同第一拍,"左绢"前甩,其他与第一拍对称动作。

6.闪势

第一拍 站"正步"跐脚,同时挑胸腰、左臂甩向左后,右臂稍屈肘"挑灯",脸向左(见图四)。

第二拍 左臂经上向前盖一小圈回原位,"右灯"随

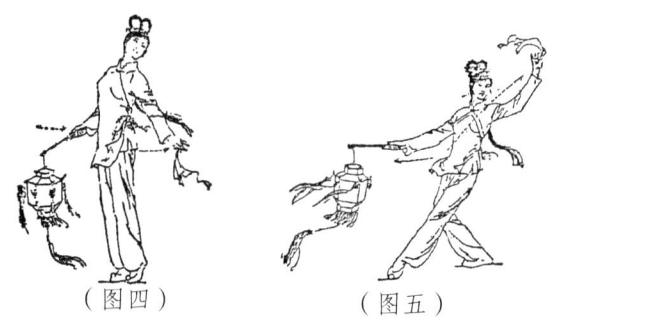

(图四)　　　　(图五)　　　　(图六)

之自然摆动，同时屈膝、含胸、低头。

第三～四拍　右脚屈膝为重心，左脚掌擦地前伸成左"虚步"，同时左臂经胸前上划至"扬掌"位，"右灯"向腰右前伸出，上身稍左拧、后倾，作险些滑倒状（见图五）。

7.捏绢前行

准备　左手"捏绢"，右手下垂，站"正步"。（以下动作准备均同此）

做法　走"圆场"，向前或右走时双手于左"山膀按掌"位，向左走时为右"山膀按掌"位。

8.打虎势

第一～二拍　左脚横跨成"大八字步"，同时左手经上向右于胸前划一立圈至"山膀"位，右手经旁上划至"托掌"位。

第三拍　屈膝成"大八字步半蹲"，左手划至"托掌"位，右手"压拳"至裆前做"打虎"状。

9.骑马势

第一～四拍　先上右脚，再后撤成"大八字步半蹲"，同时，右手于身右侧经后向前划至右上，握拳，食指伸出举鞭状，右手经旁撩盖至"按掌"位握拳，做勒马状（见图六）。

10.挑担步

做法　左脚起，每拍一步向右横行；双手握拳于"山膀"位做挑担状，随步法上下起伏。

11.嬉戏

准备　甲、乙面相对一步距站立。

做法 甲举右手,用手绢扇乙的脸,乙做"闪势"第三至四拍的对称动作。甲右脚起快速向乙身左上步成左"踏步",右手前伸扶乙的腰,左手至"斜托掌"位(见图七)。

(图七)

12.猴相

做法 右腿前吸,右手经下向左划至额前,成手指向右上、手心向右于额前,左臂旁伸,上身左拧,脸向右前,面部表情模拟"猴"相。

13.左点步单指灯

做法 右脚上至右前成左"后点步",左手自左向右划下弧线至胸右前成"女指"指向右前上方,眼随手。对称动作为"右点步单指灯"。双手同时做此动作时称"左(右)点步双指灯"。(以下凡"指灯"时手形均为"女指")

14.右蹲步单指灯

做法 撤右脚成右"踏步全蹲",同时做右"双晃手",右手至右"提襟"位,左手向左前上方"指灯",眼随手。对称动作为"左蹲步单指灯"。

15.右踏步单指灯

做法 上左脚,撤右脚成右"踏步",同时做右"穿掌",右手至"提襟"位,左手向左前上方"指灯"。对称动作为"左踏步单指灯"。

16.右半蹲单指灯

做法 右"踏步半蹲",右手至左肩前向左前上方"指灯",左手成叉腰,其余均同"右踏步单指灯"。对称动作为"左半蹲单指灯"。

17. 甩辫

做法 走"圆场",左手叉腰,右手持辫梢于身前,自左至右顺时针方向甩小圈。

18. 绕绢

做法 走"圆场",左手叉腰,"左绢"于胸前绕"∞"形。

19. 吸腿走

做法 左脚起,每拍一步经"前吸腿"向前行进,两臂随之前后甩动,头亦随之左右摆动。

五、场记说明

角色

大姐、二妹、三妹、四妹、五妹(①～⑤)女青年五人。均右手"挑灯",左手"捏绢"。简称"1至5号"。

曲一

(1)～(5)五女按序成一行在台右后候场。

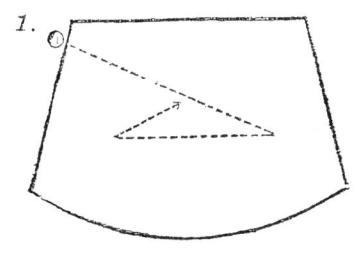

1.

(6)～(14)1号做"挑灯前行",按图示路线至箭头处,右转身成面向1点。

(15)～(17)做"左蹲步观灯"。

曲二唱第一段词

(1)～(2)原姿态做观灯状。

2.

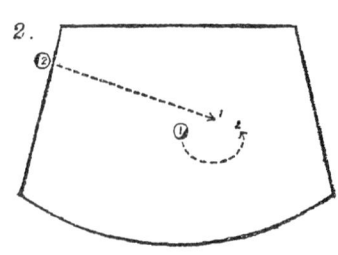

（3）～（10）1号根据词意表演。

（11）～（20）1号继续根据词意表演，最后成面向4点，举左手，召唤众妹。

（21）～（24）第一遍 做"挑灯前行"，2至4号成一行按图示路线上场，2号至箭头1处时，1号至箭头2处，众成一斜排，做"左掖步观灯"，成面向2点。

反复（21）～（24）1号先与众交流示意一下，然后面向8点做"右点步双指灯"，众随其指灯方向作观看状。

3.

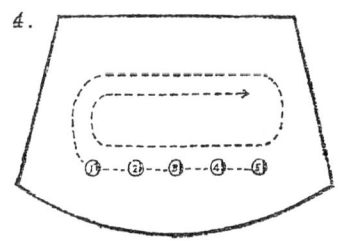

（25）～（32）1号领众做"踢扭步"至台右前，成面向3点的一行。

（33）～（37）众面向3点做"闪势"。

唱第二段词

4.

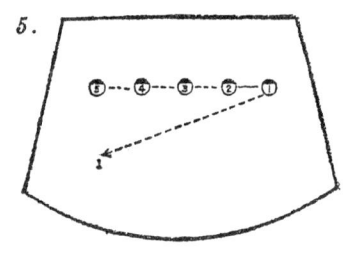

（1）～（2）无限反复 1号领众按图示路线做"挑灯前行"，大姐至箭头处时，众成面向1点的一排。

（3）～（6）众原地做"左踏步观灯"。

（7）～（10）1号领众，按图示路线做"挑灯前行"，1号至箭头1处，众成面向2点的一斜排。

5.

（11）~（20）不奏。

（21）~（32）【其中（21）~（24）奏两遍】动作同上。众依次跟随1号按图示路线穿插行进，1号至台左后时，众成面向1点的一排。

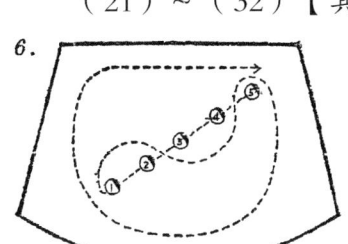

（33）~（34）众做"右蹲步观灯"，然后向右转半圈，成面向5点，做右"踏步全蹲"，将灯放在地上。

唱第三段词

（1）~（2）全体站起，右转半圈，成面向1点。

（3）~（8）众原位即兴按词意表演。

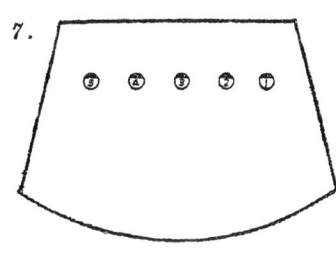

（9）~（10）各做左或右"后点步"，作左顾右盼状。

（11）~（12）4号做"捏绢前行"至箭头处，面向8点做"右蹲步双指灯"。

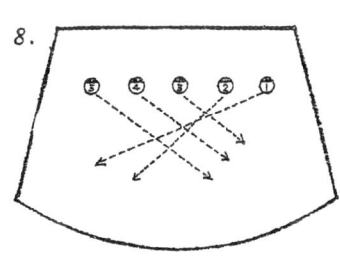

（13）~（14）3号做"捏绢前行"至箭头处，面向8点做"右蹲步单指灯"。右手搭在4号左肩上。

（15）~（16）5号做"捏绢前行"至箭头处，面向8点做"右点步单指灯"。

（17）~（18）2号做"捏绢前行"至箭头处，面向2点做"左蹲步双指灯"。

（19）~（20）1号做"捏绢前行"至箭头处。凡先至位置的人原位按词意相互作交谈状。

全体成下图位置。

反复（11）～（18）第一遍（11）至（14）众原位按词意自由表演。（15）至（16）3号做"捏绢前行"至箭头处，面向8点做"左点双指灯"。（17）至（18）4号做"捏绢前行"至箭头处，面向1点做"打虎势"。

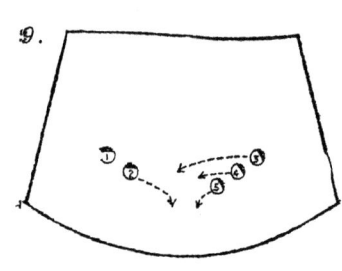

反复（11）～（18）第二遍 全体原位按词意自由表演。

（19）～（20）不奏。

（21）～（22）2号做"捏绢前行"至箭头处，面向1点做"骑马势"。

（23）～（24）5号走"挑担步"至2号左侧，两人同做"嬉戏"。

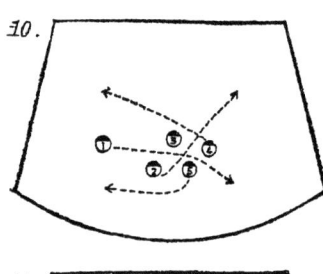

（25）～（27）3号静止，其他人做"捏绢前行"各至箭头处。

（28）～（31）3号原位做"猴相"左右观看，其他人面向3号，右"按掌"位，左"提襟"位，做右"踏步全蹲"，看3号表演。

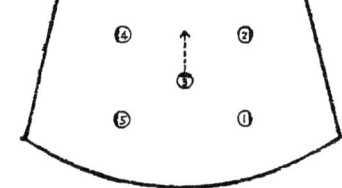

（32）～（34）众原地站起，1号右手"女指"3号，3号作羞怯状后退至台后箭头处。

唱第四段词

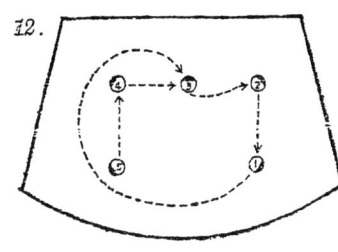

（1）~（2）不奏。

（3）~（10）由1号领众做"捏绢前行"，按图示路线行进，大姐至箭头处，众成下图位置，均面向1点。

（11）~（12）1号、2号做"右半蹲单指灯"，指向1点。其他人原位看向1点。

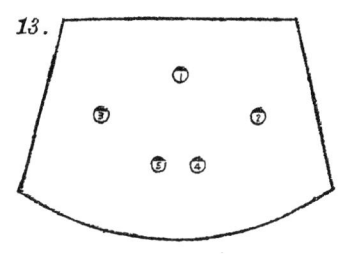

（13）~（14）5号"左踏步半蹲"，双手握4号左手，4号做"右点步单指灯"，两人向2点观看。

（15）3号面向8点做"右踏步双指灯"。

（16）4号做"右半蹲单指灯"指向8点。

（17）~（18）1号做"右踏步单指灯"，2号做"左半蹲双指灯"，均指向1点；5号面向1点，做"右踏步全蹲"，右手将辫子拉至胸前做"甩辫"。

（19）~（20）众原位按词意互相交流。

（21）~（24）3号原位按词意表演：1、2号做"捏绢前行"各至箭头处，与3号成一斜排，做左"旁点步"，均两手在胸前握辫，面向8点作观灯状；4、5号做"捏绢前行"至台左前，面向2点做"右蹲步单指灯"，指向8点。

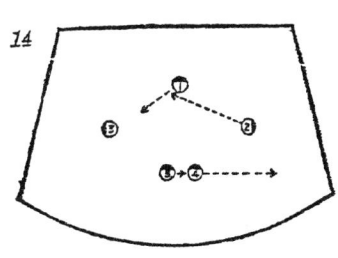

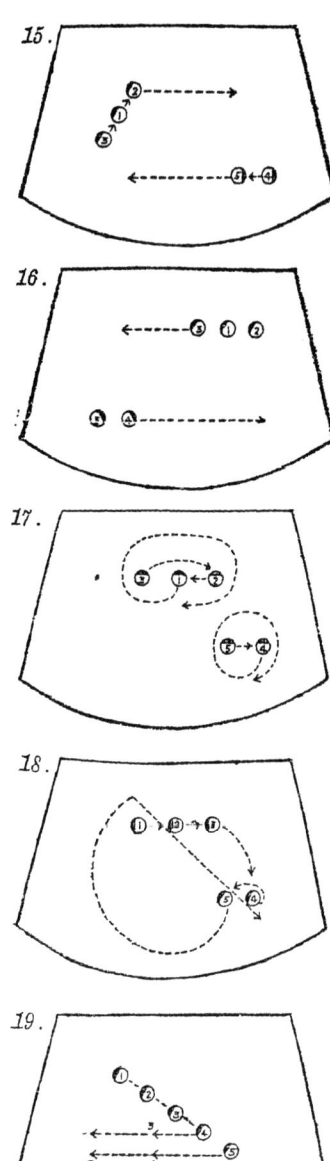

（25）~（27）众按图示路线走成两行。5、4号做"绕绢"，2、1、3号做"甩辫"。

动作同上，前排左转身，后排右转身全体成面向1点，按图示路线横向走"花梆步"，各至下图位置。

（28）~（34）全体同时做"捏绢前行"按图示路线顺时针方向绕一圈后各回原位。

唱第五段词

（1）~（2）1、2、3号拉起手，4、5号拉起手，全体面向8点做右"踏步全蹲"。

（3）~（10）由5号领队，众按序相随，做"捏绢前行"，按图示路线成面向8点的一斜排。

（11）~（20）5、4号同时转向3点，二人并排做"踢扭步"，按图示路线分别至箭头1、2处；3号走至原5号位，2号走至原4号位，再循5、4号路线走至箭头3、4处，1号走至下图位置。

（21）~（22）1号做"捏绢前行"至箭头1处，面向8点，两臂侧平伸，站右"后点步"，其他人原位面向3点，

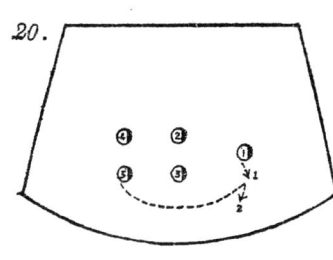

20.

全体做观灯状。

（23）～（24）5号按图示路线做"捏绢前行"至箭头2处，调皮地将头从1号右腋下钻出来，面向8点，做"右踏步观灯"。其他人同上。

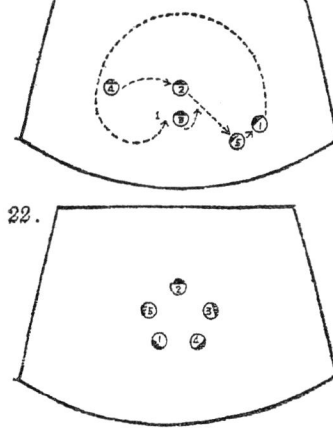

21.

22.

（25）～（27）1号右手拉起5号的左手，2、3、4号随其后，全体按图示路线做"捏绢前行"，1号至箭头1处时，全体缩成面向圆心的一小圈。

（28）～（34）全体面向圆心做左"踏步"，双手举至头右前比划一个"西瓜"状。

唱第六段词

（1）～（2）全体原位做左"踏步全蹲"，互相拉手，上身左右摆动。

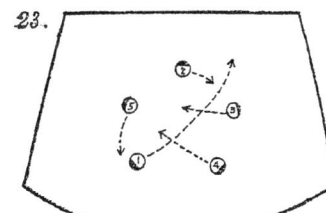

23.

（3）～（18）做"捏绢前行"按图示路线各至箭头处，成面向2点的一斜排。

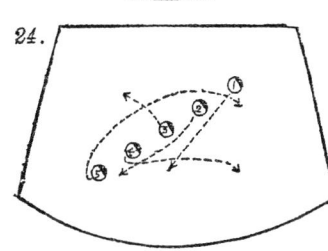

24.

（19）～（24）不奏。

（25）～（30）众原位面向2点做"吸腿走"。

（31）～（34）全体面向2点站左"后点步"，双手做

—981—

"上分掌"至"斜托掌"位。

唱第七段词

（1）~（2）不奏。

（3）~（12）做"捏绢前行"各至箭头处，凡到位后作向四面瞭望状。

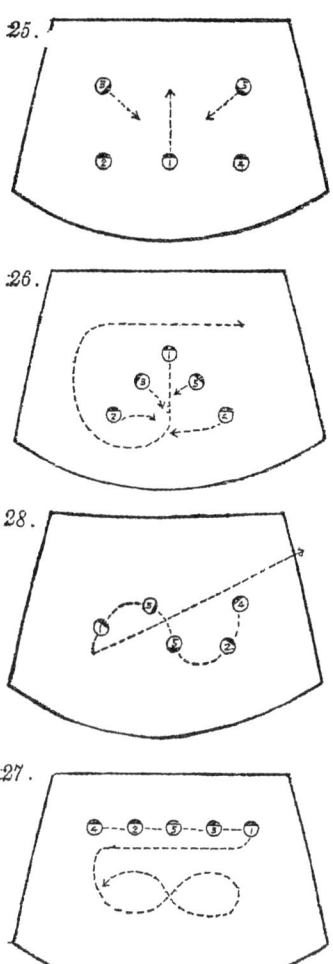

（13）~（14）1号走"花梆步"按图示路线退至箭头处，同时，3、5号各按图示路线做"捏绢前行"，向前迎1号，三人相互交流，各至下图位置。2、4号原位按词意自由表演。

（15）~（24）不奏。

（25）~（32）1号领头，3、5、2、4号依次随其后，做"捏绢前行"，按图示路线1号至台左后箭头处时，全体成面向1点的一排。

（33）~（34）全体原位面向1点，做"左蹲步观灯"，然后左转身半圈，右手提起花灯。

曲三

（1）~（23）由1号领队，按图示路线，做"挑灯前行"，1号至台右箭头处。

（24）~（33）动作向上，1号领队按图示路线依次从台左后下场。

六、艺人简介

王玉池，男，又名王占鳌，生于1922年，五台县东冶镇人。18岁即投于本镇八音会名鼓师武效元门下学艺，兼学三弦、二胡等。1952年，参加东冶镇文化宣传队。他先后编演各种形式的文艺节目百余个，被誉为"文艺能人"。1957年，他在原传统形式上改编《五女观灯》，使其由简单的说唱形式发展为载歌载舞的节目。在忻州、太原上演后，曾获好评，并被选赴京演出。

传　　授：王玉池
编　　写：崔建平、马春元、陈庆吉
绘　　图：卢万元（造型、动作）
　　　　　张俊卿（服饰、道具）
资料提供：杨修贞
执行编辑：田彩凤、康玉岩

（五台县）

总例二

编者按：五台山源远流长的佛教音乐中珍藏和传延了大量的民间歌曲之曲谱，并将这些民歌曲谱传承至今。现将著名音乐家韩军著《五台山佛教音乐》一书中有关五台山佛教音乐曲谱三种转载于此。但需要说的是，这里转载的是韩军先生有关曲谱的论述和曲谱的名称。具体歌词内容和演唱曲谱希望广大读者继续搜集和整理。韩军先生经多年的辛勤努力，收集到五台山佛教曲谱三种，它们是《宫商角□□》①、《禅门五音歌曲（全部）》和《五台山庙堂音乐曲调本》。按这三本抄写的不同时间，可称它们是"宣统本"、"民国本"和"解放本"。

五台山佛教音乐曲谱三种

一、宣 统 本

《宫商角□□》本，因写于"宣统二年"，故称其为"宣统本"。

此本深黄麻布作皮，左向右开。封面左上角贴有长方形黄纸，上书"宫商角□□"，后两字已损。封面正中从上至下贴有长方形红纸，上书"宣统二年天德吉立"。封面右下角有"福寿堂记"字样。

此谱本由罗睺寺保存，金明喇嘛提供。据提供人讲："这本曲谱是由'玉花池'（中台下）传到罗睺寺，原来由掌样喇嘛（已圆寂）保存。"从封面"福寿堂记"几字分析，疑出自台怀"塔院寺"。"清末时，五台山几大寺院中心办起了很多寺立书房。"②"福寿堂"是当时塔院寺中的一书房名。据老僧人回忆，当时各大寺院的书房除教习四书、五经之类文化知识外，还要学习乐器，演奏"佛曲"。这本曲谱很可能是当时在塔院寺驻锡的僧人所写。

全本谱字为"工尺谱"，从右至左直行书写，所用谱字为：上、尺、工、凡、合（六）、四（五）、一。

其中"合"与"六"两字、"四"与"五"两字可互用；"尺"与"工"两字有时以"伬"与"仜"两字代替，没有发现什么规律。

谱中有点板，在谱字之右。点板符号有两种："、"为板；";"为过板。谱中还有括号，用以表示上板、反复或分段。打击乐谱为字谱，在管乐与打击乐合用或管乐接打击乐时，也用字标明。如，用鼓，即写"古"；用铙钹，即写为"X"（镲字的简化）。每曲终，用"完"字表示。曲与曲之间均另行起。

此本无目录，除在前部与后部的地方有一些谜语外，全部是乐谱。全本共收乐谱211首，其中管乐曲（鼓吹曲）209首，打击乐谱2首。在全部管乐曲中，重复的有30首。重复情况有三种：一种是完全相同的曲调，在不同的地方重复抄写了，如〔粉红莲〕等；一种是同曲不同调，如〔千声佛〕，三个调的谱子都抄上了；一种是某曲及其变体，有的连"变体"都不够，仅有一点变化。如〔大叨叨令〕和〔小叨叨令〕同曲，仅有一点点变化，都抄上了。重复的次数有的两次，有的三次。如果去掉重复，全本实录曲调共173首。

现将全本曲目抄录如下。

（1）下山虎、（2）尾元尔、（3）五福捧寿、（4）下五台、（5）四心人、（6）送疏、（7）干□敏、（8）阳河泽印（"泽"疑为"摘"）、（9）张飞古掌（"古"疑为"击"）、（10）刁蝉碾月（"刁蝉"应为"貂蝉"，"碾"疑为"撵"）、（11）福劝儿、（12）（凡字）五声佛（曲调同前）、（13）川金子、（14）忍金娘、（15）小四方（"四"疑为"十"，"方"疑为"番"）、（16）开八门、（17）进宝（应为"回回进宝"，曲调同前）、（18）银牛生（应为"银钮丝"）、（19）挂金索、（20）方便赞（"赞"疑为"偈"）、（21）巴山虎（"巴"应为"爬"）、（22）（六字）卖油郎（曲调同前）、（23）柳金娘、（24）麦地花、（25）到春来（曲调同前）、（26）随手（曲调同前）、（27）达子圈（曲调同前）、（28）粉红莲（曲调同前）、（29）日照光（曲调同前）、（30）玉楼（曲调同前）、（31）川石子（曲调同前）、（32）川石子（曲调同前）、（33）双非吊、（34）双非吊、（35）金毛狮子、（36）浪淘沙、（37）长干枝、（38）（六子）普安咒（"安"应为"庵"）、（39）井桃元、（40）二桃元、（41）义春会、（42）短花园、（43）一题金（曲调同前，"一"为"壹"）、（44）吹四吊、（45）（尺字）月尔高（"尔"应为"儿"）、（46）川八捉（疑为"川拔棹"）、（47）（工字）小开门、（48）（五字）小开门（曲调同上）、（49）（合字）三鬼赞（"鬼"应为"皈"，曲调同前)、(50)八仙庆寿、(51)江汉东桥山、(52)(尺字)千手佛("手"应为"声",曲调同前)、(53)贵八宝("宝"应为"板",曲调同前"小八宝")、(54)(凡字)大成金(曲调同前)、(55)散八音、(56)无明木、(57)赶皇恩("赶"疑为"感")、(58)玉皇恩("玉"疑为"遇")、(59)谢皇恩、(60)将军折、(61)木儿("儿"疑为"耳")、(62)肆大景("肆"应为"四")、(63)肆小景("肆"应为"四")、(64)榜子腔("榜"疑为"梆")、(65)邢头各尔、(66)跌乐午儿、(67)花元绪、(68)月儿落、(69)过南楼、(70)穿魔皂、(71)前把牌(疑为"前八拍")、(72)捉木耳、(73)集贤宾、(74)赉集眉、(75)进荷包、(76)劝金杯、(77)后把牌(疑为"后八拍")、(78)江天孟雪、(79)皂罗袍、(80)玉茭枝、(81)玉包都(疑为"玉抱肚")、(82)大脱布衫、(83)小梁州、(84)伍方结界("伍"应为"五")、(85)拿鹅、(86)拿鹅尾、(87)尾圣把、(88)(花字)五声佛(曲调同前)、(89)南江风、(90)北江风、(91)豆安虫(疑为"斗鹌鹑")、(92)马雨朗(疑为"骂玉郎"、"骂鱼郎")、(93)面打须(疑为"棉达絮")、(94)大花园、(95)小花元("元"应为"园")、(96)大走马、(97)小走马、(98)柘榴花、(99)玉福仁(疑为"遇夫人")、(100)月尔高("尔"应为"儿")、(101)四朝元、(102)(工字)四朝元、(103)傍庄台(疑为"傍妆台")、(104)二将军、(105)拜金门、(106)劝金杯(曲调同前)、

总例

—987—

(107)（一字）普安咒（"安"应为"庵"；曲调同前）、(108)（凡字）普安咒（"安"应为"庵"；曲调同前）、(109)（工字）普安咒（"安"应为"庵"；曲调同前）、(110) 大刀刀令（"刀"应为"叨"）、(111) 小刀刀令（"刀"应为"叨"）、(112) 山坡羊、(113) 斩刁蝉（"刁"应为"貂"）、(114) 二股（曲同"山坡羊"）、(115) 小山坡羊（曲同"山坡羊"）、(116) 三股（曲同"山坡羊"）、(117) 太平醉、(118) 四股（曲同"山坡羊"）、(119) 醉太平、(120) 五股（曲同"山坡羊"）、(121) 春季鹅郎、(122) 六股、(123) 夏季鹅郎、(124) 七股、(125) 西胡流、(126) 八股、(127) 干支梅（"支"应为"枝"）、(128) 九股、(129)（花字）将军令、(130)（花字）将军令（曲调同上）、(131) 斩刁蝉（"刁"应为"貂"；曲调同前）、(132) 干支梅（曲调同前）、(133) 秋季鹅郎、(134) 冬季鹅郎、(135) 大将军、(136) 集贤宾（曲调同前）、(137) 西牛角、(138) 正天子、(139) 玛吕马、(140) 吹那共托、(141) 庄旦的尔、(142) 知的当巴、(143) 大当坐剌、(144) 点洞衣面（本书写作"点洞衣勒面"）、(145) 改吊（"吊"应为"调"；曲调同上）、(146) 捧错点利（"利"本书写作"连"）、(147) 加贯知宗（"宗"本书写作"仲"）、(148) 官共沙介（"官"本书写作"国"）、(149) 各旦俊乃（本书写作"各旦嘛"）、(150) 元旦俊乃、(151) 跳呢喇嘛（"跳呢"本书写作"乔尼"）、(152) 申错当尼、(153) 脑住点比（本书写作"努住店比")、(154)大月元旦俊乃、(155)可念嘛、(156)宁共嘛、(157)苦令定(应为"苦伶仃")、(158)架为金窟("为"本书写作"位")、(159)哭灵、(160)错面打为(本书写作"措面大卫")、(161)江宿颂(疑为"江苏班")、(162)花元会("元"疑为"园")、(163)(改吊)二将军("吊"应为"调";曲调同前)、(164)(改吊)柘榴花("吊"应为"调";曲调同前)、(165)丹花岩、(166)月尔高("尔"应为"儿";曲调同前)、(167)上金台("金"疑为"经")、(168)彩茶歌("彩"应为"采")、(169)潘四句("潘"应为"番")、(170)将军令、(171)古("古"应为"鼓")、(172)五祥、(173)佃花开。

需要说明的是：

(1) 目录中曲名按原本所用字；

(2) 明显错字在后面括号内用"应为"二字改正，怀疑为错字在后面括号内用"疑为"将所疑误字写正；

(3) 同名同曲或异名同曲排列在后的曲名在后面括号内标以"曲调同前"；

(4) 原本中缺损字以方框代之；

(5) 曲名前表明调高的文字以括号括之；

(6) "民国本"目录中没有，但正文中有的曲目用括号括之。

从此本所录曲目看，不仅在系统方面青庙、黄庙都有，而且从曲名看，既有唐、宋至元以来流传下来的词、曲牌名，又有明清以来流行的民歌、小调，而且还有清末戏曲所用之曲牌。从形式上看，不仅有小曲，而且有和念③。在其中，很可能还有套曲。因此这本曲谱可以看作是清末时五台山佛教乐曲"大全"，是我们研究五台山佛教音乐极其宝贵的材料。

二、民　国　本

《禅门五音歌曲（全部）》，因写于"民国二十四年"，故称其为"民国本"。

此本青色麻布为皮，左向右开，封面左上角直书"禅门五音歌曲（全部）"，其中"全部"两字为小字，从右向左横书。封面右下角有"永安堂志"字样，并有一印鉴，上刻"常存图印"。封底正中从上至下直书"民国二十四年禧逢乙亥新正月立"。

此谱本由南山寺慈荫法师提供，并说明此本为显通寺所存。根据封面"永安堂志"可确定此本为塔院寺僧人所抄。因"永安堂"是塔院寺中一书房名。此本距现在不远，许多老僧人对此本尚有印象，而且其中大部分曲调现在仍有僧人会唱。

"民国本"谱也是"工尺谱"，谱字与"宣统本"基本相同，分别为：上、尺、工、凡、合（六）、四（吾）、乙（一）。

其中"尺"与"工"两字有时用"伬、仜"两字代替，"吾"字应为"五"，属误字，"乙"与"一"两字同音同义。

谱中点板与"宣统本"同:"、"为板,":"为过板。需要反复的地方,在句前与前面谱字空出一定距离,句后(或段后)注以"重"或"反"字,表示这一句(或段)要反复。曲之间连写,不另起行。

曲本前部有目录,目录后是正文(曲谱)。目录设曲目72首,其中有"学笙法"、"点笙法"各一。实录曲目70首,其中打击乐一首,名《铙钹歌》。目录的曲名为竖写,从上而下三行。每首曲名上方均有从右至左两小字,小字的意义有四:一是说明此曲的应用形式,如"(格念)华严会"④,说明这首曲调为"和念";再如(常吹)"散八音",说明此曲为"小曲"。二是说明此曲的调高,如"(乙字)八宝"、"(尺字)千声佛",告知这两首曲分别以"乙"和"尺"字作为第一音。三是望文生义,根据曲名字面意思杜撰上去的,如"(秀才)进兰房"、"(姑娘)上绣楼"等,无实际意义。四是凑字,单纯为了形式上需要而把原曲名分开,如"(快五)声佛"、"(五方)结界"等。目录中这两个小字的四种形式,在正文曲谱中,第一、三种没有了。由于第二种是对调高的指示,第四种本来是曲名的一部分,所以在正文曲目中仍然保留着,只是不再是小字,而都成为曲名的一部分了。

曲本中,正文(曲谱)与目录有两个方面的差异:一是曲名用字不同。如目录中的曲名"遇美人"在正文中写为"玉美人",目录中曲名"记心草"在正文中为"寄生草";二是曲目数量不同。目录中共记曲名70首,但正文录有曲谱79首,其中"四小景"、"过河"、"召请条"第九首在目录中没有。

在正文曲谱79首中，重复的有8首，重复情况有三种；一是同名同曲，如"千声佛"、"五声佛"都抄有两首；二是同曲不同名，如"苏武牧羊"与"胖娃娃"曲调同，仅调高不同，再如"儿子急"实际是"八宝（板）"曲调；三是同名同曲但调高不同，如"八宝（板）"、"普庵咒"，把三种不同调高的曲谱都抄上了。如果我们去掉重复的曲调，那么，全本实际记有曲谱70首，其中吹奏曲68首，打击乐曲2首。

现将全本曲目抄录如下：

（1）（尺字）千声佛、（2）（格念）华严会（菩萨头）、（3）（乙字）八宝（"宝"应为"板"）、（4）（和念）参礼条、（5）（工字）八宝（"宝"应为"板"；曲调同上）、（6）（广用）翠黄花、（7）（接引）儿子急（曲调同"八板"）、（8）（尺字）寄生草（菩萨头）、（9）（五方）结界（应为"五方结界"）、（10）（快五）方结界（应为"快五方结界"）、（11）（四字）三皈赞、（12）（常吹）散不音（"不"应为"八"）、（13）（合字）爬山虎、（14）（时用）媳妇忙、（15）（痴汉）推轴（应为"推碌碡"）、（16）（秀才）进兰房、（17）（园开）万年花、（18）（案上）净瓶、（19）（四字）月高（应为"月儿高"）、（20）（乙字）普庵咒、（21）（尺字）秘磨岩（"磨"应为"魔"）、（22）（蛤蟆）大乘金（"金"疑为"经"）、（23）（尺字）磨棒锤、（24）（俗云）四不相、（25）（四季）鹅郎子、（26）（姑娘）上秀楼（"秀"疑为"绣")、(27)(常使)刀刀令("刀"应为"叨")、(28)(成佛)上金台、(29)(十二)层楼(应为"十二层楼")、(30)(工字)月高(应为"月儿高";曲调同前)、(31)(四字)将军令、(32)(天下)最太平("最"应为"醉")、(33)(山上)洋烟花、(34)(院中)磨泥花(应为"茉莉花")、(35)(仙女)打连唱("唱"应为"成")、(36)(庭前)打悠天(应为"打秋千")、(37)(山坡)牧牛、(38)(村庄)钉缸、(39)(赵云)牧马、(40)(五哥)牧羊(应为"五哥牧羊")、(41)(苏武)牧羊(应为"苏武牧羊")、(42)(久常)遇美人("遇"疑为"虞")、(43)(美色)疏妆台("疏"应为"梳")、(44)(战场)纷魂连(应为"粉红莲")、(45)(门下)打银牌、(46)(成道)西方会、(47)(城皇)庙门开、(48)(年年)走西口、(49)(革命)立国歌、(50)(得胜)鼓回朝、(51)(凡字)八宝("宝"应为"板",曲调同前)、(52)(工字)普庵咒、(53)(格念)五声佛、(54)(六字)真言(应为"六字真言")、(55)(工字)挽便头、(56)(唧唧)云中鸟、(57)(四字)牧场、(58)(妇女)采茶歌、(59)(跌落)金钱(应为"跌落金钱")、(60)(可爱)胖娃娃(曲调同"苏武牧羊")、(61)(汉后)三国曲、(62)(桃园)结义(应为"桃园结义")、(63)(长板)救主(应为"长坂救主")、(64)(五寺)景歌(应为"五寺景歌")、(65)(八仙)庆寿(应为"八仙庆寿")、(66)(药师)灯数、(67)(快五)声佛(应为

"快五声佛")、(68)(工字)西方赞、(69)(凡字)普庵咒(曲调同前)(四小景)(过河)(施食条)(召请条)、(70)(学打)铙钹歌[5](天下通)(狗细咬)。

　　从此本的曲名看，明显误字较多，如各地流传的我国传统器乐曲牌"八板"，被误写为"八宝"，"粉红莲"误为"纷魂连"等等。这一点正好证明此谱本是僧人凭借自己会演奏的曲调所记录的，即是说这些曲调是僧人们先会演奏后记谱的。这对我们认识五台山佛教音乐的特点很有帮助。

　　"民国本"与"宣统本"比较，不仅曲目数量少，而且从曲名看，传统词、曲牌也少了。但近代地方小调以及与戏曲有关的曲调却明显增多。如"钉缸"、"走西口"、"打秋千"（谱中误为"打悠天"）之类曲调也已进入佛门，这对我们研究近代佛教音乐与民间音乐的关系提供了客观的材料。

三、解　放　本

　　《山西五台山庙堂音乐曲调本》，因抄于新中国成立后的1978年，故称为"解放本"。

　　此曲本用"山西省五台县佛光寺文物保管所"十六开方格稿纸抄写。曲调由左向右横书，其谱字与"民国本"大同，仅"民国本"中"吾"字此本为"五"，为正字。另外，此本无"乙"字，全用"一"字。点板在字谱下方，板为一点，"过板"为两点"、、"。

曲本由"佛光寺文物管理所"李还民先生（已退休）抄写并提供。李还民，五台人，生于1920年，十岁出家塔院寺，法号圣达。十四五岁开始学习吹奏管子，再学吹笙。后还俗，1945年参加工作，1953年入文物口，直至退休。这个曲本是他在1978年回忆所学曲调而抄写下来的。

此本共有四个部分：

（1）《山西五台山庙堂音乐曲调本》。其中"瑜珈焰口伴奏曲"16首，其他小曲52首，计68首。

（2）《五台山庙堂音乐吹凑（奏）曲》。其中包括四部分：①念经伴奏曲14首；②吹腔大调15首；③吹腔快调17首；④吹腔小调15首。计61首。

（3）《补充曲谱》11首。

（4）《念经伴奏曲》81首。去其重复，实为78首。

这四部分是在同一时期内经几次整理的，所以大多重复。如果把这四部分综合在一起，重新加以整理，实际共有曲调78首。

现将全曲目抄录如下：

一、念经伴奏曲（1）华严会随菩萨头、（2）参礼条接菩萨头、（3）翠黄花、（4）五方结界、（5）快五方结界、（6）铃杵真言、（7）方便偈、（8）三皈赞、（9）召请条、（10）千声佛、（11）六句赞、（12）普庵咒、（13）灯颂、（14）滴流子；

二、吹腔大调（1）上金台、（2）十二层楼、（3）大乘经、（4）秘魔岩、（5）西方会、（6）净瓶、（7）推六轴（"六轴"应为"碌碡"）、（8）进兰房、（9）四字月儿高、（10）五字月儿高、（11）一字普庵咒、（12）四不相、(13) 打早鱼、(14) 骂渔郎、(15) 大开门。

三、吹腔快调 (1) 云中鸟、(2) 采茶歌、(3) 散不音("不"应为"八")、(4) 木耳、(5) 爬山虎、(6) 山坡羊、(7) 媳妇忙、(8) 儿子急、(9) 一字八宝("宝"应为"板")、(10) 凡字八宝("宝"应为"板")、(11) 工字八宝("宝"应为"板")、(12) 小放牛、(13) 大钉缸、(14) 编白菜("编"应为"撇")、(15) 卖菜、(16) 割韭菜、(17) 纷魂连(应为"粉红莲")。

四、吹腔小调 (1) 搜场、(2) 牵尼花(应为"茉莉花")、(3) 打连成、(4) 打秋田、(5) 哭灵堂、(6) 走西口、(7) 哭长城、(8) 洋烟花、(9) 下学歌、(10) 开荒、(11) 反四句("反"疑为"番")、(12) 上绣楼、(13) 望江南、(14) 思故乡、(15) 遇美人("遇"应为"虞")。

补充曲调快五声佛、刀刀令(三段)("刀"应为"叨")、磨榜吹("榜吹"应为"棒槌")、四季鹅郎子(春夏秋冬)、上小楼、四不相、六字真言、山坡羊、最太平("最"应为"醉")、打早鱼。

"解放本"的曲目基本与"民国本"相同,只是在小曲部分中又多了一些近代乡间俚曲、戏曲曲牌以及新民歌的曲调。如"卖菜"、"割韭菜"、"大开门"、"儿童下学"等。

通过对三种曲谱的整理,我们可以对五台山佛教音乐的过去及发展有一个大致的了解。

这三种曲谱从抄写地点看,虽然均出自塔院寺,可谓一脉相承，但比较来看，"民国本"与"解放本"关系最近。从抄写时间看，两本虽然相隔40余年，但《解放本》根据抄写人在十四五岁（1934、1935年左右）开始学习演奏乐器时学会的曲调，以及后来逐渐学习、积累而背下来的曲调重新抄写的。它们大部分是三四十年代的曲调，这时间正是"民国本"抄写完成的时间。从曲谱看，两本相同曲目44首，其中和念13首、小曲31首。这44首相同曲调不仅曲名相同，就连曲调、板路、板数都相同。对于两本中不同的曲调，据"解放本"抄写者李还民先生说："一部分是过去不太常用的，已忘记；一部分是后来新增加的。"经过以上比较，我们可以认为："解放本"是"民国本"的直接继承，这两种曲谱反映了民国至解放前后这一段时间五台山佛教音乐（主要是青庙）的实际情况。

"宣统本"与其他两本比较有明显的不同。在"宣统本"全部211首曲目中，与"民国本"相同的仅有22首（其中和念6首）。而这些相同曲目的曲调也不尽相同，有的甚至差异很大。它反映了从清末至民国中期三十余年间的较大变化。

从"宣统本"到"民国本"、"解放本"，直到我们现在掌握的现在五台山佛教音乐的材料，从曲谱方面完全呈现了五台山佛教音乐从清末至现在的一个世纪以来的面貌及发展概况（"宣统本"很可能还蕴藏着更早期的信息）。这为我们研究五台山佛教音乐乃至佛教音乐的整体，甚至对研究我们民族音乐文化传统提供了宝贵的材料。

注：①□——方框代表原作已损坏。
②福寿堂——见《五台县志》。
③和念——据韩军著《五台山佛教音乐》一书中《五台山佛教音乐的形志》文章中载：五台山的佛教音乐的形式包括"声乐"和"器乐"两大类。"和念"属于声乐类。"和念"是带有器乐伴奏的经文演唱。"和念"的每首曲调均有曲名。曲名有佛教本身的传统曲目，如"普庵咒"等；也有来自民间的传统曲目，如"寄生草"等。
④格念——原谱曲名上方两小字在文中以括号括之。"格念"格字，本书用"和"字，此处依原样抄录为"格"字。
⑤铙钹歌——下两首打击乐谱，即［天下通］［狗细咬］。

（五台山）

总例三

忻州二人台《叔嫂情》

这是由忻州二人台表演艺术家詹丽华女士提供，并亲自赴京与周永新先生联袂在首都为党和国家领导人成功演出的节目。时任中共中央政治局委员，中共中央宣传部长刘云山同志在亲切接见演员时指出："忻州二人台《叔嫂情》是继《走西口》后的第二个里程碑。"这是中共首长对《叔嫂情》精彩演出的重要评价，同时也是对此节目堪与传统二人台节目《走西口》的艺术成就和社会影响的赞美的褒扬。

詹丽华女士是该节目中"嫂嫂"的扮演者，在大赛评奖中获得"最佳演员奖"。她是忻州市定襄县蒋村人，1970年生，国家一级演员，北路梆子表演艺术家，中国戏曲梅花奖获得者，忻州市特级劳动模范。她出色的二人台表演艺术，深受广大观众的喜爱和赞扬。詹丽华女士的二人台表演艺术代表作《叔嫂情》，属于我省民间音乐歌曲体系中的秧歌类，是一种载歌载舞的演唱形式。此书已作为历史资料在《总例》中载传，非常感谢詹丽华女士和该节目的编剧、导演、伴演和乐队等有关人士做出的突出贡献。

附一：《叔嫂情》唱词

(男) 嗖喽喽的春风哟，
　　吹到那山沟沟；
　　红彤彤的那个剪纸哟，
　　贴在了窗口口哎。
(女) 九曲曲黄河浪花花流，
　　一对对鸳鸯顺水水游；
　　半心心是喜半心心是愁，
　　愁的是喜鹊不来唱枝头。
(女) 只恨我爹娘老糊涂，
　　挑心眼眼给我找了个病丈夫。
　　他斑疹伤寒带跑肚，
　　一黑夜就让我变成个小寡妇。
　　丈夫死了这些年，
　　是小叔子和我相依为命。
　　提起我那小叔子笨笨，
　　真是个花眉俊眼的好后生，
　　安分守己的庄户人。
　　他春会耕夏会种，
　　秋天扬场会看风，
　　就是看不懂他嫂嫂的这片心。
　　今儿个我要在窗户纸上，
　　捅它个大窟窿。
(男) 嫂嫂，
　　一前晌种地二亩七分九，
　　笨笨我两脸放光精神抖。
　　嫂嫂她在崖头把我瞅，
　　浑身是劲就像那车轴上了油。
　　提起我嫂嫂，
　　那是上鞋不用锥子真好。
　　咱倒是没骑过马来没坐过轿，
　　闹不清那娶老婆是甚味道。
　　反正是我笨笨人憨命好，
　　我嫂嫂就是我嫂嫂。
(男) 嫂嫂，
(女) 回来了？
(男) 回来了。
(女) 累了哇？
(男) 不累。
(女) 饿了哇？
(男) 不饿。
(女) 哎！你猜嫂嫂给你做下甚

吃的了?
（男）不用猜，好吃的嘴上香一
　　　香，不好吃用牙扛一扛。
（女）你呀！真好伺候！
（女）嫂嫂给你做了些黍米凉粉
　　　拌苦菜。
（男）嫂嫂做下了苦菜汤，
　　　赛过大年的饺子香。
（女）哎呀，快吃饭哇！
（男）哎！
　　　哎呀！看我嫂嫂有多好，
　　　看我笨笨有多孬。
（女）哎，给！
（男）哎呀这几天不知道是咋
　　　啦，一看见我嫂嫂，
　　　脸上烧得红红的，
　　　心里跳得咚咚的，
　　　浑身抖得磣磣的，
　　　汗珠子还滴得叮叮的。
（女）笨笨啊，吃饭哇！
（男）哦！
（女）你?
（男）我！
（女）你！你咋看我了。
（男）嫂嫂，你的眼？
（女）我的眼，我的眼咋啦？
（男）你的眼珠珠红红的像血，

　　　是心烦地落泪，
　　　还是黑夜盘算的没睡？
（女）今儿个刮的风不顺，
　　　抱柴火眼里打进个垄。①
（男）甚？打进个垄。
　　　缸里头装不下瓮。
　　　眼里头放不得垄。
　　　虽说不是要命的病，
　　　可那也是揪心的痛。
　　　这可咋办呀！
（女）啊呀！不要动，眼疼的。
（男）要么我给你翻起眼皮看一
　　　看，
（女）嗯！
（合）头发昏，肉发麻，
　　　浑身好似雷电打。
　　　只觉得天旋地又转，
　　　全不知道自己姓甚叫个
　　　啥。
（女）笨笨！笨笨！
　　　笨笨！嫂嫂问你一句话，
　　　你说嫂嫂好不好？
（男）好。
　　　精铮铮的莜面软溜溜的
　　　糕，
　　　全村村人就数嫂嫂好。
（女）你左一声嫂嫂好，

右一声好嫂嫂，
　　　叫得人家心头就像刀子搅。
　　　你就不能改上个叫法?
（男）那该叫甚了?
　　　噢，对!
　　　嫂嫂梳的个圪嘟嘟，
　　　要不干脆叫姑姑。
（女）你你，
　　　你对着嫂嫂叫姑姑，
　　　你真是一个二百五。
（男）不种谷谷种糜糜，
　　　不叫姑姑叫姨姨。
（女）你吃萝卜不擦泥。
　　　真是一个不精明。
（男）要么干脆叫姐姐，
（女）还差那么一点点，
（男）那就叫
（女）甚?
（男）那就叫
（女）甚? 你，你，你呀!
（男）我有心放开嗓嗓，
　　　叫她一声小妹妹，
　　　又怕阴曹地府的哥哥骂我
　　　没有人味味。
　　　嫂嫂，我觉得叫甚也不如
　　　叫嫂嫂顺溜么!
（女）去!
（男）嫂嫂，
（女）笨笨，你在地里耕种，
　　　听没听见别人说甚?
（男）说哇! 还不是说咱俩。
（女）说咱俩咋啦?
（男）不是眼红的就是嘴疼的，
　　　反正没一句好听的。
（女）不好听也要听。
（男）这，
（女）说!
（男）沟西二小小对我乱叨叨
　　　说小叔子跟嫂嫂赛如吃饺饺。
　　　南梁三挠挠②跟我瞎吵吵，
　　　他说小叔子娶嫂嫂，
　　　不大不小正好好。
（女）那别人有说法你是甚想法?
（男）我? 唉!
　　　过了四月二十八
　　　咱种点上葫芦点上瓜，
　　　我就送你回娘家。
（女）这是为甚?
（男）一来咱避避风，
　　　二来你散散心，
　　　三来我压压惊，四来……
（女）甚?

（男）避免旁人说闲话，
　　　坏了嫂嫂好名声。
（女）笨笨！
　　　你说嫂嫂这也挺好那也不赖，
　　　难道我就不值得你爱。
（男）爱！爱倒是挺爱，
　　　就是怕嫂嫂跟上我带害。
（女）能带甚害？
（男）啊呀，嫂嫂！
　　　你看看咱们本家这些人，
　　　咱俩真要是成了老婆汉汉，
　　　还不让他们把脑袋打烂。
（女）哪里的公鸡不打鸣，
　　　哪里的黄土不埋人。
　　　只要你吃了秤砣铁了心，
　　　咱今个黑夜就迈出这个门。
（男）你说走？
（女）嗯！
（男）往哪走？
（女）笨笨！
（合）东有山，西有坡，
　　　南有川来北有河。
　　　这世界大来地方多，
　　　一棵树上吊不死个你和我。
（女）笨笨！笨笨！
（男）嫂嫂！
　　　咱俩今生做不成夫妻就做个姐弟，
　　　来世我转牛变马也要当你的女婿。
（女）笨笨！
（男）嫂嫂，我！我！
　　　不能因为我坏了你的名声，
　　　毁了你的贞洁呀！
（女）我情愿死了没人埋，
　　　也不要你那贞洁牌。
　　　这个家留给你，
　　　我走！我走！！
　　　我走！！！
（男）嫂嫂！嫂嫂！！嫂嫂！！
　　　我离不开你呀，
　　　你等等我！
（女）你让我等，我也么咋等？
　　　我把你小娃娃等成一个大后生，
　　　我等过了三更等五更，
　　　我等过了天阴又等天晴。
　　　我等到初一月不明，
　　　我等到十五又满天云，

我等过了冬等过了春，
我可不能等了你今世又等来生。
我不图虚名要真情，
我不做寡妇要做女人。
临走含泪叫笨笨，
你呀你呀愣头青。

（男）嫂嫂快不用说了，
这心思我早就有了。啊！
不是不敢干就是没胆胆，
生怕别人说长道短短。

（女）你！
今天咱是跑呀还是逛呀，
这出戏是咋唱呀？

（男）好唱，好唱！
天下黄河向东流，
咱也唱出走西口，
对！咱不走东走西口。

（女）笨笨，听这口气！
还像我的好兄弟！

（男）呜，去！
以后不能叫兄弟。

（女）那该叫甚了？

（男）拜天地，喊爹妈，
今天咱就换叫法。

（女）那你叫我甚了？

（男）高粱熟了红穗穗，
甜甜地叫你一声
大妹妹！
大妹妹！！

（合）黄河流凌凌摞凌，
是谁留下一个人爱人。
人走西来水流东，
鸳鸯结伴不离分！
不离分！

注：①坌——方言，指进入眼中的异物。音 bèn。
②三挠挠——指表演时列举的农村一个小伙子的名字。

附二：传统二人台曲谱

夸 嫂 嫂

（一）

$1 = {}^{\flat}B$ $\frac{2}{4}$

(6·5 6 1̇ | 2̇·5 3 5 3 2 | ⁵3·5 3 2 | 1̇ — |

2̇ 2̇ 7 6 5 | ⁵3·2 1 6 | 2 2 ♯4 3 | 2·3 2 2)

总例

2̇·5 3̇ 5 3 1 | 6 — | 6̇ 5 3 5 3 1 | 6 — |

2̇·2̇ 1̇ 2̇ | 6̇ 3 2 1 | 2̇ 2̇ 7 6 7 6 5 | ⁵3 — |

6·6 6 3 | 2̇·5 3 2̇ | ⁵3 3 5 3 2 | 1̇ — |

2̇ 2̇ 7 6 5 | ⁵3·2 1 6 | 2·(♯4 3 | 2·3 2 2)‖

—1005—

挎 嫂 嫂

(二)

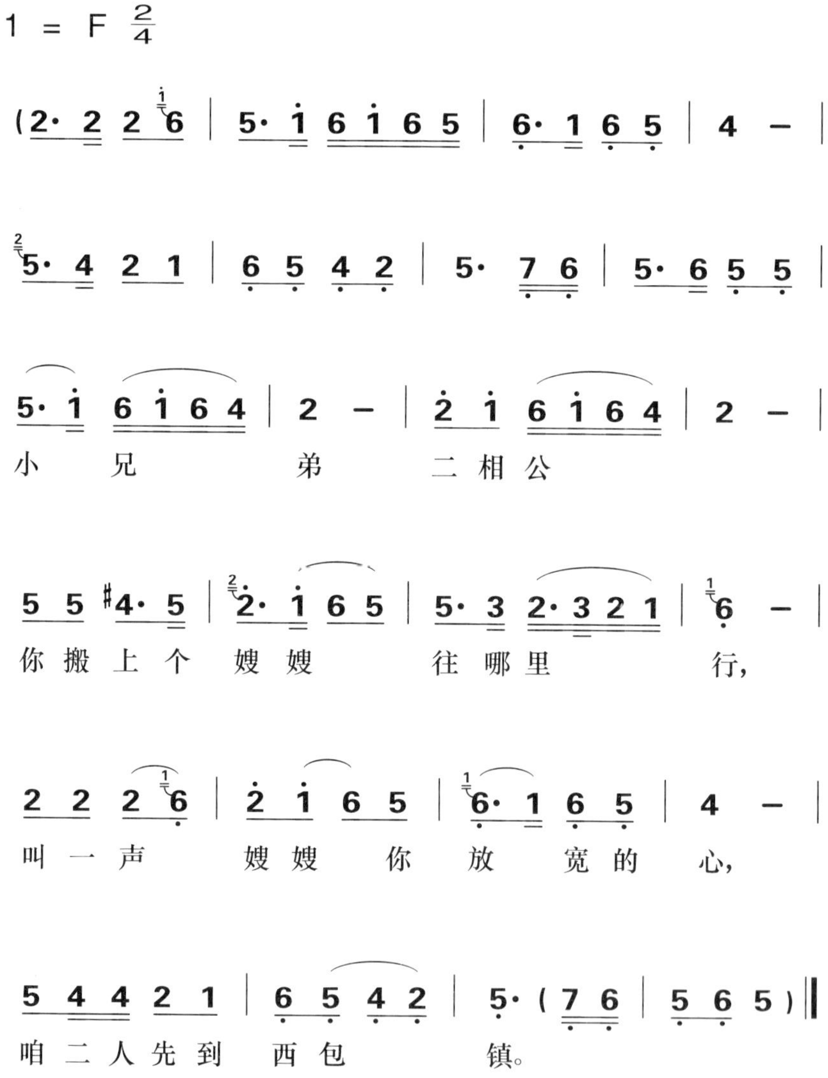

1 = F 2/4

民歌 五台山

(2· 2 2 6 | 5· 1 6 1 6 5 | 6· 1 6 5 | 4 — |

5· 4 2 1 | 6 5 4 2 | 5· 7 6 | 5· 6 5 5 |

5· 1 6 1 6 4 | 2 — | 2 1 6 1 6 4 | 2 — |
小 兄　　弟　　二 相 公

5 5 #4· 5 | 2· 1 6 5 | 5· 3 2· 3 2 1 | 6 — |
你 搬 上 个 嫂 嫂　　往 哪 里　　行，

2 2 2 6 | 2 1 6 5 | 6· 1 6 5 | 4 — |
叫 一 声　嫂 嫂 你　放 宽 的　心，

5 4 4 2 1 | 6 5 4 2 | 5· (7 6 | 5 6 5) ‖
咱 二 人 先 到　西 包　　镇。

叔 嫂 情

1 = ♭B 2/4

刘铁铸 统配

$\stackrel{\frown}{2\cdot 5\ 3\ 2}$ | 1 1 2 | $\stackrel{\frown}{3\cdot 6\ 5\ 4\ 3}$ | 2 — | $\stackrel{\frown}{2\cdot 3\ 5\ 5\ 3}$ |

黄 河 流 凌 凌 摞 凌， 是 谁

$\stackrel{\frown}{\dot{2}\ 3}$ $\stackrel{\frown}{\dot{1}\cdot\dot{1}}$ | $\stackrel{\frown}{6\ 2\ 1\ 7\ 6}$ | 5 — | 6 6 6 1 | $\stackrel{\frown}{\dot{2}\cdot 5\ 3\ 2}$ |

留 下 一 个 人 爱 人？ 人走 那 个 西 来

$\stackrel{\frown}{3\cdot 5\ 3\ 2}$ | 1 — | $\stackrel{\frown}{2\ 2\ 1\ 6\ 5}$ | 4 2 4 5 6 |

水 流 东， 鸳 鸯 结 伴 不 分 离，

$\stackrel{\frown}{1\ 6\ 1\ 2\ 3}$ | 2 — | 2 — | 2 0 0 ‖

不 分 离。

总例

（资料来源：山西人民出版社出版的武兆鹏著的《二人台音乐概论》
书中新编二人台小戏《叔嫂情》幕前唱曲谱）

（忻州市）

总例四

风 搅 雪

——五台国都殿村秧歌《风搅雪》传记

国都殿村社火秧歌队演唱
朱生和整理

（一）

据1988年6月山西人民出版社出版的《五台县志》"群众文艺"一章中，关于"秧歌"种类之载述，"五台有高跷、扑地蜂、登台秧歌、霸王鞭、风搅雪等，俱演唱秧歌曲调。"

又载："《风搅雪》是秧歌和社火混合表演的活动形式。开场时，唢呐吹奏《大得胜》，先由社火跑场，跑毕围成圈，秧歌便在笙管乐声中入场演唱，之后再由社火表演武术。""社火流行于全县300多个村庄；有大马、小打扮、大旗、竹马子4种。"

（二）

五台国都殿村，是县境内闻名的一个大村。坐落于清水河南段的峻岭深谷之中，现为陈家庄乡的一个行政村。这个村的名称来源历史久远。村中有一株古老槐树，生长在戏场院中央，年代约在千年以上。这株槐树南面盖有一座古老戏台，是从古至今村里演戏唱秧歌的场地；北面盖有一座关帝庙，其台基高筑，飞檐彩栋，与戏台相对。村民们称之为"老爷庙"。

　　这个村的名称原来不叫"国都殿",而叫作"孤独店"。古时候,此村清水河东岸,高山岭上有座尼姑寺,史传名叫"姑姑寺"。寺院年代久远,庙院宏大,相传五台山周围的二州(忻州、代州)四省(山西、河北、内蒙古、陕西)等地若有人遭难求生之时,就可隐居"姑姑寺"逃避衙门抓捕,躲过劫难。山上尼姑以及难民们往返姑姑寺时,就在清水河边搭盖了一个孤独的歇脚小店,当时人们称作"孤独店"。久而久之,对于高山深处的"姑姑寺",广大民众习惯地改称:"避事垴"。"孤独店"也扩建成村落,但仍叫"孤独店村"。这就形成了民间古话"先有避事垴,后有孤独店"的说法。

　　据史传,明朝宫廷有一位辽宁籍的郎姓官员,在朝中被谗,诛灭九族,其族人郎智、郎友两兄弟先逃代州,后躲藏避事垴,并改"郎"姓"罗"。隐居得救后,就在孤独店村繁衍生息。所以,至今该村郎姓氏人居多。至于将"孤独店"村名改称"国都殿"村,那是清咸丰年间,因讳"孤独"取谐音而更名。又罗姓家庭将"罗"姓回归"郎"姓,是新中国成立后的太平年代,于1954年前后"罗"姓人自发改过来的。

(三)

　　国都殿村历史上民风淳朴,勤劳礼善,家教以文化为尚,外出居官做事的人多。加之依山傍水,五谷盈余,民众在劳作之余,素有喜爱文化娱乐的习惯。难怪邻村有古传民谣:"国都殿有钱看戏,环春坪有钱买地。耿家庄有钱打官司。"这三个相邻的村庄可称之为陶冶情操、发家致富和崇尚法制的模范。据国都殿村史记载，村里最少一年唱一次戏，有些年一年要唱三四台（次）之多。尤其村里人非常热爱闹红火、唱秧歌，堪称年代久、规模大、水平高的一个文艺村庄，是当时清水河一带颇有声望的名村。

（四）

国都殿村闹红火，最有名声的秧歌是"风搅雪"。"风"者，"社火"也；"雪"者，秧歌也。所谓"风搅雪"，也称"风卷雪"、"风绞雪"，即是社火与秧歌两种民间艺术穿插编排演出的形象性称呼。据国都殿村民众祖辈相传，该村的社火兴起于明朝初期洪武年间。当时，朱元璋登基后"扫北"，派徐达、常遇春两位将领率大军驻扎在忻州、大同两府地带，歼灭元军残余势力和地方反抗武装。由于大规模战争的需要，来自驻军的军事集训、武打操练等影响，于是在民间就产生了社火、烟火、龙灯等表演艺术形式。对此，《五台县志》的记载和国都殿村的相传基本相似。

国都殿村的社火，最兴旺时期是抗日战争年代，因为国都殿村位居军事交通"咽喉"，扼控北达绥远，东到河北，西至县城，南通阳泉的军事要地。于是该村成为晋察冀抗日根据地的"一面村"，设立了"区公所"，驻扎了一批又一批八路军指战员和地方工作员。从抗日战争到解放战争时期，该村大唱革命歌曲，年年唱戏赶会，每年春节期间要唱秧歌、耍社火，放烟火，游灯会。最出名的是国都殿村演出的"风搅雪"。

（五）

国都殿的"风搅雪"文艺形式，主要内容有：社火类包括跑场、武术、流星、仿戏曲等；秧歌类包括高跷、扑地蜂、撑船、霸王鞭、活报剧、转九曲等。其"风搅雪"的主要几种表演过程和形式是：

社火：一般分为"三班"表演。老年队是历年从事教练和演出的"德馨艺高"者，表演一些难度较大的传统节目，仅起"画龙点睛"效果。青壮年队是表演骨干队伍。计有30至50余人，身强力壮，技艺娴熟，除白天表演外，夜场愈发精彩。少年队是社火后继力量队，从小就得从事练习，辅助演出。

每当演出开始，"鼓上家"（当地对八音会的称呼）提前上阵。围在高耸的旺火周围，大杆子唢呐先吹"大得胜"曲牌。待"安鼓"、"叫套"之后，社火表演队身穿彩服，头载盔缨，足登云鞋，飞步入场。前领后追，右手高举，左手后背，到转弯处每人必须表演一个得心应手的"踢飞机"动作，"手拍鞋帮啪啪响，足带尘土空中扬"。此时，唢呐吹奏的大得胜《出队》（又叫《将军令》）一遍又一遍，紧迫有力，社火队"飞"了一圈又一圈，雄壮威武。〔附曲（一）《出队》见后〕，所谓"风搅雪"之"风"，就指这个社火队跑场时的"龙卷风"。

流星：耍流星是源自古代狩猎的"流星索"，民间称之为打仗中的"软武器"。社火队跑完场，围成圈，老艺人刘补（亦名刘宝）飞步入场，带具示众。说话间，百米长绳，顶端系锤的"流星"（五台话是流xi）飞身升空，只见流星一圈一圈地向天上串，又见老艺人一绕一绕地放臂绳。紧接着，表演者的头颈一摇一晃地将流星绳缠绕回脖子上。随着观众的叫绝声，流星节目东揽西拽，上打下砸，一段接一段的表演，出奇制胜。《流星》表演所奏曲谱欢快、紧张、有力［附曲（二）《大掉棒槌》见后］。

蛇盘蛋： 社火表演连续进行，唢呐的曲牌五花八门，大体上有：《过街》、《吵子》、《耍娃娃》、《爬山虎》、《柳青芽》、《西方赞》、《八板》、《对骂》、《编笸篮》、《神仙大过桥》等。这些曲牌，均是为秧歌进场后表演时吹奏的伴奏音乐。

国都殿村的秧歌演唱节目很多，人们较为喜欢"蛇盘蛋"。具体描述是由年轻漂亮的姑娘媳妇队，身穿五颜六色的花衣，腰系红蓝柳绿的彩绸飘带，头上扎着各式各样的花卉，足蹬古色古香的扒花鞋，踏着唢呐的鼓点，节奏分明地扭进围场。这里特别说到的是，社火队飞快地跑场转圈之时，秧歌队同时朝着相反的方向鱼贯地扭进场内。两队同地反向旋转里外卷圈。随着音乐的旋律变化，队形的速度相应改变。围成的圈子可松可紧，图形随机多变。歌乐相伴，色彩相间，雄壮与艳美结合，甚为奇观。此即为"风搅雪"的场地演艺形式。

又一阵的唢呐《大得胜》乐曲响起，社火队将秧歌队围在了场地中央。只听得鼓点的指令，乐曲变成了细吹细打，秧歌节目表演上阵。历年来，国都殿村积攒了丰富的秧歌表演艺术，仅表演场地的步法类型就有自由步、单腿弯、双腿弯、左右步、踩四角等；走场队形有掏八字、水溃溃、扭麻花、蛇脱皮、梅花阵、水磨阵（注：该村新中国成立前就建有水车浇地设施）、二龙出水等。最有特色的是《蛇盘蛋》，可依据人数多少和演出需要，盘蛋数目随时变化。《蛇盘九颗蛋》是村民最爱观看的节目，姑娘媳妇们扭着秧歌，排头队员将社火队的演员挑一个，围一圈，直至围成9个"蛋"。

国都殿村演唱"蛇盘九颗蛋"的民歌乐曲，均是流传的古老曲调。民间最喜欢演唱《歌唱杨家将》，先颂扬七个儿郎的忠烈，接着歌赞老将杨继业功盖千秋，直至咏唱佘太君，巾帼挂帅忠君报国。这9段歌词［附曲（三）《歌唱杨家将》见后］属于历史知识类民歌，很有教育意义。

撑船：据史料记载，五台县境内于明清两朝已流行秧歌《撑船》节目。国都殿村地处交通要道，流传古老节目较多，《撑船》亦是属于《风搅雪》的常演节目。《撑船》又叫旱船、跑船，还有的地方叫跑旱船、船灯等。此节目的关键在一个"撑"字，表演时要将水中行船的要领形象化地表现出来。旱船十分美观，依据船的外形制成架子，周围用彩布、彩纸、彩灯和明镜装饰。船中或盘腿（假腿）坐或站立1至2人，打扮成漂亮女子，船外一名艄公男子，舞桨撑船。通过水流湍急、水道弯曲、船体搁浅和抛锚停泊等变化，艺术地再现水里划船的动人场面，给人们以美的享受［附曲（四）《扳船调》见后］。

国都殿村的《风搅雪》历史资料，可惜未能完整地记载流传下来。特别是对于"社火"节目的"武术"套路演艺和"流星"表演的整体功夫，希望尽力搜集得以抢救。国都殿村是笔者的姥娘家村，从小年年观看秧歌演出。尤其舅舅们均是社火队表演人员，姨姨是秧歌队长，她生得漂亮，脸白透红，小名叫"白妮子"。他（她）们曾在庭院晨晚演练时，还跟着长辈们学记些许。照着国都殿村的做法，我村名叫避事垴，曾于1953年前后专请耿家庄村老艺人罗骡驹作教练，学社火，唱秧歌，也演练小型《风搅雪》等节目，并"送红火"到国都殿村，得到邻村乡亲们的喝彩。

附：秧歌《风搅雪》乐曲和歌谱

【曲一】《大得胜》选段《出队》（摘录）

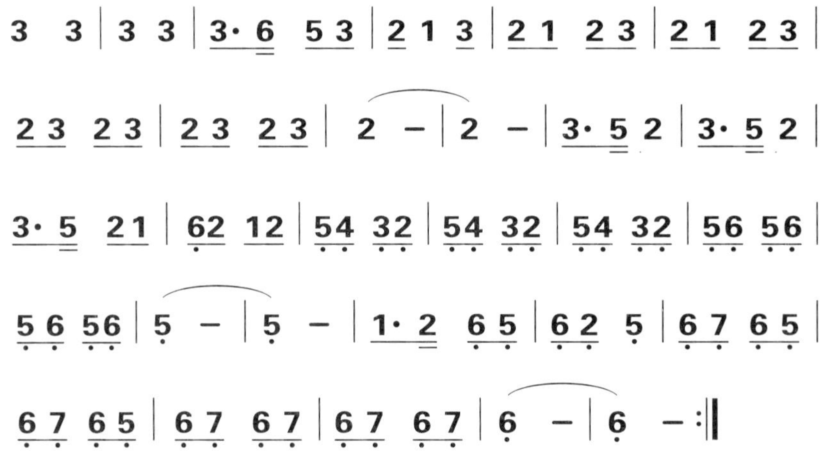

$$3\ \ 3\ |\ 3\ 3\ |\ \underline{3\cdot 6}\ \ \underline{53}\ |\ \underline{21}\ \underline{3}\ |\ \underline{21}\ \underline{23}\ |\ \underline{21}\ \underline{23}\ |$$

$$\underline{23}\ \underline{23}\ |\ \underline{23}\ \underline{23}\ |\ 2\ -\ |\ 2\ -\ |\ \underline{3\cdot 5}\ \underline{2}\ |\ \underline{3\cdot 5}\ \underline{2}\ |$$

$$\underline{3\cdot 5}\ \underline{21}\ |\ \underline{62}\ \underline{12}\ |\ \underline{54}\ \underline{32}\ |\ \underline{54}\ \underline{32}\ |\ \underline{54}\ \underline{32}\ |\ \underline{56}\ \underline{56}\ |$$

$$\underline{56}\ \underline{56}\ |\ 5\ -\ |\ 5\ -\ |\ \underline{1\cdot 2}\ \underline{65}\ |\ \underline{62}\ \underline{5}\ |\ \underline{67}\ \underline{65}\ |$$

$$\underline{67}\ \underline{65}\ |\ \underline{67}\ \underline{67}\ |\ \underline{67}\ \underline{67}\ |\ 6\ -\ |\ 6\ -\ \|$$

【曲二】 《流星》表演乐曲《大掉棒槌》

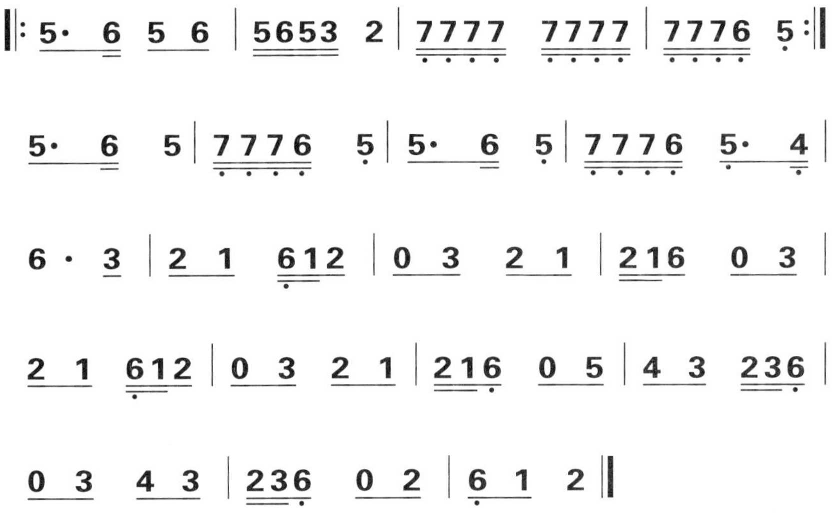

$\|: \underline{5 \cdot \ 6} \ 5 \ 6 \ | \ \underline{5653} \ 2 \ | \ \underline{7777} \ \underline{7777} \ | \ \underline{7776} \ \dot{5} :\|$

$\underline{5 \cdot \ 6} \ 5 \ | \ \underline{7776} \ \dot{5} \ | \ \underline{5 \cdot \ 6} \ \dot{5} \ | \ \underline{7776} \ \underline{5 \cdot \ 4} \ |$

$\underline{6 \cdot \ 3} \ | \ \underline{2 \ 1} \ \underline{612} \ | \ \underline{0 \ 3} \ \underline{2 \ 1} \ | \ \underline{216} \ 0 \ 3 \ |$

$\underline{2 \ 1} \ \underline{612} \ | \ \underline{0 \ 3} \ \underline{2 \ 1} \ | \ \underline{216} \ 0 \ 5 \ | \ \underline{4 \ 3} \ \underline{236} \ |$

$\underline{0 \ 3} \ \underline{4 \ 3} \ | \ \underline{236} \ 0 \ 2 \ | \ \underline{6 \ 1} \ 2 \ \|$

【曲三】 《蛇盘蛋》选唱民歌《歌唱杨家将》

歌唱杨家将

$1 = {}^\flat B \quad \frac{2}{4}$

| $\underline{2 \cdot \ 3}$ | $\underline{2 \ 1}$ | $\underline{1 \ 6}$ | 3 | $\underline{5 \ 3}$ | $\underline{2321}$ | $6 \ -$ |

说　宋　将　　唱　杨　　家，
二　郎　名　叫　杨　延　　定，
四　朗　延　辉　像　子　　龙，
骁　勇　六　郎　杨　延　　景，
宋　朝　老　将　杨　继　　业，

—1015—

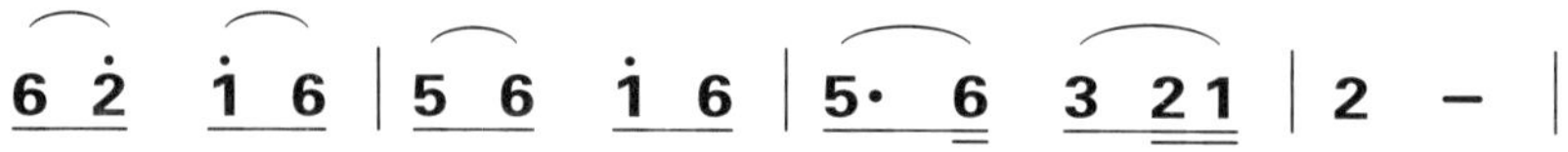

6 2	1 6	5 6	1 6	5· 6	3 21	2 —
杨 会	门 使	父 双	子 剑	忠 真	烈 英	汉。勇。
金 一 家	沙 生 法	滩 挂 花	里 帅 枪	立 保 传	功 宋 威	勋。廷。名。

5 4 5	6 2	2 4	⁵⁶5 —
大 郎	名 叫	杨 延	平，
三 郎	延 光	飞 刀	好 耿，
五 七 郎 太	延 延 君	昭 嗣	性，
	巾 帼	虎 英	雄，

6 2	1 6	5 6	1 2	5 6	3 21	2 — ‖
天 齐	王 被	他 袖	箭		杀	
砍 他 潘 仁 美	倒 替 帅	番 宋 害 出	旗 王	乱 念 一 颂	敌 佛 命	营。经。臣。
挂			他 征		忠	

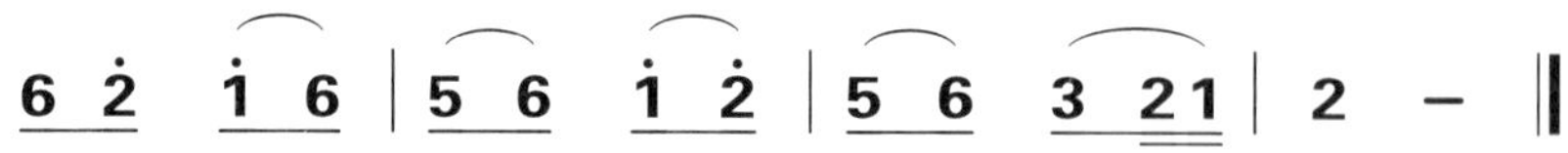

【曲四】《撑船》表演乐曲《扳船调》

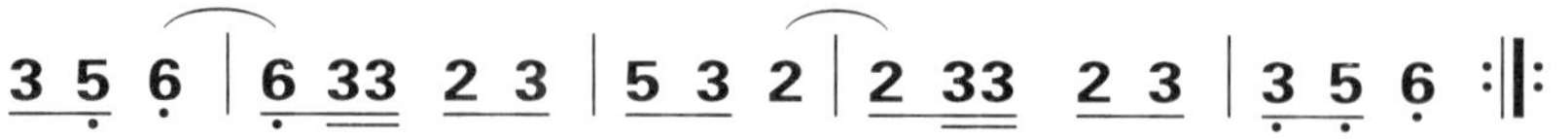

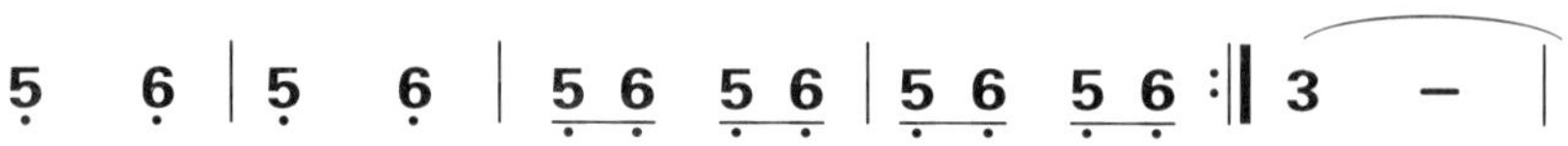

‖: 5· 6 5 6 | 5 3 2 | 7777 | 7777 | 7776 | 5 :‖ 3 3 2 3 |

3 5̣ 6̣ | 6̣ 3 3 | 2 3 | 5 3 2 | 2 3 3 | 2 3 | 3 5̣ 6̣ :‖

5̣ 6̣ | 5̣ 6̣ | 5 6 5 6 | 5 6 5 6 :‖ 3 — |

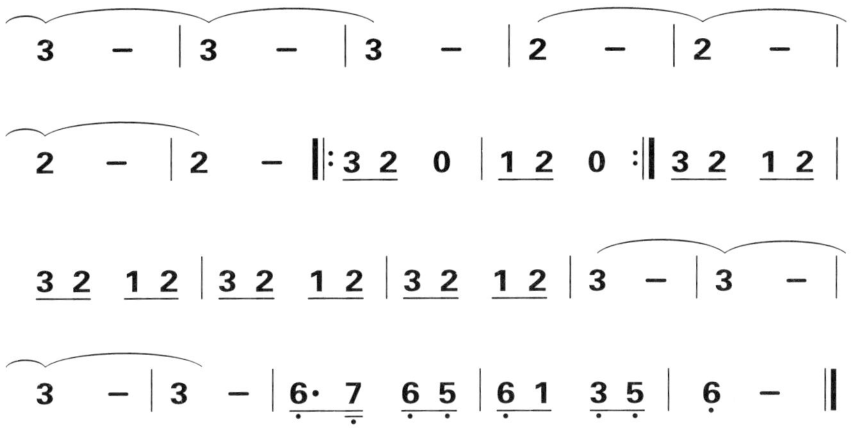

(五台县)

总例

主要参考资料

张沛主编. 中国民间歌曲集成·山西卷. 人民音乐出版社, 1990.

刘建昌主编. 中国民族民间器乐曲集成·山西卷. 中国ISBN出版, 2000.

王玉西主编. 中国民间歌曲集成·河北卷. 中国ISBN出版, 1995.

杨荫浏著. 中国古代音乐史稿. 人民音乐出版社, 1981.

孙继南、周柱铨主编. 中国音乐通史简编. 山东教育出版社, 2009.

韩军著. 五台山佛教音乐. 上海音乐出版社, 2009.

袁静芳著. 中国汉传佛教音乐文化. 中央民族大学出版社, 2009.

赵培成主编. 五台县志. 山西人民出版社, 1988.

侯文正主编. 五台山志. 山西人民出版社, 2003.

韩先平主编. 五台老三区志. 三晋出版社, 2014.

孟奋臻编著. 五台民间吹打乐. 中国文联出版社, 2009.

李凌主编. 中国民歌精选. 中国广播电视出版社, 1991.

傅雪漪编著. 中国古典诗词曲谱选释. 中国戏剧出版社, 1996.

李健正编著. 最新发掘唐宋歌曲. 四川人民出版社, 1992.

乔建中编著. 中国经典民族鉴赏指南. 上海音乐出版社, 2002.

周青青著. 中国民歌. 人民音乐出版社, 1993.

周青青著. 中国民间音乐概论. 人民音乐出版社, 2003.

程天健编著. 中国民族音乐概论. 上海音乐学院出版社, 2004.

刘正维编著. 民族民间音乐概论. 西南师范大学出版社, 2005.

文化部音乐研究所编. 中国民歌 第一卷. 上海文艺出版社, 1980.

徐荣坤主编. 中国民歌500首. 蓝天出版社, 2007.

于秀芳主编. 山西民歌. 山西人民出版社, 1991.

山西省文化局音乐工作组编. 五台山庙堂音乐. 1978年内部资料.

山西人民歌舞团附设山西音乐工作组编. 山西民间歌曲集成 第一集. 山西人民出版社, 1958.

崔正森主编. 敦煌石窟五台山图研究. 山西科学技术出版社, 2010.

崔正森等著. 正说五台山. 山西科学技术出版社, 2008.

河北省文化局民歌选编小组编. 河北民歌选. 河北人民出版社, 1979.

路华编著. 五台山文化宝典. 中国社会出版社, 2010.

王文学主编. 五台山瑰宝. 北岳文艺出版社, 1989.

马政川编著. 麟州唢呐曲集. 陕西旅游出版社, 2000.

高海燕著. 祁太秧歌论. 山西人民出版社, 2011.

太原群众艺术馆编. 太原民歌选集. 北岳文艺出版社, 1991.

李凌、朱亚荣主编. 中国民歌精选. 北岳文艺出版社, 2006.

吴钊、刘东升编著. 中国音乐史略. 人民音乐出版社, 1983.

王迪、张淑珍、修良. 中国古代歌曲七十首. 中国文联出版社, 1985.

薛明编著. 秧歌. 中国社会出版社, 2008.

孙会玲编著. 中国古代歌曲与名作鉴赏. 吉林大学出版社.

孙玄龄、刘东升. 中国古代歌曲. 文化艺术出版社, 2007.

编辑简述

编辑出版五台山地区民歌专集，属于探索性、尝试性的工作。因为此前从未有过类似的举措，所以编辑出版此书，具有开拓性和研究性。从2010年至今5年间，面临的困难甚多，付出很多艰辛。经过坚持不懈的努力，能见到这一成果面世，甚感欣慰。

编辑此类书籍，传统习惯要纂"凡例"，此书亦列出以下几项编辑事项简明述之：

（一）有关五台山地区的民歌界域，主要参考了正式出版的《五台县志》、《五台山志》和《正说五台山》等著作，依据五台山山脉伸延落脉地带的民歌划分界域。

（二）有关《民歌五台山》书名，此书参照山西人民出版社出版的《诗咏五台山》书名而选定。

（三）有关本书"概述"中提到的"侏罗妙骊"，系指发起编纂此书伊始，人名与地质名称组合的谐名。"侏"、"罗"，指首先发起人老干部、五台人朱生和先生和企业家、五台人罗舰国先生；"妙骊"指美丽、神勇驰骋的"黑马"。至于"侏罗"是借用《五台县志》有关五台山《地质构造》之"侏罗系"。"侏罗妙骊"既表明对故乡五台山的热爱，又显示了对编辑工作的诚挚。还因为此书中刊载有大量的文字性撰记和解释文章，故参照一些正式出版书籍的体例，此书"编著"和"编委会"同书并提。

（四）本卷在编排体例上，根据实际情况，按不同题材共分为八大类，即古代民歌、庙堂民歌（曲）、山歌、劳动号子、秧歌、小调、套曲和新民歌。对于庙堂民歌（曲）的说明，请见本书"概述"文章中的论述，这里不再赘述。

（五）有关五台山地区民歌的特殊性。历史上五台山地区既是汉、藏佛教和道教、儒教相融盛行地区，又是八路军总部所在地和晋察冀抗日根据地。千百年间，各种各样的民歌相继流传于五台山地区。形成了该区民歌的特殊性，多样性和包容性。在采集、编辑此书过程中，感觉有许多缺憾。特别是涉及古今当地传唱，而又查不到原始出处的民歌，权且记录保存下来，待以后考查落实。

（六）在各类题材中，又有不同的歌种。在各类题材和不同歌种前，附有文字性论述和说明。

（七）凡内容和曲调基本相同或大同小异者，本书只收代表性强的一首；如虽基本相同，但在音阶、调式和歌词有不同者，则两者皆收。

（八）凡歌词中的方言、土语及需加注的人名、地名和事件等，均加以注释；同一方言或土语多次出现者，只在第一次出现时加注，以后概不再注。

（九）凡各类民歌内连续排列的同名歌曲，在曲名下面另加（一）、（二）、（三）等字样，以示区别。

（十）本书的时间断限，一般上溯发端，下限至当今。

（十一）历史纪年，凡民国前的纪年，沿用历史习惯，后括注公元纪年；民国后的纪年采用公元纪年。

编者的话

5年来，在采集编纂《民歌五台山》过程中，克服了许多困难。诸如时间跨度长，地域范围广，涉及题材多，采编经费缺等。然而，在大家的努力下，深入民间，实地采风，千方百计，搜集资料，积少成多，终获成功。期间，得到了社会上众多单位及个人的热情支持和大力帮助。值此，对《民歌五台山》编纂工作竣工，即将付梓出版之际，谨向多年来曾经关怀和支持做出贡献的单位和个人致以热忱的感谢。

——感谢山西省文化厅德高望重的老领导郭士星先生和山西省音乐舞蹈研究所研究员、著名音乐家韩军先生，他俩自始至终给予了热情关怀和大力支持，并出席了本书编辑工作研讨会，进而审阅、修改了书稿；

——感谢采编过程中，曾经参阅、借鉴和应用了全国各地和省内大量的国家集体和个人的著作和资料；

——感谢中共五台县委和县政府、五台山风景名胜区区委、区政府的关怀和支持。并特别感谢县、区职能宣传文化部门和事务接待单位的热情关怀和具体帮助。

——本书吸收和应用了五台山地区内各县、市、区，由单位和个人出版、编印的有关民歌汇集资料，其中主要有：

山西省忻州地区文化局编印的，由主编王滨、副主编王亚明编纂的《忻州地区民歌集成》；

五台县文化体育局编印的，由主编边玉堂、副主编孟奋臻、张书平编纂的《五台民歌》1—3集，和由五台县文化馆编印的《五台民歌》1—2集；

原平民间音乐舞蹈集成编委会编印的，由主编王一民、副主编邢和贵编纂的《原平民间音乐舞蹈集成》民歌类资料；

定襄县唢呐丛书编辑委员会编印的，由主编李蔚东、陈秀章等选编的《定襄秧歌演唱精选》和《张松林民歌演唱集》；

繁峙县于2010年山西人民出版社出版的，由主编韩英、副主编张天武、张文伟、白计平、魏来福（收集整理）王廷祥编纂的《繁峙秧歌》"地方小调"资料；

"盂县民歌"采集组，由盂县籍专家现任中华诗词学会理事、山西诗词学会副会长兼秘书长郑福太、盂县文化部门老领导、文艺专家郭秋彦等搜集编纂的民歌资料；

代县、忻州忻府区的民歌资料，主要来源于1990年人民音乐出版社出版的由张沛主编的《中国民间歌曲集成·山西卷》等民歌书籍；

河北省阜平县、平山县的民歌资料，主要采集于1995年中国ISBN中心出版的，由王玉西主编的《中国民间歌曲集成·河北卷》和1979年河北人民出版社出版的，由河北省文化局民歌选编小组编印的《河北民歌选》等；

——感谢省城太原、忻州市、五台县等地热情支持并参与民歌采集和演出的有功人员：五台县东冶镇槐荫村文艺演出队；五台县老干部局文艺演出队；五台县幼儿园《五女观灯》演出队；五台县文联《游花园》演出队；五台山风景名胜区政府韩先平；五台县陈家庄乡罗恩波、李福堂、张志坚、牛玉堂、谢英；五台县神西乡西河村韩西川、韩根长；五台县阳白乡田林文、杨宪芳；忻州日报记者：张思、高峰毅、苏惠英等；忻州市民间艺术家李文德；太原市参与工作人员王孝贤、王晋华、刘金莲、张新丽、乔振华、安文锁、王秉义、李青峰、樊江、马小荃、杨志军、朱平华等；

——感谢山西省图书馆各部门在5年期间，曾借阅给各类音乐图书230余本，并给予复印资料帮助。

5年期间，在采集过程中得到了五台山地区有关党政领导、学者教授、企业名家、文化专家、民间艺人、仁人志士等社会各界的热情支持和帮助，五台山地区民间歌曲的提供和搜集，总共汇集到壹万余首原始材料，进而筛选整理两千余首作为编辑稿本，并精选800余首进行研究编纂成《民歌五台山》（上、下集）。值此，我们特别鸣谢友情助力出书的各位朋友。厚德载物，上善若水，您们的人文情怀和突出贡献，将永远留存在传承和弘扬五台山地区文化的光辉史册上。

本书在编辑过程中，为保存民歌原始资料，对个别民歌存在的格调不是太高的问题作了比较宽容的处理，在书的编排方面，由于有的民歌段落太多，只能将歌词附在乐谱之后。书中出现的大量衬字和方言，我们尽其所能地作了注释和说明。如有不当之处，盼望诸位专家和读者予以指出。

最后，希望大家一如既往地关心和支持五台山地区民歌的研究和发展。如若发现本书尚未刊载的五台山地区之民歌和需修正本书编辑工作失误之处，敬请不吝赐教。

编 辑 委 员 会